天空之火

THE FIRES OF HEAVEN

罗伯特·乔丹（Robert Jordan）著
李镭 译

上

中国出版集团
東方出版中心

图书在版编目（CIP）数据

天空之火 /（美）乔丹（Jordan，R.）著；李镭译. 一上海：东方出版中心，2010.8（2021.10重印）
（时光之轮. 5）
ISBN 978-7-5473-0210-1

Ⅰ. ①天… Ⅱ. ①乔…②李… Ⅲ. ①长篇小说－美国－现代
Ⅳ. ①I712.45

中国版本图书馆CIP数据核字（2010）第145451号

上海市版权局著作权合同登记：图字 09-2008-012 号
The Fires of Heaven (Book 5) by Robert Jordan (THE WHEEL OF TIME SERIES)

责任编辑　丛　绿（conglv2@163.com）
封面设计　布谷工作室　高　蕾
版式设计　一步设计
地图绘制　苗　伸

天空之火

作　　者　罗伯特·乔丹（Robert Jordan）
译　　者　李　镭

出版发行　东方出版中心
地　　址　上海市仙霞路345号
邮政编码　200336
电　　话　021-62417400
印 刷 者　山东韵杰文化科技有限公司

开　　本　700mm×1000mm 1/16
印　　张　48.5
字　　数　850千字
版　　次　2010年8月第1版
印　　次　2021年10月第5次印刷
定　　价　69.00元（上下册）

各界赞誉

甫一出版即登上纽约时报畅销排行榜冠军。《时光之轮》系列不仅在销售成绩上获得肯定，作者罗伯特·乔丹恢弘的笔触更让全球二千万读者为之疯狂。

《时光之轮》被誉为“正统奇幻”及“剑与魔法”的最佳典范，该系列每一部都是一段独特的冒险，又相互交织成宏大的故事情节，作者通过巧妙的构思，将带你进入一个完全不同的史诗世界。

“《时光之轮》……在英语世界，极少有其他的奇幻传说能与它相提并论，能超越它的就更是微乎其微了。”

——芝加哥太阳报

“宏大的、令人敬畏的、丰富多彩的故事情节，让人不由得想起托尔金的作品。”

——出版人周刊

“罗伯特·乔丹开始统治由托尔金一手开创的世界。”

——纽约时报

“《时光之轮》系列是惟一一部我致以崇高敬意的作品，与之相比，几乎每一部我读过的其他奇幻作品都黯然失色……这个系列有可能会成为有史以来最伟大的奇幻著作，时间将会说明一切。”

——Abby Goldsmith(评论家)

“罗伯特·乔丹写下了关于光明和黑暗的鲜明形象，有时又有孩子气的惊奇，这里面虽然有着淡淡的托尔金风味，但他也创造了鲜明的自我写作风格。”

——Pittsburgh Press

“《时光之轮》兼具文字的优美和情节的丰富，其中包含着格林兄弟的天真与魅力；赫胥黎的《勇敢新世界》的社会道德精神。这一切，再加上有血有肉的人物、隐秘晦涩的譬喻、趣味性的调剂、生动优美的自然风景，还有那种关于永恒的迷人感觉。作者借助一种语言创造了一个文学世界和这个世界可能具有的一切真实性。”

——布鲁斯特·米尔顿·罗伯森，默特尔海滩太阳报

“全方位感觉的史实。”

——星期日时报

“一场幻梦般的景象。”

——SFX(英国著名大型幻想综合网站)

“那些读奇幻的人可以欣喜若狂了，这是真正的艺术!”

——John Lee(奇幻作家)

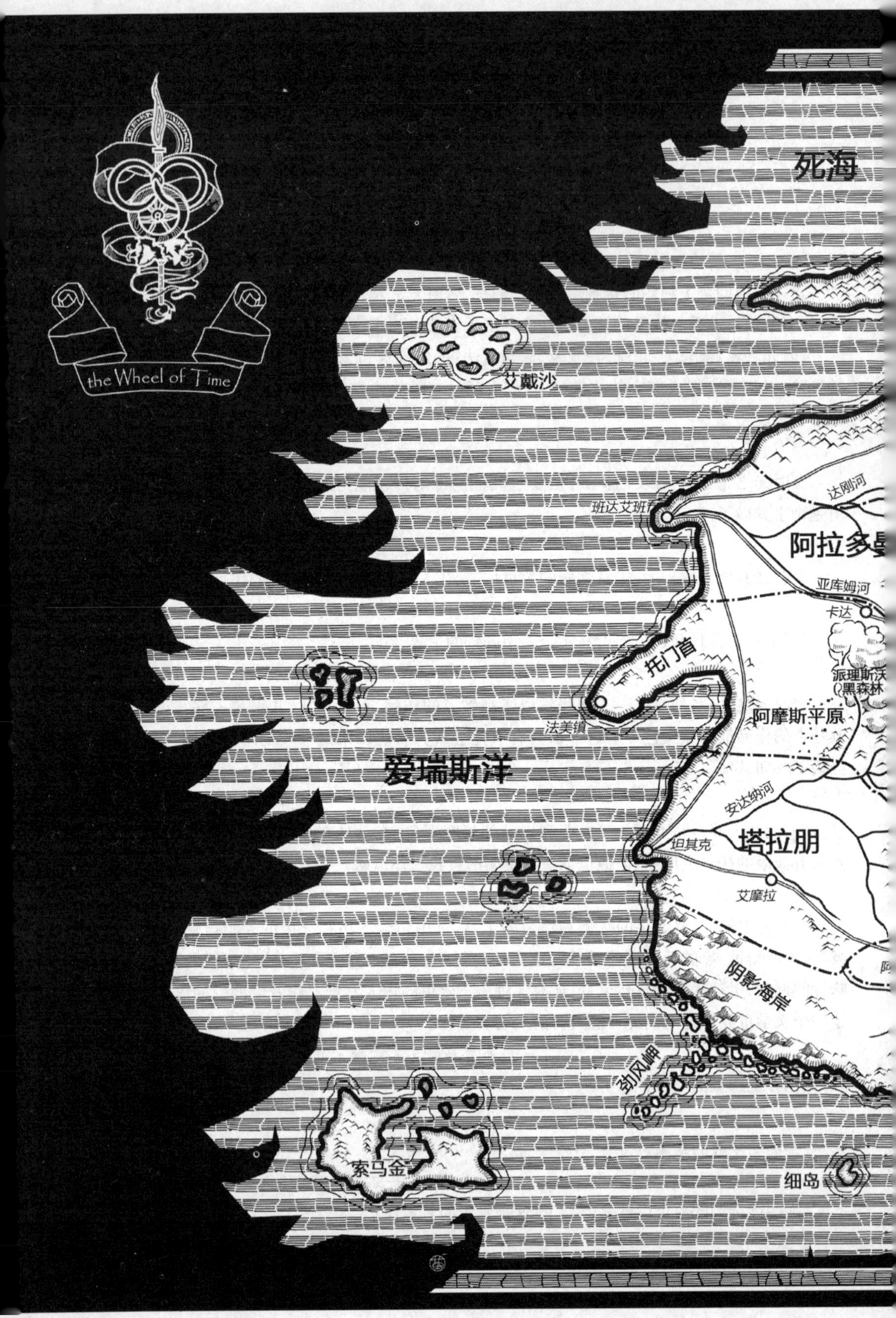

the Wheel of Time
死海
艾戴沙
班达艾班
达刚河
阿拉多
亚库姆河
卡达
托门首
黑森林
法美镇
阿摩斯平原
爱瑞斯洋
安达纳河
坦其克
塔拉朋
艾摩拉
阴影海岸
劲风岬
索马金
细岛

妖境
煞妖谷
废地
末日山脉
塔文隘口
夏纳
坎多
艾拉非
马兰登
查辛
法达拉
索比拉
法莫兰
奈亚隘口
弑亲者之匕山脉
艾伊尔荒漠
黑丘
塔瓦隆
伊乌河
亚林河
鲁安河
龙山
柘林河
凯瑞安
海文河
卡拉兰草原
章嘉隘口
凯瑞安城
两河流域
安多
世界之脊
四王镇
白桥
凯姆林
亚林吉尔
艾拉河
加林之墙
思塔恩河
曼埃瑟兰河
卢加德
莫兰迪
卡利河
法麦丁
艾瑞尼河
哈登莫克
迪西
商台聚落
阿特拉
沙力达
马瑞多平原
提尔
哥登
沉溺之地
伊利安
龙指
伊利安城
凤暴海
梅因
辛达琴
至海民列岛

主要人物表

兰德·亚瑟：来自两河流域伊蒙村的牧羊少年，现在被宣称是转生真龙。

麦特·考索恩：来自两河流域伊蒙村，兰德的好友，具有难以置信的幸运。

艾雯·艾威尔：来自伊蒙村的少女，白塔的见习生，跟艾伊尔智者学习梦行。

奈妮薇·爱米拉：来自两河流域伊蒙村的女子，目前是白塔的一名见习生。

伊兰：安多女王摩格丝的女儿，目前是白塔的一名见习生。

明：全名是伊尔明黛达，一名拥有判读人类周遭灵光能力的少女。

艾玲达：塔戴得艾伊尔苦漠氏族的枪姬众，目前正学习如何成为一位智者。

汤姆·梅里林：一名走唱人，曾是安多女王摩格丝的宫廷吟游诗人。

泽凌·散达：提尔人，是一名捕贼人。

沐瑞：一名蓝宗两仪师。凯瑞安达欧崔家族，雷芒国王的侄女。

岚：约缚于沐瑞的护法战士。

史汪·桑辰：曾经是蓝宗两仪师，前任玉座，后来遭到废黜与静断。

莉安：前蓝宗两仪师兼撰史者，后来遭到废黜与静断，目前正致力于追寻自我。

爱莉达：红宗两仪师，现升任为玉座，曾任安多女王摩格丝的顾问。

莉亚熏：一名红宗两仪师，后来被证实是效忠暗帝的黑宗两仪师。

兰飞儿：在十三名弃光魔使中，能力仅次于伊煞梅尔，又名"夜之女"。

杰辛·奈塔：弃光魔使亚斯莫丁的假名，目前以走唱人的身份跟随兰德。

加贝瑞：弃光魔使雷威辛的假名，实际掌控了安多政权。

魔格丁：一名与奈妮薇·爱米拉结怨的女性弃光魔使。

哈当·卡德：进入荒漠的卖货郎，一名暗黑之友。

加雷斯·布伦：被摩格丝女王驱逐的大将，被公认为当世最杰出的将领之一。

加拉德：摩格丝女王之子，伊兰的同父异母哥哥，目前加入白袍众的行列。

鲁拉克：艾伊尔人，塔戴得艾伊尔部族的首领。

洛根：一名被驯御的有导引能力的伪龙，与史汪·桑辰和莉安逃往沙力达。

柏姬泰：传说中可应瓦力尔号角召唤的女英雄，美貌、勇气和箭术都超凡绝伦。

莉妮：伊兰的幼年保姆，也曾是摩格丝女王、摩格丝之母的保姆。

马泰恩·塔兰沃：摩格丝女王的卫兵副官。

瓦蓝·卢卡：马戏团老板。

目录

时光之轮5：天空之火（上）

各界赞誉

时光之轮大地图

主要人物表

大事记

前情提要

序　言　星星之火 ____1

第*1*章　星火燎原 ____21

第*2*章　鲁迪恩 ____50

第*3*章　暗影幢幢 ____69

第*4*章　黄昏 ____84

第*5*章　智者之间 ____95

第*6*章　信道 ____113

第*7*章　启程 ____131

第*8*章　跨过边界 ____141

第*9*章　暗号 ____148

第*10*章　无花果和老鼠 ____161

第*11*章　九马猛拉 ____173

第*12*章　一支旧烟斗 ____183

第13章　西恩达的小房间 ____189
第14章　会面 ____200
第15章　在梦中所学 ____211
第16章　意外援手 ____228
第17章　西行 ____241
第18章　一只黑暗的猎犬 ____251
第19章　记忆 ____259
第20章　章嘉隘口 ____278
第21章　锋刃为礼 ____287
第22章　黑夜中的鸟鸣 ____296
第23章　那五分之一，我给你们 ____307
第24章　发出的讯息 ____315
第25章　加拉德的梦 ____324
第26章　莎莉·戴拉 ____333
第27章　练习畏怯 ____344
第28章　落入圈套 ____358
第29章　沙戴亚的记忆 ____369

大事记

时间之初

创世主创世：

同一瞬间，暗帝撒丹被封印在煞妖谷，他是所有邪恶的源泉。他许诺谁若帮助他获得自由，他将给予曾服侍他的人难以想象的力量和财富，以及永生。

此时，在这个世界上，还有极少数能够操控至上力的人，他们可以利用至上力施行常人仅能够想象的巨大能力和奇迹，这些人被称作两仪师。他们成立了自己的组织，分为男性两仪师和女性两仪师。

两仪师中有些人因为追求永生和力量，成为暗帝撒丹的崇拜者，试图将暗帝从牢狱中拯救出来，他们和暗帝的其他追随者被称为暗黑之友。

传说纪元时期（起始时间不详，结束于世界崩毁之后）

大约三千年甚至更久以前，暗影战争爆发：

这是暗黑之友为拯救暗帝撒丹而发动的，又称作至上力之战。暗黑之友中最强大的十三个叫做背弃者。

同时，暗帝创造出兽魔人——一种人类跟野兽混血的扭曲种族，它们和暗黑之友一起进攻人类。

就在暗黑之友几乎快要成功时，男性两仪师路斯·瑟林·特拉蒙带领一百位男性两仪师（百盟团，传说纪元中力量最强大的战士），到煞妖谷重新封印了暗帝和那些背弃者，并制造了七片心灵之石，放置在暗帝囚禁之处的七处焦点上，一旦毁坏了这些心灵之石，暗帝就能被重新释放。

暗影战争结束之后，疯狂之年代开始：

在暗影战争中，当暗帝被路斯·瑟林·特拉蒙等男性两仪师封印时，他也发出了还击，用邪恶污染了真源男性的那一半，使得所有从真源获取力量的男性引导者都变得疯狂。

被称为“真龙”的两仪师路斯·瑟林就找出了他所有的亲属，一个不留地全部杀死了，因此他得到了“弑亲者”的称呼。他最后毁灭了自己，但根据真龙预言，真龙将会在人类最危急的时刻转生，以拯救人类，不过转生真龙将会再度造成世界的崩毁。这段时间就被称为疯狂之年代，其确实长度无人知晓，但据信几乎延续了将近一百年，直至最后一名男性两仪师死亡。

疯狂之年代结束时，世界崩毁：

在疯狂之年代中，男性两仪师因为陷入疯狂而开始了毁灭世界的举动，这个世界的许多疆域因此而不宜人居，幸存者如同风中的沙砾一般四散飘零。这段大毁灭的经过被以“世界崩毁”之名记载于故事、历史和传说中。

世界崩毁之后，传说纪元结束。

灭后纪元时期（元年不详，大约是世界崩毁之后数百年，结束于兽魔人战争之后）

灭纪 300 年左右，十国联盟形成：

这是在世界崩毁、国家再度形成后所组成的联盟，他们的目的是摧毁暗帝。

灭纪 335—336 年，出现伪龙罗林·灭暗者。

灭纪 1000—1300 年左右，兽魔人战争期间：

这是持续了超过 300 年的一连串战争，在这段时间里，兽魔人的军队在全世界到处肆虐，他们的领袖是魔达奥，也是暗帝创造的生物。最后，大多数兽魔人都被消灭或者赶回妖境中。

在这漫长的战争中，有许多国家被彻底破坏，甚至还有些国家的疆域完全变得不宜人居。十国联盟也在兽魔人战争中被破坏，曼埃瑟兰就是在这场战争中灭亡的。

这段时间的历史都毁于战火，剩下的只有断简残篇。

灭纪 1300—1308 年，出现伪龙尤瑞安·石弓。

自由纪元时期（始自兽魔人大战之后，至百年战争结束）

自由纪 351 年，出现伪龙达维安。

自由纪 939—943 年，第二次龙之战争：

这是一场对抗伪龙桂尔·亚玛拉桑的战争。在这场战争中，一位名叫亚图的年轻国王有着非常突出的表现，即后来的亚图·鹰翼。

自由纪 943—994 年，亚图·鹰翼统治时期：

这名传奇君王的帝国包括了世界之脊西方的全部疆域，甚至远达艾伊尔荒漠以外的一些区域。他还于自由纪 992 年派出大军横渡爱瑞斯洋，期冀完成世界与民族的统一。但在他过世之后，这些远征军的联系就全都断绝了，而因为他的过世造成的权力虚悬，则直接引起了随后的百年战争。

自由纪 994—1117 年，百年战争：

这一连串战争的起源都是由于亚图·鹰翼的去世所造成的权力结构转移和变动所致。它们造成了巨大的破坏，爱瑞斯洋和艾伊尔荒漠之间的土地大都荒废，从暴风海到妖境之间的人群几乎全都被牵扯进去，历史纪录几乎全部被毁灭。亚图·鹰翼的帝国也在战争中分崩离析，之后，近代各国才陆续建立。

百年战争期间，圣光之子组织建立：

其目的是对抗日益猖獗的暗黑之友，它在随后的战争期间演化成一个完全的军事组织，痛恨两仪师，并且将所有支持或是与两仪师友好的人们视作暗黑之友。

新纪元时期（百年战争后直至目前）

新纪 976—978 年，艾伊尔战争：

新纪 972 年，安多王女提格兰的兄弟路克消失于妖境之后，提格兰随即也跟着失踪，这一意外引发了安多的继承之争，从而间接导致了艾伊尔战争。凯瑞安的国王雷芒死于这场战争中。

新纪 997 年，出现伪龙洛根。

新纪 998 年，出现伪龙马瑞姆·泰姆。

新纪 998 年，真龙现世：

在两河流域的小乡村伊蒙村，三名年轻人——兰德、麦特和佩林——遭到黑骑士和兽魔人的追杀，开始了对抗暗帝、拯救世界的旅程。转生真龙原来就是牧羊人兰德，他和他的朋友们，又会遭遇怎样的传奇历险呢？

前情提要

在第四部《暗影渐起》中，故事分成了四条线索交织展开：

在白塔，明奉沐瑞之命向玉座汇报兰德前往提尔的消息，可她却从众多两仪师和护法身上看见了死亡的预兆。另一方面，红宗两仪师爱莉达策动政变，静断了玉座史汪·桑辰和撰史者莉安，白塔发生分裂。明救出被监禁的史汪和莉安，带着被御驯的伪龙洛根逃离了白塔。

在提尔之岩，兰德成为统治者，被迫与提尔的大君们周旋，佩林纠结于与菲儿的关系，麦特则在牌桌上不亦乐乎，就在同一个夜晚他们受到了暗影的攻击。弃光魔使兰飞儿显露真实身份，企图说服兰德投向暗帝，又提议共同使用古老而强大的超法器，挑战暗帝与造物主。兰德断然拒绝这一提议，并决心前往鲁迪恩。麦特为了去鲁迪恩追问自己的命运，也打算与兰德一同前行。而艾雯在特·雅兰·瑞奥德中受到智者艾密斯的感召，也需要前往艾伊尔荒漠学习梦行知识。兰德利用传送石，带领麦特、沐瑞、艾雯等人来到鲁迪恩附近，并得到四位智者的首肯，和麦特一同前往鲁迪恩的中心。兰德在试炼中看见龙之人众——艾伊尔人与匠民的历史，随后救下遭遇危险的麦特，回到营地。此时兰德的双臂上出现了龙形的印记，这是艾伊尔人传说中随黎明而来之人的徽记。兰德从智者处得知，自己的母亲曾经是一名枪姬众。兰德在众人的护送下前往冷岩堡，路遇卖货郎和一个自称叫杰辛·奈塔的走唱人。兰德在冷岩堡受到热烈的欢迎，艾伊尔部族的首领们最终承认他是随黎明而来之人。而走唱人杰辛·奈塔原是弃光魔使亚斯莫丁，兰德与他就一件古老而强大的超法器展开争夺，兰德最终战胜亚斯莫丁，并将其与暗帝的联系切断。亚斯莫丁被迫跟随兰德，同时教导他使用阳极力。

还在提尔时，奈妮薇和伊兰通过审讯黑宗两仪师吉尔雅和亚米柯，得到两条相互矛盾的线索：一个是黑宗两仪师将前往坦其克寻找一个能制约兰德的法器，另一个是黑宗试图利用伪龙——马瑞姆·泰姆，对世界造成巨大破坏。伊兰和奈妮薇两人决定前往坦其克追查第一条线索。汤姆·梅里林和捕贼人泽凌·散达分别受沐瑞与岚之所托，护送伊兰和奈妮薇踏上前往坦其克的海路。伊兰和奈妮薇在坦其克巧遇了走私发财的贝尔·多蒙船长，并得到了他的帮助。伊兰发现汤姆曾经是宫廷吟游诗人，并且是自己母亲摩格丝女王的情人。在一次混乱中，伊兰和奈妮薇偶遇一个叫艾格宁的女人，攀谈之际觉得很投缘。艾格宁离开不久，一个神秘的女人出现了，伊兰和奈妮薇仿佛被魅惑般回答了这个女人提出的一切问题，随后奈妮薇在特·雅兰·瑞奥德遇到柏姬泰，得知这位神秘女人原是弃光魔使魔格丁。贝尔船长指控艾格宁是霄辰人，伊兰和奈妮薇本拟将其拘禁，却发现彼此间已经建立了友谊。后来，伊兰和奈妮薇两人终于得到确切消息，黑宗两仪师就在帕那克宫。她们在艾格宁等人的帮助下，混入帕那克宫，解救出坦其克的实际统治者爱麦瑟拉。奈妮薇与魔格丁相遇展开激斗，在愤怒的支配下，奈妮薇最终战胜了魔格丁，取得能控制兰德的特法器项圈、手环和一枚暗帝的封印。

因为听说两河被圣光之子侵入，佩林在提尔与兰德、麦特分手，和菲尔、罗亚尔通过道潜回家乡，却发现为时已晚，自己的家人惨遭兽魔人屠戮，兰德的父亲谭姆与麦特的父亲亚贝则躲藏于外，两仪师维林、艾拉娜也在两河。在村里年轻人的帮助下，佩林援救了被白袍众拘禁的人。狼梦中佩林得知道门再次被打开，兽魔人就是从这里来到两河的。佩林成为抵抗兽魔人的领袖，得到了"金眼"的称号，率领村人抵抗了兽魔人一次次进攻。危急之中，菲儿终于坦陈自己的高贵身份，原来她是沙戴亚女王泰诺比的元帅之女，还是女王的表妹。她向佩林表达了爱意，并在兽魔人即将发动总攻前，与佩林结为夫妻。此后兽魔人又大举来袭，两河人与它们的战斗悲壮惨烈，幸得罗亚尔和高尔及时关闭了道门，且菲儿违背佩林让其离开的命令，前往望山搬取救兵，终于一举击溃了兽魔人。

整部故事中，正义与黑暗的势力相互消长，前途愈加晦暗不明，暗影渐起，风雨已来，等待兰德及众人的不知会是怎样的命运……

随着他的到来，恐惧的火焰再次燃起。山丘烧毁，大地枯萎。人潮涌动，但他们的时间却在急遽减少。墙壁被刺穿，分裂的面罩被拉起。暴风在地平线的远端发出阵阵咆哮，天空之火倾注到地面之上。救赎将伴随着毁灭，终结不再有希望。

——摘自《真龙预言》残片

据信由豪・喀崇之雷德痕的第一少女

以及剑捷——恩黛拉・巴索莱恩翻译

约灭纪400年

序 言

星星之火

爱莉达·德·艾佛林尼·亚洛伊汉心不在焉地用手指拂过肩头修长的七色圣巾，这是属于玉座的圣巾，而她正坐在那张宽大的书桌后面。有许多人第一眼看见她时只会注意到她的美丽，但只要再多看一眼，就会发现那张显不出苍老的两仪师面容上，严肃的神情一定已经持续了很久。如果再仔细观察一下，就能看到今天这种神情中又多了一些东西，黑眸里闪动着一丝愤怒的火焰。

她几乎没有去倾听在面前一字排开、坐在凳子上的女人们的发言。她们衣服的颜色从纯白到暗红，质料从羊毛到丝绸，根据每个人的品味各不相同。但除了其中一个之外，所有人都披着正式的披肩，披肩背后正中央绣着塔瓦隆之焰，各种颜色的流苏代表佩戴者所属的宗派。看上去，就好像这里正在召开白塔评议会。那些女人正谈论着从世界各地传来的报告和谣言，想要从一团团纷乱的臆测中挑出真正的事实，想要确定白塔该如何行动，但她们很少会瞥一眼桌子后面的这个女人，这个她们发誓要效忠的女人。爱莉达没办法将自己的注意力放在那些女人身上。她们不知道什么才是真正重要的；或者，她们知道，却没有勇气提到它。

“夏纳显然发生了一些不寻常的事情。”说话的是身形纤细的黛妮勒，她看起来总是一副迷糊的样子，仿佛正旁若无人地做着白日梦。她是惟一出席的褐宗两仪师。褐宗、绿宗和黄宗在这里都只有一名代表，这三个宗派不会喜欢这种状况，而蓝宗两仪师则一个都没有。现在，黛妮勒蓝色的大眼睛看起来正深陷在自己的内在思绪中，沾在脸颊上的墨水污渍丝毫没有引起她的注意。她暗灰色的衣裙上满是皱褶。“有传闻说那里发生了一些小规模的冲突，不是因为兽魔人或艾伊尔人，但来自奈亚隘口的袭击似乎正在增加。冲突的双方都是夏纳人，这在边境国很不寻常，他们极少会彼此攻打。”

“如果他们想发动一场内战，他们至少选择了一个合适的时间。”奥瓦琳冷冷地说道。她的身材高瘦，全身都裹在一件白色丝袍里，她就是那个没戴披肩的人。围在她肩头的撰史者长巾也是白色的，显示出她来自白宗，而非红宗(按照传统，撰史者应该从爱莉达原先所属的红宗里提拔)。白宗两仪师总是冷若冰霜。“兽魔人仿佛全消失了，整个妖境似乎平静到只要两个农夫和一名初阶生就可以看守。”

苔丝琳瘦骨嶙峋的手指翻卷着放在大腿上的文件，但并没有去看它们。她是在座的四名红宗两仪师之一，现在这里的红宗两仪师比任何其他宗派的两仪师都要多。她的表情几乎像爱莉达一样严肃，不过没有人会认为她拥有爱莉达那样的美貌。“也许那里不像现在这么平静会更好些。”苔丝琳的话语里有很重的伊利安口音。“今天早晨，我收到一个讯息，沙戴亚的元帅已经率领一支军队离开了首都。行军的目标不是妖境，而是相反的方向——东南方。如果妖境不是现在这种昏昏欲睡的样子，他绝不敢这样做。”

“那就是说，关于马瑞姆·泰姆的讯息已经传了出去。”奥瓦琳的语气就像是在谈论天气或地毯的价格，而不是一场潜在的灾难。白塔在隐瞒马瑞姆·泰姆已经逃亡和再次捕捉他两方面投入了同样巨大的力量。让世界知道白塔无法看管住已经被逮捕的伪龙，对白塔没有半点好处。“看起来，泰诺比女王或达弗朗·巴歇尔不信任我们可以处理掉马瑞姆·泰姆，也许他们两个人都这么想。”

提到马瑞姆·泰姆，房里陷入了一片死寂。那个男人有导引的能力，她们将他押往白塔，要对他进行驯御，永久地切断他和真源的联系，却被他在半路上逃走了。但这并不是她们讳言此事的原因。有导引能力男性的存在，是一种最为恐怖的诅咒，捕猎这样的男人正是红宗存在的原因，而其他宗派也要尽力帮助红宗完成这样的任务。但现在，桌子对面的大多数女人们都不自然地耸动着坐在凳子上的身体，拒绝去看彼此的眼睛，因为提到马瑞姆·泰姆会让她们不可避免地想到另一个她们绝不想大声说出来的话题。这个念头让爱莉达也不由得嘴里阵阵发苦。

奥瓦琳却没有显露出这种不情愿，她的一侧嘴角微微抽搐了一下，仿佛是在发笑，又仿佛是在发怒。“我会增派一倍的力量前去捉拿马瑞姆·泰姆，同时我建议派遣一名姐妹去辅佐泰诺比。这个人需要懂得该如何消除年轻女人顽固的坏脾气。”

其他人也纷纷提出建议，尽力驱赶房中的寂静。

裘丽恩整了整细瘦肩膀上的绿色流苏披肩，露出有些勉强的微笑：“是的，她需要一位两仪师在她身边，一个能够对付巴歇尔的人。巴歇尔对泰诺比有着太多的影响，而他现在必须撤回军队，以免妖境会突然醒来。”她的披肩缝隙里露出了大半个胸部，而她淡绿色的丝衣又太贴身了。她的微笑甜美得让爱莉达很不喜欢，特别是在她看着男人的时候。绿宗总是这副德性。

“我们现在绝不需要一支离开岗位的军队。”黄宗两仪师夏茉琳飞快地说。她是个身材稍有些丰满的女人，与其他两仪师不同。不知为什么，她总是无法保持外表的冷静，眼睛总是闪烁着焦虑与紧张，最近这种状况更加明显。

“我们还需要派人去夏纳。”佳纹达说。她是房里另一名红宗两仪师，虽然也有着滑润的双颊，但棱角分明的面孔完全可以用来敲钉子，声音也同样刺耳。“我不喜欢边境国出现这样的麻烦，我们不能允许夏纳如此削弱自己，让兽魔人军队有入侵的机会。”

“也许，”奥瓦琳若有所思地点点头，“但我们在夏纳有眼线，我确定是红宗的，也许还有其他宗派的？”房里的四名红宗两仪师僵硬地点了点头，显出一副不情愿的样子；没有其他两仪师做出相同的表示。“如果那些小冲突真的演变成需要我们担心的状况，她们自然会告诉我们。”

这是一个公开的秘密，除了只注重抽象逻辑和哲学的白宗之外，每个宗派都不同程度地在各个国家里安插眼线和密探。其中黄宗的情报网被认为是最薄弱的，黄宗两仪师不可能从没有导引能力的人那里学习到关于医疗和疾病的知识。有些两仪师有她们专属的眼线，然而，比起各宗派的专属密探，这可能是更加保密的信息。蓝宗的情报网最为广泛，无论宗派所属，还是私人所属都是这样。

“至于说泰诺比和达弗朗·巴歇尔，”奥瓦琳继续说，“大家是否同意必须派遣姐妹去处理他们？”她根本没等众人点头，就说道：“好的，就这样了，梅玛拉能够胜任这项工作，她会去除泰诺比的任性妄为，同时又不会让泰诺比看见她的绳索。现在，是否有人接到来自阿拉多曼和塔拉朋的新消息？如果我们不尽快在那里采取行动，我们也许就要看见培卓·南奥和白袍众在班达艾班到阴影海岸之间的所有地方横行无阻了。爱梵妮玲，你有什么话要说吗?”阿拉多曼和塔拉朋都已经因内战或更可怕的状况而疲敝不堪，那里没有任何秩序可言。爱莉达很惊讶她们竟然会说起这个话题。

“只是谣传而已。”那名灰宗两仪师答道。爱梵妮玲剪裁讲究的丝绸裙装和她的披肩流苏是一样的颜色，领口开得很低。她对于外表和衣着的关心，经常让爱莉达以为这个女人是绿宗的。“在那片可怜的土地上，每个人几乎都变成了难民，包括那些会送来讯息的人。那个新任的帕那克爱麦瑟拉显然是消失了，看起来，那里似乎有两仪师卷进了……”

爱莉达的一只手紧揪着圣巾，脸上毫无表情，眼里却埋藏着火焰。关于沙戴亚军队的问题已经有了结论，至少梅玛拉是红宗的，这让她感到惊讶。但她们甚至没有询问过她的意见，事情就这样定案了。即使是有两仪师可能与帕那克的失踪有关，或者另外上千个从西海岸传来的不可思议的谣言，也无法让爱莉达将注意力从面前这些两仪师身上移开。从爱瑞斯洋到世界之脊间分散着许多两仪师，至少其中的蓝宗两仪师会做许多事情。从她们跪在她面前，发誓要将她当作白塔化身一样效忠到现在还不到两个月，而现在，她们不瞥她一眼就会做出各种决定。

玉座的书房在白塔中的位置并不高，但它所在之处便是这座高塔的核心，正如同这座骨白色的高塔是塔瓦隆巨岛的核心，四周环绕着艾瑞尼河。塔瓦隆同样是，或者应该是这个世界的心脏。这个房间曾经属于许多拥有无上权力的女人。它的抛光红石地板来自迷雾山脉，高大的壁炉用金色的坎多大理石雕成，墙壁上的嵌板用纹理奇异的白色木材制作，上面以非凡的工艺雕刻着没人能够认出的鸟雀和走兽，它们已经是一千年前的古物了。拱形的落地窗用闪烁着珍珠色泽的石块作为嵌框，窗外是可以俯瞰玉座私人花园的阳台，这些珍珠色泽的石块来自于一座在世界崩毁时沉入风暴海的城市，那座城市的名字也已经被大海吞没，只剩下这几块石材。这是一个代表权力的房间，将近三千年以来，玉座们就坐在这里，让全世界的王者在她们面前起舞。而这些人现在竟然毫不理会她的意见。

这种藐视出现得太频繁，最糟糕的是，她们篡夺了她的权威，却丝毫没有自己是篡权者的想法，也许这才是令她最感苦涩的。她们知道她是如何拿到圣巾的，知道是她们的帮助让她将圣巾披在肩上，而她自己也非常清楚这点。但她们实在是太过分了。她很快就要对此采取一些措施，不过现在还不是时候。

她已经尽可能在这个房间里留下了自己的印记——一张用三环连缀花纹装饰的华丽写字台，一把沉重的高背椅，椅背上方镶嵌着一朵用象牙雕成的塔瓦隆之焰，如同一滴巨大的雪白色泪珠悬在她黑色的头发上方。三个阿特拉漆匣以精确的等距离排列在这张桌子上，其中一只里面放着她的雕刻收集中最精致的作品。墙边一个简单的方形底座上，一只白色的花瓶里插着一束红玫瑰，让房里充满了香甜的气息。自从她成为玉座以来就没下过雨，但利用至上力总是能绽放出艳丽的花朵。她喜欢花，它们很容易被剪除，而且稍微施加一些手段就能产生出美丽。

两幅画挂在爱莉达面前的墙壁上，虽然坐着，但她只要稍一抬头就能看见它们。房里其他两仪师都尽量不去看它们，只有奥瓦琳会对它们瞥上一眼。

"有什么关于伊兰的讯息吗？"安黛亚有些胆怯地问道。这位灰宗两仪师是一名瘦弱的、如同小鸟一样的女人，尽管有着两仪师的面容，但她总是一副羞怯、胆小的样子。她看起来根本不像是一位仲裁人，但实际上是最优秀的仲裁人之一。她的话语里仍然残存着微弱的塔拉朋口音："或者是加拉德？如果摩格丝发现我们丢失了她的继子，她也许会更加关注她女儿的行踪，对吧？如果她知道我们弄丢了王女，安多和我们的关系也许会变成第二个阿玛迪西亚。"

有几名女子开始摇头，迄今为止，没有任何消息。佳纹达说："一名红宗姐妹已经被派入安多王宫，她刚刚晋升为两仪师，所以别人很容易就会把她当成其他人。"她的意思是说，那名新晋的红宗两仪师还没有因长久使用至上力而获得光洁无瑕的面容。如果让人们猜测房里这些女人的年龄，不同的答案大概会有二十年的差距，而有时差距更多达四十年。"但她已经受到良好的训练，非常强大，而且是一名优秀的观察者。摩格丝现在正专注于谋求凯瑞安的王座。"有几名女子在凳子上不安地耸动着身体，似乎是意识到了佳纹达正在触及危险话题。佳纹达赶紧又说道："而她的新宠加贝瑞大人看起来正占据着她的全副心神。"佳纹达的薄嘴唇抿得更紧了，"她已经彻底成了他的掌上玩物。"

"是加贝瑞让她将注意力转向了凯瑞安，"奥瓦琳说，"那里的形势几乎像塔拉朋和阿拉多曼一样糟糕。凯瑞安饥荒遍野，所有的贵族都在不顾一切地争抢太阳王位。摩格丝可以在那里重新建立秩序，但她需要用去很多时间才能确保自己的王位。在这件事结束之前，她将不会有精力关心其他事情，即使是与王女有关的事情。我安排了一名职员不时写信给摩格丝，那个女人能够将伊兰的笔迹模仿得惟妙惟肖。摩格丝将无暇他顾，直到我们恢复对她的控制为止。"

"至少，我们的手里还掌握着她的儿子。"裘丽恩微笑着说。

"盖温很难说是在我们的掌握中，"苔丝琳厉声说道，"他的那些青年军在河两岸都与白袍众发生了一些冲突。他现在还听我们的话，但他也按他自己的意愿任意胡为。"

“他会受到管制的。”奥瓦琳说。爱莉达开始觉得奥瓦琳那张永远冰冷的面容很可憎。

“说到白袍众，”黛妮勒插嘴说，“培卓·南奥似乎正在主持秘密会谈，劝说阿特拉和莫兰迪割让土地给伊利安，以此换得九人议会放弃入侵这两个地方。”

平安地从悬崖边上退了回来，对桌的女人们开始对这个话题喋喋不休。她们讨论圣光最高领袖指挥官主持这次密谈是否会为圣光之子赢得过多的影响。也许白塔应该破坏密谈，以便她们能插足其中，取代培卓·南奥的地位。

爱莉达的嘴唇抽搐了一下。白塔在历史中经常会保持必要的小心，有太多人畏惧她们，太多人不信任她们，但白塔从没有害怕过谁；而现在，它害怕了。

爱莉达抬眼望向那两幅画。其中一幅是画在三块木墙板上的连续画面，画面的主角是邦雯——历史上最后一名成为玉座的红宗两仪师。那已经是一千年前的事情了，从那之后，就不曾有红宗两仪师戴上过圣巾，直到爱莉达。邦雯高高在上，骄傲地指挥着两仪师去控制亚图·鹰翼。邦雯傲慢地站在塔瓦隆的雪白城墙上，下方是气势汹汹围城的鹰翼大军。邦雯卑微地跪在白塔评议会前，被剥夺了圣巾和令牌，罪名是几乎毁灭了白塔。

有许多人会奇怪，为什么爱莉达会从储藏室里把这套三联画重新取出来，它们被遗忘在那里，早已落满了灰尘。虽然没有人公开把这个疑惑说出来，但爱莉达肯定能听到她们的窃窃私语。她们不了解，这幅画正不断地提醒着爱莉达，失败会让她付出什么样的代价。

第二幅画采用了一种新的风格——画在一块展开的画布上，它是一张来自遥远西方的街头画匠草稿的复制稿。两仪师看见它时，只会产生更大的不安。两个男人在云端战斗，仿佛他们正飘浮在天空中，手里握着闪电，作为互相攻杀的武器。其中一个男人有张火焰的面孔，另一个高大而年轻，有着一头红发。让众人感到恐惧的是那个年轻人，即使是爱莉达看到他时也会紧咬牙关，她不确定这是因为愤怒，还是为了不让牙齿因为颤抖而相互敲击。但恐惧是可以控制的，而且必须予以控制，一切都要处在控制之中。

“那么，问题就算解决了。”奥瓦琳说着，轻松地从凳子上站起来。其他人也像她一样，整理着裙子和披肩，准备离开。“在三天时间里，我希望——”

“我允许你们离开了吗，女儿们？”这是爱莉达在命令她们坐下之后所说的第一句话。房里的人全都惊讶地看着她。是惊讶的表情！其中一些人开始向凳子走去，但没有人显出匆忙的神情，也没有人说一句道歉的话。她已经容忍她们太久了。“既然你们是站着的，那就站着听我说话吧！”那些已经半坐下的人中间发生一阵骚乱。当她们不确定地重新站直身体的时候，爱莉达继续说道："我没有听到有人提起搜寻那个女人和她的同伴的情况。"

不需要说出那个女人的名字，那个前任玉座，房里的人全都知道她说的是谁。爱莉达发现自己一天比一天更加不愿想到前玉座的名字。现在她面临的所有——所有！——的问题都是那个女人一手造成的。

"这很难，"奥瓦琳漠然说道，"因为我们已经散布了她被处决的谣言。"这名白宗两仪师有着冷若冰霜的血液。爱莉达用力瞪着她，直到她加了一句："吾母。"但这句同样冰冷，甚至还显得太随意。

爱莉达将目光扫向其他人，让自己的声音如同钢铁一般坚硬："裘丽恩，你负责逮捕她们，并且调查她们是如何逃走的。关于这两件事，我只听见你在抱怨如何困难，也许一段时间的每日苦修会帮助你，让你变得更加勤奋，女儿。写下你认为合适的苦修内容，呈报给我，如果我发现内容不够合适，我会将它增加三倍。"

裘丽恩一直保持的微笑以一种令爱莉达感到满意的方式消失不见了，她的嘴微微张开，又在爱莉达的瞪视中闭紧。最后，她行了个深深的屈膝礼，"如您所令，吾母。"这句话说得很勉强，柔顺的态度是被迫伪装出来的。但至少她还是做出来了，从现在开始。

"让那些逃跑者回来的任务完成得怎样了？"爱莉达的声音变得比刚才更加严厉。让那些在那个女人垮台时逃走的两仪师们回来，就代表让蓝宗回来。爱莉达不确定自己是否能真正信任哪一个蓝宗两仪师，话说回来，她也不确定自己是否能信任哪个当初没选择拥立她、反而逃出白塔的人。但白塔必须保持完整。

负责这件事的是佳纹达。"这个任务同样是困难重重，"佳纹达的表情和往常一样平静，只是在看到暴风雨无声地扫过爱莉达的面孔时，飞快地舔了舔自己的嘴唇，"吾母。"

爱莉达摇了摇头："我不想听到关于困难的抱怨，女儿。明天，你要将你所做的一切列出一份清单，递到我面前，其中还要说明你为了让这个世界知道白塔平安无事，都采取了什么措施。"这一点极为重要，白塔刚刚换了新的玉座，必须让这个世界认为白塔像往日一样团结而强大。"如果你没有足够时间完成我给你的工作，也许你应该放弃在评议会里红宗守护者的位置。我会考虑这件事的。"

"不需要这样，吾母，"那位面容生硬的女人匆忙地说道，"明天您就能拿到您要的报告。我确信有许多人很快就会回来了。"

爱莉达并不如此确定，无论她多么希望事实会如此。白塔必须强大，必须！

但她的目的已经达到了。困扰的思绪出现在除了奥瓦琳之外每个人的眼中：如果她会惩罚属于她原本宗派的人，而且更加严厉地惩罚一开始就追随她的绿宗两仪师，也许她们只将她视为一尊无用雕像的想法是大错特错了。也许是因为她们的拥戴，她才能坐上玉座，但现在的玉座是她。在未来的几天里，她还需要给她们做出几个惩一警百的例子，让一切事情都步入正轨。如果有必要，她会让每个女人都去赎罪苦修，直到她们向她哀告求饶。

“在凯瑞安出现了提尔的士兵，安多也是，”爱莉达无视于那些游移不定的目光，继续说道，“被那个占据提尔之岩的人派来的提尔士兵。”夏茉琳握紧自己圆胖的双手，苔丝琳哆嗦了一下，只有奥瓦琳像一池坚冰，毫无反应。爱莉达伸出手，指向那幅描绘着两个男人正在战斗的图画说：“看看它，看一看！否则我就让你们所有人跪着用手擦地板！如果你们连看一幅画的勇气都没有，又怎么能有勇气去面对即将到来的现实？白塔不需要懦夫！”

她们缓慢地抬起眼睛，挪动着脚步，仿佛是一群受到惊吓的女孩，而不是两仪师。惟独奥瓦琳只是看着那幅画，也只有她的表情没有任何变化。夏茉琳揉搓着双手，眼里已经闪出了泪光。必须对夏茉琳采取一些措施。

“兰德·亚瑟，一个能够导引的男人。”这句话从爱莉达的唇间甩出来，如同抽出一条鞭子。这几个字让她觉得自己肠胃扭结，有种差点无法控制的呕吐感，但她还是控制住自己的情绪，面无表情地用投石索甩出一个个弹丸。“一个命中注定会陷入疯狂、并在死前用至上力制造无数恐怖的男人。不止于此，阿拉多曼、塔拉朋，以及它们之间的一切地方都已经在战火中化为焦土，这些反乱的战争正是因他而起。虽然还无法确证凯瑞安的内战和饥荒是否和他有关，但他肯定在提尔和安多之间布下了更加巨大的战乱。白塔现在需要的是和平！在海丹，一些疯狂的夏纳人以他的名义布道，聚集起大量暴民，让雅莲德的军队也束手无策。他是白塔有史以来面临的最大危险，世界要面临的最大威胁，你们难道连他的名字都无法出口，连他的肖像都无法直视？”

她得到的回答是一片寂静。除了奥瓦琳之外，所有人都仿佛舌头被冻住了。大多数人都盯着画中的那个年轻人，如同被蛇催眠的小鸟。

“兰德·亚瑟。”这个名字在爱莉达的唇间泛起一阵苦涩。曾经有一次，那个年轻人来到她的面前，她只要一伸手就能得到他。那时他的外表还那么无辜，以至于她并未察觉到他到底是什么。上一任玉座知道他的身份，却任由他肆意妄为。光明才晓得她已经知道了多久！那个女人在逃走之前告诉她许多事情，其中有一些是在严刑逼供下才问出来的，而有一些爱莉达并不允许自己相信——如果弃光魔使真的获得了自由，那一切就都完了。但那个女人肯定还隐瞒了一些事情，而现在她已经逃走了，让爱莉达没有机会继续进行审问。那个女人，还有沐瑞，还有整个蓝宗向白塔隐瞒了许多秘密。爱莉达要把她们两个全都抓回白塔。她们要把藏在心底最细微的秘密也全部告诉她。不必等到她跟她们算完账，她们就会跪在她面前，乞求死亡。

虽然要说的话紧紧地粘在喉咙里，但爱莉达还是强迫自己把它们吐出来："兰德·亚瑟是转生真龙，女儿们。"夏茉琳膝盖一软，瘫坐在地板上，其他一些人的膝盖也在瑟瑟发抖。爱莉达轻蔑的眼神如鞭子般扫过她们。"这一点毫无疑问，他就是预言中所说的那个人。暗帝正从他的牢狱中挣扎出来，末日战争即将来临，转生真龙一定要在那时与暗帝战斗，否则整个世界都将陷入火焰和毁灭。这是时光之轮中的定数。而他现在脱离了我们的控制，女儿们。我们不知道他在哪里，我们只知道有十几个地方肯定不会有他的踪影。他不在提尔，也没有被安全地保护在白塔里，虽然这才是他应该待的地方。他给这个世界带来风暴，而为了让这个世界能活过末日战争，我们就必须阻止他。我们一定要将他握在掌中，让他能参加末日战争。难道你们之中有人以为他会自愿像预言中所说的那样，放弃自己的生命来拯救世界？一个正在走向疯狂的男人会这样做？我们一定要牢牢控制住他！"

"吾母——"奥瓦琳仍然保持着那种令人恼火的冰冷语调，但爱莉达用一道恼怒的目光阻止了她。

"兰德·亚瑟对我们来说远比夏纳的小冲突和妖境的纷扰更加重要，远比找到伊兰或加拉德更加重要，甚至比马瑞姆·泰姆更加重要。你们要找到他，一定要找到他！当我下次看到你们的时候，你们每个人都要详细地告诉我，你们为此做了些什么努力。现在，你们可以离开了，女儿们。"

众人纷纷屈膝致敬，颤抖的动作和"如您所令，吾母"的低弱响应在房中形成了一阵不安的涟漪。所有人几乎都是跑着离开的，裘丽恩扶着夏茉琳从地上摇晃着站起身，这名黄宗两仪师很适合成为下一个显示玉座威严的例子。为了让这些人不退缩，必须采取一些措施。而夏茉琳太软弱，在咨询团里，这种表现是不被允许的。当然，咨询团本身也不能持续太久。评议会必须听命于她，并且惟命是从。

所有人都离开了，除了奥瓦琳。

房门被关上后的很长时间里，这两个女人只是彼此对望着。奥瓦琳是第一个听到爱莉达对前任玉座提出指控的人，也是第一个同意爱莉达推翻前任玉座的人，而且奥瓦琳很清楚披上撰史者长巾的为什么是自己，而不是某个红宗两仪师。红宗会毫无异议地支持爱莉达，但白宗并不是这样，而如果没有白宗的全力支持，许多人的态度都会有所转变。那样的话，爱莉达现在就会被关在一间牢房里，而不是坐在玉座上；或者她的脑袋会被插在矛尖上，成为乌鸦的玩物。奥瓦琳不会像其他人那样容易被吓倒，爱莉达倒真希望有什么事能让她害怕。奥瓦琳双眼一眨也不眨地看着她，如同看着一个与自己身份相当的人，这让爱莉达感到相当恼火。

门口传来一阵敲门声，在寂静的房里显得非常刺耳。

“进来！”爱莉达喊道。

一名身材苗条、肤色白皙的见习生犹豫着走进房间，然后立刻行了个深深的屈膝礼，带着七色镶边的见习生白长裙在地板上铺展成一个很大的圆形。从她睁大的蓝眼睛和死盯着地板的表情来看，她一定是看见了那些女人离开时的狼狈相。当两仪师都会发抖的时候，一名见习生可能会感到大难临头。“吾……吾母，帕登·范……先生来了，他说您现……现在就会……会见他。”那个女孩蜷缩在地上，差点就要因为恐惧而瘫倒。

“那就让他进来，孩子，不要让他等在外面。”爱莉达几乎是咆哮着说道。但如果这个女孩真的让那个男人直接走进来，而不是让他等在外面，爱莉达一定会剥了她的皮。爱莉达在奥瓦琳面前隐忍的怒火趁这个机会全部发泄了出来(但爱莉达不会让自己相信自己不敢向奥瓦琳发怒)，“如果你学不会正确说话，也许厨房会比玉座的房间更适合你。嗯？怎么还站在这里？还不快去，孩子！告诉初阶生师尊，她需要教导你做事更快捷一些！”

那个女孩用一声尖叫代替了应有的回答，然后就跑出房间。

爱莉达努力地控制住自己。她并不在意新任的初阶生师尊希维纳给这个女孩的处罚是一顿鞭打，还是一顿责骂。她很少会去注意初阶生和见习生，更不会去关心她们，除非她们主动来打扰她。她只想看到奥瓦琳向她屈服，向她下跪。

但现在更值得注意的是帕登·范。爱莉达用一根手指轻轻敲着嘴唇。那是个瘦骨嶙峋的小个儿男人，还有个大鼻子。他在几天前刚刚出现在白塔，身上那件曾经华丽的衣服已经满是污秽，而且对他来说有些太大了。他有时傲慢自大，有时又满脸阿谀奉承。他来到这里，是要请求玉座接见。除了那些为白塔工作的男人外，男人们只有在受到强迫或是有极大需求时才会来到白塔，而且他们绝不会要求与玉座对话。就某些方面而言，他是个傻瓜，或是半个疯子。他自称来自莫兰迪的卢加德，话里却夹杂着许多其他地方的口音。有时候，他只说了半句话，口音就会突然变成仿佛是另外一个人的。不过爱莉达觉得他也许会很有用处。

奥瓦琳仍然在看着她，眼里充满冰冷的洋洋自得，只是目光中还夹杂着一丝对帕登·范的困惑。爱莉达的表情开始变得严厉，她几乎要拥抱阴极力了。她需要让面前这个女人知道谁是这里的主人，但为此而使用至上力并不明智。奥瓦琳也许会反抗，像乡下女孩那样粗野地与她打斗，这种情况对于玉座的威严来说当然没有半点好处。早晚有一天，奥瓦琳要像其他人那样学会如何对她卑躬屈膝。不过当务之急是不能让奥瓦琳对那个自称为帕登的人有太多了解。其实，即使是爱莉达自己也不能确定他真正的名字是什么。

帕登·范将那个慌乱的年轻见习生抛在脑后，走进了玉座的书房。那个女孩看起来很美味，他也很喜欢她那种张皇失措的样子，就好像一只在他掌心挣扎的小鸟，但现在他还有更重要的事情要关心。揉搓了一下双手，他将头低垂到一个合适的谦恭程度。但在书房里等待他的两个人一开始似乎完全没有注意到他的出现，只是用犀利的眼神彼此对望着。他差一点就要伸手去缓解两人间的紧张情绪了。紧张与分裂的气氛充斥在白塔的每一个角落，这样很好，他要做的只是在必要时扭曲她们的紧张，扩大她们的分裂。

刚得知现在坐在玉座上的人是爱莉达时，他确实吃了一惊，但这样的情况比他所期望的更好。就他所知，爱莉达在很多方面不如先前披着圣巾的那位女子那样坚韧。是的，她比史汪·桑辰更加严苛，更加残忍，但也更加脆弱。她可能不那么容易屈服，却很容易被折断。他只需要在适当时机采用不同的手段就可以了，两仪师，或者是玉座，在他看来都没什么区别。她们全都是傻瓜，危险的傻瓜，没错，但偶尔会有很大的利用价值。

她们终于注意到他的存在，玉座因为他的贸然闯入微微皱了皱眉，撰史者的表情则没有任何改变。“你现在可以走了，女儿。”爱莉达坚决地说，特别强调“现在”这两个字，语调变化虽然微妙，但绝非无意。噢，是了，她们之间的紧张，白塔权力上的裂缝，有裂缝的地方就可以栽下种子。帕登及时克制住自己笑出来的冲动。

奥瓦琳犹豫一下，才行了个轻微到难以察觉的屈膝礼。当她匆匆走出房间的时候，眼睛在他身上扫了一眼，目光里不带任何情绪，却让人感到不安。他在无意中缩起身子，收紧肩膀，做出要保护自己的姿势。他望着她苗条的背影，嘴唇扭动着，似乎是要发出吼叫。在那一瞬间，他有种莫名的感觉，这个奥瓦琳知道许多关于他的事情，但他不知道原因何在。她冰冷的面容、冰冷的眼神始终没有任何改变，而他想改变它们。恐惧、痛苦、乞求，他几乎因为自己的思绪而发出笑声。当然，这些想法是没有道理的，她什么也不知道。他需要耐心，总有一天，他会处理掉她，还有她那双从不会改变的眼睛。

这座白塔里封锢着一些他值得为之付出耐心的东西。这里有瓦力尔号角，那只传说中会从坟墓中召来死去的英雄、参与最后战争的号角。这件事就连大多数两仪师都不知道，但他能闻得出来。那把匕首也在这里，他感觉到它正在拖拉着他，他能清楚感觉到它在什么地方。那是他的，他的一部分，是这些两仪师把它从他身边偷走，藏到这里来。拿回那把匕首，他所损失的一切都能得到补偿，他不知道这是为什么，但他确信这一点。那是他在爱瑞荷遭受的损失。返回爱瑞荷实在太危险了，他有可能重新陷在那里不得脱身。他哆嗦了一下。那是太久的禁锢，绝不能再度陷溺其中。

当然，没有人再称呼那里是爱瑞荷了，人们现在都称那里为煞达罗苟斯——暗影等待之地，这个名字不错。有那么多事物已经改变了，就连他自己也一样。帕登·范、魔德斯、奥代斯，有时候，他也不知道哪一个才是自己真正的名字，他到底是谁。只有一件事可以确定：他的身份是任何人都无法想象的，那些自以为了解他的人都大错特错。现在，他已经脱胎换骨，他拥有一种超越一切的力量。他们迟早要明白这一点。

他猛地回过神，意识到玉座刚刚说了些什么。搜索了一下自己的思想，他找到她刚说过的内容。“是的，吾母，这身衣服很适合我。”他用手抚过覆盖住身体的黑色天鹅绒，以表明他多么喜爱这身衣服，好像这真有多重要似的。“这是一件好衣服，非常感谢您，吾母。”他已经准备好再和她周旋几轮她的那套礼数，也准备好要跪下来亲吻她的戒指，但这一次，玉座将对话直接引向了主题。

“再告诉我一些你对兰德·亚瑟的了解，范先生。”

帕登的目光转向画上那两个人，当他凝视那幅画的时候，后背挺得笔直。兰德·亚瑟的肖像让怒火与憎恨在血管里奔涌，仿佛那个男人正站在他面前，吸引着他全部的注意力。因为这个年轻人，他经受了无法回忆的痛苦，远远超越疼痛的痛苦，他无法允许自己去回忆那些过去。为了兰德·亚瑟，他被彻底打碎，再重新塑造。当然，这个重塑的过程给了他复仇的能力，但这并不是重点。他只想看到兰德·亚瑟的毁灭，除此之外的所有事情对他来说，都是微不足道的。

当他将目光转回到玉座身上的时候，他没有意识到自己摆出了一副和她一样的傲慢姿态，双眼直视着她的双眼。“兰德·亚瑟狡诈阴险，除了他自己的权势之外，他对一切的人和物都毫不关心。”愚蠢的女人。“他绝不会按照您的希望去行事。”但如果她能将兰德·亚瑟放在他的手里……“他很难予以引导，非常困难，但我相信这样的引导还是可以做到的。首先，您必须将绳索拴在少数那几个他所信任的……”如果她能把兰德·亚瑟交给他，他也许可以在最终离开时留她一条活命，即使她是两仪师。

上身只穿着衬衫，懒洋洋地躺在镀金椅子里，一只穿靴子的脚搁在椅子的软垫扶手上，雷威辛面带微笑，望着站在壁炉前、正在重复他的吩咐的女人。她棕色的大眼睛显得有一点呆滞，即使只穿着一身用来伪装的灰色羊毛衣，仍然能看出是个漂亮的年轻女人。但这并不是他对她产生兴趣的原因。

从房间的高窗里吹不进一丝风，女人说话的时候，汗水不停从她的脸上滚下来，也垂挂在另外一个男人的窄脸上。那个男人穿着有金线刺绣的精致红丝外衣，却像一名仆人那样僵硬地站立着。他确实也算是某种意义上的仆人，但他的服从是出于自愿，不像眼前这女人。当然，他在这个时候只是一个聋子和瞎子而已。

雷威辛精确地控制着他在这两个人身上编织的魂之力能流。没有必要毁坏有价值的仆役。

他的身上当然没有一滴汗，没有让这里夏日残留的热气碰触他的身体。他是个高大的男人，虽然鬓角已经有了丝丝飞霜，但黝黑的面孔依然英俊。对面前这个女人进行心灵压制对他来说毫不困难。

一阵怒容扭曲了他的面孔。心灵压制并非无往不利，还有一些女人，很少的一些女人有着很强的内在力量，即使受到控制也一直挣扎着想要脱离他，虽然并不知道可以逃脱的裂缝在哪里。而他的坏运气就在于，现在他对这样的一个女人有一点小小的需要。现在她还在他的手心里，而且并不知道自己已经身陷罗网，但她一直没有停止挣扎。当然，她早晚会失去利用价值，那时他就要决定是对她放手不管，还是永远地摆脱她。这两种选择都有危险，当然，没有任何事能威胁到他。但他是一个谨慎的人，小心翼翼是他行事的原则，如果不加注意，细小的危险就会有所增长。他总是用审慎的态度选择他将要承受的危险。杀死她，还是留下她？

女人话音的消失将他的注意力从思考中拉回到现实。“等你离开这里之后，”他对她说，“你将不再记得这次的来访，在你的记忆里将只剩下与平时一样的清晨散步。”她带着渴望取悦他的神情点点头。他微微解开一点魂之力束缚，这样他刚才所说的话就会在她走到街上后不久，从她的脑海里蒸发掉。重复使用心灵压制会让目标习惯于服从他，但只要被使用，就总会有被目标发现的可能。

随后，他又解开了埃里加的思想。埃里加爵士，一名小贵族，也是一个忠于誓约的人。埃里加神经质地舔了舔自己的薄嘴唇，瞥了那个女人一眼，然后立刻单膝跪倒在雷威辛面前。这些暗影的友人现在被称为暗黑之友了。既然雷威辛等人现在已经重获自由，他们就要开始学会该如何严格遵守他们曾经立下的誓言。

“把她带到后街去，”雷威辛说，“留她在那里，不要让别人看见。”

“依您的吩咐，伟大的主人。”埃里加一边说，一边跪着鞠了个躬。他站起来，转过身，仍然躬着腰，拉起她的一只胳膊。女人顺从地随他离去，眼里仍然充塞着迷茫的雾气。埃里加不会问她任何问题，他很清楚有许多事情是他绝对不想知道的。

“你的漂亮玩物之一？”房门一关上，另一个女人的声音就从雷威辛背后传来，“你已经开始喜欢让她们穿那样的衣服了？”

雷威辛抓住阳极力，让至上力在自己的身体里充盈，从他的约束和誓言中产生的保护，挡住了真源男性一半中污染的啸吼。据他所知，这种约束的另一端连接着比光明更强大的力量，甚至比创世主还要强大。

在房间中央金红色的地毯上出现了一道门，一道通向异处的门。在门消失的瞬间，他隐约看到一间装饰着许多雪白丝帘的房间，随后房中就出现一个女人，穿着白衣裙，一根银丝编织的带子束在腰间。如同一阵寒风般在他皮肤上掠过的一阵细微的刺麻感告诉他，她已经在导引了。她身材修长，面容美丽——一如他的英俊；黑眸如同两池无底的深潭，头发上装饰着银色的星辰和新月；发梢如同完美的黑色波浪在肩头翻涌。男人在看到她的时候，都会被欲火烧干口中的唾液。

“你偷偷来我这里干什么，兰飞儿？”雷威辛粗声问道，他没有放开至上力，反而又准备了几个凶狠的手段以防万一。“如果你想跟我说话，就派个使者过来，如果我想的话，我会决定见面的地点和时间。”

兰飞儿的脸上仍然带着那种甜美、狡黠的微笑：“你一直都是一头猪，雷威辛，但你很少是个傻瓜。那个女人是两仪师。如果她们有所察觉怎么办？你还要派出使者去声明你在哪里吗？”

“她能导引？”雷威辛冷笑一声，“她甚至还没强大到在没有监护的情况下出门的程度。现在她们把没受过教育的孩子都称作两仪师了。她们学到的知识有一半是自己摸索出来的小花招，一半是些一鳞半爪的皮毛。”

“如果那些没受过教育的孩子用十三人联合的方式对付你，你还会这么自大吗？”兰飞儿声音中那种冰冷的嘲笑刺痛了雷威辛，但他没让这种感受表现出来。

“我自然有所提防，兰飞儿。她可不止是你所谓的‘漂亮玩具’，她是白塔在此处的间谍，而现在她会准确地向白塔报告我告诉她的内容，并且会迫不及待地这样做。是那些在白塔里为使徒服务的人告诉我可以在什么地方找到她。”总有一天，这个世界将抛弃“弃光魔使”这个称谓，跪倒在“使徒”面前。这是在极为久远之前就注定的事情。“你为什么要来，兰飞儿？肯定不会是为了帮助一个无辜的女人吧！”

兰飞儿只是耸耸肩：“你怎么玩你的玩物是你自己的事，我不在乎。你并不是个好客的人，雷威辛，所以你应该原谅我……”一只银色的酒壶从雷威辛床边的一张小桌上升起来，朝一只镂金的高脚杯里倾入暗色的酒浆。当酒壶落回桌面上时，高脚杯也飞进兰飞儿手里。当然，雷威辛只是感到一点轻微的刺麻，却没有看见任何能流的编织，他从来都不喜欢这样。幸好她也同样无法看见他的编织。

“为什么？”雷威辛又问了一遍。

兰飞儿缓缓啜了一口酒，才说道：“因为你躲开我们这些人，所以有几个使徒主动上门拜访了。我是第一个来的，好让你知道我们无意攻击你。”

“其他人呢？你们有什么计划？我为什么需要别人的设计？”突然间，他笑了出来，笑声低沉洪亮，“那么你不是来攻击我的，对不对？你从来也不是个会公开发动攻击的人，对不对？也许不像魔格丁那么坏，但你喜欢的是偷袭。这一次，我会信任你，让你把想说的说出来，只要不离开我的视线。”胆敢将背对着兰飞儿的人，就算最终在背上发现她的刀子也是活该，即使在将她盯紧的时候也难以保证绝对的安全，她的脾气永远都让人捉摸不定。“还有谁会来找我？”

这一次，雷威辛得到了清晰的警告——这是男性的编织。另一座门在他面前开启，露出一道大理石环拱和后面宽大的石砌阳台，海鸥在无云的蓝天上盘旋鸣叫。一个男人从门中走进房间，门在他的身后关上。

沙马奥的身体结实强健，看上去比实际身材还要高大，步履轻快灵活，神态则显得相当粗鲁。他有着蓝色的眼睛和一头金发，以及修剪整齐平直的胡子。本来他也算得上是相貌出众，但一道从发际一直延伸到下巴的伤疤彻底破坏了脸形，仿佛曾经有根红热的火棍在他脸上斜掩而过。在许多岁月以前，当这道伤疤刚刚出现的时候，他原本可以立刻将它消去，但他选择将它保留下来。

雷威辛能模糊地感觉到，沙马奥将阳极力抓得像他一样死紧。沙马奥则用警觉的眼神望着他：“我以为会在这里看见侍女和舞女，雷威辛。难道在这么多年之后，你终于厌倦了你的游戏？”兰飞儿一边抿酒，一边发出轻轻的笑声。

“有人在说游戏吗？”

雷威辛甚至没注意到第三道门的开启，那道门里是一个充满了水池和凹槽圆柱的巨大房间，有许多几乎裸体的杂技演员和穿得更少的侍者来回走动。奇怪的是，坐在那些表演者中间的是一名瘦骨嶙峋的凄然老者，身上的衣服满是皱褶。那道门在眨眼间就消失了，雷威辛看见自己的房里出现两名身上只挂着几片薄纱的仆人。其中一名是身材健壮的男人，手里捧着一只雕金托盘；另一名是美丽、性感的女人，正急切地将一只水晶酒壶里的酒倒在托盘上的水晶杯里。站在两名仆人前面的则是他们的主人，第三位来访者。

除了兰飞儿之外，无论是与谁相比，古兰黛都称得上是个令人惊羡的美人，拥有无人能及的妖娆艳丽，而身上剪裁修短的绿丝裙也出色地映衬着她的丰姿。一颗鸡卵大小的红宝石缀在她的双乳之间，一顶镶嵌着更多红宝石的小冠冕拢住了她太阳色的长发。尽管与兰飞儿相比，她不免失色，看起来仅仅算得上清秀，但脸上调侃的微笑似乎正在告诉旁人，这种比较丝毫也不会干扰她的心情。

她向后伸出一只戴满戒指的手，轻轻招了招，发出一阵黄金手镯互相碰撞的声音。那名女仆急忙将水晶杯放进她的手里，然后和男仆一样在脸上堆满了奉承的笑容，虽然古兰黛根本也没有转头去看。“那么，”古兰黛欢快地说，“几乎有一半还活着的使徒都集中在一个地方了，而且其中也没有人想要自相残杀。有谁能想到，在至尊暗主回归以前会发生这样的事情？伊煞梅尔确实曾经暂时阻止了我们杀死彼此，但现在……”

“你在你的仆人们面前总是这样随口胡说吗？”沙马奥冷着脸问道。

古兰黛眨眨眼，回眸瞥了一下那两个人，仿佛早已忘记了他们。“他们不会说出去的，他们忠于我，对不对？”那两人立刻跪倒在地，迫不及待地述说对她炽烈的热爱。这是真的，他们真的爱她，至少现在是这样。过一会儿，古兰黛微微皱眉，两名仆人立刻半张着嘴，僵在原地。“他们确实在这里，但他们不会打扰你的，是不是？”

雷威辛摇摇头，心里寻思着这两名仆人真正的身份。只是长得漂亮并不能成为古兰黛的仆人，他们一定也同时拥有权势和地位。只有领主才能成为她的男仆，贵妇才能为她准备洗澡水，这就是古兰黛的品味。纵欲享受是一回事，但她简直是肆无忌惮地浪费。如果正确地进行操控，这两个人也许可以发挥很大的作用，但古兰黛对他们施加的心灵压迫让他们彻底变成了一对装饰品。这个女人根本不懂什么叫思考。

“我还会看到更多人吗，兰飞儿？”雷威辛咆哮道，“你们是不是也让狄芒德不再认为他是暗主继承人？”

“我怀疑他是否傲慢到那种程度，”兰飞儿语气平和地回答，“他已经见到了伊煞梅尔的下场。说到这个，这就是古兰黛提议这次聚会的原因。我们曾经是不朽的十三人，现在，我们中有四个死了，还有一个背叛了我们。今天参加聚会的只有我们四个，这也够了。”

“你确定亚斯莫丁背叛了？”沙马奥问，“以前他绝对没有这么做的勇气，他从哪里找到的勇气去投向那必败的一方？”

兰飞儿带着饶有兴味的神情笑了一下：“他曾经有勇气设下一个埋伏，以为那样他就能凌驾于我们之上。当他的选择变成立刻死掉和参与一场必败的抗争时，他并不需要太多的勇气。”

“我打赌，他做选择时也没有多少时间可以思考，”沙马奥脸上的伤疤让他的冷笑显得更加尖刻，“如果你当时那样接近他，可以知道这一切，为什么你还要让他活下来？你有能力在他察觉你之前就杀死他。”

“我杀人的速度不像你那么快。杀戮是最终极的手段，一使出便无可挽回，事情通常都会有更有利的解决之道。另外，用你能理解的措辞来说，我不想对更强大的力量发起正面攻击。”

“他真的那么强大吗？”雷威辛平静地问，“那个兰德·亚瑟，正面相对的时候，他真能压倒你？”如果有必要，雷威辛本人并非做不到这一点，沙马奥亦然。但如果他们两人之中任谁有此意，古兰黛都很有可能会与兰飞儿联合。说到这个，这两个女人此刻八成已经全身满盈至上力，随时准备稍有怀疑便立刻迎击在场的两位男性，或是彼此。而那个乡下男孩，一个没受过训练的牧羊人！他懵懵懂懂，除非接受亚斯莫丁的教导。

“他是转生的路斯·瑟林·特拉蒙。”兰飞儿依然用轻快的声音说道，“路斯·瑟林比任何人都强大。”沙马奥下意识地揉搓了一下脸上的伤疤，那是路斯·瑟林在他身上留下的记号。那是在三千年以前，在那以后，暗帝重新被囚禁，世界遭到毁灭，发生了那么多事，但沙马奥从没忘记过这道伤疤的由来。

“好了，”古兰黛说，“我们到这里来只是为了讨论这些吗？”

雷威辛不悦地看了她一眼。那两名仆人仍然僵滞在原地，只是姿态和刚才有了一些差别。沙马奥在胡子底下低声地咕哝了几句。

“如果这个兰德·亚瑟真的是路斯·瑟林·特拉蒙转生，”古兰黛一边继续说下去，一边坐在四肢撑地的男仆背上，“我很惊讶你还没把他抱到你床上去，兰飞儿。或者这样做并不容易？我依稀还记得路斯·瑟林是如何牵住你的鼻子，捂住你的小脾气，让你去给他拿酒的。”古兰黛将手中的酒杯放在托盘里，那只托盘现在正由微呈跪姿的女仆一动也不动地托在手里。“你对他是那样迷恋，如果他想要一块地毯，你会自动躺到他脚下的。”

兰飞儿暗色的眼眸闪烁了一下，随后才恢复对自己的控制：“他也许是转生的路斯·瑟林，但他不是路斯·瑟林本人。”

“你怎么知道？”古兰黛一边问一边露出微笑，仿佛只是在说一个笑话，“也许像许多人相信的那样，所有人都在随着时光之轮的转动而转生。但就我所知，一个人根据预言的记载而转生，以前从未有过这样的事。有谁能知道他是什么人？”

兰飞儿给了她一个轻蔑的笑容：“我曾经仔细地观察过他，他依旧非常天真，就像一个牧羊人应有的样子。”轻蔑的表情在这时转为严肃，“但现在他有了亚斯莫丁，虽然他们的联盟并不牢固。而在亚斯莫丁之前，已经有四名使徒死在他的手上。”

“让他去削掉那些枯枝吧！”沙马奥粗声说道。他编织出一股风之力的能流，拖过一把椅子，一屁股坐进椅子里，将一条腿搭在另一条腿上，一只胳膊搂住了雕花矮椅背。任何以为他现在很放松的人都是愚蠢的，沙马奥总喜欢愚弄自以为有机会偷袭他的敌人。“等到了回归日，我们这些活下来的人就能得到更多。难道你认为他能赢得末日战争，兰飞儿？即使他有了亚斯莫丁，但这次没有百盟团帮他了。不管有没有亚斯莫丁，暗主都会让他变得像一只破碎的灯盏，再也发不出半点光芒。”

兰飞儿抛给沙马奥一个充满轻蔑的眼神：“我们之中有多少人能活到暗主最终得到自由的时候？已经有四个完蛋了。他的下一个目标会是你吗，沙马奥？你也许会希望这样。如果你能击败他，那你就能彻底摆脱那道疤痕了，不过我已经记不清，在至上力之战中，曾经有多少次你与他正面对阵？你曾经赢过他吗？我似乎不记得你赢过。”她又毫无停滞地转向古兰黛，“或者会是你。因为某些原因，他确实不愿意伤害女人，但你甚至没办法像亚斯莫丁那样得到选择的机会。你无法传授他任何技艺，除非他决定把你当成他的宠物，那样你的生活就会有所改变了，不是吗？你不必再去决定哪一件玩物会让你更快活，你要学会如何去让别人快活。”

古兰黛的面孔抽搐了一下。雷威辛准备设立屏障，以免两个女人间的战斗会误伤到他，他甚至准备在烈火出现时立刻将自己传送走。他感觉到沙马奥也在聚集至上力，而且正在采取一些与他不同的行动——沙马奥称此为争取战术优势。雷威辛探过身，抓住沙马奥的胳膊。沙马奥恼怒地甩开了他，但时机已经过去了。两个女人现在不再彼此对视，而是一起看着他们。她们不会知道刚才出了什么事，但雷威辛和沙马奥之间显然是发生了些什么，怀疑的光芒正在她们的眼里闪耀。

“我想听听兰飞儿到底想说些什么，”雷威辛并没有看沙马奥，但他的话明显是对沙马奥说的，“她一定不止是愚蠢地想吓倒我们。”沙马奥甩了一下头，那也许是点头同意，但也可能只是恼怒之举。不过雷威辛的目的已经达到。

“哦，说到重点了，虽然一点威吓并不是坏事。”兰飞儿的黑眸里仍然保留着怀疑，但她的声音如同潭中的静水一样清澈。“伊煞梅尔想控制他，却失败了，最后想要杀死他，也失败了。伊煞梅尔企图用恐惧征服他，而恐惧对于兰德·亚瑟并没有用。”

“伊煞梅尔的脑子有一大半都疯了，”沙马奥喃喃地说，“他身上残留的人性不到一半。”

“我们只是人吗？”古兰黛扬起一侧的眉弓，“肯定不止如此吧！这才是人。”她伸出一根手指抚摸了一下跪在她身旁的女人面颊。“我们应该创造一个新词来称呼自己。”

“不管我们是什么，”兰飞儿说，“我们可以在伊煞梅尔失败的地方赢得成功。”她微微向前倾过身，仿佛是要将她说的话压向屋里的其他人。兰飞儿很少会表现出激动的情绪，现在她是怎么了？

“为什么只有我们四个？”雷威辛问。关于兰飞儿现在的态度，可以以后再讨论。

“为什么还要其他人？”兰飞儿回答，“如果我们能让转生真龙在回归日时跪倒在暗主面前，为什么还要把这份荣耀和报偿跟多余的人分享？而且他也许还能被用来……你是怎么说的，沙马奥？削去那些枯枝。”

这是一个雷威辛可以理解的回答。当然，雷威辛不信任她，他不信任任何人，但他懂得野心。在路斯·瑟林把这些使徒封印在暗帝的囚牢中之前，他们一直处心积虑地谋划自己的权势地位；从他们重获自由的那一天开始，这样的谋划也重新开始了。雷威辛只需要确认兰飞儿的谋划没有干扰到他自己的。“说吧！”他对兰飞儿说。

“首先，还有其他人正在试图控制他，也许是要杀死他。我怀疑那些人里有魔格丁和狄芒德。魔格丁总是躲藏在阴影里，而狄芒德一直都在恨着路斯·瑟林。”沙马奥的嘴角露出一丝微笑，或者只是一阵抽搐，但他对路斯·瑟林的恨意与狄芒德相比微不足道，虽然他有更好的理由去恨路斯·瑟林。

“你怎么知道我们之中不会有人正这么打算？”古兰黛狡黠地问。

兰飞儿微笑的双唇间露出了和对面那个女人同样多的牙齿，也同样地冰冷：“因为你们三个在其他人不顾一切地互相攻击时，选择了为自己营造巢穴，保存实力。当然，还有其他原因。以前我就告诉过你们，我会严密监视兰德·亚瑟。”

兰飞儿对他们的评价并没有错。雷威辛喜欢用外交策略和阴谋代替公开的冲突，虽然并不排斥必须的暴力。沙马奥总是将军队和征服作为解决问题的手段，除非他确信自己可以获得胜利，否则他不会接近路斯·瑟林，哪怕真龙已经转生成了一个牧羊人。古兰黛也喜欢征服，不过工具并不是许多的士兵。尽管沉迷于玩物，但她绝非毫无寸进。她每次只迈出一步，而且也不会迈得很远，却要保证这一步坚实可靠。

“你们知道，我能在不被发现的情况下监视他，”兰飞儿继续说道，“但你们绝对不能插手，否则就要冒着被察觉的危险。我们一定要把他拉回……”

古兰黛饶有兴味地向前倾过身体，沙马奥也开始微微地点头。雷威辛仍然没有任何表示。兰飞儿的办法也许可行，但如果不行……如果不行，他已经想出了几个可以让他得利的策略。最后的结果也许会很令人满意。

第1章

星火燎原

时光之轮旋转不息，岁月来去如风，世代更替只留下回忆；时间流淌，残留的回忆变为传说，传说又慢慢成为神话，而当同一纪元轮回再临时，连神话也早已烟消云散。在某个被称为第三纪元的时代，新的纪元尚未到来，而旧的纪元早已逝去。一阵风在末日山脉刮起。这阵风并非开始，时光之轮的旋转既无开始，也无结束。但这确实也是一个开始……

它吹向西南，熔金般的骄阳彻底抽干了它的水分。这片土地已经有许多星期没有尝过雨水的味道了。夏末的炎热一日强过一日，一些树上出现了提早发黄的叶子，干涸的小溪里只剩下一块块焦热的岩石。在一片开阔的平原上，青草已经消失了踪影，只剩下瘦弱、枯萎的灌木还在用根系紧攥着土地。风吹起这片土地上的尘土，露出埋在下面的石块。这些石块历经长久的风雨磨蚀，人类的眼睛已经无法看出它们是一座大城的遗迹。这座大城现在只是一些渐渐被人们遗忘的故事而已。

风吹到安多国境，掠过了几座零散的村庄，以及一些在干枯的犁沟间愁容满面忙碌的农夫。当风将自己携带的沙尘抛洒在一座村庄的长街上时，它起源的那座森林早已落在遥远的后方。这里只有一丛丛稀疏的灌木。村庄的名字是柯尔泉,这里的泉水在夏天的时候就开始变小了。几只狗趴在闷热的天气里不停地喘着气。两个没有穿衬衫的男孩一边跑,一边用棍子敲打一个塞满稻草的猪膀胱。除了他们的叫嚷声,村中只剩下客栈门板上的招牌被风吹动时发出的吱嘎声。被绑在客栈门前的上鞍马匹懒洋洋地甩动着尾巴。像这条街上其他的建筑物一样,这间客栈也是用红砖和茅草屋顶搭成的,但它有两层楼,是这座井然有序的小镇上最高大的建筑。在客栈的雕刻招牌上写着“英明女王的裁决”。

在飞落的尘土中眨了眨眼,明仍然将一只眼睛贴在棚屋墙壁的裂缝上,向外窥望。她只能看见棚屋门口那名卫兵的肩膀,但她的注意力其实是集中在远处那间客栈上。她希望那间客栈的名字不会代表什么凶兆。他们的法官,也就是本地领主显然已经到了,但她一直没有看见他。毫无疑问,他正在听取那名农夫的控诉。亚墨·耐姆,还有他的兄弟、亲戚以及他们的老婆,所有人都似乎巴不得替领主的扈从动手,立刻对她们执行绞刑。明想知道这里的法律会如何处罚烧毁一座谷仓和里面的乳牛的罪行。当然,这次事故是无意的,但毕竟明一行人擅自闯入在先,这辩护也许不太站得住脚。

洛根已经在混乱中抛下她们逃走了。真该烧死他!明不知道现在是否应该为他的逃脱而感到高兴。黎明时分,正是洛根在那些农夫发现他们时打倒了亚墨,让那名农夫手里的油灯掉到干草堆上,如果要找纵火元凶,那只能是他。但洛根有时候会控制不住自己,说出一些不该说的话,也许他最好还是离开。

转身靠在墙上,明擦掉眉头的汗水,但新的汗水马上又渗了出来。棚屋里非常闷热,但两位同伴似乎没有注意到。史汪像男人一样四肢摊开,躺在她的与明式样大同小异的暗色羊毛骑装上。她盯着棚屋顶,懒懒地用一根稻草敲打着下巴。古铜色皮肤的莉安身材苗条,有着和男人一样的身高,她盘腿坐在地上,只穿着浅色衬衣,正在用针线缝补外衣。她们被允许保留鞍袋,当然,农夫们在此之前已经对鞍袋进行过详细的搜查,确认里面没有刀剑斧头之类可以帮助她们逃脱的物品。

“在安多,烧掉一座谷仓的惩罚是什么?”明问。

“如果我们走运,”史汪躺在那里回答,“会在村子的广场上被皮带抽一顿。如果不走运,就是一顿鞭子。”

“光明啊!”明喘息着说,“你怎么能说这种事叫走运?”

史汪侧翻过身,用臂肘支起身体。她是个身形矫健的女子,相貌不算艳丽,却堪称清秀,从外表看上去并不比明大几岁,但那双锐利的蓝眼睛中闪烁着一种一呼万应的威严。一个被关在穷乡僻壤之地的棚屋里等待审讯的少女绝不可能有这种眼神。有时候，史汪会像洛根一样忘记自己是谁，也许她忘得比洛根更严重。“等到被抽一顿之后，”她用干脆利落的语气说道，“这里的事情就告一段落，我们也可以继续赶路。这样浪费的时间比我能想到的其他惩罚都要少，当然比被绞死要少。根据我对安多法律的记忆，我不认为会有绞刑。”

明喘息着笑了很久，她不知道自己是不是在哭。“时间？从这一路行进的方式看来，我们有的是时间。除此之外，我们一无所有。我发誓，我们一定已经走过了从塔瓦隆到这里的所有村庄，却没有任何发现。没有只字片语，没有一点消息，我不认为真的有逃亡的两仪师在集结。而现在，我们只能徒步前进了。我刚才听他们说，洛根在逃跑的时候也带走了马匹。我们现在身无长物，被锁在一间棚屋里，等待着光明知道会是怎样的惩罚！”

“不要说出名字，”史汪压低嗓子厉声说道，同时用意味深长的目光瞥了一眼外面站着守卫的那道粗木门，“不加管束的舌头会把你扔进渔网里。”

明扮了个鬼脸，一部分原因是她已经厌倦了史汪的提尔渔民俗话，另一部分原因是史汪的话是对的。到目前为止，她们仍然赶在那些对她们不利的讯息之前——也许说是对她们致命的讯息会更加合适。但有些讯息能够在一天时间内跨越上百里。史汪一路上都用玛莱作为自己的名字，莉安的名字是雅玛娜，洛根的名字则是代林，史汪费了一番力气才让他相信自称为桂尔是个愚蠢的选择。明不认为会有人认识自己的名字，但史汪坚持要她把名字改为赛芮拉。其实，就连洛根也不知道她们真正的名字。

他们真正的麻烦是史汪并没有打算放弃。他们已经连续寻找了几个星期，却始终没有找到要找的东西。史汪的脾气与日俱增，现在无论是谁提到前往提尔去找兰德，都会招来史汪狂暴的怒气。虽然他们都认为现在去提尔才是明智之举，但即使是洛根也不敢去招惹史汪的脾气。这并不表示从前的史汪脾气很温和。但明很明智地没有把这种想法表现出来。

莉安终于缝好衣服，将它从头顶套在身上，然后将胳膊弯到身后，扣好扣子。明不明白莉安为什么要做这么麻烦的事，她自己痛恨任何一种针线活。现在那身裙装的领口开得更低了些，露出一小部分胸部，而且似乎也更贴身了一些。但这样做又有什么用？没有人会来这个热烘烘的棚屋里邀她舞上一曲。

莉安在明的鞍袋里翻找了一阵，拖出一只放着胭脂水粉之类东西的小木箱，那是她们出发时蕾拉丝强迫明带上的。明想把它丢掉，但她一直没工夫去做。在箱盖下面嵌着一面小镜子，莉安随后就在这面镜子前用兔毛刷妆点她的姿容。她以前从没在这方面显露出任何兴趣，而现在，她却为难地看着仅有的一把乌木发梳和一把小象牙梳。她甚至在嘟囔着没有办法加热那把烫发熨斗！

自从她们开始史汪的搜寻以来，她的黑发已经长了许多，但仍然还不到肩膀。

看了一会儿之后，明问："你要做什么，莉……雅玛娜？"明没有去看史汪。她能管住自己的舌头，无论是被囚禁在这个蒸笼里，还是不久之后接受审讯时。被吊死，或是被公开鞭刑，这是什么样的选择啊！"你是想卖弄风情吗？"这当然是个笑话，莉安脑子里只有死板的公务。明只是想活跃一下屋子里的气氛，但莉安的回答却着实让她吃了一惊。

"是的。"莉安一边轻快地说着，一边睁大眼睛望向镜子，仔细地修饰着她的睫毛，"如果我找对了男人撒娇，也许我们就不需要接受鞭打或是其他什么刑罚了，至少可以让判决轻一些。"

明张大了嘴，想要抹汗的手停在半空。她觉得莉安的样子仿佛是一只猫头鹰在宣称自己要成为一只蜂雀。但史汪只是坐起身，不带表情地对莉安说："你怎么会想到要这样做？"

明怀疑如果史汪这时望向自己，她立刻就会低头忏悔。史汪的目光总是让被她注视的人产生向她行屈膝礼、并照吩咐去做的冲动。即使是洛根，在大多数时间里也会受到这种影响，只是他不会行屈膝礼。

莉安平静地用一把小刷子轻扫自己的双颊，并在小镜子里观察化妆的效果。她瞥了史汪一眼，不管是否感受到对方的气势，她仍然用那种轻快的语气回答："你知道，我的母亲是一名商人，她的主业是贩卖皮草和木材。我曾经见过她如何迷惑一名沙戴亚领主，让他答应将他领地内一整年的木材以半价卖给她。我怀疑他要一直等到回家后才会想清楚自己做了什么，也许一直都没察觉。他后来又送给我母亲一副月长石的手镯。阿拉多曼女人轻佻放荡的名气并非完全属实，其中有许多是那些假正经的人们加油添醋的谣传，但我们也确实有我们的手段。母亲和姨妈也把这些手段传授给了我和我的姐妹、表姐妹们。"

莉安低头看了自己一眼，摇摇头，轻叹一声，又开始装扮自己："但恐怕在第十四个命名日时我就已经有现在这么高了，那时我还是个干瘦的姑娘，就像一匹长得太快的马驹。就在我刚刚能在房间里用平稳的步伐走路后不久，我知道了……"她深吸一口气，"我知道我将拥有另一种人生，不止是一名商人的人生。而现在，这样的人生没有了，我却正好有机会利用多年前被传授的技艺。我想不出还有比现在更合适的时间和场合利用这些技艺了。"

史汪仍然用精光闪烁的眼神望着莉安："这并不是原因，不是全部的原因，你还有话没说。"

莉安将一支小刷子扔进化妆箱，眼里闪耀出愤怒的光芒："全部的原因？我不知道什么全部的原因。我只知道我的生命需要一些东西来代替……那些已经失去的。你亲口告诉过我，这是活下去的惟一希望，复仇并不足以支撑我活下去。我知道你的目标是必要的，可能也是正确的，但光明助我，这对我来说并不够。我不能让我像你一样如此专注于你的志业，也许是因为我参与得太晚了。我会留在你身边，但这并不够。”

莉安恢复平静之后，便开始逐一将瓶罐盖好，放回到箱子里。她的每一个动作都十分用力，身上散发出一股淡淡的玫瑰香气。“我知道卖弄风情并不能填补那种空虚，但这至少能让我度过一段无聊的时光，也许我应该做我生来就要做的人，我不知道。这不是我刚刚有的念头，我一直都希望能像我母亲和姨妈们那样，长大之后有时还会在做白日梦的时候想到这些。”

莉安的脸上露出戚然的表情，当她把最后一只瓶子放进箱子里时，动作已经轻柔了许多。“我觉得，也许我一直都在把自己装扮成别人，在脸上盖了一层面具，直到它变成我的第二张脸。我有重要的职责，比经商更加重要。等我意识到还有别的路可走时，面具却已经牢固到脱不下来了。嗯，现在该做的都做了，我的面具已经取下。一个星期之前，我甚至还考虑过从洛根那里开始练习，但我的技艺确实是生疏了，而且我觉得他是那种把无心的承诺看得太认真，并且会确认承诺都将实现的男人。”一个浅浅的微笑突然出现在她唇边：“我的母亲总是说，如果真的发生这种事，就表示计算出现了严重失误。如果一切已经无可挽回，你只能放弃一切尊严转头逃走，或者付出代价，并将此作为人生中的一课。”她的微笑忽然变成一阵坏笑，“我的蕾莎拉姨妈却说你要付出代价，并享受它。”

明只能摇摇头。莉安好像完全变成另一个人，她竟然说要……即使是亲耳听到，明也无法相信。话说回来，莉安看起来真的不一样了，在经过那些小毛刷的整理之后，明在她的脸上看不到一丝胭脂水粉的痕迹，但嘴唇变得更加丰满，面颊更加滋润，眼睛也更大了。莉安本来就是个明艳绝伦的女子，现在她的美丽仿佛被放大了十倍。

但史汪并没有放弃对莉安的怀疑：“如果这名乡下领主是个像洛根一样的男人呢？”她轻声问，“那你该怎么办？”

莉安跪起身，挺直背脊，深深吸了一口气，才用极其平静的声音回答：“那你还能有什么选择吗？”

两个人不眨眼地盯着对方，寂静在屋中蔓延。

明很想知道史汪会如何响应莉安的问题，但没等到史汪回答（如果她真能答得出），棚屋的门外就传来了铁链和锁的碰撞声。

另外两名女子缓缓站起身，平静地收拾好她们的鞍袋。只有明一跃而起，一边在心里为她那把被搜走的匕首而生气。真是愚蠢，竟然在这时候想要那种东西，她心想，那只会给我添更多的麻烦，我又不是故事里那些该死的英雄，即使我冲向卫兵——

门被打开了，门口出现一个穿着衬衫和皮革长马甲的男人。对于一个年轻女孩，即使手里拿着一把匕首，也绝对打不过这种人，就算是一把斧头也没办法。他的身材只能用魁梧壮硕来形容，头上残存的几绺头发一半以上已经变白，但看上去仍旧像一棵老橡树桩一样壮实。"该是你们这些女孩去大人那里答话的时候了。"他粗声粗气地说，"你们是自己走过去，还是要我们像拖麻袋一样把你们拖过去？不管怎样，你们都得去，但我可不想在这么热的天气里把你们扛过去。"

明看见他的身后还等着两个男人，头发也都是灰白的，虽然不及他健壮，但看起来一样不好对付。

"我们自己走过去。"史汪不动声色地对那个男人说。

"很好，那就过来吧！加雷斯大人不喜欢等待。"

虽然史汪说了她们会自己走，但三个男人还是分别紧抓住一名女子的手臂，把她们拖上满是尘灰的街道。明觉得那个秃头男人握住自己胳膊的手像镣铐一样坚硬。有必要如此防范我们逃跑吗？明苦涩地想。她很想踢一下这个男人的脚踝，看看他是不是会松手，但他的身材看上去是那么壮实，明怀疑自己这么做只会给脚趾带来一阵痛楚，并让她被拖着走完剩下的路。

莉安仿佛正在努力思考着什么，没被抓住的那只手一直在做着一些小手势，嘴唇无声地开合着，似乎是在默诵某些话语，但她又经常会摇摇头，重新开始那套演习。史汪也陷入深深的思考，紧皱起双眉，甚至还不停地咬着下唇，毫不掩饰自己的担忧。史汪以前不曾有过如此不安的表现。这两个女人没有给明增添任何一丝信心。

走进"英明女王的裁决"的大厅，看了一眼满是横梁的天花板，明只感觉到更沉重的压迫感。头发平直的亚墨·耐姆在眼睛周围有一圈肿胀的黄色瘀伤，站在领主面前的一侧，身边站着与他同样粗壮的兄弟堂亲和他们的妻子，他们全都穿着他们最好的外衣或围裙。这些农夫看着三名被带进来的囚犯，眼里搀杂着愤怒和满意的神色。明的心又沉了一下。农妇们瞪视的目光里迸射着更加纯粹的恨意。周围墙边站满了村民，身上还都穿着日常工作的衣服。铁匠身上套着皮围裙；一些女人高高地卷起袖子，手上沾满面粉；人群中还能看见不多的几位老者和几个小孩子。大厅里充满了窃窃私语的声音，所有人的眼睛都盯着走进屋里的三个女人，目光中闪耀着像亚墨一样的狂热。明觉得柯尔泉一定不曾有过这样让人兴奋的好戏，她曾经在一次死刑上见过这样的人群。

大厅里的桌椅都被挪到了一边，只有在砖砌的长壁炉前还留着一张桌子。桌子后面坐着一个面容豪放、身材健壮的灰发男人，穿着一件剪裁精良的深绿色丝绸外衣，双手交叠在桌面上。一名与他年纪相仿却仍保持苗条身材的女子站在桌边，穿着同样做工精良的灰色羊毛裙装，在领口的位置绣了一圈白花。明猜测这就是本地的领主和他的夫人，两位对于这个世界的了解比他们的庄客和佃农好不了多少的乡下贵族。

押送她们过来的男人将她们带到领主的桌子前，就走进了人群。穿灰色羊毛衣裙的女人向前走了一步，人群中嘈杂的声音立刻消失。

"所有在这里的人都请注意，"那个女人高声说道，"加雷斯·布伦大人今天将会给予公正的裁决。囚犯们，你们被带来这里，是为了接受加雷斯大人的审判。"那就是说，她不是领主夫人，而是一位官员。加雷斯·布伦？在明的记忆里，他在凯姆林，是安多女王卫队的大将，难道这里的加雷斯·布伦会是同一个人吗？她瞥了史汪一眼，但史汪只是紧盯着脚前的地板。无论这个加雷斯是谁，他看起来显得很是疲倦。

灰衣女子继续说道："你们被指控在黑夜中擅闯这里，纵火并毁坏了一幢建筑物，以及里面所有的物品，杀死有价值的家畜，攻击亚墨·耐姆，并偷窃了一个据称装有金银的荷包。据我们所知，这些攻击和偷窃行为是你们的同伙干的，虽然他已经逃脱了，但在法律上，你们负有同等的罪责。"

她停了一下，以便让囚犯们理解这段话的意思。明和莉安交换了一个沮丧的眼神。洛根还在这些麻烦里加上了偷盗的罪名，现在他也许已经在前往莫兰迪的路上，搞不好还跑得更远。

过了一会儿，那名女子又说道："指控你们的人将与你们对质。"她指着耐姆家的那一群人说："亚墨·耐姆，说出你的证言。"

粗壮汉子带着一种因为受到重视而感到得意洋洋的神情走出人群。他扯了扯被木头钮扣系住，紧绷在肚子上的外衣，用手拨了拨不停垂到脸上的发丝："就像我说的那样，加雷斯大人，事情是这样的……"

他还算明白地讲述了在干草棚里发现明一行人并命令他们出来的经过。他把洛根的身高加了一尺，而且洛根只是给了他一拳，在他口中却成了两人势均力敌、不相上下的战斗。油灯掉落在地上，干草被点着了，于是耐姆全家人都在将近黎明的时候跑了出来。他们抓住了这些囚犯，但谷仓已经被烧毁，然后他们又发现屋子里丢了一个钱袋。加雷斯大人的扈从恰巧从这里经过时，看见他们之中的一些人正拿着绳子在树上寻找合适枝干的事被他轻轻地一语带过了。

他不知不觉又开始说起了和洛根的那场“战斗”，而这一次似乎是他赢了。加雷斯打断了他的话：“够了，耐姆先生，你可以退下了。”

这时又有一个圆脸的耐姆家妇人走到亚墨身边，看年纪是亚墨的老婆。明觉得她虽然面颊圆胖，却一点柔软的感觉都没有，反倒像是一口平底锅或一块河石。她一走上前，就怒气冲冲地说：“您应该好好抽这些婊子一顿鞭子，加雷斯大人，听见了吗？好好抽她们一顿，再把她们拴在横木上，拖到乔恩丘去！”

“没有人让你说话，麦甘，”灰衣女子厉声说道，“这是审讯，不是请愿会。你和亚墨退下，立刻退下。”他们听命退了下去，亚墨的动作比他老婆更快一点。灰衣女子转向明和她的同伴：“如果你们想要为自己辩护，就现在说吧！”声音里没有同情，也没有其他的情绪。

明认为史汪会说话，她在一路上一直都处于领导位置，但史汪连眼睛都没抬。走到桌子前面的反而是莉安，眼睛一直望着桌后的那个男人。

她的上半身仍然像以前一样挺直，但不再像以前那样以一种优雅的姿态大步向前迈进，而是碎步向前款款而行，腰肢也随着她的步伐微微扭摆，臀部和胸部看上去比原来突显许多。莉安的动作并不招摇，却让人们不由自主地盯住了她。“领主大人，我们只是三个无助的女子，因为无情的战乱而不得不逃离家乡的人。”她平时脆亮的声音不见了，取而代之的是一种如同天鹅绒一般柔软的口吻，黑眸里闪烁着一种光芒，一种暧昧的挑逗。“我们现在一贫如洗，又迷了路，本想在耐姆先生的谷仓里暂避一夜。我知道这样做是不对的，但我们很害怕黑夜。”她半举起双手，让手腕内侧朝向加雷斯，显出一副楚楚可怜的模样，不过这个姿势她只摆了一会儿，就收了回去。“我们实际上并不认识那个自称为代林的家伙，他只是愿意为我们提供保护。在现在这种日子里，孤身女人们一定需要保护者的，领主大人，但恐怕我们做了一个错误的选择。”她稍稍睁大双眼，抛出一个乞求的眼神，向加雷斯暗示他可以是个更好的保护者人选。“只有他攻击了耐姆先生，领主大人，我们本来打算逃走，或者是用工作抵偿这一夜的宿费。”她绕过桌子，优雅地跪在加雷斯身边，轻柔地用纤指握住他的手腕，专注地凝视着他，声音有一丝颤抖，迷人的微笑可以让任何男人心跳加速，态度让人充满遐思。“领主大人，我们为我们的轻微过失而心怀愧疚，但我们确实没有犯下指控中所说的那些严重罪行。我们只能仰仗您的宽容与怜悯，我乞求您，领主大人，可怜我们，并保护我们。”

过了很长一段时间，加雷斯只是盯着莉安的眼睛。然后，他粗声地清了清喉咙，离开椅子，从桌子与莉安相对的一端绕了过去。村民中发生了一阵骚动，男人们像他们的领主一样清着喉咙，女人们压低了声音彼此交谈。加雷斯停在明的面前："你的名字，女孩？"

"明，大人。"她听到史汪发出一声抑郁的哀鸣，急忙又补充说，"赛芮拉·明，大家都叫我赛芮拉，大人。"

"你的母亲一定很有先见之明，"他微笑着低声道，他不是第一个对这个名字产生兴趣的人。"你有什么要说的吗，赛芮拉？"

"我感到非常抱歉，大人，但这真的不是我们的错。这些全都是代林干的。我请求您的怜悯，大人。"这与莉安的申诉显得并不太协调。与莉安的表演相比，任何乞求都显得苍白无力，但明只能做到这样。她的嘴像外面的街道一样干燥。如果他决定吊死她们该怎么办？

加雷斯点点头，走到史汪面前。史汪仍然紧盯着地板，加雷斯用一只手捧住她的下巴，让她的眼睛望着自己。"那么你的名字呢，女孩？"

史汪一甩头，挣脱了加雷斯的手，向后退了一步。"玛莱，大人。"她低声说道，"玛莱·托曼斯。"

明低低呻吟了一声。史汪明显是受到惊吓了，但仍然带着挑战的神情盯着那个男人。明几乎要以为她会命令加雷斯立刻让她们离开的。但在加雷斯问她是否要进行申诉的时候，她只是不安地轻轻应了一声表示拒绝，而看他的眼神好像她才是发号施令的人。她也许能控制住自己的舌头，却控制不住自己的眼神。

过了一会儿，加雷斯转身坐回到椅子里，对莉安说："和你的朋友们站在一起，女孩。"莉安带着挫败的神情走到两名女伴身旁。明觉得她还有一点怒气冲冲。

"我已经做出了决定，"加雷斯高声对屋里所有的人说，"这是一桩重罪，而我听到的一切都不会更改这个事实。如果三个人潜入一幢民宅，偷走了那里的烛台，而且其中一人攻击了民宅的主人，这三个人就犯下了同等的罪行。这些损失要得到报偿，耐姆先生，我会给你重建谷仓的经费，还有六只乳牛的身价。"那名粗壮农夫的双眼立刻变亮了，但加雷斯又说道："卡拉琳在计算过具体的损失之后，会将所需的钱支付给你们。我听说，你们的一些乳牛已经不能产奶了。"纤瘦的灰衣女子满意地点了点头。"对于你额头上的那个肿块，我给你一枚银币作为补偿，不要抱怨。"亚墨刚张开嘴，他就坚定地说："你喝醉的时候，麦甘打得比这个还要狠呢！"人群中发出一阵哄笑的声音。亚墨困窘地向人群中瞪了几眼，丝毫没有让笑声减弱一点，反而是麦甘咬着牙瞪向丈夫的一眼让笑声更大了。“我也会补偿那个被窃的钱包，只要卡拉琳确认了那个钱包里的钱数。”亚墨和他的妻子都露出一副不高兴的神情，但他们保持了沉默，显然加雷斯算是满足了他们的要求。明觉得自己看到了一些希望。

加雷斯将臂肘支在桌子上，目光转回到三名女犯身上，缓慢的话语渐渐将明的肠子打成了一个结。“你们三个要为我工作，无论要完成什么样的任务，你们都会拿到正常的工资，直到我支付的钱款得到偿付。不要以为我是个仁慈的人，如果你们向我立下的誓言可以让我相信不必派人看管你们，你们就可以在我的宅邸里帮佣，如果不行，你们就要去田里干活。在那里，每分钟都会有人盯着你们。干农活的报酬要更低一些，但这是由你们自己决定的。”

明疯狂地绞尽脑汁，想找出一个能让他满意，却又不会让自己有太大损失的誓言。她在任何时候都不喜欢言而无信，但她一有机会就要尽快离开这里，她不想因为太严重的背誓行为让自己的良心痛苦。

莉安似乎也在寻找这样的誓言。史汪犹豫了一下，就跪倒在加雷斯面前，将双手交叠在心脏的位置。她的眼睛紧盯着加雷斯的眼睛，那种挑战的眼神丝毫没有消退：“以光明和我救赎与转生的希望为证，我发誓会完成你的一切要求，直到你满意为止，否则就让创世主永远背弃我，让黑暗吞噬我的灵魂。”她以细弱的低语说完了这段话，屋中却陷入一片死寂。没有任何誓言比这个更严重了，除了女人在成为两仪师时所立下的誓言，誓言之杖会将那段誓言紧紧束缚在两仪师身上，如同她血肉的一部分。

莉安瞪着史汪，然后也跪下来：“以光明和我救赎与转生的希望……”

明绝望地挣扎着，想找一个解决的办法。立下一个比她们较弱的誓言肯定意味着要去田里做工，会有人全天盯着她，但这个誓言……依照她所受的教育，打破这条誓言几乎像谋杀一样严重。但已经没有别的办法了，只能立下这条誓言，或是长年累月地在农田里劳作，在夜里被锁起来，不知要到何时才会停止。跪倒在另外两名女子身边，她低声说出了誓言，同时又在心里大声嚎叫。*史汪，你这个彻底的蠢货！现在你让我陷入了多可怕的泥沼？我不能留在这里！我必须去找兰德！哦，光明啊，帮帮我！*

“嗯，”等到明说完之后，加雷斯吐了口气，“我没想到你们会这样做，不过这样确实是足够了。卡拉琳，你是不是要和亚墨先生一起去统计一下他的损失？也让除了她们三个之外的所有人离开这里，然后再安排一下她们去庄园的事情。现在我相信不需要卫兵来看守她们了。”

身材苗条的灰衣女子不耐烦地看了他一眼，但她只用了几句话就让村民们鱼贯走出了房间。亚墨·耐姆和他的男性亲属们都凑到她身边，亚墨的脸上更是露出了贪婪的神情。亚墨家的女人眼神中的贪婪一点也不逊于亚墨，但她们仍然会不时狠狠地瞪着明和另外两名女犯一眼。当房间空旷下来的时候，她们三个仍然跪在地板上。反正明也不认为自己有力气站起来，同样的喊声在她的脑海里重复了一遍又一遍。*哦，史汪，为什么？我不能留在这里。我不能！*

“我们这里来过一些难民，”等到最后一位村民从屋里走出去之后，加雷斯说道，他靠回到椅子里，端详着她们，“但从没有像你们三个这样奇怪的。一个阿拉多曼人，一个提尔人？”史汪唐突地点点头。她和莉安站起身，身材苗条、古铜色皮肤的阿拉多曼女子优雅地掸了掸膝盖，而史汪站起来之后就再没有任何动作。明颤抖着双腿也站了起来。“还有你，赛芮拉。”他又一次对这个名字露出一丝若隐若现的微笑，“应该来自安多西部的某个地方，除非我听错你的口音。”

“巴尔伦。”明喃喃地说道。当她咬住舌头的时候，已经太迟了，这里也许会有人知道明是来自巴尔伦的。

“我没有从西方听到任何会导致难民出现的传闻。”他带着疑问的语气说，看到明没有回答，也没有继续逼问。“等你们还清债务之后，我会欢迎你们继续留下来为我服务。对于那些失去了家园的人来说，生活是非常艰难的，即使是一张女仆的帆布床，也比睡在灌木丛里更好。”

“谢谢您，领主大人。”莉安妩媚地说着，用优美的姿势行了个屈膝礼，即使是只穿着一身粗重的骑马装，看上去仍然像是在翩翩起舞。明的响应要沉重得多，她不相信自己的膝盖还能行真正的屈膝礼。史汪仍然只是站在原地，盯着加雷斯，什么话都没有说。

“很可惜，你们的同伴牵走了你们的马，四匹马可以让你们的债务减轻许多。”

“我们不认识他，他是个无赖。”莉安对他说，嗓音显示出一些过分的亲昵，“我很高兴能由您，而不是他来保护我们，领主大人。”

加雷斯看了她一眼，明觉得他的眼神里带有些欣赏的成分，但他只是说：“至少在我的庄园里，你们不会受到亚墨家的骚扰。”

加雷斯没有得到任何响应。明觉得在加雷斯的庄园里擦地板和在亚墨的农舍里擦地板并没有什么实质性的区别。*我要如何才能离开这个漩涡？光明啊，我该怎么办？*

寂静仍然在持续，屋子里只剩下加雷斯用手指敲击桌面的声音。换成是别人，明可能会觉得他是不知道下一句话该说什么，但她不相信眼前这男人会有仓皇失措的时候，他八成是很生气只有莉安对他的善意表示感激。明认为，依照这个男人的观念，她们的判决原本应该严厉得多。也许莉安刚才热切的眼神和双手确实起了作用，但明宁愿这个女人还是原来的样子，即使这样她会被拴住手腕吊在村子的广场上，也比现在这种状况要好。

最后，卡拉琳回来了，灰衣女子一边走，一边还在低声嘀咕着什么。向加雷斯禀报的时候，声音显得很尖刻："需要用几天时间才能从亚墨家的人嘴里挖出真实的答案，加雷斯大人。如果我任由他们喊价，亚墨会再盖五座谷仓，买五十头乳牛。虽然我相信他们确实丢了一个钱包，但那里头到底有多少钱币……"她摇摇头，叹息了一声，"我早晚会查清楚的。乔尼已经准备好带这些女孩去庄园了，如果您已经结束审问的话。"

"带她们走吧，卡拉琳。"加雷斯说着站起了身，"等你把她们送走之后，去砖场找我。"他的声音里又透出疲倦的感觉："赛德·哈伦说，如果要保持砖块的生产，他就需要更多的水，只有光明知道我能去哪里找水给他。"他大步走出客栈的大厅，仿佛已经忘记刚刚发誓要服侍他的三个女人。

乔尼就是那个去棚屋里领她们出来的魁梧秃头男人，正等在客栈前面。他身边停了一辆有帆布篷的高轮马车，车辕上拴着一匹瘦削的棕马。她们离开的时候，还有几位村民待在那里看她们，但大多数人似乎都已经回家和田里去了。加雷斯·布伦也已经沿着村中的泥土路走出去很远了。

"乔尼会把你们平安护送到庄园。"卡拉琳说，"照吩咐去做，你们会发现那里的日子并不是很难过。"她盯着她们看了一会儿，黑色的眼睛射出几乎像史汪一样锐利的光芒。然后她自顾自地点点头，仿佛是满意于她们的表现，随后她就朝加雷斯离开的方向跑去了。

乔尼为她们拉起车篷后面的帘子，让她们自己爬上马车，在车篷里坐好。连垫车篷的干草都没有一把，厚重的帆布又把炎热封死在篷里。乔尼始终都没说一个字，当他爬上驭手座时，马车摇晃了一阵。因为帆布的阻挡，明看不见乔尼，只能听见他发出的吆喝声，马车顿了一下，车轮发出轻微的吱嘎声，马车开始随着路面的坑洼颠簸起来。

明从车篷后面的缝隙里看着村子落在后面，渐渐消失，景象变成了沿路生长的灌木丛和用栏杆围住的农田。她震惊得说不出话。史汪宏大的计划最后竟变成了刷洗盘碗和地板。她原本就不该帮助这个女人，不该留在这个女人身边，她应该一开始就直接催马向提尔飞驰。

"嗯，"莉安突然说道，"最后的结果毕竟还不算坏。"声音又恢复成惯有的清亮爽朗，但脸上仍然留着两团兴奋的红晕——她竟然为刚才的行为感到兴奋！"也许事情的发展还可以更好一些，但多加练习总是不错的。"她咯咯地轻笑起来，“我从没有意识到这样做有这么好玩，当我确实感觉到他的脉搏在加速的时候……”她伸出手，做出扣住加雷斯手腕的动作，“我从没有过这样的活力，这样的感觉。蕾莎拉姨妈经常说，猎男人是比猎鹰更加刺激的运动，但我直到今天才明白她的意思。”

在摇晃的车篷中稳住身体，明睁大眼睛瞪着她，过了好一会儿才说道：“你们一定是疯了。我们要为这个誓言在这里耽误多少年？两年？五年？我想，你大概是希望加雷斯·布伦会用这些时间让你坐在他的膝头，好好地逗弄你！好吧，我希望他每天都会这么做！”莉安脸上惊讶的神色并没有缓和明的火气，难道她真的以为明会像她那样平静地接受这种结果？但真正让明感到愤怒的并不是莉安。明转过身瞪着史汪：“还有你！当你决定放弃的时候，不能尽量挽回一些东西吗？你投降的样子就像是一只趴在屠夫刀下的羔羊。为什么要选择那样的誓言？光明啊，为什么？”

“因为，”史汪回答，“只有这个誓言能让我有信心打消他派人日夜监视我们的念头，不管是在庄园还是田野。”半躺在粗糙的车板上，史汪把这件事说得仿佛是世界上最显而易见的事情。莉安也露出同意的表情。

“你打算要背誓。”沉默了一段时间，明才说道，她低弱的声音里充满了惊骇。虽然说话声已经接近于耳语，明还是担忧地看了一眼挡住乔尼身体的帆布。她不认为他能听见她们的谈话。

“我只是要做我必须做的。”史汪用同样低微的声音坚定地说，“只要两三天的时间，等我确定他们确实没有在监视我们的时候，我们就离开。恐怕我们还必须偷走几匹马，因为我们自己的马已经没了，加雷斯一定有不错的马厩。当然，我会为此而感到抱歉的。”莉安坐在那里，就像一只胡须上粘着奶油的猫咪。她一定一开始就意识到了这一点，所以发誓时并没有怎么犹豫。

“你会为偷马而感到抱歉？”明的声音变得粗重，“你要背弃一个除了暗黑之友以外所有人都会坚守的誓言，而你却在为偷马感到抱歉？你们两个我都不相信，我都不了解。”

“你真的要留在那里刷盘子？”莉安问，声音和她们的一样低，“不顾你早已倾心相许的兰德在外奔波？”

明紧闭双唇，对她们怒目而视，她只希望她们都不知道她爱兰德·亚瑟。有时候，她甚至希望自己也永远不会知道这件事。一个几乎不曾在意过她的男子，从不多看她一眼的男子，对明而言，他的真正身份似乎已经不如他对她的感情重要，但这两者其实密不可分。她想说她会遵守誓言，忘记兰德，直到还清债务。但她开不了口。*烧了他吧！如果我从没有遇到过他，我就不会陷在这滩泥*

沼里了！

寂静重新占领了车篷中的空间，一直持续到明感到自己已经无法忍受，她能听到的只有车轮有节奏的吱嘎声和马蹄轻敲土路的声音。这时，史汪说道："我会遵守我的誓言，但要等到我完成必须完成的职责以后。我没有发誓立刻为他服务，我很小心地没有让誓言中搀杂任何一点这样的意思。我知道这么做很狡猾，而且加雷斯·布伦应该不会对此感到高兴，但这是完全诚实的。"

明带着惊愕的神情颓然坐倒在车板上："你要先逃走，然后在几年之后再回来，把自己交给加雷斯？他会把你的皮卖到鞣革厂去，我们的皮。"明这样说的时候，并没有意识到自己已经接受了史汪的计划。*逃跑，再回来，然后……我不能！我爱兰德，但如果我在加雷斯·布伦的厨房里度过余生，他永远也无法知道我的心意的！*

"我同意，他不是个好说话的男人，"史汪叹了口气，"我以前和他打过交道。今天，我很害怕他会认出我的声音。面孔也许会改变，但声音不会。"她带着好奇的神情摸了摸自己的脸，她有时会不自觉地这样做。"面孔真的会改变。"她喃喃地说道，然后，声音又变得坚定，"我已经为我必须做的事情付出了沉重的代价，我也会付出这个。如果你一定要在被淹死和骑上一条狮鱼中做出选择，你就要骑上去，并希望能得到最好的结果。就是这样，赛芮拉。"

"成为一名仆人和我所愿意的选择相去甚远，"莉安说，"但这是未来才会发生的事情，有谁知道在那以前还会发生什么？我还能清楚地记得当我以为自己已经没有未来时的心情。"一个浅浅的微笑出现在她的唇边，她的眼睛梦幻般半闭着，声音变得像天鹅绒一般柔软。"而且，我根本不认为他会卖掉我们的皮。给我几年的时间练习，到时候只需要几分钟，我就能让加雷斯·布伦大人向我们张开双臂，并安排我们住进他最好的房间。他会用丝绸给我们做衣服，并让我们坐上他的马车，随便去任何我们想去的地方。"

明任由她继续幻想着，有时她觉得自己的这两名同伴都只生活在梦幻的世界里。她突然想起另一件事，一件小事，却也让她有着相当的困扰。"啊，玛莱，有件事我要问你，我注意到有些人在你叫我赛芮拉的时候会露出笑容。加雷斯就是这样，他还说什么我的母亲有先见之明，为什么？"

"在古语里，"史汪回答，"它的意思是'顽固的女儿'。当我们第一次相逢的时候，你身上确实有着很深的顽固痕迹，一条一里宽、一里深的痕迹。"史汪竟然这样说！史汪，这个世界上最顽固的女人！她的脸上现在满是笑容。"当然，你现在已经好多了，等到了下一个村子，你可以把名字改成卡琳达，它的意思是'甜美的女孩'，或者也可以改成——"

马车突然异常猛烈地摇晃了一下，然后开始加速向前猛冲，似乎是拉车的马开始全速疾驰。三名女子如同筛子中的谷粒一样来回晃荡。她们惊讶地彼此对望着，然后史汪撑起身体，掀起挡住马车夫的帆布帘，乔尼已经不见了。史汪一跃跳上驭手座位，抓住马缰，猛地用力拉住。明打开后面的布帘，向外张望。

道路不停地向后飞退，马车所在的地方是一片橡树、榆树、松树和羽叶木的小树林。尘土不停地在马车后溅起，其中一些落在了乔尼身上。他正四肢摊开地躺在坚硬的泥土路面上，距离马车大约有六十步。

明不假思索地跳下马车，跑到那个大汉身边，跪下身去。他还有呼吸，但眼睛紧闭着，头侧的一道血口正膨胀成一个紫色的肿块。

莉安将她推到一边，用稳定的手指摸触乔尼的头颅。“他会活下来的。”她用清晰的声音说，“头骨没有碎，但他在醒来后会头痛上好几天。”她跪坐起身，双手交叠，用悲伤的声音说：“我什么也不能为他做，烧了我吧，我向自己承诺过再不会为这件事而哭泣了。”

“问题是……”明吞了一口口水才继续说道，“问题是，我们是应该把他放到马车上，送他去庄园，还是……这样离开？”光明啊，我丝毫也不比史汪好！

“我们可以把他送到下一个农家去。”莉安缓缓地说。

史汪走到她们身边，手里牵着那匹拉车马的缰绳，却仿佛又害怕那匹温顺的牲口会咬她似的。她看了一眼地上的男人，皱起眉：“他不该跌下马车的，我没有看见任何树根或石块。”她开始仔细审视周围的树丛。这时，一个男人骑着一匹黑色的公马冲出树林，身后还跟着三匹母马，其中一匹有着蓬松的毛发，比另外两匹的个头要矮上两手。

他是个穿着蓝色丝绸外衣的高大男子，身侧佩着一把剑，卷曲的头发一直垂到肩上。他的面孔黝黑、英俊，却带着一种异于常人的冷酷，仿佛巨大的苦难已经在他的心上烙下了深深的伤痕。他是明现在最没想到会看见的人。

“是你干的？”史汪问他。

洛根微笑着策马停在马车旁边，微笑中并没有什么愉快的成分。“一根投石索是一件非常有用的武器，玛莱。我在这里是你们的幸运，我以为你们还要在那个村子里再停留几个小时，而且也没想到你们还能走路。看来，这个地方的领主还真是宽容。”他的脸突然变得比刚才更加冷硬，声音也仿佛是一块粗糙的岩石。“你们以为我会丢下你们，让你们独自去面对命运的处置？也许我真应该这么做。你对我做出过承诺，玛莱，而我想得到你承诺给我的复仇。从白塔到风暴海，我已经跟随你们走了一半的路程，虽然你一直都没有告诉我你们到底要干什么，我也从没有问过你会怎样兑现许给我的诺言。但我现在要告诉你，你们的时间不多了，快点结束你们的搜索，履行你的诺言，否则我就要离开你们，去找我自己的路。你们很快就会发现，大多数村庄都不会给身无分文的陌生人任何怜悯。三个漂亮的孤身女人？这个东西，”他拍了拍腰间的佩剑，“保护了你们的次数比你们想象的要多。快点找到你们要找的东西，玛莱。”

他在旅途开始的时候并没有这么傲慢，那时，他曾经很谦恭地感谢她们的帮助，当然，那只限于像洛根这样的男人能做到的谦恭。看来，这段时间里毫无结果的搜寻已经磨蚀掉了他的感激之心。

史汪并没有在洛根凶狠的目光前退缩。“我希望如此，”她沉稳地说，“但如果你想走，那就留下我们的马，现在就离开！如果你不想划船，尽可以跳下船去，自己游泳！看看你带着你的复仇能游多远吧！”

洛根的大手紧抓着他的缰绳，明听见他的手骨节在咯咯作响，他的全身都因激动的情绪而不住颤抖。“我会再留下一段时间，玛莱，”他最后说，“很短的一段时间。”

有那么一瞬间，在明的眼里，一轮光晕闪现在洛根头顶，仿佛是一顶光芒四射的金蓝色王冠。史汪和莉安什么都没有看到，不过她们知道明的能力。有时候，明能够看见一些人身边闪现的光晕或影像，她称之为幻象，有时候她甚至知道那些幻象的意思。某个女人要结婚了，某个男人要死了。小事情或大事件，快乐的或凄凉的。这些幻象出现的人、时、地没有任何逻辑或原因。两仪师和护法身边一直都伴随着幻象，其他大多数人身上则完全没有。实际上，知道这些并不是一件令人愉快的事。

明以前看见过洛根头顶上的光晕，她也知道那代表着什么。无上的荣耀将属于他，但他，也许还有其他所有人都会认为这是无稽之谈。他的马、剑和外衣都是掷骰子赢来的，而且明不确定赌博是否公平，除此之外，他一无所有。除了史汪给他的承诺，他的前途也是一片迷茫，而史汪又怎么能保证那些承诺会实现？他的名字就等于死刑的宣判。明看到的幻象完全不合理。

洛根突然又恢复了幽默感。他从腰带上掏出一个编织粗糙的肥大钱包，朝她们晃了晃：“我还顺手拿了些钱，现在我们不用睡在另一座谷仓里了。”

“我们已经知道了，”史汪无动于衷地说，“我想我不该期望你会做出更好的事情。”

史汪向他伸出手，但洛根又将那个袋子绑回腰间，并用稍带些嘲笑的口气说：“就把这个当成对你们的搜寻做出的一点贡献吧！不过我可不想让偷来的钱币弄脏你的手，玛莱。而且，这样我也许就能确信你们不会丢下我逃走了。”

史汪的表情仿佛是能够咬断一根铁钉，但她什么都没说。洛根站在马镫上，朝柯尔泉的方向望去："我看见一群绵羊正向这里过来，还有两个男孩。现在该是我们上马的时候了，他们会跑回去告诉那些人我们逃走了。"坐回马鞍里，他瞥了一眼仍然躺在地上、不省人事的乔尼。"他们会找人帮助这家伙的，我不认为我给他的那一下子会把他伤得很重。"

明摇了摇头。这个男人一直在让她吃惊，她没想到洛根还会顾及这个刚刚被他打倒在地的男人。

史汪和莉安立刻就爬上了高鞍尾的马鞍。莉安管她的灰母马叫月花，史汪则骑上了名叫贝拉的蓬毛矮母马，但这对她来说仍然是一件很费力的事情，她并不是个擅长骑马的女人。虽然已经在马背上度过了几个星期，但她在骑着温顺的贝拉时仍然像是在对付一匹性子暴烈的战马。莉安骑在月花背上则显得驾轻就熟。明骑在枣红色的野玫瑰背上，姿势比史汪要优雅许多，不过比莉安还要差一些。

"你觉得他会追过来吗？"当她们开始朝南方快步前进时，明仍然不时瞥向柯尔泉，并这样问着。她是在问史汪，不过回答她的是洛根。

"那个乡下领主？我怀疑他是否会认为你们有这么重要。当然，他也许会派个人追踪我们，而且他绝对会将你们的相貌通知给其他地方。我们必须尽力赶路，明天也是一样。"看上去，这支队伍的领导权似乎已经被他握在了手中。

"我们现在没那么重要。"史汪一边说着，一边在马鞍上笨拙地摇晃着。贝拉也许耗费了她许多心神，但她紧盯着洛根背后的双眼，说明洛根对她权威的挑战不会持续太久。

而明现在只希望加雷斯真的会认为她们没有那么重要。他也许会那样想，只要他不知道她们真实的名字。洛根加快了坐骑的步伐。明急忙催赶野玫瑰跟了上去，不再挂念过去的事，开始担心未来。

将皮手套别在剑带后面，加雷斯·布伦从写字台上拿起卷边天鹅绒帽子，帽子是凯姆林最时髦的款式。这都是卡拉琳的主意，他自己并不在意衣着的款式。但卡拉琳认为他的穿着应该符合他的身份，所以每天早晨她都会为他准备好丝绸和天鹅绒的衣服。

把高顶帽戴在头上的时候，他看见从书房窗户里射进来的阳光将他的身影投在地板上，是那样稀薄，那样摇摆不定。尽管他已经尽量眯起眼睛，但他的灰色帽子、灰丝外衣上在领口和袖子的位置绣着银色的卷花，看上去还是与他习惯的头盔和钢甲完全不同。那些都已经结束了，而这个……这只是用来填充空虚时光的东西，仅此而已。

“您确定您想这么做？加雷斯大人？”

他从窗口转过身，看见卡拉琳站在她自己的写字台旁，正在房间的另一边看着他。她的桌子上堆满了关于加雷斯·布伦资产的账簿。在他驻守凯姆林的这些年，卡拉琳一直在管理他的领地，毫无疑问，她对这个工作要比他胜任得多。

“如果按照法律，你本来应该安排她们为亚墨·耐姆工作，”她继续说道，“这样你就不会有任何麻烦了。”

“但我没有，”他对她说，“而且如果让我再次处理这件事，我还是不会放手。你和我一样清楚，亚墨和他的男性亲属会没日没夜地折腾这些女孩，麦甘和其他那些女人会让她们仿佛生活在末日深渊里。而最后你无法保证那三个女孩会不慎落进井中淹死。”

“即使是麦甘不会用到一口井，”卡拉琳干巴巴地说，“毕竟现在的天气可能不允许这样。我明白你的意思，加雷斯大人，但她们已经逃亡了将近一天一夜，她们可能逃往任何方向。您只要发出消息就可以确定她们的所在了，如果她们还能被找到的话。”

“赛德可以找到她们。”赛德已经七十多岁了，但他仍然能在月色中跑过坚硬的岩石，追踪昨天刮过的风，而且他很高兴能将砖场交给他的儿子管理。

“您说能就能，加雷斯大人。”她和赛德的关系并不好，“那么，等您带她们回来的时候，我肯定还可以在房子里为她们找到差事。”

虽然她露出一副不经意的态度，但她的声音里带着某种特殊的含意。这点引起了他的注意。那是一点满意的感觉，从他回到封地的第一天开始，卡拉琳就带一连串的漂亮少女到领主府邸，她们全都愿意并迫不及待地想帮助领主大人忘记悲伤。“她们是背誓者，卡拉琳，恐怕她们只能去田地里干活。”

一个被激怒后紧咬双唇的动作让他确认了自己的怀疑，但她仍然让自己的声音维持着冷漠的语调：“也许让另外两个女孩去田里干活没什么，加雷斯大人，但那个阿拉多曼女孩的美丽如果放在农田里就完全是浪费了，她很适合当一名侍女，真是个漂亮的年轻女子。不过，这当然要由您来决定。”

就是说，卡拉琳挑中了她。她确实是个相当漂亮的女子，虽然她和自己以前见过的阿拉多曼女子有些奇怪的不同。她在某些方面显得稍有些犹豫，在另一些方面又显得稍有些急躁，就仿佛她刚刚才开始尝试施展她的魅力。当然，这是不可能的，阿拉多曼女人几乎是当女儿还在摇篮里的时候就传授她们如何指使身边男人的技巧。而且他承认，她的努力很有效果。如果卡拉琳真的从那些乡下女孩中为他挑中了她……确实是很漂亮。

那为什么占据他脑海的不是她的面容？为什么他发现自己一直在回忆一对蓝色的眼眸？那对眼眸一直向他射出挑战的光芒，仿佛在显示着它们的主人希望在手中握着一把剑的心情，显示着它们的主人拒绝向恐惧屈服的心情。玛莱·托曼斯，他曾经确信她是那种会遵守诺言的人，即使只是一般的诺言也不会违背。“我会带她回来，”他喃喃地自言自语，“我会知道，为什么她要违背誓言。”

“如您所言，大人，”卡拉琳说，“我想她也许可以当您的侍寝女仆。再让老赛勒在楼梯上跑来跑去为您收拾寝室已经不太合适了。”

加雷斯向她眨了眨眼。什么？哦，那个阿拉多曼女子。他为卡拉琳的愚蠢而摇了摇头，但他是否比卡拉琳更聪明一些？他是这里的领主，应该留在这里照顾他的人民。但他已经离开这么多年，卡拉琳在这段时间里做得比他要好得多。他只熟悉军营、士兵和战争，也许还有一点关于宫廷诡计的招数。她是对的，他应该放下他的剑和这顶愚蠢的帽子，让卡拉琳写下对这三名女子的相貌描述，并且……

但他却说道：“盯紧亚墨和他的亲戚，他们会竭尽全力欺骗你。”

“如您所言，大人。”这句话体现出完美的恭敬，其中的语气在暗示他与其对她做这样的提醒，还不如去教教他的祖父该如何剪羊毛。暗自笑了笑，他走出了屋子。

这座领主府邸其实并不比一座富裕的农舍大多少。一座用石板铺顶的二层砖石建筑，在居住过一代又一代加雷斯家的人之后，已经被杂乱无章的加盖变成了不规则的形状。自从一千年以前，安多从亚图·鹰翼帝国的废墟中出现到今天，加雷斯家族一直拥有这片土地，或者说，这片土地一直拥有他们。而这个家族也一直在将它的儿子派往为安多战斗的最前线。他不会再参与更多的战争，但加雷斯家族也到了迟暮的时候，它经历了太多战争，太多厮杀。他是这个家族最后一个血脉，没有妻子，没有儿子，没有女儿，这个家族已经走到了终点。随着时光之轮的转动，一切都将终止。

府邸前面，石板铺地的院子里，二十个人正牵着备好鞍的马匹在等他，其中大部分人头上的白发甚至比他还要多，如果他们还有头发的话。他们全都是久经沙场的老兵，曾经是步兵队官、骑兵队官、战旗手，曾经在他一生中不同的时候和他并肩作战。乔尼·沙戈林，女王卫兵的前高阶旗手，他站在队伍最前沿，额角还包着一条绷带。加雷斯知道，乔尼的女儿们曾经叮嘱她们的孩子一定要把他留在床上。他是他们之中少数拥有家人的人之一，而且这些家人大多不在这里。他们全都选择继续效忠加雷斯·布伦，而不是在酒杯里花掉他们的养老金，彼此无聊地重复着只有老兵才愿意听的旧日光荣。

他们全都腰悬佩剑，其中一些还拿着有钢尖的长骑枪。这些武器在今天早晨以前已经在房间的墙壁上挂了许多年。每个马鞍后面都有一卷臌胀的毛毯，一个鼓起的鞍袋和一口锅罐，再加上灌满的水囊。一切都仿佛他们正要开始一次艰苦的行军，而不是为了追捕三个纵火焚仓的女孩所进行的不到一星期的短途旅行。这是他们重现旧日光彩的机会，即使实际情况也许不是这样。

加雷斯·布伦暗自寻思，他是否也是为了同样的目的才会做出这种决定。他已经太老了，肯定不会不要命地骑马去追一对漂亮的眼眸，那对眼眸的主人年轻得完全可以当他的女儿，也许是他的孙女。*我不是那么蠢的人*，他坚定地对自己说。没有他插手，卡拉琳可以把这里管理得更好。

一匹枯瘦的枣红阉马从通向这条大道的林阴小路上狂奔而来，没等它停稳，骑手已经跳下了马鞍。那个男人脚步踉跄，却仍然将拳头放在心口，行了个标准的军礼。巴瑞姆·海勒，许多年前就是他麾下的一名高阶步兵队官，有一身钢丝般结实的肌肉，一个蛋壳般光秃的头顶。也许是为了补偿其他地方毛发的缺乏，他的一双白眉毛显得特别浓密。“凯姆林要召唤您回去吗？我的元帅？”他气喘吁吁地问。

“不。”加雷斯说，声音显得有些过于严厉，“你为什么要这副样子跑过来，仿佛凯瑞安骑兵正追在你的屁股后面？”受到那匹枣红马的影响，其他一些马匹也开始不安地躁动起来。

“除非是我们在追杀他们，否则我绝不会跑得这么狠，大人。”巴瑞姆咧开了嘴，但是当他看见加雷斯根本没有笑，他的笑容也立刻消失了。“嗯，大人，我在远处就看见了那些马，而照我的估计——”这个男人又看了一眼加雷斯的表情，闭了一下嘴。“嗯，实际上，我得到了一些讯息。我去新布雷姆看我的妹妹，但我听到了许多讯息。”

新布雷姆是一个搜集讯息的好地方，它比安多还要老(“老”布雷姆在兽魔人战争时已经被毁掉了，那还是在一千年前亚图·鹰翼未曾得势的时候)。它是东边一座中型城镇，坐落在从凯姆林前往塔瓦隆的大路上，距离加雷斯的府邸有很长一段距离。即使摩格丝现在对塔瓦隆的态度已经有了很大的转变，商人们仍然充塞在这条大道上。

“嗯，少说废话，老兄，你听到了什么样的讯息？”

“唔，我只是想思考一下该从何说起，大人，”巴瑞姆不自觉地挺直了腰，仿佛正在进行军务报告，“照我的估计，最重要的讯息是提尔已经陷落了，艾伊尔人占领了提尔之岩，禁忌之剑被取下。他们说，有人拿下了它。”

“一个艾伊尔人拿下了禁忌之剑？”加雷斯难以置信地说。艾伊尔人宁愿死也不会去碰一把剑，在艾伊尔战争中，加雷斯见过这样的事情。但据说凯兰铎并不是一把真正的剑，虽然他并不知道这种说法真正的意思。

“他们并没有说那个人是艾伊尔人，大人，我听到了他的名字，好像是兰什么的。但他们把这件事说成像真的一样，而不是普通的谣传，仿佛所有人都已经知道了这件事。”

加雷斯双眉紧皱，如果这是真的，那就不是普通的麻烦了。如果凯兰铎已经被人拿在手里，那就代表真龙已经转生。根据预言记载，这意味着最后战争将要来临，暗帝正在挣脱他的封印。预言中说，转生真龙将要拯救世界，并毁灭它。光这一条讯息就足够让巴瑞姆飞驰而来了，如果他有思考能力的话。

但这个满脸皱纹的老头并没有停止报告：“从塔瓦隆传来的一个讯息和这一条也差不多惊人，大人，他们说，白塔有了一位新的玉座，是爱莉达，大人，女王以前的顾问。”巴瑞姆突然眨了眨眼，急急忙忙说了下去。摩格丝在这个地方是禁止被提起的，府邸的每一个人都知道，虽然加雷斯从没有这样说过。“他们说，那位原来的玉座——史汪·桑辰已经被静断，并遭到了处决，洛根也死了，就是她们在去年抓到并进行驯御的伪龙。他们在说这件事的时候也把它说得和真的一样，大人，他们之中的一些人声称这些事发生的时候他们就在塔瓦隆。”

洛根并不是重要的消息，即使他曾经自称为转生真龙，并在海丹挑起了一场战争。过去一两年里，世界上出现了几名伪龙，但洛根能够导引，这是事实。直到后来两仪师对他进行了驯御，切断了他与至上力之间的联系，让他无法再导引。嗯，但他并不是第一个被两仪师捉住并进行驯御的男人。人们说，这样的男人，无论是伪龙，还是红宗两仪师抓住的可怜的傻瓜，都不会活太久。据说他们在被驯御的时候就都放弃了活下去的欲望。

但那条关于史汪·桑辰的讯息就非同一般了。他曾经见过那位玉座，那差不多是三年前的事情。那是一个要求别人无条件地服从她的女人，像一只老皮靴那样强韧，有一条锉刀般的舌头，脾气坏得像长了蛀牙的熊。他本以为她会空手撕裂任何敢与她争权夺利的人。静断对于女人，如同驯御对于男人，但执行静断的次数要远少于驯御，特别是对于一位玉座。在三千年的时间里，只有两位玉座受到了这样的刑罚，至少，在白塔承认的历史内是如此。当然，加雷斯·布伦不否认她们有可能隐藏了另外几十宗同样的事件，白塔非常善于抹煞任何她们想隐瞒的事实。不过，在静断之后又执行死刑似乎并没有必要，据说，受到静断的女人并不比受到驯御的男人更愿意活下来。

所有这些事都散发着令人烦恼的臭气，每个人都知道，白塔拥有秘密的盟友，从那里伸展出来的丝线系住了许多王座和有权势的贵族。而这次新玉座的异常产生方式，必定会引发一些人想要确认那些两仪师是否还能像以往那样牢牢控制住局势。而那个在提尔崛起的家伙一旦镇压了他的反对者——如果他真的控制了提尔之岩，那么这样的反对者将不会太多——他就会挥师境外，矛头直指伊利安或凯瑞安。现在的问题是，他的速度能有多快？各国的军队能否汇聚在一起对抗他，还是会逐一归顺他？他一定是真正的转生真龙，但贵族们会走上两条截然不同的路，平民也是一样。而如果原来那些琐碎的争端在这时候因为白塔而爆发——

“老傻瓜，”他喃喃地说。看见巴瑞姆愣了一下，他又说道：“不是说你，我是在说另一个老傻瓜。”现在，这些事全都已经和他无关了，他只能在需要的时候决定加雷斯家族的方向。而其他家族将不会关心这件事，他们只需要知道是否要攻击他。加雷斯家从来也不是一个有权势或者庞大的家族。

“唔，大人？”巴瑞姆瞥了一眼牵马等在一旁的人们，“您是否认为您需要我，大人？”

巴瑞姆甚至没有问一句他们要去哪里，为什么会出动，他绝不是惟一早已厌倦乡下生活的人。“如果你整理好了随身行装，就跟上我们吧！我们第一个目标是南方的四王大道。”巴瑞姆行了一个军礼，就急忙牵着自己的马跟到了加雷斯身后。

爬上马鞍，加雷斯一言不发地向前一挥手，老兵们组成了一支两列的纵队跟在他身后，开始朝那条两侧栽植着橡树的林阴道前进。他要得到答案，即使要抓住玛莱的脖子把答案晃出来，他也会毫不犹豫地去做。

当安多王宫的大门打开的时候，亚黛玛女大君的精神才放松下来，马车立刻驶了进去。她并不确定这扇门是否会打开。被送进去的讯息肯定需要相当长的时间才能到达王宫，而她则需要更长的时间才能得到回复。她的贴身女仆是一名在凯姆林找到的女孩，现在那个女孩正在她对面的座位上挺直身子，瞪大双眼，因为能够进入这座王宫而兴奋不已。

亚黛玛拨开她的蕾丝折扇，想要给自己扇扇风。现在时间离正午还早，温度只会愈来愈高，她本来一直都以为安多是个凉爽的地方。现在她还可以在匆忙中最后复习一遍她要说的话。她是个漂亮的女人，而且她知道自己有多么漂亮，一双棕色的大眼睛让许多人都误以为她是纯洁而无害的。她知道自己并没有这样的特征，不过很喜欢别人会有这样的误解。特别是在这里，在今天这个时候。为了购买这辆马车，她几乎已经耗尽最后一批她在离开提尔前来得及搜罗的黄金。如果她要重新得到往日的荣华富贵，她就需要有权势的朋友，而整个安多没有任何人比她今天要见的女人更有权势。

马车停在一座喷泉旁边，这里是一座被圆柱环绕的院子。一名穿着红白色制服的仆人跑过来打开了车门。亚黛玛没有看一眼院子和仆人，把全副精神都集中在眼前的会面上。她戴着一顶珍珠串成的小帽，漆黑的头发从珍珠帽下一直披散到后背中间的地方，更多的珍珠被连缀在身上的水绿色高领丝裙的小皱褶里。她曾经与摩格丝有过一面之缘，那是在五年前的一次元首访问中。摩格丝是个全身都散发着权力光芒的女人，有着女王所应有的含蓄与堂皇，完美地谨守安多人固有的端庄保守。现在这座城中有谣言说她有一个爱人，且似乎是一个不受众人喜爱的男人，当然，这样的谣言并不符合她对摩格丝的印象。不过在亚黛玛的记忆里，这种正式的高领长裙应该会得到摩格丝的好感。

亚黛玛的软鞋在石板地面上刚一踏稳，那个名叫卡拉的女仆已经跳下了马车，开始匆忙地整理亚黛玛裙子上的那些皱褶。亚黛玛用力合上扇子，用扇骨将女孩的手腕拍开，在庭院里不该做这种事。卡拉（这真是个愚蠢的名字）握住手腕，向后缩去，眼里闪动着泪光，流露出受伤的眼神。

亚黛玛恼怒地抿紧嘴唇。这个女孩甚至不明白该怎样对责备逆来顺受。这只能怪亚黛玛自己愚蠢，这个女孩不合格，她明显没有接受过训练。但一名贵族女子必须有贴身女仆，特别是当她要显示自己有别于其他流入安多的大批难民时。她看见男男女女在烈日的暴晒下辛苦劳作，甚至在街头乞讨，身上还穿着破烂的凯瑞安贵族服饰。她觉得那些人之中还有一两个曾经与自己相识。也许她应该雇那种人当仆从，有谁能比一名贵族更清楚贵族的女仆应该做些什么？而如果他们已经不顾身份地愿意使用自己的双手，那他们应该会来争抢这个工作机会的。而且，找一位原先的“朋友”当自己的仆人也许是一件非常有趣的事。不过今天已经来不及了。一名未经训练的贴身女仆，一个本地的女孩，这只能说明亚黛玛已经到了垮台边缘，和那些乞丐们只有一步之遥了。

亚黛玛让自己的表情变得温和而关切，“我有没有伤到你，卡拉？”她用甜美的嗓音说，“留在马车里，先让手腕缓一缓，我相信会有人给你送来清凉的饮水。”女孩脸上绽放出的谢意蠢笨得让人惊讶。

那名身穿制服、接受过良好训练的仆人站在她们身旁，似乎什么都没有看见。不过依照亚黛玛对仆人的了解，她温和的名誉还是会由此而传播出去。

一名身材修长的年轻男子穿着白领红外衣，外面套着闪亮的女王卫队胸甲，出现在她面前。他单手扶剑，向亚黛玛一鞠躬："我是卫兵副官塔兰沃，女大君。请随我来，我会护卫您去见摩格丝女王。"他伸出一只手臂，让亚黛玛挽住。除此之外，这个男人没有引起她丝毫注意。对于除了将军和领主以外的军人，她没有任何兴趣。

塔兰沃带领她走过宽阔的走廊。他们身边似乎总是有穿着制服的男人和女人来回奔忙，当然，他们很小心地让自己不要挡了她的路。她用精明的眼光打量着精美的壁毯、象牙镶嵌的橱柜、错金银的花瓶和盘盏，还有细致的海民瓷器。安多的王宫并没有展示出提尔之岩里那样耀眼的财富，但安多仍然是一个富庶的国家，也许像提尔一样富庶。一名仍然年轻的美女可以轻松地控制住一位元老领主，他也许会有些衰老软弱，但只要拥有大量的财产就行。这将是一个开始，接下来她只要从这里找出隐藏在安多的权力丝线就行了。数年前与摩格丝的几句谈话不会成为很好的晋见理由，但她拥有一位权高位重的女王所需要的东西——信息。

塔兰沃最后带领她走进了一个宽敞的起居室。在这里，高高的天花板上描绘着鸟雀、云朵和晴朗的天空，在一座抛光的白色大理石壁炉前放着几把雕刻华丽的镀金椅子，一张大幅的金红色提尔地毯引起了亚黛玛的一些兴趣。那个年轻男子单膝跪下，"女王，"他用突然变得有些沙哑的声音说，"依照您的命令，我引领提尔的亚黛玛女大君来见您。"

摩格丝挥手示意他退下："欢迎你，亚黛玛，很高兴能再次见到你。请坐，让我们来谈一谈。"

亚黛玛行了个屈膝礼，低声向女王表达了自己的谢意，然后才坐到一把椅子里。嫉妒的情绪在她的心中郁结。她依稀记得摩格丝是个漂亮的女人，但那一头金色的秀发确实地在告诉她，她的记忆有多么苍白。摩格丝是一朵盛放的玫瑰，无论何时都能艳冠群芳。亚黛玛没有责备那名年轻士兵起身时踉跄的动作，她很高兴他的离开，那样她就不必去在意一个男人看着她们两个时眼光的差异了。

但和几年以前相比，摩格丝还是有了变化，巨大的变化。摩格丝，光所恩赐，安多女王，王国的守卫者，人众的保护者，传坎家族的领导者，含蓄、堂皇、端庄的女人。现在她穿着一件幽亮的白丝外衣，从领口露出的胸部足以吓坏贸勒区的一个酒吧女侍，收紧的裙摆让臀部和大腿曲线毕露，就像是一名塔拉朋荡妇。那个谣言显然是真的——摩格丝有一个爱人。她的这种变化只能说明她正在竭力取悦那个加贝瑞，而不是让他取悦自己。摩格丝的身上仍然散发着权力的光芒，主宰着这个厅堂，但这身衣服确实削弱了她的威势。

亚黛玛加倍为自己的高领正装感到高兴，一个沉溺于男人感情的女人会因为最微小、最莫须有的挑衅而嫉妒到狂性大发。如果遇到加贝瑞，她一定要尽量保持冷漠，即使只是被怀疑有心偷走摩格丝的爱人，她也将被赐予一条绞索，而不是一个富有而年老的丈夫。她自己也曾做过同样的事。

一名穿着红白色制服的女仆捧着葡萄酒走了进来，是上好的莫兰迪葡萄酒，盛酒的水晶高脚杯上镌刻着安多的跃狮徽记。当摩格丝拿起高脚杯的时候，亚黛玛注意到她的戒指，一条黄金巨蛇咬住了自己的尾巴。一些曾在白塔中受训的人虽然不会成为两仪师，但仍然可以像两仪师一样戴上这样的戒指，摩格丝就是其中一个。安多的女王前往白塔接受训练是一个延续了千年的历史，但现在每张嘴都在传说着摩格丝和塔瓦隆决裂的谣言。而只要摩格丝愿意，充斥在街巷中的反两仪师情绪应该可以很快就平息下去的。为什么她仍然戴着这枚戒指？亚黛玛决定在知道答案之前要小心选择自己的言辞。

奉酒的制服女仆退到了房间远端以避免听到她们交谈，但同时又能看到何时要为她们添酒。

摩格丝抿了一口酒，缓缓说道："距离我们上次见面已经过了很长时间，你的丈夫还好吗？他是否和你一同来了凯姆林？"

亚黛玛匆忙地思索着自己事先准备好的答案，她没想到摩格丝知道她有个丈夫，但她向来都是富于急智的。"泰德山在我上次看见他的时候还好。"愿光明保佑他快些死掉吧，让她接受这一点绝不会有困难。"他在侍奉兰德·亚瑟的时候出了些问题，骑墙的行为对任何人来说都是一个危险的深渊。贵族们轻易就被吊死，就好像他们只是普通的罪犯一样。"

"兰德·亚瑟，"摩格丝低声沉吟道，"我曾经见过他一次。他看起来不像是一个会自称为转生真龙的人，只是一个被吓坏的牧羊男孩，同时又在竭力掩饰自己的畏惧。不过现在回想起来，他似乎一直想要……逃避什么。"她的蓝眼睛茫然地注视着前方，"爱莉达警告我要小心他。"她似乎并不知道自己说出了最后这些话。

"那时爱莉达还是您的顾问？"亚黛玛小心地问。她知道当时的状况，所以就更加难以相信摩格丝真的会和白塔决裂，她必须弄清事实。"您将她替换掉了，现在她已经成为了玉座？"

摩格丝的眼睛猛地恢复了清澈。"我没有！"在下一个瞬间，她的声音又恢复了往常的柔和，"我的女儿伊兰正在白塔接受训练，她现在已经晋升为见习生了。"

亚黛玛摆了摆手中的扇子，希望汗水不会从额头上流下来。如果连摩格丝自己都不知道自己对于白塔的态度，她就没办法安全地说话，她的计划立刻变得岌岌可危了。

不过摩格丝及时替她解了围："你说你的丈夫对兰德·亚瑟怀有贰心，那你自己呢？"

亚黛玛几乎因为放心而叹息了一声。摩格丝在那个叫加贝瑞的男人怀里也许会变成一个没受过教育的乡下女孩，但只要涉及到权力和王国的安全，她就会回复清晰的神志。"当然，我在提尔之岩的时候仔细观察过兰德·亚瑟，"现在她要种下种子了，如果这颗种子需要她来种的话，"他能够导引，而一个能够导引的男人总是可怕的，但他是转生真龙，这点毫无疑问。提尔之岩陷落了，凯兰铎在那时落入了他的手中。预言……恐怕我只能让那些比我更睿智的人去决定该如何对待转生真龙。我只知道，我害怕留在他统治的地方，即使是一名提尔女大君的勇气也无法与安多女王相比。"

金红色头发的女人用精光四射的眼睛看了亚黛玛一眼，亚黛玛害怕自己的这句奉承有些过分了，有些人不喜欢听到太赤裸的阿谀。不过摩格丝只是靠回椅子里，啜了一口杯中的酒："和我说说他，这个应该拯救我们、又要毁掉我们的男人。"

成功。或者，至少是有了个成功的开端。"即使抛开至上力不谈，他也是个危险的男人。一只狮子会在平时表现得慵懒、困倦，只有当它出击时才会展现恐怖的速度和力量。兰德·亚瑟与狮子不同只在于他平时的表现是纯朴、天真，而非慵懒、困倦，但当他出击时……他完全不懂得尊重别人和阶级秩序，我说他吊死贵族没有任何夸张。他是混乱的制造者，按照他的新法，即使是一位提尔大君也会被叫到地方官员面前，被处以罚金，甚至是更可怕的刑罚，而提出指控的人很可能只是一个最卑微的贱农或是渔民，他……"

她严格地只陈述她所见到的事实，在必要的时候，她说真话就像说谎一样轻松。摩格丝一口口抿着杯中的酒，一边倾听她的讲述。亚黛玛觉得她像是在无聊地发呆，但她的眼睛表明女王没有漏掉亚黛玛所说的任何一个字。"您必须明白，"亚黛玛最后说道，"我只是说了一些皮毛，我要用几个小时的时间才能把兰德·亚瑟和他在提尔的所作所为全都告诉您。"

"你会得到这个时间。"摩格丝说。亚黛玛内心窃笑，成功了。"真是那样？"女王问，"他把艾伊尔人带到提尔之岩里？"

"哦，是的，那些野蛮人的脸多半是完全藏起来的，即使是他们之中的女人也时刻准备杀人。他们像狗一样跟着他，恐吓每一个人，然后又从提尔之岩里拿走他们想要的一切。"

“我本以为这是最不可相信的谣言。”摩格丝响应道，“一年以来，这里出现了许多谣言。但自从艾伊尔战争以来，他们已经有二十年时间没走出荒漠了。这个世界确实不需要兰德·亚瑟带着艾伊尔人再来制造混乱。”她的目光再次变得锐利：“你刚才说‘跟着’，意思是他们已经走了？”

亚黛玛点点头：“就在我离开提尔之岩以前，他带着他们走了。”

“带着他们！”摩格丝喊道，“恐怕这时候他已经在凯瑞安了——”

“你有客人，摩格丝？你应该告诉我，好让我向她致以问候。”

一个魁梧的男人走进房间，他的身材高大，壮硕的肩膀和胸膛撑起了绣金红丝外衣。亚黛玛不需要看见摩格丝容光焕发的脸庞就知道，进来的是加贝瑞大人。没有第二个人敢这样打断女王的话。他抬起一根手指，奉酒的女仆行了个屈膝礼，快步离开了。他同样没有征求摩格丝的允许就遣走了她的仆人。他黝黑的面孔英俊得令人难以置信，尽管额角已经有了两抹飞霜。

亚黛玛竭力让自己的表情保持平静，向那个男人微微一笑以表示欢迎，就好像进来的人只是个没有权势、财富和影响力的老头子。他的相貌是很吸引人，但即使他不属于摩格丝，亚黛玛也不愿意缠上这种男人，除非她绝对有必要那么做。与摩格丝相比，他身上散发着一种更浓烈力量的气氛。

加贝瑞停在摩格丝身边，自然地将手放在她赤裸的肩上，而摩格丝则已经快把脸颊贴在他的手背上了。但加贝瑞的眼睛却盯着亚黛玛，亚黛玛已经习惯了被男人注视，但这双眼睛却让她感到一阵不安。它们太敏锐，看得见太多事情。

“你从提尔来？”他浑厚的嗓音让她从皮到骨产生了一阵刺麻感，仿佛整个人被浸在了冰水里。但奇怪的是，她刚才的担忧突然就消失了。

答话的是摩格丝，亚黛玛在那双目光的笼罩下几乎无法找到自己的舌头。“这位是亚黛玛女大君，加贝瑞，她正在告诉我关于转生真龙的事情。当提尔之岩陷落的时候，她正在那里。加贝瑞，那里真的有艾伊尔——”男人手掌一沉，打断了她的回答。愤怒在她的脸上一闪而过，随即又换成对他甜蜜的微笑。

加贝瑞的眼睛仍然盯着亚黛玛，这让亚黛玛又哆嗦了一阵。这次，她终于忍不住大声喘了一口气。“谈了这么久，你一定累了，摩格丝，”加贝瑞一边说着，目光仍然没有移动，“你辛苦了，去卧室睡一会儿吧！现在就去。等你休息够了的时候，我会去叫醒你的。”

摩格丝立刻站起身，同时仍然用带着笑意的诚挚双眼望向加贝瑞。她的眼睛似乎有一点失神：“是的，我累了，我现在要去睡一觉，加贝瑞。”

她轻快地走出了房间，没有再看亚黛玛一眼。而亚黛玛的注意力已经完全集中在加贝瑞身上。她的心跳变得更快，呼吸更急促。他肯定是她见过的最英俊的男人，最强壮，最有权势……颂扬的感受如同洪水般涌过她的心灵。

加贝瑞和她一样，没有再去注意离开的摩格丝。他坐进了女王刚才坐过椅子，靠在椅背上，将腿在身前伸直："告诉我，你为什么要来凯姆林，亚黛玛。"那种寒意又一次涌过她的身体。"要绝对的实话，但要简洁，如果我想听细节，你可以随后再告诉我。"

亚黛玛急忙说："我本想毒死我的丈夫，后来不得不逃走，否则泰德山和爱丝坦达那婊子肯定会杀了我。兰德·亚瑟打算任由他们下毒手，他要杀一儆百。"她说这段话的时候，脸上露出了畏缩的神情，不是因为说出了长久隐瞒的事实，而是因为她想取悦这个男人，现在这是她在这个世界上最想做的事。她害怕他会因为事实而赶走她，但他想要事实。"我选择了凯姆林，是因为我无法忍受伊利安，虽然安多也好不了多少，凯瑞安差不多已经是废墟了。在凯姆林，我能找到拥有财富的丈夫，或者是愿意保护我的人，我可以利用他们的权势——"

他摇摇手，阻止她继续说下去，同时发出一阵低沉的笑声："一只恶毒的小猫，不过很漂亮，也许漂亮到值得在拔除你的牙齿和爪子之后留你下来。"他的脸上突然露出专注的表情，"告诉我所知道的兰德·亚瑟的一切，特别是他的朋友，如果他有朋友的话。还有他的同伙，他的盟友。"

亚黛玛告诉了他。她一直不停地述说，直到嘴和喉咙变得干燥沙哑，声音变得刺耳难听。她一直都没有举起过杯子，直到他让她喝一口酒，她立刻仰头将杯中的酒一饮而尽，又接着说了下去。她能够让他高兴，她能用摩格丝想也想不到的方法让他高兴。

在摩格丝卧室中打扫的女仆匆忙地行着屈膝礼，一边因为在上午就看到女王回来而感到惊讶。摩格丝挥手示意她们离开，穿着外衣就躺倒在床上。很长一段时间里，她只是愣愣地盯着床柱上的镀金雕刻。不是安多的狮子，而是玫瑰，它们代表了安多的玫瑰王冠，玫瑰比狮子更适合她。

不要再固执了，她这样斥责自己，然后又奇怪自己为什么要这么想。她告诉加贝瑞，她累了，然后……还是他告诉她的？不可能。她才是安多的女王，没有人能命令她。加雷斯。现在为什么她会想到加雷斯·布伦？他肯定从没命令她做过任何事。女王卫队的大将会服从女王，而不是女王服从他。但他太固执了，总是坚守自己的立场，直到她向他妥协。*为什么我会想到他？我希望他*

在这里。这太荒谬了。他已经因为反对她而遭到贬黜，她记不清到底是为了什么，但这并不重要。他反对她，她只能朦胧地记得对他的感觉，仿佛他已经离开了许多年。肯定没有那么长时间吧？不要再固执了！

她闭上眼睛，几乎立刻就陷入沉眠，但从看不见的地方袭来的梦魇一直让她无法睡得安宁。

第2章

鲁迪恩

在鲁迪恩城的高处，兰德·亚瑟从一道高大的窗户中向外望去，曾经镶嵌在这里的玻璃已经不见了，建筑物投下的阴影向东方远处延伸。一把吟游诗人的竖琴在他身后的房间里发出轻柔的乐韵。汗水几乎是一出现在脸上就会被蒸发掉，红丝外衣在背后有一道宽阔的汗迹。胸前的钮扣被他完全打开，衬衫也同样敞开着，但他并没有感觉到丝毫凉风。艾伊尔荒漠的夜晚会带来凛冽的寒风，但只要这里的太阳还挂在天上，空气中就不会有任何清爽可言。

他将双手举过头顶，撑在平滑的石质窗框上。外衣袖子滑落下来，露出两只前臂上的一部分图案：一条金色鬃毛的蛇形生物，有着太阳色的双眼、猩红色和金黄色的鳞片，每只脚上都有五根金色的爪子。那些不是刺青，而是他皮肤的一部分。在接近黄昏的阳光中，它们像贵重的金属和抛光的宝石一样闪闪发亮，几乎像活的一样。

这两个图案象征着他在那座高山——被称作龙墙或世界之脊——这一侧的人群中的身份。他是他们所称的"随黎明而来之人"。正如同他一双手掌上的苍鹭烙印象征着他在高山另一侧人群中的身份，根据预言记载，他是他们的转生真龙。而所有的预言都记载着一件相同的事，他将拯救世人，并毁灭他们。

如果可以，他只想从这些名号中逃开。但他早已不再有这样的机会，也早已不再有这样的奢望了，正如同人们不会认为儿时愚蠢的幻梦可以成为现实。而他仿佛已不再是那个刚刚长大、还记得过去每一分一秒的男孩了。现在他只想去思考必须要做的事，命运和责任像马缰一样将他紧紧拴住，但人们却说他这是固执。他一定要走到道路的尽头，但如果能找到不同的路径，也许那将不会是一切的终结。机会很小，几乎完全没机会。预言要他的血。

鲁迪恩在他脚下向远处延伸，无情的太阳仍然在灼烤着这片土地。现在它正向那些陡峭的高山背后落下，荒凉的山壁上几乎无法看见植被的痕迹。在这片崎岖、破碎的土地上，人们为了可以一步跨过的一池清水而杀戮、死亡。没有人会认为可以在这里找到巨大的城市，那些古代的建筑者也没能完成他们的工作。但这座城市里有着让人无法想象的高大宫殿，这些宫殿有着台阶或者峭壁一样的外墙，向上一直堆砌到八层甚至十层，在宫殿的最上层往往不是屋顶，而是另一层尚未建好的残垣断壁。宫殿之间还屹立着许多更加高峻的巨塔，而它们往往也只有未完成的半截塔身。现在，这些巨型建筑中约有超过四分之一连同它们的华丽圆柱和彩绘玻璃一起变成了一堆堆碎石，散落在宽阔的街道上。这些街道全都通向城市中心广场，广场两侧是为了布置林阴道的泥土花坛，只是其中从不曾长出过草木。巨大的喷泉也同样干涸了数百年。所有这些辛勤劳作都没有换得任何成果，城市的建筑者伴随着他们未完成的造物在历史中逝去。但有时候，兰德觉得也许他们的努力只是为了让他能找到这里。

太骄傲了，他心想，*一个男人会这样骄傲，只能说明他已经半疯了*。他不禁干笑了两声。最初来到这里的人之中有两仪师，他们一定知道卡里雅松轮回——真龙预言。也许那些预言就是他们写下的。*十倍过分的骄傲啊!*

在他的正下方有一座巨型广场，逐渐延长的阴影已经覆盖了广场的一半。广场上堆满了各种破碎的雕像和其他形状奇特之物，它们由水晶、金属、玻璃、岩石和其他各种兰德不认识的材料做成，仿佛一场极具破坏性的风暴刚刚从广场上刮过。即使在阴影里，气温也并不比阳光下低多少。一群身穿粗布衣的人们正忙着将堆在广场上的物品装在一辆辆马车上。他们不是艾伊尔人，指挥他们并决定该装载哪些物品的，是一名身材纤细的娇小女子。她穿着一身样式清新的蓝丝外衣，在广场各处不停地来回走动，背始终挺得笔直，步履轻盈如风，似乎让别人喘不过气的高热对她来说完全没有影响。不过她毕竟还是在额头上围了一条潮湿的白布巾，她只是没有将烈阳炽热对她的影响表现出来。兰德打赌，她连汗都没有流。

这些劳工的首领是个皮肤黝黑、身材粗壮的男人，名叫哈当·卡德，他自称是一名商人。现在他正用一块大手帕抹着自己的脸，身上的奶油色丝绸衣服已经被汗水彻底湿透了。他不停地大声咒骂着手下的马车夫和保镖们，但是当那名娇小女子指向某样东西时，他的动作总是和他们一样快，不论那东西是大是小。两仪师从不需要依靠高大的身材来给予别人压迫感，但兰德敢打赌，即使沐瑞从不曾去过白塔，她还是办得到这一点。

有两个人正在努力挪动一座扭曲成古怪形状的红石门框。如果沿着门框上扭曲的纹路看下去，就会让人觉得头晕。它直立在地上，可以自由旋转，但无论那两个人怎么使劲去推，它就是不会翻倒。其中一个人突然滑倒在地上，腰以上的部分都跌进了那道门框。兰德的神经一紧。片刻之间，那个人的上半身完全不见了，双腿狂乱地踢蹬着，直到一名身穿绿色呢料衣服的高个儿男子大步走过去，抓住他的腰带，把他揪了出来。他是沐瑞的护法，岚，他和沐瑞之间有着某种兰德不清楚的联系。他是个刚硬的男人，行止既像艾伊尔，又像一头猎狼，腰间的佩剑已经完全变成他身体的一部分。他将那名工人扔在石板地上，工人发出的哀嚎就连兰德都能依稀听见，而另外一名工人看样子已经准备要逃跑了。他们周围的一些工人都彼此对望着，又纷纷端详了一下四周的群山，显然是在估算他们逃出去的机会有多少。

沐瑞迅速地出现在他们中间，兰德觉得，她一定是用了至上力才会有这么快的速度。她飞快地移动到一个人又一个人面前。她的态度让兰德觉得自己几乎能听见她唇间溢出那种冰冷、专横的命令，仿佛每个有脑子的人都应该遵守。只用了几句话，她就压倒了他们的反抗，将所有异议踏在脚下，逼迫所有人又回到他们的岗位上。那两名搬运门框的人开始比刚才更卖力地又拉又推，同时又频频偷偷去看沐瑞一眼。从某种角度来说，沐瑞的作风比岚更加刚硬。

就兰德所知，堆在广场上的这些物品全都是法器、超法器和特法器，制造它们的时间都要追溯到世界崩毁之前。制造的目的或者是为了控制至上力，或者是为了利用至上力实现某些用途。制造的过程中肯定用到了至上力，但直到今日，即使是两仪师也不知道它们是如何制造的了。兰德大概知道那座扭曲门框的用处——一道通向另一个世界的门。但对其他的，他没有任何了解。大概根本没有人能知道它们的用途，所以沐瑞才会工作得如此艰辛。她要把这些对象运到白塔去进行研究，能运多少就运多少。有可能白塔中至上力物品的收藏都没这座广场来得多，虽然人们都认为白塔在这方面的收藏是世界上最多的，而白塔中一些收藏的用途也同样是个谜。

兰德并不关心什么东西被装上了马车，什么东西被扔在了地上。他已经从那里拿走了他所需要的，也许比他想要的更多。

在这座广场的正中心，靠近一棵被烧焦的百尺巨树旁边，立着一片玻璃柱组成的小丛林。每根玻璃柱的高度都几乎和那棵巨树相当，而且非常细，让人觉得一阵强风就能将它们全部吹倒。虽然阴影的边缘已经触及它们，但这片玻璃柱仍然在太阳下熠熠生辉。在数不清的岁月里，艾伊尔男人走进这片玻璃柱，当他们出来的时候，手臂上就会出现像兰德那样的图案，只是那种图案只会出现在一只手臂上。有这种图案的男人就会成为部族首领，得不到这种图案的人将永远都不会再出来。艾伊尔女人同样会来到这座城市，经过同样的试炼，她们会成为智者。除此之外就没有别人能进来了，至少没有活人。男人可以进入鲁迪恩一次，女人两次，多过此数就意味着死亡。这是智者们说的，就在不久前，这全都是事实。而现在，任何人都能进入鲁迪恩了。

几百名艾伊尔人在街道上行走，居住在这些建筑物里的人愈来愈多。每一天，都会有更多路旁的土地被种上豆类、瓜类和泽麦。人们用陶罐从山谷南端新的大湖里汲来清水，辛勤地浇灌它们，这是整个荒漠里惟一的一片湖泊。有几千人在周围的山坡上架起了帐篷，就连昌戴尔山上也全都是营地。而以前他们只在重要典礼时才会来到这里，送一个男人或女人进入鲁迪恩。

无论兰德走到哪里，他都会带来改变和破坏。这一次，他矛盾重重的心里只希望这里的改变会是一件好事情。也许这真的是好事，但那棵被烧过的大树却仿佛在嘲笑他。爱凡德梭拉，传说中的生命之树，所有的故事里都说不清它在什么地方，能在这里找到它实在是令人惊讶万分。沐瑞说它仍然活着，还会再次萌发新芽，但现在他只能看见焦黑、光秃的枝干。

兰德叹了一声，从窗口转回身。他所在的房间非常巨大，虽然还不算是鲁迪恩最大的房间。房间的两侧都有高大的窗户，半球形的穹顶绘制着幻想中长有翅膀的人和动物。虽然天气十分干燥，但大多数原先残留在这座城市里的家具还是腐烂成尘土了，残留下来的也有许多被虫子蛀了无数的孔洞。不过在房间较远处有一把结实的高背椅，它的镀金大部分还都是完整的。只是与它相配的桌子和它并非是原先的一套。那是一张很宽大的桌子，桌脚和边缘雕刻着纹样富丽的花朵，有人用蜂蜡将它们重新抛光，使它们发出年代久远的幽暗光泽。这些是艾伊尔人为他找出来的，虽然他们在看到这些东西的时候都不断摇头。荒漠里的树非常稀少，更没有树能产出可以制造这把椅子的大尺寸木材，更别说这张桌子了。

这些就是房里全部的家具。在暗红色地板的正中央铺着一条优质的伊利安金蓝色丝绸地毯，那应该是很早以前艾伊尔人的战利品。房间中到处都堆放着颜色鲜亮、缀着穗子的丝绸小垫子。这些就是艾伊尔人用来代替椅子的东西。他们并不总是跪坐在这些垫子上，而是以尽量舒服的姿势用它们来支撑身体。

地毯内，现在正有六个男人斜倚在这些垫子上。他们是六位部族首领，也是至今追随兰德的六个部族。虽然他们很可能并不渴望这样做，但他们毕竟是承认了随黎明而来之人。兰德觉得鲁拉克(他是个宽肩膀、蓝眼睛的男人，暗红色的头发里已经有了点点灰星)也许和自己有一些友谊，但其他人和他就谈不上任何私人感情了。十二个部族中，只有六个到了这里。

兰德没有去碰那把椅子，他面对艾伊尔人盘腿坐在地上。在鲁迪恩以外的荒漠里，只有部族首领能坐上椅子，而且能这样做的原因只有三个：接受族人祝贺成为首领时、接受敌人降服的光荣时刻、进行裁决时。现在坐椅子就暗示着他要举行上述三种仪式之一了。

他们都穿着凯丁瑟。这种衣服只有褐与灰两种颜色，可以完美地隐藏在荒野里，此外它还配有齐膝的软靴。即使是在这里，与他们承认的卡亚肯——首领中的首领会面，每个人还是在腰带上别了一把大匕首。灰褐色的束发巾围在脖子上，仿佛是一块宽大的围巾。如果他们之中的任何人戴上作为束发巾一部分的黑色面罩，那就代表着他要杀人了。这种情况并非没有可能发生。这些人因为部族间的相互袭击、攻杀和其他原因，多少都结有仇怨，也曾经彼此发生过打斗。现在他们都在看着他，等待着，但艾伊尔人的等待中，总是蕴含着突然爆发的行动与暴力。

贝奥是兰德见过最高的人。哲朗像长刀一样细瘦，鞭子一样迅捷。他们两个靠在地毯两端距离对方尽量远的地方。贝奥的高辛部族和哲朗的沙拉得部族结下了血仇，随黎明而来之人可以让他们暂时压抑报复的冲动，却不会让他们忘记这一点。也许是因为鲁迪恩的和平在这个时候仍然有效。不过，他们两个眼中仇恨的火焰和沉静的竖琴声形成了鲜明的对比。六张被艳阳晒得黝黑的面孔上有着六对眼睛，蓝色、绿色，或者是灰色，即使是鹰眼和它们相比也会显得温顺。

“我要怎样做才能让雷恩艾伊尔跟随我?”兰德问，“你曾经确信他们会来的，鲁拉克。”

塔戴得部族的首领镇静地看着他，表情一直都像是一块岩石。“等待，仅此而已，戴雷克迟早会带他们来的。”

白发的汉躺在鲁拉克旁边，不屑地撇了撇嘴，满是皱纹的脸上像往常一样露出一副悻悻然的神情：“戴雷克已经见过太多的男人和枪姬众枯坐了几天，然后就抛弃了他们的枪矛。竟然抛弃枪矛!”

“而且还逃跑了，”贝奥平静地说，“我自己在高辛中也见过，甚至就发生在我的氏族里，他们逃跑了。还有你，汉，你的汤曼勒，我们全都见到了。我不认为他们知道该逃到哪里去，他们只知道自己在逃避什么。”

“胆怯的蛇。”哲朗啐了一口，他亮棕色的头发里也出现了灰丝。艾伊尔部族首领中没有年轻人。“他们是只会散发臭气的小毒蛇，扭曲着躲闪自己的影子。”他那双蓝眼睛向地毯另一端轻轻一瞥，说明话里所指的是高辛艾伊尔，而不止是那些抛弃枪矛的人。

如果可能的话，贝奥似乎想站起身，他的表情比刚才更加阴沉了。但他身边的人用手按住了他的胳膊，那是纳凯部族的布鲁安。他的身材和力量都足以和两名铁匠匹敌，但情绪总是很平和，这对于一名艾伊尔人来说显得很奇怪。“我们全都见过男人和枪姬众逃跑的情形。”他的声音和灰眼睛都显得有些懒散，但兰德知道实际并非如此。就连鲁拉克也认为布鲁安是一名致命的战士和精明的战术家，甚至比鲁拉克更强大。这对于兰德来说应该是一种幸运，但他追随的是随黎明而来之人，他不认识兰德·亚瑟。“你也一样，哲朗，你知道面对那些事是多么困难。如果你不能说那些因为无法面对那些事而死的人是懦夫，那你怎么能说那些因为同样原因而逃走的人是懦夫?”

“本来就不应该让他们知道，”汉一边喃喃地说道，一边用双手紧握着他身下缀红穗的蓝垫子，仿佛那是敌人的喉咙，“只有能进入鲁迪恩、并活着出来的人才有资格知道。”

汉的这些话并非是对某个人说的，但他也肯定希望兰德会听到这些话。是兰德告诉所有人在那片玻璃柱的迷宫中有些什么，他透露出的讯息已经让部族首领和智者无法再回避众人的进一步追问。如果现在荒漠里有一个艾伊尔不知道这些事，那他肯定已经有一个月没有和别人说话了。

艾伊尔人本以为他们的先祖是一些在战场上夺取了无数荣光的人，却没想到其实他们只是一些从世界崩毁中幸存下来的无助难民。当然，那时所有活下来的人都是难民，但艾伊尔人从不认为自己会有那么软弱。更可怕的是，他们曾经遵循叶之道，即使在自己的生命受威胁时也不会采用暴力。艾伊尔这个词在古语中是“献身”的意思，他们曾是一些为了和平而献身的人。而今日这些自称为艾伊尔的人只是一些背誓者的后代，他们背叛的是一个被坚守了无数代的誓言。现在只有一件事仍然维系着他们的信念：一名艾伊尔宁死也不会去碰一把剑。他们一直都相信，这是他们荣誉的一部分，他们因此才能与生活在荒漠以外的人有所不同。

兰德以前总是听艾伊尔说，他们是因为犯下了某个罪行才被放逐到这片死寂的荒漠里，现在，他们知道了自己生活在这里的原因是什么。那些建立了鲁迪恩并死在这里的男男女女——那些极少被他们提起，被称为杰恩艾伊尔的人，实际上，杰恩并非一个部族的名字，只有这些人坚守着世界崩毁之前艾伊尔对于两仪师的忠诚。当自己一直坚信的事实最后被证明是一派谎言的时候，没几个人能有勇气去面对。

“他们必须知道这些。”兰德说。他们有权利知道，人不应该生活在谎言之中。他们的预言说我会毁灭他们，那我就不可能有别的选择。过去的已经过去，现在他要担心的是未来。他们之中有人不喜欢我，有些人恨我，因为我不是他们的一员，但他们追随了我。我需要他们所有人。“米雅各马怎么样了？”

躺在鲁拉克和汉之间的鄂瑞摇了摇头。他曾经是亮红色的头发已经半白了，但绿眼睛仍然像年轻人一样放射出旺盛的精气。他的大手又宽又长，而且非常有力，说明他的双臂也像年轻人一样健壮。“提摩兰在有所行动之前从不会让别人知道他的决定。”

“当提摩兰还是名年轻首领的时候，”哲朗说，“他曾经尝试统一所有部族，不过他失败了。如果他看见终于有人在他失败的事上获得了成功，他不会感到高兴的。”

“他会来的，”鲁拉克说，“提摩兰从不相信自己是随黎明而来之人，强文也会带锡安德来。但他们会等待，他们必须要先调适自己接受现在所发生的一切。”

“他们一定要调适自己接受这一点：随黎明而来之人是湿地人。”汉有些怒气冲冲地说，“我不是要冒犯你，卡亚肯。”他的声音里没有任何谄媚的成分。一名首领并不是国王，首领的首领也同样不是，兰德顶多也只是一个平等集体中的第一人。

“我想，达茵和柯代拉部族最终也会过来。”布鲁安平静地说。实际上他接话很迅速，可能是害怕沉默会导致不必要的枪矛之舞。平等也就意味着没有能确保和平的权威。“他们在荒季中的损失比其他任何部族都要多。”现在艾伊尔们把有人开始逃避艾伊尔这个身份之前的那段凄惶时间称为“荒季”。“目前为止，曼德兰和英狄瑞安都一心想维持他们部族的团结，所以他们两个都希望你手臂上的龙纹会出现在他们的手臂上，但他们会来的。”

现在只剩下一个部族没有被提到，没有任何首领想提到那个部族。“库莱丁和沙度部族有什么消息？”兰德问。

他得到的答案是一阵沉默。房里只剩下悠扬的竖琴声。每个人都在等待着别人说话，并且在艾伊尔的限度内表达着自己的不悦。哲朗紧皱双眉望着自己的大拇指指甲，布鲁安玩弄着身下绿色垫子上的一根银穗子，就连鲁拉克也只是在端详那块地毯。

在一片寂静之中，身穿白袍的男女们以优雅的动作走进房间，向众人身边的雕银高脚杯里倾入葡萄酒，并送来一只只银盘子，盘子里盛着荒漠中罕见的橄榄、羊奶干酪和被艾伊尔人称作“派荚”的满是折皱的白色干果。这些戴着白色头巾的艾伊尔人全都目光低垂，脸上带着一种让人感到陌生的柔顺神情。

无论是在战争中还是在袭击中被捉住，这些奉义徒都会发誓侍奉俘虏他们的人一年零一天。在这期间，他们不会碰触武器，不会使用暴力。这段时间一过，他们就会回去他们的部族和氏族，如同没有发生任何事。这是一种对于叶之道的奇怪回忆，这是有关于节义——光荣和义务的要求，在艾伊尔人的概念中，破坏节义几乎是他们所能犯下的最严重罪行。现在房里的这些奉义徒中，有人也许就属于在座某个首领的部族。但只要他们还是奉义徒，他们甚至不会向他们的首领多眨一下眼，即使是对自己的父母，他们也是一样。

兰德突然震惊地想到，他所暴露的事实之所以会对一些艾伊尔造成如此巨大的冲击，很有可能就是因为他们认为他们的祖先都曾经发誓成为奉义徒，不仅仅是为自己发誓，也是为自己和自己的所有子孙们发誓。而他们这些后代子孙最后全都拿起枪矛，破坏了节义，直至今日。他面前的这些人是否也曾因循此思考模式而忧心忡忡？节义对于艾伊尔是非常严重的事。

穿着软鞋的奉义徒们悄无声息地离开了房间。没有任何部族首领碰一下手边的酒和食物。

“有可能让库莱丁和我见面吗？”兰德知道根本没有这种可能。当他得知库莱丁活剥了信使的皮以后，他就停止派人去要求会谈了。但他至少可以借此把话题引到别的方面。

汉哼了一声：“我们从他那里得到的惟一回复是，他会在下次见到你的时候剥了你的皮。这是否代表着他会与你会谈？”

“我能让沙度离开他吗？”

“他们追随他，”鲁拉克说，“他根本就不是一名首领，但他们相信他是。”库莱丁从未走进那片玻璃柱群，但他甚至可能仍相信自己所说的一切才是事实，而兰德一直都在撒谎。“他说他是卡亚肯，而他们也相信他。有一些沙度的枪姬众过来了，是因为身为枪姬众战士团的一员才过来，因为法达瑞斯麦维护着你的光荣，其他人都不会来了。”

“我们派去斥候监视他们，”布鲁安说，“沙度一找到那些斥候就会杀死他们。库莱丁已经造成了六桩血仇，但至今他还没有表现出要攻击我们的迹象。

我听说他对外宣称我们已经玷污了鲁迪恩，而攻击驻扎在这儿的我们只会加深对这里的亵渎。”

鄂瑞也哼了一声，挪了挪垫子。“他不敢杀过来的原因只是这里有足够的枪矛，可以把每一个沙度杀死不止两遍，”他将一片白色的干酪塞进嘴里，呜噜地说道，“沙度们从来都是懦夫和贼。”

“没有荣誉的狗。”贝奥和哲朗异口同声地说。他们彼此瞪了一眼，仿佛都觉得对方那么说是为了嘲弄自己。

“不管是否没有荣誉，”布鲁安平静地说，“库莱丁的追随者正在增加。”声音虽然镇定，但他还是喝了一大口酒才继续说下去。“你们全都知道我说的是什么。在荒季后逃走的那些人里，有一些并没有放弃枪矛，他们加入了沙度中他们所属的战士团。”

“没有汤曼勒会背叛部族。”汉喊道。

布鲁安越过鲁拉克和鄂瑞，望向汤曼勒的首领，故意加重语气说：“每个部族都有这样的事发生。”没等汉来得及反驳，他已经躺回到垫子上，“这不能被称为是背叛部族，他们加入了他们所属的战士团，就像那些来到这里加入她们的战士团的沙度枪姬众。”

首领们纷纷低声说了些什么，但这次没有人公开驳斥他。艾伊尔战士团的法规相当复杂，从某种角度讲，战士团的成员会觉得彼此之间的联系像部族成员一样紧密。比如说，同一个战士团里的成员即使有部族血仇也不会相互攻杀。有些男人不会和自己所属战士团成员的女性亲属结婚，因为他们觉得这就和近亲结婚一样。而关于法达瑞斯麦——枪姬众对待婚姻的一些方式，兰德甚至不愿去想。

“我需要知道库莱丁想做什么。”他对他们说。库莱丁是一只耳朵里钻进了蜜蜂的公牛，他有可能从任何方向杀过来。兰德犹豫了一下。“派人加入到沙度中他们所属的战士团里，会亵渎他们的荣誉吗？”他不需要进一步说明他的意图。部族首领们全都僵在靠垫上，就连鲁拉克也不例外，他们眼中的寒意足以驱走房里的热气。

“用这种方式派出间谍……”鄂瑞在说到“间谍”这个词的时候，仿佛是吐出了什么污秽的东西，“这和刺探你自己的氏族没有区别，有荣誉的人绝不会做这种事。”

兰德想问问他们是否能找到没有那么苛刻的荣誉感的人，不过他及时闭上了嘴。艾伊尔的幽默感是一样奇怪的东西，经常会显得有些残酷，但有时候，他们完全没有幽默感。

为了改变话题，兰德问："龙墙那边有什么讯息？"他知道答案，这种讯息总是能迅速传到每个人的耳朵里，鲁迪恩里的艾伊尔人都不会错过。

"没有什么值得说的，"鲁拉克回答，"毁树者们出现了许多麻烦，现在已经没有几个卖货郎会来三绝之地了。""三绝之地"是艾伊尔人对这片荒漠的称谓，"三绝"代表着对他们罪行的惩罚、对他们勇气的测试，以及一块塑造他们肉体的铁砧。"毁树者"是他们对凯瑞安人的称呼。"真龙旗仍然飘扬在提尔之岩上，提尔人依照你的命令正向北进入凯瑞安，向毁树者分发食物。此外，没有其他消息了。"

"应该让那些毁树者们饿死。"贝奥嘟囔道。哲朗用力闭上了嘴，兰德怀疑他也刚刚要说同样的话。

"毁树者们只该被杀死，或者像牲口一样被卖到沙塔去。"鄂瑞狠狠地说。艾伊尔人向来都用这两种手段对待未经邀请就进入荒漠的湿地人，只有走唱人、卖货郎和匠民可以安全地通过这里。不过艾伊尔人总是远远地避开匠民，仿佛他们身上都带着传染病。沙塔是荒漠以东的一个国度，就连艾伊尔人对那里也所知不多。

兰德从眼角看见两名女子出现在房门口，有人在那里挂上了红蓝亮色的珠串，用来代替已经消失的门板。两个女人中一个是沐瑞，兰德在刚看见她的时候，立刻就有一种让她们再等一会儿的冲动。沐瑞的脸上带着那种掌控一切的神情，仿佛无论他们正在做什么事，都要为她而中断。这让兰德很是恼怒。只是他们之间确实没什么值得继续讨论下去了，而且兰德也能从这些部族首领的眼里看出，他们已经不想说话了。在谈过荒季和沙度之后，他们已经失去了谈话的兴致。

兰德叹息一声，站起了身，部族首领们也纷纷站起。除了汉之外，他们的身高都和兰德差不多，甚至比他更高。在兰德长大的地方，汉也只能算是稍微超过平均身高，而在艾伊尔人之中，他明显是个矮子。"你们知道必须做些什么，让其余的部族尽快加入我们，并且保持对沙度的监视。"他停了一下，然后说道，"我会努力给艾伊尔一个理想的结果。"

"预言说你会毁灭我们，"汉带着酸涩的语气说，"而你在开始的时候就做得不错，但我们会跟随你，直到无影，"他开始朗声诵唱，"直到无水，冲进暗影大笑，用最后一口气吼叫。在最后一日，将口水吐到刺目者的眼中。"刺目者是艾伊尔人对于暗帝的称呼之一。

兰德必须对这段战歌做出正确的响应，而他曾经并不知道这一点："以我的荣誉和光明发誓，我的生命将是一把为了插入刺目者心脏而锻制的匕首。"

“直到最后一日，”艾伊尔人最后说道，“冲入煞妖谷。”竖琴仍然在弹奏着柔和的韵律。

首领们依次从那两名女人身边走出房间。走过沐瑞身边时，他们都用尊敬却并不畏惧的眼光看着她。兰德希望自己对沐瑞也能有同样的信心。沐瑞为他安排了太多的计划，她用太多手段控制着他，而他对此所知的却少得可怜。

首领们一离开房间，那两个女人就走了进来。沐瑞像平常一样冰冷而文雅，她是个身材娇小的漂亮女子，有着那种让人无法确定年龄的两仪师容貌。现在她已经解下了系在额头上的那块湿布，取而代之的是一小块悬在前额上的蓝宝石，坠住蓝宝石的细长金链末端消失在她的黑发中。即使没有这样的装饰，她女王般的雍容仪态也不会有丝毫减损。她总是让人觉得比她实际的身高更高一尺，双瞳中从来都不缺乏信心和威严。

另一名女子比沐瑞更高，不过仍然不及兰德的肩头。她还没有两仪师那种年岁莫辨的面容，看起来很年轻，她是与兰德一同长大的艾雯。现在，除了一双黑色的大眼睛之外，她几乎完全是一名艾伊尔女子了。她的脸和双手被晒成了棕色，身上穿着棕色的艾伊尔羊毛裙，和一件用一种叫作亚葛的植物纤维织成的白色宽松衬衫。亚葛比最细的编织羊毛还要柔软，如果能说服艾伊尔人将它们运到龙墙的西侧去贩卖，一定能得到丰厚的利润。一条灰色的披巾绕在艾雯的肩膀上，一条叠起的灰色围巾固定住了她披在背后的过肩长发。和大多数艾伊尔女人不同，她只戴着一只手镯，形状是象牙雕成的一轮火焰，脖子上也只有一条用黄金和象牙珠串成的项链。她的最后一件首饰是戴在左手上的巨蛇戒。

艾雯一直在几位艾伊尔智者那里学习，至于具体学习内容为何，兰德并不知道，不过他怀疑艾雯所学的并不止是一些关于梦的知识，虽然艾雯和智者们从不对他说这些事。但她以前也曾经在白塔学习，现在她已经是即将成为两仪师的见习生了。而从在提尔开始，她就一直以正式的两仪师自居。有时候，兰德会用这件事开她玩笑，但她并不觉得这有多好笑。

“马车很快就会做好前往塔瓦隆的准备。”沐瑞说，声音像音乐一般柔美，水晶一般清澈。

“最好派一支足够强的卫队，”兰德说，“否则哈当也许不会按你的命令将它们送到目的地。”他又转向窗户，想再看一看并考虑一下这个叫哈当的人。“你已经不需要我牵起你的手做事，或者是在行动前给予你许可了。”

突然间，某样东西击中了他的后背，那种感觉就像是被一根粗大的山胡桃木棍打了一下。只是在酷热天气里不应有的鸡皮疙瘩告诉他，背后有个女人正在导引。

兰德猛地转回身，将自己向阳极力伸展，用至上力充满自己的身体。那种感觉就像是生命力在他的体内澎湃，他获得了十倍、百倍的生机；暗帝的污染也同时在他体内蔓延，死亡和腐败像蛆一样爬进他的嘴里。他必须时刻拼尽全力与这股洪流奋战，才能不被它冲走。现在他几乎已经习惯了这种情况，但他似乎又永远也无法习惯它。他想永远握住阳极力的甜美，却又总是想将它呕吐出去。至上力要将他的皮肉从骨骼上剥去，再把他的骨骼烧成灰烬。

如果至上力没要了他的命，暗帝的污染最终也会让他陷入疯狂，他只能等待着这两种结局中的哪一种会抢先出现。疯狂是自从世界崩毁开始以来，每一个拥有导引能力的男人都无法逃脱的命运，在路斯·瑟林·特拉蒙率领百盟团将暗帝封印回煞妖谷的那一天，暗帝最后的反击污染了属于男性的那一半真源，能够导引的男人终于疯狂地撕裂了这个世界。

他让身体里盈满了至上力……却无法确定是哪个女人干的。她们全都默不作声地看着他，冰冷得仿佛就算口中含着奶油也不会融化，而且全都带着颇有些调侃的神情扬起了一侧的眉弓。这两个人都有可能拥抱了阴极力，而他却无从判断。

当然，用一根棒子在背后打他一下不是沐瑞的风格，她会用别的办法惩罚他，更狡猾，往往也是更加痛苦的办法。不过就算能确定是艾雯干的，兰德也没什么办法。*要有证据*。这个想法从虚空的表面滑过，他正在一片空无中飘飞，思想、情绪，甚至愤怒已经被隔绝到遥远的地方。*没有证据，我什么也不会做，这一次，我不会被她们的鞭子驱赶了*。她不再是那个和他一起长大的艾雯，自从沐瑞带她去过白塔之后，她就成为白塔的一部分。又是沐瑞，总是沐瑞，有时候，他真希望自己能摆脱沐瑞。*只是有时候吗？*

他将注意力集中到沐瑞身上。“你想要我做什么？”他的声音听在自己的耳里显得平板而冰冷，至上力的咆哮占据了他身体的一切。艾雯告诉过他，女人碰触阴极力的时候就像是在拥抱情人；而对于一个男人，与至上力的接触永远都是一场残酷无情的战争。“不要再提马车的事了，小姐妹，我总是在木已成舟之后很久才发现你真正的用意。”

不出他所料，两仪师朝他皱起眉头。她肯定不习惯被男人这么称呼，即使那个男人是转生真龙。兰德自己也不知道这个“小姐妹”的称呼是从哪里冒出来的，最近有些时候，他会冲口说出一些自己也感到莫名其妙的话。也许，这就是发疯的迹象了。有些晚上，他因为这个而担忧地睁眼躺在床上，直到凌晨。在虚空里，他觉得那好像是另一个人正在担忧。

“我们应该单独谈谈。”沐瑞冷冷地看了那名竖琴师一眼。

杰辛·奈塔，他在这里如此称呼自己，现在他正慵懒地枕着软垫子，靠在无窗的墙边，轻轻弹拨膝上的竖琴，在竖琴的琴弓上刻着与兰德前臂上相同的生物，上面还镀着黄金。龙，艾伊尔人如此称呼这种生物。兰德只是有些怀疑杰辛从什么地方弄到这样东西的。他是个黑发的中年男人，在艾伊尔荒漠以外的地方肯定算是个高个子。尽管天气炎热，他还是整整齐齐地穿着用深蓝色丝绸缝制的外衣和长裤，领口和袖口处的金线刺绣、钮扣和饰带的做工全都极尽精致，即使在皇宫里也不会有丝毫逊色。而与他铺展在身边的走唱人斗篷放在一起，这身华丽的衣服就显得相当古怪了。这是一件质料上乘的斗篷，只是上面被几百块小布片完全覆盖，每块布片的颜色几乎都不一样，特殊的缝制工艺让它们可以被任何一阵微风吹起。这件斗篷代表着一名乡村艺人，一名从一个村镇旅行到另一个村镇，靠戏法、杂技、音乐和说书维生的演员。这样的人肯定不可能有丝绸衣服。这个男人有着他骄傲的一面，现在他似乎已经完全沉浸在自己的音乐里了。

“在杰辛面前无论说什么都可以，”兰德说，“毕竟，他是转生真龙的走唱人。”如果沐瑞要说的事情真的很重要，她会坚持要单独谈话，那时他就会将杰辛遣走。不过他不喜欢让这男人脱离他的视线。

艾雯重重地哼了一声，扯了扯肩上的披巾。“你的脑袋已经膨胀得像一颗熟透的烂瓜了，兰德·亚瑟。”她毫无表情地说，仿佛她正在陈述一个事实。

愤怒在虚空之外涌起阵阵泡沫，但不是因为艾雯所说的话。他们还是小孩子的时候，她就养成了挖苦他的习惯，只是最近她似乎总是在和沐瑞合作，干扰他的心神，让这名两仪师有机会影响他的决断。当他们依然年幼的时候，他们还不知道他真正的身份，那时他和艾雯都真诚地认为他们终有一日会结婚。而现在，她却站在沐瑞那一边来反对他。

兰德的脸色变得严峻，他用出乎自己意料的凶狠声音说：“告诉我你想要什么，沐瑞，现在就告诉我，就在这里，否则就等我找出时间给你。我非常忙。”这是个明显的谎言。他的大多数时间都用来和岚练剑，和鲁拉克练习枪矛，或者是向他们两人学习徒手搏斗的技艺。但如果此时此刻她们打算欺压他，他会以牙还牙的。杰辛知道任何事都不要紧，几乎是任何事，只要兰德随时都知道他在哪里。

沐瑞和艾雯同时皱起了眉头，但真正的两仪师至少能看出兰德这一次是不会让步的。她瞥了杰辛一眼，抿紧了嘴唇——那名艺人似乎仍沉浸在他的音乐里——然后，沐瑞从自己的口袋里掏出一个灰色丝绸的包裹。

打开包裹，她将里面的东西放在桌上——一个有男人手掌那么大的碟子，一半漆黑，一半雪白，两种颜色在碟子中间交会，形成一条蜿蜒曲折的界线，像是两滴紧邻彼此的泪珠。在世界崩毁以前，这曾经是两仪师的标志，但这个碟子还有更重要的意义。这样的碟子一共只制造过七个，它们是暗帝牢狱的封印。或者说，每个碟子都是一道封印的焦点。沐瑞从腰间的银鞘里抽出一把匕首，在碟子的边缘轻轻刮了一下，一小片黑色的碎屑掉落在桌上。

即使处在虚空的包覆中，兰德仍旧倒抽了一口气。虚空本身也发出一阵颤抖，有那么一瞬间，至上力几乎就要将他吞噬了。“这是不是一件复制品？一个冒牌货？”

“我在下面的广场找到它，”沐瑞说，“但它是真的，和我从提尔带来的那个完全一样。”她说这句话时的口气仿佛只是在说她希望午餐会是豌豆汤。艾雯却将披巾紧紧揪住，仿佛觉得房里非常冷。

兰德感觉到自己的恐惧正从虚空的表面一点点渗透进来。他强迫自己放开了阳极力，如果他无法集中精神，至上力就会立刻当场毁灭他，而他现在惟一关心的就是这个碟子。放开至上力的时候，虽然不会再感受到暗帝的污秽，但兰德还是感到了一阵失落。

那片落在桌上的碎屑应该是完全不可能的存在。制造这些碟子的材料是昆达雅石——心之石，昆达雅石是不可能受到损毁的，即使用至上力也不行，任何攻击它们的力量都只会让它们变得更强。制造心之石的方法已经在世界崩毁的时候失传了，但所有传说纪元的心之石物品都一直存留到现在，即使在世界崩毁时沉入海底，被埋进深山最脆弱的花瓶，它们也依然完整无缺。当然，七个碟子中已经有三个碎裂了，但一把小刀绝不可能伤到它们。

想到此，兰德不得不承认，他实际上并不清楚那三个碟子是怎样碎裂的。如果说，除了创世主之外没有力量能打破心之石，那么这只能是被……

“他是怎么做的？”兰德问，同时惊讶地发现自己的声音仍然像被虚空包围时一样稳定。

“我不知道，”沐瑞回答，她的声音和外表也同样冷静，“但你应该也看出问题的所在了吧？它即使只是掉在地上也会碎裂。如果其他的也是这样，只要四个手拿锤子的人就可以再次打开暗帝牢狱上的那个洞口了。在这种情况下，有谁能说封印还能维持多久？”

兰德明白，*我还没有准备好*。他不知道自己是不是真的有朝一日能做好准备，但他确定现在他还没有。艾雯的神情仿佛是她正盯着自己的坟墓。

重新包好那个碟子，沐瑞将它放回口袋里：“也许我在将它带往塔瓦隆之前会找出这种情况发生的原因，如果我们知道原因，也许我们就能对此有所作为。"

兰德想象着暗帝的力量再次从煞妖谷中蔓延出来的景象。这一次，也许暗帝会彻底脱离他的牢狱，火焰和黑暗将覆盖世界，无光的火舌会将一切吞噬，只剩下岩石般坚硬的黑暗占据了全部空间。在这种景象的震撼中，兰德过了一段时间才意识到沐瑞正在对他说话。"你是说，你要自己单独离开?"他本以为她会像苔藓黏附岩石般紧紧地跟着他。这不正是你希望出现的情况吗?

"迟早要的，"沐瑞平静地回答，"毕竟，我迟早……要离开你，该发生的就一定会发生。"兰德觉得她颤抖了一下，但那一瞬间过去得太快了，以至于兰德怀疑那只是他自己的想象。下一个瞬间，沐瑞又恢复了沉着镇定的仪态。"你必须做好准备。"这让兰德又不悦地想起了他刚刚对自己能力的怀疑。"我们应该讨论一下你的计划。你不能继续枯坐在这里了，即使弃光魔使没有计划来追踪你，他们也正在别处扩展他们的力量。如果世界之脊另一侧的一切都已经被他们掌握在手里，你在这里召集艾伊尔人也不会有任何用处。"

兰德笑了一声，靠在桌子上。原来这就是沐瑞的另一种策略：如果他会为她的离去而感到担忧，也许他会更愿意听取她的意见，顺从她的指导。当然，她不能说谎，至少不能直接说出谎言。在两仪师所吹嘘的三誓中有这么一条：绝不说虚妄之言。不过兰德知道，这与诚实之间的模糊暧昧地带还宽广得很。她迟早会离开他，在他死了以后，这点毫无疑问。

"你想讨论我的计划。"他冷漠地说着，从外衣口袋里掏出一只皮烟袋，掏出里面的短烟斗，塞满烟草，碰了一下阳极力，让一朵火苗跳到烟草上。"为什么?那是我的计划。"他从容不迫地吸着烟，等待着，完全不去注意艾雯愤怒的目光。

两仪师的表情没有丝毫改变，但她黑色的大眼睛似乎正在燃烧。"当你拒绝我的指导时，你都做了些什么?"她的声音如同她的表情一样冰冷，又像是一根根抽向兰德的鞭子，"无论你去哪里，在你身后留下的只有死亡、毁灭和战争。"

"在提尔没有。"他飞快地说道，太快，防卫性也太强了。他要保护自己，不能让她攻占他的心神。他刻意地闭上了嘴，从鼻子里喷出一股浓烟。

"是的，"沐瑞表示同意，"在提尔没有。你好不容易有了一个国家、一个民族作为后盾，但你干了什么好事? 为提尔带来公正是值得表扬的，在凯瑞安建立秩序、救济饥民是值得赞美的。如果换成别的时候，我会为此而歌颂你。"沐瑞本身就是凯瑞安人。"但这对最后战争毫无用处。"这个女人的思想里只有一件事，对待除此之外的任何事情，即使是她的祖国，她也是冷若冰霜。但是，他的目标难道比她不狭隘吗?

“你要我怎么做？逐一去追杀弃光魔使？”他再次强迫自己放缓吸烟的速度，“难道你知道他们在哪里？哦，沙马奥在伊利安，这个你是知道的，但其他的呢？如果我听你的话去追杀沙马奥，却发现他那里有两个、三个、四个，甚至九个弃光魔使全在那里，那时我该怎么办？”

“你有能力同时对付三四名弃光魔使而性命无虞，也许九名也可以，”她冷冷地说，“如果你没有把凯兰铎留在提尔，你就有这样的能力。现在的事实是，你正在逃避，你并没有真正地做出计划，你没有为最后战争做准备。你从一个地方逃到另一个地方，希望所有的事情能自动变好。你只是在希望，因为你不知道还能做些什么。如果你能听取我的建议，至少你——”他猛地一挥手中的烟斗，打断了她的话，完全无视于两个女人狠狠瞪向他的眼睛。

“我确实有一个计划。”如果她们想知道，那就让她们知道吧！而如果她们想把这个计划改一个字，那就先烧死他好了。“首先，我要结束那些战争和杀戮，无论那些是不是我引起的。如果人类必须杀戮，那就让他们去杀兽魔人吧，不要自相残杀。在艾伊尔战争中，四个部族越过了龙墙，在超过两年的时间里横行无阻。他们劫掠并烧毁了凯瑞安，击败所有作对的军队。他们本来可以占领塔瓦隆，如果他们想那样做的话。甚至就连白塔也不能阻止他们，因为你们的三誓。”除非与暗影生物和暗黑之友作战，或者是保卫自己的生命，否则不得将至上力作为武器，这是三誓中的另一条，而当时艾伊尔人始终没有真正威胁到白塔本身。现在兰德的心里充满了愤怒，逃跑并怀着空洞的希望，这就是他？“四个部族就做到了这些，当我率领十一个部族跨越龙墙的时候，会发生什么事？”只能是十一个部族，沙度会追随他的希望实在很渺茫。“等那些国家想到要联合起来的时候，一切对它们来说都已经太迟了。他们会接受我的和平，否则就让我被埋进坎布雷特里面好了。”一阵不和谐的杂音从竖琴中传出，杰辛弯腰端详着他的乐器，摇了摇头。过了一会儿，悠扬的乐曲再次响起。

“烂掉的瓜也不会有你的脑袋那么大，”艾雯嘟囔着，将双臂交叠在起伏不停的胸前，“石头也没有你的脑袋那么硬！沐瑞只是想要帮助你，为什么你就是看不出来？”

两仪师抚了抚她的蓝丝裙，虽然这种举动并不必要。“将艾伊尔带过龙墙也许是你能做出的最糟糕的事。”她的声音似乎已经到了愤怒或挫败的极限，至少，兰德让她明白了他并不是她的木偶。“这一次，玉座将会与所有国家的统治者进行沟通，如果那些国家还有统治者的话。她会向他们证明，你是转生真龙，他们知道预言，知道你的使命。一旦他们相信了你的身份，他们就会接受你，因为他们别无选择。最后战争即将到来，而你是他们的希望，人类惟一的希望。”

兰德大声笑了起来，那是一阵苦涩的笑。他将烟斗咬在齿间，跷腿坐到了桌子上，紧盯着她们。“那就是说，你和史汪·桑辰仍然认为你们对所有情况都了如指掌。”愿光明保佑她们并不知道他的所有事情，其中有一些，愿她们永远也不会知道。“你们这两个傻瓜。”

“注意你的态度！”艾雯厉声喝道，但兰德根本没理她。

“提尔大君们也知道预言，他们同样看见了禁忌之剑被我握在手中。他们之中有一半期望我会为他们带来权力和荣耀，另一半恨不得立刻将一把匕首插入我的后背，然后永远忘掉转生真龙去过提尔，这就是那些国家对转生真龙的问候。除非我先用武力镇压他们，就像在提尔那样。你知道我为什么要把凯兰铎留在提尔？我要时刻提醒他们我的存在。每一天，他们都知道它在那里，就插在石之心大厅的正中央。他们知道我会回去，所以他们只能效忠我。”这是他留下禁忌之剑的原因之一，而另一个原因，他甚至不愿去想。

“一定要非常小心。”过了一会儿，沐瑞说道。在寒冰般平静的声音里，兰德听到无声的警告。他曾经听过这样的语气，那时沐瑞说即使要亲手杀死他，也绝不会让他堕入暗影。她真是个严酷的女人。

很长一段时间里，沐瑞只是死死地盯着他，一双眼睛如同要将他吞没的黑色深潭。然后，她行了个完美的屈膝礼：“请您恩准我离开，真龙大人，我要去确认哈当知道他明天的工作。”

没有人能在她的言谈举止中找到任何一点讥讽的成分，但兰德能感觉到。只要能让他心神失守，只要能让他顺从，无论是负罪感、羞愧、疑虑，还是其他什么手段，她都会尝试。兰德紧盯着她，直到门口的珠帘在她背后闭合，发出一阵轻微的碰撞声。

“你不需要摆出这么难看的脸色，兰德·亚瑟。”艾雯把声音压得很低，眼里散发着怒火，双手紧紧揪住披肩，仿佛想用它勒死他。“还真是了不起的真龙大人！不管你是什么身份，你都太粗鲁了，你是个没有礼貌的笨蛋。你得到的教训太轻微了，说话文雅一些不会要你的命。”

“所以刚刚打人的是你。”他破口大骂，但艾雯不假思索地摇头让他一愣。原来，是沐瑞干的，只是如果两仪师有这么激动的表现，那她一定是被逼得太紧了。罪魁祸首无疑是他，也许他确实应该道歉，也许文雅点也没什么，虽然他看不出自己为什么应该对一名要用缰绳拴住自己的两仪师彬彬有礼。

也许他正在考虑要礼貌些，但艾雯却没有，她黑褐色的双眼像两块正在燃烧的煤。“你是个羊毛脑袋的傻瓜，兰德·亚瑟，我永远也不该告诉伊兰你配得上她，你连一只黄鼠狼都配不上！少趾高气扬了。我还记得你满头大汗，拼命地为麦特把你拖下水的麻烦辩解的狼狈相。我记得奈妮薇用鞭子抽你时你大声哭叫的丑态。你挨完鞭子后，一整天都要有软垫才能坐下，那些事并没有过去许多年。我应该让伊兰忘掉你，如果你变坏的程度有一半让她知道了……”

艾雯爆发了前所未有的怒火，滔滔不绝地咒骂，兰德只能目瞪口呆地望着她。突然，他想起一件事：刚刚艾雯不假思索地微微摇头，让他知道用至上力打了他的人是沐瑞，虽然艾雯是无意泄漏此事的。艾雯正非常用心地因时制宜、入境随俗，因为现在她正师从于艾伊尔智者，所以她穿上了艾伊尔服装。照兰德对她的了解，她甚至有可能会接受艾伊尔的习俗，她的个性就是这样。但她一直都在尽心尽力要成为一位名符其实的两仪师，即使她现在实际上只是一名见习生。两仪师总是会控制住她们的情绪，只要是她们想隐瞒的东西，她们就绝不会有分毫地流露。

伊琳娜就从不会把怒气宣泄在我身上。即使她有时会对我说些刻薄话，那也只是因为……兰德的思绪在这一刻僵住了。他一生中从没遇过一个叫伊琳娜的女孩，但他却能因这个名字而回想起一张脸，一张模糊的美丽面孔，肤若凝脂，和伊兰一模一样的金黄色发丝。他一定是疯了，所以他才会记得一个想象中的女人。也许有一天，他会发现自己和并不存在的人交谈。

艾雯突然停止了她慷慨激昂的演说，眼里出现了关切的神情：“你还好吗，兰德?”愤怒从她的声音里消失，仿佛从没出现过，“出了什么问题？我是不是应该把沐瑞找回来——”

“不!”兰德喊道，他立刻就放柔了语调，“她没办法治疗……”即使是一位两仪师也无法治疗疯狂，她们对他所受的折磨毫无办法。“伊兰还好吗?”

“她还好。”尽管刚刚才对他发怒，但艾雯此时的声音里却夹杂着一丝同情。兰德知道，这就是他所能期望的一切了。伊兰离开提尔之后，他就没了她的讯息。伊兰的行踪是两仪师的门户之事，与他无关，艾雯不止一次这样对他说，沐瑞也附和她。那三位教导艾雯如何进入梦境的智者虽然会梦行，但她们告诉他的信息更少。她们自然有不喜欢他的理由。

“我还是离开好了，”艾雯将披巾覆在手臂上。“你累了。”微微皱皱眉，她说，“兰德，被埋进坎布雷特是什么意思?”

兰德想问她到底在说些什么，不过他马上想起那是他自己说的。“只是以前曾经听到过的一种说法。”兰德撒了谎，他不知道这句话是什么意思，也不知道它是怎么冒出来的。

“休息吧，兰德，”艾雯的口气像是她比兰德大上二十岁，而不是小两岁。“答应我你会休息，你需要休息。”兰德点点头。艾雯端详着他的脸，仿佛是想从那里找到真实，然后，她向门口走去。

兰德的银高脚杯从地毯上飞起，向他飘去。艾雯回头向他望过来，他急忙一把抓住那只杯子。

“也许我不该告诉你，”艾雯说，“伊兰也没有要我告诉你，但……她说她爱你。也许你已经知道了，但如果你不知道，你应该好好思考这件事。”说完这些，她就走了，珠帘在她的身后落回原位，窸窣轻响。

从桌上跳下来，兰德将高脚杯用力扔到一边。他则踩着溅到地板上的葡萄酒，一脸盛怒地向杰辛·奈塔走去。

第3章

暗影幢幢

兰德抓住阳极力，编织出风之力的能流，将杰辛从垫子上拖起来。镀金的竖琴落到暗红色的地板上，杰辛悬浮到距离地面两尺的地方，脖子和脚踝被钉在了墙上。“我警告过你！周围有别人在的时候绝不要导引，绝不！”

杰辛用他那种特有的方式侧过头，仿佛是想瞪兰德一眼，又或者是在不受注意的情况下监视他。“即使她看见了，她也会以为是你干的。”他的声音里没有歉意、没有示弱，不过也没有挑战的意思，他似乎认为自己只是在给出一个理由充分的解释。“而且，你看起来应该喝些东西，一名宫廷吟游诗人应该照看主人的需要。”这是他给自己添加的诸多小光环之一。如果兰德是真龙大人，那么他就必须是一名宫廷诗人，而不止是个走唱人。

带着对自己的厌恶与对这个男人的愤怒，兰德解开编织，让他跌在地上。现在对付他就如同对付一个十岁的男孩。兰德看不见那道压缩了这个男人导引能力的屏障——它是由一名女子建立的——但他知道那屏障确实存在。现在移动一只杯子已经是杰辛的极限了。很幸运，那道屏障在建立时也被加入了能躲开女性探察的功能，杰辛称这种技巧为“倒置”，不过他似乎无法对这种技巧做出解释。“如果她当时看到我的表情，产生怀疑呢？当那只杯子飘向我的时候，我也非常吃惊！”他将烟嘴塞回到齿缝里，恼怒地喷出一股浓烟。

“她还是不会怀疑的，”那男人轻轻坐回垫子上，重新拿起竖琴，弹拨出一段旋律缭绕的乐曲，“怎么会有人怀疑呢？我自己也不能完全相信情况会变成这样。”兰德听不出他的声音里有没有辛酸的情绪。

他也不能完全相信，虽然他曾经为此费了很大的力气。他面前的这个男人，杰辛·奈塔，曾经有另一个名字，亚斯莫丁。

无聊地摆弄着手里的竖琴，亚斯莫丁看上去根本不像是一名恐怖的弃光魔使。其实他的相貌堪称英俊，兰德猜想他对女人们可能很有几分吸引力。邪恶在外表上总是不会显露什么痕迹，这一直都让兰德感到很奇怪。他是一名弃光魔使，兰德却完全不想杀死他，而且还向沐瑞等人隐瞒了他的身份。兰德需要一名教师。

如果两仪师们对于女性“野人”的描述也同样适用于男性，他自己学会使用至上力并存活下来的机会就只有四分之一，而且这还是没有暗帝的污染令男人疯狂的时候。他的老师必须是个男人，沐瑞等两仪师都对他说过，一只鸟不能教一条鱼如何去飞，一条鱼也不能教一只鸟游泳。而他的老师必须是一个富有经验的人，了解他需要学习的一切。两仪师一直都在全力搜捕能够导引的男人，并将他们驯御，这让有此种能力的男人变得逐年稀少，让他没有别的选择。况且一个只是发现自己可以导引的男人知道得并不会比他更多。伪龙能够导引，而且即使兰德有可能找到还没被两仪师捉住并被驯御的伪龙，他们也不会愿意将自己光荣的梦想赠送给另一个也自称为转生真龙的人。留给兰德的选择就只剩下了一名弃光魔使。

兰德缓缓坐到一只垫子上，看着正在胡乱拨动琴弦的亚斯莫丁。他最好记清楚，这个人的内心并没有改变，他仍然是那个在久远的过去将灵魂出卖给暗影的人，他现在所做的一切都是兰德逼迫他做的，他并没有回到光明中来。“你有没有想过要回去，杰辛？”兰德一直都很小心对他的称呼，一旦泄露了“亚斯莫丁”这个名字，沐瑞一定会认为他已经投向了暗影。不止是沐瑞，也许其他人也是，那样他和亚斯莫丁都无法再活下去。

那个男人的手僵在琴弦上，脸上不再有任何表情。“回去？狄芒德、雷威辛，他们之中的任何一个现在如果看见我都会立刻杀掉我，而且这还算是幸运的下场。也许可以不把兰飞儿算在里面，不过你明白，我不想用这个去试探她。色墨海格能够让一块岩石向她乞求怜悯，为了能求一死解脱而感谢她。而一旦暗主——”

“是暗帝。”兰德咬着烟管厉喝一声。只有暗黑之友和弃光魔使才会将暗帝称为至尊暗主。

亚斯莫丁默然低下头。“等到暗帝重获自由的时候……”他的脸上不再像刚刚一样毫无表情，现在它仿佛被刻出一道道阴冷的条纹，“那时我宁愿把自己交到色墨海格的手里，也不会去接受暗……暗帝对我背叛的惩罚。”

“那么你最好留在这里认真教我。”

竖琴里开始流淌出哀伤的旋律，诉说着失落和眼泪。“死亡行歌，”亚斯莫丁在乐声中说道，“激扬华乐的最后一章，那还是在至上力战争之前三百年的时候——”

兰德打断了他的话：“你教导我的效果并不算好。”

“已经是环境允许下最好的了。现在，你可以随心所欲地抓住阳极力，并且分辨相异的能流。你可以用屏障保护你自己，至上力也可以做到你想做的事。”他停住手指，皱起双眉，不过并没有去看兰德。“你以为兰飞儿真的想让我把一切都教给你？如果她想那样，她就会设法留在我们身边，这样我们两个就可以进行融合了。她想要你活着，路斯·瑟林，但这一次她不会让你比她更强了。”

“不要用这个名字称呼我！”兰德喊道，但亚斯莫丁似乎根本没有去听他在说什么。

“如果这样困住我是你们两个的计划——”兰德感觉到亚斯莫丁体内一阵能量的涌动，仿佛他正在尝试突破兰飞儿在他身周编织的屏障。有导引能力的女人可以看见另一个女人在导引时四周散发出的阴极力光晕，并清晰地感觉到她在导引，但兰德从没见过亚斯莫丁身上发出任何光亮，也几乎从没有感觉到他在导引。“如果这是你们一同谋划的，那么她的精明就远远地胜过了你。我已经告诉过你，我不是个很好的老师，特别是在无法与你融合的时候。这是你们两个的计划，对不对？”这时他望向兰德，依然是侧头的姿势，不过目光很专注。“你还记得多少？我是说对于路斯·瑟林，她说你把一切都忘了，但她就是对暗……暗帝本尊也会撒谎。”

“这次她说的是实话。”在垫子上坐稳身体，兰德用至上力将一只没有被首领们碰过的银质高脚杯送到面前。即使是对于阳极力如此短暂的碰触也让他感到无限的舒畅……以及污秽，让他难以放开真源。他不想谈论路斯·瑟林，他早就厌倦了人们把他当成路斯·瑟林。深吸了一口气，嘴边的烟锅里变成了亮红色。于是他将烟斗从嘴里抽出来，挥了一下。“如果融合会帮助你对我进行教导，为什么我们不进行融合？”

亚斯莫丁看着兰德，仿佛兰德正在问为什么他们不吃石块，然后他摇摇头：“我总是忘记你现在是多么无知，没有一个女人的加入，你和我不能融合。我想，你可以问问沐瑞，或者是那个叫艾雯的女孩，她们也许能给你具体的解释。只要你不介意她们知道我是谁。”

“不要对我说谎，杰辛，”兰德咆哮道。早在遇到杰辛之前他就知道，男人和女人的导引就像男人和女人本身一样存在着巨大的差异，但他也不信任眼前这个人说的话。“我听艾雯等人谈论过两仪师融合彼此的至上力，如果她们能这样做，为什么你和我不能？”

“因为我们就是不能。”亚斯莫丁的声音里充满了恼怒，“如果你想知道为什么，就去问哲学家好了。为什么狗不能飞？也许这是宏大的因缘中特别的安排，因为男性在至上力上比较强，为此必须有所平衡。没有女人，我们不能融合，但她们可以在没有我们的情况下这么做。反正单独的女性最多可以有十三人融合在一起，这也算是对男人的一点小慈悲吧！之后就需要男人的加入才能让融合环变得更大。”

这一次，兰德确信自己捕捉到了一个谎言。沐瑞说过，在传说纪元，男性和女性在至上力上是同等强大的，而沐瑞不可能说谎。于是他把这些告诉对方，还加了一句：“五行之力是同等强大的。”

“地、火、风、水，以及魂。”杰辛每说一个字，就弹出一个合音，“它们同样强大，这是真的。男人能在一种力上做到多强，女人也可以，这同样是真的。至少，以某种角度来说是真的，但这与至上力上男强于女毫无关系。一件事只要被沐瑞相信它为真，她就能把它说出口，不论它是否确实为真，这也是那些愚蠢誓言的上千个弱点之一。”他弹出一段确实显得很愚蠢的旋律。“有些女人的力气比男人大，但一般情况却正好相反。在至上力强弱的状况也是如此，而且男女在至上力上的差异和在体力上的差异程度是大致相当的。”

兰德缓缓地点点头，这种说法确实有些道理。伊兰和艾雯被认为是一千多年以来最强的两个接受白塔训练的女子，但兰德曾经和她们有过一次对抗。后来伊兰也承认，那次她觉得自己就像是被一只獒犬咬住的小猫。

亚斯莫丁仍然在说着：“如果两个女人融合在一起，她们的力量并不会增加一倍，融合不是单纯地将力量加在一起。但如果她们两个足够强大，她们就能得到可以比拟于男性的力量。如果十三个女性组成了一个环，那你就要小心了，即使是十三名导引能力极其微弱的女人融合在一起也可以压倒大多数男人。白塔中最弱的十三个女人融合在一起就能压倒你或者任何男人，而她们甚至连一口大气都不用喘。我恰好听到过一句阿拉多曼俗语：‘身边的女人愈多，聪明的男人就愈应该放轻脚步。’你最好记住这句话。”想到自己身边曾有过远超过十三名两仪师的状况，兰德哆嗦了一下，当然，那时她们之中的大多数人还不知道他是谁。如果她们……如果艾雯和沐瑞融合在一起……他不想去相信艾雯会在白塔和他们的友谊之间选择白塔。但无论她要做什么事，她都会全心全意地去做，而她正在成为两仪师。伊兰也是。

虽然吞下了半杯葡萄酒，但他还是不能完全洗掉这个念头。“对于弃光魔使，你还能告诉我一些什么？”他确信自己已经问了这个问题一百遍，但他总是希望能挖出更多的信息，这总比想到沐瑞和艾雯融合要好……

“我已经说了我知道的一切，”亚斯莫丁重重地叹了口气，“我们之间的关系再怎么友好也称不上密友。你认为我仍然有所隐瞒？如果你想知道其他人在哪里，我给不出答案，除了沙马奥之外。但不用等我告诉你，你也早就知道他已经让伊利安变成了他的王国。古兰黛曾经在阿拉多曼待过一段时间，但我估计现在她应该已经离开了，她太喜欢她那些宠儿了。我怀疑魔格丁也在西边的某个地方，但除非那只蜘蛛自己出来，否则没有人能找到她。雷威辛已经将一个女王收纳为他的宠物之一，至于那是哪个国家的女王，你和我猜的一样。这就是我对他们行踪所知道的一切。”

这些兰德在以前都听过，而且似乎听过不止五十遍。现在他似乎总是在这个人开口之前就知道他要说些什么。其中有一些是他希望自己永远也不会知道的，比如色墨海格的娱乐方法，而另一些却没有任何意义。狄芒德投入暗影是因为他嫉妒路斯·瑟林·特拉蒙？兰德无法想象对别人的嫉妒会导致一个人做出这种事，这肯定是不可能的。亚斯莫丁说他自己堕落的原因是为了获得永恒的生命，这样他就能有无限的时间享受音乐，他说他原来是一位著名的谱曲人。这没有任何意义。但在这一团混杂繁乱，并且常常充满血腥的信息里，也许就隐藏着在末日战争中活下来的钥匙。兰德知道，无论他是怎样对沐瑞说的，他最终都要和那些弃光魔使作战，不论是在最后战争之时或是之前。他一口喝光杯中的酒，将杯子放在地板上。酒浆并不能冲刷掉事实。

珠帘发出一阵轻碰声，兰德转过头，看见穿白袍的奉义徒无声地走进房内。他们开始收拾他和部族首领散放在地毯上的剩余酒食。另外有一名男子将一只大银托盘放在了桌上，托盘上放着几个被盖住的碟子、一只银杯，以及两个有绿色斑纹的大陶壶，其中一个陶壶里盛的应该是葡萄酒，另一个是水。一名女奉义徒送来一盏已经点亮的镀金油灯，将它放在托盘旁边。在窗外，天空已经被落日染成了红黄色。在白天的炙热和夜晚的严寒之间，空气突然变得舒适了。

兰德站着看奉义徒们离开，又过了一会儿才继续说道：“杰辛，你觉得我在最后战争时能有多大机会？”

亚斯莫丁犹豫着，扯了扯垫子下面的红蓝条纹羊毛毯，然后用他平时的老样子侧过头，抬眼望着兰德："我们在这里相遇的那天，你在那片广场里找到了……某样东西。"

"忘了那个吧！"兰德凶狠地说道。那是两个东西，不是一个。"不管怎样，我已经把它毁了。"他觉得亚斯莫丁的肩膀稍稍沉了下去。

"那样的话，暗……暗帝……就会活吞掉你。至于我，一旦我知道他获得了自由，我就会割开我的血管，如果我有机会这样做的话，快速的死亡会比我的另一种结局要好得多。"他将毯子扔到一边，阴郁茫然地盯着前方，"也绝对会比疯掉更好。现在，污染对我的侵害已经和你一样了，你毁掉了保护我的联系。"他的声音里没有苦涩，只有绝望。

"如果有别的办法隔绝那种污染呢？"兰德问，"如果它能够被除去呢？那样你还会自尽吗？"

亚斯莫丁发出一阵辛酸的大笑："暗影吞噬我吧，你一定已经开始以为你真的是那个该死的创世主了！我们死定了，我们两个，死定了！是盲目的骄傲让你看不清这一点，还是因为你的脑子本来就太愚蠢？你这个无望的牧羊人？"

兰德克制住自己的火气。"那么你为什么不快点给自己一个了结？"他用严厉的语气问道。*我并没有瞎到看不见你和兰飞儿有什么打算，我也没有蠢到会受她的愚弄，这样束缚住你。*"如果已经没有希望，没有机会，没有任何一点可能……那为什么你还活着？"

亚斯莫丁仍然没有看兰德，他揉了揉自己的鼻子。"我曾经看见一个人挂在悬崖上，"他缓缓地说，"风化的岩石正在他的手指下变成碎粉，他能勉强抓住的只有一蓬蒿草，几丝根部松松地依附在岩石表面的长叶。那是他惟一爬回悬崖的机会，于是他就紧紧地抓住了它。"他突兀的笑声中没有任何欢愉，"他一定知道那几根草是一扯就断的。"

"你有没有救他？"兰德问，但亚斯莫丁没有回答。

当兰德走向门口的时候，"死亡行歌"的旋律又在他身后响起。

珠帘在他的身后合拢，蹲伏在宽阔走廊里的五名枪姬众以轻盈的脚步迈过淡蓝色的地板，聚集到他身边。除了其中一个以外，她们的身高全都高过一般的女子。虽然以艾伊尔女子的标准而言，她们的身高并不出众。她们的队长名叫亚得凌，个子比兰德要矮一拳多。最矮的那个叫安奈拉，发色艳红如火，个子和艾雯差不多，对于有关身高的话题极度敏感。像那些部族首领一样，她们的眼睛全都是蓝色、灰色或者是绿色，头发是浅棕色、黄色或者是红色，除了在颈后留有一束长发之外，其他部位的头发都被剪短了。在她们的腰带上一侧挂着箭囊，另一侧佩着一把长匕首，放在匣中的角弓被她们背在背后。她们每个人都拿着三四杆长刃短矛和一面牛皮小圆盾。不希望守在壁炉和孩子旁边的艾伊尔女子们有她们自己的战士团——法达瑞斯麦——枪姬众。

兰德向她们微微鞠了个躬，引起枪姬众的一阵轻笑。鞠躬不是艾伊尔的礼节，至少不是以他从前被教导的方式鞠躬。“我看见你了，亚得凌，乔茵黛在哪里？我想她刚才应该和你在一起，她生病了吗？”

“我看见你了，兰德·亚瑟，”亚得凌答道。她被日光晒黑的脸庞让她一头淡黄色的短发显得色泽更加浅亮，在一侧脸颊上有一道浅白色的伤疤。“也许算是生病了吧！她自言自语地嘟囔了一整天，就在不到一个小时前，她将新娘花冠放在了高辛艾伊尔杰海德氏族的加兰脚边。”其他几名枪姬众都摇了摇头。结婚就意味着放手弃枪。“明天是他作为她的奉义徒的最后一天。乔茵黛是沙拉得艾伊尔黑岩氏族的。”她刻意加重了这句话的语气。这一点很特别，奉义徒和他们的主人之间经常会出现婚恋，但有血仇的部族之间极少会通婚，即使是在血仇暂时被搁置的时候。

“这是一种会传播的疾病，”安奈拉有些激动地说，声音总是像头发一般充满了热力，“自从我们来到鲁迪恩以来，每天都有一两名枪姬众做好她们的新娘花冠。”

兰德点点头，他希望她们会将这个动作当成是对那些“病患”的同情。这是他的错，如果他这样告诉她们，他想知道还有多少枪姬众仍然会冒险留在他身边。也许她们全都会留下。荣誉感会留住她们，而她们不会比那些部族首领有更多的恐惧。至少她们要面对的只是婚姻，即使是枪姬众也会觉得结婚比体验那些部族首领经历过的事要好些，也许会。“我准备一下，马上就走。”他对她们说。

“我们会耐心等待的。”亚得凌说。但兰德在她们身上却看不出多少耐心，她们似乎都处在立刻就要有所行动的边缘。

不过兰德确实没有用多少时间，他用魂之力和火之力的编织包覆了这个房间，并将它和自己分离，让它可以独立稳定地存在。现在，除了有导引能力的男人，任何人都能自由进出这个房间。他自己或者亚斯莫丁现在走过这道门就如同穿过一道固体的火墙。这是他偶然发现的一种编织，受到束缚的亚斯莫丁没有足够的力量能通过它。应该不会有人去质疑一名走唱人的所作所为，但杰辛·奈塔一直都睡在鲁迪恩内尽量远离艾伊尔的地方。哈当·卡德的马车夫和保镖们也对他的选择有很充分的理解。现在，兰德就能确切知道今晚这个男人在什么地方了。枪姬众们自始至终都没有问任何问题。

他转过身，枪姬众们在他身后展开队形，仿佛立刻就会受到攻击一样。亚斯莫丁仍然在弹奏着那段哀婉的行歌。

双臂向两侧伸开，麦特·考索恩走在一座干涸的白色喷泉池的宽边上，向那些在逐渐退去的光线中看着他的人们唱歌。

“我们要痛饮美酒，直到涓滴不剩，
亲吻女孩，让她们不再有哭声，
将骰子高高抛起，
直到我们冲向那千杀的暗影。”

白天的热气消退之后，空气开始变得凉爽，这让麦特在片刻间想起应该系好绣金绿丝外衣的扣子，但那种被艾伊尔人称为澳丝楷的饮料仿佛在他的脑袋里塞进了一群嗡嗡乱叫的蜜蜂，使他立刻又驱走了这个念头。在积满灰尘的喷泉池里的一座平台上有三尊裸体女性的白色石雕像，每尊都有二十尺高。她们全都高举着一只手，另一只手扶住了肩头一只正在向下倾水的瓶子。只是有一尊雕像的头部和高举的手臂消失了，另一尊肩上的水瓶已经碎掉。

“我们要整夜舞蹈，
与膝头的少女共同嬉戏，
直到月亮划过天际，
那时你我将并肩驰骋，
冲向那千杀的暗影。”

“是唱死亡的好歌。”一名马车夫操着浓重的卢加德口音喊道。哈当的手下紧紧地聚成一团，远离待在喷泉旁边的艾伊尔人。这些马车夫和保镖全都是身材魁梧、面容凶悍的大汉，但每个人都相信，艾伊尔人会一不顺眼就割开他们的喉咙。其实他们这样想并不算错。“我听我的老祖母说过‘千杀的暗影’，”那个大耳朵的卢加德人继续说道，“但这样歌颂死亡是不应该的。”

麦特模糊地回想着他刚才唱了些什么，面孔立刻抽搐了一下。自从亚德沙陷落之后，就没有人再听过“冲向千杀的暗影”这首歌曲了。但麦特在自己的脑海里依然能听到金狮军在向包围他们的亚图·鹰翼大军进行最后一次冲锋时，高唱着这首铿锵的歌曲。不过，至少他没有嘟囔出古语来。他还没有像外表看起来那么醉，但他确实喝了太多澳丝楷了，那东西看起来、尝起来仿佛只是一些褐色的水，但它会像驴蹄子一样踢中你的脑袋。如果我再不小心点的话，沐瑞会把我押回白塔去的，不过这样我至少能离开荒漠和兰德。他竟然会认为这是一桩划算的交易，也许他确实比他想象中喝得多了些。这时，他又唱起了"厨房里的补锅匠"：

"厨房里的补锅匠，忙忙碌碌停不了，
女主人悄悄爬起床，套上一件蓝罩袍。
她轻轻走到楼梯脚，身姿摇曳好妖娆，
轻轻声儿把锅匠叫，哦，亲爱的补锅匠，
能不能为我把个小罐的洞补好？"

哈当的一些手下开始跟着他一块儿唱了起来。艾伊尔人仍然沉默着。艾伊尔男人只唱战歌和对死者的悼歌，枪姬众们也只是在没有外人的时候才会唱别的歌曲。

有两名艾伊尔男子也蹲在喷泉池的边沿上，被他们吞下去的澳丝楷没有在他们身上显露出任何迹象，只是眼睛显得比平时更亮了一些。麦特很想回到那个几乎看不到浅色眼睛的世界里去，他是在那里长大的。在那里，除了兰德之外，他几乎只能看到黑褐色的眼睛。

人群中有一片宽石板空地，那里堆放着几块木头——是遍布蛀孔的椅脚和扶手。喷泉池边还放着两个红色的陶罐，其中一个已经空了，另一个里还盛着澳丝楷，陶罐旁边还有一只银杯。他们在玩一种游戏——喝一口酒，然后用匕首戳中被扔到半空中的一个靶子。只有极少的几个艾伊尔人会和麦特玩骰子，而哈当的手下早已不再和他对赌了，因为他输掉骰子的次数一直都是少得可怜。而他们根本就不玩纸牌。飞刀游戏就不同了，特别是在喝了澳丝楷之后。他在这个游戏里赢的次数就少了许多，但他身下的喷泉池里已经有了六只雕金的杯子和两只金碗，几件镶嵌着红宝石、月长石和蓝宝石的手镯、项链，以及一些零散的钱币。他的平顶帽和一根有着奇形锋刃的黑色长矛也被放在他赢来的东西旁边。这些珠宝中甚至有一些是艾伊尔制品，他们更喜欢用战利品而不是钱币来进行交易。

蹲在池边上的一个艾伊尔人名叫柯曼，他正抬头看着闭住嘴的麦特，一道白色的疤痕横过他的鼻梁。"你玩刀子几乎像你玩骰子一样好，麦特。我们是不是应该停下来了？太阳已经快下山了。"

“现在光亮还绰绰有余。”麦特斜睨了天空一眼。幢幢暗影覆盖了鲁迪恩山谷中的每一个角落，不过至少还有足够的光线让他看清周围的东西。“我的祖母现在也能戳中靶子，我就是把眼睛遮住也能做到。”

另一个蹲在池边上的艾伊尔人名叫金瑞克，他向周遭的观众们看了一眼。“这里有女人吗？”他的身材像熊一样壮硕，但他总是以自己的智力自豪，“男人会这样说的时候肯定是为了引起女人们的注意。”分散在人群中的枪姬众和男人们一起发出大声的哄笑，也许她们的笑声还要更大一些。

“你以为我不能？”麦特喃喃地说道，扯下脖子上的黑围巾，他戴这条围巾是为了掩盖住脖子上的一圈勒痕。“柯曼，你把靶子扔起来的时候，喊一声‘现在’。”他飞快地将围巾绑在眼睛上，从袖子里抽出一把小刀。现在全场只剩下观众们的呼吸声。*还说自己没有醉？我只是比小流氓更醉一点而已。*但这时他突然感觉到了自己的好运气，感觉到了那种知道骰子在停住时会落在几点的波动，这似乎让他的脑袋清醒了一点。“扔吧！”他平静地低声道。

“现在！”柯曼喊道，麦特抬起胳膊，向前一甩。

一片寂静之中传来一声金属戳入木头的闷响，然后是标靶掉在石板地上的声音。

在他将围巾绕回脖子上的时候，没有人说出一个字。一块有他手掌大小的椅子扶手碎片就落在他面前的空地上，他的小刀牢牢地戳在木片正中央。看起来，柯曼刻意找了一块小一些的木片。当然，他没有指定靶子的模样。麦特现在才发现，他这次竟然没有下任何赌注。

终于，哈当的一名手下颤抖地喊道：“这是暗帝本尊的运气！”

“运气是一匹需要驾驭的马。”麦特自言自语地说着。他不知道这句话是从哪来的，就像他不知道自己的运气是从哪来的，他只是竭尽全力想要驾驭它。

虽然麦特说话的声音很小，但金瑞克仍然向他皱起了眉头：“麦特，你在说什么？”

麦特张开嘴想要将刚才的话重复一边。但当那些字句清楚浮现在心头时，他却又一言不发地将嘴闭上。Sene sovya caba'donde am dovienya. 这是古语。“没什么，”他嘟囔道，“只是自言自语。”观众们纷纷开始离去。“我想天色真的是已经太黑了，没办法继续玩了。”

柯曼伸脚踏住那块木片，将麦特的小刀从上面拔出来，还给麦特。“下次吧，麦特，等下次吧！”这是艾伊尔人提醒对方“没有下次”时的委婉说法。

麦特点点头，将那把小刀插回到袖中的刀鞘里。他在连续掷出二十三次六个六的时候，人们也是这样对他说的。他不能因此而责备他们，这样的事情不能只用好运气来解释。看到离去的艾伊尔人没有一个脚步有半点虚浮的时候，他不禁感到一丝嫉妒。

麦特用手拨了一下头发，沉重地坐在池边上。那些曾经像蛋糕里的葡萄干一样胡乱插在他记忆中的陌生事情，现在已经和他自己的记忆混在一起了。他思想中的一部分知道他二十年前出生在两河，但他也能清晰地记得：他在麦翰德率领军队突袭兽魔人阵地的侧翼，将它们击溃；在塔曼德文的宫廷中跳舞；还有上百件、上千件的其他事情。其中大多数都是战争。他记得自己无数次的死亡，而这些人生中已经不再有任何裂隙，全然融为了一体，除非他集中精神，否则他也无法确定其中哪些不是他的记忆。

他伸手到背后拿起那顶宽边帽，将它戴在头上，同时把那根古怪的长矛横在膝头。这根长矛的矛头仿佛是一把两尺长的剑刃，上面刻着一对乌鸦。岚说这个矛头是在暗影之战，即至上力之战中用至上力打制的，它永远也不用磨砺，永远也不会折断。麦特觉得除非必要，否则自己不必相信这种话。也许这枝长矛已经有了三千年的寿命，但他从来就不信任至上力。黑色的矛杆上布满了卷曲的铭文，每一段铭文后面都有一只乌鸦。镶嵌这些乌鸦所用的材质，似乎是某种比黑色矛杆颜色更加深黑的金属。这些铭文是用古语写成的，当然，他现在已经可以阅读了：

如是为吾等所书之约，如是协议已成。
思想为时光之箭，记忆永无消退。
所求已得给予，代价已得偿付。

沿着这条宽阔的大街再向前走半里，有一座在大多数城市里都称得上巨大的广场。艾伊尔贸易者们都离开去睡觉了，但他们的大帐篷仍然立在原地，这些大帐篷和普通的艾伊尔帐篷一样，都是用灰褐色的羊毛毡搭成的。几百名贸易者从荒漠的各个地方聚集到鲁迪恩，为了参加这次艾伊尔历史上从未有过的盛大聚会，每天还会有更多的人到来。实际上，贸易者正是第一批住进这座城市中的人。

麦特不经意地朝另一个方向望去，大街在那里一直连接到城市中心的巨型广场。他能分辨出哈当马车的轮廓，它们明天还要装载更多的货物。今天下午，有一道扭曲的红石门框被装进了一辆马车，沐瑞特别小心地确认它被牢牢地固定在马车上。

麦特不想知道沐瑞对那样东西有什么了解，他也不打算问，沐瑞最好已经忘了他的存在，不过这种可能性应该不大。但不论她知道些什么，他只知道，自己肯定比那位两仪师更了解这道门框。他曾经走进那里，想要寻求答案。事实证明他非常愚蠢，他在那里面得到的是一脑袋其他人的记忆，而且还差点死在那里。他把脖子上的围巾系得更紧了些。还有另外两样东西：一枚被他藏在衬衫里面的银狐狸头徽章，以及膝头的这件武器，但他显然是得不偿失。他用指尖轻轻抚过那些铭文。*记忆永无消退*。那些门框另一侧的家伙们一定有着艾伊尔式的幽默感。

"你每次都能做到吗？"

麦特猛转过头，盯着坐在他身边的枪姬众。她在艾伊尔女子中也算是高个子，也许比麦特还要高，头发如同黄金的纱线，眼睛的颜色如同早晨清澈的蓝天。她的年纪比麦特要大，也许要比他大上十岁，不过麦特并不在意这个。让他感到些许沮丧的是，这个女人又是一名法达瑞斯麦。

"我叫梅琳达，"她说，"祖矛氏族的。你每次都能做到吗？"

麦特意识到她说的是刚才扔飞刀的那件事。她说了她的氏族，却没有说自己属于哪个部族。艾伊尔人绝不会这样做，除非是……她一定是一名前来投奔兰德的沙度艾伊尔。麦特对这些战士团并没有什么真正的了解，他只记得沙度艾伊尔曾经迫不及待地想用利矛戳穿他。库莱丁不喜欢任何跟兰德扯上关系的人，而库莱丁痛恨的，沙度也就痛恨。然而，梅琳达毕竟主动来到了鲁迪恩。她只是一名枪姬众，但她带着微笑望着他，眼里闪烁着一种动人的光彩。

"通常都可以。"他没有说谎。他的幸运是件好事，虽然他常常不这么想；但当他真的为自己的幸运感到高兴时，一切都变得完美无比。她发出一阵清脆的笑声，仿佛觉得他正在吹牛。女人似乎从来都无视于显而易见的证据，只是凭她们的想象就认定你是不是在说谎。然而，如果她们喜欢你，无论你的话多么匪夷所思，她们都会睁一眼闭一眼，或干脆认为你是诚实的。

任何部族的枪姬众都是危险的，实际上，根据自己的经验，麦特明白任何女人都是危险的。不过现在梅琳达的眼睛绝对不止是在看着他。

麦特从自己赢来的财宝中找了找，拉出一条螺旋形的黄金项链，项链的每一个螺旋节上都嵌着一颗深蓝色的宝石，其中最大的一块有他的拇指节那么大。麦特还记得（是他自己的记忆），就在不久之前，这些蓝宝石中最小的一块也会让他出一身冷汗。

"它们和你的眼睛很相配。"他将这串沉甸甸的金链放在她手里。麦特从没见过枪姬众佩戴首饰，但在他的经验里，任何女人都是喜欢珠宝的。让他感到奇怪的是，她们也几乎同样喜欢鲜花，他不明白这是为什么。不过话说回来，他很愿意承认，女人比他的好运或扭曲门框里面发生的事更让他感到难以理解。

“确实很精致，”她提起那串项链，“我接受你的献与。”项链消失在她腰间的口袋里，她伸出另一只手将他的帽子推到他脑后。“你的眼睛很漂亮，就像黑色的精琢猫眼石。”她转身蹲坐在喷泉池边上，用双臂环绕住膝盖，专注地端详着他。“我的枪之姐妹对我提起过你。”

麦特将帽子拉回原来的位置上，从帽檐下面警觉地看着她。她们是怎样对她说自己的？“献与”又是什么意思？那只是一串项链而已。刚才那种挑逗的意味已经从眼里消失了，她现在就像是一只盯着老鼠的猫。这就是枪姬众可怕的地方，你很难分清她们是要和你跳舞、亲吻你，还是要杀死你。

街道上已经空旷一片，黑夜的影子愈来愈深，但麦特发现兰德正走过这条大街，牙齿间叼着烟斗。他是鲁迪恩中惟一可能带着一群枪姬众走来走去的男人。她们总是跟在他身边，麦特心想，像一群母狼一样守卫着他，扑向他指出的任何一个目标。有些男人也许会嫉妒他，但那其中并不包括麦特，大多数时候不包括，除非那是一群像伊馨德一样的女孩……

“请容我失陪一下。”他匆匆地对梅琳达说了一句，将长矛靠在喷泉上，随后就跳下喷泉，朝兰德飞奔过去。他的脑子里仍然在嗡嗡作响，但已经不像刚才那么明显了。他的脚步也还算利落。他并不担心水池里的钱财。艾伊尔对于个人财产有着非常明确的看法，在袭击中劫掠财富是一回事，偷窃就是另一回事了。哈当的手下在被捉到一次盗窃之后，已经懂得了要将双手好好地收在口袋里。那个小偷从肩头到脚踝都印满了鞭痕，然后就被剥光衣服轰走了，让他带走的一袋水，根本远远不够他走到龙墙。现在哈当的手下连地上的一块铜板都不敢捡了。

“兰德？”那家伙仍然在他的护卫中向前走着。“兰德？”兰德就在不到十步远的地方，但他仿佛根本没听见一样。一些枪姬众回头望过来，只有兰德仍然若无其事地继续迈步。麦特突然感到一阵寒意，这与渐深的黑夜并没有关系。他舔了舔嘴唇，用正常的声音说：“路斯·瑟林。”兰德转过头，麦特几乎希望他没听到自己的话。

很长一段时间里，他们只是在暮色中彼此对望着。麦特犹豫着是否要走过去。他想告诉自己，这种犹豫只是因为那些枪姬众。亚得凌曾经教过他那个名叫“枪姬吻”的游戏，而他永远也不会忘记这个游戏，也永远不想再玩一次了。他能感觉到安奈拉的目光像螺丝一样正钻入他的脑壳。有谁能想到，一个女人会因为你说她是你见过的最美丽的小花而大发雷霆？

现在的兰德，曾经是和他一起长大的男孩。他们，还有佩林，伊蒙村那个铁匠的学徒，他们一同狩猎，一同钓鱼，一同走过沙砾丘，直到迷雾山脉的边缘，在星光下宿营。兰德是他的朋友。只是现在，他成了那种可能在无意间就会让你掉脑袋的朋友。佩林可能已经死了，就是因为兰德。

麦特让自己走到兰德伸手可及之处。兰德几乎要比他高上一个头，在朦胧的夜色中，他显得更高，也比往常显得更加冰冷。“兰德，我一直在想，”麦特希望自己的声音不会显得太沙哑，也希望兰德这一次能记得自己原先的名字，“我已经离开家很长时间了。”

“我们俩都一样，”兰德轻声说，“很长时间了。”突然间，他笑了一下，笑声不大，但几乎就像原来那个兰德一样。“你开始想念为你爸爸的乳牛挤奶了吗？”

麦特抓了抓耳朵，咧了咧嘴：“当然，我不是指那个。”他还不太想马上再见到谷仓里的那些东西。“不过我想，等哈当的马车离开的时候，我也许会和他们一起走。”

兰德沉默着，当他再次开口的时候，刚才一闪而过的笑容已经消失了，“和他们一起去塔瓦隆？”

现在轮到麦特犹豫了。*他不会把我交给沐瑞的，对不对？*“也许，”他不动声色地说，“我不知道，沐瑞当然想让我去那里。也许我能找到机会回两河去，去看看家乡是否一切都好。”*去看看佩林是不是还活着，看看我的爸妈还有姐妹们。*

“我们都必须去做我们要做的事，麦特，也许那常常并不是我们想要的，但我们必须去做。”

在麦特听来，这句话就像一个借口，仿佛兰德正在要求他理解自己的所作所为。但是，麦特确实有几次已经做了自己必须去做的事。*我不能因为佩林而责备他，至少不能完全责备他。也没有人强迫过我要像一条该死的狗一样紧跟着兰德！*但是，他这样想并不算完全对，他是被强迫来的，只是强迫他的不是兰德。“你不会……阻止我离开吧？”

“我从没有想过要指挥你来或者走，麦特，”兰德疲倦地说，“编织因缘的是时光之轮，不是我，且时光之轮依自己的意愿编织。”现在他说话就像该死的两仪师一样了！兰德转身，准备离开，这时他又说道：“麦特，不要信任哈当，从某些角度来说，他比你遇过的任何人都要危险。不要对他有任何信任，否则你就有可能被切开喉咙，而为此而感到遗憾的将不止是你和我。”然后，他就继续走向昏黑的夜幕里，枪姬众如同一群潜行的狼，紧跟在他身边。

麦特盯着他的后背。*信任那个商人？就是把哈当绑在一口麻袋里，我也不会信任他。*因缘不是兰德编织的？差不多就是他编织的！他们还不知道兰德就是预言中那个人的时候，已经知道他是时轴了，不像那些被强行编织进因缘、无法控制自己命运的普通人，因缘只能以他为核心进行编织。麦特知道什么是时轴，他自己也是个时轴，只是不像兰德那么强。有时候，兰德能够影响众人的命运，改变他们的生活，只要他们和他处在同一个城镇里。佩林也是个时轴，如果他还活着的话。沐瑞认为发现他们三个在一个村子里一同长大，而且都是时轴，这是件意义非凡的事。不管他们自己的意愿如何，他们都是她的计划中重要的棋子。

这确实是一件大事，麦特原来所知道的时轴只有像亚图・鹰翼和玛瑞安姆・英・舍瑞德这样的人，后者是传说中在世界崩毁后建立了十国联盟的女子。但没有任何故事曾经提到过一个时轴在接近像兰德这么强大的时轴时会发生什么事，那有可能就像是一片叶子掉进了漩涡里。

梅琳达走到他身边，把他的长矛和一口沉重的粗布麻袋递给他。"我把你赢来的东西都装在这里了。"现在麦特看清楚了，她比他要高上整整两寸。她瞥了离去的兰德一眼："我听说你是兰德・亚瑟的亲近兄弟。"

"可以这么说。"麦特冷漠地说。

"这没什么。"她不在意地说着，双手叉腰，专注地凝视着他，"你引起了我的兴趣，麦特，并不是因为你给了我一件问候礼。当然，我不会为你而放手弃枪，但我的眼睛已经在你的身上停留了好几天。你笑起来就像是个要做坏事的孩子，我喜欢，还有你那双眼睛。"在落日的余晖中，她的笑容显得灿烂而温暖。"我就是喜欢你的眼睛。"

麦特将帽子戴正，虽然它其实并没有歪。从追逐者变成被追逐者往往只是一眨眼的事，艾伊尔女人就是这样，特别是枪姬众。"你明不明白'九月之女'是什么意思?"麦特不止一次向女人们问过这个问题。也许他能得到一个今晚就可以让他离开鲁迪恩的答案，如果他一定要走着离开荒漠的话。

"不知道，"她说，"但我喜欢在月光下做一些事情。"她用一只胳膊搂住他的肩膀，摘下他的帽子，开始在他耳边小声说着什么。没过一会儿，他就笑得比她还要开心了。

第4章

黄　昏

由法达瑞斯麦护卫着，兰德走到了枪姬众在鲁迪恩的住所。白色的阶梯像这座巨大的建筑物一样宽，每一级台阶都相当高，台阶一直通向一排带有螺旋形凹槽的六十尺高的圆柱，亮蓝色的柱子在黄昏时分完全变成了黑色。这座建筑的外表镶嵌着由光滑的瓷砖组成的图案，白色和蓝色的螺旋形给人一种没有尽头的感觉。圆柱上方有一扇巨型彩绘玻璃窗，窗子上是一名十五尺高的黑发女子，穿着工艺繁复的蓝色长袍，高举右手，既像是在赐福，又像是在命令军队停步，她的面孔同时表现出静穆和冷峻。无论她是谁，她肯定不是艾伊尔人，艾伊尔人不会有她那样白皙的皮肤和黑色的眼睛。也许，她是一位两仪师。兰德在鞋跟上敲了敲烟斗，将它塞进外衣口袋，然后才踏上台阶。

除了奉义徒之外，男人不允许走进枪姬众的屋檐，在荒漠中任何聚居地，任何男人都不可以。即使是部族首领，或者枪姬众的男性血亲也要为此而付出死亡的代价，而且实际上艾伊尔男人从不会想到这件事。实际上，任何战士团的屋檐都只允许本团成员和奉义徒进入。

守卫在青铜大门两侧的两名枪姬众相互打了个手势，看了走过圆柱的兰德一眼，然后又对视着咧了咧嘴。兰德希望自己能知道她们用手语说了些什么。

即使是像荒漠这样干燥的地方，青铜也会在岁月中失去光泽，不过奉义徒已经重新把这扇大门打磨成像新铸的一样。现在它们敞开着，那对守卫也没有做出任何阻拦他的动作，亚得凌等人紧跟在他身后。

大门里面，宽阔的白色走廊和巨大的房间里全都是枪姬众，她们靠在颜色鲜艳的坐垫上，保养武器，玩着翻线圈、棋，或者是千花，那是一种艾伊尔游戏，方法是用几百种雕刻成不同样式的小石片铺成各种各样的图案。当然，她们中间还有许多奉义徒，他们无声地来回穿行，忙碌着侍奉、擦洗、整修等各种工作。在高高的灯架上，奉义徒们已经点亮了许多盏灯，从陶制油灯到战时掠夺的镀金灯盏、这座城市中找得到的高立灯一应俱全。在大多数房间里，地板和墙壁上都铺缀着华美的地毯和颜色鲜亮的织锦，式样繁复到难以想象。墙壁和天花板本身也都装饰着精细的镶嵌绘图，那上面描绘的是荒漠中从不曾见过的森林、河流和天空。

无论老少，那些枪姬众们在见到兰德时都会对他报以微笑。有些人会亲切地向他点点头，甚至拍拍他的肩膀。还有人会大声地问候他，问他在这里过得如何，有没有吃饭，他是否想让奉义徒为他送去酒和水。兰德微笑着一一做出简单的回答。他很好，既不饿也不渴。他一直没有停下脚步，甚至在说话的时候也从不减缓前进的速度。如果放慢脚步，就难免会停下来，而他今晚不打算在这里浪费时间。

法达瑞斯麦以某种方式接纳了他，有些像对一个儿子，又有些像对一个兄弟。年纪显得并不重要，已经有着白发的女子也会像对待兄弟那样一边品茶一边和他聊天，只比他大不到一岁的枪姬众也会关心他在骤冷骤热的环境里穿的衣服是否合适。她们自然而然地这样对待他，而他也不知道该怎样才能阻止她们对他婆婆妈妈的照料，似乎惟一的办法只能是对她们全体使用至上力。

他曾经想过让其他战士团为他提供护卫，也许可以是山马塔——岩狗众，或者是艾散多——红盾众。鲁拉克在成为部族首领之前就是红盾众的一员，但他有什么理由能做出这种改变？当然，他不能说出真正的理由。只要想想该如何对鲁拉克等人解释就让兰德感到头痛。艾伊尔的幽默感就是这样，即使是总冷着一张脸的汉也会大笑着折断他的肋骨。任何理由都有可能会冒犯所有枪姬众的荣誉，至少她们在屋檐外面极少会那样对他婆婆妈妈。在这里，不会有外人看见她们做了什么，那些奉义徒也都清楚，不能把屋檐内发生的事透露出去。兰德曾经说过："枪姬众会维护我的荣誉。"每个人都记得这句话，枪姬众为此而感到无比骄傲，仿佛他让她们全都坐在了王座上。然而，最后他却发现她们是以她们自己的方式维护着他。

亚得凌等五名枪姬众离开他，加入她们的朋友之中，但他在沿着宽阔的白色螺旋阶梯向这座建筑的高层走上去的时候从没有落单过。他几乎每走一阶都要回答相同的问题。不，他不饿。是的，他知道自己还没适应这里的炎热。不，他并没有在阳光下停留太长时间。他耐心地承受着这一切，直到他踏上那扇巨大玻璃窗上方的第二层时，才终于松了口气。在这里的宽走廊和继续向上的阶梯上没有了枪姬众和奉义徒，赤裸的墙壁和空旷的房间与第一层相比，显得格外清冷。但在走过下面那一层之后，兰德发现孤独真是一种恩赐。

他的卧室是个没有窗户的房间，位置靠近建筑物的中心。这是这幢建筑物里极少的几个面积不算太大的房间之一，但它高耸的天花板仍然让它显得比实际上更加宽大。这个房间原来是做什么用的，兰德并不知道，环绕小壁炉的藤蔓嵌画是这里惟一的装饰。这里很像是仆人的房间，但仆人的房间不该有一扇用青铜包覆的门，虽然门上没有任何花纹，只是经过奉义徒的打磨后散发着幽暗的光亮。蓝色的地板上零星放着几个坐卧用的带穗垫子，还有一床厚重的垫褥，上面铺着一层层艳色的小毯，那就是他的床铺。一个上着蓝釉的水壶和一只深绿色的杯子放在床边的地毯上。除此之外，角落里还有一个已经点亮的三脚立灯和一叠大约三尺高的书。兰德疲倦地叹了口气，合衣躺倒在床铺上，连靴子都没脱。无论他怎样改换姿势，这张床铺给他的感觉都不会比地板更柔软一些。

夜晚的严寒已经渗进了房里，但他并没有想去点燃壁炉中的干牛粪。那股气味比寒冷更让他觉得难以忍受。亚斯莫丁曾经试图教给他一种保持房间温度的办法，那种办法很简单，只是亚斯莫丁自己没有足够的力量做出来。兰德曾经试过一次，结果他喘着大气在半夜醒来，褥子的边缘已经因为地板的热量而开始渐渐变黑、冒烟了。那以后他就没有再做第二次尝试。

兰德选择这幢建筑作为住所是因为它是完整的，而且靠近大广场。它高耸的天花板使得这里即使在一天最热的时候也依旧比别处凉爽一些，而它的厚墙可以在夜晚抵挡外面的寒气。当然，枪姬众的居所最开始并不在这里，只是有一天早晨，他醒来的时候发现枪姬众们占据了这幢建筑最底两层的每一个房间，大门口也有了枪姬众的守卫。他用了一会儿工夫才意识到，她们已经将这座建筑定为枪姬众战士团在鲁迪恩的居所，但希望他会继续住在这里。实际上，无论他到哪里，她们都会把居所跟着移过去，所以他只能在别的地方与部族首领会面了。他能争取到的最大结果只是让枪姬众同意全部留在他睡觉的下一层。他的尴尬让枪姬众全都觉得非常好笑。卡亚肯并不是国王，他带着讽刺的意味这样提醒自己。随着枪姬众人数的增加，他已经将卧室向上移动了两次。空闲的时候，他会无聊地算一算在他睡到屋顶上之前，能有多少枪姬众搬进来。

这比去回想他是如何被沐瑞激怒要有趣得多。在艾伊尔离开这里之前，他本来不打算让沐瑞知道他的计划。她很清楚该如何影响他的情绪，如何让他在气愤中说出不该说的话。*我以前从来都不会这么暴躁，为什么我会这么难以控制自己的情绪？*好吧，至少他不认为沐瑞会有办法阻止他，只是他必须牢记在她身边要小心从事，日渐增长的能力让他有时会忘记对沐瑞的谨慎。即使他已远比她强大，她所知道的仍然比他要多，亚斯莫丁的教导也无法弥补这一点。

从某种角度来说，让亚斯莫丁知道他的意图，还比让沐瑞知道他的计划更无关紧要。*对于沐瑞，我仍然只是个可以被她用来为白塔谋利的牧羊人；但对于亚斯莫丁，我是他在洪水中惟一能抓住的树枝。*想到自己可以信任一名弃光魔使，而不是沐瑞，兰德就会有一种奇怪的感觉。实际上，这两个人他都不能给予过多的信任。如果亚斯莫丁与暗帝的联系真的能让他免于受到阳极力污染的伤害，那就一定有另一个办法隔绝这种污染，或者是清除它。

但问题是，在这些弃光魔使投入暗影之前，他们已经是传说纪元最强大的两仪师，拥有现在的白塔做梦也远远不及的力量。如果亚斯莫丁也不知道该如何阻隔污染，也许真的不存在这样的办法。*一定要有办法，我绝不打算就这样坐着等待疯狂和死亡。*

这是个愚蠢的想法。预言中注定了他要去煞妖谷，在什么时候，他不知道，但在那以后，他就不必再为陷入疯狂而担心了。想到此，他颤抖着打开了毯子。

走廊里响起软鞋轻微的脚步声。兰德猛地坐起身。*我告诉过她们！如果她们不能……*推门而入的女子双臂捧着几条厚实的羊毛毯，兰德完全没想到会是她。

艾玲达停在门口，以那双冰冷的蓝绿色瞳眸打量着他。她是个非常漂亮的女孩，年纪和兰德大致相当。在放手弃枪成为智者学徒以前，她是名枪姬众，那还是不久前的事情。她暗红色的头发还没有留到肩膀，也并不需要用那块褐色的手帕拢在脑后。那条棕色的披巾让她显得有些笨拙，褐色的长裙又让她显得有些急躁。

兰德感觉到一阵嫉妒的痛意——她戴着一条银项链，一串工艺复杂、式样多变的雕银小碟被精细地串连在一起。那是谁给她的？不可能是她自己选的，她似乎一直都不喜欢珠宝。她戴在身上的另一件珠宝是一只宽象牙手镯，上面雕刻着精致的玫瑰图案。那是他给她的，而他不确定她是否已经原谅了他把那东西送给她。不管怎样，他这种妒忌实在是很愚蠢的事。

“我已经有十天没看见你了，”兰德说，“我以为智者们一发现我把她们封锁在我的梦之外，就会把你拴在我的胳膊上。”亚斯莫丁曾经因为他想学的第一件事感到有趣，然后又因为兰德的学习速度而感到相当挫折。

“我需要进行训练，兰德·亚瑟。”她将成为可以导引的少数智者之一，这也是她需要学习的一部分。“我不是你湿地女人中的一员，不需要站在你随时都可以看见的地方。”尽管和艾雯、伊兰非常要好，她仍然对她所谓的湿地女人有着固执的错误看法，或者说，这是她对湿地人的普遍看法。“她们不喜欢你所做的事情。”她指的是艾密斯、柏尔和麦兰，这三位有着梦行能力的智者正在教导她，也负责监视兰德。艾玲达狼狈地摇了摇头：“她们尤其不高兴我让你知道了她们会进入你的梦中。”

兰德紧盯着她：“你告诉她们了？但你实际上并没有对我说什么，那是我自己察觉到的，即使你对我完全守口如瓶，我迟早也能察觉到。艾玲达，她们告诉我她们能在梦中对别人说话，那已经证明她们会进入别人的梦了。”

“你还要让我进一步蒙羞吗？”她的声音刻板而冰冷，双眼却像是能将那座壁炉点燃，“我不会再因为你或任何男人而侮辱自己了！我向你显露了痕迹，我也不会否认我的羞愧。我真应该让你冻死。”她将那些羊毛毯扔到他头上。

兰德扯下那些毯子，将它们放在自己身边，同时在拼命思考该说些什么。又是节义，这个女人简直像丛荆棘般多刺。她接受的工作是教导他艾伊尔习俗，但他知道她真正的任务是当智者们派到他身边的间谍。无论艾伊尔们认为间谍是多么有损荣誉的事，持有这种看法的人显然不包括智者。她们也清楚，他知道艾玲达的真实任务。但不知为什么，她们似乎根本不关心这一点。只要她们愿意让这种僵局维持下去，他也愿意奉陪。一来，艾玲达根本算不上是个好间谍，她几乎从不想刺探些什么，而她的脾气总让兰德对她产生像对沐瑞那样的愤怒或内疚。二来，有时她确实是名令人愉快的同伴，只要她忘记将身上的荆刺竖起来。现在至少他知道智者们在派谁来监视他，否则他就只能整日为此而疑神疑鬼。而且，她其实从没提防过他。

麦特、艾雯，甚至是沐瑞有时候都会用看待转生真龙的眼神看着他，或者至少会把他看成一个能够导引的危险男人。部族首领和智者们则把他看作随黎明而来之人，预言中那个注定会打破艾伊尔如同碾碎枯枝的男人。即使他们不怕他，他们也将他看作一条必须与之共存的血蛇。不管艾玲达是如何看他的，那都不能阻止她动不动就要和他吵架。

比起其他人对待他的方式，她给兰德带来一种奇特的舒适感。他想念她。他从鲁迪恩周围的荆棘植物上采集鲜花，甚至直到手指被刺得鲜血淋漓，才想起自己可以使用至上力。他连续几次托人将这些花送给她，枪姬众都是亲自把花带去，而不是转交给奉义徒。当然，她从没有任何响应。

“谢谢，”最后他拍了拍那些毯子说道，这个话题应该是够安全的，“我想你们在这里应该不会有太多东西可以御寒。”

“安奈拉发现我来看你的时候，就要我把它们送过来。”她的嘴唇开始翘成调侃的模样。“有许多枪之姐妹担心你在晚上会太冷。昨晚你没有生火，今晚我要看着你把炉火点燃。”

兰德觉得自己的双颊有些发红。她知道，好吧，她应该知道，难道不是吗？那些该死的枪姬众也许不会再把一切都告诉她，但她们也不会刻意向她隐瞒任何事。“为什么你想来看我？”

让他惊讶的是，她将双臂抱在胸前，沿着一面墙壁来回踩了两圈才停下脚步，双眼直瞪着他。“这不是一件问候礼，”她带着责难的语气说道，一边在他眼前摇晃着那只手镯，“这你也承认的。”他确实承认过，虽然这是因为他觉得如果自己不承认这一点的话，她会把匕首刺进他的肋骨。“这只是个男人愚蠢的礼物，他根本不知道，也不在意我……不在意枪之姐妹们会怎么想。嗯，这也没有特别意义。”她从口袋里拿出一样东西，把它扔在他身边的地铺上，“这样我们就两不相欠了。”

兰德捡起她丢下的东西，在手里把玩着。那是一枚龙形的皮带扣，用精钢打制而成，上面用黄金镶嵌出华丽的图案。“谢谢，这很漂亮，艾玲达，我们两不相欠。”

“如果你不把它看成是我还清了你的债，”她用力说道，“那就把它扔掉吧！我会再找其他东西还你的，这只是个微不足道的小东西。”

“这可不能说是微不足道，它一定是你定做的。”

“不要以为这代表着什么，兰德·亚瑟。当我……放手弃枪的时候，我的矛，我的匕首——”她无意中摸了一下腰带，那里原来是她插长刃匕首的地方，“就连我的箭镞都要交给一名铁匠，它们要被做成一些简单的物件，然后送给别人。其中大多数都被我送给了朋友们，但智者们要求我找出我最痛恨的三个男人和三个女人，我要分别送给他们一件用我的武器做成的礼物，必须亲手送过去。柏尔说这是学习谦恭的一种方法。”她挺直腰，用力瞪着他，咬着牙说出了每一个字，那副模样和谦恭一点关系都没有。“所以你不要以为这代表着什么。”

“是不代表什么。”他黯然地点点头。他确实没有过这样的奢望，不过他原本以为她能开始将他当成是一个朋友，他刚刚还为此感到高兴。他竟然会为她感到忌妒，真是愚蠢至极。我只是想知道是谁把它给了她？“艾玲达？我也是你痛恨的人之一吗？”

“是的，兰德·亚瑟。”她的声音突然变得沙哑了。片刻间，她转过头，闭上眼睛，身子颤抖着：“我全心全意地恨着你，是的，我会永远如此。”

他没有打算去问为什么。他曾经问过她为什么会不喜欢他，那次她差点打断他的鼻子，但她还是没有告诉他。她不止是不喜欢他，她痛恨他，但她有时似乎又会完全忘记这件事。“如果你真的恨我，”他不情愿地说，“我会请智者派别人来教我的。”

“不！”

“但如果你——”

“不！”这回她的反对显得更加激烈。她将双手叉在腰上，仿佛是要将所说的每一个字烙印到他心里去：“即使智者们允许我放手，我也不会的。这是我的义务和责任，我要为我的亲近姐妹伊兰看着你。你是属于她的，兰德·亚瑟，你属于她，而不是别的女人，记住这一点。”

他很想举手投降，不过至少这次她没有向他描述伊兰在没穿衣服时是什么模样，一些艾伊尔风俗确实很难让人接受。他有时会怀疑，这种对他的“监视”到底是不是伊兰和她达成的协议。他没办法相信这一点。但话说回来，即使不属于艾伊尔的女人经常也是很奇怪的。而且不止如此，他也想知道艾玲达到底认为谁有可能和他有染。除了枪姬众和智者们，艾伊尔女人们都把他看成一半是预言的化身，一半是放进孩子群中的一条血蛇。智者们像沐瑞一样一心想让他成为她们的工具，而枪姬众们他根本不想去思考。这里的一切都让他发狂。

“现在，你听我说，我吻了伊兰几次，而我认为她像我一样喜欢这样，但我没有给过任何人承诺。我甚至不确定她是否想从我这里得到更多。”伊兰在一两个小时内连续给他写了两封信，一封信称他为她心中最亲爱的光芒，随后的话让他的耳根直发烧；另一封信里却说他是个冷心肠的坏人，她永远都不想再见到他，她恨不得把他撕成两半，比艾玲达说过的任何狠话都还要狠，女人确实是非常奇怪的生物。“我没时间再去考虑女人了，现在我的脑子里只有如何统一艾伊尔，如果我能做到，即使是沙度我也不愿意放弃，我——”兰德停下来，呻吟了一声。他最不希望见到的女人正烟视媚行地走进房间，身上发出一阵阵珠宝碰撞的清脆声响，手里捧着一只白银托盘，盘里有一瓶葡萄酒和两只银杯。

裹在头上的透明红丝巾并不能掩盖伊馨德洁白美丽的心形脸庞，黑色长发和黑眸表明了她绝不是艾伊尔人。她那丰满、肉感的嘴唇一直翘成一种诱人的弧度，直到她看见艾玲达，性感的微笑立刻扭曲成尴尬的表情。在头巾下面，她至少戴了十来条黄金或象牙项链，上面嵌着珍珠和光彩熠熠的宝石。她的两只手腕上戴着同样多的手镯，足踝上还有更多的脚环。除此之外，她身上就再无其他蔽体之物了。兰德让自己一直盯着她的脸，但即使如此，脸颊仍旧变得通红。

艾玲达看上去就像是一团正要释放闪电的雷暴云，伊馨德则像是个刚刚知道自己要被活煮的女人。兰德希望自己现在是在末日深渊里，或者除了这里的任何一个地方。不过，他还是站起了身，这样他至少能从身高上获得一点优势。“艾玲达。”他开口道，但她根本没有理他。

“是不是有人派你过来的？”她冷冷地问。

伊馨德张开口，想要说谎的意图已经明显地写在她的脸上。她哽了一下，低声说道：“不是。”

“你已经被警告过不能进来了，梭鞑。”梭鞑是一种老鼠，艾伊尔们专门用它来称呼狡猾的人。这种老鼠的肉非常之臭，以至于猫在杀死它们之后很少会吃它们。“亚得凌以为上次已经让你明白了。”

伊馨德瑟缩了一下，身子摇晃，仿佛就要晕倒了。

兰德整理了一下情绪：“艾玲达，无论她是不是被派来的都没关系，我有点渴了，如果她这么好心给我带酒过来，我就应该为此而感谢她。”艾玲达用冰冷的目光瞥了那两只杯子一眼，然后扬起了一侧的眉弓。兰德深吸一口气。“她不该只是因为为我带来一些喝的就受到惩罚。”他很小心地不让自己去看那只托盘，“这里的半数枪姬众一定都已经询问过我是不是——”

“她是因为偷窃枪姬众的财物而被枪姬众带走的，兰德·亚瑟。”艾玲达的声音比她对另外那个女人说话时显得更加冰冷，“你管太多法达瑞斯麦的闲事了，你不该被允许这样的，即使是卡亚肯也不能阻碍裁决的实行。这件事与你无关。”

兰德苦了一下脸，没有再争辩。无论枪姬众怎样对待伊馨德，她都是罪有应得，但他不想要她为此受处罚。她随哈当·卡德一起进入荒漠，但在枪姬众因为她偷窃珠宝而把她带走的时候，哈当却连眉头也没皱一下。而现在除了她当初偷窃的珠宝之外，枪姬众不允许她再穿戴任何蔽体之物。这还是兰德竭尽全力，才让她得到的优渥待遇，否则她会像只羊一样被卖到沙塔，或者是被剥光衣服，只拿着一只水袋走到龙墙去。看到她向枪姬众们苦苦哀求的模样，兰德总是没办法让自己置身事外。他曾经杀死过一个女人，一个想要杀掉他的女人，这件事始终在灼烧着他的回忆。他不认为自己还能再做一次这种事，即使是在这种临近发狂的时候。这种想法很愚蠢，因为现在还有女性的弃光魔使在追索他的性命，或者是想对他做出更可怕的事，但他无法放任自己有别的选择。而如果他不能让自己杀死一个女人，他又怎么能袖手旁观一个女人死去？即使那是她应得的？

这就是矛盾所在。以兰德对伊馨德的了解，在龙墙以西的任何地方，她都要面对绞索或者是刽子手的斧刃。她，还有哈当，以及大多数哈当手下的人(如果不是全部的话)都是暗黑之友，但他现在不能揭穿他们。他们甚至还不知道他已经知道了他们的身份。

如果他们之中任何人暗黑之友的身份暴露……伊馨德现在的下场比她真正应有的处罚轻微得多。她只是被迫裸体当仆役而已，暗黑之友会被绑住手脚，扔在阳光底下。但一旦沐瑞插手此事，他们之中的任何人都将无法再隐瞒自己所知道的一切。两仪师对待暗黑之友比一般人更没有慈悲，他们很快就会供出一切。亚斯莫丁也是随着这队马车进入荒漠的，哈当他们以为他只是另一名暗黑之友，虽然他可能还具有相当的权势。毫无疑问，他们以为他成为转生真龙的吟游诗人是依照另一个更有权势者的命令。为了留住这名老师，为了避免沐瑞杀死他们两个(虽然她这么做完全正确)，兰德必须隐瞒这个秘密。

幸运的是，艾伊尔人已经开始严密地监视这个商人和他的手下，而且没有人会对此产生疑问。沐瑞认为那是因为艾伊尔人对外地人惯有的警戒，特别是当这些外地人已经进入了鲁迪恩的时候。她动用了全部的说服力才使得艾伊尔允许哈当和他的马车队进入这座城市。即使兰德没有要求，鲁拉克等首领也会派卫兵看管他们。哈当似乎很高兴他没有被一根短矛刺穿肋骨。

兰德不知道自己该怎样解决这些问题，也不知道自己是不是能解决它们，这是一团乱麻。在走唱人的故事里，只有被卡在悬崖裂缝中的恶棍才会遇到这种窘境。

艾玲达确定他不会再阻挠自己后，就将注意力转回到另一个女人身上。“你可以把酒放在这里。”

伊馨德优雅地半跪下身，将托盘放在兰德床铺的旁边，面孔扭曲成一种奇特的形状。兰德过了一会儿才意识到她正在努力向他微笑，同时又尽量不让那名艾伊尔女子看见。

“现在你要跑去你能找到的第一个枪姬众面前，”艾玲达说，“告诉她你所做的事。快跑，梭鞑！”伊馨德一边呻吟一边揉搓着自己的双手，带着一阵响亮的珠宝碰撞声跑走了。她一离开房间，艾玲达就转向兰德："你是属于伊兰的！你没有权利引诱任何女人，特别是这一个！"

"她?"兰德喘了一口大气，"你以为我——相信我，艾玲达，即使她是世界上最后一个女人，我也会留在尽量远离她的地方。"

"这是你说的，"艾玲达哼了一声，"她已经被抽了七次鞭子，七次！因为她想偷溜到你的床上。如果没有受到鼓励，她不会这么坚持的。她将面对的是法达瑞斯麦的裁决，即使是卡亚肯也不能插手此事。把这个当作今天关于我们习俗的课程吧！记住，你是属于我的亲近姐妹的！"不容兰德说一句话，艾玲达大步走出房间。看着她的表情，兰德认为如果伊馨德这时被她看见，也许就没办法再活到明天了。

长长地吁了口气，兰德将那只托盘放到房间的角落里。他不打算品尝任何伊馨德带给他的东西。

*她曾经七次想要靠近我？*她一定知道了他在为她说情。毫无疑问，依她推想，只是媚眼和微笑就可以打动他到这种程度，如果她更进一步，他还会给予她什么？想到这件事，他不禁在渐深的寒夜中哆嗦了一下。和伊馨德相比，他宁可自己的床上有一只蝎子。如果枪姬众们没有说服她打消这个念头，他也许会告诉她自己知道她是什么人，那应该就能打消她所有的念头了。

吹熄了油灯，依旧穿着外衣和靴子，他在黑暗中爬上床铺，将所有的毯子拖到自己身上。他怀疑自己真的应该在清早之前感谢艾玲达，因为他不想生起炉火。现在为自己的梦设置魂之力屏障几乎已经是他的本能之一了。但当他设置屏障时，他却忍不住笑了一声。其实他完全可以在床上用至上力熄灯，只是他从没有想过要用至上力做这么简单的事情。

他一动不动地躺在床上，等待自己的体温将毯子弄暖。他完全不明白为何同一个地方在白天会那样炎热，到夜晚又会如此寒冷。将一只手伸到外衣下，他摸索着肋侧那个半愈合的伤疤。这个沐瑞始终没法完全治愈的伤口早晚会要他的命，他确信这点。他的血会留在煞妖谷的岩石上，这是预言中写明的。

但今晚不会。今晚我不要再去想这件事，我还有一点时间。但如果那道封印现在用刀子就能切开，它们仍然能像以前那样坚固？不，不是今晚。

毯子里已经有一点暖意了，他转动着身体，想找一个舒服的位置，但他找不到。*我应该洗个澡*，他模糊地想到。艾雯现在可能正待在一个充满水汽的温暖帐篷里。有时候他也会这样洗澡，但总有一些枪姬众想要进来和他一起洗，当他坚持要她们留在外面的时候，她们几乎笑倒在地。而且在热蒸气里脱衣服和穿衣服也确实是件很糟糕的事。

睡意终于袭来，智者和其他人也被安全地挡在了他的梦之外。但他无法抵挡自己的心思，三个女人不停地在其中侵袭着他。这其中不包括伊馨德，她只在一个几乎让他惊醒过来的短暂梦魇中出现过。他依次梦到的是伊兰、明，还有艾玲达，有时候只有一个，有时候是三个全部。只有伊兰曾经将他当成一个男人，但她们至少全都把他看作是人，而不是别的身份。除了那个梦魇之外，其他的梦都是美好的。

第5章

智者之间

站在尽量靠近帐篷中间的那个小火堆旁，艾雯仍然在打着哆嗦。现在她正将大茶壶里的水倒入一只有着蓝色条纹的大碗。她已经放下了帐篷的边缘，但寒气仍然透过地面上的彩色地毯不住地渗进来。火堆散发出的一点热气似乎全都从帐篷顶端的排烟孔中飘出去，只剩下一股烧烤牛粪的味道。她的牙齿只想打颤。

水中已经不再冒出热气了。她拥抱了阴极力，用火之力又将它加热了一下。艾密斯和柏尔可能就用这种冷水洗了身体，虽然她们平时总是洗热气浴。*我不像她们那么强壮，我不是在荒漠中长大的。如果我不想用冷水洗身、然后被冻得半死的话，我也没必要勉强自己。*她一边这样想着，一边用一块从哈当·卡德那里买来的熏衣草香皂涂抹着洗身的布巾。不管怎样，她总是难免会有一种负罪感。虽然智者们从没要求她事事依照艾伊尔习俗，但她这样做总有一种作弊的感觉。

她放开真源，懊悔地叹了口气。即使在寒冷中打着哆嗦，她仍然为自己的愚蠢而发出轻微的笑声。那种被至上力充盈的神奇感觉、那种生命力与知觉的洪流本身就是一种危险。你愈是汲取阴极力，你接下来就会想汲取更多，而无节制地汲取最终会导致注入体内的至上力超过身体能负荷的限度，下场不是死亡就是把自己给静断。这可不是好笑的事。

这是你最大的错误之一，她严厉地教训着自己，你总是想做超越界限的事。你应该用冷水洗身，这样可以让你学会自我节制。只是她要学会的东西实在太多了，有时觉得即使是一辈子的时间也不够。而她的老师们总是那样谨慎，无论是智者还是白塔的两仪师。当她知道自己已经在那么多方面超越了她们的时候，她就很难克制住自己了。我能做的远比她们意识到的要多。

一阵冷风猛地吹到了她身上，从火堆中卷起一股浓烟。一个女人的声音传了进来："我能不能——"

艾雯跳起身，先尖叫了一声，才喊道："把帐门关上！"她抱住自己的身体，免得冷得跳起来，"进来或出去都行，但赶快把帐篷合上！"刚才努力取暖全都是白费力气，现在她从头到脚都是鸡皮疙瘩了！

穿白袍的女子跪着走进了帐篷，让篷布落回地上。她的眼睛一直盯着地面，双手温顺地合在胸前。即使艾雯用殴打代替尖叫，她也仍然会是这副态度。"如果你愿意，"她轻声说，"智者艾密斯派我来带你去蒸汽帐篷。"

艾雯呻吟了一声，希望自己现在正站在那堆火上面。愿光明烧了柏尔和她的顽固吧！如果不是因为那个白头发的老智者，她们就会住在城市的房间里，而不是扎在它边缘的帐篷里。那样我就能有一个有壁炉的房间，而且还会有一扇门。她打赌，兰德一定不会容许有那么多人随意进入他的房间打扰他。那个该死的真龙兰德·亚瑟只要弹弹手指，那些枪姬众就会像女仆一样跳到他面前。我打赌，她们一定给他找了张真正的床，而不是地上的一块硬垫褥。她相信他每天都能洗上热水澡，枪姬众们会把一桶桶热水直接提到他的房间里。我打赌她们甚至会为他找到一个真正的铜浴盆。

艾密斯，甚至是麦兰都曾经被艾雯说服，但柏尔却硬插了一脚，她们立刻就像奉义徒一样顺从了。艾雯认为是因为兰德带来了太多的改变，而柏尔正在竭力挽留旧日的风俗，但艾雯只希望她能选择别的一些硬骨头去啃。

不过她现在并不想拒绝柏尔的邀请。她答应过智者们，要忘记她是一名两仪师，同时对智者所言完全服从。前者算是容易的部分，因为她本来就不是两仪师；真正困难的是后者，因为她已经离开白塔很长时间，所以她又习惯了主宰自己的生活。艾密斯曾经断然告诫过她，进入梦的世界是一件非常危险的事，即使能以清醒的意识进去，也只不过是梦行的第一步。而现在如果她不在醒来的世界中遵从智者们，她们也就不会信任她在梦的世界里可以遵从她们。如果不能表现出对智者们的遵从，她们将不对她进行梦行的训练。于是她就只好和艾玲达一同终日为各种杂务而劳碌，对责罚尽可能逆来顺受，在智者们说到青蛙的时候就趴在地上做蛙跳。当然，这只是打个比方，这三个智者全都没见过青蛙。她们根本不会有什么正经事，只不过是要我为她们倒茶罢了。不，今晚应该轮到艾玲达了。

她本来想要穿上袜子，但最后还是赤脚滑进了鞋里。这是一双非常结实的鞋，很适合在荒漠中行走，但她还是会想念她在提尔穿的丝绸软鞋。“你叫什么名字？”她想试着友善一点。

“柯温蒂。”仍然是那个柔顺的声音。

艾雯叹了口气。她一直在努力对奉义徒们表示友善，但他们从未响应过她的善意。使唤仆人是艾雯从来都无法适应的一件事，虽然奉义徒并不算是真正的仆人。“你是名枪姬众？”

一道炽烈的光芒在瞬间闪过奉义徒深蓝色的眼睛，让艾雯知道她的猜测是正确的，但对方立刻又低下了头。“我是奉义徒，过去和未来并非是现在，只有现在是真实的。”

“你属于哪个部族和氏族？”这个问题其实不需要问，即使对方是一名奉义徒。

“我侍奉高辛艾伊尔杰海德氏族的智者麦兰。”

艾雯这时正在两件斗篷间来回挑选，其中一件是结实的棕色羊毛斗篷，另一件是蓝色的絮棉丝绸斗篷，是她从哈当那里买来的。为了给沐瑞的货物空出地方，哈当把马车上所有的商品都以很低的价格抛售了出去。艾雯皱起眉望向那名女子，这不是她应有的回答。艾雯听说过，荒季狂潮也影响了一些奉义徒，当规定的一年零一天过去时，他们拒绝脱下白色的长袍。“你在什么时候结束奉义徒生活？”她问。

柯温蒂将身子伏得更低，几乎蜷缩在自己的膝头：“我是奉义徒。”

“但你什么时候可以回到自己的氏族、自己的聚居地去呢？”

“我是奉义徒，”那名女子声音沙哑地对面前的地毯说道，“如果这个答案不能让你满意，就惩罚我吧！我说不出其他的答案。”

“别傻了，”艾雯高声说，“直起身来，你不是蛤蟆。”

白袍女子立刻听从命令，坐直在自己的脚跟上，安静地等待着艾雯的下一个命令，刚才眼中闪过的那道炽焰仿佛没有出现过一样。

艾雯深吸了一口气，这个女人现在让她感到无比的沮丧。真是个蠢家伙，但她也没办法让这家伙变得聪明一些。不管怎样，她现在应该要立刻前往蒸汽帐篷，而不是和柯温蒂聊天。

想起那阵寒风，艾雯犹豫了一下。被那阵风带进来的冰冷尘灰，让一只浅碗里的两朵白色大花又卷曲了一些，它们来自一种叫做茜葭的植物。那是一种茎秆肥厚、没有叶子、表面如皮革一样坚韧、长满硬刺的植物。她在今天早晨看见艾玲达正把这两朵花捧在手里，愣愣地盯着它们。看见艾雯，艾伊尔女孩愣了一下，然后就把两朵花塞进艾雯手里，说是她为艾雯摘的。艾雯觉得是因为艾玲达的个性里还留着太多的枪姬众色彩，所以她不想承认自己喜欢花。不过艾雯偶尔也能见到枪姬众将花朵别在头发和衣服上。

你只是故意在耽搁时间，艾雯·艾威尔，现在不要再做一个愚蠢的羊毛脑袋了。你简直像柯温蒂一样蠢。“带路吧！”她一边说着，一边急忙用那条羊毛斗篷裹住赤裸的身体。那名奉义徒便掀起帐篷，露出了外面刺骨的寒夜。

头顶上，繁星在黑幕上织出一片细碎的亮点，只缺了一角的月亮清明得耀眼。智者们的营地仿佛是二十几座低矮的土丘，距离营地不到百步就是鲁迪恩——一条石板街道的尽头，而营地所在的地方却只有破碎的干土和石块。月影让这座城市变成了一块块悬崖峭壁。每座帐篷的帘子都被封死了，营火和煮食的味道混杂在一起，弥漫在空气中。

智者在白天时会来到这里参加聚会，但晚上都是和她们所属的氏族成员一起度过。有几名智者甚至已经在鲁迪恩的建筑中安睡了，但柏尔不属于其中。这里是柏尔接近鲁迪恩的极限，毫无疑问，如果兰德不在这里，她一定会坚持在山上扎营。

艾雯用双手揪住斗篷，用最快的速度向前走着。寒风不停地从斗篷下摆钻进来，又在她将光腿迈出的时候进一步侵袭她的身体。柯温蒂为了能赶在艾雯前面，已经将长袍的下摆拉到了膝盖。艾雯并不需要这名奉义徒的指引，但既然这个女人是被派来为她带路的，拒绝她的服务就意味着羞辱，甚至冒犯她。咬紧不断要打颤的牙齿，艾雯真希望这个女人能跑起来。

蒸汽帐篷和其他帐篷在外观上没有差别，都显得低矮而宽敞，帐篷的帘子也都被放下、封牢了，只是它的排烟孔也同样被封住。在帐篷附近有一堆人头大小的石块，上面铺着一层还在发光的火灰。帐篷的入口处还有一小堆东西，因为缺乏光线，所以无法看出是什么。但艾雯知道，那是整齐叠好的女人衣服。

深吸一口寒冷的空气，她匆忙地甩掉鞋子，任由斗篷掉在地上，然后一头就冲进了帐篷。一眨眼，寒冷被落下的帘子隔绝在外面，热气裹住她的身体，榨出她的汗水，在她仍旧不住颤抖的时候就让她全身泛起一片汗滴的光亮。

负责教导她梦行的三位智者都大汗淋漓地坐在帐篷里，齐腰长的头发全都湿答答地垂在背后，毫不在意闯进来的艾雯。柏尔正在和麦兰聊天，后者有一双美丽的绿色眼睛，头发金红色，和对面那名年长女子白色的长发与满是皱纹的皮肤形成了鲜明对比。艾密斯也是满头白发，或者只是她淡黄的发色看起来像是白的，但她看上去并不老。她和麦兰同属少数有导引能力的智者，而她的脸看起来与两仪师那种年岁莫辨的脸庞有点相似。沐瑞与其他人相比显得要娇小许多，身上的皮肤同样没有一丝皱纹。虽然同样一丝不挂，汗水不停地从嫩白的皮肤上滚落，又将黑发粘在脸上，但她依然有着一种典雅的气质。智者们则用一种被称作“丝泰拉”的弯曲青铜片，不停地刮去身上的汗水和白天沾染的尘泥。

艾玲达也汗水淋漓地蹲在帐篷中央一个黑色的大罐旁边，罐子里装满了被烟熏黑的炽红岩石。她小心地用钳子将最后一块石头从一只较小的罐子里挪进大罐中，然后再将一只水瓢里的清水洒在上面，让它们变成蒸汽。如果蒸汽消失得太快，她至少会受到责骂。下一次智者们在蒸汽帐篷里聚会的时候，就要由艾雯来负责蒸汽了。

艾雯小心地盘腿坐在柏尔身边。这座帐篷里没有地毯，只有岩石地面，粗糙而潮湿，而且热得让人感觉不舒服。艾雯这时惊讶地发现，艾玲达刚刚被鞭子抽过。当这名艾伊尔女孩同样小心地坐到艾雯旁边时，她的表情就像她们身体下的岩石一样刻板，但仍然没能掩饰住因疼痛带来的瑟缩。

这是艾雯所没想到的。白塔已经很严格了，但智者们的纪律甚至比白塔还要严格，而艾玲达学习导引的决心只会更加坚毅。她不能梦行，但她正拼尽所有力气学习智者的每一项技艺，正如同她还是枪姬众时学习武艺那样刻苦。当然，在她承认让兰德知道了智者们在监视他的梦之后，她们让她在三天的时间里不停地挖掘将近一人高的深坑，然后再把它们填平。但这应该是艾玲达绝无仅有的一次失误。实际上，艾密斯等三位智者总是将艾玲达当作顺从和忍耐的榜样要艾雯学习，有时艾雯恨不得要为此而尖声大叫，哪怕艾玲达是她的朋友。

“你在路上用了很长的时间。”柏尔厉声说道，而艾雯这时还在小心寻找一个舒服的坐姿。柏尔的声音苍老而细脆，却如同一片能够切割神经的铁刃，手还在不停地用丝泰拉刮擦着胳膊。

“我很抱歉。”艾雯说，这样的表现应该是够恭顺了。

柏尔哼了一声：“你在龙墙那一边是两仪师，但在这里你只是一名学生，一名没有资格耽误时间的学生。当我派人去叫艾玲达或者派她去做某件事时，她都会跑着完成我的命令，即使我只是要一根针。即使拿她当榜样，你还是比她要差得多。”

艾雯的脸颊变得通红，她努力让自己的声音显得更谦恭一些：“我会努力的，柏尔。”这是第一次有智者在别人面前进行这种比较。艾雯偷偷瞥了艾玲达一眼，惊讶地发现艾玲达的脸上是一副若有所思的神情。有时候，艾雯真的希望自己的这位“亲近姐妹”不要总是那么优秀。

“这个女孩能学会的，柏尔，否则我们也不必教她。”麦兰性急地说，“以后再教导她做事敏捷的方法吧，如果到那时还需要的话。”麦兰顶多也只是比艾玲达年长十来岁，说话的时候总像是在喉咙里含着一团毛球。如果她坐在一块尖利的岩石上，她绝不会移动，要移动的只能是那块岩石。“我再告诉你一次，两仪师沐瑞，艾伊尔追随的是随黎明而来之人，而不是白塔。”

很显然的，没有人会为艾雯解释她们正在谈论些什么，她得靠自己琢磨来龙去脉。

“也许，”艾密斯不动声色地说，“艾伊尔会再次侍奉两仪师，但时候还没到，两仪师沐瑞。”她用平静的眼光看着两仪师，刮擦身体的动作一直没停止。

这样的时候会到来的，艾雯知道这一点。现在沐瑞已经了解到有一些智者是能够导引的。两仪师会进入荒漠来寻找可以进行教导的女孩，而且几乎肯定会将所有能够导引的智者带回白塔。艾雯曾经担心过智者们会受到恫吓与控制，被迫离开她们原有的生活。两仪师从不曾允许过任何有导引能力的女人脱离白塔太久。不过她现在不担心了，虽然智者们自己似乎还不放心。从她们每天与沐瑞的相处方式看来，艾密斯和麦兰拥有不弱于任何两仪师的魄力。柏尔也许能命令史汪·桑辰去钻火圈，虽然她完全没有导引能力。

说到这个，其实柏尔并不是最有魄力的智者。这项荣耀应该归属于一名比她更老的女子——查林艾伊尔加莱氏族的索瑞林，深玳堡的智者。她的导引能力比大多数初阶生都要弱，但她会像使唤奉义徒那样差遣别的智者去做杂务琐事，而且她们会服从。不，如果担心这样的人会受到欺凌，那纯粹是艾雯自寻烦恼。

“你当然会希望挽救你的土地，”柏尔说道，“但兰德·亚瑟显然不打算率领我们去惩罚任何人。任何服从随黎明而来之人的人，任何服从艾伊尔的人，都不会受到伤害。”当然，她们在谈论的当然是这个。

“我所关心的不仅是挽救生命和土地，”沐瑞用一根手指抹去眉间的汗水，仪态典雅，宛如王者，但声音几乎像麦兰一样剑拔弩张，“如果允许情况这样发展下去，你们会酿成大祸的。多年来的计划即将有所收获，但他却要将这一切全都毁掉。”

“那是白塔的计划，”艾密斯的语气平淡到你会以为她在同意对方的话，“这些计划与我们无关。我们，以及其他智者必须考虑如何做对艾伊尔才是正确的。我们会确认艾伊尔人实行对艾伊尔最有利的行动。”

艾雯想知道部族首领们会对此有什么意见。他们总是在抱怨智者们插手与她们无关的事情，也许智者们的这番表态又会招来他们的一顿抱怨吧！那些首领们全都是性格坚毅、头脑聪敏的男人，但艾雯相信，他们对抗智者们的能力，绝不比她家乡的村议会对抗妇议团的能力更强。

但这次，沐瑞是对的。

“如果兰德——”艾雯张开嘴，但柏尔坚定地制止了她。

“我们过一会儿再听你陈述，女孩。你对兰德的了解很有价值，但你在被允许发言之前只能保持安静，听别人说话。不许这样沉着脸，否则我就给你服一剂蓝脊茶。”

艾雯苦了一下脸。智者们会以平等的态度尊敬两仪师，但不包括她们的学生，即使她们相信这个学生也是一名两仪师。于是她只好闭口不言。柏尔很可能命令艾雯自己去从她的草药袋里找出药料，煮好汤汁，然后再喝下去。这种药没有任何其他效果，只是它苦涩的味道会让任何喝下它的人再也不敢摆出一副臭脸，也不敢再做出其他会触怒智者的事。艾玲达安慰地拍了拍她的手臂。

“你们相信现在这样的状况就不会让艾伊尔遭遇巨大的灾难?”沐瑞赤裸的身体因为蒸汽的凝水和自己的汗液而闪烁着一层微光，但声音依旧如冬日的寒风一样冰冷，这是很难办到的事，但她却显得游刃有余。“这将会导致艾伊尔战争的重演。你们会像当时一样，杀戮人群，烧毁、劫掠城镇，直到你们让所有人都成为你们的敌人。”

“那五分之一是我们应得的，两仪师。”麦兰一边说着一边将长发甩到背后，好让丝泰拉能刮过她平滑的肩膀。她的头发即使因为湿气而变得厚重，却依然像丝绸一样闪着光。“我们甚至在毁树者那里也没有多拿。”她冷冷地瞥了沐瑞一眼，言外之意再明显也不过。她们全都知道，沐瑞是凯瑞安人。“你们的国王和女王们敛取的税收也比这个多。”

“但如果所有国家都反对你们呢?”沐瑞坚持说，“在艾伊尔战争里，诸国联合起来把你们挡了回去。这样的事情还会再次发生，而它导致的就是双方重大的牺牲。”

“我们不怕死亡，两仪师。”艾密斯对她说。智者面带微笑，仿佛是在对一个孩子解释着问题。“生命是一场梦，我们终将醒来，再进入下一场梦。而且，那次只有四个部族在姜钝的指挥下跨过了龙墙。现在这里已经聚集了六个部族，而且你也说过，兰德·亚瑟打算率领所有的部族进行这次行动。”

“鲁迪恩的预言说他会毁灭我们，”麦兰绿眼睛里爆出的火花可能是针对沐瑞，也可能是因为她对于命运的反抗，“他在这里或是在龙墙那一边毁灭我们又有什么区别?”

“你们会让他失去龙墙西侧所有国家的支持。”沐瑞说。她看上去像往常一样平静，但声音中的那份尖锐却表明她现在连岩石都可以咬碎。“他一定要得到他们的支持!”

“他已经有了艾伊尔的支持，”柏尔用她那种坚毅不屈的声音说道，挥舞了一下手中的薄铜片以加强语调，“各部族从没有成为一个国家过。但现在，他让我们成为一体。”

“我们不会在这件事上帮助你改变他的决定，两仪师沐瑞。”艾密斯用同样坚定的声音说。

“你现在可以走了，两仪师，如果你愿意的话，”柏尔说，“我们已经讨论了今晚你要讨论的事情。”她的言辞很有礼貌，但也毫不掩饰逐客之意。

“我会离开的。”沐瑞平静地回答，仿佛这是她的意思，她的决定。这一次，智者们明确地向她表达了艾伊尔不会顺从白塔的权威。“我还有其他事要处理。”

当然，这句话绝对是真实的，很可能是某些关于兰德的事，艾雯知道自己最好不要过问，如果沐瑞想让她知道，自然会告诉她，否则……否则她就只能得到一些两仪师为了避免说谎而编撰的托辞，或者是直接被告知她与此无关。沐瑞知道，“绿宗两仪师艾雯”是个谎言，而且没有当众揭穿她，但她也让艾雯明白了自己应该处在一个什么样的位置上。

沐瑞离开帐篷时，为帐篷里带进一阵冷风，艾密斯说：“艾玲达，倒茶。”

年轻的艾伊尔女子惊讶地全身一震，她张了两次嘴，才低声说道：“我现在去煮。”她四肢并用地跑出帐篷。第二股吹进帐篷的冷风让蒸汽消退了下去。

智者们彼此对视的目光几乎像刚才艾玲达的一样惊讶。同样感到惊讶的还有艾雯，艾玲达总是能以最快的速度完成最繁重的杂务，虽然她可能算不上有多么乐意。她一定是遇到了很大的情绪困扰，让她甚至连煮茶这样的事情都忘记了。智者们随时都要喝茶的。

“再加些蒸汽，女孩。”麦兰说。

艾雯知道，智者是在对她说话，因为艾玲达已经走了。她急忙将清水洒在石块上，并且导引至上力让石块和铁罐更热一些，直到她听见石块不住发出噼啪的声音，铁罐像火炉一样散发出灼热的气息。艾伊尔人也许能习惯从酷热到严寒的骤然变化，但她不行。滚烫、厚重的雾气升腾起来，充满了帐篷。艾密斯赞许地点点头，麦兰则若无其事地继续用丝泰拉刮着自己的身体。当然，她们两个都能看见艾雯身周的至上力光晕，但艾雯自己却不能。

艾雯放开真源，坐回地上，靠近柏尔，悄声说道："艾玲达犯了什么很大的错误吗？"她不知道艾玲达现在是什么样的心情，但她认为不该让艾玲达感到困窘，即使是艾玲达不在的时候。

柏尔显然没有这样的担心，"你是说她的鞭伤？"智者用正常的音量说，"今天她来找我，承认她在一天之内就说了两次谎，但她不肯说出是对谁说谎，以及说谎的内容。当然，那是她自己的事，只要她没有对智者说谎就行。但她说她需要接受鞭打才能保全自己的荣誉，尽自己的义。"

"她要求你……"艾雯张大了嘴，却没能把话说完。

柏尔点点头，仿佛这并不是一件很不寻常的事。"我又额外多打了一些，作为她来麻烦我的代价。这是关于节的问题，而不是我对她的责任。她所谓的谎言很可能只有法达瑞斯麦会忧虑的小事。枪姬众，即使只是一名前枪姬众，有时候也会像男人一样小题大做。"艾密斯不带表情地看了柏尔一眼，即使隔着重重雾气，她的不悦依然明显。和艾玲达一样，艾密斯在成为智者之前也是一名法达瑞斯麦。

艾雯从没遇到过一个不为节义而小题大做的艾伊尔，但她也从没有想过艾玲达会小题大做成这样！艾伊尔人在这一点上真像是一群疯子。

柏尔显然已经完全把这件事排除在思考之外。"现在出现在三绝之地中的迷失之人，比我记忆中的任何时候都要多。"她大声说道。艾伊尔人总是这样称呼匠民——图亚桑人。

"他们因为龙墙那边的灾祸而逃难至此。"麦兰的声音中显露出明显的讥笑。

"我听说，"艾密斯缓缓地说，"一些在荒季之后逃走的艾伊尔，已经跑到迷失者那里去寻求收留。"随后帐篷里出现了一阵长时间的静默。艾伊尔们现在已经知道，图亚桑和他们来自相同的血脉，只是图亚桑在艾伊尔越过世界之脊、进入荒漠之前就离开了他们。但这样的信息只会让艾伊尔人对他们增添更多的厌恶。

"他带来了改变。"麦兰哑着嗓子，在蒸汽中悄声说道。

"我以为你们要缓和他带来的巨变。"艾雯的声音里涌出一股同情。看到自己的全部生命正走向末日，那一定是种非常艰难的处境。艾雯甚至有些希望智者们会呵斥她闭上嘴，但没人这样做。

"缓和，"柏尔重复了一遍，仿佛正在咀嚼这个词，"更确切地说，我们是在承受，尽我们的全力。”

“他改变了一切，”艾密斯的声音里带着一丝焦虑，“鲁迪恩、迷失之人、荒季，还有所有那些不该泄露的信息。”正像其他所有艾伊尔一样，智者们在提到那些事的时候也是很困难的。

“枪姬众始终环绕在他周围，仿佛她们和他的关系比自己的部族更亲近。”柏尔说，“史上第一次，她们允许一个男人走进枪姬众的屋檐。”一瞬间，艾密斯似乎想要说些什么，但还是没有出声，她不会跟没有过枪姬众生活的人谈论枪姬众内部的情况。

“部族首领们已经不像往常那样对我们言听计从了。”麦兰嘟囔道，“噢，他们还是像以前一样征求我们的意见，毕竟他们还没成为彻底的傻瓜，但贝奥现在已经不告诉我他和兰德·亚瑟之间都说过些什么了。他说，想知道这些就去问兰德·亚瑟，而后者则把我推回贝奥那里。我对卡亚肯做不了什么，但贝奥……他一直都是个顽固、让人气愤的男人，现在他更是超出我所有忍耐的限度，有时候我真想用棍子狠狠敲他的脑袋一下。”艾密斯和柏尔发出咯咯的笑声，仿佛麦兰刚刚说了个有趣的笑话。或者她们也许只是想借助笑声忘记这个急遽变化的时刻。

“对付这种男人，你只有三种办法，”柏尔一边笑一边说，“对他敬而远之、杀了他，或者是嫁给他。”

麦兰挺起脖子，她被阳光晒黑的面孔变得通红。片刻之间，艾雯觉得这位金发智者一定会说出一堆比她的脸还要激昂愤怒的话，但这时一阵冷风随着艾玲达一同进入了帐篷。艾伊尔女孩的手里捧着一只雕银托盘，上面放着一个黄釉茶壶，精致的镶金海民瓷杯，以及一个盛着蜂蜜的石罐子。

她在倒茶和蜂蜜时还不停打着哆嗦，显然从出帐篷到再回来这段时间一直没来得及穿上任何衣服。当然，在等到艾密斯吩咐她也给自己和艾雯喝杯茶之后，她才给自己和艾雯倒了茶。

“再加些蒸汽。”麦兰说，刚才的寒风似乎冷却了她的脾气。艾玲达将一口未动的茶杯放在地上，匆匆爬过去拿起水瓢，她显然正努力弥补忘记煮茶的过失。

“艾雯，”艾密斯说着啶了一口茶，“如果艾玲达要求睡在他的房间里，兰德·亚瑟将如何应对？”艾玲达双手握着水瓢，僵在原地。

“在他的——”艾雯倒抽了口气，“你不能要求她做这种事！你不能！”

“愚蠢的女孩，”柏尔喃喃地说道，“我们又没要求她和他共睡一条毯子。不过，他会不会认为艾玲达的要求里有这样的意思？他会允许吗？男人是最奇怪的生物，而且他并不是由我们抚养长大，所以对我们来说更是个陌生男人。”

“他绝不会想到这种事，”艾雯慌乱地答着，然后她放慢语速，“我不认为他会这样。而且这么做是不应该的，完全不应该的！”

“我请求你们不要如此命令我。”艾玲达说，艾雯从没想过她的声音会如此谦卑。她现在正哆嗦着向铁罐中倒水，让一股股蒸汽腾起在半空。“我在过去几天学会了很多东西，现在我根本没时间去陪他。你们允许两仪师艾雯和沐瑞帮助我学习导引之后，我的学习速度更是快了很多。当然，她们教得没有你们好，”她匆忙地补上这一句，“但我很想继续我的学习。”

“你可以继续你的学习，”麦兰对她说，“你也不必每个小时都留在他身边。只要你再加把劲儿，你的功课就不会耽误，比如你可以利用一下睡觉的时间。”

“我不能！”艾玲达嘟囔着，把头低到潮湿的地上。随后，她又用更响亮、更坚定的声音说：“我不会的。”她抬起头，眼里燃烧着蓝绿色的火焰，“只要他还叫伊馨德那婊子钻进他的毯子里，我就不会过去！”

艾雯瞪大了眼睛望着她：“伊馨德！”艾雯曾经看见艾伊尔们让那名女子赤裸着身体示众，那时她觉得这样做实在是不应该，太伤风败俗了。但艾玲达所说的就完全是另一回事！“你不会真的是说他——”

“安静！”柏尔的声音如同抽出的一条鞭子，蓝眼睛射出能够穿透石块的严厉目光，“你们两个！你们都很年轻，但即使是枪姬众也应该知道，男人可以是非常愚蠢的，特别是当他们身边没有一个可以指导他们的女人时。”

“看到你不再压抑自己的情绪，”艾密斯漠然说，“我很高兴，艾玲达，枪姬众在这种时候总是像男人一样愚蠢。我清楚地记得这一点，它也仍然在令我感到困窘——情绪失控会暂时失去理智，但一直压抑情绪却会让理智永远消失。只要确定情绪的失控次数不要太频繁就行了，最好在发泄情绪时，对自己依然要有所节制。”

麦兰双手撑地，向前倾过身子，直到脸上的汗水似乎都要落进铁罐里。“你知道你的命运，艾玲达，你会成为一名拥有巨大力量和权威的智者，而且还不仅于此。你已经拥有了内在的力量，它在你通过第一次试炼时已经得以见证，它还会帮助你度过这一关。”

“我的荣誉……”艾玲达声音沙哑地说，却没有能将话继续说下去。现在她只是蜷缩着身体，趴伏在地上，仿佛那里有她想要保护的荣誉。

“因缘不认识节义，”柏尔对她说，智者的声音里似乎流露出一丝同情，但艾雯并不确定这一点，“那其中只有必然与未来。男人和枪姬众在一切都已经注定于因缘的编织时，仍然要徒劳地反抗。但你已经不再是一名法达瑞斯麦了，你必须学会驾驭命运。只有服从因缘,你才能开始控制自己生命的急流。即使你盲目地挣扎,因缘仍然会逼迫你一步步前行。那样的话,你只能从生命中得到痛苦,而不是满足。”

艾雯觉得这番话实在很像两仪师教导她对待至上力的方式。为了控制阴极力,你首先要服从它;如果你抗争,它只会变得更加狂暴,直到将你完全吞没。服从并温柔地引导它,它就能依照你的意愿行事。但这番说教并不能解释她们为什么想让艾玲达做这种事。她说出心中的疑惑,并且又加了一句:“这么做是不得体的。”

艾密斯没有响应艾雯,只是问道:“兰德・亚瑟会拒绝她吗?我们不能强迫他。”柏尔和麦兰都像艾密斯一样专注地看着艾雯。

她们不打算告诉她这是为什么,审问石头也会比审问一位智者更容易些。艾玲达只是沉着脸盯住自己的脚趾,她知道智者们总能让自己的意志得以实现,无论是用什么办法。

“我不知道,”艾雯缓缓地说,“我不再像以前一样了解他。”这么说的时候,艾雯的心里感到很遗憾,但已经出了这么多事,就连她发觉自己对他的感情仅仅是手足之情,也显得毫不重要了。她在白塔和这里所经受的训练也让她有了和他一样巨大的变化。“如果你们能给他一个好理由,他也许能接受。我想,他喜欢艾玲达。”仍旧低着头的艾伊尔女孩,重重地叹了一口气。

“一个好理由,”柏尔哼了一声,“当我还是个女孩的时候,任何男人都会因为某个年轻女人向他表白而大喜过望,他们会立刻跑出去采撷用来编结新娘花环的鲜花。”艾玲达愣了一下,立刻像一名枪姬众那样愤怒地瞪着柏尔。“好吧,我们会找到一个在湿地长大的人也能接受的理由。”

“距离你们约好在特・雅兰・瑞奥德见面的时间还有几个晚上,”艾密斯说,“这次是和奈妮薇。”

“那个女孩能学到很多,”柏尔说,“如果她不那么顽固的话。”

“你的夜晚在那之前都是自由的,”麦兰说,“除非你在没有我们的陪同下进入特・雅兰・瑞奥德。”

艾雯心里想着那样做会给她带来什么样的惩罚。“当然不会。”她说道。事实上,她确实做了一点逾矩尝试,但只有一点点而已,再大胆一些,就一定会被她们发现。

“你有没有找到奈妮薇或是伊兰的梦?”艾密斯随意地问道,仿佛这只是个家常的话题。

“没有,艾密斯。”

找到别人的梦境比走进特·雅兰·瑞奥德——梦的世界要困难得多，特别是当目标和搜寻者在现实世界中相隔遥远时。距离愈近，搜寻者对目标的了解愈多，寻找就愈容易。智者们仍然要求艾雯绝不能在没有她们监护的情况下进入特·雅兰·瑞奥德，但以某种角度来说，进入别人的梦境也许比单独进入特·雅兰·瑞奥德更加危险。在特·雅兰·瑞奥德里，艾雯至少可以控制自己，且大部分可以控制自己周围的存在，除非有智者想取代她的控制权。她对于特·雅兰·瑞奥德的控制日渐增强，却总也无法和这些智者相比，毕竟她们的梦行经验远胜于她。但在另外一个人的梦里，外来者只是这个梦的一部分，他必须竭尽全力才能做出与梦境主人意愿不同的事情，即使这样，他的诸多努力仍然会无济于事。智者们在监视兰德的梦境时总是很小心，从不让自己完全进入其中。但不管如何危险，她们仍然坚持艾雯也学习进入别人的梦境。只要她们答应了训练艾雯梦行，她们就会把所知的一切都教给她。

艾雯并非不愿意掌握这种能力，但她们让艾雯进行的几次实际训练（分别进入她们的梦境，有一次是进入鲁拉克的梦境）都让艾雯有着很糟糕的经验。智者们强而有力地控制着自己的梦境，在那里所发生的一切都是由她们来决定，她们说，这么做是为了让艾雯知道其中的危险。但真正让艾雯震惊的是鲁拉克在梦境中将她当成一个小孩，大概像他最小的女儿那么大，而当她对自己的控制出现了一阵动摇之后，她真的变成了一个小孩。直到现在，她看到那个男人时都没办法不让自己回忆起，他在梦中为了奖励她学习认真而给了她一个布娃娃，她就为了这个布娃娃和他的夸奖而高兴得不得了。最后艾密斯不得不进入鲁拉克的梦境，将玩得不亦乐乎的她揪出来。艾密斯知道这件事已经快让她受不了了，但她怀疑鲁拉克也还记得一部分。

“你一定要继续尝试，”艾密斯说，“你拥有能够触及她们的力量，即使她们在那么遥远的地方。而了解她们如何看待你，对你并没有害处。”

艾雯自己并没有这种信心。伊兰是她的朋友，但奈妮薇在她成长的大部分时间里，一直是伊蒙村的乡贤。她怀疑自己在奈妮薇梦里的处境要比鲁拉克的更糟糕。

“今晚我会睡在距离这些帐篷不远的地方，”艾密斯继续说道，“如果你进行尝试的话，你应该很容易就能找到我。如果我没梦到你，我们就等到早晨再谈这件事。”

艾雯压抑住呻吟的冲动。正是艾密斯引导她进入鲁拉克的梦境，而她只在那里停留了很短的时间，只够让艾雯看到她在鲁拉克的梦里仍然是那个刚刚与他结婚的年轻姑娘。以前要艾雯进入自己梦境的智者都是和艾雯睡在同一顶帐篷里的。

“好吧！”柏尔说着，搓了搓双手，“我们已经听到了需要听到的。如果你们想留下，就继续待着吧！我已经洗干净身体，要回到我的毯子里去了。我不像你们那样年轻了。”不管是否真的上了年纪，她仍然有可能在赛跑中追上她们之中的任何一个，并且背着她们跑完剩下的路程。

当柏尔站起身的时候，麦兰说话了，让人感到奇怪的是，她的语气竟然带着犹豫：“我需要……我一定要得到你的帮助，柏尔，还有你，艾密斯。”年长的智者坐回地上，与艾密斯一同兴致勃勃地看着麦兰。“我……要请你们帮我去找多灵达。”最后这个词就像是她在匆忙之间吐出来的。艾密斯的脸上露出浓厚的笑意，柏尔直接笑了出来。艾玲达似乎也明白她们的意思，而且像是被吓呆了。只有艾雯完全不了解状况。

柏尔笑着说：“你总是说你不需要一个丈夫，也不想要。我已经埋葬了三个，而且不介意现在再有一个。当夜晚非常寒冷的时候，他们就很有用了。”

“女人会改变心思。”麦兰的声音恢复了坚定，但双颊上又泛起了两朵红晕，“我不能对贝奥敬而远之，也不能杀了他。如果多灵达会接受我成为她的姐妹妻子，我就把我的新娘花环放在贝奥脚边。”

“如果他将它踏在脚下，而不是捡起它呢？”柏尔问。艾密斯仰头大笑，不住地用手掌拍打自己的大腿。

艾雯不觉得会有这样的危险，这和艾伊尔的习俗不合。如果多灵达决定接受麦兰作为自己的姐妹妻子，贝奥就没什么置喙的余地了。一个男人能有两名妻子，她现在对这样的事情已经见怪不怪了。艾雯总是提醒自己，不同的地方有不同的风俗。她从没勇气开口问过，但就她所知，有的艾伊尔女子很可能有两名丈夫。这真是个奇怪的民族。

“我请求你们以我的首姐妹的身份去处理这件事。我觉得多灵达也很喜欢我。”

当麦兰说出这些话的时候，其他女子们的嬉闹立刻发生了某种变化。她们仍然在笑着，只是依次拥抱着她，告诉她大家是多么为她感到高兴，她会与贝奥有着多么美满的生活。至少，艾密斯和柏尔都相信多灵达一定会同意的。她们三个人手拉着手离开了帐篷，临走时还像女孩一样欢笑着。不过她们并没有忘记叮嘱艾雯和艾玲达把帐篷收拾好。

“艾雯，你们那里的女人能接受姐妹妻子吗？”艾玲达一边问，一边用棍子把帐篷上的排烟孔撑开。

艾雯真希望她最后再做这件事，帐篷中的热量立刻消散殆尽。“我不知道,”她飞快地收拾起杯子和蜂蜜罐,又将丝泰拉也放在托盘里。“我想是不能。不过如果是亲密的朋友,也许会有不同。”后面那句是她匆忙加上去的。如果让艾玲达觉得她是在鄙视艾伊尔的习俗,那就不好了。

艾玲达只是嘟囔着拉起帐篷的侧帘。

艾雯的牙齿和她手上的茶杯、青铜板、托盘都发出一连串响亮的撞击声。她全速跑向帐篷外放衣服的地方。智者们正在那里从容不迫地穿着衣服,仿佛这是个气候宜人的夜晚,而她们正在某处聚居地的温暖卧房。一个在月光下有些模糊的白袍身影拿走了艾雯手里的托盘,艾雯立刻就开始寻找她的斗篷和鞋子,但不管她怎么摸索也找不到。

“我已经派人把你的东西送回你的帐篷里去了,”柏尔一边说,一边系紧上衣的系带,“你还用不着它们。”

艾雯的心差点沉到脚上。她只能原地小步跳着,徒劳地拍打着胳膊,想弄出一点热量来。至少智者们还没命令她原地不动。突然间,她意识到那个端走盘子的白袍身影,即使是对一名艾伊尔女子来说也显得太高了。她只好咬紧了牙瞪着智者们,她们则仿佛根本不在乎蹦来蹦去的她是不是会冻死。也许艾伊尔女人们不在乎自己没穿衣服的样子会不会被男人看见,也许只因为那是一名奉义徒,但她就是不能接受!

过了一会儿,艾玲达也走到她们中间。她望着还在不停蹦跳的艾雯,丝毫没有要找自己衣服的意思。寒冷对她就像对智者们一样无可奈何。

“现在,”柏尔将披巾披好,“你,艾玲达,你不止是顽固得像个男人,而且仍然无法记住已经做过了许多次的简单事情。你,艾雯,你和她一样顽固,而且你仍以为受到召唤之后还可以逗留在你的帐篷里。希望绕营地奔跑五十圈可以消除你们的顽固,理清你们的思绪,让你们知道该如何应对召唤和处理杂务。现在,开始吧!”

艾玲达一言不发地向营地边缘跑去,一路上轻松地躲过了一条条在黑暗中难以辨认的帐篷系绳。艾雯犹豫了一下,立刻就跟了上去。艾伊尔女孩控制着自己的步伐,好让艾雯能够跟上。夜晚的冷风刺痛了艾雯的皮肤,脚下碎裂的硬土地也一样冰冷,让艾雯不得不尽量紧缩起自己的脚趾。艾玲达则毫不费力地跑着。

当她们到达最边缘的一顶帐篷,开始转向南方时,艾玲达说:“你知道为什么我学习得那么努力吗?”严寒与奔跑都没能让她说话的声音和平时有丝毫的差异。

艾雯却哆嗦得几乎连话也说不出来了:“不知道,为什么?”

“因为柏尔她们总是在我面前提起你，她们说你是多么轻松就学会一切，从不需要她们把一件事向你解释两遍。她们说我应该像你一样。”她瞥了艾雯一眼，艾雯发现自己正和她一起发出咯咯的笑声。“这是一部分原因。我正在学习的东西……”艾玲达摇了摇头，即使只是在模糊的月光下，艾雯还是能清楚看到她脸上的诧异，“还有至上力本身。我从不曾有过那样的感觉，那样的活力。我能嗅到最微弱的气息，感觉到空气最轻柔的波动。”

“吸纳至上力太多或者太久都是危险的。”艾雯说。奔跑确实为她带来一丝暖意，但身体仍然会不时哆嗦一阵。“我已经告诉过你这一点了，而且我相信智者们一定也告诉你了。”

艾玲达只是哼了一声：“你以为我会自己去踩在矛尖上吗？”

之后的一段时间里，两人全都陷入了沉默。

“兰德真的……”艾雯终于忍不住问道，她此时语调的颤抖已经和寒冷无关，实际上，她的身上又开始冒出汗水，“我是说……伊馨德。”她无法允许自己把话说得更详细了。

艾玲达也终于缓缓地说道：“我不认为他会那么做。”她的声音里带着怒意，“但如果他真的对她毫无兴趣，为什么她在被抽过鞭子之后还要去找他？她只是个柔弱的湿地人，应该等着男人们去找她。我看见过他看她时的表情，虽然他一直竭力在隐瞒，但他喜欢看她。”

艾雯很想知道自己的这位朋友是不是也把自己看成是柔弱的湿地人。大概不是，否则她们应该就不是朋友了。但艾玲达从没学会过考虑自己的话是否会伤害别人，如果她知道艾雯被伤害了，也许她的反应只会是感到惊讶。

“枪姬众让她衣衫不整的情形，”艾雯不情愿地承认，“任何男人都愿意去看的。”忽然想到自己也正一丝不挂地跑在空地上，她急忙担心地向四周望去，结果差点让自己绊倒在地上。在她能够看清的地方，夜色里没有半个人影，就连智者们也已经回到她们的帐篷里，躺进暖暖的毯子下了。艾雯的身上在出汗，但汗珠刚出现在皮肤上似乎就要结成冰。

“他是属于伊兰的。”艾玲达狠狠地说道。

“我承认我对你们的习俗了解不多，但我们和你们并不一样。他还没有和伊兰订婚。”*为什么我要为他辩护？他才是那个应该被抽鞭子的人！*但艾雯还是继续说着实话：“在被要求的时候，即使是你们艾伊尔男人也有权拒绝。”

“你和她是亲近姐妹，就像你和我一样。”艾玲达反驳着，她缓了一下脚步才继续说道，“难道你没有要求我为了伊兰而照顾他？你不想让伊兰得到他？”

“我当然想，如果他想要伊兰的话。”这么说并不完全正确。艾雯想让伊兰得到幸福和快乐，虽然她爱的是转生真龙。为了能让伊兰得到她想要的，艾雯任何事都愿意去做，除了捆住兰德的手脚，把他扛到伊兰面前。如果有必要，也许她连上述的做法也愿意。不过承认这点就是另一回事了，况且艾伊尔女子总是比艾雯更激进得多。“但事情没那么简单。”

“他属于她。”艾玲达坚定地说。

艾雯叹了口气。除了艾伊尔的规矩之外，艾玲达什么都不愿意去考虑，这个艾伊尔女孩至今都在因为伊兰没有去要求兰德娶她而感到惊诧。她就是不明白为什么在龙墙那一边，必须是男性先开口提出这个要求。于是艾雯只好换个话题：“我相信智者们明天会讲理的，她们不能让你睡在一个男人的房里。”

艾伊尔女孩带着惊讶的神情望向艾雯，眨眼间，她的动作不再轻盈敏捷。崎岖的地面绊住了她的脚趾，脚上的疼痛让她骂了几句，哈当的马车夫们肯定会对这几句脏话很感兴趣。而如果柏尔听到艾玲达的骂声，肯定会去煮蓝脊茶。不过艾玲达始终都没有停下脚步。“我不明白，为什么这件事会让你这么困扰。”她吐出最后一个脏字之后才回答道，“我曾经在许多次突袭中睡在男人的旁边，甚至在非常寒冷的夜里，我们还会为了取暖而共享毯子。但我就算睡在距离他十尺的地方，也会让你觉得不妥。这是你们的习俗吗？我注意到，你好像绝不会和男人共享同一顶蒸汽帐篷。你不信任兰德·亚瑟？或者你不信任我？”艾玲达说出最后一句话的时候，声音如同耳语般低弱，其中却充满了关切。

“我当然信任你，”艾雯急切地回答，“也信任他，只是……”她的声音低了下去，因为她并不知道该怎么说。艾伊尔对于礼仪规范的概念有时比她所成长的那个社会还要严格；但在另一方面，他们有些行为却会让她家乡的妇议团晕倒，或者是找一根大棒子出来。“艾玲达，如果你的荣誉也包括……”这真是个很敏感的话题，“如果你告诉智者，这样会损害你的荣誉，她们会让步的。”

“我没办法做出这样的解释。”艾伊尔女孩无力地说。

“我知道我不明白节义……”艾雯还没说完，艾玲达却笑了出来。

“你说你不明白，两仪师，但你却一直在遵守着它。”艾雯很后悔自己编造的这个谎言。她费了很大的力气才让艾玲达只叫她艾雯，有时候艾玲达又会故态复萌，到现在，她已经无法收回这个谎言了。“你是两仪师，而且你对至上力的控制比艾密斯和麦兰加在一起还要强大。”艾玲达继续说道，“但你说你会遵从她们，而且她们要你去刷锅子的时候，你真的就会去刷锅子，要你跑的时候，你真的就会跑。你也许不知道节义，但你在遵守着它。”

当然，事实和艾玲达想象得根本不一样。艾雯咬紧牙关，依照智者给她的吩咐去做，因为只有这样她才能学到梦行。而她想要学到这个，她想学到一切，甚至是所有她难以想象的事情。但想到自己被认为一直在坚持着那个愚蠢的节义，她还是觉得自己傻透了。她所做的一切都只是因为她不得不去做。

她们跑回到出发的地方。艾雯说道："第一圈。"随后就继续着在黑暗中的奔跑。除了艾玲达之外，没有人能看到她是否继续跑下去。艾玲达不会告密，但艾雯从没想过要在五十圈之前停下来。

第6章

信　道

兰德在一片漆黑中醒来。躺在毯子里，他竭力想知道是什么弄醒了他，一定是有什么东西。不是因为那个梦，他在梦里教艾玲达游泳，在他的家乡，两河流域水林的一座池塘里。不是因为这个。这时它又来了，仿佛有某种微弱却又污秽不堪的气息正从门下渗进来。那并不真的是一种气味，而是另一种感觉，兰德说不出的感觉。恶臭，如同在臭水塘里泡了一个星期的死尸。它又退去了，但这次并不完全。

兰德掀开毯子，站起身，让阳极力包覆住自己。在虚空中，至上力盈满他的身体，他能感觉到自己的躯体在寒冷中颤栗，但寒冷却好像完全在另外一个地方。他小心地拉开门，走了出去。月光从走廊两端的拱形窗户里射进来，刚刚走出一片漆黑的房间，这里就像白天一样明亮。没有任何物体在移动，但他能感觉到……有什么……靠近了，邪恶，就像是在他体内的至上力中咆哮的污染。

他将一只手伸进外衣口袋，那里有一个小雕像，形状是一个圆胖男人握着一把横放在膝头的剑。那是一件法器，兰德借助它可以导引超过自身极限的至上力。不过他认为其实没有这种必要。前来攻击他的那股力量并不知道它的目标已经有了什么样的变化。它不该让他醒过来的。

他犹豫了一下。那股来攻击他的力量并不在这里，它还在下面——枪姬众睡眠的地方。它现在仍然没有发出任何声息，所以应该还没惊醒枪姬众，除非他现在冲下去与它作战。那时，醒来的枪姬众将不会袖手旁观。岚曾经告诉过他，如果有可能，就尽量由自己选择战场，迫使敌人攻过来。

微微笑了笑，他重重地踏着地板，向离他最近的一道弯曲楼梯跑去，那是向上的楼梯。他一直跑到了这幢建筑的最顶层。这里是一个完整的巨大房间，有着微微呈拱形的天花板和零散分布在四周的细长圆柱，柱子上都装饰着螺旋形的凹槽，周围没有玻璃的拱窗让月光倾泻到每一个角落。在地板上的灰尘和沙砾中，他上次来此时留下的足迹还依稀可见，除此之外，这里没有任何其他痕迹。很完美的战场。

他大步走到房间正中央，在一个十尺宽的镶嵌图案上站定，那是古代两仪师的标志，一个相当不错的位置。“在这个印记之下，是他征服的地方。”这是鲁迪恩预言中描述他的语句。他的双脚分别站在图案中间那个蜿蜒的界线两侧，一只脚踏在纯黑色的泪滴上，现世的人们称这颗泪滴为龙牙，视它为邪恶的象征；另一只脚踏在纯白色的泪滴上，它现在被称为塔瓦隆之焰，有些人认为它代表光明。站在光明与黑暗之间，这真是个迎接攻击的理想位置。

恶臭的感觉愈来愈强，仿佛空气中充满了硫磺燃烧后的气体。突然间，楼梯口似乎掠过了几团月影，它们沿着房间的外缘来回移动，逐渐变成了三条黑狗，每只都有马驹那么大，比夜色更黑。它们瞪着闪烁出银光的眼睛，警戒地以环形轨迹向兰德靠近。借助体内的至上力，兰德甚至能听到它们的心跳，如同一声声沉重的鼓鸣。但兰德听不到它们的呼吸，也许它们根本就不用呼吸。

兰德开始导引，他的手中出现了一把长剑，剑刃微微弯曲，上面的苍鹭徽记如同嵌在其中的火焰。他本以为会看见魔达奥，或是比无眼更可怕的生物，但如果只是对付几条狗，即使它们是暗影生物，这把剑也该足够了。派出它们的人并不了解现在的他，岚说过，他现在的水准已经非常接近剑技大师了。而且依照这名护法抑多扬少的作风，兰德怀疑自己可能已经超越剑技大师的水准了。

三条狗发出一阵如同咬碎骨骼的吼声，从三面冲向兰德，速度比奔马还快。

一直等到三条狗几乎要扑到自己身上，兰德才开始动作。他手中的长剑连续流过三道黑影，在眨眼间就从火旋风变为掠壁风，又转成铺扇式。巨大的黑色头颅飞离黑色的躯体，只有它们锋利的长牙依然闪烁着钢铁般明亮的光泽。兰德这时已经退出了那个镶嵌图案，在那里只留下一堆扭曲的、流血汩汩的尸体。

兰德笑了两声，退去手中的长剑，但他仍然紧握着阳极力，感受着至上力的咆哮，其中的甜美与秽恶。轻蔑从虚空边缘滑过。狗，虽然是暗影生物，但依旧只是……笑声戛然而止。

那些死掉的狗缓缓地融化了，成为几摊微微颤动的黑色液体，仿佛依旧还活着，它们溅在地板上的血也开始随之颤动。突然间，小一些的三滩黑液变成黏滞的流体滑过地板，融入大摊的黑液之中，它们开始从那幅图案上耸起，愈来愈高，又一次变成了三条黑色的巨犬，当它们腰以下的部分逐渐成形时，它们已经发出一阵阵嗥叫，从嘴里流出黏稠的唾液。

兰德不知道自己为什么会感到惊讶，他只感觉到那种情绪正飘浮在虚空外面。狗，是的，但它们是暗影生物。派它们来的那个人并不像他所想象得那样掉以轻心，但那个人仍然对他不够了解。

他没有再导引出长剑，而是开始重复他记忆中很久以前做过的一次导引。那些大狗吼叫着跳起来，一道粗重而又异常明亮的白色光柱从他的手中射出，如同熔化的钢铁、液体的火焰。那道光柱扫过跃起的暗影生物，刹那间，它们变成三道诡异的影子，所有的颜色似乎都被反转了，它们所在的空间里只剩下一些闪烁的微尘，愈来愈小，直到最终彻底湮灭。

兰德散掉那道光柱，脸上露出一丝森然的微笑，视线里仍然存留着一道强光过后的紫色影子。

一段立柱的残片掉落在地板上。刚才那道光柱彻底抹去了几根柱子中间的一截，一道清晰的切口跨过了半个房间的墙壁。

"它们有没有咬到你，血有没有溅在你身上?"

兰德转过身，看见了沐瑞的身影。他刚才将全副精神都集中在战斗上，完全没发觉两仪师已经沿台阶走了上来。沐瑞的双手紧揪着裙摆，双眼盯着兰德。在朦胧的月影中，兰德看不清她的脸。她一定也像兰德一样在刚才感觉到了那股邪恶，而她一定是全速奔跑才能这么快就赶到这里。"枪姬众允许你通过？你已经变成一名法达瑞斯麦了吗，沐瑞?"

"她们给了我一些智者的特权。"沐瑞曼妙的声音中搀杂着一点急迫与烦躁，"我对守卫说，我必须立刻就见到你。现在，回答我！那些暗之猎犬有没有咬你，或者是把血溅到你身上？它们的口水有没有碰到你?"

"没有。"兰德缓缓地回答。暗之猎犬，在古老的故事里，有一点关于它们的记载。南方国家的人们会用它吓唬小孩子，一些成年人也相信它们的存在。"为什么你会那么担心我被咬？你可以治疗我的伤口。这意味着暗帝已经自由了吗?"现在他被虚空环绕，即使是恐惧也只能留在遥远的地方。

他听到的传说里描述着暗之猎犬在野猎中狂奔，那是暗帝本尊进行的狩猎。即使是在最松软的土地上也不会留下脚印，只有岩石上会留有它们的痕迹。摆脱它们的办法只有与它们正面作战，或者是将它们隔在流水的另一侧。十字路口是特别有可能遇到它们的地方，日落之后和日出之前则是它们最容易出现的时刻。他已经见到太多故事成真了，要他再相信一个也不难。

“不，不是的，兰德。”沐瑞似乎恢复了自制力，她的声音又如同敲击银铃般，平和而冷漠，“它们只是另一种暗影生物而已，一种永远都不该被制造出来的东西。被它们咬上一口是致命的，就好像被匕首插进心脏，我不认为我能在这样的伤口杀死你之前将它治愈。它们的血液，甚至是唾液都是有毒的。一滴这样的液体沾在皮肤上也会导致死亡，而且必然会经历一个缓慢、痛苦的过程。你很幸运，这里只有三条暗之猎犬。或者你在我赶到之前已经杀死了更多？根据暗影之战中遗存下来的文件残片，它们经常会以更大的群落行动，一般是十到十二条。”

更大的群落。弃光魔使在鲁迪恩的目标不止他一个……

“我们一定要谈谈你用来杀死它们的办法。”沐瑞说道。但兰德已经全速向楼梯口奔去。沐瑞叫喊着问他要去什么地方，做什么，但他没有回答。

飞奔下楼，穿过黑暗的走廊，睡在那里的枪姬众纷纷被他的脚步声惊醒，在透射进来的月光下惊愕地看着他。穿过青铜大门，岚正不安地站在那里，身旁还有两名枪姬众守卫。护法将变色斗篷披在肩头，让他身体的一部分看上去就像是融入了夜幕。

“沐瑞在哪里？”他向飞奔而去的兰德喊道。兰德仍然一言不发，只是两阶一步地沿着宽阔的台阶直奔下去。

在他肋侧那个半愈合的伤口如同一只将他抓紧的拳头，一阵阵疼痛干扰着虚空，但他还是迅速找到了他要寻找的建筑物。它立在鲁迪恩的最边缘，远离中心广场，尽量远离沐瑞和智者们居住的帐篷营地，又留在城市的范围内。这座建筑的上面几层已经坍塌，变成一堆堆散落在干土地面上的瓦砾，只有最下面的两层还是完整的。兰德强迫自己的身体不因伤痛而蜷缩起来，仍然在没命地跑着。

由石雕柱廊环绕的巨大前厅曾经非常高大，现在它更高了，夜幕的天空直接成了它的穹顶，铺着白色石板的地面上也都是零碎的石块。在柱廊投下的月影中，三只暗之猎犬后腿站起，用爪子和牙齿撞击着一道剧烈颤抖的青铜大门。燃烧硫磺的味道同样充斥着这里的空气。

兰德回想着刚才的战斗，冲向房间的一侧，开始导引。白色的液体火焰从门前横过，将暗影生物摧毁。这次他必须让光柱更细一些，让它不至于造成更大的破坏，然而他对面的厚墙上还是被他轰出了一个大窟窿。他觉得这次应该没有穿透整栋建筑，但在黑夜里，这点很难判断，也许对这种武器的控制还可以更精细一些。

那两扇门板上包覆着的青铜都已经被撕得破烂不堪，仿佛这些暗之猎犬的爪子和牙齿真的是钢铁锻制的。门板上被凿开的小孔里有灯光透出来，让兰德能看见留在石板地面上的爪印。但令他吃惊的是，爪印的数量相当少。兰德放开阳极力，在门板上找了个不会划破手掌的地方，开始拍门。突然，他肋侧伤口的疼痛变得极为真实，他深吸一口气，竭力不去想它。

“麦特？是我，兰德！开门，麦特！”

过了一会儿，门被打开一条缝，射出一片灯光，麦特犹疑地从里面窥了一眼，然后才一把推开门，软软地靠在门板上，仿佛他刚刚扛着一袋石头跑了十里路。他身上没穿任何衣服，只在脖子上挂着一枚白银狐狸头的徽章，狐狸的眼睛和那个古代两仪师的图案一模一样。想到麦特对于两仪师的态度，兰德很奇怪他为什么至今都没有把这东西卖掉。向屋里看去，一名高个子的金发女子正平静地用毯子裹住身体，脚边放着短矛和小圆盾。她应该是一名枪姬众。

兰德匆忙地移开目光，清了清喉咙：“我只是想确定你们没事。”

“我们没事。”麦特扫视着前厅，“我们现在没事了。你把那个杀了？我不想知道那是什么，只要它们走了就好，有时当你的朋友可真是该死的不轻松。”

不止是朋友，麦特还是另一个时轴，也许是在最后战争中取得胜利的钥匙之一。任何想杀死兰德的人也就有同样的理由杀死麦特，但麦特总是竭力否认这一点。“它们已经被解决了，麦特，那是暗之猎犬，一共有三条。”

“我告诉过你我不想知道，”麦特呻吟着，“现在是暗之猎犬了，不得不说，你身边确实不断有新的东西。除非我死了，否则留在你身边就永远都不会觉得无聊。如果那扇门被撞开时我不是恰好站起身要喝一杯酒……”麦特的声音低了下去，其中夹杂着颤抖。他用手抓着右臂上一块发红的地方，眼睛则死死地盯着破烂的门板。“你知道，想想那时的情形，我的脑子还真是会戏弄我。当我拼命地将所有能挪动的东西堆到门口的时候，我发誓它们之中有一个已经咬穿了一个洞。我能清楚地看到它那颗该死的脑袋，还有它的尖牙。梅琳达的枪矛对它们一点用处都没有。”

沐瑞赶到这里的时候显得比刚才更加引人注目。她是跑进来的，裙子被她高高拉起，胸部因剧烈呼吸而起伏不停。岚紧跟在她身后，手中握着佩剑，岩石般的脸上如同积满了雷暴云。他身后的街道上挤满了法达瑞斯麦，其中一些枪姬众只穿着内衣，但所有人都拿着短矛，而且用束发巾包住了头脸，除了一双眼睛，整张面孔全部遮蔽在黑色的面纱后面，这是艾伊尔人要开始杀戮的象征。看到兰德正平静地和麦特交谈，至少沐瑞和岚放松了下来，只是两仪师的脸上仍然是一副要严厉呵斥兰德的神情。戴着面纱的艾伊尔人则完全看不出是什么表情。

麦特惊叫了一声，冲回到房里，开始匆忙地把裤子拉到身上。他一边跳着，拉着裤子，还在不停地抓着手臂。那名金头发的枪姬众则面带笑容地望着他，而且看样子她其实很想大声笑出来。

“你的手臂怎么了？”兰德问。

“我告诉过你，我的脑子在戏弄我。”麦特说着，仍然在胡乱地抓着手、拉着裤子。“当我以为那东西就要冲进来的时候，我觉得它把口水吐在了我的手臂上，现在这块该死的地方痒得就像有火在烧，就连看上去也像是被烧过的样子。”

兰德张开嘴，但沐瑞已经将他推到了一边。麦特盯着沐瑞，一边猛拉着裤子，一边就摔倒在地上。沐瑞立刻跪到他身边，丝毫不在意他的反对，双手紧紧扣住他的头颅。兰德以前被沐瑞治疗过，但和他预料的不同，麦特只是哆嗦了一下，就拿起了系住那枚徽章的皮绳，让它在自己的手掌下来回摇摆。

“真该死，这东西突然变得比冰还要冷。”他低声地嘟囔着，“你在干什么，沐瑞？如果你想做些什么，就治疗这只手臂好了，现在我的整只手臂都开始痒了。”他的右臂现在从手腕到肩膀都变成了红色，而且开始肿了起来。

沐瑞紧盯着麦特，兰德从没见过她有如此惊讶的表情。“我会的，”她缓缓地说，“如果觉得这枚徽章冷，就把它拿下来吧！”

麦特朝两仪师皱起眉，但他还是将徽章揪下来，放在身旁。沐瑞重新捧住他的头，麦特高喊了一声，仿佛一头冲进了冰堆里。他的双腿变得僵直，背部向后躬起，双眼茫然地瞪着前方，眼睑睁开到几乎要撕裂的程度。当沐瑞挪开双手时，他颓然倒在地上，大口吸着气，但他手臂上的红肿已经消失了。麦特努力了三次才发出声音：“血与灰啊！每次火烧的治疗都要搞得这么火烧的夸张吗？不过就是有点痒而已！”

“跟我说话时，小心你的舌头，”沐瑞边说边站起身，“否则我就找奈妮薇来管你。”但她的心思并不在此。如果她愿意，即使是在她睡觉时也能像正常人一样和别人交谈。她正努力让自己的视线避开那个正被麦特戴回到脖子上的狐狸头。“你需要休息，”她心不在焉地说，“如果觉得累，明天就一直睡在床上吧！”

那名被麦特称作梅琳达的枪姬众跪到麦特背后，将双手放在他的肩上，抬头望向沐瑞："我会让他照你的吩咐去做，两仪师。"她忽然笑着抓了抓麦特的头发。"现在，他是我的小淘气鬼了。"从麦特惊慌的脸上能看出来，他正努力蓄积力气想逃跑。

兰德听到身后传来揶揄的轻笑声。枪姬众们现在已经把束发巾和面纱放回肩膀上，开始挤成一团，向屋里望过来。

"教他唱歌吧，枪之姐妹。"亚得凌说道，其他的枪姬众开始哄笑起来。

兰德一脸严肃地转身望着她们："让这个男人休息吧！你们之中一些人难道不需要穿上衣服吗？"她们只好不情愿地散开了。直到沐瑞出来的时候，还有许多枪姬众想要偷偷往房里看上一眼。

"能不能请你们先离开？"两仪师说话的时候，破烂的青铜门在她背后猛然关上，发出巨大的撞击声。沐瑞回头瞥了一眼，有些气恼地抿了一下嘴唇，才继续说道："我必须和兰德·亚瑟单独谈谈。"艾伊尔女子们点着头，朝前厅的出口走去。其中一些人仍然在打趣地谈论着梅琳达会不会教麦特唱歌。

兰德不知道这代表什么特别意思。梅琳达应该是名沙度艾伊尔，他猜想麦特是否知道这一点。

兰德停在亚得凌面前，伸手握住了她赤裸的手臂，其他注意到他的举动的人也停了下来。他对她们所有人说道："如果在我要求你们离开的时候，你们拒绝了我，我又怎能在战场上指挥你们？"如果情况允许，他绝不会让她们上战场。他知道她们是勇猛的战士，但养育他的人们全都相信，如果必要，男人应该为了保护女人而死。从逻辑上来讲，这种想法可能很愚蠢，特别是对于他面前这些女子，但他的感觉就是这样的。然而他也够聪明，知道不能把这样的想法直接说出来。"你们会认为这只是个玩笑，或是决定等你们高兴时再离开吗？"

她们惊愕地看着兰德，仿佛兰德完全不明白一个最简单的事实。"在枪矛之舞中，"亚得凌对他说，"我们会依照你的命令前进，但这不是枪矛之舞。而且，你也没告诉我们要离开。"

"即使是卡亚肯也不等同于湿地人的国王。"一名灰发的枪姬众说道。她只穿了一件短衬衣和束发巾，虽然上了年纪，但身体仍然强壮精悍。而兰德早已听腻了这样的说法。

枪姬众们恢复了刚才的说笑，不过她们还是很快就走光了，只剩下兰德、沐瑞，还有岚。护法也终于收回了他的剑，又像往常那样安闲自在。只是在月光中，他岩石般棱角分明的脸上，安逸的神情下隐藏着随时可以突然爆发的力量，即使是艾伊尔人也不具备的强大力量。一条编织皮绳束住了岚的头发，鬓角已经出现了几许灰星，但他的蓝色眼睛如同鹰眼那样犀利、清澈。

“我一定要和你谈谈——”沐瑞开口道。

“我们可以明天再谈。”兰德打断了她的话。岚的脸色变得更加冷峻了。在护法的心中，两仪师永远都比他们自己更重要，不论是人身安全还是地位尊严。兰德没有理会岚，肋侧的伤口仍然在强迫他跪伏在地上，但他依旧挺直了身体，他不打算向沐瑞显露出任何软弱。“如果你以为我会帮你从麦特那里拿走那个银狐头，你就需要另打主意了。”那个徽章似乎阻止了沐瑞的导引，或者至少阻止了沐瑞的导引在麦特体内产生作用。“他为那个东西付出了很大的代价，沐瑞，那是他的。”想到她上次是如何用至上力敲打他的后背，兰德又冷冷地说道：“也许我会问问他愿不愿意把它借给别人。”说完，他就转过身不再看沐瑞。他还要去查看一个地方，不过最急迫的时刻应该是过去了。暗之猎犬如果在那里的话，现在肯定已经完成了它们的任务。

“拜托你，兰德。”沐瑞说。她声音里毫不掩饰的恳求，让兰德停住了脚步，兰德以前从没听过她这样说话。

两仪师这种语气似乎激怒了岚。“我以为你已经是个男人了，”护法严厉地说，“这是个男人应有的行为吗？你就像是个傲慢的男孩。”岚是兰德的剑术教师，兰德也觉得岚很喜欢他，但只要沐瑞说一句话，这名护法一定会竭尽全力杀死他。

“我不会永远和你在一起，”沐瑞急迫地说，双手紧握着裙子，正在不住地颤抖，“我也许会在下一次攻击中死掉。我可能会跌下马背，摔断脖子，或是被暗黑之友的冷箭射穿心脏；而死亡是无法治疗的。我用尽了一生的时间寻找你，并尽力帮助你，你仍然不了解你的力量，你对自己能做些什么连一半都不知道。我……为我对你造成的所有伤害给予最谦卑的道歉。”兰德从没想过沐瑞会说出这些话，它们像是沐瑞从嘴里硬拖出来的，但它们毕竟是被说出来了，而且沐瑞不能说谎。“让我竭尽所能地帮助你，在我还可以的时候，求求你。”

“信任你是很难的，沐瑞。”兰德依旧没去理会已经在月光中有所动作的岚，注意力全部集中在沐瑞身上。“你对待我就像是对待一个木偶，让我依照你的设计去跳舞，从我们相逢的第一天开始就是这样了。只有当你远离我，或是我完全忽视你的存在时，我才是自由的，而你甚至让这样的时刻也很难出现。”

沐瑞的笑声如同银色的月光一样优美，但其中却搀杂着苦涩。“与其说是拉动木偶的丝线，不如说是与一头熊摔跤更合适。你想要一个保证我绝不会操纵你的誓言？那我给你。”她的声音变得如同水晶一样坚硬，“我甚至可以发誓会像一名枪姬众那样遵从你，或像奉义徒一样，如果这是你的要求，但你必须——”深吸了一口气，她用更轻柔的声音说道，“我谦卑地请求你，允许我帮助你。”

岚紧紧地盯着沐瑞，而兰德觉得自己的眼珠一定已经快从眼眶里蹦出来了。“我会接受你的帮助，”他缓缓地说，“对于我所有的粗鲁行径，我也向你道歉。”他有一种感觉，自己仍然在被操纵着，他的那些粗鲁都是有原因的。但她毕竟不能说谎。

很明显的，紧张的情绪从沐瑞的表情中消失了。她走进一步，抬头看着兰德：“你用来杀死那些暗之猎犬的手段被称作烈火，我在这里仍然能感觉到它残存的痕迹。”兰德自己也能感觉到。就像是一个馅饼被拿出房间之后，房里仍然会残存着它的气味；或者是刚刚离开视野的某样东西留在他脑中的记忆。“在世界崩毁之前，烈火已经被禁止使用了，白塔甚至禁止我们学习这项技能。在至上力之战里，弃光魔使和那些效忠暗影的奴仆，也只是在迫不得已时才会使用它。”

“被禁止？”兰德皱起了眉头，“我看见你用过它。”在黯淡的月光中他没法看清楚，但他觉得沐瑞的双颊泛起了一片酡红。这次也许在精神上被打败的是她。

“有时候，去做被禁止的事也是有必要的。”不管她是否真的脸红，她的声音里并没有困窘之情，“任何被烈火毁灭的东西，它在因缘中毁灭时刻之前的存在也会被抹去，就像是火焰沿着丝线一路燃烧。注入烈火的至上力愈多，被抹掉的时间轨迹就愈长。我最多只能抹去因缘里几秒钟的轨迹。你比我强大许多，非常强大。”

“但如果它在因缘中毁灭时刻之前的存在也会被抹去……”兰德困惑地撩了一下头发。

“你开始看到其中的问题和危险了？麦特记得一只暗之猎犬咬穿了门板，但现在那扇门上并没有那么大的洞。如果暗之猎犬真的像麦特记忆中那样把口水吐到他的手臂上，他在我赶到之前就应该已经死了。你将暗之猎犬在因缘中的那段轨迹抹去了，使它从未曾发生过，只有记忆被留了下来。存留下来的只有在那以前发生的事情，门上的几个齿洞，溅到麦特手臂上的一滴唾液。”

“听上去是好事，”兰德说，“麦特因此而活了下来。”

“这很可怕，兰德。”沐瑞的声音再次变得焦急，“你有没有想过，为什么就连弃光魔使都不愿意使用它？因缘中一个单一的人被抹去了几个小时，甚至是几天，而他是编织成因缘的一条线，这样做就如同挑去布中的一根丝线一样。从至上力之战中遗留下来的手稿残片中记载着，当作战的双方意识到这其中的危险时，已经有数座城市被烈火彻底毁灭了。几十万根因缘的丝线被抹去了几天的长度，那些人在那段时间里所做的一切都被还原为无有，因为这些事情而发生的所有事也随之消失，只有记忆存留了下来。这种波动的影响是无法计算的，因缘本身几乎被拆散。一切的一切：世界、时间，就连创世本身也会因此而化为虚无。”

兰德哆嗦了一下，他知道这不是因为侵入他衣服的寒冷。“我不能承诺不会再使用它，沐瑞。你自己也说过，有时去做被禁止的事也是必须的。”

“我不奢求你做出这样的承诺。”沐瑞的声音恢复了平和，她已经不再激动，失衡的情绪也重新得到了稳定，“但你一定要小心。”现在，她又开始对兰德下命令了。“借助凯兰铎那样的超法器，你一个人就能用烈火毁灭一座城市，因缘也将在随后的几年中分崩离析。当因缘重新稳定下来的时候，有谁能知道它是否还会将你当成是编织的中心？身为如此强大的时轴，也许会是你胜利的契机，即使在最后战争中也可能如此。”

“也许会是这样。”兰德阴郁地说道。在英雄的传说里，英雄们总是宣称他们或者会胜利，或者会死亡，而他所能期待的最好结果，也许只是同时得到胜利和死亡。“我必须再去看看某个人，”他低声说道，“明天早晨我再去见你。”让至上力注入自己体内，在生命与死亡的漩涡中，他制造出一个比自己高一些的孔穴，与那里面的黑暗相比，月光下的夜色也仿佛白天一般明亮。信道——亚斯莫丁总是这样称呼它。

“那是什么？”沐瑞轻呼一声。

“凡是我听过的话，我就不会忘记，至少多数时候如此。”这不算是个回答，这是一次对沐瑞誓言的测试。她不能说谎，但两仪师即使在石头上也能找到缝隙。“你今晚不得再去找麦特，而且你不能试图从他那里拿走那枚徽章。”

“它应该送到白塔去进行研究，兰德，那一定是一件特法器，以前从没发现过那样的——”

“无论那是什么，”兰德坚定地说，“那是他的，你不能去碰它。”

片刻之间，沐瑞的内心似乎经过了一番挣扎。然后，她僵硬地抬起头，盯着兰德，她无法去适应除了史汪·桑辰之外的人对她发号施令。而且兰德很愿意打赌，即使是史汪·桑辰的命令，她也不会甘心情愿地接受。但她终于还是点了点头，甚至还微微行了个屈膝礼。“如你吩咐，兰德，那是他的。但也请你小心一点，兰德，自己探索像烈火这样的技能几乎就等同于自杀，而死亡是无法治疗的。”这次，沐瑞的声音里没有任何嘲笑的成分。“明早再见。”岚跟在她身后离开了。护法临走时带着不解的表情看了兰德一眼，但这些事情是无论如何也不会让他高兴的。

兰德走进那个信道,它立刻就消失了。

他站在一个圆盘上,这是一个六尺宽的古代两仪师标志。与他周围无尽的黑暗相比,即使是它黑色的半边似乎也明亮了许多。兰德确信,如果他现在跌倒,他就将永远坠落下去。亚斯莫丁说,借助信道,有一种更快速的移动方法,叫做"神行术"。但他没办法教兰德,一部分是因为在兰飞儿束缚他的屏障中,他没有足够的力量制造一个信道。他只是告诉兰德,神行术需要对出发点有着非常详尽的了解。从逻辑上来讲,对于目的地的了解应该也是必须的,但亚斯莫丁似乎认为,提出这种问题就像询问"为什么空气不是水"一样。亚斯莫丁把许多事情都认为是理所当然,完全不需要解释。不管怎样,"浮行术"现在对兰德已经够迅速了。

他的双脚在圆碟上刚一踏稳,碟子就向下沉了一尺,然后才重新稳定住。另一个信道出现在他前方,毕竟他的目的地就在不远处。当兰德走出信道时,他正在亚斯莫丁房间外的走廊里。

走廊两端窗户里透进来的月光是这里惟一的光源,亚斯莫丁房间里的油灯已经熄了。他留在这个房间周围的至上力编织纹丝未动,但空气中还是有一股微弱的烧硫磺味。

兰德向那道珠帘移过去,一边小心地窥探着房里的情形。房里充满了被月光映出的阴影,其中一个是亚斯莫丁的,他正在毯子里不停地辗转反侧。在虚空中,兰德能听见他的心跳,闻到他在噩梦中的汗味。兰德弯下腰,仔细检查着淡蓝色的地板,上面清晰地留着狗的爪印。

还是个孩子时,兰德就学过跟踪术,所以解读这些脚印的信息对他来说一点也不困难。这里曾经出现过三或四只暗之猎犬,看起来,它们曾经一只接一只地走到门前,每一步几乎都踏在前者的脚印上。难道是围绕这个房间的编织阻止了它们?或者它们只是被派来观察情况,然后回去报告?想到暗影生物中就连狗都有这么高的智力,兰德感到一阵寒意。话说回来,魔达奥也会使用乌鸦、老鼠,以及其他与死尸有着密切关系的动物作为眼线。"暗眼",这是艾伊尔对它们的称呼。

兰德导引出细微的地之力,将地板上被踩出的凹坑慢慢填平。他这样一个一个地消除脚印,一直走到夜幕低垂的空旷街道上,距离那幢建筑一百步的地方。到了早晨,人们都会看到暗之猎犬的足迹结束在这里,没有人会想到暗之猎犬走到过亚斯莫丁的身边。一名叫作杰辛·奈塔的走唱人本来就不该引起暗之猎犬的注意。

现在，这座城市里的每一名枪姬众应该都已经醒来了，只要他走进她们的住所，一定会惹来一大堆询问。所以兰德又做出另一个信道，在比夜色还要深的黑暗中，他让“浮碟”直接将他带进了房间。他很奇怪自己这次为什么会有意无意地选择这个古代的标志，而不是像以前一样，选择楼梯或一片地板。暗之猎犬在流出这个标记之后才重新变回狗的形状，在这个印记之下，是他征服的地方。

站在一片黑暗的房里，他导引至上力点亮了油灯。这之后，他并没有放开阳极力，他再次开始导引，同时小心地不去触发所有他设下的陷阱。一片墙壁消失了，露出他自己凿刻出来的一个小空间。

在这个小壁龛里，立着两尊一尺高的雕像——一个男人和一个女人，雕像身上被刻出流水般的长袍纹路，表情则显得异常宁静。每尊雕像都高举着一颗水晶球。关于这两尊雕像，兰德向亚斯莫丁说了谎。

兰德口袋中那个圆胖的男性小雕像被称作法器，而凯兰铎那样的物品被称作超法器。它们的作用都是帮助使用者导引超过其身体极限的至上力，超法器的作用比法器强一倍以上。这两种物品非常稀少，被两仪师视为珍贵的宝物，不过现在的女性两仪师只能辨识出那些与阴极力相调和的。这两尊雕像则属于另外一种物品，它们不算非常稀少，但同样有着很高的价值。它们是特法器。特法器的用途不是扩充导引至上力的极限，而是借助至上力实现特殊的目的。白塔收藏的大多数特法器真正的用途已经不再为现世的两仪师们所知。正在被她们使用的特法器里，有一些她们也不知道是否发挥了它原本应有的功用。而兰德知道眼前这两个特法器的用途。

男性的雕像可以让兰德与另一尊和它形状相同，却极为巨大的雕像相连，那是世界上曾有过的最强大的男性超法器，即使兰德身在爱瑞斯洋的另一边，这样的联系也可以建立。它是在暗帝的牢狱被打破之后才完成的——*我怎么会知道这个？*——为了不让疯狂的男性两仪师找到它，它被藏了起来。那尊女性的雕像可以对一名女性导引者产生同样的作用，让她和另一尊巨大的女性雕像相连，兰德不知道那件女性超法器在何处，但他希望与那件女性超法器相配的男性超法器仍然被完全地安然掩埋在凯瑞安。拥有如此巨大的力量……沐瑞说过，死亡是无法挽回的。

不经意间，他最后一次握住凯兰铎的回忆闯进了脑海，影像在虚空之外连续不断地飘浮着。

那个黑发少女的身体瘫软在地上，睁大的眼睛无神地盯着天花板。她还只是个孩子，兽魔人把她扔在这里，血染黑了她胸前的衣服。

至上力在兰德体内咆哮，凯兰铎如烈日般耀眼，他就是至上力本身。他不停地导引，将能流注入那个孩子的身体，搜寻、尝试、摸索。她颓然地站了起来，手和脚不自然地僵直、扭曲。

“兰德，你不能这样做，”沐瑞喊道，“不能这样！”

呼吸，她必须呼吸。那个女孩的胸口开始一起一伏。心跳，一定要有心跳。已经黏稠变黑的血液从她胸前的伤口中流出来。活过来啊，烧了你！他的意识拼命地嚎叫着。我不是有意延迟的！她的眼睛盯着他，没有一丝神采，那样强大的至上力，却没有在那里显露出任何一丝迹象。没有生命了。泪水不知不觉划过了他的面颊。

他强迫自己赶走那些回忆，即使还处在虚空的包覆之中，他同样会感到痛苦。拥有了那么多的至上力……拥有了那么多的至上力，他还是不能被信任。“你不是造物主。”沐瑞对站在那个孩子身边的他说出这句话。但如果有了这尊男性雕像，他曾经只用到它一半的力量就移动过山脉。当他握着凯兰铎时，拥有的力量要小得多，但他在那时仍然相信自己可以逆转时光之轮，让死去的孩子重新活过来。这样的权能就如同至上力本身一样诱人。他应该毁掉这两个雕像，但他没有，他只是重新进行编织，将陷阱恢复原状。

“你在那里干什么？”当壁龛外面再次变为墙壁时，一个女人的声音在他背后响起。

匆忙放开编织（编织的结将给侵犯它的人带来致命的惊奇），兰德重新向体内引入至上力，然后转过身。

兰飞儿站在他面前，身上只有雪白和银白两种颜色。和她相比，伊兰、明和艾玲达几乎都变成了相貌平平的一般人，她的黑眸几乎能让男人将灵魂双手奉上。一看到她，兰德的胃立刻开始剧烈地抽动，让他有着一种想要呕吐的感觉。

“你想要什么？”他问道。他曾经封闭了艾雯和伊兰与真源的联系，但现在他记不起是如何做到的了。只要兰飞儿能碰触到真源，他抓住她的机会就不是很大，就像用双手去抓住空气一样徒劳。突然喷出烈火，然后……他不能这样做。她是一名弃光魔使，但一个女人的头颅在地上滚过的回忆阻止了他采取行动。

“两个都被你找到了，”兰飞儿说道，“我想我瞥见了……一个是女性的，对不对？”她的微笑可以让男人的心脏停止跳动，并且感激她对他这样做。“你开始考虑我的计划了，对不对？有它们两个，其他弃光魔使会跪倒在我们脚下。我们能替代暗主本尊，向造物主挑战，我们——”

“你总是这么野心勃勃，米尔琳。”他的声音磨擦着自己的耳朵，“你以为我为什么要离开你？不管你喜欢怎么想，但这其实不是因为伊琳娜。在我遇到她之前，你就早不在我心中了。你在乎的只有野心，想得到的只有权势，你让我感到厌恶！”

兰飞儿望着他，双手紧紧按在胸前，黑瞳比平时更大了。“古兰黛说……”她的声音显得很虚弱，又顿了一下才继续说道，“路斯·瑟林？我爱你，路斯·瑟林，我一直都爱着你，以后我也会永远爱你。你知道这一点，你一定要知道！”

兰德的脸如同岩石一般坚硬，他希望这样能掩饰自己的震惊。他不知道刚才自己这段话是从哪里来的，但他仿佛还记得她，那是个久远而模糊的记忆。我不是路斯·瑟林·特拉蒙！“我是兰德·亚瑟！”他狠狠地说道。

“你当然是。”兰飞儿审视着他，缓缓地点点头，又恢复了沉静自若的神情。“当然，亚斯莫丁告诉了你很多事，关于至上力之战，还有我。他说了谎。你确实是爱我的，直到那个黄发婊子伊琳娜偷走你之前。”刹那间，恼恨让她的面孔变得如同一张扭曲的面具，兰德不认为她察觉到了这一点。“你知不知道？亚斯莫丁隔绝了他的亲生母亲，现在她们管那个叫静断了。他将她隔绝，然后又让魔达奥拖走仍然在不断尖叫的她。你能信任这样的人？”

兰德大笑起来：“在我捉到他之后，你帮我将他束缚住，好让他教导我。而现在你又说我不能信任他？”

“仅限于教导，”兰飞儿轻蔑地哼了一声，“他会这样做是因为他知道他的命运和你连在一起。即使他能够让其他人相信他只是一名囚犯，他们仍然会将他撕成碎片，他很清楚这一点。一群狗中最弱的一条就要承受这样的命运。而且，我偶尔会去看看他的梦。他总是梦到你战胜至尊暗主，让他登上了仅次于你的高位，有时候他还会梦到我。”兰飞儿的微笑说明这些梦让她感到很愉快，但亚斯莫丁却很可能恰恰相反。“但他会竭尽全力让你反对我。”

“为什么你会在这里？”兰德问。反对她？毫无疑问，现在她的身体里肯定充满了至上力，只要怀疑兰德有所异动，她立刻就会将他屏障。她以前这样做过，而且让他感到羞耻的是，她做得很轻松。

“我喜欢你这个样子，骄傲而自信，充满了力量。”

兰飞儿也曾经说过喜欢他那种没信心的样子，路斯·瑟林总是太傲慢。“你为什么会在这里？”

“雷威辛今晚派了暗之猎犬来杀你，”她平静地说着，将双手抱在腰上，“我应该再快一些过来帮助你，但我还不能让其他人知道我是站在你这边的。”

站在他这边，一名弃光魔使爱他，或者是爱三千年前的那个他。而她的目的是要让他将灵魂献给暗影，和她一同统治这个世界。或者，至少是成为她之下的第二人。然后,他们要取代暗帝和造物主的位置。她是不是彻底疯了?或者那两座雕像真的有她所说的那么强大?兰德不想去考虑这样的问题。

“为什么雷威辛会选择这个时候来攻击我?亚斯莫丁说他只凭自己的兴趣行事。如果他能做到,即使到了最后战争的时候,他也会袖手旁观,等着暗帝将我摧毁。为什么不是沙马奥,或者是狄芒德?亚斯莫丁说他们恨我。”不是我,他们恨的是路斯·瑟林。只是,对于弃光魔使来说,这其中并没有差别。拜托,光明啊,我是兰德·亚瑟。他将一段突如其来的回忆推出脑海,在那段回忆中,面前这个女人正躺在他的臂弯里,他们还很年轻,刚刚学会运用至上力。我是兰德·亚瑟!“为什么不是色墨海格?魔格丁?或者是古兰——?”

“因为你现在让他感兴趣了。”兰飞儿笑着说,“难道你不知道他在哪里?在安多,就在凯姆林,他已经成了那里实际上的统治者。摩格丝在为他傻笑,为他舞蹈,她和其他几个女人都成了他的玩物。”兰飞儿嫌恶地撇了撇嘴,“他让手下们搜遍了城市和乡野,为他寻找新的玩物。”

兰德感到一阵惊骇。伊兰的母亲落在一名弃光魔使的手里,但他不敢显露出关切的神情。兰飞儿不止一次地表现过她的嫉妒,如果她怀疑兰德对伊兰有感情的话,她可以轻易地找到伊兰并杀死她。我对伊兰到底是什么样的感情?除此之外,另一个严酷的事实也出现在虚空边缘,让他感到冰冷和残酷。即使兰飞儿说的是实话,他现在也没办法去攻击雷威辛。原谅我,伊兰,但我还不能。兰飞儿很可能是在说谎,除她之外的任何弃光魔使如果被兰德杀死,都不会让她掉一滴泪,他们全都是她计划中的绊脚石。但不管怎样,他不能轻易对弃光魔使的行动有所反应,他们会根据他的反应察觉他的意图。让他们去对他的行动做出反应吧!到时候他们就会像不久之前的兰飞儿和亚斯莫丁那样大吃一惊了。

“雷威辛认为我会以最快的速度赶去保卫摩格丝?”他问,“我曾经见过她一次。两河在地图上是安多的一部分,但我在家乡从没见过半个女王的卫兵,那里处于独立状态已经有许多世代了。如果告诉一个两河人摩格丝是他的女王,他也许会认为你是个疯子。”

“我怀疑雷威辛并不相信你会赶去保卫你的家乡,”兰飞儿冷漠地说,“但他认为你会保卫你的野心。他还打算要让摩格丝坐上太阳王座,在能够公开现世以前继续将她当成傀儡。每天都有更多的安多士兵进入凯瑞安。而你则派遣提尔士兵向北进军,以确保你自己的根据地,难怪他一发现你的踪迹就派出攻击。”

兰德摇了摇头。派遣提尔士兵的目的根本与野心无关,但他不认为兰飞儿会明白，或者是相信他的解释。"谢谢你的警告。"竟然对弃光魔使表现礼貌！当然，除了希望兰飞儿所说的话中包含着一些真实，他也无能为力。这是个不能杀她的好理由，她透露给你的信息会比她以为透露给你的多，只要你仔细去听。他希望这是他自己的想法，虽然这个想法让他感到一阵寒冷和讽刺。

"你用结界把我挡在你的梦外。"

"我挡住所有人。"这是个简单的事实，不过兰飞儿也和那些智者一样，是他主要防范的对象之一。

"梦是我的，你和你的梦更是我的。"她的表情依然平静，但声音正逐渐变得严厉，"我可以打破你的结界。你不会喜欢这样的。"

为了表明自己对这件事的漠不关心，兰德盘腿坐到床铺的一角，将双手放在膝头。他觉得自己的表情像她一样平静，至上力在他体内不断地膨胀，他准备好了绑缚她的风之力，还有魂之力。魂之力将被编织成阻隔真源的屏障。自己为什么能这样做？在脑海中遥远的地方，他依然在为这个问题感到茫然，并因此而痛苦。如果这魂之力缺了一种，那风之力也将不会产生作用。虽然兰飞儿看不见他的编织，但她可以拆散、切断他所有的编织。亚斯莫丁曾经想要教导他这样的技巧，但因为没有一名女子进行编织让他练习，所以这样的教导也难以进行。

没有得到兰德的响应，兰飞儿困惑地看着他。她微微蹙起眉，即使这样，也只是为她的美丽平添了另一种风韵。"我已经查看了那些艾伊尔女人的梦，就是那些所谓的智者。她们对于该如何保护自己的梦知道的并不多。我可以恐吓她们，直到她们再也不敢做梦，再也不敢有侵入你的念头。"

"我以为你不会公开帮助我。"兰德不敢叫她不要去碰智者们。兰飞儿也许会做一些与他的意愿完全相违逆的事，她从一开始就表现出这一点，即使她没有明白地说出来。在两人的合作关系中，她要居于主导地位。"如果我不做防护，难道别的弃光魔使不会找到我？你并不是惟一知道该怎样进入别人梦境的人。"

"应该说使徒。"她心不在焉地说道，同时，她不自觉地用力咬了一下自己的下唇，"我也看了那个女孩的梦，那个叫艾雯的，我曾经以为你对她是有感情的。你知道她梦到的是谁？摩格丝的亲生儿子和她的继子，更多的时候还是那个叫盖温的亲生儿子。"她的嘴角浮起一丝讶异的嘲笑，"真让人难以相信，一个乡下女孩竟然会做这样的梦。"

兰德意识到，兰飞儿正在测试他的嫉妒心，她真的以为他防护自己的梦是为了隐瞒对另一个女人的思念！"枪姬众严密地守护着我，"他冷冷地说，"如果你想知道有多么严密,去看看伊馨德的梦就知道了。”

她的脸颊上显出两朵红云。当然,他应该对兰飞儿的反应保持冷漠,但她的表现还是让他在虚空的边缘泛起了疑惑。莫非她以为……伊馨德?兰飞儿知道伊馨德是名暗黑之友。一开始就是兰飞儿带哈当和那个女人进入荒漠的,而后来伊馨德被指控偷窃的大部分珠宝也都是兰飞儿拿的。即使只是因为很小的事情,兰飞儿也会表现出残忍的恶意。不过,如果兰飞儿以为他会爱上伊馨德,那么作为暗黑之友的伊馨德也许不算是她眼里的障碍。

“我应该让枪姬众们把伊馨德赶到龙墙去的。”兰德若无其事地继续说道,“但谁知道她为了救自己会说出什么话?我必须在某种范围内保护她和哈当,这样才能保护亚斯莫丁。”

兰飞儿脸上的红晕退去了,但当她再次开口时,门口传来一阵敲门声。兰德立刻跳起身。没有人认识兰飞儿,但如果一名不属于枪姬众的陌生女子被发现待在他的房里,而这幢建筑中所有的枪姬众都没看见她进来,那么随之而来的肯定是一番诘问,但他却没办法给出任何答案。

然而兰飞儿立刻打开了一个信道,信道的另一边是一个充满了白色丝绸壁挂和银饰的房间。“记住,我是你活下来的惟一希望,我的爱。”虽然称谓亲昵,但语调却非常冰冷,“有我在身边,你什么都不用怕;有我在身边,你就能统治……现在与未来的一切。”微微拉起雪白的裙子,她迈步走进信道,信道立刻消失了。

敲门声再次响起,兰德急忙放开阳极力,跑过去打开了门。

安奈拉绕过他向房里怀疑地望去,嘴里一边嘀咕着:“我以为也许是伊馨德……”她责备地看了兰德一眼,“枪之姐妹们到处找你,没人看见你回来了。”随后她摇了摇头,站直身体,她一直都尽量让自己显得更高一些。“部族首领们来和卡亚肯商议,”她严肃地说,“他们正等在下面。”

在柱廊那里等待兰德的是一群男人。天空依旧黑暗,但东方的山顶上已经出现了第一道曙光。不管这些男人是否对那两名枪姬众守卫感到不耐烦,他们仍旧被阴影覆盖的脸上丝毫没有表现出来。

“沙度开始行动了。”汉一看到兰德,立刻就喊道,“还有雷恩、米雅各马、锡安德……所有部族都在行动!”

“是加入库莱丁,还是我?”兰德问。

“沙度正向章嘉隘口移动,”鲁拉克说,“其他部族的动向现在还无法确定。但他们在留下最基本的卫戍部队保护聚居地和牲口之后,都调集了所有枪矛。”

兰德只是点点头。他费了一番努力不让任何其他人指点他应该怎样做,但现在却得到这种下场。无论其他部族做出什么样的决定，库莱丁一定会计划进入凯瑞安。当他还待在鲁迪恩，等着其他部族加入的时候，沙度艾伊尔将开始对凯瑞安进行大肆破坏。这无疑是对兰德壮大的和平计划最有力的攻击。

“那么我们也向章嘉移动。”他最后说道。

“我们不能因为他要跨过龙墙而逮捕他。”鄂瑞的语气更像是警告。汉也悻悻然地说道：“如果有另一个部族加入他，他们就有能力把我们抓起来吊死，就像被扔在太阳底下的无足蛇蜥。”

“我要去查清情况，”兰德说，“如果我不能抓住库莱丁，我就要跟着他进入凯瑞安。举起枪矛，我们要在天亮时出发。”

部族首领们向前迈出一只脚，单手前伸，向他鞠了个躬，这是最正式的场合里才会用到的艾伊尔礼节。随后他们就离开了，只有汉说了一句：“直捣煞妖谷。”

第7章

启　程

在早晨的阴霾中打了个哈欠，艾雯爬上她灰色母马的马鞍，灵巧地操纵着马缰，控制住不停蹦跳的薄雾。这匹马已经有几个星期没被骑过了，艾伊尔不仅是喜欢用自己的双腿奔跑，他们实际上总是在竭力避免骑乘牲畜。他们只会利用驮马和骡子运载货物。即使能有足够的木材制造货车，荒漠的地形也极不利于使用轮子，不止一名卖货郎有过翻车的教训。

她并不很向往这次漫漫西行。太阳现在还藏在山峰后面，只要它在空中出现，不到一个小时的时间，空气的热度就会让人难以忍受；而等到日落时，也没有方便的帐篷可以立刻钻进去避寒了。她也不确定这身艾伊尔服装是否适合骑马旅行。她将披巾罩在头上，艾伊尔披巾遮挡阳光的能力让她感到吃惊，但她骑在马背上的时候如果不小心的话，她宽大的裙摆总是会很轻易地就会让大腿露出来。除了感到害羞之外，水泡也给她带来同样的困扰。一侧是太阳的炙烤，而另一侧……只不过是一个月没骑马，她的腿部皮肤应该没有变得太娇嫩，她希望没有，否则这可会是个艰辛的漫漫旅程。

在薄雾背上坐稳之后，艾雯发现艾密斯正看着她，便朝那位智者笑了笑。昨夜的那次长跑并不是她现在仍然困倦的原因，它只会让艾雯睡得更香。她昨晚发现了那些女人的梦。作为庆祝，她们在梦中喝了茶。那个梦境所在的地方是冷岩堡，太阳刚刚落山，种满庄稼的梯田里满是嬉戏的孩子，凉爽的微风沿着山谷一阵阵吹来。

当然，只是这样她应该还有时间睡觉。但在离开艾密斯的梦境时是那么兴奋，她没办法停下来，无论艾密斯给了她什么样的叮嘱。她的周围有着各种各样的梦境，虽然她只知道其中少数是谁的梦——麦兰在梦里正为一个婴儿哺乳；柏尔和她一个死去的丈夫在一起，他们两个仍然是一对黄发的年轻伴侣。她很小心地不让自己进入这些梦境。智者们会在第一时间察觉到有人入侵。而想到她们会对入侵者做些什么，艾雯总是不禁要打几个哆嗦。

兰德的梦是一个挑战，当然，也是一个她非常想去看看的梦。既然她现在能随意地在梦境间掠过，为什么不去智者们失败的地方试一试？但她在试着进入兰德的梦境时，就好像一头撞进了一堵什么都看不见的石墙。她知道石墙的另一面就是兰德的梦，而且她确信自己能找到一个办法钻过去。但她的所有努力都以无效而告终。一堵一无所有的墙。在解决掉这个问题之前，她会一直为此烦心下去。一旦她决心要做什么事情，她就会像一只獾一样，不达目的绝不放手。

她的周围是许多忙碌的奉义徒，他们正在把智者们的营帐装到骡背上。不久之后，将只有艾伊尔或是精于跟踪术的人才能辨别出这片硬土上曾经扎起过一片营地。周围的山坡上到处都有在做着同样事情的人们，城市里也是一片喧嚣。并不是所有人都要离开，但准备出发的人足有好几千。艾伊尔们在街道上集结，哈当的车队也在大广场上排好了队伍，车上装满了沐瑞挑选的物品。三辆巨桶形状的白色水车停在车队最后方，每辆车都由二十头骡子拉着。哈当自己的马车是队伍的打头车，形状像是一个架在车轮上的白色小房子。在房子后方有一道用来上下的阶梯，一根金属烟囱立在房顶上。那个身材魁梧、有着鹰钩鼻的商人今天穿着一身象牙色的丝绸衣服。当艾雯骑过他身边时，他向艾雯挥了挥他的扁帽子。那顶帽子和他的衣服完全不相称，正如同他那一双向外翘起的黑眼睛和他脸上的笑容完全没有任何关系。

艾雯冷漠地别过头，哈当的梦黑暗而令人不悦，除此之外便是猥亵。他应该把脑袋泡在一桶蓝脊茶里，她忿忿地想。

接近枪姬众的居所时，她小心地让自己的马避开急匆匆跑过的奉义徒和安静地站在原地的骡子。让艾雯感到惊讶的是，那些为枪姬众们装运行李的人之中有一个穿的是黑袍，而不是白袍。从体型来看，她是一名女子。一个捆好的包袱压在她的背上，让她走起路来显得摇摇晃晃。薄雾走过她身边时，艾雯弯下身去，想看看兜帽里那名女子的相貌。她看见了伊馨德憔悴的面孔，汗水已经从她的脸颊上不住地滚落。她很高兴枪姬众没有任由她几乎裸体地走出，或把她派出室外，但让她穿上一身黑袍子确实是残酷了些。现在她已经汗水淋漓，等到阳光直接照在这身黑袍上时，她可能就难以活下来了。

不过，法达瑞斯麦的事情与艾雯无关。艾玲达曾经温和而坚决地这样对她说过。亚得凌和安奈拉在对她说到这个问题时就粗鲁许多。而一名身材精瘦、名叫苏琳的白发枪姬众曾经直接威胁过她，如果她干预枪姬众的事务，她会被揪住耳朵拖回到智者们那里去。她曾经努力说服艾玲达不要再称呼她为“两仪师”，但令人困扰的是，经过一番短暂的动摇之后，枪姬众们都开始只把她当成是智者们的另一个学徒。唔，现在除非她奉有智者的命令，否则连枪姬众居所的大门都进不去了。

艾雯催赶着薄雾，让它快步跑过枪姬众的队伍。这并不是因为她已经认同了法达瑞斯麦的裁决，也不是因为她不安地感觉到那几个正在盯着她的枪姬众(毫无疑问，如果她们认定艾雯想要插手伊馨德的事，一定会长篇大论地教训她一番)。她这样做甚至不是因为对伊馨德的厌恶。她不想去回忆她对于这个女人的梦境曾瞥过的几眼，那之后不久，柯温蒂就把她叫醒了。伊馨德的梦里充满了对她自己的折磨和拷打，艾雯是带着恐惧的心情逃离那些梦的，而在她逃走时，她听见了一阵黑暗而邪恶的笑声。所以看到伊馨德憔悴的样子，艾雯丝毫也不感到奇怪。艾雯醒来时猛地从床上坐起来，把正伸手摇她肩膀的柯温蒂吓了一跳。

兰德正站在枪姬众居所前的街道上，为了遮蔽强烈的阳光，他在头上戴着一顶束发巾。他身上的绣金蓝色丝绸外套完全是宫廷里才会有的装束，而他把胸前的扣子全都解开了，更给人一种不协调的感觉。他的腰带上有了一个新带扣，是一个雕工精致的龙形钢扣。很显然的，他真的开始以为自己非常伟大了。他的身旁是他那匹名叫杰丁的斑点公马。现在他正和部族首领们与要留在鲁迪恩的艾伊尔贸易者谈论着什么。

杰辛·奈塔站在兰德背后，他背着他的竖琴，手里握着一头骡子的缰绳，那是他从哈当那里买的。他身上的衣服比兰德的还要华丽，银丝刺绣几乎盖住了那件衣服本来的黑色，在袖口和领口的位置都装饰着白色蕾丝，就连他及膝靴子上也装饰着白银雕刻。但是由无数彩色补丁拼成的走唱人斗篷却将华贵的气氛破坏殆尽。当然，走唱人全都是些奇怪的家伙。

男性贸易者们全都穿着凯丁瑟，只是他们腰间的匕首要比战士们的长匕首小很多。不过艾雯知道，如果有需要，他们完全可以挥舞起矛枪。持矛艾伊尔身上那种致命的优雅在某种程度上也能从这些贸易者的身上看到；女性贸易者们穿着宽松的白色亚葛上衣和羊毛长裙，头上裹着丝巾或披巾。她们很容易和艾伊尔战士们区别开来。除了枪姬众和奉义徒(还有艾玲达)之外，艾伊尔女子全都戴着不止一件的手镯和项链，制作它们的材质有黄金、象牙、白银和宝石。其中一些是艾伊尔人打制的，另一些是通过贸易或战争得来的。在艾伊尔贸易者中，女性的数量要超过男性两倍。艾雯零星听到了兰德对贸易者们说的几句话："……至少让巨森灵石匠们可以全权处理他们的建筑。尽量发挥自己的巧思，不该只是重新复制过去的东西。"

那就是说，他要派他们前去聚落，请巨森灵回来重建鲁迪恩。这是件好事，塔瓦隆的大多数建筑都是巨森灵的作品，他们在那里就被授权可以任意发挥，所以才能建成一座那样令人惊叹的城市。

麦特已经骑上了他的阉马——果仁，他的宽边帽被他压得很低，那根奇怪的长矛立在他的马镫上。像往常一样，他的高领绿色外衣满是褶皱，就好像他是穿着这件衣服入睡的。艾雯避开了他的梦。他身旁站着一名枪姬众，那是一个个子非常高的金发女人，她正抛给麦特一个恶作剧般的笑容，似乎让麦特感到很不好意思。这大概是他应有的反应，因为那女人看外表比他要大许多。艾雯哼了一声。*我非常清楚他做了什么样的梦，真要谢谢你！*艾雯让薄雾绕过麦特，她自己则向四周寻找着艾玲达的身影。

"他要她安静，她就真的照做了。"麦特说。艾雯拉住薄雾的马缰，看见麦特朝沐瑞和岚那里点了点头。沐瑞穿着淡蓝色的丝衣，握着她的白色母马的马缰。岚披着护法斗篷，牵着他高大的黑色战马。岚正专注地看着沐瑞，表情和平时没有差别；而沐瑞则死死地瞪着兰德，一副随时都有可能爆发的焦躁神情。"她向他解释这样做是何等的错误，我觉得这已经是她第一百遍重复这种话了。然后他说：'我已经决定了，沐瑞，安静地站到一边去，直到我有空理你。'他说话的样子仿佛是她真的会依照他的吩咐去做，而她确实那样做了。现在她的耳朵里有没有冒出烟来?"

麦特高兴地咯咯笑了起来，觉得自己说的俏皮话非常有趣。她几乎要拥抱阴极力，在众人面前好好给他上一课，但她只是又重重地哼了一声，声音大到足以让他知道这是因为他的嘲笑和他的俏皮话。他别过头揶揄地看了她一眼，又笑了，这只让艾雯更加生气。

片刻间，艾雯只是在望着沐瑞，心里充满了困惑。这位两仪师会依照兰德的吩咐去做？没有任何反对？这就像那些智者们会听从别人的命令，或者是太阳在午夜的时候升起。当然，艾雯听说了昨晚的攻击。今天早晨，鲁迪恩到处都流传着关于会在石头上留下脚印的大狗的谣言。艾雯看不出沐瑞的行为和这件事有什么关系,但除了沙度的讯息之外,这是她惟一知道的异常事件了。这件事不可能让沐瑞有这样的变化,在艾雯能想象的范畴内,任何事情都不可能让她有这样的变化。毫无疑问,沐瑞会告诉她,这与她无关。但她总会把这件事查清楚,她不喜欢有自己不明白的事情。

艾雯看到艾玲达站在枪姬众居所最下面的一层台阶上。她领着薄雾从兰德那群人的另一边绕过去。那个女孩像沐瑞一样紧盯着兰德,只是脸上没有任何表情。她一圈又一圈地转动着手腕上的象牙手镯,却显然没注意到自己的这个动作。不知为什么,这只手镯似乎是这个女孩和兰德之间的一个疙瘩。艾雯不明白,艾玲达也拒绝去谈论它。艾雯更不能去询问其他人关于这只手镯的事,因为这有可能会让她的这位朋友难堪。艾雯也有一只被雕成火焰形状的象牙手镯,那是艾玲达送给她,作为她们已经成为亲近姐妹的见证。艾雯的回礼是一条银项链,哈当说那条项链的形状属于一种被称为"雪花"的坎多风格,为此她不得不向沐瑞要钱。但将这条项链送给一个从没见过雪的女孩应该是很合适的。等离开荒漠后,也许她就能见到雪了,毕竟她在冬天以前回来的机会不大。艾玲达的那只手镯到底有着什么样的故事,艾雯相信这也是一个她早晚都能弄清楚的谜题。

"你还好吗?"她问艾玲达。当她从高鞍尾的马鞍上倾过身子的时候,整条腿都露了出来,但她现在关心的是自己的朋友,而不是自己的大腿。

艾雯不得不将问题重复了一遍,艾玲达才回过神来,抬头望向她:"还好?当然,我还好。"

"等我和智者们谈谈,艾玲达,我相信我能说服她们,让她们知道不能让你……"她说不出口,尤其是在大庭广众下。

"你还在为那件事担心吗?"艾玲达抖抖身上灰色的披巾,微微摇摇头,"你们的习俗对于我还是很奇怪的。"她的目光又飘回兰德身上,仿佛是被磁石吸走的铁屑。

"你不用怕他。"

"我不怕任何男人,"艾伊尔女孩尖声说道,她的眼睛里闪耀着蓝绿色的火焰,"我不想让我们两人之间产生不快,艾雯,但你不该说这样的话。"

艾雯叹了口气。无论是不是朋友,艾玲达如果被冒犯到一定的程度,都会毫不犹豫地打她耳光。不管怎样,艾雯也不确定艾玲达是否会承认这一点。艾玲达的梦里充满了痛苦,让艾雯没办法看太长的时间。她在梦里,除了那只手镯之外,完全赤裸着身体。在破碎、崎岖的硬土地上,艾玲达拼命地向前奔跑,那只手镯却拖拉着她，仿佛它是个上百磅重的铁锁。在艾玲达身后，兰德变成一个足有巨森灵两倍大的巨人，骑着同样巨大的杰丁，正缓慢而无情地一步步逼进她。

但艾雯总不能当面去告诉这位朋友她在说谎，而她更不能将了解这件事的方法告诉艾玲达。想到这里，艾雯的脸稍稍变红了一些。那样的话，她一定要打我耳光了。我不会再那么做了，我不会再到处翻检别人的梦了，反正，至少我不会再去窥伺艾玲达的梦了。刺探朋友的梦是不对的，严格来说，这不算是刺探，但这样仍然……

兰德身边的人群开始散开了，他轻盈地跃上马鞍，身后的杰辛也像他一样上了骡背。但还是有一名贸易者留在原地，那是个有火色头发的宽脸女人，她的身上戴着不少精工黄金、切割宝石和雕刻象牙。她向兰德喊道："卡亚肯，你是要永远离开三绝之地吗？你刚才说的话就好像再也不会回来一样。"

其他人也停下脚步，转身看着兰德。寂静飞速地扩展到整个人群，只剩下外围的人在喃喃打听那女人问了些什么。

片刻之间，兰德也像人群一样沉默，他四处张望，与人们对视着，最后才说道："我希望回来，但有谁能知道会发生什么事？时光之轮只会按照它的意愿进行编织。"在众人的注视中，他犹豫了一下，"但我会留下一些可以让你们记得我的东西。"他将手伸进了外衣口袋。

突然间，靠近枪姬众居所的一座喷泉开始喷涌了，清水从直立跃起的海豹口中汩汩涌出。更远的地方，一个年轻男子雕像指向天空的号角中喷出一片扇形的水幕，随后又是两个女性雕像的手中扬起了一团水花。在艾伊尔们震惊的目光中，鲁迪恩所有的喷泉一座接一座地喷出了清水。

"我早就该这样做的。"这句话，兰德无疑是对自己说的，但在无声的人群中，艾雯能清楚地听见他的话。除此之外，几百座喷泉的流水声则是惟一的声音了。杰辛只是耸了耸肩，仿佛他早就知道兰德会这么说。

艾雯没有看喷泉一眼，她一直盯着兰德。一个能够导引的男人，兰德。尽管出了这么多事，他依旧是兰德。但每一次艾雯看见他这样做，都好像是第一次发现他能导引一样惊恐。在她小时候，人们告诉她，只有暗帝才会比一个能够导引的男人更可怕。也许艾玲达害怕他是有道理的。

但是，当她低头去看艾玲达的时候，她不由得又感到一阵惊奇。现在，艾伊尔女孩的表情里只有清水带来的快乐欢跃，仿佛自己得到了一件最美丽的丝衣，或者是一座满是鲜花的花园。

"是出发的时候了！"兰德大声说着，催动他的花斑马向西方走去，"任何没有准备好的人可以随后再追上来。”杰辛骑着骡子紧跟在他身后。为什么兰德会在身边留下这么一个马屁精?

部族首领们立刻开始传达命令,匆忙的人群加快了脚步。枪姬众和寻水众跑到了前方,更多的法达瑞斯麦以荣誉护卫的身份走在兰德身边,也把杰辛围在其中。艾玲达就在兰德的马镫边大步走着,即使穿着像艾雯一样宽大的裙子,她也能轻易地跟上杰丁的步伐。

艾雯和麦特一起跟在兰德以及他的卫队后面。她紧皱双眉。她的朋友现在又变成那副决绝森然的表情,仿佛就要把手臂放进毒蛇窝里。*我一定要做些什么帮帮她。*被艾雯咬住的事情,她从来都不会放开。

在马鞍上坐稳,沐瑞用戴着手套的手拍了拍阿蒂卜的脖颈,但她没有立刻跟上兰德。哈当·卡德正率领着他的车队沿大街走来,领头的马车由他亲自驾驭。她应该让这个男人把他这辆马车里的东西也全部卸光,装上她要的货物,就像其他马车一样。这个男人会依她的吩咐去做的,因为他害怕两仪师。那个门框形状的特法器被牢固地拴在哈当后面的那辆马车上,被帆布牢牢地裹住,这样就不会有人再不小心跌进去了。马车队的两侧各走着一长串艾伊尔,他们是赛亚东——黑眼众。

哈当从驭手的座位上向她鞠了个躬,但沐瑞的视线却沿着这支马车队一直转回到广场上的玻璃柱阵那里,它们已经在初晨的阳光下闪耀着白灿灿的光芒。如果她做得到,她一定会拿走广场上的每一样东西,而不止是装上马车的这一小部分。其中有一些物品实在太大了,比如那三个暗灰色的金属环,每个直径都超过了六尺。它们立在广场上,在一半高度的地方彼此相连。它们的周围被围上了一圈皮绳,表明没有智者允许,任何人都不得进入。当然,即使没有警告,应该也不会有人会想尝试。在那片广场中,只有部族首领和智者表现得安然从容,只有智者会伸手触碰物品,而且他们全都对这里的情况保持着严格的缄默。

在无数岁月里,要成为一名智者的第二次测试就是走进这片闪耀的玻璃柱阵,这也是要成为部族首领的男人们必须接受的测试。在测试中活下来的女人比男人更多,柏尔说这是因为女人更加坚韧;艾密斯说太软弱的女人,不用等到测试就会被筛选掉。但这些说法似乎都不很确切,活下来的女人身上并不会留下标记。智者们说只有男人才需要明显的记号,对于女人,活下来就足够了。

女人们接受的第一次筛选,在她们接受训练之前就要进行。她们要走进这三个圆环中的一个。是哪个圆环并不重要,或者说,这种选择是完全交给命运来进行的。一步迈进那些圆环的时候，她一次又一次地经历她的整个人生。她的未来展现在她面前，她在随后的人生中任何一个决定导致的可能性一一出现，死亡也是这些可能性中的一部分。一些女人无法面对这些未来，正如同另一些人无法面对过去。一切未来的可能当然不是一个人的思想所能承担的。它们纠结在一起，大部分又迅速地消失，但一个女人总会对自己在未来将遇到什么事留下某些印象，那些必然会发生的，那些也许会发生的。一般情况下，这些印象最终也会被深埋在心底，直到那些事真正发生的时候才会被唤起。但，并不总是这样。沐瑞自己也曾经走过这些圆环。

*一勺希望，一杯绝望。*她心想。

“我不喜欢看见你这种样子。”岚说。骑在曼塔背上的高大护法俯视着娇小的两仪师，忧虑加深了他眼角的皱纹。如果换成另一个男人，同样的心情可能已经让他挫折得潸然泪下了。

艾伊尔从他们的坐骑两侧成队走过，其间夹杂着奉义徒和托运物品的牲口。沐瑞惊讶地发现哈当的水车已经走过去了，她没意识到自己盯着那个广场看了那么长的时间。

“什么样子？”她一边问，一边催动她的母马跟上队伍。兰德和他的护卫们已经出了城。

“担忧，”他坦率地说，现在那张岩石般的脸上又没有半点表情，“害怕。我从没见你害怕过，即使在兽魔人和魔达奥淹没我们的时候，即使在你得知弃光魔使已经逃逸，沙马奥几乎就坐在我们头顶上的时候，你也不曾害怕过。难道末日真的要来了？”

沐瑞全身一颤，立刻又为自己的反应而感到后悔。这个男人正从坐骑的两耳之间向正前方望去，但他绝不会错过周围的任何事情。有时候，沐瑞觉得他能看见背后的一片落叶。“你是说最后战争？对此，一只在塞雷辛的红鸟也跟我一样清楚。光明保佑，时候还不到，至少封印还没有全都破碎。”她现在持有的两个封印也在哈当的一辆马车上，每个封印都被放在了一口塞满羊毛的木桶中。它们和那座红石门框被放在两个不同的马车里，沐瑞特别确认了这一点。

“我还能是指什么？”他缓慢地说道，他依旧没有看着沐瑞。沐瑞却恨不得咬断自己的舌头。“你开始变得……没有耐心，我还记得你会为一个微不足道的情报，甚至是一个字而等待几个星期，那时，你可以连手指都不动一下。但现在——”这时，他转过头望向沐瑞，那双蓝色的眼睛可以让绝大多数女性和男性感受到无法承受到压迫感。“你向那个男孩立下誓言，沐瑞，光明在上，你那时候是着了什么魔？”

“他正在一步一步远离我，岚，而我必须接近他，他需要我能给予他的任何指导。除了与他分享床第之欢之外，我愿意做任何事以确保他能得到我的指导。”她在那三个圆环里看到了，她和兰德的同床共枕导致了巨大的灾难。她从没打过这种主意，并且至今还在为这个异想天开的念头而感到惊骇！但那些圆环告诉她，在未来的某个时候，她将产生这样的想法。毫无疑问，如果她一直无法接近他，持续绝望将会导致这种结果。但圆环也向她显示，这个想法将会带来一切的毁灭。她希望自己能回忆起来灾难是怎样形成的(任何有助于她加深对兰德·亚瑟了解的事，对她来说都是重要的关键的)，但至今留在她脑海里的只有那个彻底的灾难。

“如果他要你给他奉上拖鞋，或者是点燃他的烟斗，也许这会有助于让你变得谦逊。”

她紧紧盯着岚。他真的是在说笑？如果是，这并不有趣，她在任何时候都不会习惯去侍候别人。史汪说过，在凯瑞安太阳王宫度过的童年已经将傲慢自大深深地植入沐瑞的骨髓里，虽然沐瑞自己很可能看不到这一点。沐瑞一直都坚决地否认史汪的这个评价。况且，尽管身为提尔渔夫之女，史汪却可以和任何君王坦然对视而面不改色。对史汪而言，反对她计划的人就是傲慢。

如果岚真的是在开玩笑，不管他的玩笑有多么生硬和偏激，他确实改变了。他跟随沐瑞将近二十年，沐瑞已经数不清被他救了多少次，其中他又有多少次险些为沐瑞牺牲生命。他总是认为自己的生命微不足道，只是在沐瑞需要的时候才有价值。有些人说，他追求死亡就如同新郎追求他的爱人。沐瑞从没想过要拥有他的心，从没有对那些热切地向他奉献自己的女人们产生过嫉妒。他很早以前就说过他是没有心的，但他在去年找到了一颗，那时，一个女人将一颗心系上一根丝线，挂在他的脖子上。

当然，他否认这件事。他爱奈妮薇·爱米拉，那个原先的两河乡贤，现在白塔的一名见习生，但他永远不能拥有她。他说过，他只拥有两样东西——一把不会折断的剑和一场不会结束的战争，他不能将这些送给他的新娘。关于这件事，至少沐瑞已经做出处理了，但不到最后，他不会知道详情。如果他知道，也许他反而会去竭力改变，他有时候确实像个顽固愚蠢的男人。

“这片干旱的土地似乎吸干了你的谦逊，亚岚·人龙。我应该找些水，再让它重新生长起来。”

“我的谦逊如同被磨利的刀锋，”他不带表情地对她说，“你从没有让它变钝过。”说着，他用皮囊里的水浇湿了一块白头巾，将湿头巾递给沐瑞。沐瑞一言不发地将头巾围在额头上。太阳正从他们身后的山峰间升起，如同一颗熔金的圆球。

壮阔的人流在昌戴尔裸露的土地上蜿蜒而行。当队伍的前锋已经翻过山脊时，队尾还留在鲁迪恩城中。山脉的另一边是一片粗砾平原，上面零星分布着一些或尖或圆的石丘，偶尔能见到灰褐色的岩石上铺展着红色或是其他颜色的条纹。空气洁净异常，以至于沐瑞在走下昌戴尔的山坡后仍然能看到数里外的地方。远方有许多自然形成的石拱和狼牙一样直刺天空的山峰。近处则是干涸的河床和洼地，零星分布的一些矮小荆棘和长满硬刺的无叶植物。罕见的树木多半也纠结低矮，上面同样布满荆棘的尖刺，地面已经在阳光的曝晒下变成了一只烤炉。艰苦的环境塑造出的强悍种族。但岚不是这里惟一的改变，或者是被改变的，沐瑞希望自己能看到兰德最终会让艾伊尔有一个什么样的结局。前方依然长路迢迢，人人皆然。

第8章

跨过边界

在不住颠簸的马车上，紧靠在车后的座位里，奈妮薇用一只手固定住身体，另一只手按住头上的草帽，一边还在回头望着被马车甩在后面、渐渐远去的那一团疯狂的流沙风暴。宽边草帽替她挡住了上午炎热的阳光，她已经将暗红色的帽带在下巴上系好了，但飞速前行的马车带起的强风还是足以将这顶帽子吹飞。点缀着低矮山丘的草原和偶尔一见的灌木丛不断从她身侧掠过。在夏末的热气中，草地已经变得干枯、稀落。车轮扬起的尘埃模糊了她的视野，也让她不停地咳嗽着。天上只飘着几朵淡淡的白云。自从几个星期以前他们离开坦其克后，就一直没有下过雨，这里的路面也因为很久没有车辆通过而变得松软。

没有一人一骑从那片似乎是固体的沙尘墙壁中逃出来，这是件好事。他们继续在逃离疯狂的塔拉朋，而她现在已经不再为那些刚才想要打劫他们的盗匪发怒了。如果她不生气，她就没办法感觉到真源，更不要说导引至上力。但即使刚才她真的在发怒，这场由她引起的暴风也让她吃惊不已。暴风刚一生成，就仿佛拥有了自己的生命，向外爆发着百倍于她的狂怒。伊兰显然也被暴风的规模吓坏了，不过幸好她没有在汤姆和泽凌面前表现出这一点。奈妮薇在白塔的老师们都说她的力量还会增长，这一点现在大概是得到了证明，至少那些老师们没有一个能像她一样战胜一名弃光魔使，但她仍然无法打破自身的限制。现在如果再有强盗出现，伊兰就只能一个人对付他们了。她不想让伊兰单独上阵。既然早先的怒意已经消失了，她就只好再次开始酝酿心中的怒火。

笨拙地将身子探过用帆布盖住的桶子，她伸手去够与行李和食物箱一起固定在马车侧面的水桶。她的帽子立刻就翻到了脑后，只是被帽带勾在她的脖子上。她的手指只能勉强碰到水桶的盖子，只有放开另一只抓着绳子的手，她才能将身子再向前探一些。但那样的话，飞驰的马车很可能会把她扔出去。

泽凌·散达催动着他的瘦长坐骑靠近了马车(他管这匹褐色的阉马叫偷懒鬼，但名不符实)，将他鞍侧的皮水囊递给奈妮薇。奈妮薇感激地喝了几口，喝水的样子可以说是很粗鲁。她像是在大风吹袭中挂在藤上的一串葡萄，把几乎与灌进口中等量的水洒在了她胸前灰色的衣服上。

这是一身上好的商人衣装，高领外衣经过了细密的编织和精良的剪裁，但式样朴实。不过她胸口的深色石榴石嵌金胸针对于一名商人来说也许显得太奢侈了些，这是塔拉朋的帕那克送给她的礼物。另外还有一些更华丽的珠宝都被藏在驭手座位下面的一个暗箱里，也都是帕那克送给她的。奈妮薇戴着这件首饰是为了提醒自己，即使是王位上的女人有时候也需要被揪住脖子，用力摇晃一番。在与爱麦瑟拉打过交道之后，她现在对于白塔操纵君王们的企图有了更多的同情。

她怀疑爱麦瑟拉的这些礼物其实是为了让他们尽快离开坦其克的一种贿赂。为了能让他们少停留一个小时，那个女人甚至愿意买一艘船，只是没人愿意卖而已。坦其克港中所剩不多的几艘能出海的船上都挤满了难民，而且，乘船虽然是最快的离开途径，却也是很容易被监视的途径。在出了那些事之后，黑宗也许同样在寻找她和伊兰。她们的使命是猎捕堕落为暗黑之友的两仪师，而不是遭受那些黑宗的袭击。因此，他们选择了乘马车穿越这片已经完全陷入内战的混乱之地。但现在奈妮薇开始后悔自己坚持要从陆路离开的举动了，只是她绝不会向别人承认这一点而已。

当她伸手想要把水囊递回给泽凌时，泽凌摇摇手示意她不必了。泽凌是一名强韧的男子，就像是从乌木中雕刻出来的一样，不过他在马背上的感觉似乎并不是很舒服。奈妮薇觉得他非常好笑，不是因为他在马背上明显战战兢兢的模样，而是那顶戴在他黑色平直短发上的塔拉朋红帽子。那顶无帽檐的圆锥形平顶高帽，配上他那件深色且下摆宽松的提尔束腰外衣，看上去简直是傻透了。实际上，奈妮薇觉得那种帽子配任何衣服都很难看，那种感觉就像是泽凌在脑袋上顶了一块蛋糕。

奈妮薇用抓住水囊的手按住帽子，一边用更加笨拙的姿势向前爬去，一边还暗自咒骂着那个提尔的捕贼人——绝不是捉贼人！还有汤姆·梅里林——那个只会吹牛的走唱人！还有伊兰，传坎家族的继承人，安多的王女。她真该抓住伊兰的脖子好好晃一晃！

她想要坐到汤姆和伊兰中间的驭手位子上去，但金发的安多女孩紧紧地靠在汤姆身上，甚至都不顾已经被吹到背后的草帽，用两只手抱住了那个白胡子老傻瓜的手臂，仿佛如果不这样做，她就会掉到车下面去。奈妮薇咬了咬牙，只好坐到伊兰的另一边。她很高兴自己已经把头发重新结成了一股辫子，那根辫子有她的手腕那么粗，一直垂到了她的腰上。至少现在她可以狠狠地揪一下这根辫子，以代替去揪伊兰的耳朵。这个女孩向来都还是很理智的，也许是混乱的坦其克也弄乱了她的脑子。

“他们不再追赶我们了。”奈妮薇戴好帽子，大声说道，“你可以让这东西慢一些了，汤姆。”她本来可以坐在后面喊这些话，而不必费力爬过那些木桶。但那种无济于事的大喊大叫的蠢相阻止了她这么做。她不想变成一个傻瓜，更不想被别人看成是傻瓜。“戴上你的帽子，”她对伊兰说，“你的浅色皮肤受不了这样的阳光。”

就像她所预料的那样，女孩丝毫也不在意她友善的劝告，却只是朝着拉紧缰绳的汤姆喊道：“你赶得真棒，你想让它们怎么样它们就怎么样。”

刚刚让四匹马放慢步子的高瘦男人瞥了女孩一眼，皱了皱浓密的白眉毛，但他只是说：“前面还有人，孩子。”嗯，也许他并不是那么傻。

奈妮薇向前方望去，看见一队穿着雪白罩袍的骑手正越过一道低矮的山坡向他们靠近。随着那些人的逐渐靠近，奈妮薇能看见他们约有五十人，看见他们身上光亮的铠甲和反射着阳光的圆锥形头盔。那些人护卫着许多满载的马车，是圣光之子。奈妮薇突然感觉到自己衣服下面、垂在胸口的两枚戒指。岚那枚代表失落的马吉尔王国的黄金玺戒对白袍众来说毫无意义，但如果他们看见了那枚巨蛇戒……

愚蠢的女人！他们看不见的，除非你当着他们的面脱衣服！

她匆忙地瞥了她的同伴一眼。伊兰的美丽是无法掩饰的，现在女孩已经放开了汤姆，开始重新系紧她的绿色帽带，仪容更像是一位公主，而不是一名女商贩。不过她的衣服除了是蓝色的之外，在其他方面和奈妮薇的完全一样。她没有戴珠宝，爱麦瑟拉送给她的礼物只得到她一句“俗气”的评价。她应该可以过关的，自从离开坦其克以来，她已经骗过差不多五十人了，但情况依然常常是危险万分。而且她们这是第一次遇到白袍众。汤姆穿着结实的棕色羊毛衣服，和另外一千个赶马车的白发老车夫没两样。泽凌就是泽凌，他知道该如何行事，虽然腰间别着锯齿匕首，手里还握着他的手杖，他显然是更想用两条腿走路，而不是骑在一匹马上。

汤姆让马匹停到了路边，等待着那支队伍派过来的几名前锋。奈妮薇装出一副和善的笑容，她希望白袍众不会征用他们的马车。

“光明照耀你们，将军。”她对那个领头的窄脸男人说，他是白袍众队伍里惟一没有持握骑枪的。她不知道那个人袍服胸前阳光普照图案下面的两个黄金结饰代表着什么阶，但按照她的经验，男人们会接受任何一种奉承。“很高兴看见你们。不久之前，还有一伙强盗要劫掠我们，幸好出现了一场奇迹般的大风，我们险些没能逃脱……”

“你们是商人？已经有相当长一段时间没有从坦其克城里出来过商人了。”那个男人的声音和他的脸一样严苛，仿佛所有的欢乐在他没有离开摇篮时就已经先离开他了，深陷在眼眶中的黑眼睛里充满了猜疑。奈妮薇丝毫不怀疑，他会永远都是这副尊容。“你们要去哪里？带着什么物品？”

“我们的货物是染料，将军。”奈妮薇努力让自己在那道冰冷凝视的目光下继续保持着笑容。那个男人转头去看其他人时，她才感到一阵放松。汤姆像所有接受雇佣的马车夫一样，百无聊赖地在等着“雇主”接受盘问；泽凌没有像以前一样摘下那顶荒谬绝伦的帽子，但至少还是完美地充当着一个受雇的帮手的角色，不至于启人疑窦。当那名白袍众的目光落在伊兰身上时，奈妮薇感觉到女孩哆嗦了一下，便急忙说道：“是塔拉朋染料，全世界最好的染料，我可以在安多卖个好价钱。”

白袍众的首领好像是发了个讯号，另一名白袍众催马走到了马车背后，用匕首割断一根捆帆布的绳子，掀开帆布的一角向里面望去。“是打了坦其克火印的木桶，副官，火印上写的是‘深红色’。你想我打破一两只看看吗？”

奈妮薇希望这名白袍众军官能正确理解她脸上焦虑的神情，即使没有去看伊兰，她也能感觉到，女孩已经想叫那名士兵住手了。当然，所有真正的商人都不会想让颜料被暴露在空气里。“将军，如果您愿意告诉我您想打开哪只桶，我会立刻就为您打开它的。”军官对她的奉承和合作态度没有任何反应。“这些桶都是密封好的，您知道，染料不能碰到灰尘和水。如果它们被打破了，我在这里没办法用蜡重新将它们封上。”

整支白袍众的队伍现在正从他们的身边通过，扬起一片灰尘。那支队伍里的马车夫都是一些衣着粗陋的普通人，但士兵全部将腰挺得笔直，长矛被倾斜到完全一致的角度。即使汗流满面，浑身尘埃，他们仍然显得锋芒毕露。只有那些马车夫在不断地打量着奈妮薇和她的同伴。

白袍众军官用一只戴着铁手套的手扇去面前的浮尘，然后示意进行检查的士兵回到队伍里。在这个过程中，他的目光一直没有离开奈妮薇。“你们从坦其克来？”

奈妮薇点点头，露出一副全面合作、坦诚布公的样子：“是的，将军，坦其克。”

“那里最近怎么样？现在到处都是谣言。”

“谣言？将军，我们离开的时候，那里已经没有任何秩序了。城里充满了难民，乡下则全都是叛军和劫匪，在那里很难做什么生意。”这是实话，却没有什么内容。“所以这些染料能卖个好价钱。我想，安多在很长一段时间里都不会得到坦其克供应的染料了。”

“我对于难民、贸易和染料没兴趣，商人。”军官刻板地说道，“安迪克仍然坐在王位上吗？”

“是的，将军。”很显然的，已经有谣言说有人攻下了坦其克，推翻了那个国王，这谣言也许已经成真了。但谣言里那个攻占坦其克的人会是谁？是那些在反抗安迪克的同时又互相攻杀的造反领主之一？还是那些自称效忠于转生真龙、却又从不曾见过他的人群？“我们离开的时候，安迪克仍旧是国王，爱麦瑟拉仍旧是帕那克。”

军官的眼睛告诉奈妮薇，他在怀疑她说谎，“据说那里出现了塔瓦隆女巫。你有没有见过两仪师，或者是听到过她们的讯息？”

“没有，将军。”奈妮薇立刻就答道，巨蛇戒似乎烫痛了她的皮肤。五十名白袍众就在她身边，这次一场风暴不会有用了，况且虽然她在极力否认，但她现在心中的恐惧确实比愤怒更甚。“我们只是小商人，不敢搅和到这种事里去。”军官点点头。奈妮薇壮着胆子问了一个问题，想转移话题：“请问，将军，我们是不是已经进入了阿玛迪西亚？”

“边界目前在东边五里的地方，”军官说道，“你们遇到的第一个村子应该是马戴辛。遵守法律，你们就不会有事，那里驻扎着一支圣光之子的卫戍部队。”他说话的语气就像是这支卫戍部队会用全部时间监视奈妮薇一行人是否违法。

“你们是来移动边界的？”伊兰突然用冰冷的声音问。奈妮薇差点就要掐死她。

那双深陷在眼窝中、充满狐疑的眼睛转向了伊兰。奈妮薇急匆匆地说：“请原谅她吧，将军大人，我的大妹还是个孩子。她以为自己生下来就应该是一位贵族，而她又总是离不开那些男孩子，所以她的母亲就让我带着她。”伊兰忿忿的表情装得很完美，不过也可能她是真的感到气恼。奈妮薇觉得自己不需要加上那句关于男孩的话，不过这样说应该还是很合适的。

白袍众军官又盯着她们看了许久，然后才说道："最高领袖指挥官派我们运送食物进入塔拉朋，否则，那些塔拉朋人就会骚扰我们的边境，偷走一切他们咬得动的东西。行在光明中。"说完这一句，他掉转马头向那支队伍的领头处赶去。最后这一句既不是建议，也不算祝福。

那名军官一离开，汤姆就赶起了马车。但除了偶尔的咳嗽之外，四个人再没有发出任何声音，直到那支队伍卷起的尘云彻底离开了他们。

奈妮薇吞下一点水，润了润喉咙，又将水囊推给伊兰："你刚才那句话是什么意思？"她严厉地问道，"我们并不是在你母亲的王宫里，你母亲也不会因为这句话而赞扬你的！"

伊兰喝光了皮囊中所有的水，然后才说道："你是胆小鬼，奈妮薇。"她故意提高声音，带着嘲笑的语气模仿着："我很善良，又顺从，将军，我能吻吻你的靴子吗，将军？"

"我们的身份是商人，不是微服出访的女王！"

"商人也不用低三下四！你很幸运，他没有想到我们这么卑躬屈膝是不是因为要隐瞒什么！"

"商人也不会对五十名全副武装的白袍众趾高气扬！或者你认为我们能用至上力把他们全都收拾掉？"

"为什么你要对他说我离不开男孩子？你不用这样说的，奈妮薇！"

"只要是能让他离开，让我们继续赶路的话，我全都会说！而你——"

"你们两个全都闭嘴，"汤姆突然喊道，"不要等到他们回来看到你们要杀死对方的样子！"

奈妮薇真的从座位上转回身去观望，然后她才发现白袍众已经走到即使她们大喊大叫也不会被听到的地方了。嗯，也许她们刚刚真的是在大喊大叫。伊兰也和她一起转过了身。

奈妮薇用力地拉了一下辫子，瞪了汤姆一眼，但伊兰又依偎到汤姆的臂膀上，嗲声嗲气地嘟囔着："你是对的，汤姆，很抱歉我那样大声说话。"泽凌在一旁偷偷看着他们，同时又竭力装作毫无察觉的样子。但他也有足够的智能，知道把坐骑保持距离，别搅和进这团混战。

奈妮薇在把辫子连根揪掉之前放开了手，她整了整帽子，端坐在座位上，望着前面赶路的马匹。不管那女孩刚刚是着了什么魔，至少她现在又恢复了理智。

一根立在路边的高石柱标示了塔拉朋和阿玛迪西亚的分界，路上除了他们之外再看不到别的马车。山丘开始变得高了一些，除此之外，这里的风景和边界另一侧并没有差别。到处都是棕褐色的草地和灌木丛，除了松树、羽叶木等常绿树种之外，看不到一片绿叶。竖着石墙围栏的田地和用茅草盖顶的石砌农舍零星分布在山坡和溪谷两边，但看上去似乎都已经荒弃了。烟囱中没有炊烟升起，田地里没有男人劳作，也看不见一只牛羊。有时候，会有一两只鸡在路旁的农家院子里来回逡巡，被马车惊得逃向一边，这些鸡显然已经没人养了。无论是否有白袍众的部队驻扎，人们显然因为害怕受到塔拉朋盗匪的侵袭，已经逃离了此地。

当马戴辛出现在前方一片高地顶上的时候，太阳距离天顶的位置还相当远，这个地方看上去更应该被称为一座小镇，而不止是一个村子。它有将近一里的方圆，横跨在一条穿过两座山丘的小溪上。镇里只有一半的房子是茅草屋顶，另一半则是石板屋顶。宽阔的街道上也能看见不少行人。

"我们需要购买补给，"奈妮薇说，"不过要快一些，我们在日落之前还能赶很长的路。"

"我们已经很疲惫了，奈妮薇。"汤姆说，"我们赶了将近一个月的路，每天都是从黎明走到黑夜。休息一天，晚一天到塔瓦隆也没什么关系的。"汤姆的声音里没有丝毫倦意。他很可能只是想找一家酒馆，耍弄一下他的竖琴和长笛，让别人请他喝杯酒。

泽凌也在马车边上说道："我也能在地面上活动一下我的两条腿，现在我真搞不清马鞍和马车哪个更不舒服。"

"我想我们应该找一家旅店睡一夜，"伊兰抬头看着汤姆，"我已经在马车下面睡够了，而且我还能在大厅里听你讲故事。"

"只有一辆马车的商人和小贩差不了多少，"奈妮薇没好气地说，"他们付不起这种城镇上旅店的房价。"

她其实不知道这种商人到底有几个钱，而且她自己也渴望着一次舒服的热水澡和干净的床单，但她就是不想看到伊兰对汤姆那种百依百顺的样子。但直到话已出口，她才发现自己其实是同意了汤姆和泽凌的意见。休息一天不会有事的。去塔瓦隆还有很长一段路要走。

她希望自己一开始就坚持乘船出发。用一艘快船，一艘海民的风剪子，再加上一阵好风，有优秀的亚桑米亚尔寻风手带领，他们只需要现在已经花费时间的三分之一就能到达提尔了。说到寻风手，现在她和伊兰也可以运用至上力操纵船只了。提尔人知道她们是兰德的朋友，那些家伙是绝不敢得罪转生真龙的。那里的贵族们会为他们准备一辆上好的马车，护送他们一路前往塔瓦隆。

"找个地方宿营吧！"她不情愿地说。应该坚持要一艘船的，他们现在也许已经在白塔里了。

第9章

暗　号

奈妮薇必须承认，汤姆和泽凌选择了一块良好的宿营地。这里是距离马戴辛不到一里的一处朝东的山坡，地上覆盖着一层落叶，周围是一些灌木丛和几株酸胶树与矮小枯干的柳树。它们遮住了马车，让镇里和从路边经过的人无法看到他们。山顶上的一片岩层中，流淌出一条两尺宽的小溪，流到山下时，泥土河床已经有四尺了。这样他们就有足够的水。因为树阴的遮蔽，溪水在流出很长一段之后依然清凉宜人，而且溪边还不停地吹着一阵阵凉爽的微风。

那两个男人在马饮好水，并安排好它们在山坡上吃草之后，就掷硬币决定谁可以牵着那匹羸瘦的阉马去镇里购买补给。他们现在已经习惯做每件事都要靠掷硬币决定。手指灵巧的汤姆每次都能掷出他想要的那一面，所以现在每次都是泽凌掷硬币了。

不过这回还是汤姆赢了，当他解下偷懒鬼背上的马鞍时，奈妮薇探头到马车的座位下面，用小刀撬起了一块木板。那里放着两只镀金的小箱子，那是爱麦瑟拉送给她和伊兰的珠宝，另外还有几个装满了钱币的皮囊。为了能看到他们离开，帕那克表现得非常慷慨。相比较之下，暗格里的其他东西乍看之下似乎就显得不那么重要了——一个抛光的乌木小匣，上面没有雕刻任何花纹；一只软皮小兜平放在格子里，看上去像是里面装着一个碟子。那只箱子里放着她们从黑宗两仪师那里夺回的两件特法器，全部与梦有关，而那个皮兜里……那是她们从坦其克得到的战利品，暗帝牢狱的七道封印之一。

她急于回白塔的原因除了想知道史汪·桑辰下一步会让她们去哪里追捕黑宗两仪师，另一个就是为了这道封印。她伸手从鼓鼓的钱袋里掏出一些硬币，并尽量避开那个扁平的皮兜。那道封印留在她这里的时间愈长，她就愈想把它交给玉座，了结这件事。有时候，当她接近它时，她似乎能感觉到暗帝正在全力攻击这道封印。

她严肃地叮嘱带着满口袋银币的汤姆，一定要找一些水果和绿色蔬菜回来。这两个男人对于食物的认知似乎只限于肉和豆子。汤姆拉起偷懒鬼的缰绳，向镇里走去。看到他一瘸一拐的样子，奈妮薇显出难过的表情。沐瑞说那是一处旧伤，现在已经无法医好了，它至今都在溃疡、发炎，而她却对此无能为力。

她离开两河最初只是为了保护村子里被两仪师拐走的年轻人，她去白塔时也仍然带着能够照顾他们的希望，另外还有让沐瑞垮台的野心。从那时到现在，这个世界已经完全不同了，或许只是她眼中的世界发生了变化。*不，不是我在改变，我还是原来的那个我，是其他所有事情都不同了。*

现在，她能做的只剩下了保护她自己。兰德有了另一个身份，已经无法再回头；艾雯则迫不及待地踏上了自己的道路，任何人、任何事都无法阻拦她，哪怕她的前方是万丈深渊；麦特则学会了用女人、赌博和狂欢作乐塞满自己的脑袋。让她对自己感到厌恶的是，她甚至发现她有时候会同情沐瑞。至少佩林已经回到了家乡，她是从艾雯那里听到的这个讯息，艾雯则是从兰德那里听到的。佩林应该是安全的。

猎捕黑宗是一件好事，而且令人满意，不过它也是件可怕的事，只是她一直都在竭力掩饰这一点。她是一名成年女子，不是一个需要躲在母亲围裙后面的女孩。但猎捕黑宗并不是她要继续学习掌控至上力的原因，虽然她因此而常常想在墙上撞破脑袋，虽然她其实在大多数时间里并不比汤姆更有能力进行导引，但她还是在努力地学着，只因为至上力所带给她的医疗异能。身为伊蒙村的乡贤，她曾经因为妇议团的成员们都按照她的思路去思考而感到满意（尤其是妇议团的成员大多数都年长到足以做她的母亲，比伊兰大不了几岁的她，曾经是两河流域历史上最年轻的乡贤），更喜欢村议会按照她的指点去做他们应该做的事（那都是一些顽固不化的老头子），但最让她感到快乐的，永远都是找到正确的草药调配方法，治愈病患。而如果能用至上力进行治疗……她必须掌握它，探索其他方法无法企及的治疗能力，这种欢喜的感觉甚至能让她潸然泪下。总有一天，她会治好汤姆，看着他跳舞。她甚至还可以治好兰德肋侧的伤。只要导引者有足够的决心，没有治不好的伤口。

她转回身，发现伊兰拿着挂在马车下面的水桶汲了一桶水，正跪着清洗她的手和脸。女孩在肩膀上围了一条毛巾，以免水溅到衣服上。奈妮薇也很想这样洗一洗。在这种炎热的天气里，享受一下溪水的清凉应该是很令人高兴的事。他们经常只有马车水桶里存的温水，而那些水还要饮用和煮食，用来清洗就太奢侈了。

泽凌背靠一只马车的轮子坐着，他那根拇指粗的带节浅色木杖就放在身边。他的头低着，那顶傻帽子摇摇欲坠地扣在他的脑袋上。但奈妮薇不敢确定他真的会一大早就睡着了，听不到她们说话。有些事情他和汤姆是不知道的，他们最好不要知道这些事。

她坐到伊兰身边，落叶在她身下发出一阵窸窣的碎裂声。“你觉得坦其克真的没希望了吗?”伊兰用一块涂满肥皂的手巾缓缓地擦着脸，没有回答她的问题。奈妮薇又说道：“我觉得那些白袍众所说的‘两仪师’，指的是我们。”

“也许。”伊兰的声音冷冷的，就像是坐在王座上发出的指示。她的眼睛如同蓝色的冰块，而且一直都没有转向奈妮薇。“也许关于我们的讯息已经和其他传闻搅在了一起，塔拉朋很容易就会有一位新的国王，一位新的帕那克。”

奈妮薇压抑着自己的火气，不让自己去揪辫子，两只手正用力地握着她的膝头。*你正在与她和解。小心你的舌头。*“爱麦瑟拉不是很好相处，但我不希望她受到伤害。你也不想，对吧?”

“一个漂亮的女人，”泽凌说，“特别是在穿上塔拉朋女侍的衣服时，而且她笑得也很甜。我本以为她——”他看见伊兰和奈妮薇瞪着他的样子，立刻就重新把帽子拉到了脸上，又假装睡着了。奈妮薇和伊兰相互瞥了一眼，她知道伊兰的想法和她一样。*男人。*

“奈妮薇，无论爱麦瑟拉出了什么事，现在她已经和我们无关了。”伊兰的声音听起来正常了些，洗脸的动作也慢了下来。“我希望她会没事，但我现在最希望的是那些黑宗不会跟踪我们。”

泽凌没有抬头，但他哆嗦了一下。黑宗不是街谈巷议的传说，这件事直到现在仍然在让他感到不安。

*他应该感到高兴，因为他不知道我们知道的事情。*奈妮薇必须承认，这个想法其实没什么道理，但如果他知道了弃光魔使已经得到自由，即使有兰德那个要照顾她和伊兰的愚蠢叮嘱，泽凌肯定还是会立刻拔脚就逃。但他还是很有

用的，他和汤姆都是。让汤姆跟随她们的是沐瑞，那个老男人对这个世界了解很多，完全不像是一名走唱人。

“如果她们跟踪我们，现在肯定已经杀过来了。”这是实话，她们这辆破马车的速度其实并不快。“运气好的话，她们现在也许还不知道我们是谁呢！”

伊兰点点头，虽然很严肃，但已经不再冰冷了，然后她就开始用清水洗脸。这个女孩就像两河女人做事那样坚决。“莉亚熏和她的大多数同党一定已经逃离坦其克了，也许全都逃了，而我们仍然不知道是谁在向白塔的黑宗两仪师发布命令。我们还有许多事要做，兰德也会这样对我们说的，奈妮薇。”

尽管努力克制，但奈妮薇还是瑟缩了一下。的确，她们的名单上记载了十一名黑宗两仪师的名字，但等她们回去白塔后，每一个与她们交谈的女人几乎都有可能是黑宗的一员。当然，她在路上遇到的每一个人也许都是暗黑之友，但这是不可同日而语的。不过，危险性也许没差多少。

“不止是黑宗，”伊兰继续说道，“我担心魔——”奈妮薇急忙按住她的肩膀，朝泽凌的方向微微点点头。伊兰咳嗽了一阵，仿佛她是因为这个才停下来的。然后她说，“还有妈妈，她不会喜欢你的，奈妮薇，正好相反。”

“她离我们还很远。”奈妮薇很高兴自己的声音能保持稳定。她们并不是在谈论伊兰的母亲，而是那名被她击败的弃光魔使。从某些角度来说，她衷心地希望魔格丁能够离他们远一些，愈远愈好。

“但如果她不是那么远呢？”

“她是的。”奈妮薇坚定地说，但肩膀已经在不知不觉间缩紧了。她思想中的一部分还记得在魔格丁面前遭受的羞辱，并且迫不及待地想再次找到她、击败她。但如果魔格丁对她进行偷袭该怎么办？如果那名弃光魔使出现的时候，她还没有足够的怒火可以让自己导引呢？当然，所有的弃光魔使和黑宗两仪师都会让她面临这样的问题，但在坦其克的溃败之后，魔格丁肯定对她个人有着深切的恨意。有一名弃光魔使知道自己的名字，而且很想得到自己的脑袋，奈妮薇觉得这完全不是一件令人愉快的事。*你是在害怕*，她严厉地告诫自己，*你不是一名懦夫，你永远都不会是！*但每次魔格丁出现在她脑海中时，她的背脊都会感到一阵寒意，就仿佛那个女人正盯着她的后背。

“我想，总是要小心强盗的偷袭让我变得很紧张。”伊兰一边用手巾轻拍着脸颊，一边随意地说，“我在做梦的时候，有时我会觉得有人正在盯着我。”

奈妮薇愣了一下，因为她也有同样的感觉，但她很快地意识到伊兰说话时特别加重了“梦”这个字。不是所有的梦，只是与特·雅兰·瑞奥德有关的梦，这是另一件男人们不知道的事。在梦的世界里，她似乎经常能感觉一双看不见的眼睛，这令人非常不舒服，而且她们以前就讨论过这种感觉。

奈妮薇让自己的声音更低了一些："嗯，你母亲不在我们的梦里，伊兰，否则她就会在那里揪我们的耳朵了。"魔格丁也许会一直不停地折磨她们，直到她们乞求死亡；或者是用十三名黑宗两仪师与十三只魔达奥融合，迫使她们堕入黑暗，将她们与暗帝束缚在一起。也许魔格丁甚至自己就能做到……不要傻了，女人！如果她能做到，她一定已经做了。你击败了她，难道你忘了？

"希望真的不是这样。"她的同伴有些沉重地回答。

"我可以洗了吗？"奈妮薇不耐烦地说。与那个女孩和解是好事，但她受不了总是谈论魔格丁。那名弃光魔使一定还在某个遥远的地方。如果她知道她们在哪里，她绝不会让她们平安地走过这么远的路程。光明保佑，但愿她真的不知道吧！

伊兰倒空了桶里的水，又重新打了一桶清水。她是个很好的女孩，只要她记得自己不是在凯姆林的王宫里，还有她没在汤姆身边犯傻的时候，当然，当汤姆回来时，奈妮薇自能应付这件事。

奈妮薇让脸和手享受过清水的润洗之后，就开始设立营地，她让泽凌采集枯枝，准备火堆。等到汤姆和背着两只柳条筐的偷懒鬼回来的时候，奈妮薇和伊兰的毯子已经铺在了马车下面，两个男人的毯子也铺在了一株二十尺高的柳树下，马车旁边也有了一座很高的柴堆。在一片清理过落叶的地方，茶壶挂在一堆火灰上面，正在凉着，厚重的陶杯也洗干净了。泽凌一边嘟囔着什么，一边将溪水灌进马车存水的桶里。零星听了一点泽凌的话之后，奈妮薇很高兴他嘟囔的声音不是很大，坐在车辕上的伊兰则带着难以掩饰的兴趣想要听清楚泽凌到底在说些什么。她和奈妮薇都已经绕到马车的另一侧，换上了干净的衣服。

汤姆绑好偷懒鬼前腿的绳子之后，轻松地从马背上取下那两只沉重的篮子，开始把里面的东西一件一件地掏出来。"马戴辛不像它从远处看上去那么繁荣。"他将一袋小苹果放在地上，另一只袋子里则是一些暗绿色的叶菜，"因为没办法和塔拉朋进行贸易，那个小镇正在衰败。"篮子里剩下的则是一袋袋晒干的豆子和芜菁，再加上用胡椒腌过的牛肉和用盐腌过的火腿，以及一只有蜡封的灰色罐子，奈妮薇相信那里面一定是白兰地。这两个男人都抱怨过，他们在晚上抽烟时没有东西润润喉。"在那里，几乎每走一步都能看见一两名白袍众，那支卫戍部队有大约五十人。他们的军营在河对面可以俯瞰小镇的山顶上，那座军营相当大，但培卓·南奥似乎把那里和其他所有地方的白袍众都调到阿玛多去了。"抚了抚他的长胡子，汤姆若有所思地愣了一会儿，"我看不出他要干什么。"汤姆显然不喜欢这样，平常他在一个地方只需用几个小时的时间就能查清楚贵族和商人们的联盟、矛盾和密谋,这些都是那所谓的贵族游戏的内容。“这里的谣言只是说,培卓·南奥正在力图阻止伊利安和阿特拉之间的战争,或者也许是伊利安和莫兰迪之间的,但他不该为了这个而大规模聚集士兵。不过,我要告诉你一件事,无论刚才那个军官是怎么说的。那些被送进塔拉朋的食物是用阿玛迪西亚国王税金购买的,而且阿玛迪西亚人也不会因此感到高兴,他们不想缴税去喂饱塔拉朋人。”

“我不关心埃尔隆国王和白袍众最高领袖指挥官的事。”奈妮薇一边说,一边审视着汤姆带回来的东西。三条腌火腿!“我们要迅速而谨慎地穿过阿玛迪西亚。也许我和伊兰能有运气多找到一些蔬菜的,你愿意走一走吗,伊兰?”

伊兰立刻站起身,整了整灰色的衣裙,又从马车上拿起帽子。“好的,我坐马车也坐得太久了,如果汤姆和泽凌能让我骑一下偷懒鬼的话,我就能换换感觉了。”这次她总算没有用那么挑逗的眼神望着老走唱人。

汤姆和泽凌交换了个眼神,提尔的捕贼人从外衣口袋里掏出一枚硬币,但奈妮薇没让他有机会把硬币抛起来。“我们自己去就好了,有那么多白袍众维护秩序,我们不可能遇到什么麻烦的。”她将帽子在头上戴好,系紧帽带,严厉地看了两个男人一眼。“而且,汤姆带回来的那些东西也要在车上放好。”两个男人不情愿地缓缓点点头。有时候,他们真的会以为自己是她和伊兰的全天候保护者。

不久之后,她就和伊兰来到空旷的大道上,她们都走在路边的矮草里,以免扬起灰尘。还没等她平静心神,想好该如何开口时,伊兰已经说道:“你显然是想和我单独谈谈,奈妮薇,是关于魔格丁吗?”

奈妮薇眨眨眼,侧目望了一下她的同伴。她知道,伊兰不是傻瓜,女孩只是有些行为像个傻瓜而已。奈妮薇决心要好好控制住自己的脾气,现在的问题已经很棘手了,吵架对她们来说不会有任何帮助。“不是的,伊兰。”女孩认为她们应该把魔格丁也加进猎捕名单里去,她似乎不明白一名弃光魔使与莉亚熏和加丝玛有什么差别,“我觉得我们应该讨论一下你对汤姆的态度。”

“我不知道你在说什么。”伊兰只是望着前方的小镇,但突然出现在她脸颊上的绯红说明了她在撒谎。

“他不仅年纪比你的父亲还要大两倍以上,而且——”

“他不是我父亲!”伊兰喊道,“我父亲是塔林盖尔·达欧崔,凯瑞安的亲王兼安多的剑之第一王子!”用力扶正自己的帽子,伊兰用稍微温和一点的语气说道:“我很抱歉,奈妮薇,我不想那么喊的。”

要有耐心,奈妮薇提醒自己。“我想你爱的是兰德。”她让自己的声音继续

保持着平静与柔和，这并不容易，“你让我托艾雯转交给他的信里肯定是这么说的，我想你也亲口告诉了艾雯这件事。”

女孩脸上的绯红更深了：“我确实是爱他，但……他离这里太远了，奈妮薇，他在荒漠里，被上千个对他惟命是从的枪姬众包围着。我看不到他，也不能和他说话，碰触到他。”最后这句话她几乎是用耳语说出来的。

“你不能就这么认为他会喜欢上某个枪姬众。”奈妮薇难以置信地说，“他是个男人，但他不是个薄幸的人，而且，如果他对于某个枪姬众意图不轨的话，那名枪姬众一定会用利矛刺穿他，即使他是那个什么黎明之类的。不管怎样，艾雯也说了，艾玲达正在帮你看着他。”

“我知道，但……那时我应该让他确实知道我爱他的。”伊兰的声音充满了决心，也充满了担忧，“我应该告诉他的。”

奈妮薇在岚之前从没正眼看过一个男人，但她从做乡贤的时候就已经学到了很多，通过她的观察，男人都是些慢吞吞不上道的家伙，除非由他们先说出口。

“我想，明应该看见过一个幻象，”伊兰继续说道，“关于我，还有关于兰德的幻象。她总是说着要分享他的笑话，但我觉得那不是个笑话，她只是没办法让自己说出实情。”

“这太荒谬了。”绝对很荒谬，虽然在提尔的时候，艾玲达曾经告诉过她那个糟糕的艾伊尔习俗……*你和沐瑞分享岚*，一个声音在她的脑海里耳语。*这根本不一样！*她用力地对自己说。“你确定明曾经看见过？”

“是的，一开始我还不明白，但我想得愈多，我就愈确定。她对这件事开了太多的玩笑，那不可能是别的意思。”

不管明看见了什么，兰德不是艾伊尔。噢，也许像那些智者们所宣称的那样，他的血统属于艾伊尔，但他是在两河长大的。奈妮薇不会袖手旁观，任由他去接受那些可怕的艾伊尔习俗，而且她认为伊兰一定也不会逆来顺受的。“你是因为这个才——”要说出这句话，她觉得实在是很困难，“——那么和汤姆说笑的？”

伊兰横了她一眼，殷红色又回到了双颊：“我们之间有上千里的距离，奈妮薇，难道你以为兰德就绝不会去看另一个女人？‘男人就是男人，无论是在王座上还是在猪舍里。’”伊兰总是有很多家常俚语，那都是她的保姆，一名叫莉妮的女人教给她的。奈妮薇希望有一天能见见这个有头脑的女人。

“好吧，我不明白为什么你只是因为对兰德的怀疑就那么打情骂俏。”奈妮薇没有再提汤姆的年纪。*岚的年纪也足以当你的父亲了*，那个声音还在低喃着。我爱岚,要是我能找到办法让他摆脱沐瑞就好了……这不是现在要着急的事情!“汤姆有着许多秘密,伊兰,记住,是沐瑞派他跟着我们的。无论他是谁,他绝对不是一名普通的乡下走唱人。”

“他是个伟大的人,”伊兰低声说,“如果不是为了爱情,他本来可以更伟大的。”

这一回,奈妮薇再也控制不住自己的火气了,她转身瞪着女孩,紧抓住对方的肩膀:“那个男人现在已经不知道该把你打一顿,或……或……或爬上一棵树逃跑了!”

“我知道,”伊兰失落地叹息了一声,“但我不知道还能怎么做。”

奈妮薇用力咬着牙,克制住自己要把伊兰晃散的冲动。“如果你母亲听到这个,她一定会派莉妮来把你揪回到摇篮里去的!”

“我不再是个孩子了,奈妮薇。”伊兰的声音非常生硬,现在她脸上的红晕也消退了,“我和我母亲一样,也是个女人了。”

奈妮薇大步向马戴辛走去,紧紧地揪住自己的辫子,让她的指节都痛了。

她刚走出几步,伊兰就追上了她。“我们真的是要去买蔬菜?”她的脸色沉静下来,声音也变轻了。

“你没看到汤姆都带回了什么?”奈妮薇忿忿地说。

伊兰轻轻打了个冷颤。“三条火腿,还有那些可怕的胡椒牛肉!男人能找到的食物难道只有肉?”

奈妮薇的火气逐渐消退了,她们一边走,一边谈论着那个有缺陷的性别——当然是男性——等等琐碎的话题。当然,她的怒意没有完全消失,但她喜欢伊兰,很高兴能有这个女孩做伴。有时候,这个女孩仿佛真的是艾雯的姐妹,就像她们彼此的称呼那样,只要是在她没有那样卖弄风情的时候。当然,汤姆是可以阻止她这样的,但那个老傻瓜却像是个溺爱女儿的父亲一样娇纵着伊兰,即使在他不知该喝止她还是该昏倒时也不例外。她一定要想办法弄清楚这里面到底有什么问题,不是为了兰德,只是因为伊兰不该做出这种事情。那个女孩就像是得了一种奇怪的热病,奈妮薇一定要治好她。

马戴辛的街道由花岗岩石板铺成,上面残留着数个纪元的足迹和马车轮印,镇里的建筑都是用砖石搭成的,但其中有许多店铺和住宅已经空了。有些时候,奈妮薇可以直接从敞开的门口看到空无一物的室内。她看见三个铁匠铺,其中两个已经荒废了;第三个铺子里的铁匠只是心不在焉地用油擦拭着他的工具,火炉里看不见半点火星。一家石板屋顶的客栈门前,愁眉苦脸的男人们坐在长凳上,客栈的窗玻璃已经碎了好几块。另一家客栈旁边的马厩大门半吊在门框上，一辆满是积尘的四轮马车被扔在院子里，一只被丢弃的母鸡在驭手的位子上搭了一个窝。有人在那家客栈里弹着筝，听上去，曲子是“展翅的苍鹭”，但那曲子在这里同样显得非常忧郁。第三家客栈的大门上被交叉钉上了两块厚木板。

人们聚集在街道上，但他们都只是在漫无目的地晃荡着，似乎都已经被炎热的阳光晒昏了头，呆滞的面孔说明他们根本就无事可做，只是依照习惯来回走动着。女人们戴着又大又深的无边帽，几乎把面孔全都遮了起来。男人们穿着一直长到膝盖的外衣，有许多人的衣襟和领口、袖口都磨损、撕破了。

街上确实能不断地见到白袍众，只不过没有汤姆说的那么多。每次被身穿白袍和银亮铠甲的人看到的时候，奈妮薇的呼吸都会停顿一下。她知道自己导引至上力的时间还不够长，容貌并没有变成两仪师那种看不出年岁的特征。但这些人仍然有可能会杀死她，即使只是怀疑她和白塔有关系——一名塔瓦隆女巫，这在阿玛迪西亚是严重的罪行。白袍众们在人群中穿行着，似乎完全没注意到周围破败的景象，人们尊敬地为他们让出道路。有时候他们会向让路的人点点头，但大多数时候他们只会僵硬地说一句：“行在光明中。”

奈妮薇尽量不让自己去注意圣光之子，而是把注意力集中在寻找新鲜蔬菜上。等到她和伊兰走过了小河两岸的所有街道时，太阳已经变成了远方山尖上一个在薄云中燃烧的耀眼金球。她们的行囊里多了一包蜂蜜豌豆、一些小萝卜、几颗硬梨，还有一个盛放这些物品的篮子。也许汤姆真的是认真找过了，在一年中的这个时节里，街边的推车和货仓里应该堆满了夏季收获的农产品，但她们只能看见一堆堆土豆和芜菁，而且一看就知道是放了很长的时间。想到一路上看见的那些被荒弃的农场，奈妮薇不知这些人该用什么来度过这个冬天。她继续向前走。

在一家茅顶裁缝铺的门框上倒挂着一束金雀花，它们开着一些零碎的黄色小花，茎秆完全被白色的缎带扎成一束，末端又悬了一条黄缎带。这也许是某个女人试图在这个艰难时刻，为了鼓舞人们的精神而做的一点努力，但奈妮薇相信事实不是这样的。

奈妮薇在一家招牌上刻着一把餐刀的空店铺门口停下来，假装寻找一颗掉进鞋里的石子，眼睛却在偷偷望着那家裁缝铺。裁缝铺的门开着，一捆捆五颜六色的布匹立在被分成小格的窗前，但没有人从那里面进出。

“你找不到吗，奈妮薇？把鞋脱下来吧！”

奈妮薇猛地抬起头，她差点忘了伊兰还在她身边。没有人注意她们，也没有人能够听到她们说话，但奈妮薇仍旧压低了声音，“看那间店门前的金雀花，那是黄宗的暗号，是一名黄宗两仪师的眼线发出的紧急讯号。”

她不必叮嘱伊兰不要去看，女孩的视线根本没有移向那间店铺。“你确定？”她同样压低了声音问，“你是怎么知道的？”

“我当然确定，绝不会错的，那一小段垂下的黄色缎带还被分成了三根。”她停下来，深吸一口气，除非她完全搞错了，否则那一把小花就代表着一个可怕的讯息。如果她搞错了，她可就成了个傻瓜，那是她非常痛恨的事。“我在白塔里花了很多时间和黄宗两仪师们交谈。”医疗是黄宗的主要任务，她们不是很在意奈妮薇的草药，因为至上力要比草药强大得多。“是一位黄宗两仪师告诉我的，她不认为这样做有什么大不了，因为她相信我会选择黄宗。而且，这个暗号已经有将近三百年没有使用过了。伊兰，每个宗派里只有极少数几名成员才确实地知道宗派眼线的所在，但一束这样挂着的黄花是在告诉每一个黄宗两仪师，眼线在这里，而且有非常紧急的讯息要发出，即使冒着身份暴露的危险也在所不惜。”

“我们该如何查清情况？”

奈妮薇喜欢这样的响应。不是“我们该怎么办？”这个女孩已经有自己的主见了。

“跟着我。”奈妮薇说着站起了身，手里紧紧抓住那只篮子。她希望自己还记得夏茉琳告诉她的每一件事，她希望夏茉琳告诉了她每一件事，那名身材丰腴的黄宗两仪师是个情绪容易激动的人。

这间店里的空间并不大，将墙壁完全遮住的架子上摆放着成匹的丝绸和上等毛料、一卷卷滚边和镶边、各种宽度和花纹的缎带与蕾丝。作衣架用的假人身上穿着完成和未完成的衣服，有绿色羊毛刺绣舞裙，也有适合在宫廷中穿着的珍珠灰丝袍。这家店乍看生意显得很是兴旺，但奈妮薇锐利的目光立刻在一条索林德的花边蕾丝高领和另一件长裙腰间的黑色天鹅绒大蝴蝶结上捕捉到一点灰尘。

店里有两个黑发女人，其中一个是身材瘦削的少女，她正一脸惶急地将一匹浅红色丝绸抱在胸前，并偷偷地想用手背去揩鼻子。她的头发在肩头堆成了一片发卷，这是一种阿玛迪西亚发式，和另外那个女人的头发相比，这个发型就好像是一蓬乱草了。另外一个是一名相貌英挺的中年女子，从系在她手腕上的那个大针垫来看，她是这里的裁缝。她的衣服是用上好的绿色毛料做的，良好的裁剪和精细的缝制显示出她高超的技艺，不过衣服上的装饰只有高领口周围的一圈白色小花，这样可以不至于让客人们在这里定做的衣服黯然失色。

当奈妮薇和伊兰走进店里时，两个女人都吃惊得张大了嘴，仿佛已经有一年时间没人进来了。那名裁缝首先恢复了过来，她带着谨慎的矜持打量着她们，然后微微行了个屈膝礼："请问有何贵干？我是伦蒂·麦克拉，欢迎到我的店里来。"

"我想要一套在胸衣上绣有黄色玫瑰的裙装，"奈妮薇对她说，"但不要荆棘，一定请记住，"她又笑着说了一句，"要是被刺伤了可没办法很快治好的。"她说什么并不重要，关键是她的话里必须有"黄"和"治疗"这样的字眼。现在，如果那束花只是个巧合，她就要找些理由来推掉这套带玫瑰的衣服了，还要想办法不让伊兰把这次尴尬的经历对汤姆和泽凌说。

麦克拉夫人那双深色的眼睛盯着奈妮薇看了很长时间，然后她转向那个瘦女孩，把她向店铺后面推去："璐希，到厨房去为女士们煮一壶茶，从那个蓝罐子里拿茶叶。感谢光明，水已经热了，快去，女孩，把那个放下，不要笨手笨脚的。快点，快点，记住，那个蓝罐子，我最好的茶。"她说完，看着那个女孩走进了后门，然后才对奈妮薇说："我就住在这间铺子后面，门后就有厨房。"她紧张地抚弄着自己的裙子，用右手的拇指和食指做成一个环，这代表着巨蛇戒。看来不需要为了推掉那件衣服而找理由了。

奈妮薇重复了那个手势，过了一会儿，伊兰也照做了。"我是奈妮薇，这是伊兰，我们看见了你的暗号。"

那个女人显出紧张的样子，仿佛就要飞起来似的。"那个暗号？啊，是啊！当然。"

"那么？"奈妮薇问，"紧急的讯息是什么？"

"我们不该在这里谈论这件事……嗯……奈妮薇小姐。"麦克拉夫人说道，"任何人都有可能走进来。我们先喝一杯好茶，然后我再告诉您，是我最好的茶，我说过了吗？"

奈妮薇和伊兰交换了一个眼神。奈妮薇并不认为现在还会有人到这间店铺里来，但如果麦克拉夫人对这个讯息如此慎重，那一定是个惊人的讯息。

"我们去后面吧！"伊兰说，"没有人会听到我们说话的。"她帝王般的语调让这位裁缝愣了一下。片刻之间，奈妮薇觉得这应该让裁缝不再紧张了，但这个傻女人立刻又开始喋喋不休。

"茶很快就准备好，水已经热了，我们以前总是能买到塔拉朋茶叶。我想，那就是我会待在这里的原因。当然，不止是茶叶，还有所有那些贸易，所有那些被马车带来的讯息。她们……你们通常都对爆发的疾疫或者是新出现的疾病感兴趣，但我自己发现这些问题很有趣。我涉猎一点……"她咳嗽了一下，又飞快地说起来，如果她抚平衣服的手再用力一些，也许她就要穿一件带洞的衣服了。“当然，我知道一点关于圣光之子的事，但她们……您……不会对他们很感兴趣的吧！”

“去厨房吧，麦克拉夫人。”奈妮薇在那个女人喘气时用命令的口吻说道。如果女裁缝的讯息让她如此紧张，奈妮薇就不允许再有时间被耽误了。

店铺的后门被打开，露出璐希有些着急的脸。“准备好了，夫人。”她上气不接下气地说。

“这边走，奈妮薇小姐。”女裁缝一边说着，一边仍然在揉搓着她的裙子，“还有伊兰小姐。”

她们穿过一道短走廊，然后是一段狭窄的台阶，最后走进一间能看见横梁的、暖意融融的厨房。这里的火炉上放着一口正在冒蒸汽的大壶，墙边立着几个高大的橱柜，有几只铜锅被挂在门后，从窗户里能看见一个围着高栅栏的小院子。厨房中间的小桌子上放着一只亮黄色的茶壶、一只绿色的蜂蜜罐、三只不同颜色式样的杯子和一只矮胖的蓝陶罐，罐盖被放在了旁边。麦克拉夫人一进厨房就急忙拿起了那只蓝罐子，盖上盖，将它和橱柜上另外二十几个形状和颜色各不相同的罐子放在了一起。

“请坐，”她一边说着一边给杯子里倒上茶，“请。”

奈妮薇选了一把横木靠背椅，伊兰坐到她身边。裁缝将茶杯放在她们面前，然后又跑到一个橱柜那里取来了锡镴的茶匙。

“有什么样的讯息？”等麦克拉夫人坐到她们对面之后，奈妮薇问道。麦克拉夫人太紧张，甚至连茶杯都拿不起来。奈妮薇只好先将一点蜂蜜搅进自己的茶杯里，抿了一口，茶水还很烫，但有一种清凉的薄荷香味。热茶可以安定这个女人的神经，如果她能喝下去的话。

“味道很好，”伊兰拿着茶杯轻声说道，“这是什么茶？”

好女孩。奈妮薇心想。

但裁缝的手仍然只是在茶杯旁打着哆嗦。“一种塔拉朋茶，是从阴影海岸那里运来的。”

奈妮薇叹了口气，又喝了一口茶，安定一下自己的神经。“那个讯息，”她又说道，“你挂上暗号，不是为了请我们来喝茶的，你有什么紧急的讯息？”

“啊，是的。”麦克拉夫人舔了舔嘴唇，看着她们两个，缓慢地说道，“那是将近一个月之前送过来的，要求是不惜一切代价让所有经过的两仪师都知道。”她又润湿了一下自己的嘴唇：“欢迎所有姐妹回到白塔，白塔必须是完整而强大的。”

奈妮薇等着她继续说下去，但麦克拉夫人已经陷入了沉默。这就是那个可怕的讯息？她看了伊兰一眼，但女孩好像是被房中的暖意弄困了，只是靠在椅子里，两眼盯着放在桌面上的手。“就是这样了？”奈妮薇问。她忽然惊讶地发现自己打了个哈欠，她一定也是暖和得在想睡了。

那名裁缝只是看着她，眼睛不眨一下。

“我已经说过了。”奈妮薇开口道，但她的头一下子就重得要压弯了脖子。她这时看见，伊兰已经趴在桌上，闭起了眼睛，双臂无力地垂在身旁。奈妮薇带着恐惧的心情盯着手里的茶杯。“你给我们喝了什么？”她口齿不清地说，那种薄荷香味还在，但她的舌头已经麻木了。“告诉我！”任由茶杯落在桌上，她撑着桌子站起来，膝盖却在不停地摇晃。“光明烧了你，那是什么？”

麦克拉夫人退到椅子后面，又连续向后退去，但她刚才的紧张现在已经变成了镇静和满意。

黑暗涌向奈妮薇，她最后听到的是那名裁缝的声音：“抓住她，璐希！”

第10章

无花果和老鼠

伊兰意识到自己正被抓着肩膀和脚踝抬上楼梯，她睁开眼，却发现自己除了能看之外，身体其他的部分都像是另外一个人的。她缓慢地眨着眼，觉得脑子里似乎充满了羽毛。

“她醒过来了，夫人！”璐希尖叫着，差点丢下了伊兰的脚，“她正在看我！”

“我告诉过你不要担心。”麦克拉夫人的声音从她的头顶传来，“只要喝了叉根茶，她就无法导引，也不能动一下肌肉。这是我偶然发现的，不过这迟早能派得上用场。”

这是真的，伊兰瘫软在两人中间，像是个漏掉了一半填料的傀儡。她的臀部和一级级台阶磕碰着，但她既不能跑，也不能导引。她能感觉到真源，但想要拥抱它就如同想要用冻僵的手指从镜面上捡起一根针。惶恐的感觉涌上心头，一滴泪水从她的脸颊边滚落了下去。

也许这些女人要把她交给白袍众处决，但她无法相信白袍众会利用女人设下陷阱，等待着两仪师自己跳进去。那么剩下的就是暗黑之友了，而且几乎可以肯定她们是服侍原属于黄宗的黑宗两仪师。除非奈妮薇能逃出去，否则她一定会落入黑宗的手里；但如果奈妮薇逃走，她就没办法依靠任何人了。而她现在既不能动，也无法导引。突然间，她意识到自己正在用力尖叫，但却只能发出一串细弱的喵喵声，而压抑住这种冲动更耗光了她剩余的所有力气。

奈妮薇了解所有关于草药的知识，她总是这样说的。为什么她没能分辨出那是什么茶？*不要再这样哀嚎了！*她脑海里那个微小而坚定的声音像极了莉妮的训斥。一头在围栏下面尖叫的小猪只能吸引狐狸的注意，让它白白浪费掉逃跑的机会。她拼命想要拥抱阴极力，这是一件很简单的事，但现在却像她想要碰触阳极力一样困难。她仍然坚持着一次又一次地努力，这是她现在惟一能做的事情了。

至少麦克拉夫人看上去没有一点担心的样子。她们把伊兰扔到一张单人床上，这里是一个只有一扇窗户的小房间。麦克拉夫人一把她扔下，就立刻拖着璐希走出了门，甚至没有回头再看一眼。伊兰的头从床边落下，她能看见另一张单人床，一只高橱柜和橱柜抽屉上失去光泽的黄铜把手。她还能转动眼睛，但却没办法移动一下头。

只用了几分钟时间，那两个女人就回来了。她们气喘吁吁地抬着奈妮薇，把她扔到另一张床上。奈妮薇的脸部肌肉松弛，脸颊上闪烁着泪光，黑色的眼睛里燃烧着愤怒的火焰，其中也夹杂着恐惧。伊兰希望愤怒能在奈妮薇的心里占上风，在可以导引的时候，奈妮薇比她还要强大。也许奈妮薇能摆脱她们现在这种惨状，那些泪水一定是因为愤怒才流出来的。

麦克拉夫人要那个瘦女孩留在这里，她自己又跑了出去。这回她拿来一只托盘，并把它放在那个橱柜上。托盘里放着那只黄色的茶壶、一只杯子、一个漏斗和一个高沙漏。“现在，璐希，你要记住，每当那个沙漏倒空的时候，就给她们各灌两盎司茶进去。一定不能耽误，记住！”

“为什么我们不现在就灌呢，夫人？”那个女孩扭动着双手，哀鸣着说道，“我想要她们睡觉，我不喜欢她们看着我。”

“她们如果睡下去，就会像死人一样不会动弹了，女孩，而我们还要让她们能走路。等到送走她们的时候，我会再处理她们的。她们会因此感到头痛和腹痛，但这些远远不及她们应得到的惩罚。”

“但如果她们能导引了呢，夫人？如果她们那样做呢？她们正在看着我。”

“不要胡说了，女孩。”麦克拉夫人爽快地说道，“如果她们能，她们现在为什么不做？她们就像是麻袋里的小猫一样无助。只要你没出差错，她们就会一直保持现状。现在，照我说的去做，明白吗？我必须去找老亚维，让他放鸽子出去。然后我还要做一些安排，但我会尽快赶回来。你最好再煮一壶叉根。我会从后门出去，关上店门，也许会有人闲逛进来，这是绝对不可以的。”

麦克拉夫人离开之后，璐希在两名俘虏面前站了一会儿，仍然在扭动着双手。然后她一回身也跑出了房间。最后，她的喘气声也沿着楼梯逐渐消失了。

伊兰能看见奈妮薇的眉间渗出了汗水，她希望那是因为奈妮薇在努力着，而不是因为闷热的空气。努力啊，奈妮薇。她自己也在努力向真源伸展，笨拙地在塞满羊毛的脑壳中摸索着，失败，再次努力，再次失败……哦，光明啊，奈妮薇，努力！努力啊！

除那只沙漏之外，伊兰看不见其他任何东西。沙子不断地落下，每一粒都代表着她的又一次失败。最后一粒沙落下了，但璐希没有回来。

伊兰更加拼命地挣扎着，她要碰到真源，她要挪动身体。她左手的手指抽动了一下。好的！又过了几分钟，她能将手抬起来了，虽然只抬起一寸就落了回去，但它毕竟是动了。又用了一下力，她能转动头颅。

“努力。”奈妮薇含混地呢喃，伊兰只能勉强听清楚她在说什么。奈妮薇的双手正紧紧地抓住她身下的床单，她好像是正在挣扎着要坐起来。她甚至连头还抬不起来，但她正在努力。

“好。”伊兰拼命想说出来，但她的声音听在她的耳朵里更像是一声呻吟。

缓缓的，她把手举到了自己能看见的地方，然后坚持让手停在那里。一阵成功的颤栗涌过全身。害怕我们吧，璐希，在厨房里多留一段时间吧，然后……

房门打开了，璐希走进来的时候，伊兰发出一阵挫败的啜泣。她已经几乎要成功了。那个女孩看了她们一眼，害怕地尖叫一声，立刻就冲向那个高橱柜。

伊兰想要与她战斗，但璐希没费多大力气就打掉了她伸出的双手，又同样轻易地将漏斗插进了她的嘴里。即使这样，瘦女孩还是像正在狂奔一样大口喘着气。又冷又苦的茶汁充满了伊兰的口腔，她抬头瞪着璐希，脸上露出与那个女孩一样慌乱的神情。但恐惧产生的决心让璐希一直逼迫伊兰张开嘴，用漏斗狠命戳着她的喉咙，直到她把茶汁全部咽下去。当黑暗向伊兰袭来的时候，她能听见液汁激烈的搅动声从奈妮薇那里传来。

当她的眼睛再次睁开时，璐希已经不见了，沙砾再次从玻璃的细眼中漏下。奈妮薇的黑眼睛瞪得大大的，虽然伊兰说不出那究竟是因为恐惧还是愤怒。不，奈妮薇不会放弃的，这正是她敬佩奈妮薇的原因之一。奈妮薇就算上了断头台也不会放弃挣扎的。我们两人都已经上了断头台！

她因为自己远比奈妮薇软弱而感到羞愧，她有一天会成为安多的女王，现在却因恐惧而想要大声嚎叫。她没有这样做，即使是在她的心里也没有这样做，她只是在顽固地尝试挪动自己的肢体，尝试碰触阴极力，但她真的想哀嚎。这么软弱，她怎能成为一位女王？再一次，她向真源伸展，再一次，再一次。她在与那些沙粒赛跑,再一次。

又一次玻璃漏斗的上半部分空了,而且璐希也不在。尽管缓慢,但她也到了能够抬起手和头的界限！虽然它们立刻又落了回去。她能听到奈妮薇低弱的咕哝声,而她确实能听懂其中一大部分了。

房门再次被撞开,伊兰抬起头,绝望地盯着门口——随即她张大了嘴巴。汤姆・梅里林像故事中的英雄那样站在那里。他一只手牢牢地抓着就要昏过去的璐希的脖子,另一只手里握着一把匕首。伊兰欢喜地笑了,但她的笑声却像是一只小青蛙在呱呱叫。

汤姆一把将那个瘦女孩推到房间的角落。“你留在这里,否则我就用这把刀子剥了你的皮!”他两步就走到伊兰身边,把她的头发抚到脑后,担忧布满了他满是皱纹的脸颊。“你给她们吃了什么,女孩？告诉我,否则——”

“不是她,”奈妮薇低声说道,“是另一个,已经走了。帮我起来,我必须要走。”

汤姆离开了伊兰的身边,伊兰觉得他似乎非常不想这样做。他又一次威胁地向璐希晃了晃他的匕首,随后那把匕首就消失在了他的袖子里。瘦女孩在墙角缩成一团,仿佛永远也不想动一下的样子。汤姆从床上拖起奈妮薇,帮她站稳,又扶着她在房里走了几步。奈妮薇仍然只能拖着脚步,无力地靠在他身上。

“很高兴能知道这个被吓坏的小猫没有陷害你们。”汤姆说,“如果是她干的……”他摇了摇头。毫无疑问,如果奈妮薇和他说了实情,他会瞧不起她们的。伊兰绝不打算告诉他实情。“我发现她慌乱地冲上楼,根本就没有听见我在背后跟踪她。让我不太高兴的是,另一个逃走了,泽凌没有看住她,这不是件好事。她会带其他人来吗?”

伊兰翻过身,“应该不会,汤姆。”她的声音也像奈妮薇一样含混不清,“她不能让……太多人……知道她。”再过一会儿,她就能坐起来了。她转头看着璐希,那个女孩几乎要缩到了墙里去。“白袍众……会抓住她……就像抓我们一样。”

“泽凌?”奈妮薇问。她瞪着走唱人,脑袋却仍然不由自主地晃动,不过说话已经没有困难了。“我告诉过你们,要待在马车那里。”

汤姆生气地吹起胡子:“你要我们安放好买来的东西,这种事用不了两个男人。泽凌跟着你们,结果没有一个人回去,我就出发去找他了。”他又哼了一声。“他知道镇里有很多敌人,但他决定一个人跟着你们,把偷懒鬼拴在马车后面。我把它骑来了,算是运气好,我们正好需要这匹马带你们两个离开这里。”

伊兰发觉自己差不多可以坐起来了。她一点一点地揪着床单坐起身，但想要站起来的努力几乎又让她躺回床上。她仍然无法碰触阴极力，脑袋也仍然像是一只鹅毛枕头。奈妮薇开始把身子挺直了些，好抬起自己的脚，但她也还是要靠在汤姆身上。

又过了不久，泽凌走进房里。他拿着匕首，同时还推着麦克拉夫人。“她从后面栅栏上的一道门进来，以为我是个小偷，我觉得最好是把她带进来。”

看到房里的人，裁缝的脸色变得惨白，一双显得更黑的眼睛几乎凸出眼眶之外。她不停舔着嘴唇，抚弄着裙子，还不时瞥几眼泽凌的匕首，似乎是在盘算着是不是应该逃跑。但大部分的时候，她关注的焦点还是伊兰和奈妮薇，不知该痛哭流涕还是该昏过去。

“把她推到那里去，”奈妮薇朝着仍然在房角抱着膝盖，瑟瑟发抖的璐希点点头，“再帮一下伊兰。我从没听说过叉根茶这种东西，但走路似乎能帮助消除麻痹的效果，走路可以除掉许多毛病。”

泽凌用匕首指了一下那里，麦克拉夫人急忙跑过去，坐到璐希身边，同时她还在不断舔着嘴唇：“我也……不愿意……这样做的，我只是……奉命行事，你们要明白，我只是奉命行事。”

泽凌轻轻扶着伊兰站起身，又走了几步，来到汤姆和奈妮薇身边。伊兰希望扶着她的能是汤姆，泽凌扶住她腰的双臂实在太亲密了。

“谁的命令？”奈妮薇厉声问道，“白塔中谁是你的主子？”

裁缝看上去很害怕，但她坚定地闭上了嘴。

“如果你不说，”奈妮薇皱起了眉，“我会让泽凌对付你，他是提尔的捕贼人，他像白袍众的裁判者一样知道该如何从犯人嘴里掏出口供。是不是，泽凌？”

“需要用绳子绑住她，”泽凌露出一脸邪笑，让伊兰差点想从他身边逃开，“还要找些麻布塞住她的嘴，直到她愿意说话，要有热油和盐……”捕贼人的笑声几乎让伊兰的血液凝固。“她会说的。”麦克拉夫人僵硬地靠在墙上，盯着泽凌，眼睛睁大到了极限。在璐希眼里，泽凌似乎已经变成了一个八尺高、长着弯角的兽魔人。

“很好，”等了一会儿，奈妮薇说，“你应该能在厨房里找到你要的一切，泽凌。”伊兰用惊骇的目光看着奈妮薇和捕贼人。他们肯定不会是真的要……奈妮薇不会的！

“娜瑞文·巴达，”裁缝突然大声喊了出来，她有些结巴地继续说道，“我的报告都是送到娜瑞文·巴达那里去的，是在塔瓦隆城里一家叫作‘奔向上游’的客栈里。亚维·申德负责看护为我携带讯息的信鸽，他住在镇子边上。他不知道我的讯息会送给谁，从谁那里接受命令，他也不会想知道这个。他的妻子有癫痫病，而且……”她闭上了嘴，一边哆嗦一边看着泽凌。

伊兰认识娜瑞文，或者至少是在白塔见过她。那是个瘦小、安静的女人，很容易就会被人忘记她在那里；她也是个和蔼的女人，每个星期，她总会抽出一天让孩子们带着他们的宠物去白塔，由她给那些宠物治病。没人能相信这样的女人会属于黑宗。不过，她们知道的另一名叫作玛芮琳·葛马芬的黑宗两仪师也很喜欢猫，经常会去照顾那些流浪猫。

“娜瑞文·巴达。”奈妮薇狠狠地说，“我想要更多的名字，无论是白塔里，还是白塔外的。”

“我……不知道了。”麦克拉夫人虚弱地说。

“我们会查清楚的，你成为暗黑之友多久了？你侍奉黑宗多久了？”

璐希愤怒地高喊道：“我们不是暗黑之友！”她瞥了麦克拉夫人一眼，将身体离开她两步，“至少，我不是！我是行在光明中的！我不是！”

另外那名犯人的反应一点也不比璐希弱，如果说她的眼睛刚才只是凸出来，现在简直要从眼眶里蹦出来了。“黑——你是说，它真的存在？但白塔一直都否认……咦，我问过娜瑞文的，就在她选定我作为黄宗眼线的那天问的，结果直到第二天早晨，我才有办法停止哭泣，从床上爬起来。我不是……不是……暗黑之友！绝不是！我侍奉的是黄宗！黄宗！”

伊兰仍然靠在泽凌的臂膀上，她和奈妮薇交换了一个困惑的眼神。当然，任何暗黑之友都会否认自己的身份，但她们的声音里似乎包含着真实的成分，她们对于这个指控所表示的愤怒几乎完全赶走了她们的恐惧。从奈妮薇犹豫的声音中，伊兰听到了同样的想法。

“如果你们侍奉的是黄宗，”奈妮薇缓缓地说，“为什么你们要给我们下药？”

“是她。”裁缝朝伊兰点点头，“一个月之前，我收到了她的肖像，那幅肖像和她抬起下巴、俯视旁人时一模一样。娜瑞文说她也许会用‘伊兰’这个名字，而且很有可能会自称属于某个贵族家庭。”随着话一句句说出口，她对于被称为暗黑之友的愤怒显得比刚才更加强烈了。“也许你是一位黄宗两仪师，但她不是两仪师，她只是一名逃走的见习生。娜瑞文说如果她出现，我就要立刻报告，并且报告有谁与她同行。我还要尽力拖延她的行程，甚至是逮捕她，以及她的同伴。她们怎么会要我逮捕一名见习生，我不知道，我相信就连娜瑞文也不知道我的叉根茶！但这就是我接到的命令！她们说我就是冒着暴露身份的危险也要做到，即使那对我来说就是死亡！现在我真的死定了！你就等着玉座来处置你吧，年轻人！她会处置你们所有人的！”

“玉座!”伊兰喊道,“她跟这件事有什么关系?”

“那是她的命令,玉座亲自下达的命令,白塔就是这样说的。据说是玉座亲口说的,除了杀死你之外,我可以使用任何手段。等到玉座抓住你们的时候,你会宁可早点死的!”她用力地点着头,表达狂怒的心情和对自己这番话的满意。

“记住,我们现在不在任何人的手里,”奈妮薇冷冷地说,“你在我们手里。”但她的眼里有着和伊兰一样震惊的神色。“这样做有什么理由?”

奈妮薇的提醒让这名俘虏稍稍冷静下来,她无精打采地靠在璐希身上,现在两个人都得互相倚靠着对方,以免瘫倒在地。“没有,有时候娜瑞文会在命令中写明理由,但这次没有。”

“你是要用药把我们一直囚禁在这里,直到有人来接我们?”

“我要给你们穿上旧衣服,用马车把你们送走。”那个女人的声音里连最后一点反抗也消失了,“我送出一只鸽子告诉娜瑞文你们在这里,还有我做的一切。瑟林·卢盖欠我一个很大的人情,我打算给他足够的叉根茶,让他一直把你们送到塔瓦隆,或者是在半路上送给娜瑞文派来接管你们的两仪师。他会以为你们是病了,只有那种茶能维持你们的生命,直到两仪师为你们进行治疗。在阿玛迪西亚治疗病人的女人必须很小心,如果治愈的人太多,或者治愈效果太明显,就会有人说你是两仪师,然后你的房子就会被烧毁,或者你会遭遇更大的灾难。瑟林知道该管住自己的舌头……”

奈妮薇让汤姆扶着她向两名俘虏走近了一点,她直盯着裁缝:“那个讯息呢?那个真正的讯息呢?你放那个暗号不是为了引诱我们的。”

“我已经把那个真正的讯息告诉了你,”裁缝虚弱地说,“那不会有什么害处。其实我也不明白它……求求……”突然间,她开始啜泣,和她的年轻同伴紧紧抱在一起,她们两个全都大声哭嚎起来:“求求你,不要让他往我们身上撒盐!求求你!不要撒盐!不,求求你!”

“把她们绑起来,”奈妮薇厌恶地说,“我们下楼去说话。”汤姆帮她坐到了旁边的床上,然后飞快地切开另一张床上的床单。

两名俘虏很快就被背靠背地绑了起来,两个人的手都和对方的脚绑在了一起,嘴里也被绑上了床单。当汤姆帮奈妮薇走出房间的时候,她们仍然在哭泣。

伊兰希望自己能像同伴那样灵巧地走出去,但她还要依靠泽凌的扶持才不会绊倒在台阶上。看到汤姆的手臂环抱着奈妮薇,她就感觉到一点小小的嫉妒。*你是个愚蠢的小女孩。*莉妮的声音严厉地说道。*我是个成熟的女人。*她用非常坚定的声音说。虽然即使到了今天,她也不敢这样对她的老保姆这样说话。我爱的是兰德，但他离这里太远了，而汤姆见多识广，又很聪明，还……但她也觉得这种话实在太像托辞了。莉妮如果听到这样的话，绝对会大声喷着鼻息，表示不能再容忍她这样的愚蠢了。

“泽凌，”她犹豫地问，“你到底打算用盐和热油干什么？”随后她又急忙说：“不要讲得太详细，大致说一下就好了。”

泽凌看着她，沉默了一会儿：“其实我也不知道，但她们同样不知道，她们会发挥比我更丰富的想象力，这只是一个审问小伎俩。我曾经见过一个强横的男人彻底崩溃，那时我是要去找一篮无花果和一些老鼠。但是，作为审讯者也要小心，为了逃避想象的恐怖刑罚，有些人会承认任何事情，无论是真是假。不过我觉得这两个人说的都是实话。”

伊兰的看法也和泽凌一样，但她还是不由自主地打了个哆嗦。用无花果和老鼠能干什么？她希望自己不要再多想了，她不想晚上因为这个而做噩梦。

她们一到厨房门口，奈妮薇就挣脱汤姆的扶持，蹒跚着走进去，开始在那个放着许多小罐的橱柜上来回翻找。伊兰坐到一把椅子里。那只蓝色的小罐又被放到了桌上，旁边还有一口绿色的茶壶，但伊兰竭力不让自己去看它们。她还不能导引，现在她可以拥抱阴极力了，但只要她一导引，阴极力就会从她的怀里滑开，但是至少她可以确信，至上力迟早能回到她体内。在此之前，她一直都不敢去想那些茶汁最后会在她身上留下什么样的后果。

“汤姆，”奈妮薇一边说，一边掀起每只小罐的盖子，逐一往里面望去，“泽凌。”她停了一下，深吸了一口气，仍旧头也不抬地说道：“谢谢你们，我开始明白为什么两仪师需要护法了，真的非常感谢你们。”

并非所有的两仪师都有护法。红宗两仪师因为能导引的男人所做的一切，认为所有的男人都受到了污染。一些其他宗派的两仪师也不会要护法，也许是因为她们不会离开白塔，也许是她们不愿意找人代替已经死去的护法。只有绿宗两仪师可以约缚超过一名护法，伊兰就想成为一名绿宗两仪师，当然不是因为护法，而是因为绿宗称呼自己为战宗。相对而言，褐宗则是一心搜寻失落的知识，蓝宗着力于解决世界上各种现实的事务。绿宗姐妹们都在准备着投身于最后战争之中，就像她们在兽魔人战争中那样英勇奋战，她们的对手将是新的惊怖领主。

那两个男人彼此对望着，毫不掩饰自己的惊讶，他们肯定已经准备好了迎接奈妮薇的一番呵斥。伊兰几乎也被这番话吓呆了。奈妮薇不喜欢犯错，更不喜欢接受别人的帮助，她总是能找到理由来责骂别人，这让她在别人眼里一直都是一棵多刺的石南，虽然她总是宣称自己习惯用理性与和蔼的态度说服别人。

“是一位乡贤，”奈妮薇从一个小罐里捏出一撮粉末，嗅了嗅，又用舌尖舔了舔，“不知道这里的人对她有什么别的称呼。”

“她们在这里没有名号，”汤姆说，“研习你那种古老技艺的人在阿玛迪西亚并不多，这样做太危险了，她们之中的大多数人只会偶尔为之。”

奈妮薇从橱柜底层找出一个皮口袋，开始从那些小罐中挑一些放进去。“那这里的人生了病去找谁？男医生？”

“是的。”伊兰回答。在汤姆面前表现自己对这个世界的了解，总是让她感到很高兴。“在阿玛迪西亚，研究草药的都是男人。”

奈妮薇轻蔑地皱起眉：“男人怎么可能知道治疗的事？我还宁愿要蹄铁匠给我做一套裙装呢！”

突然间，伊兰意识到她们一直都还没考虑过麦克拉夫人说过的话。“不去想荆刺，并不代表它扎进你的脚时不会疼。”这是莉妮喜欢说的一句谚语。“奈妮薇，你认为那个讯息是什么意思？欢迎所有两仪师返回白塔？这听起来没有任何道理。”这不是她想说的，但至少她正逐渐接近主题。

“白塔有它自己的规矩，”汤姆说，“两仪师所做的事情，自有她们自己的理由，那通常都不是她们公开说出来的理由，或者，她们什么都不会说。”当然，他和泽凌知道她们只是见习生。他们都不会完全听从奈妮薇和伊兰的吩咐，至少这也是其中一部分原因。

内心的斗争明显地表现在奈妮薇的脸上，她不喜欢被别人打断谈话，也不喜欢有人替她答话，奈妮薇不喜欢的事情可以列出很长一张名单。但她在不久前还感谢过汤姆，这个男人刚刚救过她，让她没有变成一袋被拖来拖去的卷心菜，立刻又对他大声呵斥，显然不是件容易的事。“大多数时间里，白塔中都很少有做事有道理的人。”她悻悻然地说。伊兰怀疑她酸溜溜的语气既是针对白塔，也是针对汤姆。

“你相信她说的吗？”伊兰深吸一口气，“关于那些玉座要不惜任何手段把我带回去的话。”

奈妮薇看了伊兰一眼，又移开了视线，但目光里已经透露出了同情。“我不知道，伊兰。”

“她说的是实话，”泽凌转过一把椅子，跨坐在上面，又将手杖靠在椅背上，“我审问过许多盗贼和杀人犯，知道什么是实话。她不是太害怕，就是太生气，这两种时候都不可能说谎。”

“你们两个——”奈妮薇沉重地呼吸着，将那个袋子扔到桌上，抱起双臂，仿佛是要强迫那两只手不要去揪自己的辫子，“恐怕泽凌是对的，伊兰。”

“但玉座知道我们在做什么，一开始就是她派我们离开白塔的。”

奈妮薇重重地哼了一声：“我相信史汪·桑辰什么都干得出来，我真想让她在一个小时里不能导引，到时候看看她是不是还那么蛮横。”

伊兰不认为这会有什么不同，想起那双充满威严的蓝眼睛，她怀疑奈妮薇即使得逞了，也只能赚回一身的青肿。“那我们现在又该怎么办？不同的宗派似乎在各地都有眼线，玉座自己也有专属的眼线，在赶回塔瓦隆的全程中都会有女人往我们的食物里添东西。”

“只要我们的相貌和她们想象中的不一样就可以了。”奈妮薇从橱柜上拿起一个黄色的罐子，将它放在桌上茶壶的旁边。“这是白母鸡胡椒，它会平缓牙痛，也能让你的头发变得像黑夜一样黑。”伊兰将一只手放在自己金红色的头发上，要染的是她的头发，不是奈妮薇的，她敢打赌！她恨透了这个主意，但这是个好主意。“在这些裙装前面做些绣工，我们就不再是商人了，而是两位携带仆人旅行的女士。”

“乘着装染料的马车？”泽凌问。

奈妮薇冰冷的目光告诉泽凌，刚才那次相救的感激已经到此为止。“在桥另一边的一个院子里放着一辆四轮马车，我想它的主人应该愿意卖掉它。如果你能在有人偷走那辆染料马车前回到营地——我真不知道该说你们什么，竟然把它就那样扔在那里！如果它还在，你就能从那里拿出一个钱袋……”

诺伊·托瓦德的四轮马车在车顶上绑了几只箱子，车后拴着一匹带鞍的马，被四匹马拉到伦蒂·麦克拉的店铺前面，周围还伴随着几声冷冷的讥笑。通往塔拉朋的商道中断之后，诺伊就失去了一切，现在他只能靠给寡妇特兰打零工勉强维生。镇里也没有人见过车上的那两个人，赶车的马车夫是个满脸皱纹的高个儿男子，有着白色的长胡子和一双冰冷、傲慢的眼睛。坐在马车夫旁边的是一名肤色黝黑、面容坚毅的男仆，他戴着塔拉朋式的帽子。车一停，他就敏捷地跳下车，打开了车门。当两名女子拎着包袱从店铺里走出来的时候，讥笑声变成了窃窃的议论声。其中一名女子穿着绿丝长裙，另外一名穿着朴素的蓝色羊毛裙。她们两个全都用头巾包着头，让人看不见她们的头发。两名女子一出门就跳上了马车。

两名圣光之子走了过来，想要询问这些陌生人是谁，但还在那名男仆爬上驭手座位时，马车夫已经挥起他的长鞭子，高喊起了为女士让路之类的话。急忙跳向路边的圣光之子还没听清楚女士的名字，却已经绊倒在满是尘土的街道上。马车带着一阵隆隆的声音一路向阿玛多大道驰去。

路边的人们仍然在窃窃私语着。神秘的女士，带着她的女仆，在伦蒂·麦克拉那里进行了采购，在圣光之子面前扬尘而去。在马戴辛最近一段时间里，什么新鲜事都没有发生过，这件事可以成为人们许多天谈论的话题。那两名圣光之子站起身，拍拍灰尘，很为这件事而感到恼火。最后，他们认为报告这样的事会让他们显得非常愚蠢；而且他们的队长不喜欢贵族，如果收到报告，也许会命令他们把那辆马车追回来，那么他们就必须在炎热的天气里赶上很长的一段路，去对付一名不知道属于哪个家族的傲慢年轻贵族。如果最后没有从那个贵族身上找到什么问题（贵族总是很狡猾的），受到指责的也不会是队长。所以他们只是希望人们的悄声议论不会传播得太广，但他们自始至终都没想过去审问一下伦蒂·麦克拉。

不久之后，瑟林·卢盖赶着他的马车驶进了那家店铺的后院。马车的帆布篷下面已经装好了各种长途旅行所需要的物品。在二十三年前的冬天，伦蒂·麦克拉的确曾经治好过他一次严重的热病，但他真正欣然答应帮助她的原因，是因为比起守着一个只会唠叨的老婆和一个泼妇般的岳母，他宁愿做一次长途旅行，就算要到那个女巫横行的城市也不要紧。伦蒂要他来这里接人，他不知道要接谁，但他希望这次的旅程可以一直到达塔瓦隆。

他在厨房的门上敲了六次，走了进去，然后一直爬上楼梯才看见有人。在店铺的卧室里，伦蒂和璐希躺在床上，还穿着衣服就在白天睡着了。不过她们的衣服上全都是皱褶，显得很乱。即使他用力摇了摇她们，她们也没有醒来。他不明白这是为什么，也不明白为什么地上有一条床单，已经被撕成了打结的布条；为什么房间里有两口空茶壶，却只有一个杯子；为什么伦蒂的枕头边有一只漏斗。不过他一直都知道，这个世界上有很多事他不明白。他回到马车上，思考着该如何处理用伦蒂的钱买的那些东西，该如何去对付他的老婆和他老婆的妈。然后他就赶着马车上路了，他要去看看阿特拉，或者去莫兰迪也好。

不论发生过什么事，当衣衫不整的伦蒂·麦克拉迈着蹒跚的步伐走进亚维·申德的房子，放出另一只腿上绑着细骨管的信鸽时，镇上已经恢复寂静。那只鸽子一直向东北方飞去，箭一般直飙塔瓦隆。又思考了几分钟，伦蒂又将自己的报告重新写在一小片薄羊皮纸上，从另一只笼子里抓出一只鸽子，将纸条绑在它的腿上，把它放了出去。这只鸽子立刻就向西方飞去了。她曾经承诺过，要送过去她所有情报的副本。在这个艰难的时代里，一个女人为了能生存下去只有竭尽全力，而且这么做不会有什么害处的，就像她传给娜瑞文的那些报告一样。考虑着该如何消除自己嘴里的叉根茶味，伦蒂不会介意这份报告是否会对那个自称奈妮薇的人带来一点伤害。

像平时一样在自己的园子里锄着地，亚维并没注意到伦蒂做了什么。也像往常一样，伦蒂一离开，他就洗干净双手，走进屋里，拿起伦蒂写字时垫在下面的另一张羊皮纸。在午后的阳光中，亚维能看清上面的字迹。很快的，第三只信鸽就朝另一个方向飞了出去。

第11章

九马猛拉

一顶大草帽盖住了史汪的脸，她只是任由洛根引领着，穿过卢加德的舍林门。这时，太阳已经开始逐渐接近西方的地平线。这座城市高大的灰色城墙已经有一些破损了，她看见了两个地方的城墙坍塌到比栅栏高不了多少的程度。明和莉安骑马跟在她身后，离开柯尔泉之后的几个星期里，她们两个都因为洛根赶路的步伐而疲惫不堪了。洛根想要得到控制权，而她们没费多少劲就让他相信自己真的是首领了。实际上，史汪也并不在意由他决定早上何时出发、晚上在何时何地宿营，由他携带钱币，甚至是为他做饭，服侍他吃饭。即便如此，她仍然会对洛根感到抱歉。洛根完全不知道史汪对他有着什么样的计划。一条挂在钩子上的大鱼，为了引诱一条更大的鱼。史汪残酷地想。

在名义上，卢加德是莫兰迪的首都，罗德蓝王的所在地，但莫兰迪的领主们虽然在嘴上说着效忠，却不会缴一分钱的税款给国王，也不会按照罗兰德的意愿去做任何事，莫兰迪人民也全都是如此。莫兰迪只是一个名义上的国家，这里的人民不会因为对国王的忠诚而团结在一起，王位也不断地易手。只是因为害怕伊利安或安多会吞掉他们，他们才不得不维持某种程度上的统一。

在这座城市中纵横竖着许多道石墙，其中大多数都比城墙更糟糕。卢加德在几个世纪的时间里一直在无序地发展，不止一次曾因为贵族内战而被瓜分。这是一座肮脏的城市，有许多宽阔的街道没有铺上石板，所有的街道上甚至还堆满了尘土。戴着高帽的男人和在裙子外面罩着围裙、露出脚踝的女人来回躲避着笨重的马车商队，孩子们则蹲在车辙边玩耍。与伊利安和艾博达、西方的海丹和北方的安多的贸易让卢加德拥有活力。遍布城中的大片空地上紧密排列着一辆辆马车，其中有许多装满了被帆布覆盖的货物，另外一些空马车也在等着重新被装满。主要的街道上排满了客栈，以及充满马匹的马厩。这些建筑甚至比灰色石头的住宅和店铺还要多，所有建筑全都用蓝色、红色、紫色，或者是绿色的瓦片作顶。空气中充满了尘埃和嘈杂的声音、铁匠铺的击打声、马车的辚辚声和车夫的咒骂声，以及酒馆里喧狂的笑声。已经滑向地平线的太阳仍然炙烤着卢加德，空气给人的感觉仿佛是这里永远也不会下雨了。

当洛根终于选中了一家名叫"九马猛拉"的绿屋顶客栈、转进它后面的马厩场院、跳下马时，史汪也带着感激的心情爬下了马鞍，又有些犹豫地拍了拍这匹长毛母马的鼻子，她很怕贝拉会咬她。在史汪的印象里，骑在一匹牲口的背上根本没办法旅行。一艘船会在你转舵的时候拐弯，一匹马则会按自己的念头行进。船从不会咬人，贝拉也没咬过她，但贝拉是能咬人的。不过，最初那可怕而紧绷的几天已经过去了，她确信那时莉安和明都在背后讥笑她下马后那种蹒跚的步伐。现在骑过一天的马之后，她仍然觉得自己被痛打了一顿，只是她已经能够把这种感觉隐藏起来了。

洛根开始和马厩里一名身材瘦削、满脸雀斑、上身只穿着一件皮背心的老马夫讨价还价的时候，史汪走到莉安身边，低声说道："如果你想练习你的伎俩，接下来一个小时，就在代林的身上练习吧！"莉安怀疑地看了史汪一眼，然后叹了口气，点点头。自从离开柯尔泉之后，莉安曾在几个村子里使用过她的微笑和媚眼，但洛根甚至不曾多看她一眼。她深吸一口气，迈着那种窈窕婀娜的步子，牵着她脖颈曲线优美的灰马，微笑着向洛根走去。史汪不知道莉安是怎样表现出这些体态的，看上去，就好像她身上的一些骨头已经没有任何硬度了。

史汪走到明身边，用同样低微的声音说："代林和马夫一说完话，就告诉他，你要去屋里找我，然后向前跑，离开代林和雅玛娜，直到我回来。"客栈里传来巨大的喧嚣声，听起来足以隐藏一支军队，肯定也足以掩盖住一个女人的缺席。明的眼里露出那种骡子的固执，她张开嘴，毫无疑问是要问为什么。史汪则抢在她之前说道："按我说的去做，赛芮拉，否则我就让你在给他端盘子之外，再负责为他擦靴子。"那种固执的目光还留在明的眼里，但她还是沉着脸点了点头。

史汪将贝拉的缰绳放进明的手里，匆忙地跑出院子，朝她希望是正确的方向跑去。在这种燥热而充满尘埃的空气中，她不想找遍整座城市。

街道上充满了由六辆、八辆，甚至是十辆重型马车组成的车队，车夫们抽打着长鞭，咒骂着马匹和在马车间穿行的人们。衣着粗糙的民众和穿着长衫的车夫混杂在一起，不时调笑着经过他们面前的女人。女人们穿着彩色的或是有花纹的围裙，将头包在颜色鲜亮的丝巾里，目不斜视地走着，仿佛什么都没听到。另一些没有穿围裙的女人，头发松松地垂在肩头，裙摆距离地面足有一尺或更多。对于男人们的戏弄，她们的回答往往更加粗鄙。

当意识到一些男人戏弄的对象是她自己的时候，史汪愣了一下。她并不感到气恼，因为她的脑子里根本没有他们的空间，她只是还不适应自己的变化。男人居然会觉得她有吸引力……她看见一家店铺脏污的窗上映出了自己的影像——一个戴着草帽的白皙女孩。她现在很年轻，就她所知，不止是在外表上年轻，而是一个真正的年轻人，比明大不了多少。就她在白塔外的一般生活阅历而言，她真的是个懵懂无知的少女。

这是被静断后得到的优势。她对自己说。她曾经见过许多女人，为了能够年轻十五岁或二十岁愿意付出任何代价，也许有些人甚至会认为用静断换取青春是个公平的交易。她发现自己经常会向自己陈述这些优势，仿佛是要让自己相信这些都是真的。比如，现在她就脱离了三誓的束缚，可以说谎了，而且就连她自己的父亲也无法认出她来。现在年轻的她和她从前年轻时并不一样，成熟的过程所造成的改变依然存留在她的身上，只是因为年轻而显得柔和了。以冷静客观的态度来看，她认为自己应该是比从前当女孩时更漂亮了，而她以前得到的恭维通常只是说她英挺，很少有人说她漂亮。她还不能将现在这张脸与她——与史汪·桑辰联系在一起，只有她的思想还是原来的，她在一生中积累的知识没有半分缺损。在她的头脑里，她还是她自己。

卢加德的一些客栈和酒馆有着诸如“蹄铁匠的锤子”、“跳舞的熊”，或者“银猪”这样的名字，都挂着花哨、俗气的招牌。另外一些酒馆的名字则根本不该出现在公共场合里，其中算是最含蓄的一块招牌上写着“阿拉多曼姑娘的吻”，上面还画着一个古铜色皮肤、撅着嘴唇的女人——腰部以上竟然是全裸的！史汪很想知道莉安会怎样看待这些招牌，但想到那个女人现在的样子，也许她只会从中学习到一些新鲜的手腕。

最后，在一条和主街一样宽的侧街上，就在一道倒塌的内城墙缺口外，她找到了那家她要找的客栈。粗灰石砌成的三层建筑，覆盖着紫色的瓦片，门旁的招牌上绘着一名身材丰满得夸张的女子，只用自己的头发遮掩着极少的一部分身体，跨骑着一匹无鞍的马。史汪一看见那个店名，就立刻把它忽略了。

走进店里，大厅里因充满了烟斗里飘出的烟气而显出一片幽蓝的色泽。一群群男人聚在一起，一边喝酒，一边发出粗嘎的笑闹声，不时还要捏一下送酒的女侍，而女侍们只能一边竭力躲避着，一边装出带着苦味的笑容。在一架扁琴和一支长笛的伴奏下，一名年轻女子正在这个长形房间一端的一张桌子上边舞边唱，但歌声和乐声几乎完全被男人的喧嚣声淹没了。有时候，那名歌者会将裙子高高旋起，露出完全赤裸的双腿。史汪零星听到了几句歌词，让她不禁想用肥皂给这个女孩洗洗嘴。一个女人怎能一丝不挂地走路？怎么会有女人把这样的情景唱给这么多喝醉的傻瓜听？她从没有走进过这样的地方，现在她决定将这次拜访的时间尽量缩短。

这家店的主人和她要找的目标完全符合，一个高大魁梧的女人，穿着一件几乎要冒出火来的红丝裙，满头都是精心打理的、染色的发卷——天然的头发绝不会有这种红色，更不会配上这种黑色的眼睛，被头发包在中间的是凸出的下巴和一张线条坚毅的嘴。在大声向女侍们发出命令的空当中，她会停在某张桌子旁，和她的客人们说一两句笑话，拍拍他们的后背。

史汪朝那个深红色头发的女人走去，挺直了身体，竭力不去注意那些男人望向自己的眼神。“萨恩夫人?”她又将这个名字重复了三次，每次都更大声一些，客栈老板才抬起头看着她，“萨恩夫人，我想要一个唱歌的工作，我能唱——”

“你现在就能唱吗?”高大的女人笑着说，“好吧，我有一名歌手，但我还需要另外一名，好让歌手可以休息。让我看看你的腿。”

“我能唱‘三条鱼的歌’。”史汪大声说。这一定是她要找的那个女人，一座城市里不可能有两个留着那种头发的女人，而且她所在的客栈、她的名字也是完全正确的。

萨恩夫人笑得更厉害了，她拍了一下身边一个男人的肩膀，差点把他打下了长凳。“这里没有什么人会点这首歌，对吧，佩尔?”一条马车夫的鞭子绕在那个佩尔的肩头，他朝客栈老板咧开嘴，露出两排缺口的牙齿。

“我还能唱‘蓝天正在亮起来’。”

那个女人摇摇头，揉搓着自己的眼睛，仿佛已经笑出了眼泪：“你现在就能唱吗？啊，我相信小伙子们会喜欢的。现在让我看看你的腿吧！你的腿，女孩，否则就出去!”

史汪犹豫着，但萨恩夫人只是盯着她，望向她的男人也愈来愈多了。这只能是那个她要找的人。缓缓的，她将自己的裙子撩起到膝盖的地方，高个儿女子只是不耐烦地打着手势。史汪闭上眼睛，将愈来愈多的裙子握进手里，她感觉裙子每上升一寸，她的脸都要更红一些。

“还不错。”萨恩夫人又发出一阵笑声，“嗯，如果你只知道这些歌，你最好能有两条可以让男人摔倒在地上的腿。如果必须隔着这双羊毛长袜，我们就没办法确定这一点，对不对，佩尔？嗯，跟我来，也许你有一副不错的嗓子，但我在这里可听不出来。过来，女孩！把你的屁股扭起来！”

史汪的眼睛里充满了怒火，但高大的女士已经大步向大厅后面走去，背脊挺得如同一根铁棍。史汪放下裙子，追了上去，假装对那些抛向她的哄笑和下流言语充耳不闻。她的脸如同石块一般僵硬，但在她心里，愤怒已经被忧虑重重包覆。

在成为玉座之前，史汪曾经负责运作蓝宗的眼线网络。在那时和那以后，一些人已经变成了她的私人眼线，也许她已不再是玉座，甚至不再是两仪师，但她仍然知道所有这些密探。杜兰达·萨恩在她接手眼线网络时就已经在为蓝宗服务，她提供的情报总是非常及时。并非在任何地方都能找到眼线，他们的忠诚度也相差甚多。在从塔瓦隆到这里的路上，她只信任安多四王镇的一名眼线，但那名女线民失踪了。因为有许多情报和谣传都会由马车队带到卢加德，所以她才会找到这里。这里也许还有其他宗派的眼线，这一点一定要牢牢记住。小心驶得万年船，史汪这样提醒自己。

这个女人和她所知的杜兰达·萨恩的外形完全一致，肯定也不会有其他客栈有这么下流的名字。但为什么当史汪以另一名蓝宗密探的身份确认自己的时候，她会以那样的形式响应？但她必须冒这个险，明和莉安的耐心也像洛根一样正在不断削减。小心驶得万年船，但有时候胆大也会载得满舱归，最差的情况，她也可以用东西砸昏那个女人的头再逃出去。打量了一下那个女人的身材，还有她那双粗硬的手臂，史汪希望自己能做得到。

通向厨房的走廊中有另一扇没有装饰的门，门后是个没什么家具的房间，只有一桌一椅，以及一张蓝地毯和墙上一面大镜子。让史汪感到惊讶的是，这里竟然有个放着几本书的小架子。房门被关上之后，大厅里的吵闹声虽然没有被完全隔绝，也减弱了不少。高大的女人转向史汪，将双手叉在她的粗腰上：“那么，现在，你找我想干什么？不要给我名字，我不想知道，无论那是不是你的真名。”

史汪的紧张情绪消除了一点，但她仍然像刚才一样生气：“你没有权利那样对待我！你到底要干什么？强迫我——”

“我高兴怎样都行，”萨恩夫人打断她的话，“而且那是必要的。如果你按照规矩，在客栈关门后或开门前来，我本来可以直接把你带进这里的。但现在，如果你要隐瞒自己的身份，还有什么方式能比这个办法更好？如果我把你当成一个多年不见的老朋友，把你护送到这里，难道你以为那些男人之中不会有人起疑心？我不能让任何人怀疑我。我没有让你代替苏苏到那张桌子上唱两首歌，已经是你的运气了。还有，小心你的态度。”她带着威胁的味道抬起一只大手，“我的女儿比你还大，而且都结了婚，但我去看她们的时候，她们也都要小心自己的言谈举止。你冒犯我一下试试看，那时你就会知道这是为什么了。外面没有人能听到你的叫喊，即使他们听到了，也不会来管闲事。”猛地点了一下头，仿佛是已经确认了史汪的态度。萨恩再次将双手叉在腰上：“现在，你想干什么？”

在那个女人说话的时候，史汪不止一次想开口，但萨恩滔滔不绝的呵斥完全压住了史汪的气势。这完全不是她所习惯的方式，一直等到萨恩夫人闭上嘴，她还在愤怒中打着哆嗦，双手紧紧抓住裙摆，指节都泛白了。她严厉地控制着自己的情绪。*我只是另一名密探*，她严苛地提醒自己，*不再是玉座了，只是另一名密探*。另外，她怀疑那个女人真的会把威胁付诸实施，这对她来说还是一种全新的体验，要警戒一些人，只因他们比她更高大、更强壮。

“我得到一个讯息，要传给我们正在侍奉的人，她们集结在某处。”她希望萨恩夫人将她声音中的紧张当成是被吓到的表现。如果萨恩以为她已经被吓坏了，那这个女人会更加有用。“她们并不在我被告知可以找到她们的地方，我只能希望你知道一些可以帮我找到她们的信息。”

将双臂交叠在一对巨大的乳房下面，萨恩夫人审视着对面的女孩：“知道该管住自己的脾气，嗯？很好，白塔里发生了什么？不要否认你是从那里来的，傲慢的小婊子。我得到了和你的讯息大致相同的信使公文，而且你的傲慢也绝不是乡下女孩所拥有的。”

史汪深吸了一口气，才回答道：“史汪·桑辰已经被静断。”她的声音没有一丝颤抖，对此她感到很骄傲。“爱莉达·亚洛伊汉现在是新的玉座。”她还是忍不住咬了一下自己的嘴唇。

萨恩夫人的脸上没有任何反应：“嗯，这解释了我得到的一些命令，也许是其中一些。她们静断了她？我以为她永远都会是玉座。我曾经远远地见过她一次，是在一两年前的凯姆林，她看上去就像是能把全套马具像早餐面包一样嚼烂。”那些不自然的猩红色发卷随着她摇头的动作来回摆动。“好吧，发生过的就是发生了，宗派之间已经分裂了，对不对？于是就有了这些事，我的命令，还有那只老秃鹫被静断，白塔破碎，蓝宗都逃光了。”

史汪狠狠地咬着牙，她竭力告诉自己，这个女人效忠的是蓝宗，而不是她个人，但这么做的效果并不理想。*老秃鹫？她老得足以做我的妈了。如果她真的*

是我妈，我一定要把自己溺死。费了一番努力，她让自己的声音显得更加恭顺：“我得到的讯息很重要，我必须尽快完成任务，你能帮我吗？”

“重要？嗯，我对此存疑。问题是，我能告诉你一些事情，但你必须自己从里面找出有用的信息，你想听吗？”看样子，那个女人不会让她少花任何一分力气。

“是的，请说吧！”

“莎莉·戴拉，我不知道她是什么人，但我被告知，要将这个名字告诉所有出现在这里、并且表现得不知何去何从的蓝宗两仪师。你应该不是那种两仪师，但你像两仪师一样高傲，所以我告诉你了。莎莉·戴拉，自己去理解这个情报吧！”

史汪强自压抑住兴奋尖叫的冲动，让自己的脸上显出沮丧的表情：“我也从没听说过她，我只能继续去找了。”

“如果你找到她们，就告诉两仪师亚尔丁，无论发生了什么事，我依然是忠诚的。我已经为蓝宗工作了那么长时间，除此之外，我不知道自己还能做些什么。”

“我会告诉她的。”史汪说，她还不知道亚尔丁就是代替她掌管着蓝宗眼线的人。无论玉座来自哪个宗派，她都既属于所有宗派，也不属于任何宗派。“我想你需要一些理由好拒绝雇佣我，我真的不能唱歌，这样应该就行了。”

“你以为歌喉在这里真的很重要啊！”大个子女人拧起一侧的眉毛，露出一个史汪不喜欢的笑容，“我会考虑这件事的，小婊子，我也要给你一点忠告，如果你不能让自己的姿态低一些，两仪师就会把你一直踩到地底下。我很惊讶你还没有过这种经历，现在，走吧，滚出这里。”

可恨的女人，史汪在心里咆哮着，如果能有办法，我会让她一直苦修，直到她的眼睛从眼眶里蹦出来。这个女人认为她应该得到更多的尊敬，是吗？“感谢你的帮助，”史汪一边冷冷地说着，一边行了个在任何宫廷中都堪称完美的屈膝礼，“你真是太好心了。”

史汪重新走进这家客栈的大厅，萨恩夫人跟在她身后，用带着笑意的喊声打断了大厅的喧闹：“一个害羞的小丫头！腿很白，也细得足以让你们流口水。但我告诉她该让你们看到些什么的时候，她哭得像是个婴儿，就那么坐在地板上嚎啕大哭！那对屁股真的很圆，包君满意，而且她……！”

史汪在潮水般的笑声中踉跄了一下，那个女人的声音丝毫没有受到各种噪音的影响，仍然清晰地飘进她的耳朵。她又向前走了几步，脸已经红得像棵甜菜根。终于，她拔腿就向外面逃去。

在大街上，她停下脚步，让自己的呼吸和心跳都恢复平稳。*那个可怕的老泼妇！我应该……*她应该做什么并没有关系，那个恶心的女人已经告诉她需要的情报。莎莉·戴拉，根本就不是什么女人，只有蓝宗知道，甚至有些蓝宗也知道得并不确切。沙力达——黛恩·阿瑞曼的出生地，那是在邦雯之后成为玉座的蓝宗两仪师，是她在邦雯带来的毁灭中拯救了白塔。沙力达，除了阿玛迪西亚之外，最不可能有两仪师的地方。

两名穿着雪白罩袍和银亮盔甲的人正骑马沿着大街向她走来，一路上她不情愿地躲避着那些大车。圣光之子，这些日子里，任何地方都能找到他们的影子。史汪低下头，走向一家蓝绿色屋顶的客栈墙边，从帽檐下面小心地看着这些白袍众。他们瞥了她一眼，随后便冷着脸走过去了，锥形头盔光彩熠熠。

史汪恼怒地咬着嘴唇。她这种畏缩的样子也许已经被他们注意到了，而如果他们看见她的脸？当然，什么都不会发生。白袍众也许会试图杀死一名落单的两仪师，但她已经不再有两仪师的面孔了，他们只会发觉她在躲着他们。如果不是杜兰达·萨恩弄得她心神不宁，她本来不会犯这个愚蠢的错误。她还记得，就在不久之前，即使萨恩之类的小人物说出这样的话，她的脚步也不会有半分动摇；而且那时这种肥壮的卖鱼妇根本就不敢对她说一个字。*如果那个泼妇不喜欢我的态度，我就要……*现在她得在萨恩夫人打得她没办法再坐上马鞍前，办好自己的事。有时候，让自己明白国王和女王们要在自己座前低头的日子已经一去不返，实在是件很困难的事。

她大步沿着街道走过去，眼里的怒火让一些马车夫在这个单身漂亮女孩面前不由得闭上了嘴巴，不过还是有一些人会对她肆无忌惮地大声开着玩笑。

“九马猛拉”拥挤的大厅里，明坐在一张靠墙的凳子上，看着一张周围站满男人的桌子。其中一些人的肩上绕着车夫的鞭子，另一些人带着剑，表明他们是商人的保镖。桌子边上肩并肩地坐着六个人，明只能认出坐在她对面的两个人是洛根和莉安。洛根不高兴地皱起眉，其他男人却都在欢快地和莉安调笑。

空气里充满了烟草的气味，震耳的吵嚷声几乎淹没了长笛、手鼓，和一名在石砌壁炉旁桌子上跳舞的女孩的歌唱声。那个女孩唱的是一个女人让六个男人相信，他们都是她生命中惟一的男人。明很为这首歌感到害羞，但又不得不承认它让她感觉很有趣。那名歌手不时会带着嫉妒的眼神瞪一眼那张被男人围起来的桌子，目标应该是男人群中的莉安。

那名身形修长的阿拉多曼女人在走进客栈时就已经牵住了洛根的鼻子。她一路烟视媚行，又让许多男人像看见蜂蜜的苍蝇一样扑了过来，现在大厅里很有些要发生骚乱的味道。洛根和商人的保镖都已经将手放在了剑柄上，有些人甚至已经抽出了匕首。矮胖的客栈老板和两名肌肉结实的壮汉拿着棒子，急匆匆地向这边挤了过来。而莉安一边在到处点火，一边也在不停地熄火，手段同样是一个微笑，几句好话，还有在脸颊上的轻轻一拍。就连那个客栈老板也晕了一会儿，像傻瓜一样朝莉安笑着，直到其他桌边的客人把他叫走。技艺精湛到这种程度，莉安还认为自己仍需要练习，这世界真是不公平。

如果我能对一个特别的男人这样表现自己，我就心满意足了。也许莉安能教我——光明啊，我在想什么？明一直都只属于自己，她不在意别人是否会接受她，现在她却在考虑要为一个男人而改变自己。像现在这样必须用裙子遮蔽自己的身体，而不能像往常那样穿上裤装，这对她来说已经非常糟糕了。他会喜欢你穿上低领裙装的，你应该比莉安暴露的还要多，而且莉安——不要再想了！

“我们必须往南走。”史汪在明身边说。明吓了一跳，她并没有看见史汪走进来。“立刻出发。”从史汪蓝色眼睛的光芒中，明知道对方发现了重要消息，而她是否会告诉别人，就是另外一回事了。在大多数时候，这个女人似乎仍然认为她是玉座。

“在日落之前，我们没办法在卢加德城外找到另一家客栈的，”明说，“我们可以先在这里过一夜。”能睡在床上，而不是树篱底下或干草堆上，即使只能与莉安和史汪同住一个房间，明也会感到很高兴。洛根愿意让她们三个各住一个房间，但史汪总是紧紧地看着他们的钱币。

史汪向四周看了一圈，大厅里的人如果没有看着莉安，就是在听那名歌手唱歌。“这不可能，我……我想也许会有白袍众来查问我。”

明压低了声音：“代林不会喜欢这样的。”

“那就不要告诉他，”史汪望着莉安身边的人群，摇了摇头，“告诉雅玛娜我们必须离开，他会跟来的。我们只要希望剩下的那些人不会这么做就好了。”

明挖苦地笑了笑。史汪也许会说，她不在意洛根——代林得到了控制权并对她的一切要求都不予理睬，但她还是决心要再度把洛根拴到自己的脚后跟上。

“九马猛拉到底是什么意思？”明一边问，一边站起了身。她曾经刻意走到前门去看过，希望能看看招牌上画了什么，但那招牌上只有一个店名。“我见过八匹马拉车，也见过十四马拉车，却从没有见过九匹马的。”

“在这座城镇里，”史汪有些拘谨地说，“最好不要问这种问题。”她的脸上突然泛起两朵红云，让明感觉她一定知道答案。“快去找他们吧！我们还有很长的路要走，没有时间可以浪费了，不要让其他人听到你的话。”

明轻轻哼了一声，在那个满脸笑意的莉安身边，没有男人能看到她的存在。她希望自己知道史汪是怎样被白袍众注意的，这是她们现在最害怕的事，而且史汪不该犯这样的错误。她还希望自己知道该如何让兰德用这些男人看着莉安的方式看她。如果他们要整夜骑马赶路——明怀疑他们真的要这么做——也许莉安会愿意教她一点窍门。

第 12 章

一支旧烟斗

一阵挟带着卢加德街上尘土的旋风卷走了加雷斯·布伦的天鹅绒帽子，将它吹落在一辆运货马车下面。镶铁边的轮子将那顶帽子辗进坚硬的干土路面，让它完全变成了一堆垃圾。加雷斯看了它一眼，就继续向前走去。*反正那顶帽子已经沾满旅途风尘了*，他这样对自己说。他的丝绸外衣也在到达莫兰迪之前就从灰色变成了棕褐色，光是掸一掸已经不可能让它变干净了。应该穿一件朴素点的衣服出来，这是长途旅行，不是去参加一场舞会。

在行驶的马车之间来回穿行，他丝毫也不在意背后那些车夫的咒骂，任何正经的队官都能在睡觉时骂得比他们更好。他一直走进一家名叫“马车座”的红瓦顶客栈，客栈招牌上的绘画精确地表现了它的名字。

这里的大厅和他在卢加德看见的所有客栈大厅没什么差别。马车夫和保镖们团团聚在一起，夹杂在他们中间的还有马夫、蹄铁匠、劳工和其他各种男人。所有人都在用最大的音量说话嬉笑，把嘴张到最大往里面灌酒，一只手抓着酒杯，一只手去摸女侍。其他城市里的酒馆大致也是这种样子，只是没有这里这么狂野。一名体态丰满的年轻女子穿着几乎要滑落下来的宽松衬衫，正在房间一边的一张桌子上边唱边舞，给她伴奏的是两支长笛和一架十二根弦的筝。

加雷斯对音乐不感兴趣,但他听了一会儿。那个女人在他见过的所有军营里都会大受欢迎,但话说回来,无论她唱的是什么,只要穿着那件衬衫,她随便咕哝几句就能得到一个丈夫。

乔尼和巴瑞姆已经到了,尽管乔尼近乎光秃的头上还缠着绷带,但他的体形已经为他们两个占据了一整张桌子。他们也在听那个女孩唱歌,或者,他们只是在盯着她的身体。加雷斯拍了拍两个人的肩膀,朝通向马厩院子的侧门点点头。在那个马厩里,一名脸色阴沉的斜眼马夫向他们要了三个银角子,才把他们的坐骑交给他们。一年多以前,加雷斯能用这个价钱买一匹好马,但西方和凯瑞安的灾祸已经对现在的贸易造成巨大的伤害。

他们一言不发地穿过城门,走上一条通向北方思塔恩河的蜿蜒小路。这时,巴瑞姆说道:"她们昨天到过这里,大人。"

加雷斯自己也早已打听到了这一点,三个显然是外地来的漂亮女孩不可能穿过卢加德这样的城市却没有被注意到,毕竟这里有许多男人。

"她们和一个魁梧的男人,"巴瑞姆继续说着,"听起来应该是那个和她们一起烧掉亚墨谷仓的代林。反正不管他是谁,他们在九马猛拉待了一会儿,只是喝了几杯酒就离开了。有个小伙子告诉我,那个阿拉多曼女孩几乎用媚眼在那里挑起了一场暴乱,但又用同样的方法把它平息了。烧了我吧,我真想见识一下阿拉多曼女人。"

"有没有打听到他们走了哪条路,巴瑞姆?"加雷斯耐心地问,他没能挖出这个情报。

"唔,没有,大人,但我听说有许多白袍众经过这里,他们全都向西去了。您觉得是不是老培卓·南奥在策划什么？也许是在阿特拉?"

"这不再是我们的事情了,巴瑞姆。"加雷斯知道自己这句话里含着火气,但巴瑞姆是他的老部下,许多事情都不会和他计较。

"我知道他们去了哪里,大人。"乔尼说,"西边,在杰罕那大道上,而且据我所知,他们赶路赶得凶。"他的声音变得有些困窘,"大人,我找到了两名保镖,他们原先都是女王卫兵,我跟他们喝了一杯。当时他们正在一个叫'爽骑一整夜'的客栈里喝酒,那个叫玛莱的女孩进去要找一份唱歌的工作。她没有得到那份工作,因为她不想像这里其他歌手那样把大腿露出来,这当然无可厚非,那之后她就离开了。从巴瑞姆告诉我的情况判断,就是在那件事之后,他们便立刻向西出发了。我不喜欢这样,大人,她不是那种想要在那样的地方找工作的女孩。我想,她应该正在竭力摆脱那个叫代林的家伙。"

奇怪的是，尽管头上的血肿还没消去，但乔尼却对这三个女孩毫无敌意。自从离开庄园之后，他就不止一次说过，那些女孩一定遇到了某种困境，需要援救。加雷斯怀疑，如果那三个女孩真的被抓回到他的庄园里，乔尼立刻就会把她们带走，让自己的女儿们唤她们作干妈。

巴瑞姆并没有乔尼那样的感觉。“海丹，”他低声咆哮道，“或者也许是阿特拉、阿玛迪西亚，我们要亲吻暗帝才能把她们抓回来，真不值得为了一个谷仓和几头牛惹上这样的麻烦。”

加雷斯什么也没有说。他们已经追踪那个女孩到了这里，莫兰迪对安多人来说是个糟糕的地方，两国之间在这许多年里有过太多的边境冲突，只有傻瓜愿意为了一个背誓者而追到这里来。那么，跟着她跨越半个世界，又算是傻到哪里去？

“我和那两个小伙子还聊了些别的。”乔尼有些踌躇地说，“大人，看样子有许多您的老部下都被遣散了。”加雷斯的沉默让他的胆子大了些，于是他继续说道：“部队里进了许多新人，他们说部队里每遣散一个旧人，至少就会加入四五个新人。而且，更有问题的是，有些自称为白狮的人只听从加贝瑞的命令，”说到这个名字的时候，他恶狠狠地啐了一口，“他们很多并不属于女王卫兵，他们不是从兵户中征来的。加贝瑞在部队中加入的这些人已经是女王卫兵的十倍，他们全都发誓向安多王位效忠，而不是向女王效忠。”

“这也已经不再是我们的事了。”加雷斯只说了这么一句。巴瑞姆将舌头塞进了脸侧的颊囊里。如果有什么事他不想说，或者是他不确定有没有必要说，他就会这样。“怎么了，巴瑞姆？说吧！”

这名满脸皱纹的老部下困惑地盯着加雷斯，巴瑞姆从来都搞不清加雷斯怎么会知道他有话没说出来。“嗯，大人，有些人告诉我，昨晚那些白袍众问了他们一些问题。白袍众问的好像是那个叫玛莱的女孩，他们想知道她是谁，要去哪里，就是这类的盘问。我听说，当得知玛莱已经走了时，他们立刻对她产生了真正的兴趣。如果他们真的去追她，也许在我们找到她之前，她就要被吊死了。他们也许不会费力去审问她是不是真正的暗黑之友，或者有没有犯下什么罪。”

加雷斯皱起眉头。白袍众？圣光之子为什么想抓玛莱？他不相信玛莱会是暗黑之友。但话说回来，他也见过一个娃娃脸的年轻人——一个在街巷中向孩子们灌输暗帝荣光的暗黑之友，他称呼暗帝为至尊暗主，在三年的时间里至少杀死了九名他怀疑可能举发他的儿童，最后，他被吊死在凯姆林。*不，那个女孩不是暗黑之友，我可以用我的命打赌。*白袍众会怀疑每一个人，如果他们相信她是为了躲避他们才逃到卢加德……

他踢了一下旅者，让它慢跑起来。这匹大鼻子的枣红阉马样子并不漂亮，但耐力很强，也很勇敢。另外两个人立刻跟上了他，察觉到主子的心情，他们现在全都闭紧了嘴巴。

在距离卢加德大约两里的地方，加雷斯改变方向，走进一片茂密的橡树和羽叶木林。他其他部下在这里找到一片被树枝遮蔽的空地，设立了一个临时营地。加雷斯走进营地的时候，看见了几小堆无烟的营火，他们现在随时都要找机会煮些茶。有些人在打盹，睡觉是另外一件老兵从不会错过的事。

看到长官回来，没有睡着的人立刻踢醒了那些还在打鼾的，所有的人都抬头望着加雷斯。有那么一会儿工夫，加雷斯只是坐在马鞍上，看着这些人。他的视野里全都是灰发、秃头、岁月沧桑的皱纹。这些人仍然强壮，忠于职守，但即便这样……只是因为想知道一个女人为什么会背弃誓言，就带着他们冒险进入莫兰迪，他真是个傻瓜。也许白袍众现在正把他们当成目标，而且他也不知道在回家之前，他们还要走多久。如果他现在回头，他们也要再赶一个多月的路才能看见柯尔泉。如果他继续前进，他们有可能要一直追到爱瑞斯洋岸边。他应该带着这些人还有他自己平安回家，这是他的责任。他没必要命令这些人去和白袍众争夺那些女孩，他可以把玛莱留给白袍众们去处理。

“我们要向西方前进。”加雷斯高声说道，营地中立刻响起一片茶水泼在火上的嘶嘶声，和将壶罐绑在马鞍上的碰撞声。“我们还要快速行军，我要在阿特拉追上她们。如果不行的话，我还不清楚她们要继续把我们带到什么地方。我们在完成任务之前，甚至有可能会经过杰罕那、阿玛多，或者是艾博达。”他用力地假笑了一声。“如果我们到了艾博达，你们就能看出你们有多么勇猛了。那个地方酒馆里的女侍会剥了伊利安人的皮当大餐，把白袍众踩在脚底下当运动。”

他的部下们都大声笑了起来，仿佛这确实是个非常好笑的笑话。

“只要跟着你，我们就不会担心，大人。”赛德一边嘎嘎笑着，一边把他的锡杯子塞进鞍袋里，他的脸已经像核桃皮一样满是皱纹了。“嘿，我听说您曾经和玉座本人吵过一架，还——”贾尔·修文踢了他的踝骨一脚，赛德转过身，朝那个比他年轻的灰发家伙挥了挥拳头。“你要干什么，贾尔？你想被打破头吗？你……什么？”贾尔和其他几个人意味深长的目光让他缩了回去。“哦，哦，对了。”他转头去检查坐骑的肚带，没有人再笑了。

加雷斯强迫自己的面孔松弛下来，现在，他应该把过去的事情留在过去了。只是因为曾经和一个女人同床共枕（虽然他觉得并不止这些），只是因为后来那个女人变得仿佛从未认识过他，他不应该只是因为这些就禁止别人提起她。只是因为她从凯姆林放逐了他，带给他死亡一样的痛苦，而他的罪过就是给了她那些他发誓必须给出的谏言……那个突然出现的加贝瑞会不会送给她一场灾难？凯姆林，那已经不再是他应该关心的事情了。她告诉过他，他的名字将不会在宫廷中被人提起，只是因为曾经为她服务过很长一段时间，他才躲过了叛国罪应有的斩首刑罚。那时她的声音淡漠、清冷，像冰一样平滑。叛国罪！他要振作起精神来，这会是一场长时间的追逐。

用膝盖勾住鞍尾，他掏出烟斗和烟袋，在烟锅里塞满了烟草。那只烟锅上雕刻着一头狂野的公牛，在颈子上挂着一圈安多的玫瑰花环，这是布伦家族沿用了一千年的族徽，代表为了女王而有的力量与勇气。他需要一支新烟斗，这支已经旧了。

"你听说的和事实并不太一样，我不是潇洒地全身而退。"他俯下身，一名部下正在将一根带着一点残火的细枝举到他身前。他将烟锅贴近细枝，吸了几口，然后叼着点燃的烟斗直起身。"那是三年前的事情了，那时玉座对各国进行了一次巡游，凯瑞安、提尔、伊利安，最后从安多的凯姆林返回塔瓦隆。那时，我们和莫兰迪的边境领主们发生了一些摩擦——就像平时一样。"笑声在人群中播散开来，这些人全都在不同的时候在莫兰迪边境服过役。"我派出一些女王卫兵，让那些莫兰迪人知道在边界这一侧的羊群和牛群应该属于谁。我从没想到玉座会对这种事产生兴趣。"他一定已经吸引了他们的注意力，收拾行装的工作仍然在进行，只不过速度已经慢了许多。

"史汪·桑辰和爱莉达为此和摩格丝——"他又说出了她的名字，虽然他做得很不聪明，"进行了密谈，当她们从密室中出来的时候，摩格丝已经处在爆发边缘，闪电几乎正从她的眼睛里射出来；但她又有些像是一个正在偷蜂蜜蛋糕却被母亲抓到的十岁小女孩。她是个强硬的女人，但处在爱莉达和玉座之间……"他摇了摇头，他的部下发出更大的笑声。受到两仪师的注意，他们绝对不会因为这种事而羡慕那些贵族和统治者。"她命令我立刻从莫兰迪边境撤走所有部队，我要求单独和她商讨这个问题，但这时史汪·桑辰却跳到我面前。在半个宫廷的人面前，她不住地上下打量我，仿佛我只是个新入伍的小毛孩。她说，如果我不能依照吩咐去做，她就要把我剁成鱼饵。"当时他不得不请求玉座的原谅——在所有人的面前，这也是为了要维护他曾经立下的誓言——他当然不需要刻意在他们面前提起这个。不过，一直到那件事情真正落幕，他都无法确定玉座到底是不是真的打算让摩格丝砍掉他的头，或者干脆她自己动手。

"她一定是要抓一条非常大的鱼。"有人笑着说，其他人也为这个笑话而纷纷大笑了起来。

“最后的结果是，”加雷斯继续说道，“我被搞得焦头烂额，女王卫兵也从边境上撤了回来。所以如果你们奢望我在艾博达保护你们的话，那就记住，我认为那些女侍会把玉座和我们一起挂在屋外风干的。”人群中爆发出一阵巨大的哄笑。

“您后来有没有查出她为什么要那么做，大人？”乔尼问道。

加雷斯摇了摇头：“我想，那是两仪师的事情了，她们不会告诉像你和我这样的人她们要干什么的。”这句话同样得到了几个笑声。

部下们以他们不应有的敏捷跳上了马。*他们之中还是有人比我年轻的*，加雷斯有些讽刺地想。像他这样的年纪，实在不应该去追逐一双年轻到足以当他的女儿，甚至是孙女的漂亮眼睛。*我只是想知道她为什么会背弃誓言*，他坚定地对自己说，*仅此而已*。

抬起手，他发出了前进的讯号，队伍立刻向西方奔去，只在身后留下了一路扬尘。他们要拼命赶路才能追上他的目标，但他一定会追上那些人，无论是要追到艾博达，还是末日深渊。

第 13 章

西恩达的小房间

伊兰紧紧抓住皮革面的门把，努力想在摇晃的马车上固定住自己的身体，同时尽量不去看对面奈妮薇那悻悻然的脸色。虽然不时会有尘土飘进来，但车窗的帘子还是全都被卷了起来，至少空气的流动可以带走一些下午的热气。草木丛生的山丘飞快地向她们身后掠去，形成连绵不绝的溪流，只是偶尔会被几块农田打断。在距离大路几里的地方，有一座阿玛迪西亚风格的领主庄园——在一座五十尺高的巨大石基上有一些结构精细的木制建筑、装饰华丽的阳台和红瓦屋顶。阿玛迪西亚领主们的住宅曾经全部是石砌的，但在许多岁月之后，贵族们已经不需要在阿玛迪西亚竖立堡垒了。国王的法律中也规定，他们的住宅必须是木制的，这样可以避免领主们以居所为据点反对他们的国王。当然，圣光之子不需要遵守这种法律，阿玛迪西亚的许多法律对他们都是无效的。伊兰在小时候曾经学习过一些其他国家的法律和习俗。

在远方的山丘上也点缀着一些没有草木的空地，如同一块绿布上的棕色补丁，在那上面工作的人们仿佛是一小群的蚂蚁。一切东西看上去都那么干燥，一道闪电就有可能点起绵延几里的野火，但闪电就意味着降雨，而天空高处那几丝云彩根本就不可能弄出半点雨水。伊兰无聊地猜想着自己是不是能弄出一场雨来。她学习过不少控制天气的知识，不过，如果连基本的条件都不具备，她也很难有所作为。

“女士是不是不高兴了？”奈妮薇刻薄地问，“看女士扬起下巴盯着外面的样子，我想女士一定是想走得更快一点。”她将手伸到脑后，推开一个挡板，喊道：“再快一点，汤姆，不要和我争辩！你也闭上嘴，捕贼人泽凌！我说了，再快一点！”

木头挡板被猛地撞了回去，但伊兰仍然能听到汤姆大声的嘟囔，很像是一些咒骂，奈妮薇整天都在向那两个男人大嚷大叫。过了一会儿，汤姆的鞭子响了一下，马车晃动得更厉害了，车里的两个女人全都从包着金色丝绸的座位上弹了起来。汤姆买下这辆车的时候，曾经仔细地打扫过这些绸子上的灰尘，但它们下面的坐垫都已经因为时间太久而变硬了，虽然在这样的座位上来回晃荡着，但奈妮薇紧咬的下巴说明她绝不会要汤姆再慢下来的。

“求求你，奈妮薇，”伊兰说，“我——”

对面的女人却打断了她的话：“女士是不是不舒服？我知道贵族们总是喜欢舒服的，这种事不是一个可怜的侍女能了解的了，但女士一定想在天黑之前赶到下一个小镇吧？那样您的侍女就能服侍您吃晚餐，为您铺床了。”她的座位突然猛地把她抛起来，让她的牙齿撞在了一起。她闭上嘴，怒气冲冲地瞪着伊兰，仿佛这全都是那个女孩的错。

伊兰重重地叹了口气。奈妮薇在马戴辛的时候，本来是同意这种安排的。一位女士在旅行时一定要带着她的侍女，两位女士就需要两名侍女。除非她们让汤姆和泽凌穿上裙子，否则这就意味着她们其中一人得扮演侍女。伊兰很委婉地指出，自己对女士的举止有更多的了解，而奈妮薇也接受了。当对方言之有理时，奈妮薇通常都会接受，通常。然而，她们做决定时还身在麦克拉夫人的店铺内，就在给麦克拉夫人和璐希灌完那些可怕的茶汁以后。

离开马戴辛之后，他们一直拼命地赶路，在午夜时分找到了一座只有一家客栈的小村子。他们把那家客栈的老板从床上叫起来，要了两个只有单人床的小房间，昨天太阳还没出来，他们已经又出发了。他们从距离阿玛多几里远的地方绕过了这座城市。至少表面上，他们只是一队规矩的旅者，但他们都极不愿意穿过这样一座充满白袍众的大型都市。白袍众的总部——圣光城堡就在阿玛多，伊兰听说过，阿玛多的元首是国王，但统治者是培卓·南奥。

麻烦是在昨晚出现的，在距离阿玛多二十里左右、一条叫作盖埃安河的泥泞溪流旁边（虽然称它为“河”有些夸张），一个被称作拜隆的地方。那里的拜隆渡口客栈比他们前一天投宿的客栈要大，客栈老板爱法拉夫人为这一行人中的摩瑞琳女士提供了一间私人餐厅，伊兰自然不好拒绝她。爱法拉夫人还相信只有摩瑞琳的贴身侍女奈娜清楚该如何服侍她。那个女人说，女士们总是这样要求的，而她们是对的，因为店里的女孩们都没办法让女士们感到合意。只有奈娜才知道该如何为摩瑞琳女士铺床，如何为她在一天燥热的旅行后准备洗澡水，以及一连串只有奈娜才知道该怎样去做的家务。

伊兰不知道这些是阿玛迪西亚贵族们的习惯，还是爱法拉夫人想省去为她们服务的人工。伊兰本来想尽量省去奈妮薇的劳动，但奈妮薇就像那个客栈老板一样，满嘴的“如您所愿”、“女士是最重要的”。如果伊兰表示拒绝，那么她就有点像是傻瓜了，或者至少会显得很奇怪。她们要尽量避免别人的注意。

在拜隆的时候，奈妮薇在公众面前完美地充当了贵族侍女的角色，但私下就完全是另一回事了。伊兰希望奈妮薇只要回复到原先那种样子就好了，而不要像对待妖境的妖怪那样对她敬而远之。她的道歉只能得到一句“女士真是太和气了”，或者完全得不到任何响应。*我不会再道歉了*，她第五十遍这样想，*这又不是我的错*。

“我一直在想，奈妮薇。”伊兰抓住一根从车顶上垂下来的皮带，觉得自己就像是小时候在安多玩的一种叫作“蹦蹦弹”游戏里的球。在那个游戏里，人们要尽量让一颗彩色的木球不断地在一个球拍上蹦跳。但她不会要马车慢下来，只要奈妮薇能忍受，她就能忍受。那个女人真是太顽固了！“我想去塔瓦隆查清楚到底出了什么事，但——”

“女士一直在想事情？女士一定在因为这个而感到头痛了。我会为女士准备一份羊蕨根和红雏菊茶，只要——”

“安静，奈娜。”伊兰的声音平静而坚决，她惟妙惟肖地模仿了她的母亲。奈妮薇的下巴立刻掉了下来。“如果你再对着我揪辫子，你就骑到车顶的箱子上去。”奈妮薇发出一个像是要被勒死的声音，努力张了几次嘴，都没能说出话来，伊兰对此很感满意。“有时候，你似乎认为我仍然还只是个孩子，但你现在却表现得像是个孩子。我没有要求你给我擦背，但我却要和你来一场角力才能阻止你。记住，我当时也说要为你擦背作为回报的。我也说要去睡那张矮床，但你当时爬上去就一动不动了。不要再沉着脸了，如果你愿意的话，到下一家客栈的时候就由我来当侍女。”这番交换很可能会换来一场灾难，奈妮薇可能会公开向汤姆大喊大叫，或者是打某个人的耳光。伊兰现在顾不了这么多了，她只想得到一点和平。“我们可以现在就停下，在树丛中把衣服换过来。”

“我们选的礼服只适合你的身材。”过了一会儿，对面的女人嘟囔了一句，转身推开挡板喊道：“慢一些！你想杀死我们吗？蠢男人！”

挡板后面好像死一般寂静，马车减慢到了更合理的速度，不过伊兰敢打赌，那两个男人一定在谈论着什么。她尽量在没有镜子的情况下理直自己的头发，看见垂在脸上的黑亮发绺，她仍然会有些吃惊。这身绿绸袍也需要彻底刷洗一次了。

“你刚才说你一直在想什么，伊兰？”奈妮薇问，双颊变成了一片殷红。至少，她知道伊兰是对的，像现在这样的表达，对她来说已经和道歉是一样了。

“我们正在赶回塔瓦隆，但我们真的知道有什么在那里等着我们吗？如果玉座真的发出那些命令……实际上，我并不这么想，而我也一头雾水，但我一定要在弄明白之后才会走进白塔。‘傻瓜才会闭着眼把手塞进树洞里’。”

“莉妮真是个睿智的女人，”奈妮薇说，“如果我们再看到一束黄花被倒挂在门前，也许我们就能知道得更多一些。但在那之前，我们最好当成白塔已经被黑宗控制了。”

“麦克拉夫人现在应该已经向娜瑞文送出另一只鸽子，详细地报告了这辆车的外观和我们的穿着，很可能她也说了汤姆和泽凌。”

“说这个也没用，如果我们没有穿过塔拉朋就好了，我们原本应该乘船出发的。”奈妮薇责难的语气让伊兰很是惊讶。看到伊兰的表情，奈妮薇的脸又红了：“嗯，反正已经覆水难收了，沐瑞熟悉史汪·桑辰，也许艾雯能问问她——”

马车突然猛地停了下来，伊兰一下子扑到了奈妮薇怀里，她在拼命的挣扎中听见前面传来马匹的嘶叫和鞭打声。

伊兰拥抱住阴极力，将头伸到车窗外面，然后她才松了一口气，将阴极力放开。车外的情景她在凯姆林见过不止一次，一个巡回马戏团正在接近黄昏的日光中在路边的一片大空地上宿营。一头巨大的黑鬃狮子半睡半醒地躺在一个笼子里，几乎占据了一整辆马车，它的两头配偶正在另一辆马车的笼子里踱步。第三辆马车上的笼子是开着的，马车后面，一个女人正在训练两头白脸黑熊在红色的大圆球上掌握平衡。另一个笼子里似乎是装着一头满身毛发的大野猪，只是它的嘴有些太尖了，四足的末端也不是蹄子，而是带爪的脚趾。伊兰知道，那种野兽来自艾伊尔荒漠，被称为卡帕。另外还有许多笼子里关着其他动物，或者是毛色鲜艳的鸟雀。但与伊兰以前见过的马戏团不一样的是，这个马戏团里有人类演员：有两个男人正在互相抛投有缎带缠裹的圈环，四名杂技演员在练习一个叠一个地立成一根高高的人柱，一个女人一边喂着十二条狗一边训练它们用后腿走路和腾空后滚翻。在这些人后面，还有一些人正将两根高杆竖起来，伊兰不知道他们在干什么。

拉车的马并不是因为这些才受到惊吓，让汤姆拼了老命才把马车稳住。伊兰自己也能闻到狮子的气味，但马匹们睁大了眼睛，死死盯住的是三头满身皱纹的灰色兽类。其中两头足有他们的马车那么高，长着很大的耳朵和一根长到可以垂至地面的鼻子，鼻子两边还突出两根弯曲的巨型獠牙。第三头比马匹矮，但却一样沉重，它没有獠牙。伊兰猜想那是一头幼兽。一名淡黄色头发的女子拿着一根粗重的钩形棍棒，正在替那头幼兽搔耳朵。伊兰以前也见过这样的生物，只是她从没想过还能见到它们。

一名身材高大的黑发男人从帐篷里走出来，虽然天气炎热，他还是炫耀似的穿着一件红色的丝绸外衣。他以漂亮的动作向伊兰和奈妮薇的马车鞠了个躬。他是一个相貌端正的男人，有一双线条优美的腿，他似乎也很清楚自己的这两项优点。“请原谅，女士，希望这些巨型马猪没有吓坏您的马。”他直起身，抬手招呼两名手下帮汤姆稳住受惊的马匹。但他突然将手停在半空，眼睛直盯着伊兰，喃喃地说道：“我的心跳真激烈。”伊兰刚好能够听到他的话音，所以能确定这个男人是说给她听的。“女士，我是瓦蓝·卢卡，非凡的马戏团老板，你已经将我征服了。”他又鞠了个躬，姿势甚至比第一个更加漂亮。

伊兰和奈妮薇对望了一眼，在奈妮薇脸上看见了和自己同样的微笑。看来，这个瓦蓝·卢卡是个很懂得自我欣赏的男人。他的手下的确很懂得安抚马匹，现在那些马虽然还在喷着鼻息，跺着地面，但眼睛已经不再像刚才睁得那么大了。汤姆和泽凌现在则像刚才那些马一样死死地瞪着那些奇怪的巨兽。

“马猪，瓦蓝先生？”伊兰说，“它们是从什么地方来的？”

“应该说是巨型马猪，女士，”那个男人立刻就答道，“来自传说中的沙塔。我亲自率领一支探险队，进入那片充满了奇异住民和更加奇异的景观的荒野，捉住了它们。我真想和你说说那个地方，那里有着比巨森灵更大一倍的巨人。”他上下挥舞着双手，以表明那些巨人有多么大。“还有无头的人，能够背起一头成年公牛的大鸟，能够吞下一个人的大蛇，还有用黄金铸成的城市。下车来吧，女士，让我一一向你叙述。”

伊兰相信这个瓦蓝已经陶醉在他自己的故事里了，但她却很怀疑这些野兽会来自沙塔。一来，就连海民对沙塔的印象也只限于被高墙围起来的海港，所有走到高墙另一侧的人都永远地消失了，只有艾伊尔人对那里知道得多一点；二来，她和奈妮薇都在法美镇被霄辰人占领的时候见过这样的生物，霄辰人用这些巨兽进行日常的工作和战争。

“我想还是不用了，瓦蓝先生。”伊兰对他说。

“那就让我们为你做一次表演吧！”他又飞快地接口道，“就像你看见的那样，这可不是一般的巡回马戏团，而是前所未有的。我们可以为你做一次私人演出，有杂技、戏法、动物马戏，你还能看到世界上最强壮的男人，甚至还有烟火，我们团里有一名照明者。我们正要去海丹，明天我们就会随风而去了，但只要你稍微给一点酬劳——”

“我的主人不会愿意的，”奈妮薇说道，“她有许多更好的途径可以把钱花掉，而不是看看动物。”实际上紧紧握住钱袋的正是奈妮薇自己。即使是需要花钱的时候，她也只是不情愿地一枚枚向外掏着硬币，似乎每次她都是在用两河流域的标准衡量着各地物价。

“为什么你会想去海丹，瓦蓝先生？”伊兰问，她的同伴显然是说了一些得罪人的话，现在要由她来缓和一下气氛了。“我听说那里现在很乱，军队已经无法镇压那个被称为‘先知’的人发动的叛乱了。那个人在海丹四处布道，宣称转生真龙已经到来，你肯定不想去那种混乱的地方。”

“言过其实了，女士，非常的言过其实，有人群的地方，就有对娱乐的需要；只要人们需要娱乐，人们就会欢迎我。”瓦蓝犹豫一下，然后向马车靠近了一步，他望着伊兰的眼睛，脸上显出困窘的表情。“女士，实际上，你可以帮我一个大忙，只要我们能为你表演一场。我们的一头马猪在前一座城镇弄出了一点麻烦，那只是个意外，”他急忙说道，“我向你保证，它们是温和的动物，完全没有危险，但西恩达人不仅不让我演出，甚至连经过那里都……嗯，为了赔偿损失和付罚金，我把所有的钱都花光了。”他哆嗦了一下。“尤其那罚金可真多。如果你能允许我为你表演一下，只需要稍微给一点钱，我会将你当作我们的赞助人，在全世界传播你善良慷慨的名声。女士……”

“摩瑞琳，”伊兰说，“沙玛瑞德家族的摩瑞琳女士。”因为这一头黑发，她现在可以把自己当成是凯瑞安人。她没时间看演出，虽然她很想在有时间的时候好好地看上一次。她这样告诉了瓦蓝，然后又说道：“但如果你真的很困窘的话，我会给你一点帮助。把钱给他一些，奈娜，让他能够继续前往海丹的行程。”她最不希望的就是他“到处传播她的名声”，但只要能力所及，帮助贫穷和困苦的人是她应尽的责任，即使是在异国的土地上。

奈妮薇一边不高兴地嘟囔着，一边从腰带上掏出荷包，把手伸了进去。她将身子探到马车外面，把手里的东西塞在瓦蓝的手里，一边说道：“如果你从事一项正当的行业，你就不会乞讨了。汤姆，出发！”

汤姆的鞭子响了一下，伊兰被抛回座位里。“你不必那么粗鲁，也不要那么唐突，你给了他多少？”

“一个银角子，”奈妮薇一边平静地回答，一边把钱包放回到腰间，“他不该得到这么多的。”

“奈妮薇，”伊兰几乎是在哀鸣了，“那个男人也许会认为我们是在要他。”

奈妮薇哼了一声：“有那么一副健壮的肩膀，做上一天工不会杀死他的。”

伊兰没有说话，虽然她并不完全同意奈妮薇的看法。劳动对那个男人来说确实是没什么坏处，但她不认为现在会有什么工作机会。我也认为，若是一项工作不允许瓦蓝先生打扮得花枝招展，他就不会接受的。但如果她要讨论这个话题，奈妮薇也许会和她吵架，每次她温和地指出奈妮薇所不知道的事情时，这个女人总是有办法责备她的态度或言辞太傲慢。她们刚刚吵过一次，不值得为了瓦蓝立刻再启战端。

当他们到达西恩达的时候，地上的影子已经很长了。这是个相当有规模的村子，村舍用石头和茅草盖成，村里有两家客栈。第一家的名字是“国王的枪骑兵”，在它应该是前门的地方只剩下了一个大窟窿，一群人正在那里看着工匠们进行修补。也许是瓦蓝先生的“马猪”不喜欢这家店的招牌，现在那块招牌正靠在那个窟窿的旁边，上面画着一名放低长枪、正在冲锋的骑兵，看上去，它像是被硬扯下来的。

令人惊讶的是，在泥土街道上的人群中有许多白袍众，比马戴辛要多得多。这里还有另外一种士兵，同样穿戴着铠甲和圆锥形的钢盔，只是他们披着蓝色的罩袍，上面画着代表阿玛迪西亚的星星和蓟草图案，在这附近一定也有卫戍部队。国王的士兵和白袍众似乎都非常讨厌对方，他们或者对穿另一种颜色罩袍的人完全视而不见，或者彼此怒目相向，几乎立刻就要拔剑出来拼杀一场。一些白袍众在罩袍上阳光普照的图案后面还绣着红色的牧羊人钩形拐杖，他们自称为“圣光之手”——寻找真相之手，但其他人都叫他们裁判者，即使是其他白袍众也会对他们敬而远之。

这一切都让伊兰的心里觉得发冷，但太阳不到一个小时就要下山了，即使他们在黑夜里继续赶路，也不能保证可以找到另一家客栈，连夜赶路也会招致不必要的注意，而且他们今天还有必须早宿的原因。

她和奈妮薇交换了个眼神，过了一会儿，她的同伴点点头说：“我们只能停下来了。”

马车在名叫“真实光明”的客栈门口停下，泽凌跳下车，拉开了车门。奈妮薇带着一脸恭顺的表情等待着泽凌先把伊兰扶下马车，但也偷偷给了伊兰一个微笑，她不会再摆出那种阴沉的脸色了。背在她肩头的那个皮囊显得有些不协调，不过还不算太惹眼，至少，伊兰是这么希望的。那里面装的是奈妮薇从麦克拉女士那里拿到的一些草药和药膏，她总是随身携带着它们。

伊兰第一眼看见这家客栈的招牌——一个放射出许多光芒的金色太阳，就像那些圣光之子绣在罩袍上的图案一样——她就希望那只“马猪”毁掉的是这家客栈的大门。至少，这个太阳后面没有牧羊人的钩形拐杖。大厅里半数客人都穿着雪白的罩袍，在他们面前的桌子上也都放着头盔。伊兰深吸了一口气，控制住自己不会立刻就转身从这里跑出去。

除了这些士兵之外，这确实是一家不错的客栈，大厅又高又宽敞，墙壁上铺着抛光的乌木嵌板，两座没有生火的大壁炉上装饰着绿色的插枝，诱人的烹调香气正从厨房里飘出来。穿着白围裙的女侍们捧着装有葡萄酒、淡啤酒和食物的托盘在桌子间来回穿行，显得很是愉快。

一位女贵族的到来没有引起什么人注意，毕竟这里距离首都不远，或者人们会以为他们是来自于路上的那幢领主庄园。有几个男人抬头看了伊兰一眼，不过他们似乎对她的“侍女”更感兴趣。当意识到那些男人在看着她时，奈妮薇立刻皱起眉头，摆出一副严厉的面容，那些人马上又低头去喝他们的酒了。奈妮薇似乎认为男人看她一眼也算犯罪，即使那个男人什么都没说，也没有轻薄的举动。所以伊兰有时也感到奇怪，为什么奈妮薇又会对衣服那么讲究，为了让那身朴素的灰色衣裙符合奈妮薇的要求，她曾经费了一番力气进行缝纫。一碰到要做针线细活的时候，奈妮薇就无能为力了。

这家客栈的老板贾芮恩夫人是名体态丰满的女子，有一头长长的灰色卷发、一脸温暖的笑容和一双锐利的黑眼睛，伊兰怀疑她能在三十尺以外的地方看见衣襟上的一点磨损，或是地上的一个钱包。而他们显然已经通过了她的审查，所以她展开自己的灰裙子，行了个深深的屈膝礼，向他们表示热忱的欢迎，同时她又问了一下这位女士是要前往阿玛多，还是刚从阿玛多来。

“从那里过来，”伊兰带着一种慵懒而傲慢的神情回答，“那座城市的舞会很有趣，埃尔隆国王就像人们说的那样英俊，相貌如此英俊的国王确实不多，但我必须返回我的庄园了。给我和奈娜一个房间，也安排一下我的仆人和车夫。”想到奈妮薇和那张矮床，她又说道：“我的房间里要有两张床，我需要奈娜睡在我旁边。但如果她睡在小床上，她的鼾声会吵醒我的。”奈妮薇恭敬的表情扭曲了一下，但幸好只是一瞬间而已，不过伊兰说的是实话，她的鼾声实在是太厉害了。

“当然，女士，”身材丰腴的客栈老板答道，“这些我都有，不过您的仆人们就只能睡在马厩的干草棚里了。您看，现在我这里有很多客人。一群流浪汉昨天带着一些可怕的大牲口进了村，那些大家伙中有一个毁了‘国王的枪骑兵’，可怜的西姆失去了一大半客人，现在他们都到这里来了。”贾芮恩夫人的微笑里满意的情绪显然要多过同情。“不过，我确实还有一个房间。”

“我相信你会做好的，为我们准备一顿简单的晚餐和洗浴的热水，我想我应该早点休息了。”窗外还能看见阳光，但伊兰动作优雅地用手把嘴遮住，仿佛是要掩饰一个小小的哈欠。

“当然，女士，如您所愿，请跟我来。”

贾芮恩夫人带领伊兰上楼的时候，似乎是认为应该和这位女士聊些什么才能让她高兴。于是她滔滔不绝地向伊兰说着现在店里有多么拥挤，她能留下一个房间是怎样的奇迹，那群带着动物的游民都是怎样的一些家伙，把这些废物赶出村去实在是多么应该，还有这些年里所有她招待过的贵族们，就连圣光之子的最高领袖指挥官也曾来过她的客栈。嘿，就在昨天，刚刚有一位号角狩猎者经过这里，他要赶去提尔，他说提尔之岩已经落入某个伪龙手里，男人们真是无恶不作，对不对？“我希望他们永远也找不到它。”客栈老板灰色的卷发随着她摇头的动作来回摆动。

“瓦力尔号角？”伊兰说，“为什么？”

“为什么，女士，如果他们找到了它，那就意味着最后战争要来了，暗帝打破了牢狱。”贾芮恩夫人哆嗦了一下，“光明保佑，愿那只号角永远也不要被找到吧！那样的话，最后战争就不会爆发，不是吗？”伊兰觉得自己对这个奇怪的逻辑没法给出什么好答案。

这间卧室有些狭窄，虽然还不至于让人完全动弹不得。房间的墙壁用石膏粉刷成白色，两张单人床靠墙放着，上面铺着有条纹的被褥。两张床中间有一扇可以看见街景的窗户，床和床与白墙之间各有一块不大的空间。窗前有一张小茶几，上面放着油灯和火绒匣。另外房里还有一个附镜子的盥洗架，盥洗架下铺着一条小花地毯，这就是全部的家具了。至少，所有的地方都很干净，器具也打磨得光滑明亮。

客栈老板又将枕头拍松了些，整了整被单。她说这两张床的床垫全都是用最好的鹅绒做的，女士的仆人可以从后面的楼梯把她的箱子抬上来，一切都会非常舒适。如果在晚上打开窗户，并且留一道门缝，就能有凉风吹进来，就好像伊兰面对走廊敞着房门睡觉也不会有事一样。当伊兰终于让贾芮恩夫人离开房间的时候，两名穿围裙的女孩送进来一个冒着热气的蓝色大水壶，和一面盖着白布的涂漆大托盘，在托盘的一侧，能看见酒瓶和两只杯子的轮廓。

伊兰把房门牢牢关上，一边看着房里的情形，一边说道：“我想她相信我们也许会去‘国王的枪骑兵’，虽然那里还有个大洞。”她皱了皱眉，这里再放上他们的箱子就没什么空间了。“也许我们真应该搬过去。”

“我才不会打鼾。”奈妮薇生硬地说。

“你当然不会打鼾，但我必须找些理由。”

奈妮薇重重地喷了一下鼻息，但她只是说：“我很高兴现在我很疲倦，可以顺利入睡。在麦克拉那女人那里，除了叉根茶之外，我没有找到任何有助于睡眠的药物。”

汤姆和泽凌上下了三次才把那些带铁框的木箱子都搬上来，在这个过程中，他们一直不停地抱怨着客栈后面的楼梯有多么窄，箱子有多么重，反正男人全都是这副德性。他们搬进来的第一口箱子上有树叶形的铰链，那里面装着钱币和各种重要的物品，包括从黑宗两仪师那里缴获来的特法器。那时这两个男人还在抱怨只能睡在马厩里，但看到了房里的情形之后，他们就闭嘴了。至少，他们再没有抱怨睡觉的地方了。

“我们去看看能在大厅里找到些什么讯息。”搬进最后一口箱子时，汤姆这样说道。现在房里的空间只够两个女孩走到盥洗架前面了。

“也许还能在村里走走。”泽凌说，“我在街上看见不少心情很糟糕的男人，他们一定会说些什么的。”

“这样很好，”伊兰说。他们想这样做，也是因为他们希望证明自己并不止是负责搬箱子的工人，他们在坦其克和马戴辛都发挥了非常重要的作用，也许以后还有用武之处，但在这个地方，他们应该做不了什么。“但一定要小心，不要惹上白袍众。”两个男人露出一副“真是受够了”的表情，仿佛伊兰从没看见过他们为了打听消息而换来的满身伤痕。但伊兰原谅了他们，她微笑着对汤姆说：“我已经等不及想知道你能找出什么样的情报呢！”

“等到早晨吧！”奈妮薇用力地说。她看着伊兰的目光非常严厉，几乎可以说是怒目而视了。“如果在那之前，你们用除了出现兽魔人之外的其他理由打扰我们，我就给你们一个可以让你们记一辈子的教训。”

两个男人交换了一下意味深长的目光，奈妮薇凶狠地扬起了一侧的眉弓，但一等她不情愿地将几枚硬币递给他们之后，他们就承诺绝不打扰两个女人睡觉，接着便离开了房间。

“如果我连和汤姆说句话都不行——”伊兰刚一开口，就被奈妮薇打断了。

“我不打算在衣衫不整地睡觉时让那两个男人走进来。”她笨拙地逐一解开裙子背后的钮扣。伊兰走过去帮她的忙，她说道：“我能自己解，你帮我把戒指拿出来。”

伊兰哼了一声，掀起裙子，摸出她缝在裙子底下的小口袋。如果奈妮薇想要费力气，那就随她去吧！现在即使奈妮薇要她过去帮忙，她也不过去了。在裙底的口袋里有两枚戒指，她没有动那枚在成为见习生时得到的黄金巨蛇戒，掏出了另外一枚石头戒指。

这枚戒指上遍布着红色、蓝色和褐色的斑点与条纹，它很大，并不适合戴在手指上。它的外观很古怪，扭曲的边缘让它看上去只有一道边，用指尖沿着这道边滑动，会在经过戒指里面和外面之后回到原点。这是一件特法器，它的作用是可以让持有者进入特·雅兰·瑞奥德，即使不是像艾雯和艾伊尔梦行者那样自身具有这种能力的人也可以使用这枚戒指，使用它的人只需要在它接触皮肤的情况下入睡就可以了。而她们从黑宗两仪师那里夺回的两件特法器虽然有同样的作用，却需要使用者对其进行导引。就伊兰所知，即使是男人可能也可以使用这枚戒指。

奈妮薇只穿着亚麻衬衣，将石戒指穿进她胸前的皮绳上，与岚的玺戒和她自己的巨蛇戒放在一起，然后就躺到了床上。她小心地让那枚戒指与自己的皮肤贴在一起，在枕头上稳稳躺好。

“在艾雯和智者们到达之前还有时间吗?”伊兰问，“我从来都没法算清楚荒漠的时间。”

“还有一些时间，除非她早到，但她不会早到的，智者们把她看得很严。长远来看，这对她的将来有好处，她总是太顽固。”奈妮薇睁开眼睛，直直地望向伊兰，仿佛这个评价对伊兰也同样合适!

“记得告诉艾雯，让兰德知道我在想他。”伊兰不打算让奈妮薇有机会教训她，“一定要艾雯……告诉他，我爱他，只爱他一个。”她终于把这话说出来了。

奈妮薇翻了翻白眼，让伊兰感到侮辱。“如果你要我去做的话。”她淡淡地说完这句，就窝到枕头里去了。

当奈妮薇的呼吸开始变得平缓时，伊兰将一口箱子推到门边，坐在上面，等待奈妮薇醒来。她一直都痛恨等待，如果她去大厅里，奈妮薇应该也不会有事，汤姆也许还在那里，然后……然后就没有了。他现在的身份只是她的马车夫而已。伊兰怀疑奈妮薇是不是在同意扮侍女之前考虑过这一点。叹息了一声，她重重地靠在门板上。她真的很痛恨等待。

第14章

会　面

奈妮薇已经习惯了这件特法器的作用,她就在自己将要入睡时所想到的地方。这个大厅的位置在提尔,人们叫它石之心大厅,它是被称为提尔之岩的巨型城堡的核心。现在,大厅里的镀金立灯架上并没有灯火,但她四周的空间中似乎弥漫着一种微弱的光线,渐远渐暗,最后消失在一片黑影里。至少,这里不会很热,特·雅兰·瑞奥德里似乎从没有很冷或很热的时候。

巨大的红石圆柱向每一个方向延伸开去,拱形的穹顶也被高处的黑影完全遮蔽,只能看见用金链挂在那上面的许多黄金吊灯,脚下的白石地板有许多磨蚀的痕迹。提尔大君会在醒来的世界中走进这里,当然只有在法律和习俗所限定的时间才会走进来,在其他时间,他们都会远远地躲开这个地方,他们从世界崩毁时就开始这样做了。在圆顶中心点的正下方是凯兰铎,看上去,这把晶莹剔透的剑完全是用水晶雕成的,它有一半被插进了岩石地面里,是兰德把它留在这里的。

她没有靠近凯兰铎,兰德说过,他用阳极力在它周围编织了陷阱,女人看不见这种陷阱。她相信这些陷阱有很大的危险,男人可以非常狠毒,而且这些陷阱对能够使用凯兰铎的男性有效,也很可能会对女性有效。兰德在防备弃光魔使，也同样会防备白塔。除了兰德自己，碰触凯兰铎的人所遭遇的结局有可能是死亡，甚至更可怕。

这是特·雅兰·瑞奥德的实际状况。醒来的世界中所存在的，也会出现在这里；但在这里出现的，不一定会出现在醒来的世界。这个梦的世界——看不见的世界——是醒来世界的一面镜子，虽然方式有些奇特，它也许同样反映着其他世界的现实。两仪师维林曾经告诉过艾雯，存在着一个由无数个世界组成的因缘编织，每个世界都有着不同的真实，正如同无数个人生组成了时代因缘。特·雅兰·瑞奥德连接所有这些世界，但除非是偶然的一瞬间，否则几乎没有人能走进特·雅兰·瑞奥德。一般人只会停留在自己的梦境里，进入特·雅兰·瑞奥德对于一般人有很大的危险，虽然他们很可能自始至终都不会知道，除非遭遇了不幸。进入特·雅兰·瑞奥德的做梦者所遭遇到的事情，也会在醒来的世界中发生，死在梦的世界里，也就死在了醒来的世界里。

奈妮薇有一种感觉，柱子之间有眼睛在窥视她，但她不会为此感到害怕。那不是魔格丁。*只是想象中的眼睛，没有人在看我，我告诉过伊兰不用为此担心，而我却在这里*……魔格丁肯定不会只是看着她，但即使如此，她还是希望自己能愤怒到足以导引至上力。当然，她并不是害怕，只是不够愤怒。她一点也不害怕。

那枚扭曲的石戒指感觉很轻，仿佛正要从奈妮薇的衬衫下面飘起来。这让奈妮薇察觉到自己仍然只穿着衬衣。当她想到衣服的时候，她就穿上了一身衣裙，她很喜欢特·雅兰·瑞奥德的这一点。在这里，导引并不非常必要，她在这里可以做的一些事情，她怀疑在醒来的世界中任何两仪师都无法用至上力做到。不过她身上的衣服和她预料中的并不一样，不是结实的两河羊毛。杰瑞可丝蕾丝高领一直顶到了她的下巴，紧裹身体的淡黄色丝衫显露出她的曲线。她在坦其克的时候，曾经多次穿着这种塔拉朋风格的衣服，之后她在梦的世界里也不止一次让身上出现了这种不端庄的衣服，看来她在不知不觉间已经习惯这种穿着了。

奈妮薇为了自己的任性而揪了一下辫子，但她没有再改变衣服的样式。这身长裙也许不是她想要的，但她也不是会为了这种琐事而大惊小怪的浮躁女孩，衣服就是衣服。她就这样等待着艾雯和陪伴艾雯的智者。如果有人要对这身衣服说三道四……*我来得这么早不是为了听别人谈论我的衣服的！*

"柏姬泰？"周围一片寂静，她又提高了声音，虽然这么做其实并没有必要。在这个地方，她正在呼唤的那个女人能在世界的另一端听见有人叫自己的名字。"柏姬泰？"

一个女人从圆柱中间走了出来，蓝色的眼睛平静、骄傲，充满了自信，她长长的金色发辫样式比奈妮薇的还要复杂。她穿着白色短外衣和在脚踝处收紧裤脚的宽松黄色绸裤，脚上穿了一双高跟短靴，这种衣服的样式和她在两千多年以前喜欢的穿着完全一样。她腰侧箭囊里的箭和她的弓看上去都像是纯银的。

“加达还好吗？”奈妮薇问。他经常会陪伴在柏姬泰身边，总会让奈妮薇感到很紧张。他拒绝承认奈妮薇的存在，每当柏姬泰和奈妮薇说话的时候，他就会变得满脸不悦。在第一次发现加达·森和柏姬泰这对存在于许多故事和传奇中的英雄伴侣就生活在特·雅兰·瑞奥德里的时候，奈妮薇确实吃了一惊。但就像柏姬泰所说的那样，与时光之轮连结在一起，随着它的转动而不断转世的英雄在等待转世时，难道有比梦的世界更好的等待之处吗？这是一个像时光之轮一样长久的梦，这里有他们——柏姬泰、加达·森、罗格斯·鹰眼、亚图·鹰翼和所有传奇中的英雄，他们将响应瓦力尔号角的召唤，投身在最后战争。

柏姬泰摇了摇头，也让她的辫子甩动了几下：“我已经有一段时间没见到他了，我想，时光之轮已经再次让他转世，这样的事情总是会发生的。”她的声音里同时包含着期待和关切两种情绪。

如果柏姬泰是对的，那么世界的某个角落里在不久之前刚刚出生了一个小男孩，一个懵懂无知、只知道哭泣的娃娃，但命中注定的惊险生涯会为他谱写一段新的传奇。时光之轮以这些英雄为经线，塑造因缘，他们死后会回到梦的世界，等待再一次轮回。在世界上足够勇敢和有能力的新人因为自己的事迹而超脱凡俗，也会有机会和时光之轮连结在一起，但这样的连结一旦形成，就永远都不会再脱离。

“你还有多长时间？”奈妮薇问，“一定还有几年吧！”柏姬泰一直都和加达连在一起，一同出现在一个又一个故事里、一个又一个纪元中，一同经历过无数的危险与浪漫。时光之轮从未将他们拆开过，她也总是会在加达之后一年、五年，或者是十年出生。

“我不知道，奈妮薇，这里的时间和醒来世界的时间并不一样。对我来说，我在十天前就见到了你，而见到伊兰还是昨天的事。你们觉得见到我有多久了？”

“我是四天，伊兰是三天。”奈妮薇嘀咕着。她和伊兰都在尽可能多找柏姬泰交谈，但也无法过度频繁，毕竟她们必须与汤姆和泽凌共同分担宿营和守夜的工作。柏姬泰记得至上力之战和弃光魔使，她曾在那个时期度过了一个人生。她过往的人生如同一本本记载了长久岁月的日记，只是记忆愈久远，就愈显得模糊。但柏姬泰仍然能清晰地记得那些弃光魔使,特别是魔格丁。

“你明白吧,奈妮薇?时间的流动在这里会分裂成许多支流,也许再过几个月,甚至是几天,我就会转生了,而在醒来的世界里,我出生的日期也许还要等到几年以后。”

奈妮薇努力压抑住自己的焦躁:“那么我们就更不能浪费时间了,我们上次分开之后,你有没有看见过他们?”她不需要指明她说的是谁。

“太多了,当然,兰飞儿经常回到特·雅兰·瑞奥德,但我也看见了雷威辛、沙马奥、古兰黛、狄芒德和色墨海格。”在说出最后这个名字的时候,柏姬泰的声音变得有些紧张,即使是对柏姬泰怀恨在心的魔格丁也不会让她有畏惧的表现,但色墨海格就是另外一回事了。

奈妮薇同样打了个哆嗦,眼前的金发女子跟她说了太多色墨海格的事迹。她忽然发现自己已经穿上了一件厚实的羊毛斗篷,一个深兜帽罩住了她的头。她立刻红着脸让那件斗篷消失了。

“他们之中有没有人看见你?”奈妮薇焦急地问。柏姬泰虽然了解特·雅兰·瑞奥德,但她在很多方面都比奈妮薇更脆弱,她从来都没有过导引的能力,任何弃光魔使都能像捻死一只蚂蚁一样杀掉她。如果柏姬泰在这个世界被杀死,她就永远都不能转生了。

“我还没有那么笨拙和愚蠢,不会有这种可能的。”柏姬泰靠在她的银弓上,传奇中说她的这副银色弓箭从没有射失过。“他们只是关注着彼此,对其他人毫不在意。我见过雷威辛和沙马奥,以及古兰黛和兰飞儿,彼此都在潜行靠近对方,还有狄芒德和色墨海格也在彼此躲避。自从他们得到自由之后,我还没见过他们之中有那么多人进入这里。”

“他们在盘算着什么计划。”奈妮薇恼恨地咬住嘴唇,“但是在盘算什么呢?”

“我也还不知道,奈妮薇,在暗影之战中,他们也经常会制定彼此侵害的计划。当然,他们的行动从来都不会对世界有任何好处,无论是梦中的还是醒来的。”

“试着查清楚,柏姬泰,但你一定要注意安全,不要冒险。”金发女子的表情没有变化,但奈妮薇觉得她一定认为自己的警告很可笑。这个蠢女人就像岚一样从不考虑危险。奈妮薇希望能问问她,白塔和史汪·桑辰有什么计划,但柏姬泰没办法接触和看见醒来的世界,除非她受到瓦力尔号角的召唤。*你正在逃避你要问的问题!*“你有没有见过魔格丁?”

“没有,”柏姬泰叹了口气,“但我也一直在注意她。一般情况下,我能找到任何知道自己身在梦的世界的人,这样的人会给我一种感觉,这种感觉像涟漪一样在空间中扩散。或许是因为他们在这里还保有清醒的意识，实际上我并不清楚真正的原因，我是一名士兵，不是一位学者。自从你击败魔格丁之后，她可能是没来过特·雅兰·瑞奥德，或者是……”她犹豫了一下，奈妮薇不希望她把下面的话说出来，但柏姬泰不会逃避任何即使是非常恐怖的可能性。“或者是她知道了我正在盯着她，她能隐藏自己，她被称作蜘蛛不是没有原因的。”这是“魔格丁”一词在传说纪元的真义——一只结网的小蜘蛛，她把网结在秘密的地方，她的毒牙可以在心跳之间就杀死目标。

突然间，奈妮薇仿佛清晰地感觉到了那双看不见的眼睛，她开始剧烈地打哆嗦。她不是害怕，只是觉得冷，不是害怕，但她仍然努力地控制着让身上只穿着那套单薄的塔拉朋长裙。如果不这样做，她害怕自己会突然发现身上已经套上了铠甲。即使只有她一个人的时候，发生这样的事也会让她感到羞愧，更何况现在正有一位勇敢不亚于加达·森的女性，用蓝色的眼睛冷静地望着她。

“如果她一直隐藏自己的话，你是否还能找到她，柏姬泰?”她一定要问清楚这一点，如果魔格丁知道自己成为了狩猎的目标，那么现在继续捕猎她就像是握着木棍在杂草中寻找一头狮子。

柏姬泰毫不迟疑地回答:“也许，我会继续试试。”她提起自己的银弓，“现在我必须走了，我不想在她们到来的时候被看见。”

奈妮薇将手放在她的胳膊上:“如果你让我告诉她们，应该会有好处，那样我就能与艾雯和智者们分享你告诉我的关于弃光魔使的信息，她们可以把这些告诉兰德。柏姬泰，兰德需要知道——”

“你答应过的，奈妮薇。”那双坚冰一样的亮蓝色的眼睛显示出绝不妥协的神情，“按照规定，我们不能让任何人知道我们住在特·雅兰·瑞奥德。因为和你交谈，我已经打破了许多规则；为了帮助你，我打破了更多的规则。然而，我不能在你和暗影战斗的时候袖手旁观，我到底在多少个人生中进行着这场战斗，就连我自己也记不清了。但我还是要尽量遵守规则，你也一定要遵守你的承诺。”

“当然，我会的，”奈妮薇忿忿地说，“除非你允许我说出去，但我请你务必——”

“不!”

柏姬泰消失了，奈妮薇的手刚刚还放在白色衣袖上，现在手心里却只剩下了空气。她在心里骂了几句从汤姆和泽凌那里听来的粗话，即使伊兰偷听这些话，她也一定会立刻就责备那个女孩的，更别提开口说了。现在再喊柏姬泰的名字已经没有用，她八成不会回来的。奈妮薇只希望下一次她或者伊兰叫她的时候，她还能出现。“柏姬泰！我会遵守诺言的，柏姬泰！”

她应该能听得到，也许等下一次见面时，她就能查出一些魔格丁的动静了。奈妮薇其实有些希望柏姬泰不要查出什么结果，至少，现在还没有证据说明魔格丁正在特·雅兰·瑞奥德中有所行动。

*蠢女人！“不去找蛇，就不要抱怨自己被蛇咬。”*她真的希望有一天能见见伊兰的那位老保姆。

空旷的大厅，所有那些粗大的抛光石柱和那种被窥视的感觉让她感到无比的压抑。如果这里真的有别人，柏姬泰一定会知道的。

她发觉自己正在抚平腰间的裙摆，为了从脑海里摆脱那双不存在的眼睛，她开始把注意力集中到自己的衣服上。她应该穿上岚第一次看见她时那种结实的两河羊毛裙，或者是他承认对她的爱时那身有简单刺绣的衣裙。但她想让岚看到她穿着这种丝衣的样子，如果看到她穿这身衣服的人是他，那就没有什么可以害羞的了。

一面立镜出现在她面前，映出了她的全身，她在镜子面前来回转身，又回头看看自己在镜子里的背影。黄色的胸衣紧紧地裹住她的身体，让全身曲线更加明显，伊蒙村的妇议团如果看见她穿着这身衣服，一定会把她揪去进行一次认真的私人交谈，无论她是不是乡贤。但这样真的很美丽。在这里，只有她一个人，她能够承认自己确实有一点习惯了在公众场合穿上这样的衣服。*你竟然喜欢这样。*她大声地斥责自己，*伊兰可能是正在变成婊子，而你已经变成婊子了！*但这样真的很美丽，而且这样不一定就像她往常说的那样会很下流。她的领口又没有像梅茵之主那样，几乎开到了肚脐上。好吧，也许贝丽兰确实没有把领口开到那么低，但她的衣着实在不是女人应该穿的。

奈妮薇也听说过阿拉多曼女人的衣着，就连塔拉朋人也说她们非常不像样。随着这种想法，黄色的丝绸胸衣变成了一片轻纱，她的腰间系上了一条金线细腰带，她的双颊立刻变得通红。太薄了，几乎已经完全透明，这套裙装可不止是能挑逗人心而已了。如果岚看见她穿得像现在一样，他就不会胡说什么他对她的爱是没希望的，他只能给她寡妇黑纱作为新娘礼物的傻话了。只要瞥上她一眼，他就会热血沸腾，他就会——

“光明在上，你穿的是什么，奈妮薇？”艾雯带着害羞的语气问道。

奈妮薇吓了一跳。她猛地转过身，看见艾雯和麦兰(看见麦兰感觉很糟，但即使换成其他智者也好不了多少)正盯着她。那面镜子消失了，奈妮薇的衣着变成一套暗色的两河羊毛裙，衣料的厚度足以让她穿着这个过冬。压抑住被那两个人吓到或是羞愧——不，她只是被她们的突然出现吓到而已——的情绪，奈妮薇身上的衣服瞬间又改变了。阿拉多曼的纱衫又回到她身上，然后立刻变成塔拉朋的黄色丝绸长裙。

奈妮薇感到双颊像着了火一样滚烫，她们也许会以为她是个彻底的傻瓜，特别是在麦兰面前，这位智者是个美人，拥有金红色的秀发和清澈的绿色眼睛。事实上奈妮薇并不在意这个女人的相貌，只是上次也是麦兰陪艾雯来和她见面的，那次麦兰就嘲笑过她和岚的事，奈妮薇曾经为此而大为光火。艾雯告诉她，在艾伊尔女人之中，那种说法不是嘲笑，但麦兰确实是当着她的面夸奖了岚的肩膀、双手，还有他的眼睛。这只绿眼猫有什么权利去看岚的肩膀？她并不是怀疑岚的忠诚，只是他是个男人，而且现在距离她很远，而麦兰就在他身边，而且……她恶狠狠地禁止自己再这样推想下去。

"岚——"她觉得自己的脸已经被烧焦了。*你就不能控制一下自己的舌头，女人？*但她没办法把这些话咽下去，特别是麦兰也在这里的时候。艾雯若有所思的微笑已经够让她受不了了，但麦兰竟敢直接就摆出一副谅解的神情。"他还好吗？"她试着要故作镇静，但最后还是直接把话说了出来。

"他很好，"艾雯说，"他只是担心你是否安全。"

奈妮薇终于松了一口气，这时她才意识到自己说完话之后就屏住了呼吸。即使没有库莱丁和沙度艾伊尔那样的坏人，荒漠也是个危险的地方，而且岚根本不知道何谓谨慎。他在担心她的安全？那个蠢男人真的以为她不会照顾自己？

"我们已经到了阿玛迪西亚。"奈妮薇急忙说道，希望掩饰住自己的失态。*先是乱说话，然后又是乱叹气！那个男人一定把我的理智全都偷走了！*从另外两个人脸上，她看不出自己的掩饰是不是成功了。"我们到了一个叫作西恩达的村子，在阿玛多东边，那里到处都是白袍众，但他们都没多看我们一眼。我们要担心的是另外一些事。"在麦兰面前，她必须小心地隐瞒一些事实，但她还是告诉了她们伦蒂·麦克拉和那名眼线收到的奇怪讯息；还有麦克拉想要用迷药抓住她和伊兰的事。她没有告诉她们实际上麦克拉已经成功了，当着麦兰的面，她没办法承认这一点。*光明啊，我在干什么？我这辈子从来都没对艾雯说过谎！*

她当然不能在智者面前说出她们推测中这件事的起因——白塔要捉回逃跑的见习生，智者们都以为她和伊兰是正式的两仪师。但她还是设法用暗示让艾雯了解到事实。"这也许是某个关系到安多的密谋，但伊兰和你我有一个共同点，艾雯，我想我们应该像伊兰一样小心这件事。"艾雯缓缓地点点头，她看上去很震惊，这不算是不合理的反应，但她应该是明白了。"幸运的是，当时那杯茶的味道引起了我的怀疑，她想用叉根茶迷倒像我这样熟悉草药的人，当然是自讨苦吃。”

“计谋连着计谋，”麦兰喃喃地说，“我想，巨蛇的形象代表了你们两仪师，总有一天，你们会不小心把自己吞掉的。”

“我们也有讯息要告诉你。”艾雯说。

奈妮薇不明白艾雯为什么要急着说话。我才不会任由这女人诱使我发脾气，而且我肯定不会为了她侮辱白塔生气。奈妮薇将手从辫子上挪开。艾雯说的事情已经将发火的事彻底从她的脑子里挤走了。

库莱丁越过了世界之脊，这肯定是非常严重的事件，而兰德紧随其后的行动更让她感到紧张。现在兰德正朝章嘉隘口急行军，艾伊尔部队每天在第一缕阳光出现之前出发，一直到黄昏过后才会宿营，麦兰说他们很快就要到达世界之脊了。如果两股艾伊尔势力在凯瑞安开战，只会让那里的状况如同火上浇油一般更趋恶化。如果兰德一意孤行，坚持这疯狂的计划，一场新的艾伊尔战争肯定就要爆发了。疯狂，不，他一定还没疯。不管怎样，他必须维持住健全的心智。

我已经多久没担心过该如何保护他了？奈妮薇有些苦涩地想，而现在我却只想着让他能保持着清醒的理智去参加最后战争。其实这对奈妮薇来说并不是惟一的原因，虽然这确实是原因之一。兰德的身份是无法替代的。光明烧了我吧，我像史汪·桑辰和她的手下们一样坏了！

但真正让奈妮薇吃惊的是沐瑞的状况。“沐瑞听从他的一切吩咐？”她难以置信地说。

艾雯戴着那条可笑的艾伊尔头巾，用力地点了点头：“昨晚他们吵了一架，沐瑞仍然想说服他不要跨过龙墙，最后他命令沐瑞站到外面去，直到让自己冷静下来。沐瑞的表情就像是吞掉了自己的舌头，但还是照做了。不管怎样，她在夜晚的帐篷外面待了一个小时。”

“这是不妥当的。”麦兰用力地整了整披巾，“男人不能命令两仪师，正如同他们不能命令智者，即使是卡亚肯也不行。”

“他们不能。”奈妮薇表示同意，随后她急忙狠狠地闭上了嘴巴，免得为自己为刚才冲口而出的话目瞪口呆。就算兰德命令她为他跳舞，我又干什么要关心？她一直都在操纵着我们为她跳舞。虽然兰德这样做是不对的。我不想成为两仪师，我只想再多学一些医疗的知识。我还是我，让兰德去命令她吧！不过，这确实是不妥当的。

“至少现在他会和沐瑞说话了。”艾雯说，“以前只要沐瑞走到距离他十步以内，他就会蛮横得不得了。奈妮薇，现在他的脑袋每天都会胀大一圈。”

“从前我认为你会跟随我做一名乡贤的时候，”奈妮薇带着挖苦的语气说道，“我教过你该如何对付胀大的脑袋。你这样做，对他只有好处，即使他已经变成了那片草原上牛群的头子也一样，也许那正是他倒行逆施的原因。那些国王们如果忘记了他们自己的身份，以为自己是一般人时，他们就会做出许多蠢事来。不过如果他们只记得自己是个君王，而忘记自己也是个凡人时，结果就会更糟糕。必须有人提醒他们，他们像任何农夫一样，需要吃饭，会出汗，会流眼泪。”

麦兰玩弄着自己的披巾，似乎是不知道该不该同意奈妮薇的看法，但这时艾雯说道：“我试过了，但有时候他似乎根本变成了一个陌生人，即使是在他正常的时候，他那个傲慢的气泡也太厚了，根本就刺不穿。”

“尽量去做吧！帮助他把握自己，也许是我们能对他和对这个世界做到的最好的事。”

三个人之间出现了一阵寂静，奈妮薇和艾雯不想去讨论兰德终将陷入疯狂的宿命。麦兰也不可能喜欢这个话题。

过了一会儿，奈妮薇才又说道：“我还有另外一些重要的事要告诉你们，我想，那些弃光魔使正在实行着某个计划。”这与柏姬泰和她说的并不一样，奈妮薇说的就好像是她亲眼看到了兰飞儿和其他弃光魔使。实际上，她只认得出魔格丁，也许还有亚斯莫丁，虽然她只是在远处看见过他一次。她希望艾雯和麦兰都不要问她怎么能认出那些弃光魔使，或者是为什么她认为魔格丁也许正在暗地里行动，不过她们两个根本就没有提到这样的问题。

“你在梦的世界里逗留过很久吗？”麦兰的眼睛如同两块绿冰。

虽然艾雯一直在旁边摇头，但奈妮薇还是毫无惧色地与智者对望着：“如果不这样，我就没办法监视那些雷威辛等弃光魔使。”

“两仪师，你知道得很少，却尝试得太多。我们只教了你很少的东西，但就连那些东西我们也不该教给你。我有时很后悔同意进行这样的会面，未经训练的人不该被允许进入特·雅兰·瑞奥德。”

“我自己探索的知识比你们教给我的要多得多。”奈妮薇努力让自己保持着冷静，“我自己学会了导引，我看不出进入特·雅兰·瑞奥德又会有什么不同。”

她只是因为气恼和顽固才会说出这样的话。确实，她自己学会了导引，但她那时根本不知道自己在做什么，而且也无法灵活地运用至上力。在进入白塔之前，她用至上力治好过一些人，但这都是在不自觉的情况下完成的，直到沐瑞给她做出证明之后，她才知道这是至上力的作用。她在白塔的老师说，正是因为她的导引能力是自己摸索出来的，所以她只有在愤怒的时候才能导引。她向自己隐藏了自己的能力，她害怕这种能力，只有怒火能冲破这种被长久埋藏的恐惧。

“所以你是那种被称为野人的两仪师。”麦兰在说出“野人”这个词的时候，语气里夹杂了另一种意味，但不管她是嘲笑还是表示可怜，奈妮薇都不喜欢。在白塔里，“野人”这个词很少会有赞扬的意思。当然，艾伊尔之中没有野人，能够导引的智者会找出每一个生来就带着至上力天赋的女孩，即使不接受训练，她们也迟早会获得导引的能力。智者宣称自己还会寻找每一个天生不具有这种能力、但通过后天训练也可以进行导引的女孩，没有艾伊尔女孩会因为未经训练的盲目导引而死亡。“你知道独自学习控制至上力的危险，两仪师，不要以为梦境中的危险就会更少些。对于那些不具备知识就硬闯进来的人，这里的危险也许更大。”

“我一直都很小心，”奈妮薇生硬地说，她到这里来不是为了听这个金发艾伊尔泼妇的唠叨，“我知道我在做什么，麦兰。”

“你什么都不知道，你就像她刚刚到我们身边时一样任性、顽固。”智者给了艾雯一个很是亲切的微笑，“我们花了许多力气才磨掉她的锐气。现在她学习得很快，虽然还是难免会犯下很多错误。”艾雯愉快的笑容消失了，奈妮薇怀疑正是因为艾雯的笑容，智者才会加上最后那一句。“如果你想在梦境中穿行，”艾伊尔女人继续说道，“就来找我们吧！我们会磨掉你的锐气，再将知识教给你。”

“我不需要训导，非常谢谢你。”奈妮薇礼貌地微笑着。

“如果有一天安奈伦知道你死了，他也不会活下去的。”

奈妮薇如同被冰锥刺了一下心脏。安奈伦是艾伊尔对岚的称呼，在古语里，这个词的意思是“单独的人”，或“独行者”，或“代表整个民族的人”，对于古语总是很难给出确切的翻译。艾伊尔人对于岚给予了很大的尊敬，因为这个男人绝不会放弃与暗影的战争，即使强大的敌人已经毁灭了他的国家。“你是个下流的战士。”奈妮薇喃喃地说道。

麦兰扬起一侧的眉弓：“我们是在战斗？如果是的话，那你就要知道，战场上只有胜利和失败。只有游戏才有规则。我希望你能承诺，你在梦里不会做任何事，除非先得到我们之中一个人的同意。我知道两仪师不能说谎，所以我要你做出承诺。”

奈妮薇咬紧了牙。说这句话很容易，也不必去遵守它，她还没有受到三誓的束缚，但这样就等于承认了麦兰是对的。她不相信这名智者的话，她也不会做出这种承诺。

“她不会承诺的，麦兰。”最后艾雯说道，“只要她一摆出这副母牛般的架势，即使你让她看到屋顶着火了，也无法把她从屋子里拖出来的。”

奈妮薇瞪了艾雯一眼。*母牛！竟敢这么说我！*她只是不想被别人当成布娃娃一样摆弄罢了。

过了很长一段时间，麦兰叹息了一声：“那么好吧！但你最好记住，两仪师，你在特·雅兰·瑞奥德里只是个孩子。来吧，艾雯，我们必须走了。”当她们消失的时候，艾雯的嘴角揶揄地抽动了两下。

突然间，奈妮薇发现自己的衣服已经改变了，这不是她自己干的。那个智者很了解特·雅兰·瑞奥德，她可以改变自己身外的东西。现在奈妮薇穿着一件白色的宽松上衣和一条暗色的裙子，但和刚刚离开的两个女人身上穿的不一样。这条裙子的下摆只到膝盖，她的鞋袜都不见了，头发在耳侧被编成了两根辫子，上面还系着黄色的缎带，一个脸部有着雕刻彩绘的布娃娃被放在她的赤脚旁边。奈妮薇听见了自己磨牙的声音，这样的事情在以前发生过，她从艾雯那里打听出这是艾伊尔人给小女孩穿的装束。

她恼怒地将衣服换回塔拉朋黄色丝裙，这一次，它将身体裹得更紧了。她一脚踢开那个布娃娃，布娃娃飞了出去，消失在半空中。那个麦兰也许真的看上岚了，艾伊尔人似乎全都认为岚是个英雄。高领变成了一圈厚厚的蕾丝花边，深陷的领口一直开到了她的乳沟。如果那个女人向他微笑……如果他……她突然发现这身衣服上的领口正在飞快地向下敞开，她急忙用力将它停住，虽然没有完全闭合已经敞开的裂缝，但也可以让她不至于满面通红了。她又觉得胸衣已经紧得让她无法呼吸，只好再做出更动。

她真的一定要得到那些智者的许可吗？去乞求她们给自己能做某件事的权力？难道不是她打败魔格丁的吗？她们知道这件事的时候显得非常震惊，但她们显然已经把这件事给忘了。

如果柏姬泰不能查出白塔里到底发生了什么事，也许她自己能去看看。

第15章

在梦中所学

奈妮薇小心地在脑子里描绘出玉座书房的外观，就像她在入睡前想象石之心大厅那样。什么都没发生。她皱起眉头。她应该被脑子里的想象带到白塔去，直接进入那个被她描绘出来的房间。她又试了一次，这回她想象的是一个她曾经去过许多次的房间，虽然那个房间从没让她高兴过。

石之心大厅变成了初阶生师尊的书房，这是一个铺着暗色嵌板的小房间，房里摆满了朴素、结实的家具，这些家具都已经换过了许多代主人。当初阶生犯下的过失不足以用擦地板和清扫花园来补偿时，犯错的人就会被送到这里；而见习生只有在犯下大得多的错误时才会被叫到这里来。不管脚步多么沉重，她还是要来，因为拒绝的后果只会招致更加严厉的惩罚。

奈妮薇不想去细看这个房间，每次雪瑞安在这里都会对她的固执大加斥责一番，但她发现自己正望着墙上的镜子。当雪瑞安大谈遵守规则、尊重长辈之类的话时，初阶生和见习生只能在这面镜子里看见自己泪水滂沱的样子，这些要遵守的规则和要时刻保持的尊敬总是让奈妮薇麻烦不断。镜框上斑驳的镀金说明它在百年战争的时候就已经在这里了，也许还可以上溯到世界崩毁的时候。

这身塔拉朋衣裙很漂亮，但任何看到她穿着这身衣服的人肯定会产生怀疑，即使是阿拉多曼女人在前来拜谒白塔的时候，都会谨慎选择自己的衣饰。无论是谁，即使是在做梦的时候进入白塔，也一定会表现出他们最良好的举止。不过奈妮薇不太可能在这里见到什么人，除非是偶然梦见自己进入特·雅兰·瑞奥德的人。在艾雯之前，白塔很久都没有人能够以自己的力量进入梦的世界，上一个能做到这一点的两仪师是珂芮宁·尼达，她在四百年以前就死了，而在莉亚熏和她的同党从白塔中偷走的特法器里，还有十一件特法器的最后研究者是珂芮宁·尼达。另外两件同样由珂芮宁研究过的特法器，现在已经被她和伊兰夺了回来，这两件特法器都可以帮助导引者进入特·雅兰·瑞奥德，所以最好假定另外那十一件也有同样的功能。莉亚熏一党不太可能再从梦中回到白塔，但如果因此而掉以轻心，那就太危险了。说到这件事，除了被珂芮宁·尼达研究过的，还有另外一些特法器也被莉亚熏偷走了，奈妮薇不知道它们有什么作用。对特法器的记录经常是很模糊的，让人难以理解，而存留在白塔中的特法器很可能也在其他黑宗两仪师的手里。

她彻底改变了衣着，现在她穿着一件白色的羊毛长袍，袍子的质料很软，并不特别精美，在袍襟上有七种颜色的镶边，每种代表了一个宗派。如果她看见有人出现，又没有很快从这里消失，她就立刻回到西恩达去。那么对方就会认为她只是一个在梦中偶然闯入特·雅兰·瑞奥德的见习生。不，不能回西恩达的旅店，应该回雪瑞安的书房，会出现在这里的很可能是黑宗两仪师，她的职责就是要猎捕她们。

完成伪装之后，她抓住自己已经变成金红色的辫子，朝镜子里麦兰的脸扮了一个鬼脸。其实她很想把这个女人交给雪瑞安。

初阶生师尊的书房距离初阶生庭院很近，在铺着地板砖的宽阔走廊上，精致的壁挂和没有点亮的灯架中间，偶尔会出现一些转瞬即逝的情景，情景里的主角全都是穿着初阶生白袍、被吓坏的女孩子。有许多初阶生的噩梦都和雪瑞安有关。奈妮薇没有去细看它们，只是匆匆地向前跑去。这些初阶生只是与梦的世界擦身而过，不会看到她，即使她们看到了，也只会认为那是自己梦境的一部分。

爬上一道不算很高的宽台阶，她就到了玉座的书房。爱莉达突然出现在她的面前，这名红宗两仪师满脸汗水，穿着血红色的长袍，玉座的圣巾就披在她的肩头。或者，几乎是玉座的圣巾，那上面没有蓝色的条带。

那双冷峻的黑眸看见了奈妮薇："我是玉座，女孩！难道你不知道表示尊敬吗？我会让你——"话没说完，她就消失了。

奈妮薇呼出一口大气。爱莉达是玉座，这确实是个噩梦。那一定是她最喜欢做的梦。奈妮薇讽刺地想，她想爬到那个高位，除非提尔被大雪覆盖。

书房的前厅和她记忆中没有差别，这里有一张宽大的桌子，桌后是一把为撰史者准备的座椅。墙边摆着几把椅子，等待谒见玉座的两仪师会坐在这里，初阶生和见习生则只能站着。但桌上排列整齐的文件，一一捆好的卷轴和叠整在一起的带着文字与印章的大幅羊皮纸，似乎不像莉安的作风。这当然不是说莉安很邋遢，事实上，莉安也是一个很讲究整洁的人，只是奈妮薇觉得她会在晚上把所有东西都收起来。

奈妮薇推开进入内室的门，脚步一下子放缓了。难怪没办法直接梦到这里，这个房间和她的记忆完全不一样：那张沉重的雕花写字台，那把高大的、王座般的椅子，在写字台前摆成弧形的雕花凳每张和玉座的距离都相等，没有任何一张超前。史汪・桑辰喜欢简单的家具，好像自己仍然只是一名渔夫的女儿，除了自己的椅子之外，她的房里只有一把多余的椅子，而且也不会每次都让来访者坐在上面。那只装满了玫瑰花的大花瓶被安放在一根纪念碑般的立柱上。史汪喜欢花，但她喜欢的是五彩缤纷的花朵，好似一个长满了野花的小园子。原来的壁炉上方只挂着一幅渔船掩映在高芦苇中的小画，现在那里有两幅画。奈妮薇认得其中一幅，那是兰德在法美镇的云端和自称巴尔阿煞蒙的弃光魔使作战的画面；另一幅被画在三块木制嵌板上，奈妮薇对它没有任何印象。

房门被打开，奈妮薇的心脏一下子跳到了喉咙里。她从未见过的一名红发见习生走进房里，紧盯着她，片刻之后，那名见习生仍然没有消失。就在奈妮薇打算跳回雪瑞安的书房里时，红发女孩说话了："奈妮薇，如果麦兰知道你用了她的脸，她就不会只是让你穿上小孩的衣服了。"奈妮薇眼前的人一下子变成了艾雯，还穿着她的艾伊尔服装。

"你差点吓得我老了十岁。"奈妮薇嘟囔着，"也就是说，智者们终于决定让你随意行动了？或者你后面还有麦兰——"

"你应该感到害怕，"艾雯打断了奈妮薇的话，脸色已经涨得通红，"你是个傻瓜，奈妮薇，一个在谷仓里玩火的孩子。"

奈妮薇吃惊地张大了嘴，艾雯在斥责她？"你听好了，艾雯・艾威尔，我不会去听麦兰的教训，我也不会听——"

"你最好听听教训，除非你想让自己送命。"

"我——"

"我应该从你那里拿回那枚石戒指，我应该把它给伊兰，然后告诉她绝不让你使用。"

“告诉她不——”

“你以为麦兰的话是言过其实吗?”艾雯一边严厉地说着，一边摇晃着一根手指，那种架势几乎和麦兰一模一样。“她没有，奈妮薇，智者们不止一次地告诉你特·雅兰·瑞奥德最简单的事实，但你却认为她们只是些喋喋不休的傻瓜。你应该是个成熟的女人，不再是个傻孩子了，我发誓，你脑子里曾经有过的理智现在都像一阵烟一样被吹走了。好吧，把它找回来，奈妮薇!”她重重地哼了一声，整了整肩头的披巾。“现在你正在炉口傻看着里面漂亮的火舌，却不知道自己就要掉进去了。”

奈妮薇惊讶地盯着对方。她们经常会吵架，但艾雯从不曾这样责备过她，就好像她是一个手指还伸在蜂蜜罐里的女孩，从来没有！问题一定出在衣服上。现在她穿着见习生的衣服，又用了别人的面孔。她换回自己的面孔，又将衣服换成优质的蓝色羊毛裙。她就是穿着这身衣服，一次又一次地率领妇议团让村议会降服的，这样的穿着让她找回了作为乡贤时的威严。“我很清楚自己不知道什么，”她声音刻板地说，“但那些艾伊尔——”

“你是否知道，你会梦到你自己进入了某个出不来的地方？梦在这里是真实的。如果你让自己堕入一场美梦，它就会陷住你，你会一直留在那里，直到死亡。”

“你能不能——”

“奈妮薇，在特·雅兰·瑞奥德里，梦魇潜行。”

“你能不能让我说话?”奈妮薇喊道，她想让自己的声音凶狠一些，却仿佛夹杂着太多挫折恳求的成分。这不该是她的声音。

“不，我不会的，”艾雯坚定地说，“除非你想说一些值得听的。我说过了，这里有梦魇，我指的是真正的梦魇，奈妮薇。当有人带着梦魇进入特·雅兰·瑞奥德的时候，它就会真的出现在这里。有时候，做梦的人离开了，而它却还会活在这里。你就是不明白，对不对?”

突然间，一双粗糙的手掌抓住了奈妮薇的胳膊，奈妮薇向两侧望去，立刻就瞪大了眼睛。两个衣衫破烂的高大男人将她举到了空中，他们的面孔都已经溃烂成一团腐肉，张大的嘴里，在两排黄色的尖利牙齿之间，不停地有黏液流出来。奈妮薇拼命想把他们消除掉，如果智者可以这样做，她一定也可以。一个男人撕掉了她的上衣，如同撕碎一张羊皮纸；另一个男人用满是硬皮的手抓住她的下巴，强迫奈妮薇向他转过脸去，随后他张开口，向奈妮薇凑了过去。奈妮薇不知道他是要吻，还是要咬，她就算是死也不要这个男人得逞。她向阴极力扑去，却什么也没有摸到，因为现在她的心里充满了恐惧，却没有一丝怒气。粗硬的指甲扎进了她的面颊，让她的头一点点向那张嘴靠近。这一定是艾雯干的，一定是艾雯。“求求你，艾雯！”她的声音变成了彻底的尖叫，但她现在已经顾不得了，“求求你！”

两个男人——或者是怪物——消失了，奈妮薇的双脚落在地上，很长一段时间里，她能做的只有颤抖和哭泣。她匆忙地修复了衣服的破损，但那些长指甲造成的伤痕还留在她的脸颊和胸口上。在特·雅兰·瑞奥德，衣服很容易就能复原，但发生在肉体上的改变……她的膝盖剧烈地颤抖着，让她连保持站姿都很吃力。

她有些希望艾雯可以安慰一下自己，而且这是第一次，她愿意欣然接受，但对面的女子只是说道：“只是梦魇就已经很糟糕了，但这里还会发生更加可怕的事。那些是我做的，我也消除了它们，但我刚刚才发现，即使是我，在消除它们的时候也会感到吃力，况且我没费力气去维持它们，奈妮薇。如果你知道如何消除他们，你也可以做到。”

奈妮薇恼怒地抬起头，连脸颊上的眼泪都不去擦。“我可以让自己离开这里，到雪瑞安的书房，或者是我的床上去。”她的声音听起来一点也没有任性的意思，她当然不会像个任性的小孩。

“但你要先能够保持冷静，”艾雯不置可否地说，“不要摆出那副任性幼稚的模样，你这种样子看上去真傻。”

奈妮薇瞪着对面的这个女人，但这个动作并没有像往常那样起作用，艾雯并没有同样冒着火气和她吵架，她只是扬起了一侧的眉弓。奈妮薇只好改变了话题：“这个地方完全看不出和史汪·桑辰有什么关系。”

“是的，完全没有。”艾雯将房间扫视了一遍，表示同意，“我明白为什么我只能从我在初阶生区的老房间开始了，不过，我想有时候人们确实会尝试一些新东西。”

“我说的重点就是这个。”奈妮薇耐心地对她说，听起来一点也没有任性的意思，她不会看起来像个任性的小孩。一切都这么荒谬。“布置这个房间的女人，和这个房间的主人有着完全不同的世界观。看看那些画，我不知道那三幅连续的画面讲的是什么，但你一定能看出另一幅的意思。”在那场战争爆发的时候，她们两个全都在法美镇。

“邦雯，应该是，”艾雯若有所思地说，“看来你从没有认真上过课，那三幅画面讲的是同一个人。”

“无论那是什么，还是另外一幅比较重要。”她只要认真听黄宗两仪师的讲授就够了，其他的都是废话。“在我看来，把那幅画挂在这里的女人是想提醒自己，兰德有多么危险，如果史汪·桑辰因为某种原因而与兰德对立……艾雯，这比她想让伊兰回白塔更加糟糕。”

“也许，”艾雯明智地说，“也许这些文件会告诉我们一些事情，你检查这里，等我检查过莉安的桌子再回来帮你。”

奈妮薇气愤地瞪着艾雯离去的背影。*你检查这里，竟敢这么说！*艾雯没有权力向她发号施令。她应该立刻跟过去，用坚定的声音提醒艾雯这一点。*那你为什么还要像块石头一样待在这里？*她又恼怒地问自己。检查这些文件是一个好主意，在房外和在房里检查也没什么差别。实际上，玉座的桌子上很可能会找到更重要的线索。她又嘟囔了几句应该好好教训艾雯一顿之类的话，然后才向那个厚重的雕花写字台走去，每走一步都要踢一下她的裙子。

除了三个纹饰华丽的漆匣之外，桌子上什么都没有，匣子的排列整齐得让人难受。奈妮薇还记得可以在这种匣子上设下的陷阱，所以她想象出一根长棍，用它挑开第一只匣子的铰链。这是一只金绿两色的匣子，上面画着涉水的苍鹭，只不过是一个文具匣，里面放着钢笔、墨水和细沙。下一个是最大的那只匣子，上面画着卷曲盘绕的镶金红玫瑰。匣子里有二十几件精致的象牙和绿松石雕刻，雕刻的形象是人和动物，全都被放在淡灰色的天鹅绒上。

第三只匣子上画的是在蓝天白云间鏖战的金色苍鹰。当奈妮薇打开第三只匣子的时候，她注意到前两只匣子已经重新关上了。这里总会发生这样的事情，梦的世界的一切总是倾向于和醒来的世界保持一致，所以如果从一样东西上移开视线，过一会儿再去看它，它也许就会发生一些变化。

第三只箱子里放着文件，奈妮薇消去了长棍，小心拿起最上头的一份文件。上面工整地签着“两仪师裘丽恩”的字样，奈妮薇将这份文件匆匆扫了一遍，里面的内容是裘丽恩谦卑地请求进行一系列苦修，苦修的内容让奈妮薇也不禁哆嗦了一下。当然，这种事只和裘丽恩有关。文件的最后有一个潦草却棱角分明的“同意”，当她要将这份文件放回去的时候，它消失了。那只匣子也恢复成闭合的状态。

叹了口气，奈妮薇将它再次打开。里面的文件看上去有了些变化。抓住匣盖，她将文件逐一拿出来，尽量飞快地阅读着。有时候，她还在把一些文件和报告拿起来的时候，它们就消失了，有时候则消失在她读到一半的时候，即使有称呼，也只是简单的“可敬的吾母”。有一些文件是两仪师写的，另外一些则来自于各种头衔的贵族，或者是根本没有头衔的人。没有一份文件看上去和她要搜寻的线索有关。沙戴亚的军队元帅和他的军队失踪了，泰诺比女王拒绝和白塔合作。奈妮薇努力读完这份报告，却发现报告中好像认为它的阅读者知道为什么元帅会不在沙戴亚，以及女王到底要怎样和白塔协作。没有最近三个星期以来坦其克宗派眼线的报告，这是奈妮薇查到的最有用的线索。一些伊利安和莫兰迪之间的冲突正在缓和，培卓·南奥声称这是他的功劳。即使只看到了寥寥数行，奈妮薇也能看出书写者咬牙切齿的神情，毫无疑问，不论是不是会半途就消失，这些文件都很重要，但对她却全无用处。她刚刚开始从一份报告上看到“可疑的蓝宗姐妹在聚集”的字样（上面确实是用“可疑”一词），却听到门外传来一声呻吟，“哦，光明啊，不！”她立刻就冲出了房间。

在冲出去的时候，她让手里出现一根粗大的钉头棒。到了门外她却发现那个女孩并没有遭到什么攻击，却只是站在撰史者的桌子后面，盯着眼前的虚空。不过艾雯的脸上确实显示出恐惧的表情，奈妮薇又仔细看了看，确定艾雯并没有危险，也没有受伤。

看到奈妮薇冲出来，艾雯愣了一下，然后才稳定住自己的情绪：“奈妮薇，爱莉达现在是玉座了。”

“不要傻了。”奈妮薇轻蔑地说，但她身后的那个房间，确实不像史汪·桑辰的风格……“你在胡思乱想，一定是你在胡思乱想。”

“刚才我的手里还有那张羊皮纸，奈妮薇，上面签着‘爱莉达·德·艾佛林尼·亚洛伊汉，封印的监守者，塔瓦隆之焰，玉座’，上面还盖着玉座的印章。”

奈妮薇的心脏几乎要从胸口跳了出来：“这是怎么回事？史汪出了什么事？艾雯，白塔不会废黜玉座，除非是发生了什么非常严重的事情。三千年以来，只有两名玉座被废黜过。”

“也许兰德就够严重了。”艾雯的声音恢复了稳定，但眼睛仍然不正常地大睁着，“也许她罹患了某种黄宗两仪师也无法治疗的疾病，或者从台阶上跌下去，摔断了脖子。如果爱莉达成了玉座，会发生什么事，我不认为她会像史汪那样支持兰德。”

“沐瑞，”奈妮薇喃喃地说，“她坚信史汪会推动白塔支持兰德。”她无法想象史汪·桑辰已经死了。奈妮薇常常都很憎恨这个女人，偶尔有时候会害怕她（现在她可以在心里承认这一点了），但她也尊敬史汪，她本以为史汪会永远屹立不倒。“爱莉达，光明啊！她卑鄙得像一条蛇，残忍得像一只猫，谁知道她会做些什么。”

“恐怕，我有一点线索。”艾雯把双手压在胸前，仿佛是想压住狂跳的心脏，“那是一份非常短的公文，我设法把它全读完了。‘所有忠诚的姐妹都有责任报告沐瑞·达欧崔的行踪，若有可能，立刻将其拘押，手段不限，并将其送回白塔，以接受叛逆罪责的审判。’抓伊兰回来的公文很可能也是这样写的。”

“如果爱莉达想要逮捕沐瑞，那一定意味着她知道沐瑞在帮助兰德，而她不喜欢这样。”现在她需要说话，说话可以帮助她抑制住呕吐的冲动。叛逆，这是静断之罪，她一直都在想毁掉沐瑞，而现在却是爱莉达要替她代劳了。“她一定不会支持兰德的。”

“没错。”

“忠诚的姐妹。艾雯，这和麦克拉的那条讯息正好符合。无论史汪出了什么事，宗派在爱莉达成为玉座之后已经分裂了，一定是这样。”

“是啊，当然，很好，奈妮薇，我还没看出这一点呢！”

艾雯露出愉快的笑容，让奈妮薇也向她微微笑了笑。“史……玉座的桌子上有一份报告，提到了蓝宗两仪师的聚集，你叫喊的时候，我刚刚看到那一句。我打赌，蓝宗是不会支持爱莉达的。”即使在白塔最和平的时候，蓝宗与红宗的关系也像是暂时休战的敌对双方，如果白塔出现动荡，它们一定会立刻就勒住对方的喉咙。

当她们走进内室的时候，那份报告已经不见了。匣子里还有许多份文件——裘丽恩的信重新出现在匣子里。飞快地读了一遍那封信，艾雯的眉毛几乎耸到了额头上，但这些文件都不是她们想要的。

“你还能不能记得那上面说了些什么？”艾雯问。

“你喊叫的时候，我刚刚读了一行……我记不起来了。”

“试一试，奈妮薇，努力试一试。”

“我在努力，艾雯，但就是想不起来，我在试。”

奈妮薇觉得自己像是当头挨了一棒。竟然在为自己找托辞，而她要申辩的对象却是艾雯，一个在两年以前还会因为乱发脾气而被她打屁股的女孩，就在片刻之前，她还因为艾雯赞许她而骄傲得像刚生出一只蛋的母鸡。她清楚地记得她们之间的天平开始移动的那一天，那天之后，她们就从一位乡贤和一名对乡贤言听计从的女孩，变成了漂泊异乡的两个女人。这架天平愈移愈远，而她不喜欢这样，她一定要做些什么将它回复到应有的状态。

那个谎言。今天，她第一次在艾雯面前说了谎，那就是她道德权威消失的原因，那就是一直频频出岔、无法宁定心神的原因。“我喝下了那杯茶，艾雯。”她强迫自己把每一个字说出来，她必须强迫自己，“麦克拉那女人的叉根茶，后来她和璐希把我们像拖一袋羽毛一样拖上了楼，我们当时一点力气都没有。当时如果不是汤姆和泽凌冲进来救我们，我们现在也许还被关在那里，或者正在被送往白塔的路上，肚子里被灌满了叉根茶，直到被送进白塔才会重新醒过来。”深吸了一口气，她想让自己的声音里有一些骨气，但在刚刚承认过自己是一个纯粹的傻瓜之后，要做到这一点确实很难。她的声音反而显得比刚才更犹豫了："如果你把这件事告诉那些智者，特别是那个叫麦兰的，我会打你的耳光的。"

她的话应该会把艾雯惹火的，很奇怪，她现在竟然会想和艾雯吵一架。以前她们吵架都是因为艾雯不讲道理，她们的争吵很少会有一个愉快的结尾，因为这个女孩已经养成了始终都不讲道理的习惯，而她现在觉得，即使是吵一架也比现在这种情形好。但艾雯只是给了她一个微笑，一个嘲讽的微笑，一个居高临下的嘲讽微笑。

"我早就猜到当时的情况应该是这样，奈妮薇，你总是没日没夜地唠叨着各种关于草药的知识，但从没提过一种叫叉根的植物。我相信，你是在那个女人那里才第一次听到这个名字的，你总是会在描述中把事情美化。如果你一头栽进了一个猪圈，你一定会说服所有人你这样做是故意的。现在，我们必须做出决定的——"

"我没做过那种事。"奈妮薇气急败坏地说。

"你绝对做过，事实就是事实，你现在可以停止为那种事发牢骚，帮我决定——"

牢骚！这根本不是她想要的评价。"事情不是那样的，我是说，这不是事实。我从没做过你说的那种事。"

片刻之间，艾雯只是一言不发地盯着她："你抓住这件事不放了，对不对？好吧，你对我说谎……"

"这不是说谎，"她低声地嘀咕着，"这么说不确切。"

艾雯并没注意她在说些什么，"……你也对自己说了谎。还记得上次我对你说谎的时候，你让我喝了什么？"一只杯子突然出现在艾雯手里，里面盛满了黏稠而令人作呕的绿色液体，仿佛刚刚从满是垃圾的泥沼中舀起来。"那是我惟一一次对你说谎，那种味道的残存记忆是一个有效的警告，如果你甚至不能对你自己说实话……"

奈妮薇后退了一步，才重新站稳身体。煮沸的猫蕨草和马文叶的粉末，想到这两样东西，她的舌头已经在抽筋了。"我没有真的说谎，真的没有。"为什么她要为自己辩解？"我只是没有把全部的事实说出来。"*我是乡贤！以前我是乡贤，至少现在这还应该有些意义。*"你不能真的认为……"*就告诉她吧，你不是孩子了，你肯定也不打算把那个喝下去。*"艾雯，我——"艾雯把那只杯子向她鼻子底下递了过去，现在她已经能闻到那股浓烈的辛辣味了。"好吧！"她急忙说道。这是不可能的！但她就是不能让自己的视线离开那只满满的杯子，也不能阻止一个字又一个字从她的嘴里蹦出来。“有时候，我尽量想让自己认为事情看上去比实际上更好一些，只是有时候而已，而且那些都不是什么重要的事。我从没有在任何重要的事情上……说过谎，从没有，我发誓，只是小事情才会有。”那只杯子消失了，奈妮薇也重重地吁出一口气。傻瓜，傻女人！她不可能强迫你喝下去的！你到底是怎么了？

“我们必须做出决定的，”仿佛什么事都没有发生过，艾雯平静地说道，“是要把这些事告诉谁，沐瑞一定要知道，兰德也是，但如果每一个人都知道了这件事……艾伊尔人有些特别，他们很多习俗都很怪异，包括他们对两仪师的态度很……我想，无论发生什么事，他们都会追随随黎明而来之人，但如果他们知道白塔在反对兰德，也许他们对他的忠诚就不会那么热烈了。”

“他们迟早都会知道的。”奈妮薇嘟囔着。她不可能强迫我喝下去的！

“愈迟愈好，奈妮薇，所以，你不要在我们下次见面的时候乱发脾气，把这件事泄露给智者们。实际上，你最好完全不要提起来过白塔的事，这样也许你才能保守住这个秘密。”

“我不是个傻瓜。”奈妮薇僵硬地说。当艾雯又向她扬起眉弓的时候，她又感到了一阵火气。她不会对智者说起这次搜查的，这不是为了避免让她们知道自己在违逆她们的意思，她也没有去粉饰什么事情。艾雯能随便出入特·雅兰·瑞奥德，她却要忍受一堆教训和恐吓，这太不公平了。

“我知道你不是，”艾雯说，“在你没有让脾气压过理智的时候。如果你想对抗弃光魔使，你就要控制住你的脾气，维持你的理智，特别是在你对付魔格丁的时候。”奈妮薇满心怒火地张开口，要告诉艾雯，她可以控制住自己的脾气，如果艾雯不同意，她就要甩这个女孩耳光，但对面的女子没有给她机会。“我们必须找到那些聚集在一起的蓝宗姐妹，奈妮薇，如果她们反对爱莉达，也许——只是也许——她们会继续以史汪的方式支持兰德。那份报告上有没有提到什么城镇？或者是村子？或者甚至是哪个国家？”

“我想想……我记不起来了。”奈妮薇努力地想把声音里辩解的意味去掉。光明啊，我承认了一切，让我自己变成了一个傻瓜，这只能让事情更糟！“我会继续想的。”

“很好，我们必须找到她们，奈妮薇。”片刻之间，艾雯只是定定地望着她。她也只是一言不发地等待着。“奈妮薇，特别要小心魔格丁，不能因为她在坦其克从你手里逃走，你就要像一头发春的熊一样乱闯。”

“我不是个傻瓜，艾雯。”奈妮薇小心地说。要控制脾气已经够令人沮丧了，但如果刚才艾雯只是对她的反应报以忽略或是斥责，那么她只会看起来比原来更蠢。

“我知道，你已经说过了，但一定要确认你记得这一点，要小心。”这一次，艾雯的身形没有逐渐消退，她一下子就消失了，像刚才的柏姬泰一样。

奈妮薇盯着刚才艾雯所在的地方，脑子里翻涌着所有她原本应该说出来的话。最后，她意识到自己就要在这里站上整整一晚了。她正在重复地喃喃自语，而且现在无论说什么都已经来不及了。低声嘟囔了几句，她离开特·雅兰·瑞奥德，回到自己在西恩达的床上。

艾雯猛地睁开眼睛。周围几乎是完全的黑暗，只有一点月光从排烟孔中透进来，她很高兴现在躺在厚重的毯子里。帐篷里的火已经灭了，刺骨的寒意渗透了每个角落，呼出的气体在她眼前变成一股股白烟。她躺在地铺上向四周瞭望，没有智者，她还是一个人。

她现在最害怕的就是孤身进入特·雅兰·瑞奥德，回来时发现艾密斯或者另一位智者正在等着她。好吧，也许这不算是她最大的恐惧——进入梦的世界的危险就像她对奈妮薇所说的那样巨大——但她还是非常害怕出现这样的事。她害怕的不是智者们的惩罚，如果她被智者们捉到，她会毫无怨言地接受惩罚。但艾密斯一开始就告诉过她，如果她在没有她们的陪同下进入特·雅兰·瑞奥德，她们就会送走她，不会再传授她任何知识，这才是她最害怕的下场。但即使是这样，她还是要采取行动，超前进度。智者们教得很快，但她们还不够快，她现在就想知道所有的事。

她导引了一点至上力，重新点燃了灯盏，那里面已经没有燃料了，但她已经固定好了那个编织。她躺在地铺上，看着自己呼出的白雾，等待着帐篷里的空气回暖到可以起来穿衣服的程度。时间已经很晚了，但沐瑞有可能还醒着。

她和奈妮薇之间发生的事情仍然让她感到惊讶。*我想，如果我逼她的话，她真的会喝下去。*那个时候，她非常害怕奈妮薇会知道智者们并没有允许她可以单独进入梦的世界，她也非常相信出现在脸上的红晕一定会出卖她。她能想到的办法，只有逼迫奈妮薇不能说话，让奈妮薇没办法推测出实情。她当时相信奈妮薇一定会发现的——那个女人一定会向智者告密，还会说这是为了她好——她只能不停地说话，把话题集中在奈妮薇的错事上。无论奈妮薇让她多么生气，她似乎也惊慌到无法咆哮，然而，平静的态度却出奇地有用，最后看起来是她占据了上风。

现在回想起来，沐瑞很少会抬高自己的声音，而且每当她这样做的时候，她收到的功效却最少，即使在她表现出对待兰德的奇怪态度之前，情况就已经是这样了。智者们同样不会向任何人喊叫，只是偶尔会用很大的声音彼此对话。虽然她们总抱怨首领们不听她们的话，但实际情况是，她们的意见经常会得到执行。有一句老话，艾雯从来都没有确切明白过，直到现在——“听得见耳语，听不见叫嚷”。她不会再对兰德叫嚷了，平静、坚定的女性声音才会有用。因此，她也不该向奈妮薇叫嚷。她是个女人，不是只知道发脾气的小孩。

艾雯发现自己正在轻声笑着。她尤其不该在和奈妮薇说话的时候提高声音，平静的话语才产生了刚才那样的效果。

帐篷里终于有了一些暖意，她从毯子里跳出来，飞快地穿上衣服。然后她必须先打破罐口的薄冰，才能从水罐里倒出一些水来漱漱口。赶走了睡意，将那件暗色的羊毛斗篷披在肩上，她解开了那团火之力的编织——没人看管的火之力非常危险——火焰消失了。她冲出帐篷，在营地里快步奔跑着，刺骨寒风紧紧钳住了她的身体。

她只能看得见距离自己最近的帐篷，被阴影笼罩的低矮帐篷就好像是崎岖地面的一部分，这片巨大的营地在每个方向都延伸到了一里外的山峰中间。那些利齿般高峻的山峰还不是世界之脊，世界之脊比它们要宏伟许多，还在他们西边数日路程以外的地方。

她犹豫地走近了兰德的帐篷，一线银光正从帐篷帘子的缝隙中射出来。当她接近的时候，一名枪姬众像是突然从地里冒了出来，艾伊尔女子的背后背着角弓，腰间挂着箭囊，短矛和圆盾被她拿在手中。在黑暗里，艾雯看不到还有别人，但她知道，站岗的枪姬众不止是她眼前的这一个，虽然有六个宣称效忠于卡亚肯的部族包围着这个地方，但枪姬众的戒备不会有丝毫放松。米雅各马部族位在营地北方，他们一直以平行路线和这支队伍一同前进，提摩兰不会告诉别人他想干什么。兰德似乎完全不在意别的部族在什么地方，他的注意力全部集中在奔向章嘉隘口的竞赛上。

“他是否还醒着，安奈拉?”艾雯问。

月影随着枪姬众点头的动作在她的脸上来回移动:“他一直都睡眠不足，没有休息，男人是无法前进的。”她的声音像极了一个为儿子烦恼的母亲。

帐篷旁边的一个影子晃动了一下，变成了将披巾裹在身上的艾玲达，只是她看上去应该并不觉得很冷。“如果有用的话，我会给他唱上一首摇篮曲的，我听说过，女人们会为了一个婴儿而整夜不睡。但一名成年男子应该知道，别人也需要躺进毯子里的。”她和安奈拉分享了一个无声的笑容。

因为那奇怪的艾伊尔幽默感摇了摇头，艾雯弯下腰，从那道缝隙向帐篷里面望去。帐篷里同时点着几盏灯，兰德不是一个人，杰辛正用手捂住嘴，打一个哈欠，黑色的眼睛看上去有些憔悴，至少他是想睡了。兰德躺在一盏镀金油灯旁边，正在读一本封皮破烂的书，以艾雯的了解，那一定是某个版本的真龙预言。

他突然翻回几页，认真地看着，然后又笑了。艾雯尽量告诉自己，那个笑容里面没有疯狂，只是有一点苦涩。“不错的玩笑，”他对杰辛说着，一把合上书，将它扔到杰辛面前，“读一读第287页和第400页，如果你不同意，就告诉我。”

艾雯咬紧嘴唇直起身。他真的应该对书籍更爱护一些的。有那个走唱人在旁边，她不能和他说这些事，他竟然会让一个完全不了解的人做同伴，真是一件值得羞愧的事。不，他还有艾玲达，首领们也经常会来找他，岚每天都会和他共处一段时间，麦特有时也还会和他说话。“为什么你不进去，艾玲达？如果你在那里，也许他就会说一些那本书以外的事情了。”

“他想和那个走唱人说话，艾雯，而他们很少会在我或者其他任何人面前交谈。如果我不离开，他和杰辛就会离开的。”

“我听说，小孩子总是很让大人操心。”安奈拉笑着说，“而亲生儿子是最糟糕的。你也许会让我看到实际的情况，毕竟你已经放手弃枪了。”艾玲达在月光下皱起眉头，走回到帐篷边原来的位置上，仿佛是一只被惹怒的猫。看样子，安奈拉觉得这种情形也很好玩，她按住了自己的肋侧，似乎是正在压抑自己的笑声。

艾雯暗自嘀咕着她永远也无法理解的艾伊尔的幽默，转身向沐瑞的帐篷走去。这座帐篷距离兰德的帐篷并不远，一线亮银灯光同样从帘缝中透出来，让艾雯知道两仪师还醒着。沐瑞正在导引，她只导引了很微量的至上力，不过仍然足以让艾雯感觉到。岚就睡在帐篷边上，身上裹着护法斗篷，这让他除了头和脚以外的身体都变成了夜色的一部分。艾雯拢起斗篷和裙摆，踮起脚尖，希望这样不会把他吵醒。

护法的呼吸声并没有变化，但某种感觉让艾雯又回头看了一眼。月光从岚的眼里反射出来，他正在看着艾雯，在艾雯转头的时候，那双眼睛又已经闭上了。护法脸上的肌肉没有一丝颤动，他也许根本就没有完全醒过来。这男人有时候会让她有一种要抓狂的感觉，奈妮薇到底看上他哪一点，艾雯从来都没能看出来。

跪在帐篷的门帘旁边，艾雯向里面望去。沐瑞坐在地上，四周环绕着阴极力的光芒，平时总是坠在她额前的小蓝宝石正悬在她面前的手指上，来回摇摆。它在闪光，让只有一盏灯的帐篷里更亮了一些，火池里只剩下了一层灰烬，就连燃火的气味也消失了。

“我能进来吗？”

她又重复了一遍，才听见沐瑞答道：“当然可以。”阴极力的光晕消失了，两仪师正在将连在蓝宝石上的细金链系回头发里。

“你在偷听兰德？”艾雯坐到沐瑞身边，这里就像外面一样冷，她在火池里导引出火焰，并把编织固定好。“你说过你不会再这么做了。”

“我说的是，既然智者们能够窥看他的梦，我们应该允许他有一些私人的空间。而她们被挡在他的梦外之后，并没有再问过我，我也没有再向她们提供消息。记住，她们有她们自己的目的，那也许并不是白塔想要的。”

艾雯没想到她们这么快就会切入正题，她还在寻思该如何把信息说出来，同时又能确保不会把自己偷偷进入梦的世界的事泄露给智者们。但也许惟一的方法就是直接把该说的说出来，然后就看情况会如何发展了。“爱莉达现在是玉座了，沐瑞，我不知道史汪出了什么事。”

“你怎么知道的？”沐瑞平静地说，“你从梦行中学会了一些什么？还是你终于掌握了梦卜的异能？”

也许她可以利用这个借口，白塔中的一些两仪师认为艾雯也许是一名梦卜者——一种可以在梦中预见未来的女人。艾雯确实知道自己的一些梦包含着很重要的意义，但学会解释它们的意思就是另外一回事了。智者们说，这样的知识只能由她自己发掘，两仪师们也帮不上任何忙。兰德坐在一把椅子里，不知为什么，她知道这张椅子的主人会因为她的椅子被占据而兴起杀人的怒火，所以这把椅子的主人是个女人，她只能预见这么多了。有时候，这样的梦非常复杂。菲儿坐在佩林膝头，一边任由他亲吻，一边玩弄着他剪短的胡须。在他们身后，飘扬着两面旗帜。一面绘着红色的狼头，另一面绘着赤色的鹰。一名穿着亮黄色外衣的男人站在佩林身边，一把剑用皮带绑在那个男人的背上，艾雯知道他是一名匠民，但匠民绝不会去碰一把剑。除了下巴的胡子外，这幅画面的每一个细节似乎都很重要——那些旗帜，菲儿吻佩林，甚至是那名匠民。每次那名匠民靠近佩林，似乎都有一阵毁灭的寒意穿透了画面中的一切。在另一个梦里，麦特扔着骰子，鲜血不停地从他的脸上淌下来。他头上的宽边帽被拉得很低，让艾雯看不到他的伤口；而汤姆·梅里林却将他的手放进一团火里，为的是拿出现在正悬挂在沐瑞额前的那颗小蓝宝石。在一个黑色的梦中，没有风也没有雨，只有巨大的黑云在不停地翻滚，一模一样的枝状闪电一次又一次地劈裂了大地。她做过这些梦，但身为一名梦卜者，她很失败，她不知道这些代表着什么。

“我看见了一份授权逮捕你的公文，沐瑞，爱莉达以玉座的身份在上面签了名。这不是一个普通的梦。”她说的都是事实，只不过她没有说出所有的事实。她忽然很高兴奈妮薇不在这里。如果她在，我就是那个盯着杯子的人了。

“时光之轮按照它的意愿进行编织，即使兰德要率领艾伊尔跨过龙墙，似乎也不是那么难以接受了。我怀疑爱莉达是不是会继续接触那些统治者，即使她知道史汪是那样做的。”

“你只会说这种话吗？我以为史汪曾是你的朋友，沐瑞，你不会为她流一滴泪吗？”

两仪师看着她，那道平静、冰冷的目光让她明白了在拥有“两仪师”这个头衔之前，自己还要走多远的路。两个人坐着时，她几乎要比沐瑞高一个头，而且能够导引的至上力也比沐瑞强大许多，但身为一名两仪师需要的不止是力量。“我没有时间流泪，艾雯，过不了几天，我们就会到达龙墙，然后是澳关雅河……史汪和我曾经是朋友，再过几个月，就是我们开始寻找转生真龙起的整整二十一周年了。只有我们两个，那时我们刚刚成为两仪师，之后不久曦云·飞宇成了玉座，那是一名行事颇有红宗之风的灰宗两仪师。如果她知道了我们的计划，我们就要在苦修中度过余生了，就连我们睡觉的时候都会有红宗两仪师监视我们。在凯瑞安有一句俗话，虽然我听说这句话一直远到塔拉朋和沙戴亚都在有人传说‘有得必有失’。史汪和我走上了我们想走的路，我们都知道，最终我们会为此而付出代价。”

“我不明白你为什么能这么镇静，史汪可能已经死了，或者是被静断。爱莉达或者会彻底反对兰德，或者会将他关在某个地方，直到末日战争到来。你知道，她绝不会给一个能够导引的男人任何自由，至少，现在并不是所有的人都支持爱莉达。一些蓝宗两仪师正在某地聚集，虽然我不知道是在哪里。我想，其他宗派也会有两仪师离开白塔，奈妮薇告诉我，黄宗的眼线正在传播一条关于‘欢迎所有两仪师回到白塔’的讯息。如果蓝宗和黄宗都离开了，其他宗派可能也不例外，如果她们反对爱莉达，她们也许会支持兰德。”

沐瑞轻轻地叹息了一声：“你以为我会为白塔分裂而感到高兴吗？我是两仪师，艾雯，在我怀疑真龙会于此世转生之前，我就将自己的一生献给了白塔。三千年的时间里，白塔一直是抵御暗影的堤防，它指导统治者们做出明智的决断，在战争开始前就将之消于无形，让已经爆发的战争不会再继续。人类还能记得暗帝正在挣脱出牢狱，最后战争终将到来，全都是因为白塔，统一而强大的白塔，我几乎希望所有的姐妹都可以宣誓效忠爱莉达，无论史汪出了什么事。”

“那兰德呢？”艾雯让自己的声音像沐瑞一样稳定流畅，她编织的火焰已经让帐篷里暖和了一点，但沐瑞又让这里平添了一片寒意。“转生真龙呢？你自己也说过，如果没有自由，他就无法为最后战争做好准备，他需要以自由进行学习和影响这个世界。就算他拥有了荒原上所有的艾伊尔，统一的白塔也会让他成为一名囚犯。”

沐瑞露出一丝浅浅的微笑：“你学会了，冷静的分析总好过激烈的争辩，但你忘记了，只有十三名融合在一起的姐妹才能屏障男人和阳极力之间的联系，而且即使她们不知道固定这道编织的技巧也不要紧，因为维持编织所需的人数更少。”

“我知道你不会放弃，沐瑞，你打算怎么做？”

“我要先看清这个世界，然后再去处理它，只要我所剩的时间还允许的话。至少现在我可以比较容易地和兰德相处了，我不需要再阻止他去做自己想做的事。我想，他没有要我为他奉酒，我应该为此而感到高兴。在大多数时间里，他确实在听取我的意见，即使他很少表现出在思考我说的话。”

“你可以把史汪和白塔的事告诉他。”这样艾雯就不必去应付那些难缠的问题了，像兰德现在这么自以为是，他也许会想知道更多关于梦卜的事，那她也许就会把事情败露了。“还有另外一些状况，奈妮薇在特·雅兰·瑞奥德里见到了弃光魔使，她提到了除亚斯莫丁和魔格丁之外现存的所有弃光魔使，包括兰飞儿。她觉得他们正在谋划着什么，也许那是他们共同的阴谋。”

“兰飞儿。”过了一会儿，沐瑞才说道。

她们全都知道，兰飞儿在提尔时曾与兰德见过面，也许他们在其他时间里还遇见过，只是兰德没有告诉她们。除了弃光魔使自己，没有人对弃光魔使有很多了解，白塔中只保留着关于他们的一些只字残篇。但兰飞儿爱过路斯·瑟林·特拉蒙却是人尽皆知的事，只有她们两个，还有兰德，知道兰飞儿的这份爱并没有结束。

“如果运气好的话，”两仪师继续说道，“我们将不必再担心兰飞儿了，奈妮薇看见的其他人则是另外一回事，你和我必须尽量做到严密监视。我真希望有更多的智者可以导引。”她轻笑了一声，“我还不如希望她们全都经过了白塔的训练，或者是她们永远都不会死。她们或许在很多方面都很强，但她们在一些方面缺乏能力，这不得不令人感到惋惜。”

“监视是应该的，但除此之外呢？如果六名弃光魔使同时向他杀过来，他就需要我们能给他的每一点帮助。”

沐瑞倾过身子，将一只手放在艾雯的胳膊上，她的脸上显出一脉温情：“我们不能永远牵着他的手，艾雯，他已经学会自己走路，现在他正在学习奔跑，我们只能希望他能在敌人捉住他之前学会。当然，我们还要继续给他建议，在我们能做到的时候指引他。"她将身体伸展开，用手掌遮住嘴唇，打了一个小哈欠。"很晚了，艾雯，我想兰德会很早就命令出发，即使他完全没有睡觉，但我很想在爬上鞍子之前先休息一下。"

艾雯准备离开，但她还有一个问题要问："沐瑞，为什么你开始服从兰德吩咐的每一件事？就连奈妮薇也不认为这是妥当的。"

"她不认为这样是妥当的？"沐瑞喃喃地说道，"无论她怎么希望，她还是会成为两仪师。为什么我会那样做？因为我还记得该怎样控制阴极力。"

过了一会儿，艾雯点点头。要控制阴极力，你必须先顺从它。

一直到打着哆嗦走进自己的帐篷，她才意识到沐瑞刚才全程是以平等的态度和她说话。也许她选择宗派的时间来得会比她想象得要快。

第 16 章

意外援手

穿过窗口的阳光唤醒了奈妮薇，但她还是继续在条纹床单上躺了一会儿，伊兰还在另一张床上熟睡着。虽然还是早晨，空气已经开始变得温暖。其实即使是夜里也凉快不了多少，不过这并不是奈妮薇的衬衣会被汗水湿透、满是皱褶的原因。在和伊兰谈论过她见到的一切之后，她的梦一直都很不好。在大多数时候，她回到了白塔，被拖到玉座面前，那个玉座有时候是爱莉达，有时候却是魔格丁。在一些梦里，兰德像一条狗一样趴伏在玉座的写字台旁，被锁链系住，戴着口笼。关于艾雯的梦也很糟糕。煮沸的猫蕨草和马文叶粉末在梦里的味道和在现实中一样可怕。

她昏昏沉沉地走到盥洗架前，洗了一把脸，又用盐和苏打刷了牙。脸盆中的水不热，但也算不上清凉。她脱下汗湿的衬衣，从一口箱子里翻出一件新的，还有发梳和镜子。端详着镜子里的影像，她很后悔入睡前竟然解开辫子，只为了让自己舒服一些，但那实际上却没多少帮助，而现在她的头发像一团乱麻般垂到腰际。坐在箱子上，她艰难地解开发结，整个过程里她的头发被揪了不下一百根。

三道伤疤沿着脖子一直向下，消失在衬衣里，幸亏她从麦克拉那里拿了一种愈合伤口的药膏,现在它们已经没那么红了。她告诉伊兰,这些伤口是被荆刺划的,因为艾雯离开后她还检查了白塔的庭院。这真是很愚蠢,她怀疑伊兰知道她没说实话,但她只要想到那些事就会觉得心烦意乱。在谈话的时候,她怒骂了伊兰好几次,只因她想到了麦兰和艾雯待她的不公。虽然,提醒伊兰在这里不能摆王女架子对她并没有害处。不过,那个女孩并没有错,她必须与她和解。

在镜子里,她看见伊兰起床了,正在洗脸。“我仍然认为我的计划是最好的。”女孩一边擦脸一边说。她鸦黑色的头发虽然有许多发卷,却不见半点缠结。“如果用我的办法,到达提尔的时间会提前许多。”

伊兰的计划是她们一到艾达河,就立刻找一个小村子放弃马车,那种偏僻的小乡村里不会有很多白袍众,更重要的是,那里不会有白塔的眼线。她们可以在那里乘河船,顺流而下直到艾博达,然后她们在那里换乘一艘前往提尔的海船。毫无疑问,现在她们只能去提尔,塔瓦隆已经变成她们要尽力避开的地方。

“我们在艾达河边要多久才能找到一艘船?”奈妮薇耐心地说。她本以为这个问题在睡觉之前就已经解决了,对她来说,这场讨论已经结束了。“你自己也说过,也许不会有一艘船停靠在那里,我们在艾博达又要等多久才能找到一艘去提尔的船?”放下发梳,她开始结辫子。

“如果那个村子里有人要雇船,他们就会升起一面旗子,大多数船都愿意停靠过来的。像艾博达那样的海港,总会有来自各个地方的船停靠。”

女孩的语气就好像见识过各式各样的海港,但事实上,她是和奈妮薇离开白塔后才出过海。伊兰总是以为,她在安多当王女时没有学到的关于这个世界的知识已经全在白塔学到了,但现在已经有许多证据证明她的想法是错误的。而且最让奈妮薇生气的是,女孩说话的时候怎么总是像在容忍她一样!“我们在船上没办法找到聚集的蓝宗两仪师,伊兰。”

奈妮薇自己的计划是一直乘坐马车前进,走过阿玛迪西亚剩下的地方,然后是阿特拉和莫兰迪,直到金塔拉丘陵的法麦丁,穿越马瑞多平原,直到提尔。这样肯定会用更长时间,但她们将有机会找到那些两仪师,而且马车也不会有沉没的危险。奈妮薇会游泳,只是每次看不到陆地的时候,她就觉得很不舒服。

用手巾擦干自己的脸,伊兰换了一件衬衣,过来帮奈妮薇结辫子。奈妮薇并不傻,她做好了伊兰再次提起船只的准备。她的胃不喜欢船,但这当然不会影响她做出决定,如果她能带领两仪师投到兰德旗下,多走一些路也是完全值得的。

“你想起那个名字了吗?”伊兰一边问,一边来回缠绕着一股股头发。

“至少我记得自己看到了一个名字,光明啊,给我点时间吧!”她相信自己确实看到了一个名字,一个小镇,或者是一座城市。她不可能看见一个国家的名字却忘记它。深吸了一口气,她压抑住自己的脾气,继续用温和的声音说:“我会记起来的,伊兰,只要给我时间。”

伊兰不置可否地应了一声,继续结辫子,过了一会儿,她说道:“让柏姬泰去寻找魔格丁,真的明智吗?”

奈妮薇侧目瞪了那女孩一眼,但那个眼神轻轻地从女孩身上滑开来,就像水滴从涂油的丝绸上滚落。伊兰在改变话题,但奈妮薇现在不想讨论这个话题。“我们找到她总要好过她找到我们。”

“我也是这样想的,但如果我们找到她,我们又该怎么办?”

奈妮薇不知道该怎样回答,她只知道,不管怎么缺少计划,当猎人总比成为猎物好。这是黑宗教给她的。

当她们走下楼的时候,大厅里并不挤,时间还很早,但客人里已经出现了一些白袍众,大多是上年纪的人,戴着军官的结饰。毫无疑问,他们更喜欢这家客栈的厨师,而不是军营里的伙房。奈妮薇很想让女侍再把食物送到房里去,但那个小房间就像个盒子一样,所有的客人全都专心吃着他们的食物,白袍众们也是一样,她们一定不会有什么危险的。烹调的香气充满了房间,这些男人一大早就要吃牛羊肉。

伊兰的脚刚离开最后一级台阶,贾芮恩夫人已经跑过来招呼“摩瑞琳女士”了,客栈老板热情地要带她们去私人餐室用餐。奈妮薇始终都没有抬起眼睛,她只是听见伊兰说:“我想我们可以在这里用餐,我很少能有机会使用公共餐厅,而且我很喜欢这里,真的,让你的女侍给我们送过来一些清爽的食物。如果这天气现在就变成这样,恐怕我就要在到达下一个宿处之前就汗流浃背了。”

奈妮薇以前一直都觉得奇怪,伊兰这种高傲的态度为什么从没有让她们被扔到大街上去。现在她已经遇到了足够多的领主和女士,明白几乎所有的贵族都是这副德行,但她还是没办法立刻就适应这种作风。而那名客栈老板已经忙不迭地行了个屈膝礼,然后一边陪着笑,一边揉搓着双手,带她们到一个可以看到街景的靠窗桌子边坐下,又飞快地转身跑开,去执行伊兰的命令了。客栈老板很用心地在讨好伊兰,她们的桌子距离那些男人很远,离厨房很远,不必担心厨房的热气会熏到她们,但任何从街上走过的人都能看见她们。奈妮薇只希望食物不要太热。

早餐很快就被端上来了——包在白色餐巾里的香料松饼还是温热的。让她们感到高兴的是，女侍还端上来黄色的梨子和紫葡萄，只是看上去都有些发皱。此外，盘子里还有一种红色的果子，女侍管它们叫“草莓”，但它们一点也不像奈妮薇见过的莓果。不仅看不见一根草，尝起来也没有任何草的味道，特别是在配着奶油一起吃的时候。伊兰声称她听说过这种水果，奈妮薇丝毫不为此感到奇怪。最后端上来的是据称从冷藏间里拿出来的淡香料甜酒，奈妮薇抿了一口，觉得冷藏间大概不会很冷。不管怎样，这是一顿很提神的早餐。

距离她们最近的男人在三张桌子以外的地方，他穿着一件深蓝色的羊毛外衣，看样子像是一个有钱的行商，但两个女孩还是没有彼此交谈。她们要谈话，在上路后有的是时间，而且可以确定，在车里说话不会有被偷听的危险。奈妮薇很快就吃完了饭，但伊兰还在悠闲地削着梨子。奈妮薇看着她慢吞吞的样子，觉得这些食物大概会让她们在这张桌子上待一整天。

突然，伊兰带着惊骇的神情瞪大了眼睛，手里的小刀也掉在桌面上。奈妮薇甩过头，发现一个男人坐到她们桌子对侧的凳子上。

“我一开始就觉得是你，伊兰，但你的头发让我犹豫了很久。”

奈妮薇死死地盯着加拉德——伊兰同父异母的兄长，当然，现在她的眼神就已经说明了她的心情。加拉德身材高瘦，给人感觉却如同钢铁一般坚韧，他有着黑色的头发和眼睛，在奈妮薇见过的所有男人里，他无疑是最英俊的；用英俊已经没办法形容他了，灿烂夺目才是合适的词汇。奈妮薇曾经见过白塔里的女人们将他簇拥在中间，其中甚至还有不少两仪师，全都像傻瓜一样对他笑着。想到这里，她急忙抹去自己脸上的笑容，但没办法让自己的心跳慢下来，也不能让自己的呼吸更正常一些。她对这个男人没什么感觉，但他实在是太俊美了。*管好你自己，女人！*

“你在这里干什么？”奈妮薇很高兴自己的声音听起来还算是正常。一个男人竟然能长成这样，这真是不公平。

“你穿着这种衣服又是为了什么？”伊兰的声音很低，能听出来，她正在压抑喊叫的冲动。

奈妮薇眨眨眼，这才发觉加拉德穿着一副银色的盔甲，外面套着一件白色罩袍，在罩袍胸口阳光普照的图案下面，还有两个黄金结饰。她觉得自己的双颊正在发烧，只知道死盯着一个男人的脸，却没看见他穿的是什么！她羞愧到想把自己的脸藏起来。

加拉德露出微笑，这让奈妮薇又不得不深吸了一口气。“我到这里来，是因为我是从北方受命而来的圣光之子之一，我成为圣光之子是因为我觉得这是一份正义的事业。伊兰，你们两个和艾雯消失以后，我和盖温没费多大力气就查出你们并不是在农场进行苦修，尽管白塔如此宣称，她们没有权力把你们三个卷入她们的阴谋，伊兰。”

“你似乎在那里面晋升得很快。”奈妮薇说。这个傻瓜难道没发觉，在这里谈论两仪师的阴谋很容易就会要她们两个人的命？

“艾阿蒙·瓦达认为我的历练可以让我获得这样的军衔，无论那是在哪里得到的。”他耸了耸肩，似乎是表示这些等级的划分并不重要，态度并不谦虚，但也没有虚伪。他在白塔的时候是护法的学生里面最好的剑士，在兵法与战术方面也非常优秀，但奈妮薇从来不记得他曾经吹嘘过自己的强大，甚至在说笑的时候也没有过，他并不重视自己的那些成就，也许因为它们对他来说太容易取得了。

“母亲知道你的状况吗？”伊兰仍然用那种刻意压低的声音问，但脸上的怒气足以吓退一头野猪。

加拉德只是稍有不安地动了动身体：“我一直没时间给她写信，不要这么武断地认为她会反对我，伊兰，她不像以前那样和北方那么友好了，我听说她也许会发出一道禁令。”

“我给她写过一封解释的信。”伊兰的怒意变成了困惑，“她一定明白的，她也在白塔接受过训练。”

“小声一点，”他严肃地低声说道，“记住你们在哪里。”伊兰脸上飘过一抹红云，奈妮薇不知道那是因为气恼，还是因为困窘。

这时，奈妮薇才忽然意识到，他说出的话一直像她们一样轻微而谨慎，也一直没有提到过白塔和两仪师。

“艾雯和你们在一起吗？”他又说道。

“没有。”伊兰回答。他深深地叹了口气。

“我本来希望……她失踪以后，盖温担心得几乎要精神错乱了，他也很在意她，能告诉我她在哪里吗？”

奈妮薇注意到加拉德话里的那个“也”，这个男人已经是白袍众了，但他还在“在意”一个想成为两仪师的女人。男人总是这么奇怪，有时候似乎根本不能把他们看成人类。

“不能。”伊兰坚定地说。她脸上的红晕已经褪去了。“盖温也在这里？我不相信他会成为——”她总算是及时更压低了声音，“白袍众！”

“他还留在北方，伊兰。”奈妮薇认为加拉德指的是塔瓦隆，但盖温一定已经从那里离开了，他绝不可能支持爱莉达。“你们肯定想不到那里发生了什么，伊兰。”他继续说道，“所有的腐败与邪恶全都在那里爆发了出来，这也是应有的下场，那个把你派走的女人已经被废黜了。”他向四周瞥了一眼，尽管周围并没有人能听到他们说话，但还是将声音降低到耳语的程度，“她被静断，并处决了。”吸了口气，他厌恶地说道：“那不是你和艾雯应该在的地方。我进入圣光之子的时间并不长，但我确信将军会允许我护送我的妹妹回家，你应该回家去，和母亲在一起。告诉我艾雯在哪里，我也会想办法让她被带到凯姆林的，你们两人在那里会很安全。”

奈妮薇感到一阵麻木。静断、处决，并非意外死亡，或是疾病。她曾经考虑过这样的可能，但这并没有让她的震惊稍有减轻。一定是因为兰德，现在他已经不存在任何与白塔合作的机会了。伊兰没有流露出任何表情，她的眼睛只是茫然地盯着前方。

“看来我的讯息让你们受了惊吓，”加拉德继续低声说道，“我不知道那个女人让你们在她的阴谋里陷入多深，但你们现在自由了。让我送你们回凯姆林吧！除了曾在那里学习之外，没有人会知道你们与她曾经有什么关系，你们两个都一样。”

奈妮薇向这个男人龇了龇牙，希望自己的样子看上去能像是一个微笑。他终于提到她了，如果不是他长得这么俊美，她真应该狠狠甩他一个耳光。

“我会认真想一想。”伊兰缓缓地说，“你说得有些道理，但你必须给我时间考虑，我必须考虑。”

奈妮薇吃惊地瞪着她。他的话有道理？这个女孩在胡说些什么？

“我可以给你一点时间，”他说，“但我没有很多时间了，我需要请假离开，而我们也许会接受命令——”

突然间，一个正方脸、黑头发的白袍众拍了拍加拉德的肩膀，咧开大嘴朝他笑着。他的年纪比加拉德要大，在罩袍上也同样有两个黄金结饰。“好啊，年轻的加拉德，你不能把所有漂亮女孩都留给自己，现在镇里的每个女孩在走过你身边的时候都会长吁短叹，就连她们的母亲也是一样，给我介绍一下吧！”

加拉德从长凳上站起身：“我……她们下楼的时候，我觉得我认识她们，绰姆，不过虽然你可能觉得我很有魅力，这位女士却好像并不这么想。她不喜欢我，我想她也不会喜欢我的任何朋友，如果今天下午你和我一起练剑，也许你能吸引一两个女孩。”

“只要在你身边就别想。”绰姆开玩笑地抱怨着，“而且我宁愿让蹄铁匠敲我的脑袋，也不会和你练剑。”但他只是遗憾地看了这两个女人一眼，就随着加拉德向门口走去。他们离开的时候，加拉德又回头瞥了她们一眼，目光里流露出挫败和犹豫的神情。

他们一走出店门，伊兰就站了起来，“奈娜，我需要你到楼上去。”贾芮恩夫人出现在她们身边，询问伊兰是否喜欢这顿早餐。伊兰只是说：“立刻把我的车夫和仆人找来，奈娜会付账的。”话还没说完，她已经向楼梯口走去。

奈妮薇望着伊兰的背影，过了一会儿，她才掏出荷包，向客栈老板付钱。她向老板保证客栈的每样服务都让她的女主人很满意，同时试着不要在给钱时身体瑟缩。一等摆脱了那个女人，她就匆匆向楼上跑去。伊兰正在把东西不分青红皂白地拼命往箱子里塞，甚至也包括晾在床头那两件汗湿的衬衣。

“伊兰，出什么事了？”

“我们必须立即离开，奈妮薇，立刻。”直到把最后一样东西塞进箱子里，伊兰才抬起头，“就是现在，不管加拉德现在在哪里，他一定正在为他从没遇到过的状况而感到困惑。他应该做的两件正确的事，但这两件事是矛盾的：第一，他应该带我去见母亲，哪怕他要把我绑在驮马的背上运过去，这样他就不必再为我忧心，并且从成为两仪师的厄运中挽救我，不管我本人意愿如何；但他又应该把我们交给白袍众，或者是这里的军队，因为不论阿玛迪西亚或白袍众的法律都这样规定，两仪师以及任何在白塔中接受过训练的女人在这里都是违法的。母亲曾经和埃尔隆国王签署过一份贸易协议，他们不得不在阿特拉会面，因为按照阿玛迪西亚的法律，她不能合法地进入这个国家。我遇到他的时候就拥抱了阴极力，在我们远离他之前，我都没有放开。”

“你一定是言过其实了，伊兰，他是你的哥哥。”

“他不是我哥哥！”伊兰深吸了口气，又缓缓地把它呼出来，“我们有同一个父亲，”她用平静的语调说，“但他不是我的哥哥，我不会认他的，奈妮薇，我不止一次告诉过你，但你就是不听。加拉德只会做符合正义的事。他一直都是这样，他也绝对不说谎，你有没有听到他对那个叫绰姆的家伙是怎么说的？他没有说他不认识我们，他说的每一个字都是真的。他只做正确的事，无论那样会伤害谁，即使受伤害的是他自己，是我。他原来总是把盖温和我的一切秘密告诉母亲，当然，他也会承认他自己的。如果他决定了我们的行动是错误的，在我们走到村口之前，他就会让白袍众攻击我们。”

一阵敲门声传来，奈妮薇的呼吸一下子噎在喉咙里。加拉德不会真的……伊兰的脸色冷若冰霜，她已经准备战斗了。

奈妮薇犹豫着打开了门。站在门口的是汤姆，泽凌在他背后，手里还拿着那顶蠢帽子。“女士叫我们？”汤姆问。因为害怕被别人看到，所以他还是表现出仆人的姿态。

奈妮薇这才吁出一口气，她也不怕别人会听见，一把把门拉开，大声说着：

"你们两个快进来!"她已经厌倦了她一开口他们两个就面面相觑的那种样子。

没等奈妮薇把门关上,伊兰就说道:"汤姆,我们必须立刻就离开。"刚才那种决绝的神情已经从她的脸上消失了,焦急充满了她的声音,"加拉德在这里,你一定记得他小时候是怎样的一只怪物。嗯,现在他比那时还可怕,而且他已经是一名白袍众了,他会——"下面的话似乎卡在她的喉咙里,她盯着汤姆,双唇无声地开合着,而汤姆瞪大的眼睛绝对不比她的小。

他重重地坐到一口箱子上,眼睛仍然一直盯着伊兰。"我——"用力清了清喉咙,他才继续说道,"我也依稀看见他了,他正盯着这间客栈。一名白袍众,但他长得和小时候没差多少,他会变成白袍众,我想应该不会让我感到奇怪。"

奈妮薇走到窗边,伊兰和汤姆似乎根本没注意到她从他们中间走过去,街上已经开始繁忙起来。农夫、农家拖车和村民中间夹杂着白袍众和士兵,在街对面,一名白袍众正坐在一只倒扣的桶上。她绝不会认错那张完美的脸。

"他有没有——"伊兰吞了口口水,"他有没有认出你?"

"没有,十五年对一个男人的改变比对男孩的改变更大。伊兰,我以为你已经忘记了。"

"我是在坦其克记起来的,汤姆。"带着一点犹豫的微笑,伊兰伸手揪住了他的一绺长胡子。汤姆也向她报以同样不安的微笑,样子就像是正在思考该不该从窗口跳出去。

泽凌只是抓抓脑袋,而奈妮薇也希望自己能明白他们到底在说什么,但现在还有更重要的事情要解决。"我们要在他率领整支军队来抓我们之前离开,有他盯着,想逃走就不容易了,店里好像只有我们有马车。"

"我们的马车是马厩里惟一的一辆。"泽凌说。汤姆和伊兰仍然在彼此望着,显然根本没在听他们说什么。

即使他们现在把车帘放下也无济于事,奈妮薇打赌加拉德已经打听到他们是如何来到西恩达的。"马厩有后门吗?"

"有一道可以一次走过一个人的门,"泽凌淡淡地说,"门外也只有一条小巷。这个村里能走马车的街道不过两三条。"他在手里旋转着那顶圆柱形的帽子,"我可以偷偷靠近他,打昏他的头,到时候你们趁乱将马车赶走,我能在路上追上你们。"

奈妮薇重重地哼了一声:"怎么追?骑着偷懒鬼?即使你没有在一里内就跌到马蹄子下,难道你以为你当街袭击了白袍众之后还有机会去牵马?"加拉德还在街对面,绰姆这时走到他身边,那两个人显然是在无聊地交谈着什么。奈妮薇探过身去抓住了汤姆的胡子:"你有什么要说的吗?有什么睿智的建议?

你打听的那些闲话对我们有没有什么帮助?”

汤姆用一只手捂住自己的胡子,带着被冒犯的眼神瞪了奈妮薇一眼:“没有,埃尔隆占领了阿特拉境内从沙力达、索埃班,一直到莫斯拉的那些村子,你认为这会对你有什么帮助吗? 你会这么想吗? 如果你揪别人的胡子,他们一定会甩你的耳光。”

“埃尔隆想要这段边境干什么,汤姆?”伊兰问,也许她对这个真的感兴趣——她似乎对每个愚蠢的政治和外交策略都感兴趣——或者也许她只是想阻止一场争吵。在她开始习惯跟汤姆撒娇之前,她经常会充当和事佬的角色。

“不是国王想这么做,孩子。”一看到伊兰,汤姆的声音又变得轻柔了,“是培卓·南奥想这么做,埃尔隆通常按他的吩咐去做事,虽然他和南奥都假装他们之间没有从属关系。自从白袍战争以来,这些村子大多数都被抛弃了,圣光之子把那场战争叫作纠纷,培卓·南奥那时是指挥战斗的将军,我怀疑他从没有放弃过占领阿特拉的企图。如果他控制了艾达河的两岸,他就能中断艾博达的贸易,而如果他能让艾博达破产,阿特拉其余地方就会像落入袋子里的谷粒一样落入他的手中。”

“好了。”没等汤姆或伊兰继续说下去,奈妮薇就用力地说道,汤姆的话似乎触动了她记忆中的某一点,但她还想不清楚。不管怎样,他们没有时间在这里长篇大论阿玛迪西亚和阿特拉的关系,加拉德和绰姆还在外面盯着他们。奈妮薇用同样强势的声音继续说道:“你呢,泽凌? 你能找到那些活在暗地里的人。”捕贼人总是能找到一个城镇里的窃贼和强盗,也总是说这些不法之徒比官方更了解当地的实际情况。“这里有没有什么走私犯可以送我们出去,或者……或者……你知道我们需要什么。”

“我没找到什么可以借助的力量,阿玛迪西亚的盗贼都很低调,奈妮薇。在这里的盗贼第一次被抓住要烙上火印,第二次被砍断右手,第三次就要被吊死了,无论他们偷的是国王的王冠还是一片面包。在这种规模的镇上不会有多少贼,即使有,也都是为活命而奔波的小贼。”他很看不起非专业的盗贼。“大多数人只是在谈论两件事:那个‘先知’是不是真的来到阿玛迪西亚,有谣传说他来了;还有镇上的长老能不能发发慈悲,让那个旅行马戏团做一次表演。西恩达距离边境也太远,不可能有走私犯——”

奈妮薇带着专制又满意的表情打断了他:“就是它! 马戏团。”房里的人全都看着她,仿佛她已经疯了。

“当然,”汤姆用温和得有些过分的语调说,“我们能让瓦蓝带着那些马猪回来,让它们再毁掉一些房子,然后趁乱逃走。我不知道你给了他什么,奈妮薇,但在我赶车离开的时候，他向我们扔了一块石头。”

这次，奈妮薇原谅了汤姆的揶揄，她脸上只露出一阵无力的表情，仿佛汤姆缺乏智能的脑子根本就不明白她在说什么。“也许是出了这种事，汤姆·梅里林，但瓦蓝需要一位赞助人，而伊兰和我正打算成为他的赞助人。我们还是要丢下那辆马车和那些马——”这真是聪明，这辆车马的价值足以让她在两河建起一座温暖的房子了。“——我们还要从后门偷偷溜出去。”她打开那口有树叶形铰链的箱子，开始在衣服、毯子和罐子中间掏摸着。除了马具之外，她让两个男人把所有的东西都装进了箱子里，最后她掏出那两只镀金的匣子和皮囊。“汤姆，你和泽凌从那道后门出去，找一辆货车和几匹马，再买些补给，然后在大道上瓦蓝宿营的地方等我们。”她依依不舍地在汤姆的手里塞满了金币，却完全没有去数一下。他们不知道这里的物价如何，而她也不希望汤姆在讨价还价上浪费时间。

“这是个不错的主意，”伊兰说着，脸上露出了笑容，“加拉德会注意两个女人，而不是一队动物和演员，他也绝不会想到我们会去海丹。”

奈妮薇并没有这样想，在她的计划里，瓦蓝会直接向提尔前进。她相信，那样一群杂技演员、变戏法的和奇禽异兽可以到任何地方去，但如果加拉德会找她们，无论是他亲自行动还是派人去找，他的目标都应该是东方，他甚至有可能搜查一个马戏团。男人们有的时候确实有脑子，特别是在你没有想到的时候。“一开始我就想到的，伊兰。”她没有去在意嘴里突然出现的那股味道——那种猫蕨草和马文叶的辛辣气息。

当然，汤姆和泽凌立刻就表示反对，他们并不反对这个主意，但认为应该有一个男人留下来保护奈妮薇和伊兰。他们似乎完全没有意识到，如果加拉德和白袍众对这两个女人采取行动，导引会比十个男人更加有用。他们还在抗辩的时候，奈妮薇已经把他们推到了门外。关门的时候，奈妮薇又严厉地说了一句：“绝不许回这里来，我们在大路上见。”

“如果迫不得已需要导引，”门被关上以后，伊兰低声说，“我们就要面对这里全部的白袍众和国王军了，至上力没办法让我们隐形，只要两支箭就能要我们的命。”

“等出了这种事我们再担心吧！”奈妮薇对她说。她希望那两个被她轰出去的男人不会想到这一点，否则很可能会有一个溜回来，如果溜回来的人不小心，就会引起加拉德的怀疑。如果有需要的话，她很高兴能接受他们的帮助。伦蒂·麦克拉让她学到了这一点，虽然像一只掉进井里的小猫一样被救出来确实很让人感到难堪，但决定这样的帮助是否有必要的是她，而不是他们。

奈妮薇下楼找到贾芮恩夫人，向她转达了摩瑞琳女士的意思。女士已经改变了主意，她不认为自己可以立刻就重新接受旅途中的酷热和灰尘，她要小睡一下，不希望被人打扰；要吃晚餐的时候，她会派人来叫。奈妮薇给了客栈老板一枚银币作为第二晚的宿费。客栈老板非常理解女士身体的娇贵，以及她们经常会变化的兴致。奈妮薇觉得，只要能得到足够的钱，除了杀人之外，贾芮恩夫人可以理解任何事。

离开那个肥壮的女人，奈妮薇找到一名女侍。几枚银角子易手之后，那个女孩穿着围裙就跑了出去，她要为奈妮薇找两顶宽大的女帽回来。奈妮薇跟她说了，这种帽子看上去能挡住很多阳光，戴上一定很凉快。当然，她的主人不会戴这种帽子，但她戴上应该很合适。

当她回到房里的时候，伊兰将两只镀金匣子、盛放特法器的抛光黑盒子和装着封印的皮兜全都放在一条毯子里。装钱币的皮袋和奈妮薇的旅行袋一起放在另一张床上。叠好毯子，伊兰又从箱子里找出一些结实的绳子(奈妮薇确实什么都没有丢过)，将那条毯子绑成了一个包袱。

现在要把所有这些东西丢在这里，这让奈妮薇感到很难过，并不是因为它们值多少钱，不仅是因为这个。在旅途中，任何东西都可能会突然变得有用，比如说，现在被伊兰放在床上的那两件羊毛裙装。它们对于一位贵族来说不够华丽，对侍女来说又太精美了。如果当时它们照伊兰的意思被留在马戴辛，现在她们两个就没衣服可穿了。

奈妮薇又跪在另一口箱子前搜寻了一番。几件衬衣，两件换穿的外套，那一对装在帆布袋里的铸铁平底锅质量很好，但太沉了，而且男人们从来都不会忘了添购这种东西。这套装在小骨雕匣里的针线工具要带着，他们绝不会想到要买一根针的，但她的心思并没有完全放在整理行囊上。

“你和汤姆以前认识?”她希望自己的声音能显得随意一些。虽然假装在卷袜子，但她还是从眼角偷偷望着伊兰。

女孩正在整理她自己的衣服，她叹着气将那些丝绸衣服放到一边，将双手重新伸进箱子里。这时她听到了奈妮薇的话，身体一下子僵在原地，但她并没有转头来看奈妮薇。“我还是个小孩子的时候，他是凯姆林的宫廷吟游诗人。”她静静地说。

“原来如此。”奈妮薇根本就不知道这是怎么回事。一名宫廷吟游诗人，王家的娱兴者，地位仅次于贵族的人，怎么会变成了走村串寨的走唱人?

“在父亲死了之后，他成为了母亲的情人。”伊兰又恢复了动作，她平静的语气让奈妮薇惊讶地张大了嘴。

“你母亲的——”

对面那个女人仍然没有看她：“直到坦其克，我才想起他来，当时我很小。还是在揪过他的胡子、仔细端详过他的脸、听他吟诵了一段《寻猎号角史诗》之后，我才认出来是他，他也以为我已经把他完全忘记了。”她的脸泛起了一点红晕，“我当时……喝了太多的酒，第二天，我装作把一切都忘了。”

奈妮薇只能摇摇头，她还记得那天晚上，这个蠢女孩给自己灌了一肚子葡萄酒。至少她没有再做过这样的蠢事了，她的宿醉头痛让她得到了一个很有用的教训。现在，奈妮薇才明白为什么女孩会那样对汤姆，她在两河时也见过几次这样的情形。当一个女孩刚刚成熟到认为自己已经是一个女人的时候，除了母亲之外，她还能向谁证明这一点？有的时候，谁又会是她在这方面最好的竞争者？一般情况下，这种变化只会让女孩开始更加热心地尝试烹调、缝纫之类的家事，或者是和父亲之间一些无害的亲昵。但奈妮薇也见过一位寡妇的女儿做了一件彻底的蠢事——她想勾引她母亲的结婚对象。现在的问题是，奈妮薇不知道该怎样应付伊兰的这种愚蠢行为，当时尽管她和妇议团都进行过说教，也使出了更加严厉的措施，莎瑞·艾玲并未因此而放弃，直到她的母亲再婚，她也有了自己的丈夫。

“我想，他对你一定像是第二个父亲。”奈妮薇一边小心地说着，一边假装正在全神贯注地整理行装。汤姆一定也是这样看待这个女孩的。这就解释了一切。

“我很难只把他想成这样。”伊兰似乎也正在专心决定该带上多少件丝绸衬衣，眼里却流露出悲伤的表情，“我其实已经记不起我父亲了，他死的时候，我还只是个婴儿。盖温说，他把所有的时间都用在和加拉德相处上。莉妮一直在尽力说他的好话，但我知道，他从没来看过盖温和还躺在摇篮里的我。我知道，只要我们长大到可以学习知识的时候，就像加拉德那样，他就会来看我们的，但他那时已经死了。”

奈妮薇又试了一次：“至少，汤姆的年纪很适合当你的父亲，只是如果他犯起关节痛，我们就不好办了，老年人经常会这样。”

“如果不是因为那条瘸腿，他还能后翻跳呢！我也不在乎那条瘸腿。他很聪明，又知道很多关于这个世界的事情。他待人很温和，我在他身边会感到很安全。我不认为应该把这些告诉他，现在他已经在竭尽全力保护我了。”

奈妮薇叹了口气，放弃了，至少是暂时放弃。汤姆也许会把伊兰看成自己的女儿。但如果这个女孩一直都是这种样子，他也许会记起实际的状况，到那时，伊兰就进退两难了。“汤姆很疼爱你，伊兰。”现在应该谈一些别的话题，“你确定你对加拉德的判断吗？伊兰？你确信加拉德会把我们交出去，伊兰？”

对面的女人愣了一下，微微皱起的眉头也展开了。

“什么？加拉德？我非常确定，奈妮薇，如果我们拒绝让他带我们去凯姆林的话，那将是他惟一的决定。”

奈妮薇自顾自地嘟囔了几句，从她的箱子里掏出一件丝绸骑马装。有时候，她觉得造物主制造出男人只是为了给女人添麻烦。

第 17 章

西　行

当客栈的女侍拿着女帽走进房间的时候，伊兰正穿着一件白色的丝绸衬衣躺在床上，眼睛上盖着一块湿布。奈妮薇假装在缝补伊兰那件淡绿色丝裙的边角，做这种女红的时候，她经常会刺破自己的拇指。她不会向任何人承认这一点，但她确实不太擅长这种事。她穿着全套的衣服——当然，侍女不可能像女士们那样随便——但她松开了头发。很明显的，她暂时还不打算离开这个房间。为了不吵醒主人，她悄声向送帽子来的女孩道了谢，并把另一个银角子放进她的手里。然后又对她重复了一遍主人的命令：无论出了什么事都不许进来打扰。

房门一关上，伊兰就从床上跳起来，又从床底下拖出她们的行囊。奈妮薇将那件丝绸长裙扔在地上，伸手到背后去解这条裙装的扣子，她们几乎是立刻就做好了出发的准备。奈妮薇穿的是绿色的羊毛裙，伊兰则是蓝色的，行囊都已经被她们背在了背上。奈妮薇带着她的草药和他们的钱；伊兰带着那些被毯子包起来的盒子，女帽弯曲的边沿遮住了她们的面孔。奈妮薇觉得，现在她们就算是从加拉德面前走过，他也一定认不出她们。现在她的头发只是披在身后，而加拉德一定只记得那条辫子，只是贾芮恩夫人很有可能会挡住两个扛着大包袱走出客栈的陌生女人。

客栈二楼后面的楼梯一直通到客栈外面，狭窄的石板阶梯直接被固定在墙壁上。奈妮薇忽然有点同情汤姆和泽凌，昨天他们要把那么沉重的箱子从这道楼梯一直抬到楼上，但她现在主要的注意力全部集中在石板屋顶的马厩和它的场院里。一条黄狗正躺在那辆马车的阴影里，抵挡着愈来愈炎热的艳阳，所有马夫应该都在屋里。奈妮薇不时能看到敞开的马厩门里有些动静，但没有人走出来，在这样的天气里，大家都喜欢有阴影的地方。

她们飞快地跑过院子，进入马厩和一道石砌高围墙之间的巷子，一辆爬满了苍蝇、只比巷子窄一点的粪车刚刚过去。奈妮薇怀疑伊兰四周已经出现了阴极力的光晕，但现在她看不见。她只能希望那条狗不会叫，不会有人从厨房或者是马厩里走出来。使用至上力并不能让她们无声地溜出去，而如果询问别人这条路的状况，又会给加拉德留下追踪的线索。

巷子尽头的粗木门上只有一个可以提起来的门闩，门外是一条窄街，街边低矮的石头房子大多都是用茅草覆顶，街上只有几个男孩在玩一种用装着豆子的口袋互相抛打的游戏。她们能看见的惟一一个成年人是正在街对面喂猪的一个男人，头和肩膀都探在猪窝里。当她们关上那扇木门、尽量自然地沿着街道向前走去的时候，没有一个人抬头多看她们一眼。

她们沿着尘土飞扬的大道从西恩达向西走了五里多路，才看见汤姆和泽凌。汤姆赶着的车子像极了匠民马车，惟一的区别就是这辆车全都是绿色的，而且那些绿漆也都大块大块地剥落了。奈妮薇很高兴能把身上的包裹塞到驭手座位底下，再爬到汤姆旁边坐下。但当她看见泽凌骑着偷懒鬼的时候，愉快的心情就打了个折扣。“我告诉过你不要回店里。”她一边说着，一边发誓如果泽凌再和汤姆交换那种奇怪的眼神，她一定要用什么东西打一下这个家伙。

“我没有回去，”泽凌说，还不知道刚刚拯救了自己可怜的脑袋，“我告诉马夫头，我的女主人想要野地里的新鲜浆果，汤姆和我必须立刻就去摘。像这种混话，贵族们——”他闭上嘴，清了清喉咙。伊兰从汤姆的另一侧面无表情地瞥了他一眼，有时候他确实会忘记伊兰真的是一位贵族。

“我们必须找些理由离开那家客栈和马厩，”汤姆说着，催起了马匹，“我想你应该是用睡死猫的办法不让别人进你们的房间，或者至少摩瑞琳女士得装睡。但如果我们直接就跑出去，那些马夫一定会奇怪：为什么我们不找个阴凉的地方好好休息一下，喝一杯淡啤酒？不过，现在他们谈论的应该不是我们了。”

伊兰偷偷地看了汤姆一眼，肯定是为了那句“睡死猫”，汤姆则装作什么也没看见，或者也许他真的没看见。有些时候，男人会自然地变成瞎子。奈妮薇重重地哼了一声，这个汤姆是不可能没听到的，因为他在马匹的头顶上清脆地抽了一记响鞭。说这些只不过是个借口，其实他们的目的是能轮换着骑骑马，这是男人们会做的另外一件事，为他们想做的事找借口。不过，至少伊兰现在是在对汤姆皱眉，而不是傻笑了。

“昨晚我还知道了另外一些事，”过了一会儿，汤姆说道，“培卓·南奥正在试图联合其他国家对抗兰德。”

“我不是不相信你，汤姆，”奈妮薇说，“但你是怎么知道这个的？我不能想象会有哪个白袍众会直接告诉你。”

“有太多的人在说同一件事，奈妮薇。提尔出现了伪龙，人们都在说伪龙，却没有人提起预言中提尔之岩的陷落和凯兰铎。人们说这名伪龙很危险，诸国必须联合起来，就像它们在艾伊尔战争中所做的那样，有谁能比培卓·南奥更适合率领他们对抗这个伪龙？当这么多条舌头在说同一件事的时候，他们共同的想法一定来自于更高层。在阿玛迪西亚，就连埃尔隆也不敢在没有请示过培卓·南奥的时候就表明什么想法。”

这个老走唱人似乎常常能将流言蜚语融合在一起，找到真正的答案。不，他不是走唱人，奈妮薇必须提醒自己这一点。无论自称什么身份，他曾经是一位宫廷吟游诗人，亲眼见证过她从那些故事里读到的宫廷阴谋，如果他是摩格丝的情人，也许他自己就亲身参与过这样的阴谋。奈妮薇侧目看了他一眼，那张满是皱纹的脸，那双浓密的白眉毛，还有他雪白的胡子与头发。有些女人的品味真的很怪异。

“我们早就预料到会有这种事了。”她从没预料到过，但她应该要的。

“母亲会支持兰德的。”伊兰说，“我知道她会的。她知道预言，而且她的影响力丝毫不亚于培卓·南奥。”

汤姆微微的摇头至少是否定了最后那一句。摩格丝统治着一个富庶的国家，但任何地方都有白袍众。奈妮薇发现自己必须开始将更多的注意力放在汤姆身上，也许这个走唱人真的知道很多事，而不是假装的。“那么，现在你觉得我们应该让加拉德护送我们回凯姆林了？”

伊兰绕过汤姆，坚定地望了奈妮薇一眼：“当然不，首先，我们不能确定他最后会做出这样的决定，另外……”她又躲回到那个男人的背后，似乎正在对自己说着什么，提醒着自己什么，然后她才又说道：“另外，如果母亲真的在反对白塔，从现在开始，我就只能通过书信告诉她发生的一切事情。她很有可能把我们两人都软禁在王宫，还宣称是为我们着想。也许她不能导引，但我在成为正式的两仪师之前还不想和她作对，事实上，我永远都不想和她有冲突。”

“一个强大的女人，”汤姆愉快地说，“摩格丝会用很短的时间教会你礼貌，奈妮薇。”奈妮薇又哼了一声，那些披散在背后的头发抓不起来，这让她更加恼火。而那个老傻瓜却对她咧开嘴，笑了起来。

他们找到马戏团的时候，太阳已经升得很高了，马戏团的营地还立在他们昨天离开的那片空地上。在酷热的天气里，就连路边的橡树看上去都有些枯萎了。除了拉车的马匹和三头巨大的灰色马猪之外，所有动物都被关回到笼子里。营地中看不见一个人影，所有的人肯定都待在样子和他们这辆马车差不多的那些马车里。瓦蓝·卢卡出现的时候，奈妮薇等人都已经爬下了马车。马戏团主仍然披着他那件可笑的红丝斗篷。

这次他没有做什么华丽的演说，也没有舞起斗篷的鞠躬。当他认出汤姆和泽凌的时候，他立刻瞪大了眼睛，随后又望着他们背后那辆盒子般的马车，将眼睛眯成一条细缝，随后他弯腰看了看两名女子被帽子遮住的面孔，露出一丝没有任何高兴的笑容。“那么，我们都落魄了，摩瑞琳女士？或者我们从来就没有发达过。偷了一辆马车和几件衣服，对不对？好吧，我不喜欢看到这么漂亮的额头被烙上火印。我要提醒你，他们在这里就是这么做的，或者他们还会有更厉害的手段。看样子你是被发现了，否则你为什么会逃跑？我建议你立刻跑得愈远愈好。如果你想要回那个该死的银角子，它大概还在路面上，我把它扔回给你了，即使它一直躺在地上，直到末日战争到来，我也无所谓。”

“你想要一个赞助人，”当他转过身的时候，奈妮薇说道，“我们可以当你的赞助人。”

“你们？”他发出一声冷笑，但还是停住脚步，“即使从某个大人那里偷来的几个钱能有些用处，我也不会接受偷来的——”

“我们会支付你的一切费用，瓦蓝先生，”伊兰用那种傲慢而冰冷的声音说道，“另外还有一百枚金币，如果我们能随你到达海丹的话，如果你愿意承诺在到达边境之前不会停下来。”瓦蓝盯着她，不停地用舌头舔着自己的牙齿。

奈妮薇轻轻地呻吟了一声。一百枚金币！一百枚银币就足够他到达海丹，甚至是更远的地方了，无论这些所谓的马猪吃的是什么。

“你偷了那么多？”瓦蓝谨慎地说，“谁在追捕你？我不会冒险对抗白袍众，或者是这里的军队。他们会把我们全都关到监狱里去，也许还会杀死那些动物。”

“我的哥哥，”没等奈妮薇愤怒地否认他们偷过任何东西，伊兰已经开口说道，“在我离开的时候，我的家人为我准备了一场婚姻，我哥哥被派出来找我。

我不想回凯瑞安去嫁给一个比我矮一个头、体重和年龄都是我的三倍的家伙。”为了表达适当的愤怒心情，她的脸上涨起了血色，声音更加衬托了这一点：“我父亲做梦都想夺得太阳王座，他只想获得足够的支持，无论我父亲说什么，我只梦想嫁给一位红发的安多人。瓦蓝先生，你对于我，知道这些就够了。”

“也许你说的是实话，”瓦蓝缓缓地说，“也许不是，让我看看你说过要给我的钱吧！其中还要有让我能买杯酒喝的钱。”

奈妮薇愤怒地将手伸进旅行袋里，掏出最鼓的一个钱袋，向瓦蓝摇晃了两下，还没等瓦蓝伸出手，她又把那袋钱收了回去。“你有需要的时候自然会给你。我们到了海丹再给你另外一百。”一百枚金币！如果伊兰坚持要付这笔钱，他们就只能找一名银行家，使用那些授权信了。

瓦蓝悻悻然地嘀咕了一声：“无论是不是你们偷的，你们肯定在逃避什么人。我不会为了你们赔上我的马戏团，无论你们要对付的是这里的军队还是某个凯瑞安领主，领主也许会更糟糕，如果他认为我偷了他的妹妹。你们必须真正混进这个马戏团里来。”那种冰冷的微笑又出现在他脸上，他不会忘记那个银角子的。“和我一同旅行的人都必须承担一份工作，你们也一样，如果你们不想太显眼的话。如果其他人知道你们是付钱要和我们在一起的，他们就会谈论你们，你们不会希望出现这种情况的。你们可以负责清扫笼子的工作，那些管马的总是抱怨他们还要做这个。我甚至还会找回那个银角子，拿它作为你们的报酬，没有人能说瓦蓝·卢卡是吝啬的人。”

奈妮薇正准备坚定地说他们既然付了钱就不会工作时，汤姆已经将一只手放在她的肩上。他没有说一个字，只是弯下腰，捡起地上的鹅卵石，把它们抛成一个圆圈，圈里的鹅卵石一共有六颗。

“我有演杂耍的了。”瓦蓝说。六颗石子变成了八颗，然后是十颗、十二颗。“不错，”一个圆圈变成了两个交错的圆圈，瓦蓝摩挲着下巴，“也许你对我能有些用处。”

“我还能吃火，”汤姆说着，放开了那些石子，“还能表演飞刀，”他张开双手，接着又从瓦蓝的耳朵里掏出了一颗石子，“做一些其他的事情。”

瓦蓝压抑住自己的笑容：“你很不错，但其他人呢？”他似乎是很为自己刚才那种赞许的兴奋神情感到生气。

“那是什么？”伊兰指着前方问。

伊兰问的是昨天奈妮薇看见过的那两根高杆，现在它们已经被立好了，每根高杆都有绳子固定，杆顶还有一个平台，一根绳子在九十尺高的地方连接着两根高杆。每个平台上都垂下了一道绳梯。

“那是赛金用的，”瓦蓝答道，然后他又摇了摇头，“走索人赛金，他在几十尺高的一根绳子上做各种表演，真是个傻瓜。”

“我能在那上面走。”伊兰对他说。她脱下帽子，向前走去，汤姆想抓住她的手臂，但她微笑着轻轻摇了摇头，汤姆便退了回去。

但瓦蓝挡住了她：“听着，摩瑞琳，反正不管你叫什么名字，你的前额也许很美，不该打上烙印，但脖子更美，更不该被摔断。赛金的技术不算差，但我们却在不到一个小时之前埋葬了他，所以现在每个人都在他们的马车里。当然，昨晚在我们被赶出西恩达之后，他喝得太多了，但我也见过他带着一肚子的白兰地去走索。这样吧，你不必清扫笼子了，你去我的马车里，我们会告诉别人，你是我的情妇。当然，只是说说而已。”但他狡猾的笑容说明他希望的不止是单纯地说说。

伊兰向他回敬的微笑几乎能在他身上结起一层冰霜：“谢谢你的提议，瓦蓝先生，但如果你能让开一步……”他只能让开一步，否则她就要踏在他身上了。

泽凌在手里揉搓着他那顶圆柱形的帽子，然后又将它扣回到头上。这时伊兰已经在攀爬绳梯了，虽然穿着裙子让她的动作有点困难。奈妮薇知道这个女孩在做什么，泽凌和汤姆应该也知道，至少，汤姆一定是知道的，但汤姆还是做好了如果伊兰掉下来，就立刻冲上前去接住她的准备。瓦蓝向那根绳索靠近了几步，似乎也有着与汤姆相同的想法。

片刻之后，伊兰已经站到平台上，整理着自己的裙子。可能是她站在上面的原因，那个平台看起来更小、更高了。然后，伊兰姿态优雅地提起裙子，仿佛是害怕它沾上泥土，紧接着她就向那根绳索迈出了第一步，样子就像是正在走过一条大街。奈妮薇知道，实际的状态差不多就是这样。她看不见至上力的光晕，但她知道伊兰已经在两个平台之间编织了一条至上力的路径，她肯定是让风之力变得像石头一样坚硬。

突然间，伊兰抬起双臂，飞快地绕了几圈。鸦黑色的头发也披散下来，穿着丝袜的腿映出一片阳光，就在她回复平衡的一瞬间，裙摆似乎是落到一个平面上。但她立刻又提起了裙子，又走了两步，来到了另一个平台上。“赛金先生是这样做的吗，瓦蓝先生？”

“他可以在绳子上翻筋斗，”瓦蓝喊道。咕哝了几声，他又说道：“但他没有那样的一双腿，一位女士！哈！”

“我不是惟一有这种技巧的人。”伊兰喊道，“泽凌和——”奈妮薇猛力摇了摇头。无论有没有导引，她的胃在那么高的绳子上会像在海面上一样难受。“——和我一起这样做过许多次，来吧，泽凌，让他看看。”

捕贼人的脸色仿佛在告诉别人，他宁可去徒手清扫笼子，哪怕那几头狮子还在笼子里。他闭上眼，开合的嘴唇无声地祈祷了几句，然后才以男人上绞架的气魄爬上了绳梯。到了平台上，他盯着对面的伊兰看了一会儿，目光又转向那根绳子。带着畏惧而又聚精会神的表情，他突然迈出步子，飞快地向前走去，同时向两侧伸开双臂，一双眼睛直直地盯着伊兰，嘴里还在念着祷辞。伊兰爬到了绳梯上，让泽凌可以有地方落脚。然后她又帮助泽凌踏在绳梯的横档上，一步步爬下了绳梯。

当伊兰回到众人面前，从奈妮薇手里拿回帽子的时候，汤姆向伊兰露出了骄傲的笑容。泽凌看上去则像是刚刚被浸在热水里，又被拉出来拧了一下。

"这很好，"瓦蓝一边说着，一边若有所思地揉搓着下巴，"我提醒你们，你们还不如赛金，不过已经很好了。我特别喜欢你看上去那么轻松，而泽凌？——泽凌却装成快要吓死的模样，这种效果非常好。"泽凌给了瓦蓝一个阴森的笑容，仿佛恨不得捅他一刀。转向奈妮薇的时候，瓦蓝第一次将斗篷要了一个花式，他看上去真是满意极了。"你呢，我可爱的奈娜？你有什么惊人的技艺？杂技？还是吞剑？"

"我是付了钱的，"她拍了拍旅行袋，"或者你想让我住进你的马车？"她向瓦蓝笑了笑，让马戏团长接连向后退了两步。

刚才他们的喊声引起了马车里人们的注意。当瓦蓝开始介绍新加入的演员时，所有人都聚集到了他们面前。他介绍奈妮薇的时候言辞非常含糊，只是说她会做一些惊人的事。看样子她真该和他谈一谈。

那些没有表演技能的男人被瓦蓝统一称为管马的，他们的衣服很普通，也很邋遢，也许是因为得不到多少薪酬。和马车的数量相比，这样的人并不多。实际上，马戏团里所有的人都要帮忙，包括喂马和赶马车。巡回马戏团的收入并不多，即使是像这种规模的马戏团也不例外。而团里其他的成员就各式各样了。

大力士派塔是奈妮薇见过的最强壮的人，他个子不高，但身材非常魁梧，从皮背心中伸出来的手臂像是两段树干。他的妻子克莱琳是一个身材丰满、棕色面颊的女人，她的工作是驯狗，站在丈夫身边，她立刻仿佛小了一圈。蕾特勒是驯熊师，她是个面色冷硬的黑眸女人，留着一头黑色短发，嘴唇上永远挂着一丝冷笑。身材苗条的亚柳妲是这个团里的照明者，或者，她可能曾经是一名照明者，因为真正的照明者是不可能参加马戏团的。她并没有将黑发结成塔拉朋样式的辫子，既然身处阿玛迪西亚，这一点并不奇怪，但她确实有着塔拉朋口音。又有谁能知道照明者行会到底出了什么事？他们在坦其克的礼堂确实已经关门了。团里的杂技演员是一对号称查瓦那兄弟的人，都是精悍的小个子，但除此之外，他们并没有什么相同的地方——绿眼睛塔瑞克的高颧骨和鹰钩鼻表明了他的沙戴亚血统；巴瑞特的皮肤却比泽凌还要黝黑，手上刺着海民文身，只是没有戴耳环和鼻环。

除蕾特勒外，所有人都热情地向新加入的同伴打了招呼，更多的表演者意味着会吸引来更多的观众，也就能挣到更多钱。两名杂耍艺人——班和金(他们才是一对真正的兄弟)发现汤姆的技巧之后，立刻就和他谈起了交易。吸引更多的观众是一回事，同行之间的竞争就是另一回事了。而照顾马猪的淡色头发的女人立刻就引起奈妮薇的兴趣。这个叫赛兰丁的女人一直站在人群边缘，几乎没怎么说话，瓦蓝说她是随马猪从沙塔一起过来的。她一开口，那种轻柔而又有些模糊的音调一下子就让奈妮薇竖起了耳朵。

安置他们的马车并没有用去太长时间，汤姆和泽凌很高兴那些管马的可以帮他们照顾马匹，虽然管马的显然不是太高兴。派塔和克莱琳邀请奈妮薇和伊兰安顿好之后去他们那里喝茶。查瓦那兄弟则希望能与她们共进晚餐，班和金也提出了同样的邀请，这让蕾特勒的表情从冷笑逐渐变成了怒目而视。她们委婉地谢绝了所有的邀请，奈妮薇也许比伊兰更不愿意有这样的交际。在加拉德面前瞪着一双青蛙眼的回忆仍然清晰无比，奈妮薇现在还不打算和男人们有什么来往。瓦蓝刻意避开奈妮薇，对伊兰说了些什么，结果被伊兰甩了个耳光。汤姆立刻耀武扬威地玩弄起了他的飞刀，直到瓦蓝一边揉搓着面颊，一边发着牢骚离开了他们。

这以后，伊兰开始在马车里收拾他们的物品，她几乎是一边用力摔着东西，一边气呼呼地嘟囔着。奈妮薇没有去帮她，而是向绊住那些马猪的地方走去。这些灰色巨兽看上去很平静，但想起“国王的枪骑兵”客栈墙上的那个大洞，奈妮薇就对那根拴住它们粗大前腿的皮绳没有什么信心了。赛兰丁这时正在用一根带钩的青铜刺棒刮擦这些巨兽中一头更高大一些的雄兽。

“它们真正的名字是什么?”奈妮薇犹豫地拍了拍那头雄兽的长鼻子，它的两根獠牙足有九尺长，有她的腿那么粗。雌兽的獠牙只比它的小一点，它的长鼻子嗅了嗅奈妮薇的裙子，吓得她一下子跳到了一边。

“思雷狄特，”淡色头发的女人回答，“它们是思雷狄特，但瓦蓝先生认为给它们取一个简单的名字会更好一些。”奈妮薇绝不会认错那种缓慢的口音。

“霄辰有许多思雷狄特吗?”

刺棒停了一下，又重新开始动作，“霄辰？那是哪里？思雷狄特是来自沙塔的，我也是，我从没有听说过——”

“也许你见过沙塔，赛兰丁，虽然我对此表示怀疑。你是霄辰人，除非我猜错了，你来自于入侵托门首、又被留在法美镇的那些军队。”

“绝对没错。”伊兰一边说着，一边走到奈妮薇身边，“我们在法美镇听过霄辰人说话的口音，赛兰丁，我们不会伤害你的。”

奈妮薇并不打算做出这样的承诺，在她的记忆里，霄辰人并不讨人喜欢。*但……一名霄辰人在你需要的时候帮助过你，他们并非全都邪恶，虽然他们之中好人并不多。*

赛兰丁长长地叹了口气，身子突然放松了一点，仿佛是一种长久弥漫在她身上、连她也不曾发觉的紧张情绪就在此时消失了。“我见过的人里，极少有人能知道‘回归’或者是法美镇的实情，我听到过上百个故事，一个比一个更加离奇怪异，却不包含任何一点真实。至于我，我被丢下了，有许多思雷狄特也被丢下了，我只来得及聚拢了这三头，我不知道其余的会有什么遭遇。这头公的是莫尔，雌的是桑妮，小家伙是奈玲，她并不是桑妮的亲生孩子。”

“这就是你的工作?”伊兰问，“训练思雷狄特?”

“或者你曾经是一名罪奴主?”没等到赛兰丁开口，奈妮薇又问道。

赛兰丁摇摇头：“我被测试过，就像所有其他的女孩一样，但我对罪铐没有任何反应。我很高兴能得到这份喂养思雷狄特的工作，它是一种壮丽的生物。看来你们知道许多，甚至知道罪奴主和罪奴，以前我从没遇到过知道这些的人。”她没表现出任何畏惧，或者被遗弃在这片陌生的土地上之后，她已经恐惧得麻木了，又或者她是在说谎。

对于能够导引的女人，霄辰人像阿玛迪西亚人一样保持着敌意，也许他们的敌意更加深刻。他们倒不会流放或杀死这样的人，他们的手段是囚禁和利用，为此，他们发明了一种叫做“罪铐”的装置。奈妮薇确信那种装置一定是一种特法器。通过罪铐，一个有导引能力的女人会受到另一个女人的完全控制，成为罪奴。而处于控制一方的女人称为罪奴主，她可以命令受控制的人用至上力去做任何霄辰人想做的事，甚至作为杀人的武器。罪奴的境遇并不比一头牲畜更好，至多也只是一头被照顾得比较好的牲畜。霄辰人无论在什么地方，都会将身上哪怕有一点至上力火星的人搜罗干净。他们对法美镇女性的大规模搜检是白塔做梦也想不到的。每次只要想到罪铐、罪奴主和罪奴，奈妮薇都无法抑制自己心中一阵阵的反胃感。

“我们知道一点，”奈妮薇对赛兰丁说，“但想知道得更多。”霄辰人已经被兰德击退，但这并不代表他们不会回来。虽然相对于眼前的危机，这只是个遥远的危险，但在你脚上扎进了一根荆刺的时候，并不代表手臂上被石南划伤的地方不会变成脓疮。“你最好诚实回答我们的问题。”在向北的旅途中，她们会有许多时间。

“你不会有事的，我向你保证，”伊兰说，“如果有需要的话，我会保护你。”

淡色头发女人依次审视着她们两个，突然间，奈妮薇惊讶地看见她匍匐在伊兰面前。“您是这片土地上的女大君，就像您对瓦蓝所说的一样，一开始我并没有认出来。原谅我，女大君，我将顺从您。”她亲吻了伊兰脚前的土地，伊兰的眼珠几乎都要从眼眶里掉出来了。

奈妮薇相信，自己的表情也好不了多少。“起来。”她一边慌乱地看着四周有没有人注意这里，一边压低了声音。那个该死的瓦蓝正盯着她们！还有仍然是一副怒容的蕾特勒，但她也无能为力了。“起来！”趴在地上的女人连一点动作都没有。

“站起来，赛兰丁，”伊兰说，“在这片土地上，没有人能要求别人这样做，即使是统治者也不行。”当赛兰丁站起来的时候，她又说道：“如果你回答我们的问题，我就教你应该如何在这片土地上正确地待人接物。”

那个女人又鞠了个躬，然后她低着头，将双手放在膝上：“是的，女大君，一切依您的吩咐，我是您的仆人。”

奈妮薇重重地叹了口气，这次前往海丹的旅行大概会有些意思了。

第 18 章

一只黑暗的猎犬

莉亚熏驾驭着坐骑穿过阿玛多人来人往的街道，玫瑰花蕾般的嘴唇上挂着一丝冷笑，但这些都被宽大的弯边女帽遮住了。她很讨厌不得不解开自己花样繁复的小辫子，也讨厌这个可笑的国家里每一点可笑的地方。她喜欢这顶橘黄色的帽子和同样颜色的骑马装，但讨厌衣帽上的天鹅绒大蝴蝶结。这顶女帽也藏住了她的眼睛——蜂蜜色的头发配上棕褐色的眼睛，任何人都能立刻认出她是个塔拉朋人，这在阿玛迪西亚并不是好事情；它还藏住了另外一件更要紧的事——一张两仪师的面孔。在这顶帽子里，她可以肆意嘲笑那些白袍众，差不多每五个路人里就有一个披白斗篷的家伙，占据另外五分之一的军队士兵也好不了多少。这些人当然不会想到要看看这顶女帽里面是什么，两仪师在这里是违法的，所以这里不会有两仪师。

不过，当她拐进乔翎·阿瑞恩家工艺精致的铸铁大门时，心里还是感到一阵轻松。她刚刚又完成一次寻找白塔讯息的短途旅行，同样毫无收获。自从她知道爱莉达自以为控制了白塔，那个叫史汪·桑辰的女人被废黜后，那边就再没有讯息传过来。史汪肯定是逃跑了，但她现在已经变成无用的垃圾。

灰石墙后面的花园里种满了各种植物，都已经因为缺乏雨水而干枯了，但还是被修剪成整齐的方形和球形，其中有株被修剪成了奔马的形状，当然，只有一株。像乔翎·阿瑞恩这样的商人总是在模仿地位比他们高的人，但他们不敢表现得太明显，害怕有人会说他们僭越。这幢巨大的红瓦木房上装饰着精致的阳台，甚至还有一条布满了雕刻的柱廊。和它模仿的贵族官邸不同，它的石砌地基不过十尺高，与真正的官邸相比，它只不过是个玩具而已。

她下马的时候，一名身材细瘦的灰发男人谦恭地跑了过来，帮她稳住马镫，并拉住马缰。他穿着一身全黑的衣服，商人们为侍从选择的衣服颜色一定会和某位领主一样，但即使是最富有的商人，也要对最小的领主俯首低头。现在街上的人们都管穿黑衣的人叫"商人的侍从"，这个称呼永远都会伴随着一阵窃笑。莉亚熏蔑视这个马夫的黑衣服，正像她蔑视阿瑞恩的房子和阿瑞恩本人。总有一天，她会拥有真正的庄园和宫殿，这是他们向她承诺的，而权柄正掌握在他们手上。

她脱下骑马手套，大步走过地基前面那道可笑的斜坡，来到雕满了藤蔓花纹的官邸门前。领主的官邸用的都是斜坡，所以这些商人当然不会认为自己的门前要有台阶。走进圆形的前厅，一名穿黑衣的年轻女仆接下她的手套和帽子。这里有许多道门户、雕刻、绘着亮色花纹的圆柱和通向室外的露台，天花板上，用油漆模拟镶嵌图案，绘着相互套叠的金色与黑色的星星图案。"我要在一个小时内有洗澡水，"她对那名女子说，"这次的水温会刚好了，是吗?"女仆脸色苍白地行了个屈膝礼，用有些结巴的声音答应了，就急忙向后面跑去。

亚米拉·阿瑞恩是乔翎的妻子，她从一道门里走出来，正聚精会神地和一个穿雪白围裙的秃顶胖男人交谈着什么。莉亚熏轻蔑地笑了笑。这个女人真是矫情，她不仅要亲自和厨子说话，还会把他带出厨房，在这里谈论菜式。她简直把仆人都当作……当作是朋友了！

胖埃翁第一个看见了莉亚熏，他吞了口口水，立刻把那双猪眼睛转向了一边。莉亚熏不喜欢男人用垂涎的方式看着她，她来这里的第一天就为此而狠狠地教训过这个胖子，胖子本来还想辩解说他没有看莉亚熏，但莉亚熏知道男人们那些卑鄙的毛病。没等女主人命令他离开，埃翁已经连滚带爬跑回去了。

莉亚熏一党刚到时，这名灰发的商人妻子还会摆出一张严厉的臭脸，现在她却一边舔着嘴唇，一边做作地抚弄着身上装饰着蝴蝶结的绿丝裙。"楼上有人来找你们，女士，"她客气地说，一开始的时候，她还以为能直呼莉亚熏的名讳，"就在前面的客厅里，我相信，那人是从塔瓦隆来的。"

莉亚熏一边寻思着来的人会是谁，一边朝距离她最近的曲形楼梯走去。当然，为安全起见，她对其他黑宗两仪师认识极少，不知道就不会出卖。在白塔的时候，她只知道这十二名同党中的一个属于黑宗，现在这十二个人里已经死了两个，她知道这笔账该向谁算——艾雯·艾威尔、奈妮薇·爱米拉和伊兰·传坎。在坦其克的行动败得那么惨，这三个半吊子见习生有可能也去过那里。然而，她们在法美镇和提尔曾经先后两次愚蠢而温驯地走进了她设下的陷阱，而且两次都毫无逻辑地逃脱了。无论洁安声称看见了什么，她不相信她们真的去过坦其克，否则早就在坦其克落入她手里了。等到下次她找到她们，她们绝对无法再逃脱了，无论她接到了什么样的命令，她一定要和她们把账算个清楚。

"女士，"亚米拉也像刚才那名女仆一样有些口吃，"我的丈夫，女士，乔翎。求求您，你们能不能救救他？他那样做不是有意的，女士，他已经得到教训了。"

莉亚熏一只手放在楼梯的镂花扶手上，回头望向她："他不该以为他对暗主立下的誓言是可以随便忘记的，不是吗？"

"他已经学到教训了，女士，求求您。他现在整天只能躺在毯子里，在这样炎热的天气里不停地发抖。无论是谁碰他一下，或者是说话稍微大声一点，他都会痛苦得泪流不止。"

莉亚熏像是考虑了一会儿，然后宽容地点点头："我会要加丝玛去看看她能做些什么，不过你要明白，我没有做出任何承诺。"那个女人带着不安情绪的感谢从她身后传来，但她无意去理睬。那是提麦勒的杰作，她在进入黑宗前是一名灰宗两仪师，擅长在仲裁中平均分配痛苦。她是一名成功的仲裁者，因为她喜欢让更多的人承受痛苦。加丝玛说也许再过几个月，他就能做些小幅度的活动了，她是黄宗数代以来最好的医疗者，所以她说的应该不会有错。

当她走进大厅时，确实是吃了一惊。虽然金色流苏的地毯上有足够的丝垫椅子，但十名与她同行的黑宗两仪师里，有九个背靠着雕花和彩绘嵌板站着，她们之中的第十个——提麦勒·金德罗正将一只盛有茶水的细瓷杯子捧给一个面容刚毅英挺的黑发女子。黑发女子穿着一身样式陌生的青铜色裙装，让莉亚熏觉得有一点熟悉。但她并不是两仪师，岁数显然已近中年，尽管脸上没什么皱纹，但那绝不是一张不会表露出年纪的脸。

大厅中的气氛让莉亚熏绷紧了神经。提麦勒有着一副看似柔弱的外表，她那双孩子气的蓝色大眼睛会让许多人信任她，而现在那双眼睛里充满了忧虑，或者是不安。在那个女人伸手接住茶杯之前，它不停地和底座碰撞着，发出一连串轻微的叩叩声。每张脸上都带着不安的神色，只有那个让莉亚熏感到熟悉的古怪女人例外。古铜色皮肤的洁安·凯德穿着令人厌恶的阿拉多曼衣服（只要待在屋里，她就会穿上这种衣服），脸颊上仍然闪烁着泪光。她曾经是绿宗两仪师，而且比大多数绿宗更喜欢在男人面前卖弄风骚。曾经属于白宗的蕾娜·

安德兰一直是个傲慢自大的杀手，现在正神经质地摩挲着左耳上方黑发里的那一绺白丝。莉亚熏完全看不出她把傲慢藏在哪里。

“出了什么事？”莉亚熏问，“你是谁，这是怎么——”突然间记忆闪入她的脑海，一名暗黑之友，她们在坦其克时一名总是显出傲慢态度的仆人。“吉丁！”莉亚熏失声喊道。这名仆人采用某种手段跟踪了她们，显然现在她以为只要自己携带着要紧的讯息，就可以对黑宗两仪师颐指气使了。“这次你太过分了。”莉亚熏开始拥抱阴极力。但她刚这样做，椅子上的女人四周已经出现了一团光晕，莉亚熏撞到一堵看不见的墙上，再没办法向真源伸展半寸。真源像一颗太阳悬浮在她面前，但无论她怎样努力，也没办法碰到它。

“不要把嘴巴张成那种样子，莉亚熏，”那个女人平静地说，“你看上去就像是一条死鱼，你面前的不是吉丁，而是魔格丁。这茶里要再加点蜂蜜，提麦勒。”身材苗条、狐狸脸的黑宗两仪师立刻跑过去端走了茶杯，同时胸部还在剧烈地起伏着。

只能是这样，这些人还有可能会怕谁？莉亚熏看着这些靠墙而立的黑宗。圆脸的爱蒂丝·琼达用力地点着头，鼻子上还有墨水的痕迹，但眼里第一次没有表现出半点茫然，其他人似乎连稍微动一下都不敢了。为什么这名弃光魔使——她们不该使用这个名字，只是她们已经习惯这样用了——为什么魔格丁要装扮成一名仆人？莉亚熏完全不能理解。这个女人能得到她想得到的一切，她所拥有的至上力知识和力量都是她们做梦也无法企及的，除了拥有可以压倒世界的力量之外，她更拥有无尽的寿命。但莉亚熏和她的同党们一直都在怀疑弃光魔使之间是有矛盾和纠纷的，她们会得到并不相符的命令，其他暗黑之友也会得到这样的命令，也许魔格丁这样做是为了避开其他的弃光魔使。

莉亚熏拎起开叉的骑马裙，尽量行了个深深的屈膝礼：“欢迎您，伟大的主人，被选中引领我们的使徒，暗主回归之前，我们必将成功。”

“说得很好，”魔格丁冷冷地说着，从提麦勒手里拿回茶杯，“嗯，这样就好多了。”提麦勒表现出一种愚蠢的感激和放松。魔格丁刚刚做了什么？

一个念头突然跳进了莉亚熏的脑子里——一个很糟糕的念头，她曾经将这名使徒当成她的仆人。“伟大的主人，在坦其克，我不知道那是您——”

“你当然不知道，”魔格丁不耐烦地说，“如果你们知道了是我，那我留在暗处还有什么意义？”一个浅浅的微笑突然出现在嘴角，但她脸上其余的部位仍然阴冷如旧。“你在为命令吉丁去厨师那里挨打的事情而担心？”汗水突然出现在莉亚熏的脸上。“你真的相信我会允许发生这样的事？那个男人当然会向你报告，但他只能记得我想让他记住的事情。他确实为吉丁感到遗憾，她的主人们竟然会那么残忍地对待她。”这似乎让魔格丁感到很有趣，“他偷偷给了我一些为你们做的甜点，如果让他还活下去，我不会不高兴的。”

莉亚熏终于松了一口气，她不会死了。“伟大的主人，您不需要屏障我，我也是侍奉暗主的。我在进入白塔之前就已经立下了成为暗黑之友的誓言，我从能够导引那天起就在寻找黑宗了。”

“那么你就是这群蠢货里惟一不需要被告知谁是主人的了？”魔格丁扬起一侧的眉弓，“我本来以为你不会这么聪明。”她身上的光晕消失了。“我有任务要你们完成——你们所有的人，无论你们目前手边的任务是什么，都暂时别管了。你们在坦其克的表现说明你们是不称职的，如果我拿起狗鞭子，也许你们捕猎的效果会好一些。”

“我们在等待从白塔来的命令，伟大的主人。”莉亚熏说。不称职！在坦其克被暴乱搅成一锅粥的时候，她们几乎已经在那座城市里找到了目标。她们是为了避免被突然插进她们计划中的两仪师毁灭，才不得不离开那里。如果魔格丁当时亲自出马，或者只是帮她们一把，她们一定已经成功了。她们的失败只能怪魔格丁自己犯了错误。莉亚熏向真源伸展，但没有拥抱它，她只是想确定那道屏障已经消失了。“我们被赋予重大的责任，需要完成重要的工作，我们肯定还会被命令继续——”

魔格丁厉声打断了她的话：“你必须侍奉任何选中你的弃光魔使，无论是谁从白塔向你们发出命令，她得到的命令一定也是我们之中的一个发出的，她还要趴在地上接受那个命令。你要侍奉我，莉亚熏，记住这一点。”

魔格丁并不知道黑宗两仪师的首领是谁，这对莉亚熏来说是个新发现，魔格丁并非无所不知。莉亚熏总是以为弃光魔使是接近于全知全能的存在，要远远超越她们这样的凡人。也许这个女人真的是在逃避其他的弃光魔使，将这个女人交到其他弃光魔使的手里，肯定会让自己得到一个崇高的地位，她甚至有可能成为弃光魔使之一。还是孩子的时候，她就学会了一个技巧。而她现在能碰触到真源。“伟大的主人，我们像您一样侍奉暗主。我们得到承诺，可以拥有永恒的生命和权能，当暗主回——”

“你以为你会变得跟我平等，小姐妹？”魔格丁的脸上出现了厌恶的表情，“你有没有站在末日深渊里，向暗主奉献出你的灵魂？你有没有品尝过帕兰迪森胜利的甜美，或是阿撒顿的苦灰？你只是一条几乎没受过训练的小狗，你们全都是如此。你要依照我指引的方向行进，我自然会让你们得到更好的位置，所有其他自视甚高的家伙也是一样。你想用你的力量对抗我吗？”

“当然不敢，伟大的主人。”既然现在她已经有所警惕了，自然不可行，

“我——”

“你迟早都会这么做的，而我想在一开始就排除这种可能。为什么你会觉得你的同伴们都那么高兴？今天我已经给过她们同样的教训了，我不想费心去思考该何时让你得到同样的教训。事不宜迟，就是现在，来吧！”

带着畏惧的心情舔舔嘴唇，莉亚熏看了一眼僵立在墙边的同伙们。只有亚丝恩·泽兰眨眨眼，用极微小的动作摇了摇头。亚丝恩上扬的眼角、高高的颧骨和坚挺的鼻子表明她的沙戴亚血统，而她也具有沙戴亚人那种盲目的勇敢，如果连她都在劝阻，如果她黑色的眼睛里也流露出了恐惧，那么最可行的办法就是匍匐在地上，不惜一切代价求取魔格丁的宽容。但，莉亚熏还有她自己的技巧。

莉亚熏跪倒在地，缩着身子，带着恐惧的表情望向弃光魔使，她这副样子并非完全是装出来的。魔格丁只是懒洋洋地坐在椅子里，一口口地抿着茶水。“伟大的主人，我乞求您原谅我的确有过这样的想法，我知道我只是您脚下的一条蠕虫。我以您最忠实猎犬的身份乞求您，请您怜惜您这条可怜的狗吧！”魔格丁的眼睛只是望着手里的杯子，就在眨眼之间，嘴里的话还没有说完的时候，莉亚熏拥抱了至上力，并立刻开始导引。既然正面对抗是不可能的，她就要寻找弃光魔使因为自信而产生的缝隙。

她刚刚将至上力发出，阴极力的光芒已经出现在魔格丁的身上。痛苦立刻包围了莉亚熏，她蜷缩在地毯上，想要尖声嚎叫，但超乎想象的剧痛让她张大了嘴，却发不出一丝声音。她的眼睛就要从头骨中迸出来了，皮肤就要被剥离她的身体，她将永远都要被这样折磨下去。而当这一切像出现时一样又突然消失的时候，她只能躺在原地，颤抖着，无力地嚎哭着。

“你开始明白了吧？”魔格丁平静地将那只空茶杯递给提麦勒，“很好，但下次泡浓一点。”提麦勒露出要晕倒的样子。“你还不够快，莉亚熏，你也不够强，所知道的更是少得可怜。你想用那种可怜的小伎俩对付我，你很想知道那种技巧实际发挥的状况吗？”她又开始导引了。

莉亚熏崇拜地凝望着这个女人，随即匍匐在地上，一边竭力抑止着自己的抽泣，一边努力用更清晰的声音说道：“请原谅，伟大的主人。”这名女子崇高伟大得如同天上的星宿，她是一颗彗星，超越凡尘君主。“请原谅，求求您。”她一边乞求着，一边用力亲吻着魔格丁裙摆的边缘，“请原谅，我只是一条狗，一条蠕虫。”她由衷地因为以前的狂妄而感到羞愧。她是狗，是蠕虫，这是真的，在这个女人面前，这些全都是真的。“让我侍奉您吧，伟大的主人，请允许我侍奉您，求求您，求求您。”

“我不是古兰黛。”魔格丁一边说，一边用穿着天鹅绒软鞋的脚粗暴地把她踹到了一边。

突然间，那种崇拜的心情彻底消失了，莉亚熏趴在地上，更加剧烈地哭泣着。她还清楚地记得刚才那种感觉，而现在，她望向弃光魔使的眼睛里充满了恐惧。

“信了吧，莉亚熏？”

“是的，伟大的主人，”她努力说出了这句话。她相信了，除非她确信可以成功，否则她绝对不敢再去动攻击的念头。比起刚刚魔格丁施展的技巧，她的小把戏只是最拙劣的仿制品，但如果她能学到这个……

“我们以后再看吧！我想你也许是那种还要让我上一课的人。祈祷这样的事情不会发生吧，莉亚熏，我的第二课会极端严厉。现在，和其他人站到一起去。你会发现我已经拿走你房间里一些与至上力有关的物品，不过你可以保留剩下的那些，我是不是很和善？”

“伟大的主人是非常和善的。”莉亚熏一边拼命阻止着自己的抽噎，一边表示同意。

她摇摇晃晃地撑起身子，迈着蹒跚的步伐走到亚丝恩身边站好，靠在背上的墙壁帮助她站稳了身子。她看见风之力的能流在她面前编织，只是风之力，但在嘴巴和耳朵被封死的时候，她还是不禁向后畏缩着。她肯定不会抵抗的，她甚至不允许自己想到阴极力。谁知道这名弃光魔使会做出什么事？也许魔格丁能阅读她的思想，她几乎想立刻拔腿逃走。不，如果魔格丁知道她的想法，她现在早就已经没命了，或者至少会继续趴在地板上尖叫，亲吻魔格丁的鞋底，乞求她的饶恕。莉亚熏无法压抑住身体的颤抖，如果不是嘴巴已经被勒住，她的牙齿一定会发出一连串的咯咯声。

除了蕾娜之外，魔格丁又用同样的编织绑住了其他人。然后弃光魔使专横地勾了勾手指，蕾娜立刻跑过去跪到她面前。过了一会儿，蕾娜离开了，跪倒在魔格丁面前的换成了玛芮琳·葛马芬。

从自己站的位置上，莉亚熏能看见那些被叫过去的同党的脸，即使她们的嘴唇只是在她面前无声地开合。很显然，每个人接受的命令都是其他人所不知道的，但只看表情，莉亚熏得不到什么信息。蕾娜只是在听，眼睛里流露出一点放松的神情，在点了一下头之后，她就离开了。玛芮琳显得很惊讶，然后又表现出迫不及待的样子，但她原先是褐宗的，褐宗两仪师可以为任何散发着霉味的古旧纸片而兴奋不已。洁安·凯德僵硬的脸上慢慢显露出恐惧的表情，她一开始不停地摇头，然后又似乎是想躲进她那件暴露的裙装里。但魔格丁的表情刚硬了起来，最后洁安匆匆点了一下头之后就跑走了。她没有玛芮琳那么有热情，不过速度是一样快。骨瘦如柴的波莉拉·那隆最擅长的是操纵阴谋，长脸的法理恩·波达冰冷的脸上也带着明显的恐惧，这两个人像蕾娜一样，始终都没有显露出什么表情。和莉亚熏同样来自塔拉朋却有着一头黑发的伊丝潘·舍法尔在站起身前还亲吻了魔格丁的裙子边缘。

随后，捆绑莉亚熏的编织被解开了，她以为该是自己要接受只有暗影才知道的某个任务了，但她看见其他人的捆绑也同时被解开了。魔格丁的手指又专断地勾了勾，莉亚熏跪到了亚丝恩和加丝玛·埃米中间。加丝玛是一个高挑、英挺的女人，有着黑色的眼睛和头发，她曾经属于黄宗，医疗和杀人对她来说同样简单，但她凝望魔格丁的目光以及握住裙摆不停颤抖的双手说明她现在只想着服从。莉亚熏意识到，自己必须注意这样的迹象。她还在想着把魔格丁交给其他弃光魔使，但如果把这种想法告诉了一个甘心为魔格丁做一条小狗的人，那对她来说无疑是最大的灾难。想到魔格丁所说的"第二课"，她几乎哭出了声。

"我会把你们带在身边，"弃光魔使说道，"以完成最重要的任务，那些人也许能得到甜美的水果，而你们将要取得最重要的收获。你们要去抓一个人，一个叫作奈妮薇·爱米拉的女人。"莉亚熏猛地抬起了头。魔格丁的黑眼睛里射出锋利的光芒："你认识她？"

"我藐视她，"莉亚熏毫无虚伪地回答，"她是个肮脏的野人，本来永远也不该被允许进入白塔的。"她憎恶所有的野人，因为梦想着要成为黑宗两仪师，她在进入白塔之前已经学习了一整年的导引，但她当然不是野人。

"很好，你们五个要为我找到她，我想要活着得到她。噢，是的，我想要她活着。"魔格丁的微笑让莉亚熏再次开始颤抖，把奈妮薇和两外那两个女孩交给这名弃光魔使应该是一件很不错的事。"前天，她住在一个叫作西恩达的小村子里，村子在东边，距离这里大约有六十里，和她在一起的还有另外一个女孩。我对那个女孩也有些兴趣，但她们现在失踪了，你们要……"

莉亚熏热切地倾听着，对于这个任务，她可以是一条尽忠职守的猎犬。而对于另一件事，她还要耐心地等待。

第19章

记忆

“女王?”

摩格丝从膝上的书本中抬起眼睛，阳光正从窗口斜射进她卧室旁的这间起居室里。天气已经很热了，空气中没有一丝风，汗水润湿了她的脸。再过不久就正午了，而她坐在这里，许久都没有动过一下。这不像是她的作风，而且她也记不清自己为什么要用一本书打发一整个上午了，最近她似乎一直都无法将注意力集中在阅读上。看看大理石壁炉架上摆放的黄金钟，她竟然用了一个小时的时间才看完这一页，但她根本想不起自己读了什么。一定是天气太炎热的关系。

这名身穿红色外衣的年轻军官正跪在她面前，一只拳头抵在金红色的地毯上，外貌让她感觉有些熟悉。她曾经记得宫里每一名卫兵的名字，也许现在宫里全都换成新面孔了。“马泰恩，”她的声音让自己吃了一惊。他是个高大俊美的青年，但她想不起自己为什么会特别记得他。是不是因为他带过某个人来见她？在很久以前？“卫兵副官马泰恩·塔兰沃。”

他吃惊地瞪大眼睛看着她，然后立刻又低下了头：“女王，请原谅，但我很惊讶在早晨传来那样的讯息之后，您还留在这里。”

“什么讯息?”能在亚黛玛对于提尔宫廷的唠叨之外听到一些新鲜事，摩格丝感到有些兴奋。有时候她觉得自己还有些事情要问那个女人，但她们所做的一切只有喋喋不休地闲聊，她还记得自己以前是绝对不会这样做的。加贝瑞似乎很喜欢听她们说话，他总是双腿交叉坐在壁炉前的那把高椅子上，安心地向她们微笑着。亚黛玛穿衣服的风格愈来愈大胆了，她应该跟这位女士说说这件事，她似乎还模糊地记得以前曾想过这件事。*胡说，如果我想过，我应该已经对她说了。*她摇了摇头，意识到自己的注意力已经从这名年轻军官身上完全飘走了。他显然是开口说了些什么，看到女王没在听，他就闭上了嘴。“再跟我说一遍，我有些心烦，站起来说吧!”

他站起身，脸上流露出怒意，在看了她一眼之后，那双似乎要燃烧起来的眼睛又望向了地面。摩格丝看了一下他刚才盯住自己的地方，脸上不禁微微发热。她衣服的领口开得非常低，但加贝瑞喜欢她穿成这样，想到这点，她就不再为自己几乎裸体地面对一名军官而感到烦恼了。

“长话短说，”她语气生硬地说道。*他怎么敢这样看我？我真该用鞭子抽他一顿。*“到底是什么重要讯息，让你认为你可以像走进某家酒馆一样走进我的起居室?”军官的脸色更阴沉了些，但摩格丝不知道这是因为他感到困窘，还是更加愤怒。*他怎敢对他的女王发怒！这个男人以为我除了听他说话之外，没别的事要做了吗?*

“叛乱，女王。”他用刻板的声音说道。摩格丝脑子里那些关于这名军官的眼神和火气的想法全都消失了。

“在哪里?”

“两河流域，女王，今天早晨，一名从白桥出发的信使送来讯息说，有人升起了古曼埃瑟兰的红鹰旗。”

摩格丝在书上逐一敲打着她的手指，思绪恢复了很久以来都没有过的清晰。关于两河人的某件事在刺激着她的神经，但只是一点火星，她没办法让它燃烧起来。那片地区几乎不属于安多，而且安多也已经有好几个世代不曾在那里施行过统治了。她和前三任女王只能勉力维持住对迷雾山脉中一些矿场和锻冶厂的控制，如果不是因为地形的关系使得那些炼制出来的金属只能被运往安多，可能就连这点控制也无法维持了。是要控制那些金铁矿产，还是要收取两河的羊毛和烟草，这种选择并不难。但叛乱是要禁止的，即使那个地方只有在地图上属于她，叛乱会像野火一样扩张，一直蔓延到真正属于她的地区。她没想到在兽魔人战争中被摧毁的曼埃瑟兰，传奇和故事中的曼埃瑟兰，竟然还存在于某些人的记忆里。况且，两河是她的，虽然那里已经被她忽视了很久，但那仍然是她领土的一部分。

“加贝瑞大人知道了吗?”他当然还不知道,否则一定会立刻就带着这讯息来见她,并且建议她该如何处理这件事。他的建议总是清晰又正确。建议?不知为什么,她似乎记得,有时候他是直接在命令她该怎么做,但,这当然是不可能的。

“他知道了,女王。”马泰恩的声音仍然显得很平和,跟他的表情完全不同,他的脸上仍然有怒火缓慢地燃烧着。“他只是笑了笑,他说两河那里似乎是有点麻烦,总有一天他要为此做些什么。他说这个小麻烦可以先放一旁,现在还有更重要的事情要关心。”

那本书随着女王猛然起身的动作掉落地上,当摩格丝走过马泰恩身边时,她觉得那名军官脸上似乎浮现出一丝冷酷而满足的微笑。一名女仆告诉摩格丝在什么地方可以找到加贝瑞,她立刻朝那座柱廊庭院跑去,庭院中央的大理石喷泉池中有许多莲花和鱼儿,让这里有一种清凉的感觉。

加贝瑞坐在白色喷泉池宽阔的边沿上,男女贵族聚集在他周围,他们中摩格丝认识的还不到一半。有一张黝黑方脸的撒安德家族的贾瑞德,和他那有一头蜂蜜色头发、泼妇般的妻子爱伦娜;那个只知道傻笑的马恩家族的亚瑞米拉,总是大睁着一双肮脏的褐色眼睛,伪装出有趣的神情;骨瘦如柴的卡伦家族的奈西恩,虽然头顶上只剩下稀疏的白发,但他仍然会推倒他能胁迫的任何女人;阿劳恩家族的娜埃安美丽而苍白的脸上像往常一样挂着冷笑;巴瑞恩家族的里尔是个纤细得像一根鞭子的男人,他永远都佩着一把剑;安沙尔家族的卡莉恩德,据说曾用她那平板的眼神让三位丈夫进了坟墓,她现在的眼神就是如此。其他人摩格丝就完全不认识了,这很奇怪,而且,除了在正式场合外,平时她绝不会让她现在认识的那几个人进宫,因为他们全都是在她继位时反对过她的人,其中爱伦娜和娜埃安更是想自己坐上狮子王座。加贝瑞让这些人进来到底想干什么?

“……我们在凯瑞安的产业规模,大人……”亚瑞米拉正在说话,当摩格丝走过来的时候,他仍然望着加贝瑞。没有一个人多看他们的女王一眼,仿佛她只是个奉酒的仆人!

“我想跟你说说两河的事,加贝瑞,我们单独谈谈。”

“我已经处理好了,亲爱的,”加贝瑞一边懒洋洋地说着,一边用手指弹拨着水面,“现在我正在关心其他的事情。我以为你要用阅读打发这炎热的白天,你应该回房去,一直等到晚上天气凉下来。”

亲爱的,他就在这些闯入者面前公开称呼她亲爱的!听到这个词从他嘴里吐出来，她也像他们单独相处时那样浑身颤栗不已。爱伦娜已经在掩嘴窃笑了。“我不这么想，加贝瑞大人，”摩格丝冷冷地说，“现在你跟我来，在我回来之前，这些人全都要出宫去，否则他们会被彻底逐出凯姆林。”

加贝瑞忽然站了起来，他是个高大的男人，一站起来就完全俯视她。除了他那双黑色的眼睛，她似乎什么都看不到了。她的皮肤掠过一阵刺麻的感觉，好像一阵寒风刚刚吹过这个庭院。“你得离开，并等待我回去，摩格丝。”他的声音似乎是从远方传来的咆哮，充满她的耳朵。“我必须处理一切需要处理的事情，晚上我会去找你，你现在得离开，离开吧！”

她伸出一只手，打开起居室的门，这时她才意识到自己身在何处，才意识到刚才发生了什么事。他要她离开，她就离开了。在恐惧中盯着这扇门，她能看见那些男人脸上无声的嘲笑，有些女贵族更是当场放声大笑。*我怎么了？为什么我会被一个男人迷得神魂颠倒？*但她仍然能感觉到要走进去等待加贝瑞的迫切心情。

在一阵晕眩中，她强迫自己转身走开，这花费她很大的力气。在心中，她想象着加贝瑞来找她却发现她不在时的失望，并且为他的失望而感到害怕，而她立刻又开始恐惧起这种害怕的心情了。

一开始，她并不知道自己要到哪里去，为什么要去。只是她不能顺从地等待，无论她要等待的是加贝瑞，还是这个世界上的任何男女，喷泉庭院那一幕不停地在她的脑海中闪现。他要她离开，那些充满恨意与嘲弄的面孔在看着她。她的思绪依旧是朦胧不清，她弄不清自己怎么会让这样的事情发生。她必须想一些她可以理解的事情，一些她能应付的事情，处理贾瑞德·撒安德这些人。

当她坐稳王位之后，她赦免了他们在继承战争时所做的一切，正如同她赦免了反对她的每一个人，这应该是埋葬所有仇恨的最好方式。正是这种仇恨溃烂成各种阴谋和恶行，侵害了许多国家，被称作达斯戴马的权力游戏导致了贵族间混乱不休的斗争，倾覆了无数统治者。它是凯瑞安内战的核心，无疑也在那场卷入阿拉多曼和塔拉朋的骚乱中扮演了重要角色，只有特赦才能停止达斯戴马在安多滋生。但如果她会留下部分赦罪令不签署，那上面一定就写着这七个人的名字。

加贝瑞知道这件事，在公开场合里，她没有表现出任何不悦，但私底下，她曾清楚地表示过对他们的不信任。他们曾经在迫不得已的情况下向她宣誓效忠，而她能清楚地听见他们舌头上的谎言，他们之中的任何人都不会放过扳倒她的机会，而七个人聚在一起……

她只能得出一个结论：加贝瑞一定在制定反对她的阴谋。他不可能是为了将爱伦娜或娜埃安推上王座。他已经有了我，不必那么费力了。她苦涩地想道，我就像是他的小狗。他一定想要亲自取代她成为安多历史上第一任国王。她心里还在渴望着回去看那本书，等待他，她仍然对他的抚摸渴望不已。

直到她看清了走廊里围绕在她周围的苍老面孔，那些满是皱纹的脸颊和驼了的背，她才意识到自己已经走到退休者的居住区。有些仆人会在年老时回到自己家，但有些人因为久居宫廷，已经完全无法适应另外的人生了，这样的人在这里有一个小型的居住区，有他们自己的乘凉花园和宽敞庭院。就像以往的历任女王一样，她提供给这些人年金，让他们以低于成本的价格从宫廷厨房中购买食物，同时宫中的医生也会为他们看病。她一路走过去，不时会看到有人摇摇晃晃地向她鞠躬或是行屈膝礼，用老迈的声音嘟囔着："光明照耀您，女王"、"光明赐福于您，女王"、"光明保护您，女王"。她心不在焉地响应着他们，现在她知道该去哪里了。

莉妮的房门和这条铺着绿色地砖的走廊上其他的房门没什么差别，除了雕刻着一只跃起的安多狮子之外，门上没有任何装饰。她从不曾想过在走进房间之前要敲门，她是女王，这是她的宫殿。她的老保姆不在房里，但正在砖砌壁炉的小火上冒热气的茶壶说明莉妮不久就会回来了。

这间有两个小巧房间的居室安静而整洁，床单铺叠得没有任何皱褶，两把椅子整齐地摆放在桌子两边，放在桌子正中央的蓝色花瓶里插着一束绿叶植物。莉妮一直是个对整洁要求极严格的人，摩格丝打赌，这里衣橱中的衣服和壁炉对面另一个房间里食橱中的瓶瓶罐罐，都是完全按次序摆放好的。

小木框里的六幅彩绘象牙小画像在壁炉架上被摆成一条直线，摩格丝想象不出，如果只是靠她的保姆薪水，莉妮如何能有这么贵重的东西。当然，她也不能向老保姆询问这样的问题。六幅小画像两两成对，上面画了三名年轻的女子和她们婴儿时的模样，这里有伊兰和她自己。她拿起画着自己的那片象牙，那是她十四岁时的容貌，画像里的她还是个苗条而稚嫩的少女，她真不敢相信自己竟然有过这么纯真的岁月。在去白塔的那一天，她穿的就是这种象牙色的丝裙，那时她做梦也想不到自己会成为女王，她只是抱着一个成为两仪师的虚幻希望。

她茫然地用拇指拨弄着左手的巨蛇戒，那不是靠实力得到的，不能导引的女人永远也没资格得到巨蛇戒。但就在她十六岁命名日之前不久，她返回安多，为的是代表传坎家族夺取玫瑰王冠。当她在将近两年之后赢得王位时，这枚戒指也被送到她面前，依照传统，安多的王女都要被送往白塔接受训练。而作为对安多长久支持白塔的赞誉，无论王女能否导引，都会获得巨蛇戒。在进入白塔时，她只是传坎家族的继承人，但在戴上玫瑰王冠之后，她们把这枚戒指给了她。

将自己的小画像放回原位，她又拿起了母亲的小画像，母亲那时大概已经有十六岁了。莉妮是传坎家三代女人的保姆。麦玎·传坎非常美丽，摩格丝还记得这上面描绘的微笑，对她而言，那是母爱的阳光。麦玎原本应该得到狮子王座，但一场热病夺去了她的生命。一个年轻的女孩发现自己突然间成了传坎家族的家主，被抛进一场权力斗争的核心，一开始，支持她的只有家臣和一名家族的吟游诗人。我赢得了狮子王座，我不会放弃它，更不会眼看着一个男人得到它。女王们统治了安多一千年，我不会让这段历史结束在我手上！

“又来弄乱我的东西了，对不对，孩子？”

这声音触发许多被她遗忘已久的事情，她下意识地将手中的东西藏到背后，狼狈地摇了摇头，才将那幅小画像放回架子上。“我不再是个小女孩了，莉妮，你必须记住这一点。否则总有一天，你会在公开场合说出不得体的话，让我不得不有所处置。”

“我的脖子已经又瘦又老了。”莉妮说着，将一袋胡萝卜和芜菁放到桌上。她穿着一尘不染的灰色衣裙，身子显得很瘦弱，白发在脑后被挽成一个发髻，瘦窄的脸上，皮肤如同薄薄的羊皮纸。但她的背脊仍然挺得笔直，声音依旧平稳清晰，黑眸也如同往日一般锐利。“如果你想把它交给刽子手或是绞刑架，我也无所谓。‘新枝遇刀断，老枝让刀钝’。”

摩格丝叹了口气，莉妮永远都不会改变，就算是当着整个宫廷的面，她也不会行屈膝礼。“你真是愈老愈顽固，我不知道能不能让刽子手找到一把可以砍断你脖子的斧头。”

“你有好些日子没来看我了，所以我想你一定遇到了什么弄不明白的事情。你还在小的时候——就算长大后也没变——你有事情想不透时总是会来找我。要我泡一壶茶吗？”

“好些日子，莉妮？我每星期都会来找你，而且看看你对我说话的方式，一星期见你一次已经太多了，如果安多任何一位最高贵的女士对我的态度有你一半无礼，我都会立刻放逐她。”

莉妮看了她一眼：“从春天开始，你就没再弄脏过我的门口。还有，我还是只能像往常那样说话，我太老了，做不了什么改变。你想要茶吗？”

“不。”摩格丝有些茫然地将一只手捂在额上。她确实是每星期都来看莉妮的，她还记得……她记不清了，加贝瑞彻底占据了她的时间，让她记不清除了他之外的所有事情。“不，我不想喝茶，我不知道为什么会来，你根本没办法帮我解决问题。”

她的老保姆哼了一声，不过她并没有让这个声音显得很粗鲁：“你的问题是加贝瑞，对不对？只是现在你羞于告诉我。孩子，我在摇篮里给你换尿布，在你生病时照顾你，在你胃痛时帮你催吐，告诉你对于男人，你都需要知道些什么。你从不曾羞于和我谈论过什么，现在也不需要例外吧！”

“加贝瑞？”摩格丝瞪大了眼睛，“你知道？你是怎么知道的？”

“哦，孩子，”莉妮有些伤心地说，“每个人都知道，只是没人敢告诉你就是了。如果你不躲开我的话，我倒是敢对你说，我总不能直接跑到你面前去说这些吧，对不对？这种事女人们非得要到她自己发现问题时才会相信。”

“你在说什么？”摩格丝问道，“如果你知道，你就有责任来告诉我，莉妮，所有人都有这个责任！光明啊，我竟然是最后一个知道的，而现在有可能已经太迟了！”

“太迟了？”莉妮带着不可置信的语气说，“为什么会太迟了？你把加贝瑞踢出宫去，踢出安多，连亚黛玛和那些跟着他的人也一起轰走，一切就都了结了。太迟了，还真的呢！”

片刻之间，摩格丝什么话也说不出来。“亚黛玛，”她最后说道，“还有……其他人？”

莉妮直视着她，然后又厌恶地摇了摇头：“我真是个老傻瓜，我的智能都干枯了，好吧，反正现在你已经知道了。‘蜂蜜漏出蜂巢，就再也放不回去了’。”她的声音开始变得温和，同时也更加爽快，老保姆以前曾用这样的声音告诉摩格丝，她的小马已经断了一条腿，不得不处理掉了。“加贝瑞几乎夜夜都跟你在一起，但亚黛玛和他一起的时间几乎跟你一样多，他还把所剩不多的时间分给另外六个女人，其中五个在宫里有她们自己的房间，最后一个是位大眼睛的小姑娘。即使在这样的大热天里，他去见她时也总是裹着斗篷溜进溜出，也许她已经有了丈夫。我很抱歉，孩子，但事实就是事实，‘面对一头熊，总比从它面前逃跑要好’。”

摩格丝的膝盖无力地软倒下去，幸好莉妮及时拖来一把椅子，塞到她身下，否则她就会直接摔在地板上了。亚黛玛。现在加贝瑞看着她们两个聊天的画面，在她脑海里变成另一种景象——一个男人怜爱地看着他的两只宠物猫在嬉戏。还有另外六个！怒火在她心中翻涌，如果他只是在觊觎她的王座，这股怒火还不至于这么猛烈。对于那件事，她可以冷静而清晰地考虑，就像她考虑其他事情时那样清晰，对于那种事，她必须从客观的理由中推测它的危险。但这件事！这个男人竟然在她的宫廷里豢养姘头，而她也只是他的诸多妓女之一。

她想要他的脑袋，她想活剥他的皮。愿光明救助她，她想要他的抚摸。我一定是疯了！

“这件事会和其他所有事情一同得到解决。”她冷冷地说。她现在首先要确认谁在凯姆林，谁在他们乡下的庄园里。“佩利瓦大人在哪里？亚伯莱大人呢？爱拉瑟勒女士呢？”他们都领导着显赫的家族，拥有许多扈兵。

“被放逐了。”莉妮一边缓缓地说着，一边用奇怪的眼神瞥了她一眼，“你在今年春天把他们放逐出这座城市了。”

摩格丝死盯着莉妮，她根本不记得这些事，直到现在，她才从遥远的记忆角落里找到一些模糊的影子。“艾络琳女士呢？”她缓缓地问道，“亚姆林女士呢？还有鲁安大人？”这些是更加显赫的家族，他们在她登上王座之前就已经支持她了。

“被放逐了。”莉妮用跟她一样缓慢的速度回答，“艾络琳只是询问你为什么要放逐她，你就下令将她鞭打了一顿。”她弯下腰，将摩格丝的头发拂到脑后，粗糙的手指贴在她的脸颊上，一如小时候检查她是否发烧的动作。“你还好吧，孩子？”

摩格丝茫然地点点头，她确实记得，但记忆中的影像既模糊又阴暗。她记得艾络琳女士的长袍被剥掉，露出背部时她发出义愤填膺的呼喊。塔梅恩家族是安多贵族中第一个全力支持传坎家族的，而率领这个家族的正是这位身材丰腴的漂亮女子，她比摩格丝大不了几岁，也是她最亲密的朋友之一，或者说，曾经是，伊兰的名字就是取自艾络琳的祖母。她开始模糊地回忆起来，离开凯姆林的并不止是这些人，他们会离开她的原因，现在看来已经很清楚了。而留下来的又是些什么人？或者是起不了什么作用的弱小家族，或者是只会谄媚逢迎的小人。她回忆起自己签署过无数被加贝瑞放在自己面前的敕令，她所封赠的那些新头衔，那些人全都是加贝瑞的走狗和她的敌人。现在她能想到的在凯姆林得势的家伙全都是这种人。

“我不在乎你要说什么。”莉妮坚定地说，“你没有发烧，但你一定有什么地方不对劲，你需要一位两仪师疗者帮忙。”

“不要两仪师。”摩格丝的声音变得严厉了，她的手指又碰了一下那枚戒指，她知道自己最近对白塔的憎恶已经强烈到超出合理的限度，但她不能再信任将她女儿藏起来的白塔了。她已经写信给新的玉座，要求送她的女儿回来——没有人能向玉座要求什么，但她在信中还是这样说了。白塔现在还没有对那封信给予任何答复，当然，从时间来看，那封信应该是刚刚才被送到白塔。不管怎样，她清楚地知道，不能再让两仪师接近自己了。然而矛盾的是，想到伊兰的时候，她又总是难免会油然而生出一种骄傲的心情。在这么短的时间里就晋升为见习生，伊兰本来也许非常有可能成为第一个坐上安多王座的正式两仪师，而不止是一名去白塔受训的女子。对于白塔的憎恶和女儿的骄傲，这二者同时存在并不合理，但现在已经没什么事情是合理的了。如果她不能保住狮子王座，她的女儿将永远也无法坐上它。

“我已经说过了，不要两仪师，莉妮，所以你最好不要那样看着我。现在你不用再花费力气逼迫我喝那种味道糟糕的药汤了，而且，我怀疑凯姆林现在还能不能找到半个两仪师。”她的老盟友们已经走了，被她自己签署的命令所放逐，也许她的敌人们已经一劳永逸地利用了她对艾络琳所做的一切。新进贵族占据了宫廷的位置，新的面孔取代了她的老卫兵，还有多少忠诚的人留在这里？“你认不认识一个叫作马泰恩的卫兵副官，莉妮？”面前的女人快速地点了点头，她便继续说道：“找到他，把他带来这里，但不要让他知道你是要带他来见我。事实上，任何退休者居住区的人如果向你问起我，都说我不在这里。”

“你的问题不止是加贝瑞和他的情妇，对不对？”

“快去吧，莉妮，快一点，我没有太多时间了。”从窗外花园的树影判断，太阳应该已经开始西下，夜晚很快就会到来了。到了晚上，加贝瑞就会来找她。

莉妮离开之后，摩格丝仍然僵直地坐在椅子里，她不敢站起来。现在膝盖多少恢复了一些力气，但她害怕自己只要迈出一步，就会一直走回起居室去等待加贝瑞。这种欲望非常强烈，尤其是在她独处的时候，只要他看着她，只要他抚摸她，她毫不怀疑自己会原谅他所做的一切。依照自己现在朦胧而残破的记忆，她甚至会完全忘记他所做的一切。如果不是她对至上力有点认识，她也许会以为他对自己使用了至上力，但她知道，有导引能力的男人绝不可能活这么久。

莉妮以前经常对她说，在这个世界上，每个女人都会有一个男人足以让她变成没脑子的傻瓜，只是，她以前从来不相信自己会变成这些女人之中的一个。不过，她选择的男人也从来都没有让她满意过，无论在一开始他们相处得有多么愉快。

她只是为了政治目的才会和塔林盖尔·达崔欧结婚。塔林盖尔曾经和安多原来的王女提格兰结婚，正是这位王女的失踪导致了摩索琳女王死后安多的王位之争。与塔林盖尔的婚姻让她和已故女王有了某种意义上的连结，从而平息了大多数反对者的疑虑，更重要的是，它让安多和凯瑞安结成联盟，结束了长久以来两国持续不断的纷争，女王们都是以这样的原则选择丈夫。塔林盖尔是个冷漠的男人，他们之间似乎永远都隔着一道鸿沟，尽管有两个完美的孩子，但他们始终都没有过爱情。当他在一次狩猎中意外死亡的时候，摩格丝的感觉几乎只有大大地松了一口气。

汤姆卓尔·梅里林——先是传坎家族的吟游诗人，后来又成了宫廷诗人，他是个机智而诙谐的男人，一个能在权力游戏中嬉笑自若、机巧百出的人。他帮助她坐上王座，又帮她巩固了安多的力量，她和他有过一段非常快乐的时光。他那时的年纪差不多是她的两倍，但她确实有可能会和他结婚。在安多，女王下嫁给平民并非前所未闻的事，但他一句话都没说就消失了，而她的个性绝不允许自己去找他。她从来都不知道他为什么要走，但这没关系，只要他回来，她肯定会取消那道通缉令。他们后来真的又见过一次面，但他不仅没有温柔地消去她的火气，反而用同样厉害的言辞来响应她的责问，他在那时说的话是她永远也不能原谅的。想起那时被他说成是被宠坏的小孩和白塔的傀儡，她的耳朵至今都会觉得发热。他真的惹怒她了，她是他的女王！

然后是加雷斯·布伦，一个强壮、能干的男人，内心如同他的脸孔一样直率，又像她一样顽固，而最后他竟然成了一个叛逆的傻瓜。他已经被彻底赶出她的生命，她觉得他们似乎已经分开了许多年，而不仅仅是半年多。

最后就是加贝瑞，他无疑是她最糟糕的选择，至少其他人从没想过要推翻她。

对于女人的一生来说，有这样几个男人并不算多；但有时候想想，她又会觉得太多了。莉妮有时会提起的另外一件事，就是“男人只有三种好处，不过这三种好处让女人受用无穷”，还没等莉妮认为她成熟到可以知道是哪三件事的时候，她已经坐上了王位。*也许，如果我只是和他们跳跳舞就好了*，她带着嘲讽的心情想，*那样我就不会惹上那么多的麻烦*。

看着窗外花园里的阴影，时间大约又过了一个小时，莉妮才带着年轻的马泰恩回来。老保姆还在关门的时候，他已经单膝跪倒在地上。“他一开始还不想跟我来，”莉妮说，“五十年前，我想我大概可以像你一样，把自己的身材昭告全世界，他一定会立刻就跟过来的，但现在我就一定要找些甜蜜的理由才行得通。”

马泰恩转过头，有些生气地看着老保姆：“你威胁说如果我不过来，你就用棒子轰我过来。你的运气不错，当时我想的是你有什么重要的事，而不是找人把你拖到医生那儿去。”莉妮用力哼了一声，却没有从马泰恩那里得到任何响应。马泰恩刻薄的目光转到摩格丝身上，里面的怒意更盛了。“我看见你和加贝瑞见面的情形了，女王，我本来还希望能……有更好的结果。”

马泰恩直盯着她的眼睛，但莉妮刚才的评论让她又想到自己的穿着。她觉得那道灼热的目光仿佛直接射在自己裸露大半的胸口上，她用力将手掌继续按在大腿上。“你是个精明的男孩，马泰恩，我相信你也很忠诚，否则你就不会为我带来关于两河的讯息。”

“我不是男孩，”他怒喊一声，猛地挺起身子，“我是个发誓要终生效忠女王的男人。”

她丝毫没掩饰自己的脾气：“如果你是个男人，那就拿出一个男人的样子来，站起来，坦白地回答女王的问题。记住，我是你的女王，年轻的马泰恩，无论你认为会发生什么事，我都是安多的女王。”

“请原谅，女王，我会倾听，并服从。”他说话的语气里并没有什么悔意，但是非常郑重。他站直身体，抬起头，像刚才一样毫不避讳地盯着她。光明啊，这男人就像加雷斯·布伦那样顽固。

“在宫廷卫队里还有多少人是忠诚的？有多少人会遵守他们的誓言，追随我？”

“我会。”他平静地说。突然间，他所有的愤怒都消失了，虽然他还是专注地望着她的脸。“至于剩下的……如果您要寻找忠诚的部队，就必须去偏远的驻军中寻找，也许要一直远到白桥那儿。一些人带着他们的部队被派往了凯瑞安，而凯姆林城中剩下的都是加贝瑞的人，他们的新……他们的新誓言是向王座与法律效忠，而不是向女王效忠。”

这比她所希望的要糟，但并不比她预期的更差，无论加贝瑞是什么人，他绝不是傻瓜。“那么我就必须先去别的地方才能重建我的统治权了。”经过大规模的放逐，特别是那样对待艾络琳之后，她已经很难再依靠贵族的力量，但这是惟一可行的办法。“加贝瑞很可能会阻止我离开宫廷。”她在脑海深处找到了一个模糊的回忆，仿佛她两次想要离开，却都被加贝瑞阻止了。“你准备两匹马，在南马厩后面的街上等我，我会在那里和你碰面，并且换上骑装。”

“那里人太多，”马泰恩说，“也太靠近宫廷，无论您如何伪装，加贝瑞的人都有可能会认出您。我认识一个人……您能找到一家名叫‘王后之祝福’的旅店吗？它就在新城西边。”新城只是相对于它所环绕的凯姆林内城而言比较新而已。

“可以。”她不喜欢自己的决策被别人反对，即使反对的意见很有道理，从前的加雷斯也跟他一样。她很高兴能向这个年轻人显示一下她能将自己伪装到什么程度。她有个习惯，每年一次，她会打扮成平民，到大街上转一转，感受一下人群的情绪。她刚刚才意识到，今年她一直都还没这样做过，总之，从没有人认出她来。“但那个人可以信任吗？年轻的马泰恩。”

“贝瑟·吉尔如同我一样对您忠诚。”他犹豫了一下，苦恼的表情重新被愤怒取代，“为什么您等了这么久？您一定已经知道了，也一定看到了，但您却在加贝瑞一点点勒紧安多的脖子时袖手旁观，为什么您要这样？”

原来如此。他的愤怒就是他真诚的表露，他有资格得到一个真诚的回答，但她并没有答案，更没办法把答案告诉马泰恩。“你没资格质问你的女王，年轻人。”她用温和而坚定的声音说道：“一个忠诚的人在效忠时不会提问题，我知道你是忠诚的。”

他长长地吐了一口气：“我会在王后之祝福旅店的马厩那里等您，我的女王。”他以标准的礼仪深深一鞠躬，便离开了房间。

“为什么你总是要称呼他年轻人？”门关上之后，莉妮问道，“这让他很不高兴。‘傻瓜才会在马鞍底下放芒刺’。”

“他是很年轻，莉妮，年轻得可以当我的儿子。”

莉妮哼了一声，这次，她的声音一点也不小：“他比加拉德还要大几岁，而加拉德已经比你的亲生儿子大上许多。马泰恩出生时，你还在玩布娃娃，并且认为小婴儿和布娃娃一样都是被做出来的。”

摩格丝叹了口气，心里寻思着这个女人是否对她母亲也是这样。很有可能。如果莉妮能活到看见伊兰坐上王座的时候(她总是毫不怀疑地相信莉妮可以，她相信莉妮永远不会逝去)，她也会这样对待伊兰的，但首先要确定的是，还能有王位可以让伊兰继承。“问题是，他是否会表里如一地忠诚，莉妮？当宫中所有忠诚的人都已经被遣走时，却还剩下一名忠诚的卫兵。我突然感觉，这种运气真是好得太不真实了。”

“他也立下了新的誓言。”摩格丝张开嘴，但莉妮抢在她前面继续说了下去，“那之后我又见过他，就在那片马厩后面，所以我才知道你说的是谁，因为我后来刻意查过他的名字。他没看见我，那时他正双膝跪在地上，泪水不停地从脸颊上滚落下来，他不停地向你道歉，并重新立下了原先的誓言。这次他立誓的对象不止是‘安多女王’，而是‘安多女王摩格丝’，他用古礼，以他的剑立誓，然后他划伤手臂，表明他宁可流干自己最后一滴血，也不会背弃誓言。对于男人，我略知一二，女孩，这个人会赤手追随你对抗一整支军队。”

这是件值得高兴的事，如果她不能信任马泰恩，她下一个就要怀疑莉妮了。不，永远也不会是莉妮。他用古礼立誓？现在听起来，这真像是个故事。摩格丝发觉自己又在想一些不相干的事情，急忙把自己的思绪拉了回来。在她看来，加贝瑞在她的思绪中布下的迷雾现在肯定已经消退了，但为什么她脑海中的一部分仍然想回到起居室里去等待？她必须集中精神。“我需要一套简单的衣服，莉妮，不要太合身，要抹上一点壁炉灰，还有……”

莉妮坚持要和她一起去，摩格丝宁可把老保姆绑在椅子上，让她好好待在这里，但她并不确定是否能如愿绑住她。莉妮看上去很瘦弱，但其实她的力气一直都比表面看起来的要大。

当她们从一道小门里偷偷溜出来的时候，摩格丝看上去确实不太像她。一把炉灰弄脏了她金红色的头发，掩去了它的光泽，同时也让它显得平顺许多，从脸上滚落的汗珠也起了类似的作用——没人相信女王会流汗。一套没造型的灰色粗羊毛衣（非常之粗）和有开衩的裙子就完成了她的伪装，就连衬衫和袜子都是粗羊毛的。她看上去就像是个驾着马车进城来赶集，做完买卖后又想看看这座城市的乡下农妇。莉妮看起来还是平时的她，依旧挺直着腰杆，眼神锐利强势，她身上穿着一件剪裁精良的绿色羊毛骑装，只是样式落后了至少十年。

摩格丝想把全身都挠个痛快。她先前叮嘱过老保姆不要找一套太合身的衣服，对方把这命令执行得太认真了，让摩格丝颇为后悔。将那件低胸长裙塞到床底下去的时候，她的老保姆还在嘟囔着一句谚语，似乎是“不想卖的货就别摆出来”。当摩格丝说她根本没听过这则谚语、一定是莉妮自己随口编的时候，老保姆的回答是：“我都这把年纪了，就算是我编的，它依然是古老谚语。”摩格丝现在有些怀疑这套让她浑身发痒、满是皱褶的衣服，是莉妮对她穿那袭长袍的惩罚。

内城被建在山丘上，街道沿着天然的山坡盘旋起伏，街边的空地和供游人观赏的公园里遍布着树木和纪念碑。覆盖着瓷砖的尖塔在阳光下闪耀着上百种颜色，一些陡峭的高地让人们无法一眼望穿凯姆林，再往远处则是遍布丘陵的平原和森林。摩格丝对这些景色完全视而不见，只是一步不停地穿过街上的一群群行人。如果是其他时候，她会认真倾听人们都在说些什么，观察人群的情绪，而现在她只能听到这个巨大城市中嘈杂的喧嚣声。她没有心思去煽动凯姆林的市民，几千个用石块和狂怒武装起来的男人能够淹没皇宫中的卫兵。以前她并不知道这种事，但这个春天发生的暴动将加贝瑞带入她的视野，一年以前几乎就要形成暴动的骚乱向她表明了暴民们的能耐。她的目的是再次统治凯姆林，而不是看着它变成一片废墟。

在内城的白色城墙外，新城显示着她自己的魅力。纤雅高峻的尖塔和大圆顶闪烁着白色和金色的光芒，大片的红瓦屋顶，以及耸立着许多塔楼的淡灰色外城墙上，密布着一道道银色和白色的条纹；宽阔的林阴大道由种植着草木的宽土分隔岛在中间分开，路上挤满了行人、货车和马车。除了注意到分隔岛上的青草都已经因为缺乏雨水而将近枯死之外，摩格丝的精神一直集中在她要寻找的目标上。

根据每年微服出访的经验，她小心地选择着问路的人，其中大多数是男人。她了解自己的容貌，即使已经用煤灰弄脏了头发，还是会有一些女人因为嫉妒而在指路时告诉她错误的方向。但是，男人们则会绞尽脑汁为她设想最好的路线，为的只是能给她留个好印象。表情太自鸣得意的不行，面貌太粗横的也不行，第一种人会瞧不起向他们问路的人，仿佛他们不是正在用双脚走路；第二种则会认为一个向他问路的女人肯定是别有用意。

一个下巴大得离谱的家伙举着一面装满针线的大托盘，摩格丝向他问过路之后，他一边咧嘴笑着，一边对摩格丝说："有没有人告诉过你，你有点像女王？不管她给我们制造了多少麻烦，她毕竟是个漂亮的女人。"

她哑着嗓子向那个小贩发出一阵笑声，莉妮立刻狠狠地瞪了她一眼，"把你的奉承留给你的老婆吧！在第二个路口向左转？谢谢你，也谢谢你的夸奖。"

摩格丝继续在人群中穿行，一双眉毛紧紧地纠在一起。她已经听到太多人说这样的话，不是指她长得像女王这件事，而是摩格丝给这座城市制造了许多问题。似乎加贝瑞为了豢养自己的部队，将税收提高到了令人瞠目的程度，但被指责的是她，她并不冤枉，这本来就是女王的责任。不断有新法律从王宫中发出，那都是些毫无意义的法律，但它们都会让人们的生活更加艰难。她听到了关于她的议论，人们在说安多也许被女王统治了太长的时间。人们还不敢高声谈论这种话题，但只要有一个人敢低声说出这样的想法，就会有十个人在脑子里思考它。也许现在挑起一场反对加贝瑞的暴动并不像她想象中那样容易。

最后，她找到了目标——一幢高大的石砌旅店，门上的招牌画着一个男人跪倒在一名戴着玫瑰王冠的金发女子面前，女子的一只手正按在那个男人头上——王后之祝福旅店。如果这个招牌上的女子画的是她，那画匠的手艺确实不佳——脸颊被画得太胖了。

她在这家旅店门前停住脚步，这才注意到莉妮正不住地喘着大气。她一直都在快步行进，而她的保姆已经不年轻了。"抱歉，莉妮，我不应该走得这么——"

"如果我不能跟上你，孩子，那我将来怎么照顾伊兰的孩子？你想一直站在这里吗？'拖着脚可走不完路'。他说了，他会在马厩等你。"

白发的老保姆说完就转身朝旅店后面走去，一边还自顾自地嘟囔着什么，摩格丝急忙跟上了她。她们绕过旅店，在走进石砌马厩之前，她用手遮住眼睛看了看天上的太阳，还不到两个小时就要黄昏了，加贝瑞会在那时去找她，或者更早。

马厩里的一排排畜栏间并不止有马泰恩一个人，他穿着一件绿色羊毛外套，将佩剑用皮带绑在了腰上。当他在满是干草的地面上单膝向摩格丝跪倒时，随他一同跪下的还有两男一女，只是女人的动作稍稍带着一点犹豫。马泰恩背后那个身材粗壮、脸颊呈粉红色的秃头男人一定就是这家旅店的老板贝瑟·吉尔，他的衣服外面套着一件老旧的皮背心，上面缀着许多钢片，被一根腰带拴紧在他的肚子上，腰间也佩着一把剑。

“我的女王，”贝瑟说，“我已经有许多年没拿过剑了——最后一次还是在艾伊尔战争的时候——但如果您能允许我追随您，这将是我的荣誉。”他这副样子本来应该很可笑的，但摩格丝没有一点想笑的感觉。

摩格丝打量了一下另外两个人。那个男人身材魁梧，穿着灰色的粗布外套，有一双眼皮厚重的眼睛和不止一次被打断过的鼻子，他的脸上可谓是伤疤遍布。他旁边是那名身材娇小的漂亮女子，差不多已经接近中年，看样子，她是和那个壮汉在一起的，但她身上的高领蓝羊毛裙似乎不是这个壮汉能买得起的。

虽然壮汉一直都是一副睁不开眼的样子，但他显然察觉到摩格丝的怀疑。“我是蓝格威，女王，好女王的臣民，现在发生的一切都是不对的，一定要把它们纠正过来。我也想追随您，我和布琳两个人都愿意追随您。”

“起来，”她对他们说，“在我能安全地以女王身份现身之前，还有一段相当长的时间。很高兴能得到你这样的同伴，贝瑟先生；还有你，蓝格威先生。但为了安全起见，你的女伴最好留在凯姆林，我们将要度过一段很艰难的时期。”

布琳掸掉裙子上的草叶，用锐利的目光看了摩格丝一眼，又用更加锐利的目光看了莉妮一眼。“我知道什么是艰难。”她的声音里带着凯瑞安口音，除非摩格丝听错了，这个女人一定出身贵族，她一定是流落到凯姆林的难民。“直到我找到蓝格威，或者是直到他找到我，我才知道这世界上真的有好男人。假若他对你有一份爱与忠诚，那么我对他就有十份。他跟随你，但我跟随的是他，我不会离开他的。”

摩格丝吸了一口气，然后点了点头表示同意，而那个女人竟坦然接受了女王的响应。现在她似乎是已经有了夺回王座的军队种子：一名经常会对她怒目而视的年轻士兵，一名秃顶且看上去应该有二十年没沾过马背的旅店老板，一名总像是在打瞌睡的街头流氓，还有一名宣称只效忠于那个流氓的凯瑞安女流亡贵族；当然，还有莉妮，总把她看成是小女孩的老保姆。哦，是的，一群很不错的种子。

“我们去哪里，女王？”贝瑟一边将已经备好鞍的马匹牵出马厩，一边问道。

蓝格威以惊人的速度将一只高尾鞍放到一匹马的背上，这是为莉妮准备的。

摩格丝意识到自己根本没想过这件事。光明啊，加贝瑞不可能还在蒙蔽我的思想。但她还是能感觉到那种奔回起居室等待的迫切心情。不，她的思绪与他无关。她像离开王宫时那样重新集中精神。她应该先去找艾络琳，或者是佩利瓦、爱拉瑟勒，但她必须能找到足够的理由向他们解释为什么会发出那些放逐令。

还没等她开口说话，马泰恩已经说道："一定要去找加雷斯·布伦，现在那些显赫家族对您有着很深的反抗情绪，女王，但只要加雷斯追随您，他们立刻就会重新联合在您身边的。因为他们知道，加雷斯会赢得每一场战争。"

她猛地咬紧牙关，将要脱口而出的拒绝咽了回去。加雷斯是个背叛者，但他也是现存于世最好的统帅之一，他的出现还可以帮助她说服佩利瓦他们忘记曾经遭受的放逐。很好。毫无疑问，加雷斯会欣然接受再次成为女王卫队元帅的机会。即使他拒绝，她自己也能把一切都处理好。

当太阳碰触到地平线时，他们已经到了凯姆林以外五里的地方，正全力催赶马匹向柯尔泉奔去。

黑夜是让帕登·范感觉最舒适的时候，当他走过白塔里挂满织锦的走廊时，尽管镀金并安装着镜子的油灯照亮了他一路走过的地方，但他四周的黑暗似乎是为他编织了一件斗篷，让他可以藏在里面，避开他的敌人。他知道，这只是个错觉，他的敌人数量众多，到处都是。就在这个时候，如同在他每一个清醒的时刻，他能感觉到兰德·亚瑟。他不知道兰德在哪里，但他知道他还活着，还活着，他能感觉到，这是他从煞妖谷末日深渊中获得的一份礼物。

他的思绪掠过他在末日深渊中的回忆，他在那里被提炼、被重塑。但后来，在爱瑞荷，他得到了重生，为了打击他的新旧敌人而获得的重生。

当他走在黑夜里白塔空旷的走廊中时，他还能感觉到另一样东西，一样属于他的，从他手中被偷走的东西。此时此刻，它对他的吸引甚至强过他盼望兰德死掉，白塔被摧毁，甚至是向他在古代的仇敌复仇的欲望。那是他寻求完整的渴望。

这扇沉重的木门上装着粗大的铰链和铁栓，一把像头颅一样大的黑铁锁紧紧地扣在铁栓上。在白塔，极少有被锁起来的门——有谁敢在两仪师中间偷窃？——但还是有一些被认为太危险的物品需要进行封存。所有最危险的物品都被放在这扇门后，由这把大锁看守着。

轻声地呵呵笑着，他从外衣口袋里拿出两根弯曲的细金属，将它们插进锁眼。经过一番尝试、按压、扭转之后，随着一阵缓慢的簧机弹开声，锁舌被打开了。片刻之间，他只是靠在这扇门上，声音沙哑地笑着。一把结实的大锁，有这么多两仪师，却要用一堆废铁守门。在这个时候，即使是仆人和初阶生一定也完成了一天的工作，但还是可能有人醒着，走廊里也可能会有人走动，不过喜悦与激动已经给他带来一波波颤栗。他将细金属收回口袋里，又拿出一根粗大的蜂蜡蜡烛，在身边的油灯里将它点亮。

他关上背后的门，高举蜡烛，向四周望去。靠墙排列着许多阁架，上面放着各种尺寸和形状、有着各种装饰或是全无装饰的盒子；用兽骨、象牙，或是一些他说不出名字的材料雕成的小雕像。金属、玻璃和水晶质地的物品在蜡烛的照射下熠熠生辉，没有任何像是存在危险的物品。所有东西上都覆盖着一层灰，就连两仪师也很少会来这里，她们更不允许其他人进来。他所寻找的东西正在大声地向他发出召唤。

在一个齐腰高的架子上，放着一只黑色的金属匣。他将那只匣子打开，匣子的内壁厚度足有两寸，里面的空间刚好能放下一把插在黄金鞘里的弯曲匕首，匕首的柄端嵌着一颗硕大的红宝石，黄金鞘和闪耀着血色光芒的红宝石都无法引起他的兴趣。他匆匆地将一点融蜡滴在架子上，在上面固定好蜡烛，然后伸手就拿起那把匕首。

一碰到那把匕首，他就长长地叹了口气，疲倦地伸了个懒腰。他又是完整的了，它与他在那么久以前就已经被连结在一起，从它那里，他能感受到如此真切的生命力。

铁铰链轻响了一声，他立刻将匕首抽出鞘外，扑向了门口。那名面色苍白的年轻女子刚刚打开门，还没来得及张开嘴，或是向后躲开，他已经用匕首在她脸上划了一下，同时另一只手扔掉刀鞘，抓住了对方的手臂，将她拖进房间。他将头探到门外，看了走廊一眼，仍旧是空无一人。

他缓缓地缩回头，将门重新关好。他知道现在会发生什么事情。

那名年轻女子在石地板上挣扎着，张大了嘴，却喊不出任何声音。她的双手无意识地抓着已经发黑肿胀的面孔，黑斑如同黏稠的油脂，一直蔓延到她的肩头，她那身在边襟上镶着七色彩带的雪白袍服随着她双腿的踢蹬起伏不定。他舔了舔溅在手上的血滴，呵呵地笑着，拾起了刀鞘。

“你是个蠢货。”

他猛转过身，匕首向前刺去，但周围的空气似乎变成了固体，紧裹住他从脖颈到鞋底的每一寸肌肉。他被提起在空中，只有脚尖还能碰到地面，而匕首依然向前伸着。在他瞪大的双眼前方，奥瓦琳关上了房门，靠在门上审视着他，这一次,他没有听见任何声音,不可能是因为那个垂死女孩的挣扎声掩护了奥瓦琳。他眨眨眼,想去掉突然刺激着他眼睛的汗水。

“你真的以为,”两仪师继续说道,“这个房间没有任何守卫,也没受到监视?那把锁上有个结界,而这个年轻的蠢材今晚的任务就是监视它。如果她做了她该做的事,你现在就会看到十二名护法和数量相同的两仪师从这扇门走进来,她为她的愚蠢付出了代价。”

在他身后,那个女孩依然一下下地挣扎着。他的眼睛眯了起来。奥瓦琳不属于黄宗,但她还是可以尝试对那个女孩进行治疗,而她甚至也没发出那个女孩应该发出的警报,否则她现在不该是一个人在这里。“你是黑宗。”他低声说道。

“真是个危险的指控,”她平静地说道,但她没说清楚是对她,还是对他危险,“史汪·桑辰在接受审讯时竭力声称黑宗是真实存在的,她乞求着要告诉我们黑宗的情况,但爱莉达不想听,她也不会听,关于黑宗的传闻是针对白塔的卑鄙诽谤。”

“你是黑宗。”他的声音又大了一些。

“你想偷走这个?”奥瓦琳仿佛根本没在听他说什么,“这颗红宝石不值得你冒这个险,帕登,或者你还有别的什么名字。这把刀受到了污染,除了傻瓜之外,没有人会让它碰到自己的皮肤,或是在它旁边做无谓的停留,你已经看到它让维尔妮变成什么样子。那么,你为什么会到这里来,而且直接就扑向这个你不应该知道被藏在这里的东西?你没有时间进行翻检。”

“我可以为你干掉爱莉达,只要被这个碰一下,就连医疗异能也救不了她。”他想挥挥那把匕首,却连一根头发那样细小的幅度也挪动不了,只要他能动一下,奥瓦琳现在就已经死了。“你可以成为白塔的老大,而不是像现在只能当老二。”

她朝他笑了,发出一串冰冷而轻蔑的旋律:“你以为如果我愿意,我会坐不上第一把交椅?现在的位置很适合我。让爱莉达去享受她所谓的胜利吧!她也要为她的失败而出汗的,我知道哪里才是权力所在。现在,回答我的问题,否则到早晨的时候,这里被发现的尸体就会是两具,而不是一具。”

这里一定会有两具尸体的,无论他是否对她说谎,奥瓦琳无意让他活下去。“我看见过萨坎魃。”他不想提起这件事,它给他带来的是永远的痛苦。他禁止自己呜咽或哀告,强迫自己用平静的语气将字一个个吐出来。“那里有巨大的迷雾海洋,它不停地翻滚着,无声地撞击在黑色的山岩上。在那下面,熔炉中的火焰将一切都映成了红色,闪电向上劈入可以让人类疯狂的天空。”他不想再说下去,但他强迫自己再次张开嘴:“我曾经走过一直延伸到煞妖谷腹地的小路,在那里,利齿般的岩石如利牙剐蹭着我的头顶,我一直走到一座充满火焰与熔岩的湖岸边——”不,不要再说了!“至尊暗主就在那里,在它无尽的深渊中,因为他的呼吸,煞妖谷上方的天空即使是正午也还是黑色的。”

奥瓦琳现在已经站直了身体,她的眼睛大睁着,眼中不是恐惧,而是震撼。“我也听说过……”她轻声说了这么一句,然后又摇摇头,用锐利的目光盯着他,“你是谁?为什么你会在这里?是不是某个弃……难道是使徒派你来的?为什么我没接到通知?”

他仰起头,发出一阵笑声:“我所接受的任务难道要让你这样的人知道吗?”他的卢加德口音又变重了,从某种角度来讲,那里算是他的故乡。“使徒会把每件事都告诉你?”他心里有个声音在大声警告着他的失策,但他恨两仪师,他心里的那个声音其实也一样。“小心,漂亮的小两仪师,否则他们会把你交给魔达奥,让它尽情玩弄你。”

她的目光如同刺向他眼睛的冰柱:“我们等着瞧,帕登,我会清理你造成的这些麻烦。然后我们就等着瞧,看看在使徒们面前,谁的地位更高。”看了那把匕首一眼,她从房中退了出去。直到奥瓦琳离开整整一分钟之后,包覆住他的空气才消散掉。

他无声地向自己咆哮着。蠢货,之前努力陪两仪师玩游戏,向两仪师卑躬屈膝,但瞬间难以克制的怒火却毁了一切。他在身上割了一道口子,然后将匕首收回鞘内,一边舔着那个伤口,一边将匕首收进外衣里。他跟她所想象的完全不同,他曾经是暗黑之友,但现在他已经超越了这个范畴。超越它,高于它;有些不同,有些更甚。如果她在被他干掉之前与某个弃光魔使取得了联系……最好不要去试,现在没时间寻找瓦力尔号角了。他有追随者正等在城外,他们应该还等在那里。他已经将恐惧植入他们的内心,他希望那些人之中还有活着的。

日出之前,他走出白塔,离开了塔瓦隆所在的岛屿。兰德还活在某个地方,而他重新获得了完整。

第 20 章

章嘉隘口

世界之脊模糊的轮廓下方，兰德正引导杰丁攀上岩石山坡，从这片山麓起，就是章嘉隘口的范围了。龙墙直刺苍穹，其他所有山峰在它面前都变成了矮丘。在下午炙热的阳光中，兰德却能清晰地看到龙墙峰上的雪帽。一丝丝白云只能在这些巨峰的腰间游移，这些云朵没有为荒漠带来过一滴雨水，它们只是停留在这里，嘲笑着前方这片干枯的土地。兰德不能想象为什么会有人想要爬上一座山，但据说想要爬上这些山峰的人们最后都在中途折返了，恐惧和无法呼吸的痛苦征服了他们。兰德当然相信，一个人如果爬到那么高的地方，一定会害怕得无法呼吸。

“……但是凯瑞安人已经因为权力游戏而耗尽了力气，”沐瑞在他身边说道，“只要他们相信你是强大的，就会追随你，对待他们，一定要态度坚定，但我请求你也会公平对待他们，统治者应该实现真正的公正……”

兰德竭力不去注意她，就像他不去注意其他的骑马者，还有哈当那些落在后方的马车。荒漠里破碎的山峡和沟谷已经被他们抛在身后，但面前这些犬牙交错的峰岭如同荒漠一样贫瘠，而且完全不适合车辆行走，已经有超过二十年没人从这条路上经过了。

从日出到日落，只要他允许，沐瑞就会不停地和他说着话。她所谈及的内容涉及各个层面，可以是很小的事情——凯瑞安、沙戴亚，或其他某个地方宫廷礼仪的细节；也可能是一些大事——白袍众的政治影响，或者也许是商业贸易如何影响统治者们做出战争的决定。看样子，沐瑞是要让他在到达这片山峦的那一边之前完成一名贵族的所有教育。

让他感到惊讶的是，沐瑞有时会说一些连伊蒙村人也会将之视为简单常识的事；而有时她说的另一些事则是完全地非同寻常。有时候，她又会说出一些让人大吃一惊的话，比如，除了沐瑞本人、艾雯、伊兰和奈妮薇之外，他不该信任白塔中的任何人，还有爱莉达现在已经成为玉座的消息。虽然已经向兰德发过誓，但她绝不会告诉他自己是怎么知道这个讯息的。她说这是其他人的秘密，除非本人同意，否则她无权泄漏。兰德怀疑沐瑞所说的其他人，指的是那些会梦行的智者，但智者们只是瞪着他的眼睛，连"是"和"否"都不对他说。他真希望能让她们像沐瑞那样发誓，她们总是在干涉他和首领们的交流，仿佛他只有通过她们与首领们联系，她们才会满意。

现在，他不想去管爱莉达或那些智者，也不想听沐瑞说教，现在他只想了解眼前这座隘口。这座山脉中有一条蜿蜒向前的缺口，仿佛山脉被一把钝斧一斧一斧地劈开，只是每一斧劈得都不很成功，只要再催马快跑几分钟，他就能进入其中了。

隘口入口处一侧的陡峭悬崖上被削出百余步宽的一片空地，上面有一座久经风蚀的石雕——一条巨蛇盘绕着一根三百幅高的立柱。无论这是一座纪念碑、路标，还是统治者的徽记，它一定来自某个亚图·鹰翼之前的古国，也许它的历史比兽魔人战争还要早。兰德以前见过已经消失的国家留下的残迹，就连沐瑞也不一定知道它们的来源。

在另一侧山壁的高处（那地方高到兰德甚至不敢确定自己是不是真的看得到），就在雪线下面，矗立着一样更奇怪的东西，它让山下那座有上千年历史的纪念碑也变成一件平凡的雕刻。兰德可以发誓，那一定是某些建筑物的残迹。黑色的山壁让这些灰色的遗迹有一种闪闪发亮的感觉，最奇怪的是，那废墟的形状仿佛是一座港口，原来种种为船舶服务的设施都颓倒在山岩之间。如果这确实不是出自他的想象，那一定是从世界崩毁以前残留下来的遗迹。在那个年代里，世界的地表发生了剧烈的变化，这里原先很可能是一片海洋。他可以问问亚斯莫丁，因为即使自己有时间，大概也不愿意只是为了满足好奇心，就到那种高度上去进行勘察。

在那条巨蛇的下面坐落着泰恩——一座有着高围墙的中型城镇，这也算是遗迹之一。当凯瑞安人还被允许派遣商队穿越三绝之地时，大笔的财富曾经源源不绝地从沙塔沿丝绸之路输入这个城镇，但现在它只给人一种死寂的感觉。城镇上空似乎有几只飞鸟，在灰色的石墙上等距离地排列成一道黑色的斑块。麦特站在果仁的马镫上，紧皱着眉头，一双眼睛在宽边帽的阴影中向隘口望去。岚坚毅的脸上没有半点表情，但他显然和麦特一样正专注地观察着隘口。一阵风吹过，周围变得凉快了一点，岚的变色斗篷也被微微掀动，片刻之间，岚从肩膀到双腿的身体似乎变成了山岩和那些零星分布的荆棘的一部分。

"你有没有在听我说？"沐瑞忽然问道，她让自己的白色母马向兰德靠得更近一些，"你一定要！"她深吸一口气，"拜托，兰德，有太多事我必须告诉你，有太多事你必须知道。"

沐瑞语气中恳求的意味让兰德不得不看她一眼，他还记得自己完全被这位两仪师震慑住的时候，虽然她还保持着典雅尊贵的气度，但现在在她看上去真的很渺小。对这样的女子，他应该要油然而生出保护之心的，但这种想法其实很愚蠢。"我们以后还有很足够的时间，沐瑞，"他温和地说，"我不会假装我对这个世界的了解像你一样多，从现在开始，我打算将你留在我身边。"他几乎没意识到他们之间的状态已经发生多么巨大的变化，从前，是沐瑞打算将他留在她身边。"但我现在还有其他事情要思考。"

"当然。"沐瑞叹息了一声，"如你所愿，我们还有足够的时间。"

兰德催动自己的斑点灰公马小跑了起来，其他人都跟在他身后。那些马车也加快了速度，但在这样的斜坡上，他们还是跟不上前面的人。亚斯莫丁——杰辛·奈塔——的走唱人百衲斗篷和被他立在马镫上的那面旗帜一同飘扬起来，那面亮红色的旗子中心绘着古代两仪师的黑白徽记。他的脸色阴沉得可怕，被指派为旗手让他很不高兴。在这个印记之下，是兰德征服的地方，这是鲁迪恩预言中说的。也许这面旗帜不会像真龙旗那样让这个世界感到害怕，那面路斯·瑟林的旗帜还高高飘扬在提尔之岩的顶端，而这面旗帜上的徽记现在还很少人知道。

泰恩城墙上的斑块是尸体，它们在临死前的痛苦中扭曲成诡异的形状，又被阳光晒得肿胀膨大。所有尸体都被拴住脖子，挂在城墙上，看样子，这些尸体环绕城墙挂了一整圈。那些飞鸟是泛着黑光的乌鸦，以及脑袋和脖子上沾满血污的秃鹫，一些乌鸦正栖息在尸体上，大口吞食着腐肉，丝毫不在意新来的这群人。干燥的空气中弥漫着腐烂的恶臭，还有刺鼻的烧焦味，覆铁的大门敞开着，露出里面被熏黑的石墙和塌落的屋顶。除了鸟之外，没有任何活物。

*就像玛罗斯一样。*兰德竭力想把这个念头赶走，但他还是能在脑海里清晰

地看到那座巨城被夺回时的情景：巨大的高塔被烧成黑色，或是塌落成一堆瓦砾，每个十字路口上还能看见大火堆的残余。所有拒绝宣誓效忠暗影的人都会被绑起来，活着被扔进火堆里。兰德知道这些情景来自于谁的记忆，但他并没有跟沐瑞提过这件事。我是兰德·亚瑟，路斯·瑟林·特拉蒙已经死去三千年了，我是我自己！这是一场他要赢得胜利的战争，即使他一定要死在煞妖谷，他也要以他自己的身份死去。想到这里，他强迫自己把思绪转向其他事情上。

离开鲁迪恩已经有半个月了，在这半个月里，艾伊尔每天都从日出走到日落，就连跟随他们的马匹也已经疲惫不堪。但库莱丁至少比他们提早了一个星期出发，如果他们无法缩短和他的距离，他就会在这段长时间里尽情蹂躏凯瑞安；而如果他想将沙度困住，所花的时间会更长，这同样不是个令人愉快的念头。

“左边那片石头后面有人在监视我们。”岚平静地说，他似乎正全神贯注地观察着泰恩城的遗迹，“不是艾伊尔，否则我连他们一丝一毫的痕迹都看不到。”

兰德很高兴自己让艾雯和艾玲达留在智者们的身边。这座城镇给了他一个新的理由，但那些监视者正好符合了他原先的计划，那时他还曾希望泰恩能逃过一劫。艾雯仍然穿着和艾玲达一样的艾伊尔服装，而艾伊尔人在泰恩是不受欢迎的，这个城镇的幸存者更不会欢迎他们。

他回头看了一眼停在下方山坡上的马车队，马车夫们在看清楚泰恩城和城墙上的“装饰品”后，正交头接耳地低声议论着。哈当今天又穿了一身全白的衣服，正用一块大手绢抹着他那有着鹰钩鼻的脸，他的态度显得相当镇定，只是若有所思地撅起了嘴唇。

兰德预料沐瑞在通过隘口之后，就会找一批新的车夫，哈当和他的人则可能一逮到机会就逃走，而他只能让他们逃走。这不是恰当，也不是公正的做法，但只有这样才能保护亚斯莫丁。他已经有多长时间只是在做必须做的事情，而不是公正的事情？在一个公正的世界里，这两种事情应该是一致的。这个想法让他笑了出来，但那声音更像是一阵沙哑的喘气。他早已不是那个乡下男孩了，但有时候，那个男孩还是会溜进他的心底。其他人都转头看着他，而他则尽力阻止自己对他们说他还没疯。

很长一段时间之后，两个没穿外衣的男人和一个女人从那片岩砾中站了起来，这三个人全都衣衫褴褛，赤着脚，满身污秽。他们犹豫地向众人走来，一边将头不安地侧向一旁，逐一审视这些骑在马背上的人，然后又望向马车队和车队后方。如果这支队伍里有人叫喊一声，他们也许立刻就会转头逃跑，但他们憔悴的面容和虚浮的步伐说明他们已经很久没吃过东西了。

“感谢光明。”其中一名男子终于说道。他的头发已经变成了灰色，脸上布满深深的皱纹，这三个人全都不年轻了。他的目光停留在用蕾丝装饰领口和袖口的亚斯莫丁身上一会儿，但一支队伍的首领不该只骑着一头骡子，还举着一面旗。最后，他忧虑地一把抓住了兰德的马镫：“赞美光明，大人，您竟然活着走出了那个可怕的地方。”这个人会这样称呼兰德，也许是因为他的蓝丝外套、肩膀上的金线刺绣，和跟在他身后的那面旗帜，或者只是他在有意奉承兰德。尽管他衣饰华丽，但这个人没理由会认为他面前的这支队伍不是商队。“那些杀人的野蛮人又来了，艾伊尔战争又爆发了，没人能预料到，他们在晚上翻过城墙，杀死所有敢抬一下手的人，抢走一切没有被固定在地上的东西。”

“在晚上？”麦特立刻就问道，他仍然压低帽子，端详着这座被毁的城市，“你们的岗哨睡着了？这么靠近敌人，你们一定有岗哨吧？如果你们设好岗哨，即使是艾伊尔也不容易攻进来的。”岚打量了麦特一眼。

“我们没有岗哨，大人。”灰发男人朝麦特眨眨眼，但却是对着兰德回答。麦特的绿丝外套完全可以穿在一位领主身上，但他一个扣子都没扣，而且衣服上已经被压出了许多皱褶，看上去就像他连睡觉时也穿着这身衣服。“我们……我们只在每个门口有一个人守夜，我们已经很久没见过野蛮人了。但这一次……他们偷不走的就放火烧掉，他们要把我们全都饿死，这些肮脏的野兽！感谢光明，您来拯救我们了，大人，否则我们就都要死在这里了。我是塔尔·奈辛，我是……我以前是个制鞍的，我的手艺很不错，大人。这是我妹妹爱瑞，还有她丈夫安德尔·柯尔，他能做很好的靴子。”

“他们不但抢东西，还抢人，大人。”那名女子说道，声音里仍然充满着痛苦。她可能曾经相当漂亮，但惊恐与忧虑已经在脸上划下深深的纹路，兰德怀疑那些纹路永远也不可能完全退去了。她的丈夫眼里则只有失落与茫然，仿佛根本不知道自己身在何处。“我的女儿，大人，还有我的儿子，他们掳走了所有的年轻人，所有年龄在十六岁到三十岁之间的人，都被他们当街剥光了衣服，聚在一起赶走了。那些野蛮人说他们是什么奉什么的……大人，您能……”恳求的声音小了下去，她紧紧地闭上眼睛，身子开始来回摇晃，她很可能永远也见不到她的孩子了。

沐瑞立刻就跳下马鞍，来到爱瑞身边，两仪师的手一碰到这个憔悴的女人，她立刻就大口地喘着气，全身打起哆嗦。她带着疑问的眼神望向沐瑞，但沐瑞只是用手扶住她的身体，仿佛是在支撑她。

那个女人的丈夫突然张大了嘴，眼睛死死地盯在艾玲达送给兰德的镀金腰带扣上。“他的手臂上有这样的标志，就是这样，全都盘绕在一起，就像是悬崖上的蛇。”

塔尔不确定地抬头看着兰德：“那个野蛮人的首领，大人，他……他的手臂上就有这样的图案。他们全都穿着一样的衣服，但那个首领把衣袖给剪掉，他要让所有人都看到那个图案。”

“这是我在荒漠时得到的一份礼物。”兰德说，将双手放在鞍桥后面。他的衣袖盖住了手臂上的龙纹，只是如果有人凑上去细看，就会看见他手背上的一对龙头。爱瑞已经不再猜测沐瑞到底做了什么了，现在那三个人都摆出一副立刻就要逃走的架势。“他们离开多久了？”

“六天，大人。”塔尔不安地说，“他们在这里待了一夜一日，然后就离开了。我们本来也应该走的，但如果我们遇到他们正折返回来该怎么办？他们一定会在瑟利恩就折返吧？”瑟利恩是隘口另一端的城镇，兰德怀疑现在那里的状况不会比泰恩好一点。

“除了你们三个之外，还有多少人活下来？”

“也许有一百人，大人，也许更多，没有人数过。”

怒气一下子涌上兰德的心头，但被他强压了下去。“你们有一百人？”他的声音仿佛是冰冷的钢铁，“已经过去了六天？为什么你们的死者还被挂在那里喂乌鸦？为什么你们的城墙仍旧被尸体点缀着？你们的同胞正在变成臭气，塞满你们的鼻孔！”那三个人挤在一起向后退去，躲开了兰德的马。

“我们很害怕，大人。”塔尔声音嘶哑地说，“他们走了，但他们还会回来的，而他对我们说过……那个手臂上有花纹的人不许我们碰任何东西。”

“一个讯息。”安德尔用呆滞的语气说，“他把他们选出来吊死，然后一一挂到城墙上，直到把城墙挂满，男人、女人，他全都不在乎。”他的眼睛盯在兰德的腰带扣上。“他说这是给一个人留下的讯息，那个人会跟着他来到这里，他说他想让这个人知道……知道他们要在世界之脊的这一边干些什么。他说……他说他要用更厉害的手段对付这个人。”

爱瑞的眼睛猛地睁大了，这三个人全都瞪着兰德身后的某处，然后，他们发出一声尖叫，转身逃走了。戴着黑色面纱的艾伊尔从他们刚才出来的岩石后面站起身。他们逃向另一个方向，但戴面纱的艾伊尔也出现在那里。他们扑倒在地上，哭泣着彼此抱在一起，艾伊尔包围了他们。沐瑞的脸色冷若冰霜，但她的眼神并不像她的表情那么平静。

兰德在马鞍上转过身。鲁拉克和戴雷克正从山坡下方走上来，他们一边走，还一边将面纱和束发巾从头上解下来。戴雷克的身材比鲁拉克更粗壮，有个突出的鼻子和一头已经夹杂了白丝的金发，就像鲁拉克说的那样，他带来了雷恩艾伊尔。

提摩兰和他的米雅各马一直在北边与他们保持平行的路线上前进，这种情况已经持续了三天，两支队伍之间偶尔会有信使往来，但提摩兰始终都没有表明他的意图。柯代拉、锡安德和达茵三个部族还在他们东边，一直跟随着他们。艾密斯她们已经在梦中和那些部族的智者们见过面了，但和他们的接触一直没什么进展。那些智者们也不明白她们的部族首领有什么打算，就像兰德不明白提摩兰一样。

"有必要这样做吗?"他对正朝他走来的首领们说。他一开始就吓到这些人，但那是有原因的，而现在他们却以为自己马上就要没命了。

鲁拉克只是耸耸肩，戴雷克说："照你的吩咐，我们在这个聚居地周围秘密设置了枪矛，看上去，我们没理由继续在这里停留了，这里并没有枪矛的舞者。况且，他们只是一些毁树者。"

兰德深吸了一口气，他知道，从某方面来说，这也许是一个与库莱丁同样棘手的问题。将近五百年前，艾伊尔送给凯瑞安一株树苗，那是一段从爱凡德梭拉上取下的嫩枝，它代表着艾伊尔惟一曾经给予过凯瑞安人，且只有他们能享有的特权——穿越三绝之地，前往沙塔进行贸易。艾伊尔没有说明这么做的原因，只是可以确定，他们会这么做一定和他们的"节义"有关。他们并不喜欢湿地人，在他们进入荒漠之前四处漂泊的长久岁月中，在那个全世界都陷入干旱绝境的时候，只有一群人允许他们在自己的地盘里不受干扰地汲取清水。最后，他们终于找到了那群人的后代——凯瑞安人。

在五百年的时间里，财富随着丝绸和象牙大量涌入凯瑞安；五百年的时间里，爱凡德拉狄拉在凯瑞安成长。而国王雷芒将它砍断，制成了自己的王座。每个国家都知道为什么艾伊尔人会在二十年前跨过世界之脊——他们宣称，那是因为雷芒的罪行，雷芒的傲慢。但很少有人知道那对艾伊尔来说并不算是一场战争，只是四个部族前来逮捕一名背誓者。雷芒被杀死之后，艾伊尔就返回三绝之地，但他们对于毁树者和背誓者的唾弃从不曾消失。沐瑞因为是两仪师，所以艾伊尔容忍了她是一名凯瑞安人的事实，但兰德从来也不确定他们的容忍度有多高。

"这些人并没有背弃誓言。"兰德对他们说，"去把其他人找来，这名鞍匠说这里大约有一百人，对他们和善一些，如果他们之中有人看到刚才的情形，也许现在已经逃进山里去了。"两名首领转身要离去的时候，他又说道："你们有没有听到他们告诉我的事? 你们对库莱丁干的好事有什么看法?"

"他们杀了许多没必要杀的人，"戴雷克厌恶地摇了摇头，"就像是黑貂掉进深谷中的岩鸡窝里。”艾伊尔人中有一句俗话：杀戮就像死亡一样容易，任何蠢徒都能做到。

“那么其他事情呢？那些把俘虏当成奉义徒的事。”

鲁拉克和戴雷克交换了个眼神，戴雷克闭紧了嘴，显然，他听到了，而且正为此感到极为不悦。让艾伊尔人有这种表示的事情，绝对不会是小事。

“不能这样，”鲁拉克最后说道，“如果……奉义徒是秉奉节义的，没有人可以强迫不追随节义的人成为奉义徒，那样被强迫的人只是人形的牲畜，就像是沙塔人的奴隶。”

“库莱丁已经抛弃了节义。”戴雷克说话的语气仿佛他说的是石头长出了翅膀。

麦特用膝盖引导着果仁走到他们身边，他一直都不是个好骑手，但有时，当他在想着别的事情时，却好像是生来就在马背上一样。“你们会为这个感到惊讶？”他问，“为什么你们不看看他以前都干过些什么？那个男人就算是和他母亲玩骰子也会耍诈。”

两名艾伊尔人面无表情地看了麦特一眼，眼睛仿佛两对冰蓝硬石。在许多方面，艾伊尔就是他们要秉奉的节义，无论库莱丁做了什么，在他们眼里，他仍旧是艾伊尔。氏族高于部族，部族高于外人，但艾伊尔高于湿地人。

一些枪姬众来到他们身边。她们是安奈拉、琼玲和亚得凌，以及身材瘦削的白发苏琳——她本来已经被选为枪姬众在鲁迪恩居所的顶主妇，但她让留在鲁迪恩的枪姬众再选出一名顶主妇之后，就率领枪姬众随兰德来到这里。她们也感觉到了这里的气氛，所以只是将矛尖戳在地上，一言不发地耐心等待着。一名静止的艾伊尔可以让岩石也显得蠢蠢欲动。

岚打破了寂静：“如果库莱丁预料到你会追赶他，他也许会在隘口中安排一场伏击，一百个人可以凭借这里的地势阻挡一支军队，而如果是一千人……”

“那么，我们在这里宿营，”兰德说，“派斥候去探察前方的情况。派多阿马狄应去？”

“寻水众。”戴雷克表示同意的声音里流露出一丝愉快，他在成为部族首领之前就是寻水众的一员。

当雷恩的首领沿山坡向下走去的时候，苏琳和其余枪姬众同时瞪了兰德一眼。最近这三天，当他开始预期到这里即将发生什么事情时，他总是选择其他战士团作为斥候。兰德有种感觉，这些枪姬众知道他并不止是单纯地让战士团轮流执行任务。他尽量不去注意她们的目光，苏琳尤其难对付，这个女人简直可以用她那双淡蓝色的眼睛把钉子戳进他的身体里。

“鲁拉克，只要找到幸存者，就让他们吃饱饭，好好对待他们，我们要带着他们一起走。”他将目光转向那道城墙，一些艾伊尔已经在用他们的角弓射杀那些乌鸦了。有时候，暗影生物会利用乌鸦等食腐动物作为眼线，艾伊尔人管这些生物叫作暗眼。那些乌鸦只是拼命吃着腐肉，似乎就连被箭射穿也毫无察觉，但明智的人不会因为侥幸就放任乌鸦和老鼠不管。“把那些尸体埋了。”至少，这是一件符合正义而又必须去做的事。

第21章

锋刃为礼

营地很快就在章嘉隘口周边安置好了，无数的帐篷覆盖了泰恩城外所有的山丘，甚至一直延伸到两侧的山坡上，但除了隘口里面的一部分之外，其他部分并不那么容易被看见。艾伊尔人的帐篷和周围的山丘及荆棘完美地融合在一起，即使刻意去看，往往也会错过。艾伊尔们以氏族为单位，分别宿营在不同的山丘上，但在隘口内部的则以战士团为单位宿营，这些人之中大部分是枪姬众，但每个男性战士团也派了五十名代表进来。他们稀疏地宿营在泰恩城的废墟上，每个人都理解，或者是认为自己理解枪姬众维护着兰德的荣誉，但所有战士团都想保卫卡亚肯。

沐瑞，当然还有岚，在城下安置好了哈当的马车队，两仪师在这些马车上花费的精力几乎和她在兰德身上花费的一样多。马车夫们全都在低声咒骂着这座城镇的气味，同时尽量不去看那些艾伊尔从城墙上割下那些尸体。但在荒漠中熬过了数个月之后，即使这座城镇已经变成了一堆废墟，他们似乎还是很高兴能看到一些关于人类文明的景象。

奉义徒们在城下立起了艾密斯、柏尔和麦兰等智者的帐篷，这些帐篷正压在已经逐渐消失的通往山外的车辙上。兰德确信她们会说，选择这个地方宿营让她们可以同样方便地联系他和山下另外几十名智者，但现在所有来找他的人必须穿过或绕过她们的营地，兰德觉得这不是巧合。看见麦兰在指挥那些穿白袍的人，他有点惊讶。就在三天前，麦兰刚刚与贝奥结婚，她在一场典礼中成为贝奥的妻子和他另一位妻子——多灵达的首姐妹。很明显的，这部分和她的婚姻同等重要。对于兰德的惊讶，艾玲达感到很震惊，也许甚至是很愤怒。

艾玲达是和艾雯一同骑着艾雯的灰母马来到城下的，艾玲达坐在艾雯的背后，两个人的裙子都被拉高到膝盖以上。尽管肤色不同，而且艾玲达又比艾雯高不少，她不必抬头就能让目光越过艾雯的肩膀，但她们两个在一起却让人觉得很搭调，两个人都戴着一只象牙手镯、一条项链。她们出现的时候，搬运尸体的工作才刚刚开始。大部分乌鸦都死在地上，到处都是一团团黑色的羽毛；其余的乌鸦都飞走了；而吃得太饱、飞不起来的秃鹫还踽行在建筑物的灰烬之中。

兰德原本希望能避免让两个女孩看到这番情景，但让他感到惊讶的是，她们没一个跑到一边去呕吐。老实说，他不担心艾玲达，艾伊尔女孩见过太多死亡，早就习惯了，艾玲达现在的脸上没有任何表情。他没想到的是，艾雯望向那些浮肿尸体的双眼里只有纯粹的怜悯。

艾雯让薄雾走到杰丁身边，倾过身子，将一只手放在兰德的手臂上："我很遗憾，兰德，但你没办法阻止这一切。"

"我知道。"他对她说。只是因为鲁拉克在五天前无意中提起，他才知道原来这里还有一座城市，而那时沙度艾伊尔应该已经完成了这里的暴行，继续前进了。他和首领们的会议全都在讨论能否将行进速度再加快一些，或者是库莱丁在穿过章嘉隘口之后会有什么行动，现在他只能责骂自己是个傻瓜。

"嗯，只要你明白，这不是你的错。"艾雯催赶薄雾向前走去。兰德依稀还能听到她和艾玲达说话的声音，"我很高兴他能这么坦然，他总是习惯为他所不能控制的事感到愧疚。"

"男人总相信他们能控制周围的一切。"艾玲达回答，"当他们发现事实与他们想象的并不相同的时候，他们就以为自己失败了。他们总是学不会女人们早已清楚的简单事实。"

艾雯发出一阵清脆的笑声："这确实是很简单的事实，我刚看见那些可怜的死者时，我还以为他一定是正在某个角落里拼命呕吐。"

"他的胃那么脆弱吗？我……"

之后她们说话的声音就被那匹灰母马带走了，兰德满脸通红地在马背上坐直身体。他竟然在偷听她们说话，现在他简直是个白痴了，但他还是不禁要瞪一眼两个女孩离去的背影。他只会为应该由他负责的事情负责，仅此而已；他只为他能预先防范的事情负责，为他该预先防范的事情负责。他不喜欢她们谈论他，无论是在他背后还是在他的鼻子底下，只有光明知道她们都在说些什么。

他跳下杰丁的鞍子，牵着它去找亚斯莫丁，那个走唱人似乎是溜走了。在马鞍上度过了这么多天之后，能走几步真是一种享受。一顶顶帐篷沿着山谷立起，山坡和悬崖形成了不可逾越的屏障，但艾伊尔仍然以随时可以抵御突袭的模式布置他们的营地。他曾经试过与艾伊尔们一同走路行进，但他只走了半天，就重新爬回马背上。就算是骑着马想跟上他们也不是件容易的事，如果他们加紧步伐，就连马匹也会因为跟着他们而被累坏。

麦特也下了马，他蹲在地上，一只手拉着缰绳，一只手握着那根横放在膝上的黑矛。他的眼睛盯着那些敞开的城门，嘴里悄声嘟囔着什么，而果仁则在他身边的一丛灌木里寻找着叶片。麦特不止是单纯地盯着那里，他在观察。他的那些关于哨兵的评论是从哪里来的？自从第一次进入鲁迪恩之后，麦特现在总是会说一些奇怪的事情。兰德希望麦特愿意和他谈谈到底出了什么事，但麦特一直都不承认自己遇到过什么反常的事，尽管他永远都会随身带着那枚狐狸头的徽章和那根长矛，还有他脖子上的那道疤。梅琳达，这名和麦特在一起的沙度枪姬众现在也在麦特身边，一直看着他，直到苏琳过来吩咐她去做某些事。兰德寻思着，麦特是不是知道枪姬众们正在打赌梅琳达会不会为了他而放手弃枪，她是否会教麦特歌唱。每次兰德问她们“歌唱”是什么意思，却只是换来一阵笑声。

乐声引领他向亚斯莫丁走去，走唱人一个人坐在一块花岗岩上，膝上放着他的竖琴，那面红色旗帜的旗杆插进了坚硬的泥土里，骡子则拴在旗杆上。“你看，真龙大人，”他欢快地说道，“您的旗手正在尽忠职守呢！”说完，他的声音和表情突然完全变了，“如果你一定要带着这个东西，为什么不让麦特扛着它，或者是岚？或者是对你俯首贴耳的沐瑞？她一定会很高兴地扛着你的旗子，再为你擦鞋。小心，她是个狡猾的女人，当一个女人说她会全心全意遵从你的时候，你最好不要睡得太沉，并要时刻小心你的背后。”

“你带着它因为你是中选的，杰辛·奈塔。”亚斯莫丁愣了一下，连忙向四周望去，所有人都在远处忙碌着，根本听不到他们在说些什么。实际上，这句话也只有他们两个才明白其中的含意。“你对那片接近雪线的遗迹知道多少？它们一定是来自于传说纪元的。”

亚斯莫丁看也没看那座山峰一眼：“这个世界和我……进入沉眠的那个世界有着很大的差异。”他的声音显得很疲倦，身体微微发抖着，“我是在醒过来之后才开始逐渐了解这种差异的。”“死亡行歌”那令人悲伤的声音自他的竖琴中缓缓流泻而出。“据我所知，那里有可能是我出生城市的遗迹，苏若勒是一座海港。”

太阳大约再过一个小时就要被世界之脊遮住了，在这种高山之中，夜晚来得很早。“我很累，今晚我们就不要进行例行讨论了。”他们在公开场合便会如此称呼亚斯莫丁的课程，即使身边没有别人时亦然，再加上岚和鲁拉克的战斗训练，他从离开鲁迪恩之后就几乎没有睡过觉。“你准备好了就回你的帐篷吧！我要在早晨见到你。带着旗子。”现在还没有人能比他更适合扛这面该死的旗子了，也许他能在凯瑞安另外找个人扛。

当他转过身时，亚斯莫丁随意弹了几个音，然后说道：“今晚不会在我的帐篷外面编织什么烧人的网了吧？你终于开始信任我了？”

兰德回头看着他：“我像对待兄弟一样信任你，直到你背叛我的那一天。你和我之间有协议，对于你的教导，我可以让你得到比你应得更好的回报。但如果你背叛我，我就会撕碎那份协议，把它和你一起埋起来。”亚斯莫丁张开嘴，但兰德没容他说话：“该说话的是我，杰辛，兰德·亚瑟。两河人不喜欢别人用刀子捅他们的背。”

他暴躁地扯了一下花斑马的缰绳，没等对方说半个字就走开了。他并不知道，亚斯莫丁是否已经开始察觉到，一个早已死去的人正在取代他的存在，至少他不会让自己对他流露出半点破绽。亚斯莫丁肯定已经相信了他没有取胜的希望，如果这名弃光魔使再认为他没办法控制自己的思想，也许亚斯莫丁会认为他已经开始发疯了，并立刻就会抛弃他，而他现在还有太多的东西要学。

白袍的奉义徒正在艾玲达的指挥下架起他的帐篷，它的位置在隘口内很深的地方，那座巨蛇石雕的正下方。奉义徒们也有自己的帐篷，但那些当然要等到最后才能被搭起来。亚得凌和十几名枪姬众正守在附近，等待着护卫兰德入睡，即使每晚都有上千名枪姬众环绕他宿营，她们仍然会在他的帐篷边上安排守卫。

和她们还有一段距离时，他通过口袋里的那件法器抓住了阳极力，当然，他不必真正碰触到这个持剑的小胖男人雕像。秽恶和甜蜜混杂在一起，充满他的身体，让他感受到咆哮的火焰江河、崩裂的寒冰山峰。离开鲁迪恩之后，他每天都会这样导引，在全部的营地外设立结界。不仅是宿营在隘口里的这些人，隘口外的山丘和山坡上每一座帐篷都被包覆在他的结界里。他需要借助这件法器才能设立如此巨大的结界，而且至上力也才刚好够用。以前他觉得自己很强，而亚斯莫丁的教导让他变得更强。人或动物都可以毫无知觉地穿过这道结界，但若是暗影生物碰触结界则会发出一个帐篷里的所有人都能听到的警报。

如果他在鲁迪恩就做了这样的事，那些暗之猎犬就绝对无法在他毫无察觉时潜入营地里了。

人类的敌人可以交由艾伊尔去负责，结界的编织虽然脆弱，但却纤细，想要让它发挥一种以上的作用很难，实际上，这种尝试有可能让原本的结界弱化到形同虚设。他本来可以将这个结界的功能设定成杀死暗影生物，而不止是发出警报，但那样的结界在所有男性弃光魔使和魔达奥眼中都会变成一个巨大的灯塔。没有必要把敌人主动引过来，尤其在他们根本无法掌握他的行踪时，现在这样的编织，即使是弃光魔使也只有在靠近后才能察觉，魔达奥则肯定会触响警报。

每次放开阳极力都是对自制力的一次考验，尽管有着那种秽恶的污染，尽管至上力时刻要将自己像河滩上的沙粒一样冲走，要烧毁自己，要湮灭自己。他飘飞在浩瀚的虚空之中，感受着空气在发丝间的每一点波动，看清了那些奉义徒袍服上的每一根丝线，体会着艾玲达温暖的气息。他还想要更多。但他也能嗅到泰恩的灰烬，那些烧焦的、腐烂的，甚至那些已经得到埋葬的，也发出一阵阵裹杂着泥土味的坟墓气息，但这些可以帮助他放开阳极力。阳极力消失之后，他所做的只有打开全部胸腔去呼吸炎热、干燥的空气。和刚才相比，那种死亡的味道似乎消失了，空气变得纯净宜人。

“看看我们有了什么。”当一名面容恭顺的白袍女子接下杰丁的马缰时，艾玲达说道。艾伊尔女孩的手里抓着一条褐色的死蛇，它像兰德的手臂一样粗，几乎有九尺长。血蛇的名字来自于它的毒牙，被它咬过的人在几分钟之内，全身的血液就会变成凝胶。兰德猜测蛇头后面那整齐的伤口来自艾玲达腰间的小刀，亚得凌和其他枪姬众都用赞许的眼神看着艾玲达。

“你有没有想过它会咬到你?”兰德问，“你难道没想过可以用至上力，而不是该死的腰间小刀？为什么你不先吻它一下？那时你一定是和它够近的。”

艾玲达站了起来。她那双绿色的大眼睛几乎让深夜的寒冷降临在她周围。“智者们说过，太频繁地使用至上力没有好处。”清脆的话音和她的瞳眸一样冰冷，“她们说，那很可能会造成导引过度，伤害到你自己。”她微微皱起眉，又像是在自言自语似地说道：“虽然我很确定我还没接近过我的极限。”

兰德摇了摇头，钻进那顶帐篷里。这女人是不会听道理的。

在没有点燃的火堆旁，他才靠在一个丝垫上坐好，艾玲达就跟了进来。谢天谢地，她没有带那条血蛇进来，而是小心翼翼地捧着一件用灰色条纹毯厚厚裹住的长形物品。“你在为我担心。”她的声音仍旧冰冷，脸上没有任何表情。

“当然不是，”他说了谎。*蠢女人，再这么不小心，她会丢了自己的性命。*

“我关心任何人，我不想有人被血蛇咬到。”

片刻之间，她只是疑惑地看着兰德，然后飞快地点了一下头：“好，只要你不是只针对我一个人就好。”她将那卷毯子扔到他的脚边，跪坐在火堆对面。“既然你不接受那个皮带扣作为我们之间债务的抵偿……”

“艾玲达，我们之间没什么债务。”他本以为艾玲达已经忘记了这件事，但艾玲达只是继续说下去，仿佛他根本没有开口。

“……也许这东西能做个了结。”

兰德叹了口气，打开那片条纹毯。他的动作很小心，因为刚才艾玲达拿着它的时候看上去比拿着那条蛇时更不安得多，血蛇在她手里仿佛只是一片破布。毯子打开的时候，兰德吃惊地倒抽一口气。躺在里面的是一把剑，剑鞘上镶满了红宝石和月长石，只有那个光芒四射的金色太阳图案才表现出剑鞘本身的黄金质地。象牙剑柄长到足以用两手握持，上面嵌着另一个黄金太阳，剑柄末端和护手同样完全用红宝石和月长石嵌饰。这把剑绝不是用来砍杀的，它只能被注目观赏。

“这一定很昂贵……艾玲达，你怎么买得起这个？”

“这没有花多少钱。”女孩的声音很气急败坏，几乎就差直接招认她在说谎了。

“一把剑，你怎么会拿一把剑？艾伊尔人怎么会拿剑？不要对我说是哈当藏在他马车里的。”

“我把它包在毯子里了。”她的声音显得比刚才谈到价钱时更加焦躁，“柏尔也说这样就可以，只要我没有真的碰到它就行。”她不安地耸耸肩，将披巾拉紧又松开。“这是那个毁树者的剑，那个叫雷芒的，它被从他的身边拿走，作为他已经死亡的证据，因为他的头颅如果经过这么长路程的运送，一定早就腐烂了。从那时起，它不停地在人们之间转手，许多年轻男人和愚蠢的枪姬众都想拥有这个毁树者死亡的证据。只是每个人一想到它到底是什么，就会立刻把它卖给另一个傻瓜，现在它的价格已经比一开始的时候降了很大一截，没有艾伊尔愿意碰它，甚至不愿意取下这上面的宝石。”

“嗯，它非常漂亮，”兰德尽量让自己的语气不会刺激到艾伊尔女孩，只有小丑才会带着这种华而不实的东西。那根象牙柄会因为汗液和血在手心里打转。“但我不能让你……”他的声音低下去时，他正习惯性地抽出几寸剑身，想看看剑刃是否锋利。在闪亮的钢刃上面镌刻着一只站立的苍鹭，这是剑技大师的徽记，兰德曾经有一把刻有这个徽记的剑。他忽然非常确信，这把剑的剑身就像麦特那根镌刻着乌鸦的长矛锋刃一样，是用至上力锻造出来的，绝不会毁损，从不需要磨砺,大多数剑技大师的武器只是这种武器的仿制品。对于这一点,他可以向岚确认,但他心里早已对此坚信不疑了。

他将剑彻底抽出来,探过身子将剑鞘放在艾玲达面前。“我会接受这根剑刃,以了结那笔债务,艾玲达。”剑刃很长,微微有些弯曲,只在一侧有锋刃。“但只要这把剑刃,剑柄你可以拿走。”他可以在凯瑞安给它配一副新的剑鞘和剑柄,也许那些泰恩城的幸存者里就有铁匠。

艾玲达睁大了眼睛瞪着剑鞘,又抬起头来瞪着他,她那副大张着嘴的吃惊模样,兰德以前从没见过。“但这些宝石非常值钱,比我付的价钱更……你这是让我陷进这笔债里无法脱身,兰德·亚瑟。”

“不是的。”如果这根剑刃未经打磨地放了二十年,仍然是这样光彩耀人,这就证明了他的看法,“我没有接受剑鞘,所以它还是你的。”将一只丝绸垫子扔到半空中,他以残叶卷的姿势挥剑向上挑起。垫子被整齐地切为两半,羽毛如同雨点般落下。“我也不要剑柄,所以它是你的,如果你在这笔买卖中赚到了什么,那也是你的事。”

女孩漂亮的脸上没有半点喜悦,兰德怀疑她为这把剑拿出了自己的全部家当,而现在她很可能赚回了百倍的利润,但她既不高兴,也不对他表示感谢,只是瞪着落满帐篷的羽毛,气愤得仿佛是一位两河流域的家庭主妇看见自家的地板被弄得一团脏。她僵硬地拍了拍手掌,一名奉义徒走进帐内,立刻就跪下来开始清理。

“这是我的帐篷。”兰德意有所指地说道。艾玲达朝他哼了一声,那样子像极了艾雯,这两个女人真是待在一起太长时间了。

天色完全暗下来时,晚饭端了上来,和往常一样,是白饼和炖菜,菜里面有干辣椒和豆子,还有一块块几乎是白色的肉。当他得知这些肉是那条血蛇的肉时,他朝艾玲达笑了笑,自从进入荒漠以来,他不止一次地吃过蛇和更糟糕的东西。让他感觉最差的是岬辣,并不是因为那种东西的味道差,实际上它的味道和鸡肉差不多,但它是一种毒蜥蜴。有时候,兰德觉得荒漠中那些有毒的东西,像是蛇、蜥蜴、蜘蛛、植物等,比世界上其他地方的加在一起还要多。

看到他没带着恶心的表情把那些炖肉吐出来,艾玲达显得有些失望。兰德经常不知道这个女孩心里到底在想什么,有时候,她似乎非常乐意给他找麻烦。如果说兰德曾经试图装成一副艾伊尔人的样子,那么她就像是在全力证明他完全不是艾伊尔。

但他现在很累了,只想好好睡一觉,所以在脱下外衣和靴子后,他就爬进毯子里,背对着艾玲达躺了下去。艾伊尔的男人和女人也许会一起洗汗浴,但在夏纳的短暂居住让他明白了自己非常不适应男女共浴的事实，至少他无法阻止自己脸红。他竭力不去听女孩在她自己的毯子下脱衣服的窸窣声，至少她还算是注意仪态的，但为了以防万一，他一直保持背向外躺着的姿势。

艾玲达宣称她必须要睡在这里，以便继续向他介绍艾伊尔的风俗习惯，因为他白天的时间大多被部族首领们占据了。他们两人全都清楚，这是个谎言，兰德完全无法想象那些智者们会认为她这样做能查出什么秘密。背后传来那女孩在拉扯什么东西时发出的嘀咕声，还有几句她自言自语的嘟囔。

为了掩盖住这些声音，也为了不让自己去费心思去想女孩在说些什么，兰德说道："麦兰的婚礼真是让人印象深刻，贝奥真的是直到麦兰和多灵达告诉他的时候才知道的？"

"当然。"她不屑一顾地回答，同时停住手边的动作(兰德觉得她正在脱袜子)，"为什么贝奥要在麦兰将新娘花冠放在他脚边前知道这件事？"她忽然笑了，"为了能找到足够做花冠的茜葭花，麦兰和多灵达真是费尽力气，那种花在靠近龙墙的地方非常少。"

"这有什么特殊含意吗，茜葭花？"兰德为了让艾玲达高兴而送给她的也是茜葭花，只是艾玲达从来都不承认接受过他的花。

"意思是她的脾气不好，但她并不想改正。"又是一次停顿，还伴随着几声嘟囔，"如果她用的是甜根的花和叶，那就是说她会有一颗甜美的心。晨露是说她会顺从丈夫，还有……每种花都有不同的意思，我要用好几天的时间才能把这些都告诉你。不过你不需要知道这些，你不会有一名艾伊尔妻子的，你属于伊兰。"

当艾玲达说"顺从"时，兰德差点要转头去看她一眼，这个词和他能想到的任何艾伊尔女子完全不相称。在艾伊尔女人的想法中，这个词的意思很可能是指在用矛尖戳穿你之前警告你一声。

兰德背后又传来一阵沉闷的哼声，然后就安静下来，他觉得那应该是艾玲达从头上脱下上衣的声音。兰德希望那些油灯能熄掉，不，这会让情况更糟。话说回来，从鲁迪恩出发后，他每晚都要这样度过，而且每晚都会变得更糟。他必须让这件事有个了结，从现在开始，这个女人要和智者们一起睡，她是属于那里的，他该从她那里学习什么，自然会去找她学。这些想法已经在他脑子里盘旋十五个晚上了。

为了把脑子里想象的画面赶走，他说道："最后那一段真是厉害，就是他们立下誓言之后。"当时，六位智者刚刚宣布了她们的祝福，立刻就有一百名麦兰的血亲冲上去围住了她，所有人都拿着短矛，一百名贝奥的血亲也集合在新郎的周围。贝奥必须冲出一条路，把新娘抢过来。当然，没有人戴上面纱，这只是习俗的一部分，但双方都流了血。“就在几分钟之前，麦兰还发誓爱贝奥，但贝奥走到她面前时，她却反抗得像一只被逼到角落里的山猫。”如果不是多灵达一拳打在她的肋骨上，兰德甚至不认为贝奥能把她抱到肩膀上扛走。“但他最后还是被她打青了眼圈，腿也瘸了。”

“难道她应该是个弱者吗？”艾玲达有些困倦地说，“他必须明白她的价值，她不是被他装进荷包里的廉价首饰。”女孩打了个哈欠，兰德听见她又向毯子里缩了缩。

“‘教男人唱歌’到底是什么意思？”除了战歌和追思死者的悼歌以外，艾伊尔男人从不唱歌。

“你在想麦特·考索恩？”这次她发出了咯咯的笑声，“有时候，一个男人会为一名枪姬众而放手弃枪的。”

“你在瞎说，我从没听过这样的事。”

“嗯，那并不是真正的放手弃枪。”她的声音里已经有了浓浓的睡意，“有时候，一个男人渴望得到一名不愿放手弃枪的枪姬众，他就会故意成为她的奉义徒，当然，这种男人都是傻瓜，没有枪姬众会依照他的希望去看待奉义徒的。他只能努力工作，并严格遵守一切本分，他要做的第一件事就是学会唱歌，在枪之姐妹们吃饭时愉悦她们。‘她要教他唱歌了’，枪姬众会这样去说一个倾慕枪之姐妹的蠢男人。”真是个奇怪的种族。

“艾玲达？”他曾经说过，他不会再去问她这件事了。岚说那是一种叫作“雪花”的坎多工艺，也许是从在北方的某次袭击中获得的战利品。“那条项链是谁给你的？”

“一个朋友，兰德·亚瑟，我们今天走了很远的路，明天，你又会一大早把我们叫起来。好好睡吧！希望你能在明天醒来，兰德·亚瑟。”只有艾伊尔人会以祝愿对方不会在睡眠中死去作为晚安的祝辞。

用一个更小得多、也更精细得多的结界遮住自己的梦，兰德用至上力熄掉了油灯，开始努力进入睡眠。一个朋友。雷恩艾伊尔从北方过来了，但她是在鲁迪恩时就有了这条项链。为什么他要在意这件事？艾玲达平缓的呼吸在他入睡前一直缠绕在他耳际。然后他做了一个混乱的梦：明和伊兰帮他把艾玲达扛在肩上，艾玲达什么都没穿，只戴着那条项链；被扛在肩上之后，她一直用一只茜葭花环拍打他的背。

第22章

黑夜中的鸟鸣

趴在毯子上，麦特闭起双眼，感觉着梅琳达的拇指从他的脊骨两侧缓缓地向下按压，在马鞍上颠簸了一整天之后，没有比接受一次按摩更舒服的事了。嗯，也许这么说并不完全正确，但此时此刻，他很喜欢这样享受梅琳达的拇指。

“你虽然个子不高，但肌肉非常结实，麦特·考索恩。”

麦特睁开眼睛，回头瞥了一眼跨骑在自己臀上的梅琳达。梅琳达刚刚将火堆里的火挑了挑，让火烧得更旺，汗珠正一颗颗地沿着她的身体滚落。她淡金色的头发被剪得很短，且依照艾伊尔风格在颈后留了一束长发。“如果觉得我个子矮，你可以再去找一个。”

“你还没有矮到不合我的品味。”她抓了抓他的头发，发出一阵笑声。麦特的头发比她的还要长。“而且你很可爱。放松，绷紧肌肉效果就不好了。”

麦特哼了一声，又闭上眼睛。可爱？光明啊！而且个子也不高。只有艾伊尔人会说他矮。在他去过的其他所有地方，他都比大多数男人来得高，虽然有时只高一点点。他还记得自己很高的时候，那时他比兰德还要高，正在马背上向亚图·鹰翼发起冲锋。而他在与马艾辛一同对抗埃伽锐时，他比现在还要矮一拳。他曾经告诉岚，他听过这些名字。护法说马艾辛是十国联盟之一——艾哈隆的国王,这一点,麦特已经知道了。岚还说那是兽魔人战争前四五百年的一个国家,岚怀疑即使是褐宗两仪师也不会比他知道得更多了。兽魔人战争中遗失了许多史料,而在百年战争中遗失得更多,这是进入麦特脑中最早的历史,也是最新进入他脑子的记忆。在亚图·潘恩崔·塔瑞奥之后和在艾哈隆的马艾辛之前,他的脑子里还是一片空白。

"你会冷吗?"梅琳达有些难以置信地说,"你在发抖。"她爬下他的身子,麦特听见她正往火堆里添木头,这个地方有许多灌木可以用来生火。当梅琳达爬回麦特身上时,她用力拍了一下他的屁股,喃喃地说道:"好一身肌肉。"

"如果你一直这么做,"麦特嘟囔着,"我会以为你要把我当成晚餐了,就像兽魔人一样。"他并不是不享受和梅琳达为伴——反正,只要梅琳达不提起自己比他高就没关系,但这情况让他感觉很不舒服。

"我不会吃掉你的,麦特·考索恩。"她的拇指深深地压进了他的肩膀,"就这样,放松。"

麦特觉得自己有一天会结婚,安定下来,人们总是这样做的。一个女人,一幢房子,一个家,把自己的余生锁在一个地方的镣铐。我从没有听说过哪个女人会喜欢她的丈夫喝酒和赌博的。而在那件特法器门框对面的那些人对他说,他的命运是"与九月之女结婚"。大概一个男人迟早都是要结婚的。但他绝对不想娶一名艾伊尔女人,他现在只想和更多的女人们跳舞,愈久愈好。

"我想,你不是用来吃的,而是被用来实现更伟大的光荣的。"梅琳达轻声说。

"听起来很不错。"只是现在他总是没办法让别的女人多看他一眼,无论是枪姬众还是其他人,仿佛梅琳达在他的脖子上挂了一块招牌,上面写着"只属于沙度艾伊尔祖矛氏族的梅琳达"。当然,她不会提起自己属于沙度的,至少不会在这里,但又有谁能知道艾伊尔人会做什么,特别是一位枪姬众?女人和男人的思考方式并不一样,而艾伊尔女人的思考方式和这个世界上任何其他人都不会一样。

"很奇怪,你会这样抹煞自己。"

"抹煞我自己?"他嘟囔着。梅琳达的手感觉真好,他原先没感觉到的紧绷肌肉现在都松弛下来了。"怎么?"他猜想着梅琳达这么说是不是跟那条项链有关,或者她在意的是接受项链这个举动。梅琳达似乎很在意这条项链,当然,她从来都不戴它。枪姬众不戴首饰。但她一直将它收在荷包里,并会向每一个想看看它的女人尽情展示它,有许多枪姬众都要求看过这条项链。

"你总是躲在兰德·亚瑟的阴影下。"

“我没有躲在任何人的阴影下。”他心不在焉地说道。看来原因不是这条项链，他总是把珠宝送给女人们，无论是枪姬众还是其他人，他喜欢送漂亮女人礼物，即使得到的回报只是一个微笑，他也从没想要更多。如果一个女人不能像他一样享受一个吻或是一个拥抱，强求又有什么意义？

“当然，只是躲在卡亚肯的阴影下就已经是一种光荣了。想要接近强者，你就必须站在他们的阴影下。”

“阴影。”麦特随意地响应着，他根本没有认真去听梅琳达在说什么。有些女人会接受，有些不会，但没有人会认为她拥有他，这才是他真正对梅琳达恼火的地方。他不打算让自己属于任何一个女人，无论她多么漂亮，无论她的双手多么善于松弛僵硬的肌肉。

“你的伤疤应该是荣耀的伤疤，以你自己的名字争取的荣耀，你应该成为首领，而不是像现在这样。”一根手指拂过他脖子上的那道勒痕，“你是因为向卡亚肯效忠才得到这个的吗？”

麦特摇动脖子，甩开梅琳达的手，然后用臂肘支起身子，转过头看着她：“你确定‘九月之女’和你没有任何关系？”

“我告诉过你，没有。趴下。”

“如果你对我说谎，我发誓我会在你的屁股上抽一顿鞭子。”

将双手叉在腰上，她用危险的眼神俯视麦特，“麦特·考索恩，你以为你能……抽我的屁股？”

“我会尽力去试。”她也许会用矛锋刺穿他的肋骨，“你能不能发誓从没有听说过‘九月之女’这个词？”

“我从没听说过。”她缓缓地说，“她是谁？还是另有所指？趴下，让我——”

帐篷内外的所有地方似乎同时响起了画眉的叫声，片刻之后，又变成了红翼鸫，它们都是两河流域的鸟。兰德将警报的声音设定成他自己知道、却在荒漠中从未出现过的鸟鸣声。

梅琳达立刻从麦特身上蹿下来，用束发巾裹住头，在戴上面纱的同时拿起了短矛和圆盾，然后她就冲出了帐篷。

“血和该死的灰啊！”麦特一边嘟囔，一边挣扎着把马裤套在腿上。红翼鸫的意思是南方，他和梅琳达的帐篷正好在南方，和查林部族在一起。扎营的时候，他刻意选择了这个尽量远离兰德的地方，但他并不打算像梅琳达一样裸体冲进荆棘从里去。画眉意味着北方，沙拉得部族在那里安营。他们同时受到了来自于两个方向的攻击。

他用在这个矮帐篷里能做到的最快速度穿上靴子，然后转头去看那枚放在毯子旁边的银狐狸头。帐篷外传来一阵阵喊声和金铁交鸣的声音。现在他已经大致推测出，这枚徽章阻止了沐瑞在鲁迪恩时对他进行的第一次治疗。只要他碰到这枚徽章，两仪师的导引就无法影响他。他从没听说过暗影生物会导引，但兰德说过有黑宗的存在，他相信兰德的话，而且弃光魔使们也有可能来追杀兰德。将徽章挂在胸前，抓起刻有乌鸦徽记的长矛，麦特冲进了寒冷的月色中。

他没时间去感觉深夜的严寒，还没等他完全走出帐篷，一把兽魔人的镰刀弯剑差点切下他的脑袋。他急忙扑倒在地，宽大的剑刃贴着他的头发掠了过去。翻了个身，麦特重新站起，手中已经端好了长矛。

从黑暗中隐约看去，这名兽魔人就像是个魁梧的男人，只是个子比艾伊尔人还要高出一半。它身上披着黑色的甲片，在手臂和肩膀上都立着尖钉，它头上还戴着一顶羊角头盔，仔细观察才能看清，那对羊角直接长在它那颗很像人类的头颅上，而在眼睛下方，一只羊嘴凸出在脸上。

兽魔人用绝不属于人声的粗嘎声音咆哮着，全力向麦特扑来。麦特抡动矛杆，将那柄沉重的镰剑格开，把矛尖戳进兽魔人上半身的正中心。至上力锻造的锋刃削铁如泥，逼迫铁甲和底下的皮肉一起向左右分开，羊脸兽魔人嘶叫着弯下了腰。麦特抽出长矛，在敌人倒下时跳到一旁。

麦特身边的艾伊尔有些没穿衣服，有些只穿了一半，但他们全都戴着黑色的面纱。与他们作战的兽魔人分别长着猪嘴、狼吻、鹰喙，一些头上长角，一些长着羽毛。它们的武器是那种古怪的镰剑、长钉战斧、带钩的三叉戟和长矛，不时还会有兽魔人用巨大的弯弓射出如同小型矛枪的倒刺利箭。与兽魔人共同作战的还有许多人类，他们穿着粗布上衣，以刀剑作为武器，当他们死在荆棘丛中的时候，还会发出绝望的嚎叫。

“沙马奥！”

“沙马奥和金蜂！”

暗黑之友们死伤狼藉，他们在艾伊尔人面前大多活不过一个照面，但兽魔人就比他们强悍多了。

“我不是该死的‘英雄’！”麦特漫无目的地大声喊道。现在他正与一个熊头毛耳的兽魔人对战，这是他的第三个对手。这怪物挥舞着一把长柄斧，斧子的一侧是六根长尖锥，另一侧是一道足以斩断树干的阔刃，但这把大斧在它长满硬毛的双手中仿佛只是个玩具。就是因为接近兰德，他才总是会惹上这样的麻烦，他真正想追求的只是一些好酒、一场掷骰赌局，还有一个或不止一个的漂亮女孩。“我不想被卷进去！”特别是沙马奥很可能就在附近的时候，“你听见我的话了吗?”

那名兽魔人捂着被劈开的喉咙倒了下去,麦特发现自己面前换成了一只魔达奥,它刚刚杀死两个一起向它冲去的艾伊尔。这个半人看上去有点像是人类,但皮肤却呈现出某种黏滞的白色,它的身体被蛇鳞般的黑甲裹住,动作也仿佛是条蛇一样,柔滑、流动、迅捷。但无论它做出怎样激烈的动作,夜一般黑的斗篷都垂挂在它的背后,没有半点掀动。它的脸上没有眼睛,那里只是一片死白的光滑皮肤。

魔达奥无眼的凝视指向麦特,让他浑身颤栗,恐惧一点点渗进他的骨髓。“无眼者的注视就是恐惧。”边境国的人们都这样说,就连艾伊尔人也承认,魔达奥的凝视会让人连骨髓也感到凄冷,这是这种怪物的第一件武器。随后,半人如同一股激流向他射来。

麦特咆哮一声,冲上去迎击半人的进攻。怪物的手里是一柄像它的斗篷般黑的利刃,在萨坎軑的熔炉中锻造出的剑锋,如果麦特碰到它,除非沐瑞立刻现身为他治疗,否则他必死无疑。能够战胜隐妖的方法只有一个,就是不停地进攻,在被它压倒之前抢先压倒它,进行防御的想法只会导致死亡。现在他甚至没办法再多看一眼夜幕中正在他身边进行的战斗。

魔达奥的刀刃如同蛇信般飞快地吞吐,像黑色闪电在狂乱地舞动,但它的全部动作都是在抵挡麦特的进攻。乌鸦徽记的至上力锻钢撞击在萨坎軑毒刃上,迸溅出一片片蓝色的电光。

突然间,麦特的劈砍碰触到了柔软的肉体,黑剑和苍白的手一同飞了出去,反手一劈,魔达奥的喉咙被切开。麦特并没有停止动作,他刺穿它的心脏,砍断它的腿筋,所有动作一气呵成,毫无停顿。做完这一切之后,他才离开了那个仍然在地上拼命挣扎的东西。魔达奥的两只手臂——仍然完整的和已经断掉的,全都在疯狂地挥动,从伤口中喷溅出黑色的血液。半人在遭受致命伤后,要过很长时间才会承认自己的死亡,除非被日光照射到,否则它们永远都不会彻底地死去。

扫视周围一圈,麦特才发现敌人的攻击已经停止了。暗黑之友和兽魔人,或者死亡,或者逃散,至少他的视线中只剩下艾伊尔人,而他们也死了一些。他从一名暗黑之友的脖子上取下一块方巾,用它擦净矛刃上魔达奥的黑血,如果任由这血渍存留太长时间,它就会腐蚀矛刃。

这次夜袭没有任何意义。在月光下,麦特看见兽魔人和人类的尸体只是集中在营地最边缘的一线帐篷附近,如果他们想取得一点进展,就要集结比这次规模大许多的军队。

"你刚才在喊什么？好像是'卡莱'什么的，那是古语吗？"

麦特转身望向梅琳达，艾伊尔女子已经摘下了面纱，身上除了束发巾之外，仍然是一丝不挂。其他枪姬众和男人们也大多没有穿衣服，虽然大部分人很快就回到帐篷里去，但他们似乎对这件事都毫不在意。这群人真是丝毫也不懂得注意仪态，完完全全不懂。虽然梅琳达的呼吸中已经夹杂了一缕缕白气，但她就好像根本没感觉到空气的寒冷。麦特像她一样浑身是汗，一旦心神不再被保命奋战而占据，他几乎立刻就冻僵了。

"是我曾经听过的一种战号，"麦特对梅琳达说，"我很喜欢这个声音。"Carai an Caldazar！为了红鹰旗的光荣。这是曼埃瑟兰的战号，他的大多数记忆都来自于曼埃瑟兰，其中有一些是在他走进扭曲门框前就有的。沐瑞说这是古老血脉的体现，但麦特现在只希望自己的血管里没有流着这种东西。

梅琳达伸手搂住他的肩膀，和他一起朝帐篷走去。"我看见你杀了那名夜跑者，麦特·考索恩。"这是艾伊尔对魔达奥的一种称呼，"你绝不比任何男人矮。"

露出牙齿笑了笑，麦特伸手揽住了梅琳达的腰，但他无法把这次袭击抛诸脑后。他试图忘记，但他办不到，破碎的记忆在他脑海中咆哮不已。为什么会有人要进行这场毫无希望的袭击？只有傻瓜才会毫无理由地进攻这么强大的一股力量。他没办法把这个想法从脑子里赶走。没有人会发动没有理由的攻击。

鸟叫声让兰德立刻从睡眠中醒来，他抓住阳极力，将毯子一扔，没有穿外衣和靴子就冲了出去。月光很亮，夜很冷，战斗的声音隐约从下方的丘陵中传来，在他周围，无数艾伊尔如同蚁群般急速奔跑着，赶往隘口边缘进行守卫。如果有暗影生物进入隘口，警报会再次响起——会是冬雀的叫声。他不会现在就撤去结界，做这种侥幸的事情是很愚蠢的。

很快的，隘口里重新恢复了平静，奉义徒都留在帐篷里，即使是现在，他们也不能拿起武器。其他艾伊尔都已经在防守地带就位了，就连亚得凌她们都不见了，仿佛知道如果不走的话，他一定会阻止她们投入战斗。他能听见城墙附近的马车队里传来一阵阵窃窃私语，但马车夫和哈当都没有露面，他也不认为那些人会现在跑出来。那些战斗的声音——人类的喊声、吼叫声、临死前的凄嚎虽然很微弱，却能分辨出是从两个方向传来的。只是两个受袭的地方都在山下，而且距离他非常远。智者帐篷周围的人们也走了，看起来，那些人是直扑战场而去。

这样的一场攻击毫无意义。袭击的幕后黑手不可能是米雅各马，除非提摩兰主动将暗影生物带进他的部族，而这就像白袍众征召兽魔人一样不可能。兰德转回身，虽然还处于虚空的包覆之中，但他仍然不禁打了个哆嗦。

艾玲达已经用一条毯子裹住身体走进了月色。就在艾伊尔女孩前面，站着一个披暗色斗篷的高大男人，月影覆盖了一张太憔悴苍白的脸，和一双大得可怕的眼睛。随着一阵低柔的歌声，那件斗篷被打开了，那是双像蝙蝠翅膀一般的皮翼。艾玲达如同梦游一样一步步走向那个等待着她的拥抱。

兰德开始导引，一根手指粗细的烈火掠过女孩，如同固体的光箭直刺人蝠的头颅。细一点的烈火效果也会慢一些，但绝不会比杀死暗之猎犬的弱。怪物的颜色发生了反转，黑色变成白色，白色变成黑色，转瞬间，它就只剩下几点闪光的尘埃，逐渐融入空气中。

歌声消失时，艾玲达盯着那些闪光的微尘，晃动了几下，然后她转身面对着兰德，用毯子将自己裹得更紧一些。她伸出手，一股树干般粗细的火焰直向兰德涌来。

带着虚空也无法屏障的惊骇，兰德完全没想到要使用至上力，他扑倒在地。汹涌的烈焰在他的头顶形成一片火海，然后立刻就消失了。

“你要干什么?”兰德喊道。愤怒和震惊击碎了虚空，阳极力离开他的身体，他爬起身，大步向艾玲达走去。“我还没听说过这么忘恩负义的事情!”他要拼命地摇晃她，让她的牙齿撞得咯咯作响。“我刚刚救了你的命，不管你有没有注意到，不管我是不是冒犯了什么该死的艾伊尔习俗，我都不——!”

“下一次，”她用更大的喊声打断了他的话，“我就把一切都留给伟大的卡亚肯自己去对付好了!”她笨拙地抓起毯子，僵直着背走回帐篷。

兰德这才回了一下头，另一只人蝠已经蜷缩在地上，在火焰中变成了一团焦黑。刚才他气恼得竟然没听见背后火焰带起的风声和油脂爆裂的劈啪声，也没闻到油脂烧焦的气味，他甚至没感觉到暗影生物散发的邪恶气息。人蝠会首先将受害者的灵魂吸走，然后才夺取他的生命，为此，它必须接触到受害者，而这一只距离兰德刚才站立的地方已经不到两步了。兰德不确定人蝠的歌声对一个体内充满阳极力的人有多大作用，他很高兴自己没机会知道。

深吸一口气，他跪到帐篷入口旁。“艾玲达?”他不能进去。帐篷里现在亮着一盏灯，据他所知，艾玲达很可能正赤裸着身体坐在里面，而且她现在心里一定恨不得把他撕成两半，这也是他罪有应得。“艾玲达，我很抱歉，我向你道歉，我没有问你原因就说了那些话，我真是愚蠢。我应该知道你不会伤害我的，而我……我……我是个傻瓜。”说出最后几个字的时候，他的声音已经低得可怜了。

“你知道得真多，兰德·亚瑟。”里面传来有些模糊的话音，“你确实是个傻瓜！”

艾伊尔人是怎么道歉的？他以前从没问过艾玲达这个问题。想了一遍节义、教男人唱歌，还有结婚的习俗，他觉得自己大概猜不出来适合的道歉方式。“是的，我是傻瓜，我向你道歉。”这次他没有等到响应。“你在毯子里吗？”还是寂静。

兰德低声嘟囔了几句，站起身，活动了一下与冰冷的地面只隔着一层长袜的脚趾。他必须留在外面，直到他确信她已经用毯子好好盖住身体。没有靴子和外衣，他只好抓住阳极力，忍受着那里面的污染，同时让自己离开刺骨的严寒，深深地躲进虚空之中。

三位智者跑了过来，当然，还有艾雯，她们绕着那只还在燃烧的人蝠站成一圈，全都在盯着它，又用几乎一致的动作拉紧肩上的披巾。

“只有一只，”艾密斯说，“感谢光明，但还是让我很吃惊。”

“有两只，”兰德对她说，“我……摧毁了另一只。”为什么他要犹豫？是因为沐瑞警告过他要慎用烈火吗？这只是一件和其他武器一样的武器而已。“如果不是艾玲达杀死了这只，也许它就会偷袭到我了。”

“是因为感觉到她在导引，我们才会过来的。”艾雯上下打量着他，一开始，兰德以为她是在检查自己是否受伤了，但艾雯好像特别注意他那双只穿着袜子的脚，然后她又瞥了那顶帐篷一眼，看了看从门帘缝隙里透出的灯光。“你又让她生气了，对不对？她救了你的命，而你……男人！”厌恶地摇了摇头，她闯过他身边，走进了帐篷，兰德听见细微的说话声，但完全听不清她们在说些什么。

麦兰拉了一下披巾：“如果你不需要我们了，那我们现在要去看看下面的状况。”没等另外两名智者动作，她已经向山下跑去。

柏尔一边笑着一边和艾密斯一同追上麦兰：“我跟你打赌，你说她第一个会去看谁？就用你很喜欢的那条紫水晶项链赌你的蓝宝石手镯吧！”

“好，我猜是多灵达。”

年长的智者又笑了：“她的眼里现在仍然只有贝奥，首姐妹是首姐妹，但新婚的丈夫……”

兰德很快就听不到她们的话了，他重新向帐篷门帘弯下腰，却仍然听不清帐篷里两个女孩在说些什么。看来，除非是将耳朵贴在帘缝上，否则他什么也听不见了，他不打算这么做。有艾雯在，艾玲达应该会好好地遮住身体。不过话说回来，既然现在艾雯这么适应艾伊尔的习俗，也许她反而会把自己的衣服脱光的。

轻微的软鞋踏地声告诉兰德，沐瑞和岚来了。他站起身，虽然能听到两个人的呼吸，但他完全听不见护法的脚步声。沐瑞的头发披散在脸侧，身上裹着一条暗色长袍，丝绸布料在月光下闪闪发亮。当然，岚的装束和白天一样齐整，他穿着靴子，腰间佩剑，背后披着那件可以让他融入夜色的斗篷。这时，战斗的嘈杂声已经从下方的山丘间消失了。

"我很惊讶你这时才来，沐瑞。"他的声音很冷，但他的表情更冷。他紧抓着阳极力，与它不停地抗争着。夜晚的严寒被挤到了某个遥远的地方，但他知道寒冷的存在，如同他知道衬衫里的空气在他皮肤表面的每一丝扰动，虽然所有这些都无法真正地碰触他。"通常你一感到出问题就会立刻来找我。"

"我不必为自己的行动提出解释。"沐瑞的声音和以往一样，神秘而冰冷，但即使只是在月光下，兰德仍然相信，两仪师的脸红了。岚似乎很不平静，不过对岚这种人，兰德很难看出他真正的情绪。"我不能永远握着你的手，最终，你一定要自己走路。"

"今晚我就这么做了，不是吗?"困窘滑过虚空，他这么说仿佛是所有的敌人都是他解决的。他又补充一句："艾玲达干掉了那只袭击我背后的。"人蝠身上的火苗已经变小了。

"那就是说，她也在这里。"沐瑞平静地说，"你并不需要我。"

沐瑞从不曾害怕过，这点兰德可以确定。他看见过沐瑞冲进暗影生物群集的地方，像岚用剑一样娴熟地运用着至上力，这种场景他见过不止一次，所以他不相信沐瑞会有恐惧。那为什么她在感觉到人蝠的时候没有立刻赶过来？她应该能感觉到人蝠，岚也可以，那是护法从他们与两仪师之间的约缚中得到的优势之一。兰德能强迫沐瑞说出原因，因为沐瑞不能对自己的誓言说谎，而她发誓过要服从他。不，他不能这样做，或者他不会这样做，他不会这样去对待一个正竭尽全力帮助他的人。

"至少现在我们知道下面那场战斗的原因了。"兰德说，"为了吸引我的注意，让人蝠可以乘虚而入，他们在冷岩堡时就这么做过，这招在这里也不会有用。"但它这次确实差点就成功了，如果这次行动的目的确实只是这样的话。"真希望他们能有些别的花样。"库莱丁在他前面，弃光魔使却无处不在，为什么他不能一次只对付一个敌人？

"不要小看那些弃光魔使。"沐瑞说，"这样你很容易就会送掉性命。"她将身上的长袍勒紧一些，仿佛是希望它能更厚一点。"时间很晚了，如果你不再需要我……"

在两仪师和护法离开的时候，艾伊尔们已经开始陆续返回了。那只人蝠让一些人大吃一惊，他们很快就叫来几名奉义徒将它拖走了，但大多数人只是看了看它，就各自回帐篷去了，他们似乎已经预料到兰德这里会出现这样的东西。

当亚得凌一群人出现的时候，她们穿着软靴的脚走得并不快。眼看着人蝠被身穿白袍的男人们拖走，她们彼此之间对望了许久，然后才走到兰德面前。

“这里没有敌人，”亚得凌缓缓地说，“攻击仅限于山下，发动攻击的是暗黑之友和兽魔人。”

“我听见他们在叫喊‘沙马奥和金蜂’！”另一名枪姬众说道，头还裹在束发巾里，兰德看不出她是谁，她的声音很年轻。确实有一些枪姬众还不到十六岁。

亚得凌深吸一口气，将一把短矛横端到兰德面前，然后就保持着这个姿势不动，其他人也各端起短矛。“我们……我……失职了。”亚得凌说，“人蝠出现的时候，我们应该守卫在这里的，而我们却像小孩一样急着去参加枪矛之舞。”

“我要这个干什么？”兰德问。

亚得凌的回答没有半点犹豫：“无论你想做什么，卡亚肯，我们都准备接受，绝不拒绝。”

兰德摇了摇头。该死的艾伊尔和他们该死的节义。“你带着这些人继续守卫我的帐篷，行吗？去吧！”她们又互相看了一眼，然后才开始执行他的命令，但她们的表情跟她们刚才走向兰德时一样显得很不情愿。“你们再派一个人告诉艾玲达，我会在回来的时候进帐篷去。”他又说道。他并不打算整夜等在外面，寻思着进去是否安全。他大步走开，坚硬的岩石地面顶在他的脚下。

亚斯莫丁的帐篷距离这里并不远，那里一直没有任何声音传出来。他掀开帐帘，弯腰走了进去。亚斯莫丁正坐在黑暗里，咬着他的嘴唇，兰德出现的时候，他哆嗦了一下，没容兰德说一个字就立刻开口说道：“你不会想让我帮忙吧？我感觉到了人蝠，但你能对付它们的。我一直都不喜欢人蝠，我们根本就不该制造出它们，它们比兽魔人还没脑子。即使接受了命令，它们有时候仍然会随便杀死距离它们最近的人。如果我出去了，如果我做了什么……要是被别人注意到怎么办？如果他们发现那不是你在导引呢？我——”

“你做得很好。”兰德打断了他的话，也盘腿坐在黑暗中，“如果今晚我感觉到你充满阳极力地离开这里，我也许已经把你杀了。”

对面男人的笑声里带着颤抖：“我也是这么想的。”

“今晚进行攻击的是沙马奥，至少那些兽魔人和暗黑之友是他派来的。”

“沙马奥不是那种会随意消耗手下的人，”亚斯莫丁缓缓地说，“但只要他认为值得，他毫不会顾忌一万人，或者是十万人的死亡，也有可能是其他人想让你以为是沙马奥干的。即使艾伊尔抓到了俘虏……兽魔人只知道杀戮，而暗黑之友相信主人告诉他们的一切。”

“是他，他曾经在瑟伦达哈想用同样的方法引诱我攻击他。”哦，光明啊！一个声音飘过虚空表面。我在说“我”。他不知道瑟伦达哈在哪里，除了这句话，他对那个地方一无所知，只是这个词就这么自然而然地从他嘴里说了出来。

沉默了很长一段时间，亚斯莫丁平静地说：“我还不知道有这件事。”

“我想知道的只是，他为什么要这样做。”兰德谨慎地选择着自己的言辞，希望它们都是从他自己的思想中来的。他还记得沙马奥的面孔——不是我的，不是我的记忆——那是个矮小精悍的男人，留着黄色的胡子。亚斯莫丁向他描述过所有弃光魔使的相貌，但他知道，这个形象并非出自于那些描述。沙马奥总是想长得更高一些，所以他永远都很痛恨至上力没办法帮他做到这一点，至少，亚斯莫丁从没告诉过兰德这件事。“根据你告诉我的那些事判断，除非他确定可以获得胜利，否则他并不愿意面对我，他绝不会冒丝毫风险。你说过，如果可以，他很愿意把我丢给暗帝。为什么这次他会确定如果我和他进行战斗，他一定能够取胜？”

他们在黑暗中对这件事讨论了几个小时，却没有得出任何结论。亚斯莫丁坚持认为这是其他人干的，那个人希望兰德可以去对付沙马奥，由此进而除掉沙马奥或兰德，或者让他们两败俱伤，亚斯莫丁说如果是他就会这么干。兰德能感觉到对面这个男人黯沉的眼睛正在盯着他，并且流露出怀疑的神色，刚才那个口误大到有些难以掩饰了。

当他终于回到自己的帐篷前面时，亚得凌等十几名枪姬众全都跳起了身，所有人异口同声地告诉他，艾雯已经走了，艾玲达也早就睡了。艾玲达很生他的气，她和艾雯都是，然后她们又给了他许多建议，教他该如何处理这两个女人的火气。但面对这么多同时说话的女人，兰德完全没听懂她们在说些什么。最后，这些女人恢复了平静，又在不断地交换着眼神，而亚得凌则开始单独对兰德说话：

“我们必须谈谈今晚的事，关于我们的行为，以及我们的失职，我们——”

“这没什么。”兰德对她说，“如果一定要说你们确实有错，那我也已经原谅和忘记了。我要睡一会儿。如果你们想讨论这件事的话，就去找艾密斯或柏尔吧！我确定她们比我更明白你们想要什么。”枪姬众惊讶地闭上嘴，看着兰德走进帐篷。

艾玲达已经在毯子里睡着了，她有一条纤细的光腿伸在毯子外面，兰德尽量不去看那条腿，或者是她。艾玲达还留了一盏灯没有熄，兰德带着感激的心情爬进自己的毯子，导引至上力熄了那盏灯，然后才松开阳极力。这次他梦见艾玲达在掷出火焰，只是她瞄准的对象并不是人蝠，而沙马奥正坐在她旁边，脸上挂着狞笑。

第23章

那五分之一，我给你们

在一座长满青草的山丘上勒住薄雾的缰绳，艾雯看着艾伊尔的人流川流不息地走下章嘉隘口，马鞍又让她的裙子褪到了膝盖以上，但她现在根本没去注意。她不能把所有时间都用在整理裙子上，而且她穿了长袜，这样腿上就能有一些遮掩了。成千上万的艾伊尔快步从她身边跑过，以部族、氏族和战士团区别队列，其间还夹杂着他们的驮马和骡子。奉义徒负责营地与后勤，其他人负责战斗，整支队伍足足排了有一里那么长。更多的艾伊尔还在隘口里，或者是已经走到前方她的视野外。艾雯觉得，她眼中看见的是一个正在行进中的国家。丝绸之路在这里变成了一条大道，宽度足有一百五十尺，路面上铺着白色的宽石板，它所经过的山丘都被削成平地。艾雯只能偶尔从人群间隙中看见路面，不过艾伊尔们似乎更喜欢在草地奔跑，有许多铺路的石块已经被翻起或是破碎了。在最近这二十年里，行走在这条路上的只剩下一些本地的农夫和屈指可数的车子。

能够重新见到大树，确实让人振奋了一下。高大而粗壮的橡树和羽叶木，不再是那种枯瘦矮小，在强风下扭曲变形的植物，高密的青草覆盖着山丘，在风中如同波浪般摇曳。在北方能看见真正的森林。天空的云朵高远而稀薄，但至少是真正的云朵。与荒漠相比，这里的空气格外凉爽宜人，润泽清新，但棕色的树叶和草原上大片的棕色斑块告诉她，这里实际上比往年这个时节更加炎热、干燥。而凯瑞安的郊野与龙墙的另一侧相比，永远都像天堂一样。

一股细小的溪流在比溪流本身更加宽阔许多的干土河床上向北方蜿蜒流去，上面架着一座平板桥，柘林河应该就在这条溪流下游不远处。艾雯寻思着艾伊尔会如何应付那条河，她曾经见过艾伊尔人走到一条河边时的样子。现在这条已经变窄的溪流也让流畅的艾伊尔队伍出现明显的停顿，男人和枪姬众们都会停在河岸边，惊讶地看上几眼，才会迈步跳过去。

哈当的马车从路上隆隆驶过，长长的骡子队很卖力地拖着车，但仍然一直落后艾伊尔们。他们一共花了四天的时间通过迂回曲折的隘口，兰德显然是想要在这个白天剩余不多的几小时里尽可能深入凯瑞安。沐瑞和岚骑在马车队旁，哈当那辆箱子般的白色小马车后面。与他们并行的是第二辆马车，装在那上面的那座扭曲门框被帆布覆盖着，和其他特法器相比，显得格外突出。一些特法器都经过小心包裹，或是被装在哈当带进荒漠的箱子和桶子里；另外一些却只是被塞在适合它们的空间里。形状古怪的金属和玻璃制品、一把红色水晶椅、一男一女两个幼童大小的裸体雕像，还有用骨头、象牙和说不出名字的黑色材料制成的不同长度与质地的杖杆，以及其他许多各式各样的东西，其中有一些艾雯甚至不知道该怎样形容。沐瑞用尽了这些马车的每一寸空间。

艾雯希望自己能知道，为什么这位两仪师如此关注第二辆马车。也许没有别人注意到沐瑞将注意力完全放在那里，关心它胜于其他马车的总和，艾雯却注意到了，但她现在还没办法知道沐瑞为什么会这样做。白塔分裂后，她确实和沐瑞之间有了某种新的平等，但这种平等仍然是脆弱的。在隘口中的时候，她曾经问过沐瑞为什么会格外注意第二辆马车，沐瑞只是告诉她，她的想象力太丰富了，如果她有这么多时间可以刺探两仪师的话，也许沐瑞会要求智者们加强对她的训练。当然，她做了非常恳切的道歉，而她的这些柔顺言辞似乎确实发生了效用，艾密斯她们现在占据她晚上的时间并没有比以前多。

大约一百名塔戴得部族的法达瑞斯麦敏捷地小跑着通过了她身边的大道，她们都挂着可以随时戴起的面纱，腰侧佩着装满的箭袋。一些人直接将角弓拿在手里，上面扣着羽箭，其他人的角弓还装在弓匣里，悬在背上，短矛和圆盾随着她们奔跑的动作有节奏地摆动着。在她们的队伍后面，十来名穿白袍的奉义徒牵着骡子，正努力地在跟上队伍。那支队伍里有一个人穿着的是黑色的袍子，而不是白色的，那是伊馨德，她也是队伍中最吃力的一个。艾雯看见了亚得凌，以及另外两三名曾经在受袭那晚守卫兰德营帐的枪姬众。她们除了带着武器之外，手里还抓着一个布娃娃，那些布娃娃只是粗糙地做成穿着长裙和白色衬衣的样子。她们的表情比平时更加生硬，而且还都装作手里什么东西都没拿的样子。

艾雯不知道这是怎么一回事。那些枪姬众在完成当晚的守卫任务后，就成群结队地去找了柏尔和艾密斯，并且在那里停留了很长一段时间。第二天早晨，当人们还在昏暗的晨曦中收拾营地时，她们就已经在做那些布娃娃了。艾雯当然不敢去问智者们出了什么事，不过她向其中一名汤曼勒艾伊尔瑟莱氏族的枪姬众麦伊拉询问过这件事。那个女人说，这是为了提醒她，她不再是个小孩子了，麦伊拉的语气清晰地说明着她不想谈论这件事。这些拿布娃娃的枪姬众里有一个还不到十六岁，但麦伊拉至少有亚得凌那么大，然而，对于她们每个人来说，这都是件让人感觉很颓丧的事。

每次艾雯以为自己已经明白艾伊尔时，就会有事情证明她错了。

尽管万分不情愿，她的目光还是转向了隘口。那排木桩还立在那里，她刚好可以看见的地方，除了被艾伊尔踢倒的之外，剩下的木桩一直延伸到两侧陡峭的山岩。那是库莱丁留下的另一个讯号——男男女女们被钉在木桩上，横过整个隘口，他们要站立七天才会死亡。瑟利恩灰色的高墙在隘口右侧沿着山丘伸展，那上面什么也没有。沐瑞说过，这座城市拥有的只是它往日荣华所剩下的残影，但它仍然是一座相当具规模的城镇，比泰恩要大许多，而现在，那里什么都没有了。除了被沙度掳走的人之外，没有任何幸存者，也许有人逃到他们认为是安全的地方。这片丘陵地带有些农场，在艾伊尔战争之后，大部分凯瑞安东部的农场都被荒弃，但一座城镇需要农场供给食物。现在这些农场只剩下被熏黑的农舍石墙和烟囱，石砌畜棚上残留的一点被烧焦的梁柱，或者是彻底坍塌的屋舍。她和薄雾所在的这座山丘原来一定是放羊的牧场，在山丘下的畜栏附近，被屠杀的残尸上仍然聚集着无数的苍蝇。没有一头牲畜留下来，没有一只鸡还在院子里逡巡，就连地里的庄稼也被烧光了。

库莱丁和沙度部族是艾伊尔，但艾玲达也是，还有柏尔、艾密斯和麦兰，还有说艾雯让他想起自己女儿的鲁拉克。即使他们对那种把人钉死在木桩上的行为深感厌恶，但他们也认为这样对待毁树者并不算太过分。也许真正了解艾伊尔的惟一办法就是生为一个艾伊尔人。

最后瞥了那座被毁的城镇一眼，艾雯策马缓缓地走下山丘，来到那道粗石畜栏前面，然后任由薄雾穿过那道畜栏大门，同时习惯地弯腰紧了紧生牛皮马缰。让人感到讽刺的是，沐瑞认为瑟利恩人也许会投向库莱丁一方，因为他们会想要利用艾伊尔入侵者去对抗一个派遣提尔人入侵凯瑞安的人，这就是达斯戴马式的思维。但无论有着什么样的理由，这种决定显然是错误的，如果库莱丁曾经给过他们做出决定的机会的话。

艾雯沿着大道向前快跑，直到赶上兰德。今天兰德穿着他那件红色的外衣，艾玲达、艾密斯、柏尔、麦兰和另外三十多位她不认识的智者全都跟随在他身后。麦特戴着那顶大帽子，手里拿着他的黑杆长矛。杰辛·奈塔背着装竖琴的皮匣，手中举着的猩红色旗帜迎风招展，但快步前进的艾伊尔一直从两侧超越这支队伍，而兰德只是让他的斑点公马不疾不徐地走着，同时和部族首领们谈论着什么。虽然穿着裙子，但智者们完全可以跟得上超越她们而去的艾伊尔队伍，她们却像松脂般紧紧粘着兰德，没有一位智者看一眼跑过来的艾雯，她们的眼睛和耳朵全都集中在兰德和那六位部族首领身上。

“……还有，所有随提摩兰而来的人，”兰德用坚定的声音说，“必须同样被告知。”被派出去监视泰恩的岩狗众回来报告说，米雅各马在他们离开一天后进入了隘口。“我翻越龙墙是为了阻止库莱丁蹂躏这片土地，而不是要来这里进行劫掠。”

“这是个很糟糕的讯息，”贝奥说，“对我们来说也是，如果你的意思是我们不能取得那五分之一的话。”汉等人，甚至是鲁拉克，都点了点头。

“那五分之一，我给你们。”兰德没有提高声音，但他的每个字突然尖锐得像是被钉进听者耳膜的钉子，“但不包括食物。我们的食物将来自从原野中采集和猎捕的收获，以及购买——如果有人愿意卖给我们粮食的话，随后我会让提尔人运来粮食。如果有人拿了超过那五分之一的任何一个铜板，没付钱就抢走一块面包；如果有人烧毁一间茅屋，只因那是毁树者的房子；如果有人杀死一个没有试图攻击他的人，我就会吊死那个人，无论他是谁。”

“各部族不会喜欢这样的讯息。”戴雷克的声音几乎和石头一般硬，“我是来追随黎明而来之人，不是来娇惯背誓者的。”贝奥和哲朗张开嘴，仿佛是要表示同意，但他们彼此看了一眼，又都狠狠地咬住了牙。

“记住我说的，戴雷克。”兰德说，“我到这里来是为了拯救这片土地，而不是进一步摧毁它。我所说的对每一个部族都是一样，包括米雅各马和任何会追随我的人，每一个部族。你们要记清楚。”这一次，没有人再说话。兰德在杰丁背上坐直身体，让那匹公马从部族首领中间穿行过去，艾伊尔人的脸上没有任何表情。

艾雯深吸一口气。那些男人都年长得足以当她的父亲了，虽然他们始终都不承认，但身为族人的领导者，他们全都拥有着国王般的地位，而且也全都是战场上强悍的将军。仿佛就在昨天，他还是个际遇远大于自己年龄的男孩，一个只懂得请求和希望、完全不该发号施令并要求别人服从的年轻人，他变化的速度远超出她理解的程度。如果他能阻止这些人在其他城市中做出库莱丁在泰恩和瑟利恩所做的暴行，这将是一件好事。她这么告诉自己。她只希望他在做这些事时，不会表现出日甚一日的傲慢。还有多久，他就会要她像沐瑞一样遵从他了？或者他会要所有的两仪师都这么做？她希望他单纯是因为傲慢。

她想找个人说说话，所以她一只脚离开马镫，弯腰向艾玲达伸出了手，但艾伊尔女孩只是向她摇摇头。她确实是不喜欢骑马，也许那些在她身边步行的智者也使得她不愿意骑在马上，她们之中有一些人，即使是双腿全部断掉也不会骑马。叹了口气，艾雯爬下马背，手牵着薄雾的缰绳，然后有些气恼地拉了拉裙子。她穿的齐膝艾伊尔软靴很舒服，但即使是这样，她也没办法在这种坚硬的石板地上走太久。

“他真的已经是个统治者了。”她说。

艾玲达并没有将目光从兰德背上移开：“我不了解他，我没办法了解他，看看他带着的那个东西。”

艾玲达指的是那把剑，兰德并没有将它带在身上，现在它被拴在他的马鞍上，插在一只野猪皮的朴素剑鞘里，长长的剑柄伸到他的腰侧，上面包覆着同样颜色的皮革。这是他在隘口中行进时请泰恩人为他打制的剑鞘和剑柄。艾雯很奇怪他为什么会做这种事，现在他随时都能导引出火焰剑，更能做出一些让刀剑相形之下也变成玩具的其他事情。“那是你给他的，艾玲达。”

她的朋友怒容满面：“他也想要我接受那剑柄，他使用它，那是他的，但他在我的面前使用它，仿佛是要用他手里的一把剑嘲笑我。”

“你并不是因为那把剑而生气。”艾雯不认为艾玲达愤怒的原因是这个。那天夜里在兰德的帐篷中，艾玲达没有对这件事说半个字。“你仍然在为他和你说话的方式而感到心烦意乱，我明白，我知道他在心里是感到抱歉的。他有时候说话完全不经大脑，但只要你让他道歉——”

“我不想要他道歉。”艾玲达喃喃地说，“我不想……我受不了了。我不能再睡在他的帐篷里了。”突然间，她抓住艾雯的手臂，如果不是了解她的为人，艾雯一定会以为这个艾伊尔女孩快哭了。“你一定要帮我向艾密斯、柏尔、麦兰她们说说，你是两仪师，她们会听你的，她们一定要让我回她们的帐篷里，一定要！”

“谁一定要怎样？”索瑞林一边问着，一边放慢脚步离开其他人，走到她们身边。这位深玳堡的智者有一头稀疏的白发和皮革般紧绷在颅骨上的脸，她清澈的绿眸能在十步外用目光击倒一匹马，她平常看任何人的时候都是用这种目光。当索瑞林生气时，其他智者都会一言不发地坐着，部族首领们则会找理由离开。

麦兰和另一位纳凯艾伊尔黑水堡的灰发智者也走到她们旁边，直到索瑞林转过头瞪着她们。“麦兰，如果你不是那么忙着想你的新婚丈夫，你应该知道艾密斯想跟你说话，还有你，亚爱隆。”麦兰脸上冒出两片赤红，急忙跑回另外那些智者们中间，而那位年长些的智者走得比她还快。索瑞林看着她们离开，然后才将注意力转回艾玲达身上：“现在我们可以安静地谈一谈了，你不愿意做一些事，当然，那是一些你被吩咐要去做的事，而你认为这个小鬼两仪师能让你免除这种责任。”

“索瑞林，我——”艾玲达没能继续说下去。

“在我那个时代，智者说跳，女孩们就要跳，而且一直要跳下去，直到智者喊停为止。只要我还活着，这一切都不会变，需要我再说清楚一些吗？”

艾玲达深吸一口气。“不用了，索瑞林。”她温顺地说。

年长女子的目光移到艾雯身上：“你呢？你打算去帮她说话吗？”

“不了，索瑞林。”艾雯有种很想行屈膝礼的感觉。

“很好。”索瑞林说，她的声音里没有满意的表示，仿佛两个女孩说的完全是她所预期的，几乎一切都在她意料之中。“现在我可以跟你们说说我真正想知道的事情了，我听说卡亚肯送给你一件别人没听说过的爱慕礼物，上面全都是红宝石和月长石。”

艾玲达吓了一跳，仿佛一只老鼠爬到了她的腿上。嗯，也许她的表现没那么激烈，但如果换成是艾雯，遇到这种事她一定会被吓一大跳的。艾伊尔人都不愿意仔细去说雷芒的佩剑和那把剑鞘，所以众人口耳相传后，那件东西在索瑞林的口中就完全变样了。

索瑞林整了整披巾，嘀咕了几句女孩不该碰一把剑，即使是包在毯子里也不行，又说她打算训诫一下“年轻的柏尔”。然后她说道：“那就是说，他没有被你的眼睛俘虏，太可惜了，这本来可以将他束缚在我们之中的。虽然他还年轻，但他确实已经见识过太多的人。”片刻之间，她只是上下打量着艾玲达。“我会让费朗来看看你，他的大父是我的姐妹儿子。除了学习当一名智者之外，你还有别的责任，你的臀部很适合生养孩子。”

艾玲达在一块翘起的铺路石上绊了一下，差点没摔倒在地上。“我……我会考虑他的，等我有时间的时候。”她仿佛有些喘不过气，“要成为一名智者，我还有太多东西要学。而且，费朗是一名赛亚东，而黑眼众们已经发了誓，只要库莱丁没死，他们就不会睡在屋檐或帐篷下。”库莱丁也是一名黑眼众。

满面皱纹的智者点点头，仿佛一切都已经安排妥当了。“你，年轻的两仪师，听说你非常了解卡亚肯，他会像他所威胁的那样去做吗？甚至是吊死一名部族首领？”

“我想……也许……他会的。”艾雯急忙又补充说，“但我相信他是会接受正当的理由的。”其实她完全不知道兰德会怎样做，无论他要处置的人会不会有什么理由。他刚才的宣言听起来很公正，但如果其他人都像沙度一样转而反对他，到时候公正对他将没有半点用处。

索瑞林惊讶地瞥了艾雯一眼，然后转头看了看兰德马旁的部族首领们，那种目光足以将他们全部击倒在地。“你误会我了，他一定要向那些癞皮狼们显示出他是他们的领头者。一名首领必须比其他人更强硬，年轻的两仪师，而卡亚肯则要比所有首领更强硬。每天都会有一些男人，甚至是枪姬众在荒季中逃亡，但他们只是铁木松软的表皮，留下来的将是坚硬的内核。要统率这些人，他必须是最坚硬的。”艾雯注意到她并没有把她自己和其他智者们包括进那些要被统率的人中。嘟囔着“癞皮狼”，索瑞林大步向前走去。很快的，所有智者都在听她说话，无论她说的是什么，她都没有让外人听见。

“那个叫费朗的是什么人？”艾雯问，“我从没听你提过他，他长得怎么样？”

紧皱眉头瞪着几乎被人群完全遮住的索瑞林，艾玲达心不在焉地回答：“他看起来很像鲁拉克，只是更年轻，更高，也更英俊，头发也比鲁拉克的要红。他已经用了一年多的时间想吸引安奈拉注意，但我想，安奈拉在放手弃枪之前会教他唱歌的。”

“我不明白，你是说要和安奈拉一同分享他？”这么随便地说出这种话，艾雯还是觉得非常奇怪。

艾玲达又绊了一下，然后用力盯着艾雯：“分享他？我不想成为他的一部分，他的脸蛋是很漂亮，但他笑起来就像是一头骡子被扎了耳朵。”

“但听你和索瑞林的谈话，我以为你……喜欢他，为什么你不把对我说的那些话告诉索瑞林？”

艾伊尔女孩低弱的笑声听起来很痛苦：“艾雯，如果她认为我是在反对这件事，她会立刻为我做好新娘花冠，然后揪着费朗和我的脖子让我们结婚。你看见过任何人对索瑞林说‘不’吗？你自己能吗？”

艾雯张开嘴想说自己当然能，却又立刻闭上了嘴。让奈妮薇让步是一回事，想让索瑞林这么做就完全是另一回事了，这就像站在一场土石流面前命令它停下来一样。

为了改变一下话题，她说道：“我会帮你向艾密斯她们说情的。”现在她已经不认为这么做会有什么用处了，如果要阻止这件事，就必须在它开始之前，现在为时已晚，但至少艾玲达终于明白了这种情况的不当。也许……“如果我们一起去说，我相信她们会听的。”

“不，艾雯，我一定要遵从智者们，这是节义的要求。”仿佛她刚才根本没开口要求艾雯替她求情，仿佛她根本不曾为了逃避与兰德共睡一帐而苦苦哀求智者。“但为什么我对于人群的责任从来不是我想要的？为什么那些都是我宁死也不愿意去做的事？”

“艾玲达，没有人要强迫你结婚或生子，即使索瑞林也不会的。”艾雯希望自己最后的那句话能显得有力一点。

“你不明白，”艾伊尔女孩低声说，“我也没办法向你解释。”她拢了拢肩上的披肩，不再说话了。她会很乐意讨论她们的课程，库莱丁是否会回头与他们一战，或者是婚姻对麦兰造成什么样的影响（现在那位智者的火爆程度似乎大不如前了），或者是任何其他事，只要那不是她不能或是不愿意解释的。

第24章

发出的讯息

当太阳开始沉下地平线的时候，山丘开始变得低矮了些，灌木丛更茂密了。被烧毁的田地和倾倒的石栅栏变成长着各种树木的土墩，或者是成排的橡树、羽叶木、山胡桃、松树、千层木和其他艾雯不认识的树种。寥寥几幢农舍都没了屋顶，三四十尺高的树木直接从里面伸展出来。石墙上已经没有多少木头，而且上面全都是吱喳乱叫的鸟雀和黑尾巴的松鼠。每条偶然经过的溪流、小树林和这片草原都引起了艾伊尔人们的无数议论，他们听到过关于湿地的传说，也在从哈当·卡德等行商或卖货郎那里买来的书中读到过。但从捕捉雷芒之后，几乎没有艾伊尔人真正见过湿地的模样。不过他们很快就适应了这里的环境，灰褐色的帐篷又在树下的落叶和枯草中找到了良好的掩蔽。营地一直延伸到几里外，但在金色的夕阳中，能看见的只有几千堆小营火。

奉义徒一搭好帐篷，艾雯就感激万分地钻了进去，帐篷里已经点起了油灯，并生起一小堆火。她解开软靴的靴带，脱下靴子和羊毛长袜，大字状地躺在铺了许多层的亮色地毯上，一边还活动着脚趾，希望能有一盆热水泡泡脚。她不能装作像艾伊尔一样强悍，但如果一两个小时的行走让她觉得两只脚肿成平时的两倍粗，那她就确实变得柔弱了。当然，这里不会缺乏清水，应该不会的（她记起那条窄了许多的溪流），但不管怎样，她应该可以洗个正常的澡了。

身穿白袍、柔顺而又沉默的柯温蒂为她送来了晚餐，托盘里盛着用泽麦粉做的白色的饼和一只有红色斑纹的碗，碗里是一种味道浓厚的炖菜。艾雯只是机械地吃着那道炖菜，虽然现在更让她难受的是疲惫，而不是饥饿。她认得出干辣椒和豆子，但没有询问那些暗色的肉是什么。是兔子，她坚定地对自己说，虽然她其实只是希望如此。她觉得艾伊尔的食物一定会让她头皮发麻，麻到她的发丝比伊兰还卷。而且她敢打赌，兰德甚至不敢多看盘子里的食物一眼，男人们都是些挑剔的食客。

吃完炖菜后，她靠在一盏银灯旁边，那盏灯的工艺相当精湛，为了更好地加强照明，后面还放着一个用来反射光线的磨光银碟子。发现大多数艾伊尔在夜晚除了火堆之外就再也没有任何光源，她觉得有点愧疚。除了智者和首领，几乎没有人使用油灯，但她并不想在能拥有正常光线的情况下还只是守着一点微弱的火光。她也因此注意到，这里的夜晚已经不像荒漠中的夜晚那样与白天有着强烈的反差，帐篷里已经能感觉到令人不舒服的闷热了。

她导引了一点风之力，熄灭了火堆的火，然后从鞍袋里掏出那本从艾玲达那儿借来的破旧皮封书。书又小又厚，书页里挤满了细小的字迹，除非有良好的照明，否则真是难以阅读，不过它很容易携带。这本书的书名是《火焰、锋刃和心》，里面收录着柏姬泰和加达·森、安瑟兰和巴拉舍勒、罗格斯·鹰眼和杜希妮，以及另外十几位英雄的各种传说。艾玲达宣称她喜欢里面描写的冒险和战争，也许她确实喜欢那些，但书里的每个故事都会提及男女之情。艾雯愿意承认她自己喜欢的正是那种时而如暴风骤雨、时而如甜润甘霖、却永不会断绝的情愫，至少，对着自己，她可以承认。任何一个稍微爱面子的女人，都不会公开承认自己这种爱好。

实际上，她现在并不想阅读，正像她刚才不想吃饭。她真正想要的只是洗澡和睡眠，也许还可以放弃洗澡，只要能睡觉就好。但今晚她和艾密斯要去特·雅兰·瑞奥德见奈妮薇，而现在奈妮薇那里还不是夜晚，奈妮薇和伊兰正在赶往海丹的路上，所以她还要保持清醒。

她们上次见面的时候，伊兰把那个马戏团描述得让人很兴奋，但艾雯还是认为，加拉德的出现不至于让她们像兔子一样落荒而逃。依她的看法，奈妮薇和伊兰只是愈来愈喜欢冒险了，而史汪的事情就让人感到非常沮丧，现在很需要一只强有力的手来安抚她们的心神。奇怪的是，艾雯原本应该把这个希望寄托在奈妮薇身上，奈妮薇一直都是个有力量的人，但自从在特·雅兰·瑞奥德的白塔中发生那段插曲之后，奈妮薇越来越不像艾雯原先需要与之努力抗争的人了。

当她翻过书页时，她愧疚地发现，自己正期待着今晚和奈妮薇的会面，不是因为奈妮薇是她的朋友，而是因为想看看上次的效果是否仍在。如果奈妮薇揪辫子，她就装成冷漠的表情扬起一侧眉弓，然后……光明啊，但愿那种效果还在吧！如果她泄露了我那次偷偷的行动，艾密斯、柏尔和麦兰会轮流剥掉我的皮的。即使那样，我也不想让她们把我轰走。

她努力让自己睁大眼睛，去分辨书上的那些字迹，她开始半梦半醒地想象着书中的故事。她可以像那些女英雄们一样强大，像杜希妮、奈勒茵、茉莉辛德一样，甚至像柏姬泰一样强大而勇敢，像艾玲达一样强。奈妮薇够不够聪明？今晚能不能在艾密斯面前管住她的舌头？她模糊地想象着抓住奈妮薇的脖子，用力地摇晃奈妮薇。愚蠢。奈妮薇比她大好几岁。向她挑起眉弓。杜希妮。柏姬泰。像枪姬众一样强悍有力。

她的头滑落到书页上，她竭力想握紧脸颊下那本小书，她的呼吸变得缓慢而深沉。

艾雯吓了一跳，她发现自己正在石之心大厅的红石圆柱群里，周围弥漫着特·雅兰·瑞奥德的奇特光线，然后，她又发现自己穿着凯丁瑟。艾密斯不会喜欢她穿成这样的，她也一点都不会觉得有趣。她急忙改变穿着，随后又惊讶地看到自己身上的衣服在亚葛衬衫、宽大的羊毛裙和精美的蓝丝锦缎长袍间来回变换。她将衣着稳定为艾伊尔服装，又戴上她的火焰形象牙手镯及黄金镶嵌象牙的项链，她已经有很长一段时间没有这种不稳定的状态了。

没有看到智者，片刻之间，她考虑着是否要走出梦的世界，但她怀疑现在帐篷里的自己应该已经睡得很熟了，如果她回去的话，很可能只是走进自己的梦里。而如果真的出现那种情况，她并不总是能察觉；如果察觉不到的话，她就没办法回特·雅兰·瑞奥德了。她绝不会让奈妮薇和艾密斯有单独见面的机会。如果艾密斯激起了奈妮薇的怒火，谁知道她会说出什么？等智者到来的时候，她只要说自己刚刚到就好了。在这次以前，智者们总是会提前一点到这里，或者是与她同时到达。如果艾密斯相信她也是刚到这里，应该不会有什么问题的。

在这个巨大的房间里，她几乎已经习惯了被那种看不见的眼睛监视的感觉。这里只有这些圆柱、阴影，还有那些空旷的空间，但她仍然希望艾密斯和奈妮薇能早点来。然而，她们短时间内不会出现，时间在特·雅兰·瑞奥德里像在任何梦里一样奇怪，但现在距离安排会面的时间一定还有一个多小时。也许她还有时间……

突然间，她意识到自己能听到声音，仿佛从圆柱中间传来一阵阵低微的耳语。拥抱了阴极力，她小心地向声音发出的地方走去，那里是兰德在大穹顶中心留下凯兰铎的地方。智者们说过，在特·雅兰·瑞奥德，对梦的世界的控制力如同至上力一样强大，但她对至上力了解得更多，也更加信任。藏身在粗大的红石柱后面，她停下脚步，向发出声音的地方望去。

那里并没有像她所害怕的那样出现黑宗两仪师，也不是奈妮薇，相反的，艾雯看见伊兰正站在闪耀的凯兰铎旁边，专注地和一名女子交谈着。艾雯从没见过穿着如此古怪的女子。她穿着一件样式奇特的白色短上衣，和一条在脚踝处收紧的黄色松腿裤子，脚上穿着一双高跟短靴，一条花样繁复的金色发辫垂在她的背上，她的手里拿着一张亮银色的长弓，箭袋中的羽箭也闪烁着同色的光芒。

艾雯紧紧地闭上眼睛，先是她的衣服，现在又是这个，只因刚才读了柏姬泰的故事，她就能看见这样的一张银弓，这完全毫无道理。现在柏姬泰一定在什么地方等待着瓦力尔号角召唤她和其他英雄一同投身于最后战争，但是当艾雯再次睁开眼睛的时候，伊兰和那个装束奇异的女人仍然在那里。艾雯听不清楚她们在说些什么，但这次至少她相信了自己的眼睛。她刚要走出去叫她们，却听见背后传来说话的声音。

"你决定早点来了？一个人？"

艾雯急忙转过身，艾密斯那张被阳光晒黑的脸显示出与头上白发完全不协调的年轻，她的身边还站着满脸皱纹的柏尔。两人都将双臂交叠在胸前，绷紧的披巾同样在说明着她们的不悦。

"我睡着了。"艾雯说。现在距离会面的时间还很早，智者们不会相信她编的借口。在她匆忙地解释着自己打了瞌睡，以及之后并没有回去的原因时（当然，她省去了不想让奈妮薇和艾密斯单独会面的动机），她惊讶地发现自己竟然在为想要说谎而感到羞愧，同时又为自己终究没有说谎而松了一口气。但诚实并不能保证她会没事，艾密斯并不像柏尔那么严厉，但她也很喜欢让艾雯整夜去砌石墙。有许多智者坚信，无用的体力劳动是很合适的惩罚。你很难告诉自己，用汤匙将火灰埋起来这件事除了惩罚之外还有其他任何意义；当然，和无法继续学习相比，用汤匙埋火灰也是件很好的事情。

艾密斯点点头，艾雯不由得松了一口气。艾密斯说道："这种事是有可能发生的，但下次，你要回去做你自己的梦，我可以听到奈妮薇的话，并告诉她我们所知道的。如果麦兰今晚不是与贝奥和多灵达在一起，她也会来这里的。你把柏尔吓坏了，她很为你的进步感到骄傲，而如果你出了什么事……”

柏尔脸上完全看不出任何为她而骄傲的表情，眉头甚至皱得更紧了。艾密斯停下来的时候，她接口说道：“你很幸运，柯温蒂在回你帐篷清理晚餐时发现你睡着了，她想要你盖上毯子，却怎么也叫不醒你，如果你是早就到了这里……”她的目光和声音都变得严厉起来，“我想现在我们只好等奈妮薇过来了，如果我们让你回去，你一定会哀告个不停。但如果我们必须这样做，我们一定会做的，不过，我们至少还可以利用这段时间做点事。集中你的注意力——”

“来的不是奈妮薇。”艾雯急忙说道。她不想知道柏尔在这种情绪下会给她上一堂什么课。“是伊兰，还有……”她的声音随着转头的动作低了下去。伊兰穿着一身端庄到足以出席宴会的绿色裙装，正在距离凯兰铎不远处来回踱步，柏姬泰已经不见了踪影。*那不是我的想象。*

“她已经到了？”艾密斯说着走上前，顺着艾雯的视线望去。

“另一个年轻的傻瓜。”柏尔嘟囔着，“今天的女孩们都像山羊一样，既没头脑，也没纪律。”她走过艾雯和艾密斯身旁，双手叉腰，站在伊兰和凯兰铎之间。“你不是我的学生，安多的伊兰，虽然你已经从我们这里骗走了许多东西，让你不至于在这里丢掉性命，当然，前提是你要足够小心。如果你是我的学生，我会用鞭子抽遍你的全身，然后再把你送回你母亲那里，直到你长大到能够离开她的视线为止。我想，你可能要活到现在年纪的两倍才能有这样的自由。我知道你一直都是单独进入梦的世界，你和奈妮薇两个，你们全都是蠢货。”

第一眼看到她们的时候，伊兰愣了一下，但一等柏尔的长篇大论给了她喘息的机会，她就昂起头，下巴冷冷地向上翘起。她的长裙变成了红色，并且开始闪耀鲜亮的光彩，在她的袖子和胸衣上出现了繁复的绣花，描绘的是立起的狮子和金白两色的百合花——那是伊兰私人的徽记，一顶精致的黄金小冠冕出现在她金红色的卷发上，一只用月长石雕刻的立狮正悬在她的眉宇之间。伊兰毕竟还没办法从容地控制自己的衣着。话说回来，也许现在她身上的衣服才是她真正想穿的。“谢谢你的关心，”她雍容大度地说，“但我确实不是你的学生，沙拉得艾伊尔亥多氏族的柏尔。我很感激你的指导，但我有我自己要执行的任务，那是玉座给予我的命令。”

“一个死掉的女人，”柏尔冷冷地说，“你是在说你要顺从一个死掉的女人。”艾雯能感觉到柏尔的毛发已经因为愤怒而竖起来。如果她不做些什么，也许柏尔马上就会给伊兰上一堂充满痛苦的课了，现在她们之间最不该出现的就是这种争执。

“你在……为什么你会在这里，而不是奈妮薇？”她原本打算询问伊兰在这里做什么，但这很可能会为柏尔找到借口，也许会让伊兰觉得她和智者们是同一边的。而她真正想问的是伊兰怎么会和柏姬泰说话。*那不是我想象的。*也许那是另外什么人梦到自己是柏姬泰，但只有保持着神志清醒的人才能在这里停留一段时间，而伊兰肯定不会和那样的人交谈。柏姬泰和其他英雄正在哪里等待圣号角的召唤？

"奈妮薇有点头痛。"那顶冠冕消失了，礼服变得简单了些，只在胸衣上还留着一些金色的卷曲花纹。

"她生病了吗？"艾雯忧心地问。

"只是有些头痛，还有一两处瘀伤。"伊兰发出一阵轻轻的笑声，同时又哆嗦了几下，"哦，艾雯，你不会相信的，查瓦那四兄弟全都来和我们共进晚餐，实际上，他们都是冲着奈妮薇来的。开始几天他们还会找找我，但汤姆和他们谈了一次，他们就不那么做了。汤姆没有权力那么做，我的意思不是我想要他们对我调情，你明白的。不管怎么样，他们盯上了奈妮薇，其实奈妮薇看他们只是像在看一群嗡嗡叫的苍蝇。但蕾特勒为此用棒子打了奈妮薇，还用各种可怕的脏话骂她。"

"她受伤了吗？"艾雯不知道自己说的"她"是指谁，如果奈妮薇被激怒……

"不是她，查瓦那兄弟想将她从蕾特勒面前拉开。塔瑞克看来要瘸上几天，更别提巴瑞特还被打肿了嘴，派塔不得不将蕾特勒扛回马车上，我怀疑她会有一段时间不能干涉别人的事了。"伊兰摇摇头，"瓦蓝不知道该责备谁。他的一名杂技演员瘸了，驯熊师只是躺在床上痛哭流涕，所以他把每个人都责骂了一顿。当时我以为奈妮薇也会甩他一巴掌，不过，她至少没有导引，我曾经有一两次以为她就要导引了，但最后她只用两只拳头就把蕾特勒打倒在地上。"

艾密斯和柏尔交换了个难以理解的眼神，智者们显然没想到两仪师会有这样的行为。

艾雯感觉有些困惑，但那只是因为她仍然不太清楚和这些罕有所闻的奇怪人物共处会是什么状况。这些旅行者们会随身携带着狮子、狗和熊，他们之中还有一位照明者，她不相信那个叫派塔的人会像伊兰描述的那么强壮。汤姆在那里吞火和演杂耍，伊兰和泽凌则是做着更加奇怪的事，即使伊兰是使用至上力才办到的。

如果奈妮薇真的要导引了……*伊兰一定能看见她拥抱阴极力的光晕。*不管她们这样躲躲藏藏是不是有道理，如果她们之中有一个人导引，又被别人看见，她们就一定藏不久，白塔的眼线肯定能由此得知她们的行踪。这样的传闻流传得非常快，特别是在她们还没离开阿玛迪西亚的时候。

“你帮我跟奈妮薇说，她最好控制住她的脾气，否则我就要对她说一些她不喜欢的话了。”伊兰看起来非常惊讶，奈妮薇肯定没告诉伊兰她和艾雯之间发生了什么事。艾雯又说道：“如果她进行了导引，爱莉达肯定能在一只鸽子飞到塔瓦隆之内的时间里知道你们在哪里。”艾雯不能再多说些什么了。这句话已经让艾密斯和柏尔又交换了个眼神，她们从没透露过，她们到底如何看待白塔的分裂，以及玉座的命令竟然会导致两仪师被人下药，如果她们愿意，她们能让沐瑞也显得像是个乡下的长舌妇。“实际上，我希望我能单独和你们两个在一起，如果我们在白塔，在我们的老房间里，我就有话要对你们两个说了。”

伊兰板着脸，显示出女王般的冰冷，就像她刚才对待柏尔那样。“只要你愿意，你随时都可以跟我说。”

她有没有明白？单独在一起，离开智者们，在白塔，艾雯只能希望伊兰听懂她的话。现在她最好换个话题，并且希望智者们不会像她对伊兰希望的那样，咀嚼她刚才说的每一个字。“与蕾特勒打的那一架有没有造成什么麻烦？”奈妮薇是怎么想的？在家乡，任何做了这种事、年纪又与奈妮薇相仿的女人都会立刻被她拖到妇议团面前接受裁决。“现在你们一定已经快到海丹了。”

“瓦蓝说，还有三天，如果我们运气好的话，马戏团移动得不是很快。”

“也许你们现在应该离开他们了。”

“也许。”伊兰缓缓地说，“我真想能在他面前走一次高……”用力摇摇头，她瞥了凯兰铎一眼，她的胸衣领口突然降低了许多，然后立刻又升了回去。“我不知道，艾雯，我们即使独自前进，速度也快不了多少，而且我们也还不知道该往何处去。”这就意味着奈妮薇还没想起蓝宗会在哪里聚集，更别说她们还不知道爱莉达的那份报告是不是对的。“更别提如果我们现在放弃那辆马车，再购买马匹或另一辆马车，奈妮薇会不会就此而爆发。而且，我们两个在马戏团里还了解到许多关于霄辰人的信息，赛兰丁曾经是九月大殿里一名思雷狄特的管理者，九月大殿就是霄辰女皇所在的地方，昨天她让我们看了她在逃离法美镇时拿的东西，她有一副罪铐。”

艾雯向前迈出一步，她的裙子扫到了凯兰铎。无论奈妮薇怎么想，兰德的陷阱并不是肉体碰触就可以触发的。“你确定她不是一名罪奴主？”她的声音因愤怒而颤抖。

“我确定。”伊兰带着安慰的语气说，“我亲手给她戴上罪铐，结果没有任何反应。”

这是个连霄辰人自己也不知道的小秘密，或者他们之中有一些人知道，但他们隐瞒得很好。他们的罪奴是天生就带有至上力潜质的人，这样的女子即使不经训练，最终也能进行导引；而控制罪奴的罪奴主则是一些经过训练后就可以导引的人。霄辰人认为能够导引的女人是危险的生物，必须加以严格控制，却在不知不觉间给了她们之中许多人尊贵的地位。

“我不明白霄辰人为什么会有这样的兴趣。”艾密斯生疏地说着这个名字，如果不是上次会面时伊兰提到了他们，艾密斯至今都不会知道这个名词。“他们的行径非常可怕，但他们已经走了，兰德·亚瑟击败了他们，他们逃跑了。”

艾雯转过身，盯着那些暗影中的巨大抛光石柱。“离开不代表永远不回来。”她不想让她们看见自己的脸，即使是伊兰也不行，“我们一定要尽量了解他们，并做好他们随时会回来的准备。”霄辰人曾经在法美镇用罪铐铐住艾雯，他们还要将她送到爱瑞斯洋另一边的霄辰去，让她在那里像一条戴着项圈的狗一样度过余生。每次她想到霄辰人，心中都会无法克制地涌起狂暴的怒火，以及同样强烈的恐惧。她害怕如果他们回来了会成功地俘虏她，永远剥夺她的自由，所以她不能让她们看到自己的脸，她知道自己的眼睛里正流露着赤裸裸的恐惧。

伊兰将一只手放在她的手臂上。“如果他们真的回来，我们会做好准备的。”她柔声说，“我们不再对他们毫无防范、一无所知了。”艾雯拍了拍她的手，虽然她其实很想抓住它。伊兰对艾雯的理解程度超过了她的希望，这让艾雯感觉有些安慰。

“让我们结束这里的事吧！”柏尔用有力的声音说，“你需要真正地入睡了，艾雯。”

“我们已经让奉义徒为你脱了衣服，把你放进毯子里。”让艾雯感到惊讶的是，艾密斯的声音像伊兰一样轻柔，“等你回到自己的身体中之后，你可以一直安睡到早晨。”

艾雯的脸颊变得通红，按照艾伊尔的习惯，艾密斯吩咐为她这样做的奉义徒里很可能会有男性。她应该跟她们谈谈这件事——当然，要注意谈话的技巧。她们总是不明白，而且她也没办法很坦然地解释这种事。

她意识到，自己心中的恐惧已经消失了。*比起落入霄辰人手里，我显然更害怕这种困窘。*这不是事实，但她牢牢抱定了这个想法。

确实没什么话可以对伊兰说了。他们终于进入了凯瑞安，库莱丁摧毁了瑟利恩并蹂躏了周围地区，沙度部族仍然在他们前方数日路程之外并继续向西移动。关于这些，智者们知道得比她更多，今晚她们并没有像她一样直接就钻进了帐篷。傍晚的时候，营地边缘发生了一些小冲突，攻击他们的人骑着马，很快就逃走了，另一些骑马的人一看见他们就转头逃掉了。艾伊尔没有抓到俘虏。

沐瑞和岚似乎是认为发动袭击的人有可能是一些强盗，或者是一个企图得到太阳王座之贵族的部下，两方人马的衣服同等破烂。不管他们是谁，有更多艾伊尔进入凯瑞安的讯息很快就会向四处传播开来。

“他们早晚会知道的。”这是伊兰惟一的回答。

艾雯在与智者们一同离开时目不转睛地看着伊兰。在她眼里，伊兰和石之心大厅渐渐变得模糊不清，但她的金发友人是不是明白了她刚才发出的讯息，艾雯没看见她做出任何表示。

第 25 章

加拉德的梦

艾雯没有返回自己的身体，相反，她飘进了黑暗之中，她自己似乎也变成了一片没有实体的黑暗。她不知道自己的身体到底在什么地方。这里没有方向，但她知道自己的身体离自己很近，她轻易就能走进去。在她周围的黑暗中，似乎正有极为巨大的一群明灭不定的萤火虫，正退向无法想象的遥远地方。那些都是梦，营地里艾伊尔人的梦，遍布凯瑞安的梦，全世界人的梦，全都在她眼前闪烁着。

现在她已经能看清一些比较近的梦，并知道是谁在做这些梦了。从一个角度看，它们也只是一些萤火虫般闪烁的光点，所以她开始时很难看清它们；但从另一个角度去看，它们就如同每个人的面孔一样区别鲜明。兰德的梦，沐瑞的梦，它们被挡在结界后，什么都看不到。艾密斯和柏尔的梦显得很明亮，而且其中还伴随着她们脉搏的节律。看样子，她们已经睡着了。如果艾雯没看见这些，她会立刻回到自己的身体里，这两位智者能比她更娴熟地在这片黑暗中漫游。如果她们要躲开她，她将完全无法察觉她们的存在。现在她希望能知道该怎样认出伊兰和奈妮薇的梦，那样的话，无论这两位朋友在世界的哪个角落，她都能从面前这片璀璨的星空中找到她们。但今晚，她不想去观察任何人的梦。

她小心地在脑子里构建起一个熟悉的场景，然后她就回到了特·雅兰·瑞奥德，走进她还是初阶生时在白塔里居住的那个没有窗户的小房间。一张窄床靠在涂成白色的墙上，门对面是一个盥洗架和一把三条腿的凳子。现在这个房间主人的几件白色羊毛裙装和衬衣，还有一件白斗篷都挂在墙上。这样的房间通常不会有人居住，白塔的初阶生区已经有许多年没办法住满人了。地板几乎像墙壁和那些衣服一样雪白，居住在这里的初阶生每天都要跪在地上擦洗。艾雯和住在她隔壁的伊兰都曾经做过同样的事，即使是女王来白塔接受训练，也必须从居陋室、擦地板开始做起。

她又向那些衣服瞥了一眼，发现它们和刚才有了些许不同，她没有再去看那些衣服。做好在一瞬间就拥抱至上力的准备，她将门打开一些，探出头去，看见伊兰的头正以同样缓慢的速度从旁边的门口探出来，她终于松了一口气。艾雯现在只希望自己没有显露出畏惧或犹豫的表情，她急忙向伊兰招了招手。伊兰穿着一身初阶生的白衣，快步跑过两道门之间的走廊。当她冲进房间时，身上的衣服变成了淡灰色的丝绸骑装。艾雯痛恨灰色的衣服，这是罪奴服装的颜色。

在关门前，艾雯又向周围看了看，她的目光扫过一层层初阶生区的栏杆走廊，直到最下面的初阶生庭院。她并不认为莉亚熏或其他什么更可怕的人会出现在这里，但小心点总不会错。

“我当时就觉得你是这样的意思。”她关上门的时候，伊兰说道，“你知不知道，要随时想着我在某些人面前能说些什么、不能说什么，这是多么困难？有时候，我真希望能把一切都告诉智者们，让她们知道我们还只是见习生，把这种伪装彻底结束。”

“你一了百了很容易，”艾雯坚决地说，“但我恰巧就睡在距离她们不到二十步的地方。”

伊兰打了个哆嗦：“那个柏尔，她让我想起在我闯祸时的莉妮。”

“我还没把索瑞林介绍给你呢！”听艾雯这么说，伊兰带着怀疑的神色看了她一眼，就连艾雯自己也是在亲眼见到索瑞林之后，才真正相信世上会有这样的人。她必须有话直说了，她整了整肩上的披巾：“说说你和柏姬泰见面的事吧！那是柏姬泰，对不对？”

伊兰踉跄了一下，仿佛刚刚被人在胸口上打了一拳，她闭上蓝眼睛，吸了一口足以把她的脚趾也充满的气。“我不能和你提她的事。”

“你‘不能’是什么意思？你有一条舌头。那是柏姬泰吧？”

“我不能，艾雯，你一定要相信我。如果我能，我一定会说的，但我不能。也许……我可以问问……”如果伊兰是个普通的女孩子，现在她一定已经为难得把手都扭红了，她张开嘴，又合上，却没有说出一个字。她的目光在房里来回飘移着，仿佛是在寻找灵感或是帮助。深吸一口气，她带着迫切的神情盯住艾雯：“无论我说什么，都会破坏我承诺要坚守的约定，我真的什么都不能说了。求求你，艾雯，你一定要相信我，而且你一定不能告诉任何人你……认为自己看到的事情。”

艾雯强迫自己舒展开眉头。“我会信任你的。”至少她现在知道，刚才那一幕不是她的想象。柏姬泰？光明啊！“我希望有一天你能给我足够的信任，告诉我这一切。”

“我真的是信任你的，但……”伊兰摇了摇头，坐在整洁的床铺边缘，“我们隐瞒了太多的秘密，艾雯，但有时这样的隐瞒确实是有原因的。”

过了一会儿，艾雯点点头，坐到她身边。“等你能说时我们再谈。”她只是说了这么一句。她的朋友给了她一个宽慰的拥抱。

“我告诉我自己，我不能去问这个，艾雯，我不能让我的脑海中全都是他。”灰色的骑装变成一件微微发亮的绿色长裙，伊兰不可能注意到现在她的领口开得有多么低。“但……兰德还好吗？”

“他还活着，而且没有受伤，如果你想知道的是这个的话。我以为他在提尔的时候非常强硬，但今天，我听到他说，如果有人胆敢违抗他的命令，他就会把他们吊死。那些不是坏命令，他只是要求人们必须用钱购买食物，不得杀人，但他还是威胁着要把人吊死。他们承认他是随黎明而来之人，没有丝毫犹豫地跟随他离开荒漠，而他却在威胁他们，就像冷钢那样强硬。”

“不是威胁，艾雯，他是一位王者，这是任何人都无法否认的。王者必须实现公正，不能因为畏惧敌人或娇纵朋友而有所偏差，任何这么做的人必须足够强硬。有时候，我母亲也会让城墙显得柔软。”

“他不必如此傲慢的，”艾雯冷淡地说，“奈妮薇也说过，我应该提醒他，他只不过是个男人，只是我还不知道该怎样做。”

“他确实需要记住自己只是个男人，但他有权力要别人服从他。”伊兰的语气里带着某种傲慢的腔调。说完这句话，她向下瞥了自己的胸部一眼，立刻变得满脸通红，那件绿色裙装突然出现一道直顶下巴的蕾丝高领。“你确定你不是把这种必须要有的态度误认为是傲慢？”最后这句话就像是从伊兰的气管中挤出来的。

“他就像豌豆田里的猪一样骄傲自大。”艾雯在床上换了个姿势。她记得这张床很硬，但睡过艾伊尔帐篷后，现在这张薄床垫对她来说算是柔软的了。她不想谈论兰德。“你确定奈妮薇打的那一架不会导致更多麻烦?”与蕾特勒的矛盾不会让她们的旅途变得更轻松。

“我不这么想,蕾特勒讨厌奈妮薇的原因是现在那些单身男人不会再由她随意挑选了,我想,确实有女人会有这种想法。亚柳妲从不与别人打交道,赛兰丁在我开始教导她坚持自己的立场之前,甚至不会对一只鹅大声喊一个字。克莱琳已经嫁给了派塔。但奈妮薇已经把话挑明了,再有哪个男人敢妄想调戏她,她一定会甩他耳光。她向蕾特勒道歉了,我希望这样能解决问题。”

“她道歉了?”

伊兰点点头,表情很呆板,艾雯心想自己的表情也许跟她一样。“我那时以为她会狠狠地揍瓦蓝一顿,因为瓦蓝不止不认为自己也要遵守不得调戏她的禁令,还对她说,她必须道歉。她足足发了一个小时的脾气,但她最后真的道歉了,实际上,她在道歉之前还嘟囔着你的名字。”伊兰犹豫了一下,偷偷瞥了艾雯一眼。“你们最后一次见面时,你有没有对她说些什么?那次会面后……她就不一样了,有时候她还会自言自语些什么。实际上,她是在和自己争论,那些话我听到了一点,里面的内容和你有关。”

“我只是说了一些必须说的话。”这就是说,上次见面时发生的一切,奈妮薇都牢记在心里。不管奈妮薇是不是在为下次见面积压火气,她绝不会继续忍受那个女人的脾气了,尤其是她现在也不用去忍受了。“你帮我跟她说,她已经够大了,不再是可以滚在地上打打闹闹的小孩。如果她再跟别人打架,我会有更厉害的话要对她说,你就这样告诉她:更厉害的话。”让奈妮薇在下次见面前去品味这个吧!她最好变得像只羔羊般温和……否则艾雯就会实现自己做出的威胁。在能够导引的时候,奈妮薇也许在至上力上要比她更强大许多,但在这里,更强的人是艾雯。不管怎样,奈妮薇的坏脾气对她来说已经结束了。

“我会告诉她的。”伊兰说,“你也改变了,似乎兰德的某些态度影响了你。”

看着伊兰脸上逗趣的微笑,艾雯过了一会儿才意识到这个女孩在说什么。“别傻了。”

伊兰大声笑着,又给了她一个拥抱:“哦,艾雯,总有一天你会成为玉座的,当我成为安多女王的时候。”

“如果到时候还有白塔的话。”艾雯很严肃地说。伊兰脸上的笑容退去了。

“爱莉达不能毁灭白塔,艾雯,无论她会做什么,白塔依然会屹立如初,也许她不会在玉座的位置上待太久了。只要奈妮薇记起那个镇的名字,我打赌,我们可以在那里找到白塔流亡派,除了红宗之外,我们能找到每一个宗派。”

“希望如此。”艾雯知道自己的声音很悲伤。她想让两仪师支持兰德,反对爱莉达，但这就意味着白塔不可避免的分裂。也许再也不会有一座统一的白塔了。

“我必须回去了，”伊兰说，“奈妮薇坚持我们两个之中没有进入特·雅兰·瑞奥德的那一个一定要保持清醒，而她现在头痛得很厉害，需要服一种草药，并且得到充分的睡眠。我不知道她为什么还要那么坚持。任何旁观的人都没办法帮梦的世界里的人什么忙的，而且我们现在都已经很清楚如何安全地在这里穿行了。”一眨眼的工夫，她的绿色裙装变成了柏姬泰的白色短外衣和黄色松腿裤，然后又闪回成绿丝裙装。“她说我不该告诉你这个……她认为魔格丁正在寻找我们，奈妮薇和我。”

艾雯没去问这个显而易见的问题，显然是柏姬泰告诉她们的。为什么伊兰要坚持保守这个秘密？因为她做出过承诺，伊兰这辈子从不曾违背过任何承诺。“你一定要叮嘱她小心行事。”如果奈妮薇认为有一名弃光魔使正在对付她，她绝对不会坐以待毙。她一定还记得自己曾经击败过那个女人一次，而她的勇气一直都比她的理智来得多。“不能轻视弃光魔使，也不能轻视霄辰人，即使她自称只是个驯兽师，这些话你也要告诉她。”

“如果我也告诉你要小心的话，我不认为你会听的。”

艾雯惊讶地看了伊兰一眼：“我总是非常小心，这你知道的。”

“当然。”在艾雯眼中，那个逐渐淡去的人影留下来的最后一丝残迹是个饶有意味的微笑。

艾雯自己并没有离开，如果奈妮薇记不清蓝宗要在哪里聚集，也许她能在这里发现它。这并不是她刚刚才想出的主意，自从上次和奈妮薇见过面之后，她不止一次来过白塔进行搜寻。让自己的相貌变成安奈拉的模样，火色的头发一直披到了肩膀，身上也变成见习生的彩色镶边裙装，然后，她开始想象爱莉达那间装饰华丽的书房。

书房里的一切布置都没有改变，只是她每来一次，宽大的写字桌前雕刻着藤蔓花纹的凳子都会少一些，那些绘画还挂在壁炉上。艾雯朝着写字桌走去，将那张镶嵌着象牙雕成的塔瓦隆之焰图案的王座推开，站到那只装满文件的漆匣前。她掀开绘满猎鹰和云朵的匣盖，开始用最快的速度逐一搜索匣中的文件。即使这样，许多文件还是会在她读到一半的时候消失不见，或者发生改变，而她没办法预知这些文件中哪一份才是真正重要的。

大多数文件都在报告失败的讯息。其中一份报告里说，仍然没有任何关于巴歇尔大人和他的军队的讯息，报告中渗透着挫败和忧虑的情绪。这个名字刺激了艾雯的回忆，但现在没时间可以浪费。她坚定地将那份报告推向一旁，抓起另一份文件，这份文件表明白塔也不知道兰德的行踪，言辞里充满阿谀和惊恐。哪怕只是得到这一份报告，这趟也不算白来。坦其克的眼线送来的最新报告还是一个多月以前的，塔拉朋境内的其他眼线也是一片沉寂。坦其克的报告称讯息迟滞的原因应该归咎于当地已经陷入彻底的无政府状态，关于有人占领坦其克的谣言还无法得到证实，而写报告的人认为兰德本人也被卷进了这场混乱。这样更好，爱莉达因此有可能将目光转向数千里外的一个错误方向上。一份令人困惑的报告中说，一名红宗姐妹声称她看见摩格丝出席了凯姆林的公开召见仪式，但其他身在凯姆林的密探说女王已经有好几天没出现了。在边境国出现了战乱，说的可能是在夏纳和艾拉非爆发了一些小规模的叛乱，还没有等她看到叛乱发生的原因，那张羊皮纸已经消失了。培卓·南奥召集白袍众前往阿玛迪西亚，也许他要组织军队直攻阿特拉。看起来，伊兰和奈妮薇再过三天就能离开那个地方，这确实是一件令人高兴的事。

下一份报告是关于伊兰和奈妮薇的。首先，写报告的人建议不要惩罚让她们逃走的密探——爱莉达用粗重的笔迹划掉了那个建议，并在旁边的空白处写上"惩一儆百"！然后，就在艾雯看到有关白塔在阿玛迪西亚境内搜寻这两个人的详细报告时，这张单页的报告突然变成厚厚的一叠，内容似乎是建筑师和泥瓦匠们对在白塔广场上为玉座兴建私人居所的评估报告。从报告的页数来看，那更像是座宫殿。

艾雯松手让那份报告掉了下去。它们还没飘散到桌子上就已经消失了。漆匣再次被合上。艾雯明白这些文件她一辈子也看不完，匣子里总是会有更多的文件，而且它们总是会发生变化。醒来的世界中发生改变越多的东西——一封信、一片布、一只不断被移来移去的碗——它反射在特·雅兰·瑞奥德中的投影就越缺乏稳定性。她不能在这里停留太久，在梦的世界的睡眠并不能像真正的睡眠一样让她得到休息。

匆匆跑到书房前厅，她要去检查撰史者桌上那些排列整齐的卷宗和文件，其中一些还是盖有封印的。房间闪烁了几下，艾雯还没来得及思考这种变化的意义，房门被打开了，加拉德走了进来，脸上带着微笑，他的锦缎蓝外衣显得极为合身，厚实的马裤显露出小腿的线条。

艾雯深吸一口气，心脏飞快地跳个不停。男人有这样一张美丽的面孔，真是不公平。

加拉德走到她面前，黑眼睛闪烁着光彩，他用手指轻抚艾雯的脸颊。"愿意和我去清水花园散步吗？"他轻声说。

"如果你们两个想要调情，"一个清亮的女人声音说道，"你们最好离开这里。”

艾雯转过身，立刻瞪大了眼睛。她看见莉安坐在桌后，肩上披着撰史者的长巾，古铜色的脸上流露出宠溺的微笑。玉座书房的门被打开了，史汪正站在她样式简单的抛光书桌旁，阅读着一份长长的文件，玉座圣巾就披在她肩上。这太疯狂了。

她拔腿就逃，根本没在意自己在脑子里想象着什么。等到她大口喘着气站定身体时，她发现自己正站在伊蒙村的绿地上，周围全是村里的茅草屋顶，酒泉正从大片绿草间的岩隙向外喷涌着。沿着泉水流淌的方向望去，迅速变宽的溪流旁边是她父亲的小旅店，这低矮石基和半悬空的楼层用白色石灰粉刷的墙壁是她再熟悉不过了。“两河惟一的屋顶。”布朗·艾威尔总是这么形容他的红瓦屋顶。酒泉旅店旁边那座巨大石基正中央已经长出一株大橡树，这株橡树比旅店的年龄要老得多，但有人说，曾经有另一家旅店在这座石基上矗立了超过两千年时间。

愚蠢。她那么严厉地警告奈妮薇在特·雅兰·瑞奥德中的危险，自己却差点落入陷阱，但加拉德的出现仍然让她感到非常奇怪。有时候，她确实梦到过他。她的脸开始发烫，但她绝对不爱他，甚至也称不上非常喜欢他，只是因为他实在太俊美了。在那些梦里，他总是那么让她怦然心动。她最常梦到的是盖温，但这同样愚蠢，无论伊兰是怎么说的，盖温从不曾对她表示过什么。

一定是因为那本愚蠢的书，满纸恋爱的传奇故事。等她早上一醒来，她就要把那本书立刻还给艾玲达，顺便再告诉艾玲达，自己才不相信她喜欢看的是书中的冒险。

但她并不想立刻就离开。家乡，伊蒙村，这是她最后一个真正会感觉到安全的地方。自从她最后看到它，已经过去了超过一年半的时间，但这里的每一点一滴还都存留在她的记忆中。不过这里已经有了一些改变。绿地上立着两根杆子，其中一根上飘扬着红鹰旗，另一面旗帜上绘着一颗红色的狼头。

这跟佩林有什么关系吗？她想象不出怎么会有这种可能。但兰德说过，佩林已经回到了家乡，而且她也不止一次梦到过佩林和狼在一起。

只是这样站着没有任何意义，现在应该——

闪烁。

她母亲走出旅店，灰色的发辫从肩上垂挂下来，玛琳·艾威尔是个苗条的女子，虽然上了年纪，却还是相当漂亮，她也是两河流域最好的厨师。艾雯能听见父亲在大厅里发出一阵阵笑声，他一定正在和村议会其余的成员开会。

“你还在这里，孩子？”母亲对她说，温和的声音显得又好气又好笑，“你已经结婚很久了，你应该知道，不能让丈夫知道你只是这样一心一意地等着他。”摇了摇头，她笑了，“太迟了，他来了。”

艾雯急切地转过身，越过在绿地上玩耍的孩子，向远处望去。低矮的马车桥在盖温骑马驰过时摇晃了两下，转眼间，盖温已经跳下马，站到她面前。他的身姿高大挺拔，一件绣着金线的红外衣穿在身上。他像他妹妹一样，有着一头金红色的卷发，还有一双幽深澄澈的深蓝色眼睛。当然，他不像他的同父异母哥哥那么俊秀，但在他面前，她的心脏跳得更快了，比在加拉德面前更快——加拉德？怎么了？——她不得不将双手用力地按在胸口，徒劳地想压抑住自己的激动。

“想我吗？”他微笑着说。

“有一点。”*为什么我会想到加拉德？就好像我刚刚才见到他一样。*“偶尔，在我没事可以打发时间的时候，你想我吗？”

他将她抱进怀里，吻着她当作回答。直到他将她的身体重新还给她不稳定的双腿，她才变得有些清醒。那些旗帜没有了。*什么旗帜？*

“抱去吧！”她母亲说着，递过来一个还在襁褓中的婴儿，“这是你儿子，他是个好男孩，从来都不哭。”

盖温笑着接过那个孩子，将他高高举起：“他真的有你的眼睛，艾雯，总有一天，女孩们都会喜欢他的。”

艾雯向后退去，拼命地摇着头。是有旗帜的，红鹰旗和红狼头旗。她见过加拉德，在白塔里。“不——！”

她逃走了，从特·雅兰·瑞奥德逃回自己的身体，在恢复知觉的短暂空隙中，她气恼地思考着自己怎么会愚蠢到差点落入妄想的陷阱中，随后，她就进入了她自己安全的梦境。盖温骑马驰过马车桥，纵身跳下马鞍……

从一幢茅草顶房子后面走出来，魔格丁有些无聊地寻思着这个小村子究竟位在何处，她没想到能在那种地方看见那样的旗帜。那个女孩比她想象的要强大，她逃离了自己在特·雅兰·瑞奥德中设下的编织，在那里，即使是兰飞儿也不可能做得比她更好，无论她如何自夸。那个女孩和伊兰·传坎说过话，这引起了她的兴趣，而伊兰可以带着她找到奈妮薇·爱米拉。她想要陷住那个女孩是因为她想除掉任何一个可以在特·雅兰·瑞奥德中自由行动的人，她必须和兰飞儿分享这个世界，这已经够糟糕的了。

但奈妮薇·爱米拉……她要让那个女人乞求她为自己拴上锁链，她要活捉那个女人，也许还会请求暗帝给予那个女人永恒的生命，这样奈妮薇就能永远为反抗魔格丁而悔恨不已了。奈妮薇、伊兰和柏姬泰正在制定什么计划，对吧？这是另一个她要惩罚她们的原因。在传说纪元，当柏姬泰破坏魔格丁让路斯·瑟林拜倒在自己脚下的绝妙计划时，她还不知道魔格丁是谁。但魔格丁认识她，她在那一世中的名字叫作泰德拉，泰德拉在魔格丁有机会对付她之前就死了。死亡不是惩罚，不是结束，她还可以生在这里。

奈妮薇·爱米拉、伊兰·传坎，还有柏姬泰，她要找到这三个人，好好地处置她们。她要藏身在暗影中，让她们措手不及。三人一起，没有人可以例外。

她消失了。那两面旗帜仍然飘扬在特·雅兰·瑞奥德的微风中。

第26章

莎莉·戴拉

代表着伟大的金蓝色光轮不停地在洛根的头顶闪烁，虽然被这光轮所笼罩的男人正颓丧地坐在马鞍上。明不知道为什么这道光轮最近出现得愈来愈频繁，现在洛根甚至已经懒得从路面上的杂草里抬起目光，去看一眼路边树木繁茂的低矮丘陵了。

另外两名女子走在更前面一点的地方，史汪像以往一样笨拙地骑在长毛贝拉的身上，莉安则用膝盖灵活地操控着她的灰母马。茂密的森林中，只有一条绵延不绝的空地显示着这里曾经有过一条路。生长在这条空地上的野草都已经枯萎了，马蹄下不停地传来落叶干裂的窸窣声。粗大的枝干稍微阻挡了一点正午的阳光，但空气里仍然感觉不到丝毫凉爽，尽管偶尔会有一阵微风从他们背后吹来，但明的脸上已经布满了汗珠。

他们离开卢加德，一直向西南行进，到现在已经过去了十五天。只有史汪才知道她们要去哪里，当然，她不会将心中所想的目的地告诉他们。对此，史汪和莉安都像是被触发的捕熊夹一样紧咬牙关，明甚至不确定莉安是否知道史汪的计划。十五天过去了，沿途的城镇和村庄愈来愈少，相隔的距离也愈来愈远，现在这个地方已经看不见任何人类居住的迹象。每过一天，洛根的肩膀都会更消沉一点；而每过一天，他头顶的光轮都会出现得更加频繁。一开始，洛根还会嘟囔几句他们只是在追赶一阵千杀的雾气之类的话，但史汪在没有任何反对的情况下就重新拿回了这支队伍的领导权，而他则变得愈来愈孤僻。在最近的这六天里，他似乎已经根本没力气去关心他们要去哪里，或是能不能到达他们的目的地了。

史汪和莉安正在前面低声交谈着，低弱的说话声在明的耳朵里并不比风吹过树叶的沙沙声更清晰。而如果她想催马走近她们，她们就会吩咐她去看着洛根，或者只是一言不发地盯着她，直到一个木头般的傻瓜也知道应该走得远一些。这两种情况的前例都够多了，然而一路上，莉安还会不时从马鞍上转过身看洛根一眼。

最后，莉安放慢月花的脚步，来到洛根的黑公马旁，炎热的天气虽然让莉安古铜色的皮肤上渗出了一层汗液，但她却对此似乎毫无知觉。明让野玫瑰走到一边，为莉安让出位置。

“不会再走多久了。”莉安用撩人的嗓音说，洛根仍然没有从野草上抬起头来。莉安又靠近一些，抓住洛根的一只手臂，把自己的体重压了上去。“再坚持一下，代林，你会有机会复仇的。”他的眼睛仍然木讷地望着路面。

“就算是死人也不会这么迟钝。”明说道，她说的是实话。她在心里记下了莉安的每一个动作，又和她聊了一个晚上，不过明尽量不透露出自己会关心这些事的原因，她永远也不能做到像莉安那样——*除非是我喝了足够多的酒，把理智完全丢掉了*——但她还是想向莉安学习一些技巧。“也许你亲他一下会有用？”

莉安瞪了她一眼，冰冷的目光几乎能让流动的溪水冻住，但明只是平淡地回望着她。莉安从来都没办法像史汪那样让她感到喘不过气的压力，至少不像史汪那样频繁。在离开白塔之后，次数更少了；在一起谈论过男人之后，就几乎完全不复存在。在一个女人认真地告诉你，有107种接吻方式和93种抚摸男人脸颊的方式后，你怎么还能从她那里感觉到任何压力？看样子，莉安真的相信这些说法。

实际上，明建议莉安亲一下洛根并没有嘲讽的意思。自从那天洛根必须有人拖着才能从毯子里起来，而不是第一个起床向她们发号施令之后，莉安就一直都在向他微笑，对他调情，说一些可以让他耳朵火烧的话。明不知道莉安是不是真的对这个男人有什么感觉（虽然她知道这种可能性微乎其微），还是只为了让他有继续活下去的欲望，让史汪能够利用他完成自己的计划。

莉安一直都没停止与洛根之外的男人调情，从卢加德开始，她和史汪显然达成某种合作默契，史汪对付女人，莉安对付男人。有两次，在客栈老板说过客满之后，莉安的微笑和媚眼仍然为他们争取到了房间。另外两次，莉安用同样的办法让他们从原本只能睡矮树丛下改为睡进了谷仓，而且他们的食宿费用也往往因此降低不少。不过也有一次，他们四个被一名农场主妇挥舞着草叉轰了出来；另一次，他们在吃早饭时面前只被扔了一盆冷麦片粥。不过莉安觉得这些小插曲都很有趣，虽然别人不一定会这么想。最近这几天，洛根对她却不再有任何男人应有的反应，实际上，他已经不再对任何人有反应了。

史汪僵硬地拉回了贝拉，她的臂肘向外撑着，眼睛不停地望向地面，仿佛时刻都会跌下去。炎热的天气对她也没有任何影响。"今天有没有看到他的什么幻象？"这么说的时候，她并没有去看洛根。

"还是一样。"明尽量耐心地说道。无论明说多少遍，史汪仍然拒绝去理解和相信明看到的幻象，莉安也是。即使明没有在塔瓦隆时就看见过这个幻象，即使洛根仍然在因遭到驯御而了无生气，明还是愿意用自己所拥有的一切去赌他会重新站起来，将有一位两仪师出现并治疗他。她所看见的全都是事实，它们一定会发生，就如同她在第一次看到兰德·亚瑟时，就知道自己将陷入对他无法自拔、无能为力的爱，她还知道她要与另外两名女子分享他。洛根命中注定将获得没有几个男人可以梦想到的荣耀。

"不要用这种口气跟我说话，"史汪说，那双蓝眼睛变得更锐利了，"我们要一勺一勺地给这条多毛的大鲤鱼喂饭已经很糟糕了，我不希望你也变得像冬天的鱼鹰一样闹脾气。也许我必须去容忍他，女孩，但如果你也要给我添麻烦，你很快就会后悔的。我这么说你清楚了吗？"

"是的，玛莱。"*至少你可以在话里加点挖苦的语气吧！*她自责地想，*你不必像头鹅那么驯顺吧！你已经当面责备过莉安了。*在他们最后离开的村子里，那个阿拉多曼女人曾经建议明在一名蹄铁匠身上实习一下她们讨论的内容，那是个高大、英俊的男人，有双看上去很强壮的手和一种略有些迟钝的微笑，但她还是……"我会尽量不那么爱闹脾气。"最让明恼火的是，她发现自己还是在竭力让自己的声音显得很诚恳。史汪就是有这样的能力，明甚至不能想象史汪谈论向男人微笑的方式的模样。史汪会看着一个男人的眼睛，告诉他该做什么，并等他立刻去完成命令。她对于所有人的态度都是如此。如果她对别人换了一种态度，就像她对洛根那样，那只会是因为她需要用蛮力以外的手段去解决问题。

"不是很远了，对不对？"莉安语气爽朗，她收起了对男人们才会施展的音调，"我不喜欢他那个样子，如果我们必须再露宿一晚……嗯，如果他比今天早晨更萎靡，我不知道我们还能不能把他弄到马鞍上去。”

“不远了，如果上次给我指路的人没说错的话。”史汪的声音里有些恼怒。两天前，她在他们最后离开的那个村子里问了一些问题，当然，她没让明听到，而洛根对周围的一切都已失去兴趣，但现在她很不愿意提到那些村民。明不清楚是为什么，史汪不可能会认为那些村民的后台是爱莉达吧！

明自己也在希望路不会太长了，她不知道他们在离开前往杰罕那的大路后已经向南走了多远，大多数村子里的人只是大概知道他们与附近城镇的相对位置，但就在史汪带领他们离开大路之前不久，他们渡过曼埃瑟兰河、进入阿特拉的时候，那位载他们过河的花白头发老船夫不知为什么正在研究一份破烂的地图，那份地图绘制的范围一直延伸到迷雾山脉。依明的判断，她们不用多久就可以遇到另一条大河了，有可能是博恩河，那样就意味着他们已经进入了海丹，那个先知和他聚集的暴徒正在那里；或者是艾达河，阿玛迪西亚和白袍众就在那条河的对岸。

明打赌是海丹，无论是不是有先知，只有傻瓜才会以为能在靠近阿玛迪西亚的地方找到两仪师聚集。不过，无论她们是在海丹还是阿特拉，阿玛迪西亚都在不远的地方。

“现在必须对他温和一些。”史汪也压低了声音，“只要他能再坚持几天……”明仍然闭着嘴，如果这女人不愿意听她的话，她说什么都没用。

史汪摇了摇头，踢了一下贝拉的腹侧，回到领头的位置，她的双手紧握了缰绳，仿佛这匹矮壮的母马会像流星般窜出去。莉安又开始用那种风情万种的声音和洛根说话，也许她确实对他有感觉，这并不会比明自己的选择更奇怪。

草木丛生的圆山丘一个个地从他们身边经过，树林、乱草、灌木丛，一切似乎永远都不会有变化，旧路的痕迹箭一般笔直向前。莉安说，这里的土壤已经和他们走过的那一段路不同了，仿佛明应该明白这些似的。长着茸毛耳朵的松鼠偶尔会从树枝上向他们吱吱叫几声，有时他们还会听到鸟叫，只是明不知道那些是什么鸟。与凯姆林、伊利安或提尔相比，巴尔伦也许算不上是个城市，但明一直认为自己是个城里的女孩。城里人是不会区分鸟叫的，正如同她不会去区分生长野草的土壤。

她的怀疑又一次浮了上来，在离开柯尔泉之后，这些怀疑不止一次地浮出她的心底，只是原先她很容易就可以把它们赶走。但从卢加德开始，它们愈来愈频繁地冒出来，明发现自己开始以从前完全不敢的方式评价史汪，她当然还没勇气和史汪正面对抗，虽然连对自己她也羞于承认这一点。现在她怀疑的是，史汪并不知道他们要去什么地方，史汪已经可以说谎了，因为静断打破了三誓对她的束缚。也许史汪只是仍然在希望，如果持续不断地寻找，总可以找到一些她一直都在拼命寻找的痕迹。莉安已经开始选择了一种与权势、至上力和兰德全无关系的生活，也许不能说是全无关系，但毕竟与史汪不同，明不认为史汪的生活也能像莉安一样容得下别的内容。白塔和转生真龙是史汪全部的生命，她会紧紧抓住它们，即使她不得不对自己说谎。

树林突然变成一个大村子，让明不由得愣了一下。甜胶树、橡树和硬毛松林外（这是明能认出来的树），距离他们不到五十步的低矮山丘上出现了许多用圆河石砌成墙壁的茅草顶小屋。明愿意打赌，这里在不久前还属于森林的范畴，现在一些房屋间还生长着许多大树和小丛的灌木，其中有一些更是直接贴在墙壁上，另外房子旁边还有许多显然是刚刚砍伐过的树桩。街道上也能看出都铺着新土，而不是已经被几代人踩实的硬土路。只穿着衬衫的男人们正在把一捆捆新草铺到三幢石砌方形大房子上，那显然是村里的客栈，其中一幢房子的门上挂着一块满是风雨蚀痕，已经褪色的招牌，但明能看见的所有茅草顶都是新的。与村中的男人相比，这里似乎有太多的女人，而嬉闹的孩子与女人的数量相比，则是少得可怜。飘散在空气中的午餐香气是这个地方惟一可以算是正常的事情。

如果这个村子的第一眼印象让明有些吃惊，那当明再仔细看去时，她差点要从马背上摔下来。那些年轻女子，无论是在窗口抖动毯子的，还是为了完成某件差事而快步奔跑的，全都穿着朴素的羊毛裙子，但无论是何种规模的村庄，也不会有这么多穿着丝绸和优质羊毛骑装的女人，而且这些衣服的颜色和剪裁可以说是各式各样。在明眼里，这些女人和大多数男人四周都飘飞着各种不断变幻闪烁的影像和光晕，明在大多数人身上都看不到任何幻象，只有两仪师和护法的四周才会不断有幻象出现。那些孩子一定都属于白塔的仆人们，极少会有两仪师结婚。但明了解两仪师，如果她们认为需要逃亡，她们一定会尽力带出她们的仆人和仆人的家人。史汪终于找到她要找的两仪师聚集地。

当他们催马走进村里时，村中立刻陷入一片诡异的寂静。没有人说话，两仪师们都在原地站定，看着他们，那些应该是见习生、甚至是初阶生的女孩们也是一样。片刻之前还狼一般来回游移的男人们也都停在了原地，他们有的将手伸进一堆茅草里，有的则是伸进门口，那些地方无疑都藏着武器。孩子们已经不见踪影，他们都被应该是仆人的成年人赶走了。被这么多人目不转睛地瞪着，明觉得自己背上的毛发都竖直起来。

莉安显得非常不安，一边向前走着，一边瞥着身边的人们，但史汪始终保持平和而冷静的表情，直接朝最大的那家客栈走去。她在那块图案模糊不清的招牌下面下了马，将贝拉拴到一根显然才刚刚立起的石制马桩的铁环上。史汪从来不曾帮助过洛根，哪怕只是动一根手指，所以明与莉安把洛根扶下了马。明的双眼不由自主地东张西望，所有人都一动不动地盯着他们。“我并没想过会像一个离家很久的女儿一样受到欢迎。”史汪低声对莉安说，“但至少可以有人打个招呼吧?”

还没等莉安回话(假如她有话可说)，史汪又说道：“嗯，既然已经到了岸边，就不要把桨停下来，带他进来吧!”说完，她就消失在客栈的门里，而明和莉安仍然领着洛根向那道门走去。洛根走得还算轻松，但当两个女人停止催促他的时候，他只是多迈了一步就停下来。

客栈大厅和明以前见过的大厅完全不同，当然，宽阔的壁炉里并没有生火，壁炉上已经有了许多石块掉落后形成的孔洞。用石膏粉刷的天花板显得非常破旧，上面有一些人头般大小的缺损，露出里面的木板。正由几个女孩清扫的地板已经因年代久远而缺损不少，地板上摆着形状和大小各不相同的几张桌子。一些有着年岁、莫辨容貌的女人正坐在桌边审阅文件，向另外一些人下达命令，接受命令的人里面有几名穿着变色斗篷的护法和见习生、初阶生等。他们之中有不少女子头发已经灰白，脸上清晰地显示着岁月的痕迹；也有一些不是护法的男人。不断有人飞快地跑开，仿佛是要去传达什么讯息；又有人为两仪师送来了新的文件或葡萄酒，这番匆忙的情景中流露出一种某些事已经被解决的满意情绪。各种幻象不停地在这个房间里飞舞，在人们的头顶上盘旋。这么多幻象集中在一起，如果明没有办法忽略它们，它们就会立刻将明吞没。忽略它们并不容易，但既然她必须与这么多两仪师共处一室，她就必须学会这个技巧。

四位穿着骑马裙的两仪师以优雅而冷静的姿态向门口走来，迎接新的来访者。对明来说，看见那熟悉的面孔，就好像在迷失了很久以后重新回家了。

雪瑞安向额角扬起的绿眸立刻盯住了明，银蓝色的光芒正闪耀在她火色的头发上，头上还有一片柔和的金光。明不知道那代表什么，此时此刻，稍有些丰满、穿着深蓝色丝裙的雪瑞安仿佛就是严厉的化身。“很高兴能看见你，孩子，但我也很想知道你是怎么发现这里的。还有，为什么你会想出那个没脑子的主意，把他带到这里来。”六名护法靠在他们身旁，手握剑柄，用锐利的目光盯着洛根，而洛根却好像根本没看见他们。

明吸了一口气。为什么她们要问她?“我的没脑——”她没能说出更多的话。

“如果他像传闻中说的那样已经死了，”面色苍白的卡琳亚冷冷打断明的话，"那会好得多。"她声音的冰冷不是因为气恼，而是因为冰冷无情的推理。卡琳亚是白宗两仪师，她的象牙色衣裙已经磨损得非常严重了。片刻之间，明看见一只乌鸦飘浮在她黑色的头发旁边，那更像是一只鸟的绘图，而不是活的鸟。明觉得那是个文身，但她不知道它的意思。明将注意力集中到人们脸上，尽量不去看任何别的东西。"不过，他看上去和死掉也没什么两样了。"卡琳亚毫不停歇地继续说道，"无论你是怎么想的，你这都是在浪费力气。不过，我现在也很想知道，你是怎么找到沙力达的。"

史汪和莉安交换了个得意的眼神，在他们带来的这场冲击中，甚至没有人看她们一眼。

麦瑞勒是个肤色黝黑的美人，穿着一件在胸衣上用金线绣着斜纹的绿丝裙，平时，她那张完美的椭圆脸上总是带着知性的微笑，魅力丝毫不亚于现在的莉安，但现在那上面没有一丝笑容。她走到卡琳亚身后说道："快说，明，不要只是像个木偶一样呆站在那里。"在绿宗两仪师里，麦瑞勒也一直都以她的火爆脾气著称。

"你一定要告诉我们。"爱耐雅用更和善的语气说道，但声音里也同样隐含着怒意。她是个面容硬朗的女子，尽管有着两仪师的无瑕面容，看上去更像是位母亲，而看她抚弄那条淡灰色裙子的姿态，她更像是一位正竭力克制自己不要去拿鞭子的母亲。"我们会给你和这两个女孩找个住处，但你一定要告诉我们，你们是怎么找到这里的。"

明摇摇头，闭上嘴，当然，在她们的眼里，另外那两个只是普通的女孩。她和她们相处太久，完全忘记她们已经产生了多么大的变化。史汪和莉安被丢进白塔的地牢后，肯定没有和这些两仪师见过面。莉安现在完全是一副想大笑的表情，史汪则朝着这些两仪师气恼地摇着头。

"我不是你们想要质问的人。"明对雪瑞安说。让"那两个女孩"去接受这些人的盘问吧！"你们可以问史汪或莉安。"两仪师们全都死死地盯着明，仿佛她已经疯了，直到明朝自己的两名同伴点点头。

四位两仪师的目光转向那两名女子，但史汪和莉安并没有立刻被认出来。两仪师们仔细端详着她们，皱起眉头，又彼此对望了几眼。护法们则一直紧盯着洛根，手掌牢牢地握在剑柄上。

"静断也许会产生这样的效果。"最后麦瑞勒喃喃地说道，"我曾经读到过与此有关的文献。"

"从很多特征判断，脸是长得很像，"雪瑞安缓缓地说，"也许有人能找到和她们相貌相近的女人，但这是为什么？"

史汪和莉安不再显得那么得意了。"我们就是我们。"莉安高声说道，"问我们问题啊！冒名顶替的可不会知道我们知道的事情。"

史汪并没有等她们问问题，"也许我的相貌有了变化，但至少我知道我在做什么，我打赌，在这点上，我比你们强。"

史汪刚硬的嗓音让明呻吟了一声，麦瑞勒却点点头，说道："这是史汪·桑辰的声音，是她。"

"声音可以训练。"卡琳亚的声音依旧冰冷。

"但记忆又能训练到什么程度？"爱耐雅严厉地皱起眉，"史汪——如果你是史汪的话——在你的第二十二个命名日，我们有过一次争论，你和我。那次争论发生在什么地方，又有着什么样的结果？"

史汪向那个有着慈母般面容的女人露出充满信心的微笑："那是在你向见习生们讲授为什么亚图·鹰翼的帝国在他死后会分裂成那么多小王国时。顺便说一句，至今你的一些观点我仍然不认同，结果是我在两个月的时间里每天要在厨房工作三个小时。'希望那里的热气能盖住你的火气。'我想你是这么说的。"

如果史汪以为这个答案能让她们满意，那她就错了。爱耐雅又向这两个女人问了更多问题，然后是卡琳亚和雪瑞安，她们显然曾经和史汪与莉安是初阶生和见习生时的同学。她们问了许多只有她们之间才可能知道的事情，曾经陷入的窘境、成功或失败的恶作剧，对于她们的两仪师导师的各种看法。明不能相信，这两个成为玉座和撰史者的女人竟闯过那么多祸。明还有种感觉，她们现在说出来的只不过是冰山一角，而且听起来雪瑞安也比她们好不了多少。麦瑞勒是这几人中最年轻的，比她们小了几岁。她没有实际盘问她们，直到史汪说起一条被放进两仪师萨洛亚浴盆的鳟鱼，以及一个初阶生被她警告得足足谨言慎行了半年，她才偶尔说几句揶揄的嘲讽。老实说，史汪自己也没什么资格教导别人谨言慎行，她还是初阶生时用发痒草洗了一名见习生的衬衣？她偷溜出白塔去钓鱼？即使是见习生，如果不是在特定的时间里，离开白塔也需要得到批准。史汪和莉安甚至一起把一桶冷水降温到接近结冰，然后用它做成陷阱，结果全部倒在一位两仪师头上。那位两仪师曾经害她们挨过鞭子，而她们都认为那并不公平。从爱耐雅的眼神推断，她们那时候没被发现确实是件好事。根据明对初阶生和见习生的了解，这两个女人能一直留在白塔里直到成为两仪师，又没有被彻底剥掉皮，她们的运气还真是不错。

"我满意了。"最后，慈母般面容的两仪师一边望着其他人，一边说道。

麦瑞勒随着雪瑞安点了点头，但卡琳亚说道："现在仍然有个问题：该如何处置她?”她的眼睛紧盯着史汪,一眨也不眨。其他人突然显露出不安的神情,麦瑞勒咬住了嘴唇,爱耐雅只是看着地板,雪瑞安整理着自己的衣裙,似乎正尽量避免去看新来的这些人。

“我们还知道以前知道的所有信息。”莉安对她们说,她也露出了有些担忧的神情,“我们是有用的。”

史汪沉下了脸,莉安也许会因为描述原来做过的坏事和受过的责罚而感到有趣,但史汪却不喜欢提起这些。但与她接近恼怒的神情相比,她的声音只有稍微绷紧了一点。“你们想知道我们是怎么找到你们的,我和一名仍然在为蓝宗工作的密探取得联系,她对我说了莎莉·戴拉。”

明完全不明白什么是莎莉·戴拉——她是谁?——但雪瑞安等人立刻彼此点点头。明意识到史汪除了告诉她们自己能找到这里的方法外,还有其他含意,她让她们知道,她仍然能使用为玉座服务的眼线。

“你坐到那里去,明。”雪瑞安指着角落里的一张空桌子对明说,“或者你还是叫伊尔明黛达?把洛根也带过去。”她和另外三个人聚到史汪和莉安周围,簇拥着她们向大厅后方走去。当她们消失在一扇新制的粗木板门后面时,又有两名穿骑装的女子加入了她们。

明叹了口气,然后抓住洛根的手臂,领着他走到桌边,让他坐在一张粗木长凳上,自己则坐进一把有点摇晃的梯背椅里。两名护法靠墙站在她们旁边,目光并不在洛根身上。但明知道,盖丁从不放过任何蛛丝马迹,而且他们即使在睡着的时候,也能用不到一次心跳的时间抽出佩剑。

那就是说,这里没有人会张开双臂欢迎他们了,即使是在史汪和莉安被认出来之后。好吧,她还能指望些什么呢?史汪和莉安曾经是白塔最有权势的两个人,现在,她们连两仪师都不是了。其他人很可能还不知道该如何对待她们,更何况她们还带着一名被驯御的伪龙,史汪最好不要再说谎或是指望利用他。明不认为雪瑞安等两仪师会像洛根那样有耐心。

至少,雪瑞安认出了她。明又站起身,透过镶着各色玻璃的窗户向街上望去。他们的马还拴在马桩旁,但在她能碰到野玫瑰的缰绳前,一定会有一名护法抓住她。她在白塔的最后一段时间里,史汪费了很大力气想掩饰她的身份,现在看来,这样做没产生任何作用。但明不认为这些两仪师知道她所看见的幻象,史汪和莉安一直严守着这个秘密,明希望她们能继续保密。如果那些两仪师也知道这件事,她们一定会像过去的史汪一样缠住她不放,那样她将永远也无法到兰德身边去了。如果她们要用绳子把她拴在这里,她就不能把从莉安那里学来的办法付诸实现了。

帮史汪找到这个聚集地，帮她带领两仪师投奔兰德·亚瑟，这是非常重要的事，但她依然有自己的目标：让一个从没多看她一眼的男人在发疯之前与她双双坠入爱河，也许那时她已经早他一步先发疯了。“那样的话，我们就是相配的一对了。”她低声地嘟囔着。

一名显然是初阶生的满脸雀斑的绿眼睛女孩站到她的桌边。“想吃点或喝点什么吗？我们有炖鹿肉、野梨子，也许还能找到些奶酪。”她一边说话，一边竭力不去看洛根，免得一看之下就翻起白眼。

“梨子和奶酪听起来很不错。”明对她说。他们赶路的最后两天全都是在饥饿中度过的，史汪曾经在溪流中捉到过一些鱼。当他们没办法从客栈和农场那里得到食物时，一直是洛根为他们猎取野味。在明的观念里，干豆子从来都不能算是一顿饭。“还要一些葡萄酒，如果你们有的话，但我首先想知道一些事情。我们在哪里？这是个秘密吗？这个村子叫作沙力达？”

“在阿特拉，再向西一里就是艾达河了，阿玛迪西亚就在河对岸。”这个女孩笨拙地模仿着两仪师的神秘表情，“两仪师藏在什么地方能比她们不该出现的地方更隐秘？”

“我们本来没必要躲躲藏藏的。”一名肤色黝黑的卷发年轻女子停下脚步，厉声喊道。明认识她，她是个名叫芙芮恩的见习生，明觉得她应该是继续留在白塔的那种人。据明所知，芙芮恩从没喜欢过什么人或事，而且她不止一次说过，在成为两仪师后要选择红宗。一个爱莉达的完美追随者。“为什么你会到这里来？还带着他！为什么她会来？”明知道芙芮恩说的是谁。“就是因为她，我们才不得不躲在这里，我原来还不相信她真的会帮助马瑞姆·泰姆逃走，但如果她连这种人都会带在身边，也许她真的那么做过。”

“够了，芙芮恩，”一个身材苗条、黑发垂腰的女子对这名圆脸见习生说。明觉得自己认识这个穿暗金色丝绸骑装的女子，爱德西娜——明相信她是黄宗两仪师。“去做你的事。”爱德西娜说，“塔比亚，如果你要为他们送食物来，就快去吧！”爱德西娜没有去看沉着脸行屈膝礼的芙芮恩，和行了个更好的屈膝礼的初阶生，她伸手搭在洛根的额头上，洛根的眼睛望着桌子，显然什么也没注意到。

在明的眼里，一个银色的项圈突然套住这名女子的脖子，又如同出现时一样突然地裂成了碎片。明打了个哆嗦，她不喜欢看到与霄辰人有关的幻象，但至少，爱德西娜能够逃脱这个厄运。即使明想要帮助这个女人，即使她向爱德西娜发出警告，该发生的事情也不会有任何改变。

“是驯御。”过了一会儿，两仪师说道，“我想，他已经放弃了活下去的欲望，我没办法为他做任何事。但即使我能做什么，我也不确定自己是否该帮他。”她在离开时看明的那一眼远远谈不上友善。

一名穿着黄褐色丝衣、端庄如雕像的女子停在几步之外，用没有表情的眼睛冷冷地打量着明。明听说过，科鲁娜是绿宗两仪师，作为艾拉非国王的姐妹，她有着典雅的仪态，她在白塔时一直对明很友善。明向她露出微笑，但那双黑色的大眼睛没有显露任何响应。科鲁娜走出客栈，四名相貌迥异的护法迈着那种致命的步伐突然出现在她背后。

明等待着自己的食物，衷心希望史汪和莉安能得到更热情一些的招待。

第27章

练习畏怯

“你们没有掌舵的人。”史汪对坐在面前六把不同式样椅子里的六个女人说道。这个房间的布置非常混乱，两张大厨房桌靠在墙边，上面整齐地排列着钢笔、墨水瓶和沙瓶；房间的角落里摆放着各种长度和粗细的蜡烛，以及一些截然不同的灯盏，有的只是上釉的陶灯，有的则镀着黄金，被用来提供晚上的照明。一片金、蓝、红交错的伊利安丝绸地毯覆盖住久经磨蚀的粗木地板。她和莉安坐在地毯的一侧，其他人坐在地毯的另一侧，她们两个因此成了其余人目光的焦点。打开的窗板上满是裂缝，有些窗口上只挂着油布，一阵阵微风从窗子吹进来，却无法降低屋里的温度。史汪告诉自己，她不会嫉妒这些女人的导引能力，她肯定已经度过那段时期了，但她确实嫉妒她们遏止出汗的技巧，她自己已经是汗流满面了。“你们现在做的所有这些事情都是在演戏，你们也许可以互相愚弄，甚至愚弄盖丁——但如果我是你们，我就不会指望这些，你们不能愚弄我。”

她真希望摩芙玲和波恩宁没加入这次的谈话。摩芙玲虽然有着一副与世无争的外表，有时候似乎完全不理会眼前发生的一切，却会对任何事都表示怀疑。这位头上已经有了灰丝、身材矮胖的褐宗两仪师要看到六条全身覆鳞的鱼才会相信鱼是有鳞的。波恩宁是位漂亮的灰宗两仪师，她有着暗蜂蜜色的头发，一双蓝灰色的大眼睛让她总像是正在为某件事感到吃惊。与波恩宁相比，摩芙玲简直就变成了容易受骗的单纯女子。

"爱莉达已经将白塔掌握在手中，而你们知道她会搞砸兰德·亚瑟的事。"史汪轻蔑地说，"如果她没有惊惶失措地在最后战争前驯御他，那就是我们的好运了。你们知道，无论你们对能够导引的男人抱有何种程度的厌恶，红宗的厌恶都会是你们的十倍。现在应该是白塔最强大的时刻，但白塔却陷入了有史以来最虚弱的状态，需要有一个睿智的领导者统治白塔，它却落入一个傻瓜手中。"她皱了皱鼻子，逐一望向对面六个人的眼睛，"而你们只是坐在这里，放下帆篷，随波逐流。如果你们不同意我的说法，那你们能否告诉我，你们有没有做过比咬手指和吹牛皮更有意义的事？"

"你同意史汪的看法吗，莉安？"爱耐雅温和地问。史汪从来都无法理解沐瑞喜欢这个女人的原因，想让这个女人去做任何她不想做的事，都会像捶打一只装满羽毛的麻袋一样徒劳无功。她不会支持你，也不会和你争辩，她只会平静地拒绝有所行动。即使是她交叠双手坐在椅子里的样子，也更像是一位正等着和面的妇人，而不是两仪师。

"我同意其中的一部分。"莉安回答。史汪瞪了她一眼，莉安却丝毫也不在意地继续说道："对于爱莉达的说法确实没错，爱莉达会搞砸兰德·亚瑟，就像她搞砸白塔一样。而其余的，我知道你们努力地将尽可能多数的姐妹聚集在这里，我也希望你们能以同样的努力采取行动对付爱莉达。"

史汪重重地哼了一声，她刚才经过大厅时，大概看了一下桌上那些被努力审阅的文件——物资清单、重建木材的分配、砍伐树木、修理房屋和清挖水井的工作安排——仅此而已，她没看见任何一份可能和爱莉达有关的报告。这些人计划在这里过冬，只要一名知道沙力达的蓝宗两仪师被捉住，在奥瓦琳的审讯下，她将很难隐瞒什么。爱莉达随时都有可能知道要在此处捕捉她们，而现在她们担心的却只是开垦菜园和在寒冬到来之前采集足够的柴火。

"这不是你们应该讨论的问题。"卡琳亚冷冷地说，"你们似乎还不明白，你们已经不再是玉座和撰史者，甚至连两仪师都不是了。"一些人还有点良知，会显得有些困窘，但这些人里不包括摩芙玲和波恩宁。没有两仪师愿意提起静断，或者听到别人提起它，在这两名女子面前，她们会觉得这么说尤其显得苛刻。"我这么说并没有恶意，我们不相信对你们的指控——尽管你们会有那种旅伴——否则我们现在也不会坐在这里了。但你不能再以为自己还居于原来的地位，这是个很简单的事实。"

史汪还清楚地记得卡琳亚在初阶生和见习生时的样子，每月一次，她都会因为一些微小的冒犯而得到额外的一两个小时杂役工作，每个月一次，因为她不想让别人认为她是个一本正经的人。除此之外，她没有违反过任何规定，向任何不该去的地方踏出过一步。这只能让别人觉得不合逻辑，但她从来都不明白为什么其他女孩会认为她是两仪师乖巧的宠物。满脑子逻辑，却毫无常识，这就是卡琳亚。

"虽然你们所做的一切从书面上来说勉强符合法律，"雪瑞安温和地说，"但我们认同这里面包含着对你们恶意的不公，这是一次对法律精神的极端扭曲。"在她火红色头发后面的椅背上雕刻着一群正在争斗的蛇，显得与周围的环境格格不入。"无论有着什么样的谣言，对你们的大多数指控都太单薄，简直可以当作笑话来听。"

"但她知道兰德·亚瑟，并图谋向白塔隐瞒他的存在，至少这项指控是真的。"卡琳亚厉声说道。

雪瑞安点点头："即使是这样，也不该让你们接受如此严厉的惩罚。她们也不该秘密审判你们，不给你们为自己辩解的机会，不要害怕我们会背弃你们，我们会让你们两个得到照顾的。"

"谢谢你。"莉安说，她的声音很微弱，而且几乎是在颤抖。

史汪气恼地看着她们："你们甚至没问过我是如何利用那些眼线的。"当她们两个还是同学时，史汪喜欢雪瑞安，只是岁月和位阶在她们之间撕开了一道鸿沟。竟然说"照顾"！

"亚尔丁在这里吗？"爱耐雅不自觉地摇了摇头。史汪继续说道："我想应该不在，否则你们就会知道更多正在发生的状况了，那些眼线正将报告送到白塔去。"从表情上看来，两仪师们似乎逐渐明白状况了，她们原先并不知道亚尔丁的职责。"在我成为玉座之前，我是蓝宗眼线的首脑。"这句话让两仪师更为惊讶。"只需要每名蓝宗密探用一点力气，再加上那些我当玉座时为我效忠的人，她的报告就会从快捷而又隐秘的途径送到你们面前，而亚尔丁甚至都不会察觉。"要做到这一点显然不是"用一点力气"就够的，但史汪已经在脑海里勾勒出大部分计划的草案，而且此时她们也不需要知道更多。"那些密探还可以继续向白塔送去报告，报告中可以写一些……你们想让爱莉达相信的内容。"史汪差点说出了"我们"这个词，现在她必须小心自己的舌头。

当然，她们不喜欢这种状况。管理情报网的人对大多数两仪师来说都是保密的，但她们全都是两仪师，她们一直都是两仪师，但这是史汪能让自己挤进决策圈的惟一办法，要不然，她们很可能会把她和莉安塞进一个小房间里，指派一名仆人照顾她们。或许可能会有一位研究静断的两仪师偶尔过去看看她们。她们会这么生活下去，一直到死亡，在这样的环境里，她们很快就会死掉。

光明啊，她们甚至有可能会把我们嫁掉！有些人认为，一个丈夫和一群孩子足以代替至上力在一个女人生命中的位置。不止一个女人曾经因为吸收了过多的阴极力，或是在测试特法器的用途时将自己静断，她们往往会找一个丈夫作为慰藉。但因此而结婚的女人总是尽可能远离白塔和她们过往的记忆，所以这个理论至今并未得到证明。

“这应该不难，”莉安有些畏怯地说，“我也可以联系上在我当撰史者前为我服务的眼线。更重要的是，当上撰史者后，我在塔瓦隆内部也有密探。”有几双眼睛因为吃惊而大睁，只有卡琳亚眯起了眼睛。莉安眨眨眼，不安地动了动身体，露出虚弱的微笑：“我一直都认为，花费更多的力气去探究艾博达和班达艾班，而不是了解我们自己的城市，这是种很愚蠢的行为。”现在她们至少应该重视塔瓦隆的眼线。

“史汪。”摩芙玲从她的厚背扶手椅里倾身向前，用坚定的语气说出这个名字，仿佛她是要强调，她说出的不是“吾母”，那张原本淡泊的圆脸上现在则充满了固执。她的固执是一种相当大的威胁。当史汪还是初阶生的时候，摩芙玲似乎极少会在意周围女孩的恶作剧，但只要她开始在意某件事，她就会亲自处理，而她周围所有的人都会连续几天坐直身体，放轻脚步走路。“为什么我们要允许你按照你的思维去做事？你已经被静断了，女人，无论你是什么，你已经不再是两仪师了。如果我们想要那些密探的名字，你们两个都要立刻提供给我们。”这几句话是无情到极点的确认。她们要把名单交出来，如果这些女人想要，不管怎样她们都要交出来。

莉安明显地打了个哆嗦，但史汪的椅子却随着她挺直后背靠回去的动作发出一阵吱嘎声。“我知道我不再是玉座了，难道你们以为我不知道自己被静断了？我的外表发生了改变，但内在没变，我知道的一切现在仍然存在我的脑子里。利用它吧！为了光明之爱，利用我吧！”为了让自己平静下来，她深吸了一口气——如果我会让她们把我扔到一边烂掉，就烧了我吧！

麦瑞勒在众人都陷入沉默时开口说话了：“真是配得上年轻面孔的年轻脾气。”她微笑着坐到自己的椅子边缘，那是一张应该放在一家农舍壁炉前的硬背扶手椅，如果农舍的主人不在乎椅子上的漆皮已经剥落成这样的话。但她的微笑和平常不太一样，充满了理解和慵懒，那双几乎与波恩宁的眼睛一样大的黑眸里全都是同情。“我相信没有人想让你感觉到自己是无用的，史汪，而且我确定我们全都想充分利用你的知识，你所知道的对我们将有很大的用处。”

史汪不想要她的同情。“你们似乎忘了洛根，以及询问为什么我要把他从塔瓦隆一路拖到这里来。”她本来并不想主动提起这件事，但如果情况照这样发展下去，也许这件事只能躺在一旁烂掉了……“我的‘没脑子的’主意。”

“很好，史汪，”雪瑞安说，“为什么这么做？”

“因为扳倒爱莉达的第一步，就是让白塔知道——如果有必要的话，也要让世界知道——这个伪龙的兴起与崩溃，全都是红宗一手策划的。”现在她终于吸引住她们的注意力了。“至少在洛根宣称自己为转生真龙前一年，红宗就在海丹找到了他，她们不但没有将他带到塔瓦隆去驯御，反而在他的脑子里种下了自立为转生真龙的种子。”

“你确定？”波恩宁带着浓浓的塔拉朋口音低声问道，她一动也不动地坐在一把高藤椅里面，谨慎地看着史汪。

“他不知道莉安和我的真正身份，在来这里的路上，有时他在夜里睡不着，就会和我们聊一些事情。我们之中只有明能在每晚睡得很香。以前他从没说过这些事，因为他以为是整个白塔都这样对付他，但他现在知道了，庇护他并怂恿他成为转生真龙的只是红宗两仪师。”

“为什么？”摩芙玲问道。

雪瑞安也点点头：“为什么？如果遇到这样的男人，所有人都会暂时放下手中的事情，先确认他受到驯御，红宗除此之外没有任何使命，她们为什么要创造一名伪龙出来？”

“洛根也不知道。”她对她们说，“也许她们认为，俘虏一名伪龙要比驯御一个只会吓坏一个村子的可怜傻瓜能让她们获得更大的影响力，也许她们要为了某些目的而制造更大的动乱。”

“我们并不是在暗示她们对马瑞姆·泰姆或任何其他人也做过这样的事。”莉安急忙说道，“毫无疑问，你们可以从爱莉达那里知道你们想知道的一切。”

史汪看着她们压低了声音讨论这个问题，从没想过自己有可能是在说谎。这是静断带来的优势，她们似乎没想过静断会打破三誓的束缚。确实，有一些两仪师研究过被静断的女子，但这种研究无一不带着谨慎和厌恶的情绪，没有人会真正有热情去了解也许会发生在自己身上的灾祸。

对于洛根，史汪并不担心，只要明还能看见她见过的那个幻象，他会活得够久，久到足以说出史汪要他吐露的台词，只要等她有机会和他谈谈就行。她不敢冒险先和他商量，因为他很有可能会决定自己该怎么做。现在，重新被两仪师环绕在四周，洛根获得了一个向那些驯御他的人进行复仇的机会。只是对红宗的复仇，这点没错，但洛根只能委屈将就了。船上的一条鱼比水里的一群鱼更有价值。

史汪瞥了莉安一眼，看见她脸上挂着淡到不能再淡的微笑。这样不错。莉安在今天早晨时还表示过不喜欢史汪向她隐瞒为洛根制定的计划，但史汪已经在秘密中生活了太久，不会轻易向别人透露不必要的讯息，即使是她的朋友。而刚才莉安所说的那段话已经确切地暗示了红宗和其他伪龙的纠葛，红宗是推翻她的领头势力，当这一切结束之后，也许世界上将不再有红宗存在。

"这是个重大的变化，"过了一段时间，雪瑞安说道，"我们不可能追随一名做出这种事的玉座。"

"追随她？"史汪喊道，这是她来到这里之后第一次真正感到吃惊，"你们真的在考虑要回去亲吻爱莉达的戒指？知道她的所作所为之后，你们还想这么做？"莉安在椅子上哆嗦了一下，仿佛她也有话要说，但她们两个已经约定好，负责发脾气的是史汪。

雪瑞安显得有些困窘，麦瑞勒橄榄形的脸颊上浮出两片殷红，但其他人则像是接受阳光一样平静地接受了史汪的呵斥。

"白塔必须强大，"卡琳亚用冬日寒风般冷冽的声音说，"真龙已经转生，最后战争即将到来，白塔必须是统一的。"

爱耐雅点点头："我们明白你们不喜欢爱莉达甚至是痛恨她的理由，我们真的明白，但我们必须为白塔和这个世界设想。我承认，我自己也不喜欢爱莉达，不过，我也从没喜欢过史汪。两仪师没必要喜欢玉座。你不需要瞪眼，史汪，你还是初阶生时就有一条锉刀般的舌头，经过这么多年以后，它只是变得更利。身为玉座，你只是按照你的计划驱使姐妹们，却从不做出任何解释，你的这两个特点让你不会受到任何人的喜爱。"

"我会努力……让我的舌头软一些。"史汪平淡地说。难道这个女人想让玉座对待每位姐妹都像童年知己的好友一样？"但我希望我告诉你们的事情能让你们改变跪倒在爱莉达脚下的欲望。"

"如果这就是你所说的让舌头软一些，"麦瑞勒懒懒地说，"也许我就要亲自动手把它弄软了，或者我们也可以不让你为我们操纵情报网。"

"当然，现在我们还不能回白塔去，"雪瑞安说，"至少在知道这件事后，我们不能了，必须等到爱莉达被废黜。"

"无论她做了什么，红宗会继续支持她。"波恩宁将此当成一个事实陈述出来，没有人反对这一点。红宗愤恨她们在邦雯之后就再也没出过玉座，这在白塔里并不是秘密。

摩芙玲重重地点点头："其他人也会支持她的，那些已经为爱莉达效忠太多、不相信自己还能有其他选择的人，那些只知强权不顾道义的人，还有那些相信我们是在白塔需要不顾一切代价地维持完整时却在分裂它的人。”

“除了红宗，其他人都可以说服，”波恩宁思考着说，“可以进行协商。”仲裁与协商正是灰宗存在的原因。

“看来，我们会需要你的密探，史汪。”雪瑞安看了一眼身边的人，“还有人认为我们应该把那些密探的控制权从她手中拿过来吗？”其余五名两仪师逐一摇了摇头。只有摩芙玲盯着史汪看了很久，直到史汪觉得她是要剥光自己的衣服，量尽自己的每一寸、每一磅，最后她才点了点头。

史汪不禁松了口气，等待她的将不是一个干死在小房间里的短暂人生，而是一条有目标的道路。这个人生可能仍然不会很长——没有人知道，即使有了能替代至上力的东西，一个被静断的女人能活多久——但只要有了目标，这样的人生也就足够了。麦瑞勒要弄软她的舌头？*我要让这个狐狸眼的绿宗看看，我会管住我的舌头，让她没办法对我做什么。我知道该怎么办，烧了我吧，我知道。*

“谢谢你们，两仪师。”史汪用自己能做到的最谦恭的声音说，这样的称呼让她感到痛苦，让她想到自己已经不再拥有的人生。“我会竭力做到最好。”史汪觉得麦瑞勒不必带着这种满意的表情向她点头，但史汪没去在意心中一个微小的声音，那声音在告诉她，如果她处在麦瑞勒的位置，她会做得比麦瑞勒更过分。

“请容我说一句，”莉安说，“你们不能光是待在这里，等待着你们在白塔评议会拥有的支持势力足以废黜爱莉达。”史汪露出一副饶有兴味的表情，仿佛是第一次听到这种话。“爱莉达就在塔瓦隆，在白塔里，对于这个世界，她就是玉座。在这个时候，你们只是一群异端分子，爱莉达可以称你们为叛乱者和煽动叛乱者，她在玉座的位置上发布这样的公告，全世界都会相信她。”

“只要她还没被废黜，她就是玉座，我们对此束手无策。”卡琳亚轻蔑地动了一下身体，如果她穿着她的白流苏披肩，也许刚才那一下就能将它扯成两截。

“你们可以给这个世界一位真正的玉座。”莉安说话的对象不是卡琳亚，而是所有六位两仪师。她的目光逐一扫过她们，向她们确认她说的话，也在让她们明白，她只是希望她们能听听她这番话。史汪曾经告诉过莉安，她用在男人身上的技巧在女人身上也会有用。“我在街道上和大厅里看见除了红宗以外所有宗派的两仪师，如果她们在这里建立白塔评议会，再由评议会选出新的玉座，那么你们就能以真正的白塔面对这个世界。只不过真正的白塔正在流亡，而爱莉达只是一名篡位者，再加上洛根揭发的罪行，你们觉得诸国会接受谁作为真正的玉座?”

这个提议确实起了作用。史汪能看到两仪师们都在心中思索着这个提议。无论其他人是怎么想的,只有雪瑞安表示意见。“这就意味着白塔真正分裂了。”绿眼睛的女子悲伤地说道。

“它已经分裂了。”史汪毫不客气地对她说。看到两仪师们的目光突然聚集在她身上,她立刻后悔说出这句话。

应该让她们认为这纯粹是莉安的建议,史汪向来以精明的幕后操纵者著称,她提出的任何建议都会遭到怀疑。所以史汪一开始就以相当严厉的方式说话,如果她用温和的语气,她们很可能会完全不相信她。她要装作仍然认为自己是玉座的样子,然后由她们贬低她的地位,与她相比,莉安显然更值得信任,由莉安说出的寥寥几点建议,她们将更愿意接受。完成她自己的那一部分并不算困难,除了恳求她们以外,但她宁愿把这些两仪师全都挂到太阳底下去晒干。这些人竟然终日枯坐,无所事事!

*你不必担心会受到怀疑,她们都认为你只是一根折断的芦苇。*如果一切顺利,她们将不会再对她有其他的看法。一根有用的芦苇,但并没有力量,所以不用放在心上,这是一种痛苦的变化,但杜兰达·萨恩已经在卢加德向她证明了这一点。她们只会以她们的观念接受她,她必须调适自己,尽量利用现有的优势。

“我希望我能够先想到这个主意,”史汪继续说道,“我也是现在才听闻的。我赞成莉安的建议,它能让你们在重建白塔之前不必先将白塔彻底摧毁。”

“我还是没办法喜欢这个建议,”雪瑞安的声音变得坚定起来,“但该发生的就一定要发生,时光之轮按照它的意愿进行编织,如光明所愿,爱莉达将在编织下失去圣巾。”

“我们需要和仍然留在白塔里的姐妹们商谈。”波恩宁一边沉思,一边半是自言自语地说道,“我们选出的玉座,必须是一位技巧高超的谈判者,对不对?”

“这需要考虑清楚,”卡琳亚插嘴道,“新的玉座必须是个理智而冷静的人。”

摩芙玲重重的一哼足以让在场的每个人从椅子上跳起来。“雪瑞安在我们中位阶最高,而且在我们四散奔逃的时候,是她将我们聚集在一起。”

雪瑞安拼命地摇着头,但麦瑞勒没有给她说话的机会。“雪瑞安是不错的选择,我可以保证,每一名绿宗姐妹都会追随她。”爱耐雅张开嘴,明显地表露出赞同的神情。

是阻止的时候了,别让愈演愈烈的势头失控。“我能说一句话吗?”史汪觉得自己畏怯的语气比恭顺的态度要逼真得多,这很让人感到吃力,但她觉得自己最好学会维持它。麦瑞勒不是惟一一个想把我塞到舱底去的人，如果她们认为我逾矩的话。任何形式的逾矩。对此她们不会有丝毫犹豫，两仪师预期——不，应该说是要求——要求普通人必须对她们保持尊敬。“我觉得，你们选择的人应该是在我……被废黜时不在白塔的人。如果统一白塔的人不会因为在那一天选择了某一方而受到指控，那样岂不是更好吗？”如果她要一直用这样的态度说话，她的脑袋一定会迸出裂缝的。

“应该是一个至上力上非常强大的人，”莉安说道，“她愈强大，就愈能代表白塔，等到爱莉达被废，她就能完全代表白塔了。”

史汪差点要踢她一脚，按计划至少要过一天，等她们真正开始考虑名字时，她再抛出这个想法。在这段空当，她和莉安就能凭着对每位两仪师的了解，巧妙地凸显她们不适合圣巾和手杖的原因。但她宁可光着身子从一群银梭子鱼中间走过，也不愿意让这些女人意识到她正在试图操控她们。

“一名不在白塔的姐妹。”雪瑞安点了点头，“这个主意很不错，史汪，非常不错。”她们好像就要拍拍她的脑袋表示赞赏了。

摩芙玲咬住嘴唇：“这样的话，还要能找到被我们选出来的人，这不容易。”

“如果涉及力量，合适的人选就更少了。”爱耐雅看了看其他人，“这不仅是对其他姐妹有象征意义，在至上力方面强大的人通常也都会拥有强大的意志力，我们所选出的人必须具备这一点。”

卡琳亚和波恩宁是最后表示赞同的人。

史汪保持自己表情的平静，但不禁在心里暗笑起来。白塔的分裂导致许多事情的改变，要求她必须做出许多新的考虑。这些女人在这里聚集了一批两仪师，而现在她们开始讨论应该由谁来组成新的白塔评议会，仿佛一切都将由她们决定。引领她们并不困难，只要有足够的耐心和技巧，要让她们相信，新的玉座应该是个会接受她们指引的人，而她们和她选出来代替自己的玉座都要在不知不觉中受到她的指引。她和沐瑞已经花费太多的生命去寻找兰德·亚瑟，并为他做好准备，她不能冒险让另一个人将这一切都搞砸。

“我能不能再建议一下？”她确实不适合用畏怯的语气说话，她应该找出一种合适的方式，现在她只能等待，竭力不让自己发出磨牙的声音。直到雪瑞安向她点了点头，她才继续说道：“爱莉达会努力去寻找兰德现在在何处，我愈往南走，就听到愈多的人传说他已经离开了提尔，我想他应该已经离开那里了，而且我想我能推测出他去了哪里。”

她们必须抢先找到兰德，她不需要明说，在座的人全都明白。不仅因为爱莉达会错误地利用兰德，如果爱莉达将兰德掌握在手里，并向全世界表明转生真龙已经受她控制，那么扳倒她的希望将化作泡影。统治者们熟悉预言，他们统治的人民对此也并非毫无了解，到那时，无论爱莉达曾经扶植过多少伪龙，他们也都不会在意了。

“哪里？”摩芙玲提高了声音，雪瑞安、爱耐雅和麦瑞勒几乎也在同时问出相同的问题。

“艾伊尔荒漠。”

房里出现了片刻的寂静，最后，卡琳亚说道：“这太荒谬了。”

史汪压抑住发怒的冲动，脸上露出一副她希望应该是抱歉的笑容。“也许。但当我还是见习生时，我曾读到过一些对艾伊尔的记述。吉塔拉·摩罗索认为一些艾伊尔智者有导引的能力。”吉塔拉是史汪还是见习生时的撰史者。“她曾经让我看过一本在图书馆角落里满布灰尘的古书，书中提到艾伊尔称自己为龙之人众，直到我开始思考兰德为何会消失无踪时才想到这件事。预言中说，‘提尔之岩永不陷落，除非龙之人众到来’，而最后攻陷提尔之岩的确实是艾伊尔人。由此，所有的谣言和传说都对上了。”

摩芙玲的眼睛似乎突然望向了别处。“我记得自己刚刚接受披肩时，曾经对那些智者进行过研究，如果那些是真的，确实会让人着迷。但艾伊尔人像拒绝其他所有人一样拒绝让两仪师进入荒漠，而且依我的理解，他们的智者显然有着某种法律或习俗，禁止她们与陌生人说话，这让我们几乎无法接近一名智者，去感觉她是否——”她忽然打了个哆嗦，然后紧盯着史汪和莉安，仿佛她刚才的失神完全是她们的错。“你是想用一根细草编成一个篮子，你看到的那本书可能是一个根本没见过艾伊尔的人写的。”

“很细的一根草。”卡琳亚说。

“那么是否应该派人去荒漠看看？”史汪努力地把这句话说成像是一个问题，而不是一个命令。她知道，如果不能另想办法，她的一切努力也许就白费了。平时，她还有能力控制自己不去在意炎热的天气，但现在她要牵着这些女人往前走，却又不能让她们发觉自己的头发正被她抓在手里，她开始觉得有点燥热难耐了。“我不认为艾伊尔人会伤害两仪师。”只要能及时证明自己两仪师的身份，就不会受到他们的伤害，史汪不认为艾伊尔会伤害她们，但这其中确实有危险。“而如果他在荒漠，艾伊尔人一定会知道的，不要忘记那些在提尔之岩的艾伊尔人。”

“也许。”波恩宁缓缓地说，“但荒漠非常辽阔，我们要派出多少人？”

“如果转生真龙在荒漠，”爱耐雅说，“我们遇到的第一个艾伊尔就会知道，而且他还会知道所有兰德·亚瑟在那里发生的事。如果兰德·亚瑟跳进海里，他发出的溅水声在世界的每一个角落里都能听到。”

麦瑞勒露出微笑：“她应该是绿宗的，你们其余宗派的人顶多只能约缚一名护法，而两三名护法在艾伊尔了解到她是两仪师前会非常有用，我一直都想见见艾伊尔人。”在艾伊尔战争期间，麦瑞勒还是个初阶生，没有被允许离开白塔。当然，在那场战争中，任何两仪师都没做过治疗以外的事，三誓让她们只有在塔瓦隆，甚至也许是白塔本身受到攻击时才能反击。而艾伊尔人一直都没有渡过河界。

“不能是你，”雪瑞安对她说，“或者是任何这次会议的参与者。当你同意坐在这里的时候，你也同意了要负责处理我们将遇到的所有问题，不能因为你感到无聊就想出去闲逛，恐怕那里能遇到的惊喜比我们任何人所期望的都要多。”如果是在别的时候，雪瑞安能成为一位出色的玉座，但在这种情况，她有些过于强势和自信了。“但绿宗……是的，我也这么想，两名如何？”她的绿眼睛望向其他人。“选谁合适？”

“科鲁娜·奈齐曼？”爱耐雅说道。

然后又是波恩宁的声音，“碧拉·哈金？”其他人都点了点头。只有麦瑞勒气恼地耸了耸肩。这位两仪师没有撅起嘴唇，但也差不多了。

史汪再次感觉松了口气。她确定自己的推断是正确的，兰德一定是去了什么地方，如果他还在世界之脊和爱瑞斯洋之间的某个地方，谣言一定早已满天飞了。无论兰德在什么地方，沐瑞肯定会在他身边，一只手抓着他的项圈。科鲁娜和碧拉肯定愿意带信给沐瑞，她们两个一共有七名护法，完全可以保护她们免遭艾伊尔人杀害。

“我们不想再劳累你和莉安了，”雪瑞安继续说道，“我会请一名黄宗姐妹看顾你们，也许她能帮你们做些什么，至少可以让你们好受一些。我会为你们准备好房间，让你们休息。”

“如果要成为我们的眼线首领，”麦瑞勒热心地说，“你们一定要保持体力。”

“我并不像你们想的那样疲弱。”史汪表示反对，“否则我怎么能跟随你们走完将近两千里的路程？我在静断后的虚弱都已经过去了，相信我。”事实是她再次找到了一个力量的核心，她不想离开它，但她不能把事实说出来。所有这些关心的眼睛都盯着她和莉安，只是不包括卡琳亚的。*光明啊！她们会让一名初阶生把我们赶到床上去睡觉的！*

门口传来一阵敲门声，亚伦瓦随后走进房间。他是雪瑞安的护法，一名凯瑞安人，他个子不高，身材却非常苗条，尽管额角已经有了灰发，但面孔依然十分刚硬。他走路的姿势就像是一头豹。“东边有二十多个骑马的人。”他简洁地说道。

“不是白袍众，”卡琳亚说，“否则你应该不止是说这些。”

雪瑞安看了卡琳亚一眼，有许多两仪师会因为别人插进她们与她们的盖丁之间的对话而非常气恼。“我们不能允许他们离开，也许他们会把我们的位置泄露出去。能抓住他们吗，亚伦瓦？这样应该比杀死他们更好。”

“抓住或杀死他们都很难。”亚伦瓦回答，“麦晨说，他们都有武装，而且看上去是一些老兵，要有十倍于他们的年轻人才能打得过他们。”

摩芙玲恼怒地哼了一声：“我们必须做些什么，请原谅，雪瑞安。亚伦瓦，盖丁们能不能找一些身手敏捷的姐妹靠近他们，在他们身边编织风之力？”

护法微微摇头：“麦晨说，他们也许已经发现了一些放哨的护法。如果我们带一两位两仪师过去，他们一定会看见的。然而，现在他们正持续靠近中。”

交换惊讶眼神的不止是史汪和莉安，很少有人看得见隐藏的护法，即使是没穿上变色斗篷的护法。

“那么你们就按照最可行的办法行动。”雪瑞安说，“如果可能的话，就抓住他们，但绝不能让任何人逃脱，泄露我们的行踪。”

亚伦瓦单手放在剑柄上，还没有鞠完躬，另一个男人已经出现在他身边。那是一个长相宛如黑熊般的男人，高大魁梧，头发一直垂到肩上，光着上唇，下巴留着短胡须，那种流畅的护法步伐在他身上显得很奇怪。他朝麦瑞勒眨眨眼，那是他的两仪师。他开口的时候，声音里带着浓浓的伊利安口音：“大多数骑手都被拦下了，但还是有一个闯了过来，即使我老妈表示反对我也会说，光看他一眼，我就知道他是加雷斯·布伦。”

史汪紧盯着他，瞬间手脚冰冷。有许多谣传都说，麦瑞勒和这名叫努何的护法以及她的另外两名护法结婚了，这个行动挑战了史汪知道的所有法律和习俗。而现在会想到这件事，可以说与她震惊的心神毫不协调。此时此刻，史汪觉得一根折断的桅杆正砸在她的头顶。加雷斯，在这里？不可能！这太疯狂了！那个男人绝不可能跟随他们一直来到这里……*哦，是的，他能，他也会这样做，他就是那种人。*这一路上，史汪一直告诉自己，之所以尽量不留下任何痕迹只是因为必要的谨慎。爱莉达知道她们还没死，不论谣言怎么说，她都会不遗余力地追查她们，直到找到她们，或者是她自己倒台为止。史汪生气的是自己在最后一刻不得不向别人问路，这件事让她担忧得像是恐惧鲨鱼会反咬一口。她不认为爱莉达能找到阿特拉一个偏僻乡村里的一名铁匠，但这名铁匠在加雷斯眼里就像是一块涂上油彩的招牌。*这是你自己愚蠢，不是吗？现在他过来了。*

她清楚记得从前与加雷斯对峙时的情形，那时她不得不用强力让加雷斯在关于莫兰迪的事情上屈服于她。那感觉就像是折弯一根粗铁棍，或是压住一根硬弹簧，稍一放松，它立刻就会弹回来。为了让他能弯曲得够久，史汪当时只能将所有力量都施加上去，只能当众羞辱他。那时他被迫当着五十名贵族的面跪下来，请求史汪原谅。当时摩格丝已经让史汪感到难以应付了，她不能再让加雷斯有机会向摩格丝提出什么理由反对她的命令。想到当时她是在和爱莉达合作迫使摩格丝屈服，史汪就感觉有些奇怪。

史汪必须控制住自己，现在她已经陷入了混乱，总是在想一些无关的事情。集中精神，现在没时间胡思乱想了。“你们一定要赶走他，或者是杀掉他。”

这些话还没说完，史汪就知道自己铸了大错，她的态度太紧张了，就连护法们也盯着她看，还有那些两仪师……史汪以前从来不知道当自身与至上力无缘时被这些眼睛全力凝视的感觉是怎样的，她觉得自己仿佛是被剥光了，就连脑子里的想法也被抽出来摆在她们面前。即使知道两仪师不会读心，她仍然想要在她们面前坦白自己所有的谎言和罪行，现在她只希望自己的脸不会像莉安那么红，眼睛不会像莉安瞪得那么大。

“你知道他为什么会来这里。”雪瑞安的声音冷静而笃定，“你们两个都知道，而你们不想面对他。为此，你们恨不得让我们杀掉他。”

“现在世界上确实还有一些伟大的将军。”努何一边说，一边用戴着骑马手套的手指数着，“我想爱格马·贾盖德和达弗朗·巴歇尔不会离开妖境，而培卓·南奥肯定不会为你们所用。如果罗代尔·伊图拉德还活着，他一定陷在阿拉多曼的某个地方。”最后他竖起粗大的拇指，“那么就只剩下加雷斯·布伦了。”

“如此说来，你认为我们需要一位有力的将军？”雪瑞安平静地问。努何和亚伦瓦并没有转动目光，但史汪还是觉得他们刚刚交换了个眼神。“这是你要做出的决定，雪瑞安，”亚伦瓦用同样平静的声音回答，“你和其他姐妹要做出的决定，但如果你们想要返回白塔，我们就可以利用他。如果你们想留在这里，直到爱莉达派人杀过来，那就不必。”麦瑞勒带着疑问的神情望向努何，她的盖丁向她点了点头。

“看来你这次说对了，史汪，”爱耐雅冷着脸说，“我们无法愚弄盖丁的意见。”

“问题是他会不会同意为我们服务。”卡琳亚说。摩芙玲也点了点头，“我们必须让他明白我们的原因，让他愿意为我们服务。如果世人知道我们杀害或囚禁了这样一位著名的男人，我们的事业将不会得到任何好处。”

“是的，”波恩宁说，“我们必须为他提供足够的回报，让他能忠于我们。”

雪瑞安将视线转向屋里的两个男人："等加雷斯走进村子后，什么也不要告诉他，直接带他来见我们。"屋门刚在护法的背后关上，雪瑞安的目光立刻变得严厉起来。史汪认得这种目光，每个初阶生见到这样一双绿眼睛时，就算雪瑞安没说话，她们也会膝盖发颤。"现在，你要诚实告诉我，为什么加雷斯·布伦会在这里。"

史汪没有选择，如果她们发现她说谎，无论是多么小的谎言，她们都会开始质疑每一件事。史汪深吸一口气："我们在安多柯尔泉附近时，躲进一座畜棚里过夜，加雷斯是那里的领主，然后……"

第28章

落入圈套

加雷斯骑在旅者背上，刚走过这个村子的第一幢石砌房屋，就有一名身穿灰绿色外套的护法走到他面前。看见这个男人走了两步，加雷斯就已经确定他是一名护法了，而且他很快又发现街上那些盯着他的女人们无瑕的两仪师面容。光明在上，在这个靠近阿玛迪西亚的地方，怎么会有这么多两仪师？这里到处都有谣传说埃尔隆要夺取艾达河这边的沿岸地区，这肯定是白袍众的意思。两仪师无疑是可以保卫自己的，但如果培卓·南奥派一个军团过来，这些女人还是会死伤惨重。从暴露在地面上的这些树桩来看，在两个月前这里还是一片森林。玛莱怎么会跑到这么一个地方来？加雷斯确信能在这里找到她。前面村子里的人都记得有三个年轻貌美的女人结伴向这儿走来，特别是其中还有一个人询问他们如何前往一座在白袍众战争后就被遗弃的城市。

那名护法是个宽脸大汉，从胡子判断，他是名伊利安人。他在加雷斯面前的街道上站定，朝着加雷斯的大鼻子枣红阉马鞠了个躬："加雷斯大人？我是努何·杜曼德，请随我来，有人正在等你。"

加雷斯缓缓地下了马，脱下骑马手套，将它们塞进剑带后面，一双眼睛却在打量着这座小镇。现在他身上已经不是刚出发时那件灰色的丝绸外套，而是换上一件更适合旅行的软皮外套。两仪师和护法，以及所有这些沉默地看着他的人，即使是那些应该是仆人的人们也没有丝毫惊讶的表情。努何认识他，他绝非默默无闻之辈，但他怀疑实际的情况并不止是如此，即使玛莱是……即使她们是两仪师的密探，这仍然无法改变她们立下的誓言。“带路吧，努何盖丁。”从对方的表情判断，他不知道努何有没有因为这个称呼而感到吃惊。

努何带他走进客栈，或者曾经是客栈的一座建筑物，这里给他的感觉就像是座战役司令部，里面随处可见来回奔忙的人，也许这确实算是一座战役司令部，如果两仪师真的在计划一场战役的话。他看见了赛芮拉正坐在房间的角落里，身旁坐着另一个高大的男人，很可能是代林。当赛芮拉看见他的时候，她的下巴差点掉到桌子上，然后她立刻别开脸，却又偷偷地从眼角看着他，仿佛并不相信自己的眼睛。代林似乎是睁着眼睡着了，一双无神的眼睛茫然地望着前方。努何带着他走过大厅时，没有一名两仪师或护法多看他一眼，但加雷斯愿意用自己全部的庄园和土地打赌，他们每个人从他身上观察到的信息都比那些盯着他的仆人多十倍。他真应该在发现是谁占据这个小镇时，就立刻掉头催马离开。

当努何开始逐一向他介绍坐在椅子上的六位两仪师时，加雷斯一边鞠躬，一边小心地记下护法提供给他的信息——只有傻瓜才会对两仪师掉以轻心。但他真正的心思却落在那两名乖乖站在墙边的年轻女子身上，她们身侧是一座刚刚扫干净的壁炉。那个身材窈窕的阿拉多曼女子给了他一个微笑，笑容里没什么勾引的意味，倒是多了几分颤抖。玛莱也很害怕，他敢说，实际上她是害怕得不得了，但那双望向他的蓝眼睛里仍然充满了挑战。这女孩的勇气真可比得上一头狮子。

“很高兴见到你，加雷斯大人。”火色头发的两仪师说道。她的身材稍有些丰满，配上那双眼角上扬的凤眼，即使她的手指上有巨蛇戒，遇到她的男人也很难不多看她两眼。“能否告诉我们，你为什么到这里来？”

“当然可以，两仪师雪瑞安。”努何仍然站在他身边，但他想象不出这里有哪个女人会担心受到他这个老兵的伤害。他相信她们已经知道他来的原因，现在只是等待着从他口中再印证一遍。两仪师会隐瞒一切，但至少在他提到那个誓言时，她们之中有个人眨了一下眼。

“真是个可怕的故事，加雷斯大人。”那名叫爱耐雅的两仪师说道，虽然有着光洁无瑕的面容，她看上去却更像是个快乐满足的农妇，而非两仪师。“不过我还是很惊讶，你竟然追这三名背誓者追了这么远。”玛莱白皙的面容立刻变成了赤红色。“当然，这么严重的誓言肯定是不该被打破的。”

“很不幸的，”雪瑞安说，“我们还不能让你把她们带走。”

那就是说，她们是两仪师的密探了。“一个不该被打破的严重誓言，但你们还是要阻止她们遵守它？”

“她们会遵守它的。”麦瑞勒一边说，一边瞥了一眼壁炉边上的两个人，这一眼让两人的站姿更加僵硬了，“而且你可以相信，她们已经在为立下那样的誓言后逃走而感到后悔了。”这次雅玛娜也红了脸，玛莱的表情就像是她可以嚼碎石块。“但我们还不能让她们走。”刚才护法在介绍时没有提及宗派，不过加雷斯觉得这个深色皮肤的美人应该属于绿宗，而那位被称作摩芙玲的矮个儿圆脸女子则是褐宗的。他的判断依据是麦瑞勒抛给努何的一个微笑，和摩芙玲那种若有所思的神情。“实际上，她们并没有说明会在什么时候侍奉你，而我们现在还要用到她们。”

这很愚蠢，他现在应该为了打扰这些人而道歉，并立刻转身离开，当然，这么做也同样愚蠢。当努何在街道上和他搭话之前，他就已经知道自己很可能无法活着离开沙力达了。在森林里，他和部下分开的地方埋伏着大约五十名护法，甚至有可能是一百名。乔尼他们可以好好和护法打一仗，但他不是带他们来赴死的，他是个被一对眼眸引诱进圈套的傻瓜。既然已经陷进来了，他不如索性走完这最后几步。“纵火、盗窃和伤人，两仪师，这些是罪行，她们接受了审问和判决，并立下誓言。但我并不反对留在这里，直到你们结束她们的事务。在你们不需要玛莱时，她可以作为我的勤务兵。我会记录她为我服务的时间，并以此抵偿她将来侍奉我的时间。”

玛莱气恼地张开嘴，仿佛是知道这名女子要说话，六对两仪师的眼睛同时盯住了她。她动了动肩膀，重新闭紧嘴巴，然后紧握双拳，继续将愤怒的目光投在加雷斯身上。加雷斯很高兴玛莱的手里没有握着一把匕首。

麦瑞勒似乎是很想笑出来的样子：“最好选其他人吧，加雷斯大人，看她瞪着你的样子，你会发现跟她……合不来的。”

加雷斯觉得雅玛娜听到两仪师这么说，脸应该比刚才更红才对，但事实证明他猜错了。雅玛娜看着他，很像是正在估量着他，她甚至还和麦瑞勒交换了个带着笑意的眼神。好吧，毕竟她是个阿拉多曼女人，而且与上次见面时相比，现在雅玛娜身上的阿拉多曼味道似乎更重了。

与卡琳亚相比，其他两仪师就显得温暖许多。现在这个最冰冷的两仪师从椅子上向前倾过身子，她和那个大眼睛的波恩宁是加雷斯最警戒的两个人，加雷斯不清楚这是为什么。从权力游戏的角度去看，加雷斯能从这两个女人身上清楚嗅到野心的气味。也许他正被卷入一场新的权力游戏。

“你应该知道，”卡琳亚冷冷地说，“被你称作玛莱的这个女人，实际上就是史汪·桑辰，前任玉座，而雅玛娜的真名是莉安·沙瑞福，她是史汪的撰史者。”

加雷斯能做的惟一一件事就是不让自己像个乡下农夫般张大嘴巴，现在他才发现，玛莱的脸正是史汪的面孔变得更加青春、柔和后的模样。“这是怎么回事?”他只说了这么一句，这几乎是他现在惟一能说出的一句话了。

“有些事情，男人们最好不要知道，”雪瑞安冷漠地答道，“大多数女人也不该知道。”

玛莱——不，现在他应该用她真正的名字了——史汪已经遭到了静断，这是他知道的。现在史汪的变化一定和静断有关，如果是这样，那位有着天鹅般柔美脖颈的前撰史者一定也被静断了。只是与两仪师谈论静断大概是一个人发掘自己勇气的最好办法。而且，如果是两仪师不想说的事情，就连天空的颜色她们也不会直接告诉你。

干得好，这些两仪师，她们先是麻痹了他，然后在他最疏忽的时候给了他重重一击。思考着她们为什么要如此处心积虑地消磨他的意志，他产生了一种接近绝望的预感，而现在他很想确定自己的预感是不是对的。“这并没有改变她们立下的誓言，如果她们仍旧是玉座和撰史者，塔瓦隆的法律也会强制她们遵守誓言的。”

“既然你不反对留在这里，”雪瑞安说，“你可以让史汪当你的贴身仆人，但那得等到我们不需要她的时候。如果你愿意，你可以拥有她们三个，包括明，那个一直被你当成赛芮拉的女孩。”这番话和前面那些话一样激怒了史汪，史汪自言自语地嘟囔着，只是她的声音很小，让加雷斯完全听不到她在说些什么。“而且既然你不反对，加雷斯大人，在你留在我们之中的这段期间里，你可以为我们做些事情。”

“两仪师的感谢是不该被轻视的。”摩芙玲说。

“为我们服务，你的所有行为都将是光明与正义的。”卡琳亚接着说道。

波恩宁点点头，用郑重的声音说：“你曾经忠诚地侍奉过摩格丝和安多，以同样的忠心为我们服务，你绝不会只落得一个被放逐的结局。我们要求你做的事绝对不会有损你的荣誉，也绝不会伤害到安多。”

加雷斯的脸色马上难看起来，没错，他又陷进权力游戏里了。有时候，他觉得达斯戴马一定是两仪师发明的，她们似乎在睡觉时也还在玩着这个游戏。战争肯定会发生更多的流血事件，但它也更加诚实，如果她们要拉住系在他身上的傀儡线，那她们已经做到了。但无论她们想怎样牵动这些傀儡线，现在他要让她们知道，他不是个没脑子的傀儡。

“白塔不完整了。”他不带表情地说。那些两仪师全都瞪大了眼睛，但他没有给她们机会说话。“宗派已经分裂，这是你们聚集在此的惟一理由，但你们应该不差一两把剑——”他看了努何一眼，护法向他点点头。“所以你们想要我做的应该是统领一支军队，但首先是要建立一支军队，除非你们还有其他营地，而且那里的男人比我现在看见的要多许多，而你们想让我这样做，就表示你们要反对爱莉达。”雪瑞安的神情很是恼怒，爱耐雅露出忧虑的神情，卡琳亚则欲言又止，但加雷斯毫不停歇地继续说了下去。让她们听吧，在未来的一个月里，加雷斯相信自己会听到她们无穷的说辞。“很好，我从来都不喜欢爱莉达，我也不相信她会成为一位好玉座，更重要的是，我可以组建一支能够攻下塔瓦隆的军队，但你们要知道，这个过程是漫长而血腥的。”

“但是我有些条件。”她们都以女人的风格板起了脸，就连史汪和莉安也是如此，男人不能跟两仪师谈条件。“首先，指挥权得完全在我手里。你们可以告诉我该做什么，但要由我来决定该怎么做。你们只能向我发命令，但由我指挥的军队只能接受我的命令，而不是你们的。你们的命令必须先得到我的同意，他们才能执行。”有几个人张开了嘴，卡琳亚和波恩宁首当其冲，但他还是继续说道：“我安排人手，我提拔他们，我训练他们，而不是你们。第二，如果我告诉你们某事不可行，你们就要考虑我说的话。我不是要篡夺你们的权威，”她们绝不会容许这种事，“但我不希望只因你们对战争的无知而浪费人命。”这种事情是会发生的，但如果他运气好的话，这种事情只会发生一次。“第三，如果你们决定起事，你们就要一直做下去。我已经把头伸进了绞索，每个跟随我的男人也是一样，如果你们决定半年之内扳不倒爱莉达就向她投降，那你们就是把我们脖子上的绞索给拉紧了。诸国也许不会干涉白塔的内战，但如果你们抛弃我们，诸国都不让我们活下去的，爱莉达会确保这一点。”

“如果你们不同意这些，那我就不知道是否能为你们效忠了。无论是你们用至上力捆住我，让努何割开我的喉咙，还是让我在公众面前被审判，然后被吊死，最终的结局无非都是死亡。”

两仪师们没有说话，很长一段时间里，她们只是盯着他，直到发痒的后背让他怀疑努何是否正准备用匕首刺穿那里。这时，雪瑞安从椅子里站起来，其他人也都随着她走到窗边。他能看见她们的嘴唇开开合合说些什么，但他什么也没听见，他怀疑她们是用至上力封住她们说话的声音，随她们高兴吧！他不知道自己能从她们那里争取到多少。如果她们还有理智，就应该把他刚才所说的全部给他，但两仪师所谓的理智往往和一般人不同。现在无论她们做出什么决定，他将只能尽可能逆来顺受。这真是他为自己设下的一个绝妙陷阱。

莉安微笑着看了他一眼，那种表情就像是直截了当地告诉他，他永远也不会知道自己错过了什么。加雷斯觉得这只是她们想牵住他鼻子的另一种手段，阿拉多曼女人给男人的期望总是远远多过她们真正的许诺，而且往往眨眼间就会改变主意。

他的陷阱中真正的诱饵大踏步地走过房间，站在他面前，抬头直盯着他，用低沉而充满愤怒的声音说道："为什么你要这么做？为什么你要跟踪我们？为了一座畜棚？"

"为了一个誓言。"为了一双蓝色的眼睛。史汪·桑辰的实际年龄不会比他小过十岁，但看着这张几乎年轻了三十岁的面孔，加雷斯几乎无法想象她就是史汪·桑辰，只有那双眼睛还是一样幽深碧蓝，一样刚毅强悍。"你给我一个誓言，现在你打破了它，为此我该将时间延长为原来的两倍。"

她将双臂交叠在胸前，视线从他的脸上垂下来，咆哮般地说道："这件事已经得到处理了。"

"你是说她们已经因为你的背誓而惩罚过你了？即使你因为这个而被抽鞭子，对我来说也不算数，除非由我亲自动手。"

努何低沉的笑声里带着尴尬的情绪，这个男人心中一定还在为了史汪的身份而挣扎着，就连加雷斯也没办法确定自己是不是已经不再为此而感到犹疑。而史汪的脸色愈来愈阴沉，以至于加雷斯开始怀疑她是不是立刻就会被气晕在地上。"我的时间已经被加倍，甚至还要更多，你这堆臭鱼肚！你和你那些该死的时间！在把我们三个带回你的庄园之前，一个小时都不会被记进去，我要当你的……你的……勤务兵，管它是什么，一共做二十年！"

也就是说，那些两仪师连这个也计划好了。加雷斯瞥了一眼还在窗户旁边开会的那些女人们，她们似乎分裂成了对立的两派。雪瑞安、爱耐雅和麦瑞勒一派，摩芙玲和卡琳亚另一派，波恩宁则处在两派中间。她们准备把史汪、莉安和……明……交给他？在他还没有入伙前就要给他这样的贿赂？虽然他现在是较弱的一方，但也许她们为了能赢得胜利，会不计代价地把他需要的全都给他。

"你很高兴会这样，对不对？"史汪看着加雷斯转动眼珠的样子，恼怒地说道，"你这只秃鹫，烧了你这个鲤鱼脑子的傻瓜吧！现在你知道我是谁了，我要在你面前鞠躬低头，你一定很高兴吧！"她到现在也还不曾对他鞠躬低头。"为什么？就因为我让你在莫兰迪撤军？加雷斯·布伦，你就这么小心眼吗？"

史汪正在让加雷斯发怒，她意识到自己说太多了，完全没有给加雷斯思考的时间，也许她已经不再是两仪师，但血液里仍然充满着权谋。

“你曾经是玉座，”加雷斯平静地说，“即使是国王也要亲吻玉座的戒指。我不能说自己很喜欢你那时的样子，也许等哪天有时间，我们可以谈谈你在半个宫廷的人面前那么做是否有必要。但你要记住，让我一直追到这里来的是玛莱·托曼斯，我要得到的是玛莱·托曼斯，而不是史汪·桑辰。既然你一定要问为什么，那也让我问一句吧，为什么一定要让莫兰迪人骚扰我们的边境？”

“因为那时你们的冲突会毁掉严重的计划。”史汪狠狠地吐出每一个字，“就如同你现在对我的干扰一样。那时白塔刚刚确定了一名叫作杜雷恩的边境领主，决定帮助他成为统一莫兰迪的人，我不能允许你们有机会杀死他。我在这里有工作要完成，加雷斯大人，让我完成它，你也能看到我们的胜利。不要多管闲事，你会把一切都毁掉的。”

“无论你的工作是什么，我确定雪瑞安她们会确保你完成它们的。杜雷恩？我从没听过这个名字，他现在一定还没成功。”依照加雷斯的看法，莫兰迪大概会一直保持着分崩离析的状态，直到时光之轮转动到下一个纪元。莫兰迪人并不以国家自称，他们通常都自称为卢加德人、明狄恩人，或者是其他地区的人。他们极不愿以国家自称，甚至毫无国家概念。一个有实力统一莫兰迪的贵族，脖子上还套着史汪的项圈，他可以提供相当数量的兵员。

“他……死了。”史汪脸上泛起两片红晕，似乎是对自己感到恼怒，“在我离开凯姆林的一个月后，”她低声嘟囔道，“一些安多农夫利用羊群做掩护，对他的营地发动袭击，一箭把他射穿了。”

加雷斯不禁笑出声来：“你应该强迫跪下的是那些农夫，而不是我，嗯，不过你现在已经不必再为这样的事而伤脑筋了。”这句话确实没错，无论那些两仪师将怎样利用史汪，她们绝不会再让她靠近权力中心。加雷斯开始有点可怜这个女人了，他无法想象史汪会就此放弃、死亡，但她确实失去除了生命之外的一切。另一方面，他也不喜欢被称作秃鹫或臭鱼肚，还有那个什么？鲤鱼脑子的傻瓜。“从现在开始，你只需关心该如何保持我靴子和床铺的整洁就行了。”

史汪的眼睛眯成了一条缝：“如果这就是你想要的，加雷斯·布伦大人，你应该选择莉安，她也许足够愚蠢。”

他差点就瞪起了眼睛，女人们的心思总是让他吃惊不已。“你发过誓，无论我要你做什么你都会做。”他努力地笑了两声。为什么他要这么做？他知道她是谁，她是什么身份，但那双眼睛依旧让他心烦意乱，即使是已经看不到希望了，它们仍然在放射着挑战的光芒，就像现在这样。“你会发现我是哪种男人的，史汪。”他想说一句俏皮话安抚一下这个女人的情绪，但从史汪僵硬的肩膀看来，她似乎是把这句话当成威胁了。

突然间，加雷斯意识到自己能听见那些两仪师说话。那是一种几近无声的低语，她们站在一起，带着一种让人无法理解的表情盯着他，不，是盯着史汪。她们的目光跟随着她回到莉安身边。似乎是能感觉到两仪师目光的压力，史汪的每一步都比先前一步更快，当她在壁炉边再次转身时，她的表情也像那些两仪师一样晦涩不明。真是个特别的女人，加雷斯不知道如果换成是自己处在她的位置上，能不能做得和她一样好。

两仪师们正等着他走过去。于是他走了过去。雪瑞安说道："我们完全接受你的条件，加雷斯大人，并承诺我们会遵守这个约定，它们大部分是合理的。"

至少卡琳亚的表情说明她并不认为这些是合理的，但加雷斯并不在意。如果不得已，他本来已经准备好放弃除了最后一条之外的所有要求了——只要她们能把这次战争坚持下去就行。

他跪倒在地，用右拳抵在破烂的地毯上。她们环绕在他周围，每个人都将一只手放在他低下的头上。他不在乎她们是否会用至上力将他与这个誓言绑缚在一起，或者是从他心底搜寻实情（他怀疑她们是不是真的能这么做，但有谁知道两仪师能做些什么）。无论她们想做什么，他都已经无能为力了，现在他已经陷入一双眼睛里，就像个蠢笨的乡下男孩。他真是个鲤鱼脑子。"我在此发誓，忠诚地为你们服务，直到白塔属于你们……"

他的心中已经拟好计划。赛德和一两名护法渡过河去，监视白袍众有什么动向；乔尼、巴瑞姆和其他几个人顺流而下直到艾博达；这样乔尼就不必在每次看见"玛莱"和"雅玛娜"时，都惊讶得要吞下舌头了。而且这队人全都精通招募新兵。

"……建立并指挥你们的军队，尽我所能……"

明无聊地看着自己用手指蘸着葡萄酒画在桌上的图案，感觉到大厅中低沉的喧嚣声逐渐沉寂下来，她抬起眼睛，惊讶地发现洛根似乎也有了一点动作。但他只是盯着房里的那些人，或者也许是在看他们身后的什么东西，这点很难确认。

最先从大厅后面房间走出来的是加雷斯·布伦和那名高大的伊利安护法。在充满警戒气氛的静默中，明听到加雷斯说："告诉他们是一个艾博达酒馆女侍派你去的，否则他们会把你的脑袋插到树桩上。"

这名伊利安人发出吼叫般的笑声。"一个危险的城市，艾博达。"从剑带后面抽出皮手套，他一边将它们戴在手上，一边大踏步走出客栈。

当史汪出现的时候，谈论声又响了起来。明听不到加雷斯对史汪说了些什么，只见加雷斯一说完，史汪就阴沉着脸紧跟护法走了出去。明有一种绝望的感觉——那些两仪师已经决定要她们履行史汪曾经那么自豪的愚蠢誓言，而且是立刻就要履行。如果她能说服自己现在靠在墙上的那两名护法是安全无害的，那她立刻就会窜到野玫瑰的背上去。

雪瑞安等六位两仪师是最后走出来的，她们的身后还跟着莉安。麦瑞勒让莉安坐到一张桌边，开始和她讨论事情，剩下的五位两仪师则分别加入大厅里其他两仪师身边。无论她们刚才在房里谈过些什么，看起来两仪师们对谈话内容都感到相当满意，不少两仪师在表面的冷漠下都露出或多或少的笑意。

“留在这里，”明一边对洛根说着，一边从吱嘎作响的椅子里站起身，她希望洛根不会在这里惹上什么麻烦。洛根现在只是盯着那些两仪师的面孔，一个接一个，不过现在他看进眼里的东西似乎比这几天的加在一起还要多。“就留在这里，直到我回来，代林。”她已经习惯于隐瞒洛根的真名了，“拜托。”

“她把我卖给了两仪师。”突然听到洛根说出这样一句话，明不由得打了个哆嗦。洛根的身子也颤抖了一下，然后点点头：“我会等的。”

明犹豫了一下，但如果两名护法不能阻止洛根做出什么蠢事的话，整个房间里的两仪师总会有办法的。当明走到门口时，一匹矮胖的枣红阉马正被一名马夫样的男人牵过去，明猜想那是加雷斯的马。她们自己的马已经不见了。难为她刚才想了那么多遍该如何为了重获自由而冲出去。*我会履行那该死的誓言！我会的！但她们现在不能阻止我和兰德见面，我已经满足史汪的要求了，她们一定要让我去找他。*现在惟一的问题是那些两仪师会决定她要做什么，正如同她们会决定其他所有人该怎样做一样。

史汪差点把她撞倒在地上，她的胳膊下夹着卷毯子，肩头背着鞍袋，怒气冲冲地闯进门里。“看着洛根，”她压低声音说着，脚步丝毫不见缓慢，“不要让任何人跟他说话。”她走到楼梯底下，那里有名灰发女仆正要引领加雷斯上楼，史汪便跟在她们身后。从她盯着那个男人背后的目光判断，加雷斯应该祈祷她不会把腰带上的匕首抽出来。

明朝那个跟随她走到门口的高瘦护法笑了笑，那名护法站在十尺外的地方，并没有看明，但明并不存有什么幻想。“我们现在是客人，是朋友。”护法并没有响应她的微笑。该死的石脸男人！为什么他们完全让人猜不透他们心里在想什么？

明回到桌边时，洛根仍然在端详那些两仪师，史汪要他保持沉默的命令确实很及时，现在洛根已经开始重新显现出一些活力了。她需要和史汪谈谈。“洛根。”她轻声说道，希望靠在墙上的那些护法不会听见。自从那些护法站到那里之后，他们几乎连呼吸都没有了，除了刚刚那位跟着明的人之外。“我觉得在玛莱将她的计划告诉你之前，你不该和任何人说话。”

“玛莱？”洛根给了明一个阴沉的冷笑，“你是说史汪·桑辰？”那就是说，她们在他神思恍惚时对他说的话，他都听见了。“这里有什么人看上去像是要和我说话吗？”说完这句话，他又开始皱着眉头望向那些人。

没有人愿意和一名被驯御的伪龙说话，除了那两名护法之外，屋里根本没有人在意过他们。尽管与自己对两仪师的印象不符，但她却觉得屋里那些两仪师都很兴奋，并不是指她们刚才很没精神，但现在她们确实有了更多的热情。她们聚成几个小群体，低声议论着，同时又快速地向护法们下达着命令，她们刚才还在专心审阅的文件现在都被抛到一边。带走史汪的雪瑞安等六位两仪师现在又回到大厅后面的房里，莉安坐的桌边又多了以最快的速度书写着的两名女子。不停有两仪师走进客栈，又消失在那扇粗木板门后面，再没有出来。无论那里发生了什么，史汪肯定在她们中间搅起了波澜。

明希望史汪能坐在桌边，或者自己能单独待上几分钟。毫无疑问，史汪现在肯定已经用加雷斯的鞍袋砸了他的脑袋，不，虽然那样瞪着加雷斯，但她不会那么做的。加雷斯不像洛根曾有的张扬、专横，洛根曾想用强硬的态度彻底压倒史汪，但加雷斯平静、从容，他肯定不是个小人物，却没有过傲慢的样子。她不想让这个在柯尔泉与她们相识的男人成为她的敌人，但她也不认为加雷斯能在史汪面前坚持太长时间。他也许以为史汪会柔顺地以仆人的身份服侍他，但明毫不怀疑自己最后会成为史汪的代罪羔羊。她应该和那个女人谈谈加雷斯。

仿佛明的想法真的产生了效果，史汪迈着沉重的步伐走下楼梯，胳膊底下还夹着一团白色的东西。她每一步都用力地踏在地板上，如果有一根尾巴，她背后的台阶一定都已经被她击碎了。走到明和洛根身边时，她停下脚步，瞪了他们一眼，然后大步向厨房走去了。

“留在这里，”明小心地对洛根说，“求你什么都不要说，直到……史汪和你谈过之后。”她要重新习惯叫他们的真名了。洛根甚至没有看她一眼。

明在靠近厨房的一条走廊里追上了史汪，刷洗碗碟的声音正从厨房门板上的裂缝中一阵阵地传出来。

史汪有些惊慌地瞪大眼睛：“你为什么丢下他一个人？他还活着吗？”

“依我看，他会永远活下去的，史汪，没有人想和他说话。但我必须跟你谈谈。”史汪将那团白色的东西又往胳膊下面塞了塞，是几件衬衫。“那是什么？”

“那个该死的加雷斯·布伦的该死的衣服。”史汪吼道，“既然你也是他的女仆，你可以把它先洗干净。我还有话要对洛根说，而且必须在别人和他说话之前。”

明抓住想要冲过去的史汪的手臂：“你可以先给我一分钟。当加雷斯走进来的时候，我在他身上看到了……幻象，那是一种灵光，还有一头公牛正在撕碎环绕在它脖子上的玫瑰，还有……真正重要的是那灵光。其实我并不明白那到底是什么，但它是最重要的。”

“你到底明白多少?”

“如果你想活下去，你最好守在他身边。”尽管周围充满了热气，但明仍然在发抖。在此之前，她只看见过另一次存在着“如果”的幻象，而这两次都存在着死亡的预示。知道未来会发生什么已经够糟糕了，如果她知道的还是不确定的未来……“我只知道这个，如果他留在你身边，你就能活命；如果他离开你太远，或者是太长时间，你就会死，你们两个都会死。我不知道为什么我会在他的幻象里看到关于你的事情，但你似乎正是那个幻象的一部分。”

史汪抛出一个能让枝头梨子掉落的微笑。“我宁可坐上一艘装满上个月捞上来的鳗的烂壳船到海上去。”

“我从没想过他会追赶我们，她们真的要让我们跟他走?”

“哦，不，明，他要率领我们的军队赢得胜利，并且让我一辈子生活在末日深渊里！那就是说，他将成为我的救命恩人，对吧？真不知道这么做是否值得。”史汪深吸一口气，整了整自己的裙子。“你把它们洗好烫平之后拿给我，我会拿去给他，今晚你睡觉前要把他的靴子擦干净。我们在靠近他房间的地方有个房间——一个小窟窿！这样如果他想让他该死的枕头蓬松些的话，就能随时叫我们了!”没等明表示反对，史汪就走了。

盯着那团被揉皱的衬衫，明觉得自己知道了往后会是谁负责清洗加雷斯的所有衣服，那绝对不会是史汪·桑辰。该死的兰德·亚瑟。爱上一个男人，结果却是沦落到要整天洗衣服，甚至这些衣服还是属于另一个男人的。当她走进厨房里去要洗脸盆和热水时，她已经像史汪一样变得怒不可遏了。

第 29 章

沙戴亚的记忆

只穿着衬衫，躺在黑暗中自己的床上，哈当懒洋洋地在手中转动着大手绢。月光从马车打开的窗户中照进来，但并没有多少风，不过，凯瑞安至少比荒漠要凉快多了。他希望自己有一天能回到沙戴亚，走在家中的花园里，就是在那里，他姐姐泰朵拉教会他第一个词句和数字。他很想念她，就像他很想念沙戴亚。在那里的深冬时分，树木会因树汁被冻结而裂开，在户外行走必须依靠雪鞋或雪橇。而在这种南方，春天像夏天一样闷热，夏天则会变得像末日深渊，汗水如同小溪般不停地从他的毛孔中涌出。

重重地叹了口气，他将手指伸进一道床板和马车嵌合在一起的小缝隙里。那份被叠起来的羊皮纸发出窸窣的声音，他没有将它拿出来，他清楚地记得那上面的每一个字：

你在异类之中并非孤独一人。一条道路已经中选。

只是这样，当然不会有签名，今晚入睡之前，它被塞进他房间的门缝里。就在不到四分之一里远的地方有座小镇——埃安罗得，但即使能在那里找到一张柔软的空床，他也怀疑这些艾伊尔人和那个两仪师是不是会允许他离开马车队在那里过夜，现在他的计划和沐瑞的并没有冲突。也许他能再看到塔瓦隆，对他这种人来说，那是个危险的地方，但那里的工作总是非常重要，也总是让人感到兴奋不已。

他的思绪回到那张纸条上，但他希望自己能忘掉它，"中选"这个词让他相信这张纸条来自其他的暗黑之友。第一件令人惊讶的事是现在收到了这个，此时他们已经穿越了大半个凯瑞安。将近两个月前，就在杰辛·奈塔变成兰德·亚瑟的跟班之后（那个男人至今也没有对此做出任何解释），他的新搭档凯勒·绍基也消失了，他怀疑凯勒是被杰辛用刀子刺穿了心脏、埋在荒漠的某个角落里。这不算什么大事。那之后不久，就有一名弃光魔使——兰飞儿本人来找过他，并告诉他该怎么做。

他的手下意识地按在胸口上，隔着衬衫感觉到烙在那里的疤痕。他用大手绢擦了擦自己的脸，脑子里转动着一个冰冷的念头。从那时开始，这个念头每天都会从他的脑子里冒出来。那些疤痕就在提醒他，那场梦并非普通的梦，一个普通的噩梦。而他脑子里的另一个念头则在喋喋不休地劝慰着他，兰飞儿总算是没有再来过。

第二件让他惊讶的事情是，这张字条的笔迹一定出自一个女人，除非是他瞎了，而且他可以辨认出一些字母的写法来自艾伊尔人。杰辛曾告诉过他，艾伊尔人中一定也有暗黑之友，所有的土地上、所有的人群中都有暗黑之友。但他从来都不想在荒漠中找到自己的兄弟，艾伊尔会在你冒犯他们时立刻杀死你，而你喘口气都有可能会冒犯他们。

不管怎样，这张纸条代表着灾难，可能杰辛已经告诉一些艾伊尔暗黑之友他是谁。他恼恨地将手绢拧成一根细绳，用双手狠狠地将它拉直。如果不是那个走唱人和凯勒有证据证明他们在暗黑之友中有极高的位阶，他可能在靠近荒漠时就把他们给杀了，或者，这里面包含着另一种只能让他感觉更加沉重的可能。"一条道路已经中选"，也许这句话只是为了写出"中选"这个词，也许只是要告诉他，一位使徒要驱使他。这张字条不是兰飞儿的，兰飞儿可以在梦中直接把命令告诉他。

尽管酷暑难耐，需要不停地擦汗，但他的身体仍然在颤抖着。他有一种感觉，兰飞儿是个心中充满猜疑的主人，但如果有另一位弃光魔使要求他的服务，他将别无选择。虽然当他还是男孩时就立下了那些誓言，但他并不是个喜好幻想的人。夹在两名弃光魔使之间，他会像马车轮下的小猫一样被压扁，而弃光魔使们则会像那辆马车对小猫一样对他无动于衷。他希望自己还在沙戴亚的家里，他希望能再次见到泰朵拉。

车门处传来一阵刮擦声让他猛地跳了起来，虽然身材肥大，但动作却比任何人想象得都要灵活。擦了一把脸和脖子，他走过无用的砖炉、雕刻华丽的柜橱和彩绘柱子，当他将车门打开时，一个被黑袍裹住的苗条身影立刻从他身旁蹿进车厢。他飞快地向月光笼罩的黑夜中扫了一眼，确认没有人在看这里之后（马车夫们都在别的车底下打鼾，艾伊尔卫兵则从不会进到马车队里），便飞快地关上车门。

“你一定很热了，伊馨德，”他发出一阵笑声，“脱下那件袍子，凉快一下吧！”

“谢谢，不必了。”痛苦的话音从兜帽的阴影中传出来。伊馨德僵硬地站着，但每过一会儿就会抽搐一下，今晚那些羊毛一定变得更加刺痒了。

哈当又笑了一声，“随便你。”他怀疑枪姬众不允许她在那些袍子里面穿戴任何衣物，除了她偷走的珠宝以外，更有可能是一丝不挂。自从落入枪姬众手里后，她变得规矩多了。他不明白，为什么这个女人竟然会愚蠢到要去偷窃。当伊馨德被揪住头发、尖叫着被拖离他的马车时，哈当并没有表示反对，他只是很高兴自己没有被枪姬众认为是伊馨德的同党。这个女人的贪婪肯定增加了他完成任务的困难。“你有什么关于兰德和杰辛的事情要报告吗？”兰飞儿命令中很重要的一部分是严密监视这两个人。哈当知道，监视一个男人最好的办法就是在他床上放一个女人，任何男人都会把发誓要保密的事情告诉自己的床伴，暴露自己的弱点，让自己的密谋毁于一旦，无论是转生真龙，还是艾伊尔人所谓的黎明什么的人，都是一样。

她的身体明显地颤抖着。“至少我能接近杰辛。”接近他？自从枪姬众在那个男人的帐篷附近抓到伊馨德之后，现在她们几乎每晚都会把她塞进那个帐篷里，伊馨德总是以最好的状况去想事情。“只是他并没有告诉过我什么。等一等、要耐心、不要乱说话、要服从命运的安排，我不知道他这是什么意思，每次我想问问题，他就会这样搪塞我。现在他只想弹奏我从没听过的音乐和做爱。”对于这个走唱人，伊馨德从没能说出更多的东西，而哈当也不下一百次地疑惑为什么兰飞儿要监视杰辛。那个男人应该已经爬到了暗黑之友所能达到的最高位阶上，和使徒们仅有一步之遥了。

“我认为你说这些话的意思就是指，你还没有爬上兰德的床？”哈当一边问着，一边走过伊馨德身边，坐到床上。

“没有。”伊馨德不安地动了一下身体。

“那么你就要更努力了，不是吗？我厌倦失败了，伊馨德，我们的主人不比我更有耐心。他只是个男人，无论他有着什么样的头衔。”伊馨德经常夸耀她能得到任何她想要的男人，并且能随心所欲地左右他们，而她也证明了她的话并非虚假。她本来不需要偷窃珠宝的，他可以把她想要的都买给她，他为伊馨德买的东西早已超出他能负担的程度。“那些该死的枪姬众不可能每秒钟都在监视兰德，只要你上了他的床，他就不会让她们伤害你了。”只要尝过一次她的味道就足够了，“我对你的能力很有信心。”

“不。”这个字和刚才惟一的不同就是发音更简短了些。

哈当焦躁地将手绢卷起又打开，“我们的主人不喜欢听到‘不’，伊馨德。”他指的是他们在暗黑之友中的主人。在暗黑之友的组织中，一名马夫有可能是一位女士的主人，一个乞丐可能是一名官员的主人，而这些主人往往比其他任何意义的主人都更加严厉、更加有权势。“我们的女主人不会喜欢听到你这么说。”

伊馨德颤抖着，她一直都不相信哈当的故事，直到哈当让她看了胸口上的烙印，从那时起，只要提到兰飞儿，她的一切反抗就会立刻被压下去。这一次，伊馨德开始哭泣了。

“我不能，哈当，今晚我们停下来的时候，我以为既然在帐篷中无法如愿，那么也许我在镇上能逮住机会，但她们在我能走近他十步之前就抓住了我。”伊馨德脱下兜帽，哈当不由得惊讶地张大嘴巴，他看见的是一颗反射着月光的秃头，就连伊馨德的眉毛也不见了。“她们剃光我的头发，哈当，亚得凌、安奈拉和琼玲，她们抓住我，剃光我每一根头发。她们用荨麻打我，哈当。”她摇晃着，仿佛是暴风中的小树，因为哭泣而开始变得口齿不清。“我从肩膀到膝盖的每一寸皮肤都痒得要命，抓一下又会火辣辣地痛。她们说，如果下次我敢再多看他一眼，她们就会让我穿上荨麻衣。她们是认真的，哈当，她们是的！她们说应该把我交给艾玲达，她们也告诉了我艾玲达会怎样处置我。我不能，哈当，不能再试了。我不能。”

哈当带着震撼的心情盯着她，她曾有过那么可爱的一头黑发，虽然现在她的脑壳变得像鸡蛋一样光滑，但这只是让她多了一分奇异的感觉，却无损她的美貌。即使现在哭泣扭曲了她的面孔，她仍然美得让人怦然心动。只要她能在兰德的床上躺过一夜……这种事是不会发生的，枪姬众已经摧毁了她的意志。他自己也摧毁过别人的意志，所以他知道意志崩溃的人是什么模样。逃避惩罚的渴望变成了遵从的渴望，伊馨德很快就会让自己相信，她是真的想要遵从枪姬众，想要取悦她们。

“艾玲达跟这件事有什么关系？”哈当喃喃地说道。还有多久，伊馨德就会在枪姬众面前承认她所有的罪行了？

“从鲁迪恩开始，兰德一直让艾玲达和他睡在一起，你这个傻瓜！她每晚都陪着兰德。枪姬众们都认为她会嫁给他。”即使是从哭泣声中，哈当仍然能分辨出伊馨德怨恨的怒火。她不喜欢别的女人在她失败的地方获得成功，毫无疑问，伊馨德因此才一直都没有把这件事告诉他。

艾玲达虽然有双火烈的眼睛，却无疑是名美女，她的胸部比大多数枪姬众都要丰满，然而他还是认为伊馨德比艾玲达更有机会，只要……伊馨德颓然倒在从窗口射进来的月光中，从头到脚都在颤抖，嘴里发出连续不断的啜泣声，沿着脸颊滚下的泪珠也顾不得去擦干了。只要艾玲达朝她皱皱眉头，她一定会立刻匍匐在地上。

"很好，"哈当柔声说道，"如果你不能，那就不要吧！但至少你还能从杰辛那儿刺探到一些讯息，我知道你可以。"他站起身，抓住伊馨德的肩膀，让她转向门口。

伊馨德退缩着躲开他的碰触，然后才向门口转过身。"杰辛这几天都不会想见到我了。"她一边抽噎着，一边恼恨地说道，她的样子仿佛是随时都有可能重新痛哭流涕，但哈当的声音似乎是安抚了她的情绪。"我浑身都变成了红色，哈当，红得就像我赤裸着身体在太阳下晒了一整天，还有我的头发，它永远也长不到——"

伊馨德走到门口，视线落在门把上，哈当在眨眼间将手绢拧成细绳，扑上去勒住她的脖子，他尽量不去注意伊馨德凄厉的闷嚎和狂乱踢蹬着地板的双脚。伊馨德的手指抓着哈当的双手，但哈当只是直盯着前方。即使眼睛仍然睁开着，他也只看得见泰朵拉，当他杀死女人时，他总是这样的。他爱他的姐姐，但姐姐在发现他的秘密时没能保持沉默。伊馨德的脚跟猛烈地敲击着地面，似乎永远也不会停下来，但只是过了不长的一段时间，它们逐渐放慢下来，最终一动也不动了。她的体重全部压在哈当的手上。哈当又数了六十下，才松开手，让她倒在地上。伊馨德有可能在下一次就会供出一切，招认自己是暗黑之友，并把他也指认出来。

在柜橱里翻找了一下，哈当抽出一把屠刀。处理一具完整的尸体是有困难的，幸好死尸不会流什么血，流出的一点血可以用黑色的羊毛袍子吸干。也许他能找到那个在他门缝里留下纸条的女人，如果她不够漂亮，她一定也会有同样是暗黑之友的朋友。杰辛不会在乎去找他的是不是艾伊尔女人（哈当自己宁愿把一条毒蛇放在床上，那样的危险会更小一些），也许一名艾伊尔女人能比伊馨德更有机会对抗艾玲达。跪在地上，他开始低声哼起一首歌，那是泰朵拉教他的摇篮曲。

天空之火

THE FIRES OF HEAVEN

罗伯特·乔丹（Robert Jordan）著

李镭 译

下

中国出版集团
東方出版中心

目录

时光之轮5：天空之火(下)

第30章 打赌____1

第31章 遥远的雪____9

第32章 一根短枪____18

第33章 红色的问题____29

第34章 一支银箭____39

第35章 剥离____52

第36章 一个新名字____59

第37章 在萨马拉的表演____72

第38章 老相识____81

第39章 在萨马拉的遭遇____87

第40章 时光之轮的编织____102

第41章 陶维尔的手艺____118

第42章 箭之前____127

第43章 此地，此日____139

第44章 次要的悲伤____154

第45章 风暴之后____171

第46章 其他的战争，其他的武器____184

第47章 一艘船的代价____200

第48章　告别____218

第49章　前往博安达____229

第50章　教导，学习____252

第51章　到达凯瑞安的讯息____272

第52章　选择____293

第53章　消失的字迹____309

第54章　前往凯姆林____319

第55章　烧断的丝线____338

第56章　发光的余烬____356

名词解释____364

中英译名对照表____367

编后记____377

第30章

打　赌

轻柔的夜风吹过小镇埃安罗得，消散在它的街巷里。小镇中心，坐在宽板桥的石栏杆上，兰德觉得这阵风应该不算凉爽，但在经历过荒漠的炎热之后，他已经不必在这样的夜晚将红色外衣敞开了。桥下的河流不算大河，现在更只剩下正常宽度的一半，不过他很高兴能看到这股流向北方的清水。快速移动的流云经常会挡住月亮，让黑色水面上闪烁的粼光时隐时现。这就是他夜晚外出的所有原因，真的，他只想暂时看看这条小河。结界已被设下，这座小镇和周围的艾伊尔营地全部被笼罩在结界之中，哪怕是一只麻雀，艾伊尔人安排的岗哨也不会放过。至少他可以花一个小时，让这股清水舒缓一下他的神经。

这显然比他不得不命令沐瑞离开，然后再继续亚斯莫丁的课程要好。前一晚，沐瑞甚至亲自给他端来晚餐，在他吃饭时不停地对他说话，仿佛是想在他们到达凯瑞安之前把她知道的一切都塞进他的脑子里。他不能面对她乞求着要留下来的样子——就在前一晚，她真的是在乞求！对于一个像沐瑞那样的女人，这种行为实在是太反常了。他真想答应她，只希望她不会再这样做，也许正是料到他会有这种反应，沐瑞才采取这种行动的。能安静地听一小时潺潺的流水声，对他来说实在是种享受，运气好的话，也许沐瑞今晚就能放过他了。

河水到两侧岸边野草间，各有八到十步宽的一片土地，土层都已经干裂了。兰德抬头望向横过月亮的云朵，他能试试让这些云团下雨。这个小镇的两座喷泉都干了，全镇三分之一的水井里都积满了尘土，但他确实只能试试而已。他曾经试着让天空下过一次雨，还记得该怎么做，然而，他要小心的是不让降雨变成一场洪水和摧毁一切的风暴。

亚斯莫丁在这方面没办法帮他，这名弃光魔使似乎对气候了解得不多。亚斯莫丁教给兰德许多知识，但对于其他更多的事情，他只是敷衍了事，或者干脆承认一无所知。兰德曾经以为弃光魔使无所不知，几乎也是无所不能的，但如果其他弃光魔使也像亚斯莫丁一样，他们就都有着无知与有缺陷的一面。也许他在某些方面的知识已经超越他们了，至少是超越他们之中的部分成员。但重要的是，要查清他们的弱点在哪里，色墨海格在控制天气上就像亚斯莫丁一样无能。

他哆嗦了一下，仿佛这里还是三绝之地的夜晚，亚斯莫丁从没告诉过他这一点。如果他今晚还要睡一觉的话，最好还是听水声吧，不要再想这些了。

苏琳走到他身旁，靠在栏杆上，束发巾围在她的肩头，她的白色短发露在外面。这名细瘦的枪姬众还携带着全副战时装备——弓箭、短矛、匕首和圆盾，今晚由她指挥兰德的护卫。二十多名法达瑞斯麦安闲地蹲伏在这座桥周围十步的范围内。“一个古怪的夜晚，”苏琳说，“我们在赌骰子，但突然间所有人都只能掷出六。”

“抱歉。”兰德不假思索地对她说。苏琳有些惊讶地看了他一眼。当然，她不知道，因为兰德并没有四处宣扬此事，时轴对周围状况的影响都是奇怪而又毫无规律的。如果这些艾伊尔人知道的话，即使是他们也不会愿意停留在他周围十里之内。

今天，三名岩狗众脚下的土地突然消失了，让他们跌进一个毒蛇窝里，但他们身上几十处蛇咬的痕迹却都只是在他们的衣服上。兰德知道这一定是因为他，他扭曲了命运概率。塔尔·奈辛——那个在泰恩幸存下来的制鞍匠，今天中午被一块石头绊倒，在一片平坦的草地上摔断了脖子，兰德怀疑这也是因为他。另一方面，贝奥和哲朗已经缓和了沙拉得和高辛的血仇，他们在行军时一起吃了一顿干肉午餐。他们仍然不喜欢对方，而且似乎并不明白自己为什么要这样做，但他们确实这样做了。那顿饭后，他们还彼此给予了清水誓言——两人各握着一只杯子，让对方喝了杯中的水。对艾伊尔人来说，清水誓言比其他任何誓言都更强，沙拉得和高辛也许要到几代人之后才会再次袭取彼此的牲口了。

兰德一直在寻思，这些没有规律的效果能不能为他带来优势，也许消弭血仇这件事是他影响下产生的最好的结果。今天还有什么事因他而起，他不知道，他从来都不问，也不愿意去听。贝奥和哲朗的事情也不能完全补偿他对塔尔·奈辛的愧疚。

“我已经有几天时间没见到安奈拉和亚得凌了。”他说道。现在还是换个话题比较好，这两个人似乎一直都因为能护卫他而受到别人的嫉妒。“她们生病了吗？”

苏琳的眼神只是变得更加意味深长：“她们将在学会不再玩布娃娃后回来，兰德·亚瑟。”

兰德张开嘴，又将它闭上。艾伊尔人都很奇怪，而艾玲达的课程只是更加深了他的这种看法，但这实在是太荒谬了。“嗯，告诉她们，她们是成年人，应该按照成年人的方式去做事。”

即使只是在昏暗的月光里，兰德仍然能看清苏琳脸上愉快的笑容。“如卡亚肯所愿。”这是什么意思？苏琳又看了他一会儿，若有所思地咬住嘴唇：“你今晚还没吃饭，现在我们的食物还够每个人吃，你不用为了填饱别人的肚子而饿到你自己。如果你不吃饭，人们会担心你是不是病了，而且你真的会因此而生病。”

兰德轻声笑了起来，但更像是沙哑的喘息，刚才还叫他卡亚肯，现在却……如果他不去吃些东西，苏琳可能会自己去给他找吃的来，再一口口喂给他了。“我会吃的，沐瑞现在一定已经在她的毯子里了。”这次，苏琳困惑的眼神让他很满意，他终于也说出她听不懂的话了。

当兰德跳下桥栏杆时，他听见一阵马蹄敲击石板路面的声音正朝这座桥靠近。所有枪姬众都在同一时刻站起身，戴起面纱，其中有一半人在弓弦上扣住了羽箭。兰德的手下意识地放在腰间，但那把剑并不在那里，艾伊尔人看见他骑在马上，又在马鞍旁挂上一把剑就已经觉得很奇怪了，他不想因为把剑佩在身上而进一步冒犯他们的习俗。再者，正在接近的骑手数量不多，速度也不快。

过了一会儿，来访者就出现在他们面前。五十名艾伊尔环绕护卫着不到二十名骑在马上的人，所有骑手全都颓丧地坐在马鞍上，其中大多数人戴着宽边头盔，穿着提尔式的条纹灯笼袖外套，外面套着胸甲。领头的两个人身穿华丽的镀金铠甲，头盔前面插着白色的大羽毛，他们袖子上的条纹在月色中闪耀着锦缎的光芒。提尔人背后还跟着六名身材更加矮小单薄的骑马者。其中两个背后插着系在短旗杆上的小旗，穿暗色的外衣，戴着遮住面孔的钟形头盔。凯瑞安人利用这种称作“旗徽”的小旗在战场上识别军官，或者是标明领主的扈从。

头盔上插有羽毛的提尔人看见兰德时都愣了一下，他们交换了个惊讶的眼神，然后立刻下马，用胳膊夹着头盔，跪倒在兰德面前。他们都很年轻，比兰德大不了几岁，两个人的黑胡子都被整齐地修成了提尔贵族风格的尖头样式。胸甲上都有凹痕，镀金也碎裂了，他们都经历过了战斗。两个人都没有去看围绕在他们四周的艾伊尔人，似乎是只要不去看，那些人就不存在。枪姬众们取下了面纱，但仍然保持着随时都可以用矛箭戳烂这些人的姿势。

鲁拉克跟在提尔人后面走了过来，他的身后还有另一个比他更年轻、也更高的灰眼艾伊尔。他是塔戴得艾伊尔金多氏族的芒金，也是曾经进入过提尔之岩的艾伊尔之一，是金多氏族带来了这些骑马者。

“真龙大人，”那名身材圆胖、有着粉红面颊的贵族说道，“烧了我的灵魂吧！但他们是将您俘虏了吗?”这个人的同伴有着一对招风耳，还有一个马铃薯般的鼻子，这让他虽然留着贵族的胡子，但看上去却更像是名农夫。同伴说话的时候，他一直神经质地将垂到前额的头发拨到脑后。“他们说要带我们去见叫什么黎明的家伙，什么卡亚肯，我的家庭教师教过我，卡亚肯的意思好像是首领。请原谅，真龙大人，我是赛罗那家族的艾德隆，这是安迪马家族的艾斯丁。”

“我就是随黎明而来之人，”兰德平静地对他们说，“卡亚肯。”他知道这是些什么人：在提尔之岩时只知道喝酒、赌博和追逐女人的年轻贵族。艾斯丁的眼睛几乎从眼眶里蹦了出来；艾德隆也惊讶了片刻，然后又缓缓地点点头，仿佛他已经明白了一切。“站起来，和你们在一起的凯瑞安人是谁?”与这些没有因为沙度——或者其他艾伊尔人——到来而仓皇逃命的凯瑞安人见见面也许会很有趣。而且，如果他们是跟随艾德隆和艾斯丁前来的，也许他们是他在这片土地上遇到的第一批支持者，如果这两名贵族少爷的父亲还听他的命令的话。“带他们过来。”

艾斯丁在站起身时还惊讶地眨了眨眼，而艾德隆立刻就转过头去喊道：“麦尔辛！达瑞坎！过来!”那口气更像是在喊两条狗。背着小旗的凯瑞安人缓缓地下了马。

“真龙大人，”艾斯丁犹豫地说着，又舔了舔嘴唇，“您……您派遣了艾伊尔人进攻凯瑞安?”

“那就是说，他们已经开始攻打凯瑞安城了?”

鲁拉克点点头。芒金说道：“如果这些人是可信的，那么凯瑞安城仍然没有被攻下，但这已经是三天前的讯息了。”很显然的，他不认为那座城能坚守到现在，而且他也不会在乎一座毁树者的城市。

“不是我派他们去的，艾斯丁。”兰德同时向他们和那两名凯瑞安人说道。两名凯瑞安人已经跪倒在兰德面前，摘下头盔，露出两张和艾德隆与艾斯丁差不多年纪的面孔。他们的头发被剃成两绺，垂在耳后，两双黑眼睛闪烁着机警。“攻击凯瑞安城的是我的敌人——沙度艾伊尔，我是来拯救凯瑞安的，我会尽我所能。”

兰德必须再对那些凯瑞安人说一遍，“站起身来”。和艾伊尔人一起度过的时光几乎让他忘记了世界之脊这一边动不动就鞠躬下跪的习惯。又主动询问过之后，凯瑞安人才开始自我介绍。他们是达甘瑞家族的尉将麦尔辛和安那林家族的尉将达瑞坎，前者的旗徽是红白两色的波浪形直线，后者的旗徽是红黑两色的方形小块。得知他们全都是贵族之后，兰德有些吃惊，凯瑞安的贵族负责指挥和统率士兵，但他们不会像士兵一样剃掉头发。有许多事情都改变了。

“真龙大人。”麦尔辛说出这个词时显然还不太习惯。他和达瑞坎都是苍白而细瘦的男人，有着狭窄的脸和长鼻子，只是他的身体比同伴更壮实一些。两个人都是一副营养不良的模样，麦尔辛一开口就连续不停地说了下去，仿佛是害怕被别人打断。“真龙大人，凯瑞安能够守住，我们还能再守几天，也许能守十天。但您必须尽快赶过去，才能拯救我们。”

“所以我们才会冲出来。”艾斯丁说着，狠狠地瞪了麦尔辛一眼，两名凯瑞安人也向他还以颜色，但他们的目光里都夹杂着屈服的神色。艾斯丁又拨了一下前额的头发，“我们要寻求援助。我们向四面八方都派出了求援人马，真龙大人。”尽管眉毛上挂着汗水，但他还是哆嗦了一下，声音也变得茫然而空洞。“我们在出发时有更多的人。我看见巴朗倒了下去，他尖叫着，肚子上插了一根矛，他永远也没办法再翻起一张牌了。我应该喝一杯带劲的白兰地。”

艾德隆在戴着骑马手套的手中转动着他的头盔，皱起眉头。“真龙大人，那座城市还能再坚守一段时间，但即使这些艾伊尔可以和那些艾伊尔作战，问题是，您能及时地率领他们赶到那里吗？我想，他们守不了十天。实际上，我出来只是因为我觉得死在一根长矛上要比被他们活捉更好，我看到过城外俘虏的惨状。现在那座城里挤满了躲避艾伊尔的难民，全城已经找不到一条狗或一只鸽子了，我怀疑现在那里连一只老鼠都找不到。由此导致的好事情就是，有那个库莱丁在外面，现在似乎没有人还会为太阳王座的归属而担心了。”

“第二天的时候，他发出命令，要我们向随黎明而来之人投降。”达瑞坎插嘴说道，艾德隆因为话被打断而瞪了他一眼。

“库莱丁还把俘虏拿来取乐。”艾斯丁说，“他们都站在弓箭的射程外，但城墙上的人都能看得见，你能听见他们的尖叫声。光明烧了我的灵魂吧！我不知道他们到底是想毁掉我们的意志，还是只因为喜欢那么做。有时候，他们让贱农们向城里奔跑，然后在他们几乎能获得自由时再用箭射穿他们。那只是些贱农，但……”他闭上嘴，用力吞了口口水，似乎他想起来，不该在兰德面前用这种口气说“贱农”。兰德只是一动也不动地看着他，但这似乎让他更感到手足无措，只能低声嘟囔着应该喝一杯白兰地之类的话。

艾德隆打破了暂时出现的沉默：“真龙大人，如果您加紧行军，那座城市就能坚持到您到达的时候，我们能打退他们的第一次进攻，只是因为首门着了大火——”

“火焰几乎将那片城区完全吞没。”艾斯丁插嘴说。兰德还记得，首门是凯瑞安城墙以外的一片城市区域，那里大部分建筑都是木制的。“如果不是有河水挡着，那场大火一定会酿成更大的灾难。”

另一个提尔人的声音压住了他，“……但麦朗大君制定了优秀的防御计划，凯瑞安人这次也终于显示出他们的骨气。”麦尔辛和达瑞坎向他皱起眉头，但他也许是没看见，也许是装作没看见。“运气好的话，那里能守住七天，最多也许能到八天，如果您能……”一声沉重的叹息压扁了艾德隆的胸腔。“我没看见一匹马，”他像是自言自语地说道，“艾伊尔人不骑马，两条腿走不了那么快。”

“多久可以到？”兰德问鲁拉克。

“三天。”鲁拉克回答。芒金点点头，艾斯丁笑了。

“烧了我的灵魂吧，这和我们骑马赶来的时间一样。如果您以为您在三天的时间里能用脚走完这段路，您一定是——”察觉到艾伊尔们在盯着他，艾斯丁又拨了拨脸上的头发，嘟囔着说：“这个小镇里有白兰地吗？”

“问题不在于我们有多快，”兰德平静地说，“而在于你们有多快？如果你们让一些人下马，每个人用几匹马轮流着赶回去。我想让麦朗和凯瑞安人知道，援军就在路上，但是，所有回去的人都要能保证如果被沙度抓住的话，还会闭紧嘴巴。我不想让库莱丁知道更多的讯息。”艾斯丁的脸色比那些凯瑞安人的还要苍白。

麦尔辛和达瑞坎一同跪在地上，每个人都抓住兰德的手，用力亲吻。兰德没有抽回手掌，沐瑞向他建议过，尽量不要冒犯不同人群的习俗，无论那是多么奇怪或惹人反感；即使迫不得已要这样做的时候，也要三思而行。

“我们会去的，真龙大人。”麦尔辛激动地喘息着，“谢谢您，真龙大人，谢谢您。光明在上，我发誓就算是死也不会向我父亲和麦朗大君以外的人泄露一个字。”

“光明眷顾您，真龙大人。”达瑞坎说道，“光明眷顾您，光明会永远照耀您的，我至死都是您的人。”兰德在麦尔辛也说出他是兰德的人之后，才用力抽回双手，让他们站起来。他不喜欢他们这样看着自己，艾德隆叫他们的时候就像在叫狗一样，但人不该用狗看着主人的眼光去看任何人。

艾德隆深吸一口气，鼓起他粉红色的脸颊，又缓缓将那口气吐出来：“我想，如果我能从那里出来，我也能回去。真龙大人，请原谅我的冒犯，但您是否在意打个赌？比如说，一千枚金币，赌您可以在七天时间里赶到？”

兰德望着他，这男人像麦特一样坏。“我连一百枚银币都没有，更不要说一千——”

苏琳打断了他的话。“他有，提尔人，”枪姬众坚定地说，“他会和你打赌，如果赌注是一万枚金币的话。”

艾德隆笑了：“成交，艾伊尔人，如果我输的话，每一个铜板都是值得的。不过想一想，如果我赢了，我也不会有命来要这笔赌注。来吧，麦尔辛、达瑞坎，”那口气就像是在呼唤跟在他身后的狗，“我们上马。”

兰德一直等那三个人向他鞠了个躬，回身朝那些马匹走去，然后才转过身看着白发的枪姬众。“你是什么意思？我有一千枚金币？我从没见过一千枚金币，更不要说一万枚了。”

枪姬众们彼此对望着，仿佛兰德已经疯了，鲁拉克和芒金也露出同样的眼神。“提尔之岩里的财产有五分之一属于占领提尔之岩的人，即使拿不走那么多，那些东西依权利来说依然是属于占领者的。”苏琳仿佛是在教一个小孩子生活常识。“身为首领和战斗指挥官，那五分之一里有十分之一是你的，提尔现在也尊奉你为首领，所以提尔的十分之一也是你的。而且你说过，我们能从这片土地上拿走五分之一，作为……你所说的税金。”这句话让她思索了一下。艾伊尔人没有税金这种制度。“身为卡亚肯，这其中的十分之一也是你的。”

兰德摇了摇头，虽然和艾玲达谈过许多，但他从没想过那五分之一里有多少该属于自己。他是卡亚肯，但他不是艾伊尔人，这五分之一应该与他无关。嗯，也许这不是税金，但他可以像所有国王使用税金一样去使用这笔财富。不幸的是，他实际上并不知道国王们是如何使用税金的，他应该去问问沐瑞。两仪师的说教里并没有包含这方面的知识，也许沐瑞以为这是他理所当然会知道的事情。

伊兰也会知道该如何使用税金的，从她那里听取意见显然比从沐瑞那里更让人感到高兴，兰德希望能知道她在哪里，也许还在坦其克。艾雯只是不断地带给他伊兰的问候，他希望能和伊兰面对面坐下来，让她好好解释一下那两封信。无论是枪姬众还是安多的王女，女人都是那么奇怪。也许明除外，她曾经嘲笑过他，但她从没对他说过什么奇怪的话，好像他们使用的是不同的语言。

但明现在也不会对他笑了，如果再见到他，她一定会立刻跑到一百里外，好躲开转生真龙。

艾德隆让所有提尔人都下了马，从里面挑出一匹马，然后把剩下的马用缰绳系在一起，其中也有艾斯丁的马。毫无疑问，艾斯丁决定不去冲击沙度的营地了，麦尔辛和达瑞坎也命令他们的手下做了同样的事。这意味着两名凯瑞安人分别只有两匹备用的马，但他们似乎根本没考虑过借用提尔人的马匹。他们三个向西方小跑而去，周围还跟随着金多的护卫。

艾斯丁小心地不去看任何人，转身向桥头处的士兵们走去，那些士兵们不安地聚在一起，被艾伊尔人环绕着。芒金一把抓住艾斯丁红色条纹的袖子，“你可以告诉我们凯瑞安境内的现状，湿地人。”这个面色僵硬的男人被抓住时差点晕了过去。

“我相信他会回答你问的任何问题。”兰德厉声说道，还刻意加重了第一个“问”字。

“我们只会问他们问题。”鲁拉克说着，抓住提尔人的另一只手臂，他和芒金差点都要把这个比他们矮上许多的人给提了起来。“向那座城市的守卫者报讯是很好，兰德·亚瑟，”鲁拉克继续说道，“但我们应该派出斥候。只要他们连续奔跑，就能像那些骑马的人一样快速到达凯瑞安，并且回来向我们报告库莱丁是如何部署沙度艾伊尔的。”

兰德能感觉到枪姬众们在看着他，但他仍然只是看着鲁拉克。“雷行众?”他提出建议。

“沙麦得康德。”鲁拉克表示同意。他和芒金带着艾斯丁转过身(他们还提着他)，向那些士兵走去。

“只能问!”兰德朝着他们的后背喊道，“他是你们的盟友，也是我的臣民。”他不知道艾斯丁算不算他的臣民，或者是艾伊尔的盟友，这件事大概要问一下沐瑞。艾斯丁的父亲特伦大君曾经密谋要对抗他，但他不能允许自己的人会做出库莱丁那样的事情。

鲁拉克转过身，向他点点头。

“你对你的人群照顾得很好，兰德·亚瑟。”苏琳的声音里毫无情绪可言。

“我在努力。”他对苏琳说，他不打算接受这个吵架的诱饵，任何去刺探沙度的人都有可能一去不回。“我想我要吃些东西了，然后再睡一觉。”还有两个多小时就是午夜了，在一年里的这个时节，太阳仍然会很早就升起。枪姬众跟随着他，警戒地盯着周围的黑影，仿佛随时都有可能遭到攻击。她们之间不时会用手语传递一些讯息，话说回来，艾伊尔人似乎总是在等待着受到攻击。

第 31 章

遥远的雪

埃安罗得的街道全都是笔直的，以直角相互交接，有时路面会切穿一些土丘，或是沿石砌的台阶翻越过去。石砌的房屋用石板搭成屋顶，全部由垂直和水平的线条组成，显得棱角分明。埃安罗得并没有被库莱丁占领，沙度艾伊尔经过这里时，镇民已经逃光了，但还是有许多房屋只剩下烧焦的屋梁和塌毁的墙壁，其中包括大多数宽敞的、装饰着阳台的三层大理石房屋，沐瑞说那些都是商人们的住宅。破烂的家具和衣服满街都是，之中还夹杂着破碎的碗碟、窗玻璃、零散的靴子、工具和玩具。

这里不止发生了一次火灾，兰德只能从烧焦的木材和空气中的烟味判断出这点，而岚却能清晰地分辨出这座小镇每一次被攻占的历程。有好几个觊觎太阳王座的家族占领过这里，但从这里的街道痕迹判断，最后的主人应该是一群强盗，现在凯瑞安境内游荡着许多股乌合之众、专门掠夺财物的暴力集团。

兰德的目的地是一幢商人住宅，它的位置在小镇里两座广场中比较大的那一座旁边，是一幢方形的三层灰色大理石房屋，有着高大的阳台和用厚重条状石砌成栏杆的宽台阶，房屋前面是一座积满灰尘的圆形喷泉。能睡在一张床上的机会实在是不容错过，而且他还希望艾玲达会选择留在帐篷里。无论是留在他的帐篷里，还是和智者们睡在一起，他都不在乎，只要他不必在睡觉时还会听到几步以外她的呼吸声就行了。最近，他已经开始想象自己即使在没有抓住阳极力时也能听到她的心跳了，但如果艾玲达没有离开，他还是要保持警戒。

枪姬众停在台阶上，其中一些绕到这幢建筑的其他位置上，做好警戒。兰德很害怕枪姬众会宣布这里为枪姬众居所，哪怕他们在这里只会过一夜。所以，当他在镇里剩余不多的几幢完整房屋中选定了这幢的时候，他立刻就告诉苏琳，他已经宣称这里为酒泉兄弟的居所，只有喝过酒泉水的人才能进去，那个泉水在伊蒙村。从苏琳的目光里看得出来，这名枪姬众很清楚兰德的目的。不过，确实没有一名枪姬众跟随兰德走进这两扇看起来像是用窄木板竖直拼成的宽阔大门。

宽大的前厅里可说是空无一物，只有几条奉义徒们铺下来作为床铺的毯子，涂着石灰的高大天花板呈现出庄严的方形图案。虽然他想让奉义徒们也出去，但这显然是不可能的，就像若非沐瑞已经在别处安寝了，他也不可能把她挡在外面一样。无论他怎样严格下达不许打扰的命令，沐瑞还是有办法让枪姬众放她进来，每次兰德都必须直接向沐瑞发出命令，才能让她离开。

没等兰德将门关上，奉义徒们都已经迅速地站起身，其中有男也有女。在兰德入睡前，他们都不会睡觉，即使兰德睡了，他们也会轮流守夜，以便兰德可以随时召唤他们。兰德曾经试着命令他们不要这么做，但要一名奉义徒不按照习俗侍奉主人，就像用脚去踢一包羊毛。只要你的脚趾一离开，你施加在上面的所有力量都将消失无踪。兰德挥手示意他们离开，然后爬上大理石台阶。这些奉义徒在废墟中抢救出一些家具，其中包括一张床和两个羽毛床垫，他希望自己能好好洗个澡，并且——

当兰德打开卧室的房门时，他立刻僵在原地。艾玲达并没有留在帐篷里，现在她正站在盥洗架旁，身边放着有缺口的碗和大水罐，她的一只手里拿着毛巾，另一只手里拿着一块黄色的肥皂，身上没有穿任何衣服。看见兰德进来，她像兰德一样惊讶，站在那里一动也不动。

“我……”她停下来吞了口口水，绿色的大眼睛紧紧地盯住兰德的脸，“我不能在这个……小镇里搭一座汗浴帐篷，所以我想我可以试试你们洗澡的方式……”艾玲达有着结实的肌肉和柔软的曲线，她身上从头到脚都闪烁着湿润的光泽。兰德从没想过她的腿有这么修长。“我以为你还会在桥那边多留一段时间，我……”她的声音突然提高了许多，眼睛也慌乱地睁大了，“我不是故意要让你看到我的！我一定要离开你，能离开多远就离开多远！一定要！”

突然间，一道闪亮的垂直细线出现在艾玲达身边的空气中，细线一边旋转，一边张开，最后变成了一个信道。凛冽的寒风从那里面一直吹进房里，风中还夹带着一团团白雪。

“我一定要离开！”她哀嚎着，就迈步冲进那场暴风雪中。

那个信道开始迅速地缩窄，兰德想也没想，立刻就导引至上力，将它固定在原来一半宽度的地方。他不知道自己做了什么，是怎么做的，但他确定这就是用于神行术的信道，就是那种亚斯莫丁告诉过他却没办法教他的异能。现在没时间思考了，无论艾玲达去了哪里，她已经赤裸着身体冲进一片严冬风暴中。兰德固定住信道的编织，又拉起床上所有的毯子、再加上艾玲达的衣服和她地铺上的毯子，然后也纵身跳进那个信道。

冰风呼啸着穿过夜空，卷起一团团白色的漩涡，即使处在虚空的包覆之中，兰德仍然能感觉到自己的身体在颤抖。他依稀能分辨出一些黑暗中的物体，他觉得那是一些树，除了寒冷，他在这里什么都嗅不到。在他前面有一个形体在移动，黑暗和暴雪遮挡了他的视线，如果不是因为虚空增强了他的视力，他也许就错过那个形体了。那是艾玲达，少女正全力向前奔跑着。兰德将那些毯子抱在胸前，踏着齐膝深的雪，笨重地在她身后追赶着。

“艾玲达！停下来！”兰德害怕强风的呼吼会彻底掩盖住他的喊声。但艾玲达确实听到了，她也因此跑得更快，兰德也强迫自己加快速度。积雪拖拉着他的脚步，一直不停地灌进他的靴子里。艾玲达赤脚留下的脚印很快就会被落雪填满。如果他在这里失去了她的踪影……“停下来，你这个笨女人！你想把自己杀死吗？”他的声音只是让她更加拼命地向前跑着。

兰德咬紧牙关逼迫自己前进，摔倒在地上，再爬起来，不但积雪会绊倒他，就连狂风也会将他吹倒。就这样，他们跌跌撞撞冲进了森林。他的眼睛必须一直盯在她身上，所以他不由得开始庆幸这片森林里树木间隔得都非常远。

计划不停地出现在虚空之外，又被他否定。他可以试着强压住这场暴风雪，但也许这么做会让这里的空气冻成一块冰。虽然能做一个风之力的棚子挡住落雪，却对脚下没有任何帮助。他能用火之力为自己融开一条路，却必须应付随之而来的满地泥泞。除非……

他开始导引。前方的雪地融化成一条一幅宽的土路，并随着他的前进不断延伸，水蒸气不断地从这条路上升起。落向这条路范围内的雪花，在距离沙质路面一尺高的地方就消失了。他能感觉到热气穿透靴底，烘烤着双脚一直到脚踝，他的身体在刺骨的严寒中颤抖着，但他的脚掌却在流汗，并竭力躲避着被烘热的地面。但他现在能跑了，再五分钟……

突然间，他追赶的那个模糊身影消失了，就如同艾玲达一下子掉进一个洞里。

兰德努力将视线固定在他最后看见艾玲达的地方，用最快的速度跑了过去。他的脚踝忽然感觉到一阵液体的冰寒，然后一下子浸没到他的膝盖。在他前面，随着积雪的逐渐融化，兰德看见一片冰层正缓慢地后退，而黑色的水面上没有半点蒸汽，不论是小溪还是大河，他的力量无法让这条流动的冰水有半分暖意。艾玲达一定是掉到水里去了，但他就这样冲进去根本救不了她。体内充满着阳极力，他几乎感觉不到寒冷，但他的牙齿却不受控制地猛烈颤抖着。

他退回岸边，眼睛盯着艾玲达消失的地方，开始将火之力导入仍然裸露的土地中，直到沙粒也开始熔化、凝结，变成闪亮的白色。即使是在这样的暴风雪里，这种热度也会持续一段时间。他将那些毯子放在热沙旁的雪地里，艾玲达的生命就要靠这些毯子和衣服了。随后，他从仍然积着厚雪的地方走到冰层旁边，趴在覆雪的冰面上。

狂风在他身边发出凄厉的嚎叫，他的外衣仿佛已经不存在似的，手失去了知觉，双脚也逐渐发麻，他已经停止了颤抖，只是偶尔还会打个哆嗦。在虚空冰冷的平静中，他知道正在发生什么事，在两河也会有暴风雪，也许比这个还厉害。他的身体已经被严寒压倒，如果不能立刻找到温暖的地方，他就会在虚空中冷静地看着自己一点点死去。如果他死了，艾玲达也会死，可能艾玲达现在已经死了。

在他身下的冰层正逐渐裂开，他听不到冰裂的声音，但是能感觉到。这时，他探出的双手伸进水里，就是这个地方，但飞旋的雪花让他什么也看不见。他挥动着双手，搜寻着，僵硬的双手来回拍打着。一只手在冰缘上碰到了什么，他强迫自己收紧手指，感觉到被冻住的头发剥离冰面时的断裂。

*把她拉出来。*他攀爬着向后退去，用力拖着艾玲达。死沉的艾玲达被一点点拖出水面。*不要在乎她是不是被冰刮伤了，那总比被冻死或淹死好。后退，不要停，如果你放弃，她就死了。不要停！烧了你吧！爬呀！*他用两条腿和一只手用力地向后攀爬着，另一只手紧紧拉住艾玲达的头发。没时间改换抓握的位置了，反正她也感觉不到。*你已经享乐太长时间了，贵族们向你跪拜，奉义徒为你奉酒，沐瑞也要听你的命令行事。后退。该是你做些事情的时候了，如果你还能做的话。动呀！你这个该死的没爹的瘸腿山羊的儿子！动呀！*

他的脚突然感觉到一阵疼痛，痛感很快就爬上了他的双腿。他回头看去，急忙从那片沙子熔化的地方滚开，他的裤子已经引燃，刚刚升起的烟气立刻就被强风吹走了。

摸索着找到那堆毯子，他用它们将艾玲达从头到脚裹了起来，无论多么小的保护在这时都性命攸关。艾玲达仍然紧闭双眼，一动也不动。他将毯子拉开一点缝隙，将耳朵贴在她的胸口上。她的心跳是那么缓慢，以至于他不能确定自己是不是真的听到了。即使是四条毯子和六条垫褥也不够，他没办法把火之力像导引进土地中那样导引进她的体内，无论把火之力编织得多细密，他还是很可能会杀死她。他能感觉到那个被他用来锁住信道的编织，那里距离他们大概有一两里远，如果他想要背着她在暴风雪中走这么长的路程，他们可能两个都活不下来。他们需要庇护所，现在就需要。

他开始导引风之力，地面上的积雪迎着强风向一侧聚集，形成一座有九尺见方、一侧开门的方形房屋，房屋还在不断增高，厚实的雪墙被逐渐压缩成像坚冰般闪闪发光的固体，房屋高到可以让人在里面站直，而且上面还有屋顶。他将艾玲达抱在怀里，跌跌撞撞地冲进黑暗的房屋内部，然后在角落里编织出火焰，并将它们固定住，最后他导引了更多的积雪，将门口封住。

外面虽然是寒风凛冽，屋里却要温暖许多，但这还不够。他用亚斯莫丁教他的方法，开始编织风之力和火之力，周围的空气逐渐变得更加温暖。他不敢让这个编织与自己脱离，如果他睡着了，这个编织也许会融掉这幢小屋，屋角的那些火焰也有这个危险。但他已经累了，且寒冷到了极点，没办法再维持一个以上的编织了。

屋里的地面在他搭起小屋时已经得到了清理，沙质地面上只有一些他认不出来的棕色落叶和枯草。褪去让空气变得温暖的编织，他又加热了一下地面，驱走了那里的寒意，然后重新恢复了前一个编织。现在他能做的只有轻轻将艾玲达放下，而不是放手将她扔在地上。

他将一只手伸进毯子里感觉她的脸颊，然后是她的肩膀，她头发里的冰块在逐渐融化，形成一道道流过脸庞的细流。他自己是冰冷的，而艾玲达简直就是一块冰，她需要他为她提供的每一点热气，但他已经不敢让这里的空气变得更热了。墙壁上已经出现了一层融水的亮光，无论他有多么冷，他的身体肯定比她的更温暖。

脱下身上的衣服，他钻进裹住她的那堆毯子里，又将自己潮湿的衣服盖在最外面，它们至少可以帮助保存身体的热量。虽然被包覆在虚空和阳极力之中，与她的碰触仍然渗进了他的心里。她的肌肤让丝绸都显得粗糙，与她的皮肤相比，锦缎也……不要想了。他从她脸上拨开潮湿的头发，他应该把这些头发擦干的，不过现在这些水已经不让人觉得冰冷，而且现在他们的每一片布都已经被裹在他们身上。她的眼睛仍旧闭着，胸部缓缓地蹭着他的身体，头躺在他的胳膊上，偎依在他的胸前。如果她的身体不是像冬天一样寒冷，她的样子就像是正安静地酣睡着。那么平和，没有一丝火气，那么美丽。不要再想了。虚空外面传来严厉的命令。说话呀！

他竭力想说出第一件进入自己脑海里事情——伊兰和她那两封混乱的信，但关于金发伊兰的念头，那些在提尔之岩隐秘的地方与她接吻的画面很快就飘过了虚空。不要想接吻，傻瓜！他的思绪转向了明。他从不曾这样想过明，嗯，几个梦应该不算数。如果他想吻明，明一定会甩他耳光，或者笑话他，说他是个羊毛脑袋。但无论想起哪个女子，都会让他想起自己臂弯里正抱着一个完全没穿衣服的女人。体内充满着至上力，他能闻到她的气息，清晰地感觉到她的每一寸身体，就好像他的手正在……虚空发生了颤抖，光明啊，你只是要让她温暖！不要有这些龌龊的念头，男人！

他一边竭力将这些想法赶走，一边说出自己对凯瑞安的希望。他要为那里带来和平，终结那里的饥荒，让诸国联合在一起支持他，不再有任何流血事件发生，但命运有它自己的选择。他的道路通向煞妖谷，他必须在那里面对暗帝，并死在那里，如果预言是真实的话。如果他说希望自己能活下来，那应该是一种胆怯的表现。艾伊尔人不知道胆怯，他们之中最差的也像狮子一样勇敢。“世界崩毁杀死了软弱的人，”他曾经听贝奥这么说过，“而三绝之地杀死了胆小的人。”

他开始回想他们应该在什么地方，她这次狂乱的飞驰把他们带到了哪里。这一定是个遥远而又陌生的地方，所以才会在一年中的这个时节白雪皑皑。这不止是狂乱，这简直是疯了，但他知道她是要逃开他。她为什么这么恨他？宁愿远远地逃走，而不是直接要求他离开房间。

“我应该敲门的。”为了进他自己的卧室敲门？“我知道你不想在我身边，你也没必要这样做，无论那些智者想要什么，无论她们说了什么，你要回到她们的帐篷里，你不必再靠近我了。实际上，如果你再接近我，我……我会叫你离开的。”为什么会为此而犹豫？她给他的只有愤怒、冰冷和苦涩，无论是在她醒着的时候，还是在她睡着的时候……“这么做太疯狂了，你会害死你自己的。”他又开始轻抚着她的头发，他似乎没办法停下来。“如果你再做出这么疯狂的事，我就扭断你的脖子，你明白吗，我是多么想念你在夜里的呼吸声？”想念？她的呼吸声几乎把他给逼疯了！他才是那个发疯的人。一定要结束这一切。“你要走了，就是这样，即使我一定要把你送回鲁迪恩，那些智者们也没办法说什么，因为我是卡亚肯。你不必再从我身边逃开了。”

她的身体动了一下，那只无法离开她头发的手立刻僵住了。他意识到她已经变得温暖了，非常温暖。他应该用一条毯子得体地裹住自己，离开她的身体。

她睁开眼睛，清澈的幽深绿眸在不到一尺的距离认真地望着他。看到他，她似乎并不惊讶，而且也没有任何挣扎。

他挪开搂住她身体的手臂，想要和她分开，但她却用力地抓住他的一把头发，如果他挪动身体，他的一块头皮就要秃了。她没有给他任何解释的机会。"我答应我的亲近姐妹要监视你。"她似乎只是在自言自语，脸上几乎没有任何表情，"我竭尽全力从你身边逃开，为了维护我的荣誉，而你却把我追到这里来。那些圆环不会说谎，我不能再跑了。"她的声音变得坚定而决绝，"我不会再跑了。"

兰德一边试着松开她抓住自己头发的手指，一边想问她那些话是什么意思，但她又用另一只手抓住了他另一侧的头发，让他的嘴向她靠了过去。这是兰德最后的理智。虚空裂成碎片，阳极力消失踪影，他不认为能阻止自己的欲望。他不想去阻止，她也不想让他停下来，实际上他的最后一个意识清楚的想法是，他同样没办法让她停下来。

一段时间之后——两个小时，也许是三个小时，他没办法肯定——他躺在毯子里，双手交叠在脑后，看着艾玲达检查那些光滑的白色墙壁，它们保持温度的能力令人感到惊讶，他已经不需要用阳极力来温暖空气了。她起来之后只是用手指梳了梳头发，现在她赤裸着身体来回走动，却没有丝毫羞赧。当然，现在还要为没穿衣服这种小事而感到害羞已经有点迟了，他一直在担心将她拖出水面时会伤到她，但她身上的伤口比他还要少，而且它们丝毫无损于她的美丽。

"这是什么？"她问。

"雪。"他尽量向她解释雪是什么，但她只是摇摇头，神情半是惊讶，半是怀疑。对于一个在荒漠中长大的人来说，从天上掉下冻结的水就像飞行一样，是完全不可能的。根据历史记载，兰德进入荒漠之后，那里才有了第一次的降雨。

当艾玲达将衬衫套在头上时，他不由得遗憾地叹了口气："我们一回去，智者们就可以帮我们完婚。"他仍然能感觉到锁住信道的编织。

艾玲达深红色的头发从衬衣领口里探了出来，她面无表情地看着他，目光里没有敌意，也算不上和善，只是充满了决心。"你怎么能以为一个男人有权力这样要求我？而且，你是属于伊兰的。"

过了一段时间，他才闭上自己的嘴巴："艾玲达，我们刚刚才……我们两个……光明啊，我们现在一定要结婚了，不是说我不甘愿……"他惶急地说，"我想跟你结婚。"实际上，他对这件事并不是非常确定，他觉得自己应该爱她，但他也觉得自己应该爱伊兰，而不知为什么，明同样一直缠绕在他心里。*你已经变成像麦特一样的好色之徒了。*但他这次至少可以做他应该做、而不是必须去做的事。

她朝他哼了一声，然后摸了摸袜子，确认它们已经干了，便坐下来将它们穿上。“艾雯跟我说过你们两河人结婚的习俗。”

“你想等上一年？”他难以置信地问。

“是的，一年，这就是我的意思。”他以前从没见过女人光着腿穿袜子的模样，不知道为什么，艾玲达赤裸的长腿让他感到一阵悸动，虽然他刚刚还看过她汗水淋漓的裸体，还有……他急忙将精神集中在她的声音上，“艾雯说，她曾经想过请求她母亲允许她和你订婚，但还没等她提出来，她母亲已经告诉她，即使在她结了辫子之后，也要再等一年的时间。”艾玲达皱起眉，一边的膝盖几乎抵在下巴上。“是不是这样？她说一个女孩要到适婚年龄才能结辫子。你明不明白我在说什么？你看上去就像是……一条沐瑞从河里抓上来的……鱼。”荒漠里没有鱼，艾伊尔人对鱼的了解仅限于书本上的记载。

“我当然明白，”他说道，虽然他对她这番话的理解程度比聋子好不了多少。在毯子底下挪动了一下身体，他用尽可能坚定的语气说道：“至少……嗯，这些习俗很复杂，我不知道你说的是哪个部分。”

她怀疑地看了他一会儿，但艾伊尔人的习俗也非常复杂，所以她相信了他的话。在两河，两个人要结婚得等待一年的时间，如果他们最终被认为是合适的，他们就可以订婚并结婚，这就是那里的习俗。艾玲达继续穿着她的衣服。“我的重点是，一个女孩要在这一年的时间里征求她母亲的同意，还有乡贤的同意，我不敢说我很明白这个习俗。”她将白色的上衣套在头上，让她的声音有些被闷住。“如果她想得到他，而她也到了可以结婚的年纪，为什么她还要得到别人的同意？但你明白吗？如果依照我们的习俗，”她仿佛是在说，这是现在他们之间惟一的问题，“应该由我来选择是否向你提出要求，但我不会的。如果依照你们的习俗，”系好腰带，她不屑地摇了摇头，“我没得到我母亲的同意。我想，你也需要得到你父亲的同意，或者是你父亲的兄弟，因为你父亲已经去世了吧？我们没有他们的同意，所以我们不能结婚。”她开始折起原来包住前额的手绢。

“我明白。”他无力地说。任何在两河向父亲提出这种要求的男孩都会立刻得到一个响亮的耳光，他想到那些愚蠢的小伙子汗水涔涔地担心着被某人——不，是任何人——发现他们和他们想要结婚的女孩所做的事……说到这个，他还记得奈妮薇在鲍尔·多提父亲的干草棚里抓住鲍尔和蒂姆丽·鲁文时的样子。那时蒂姆丽结辫子已经有五年了，但是等奈妮薇教训完她之后，鲁文太太又跟女儿算了一次账，妇议团几乎为此活剥了可怜鲍尔的皮。她们还决定，他们至少要等一个月的时间才能结婚。村民们都背着妇议团偷偷流传着一个笑话说，鲍尔和蒂姆丽在结婚的第一个星期里都没办法坐在凳子上。兰德认为蒂姆丽当时可能是因为没有得到母亲的同意。“但我猜艾雯并不知道男人们的习俗，毕竟，”他继续说道，“女人并非无所不知。你要明白，既然是我主动的，我们就一定要结婚，这和别人是否同意无关。”

“你主动的？”她又重重地哼了一下，无论是艾伊尔、安多，任何民族、任何国度中，女人们都把轻哼声当成棍棒使用，戳刺敲捶皆宜。“既然我们打算按照艾伊尔习俗，这就没关系了，这种事不会再发生了，兰德·亚瑟。”他非常惊讶，也很高兴听见她的声音里也带着遗憾。“你属于我的亲近姐妹的亲近姐妹，现在，我负义于伊兰，但这和你无关。你打算永远躺在这里吗？我听说，男人在那种事后就会变得懒惰，但现在距离部族出发的时间应该已经不远了，你一定要回去的。”突然间，她仿佛是被打了一下，颓然跪倒在地上。“如果我们能回去的话。我已经不记得是怎样弄出那个洞口了，兰德·亚瑟，你一定要想办法让我们回去。”

他告诉她，信道已经被锁住了，而且他一直都能感觉到那个编织，她这才显得放心一些，甚至还给了他一个微笑。然后她盘腿坐下，整理自己的裙子，很显然的，她不打算在他穿衣服时转过身去。

“女人就要占便宜吗？”他低声嘟囔着，又等了很长一段时间，才从毯子里爬出来。

他尽量让自己表现得像她一样泰然自若，不过这样并不容易，就算是转身背对着她，他也能感觉到她的目光。她并没必要告诉他，他的臀形很漂亮；他就没对她的身材说过什么，结果他因此而脸红了好一阵子。女人不该这样看着男人。她们也不用得到母亲同意……他觉得，以后和艾玲达在一起的日子丝毫不会比以前轻松。

第32章

一根短枪

他们没再做什么讨论，即使暴风雪仍然在持续，他们只要将这些毯子披在身上，也可以走回信道那里。艾玲达将毯子分成两份，兰德则趁此重新抓住阳极力，将生命与死亡、熔融的火与液体的冰注满自己的身体。

“把它们平均分开，”他对艾玲达说，他知道自己的声音冰冷、没有任何感情。亚斯莫丁说他能达到更高的层次，但他现在还没办法做到。艾玲达惊讶地瞥了他一眼，然后只说了一句：“你要披更多一些。”就继续按她的意思去分毯子了。

没必要为这个争论。以他从伊蒙村到枪姬众的经验来看，如果一个女人想对你做什么，要阻止她的惟一办法就是把她捆起来，特别是如果这其中还包含着那个女人的自我牺牲的话。让他惊讶的是，艾玲达的语气里不带半点尖刻，也没说什么他是软弱的湿地人之类的话。也许除了那段回忆之外，艾玲达真的有了一些好的转变，她不可能真的坚持下不为例，然而，兰德猜想她大概是认真的。

兰德编织出一根手指粗细的火之力，在小屋的墙壁上切出一道门的轮廓，并逐渐加宽门顶上的缝隙，让人惊讶的是，阳光从那道缝隙中照射进来。放开阳极力，他和艾玲达交换了个惊讶的眼神。他知道自己已经失去了时间的概念——你大概已经不知道今年是哪一年了——但他们在这里不可能待了那么长的时间。看来他们所在的地方确实距离凯瑞安非常遥远。

他想推开被切出来的门，但直到他使尽全身的力气用后背去顶，门才开始缓缓地移动，这时他才想起，使用至上力可以很轻松地完成这个工作。冰块向外推倒时，苍白的日光和刺骨的寒风立刻灌进屋里。那块冰并没有完全倾倒，它斜靠在已经埋住小屋的积雪上。兰德趴在那块冰板上，只能探出一点头。他看见周围还稀疏地分布着一些雪堆，其中几座雪堆里冒出了他不认识的矮树树冠，其他雪堆下面也许埋着灌木丛，或者是大块的岩石。

他张开嘴，却忘了要说什么，在他头顶不到五十尺的地方盘旋着一只浑身覆满革状皮肤的动物，身体比一匹马还要大，缓慢地拍打着一对宽大的皮翼，它有着角状的长嘴、一双爪子和一根蜥蜴般的长尾巴。兰德眼看着它飞过树林。在那生物的背上骑着两个人，他们穿着有头巾的衣服，显然正在巡视这片区域，如果兰德将头多探出一些，或者不是正好位于那只生物的正下方，他们肯定会看见他。

“不要拿那些毯子了。”兰德一边退回屋里一边说道，将看到的景象告诉艾玲达，“也许他们是友好的，也许不是，但我不太想去查清这件事。”他不想去和骑着那种东西的人打交道，如果他们真的是人的话。“我们要偷偷溜回那个信道去，愈快愈好，但一定要注意隐蔽。”

令他感到惊讶的是，艾玲达并没有争辩。当他帮她爬过那块冰板时，兰德问起了这件事，而她只是握住他伸出来的手，没有瞪他一眼，这又让他吃了一惊。艾玲达只是说道：“你有道理的时候我不会和你争论的，兰德·亚瑟。”但兰德几乎记不起他们哪次没有争论过。

他们周围是一片平坦的雪原，只是在西方有一片高峰兀立而起，白色的峰顶云朵缭绕，因为太阳正在升起，所以兰德很容易就能确定哪是西方。半个金黄色的日轮正浮出海面，浪涛凶猛地拍击在巨砾遍布的岩石海岸上，周围地势平坦，让兰德可以毫无阻碍地看见半里外之处。大海在他的东方，无垠无涯地朝地平线和太阳延伸而去。如果这片大雪还没有足够的说服力，现在这番情景无疑已经告诉他，他们正站在一片完全陌生的异域大陆上。

艾玲达也惊愕地盯着不断翻腾的浪涛，然后狐疑地朝兰德皱起眉，她也许不曾见过大海，但她确实看见过地图。

兰德努力在雪地里拖曳脚步，开辟道路，有时候积雪甚至会一直埋到他的腰间。因为穿着裙子，艾玲达在雪地里行走比兰德还困难，所以她很快就气喘吁吁了，当兰德用臂膀搂住她时，她的绿眼睛里闪烁出愤怒的火焰。

“我们必须移动得更快一些，没时间让你跟裙子搏斗。”兰德对她说。怒火消失了，但她并没有像兰德希望的那样将胳膊搭在他的脖子上，只是环抱双臂，露出一副耐心里含有一点愠怒的表情。无论他们之间的事情对她产生了什么样的影响，她并没有完全改变，兰德不明白，为什么自己想到这一点的时候会感到一阵轻松。

他原本可以像过来时那样融出一条道路，但如果另一只刚才那种飞行生物从天空经过，一条土路会清晰地标明出他们的位置。一只狐狸从他右侧的雪地上偶然小跑而过，机警地瞥了他和艾玲达一眼，它有着纯白的皮毛，只在尾巴末端有一点墨黑。兔子的足迹偶尔会出现在雪地上，蹦跳过的地方积雪泥泞。兰德还看见一串很像是猫的脚印，只不过是一头巨如猎豹的猫，也许这里还有更大的动物，也许会有那只飞行怪物的陆上同类。他不想和这样的东西狭路相逢，但那些……飞人……还是很可能会把他挖出来的这条雪沟当成是某种动物的痕迹。

他从一棵树到另一棵树地移动着，心里希望这一路上能有更多的树，最好长得也更密。当然，如果真是这样，他也许就没办法在那场暴风雪中找到艾玲达了。这时艾玲达发出一阵哼声，皱起眉望着他，他将搂住她的双臂松开了些。无论如何，这些树木现在还是有一定的隐蔽作用。由于他的行动鬼鬼祟祟，连带得想法也多疑了起来。

那个信道距离他们已经不到五十步了，他能感觉到自己的编织牢牢地撑着它。但它前面出现了四名骑马的人和二十多名徒步的人，骑马的全都是女人，她们的身上裹着又长又大的裘皮斗篷，其中两个在左腕上各戴着一只银手环，用同样的银色材质制成的长链从那两只银手环上延伸出来，各连接在一只银项圈上。戴着项圈的是两名身上没披斗篷、穿灰色罩袍、站在雪中的女子。其他徒步的都是穿着暗色皮衣的男人，绘有金绿色图案的重叠甲片覆盖了他们的前胸、手臂和大腿前侧，他们的长盾上绘着同样的图案，长枪的穗子也是金绿色的。他们的头盔就像是巨大昆虫的头部，只在脸部的位置上留着露出双眼的开口。其中一个男人显然是军官，他没有那种长枪和盾牌，而是在背上背着一把弯曲的双手剑。他的涂漆铠甲在边缘处镀着白银，在他的头盔上插着两根细长的绿色动物羽毛，如同昆虫的触须一样，让他的彩绘头盔更加抢眼。现在兰德知道他和艾玲达到了哪里，他以前见过这种铠甲，还有那两名女子脖子上的项圈。

兰德将艾玲达放在一棵被强风扭曲的松树后面（它外表类似松树，但表面很平滑,灰色的树皮上遍布着黑色的斑纹),他向信道那里指了指,艾玲达无声地点点头。

“那两个戴项圈的女人可以导引,”兰德悄声说,“你能屏障她们吗?”他急忙又说道,“先不要拥抱真源。她们是囚犯,但她们有可能会警告其他人,而且如果她们感觉到了你,即使她们不说,那两个戴手环的也能知道。”

艾玲达奇怪地看着兰德,但没有愚蠢地浪费时间去问他是怎么知道的。兰德知道,她只是暂时把这些问题放在心里。“那两个戴手环的也能导引,”她同样压低了声音说道,“但感觉很奇怪,她们的能力很弱,似乎她们从没实际导引过。我不明白这是怎么回事。”

兰德明白,霄辰人认为只有罪奴是能够导引的,如果那两个女人从霄辰捕捉罪奴的罗网中漏了出来,成为罪奴主(根据兰德对她们有限的一点了解,能做到这一点并不容易,每个霄辰女人到了能表现出导引痕迹的年龄时,都要接受测试),她们绝对不会泄露自己的能力。“你能把她们四个全部屏障吗?”

她得意洋洋地看了他一眼:“当然,艾雯教过我如何同时掌握几个能流,我能封锁她们,并且固定所有屏障的编织,然后在她们知道发生了什么事之前用风之力包住她们。”自满的浅浅微笑从她脸上消失了,“我可以对付她们,还有她们的马,但剩下的就要由你来对付了,我没办法很快转过来帮助你。如果有人逃脱……他们肯定能把长枪掷出这么远的距离,如果他们之中有人把你钉在地上……”片刻之间,她只是无声地嘟囔着,仿佛在生气自己没办法说出一个完整的句子。最后,她看着他,眼里闪耀着像往日一样的烈火。“艾雯告诉过我治疗的办法,但她知道得很少,而我知道得更少。”

她在为什么生气?太阳也比女人更容易理解,他讽刺地想,汤姆·梅里林曾经跟他讲过这个简单的事实。“你只要屏障那些女人就好,”他对她说,“我会对付其余的人,但在我碰你的胳膊前不要行动。”

他看得出艾玲达认为他在吹牛,实际上,他甚至不用许多股能流,只需要一个复杂的风之力编织就能捆住所有人的手臂,并将马蹄和人脚都固定在地上。深吸一口气,他抓住阳极力,碰了一下艾玲达的手臂,然后立刻开始导引。

惊骇的喊叫声在霄辰人的队伍中响起,兰德后悔自己没想到应该把他们的嘴也封起来,但在这些霄辰人喊来其他人之前,他们应该早已走过那个信道了。稳定住与真源的联系,他抓着艾玲达的手臂,半拖着她走过雪地,毫不在意女孩高声喊叫着自己可以走路。至少这样他可以先为她开出一条路来,他们必须加快速度了。

霄辰人安静了下来,盯着绕过他们身边的兰德和艾玲达,那两名不是罪奴主的骑马女子已经挣脱了她们的兜帽，与兰德的编织抗争着。兰德并没有将这个编织系上，而是亲自维持着它，等他们离开之后，他就会将这个编织放开的。理由很简单，因为即使是霄辰人，他也不能把他们扔在雪地里，那样他们即使不会被冻死，留下那些巨大足印的猫也会把他们吃掉。

信道就在他们面前，但那里头看不见兰德在埃安罗得的房间，只剩下一片灰色的空白。它也比兰德记忆中的更窄了。更糟糕的是，兰德能看出那片灰色的编织出自于阳极力。狂乱的念头滑过虚空。他不知道这代表着什么，但那很可能是某个男性弃光魔使编织的陷阱。最有可能是亚斯莫丁，如果他能将兰德交给其他弃光魔使，也许他就能重新在他们之中获得地位。但他们绝对不能留在这里。如果艾玲达能记起她是如何编织这个信道，她就能另开一个信道，但现在他们只能使用这个，无论里头有没有陷阱。

一名骑马的霄辰女子的灰色斗篷前胸处绣着一只黑色乌鸦和一座高塔，她有一张严厉的面孔，黑眼睛里射出的目光似乎是要在兰德的头上钻出一个洞。另一个更加年轻，个子更矮，皮肤也更加白皙，但更为雍容典雅，她的绿色斗篷上绣着一只银色的牡鹿头，骑马手套包住的纤细手指显得有些太修长了。看到她侧面剃光的头皮，兰德知道那些修长手指的末端一定留着极长的指甲，并且一定涂着漆，它们两者都是霄辰贵族的象征。士兵的面孔和身体全都僵硬得如同一块铁板，只有那名军官的蓝眼睛在昆虫头盔后方闪耀着怒火，他戴着铁手套的手还在徒劳地想伸到背后去握住剑柄。

兰德并不很担心这些人，但他不想就这样丢下那两名罪奴，至少他可以给她们一个逃走的机会。她们盯着他的目光就像是正在盯着一只露出利齿的猛兽，但成为囚徒不是她们的选择，她们的待遇比家畜好不了多少。兰德将一只手放在一名罪奴的项圈上，立刻感到一阵几乎让他手臂麻木的震颤。眨眼间，虚空开始动摇，阳极力如同千百场暴风雪一同冲过他的身体。那名罪奴尖叫着，一头黄色短发随着她颤抖的身体披散开来，与她连结在一起的罪奴主也大口喘着气，脸色变得惨白。如果不是还被风之力捆缚着，她们两个都会立刻倒在地上。

“你试试，”兰德一边揉着手掌，一边对艾玲达说，“女人一定能安全地碰触这种东西，我不知道该怎么解开它。”那个项圈看上去是一体成形，没有任何缝隙，手环和连接的长链上同样没有缝隙。“它们不是天生的，一定有办法解下来。”再过一会儿，信道也不会有什么变化。真是亚斯莫丁干的吗？

艾玲达摇了摇头，但还是开始摸索另外那名罪奴的项圈。“别乱动。”她看着那名罪奴，生气地说道。那是个脸色苍白的女孩，年纪大概只有十六七岁，她一直都在竭力躲避着艾玲达。如果说她看兰德就像是在看一头猛兽，那么艾玲达在她的眼里就是一个活过来的噩梦。

“她是马拉斯达曼尼，”面色苍白的女孩哀嚎道，“救救赛丽，主人！求求主人！救救赛丽！”另外一名罪奴的年纪很大，几乎可以当这名罪奴的母亲，现在她正失控地嚎啕大哭。不知为什么，艾玲达又瞪了兰德一眼，目光严厉得像在瞪那个女孩，她一边恼怒地嘟囔着，一边继续摸索着项圈。

“是他干的，摩莎女士。”一名罪奴主突然用一种兰德几乎无法听懂的柔软语调说道，“我戴着这副罪铐已经有很长时间了，如果那个马拉斯达曼尼干了封锁金妮以外的事情，我一定能知道。”

摩莎看上去并不惊讶，实际上，当她凝视兰德时，脸上露出一种认出某样东西之后的惊恐。那么这只能代表着一种可能性。

“你去过法美镇。”兰德说。如果他第一个走进信道，那就意味着要把艾玲达单独留在这里，虽然只是短短的一瞬间。

“是的。”那名女贵族露出虚弱的表情，但缓慢而柔软的声音依然冰冷专横，“我见过你，以及你做的一切。”

“小心不要让我在这里重复我所做的事，不要给我找麻烦，我会和平地离开你们。”他不能让艾玲达先进去。只有光明才知道现在信道里有什么。如果情绪不是被虚空挡在遥远的地方，他肯定会为此露出痛苦的神色，就像艾玲达因为碰触那只项圈而露出痛苦的神色一样。他们一定要一同进去，准备好面对任何一种情况。

“在伟大的鹰翼之域上所发生的事情中，隐藏了太多秘密，摩莎女士。”表情严厉的女子说道，黑眼睛望着摩莎时就像望着兰德一样凶狠，“人群中已经在流传着常胜大军遭受败绩的谣言了。”

“现在你要从谣言中寻觅真实吗，伽琳丁？”摩莎厉声说道，“一名觅真者最重要的是要知道什么时候该保持沉默。女皇已经传旨，禁止谈论可伦奈，直到她重启行动为主。如果你——和我——仅仅只是说出那次远征中登陆的城市名字，我们的舌头就要被割掉。也许你喜欢不带舌头留在乌鸦塔里？到时候，即使是窥听者们也不会去倾听你乞求怜悯的尖叫。”

兰德对她的话懂得并不多，不是因为口音的关系，他希望能有时间再多听一些。可伦奈，回归，法美镇的霄辰人都如此称呼他们跨越爱瑞斯洋、侵略兰德生长的那片大陆的行为，他们认为他们天生就是那里的主人。而那些觅真者、窥听者、乌鸦塔对兰德来说都是一个个谜团，但现在他至少知道，回归的行动已经暂时取消了。这是有价值的讯息。

信道更窄了,也许比刚才窄了一根手指的宽度。艾玲达放开这个编织时,它就在全力收缩,只因兰德的编织它才被撑到现在,但它还是在不停地收缩。

“快!”兰德对艾玲达说。艾玲达看了他一眼,目光里压抑着的怒意仿佛是一块砸在兰德眉心的石头。

“我在努力,兰德·亚瑟。”她一边说着,双手仍然放在那只项圈上。泪水不停地流过赛丽的脸颊,她的喉咙里发出一阵阵压抑的呻吟声,仿佛艾伊尔女孩是要将她撕成两片。“你几乎杀了那两个人,也许还差点杀了你自己,当你碰到那只项圈的时候,我能感觉到至上力在她们体内狂野地奔涌。让我处理吧,如果我能做到的话,我会打开它的。”嘟囔着骂了一声,她又开始尝试了。

兰德想过让罪奴主把项圈解开,她们一定知道该怎么做,但从她们的表情来看,他知道必须先用强力让她们屈服。他没办法杀死一个女人,也不擅长拷问女人。

叹了口气,他又瞥了一眼充满信道的灰色空白,那些能流似乎被融入了他的编织。他没办法同时消去一个并保留另一个,直接走过去也许会触发陷阱,但如果要切除这片灰色,即使能成功,信道也会立刻就闭合。他们只能闭着眼睛跳进去,把命运完全交给光明。

摩莎仔细地倾听着他和艾玲达说的每一个字,现在她正若有所思地望着那两名罪奴主,但伽琳丁的目光则一直没离开过这名女贵族。“有许多秘密不该向觅真者隐瞒,摩莎女士,”表情严厉的女人说,“觅真者必须知道一切。”

“你忘记了自己的身份,伽琳丁。”摩莎狠狠地说道。她戴着手套的双手不停地抽搐着,如果不是被风之力捆住了双臂,她一定会把马缰拉断,而现在,她只能昂起头,瞪视着对面的女人。“你被派到我身边来只是因为沙雷克高估了自己,设计了森能加达·代和图奥,而不是过问女皇已经——”

伽琳丁厉声打断她的话:“忘记身份的是你,摩莎女士,不要以为你有资格对抗觅真者。我亲自审讯过女皇——愿光明保佑她——的一女一子,为了奖赏我从他们口中得到的供认,女皇允许我直视她的仪容。你以为你这小贵族能比女皇的亲生子女更高贵吗?”

摩莎仍然扬着头——她别无选择。但她的舌头在舔着嘴唇,面孔已经变成了灰色,“女皇——愿光明永远照耀她——知道的远比我能说出来的要多,我刚才无意暗示——”

觅真者又打断摩莎的话,她转过头开始向士兵们说话,仿佛身边的女贵族根本不存在。“名叫摩莎的女人已经处在觅真者的监管之下,当我们回到麦恩洛的时候,她将立刻接受审讯。这些罪奴主和罪奴也是一样,她们似乎隐瞒了不该隐瞒的秘密。”恐惧扭曲了被点名的女人们的面孔，其中以摩莎的变化最为明显。她睁大了眼睛，突然显得憔悴不堪，身体完全软倒在风之力的捆缚中，嗓子里发不出半点声音，她看上去仿佛是想尖叫，但她已经接受了觅真者的宣判。伽琳丁的目光转向兰德：“她说你的名字是兰德·亚瑟，如果你向我投降，你会得到优待，兰德·亚瑟，无论你是怎么到这里来的，即使你杀死我们，也不会有办法逃脱，因为一名马拉斯达曼尼在夜间进行导引，所以这里正在进行广泛地搜查。”她的眼睛向艾玲达闪动了一下，“你将不可避免地被找到，或者你会死于意外，这个地区爆发了动乱。我不知道像你这样的男人在你们的土地上是如何被对待的，但在霄辰，你可以免受痛苦。在这里，如果你善用自己的力量，就可以获得巨大的荣耀。”

兰德朝她笑了笑，伽琳丁显然觉得这是对她的冒犯。“我不能杀死你，但我发誓，就为了这个，我应该剥掉你的皮。”他显然不必担心会在霄辰人手里被驯御，在霄辰，能够导引的男人都会被杀死。不必处以死刑，任何遇到他们的人当场就可以杀死他们。

充满灰色的信道又窄了一根手指，几乎只能勉强让他们两个同时通过了。“别试了，艾玲达，我们必须走了。”

艾玲达放开赛丽的项圈，恼怒地看了他一眼，但当目光落在信道上时，她立刻就拉起裙子，笨拙地踩着积雪走到他身边，一边还嘟囔着冻住的水之类的话。

“做好准备，什么事情都有可能发生。”他一边对她说着，一边搂住她的肩膀。他告诉自己，他们必须这样紧靠在一起才能过去，不是因为这样抱着她感觉很好。“我不知道会发生什么，但一定要做好准备。”她点点头，于是他喊道：“跳！”

他们一同跳进那片灰色，兰德放开捆住霄辰人的编织，好让奔腾的阳极力充满身体……

他们重重地跌在埃安罗得他的卧室地板上，油灯还亮着，窗外是一片黑暗。

亚斯莫丁盘腿坐在门边靠墙的位置上，他没有拥抱真源，但兰德还是立刻就抛出一个挡在他和阳极力之间的屏障。手臂仍然环抱着艾玲达，他转回头，看见信道已经消失了。不，不是消失了——他仍然能看见自己的编织，无疑还有亚斯莫丁的编织——但那里似乎什么都没有。他消去自己的编织，信道立刻出现在他眼前。信道对面是一个霄辰人的画面，画面正在迅速缩窄，摩莎女士已经倒在她的马鞍上，伽琳丁正在大声喊叫着发布命令。一根白绿两色穗子的长枪从信道中戳了进来，信道随后便彻底闭合了。兰德下意识地导引风之力，将那根突然摇晃起来的两尺长枪抓了过来。枪杆的末端平滑得仿佛被工匠精巧地打磨过一样。兰德打了个哆嗦，他很高兴自己没有在跳进信道前除去那片灰色——无论那是什么。

“幸好两名罪奴主都没恢复过来，”兰德握住那根短枪，“否则追过来的就不止是这个了。”他从眼角望向亚斯莫丁，那个男人只是坐在地上，看上去有些像是要昏倒了。他没办法知道兰德是否要用这根短枪戳穿他的喉咙。

艾玲达重重地一哼表达了自己的心情。“你以为我放开她们了？”她生气地说着，用力甩开兰德的手臂，但兰德不认为她是因为自己而发火，至少不是因为他的胳膊。“我竭尽全力勒紧了她们的屏障，她们是你的敌人，兰德·亚瑟。即使是被你称作罪奴的那些人也都是一些忠狗，她们宁可杀死你也不愿获得自由。你一定要对你的敌人够残酷，而不是软弱。”

兰德手里举着那根短枪。他知道，她是对的，总有一天，他要重新面对这些敌人。他必须变得更残酷，否则他不必等到前往煞妖谷就会完蛋。

艾玲达忽然开始整理自己的裙子，声音也几乎恢复到平常对话时的样子：“我注意到你没有去拯救那个白脸的摩莎，当时你看着她的那种样子，我以为她的大眼睛和丰满的乳房已经把你给俘虏了。”

兰德盯着艾玲达，诧异一点点渗进了包覆他的虚空。艾玲达的口气平淡到像在告诉他，汤已经准备好了，他怀疑自己怎么可能看见摩莎的乳房，那名女贵族的身体完全裹在厚实的裘皮斗篷里。“我应该把她带过来，”他说道，“可以审问她关于霄辰的信息，恐怕他们还会给我添麻烦。”

艾玲达眼中的怒火消失了。当兰德举起一只手时，她把嘴张开，但转头瞥了亚斯莫丁一眼，她又闭口了。兰德能看见她的目光里堆满了关于霄辰人的问题，依照兰德对她的了解，一旦她开始发问，她就会一直不停地问下去，直到把兰德也已经忘掉的零星信息全都挖出来。如果换成是别的时候，这倒不算是坏事，但兰德现在正急着要从亚斯莫丁那里挤出答案来。她是对的，他必须变得残酷。

“你做得很好，”艾玲达说，“藏住了我造出来的窟窿。那时如果一名奉义徒走进来，也许就会有上千名枪之姐妹穿过那里去寻找你。”

亚斯莫丁清了清喉咙：“确实来了一名奉义徒，一个叫作苏琳的人命令那名奉义徒看着你吃完饭，真龙大人。为了阻止她端着托盘进来却发现你失踪了，我只好告诉她你和这位年轻的姑娘不想被打扰。”他的目光里一点轻微的紧张引起兰德的注意。

“什么？”

“那名奉义徒的反应很奇怪，她大声笑着跑走了！几分钟之后，至少有二十几名法达瑞斯麦聚到窗户下面。她们高声喊叫着，用矛杆敲击盾牌，足足闹了一个多小时。我必须说，真龙大人，她们做出的一些猜测让我也感到吃惊。”

兰德感觉自己的脸颊像火烧一样烫——这件事明明发生在该死的世界的另一边，但那些枪姬众们还是知道了！——而艾玲达只是眯起了眼睛。

“那名奉义徒的头发和眼睛是不是跟我很像？”她没等亚斯莫丁点头，“那一定是我的首姐妹妮爱拉。”她看见兰德脸上惊讶的表情，没等他发问就继续说道：“妮爱拉是一名织工，不是枪姬众，她在半年前查林枪姬众对苏莱堡的一次袭击中成了奉义徒。她一直都想说服我放弃枪矛，而且她也一直都希望我能结婚。我要把她送回到查林部族去，如果她把这件事告诉其他人，我就要在她的屁股上抽几鞭子！”

兰德抓住要冲出房间的艾玲达：“我要和杰辛说话，我想到黎明之前已经没多少时间……”

“两个小时，大概。”亚斯莫丁说道。

“那就是说，没多少睡觉的时间了。如果你想睡觉，能不能先睡在别的地方？不管怎么说，你需要新毯子了。”

她唐突地点了一下头就挣开兰德的手跑出房间，又狠狠地摔上房门，她不可能因为被赶出他的房间而生气——这怎么可能？她说过，他们之间不会再有任何事了——不过兰德很高兴自己不是妮爱拉。

在手里掂着那根短枪，兰德转向亚斯莫丁。

“奇怪的令牌，真龙大人。”

“确实可以当令牌来用。”这可以提醒他，霄辰人仍然存在。他现在希望自己的声音能比四周的虚空更加冰冷，他必须残酷。“在我决定是否用它把你像只绵羊一样戳穿之前，回答我，为什么你从没提到过可以让物体隐形的技巧？如果我不是看到了那些能流，我绝不会知道信道仍然在那里。”

亚斯莫丁吞了口口水，动了动身体，仿佛是不知道兰德的威胁是不是真的。其实兰德自己也不知道。“真龙大人，你从没问过，这是个扭曲光线的技巧。你总是要问那么多问题，让我几乎找不到时间说些别的事。现在你一定已经明白，我是全心全意追随你的。”舔了舔嘴唇，他跪坐起身，开始喋喋不休地说道：“我感觉到了你的编织，任何一里内的人都能感觉到，我从没见过这样的事情……我只知道狄芒德能锁住一个正在关闭的信道，也许色墨海格也可以，还有路斯·瑟林……我感觉到了，然后就过来了，想要通过那些枪姬众实在是困难……我就用了同样的技巧……你一定要明白，我是效忠于你的，真龙大人，我是效忠于你的。”

现在亚斯莫丁的样子完全是在模仿那两名凯瑞安军官，兰德挥了挥短枪，粗声说道："站起来，你不是一条狗。"但是当亚斯莫丁缓缓地站起身时，兰德将长枪尖顶在他的喉咙上，他必须残酷。"从现在开始，每次我们交谈的时候，你都要告诉我两件我没问到的事情。记住，是每次交谈的时候，如果我认为你在向我隐瞒什么，你会宁愿自己落在色墨海格手上。"

"遵命，真龙大人。"亚斯莫丁有些口吃地说，样子很像是要俯身下去亲吻兰德的手。

为了避免这种事情发生，兰德走到没有毯子的床边，坐在亚麻床单上，双眼打量着那根短枪，羽绒床垫在他的身下凹陷下去。就算不把它当成令牌，把它当成纪念也是个不错的主意。即使还有那么多麻烦要对付，他也绝不该忘记霄辰人，那些罪奴。如果当时没有艾玲达将她们屏障……

"你曾经试过向我示范如何屏障一个女人，结果失败了，现在试着示范如何避开我看不见的能流、如何反击它们。"兰飞儿曾经整齐地切开了他的编织，仿佛是用刀子切开奶酪。

"不容易，真龙大人，我们没有女人作为练习对象。"

"我们有两个小时，"兰德冷冷地说着，消去对这个男人的屏障。"试一试，努力地试一试。"

第33章

红色的问题

刀子掠过奈妮薇的头发，狠狠地戳进她背后靠着的木板，让她在眼罩后面哆嗦了一下。她希望能把头发梳成一根端庄的辫子，而不是披散在肩头。如果那刀子切断她的一丝头发……*蠢女人，她苦涩地想着，愚蠢，愚蠢的女人。*被手绢包住了双眼，她只能看见透过手绢的一丝光亮，和眼前的黑暗相比，那道亮光有些刺眼。现在的天色一定还亮得足以提供表演所需，即使时间已经午后过半了。掷刀的人如果看不清的话，一定不会随便扔出刀子的吧！下一把刀戳在她脑袋的另一侧，她甚至能感觉到刀身的震颤，刀刃几乎就贴在她的耳朵上。她要杀了汤姆·梅里林和瓦蓝·卢卡，也许还要加上其他所有她够得着的男人，而她完全有道理这么做。

“梨子。”瓦蓝高声喊道，仿佛他距离奈妮薇并不止三十步。他一定认为那个眼罩在挡住奈妮薇视线的同时，也封住了她的耳朵。

在腰间的袋子里摸索了一下，奈妮薇拿出一颗梨子，小心地将它在头顶上放稳。她看不见，是个真正的瞎眼傻瓜！然后她又掏出两个，小心地避开身边的刀子，伸平双臂，两只手各捏着一颗梨的细茎。场上一片寂静，她张开嘴想告诉汤姆·梅里林，如果他还要这样折磨她，她就要——

笃——笃——笃！刀刃来得如此之快，让她还没来得及喊出一声，喉咙就像握紧的拳头一样紧绷起来。她的左手里只剩下一根茎秆的重量，右手的梨还随着戳在上面的刀子微微颤动着，头发上则被溅了许多梨汁。扯下眼睛上的手绢，她大步向汤姆和瓦蓝走去，他们两个都像傻子一样笑着。还没等她将已经在脑子里沸腾的话语抛出来，瓦蓝已经爱慕地说道："你真厉害，奈娜，你的勇敢真是超凡脱俗，而且还不止这些。"他甩了一下那件可笑的红丝斗篷，用另一只手覆住心口，鞠了个躬，"我应该称这个节目为'荆棘中的玫瑰'，一点也不夸张，你比任何玫瑰都更美丽。"

"像树桩一样站着不需要太多勇气。"她是一朵玫瑰？她应该把荆棘露给他看看，给他们两人都看看。"听我说，瓦蓝·卢卡——"

"这么勇敢，你甚至连退缩一下都没有，我告诉你，我可没勇气去做你刚才做的事情。"

这是简单的事实，她对自己说。"我只是拿出应该拿出的勇气。"她平和地说。向一个不断夸奖自己勇敢的人大声喊叫实在是件很困难的事，这比那些关于玫瑰的废话要顺耳多了。汤姆抚着白色的长胡子，仿佛正在看着一件有趣的事。

"还有衣服，"瓦蓝一边说，一边在微笑中露出全副牙齿，"你会变得非常漂亮，只要——"

"不！"奈妮薇一声断喝，不论瓦蓝刚刚奉承连篇得到了多少优势，它们全都因为这句话而烟消云散。克莱琳依照瓦蓝的吩咐为奈妮薇缝制了演出服，料子是比瓦蓝的斗篷还要红的丝绸。这是克莱琳的主意，她认为如果汤姆失手了，红色的衣料可以掩饰流出的鲜血。

"但，奈娜，险中之美具有极大的魅力，"瓦蓝的声音充满了韵律感，仿佛正在奈妮薇耳边悄声说着什么甜美的事情，"你会吸引所有人的目光，每颗心都会因为你的美丽和勇敢而猛烈地跳动。"

"如果你这么喜欢它，"奈妮薇坚定地说，"那你就把它穿上吧！"就算不介意颜色，她也不打算在群众面前露出那么多胸部，无论克莱琳认为那是否端庄。她见过蕾特勒的演出服，那是一件全黑的裙装，上面缀满闪亮的金属片，高高的领子一直顶到她的下巴。她可以穿那种……她在想什么？她不会真正表演这个节目的。她会同意进行这次练习，只是为了让瓦蓝不再每晚去敲她的马车门，向她说那些烦人的废话。

这个男人除了精通该在什么时候改换话题之外，简直一无是处。"这里怎么了？"他突然用充满关怀的语气问道。

他伸手向奈妮薇肿胀的眼睛摸去，奈妮薇急忙躲开他的手指。挑上这个话题算他倒霉，倒还不如继续劝她穿上那条红裙装。“今天早晨，我不喜欢它在镜子里看着我的方式，所以我咬了它。”

她僵硬的语气和龇牙咧嘴的表情让瓦蓝缩回了手，从马戏团主黑眼睛里闪动的机警光芒判断，他猜想她会再咬一口。汤姆用力地抚着胡子，为了憋住笑，整个脸涨得通红。老走唱人当然知道发生了什么事，他一定知道，而且只要她一离开，他肯定就会立刻把那件事加油添醋地告诉瓦蓝。男人总是喜欢到处嚼舌根，他们一生下来就是这样，女人们没有任何办法让他们摆脱这个坏习惯。

光线比她想的要暗，太阳已经落到西方的树尖上，逐渐变成了红色。“如果你再敢在这么昏暗的时候做这个……”她朝汤姆挥动拳头，“已经快黄昏了！”

“我想没错，”汤姆说着，扬起了浓密的眉毛，“就是说，只要我没戴上眼罩就行了？”他当然是在开玩笑，他一定是在开玩笑。“如你所愿，奈娜，从现在开始，只有在阳光最充足的时候才表演这个。”

奈妮薇大踏步地离开了他们，裙子随着气恼的动作发出簌簌的响声。直到这时她才意识到，她已经同意了进行这种愚蠢的表演，至少，她的言词暗示了这个意思。他们肯定会强迫她遵守承诺的，就像今晚太阳会落下地平线那样肯定。*愚蠢，愚蠢，愚蠢的女人！*

他们——至少是汤姆，烧了他和瓦蓝吧！——练习的空地和驻扎在向北大道旁的营地有一段距离。毫无疑问，如果汤姆不小心让刀子戳中她的心脏，瓦蓝不希望动物们因此受到刺激。但这个男人的惟一理由，只是为了能多看一点她身上不该被看到的地方。她只想在岚面前展现她的身材。也烧了岚吧，那个顽固的蠢男人。她希望岚能在这里，好让她把自己心中所想的全都告诉他。她希望他能在这里，好让她能确认他是安全的。她折了一根干枯的狗茴香，用它生满羽状树叶的褐色长茎抽打着从草叶中冒出来的野草穗子。

昨晚，伊兰告诉她，艾雯报告了在凯瑞安的战斗，那都是一些小冲突。攻击他们的有小群的土匪，将所有艾伊尔都当成敌人的凯瑞安人，还有正在为摩格丝夺取太阳王座的安多士兵。岚也参加了那些战斗，只要沐瑞让他离开她的视线，这名护法似乎就能让自己投入战斗中去，仿佛他的直觉能为他寻找到战斗将在什么地方爆发。奈妮薇从没想过，她竟然会希望那名两仪师可以时刻都将岚拴在身边。

今天早晨，伊兰仍然在为母亲的士兵入侵凯瑞安、与兰德的艾伊尔作战而心烦意乱，而让奈妮薇担心的则是那些土匪。根据艾雯的报告，任何人只要被证明偷盗了哪怕是一名土匪的财产，任何人只要被别人发誓证明看见他杀了人或者烧了一个棚子，兰德就会吊死那个人。兰德不会亲手勒紧绞索，但这并没有差别。艾雯说兰德会亲自监看每一场死刑的执行，表情冷硬得就像是一块山岩，这不像是兰德，他一直都是个温和的男孩，他在荒漠里遇到的事情一定非常可怕。

好吧，兰德毕竟还在很远的地方，而她自己的——她和伊兰的——问题仍然没有解决。艾达河就在不到一里外的北方，一道高大的石桥跨越在河两岸，支撑桥身的金属圆柱上没有半点锈斑。它们是历史的遗迹，其身世甚至有可能要追溯到前一个纪元。马戏团今天一到这里，中午时她就去了河边，但并没有在那里找到一艘合适的航船。那些船都小到没有名字。长满芦苇的河岸边有不少小舟和渔船，另外还有一种经常从水面掠过的更加狭窄的小艇，那种小艇上的船夫都跪在艇里，用短桨推动小艇前进。她还找到一艘陷在泥里的驳船，现在河两岸出现了许多泥滩地，其中一些甚至已经完全干裂了，显然这都是不正常的炎热天气所导致的结果。但她一直都没能找到想象中可以带着她们飞速地顺流而下的快船，现在她也不知道该把船驶向何方。

她再次拼命绞尽脑汁，想回忆起那个蓝宗姐妹聚集的城镇的名字，但就是想不起来。她将狗茴香用力抽在一株蒲公英上，看着一团白色细毛飘了满地。即使当初真有那个集合地点，也许那些两仪师现在也已经不在那里了，但那里是除了提尔之外她们惟一可去的安全地点。只要她能想起那个地名。

向北的旅途中惟一一件好事就是伊兰不再整天搂着汤姆撒娇了，自从加入演出之后，就再也没有发生过这种事。稍微令人感到不安的就是，伊兰显然决定要装作什么事情都没发生过。昨天，为了这个女孩恢复理智，奈妮薇向她表示祝贺，伊兰只是冷冷地回答：“你想确认我是否挡在你和汤姆之间，对不对，奈妮薇？他对你来说太老了，而且我一直都以为你已经有喜欢的人，不过你已经到了该做决定的年纪。我很喜欢汤姆，我想他也喜欢我，他就像是我的第二位父亲。如果你想向他卖弄风情，我不反对，但我真的以为你不是这么容易移情别恋的人。”

瓦蓝打算明天早晨过河，但河对岸海丹境内的小镇萨马拉并不是个理想的演出地点。今天大部分时间瓦蓝都是在萨马拉度过的，他要在那里寻找一块适合进行演出的地方。让他担心的是，这里并不是只有他一个马戏团，而且别的团也有各自的表演节目，所以他才特别坚持要让汤姆和奈妮薇表演飞刀。他没有想让他们和伊兰一起在那根高索上表演这个节目，奈妮薇已经觉得很幸运了。那个男人似乎认为世界上最重要的事情就是他的演出必须比别的马戏团更盛大、更优秀。而让奈妮薇担心的是，那名“先知”就在萨马拉，他的信徒正聚集在那个小镇周围。他们住在帐篷和简陋的棚屋里，小镇萨马拉已经被一座城市淹没了。萨马拉本身有一堵石头围墙，镇里大多数建筑都是石砌的，其中有许多有三层高。镇里的瓦屋顶和石板屋顶也比稻草屋顶多。

艾达河这边也好不了多少，他们在到达这个宿营地之前经过了三处白袍众的营地，每座营地里都整齐地排列着几百座帐篷，他们没看见的白袍众肯定更多。白袍众在这一侧的河岸，河对岸则是随时都有可能变成暴徒的先知与其信徒。奈妮薇不知道该去哪里，而且除了一辆速度并不比她走路更快的笨重箱车外，她也没有别的代步工具。现在她非常后悔听了伊兰的话，把那辆四轮马车扔掉了。看见身边没杂草可抽打了，她一把折断狗茴香，又连续折了几次，直到最后的残枝比她的手掌还短，才将它们扔在地上。她希望也能这样对付瓦蓝，还有加拉德·达欧崔，就是因为他，他们才颠沛流离来到这里。还有亚岚·人龙，因为他不在这里。当然，她并不需要他，但有他在，她会觉得……很舒服。

营地很安静，人们纷纷在马车旁边点起小堆营火，开始做饭。派塔正在喂那只黑色鬃毛的狮子，不停地用一根棍子将大块生肉推进笼子里，那些母狮子已经彼此拥靠着趴在笼子里，只在有人靠近笼子时吼叫两声。奈妮薇停在亚柳妲的马车旁，照明者正在马车旁一张桌子上操作着一套木制捣药棒和研钵。她一边嘀咕着，一边用捣药棒搅拌着研钵里的混合物。查瓦那兄弟中的三个人向奈妮薇抛来迷人的微笑，邀请她加入，只有巴瑞特除外。他仍然撅着肿胀的嘴唇，生气地瞪着奈妮薇——虽然奈妮薇已经给了他一种消肿的药膏。也许她应该把剩下那三个人也狠狠揍一顿，那样他们就能听瓦蓝的话——更重要的是听她的话！——知道她并不想要他们的微笑。令奈妮薇感到烦闷的是，就连瓦蓝自己都没办法做到。蕾特勒从熊笼子的另一边走过来，皮笑肉不笑地看了她一眼，非常像是在嘲弄她。但真正让奈妮薇怒目而视的是赛兰丁，她正用一件看上去应该是金属的工具帮最巨大的那只灰色思雷狄特修磨它粗钝的脚趾甲。

“那个人，”亚柳妲说，“她徒手格斗的技巧很不错，不是吗？不要这样瞪着我，奈娜，”她说着掸了掸双手，“我不是你的敌人。嗯，试试这些新的火棒。”

奈妮薇小心地从黑发女子手中接过一只木匣子，她可以用一只手轻易地拿着这只小木盒，但她还是用了两只手。“我以为你管它们叫蹭弹。”

“也许是，也许不是，火棒，这听起来比蹭弹要好得多，对不对？我磨平了插这些小棒的窟窿，所以它们就不会在这木头上被引燃了。是个好主意，对吧？而且它们头部的成分也重新配制过了。你可以试试看，然后告诉我你的想法。”

“是的，当然，谢谢你。”奈妮薇急忙抢在这女人塞给她另一个小盒前跑开了。她捧着那个东西，仿佛它随时都有可能爆炸一样，实际上，她不知道这东西是不是真的随时会爆炸。亚柳妲让所有她见到的人都试试她的蹭弹，或者是火棒，或者是其他什么由她取的名字。它们确实可以用来点燃一堆火或是一盏灯，但如果那些蓝灰色的棒头彼此摩擦，或者是擦在其他什么粗糙不平的地方，都有可能会突然着火。与之相比，奈妮薇宁可用钢片和火石，或者是放在铺沙匣子里的火煤，那些都比这个要安全得多。

泽凌在奈妮薇就要走进她和伊兰的马车里时叫住她，捕贼人的视线直接落在她肿胀的眼睛上。她狠狠地瞪了泽凌一眼，让他不由得向后踉跄了一步，伸手扶住头上那顶可笑的圆筒帽。“我已经过河去看了，”泽凌说，“萨马拉有一百多名白袍众……我只是去看了看而已，而且海丹士兵也同样严密地在监视白袍众。我认出一个人，就是那个在西恩达坐在真实光明客栈对面的年轻人。”

奈妮薇向他笑了笑，他又向后踉跄了一步，面无血色地看着奈妮薇。加拉德在萨马拉，这对她们确实是重要的情报。“你总是能带来这么精彩的讯息，泽凌，我们真该把你留在坦其克，最好是留在提尔的港口上。”不过这样说并不公平，从泽凌口中知道加拉德的位置，总比她自己在街道拐角直接撞进那家伙的怀里更好。“谢谢你，泽凌，至少我们现在知道该警戒加拉德了。”泽凌点点头就跑走了，一只手还扶着那顶帽子，看他慌张得像是害怕她会殴打他的样子，奈妮薇觉得自己真不该那么诚恳地向他道谢。男人都是些没礼貌的家伙。

马车内部已经比汤姆和泽凌刚刚把它买下来时干净许多，所有龟裂的油漆都被刮掉了——那两个男人做这件事的时候一直不停地在抱怨。固定在车厢底板上的橱柜和小桌子都被油漆漆得闪闪发亮，有金属烟囱的小砖炉从不曾被使用过。这里的夜晚很暖和，而如果她们在这里面做饭的话，汤姆和泽凌就永远都不会分担做饭的责任了。现在那个炉子被她们当成收藏贵重物品的理想位置，里面放着她们的钱袋、首饰匣。那只放着封印的软皮袋被她塞到最里面的角落，至今都没有碰过一下。

当奈妮薇爬进车厢时，伊兰坐在两张窄床中的一张上，正将某样东西塞到毯子底下。还没等奈妮薇问那是什么，她已经高声喊道：“你的眼睛！出了什么事？”看来，她们又要在白母鸡胡椒里洗洗这个女孩的头发了，在那些黑发的发根已经露出些许金色的痕迹，她们每隔几天都要这样洗一次头。

“我不注意的时候，赛兰丁打了我。”奈妮薇嘀咕了一句，煮沸的猫蕨草和马文叶粉的味道仍然让她的舌头止不住地抽搐了一下。这当然不是她让伊兰去完成上次在特·雅兰·瑞奥德聚会的原因，她不是在躲避艾雯，只是大多数会面以外，梦的世界的搜索都是由她进行，应该让伊兰有多一点机会进去才更公平，就是这样。奈妮薇小心地将那盒火棒放进橱柜里，现在那里头已经放了三盒火棒，而莫名其妙就着了火的那盒早就被她们扔掉了。

她不知道为什么要隐瞒眼睛肿起来的原因，伊兰那时肯定不在马车外面，否则早就知道了。现在，整个营地里也许只有伊兰和泽凌不知道这件事，现在汤姆一定已经把那件事的每一个讨厌的细节全都告诉了瓦蓝。深吸一口气，她坐到另一张床上，强迫自己望着伊兰的眼睛。对面女孩的沉默说明她知道奈妮薇要说话了。

“我……问过赛兰丁关于罪奴和罪奴主的事，我确定她知道的比她说出来的要多。”奈妮薇停下来，等着伊兰提出疑问，等着伊兰说她询问的态度一定很恶劣，等着伊兰说那个霄辰女人已经说出她知道的一切，等着她说赛兰丁与罪奴和罪奴主也没太多的接触。但伊兰只是沉默着。奈妮薇意识到，伊兰只是希望将这次争吵延缓一段时间。“她很激动地说自己什么都没有隐瞒，于是我就摇晃了她。你实在是太袒护她了，她竟然在我的鼻子底下摇晃手指！”伊兰仍旧只是看着她，冰冷的蓝眼睛几乎眨也不眨，奈妮薇能做的只是在说话时不把自己的眼睛挪开。“她……把我摔过肩膀，真不知她是怎么办到的，所以我站起来甩了她一耳光，结果她一拳把我打倒，我的眼睛就变成这样了。”奈妮薇觉得自己也许应该把其他的事也说出来，因为伊兰很快就能听到那些传言了，还是她自己说出来比较好。但要她说出这些事，她宁可把自己的舌头拉出来。“我当然不会容忍这种事，我们又扭打了一会儿。”虽然一直不肯停手，不过整体而言，她都处在挨打之势。最令她痛苦的事实是，赛兰丁后来没有继续奉陪，只是用很卑鄙的手段让她跌在地上，就像是推倒一个小孩一样容易，奈妮薇在她面前也确实像个小孩般软弱无力。如果没有人看着她们，她还可以导引，那时她肯定已经积了够多的怒火，只要有一会儿时间没人看着她们就行。她又希望赛兰丁能用拳头把自己打出血来。“然后蕾特勒给了她一根棍子，你知道那个女人有多么想报复我。”她当然不需要告诉伊兰，当时赛兰丁把她的脑袋压在一辆马车的车辕下面，自从她十六岁时把一罐水倒在妮赛·艾玲的头上之后，就再没有人对她做过这么粗暴的事了。“不管怎样，派塔把我们拉开了。”很及时的。那名壮硕的大汉当时抓住了她们的后颈，就像是抓着两只小鸡。“赛兰丁向我道了歉，就是这样。”派塔强迫那名霄辰女子道歉，没错，但他也强迫奈妮薇做了同样的事。直到奈妮薇这样做了，派塔才从她的脖子上把那只轻柔却又挣脱不开的大手拿开。当时奈妮薇挣扎着在派塔的肚子上拼命打了几拳，他却连眼睛都没眨一下，直到奈妮薇觉得自己的手掌也要肿起来了，才不得不放弃。“说真的，没什么大不了的，蕾特勒一定会把这个加油添醋，编造许多谣言的。那个女人才是我真正应该摇晃的，我打她打得还不够狠。”

把事实说出来让奈妮薇感觉好了些，但伊兰的脸上仍然带着怀疑，让奈妮薇不得不想办法改变一下话题。“你藏了什么东西？”她伸手掀开对面床上的毯子，看见她们从赛兰丁那儿拿来的那副罪铐。“光明在上，你怎么会想看这种东西？如果你要看，为什么你又要把它藏起来？这是一件污秽的东西，我不明白你怎么能碰触它，但如果你想这么做，我也无话可说。”

“不要这么一本正经的，”伊兰对她说。女孩的脸上渐渐露出微笑，还伴随着一丝兴奋的红晕，“我想我能做一个。”

“做一个！”奈妮薇赶紧压低声音，希望她杀人般的尖叫声没有引人关注。虽然低下声音，但她的语气依然严厉：“光明啊，为什么？你还不如做一个污水坑，做一个积粪堆，至少我们做这种东西的时候还能找到正当用处。”

“我不是真的要做一副罪铐。”伊兰挺直身体，抬起下巴，露出她特有的那种冰冷仪态。她的声音也显得冰冷而高傲，好像奈妮薇侮辱了她。“但这是一件特法器，我已经查清楚它的运作原理了。我见过你至少参加了一次讲授关于融合的课程，罪铐融合了两个女人，所以罪奴主一定也是个能够导引的人。”她微微皱起眉，“但这是一种奇怪的融合，跟我们所学的不一样。事实上，它不是由一个人指引，多个人共同分享，它是由一个人得到彻底的控制权，所以罪奴无法做出罪奴主不想做的事。实际上，我不认为这条链子有什么用，没有它，项圈和手环也会以同样的方式运作。”

“也会同样运作？”奈妮薇冷淡地说，“对于一个无意制作罪铐的人来说，你对它研究得可真详尽。”伊兰甚至连脸红一下的良知都没有。“你要怎么使用它？如果你把它套在爱莉达的脖子上，我不能说那么做是错的，但它永远都是令人厌恶——”

“你不明白吗？”伊兰打断了奈妮薇的话，脸上的傲慢完全被兴奋和热情所取代，她向前探出身体，一只手放在奈妮薇的膝盖上，两只眼睛闪闪发光，仿佛心中充满了喜悦。“这是一件特法器，奈妮薇，而我觉得我能依样做出一个。”她一字一字地说出这句话，然后又飞快地笑着说道：“如果我能做出一个，我就能做出其他的特法器，也许我甚至还能制作法器和超法器。白塔中已经有几千年没人能做出这些东西了！”她又坐直身体，颤抖着，将手指捂在嘴唇上，“我以前从没想过自己能亲手制作出什么真正有用的东西。我还记得自己小时候见过一名工匠，那是个帮宫廷做椅子的男人。那些椅子没有镀金，也没有精细的雕刻，它们是仆人们使用的椅子，但我能看见他眼里的骄傲，他精心制作的物品让他感到骄傲。我想，我也很希望能有这样的感觉。哦，真希望我们能拥有那些弃光魔使所掌握的知识的一小部分，那些传说纪元的知识，现在却只能被他们用来侍奉暗影。想想我们能用这些知识做什么事，想想我们能制作出什么来。”伊兰深吸一口气，将手放在自己的膝上，脸上的热情丝毫未减。“嗯，依照这种方式，我打赌，我能弄清楚白桥是如何筑成的，还有那些仿佛是由玻璃丝编成，却比钢铁更加坚固的桥柱，还有昆达雅石，还有——”

“等一等，”奈妮薇说，“白桥距离这里至少有五、六百里，而如果你打算对那个封印导引，我奉劝你别妄想。谁知道那么做会发生什么事？它现在只能放在一个皮袋里、一个火炉内，直到我们找到安全的收藏处为止。”

伊兰的热情显得相当奇怪。奈妮薇不会介意得到一点弃光魔使的知识——正好相反，她很乐意知道，但如果她想要一把椅子，她自然会用钱去木匠那里买。除了药剂和药膏之外，她从来都不想做什么东西。奈妮薇十二岁的时候，她母亲就放弃了教她学会缝纫的努力，因为她显然一点也不在乎自己缝的线是否笔直，也从来不在乎该如何去收针。至于烹饪……奈妮薇认为自己是一名好厨师，但她并不认为这是什么大事，医疗才是重要的。任何男人都能建起一座桥，那些工作让他们去做就好了。

“一直在说你的罪铐，”奈妮薇继续说道，“我差点忘了告诉你，泽凌在河对岸看见了加拉德。”

“血和该死的灰啊！”伊兰嘟囔了一声。而当奈妮薇扬起眉毛时，伊兰只是坚定地说道：“我不会听你教训我的言词修养，奈妮薇，我们要怎么做？”

“以我的看法，我们或许可以留在河这边，让白袍众照看我们，怀疑我们为什么会离开马戏团；或者和马戏团一起过桥，希望那名先知不会引发一场暴乱，而且加拉德不会认出我们；或者我们买一艘小艇逃向下游，这些都不是什么太好的选择。还有，瓦蓝应该会要回他那一百枚金币了。”奈妮薇尽量不让自己皱眉，但声音里还是带着怒意。“那是你答应他的，我想，不给他报酬就偷偷溜走应该不是诚实的表现。”其实，如果真的有地方可逃，奈妮薇立刻就会拔腿就走。

“当然不能这样，”伊兰显得非常吃惊，“但只要我们还待在马戏团里，就不必担心加拉德。加拉德不会靠近马戏团的，他认为将动物放进笼子里是很残忍的行为。我提醒你，他不在乎猎杀它们，或者是吃掉它们，但他不许把它们关起来。”

奈妮薇摇了摇头。即使他们有办法离开，伊兰也一定会找个借口拖延一些时间，哪怕只是一天也好。这个女孩只想在一群真正的观众面前表演一次走高索，而奈妮薇自己似乎也势必得和汤姆一起表演一次飞刀。*但是，我才不会穿那件该死的裙装！*“只要遇到一艘可以容得下四个人的船，”奈妮薇说，“我们就雇下它，河上的贸易不可能完全停止的。”

“如果我们知道该去哪里就更好了。”伊兰的声音温和得很虚伪，“你知道，我们可以直接前往提尔，我们不一定要局限于一个目的地，只因为你……”

伊兰的声音低了下去，但奈妮薇知道她要说什么。只因为她的顽固，只因为她不顾一切地要想起那个简单的地名，哪怕那么做会要了她的命也要找到那个地方。嗯，不会这样的。她要找到那些有可能支持兰德的两仪师，并率领她们去找兰德，而不是像个可怜的难民一样去提尔寻找安全。

“我会记起来的，”奈妮薇不带表情地说。那个地名的最后一个字是“巴”，或者“达”？“拉”？“在你厌倦了炫耀你的走高索之前，我就能想起来。”*我才不会穿那件裙装！*

第34章

一支银箭

今晚是由伊兰做饭，这意味着没有一样食物会是简单的，尽管他们还是要围着营火坐在凳子上吃饭，听着周围树林里蟋蟀的叫声。黑色的夜幕中不时还会传来一两声夜鹰尖细的哀啼。汤因为变冷而有些黏稠，上面撒着一些切碎的绿色菜叶，只有光明知道她是从哪儿找到那些菜叶的，还有她放在豌豆里的那些小洋葱。牛肉被切得薄如纸张，中间还裹着一种用胡萝卜、甜豌豆、细香葱和羊奶干酪做成的馅料。每个人甚至还得到一小块蜂蜜蛋糕作为饭后甜点。

每样食物都很好吃，但伊兰却因为它们都没有按照标准程序被烹调而感到烦恼，她仿佛以为可以在这种地方完全复制凯姆林宫廷厨房的菜肴。奈妮薇非常相信，这女孩这么做并不是想得到别人的恭维，伊兰总是会一把将所有的恭维抹去，然后清楚地告诉你什么地方错了。汤姆和泽凌一直都在抱怨牛肉太少，但奈妮薇注意到他们在吃光每一样食物的残渣后，为了最后一颗豆子的消失而露出遗憾的表情。奈妮薇做饭的时候，他们却总是因为某些原因而在其他马车那里吃饭。而两个男人所做的晚餐总是炖肉或者其他肉食，还有撒满干辣椒的豆子，让人吃一口，舌头上就会长出水泡。

当然，他们不会单独吃饭的，瓦蓝总是会把他的凳子放在奈妮薇身边。他将红斗篷铺展成最漂亮的样子，伸出一双长腿，让好大一截小腿从折筒靴里露出来。他几乎每晚都会过来，奇怪的是，他缺席的晚上都是在奈妮薇负责做饭的那一天。

实际上，当伊兰这样的美女就坐在旁边时，能让这个男人的目光只落在自己身上，奈妮薇觉得很有趣。但瓦蓝显然是有他的目的，今晚他坐得实在是离她太近了，奈妮薇已经挪了三次凳子，但瓦蓝却总是一边说话，一边自然而然地又贴了上来。他一直在将奈妮薇比喻成各种花朵，却对她的黑眼圈视而不见。他用歌唱一般的语言形容奈妮薇如果穿上那套红裙装会有多么美丽，又时刻不忘颂扬她是多么勇敢。有两次，他还装作不经意的样子提出是否可以和奈妮薇在月光下散散步。但他说得有些太隐晦，奈妮薇往往要思考好一会儿才明白他要干什么。

"那条长裙会完美地衬托出你的勇敢。"瓦蓝在奈妮薇的耳边低声道，"虽然你的美丽现在只展现出不到四分之一，但夜百合也会因为看见在月光水色旁漫步的你而嫉妒得哭泣。而我，身为一名吟游诗人，会在这样的月光下尽情歌唱你的美丽。"

奈妮薇朝瓦蓝眨眨眼，寻思着他要干什么，但瓦蓝似乎是相信奈妮薇正在向他抛媚眼，于是想贴在她耳边呢喃几句，却被奈妮薇不小心用臂肘顶到了肋骨。奈妮薇确信自己没有误会他的企图，虽然他一边咳嗽着，一边解释说自己被蛋糕渣呛了一下。这个男人确实相当英俊——*不要这么想！*——他的小腿也很修长好看——*你在干什么？看他的腿？*——但瓦蓝一定以为她只是个没脑子的傻瓜。他这么做完全是为了他那个该死的演出。

在瓦蓝竭力恢复呼吸时，奈妮薇又挪了一次凳子。奈妮薇不能挪动得太明显，仿佛自己正在逃避他，但她也握紧了自己的叉子，准备好在他再贴上来时就好好对付他。汤姆端详着自己的盘子，仿佛它的白釉上有什么污点。泽凌不成调地小声吹着口哨，假装专心看着正逐渐熄灭的营火。伊兰看看奈妮薇，摇了摇头。

"真高兴你和我们共进晚餐，"奈妮薇说着站起了身，瓦蓝也跟着她站了起来，在火光的映衬下，他的眼里闪耀着充满希望的光芒。奈妮薇将自己的盘子叠在他的盘子上。"我相信，汤姆和泽凌会很高兴你能帮他们刷盘子。"没等瓦蓝开口，奈妮薇已经转向了伊兰。"很晚了，我想，明天我们还要趁早过河呢！"

"当然。"伊兰低声说着，声音里还夹杂着一点笑意。她将手里的盘子放到奈妮薇的盘子上，然后就跟着奈妮薇走进马车。奈妮薇很想抱这个女孩一下，却听到伊兰说："说实话，你不该那样鼓励他。"插在车厢壁上的油灯一下子被点亮了。

奈妮薇将手叉在腰上："鼓励他！我只差没用叉子去戳他了！"她重重地哼了一声，朝那些油灯皱起眉头。"下次用亚柳妲的火棒或是蹭弹点火，你早晚有一天会忘记状况，在不该导引的时候导引。那时我们该怎么办？在一百名白袍众的追赶下仓皇逃命？"

对面那个女孩却顽固地不肯认错。"也许我比你年轻，但有时我觉得比你更了解男人，像瓦蓝·卢卡这种男人，今晚你那种眨眼的媚态就是在要求他继续进攻。如果你能像第一天那样打他鼻子一拳，也许他就放弃了。你没有命令他停止，你甚至没有这样要求过！你一直都在朝他微笑，奈妮薇，那个男人会怎么想？你已经连续几天没有向任何人微笑过了！"

"我正努力控制我的脾气。"奈妮薇嘟囔着。每个人都在抱怨她的脾气，现在她尝试去控制它了，伊兰却因此而指责她！她还没愚蠢到会陶醉在那个男人的恭维中，她肯定不是那种大傻瓜。伊兰向她发出一阵笑声，让她不由得皱起眉头。

"哦，奈妮薇。'你不能在黎明时把太阳扯下来'，莉妮肯定会这样跟你说的。"

奈妮薇努力让自己的表情和缓下来，她能克制自己的脾气。*我不是正在证明给你看吗？*她伸出手。"给我那个戒指。他会在明天一早就带我们过河的，我希望在结束后能有时间真正地睡一阵子。"

"我想，今晚应该由我去。"伊兰的声音里带着对她的关心，"奈妮薇，除了与艾雯的会面之外，你实际上每晚都要进入特·雅兰·瑞奥德。顺便告诉你，那个柏尔一直想找你，我不得不一而再、再而三地向她们解释为什么你不在。那个柏尔说无论你多么频繁地进入特·雅兰·瑞奥德，也不该休息，除非是你做错了什么。"关心变得坚定，年轻女孩也将双手叉在腰上。"我不得不听一大堆本来是应该教训你的话，那并不有趣。艾雯只知道站在那里，那些智者每说一个字她就点一下头。现在，我真的认为今晚应该由我——"

"求求你，伊兰。"奈妮薇并没有收回她伸出的手，"我有问题要问柏姬泰，她的答案也许能给我更多线索。"从某个角度来说，奈妮薇确实有问题，她总是能想出问题去问柏姬泰，这和躲避艾雯以及那些智者无关。如果她真的那么频繁地进入特·雅兰·瑞奥德，让伊兰只有在与艾雯会面时才能进去，那只不过是一种巧合而已。

伊兰叹了口气，但还是从衣服下面拉出挂在脖子上的扭曲石戒指。"再问她一次，奈妮薇，我实在是很难去面对艾雯。她看见过柏姬泰，那时她什么也没说，只是看着我。等智者离开我们单独会面时就更糟了。她本来可以在那个时候问的，但她什么也没问，这比问了还要糟得多。”伊兰皱起眉头，看着奈妮薇将那件小特法器套在环绕脖子的皮绳上，那根皮绳还系着岚的大戒指和奈妮薇的巨蛇戒。“你知不知道为什么那时智者不跟她一起去？我们在爱莉达的书房里找不到更多的情报，但那些智者们至少会想要看看白塔。艾雯在她们面前甚至不想谈到那件事，如果我有要提起那件事的意思，她就会狠狠地瞪我一眼，好像想殴打我。”

“我想她们会尽可能地避开白塔。”她们这样做是明智的，如果不是为了医疗的异能，奈妮薇也会避开白塔，还会躲开那些两仪师。她的志愿不是要成为两仪师，她只想多学习一些医疗的知识，还有就是要帮助兰德。“她们是自由人，伊兰，即使白塔没有出现今天这种混乱，难道她们真的想让两仪师进入荒漠，把她们全都押到塔瓦隆去？”

“应该是吧！”但伊兰的语气说明她其实并不明白，她觉得白塔是奇妙而伟大的，不明白为什么会有女人躲避两仪师。与白塔永为一体，她们在把戒指套上你的手指时会这样说，而且她们是说真的，然而这个傻女孩却完全不明白这是怎样的一种苦役。

伊兰帮奈妮薇脱下衣服，奈妮薇在她的窄床上躺平，打了个哈欠。这是漫长的一天，而直到现在，奈妮薇才感觉到站在那里、任由一个看不见东西的人向自己扔匕首是一件多么消耗体力的事。她慢慢合上眼皮，任由慵懒的想法流过自己的脑海。伊兰曾经宣称她在向汤姆犯傻时只不过是在练习，而他们现在这种慈父爱女的模样比那时候聪明不了多少。也许她自己也可以练习一下，只是一下下，和那个瓦蓝。现在想这种事情太愚蠢了，男人也许很容易见异思迁——岚最好不要！——但她知道该如何保持忠贞，她绝不会穿上那套裙装，露出的胸部太多了。

有些模糊地，她听见伊兰说：“记得再问她一次。”

睡眠拥抱了她。

她站在马车外面，在夜色里。月亮很高，浮云将阴影投在营地里。蟋蟀不停地鸣叫着，还有夜鹰的啼声。狮子们隔着笼栅看着她，眼里闪烁着月光。白脸的熊在铁栅后面熟睡着，仿佛是几个肉堆。长长的拴马绳里并没有马匹，克莱琳的狗也不在她和派塔马车下面的皮绳里。醒来的世界中，思雷狄特们站立的地方同样是空的。她思索了一下才明白，只有野性的生物在这里才会有映像。如果不是亲眼看见，奈妮薇绝不相信那些灰色巨兽也是驯养的家畜，虽然以前那个霄辰女人不止一次地这样告诉过她。

突然间,她意识到自己正穿着那套裙装,炽火焰红,腰臀被紧紧勒着,方形的领口开得很低,让她觉得自己的乳房都要从那里头挤了出来。除了贝丽兰之外,她无法想象会有哪个女人穿上这种低俗的衣服。也许,她会为岚这样穿,在只有他们两个的时候。一定是在她进入梦的世界时想到岚了,就是这样,不是吗?

不管怎样,她不会让柏姬泰看到她这副样子,那个女人自称为一名士兵。奈妮薇和她相处得愈久,就愈感觉到她的一些态度和看法跟男人一样糟糕,甚至更糟糕,那就像是贝丽兰和酒馆里小流氓的混合体。柏姬泰不会随时都说出她的看法,但如果奈妮薇不小心穿上现在这样的衣服,她是绝对不会放过的。奈妮薇将衣服改成优质的深色两河羊毛裙,再加上一条她并不需要的朴素围巾,将头发重新结成一条端庄的辫子后,她才开口呼唤柏姬泰。

“为什么你变了?”那个女人一边说着,一边从黑影里走出来,靠在她的银弓上。她复杂的金色发辫垂在肩后,月光照在她的长弓和箭上,映出一片银白。“我记得自己曾经穿过一件和你刚才那件很像的裙装,那时是为了吸引卫兵的注意力,好让加达能潜进去,结果那些卫兵看到我时,眼睛都像蛙眼一样凸了出来,那种感觉真有趣。特别是我后来穿着它和他跳舞的时候,他总是非常讨厌跳舞,但那次为了不让别的男人接近我,他坚持跳完每一首曲子。”柏姬泰充满柔情地笑了。“那晚我赢了他五十个金块,因为他一直都在盯着我,根本没心思去看牌。男人们总是很特别,那样子就好像他从没见过我——”

“也许吧!”奈妮薇小心地打断她的话,同时用围巾紧紧地裹住自己的肩膀。

还没等奈妮薇提出问题,柏姬泰又说道:“我找到她了。”奈妮薇脑子里所有的问题立刻都飞走了。

“哪里?她有没有看见你?你能带我去找她,同时又不让她看见?”恐惧不停地在奈妮薇心中打鼓,要是瓦蓝·卢卡看见她现在的样子,他肯定不会说她勇敢了。但奈妮薇相信,如果她看见了魔格丁,心中一定会立刻充满怒火。“如果你能带我靠近——”柏姬泰举起一只手,于是她闭上了嘴。

“我不认为她看见了我,否则我现在就不会在这里了。”柏姬泰现在的神情非常严肃,奈妮薇发现,还是在柏姬泰表现出士兵的一面时和她相处更轻松一些。“我能带你靠近她一会儿,如果你想去的话,但她并不是一个人,至少……你会看到她的。你绝不能发出任何声音,也绝不能对魔格丁采取任何行动,那里还有其他的弃光魔使。也许你能摧毁魔格丁,但你能摧毁五名弃光魔使吗?”

恐惧让奈妮薇从头寒到脚。五名。她应该问问柏姬泰看到或听到什么就好，然后就回到床上去，然后……但柏姬泰正看着她，不是在质疑她的勇气，只是看着她。只要她开口，就开始行动。“我不会出声的。我甚至不会去想导引。”五名弃光魔使聚在一起，现在她连导引一个火星的怒火都没有。她挺直膝盖，不让它们继续发抖。“只要你准备好了，我们随时出发。”

柏姬泰提起长弓，用另一只手抓住奈妮薇的手臂……

……奈妮薇的呼吸卡在了她的喉咙里。她们站在一片空无之中，周围只有无尽的黑暗，她没办法分出上下，似乎朝任何方向都会开始一次永无休止的跌落。她转动着头，让自己朝柏姬泰所指的方向望去。

在她们下方，魔格丁也站在这片黑暗里，身上穿着几乎无法与周围环境分辨出来的黑色衣服，她正弯下腰，专注地倾听着。就在她下面更远的地方，四把各不相同的巨大高背椅放在一片铺着白色瓷砖的地板上，而地板也只是飘浮在黑暗里。奇怪的是，奈妮薇能听见那些坐在椅子里的人说什么，就好像她就在他们身边一样。

“……以前从来都不是个懦夫，”一名身材丰满、有一头太阳色发丝的美女说，“为什么现在开始软弱了？”她好像是穿着银灰色的薄纱，上面缀了许多宝石。她懒洋洋地坐在一把象牙椅子里，椅子仿佛是由许多裸体杂技演员的雕像组成的，椅脚是四个男人的雕像。她的手臂放在两个呈跪姿的女人雕像背上，两男两女举着一个白色丝垫，正好垫在她的脑后。椅子的基座由更多的人体组成，其中有的人形扭曲的样子让奈妮薇根本无法相信真正的人体能那样。当她发现其中一些人体并不止是在表演杂技时，脸一下子变红了。

另一张椅子上，一个中等个头、身材结实的男人正恼怒地探出身子，他的脸上横过一道青紫色的伤疤，嘴边留着修剪整齐的金色胡子。他的椅子是用硬木雕成的，上面还刻着成队的士兵和战马，在椅背最高处雕刻着一只戴着钢手套的拳头握着一道闪电。他的红色外衣与缺乏光泽的椅子形成鲜明的对比，金色的蔓草花纹从肩头一直延伸到双臂上。“没有人能说我是懦夫，”他凶狠地说道，“但如果我们继续这样下去，他就会直接来割开我的喉咙。”

“这是从一开始就定下的计划。”一个优美的女声响起。奈妮薇没办法看见说话的人，她被高大的椅背完全挡住，那把椅子似乎全部由雪白的石头和白银做成的。

另外一个男人身材高大，皮肤黝黑，相貌非常英俊，只是额角已经出现白丝。他靠在一个王座上，手里把玩着一只华丽的金杯。他坐的那张椅子只能是王座，上面嵌满了闪亮的红宝石、翡翠和月长石，只是零星能看见一点黄金的底色，整个王座散发着一种与它那巨大的形体绝无关系的沉重感。“他会将注意力集中在你身上,”高大的男人有着浑厚的嗓音,“如果有必要,一个他亲近的人会死掉,这完全取决于你。他会来找你,在他单独对付你的时候,我们三个会融合在一起,将他制服。现在情况有没有什么变化?”

“还没有变化,”那个脸上有疤的人皱着眉说,“我最不信任的就是你。我要参与融合的一部分,否则现在就结束这个计划。”

金发女子仰头发出一阵笑声。“可怜的男人,”她一边带着讽刺的意味说着,一边向有疤的男人摆动一只戴戒指的手,“你以为他不会注意到你处在融合中? 记住,他已经有了一个老师,一个可怜的家伙,但还不是个彻底的傻瓜。下次,你就会提议招来那些被称作黑宗的孩子们,好让融合超过十三人,那么你或者雷威辛就能获得控制权了。”

“现在的情况是,你们一定要允许我们其中一员在融合中担任指引任务。如果雷威辛对我们的信任足以接受这个条件,”那个悦耳的声音说道,“你也可以表现出同等的信任。”高大的男人只是看着他的酒杯,穿着薄纱的女人露出浅浅的笑容。“如果你不能信任我们,害怕我们转而对付你,”那个看不见的女人继续说道,“那么就信任我们会彼此监视,不让别人有危害自己的机会吧! 沙马奥,你本来已经同意了一切,为什么现在又开始有异议?”

柏姬泰按住奈妮薇的胳膊,她立刻吓了一跳……

……她们回到了营地,月光仍旧透过云层照射下来。与她们刚才所在的地方相比,这里确实算得上很正常了。

“为什么……”奈妮薇刚一开口,就不得不吞下一口口水,“为什么你要带我走?”她的心脏几乎跳到了喉咙里,“魔格丁看见我们了?”她一直全神贯注地倾听四名弃光魔使的交谈,他们奇特的外表和平常的神态在她心中产生了巨大的反差,以至于她忘记要去注意魔格丁了。看到柏姬泰摇了摇头,她才如释重负地喘了一口气。

“我一直在盯着,她自始至终都没有挪动一根肌肉,但我不喜欢处于那种暴露的状态,只要她一抬头,或者最下面的那四个……”

奈妮薇更用力地勒住围巾,但她的身体仍然在颤抖。“雷威辛和沙马奥。”她希望自己的声音不会显得那么沙哑,“你有没有认出另外两个?”柏姬泰当然能认出来,这是个愚蠢的问题,但奈妮薇必须想办法让自己不再颤抖下去。

“被椅子挡住的那个是兰飞儿,另一个是古兰黛,不要因为她对性爱的痴迷,就以为她是个傻瓜。她非常狡猾,她使用她的宠物进行的一些仪式,可以让我记忆里最粗暴的士兵发誓永远禁欲。”

“古兰黛是很狡猾,”魔格丁的声音说道,“但她狡猾得还不够。”

柏姬泰猛地转过身，举起银弓，银箭飞一样地扣在弦上，随即急射出去。但她却突然在月光中被抛过三十步的距离，撞在奈妮薇的马车上，沉重得又向后飞了十几尺的距离，瘫倒在地上。

奈妮薇拼命地向阴极力伸展，恐惧仍然夹杂在愤怒中，但愤怒已经足够了。她撞进一堵看不见的墙壁，真源正在墙对面散发出温暖的光芒，她几乎要嚎叫起来。一股力量抓住了她的双脚，将她向后扯离地面，她的双手也被向背后拉去，直到手腕碰到了脚踝。衣服变成细粉，从她的身上滑落，辫子将她的头向后扯起，直到触到臀部。她疯狂地想走出梦境。什么都没发生。她的身体被折叠着挂在半空中，如同一只被捕获的猎物，身上的每一根肌肉都被绷紧到极限。颤栗涌过她全身，手指无力地扭曲着抓着脚掌，她觉得如果自己再动一下，背一定会立刻折成两段。

奇怪的是，她的恐惧消失了，现在再害怕已经太迟了。她相信如果不是受到恐惧的干扰，刚才她来得及拥抱阴极力。现在她只希望能有一个机会将双手放在魔格丁的喉咙上。现在就算手脚能动也没用了！而现在每呼吸一次都要用去她许多力气。

魔格丁走到奈妮薇能看见的地方，就在她颤抖的双臂之间。阴极力的光晕包围着这个女人，仿佛是一种对奈妮薇的讥笑。“这是从古兰黛的椅子上学来的。”弃光魔使说道。她身上的衣服已经变成像古兰黛一样的薄纱，正从黑雾化为透明，又从透明化为点点璀璨银星，衣裳质料瞬息万变。奈妮薇在坦其克时见过她如此穿着。“我自己本来想不出这个姿势的，不过古兰黛确实……能给人很多启发。”奈妮薇对她怒目而视，但魔格丁似乎根本没注意到。“我简直无法相信，你真的会来猎捕我。难道你真的以为，只是因为偶尔的好运再加上我的一时失手，你就可以和我比肩了？”那女人的笑声突然停了下来，“为了找到你，我不知花费多少力气，你却自己跑过来。”她瞥了周围的马车一眼，又看了看那些狮子和熊，然后才转过身来看着奈妮薇。“一个马戏团？这样找到你就很容易了，不过我应该不用再做这件事了。”

“尽情作恶吧，烧了你！”奈妮薇竭尽全力吼叫着。因为身体被折叠着，她只能勉强把字一个一个地吐出来。她不敢直接去看柏姬泰，她也没办法把头转过去，就在她装成又怕又怒的样子不停地转动眼珠时，她看到一丝模糊的闪光。虽然身体被勒得像一张晒干的羊皮，但她的心还是几乎沉到了肚子里。柏姬泰瘫软在地上，箭从腰间箭袋中散落出来，银弓被扔在一旁，距离她一动也不动的手脚有六、七尺。“你说是我的好运？如果不是你偷袭我，我已经把你的皮剥掉了，我会像对付一只鸡一样扭断你的脖子。”如果柏姬泰死了，她就只剩下一个机会，一个希望渺茫的机会。她要尽量激怒魔格丁，让弃光魔使在暴怒中一举杀死她，至少，她的死亡也许可以警告伊兰。“还记得你说过你要把我当成上马石吗？后来，我也说过要用同样的方法处置你。那是在我击败你之后，那时你是如何嚎哭着哀求我让你活命？你还说你什么都肯做。你这个胆小鬼！夜鹰粪！你这个——”一团粗厚的东西塞进她嘴里，撑开她的双腭，压住她的舌头。

“你还真是单纯，”魔格丁喃喃地说道，“相信我，我已经对你非常生气了，我不认为我还会将你当成一块上马石。”她的微笑让奈妮薇的皮肤感到一阵颤栗。“我想，我可以把你变成一匹马，在这个地方，这完全是有可能的。一匹马，一只老鼠，一只青蛙……”她停下来，倾听了一会儿，“……一只蟋蟀。这样每次你进入特·雅兰·瑞奥德，你都会变成一匹马，直到我做出变动。当然，如果其他人有这样的知识，也可以做出同样的变动。”她又停了一下，脸上装出一副几乎可以算是怜悯的表情：“不，我不想给你虚假的希望，现在只有我们九个人知道这种禁缚了。你不会想再落到其他人手里吧？每次我带你到这里来，你都会变成一匹马，你会有自己的马鞍和马具，我甚至会给你的鬃毛结辫子。”奈妮薇的辫子被猛拉了一下，差点脱离了她的头皮。“当然，即使到了那时，你还会记得你是谁。我想，我会很享受我们的骑乘，虽然也许你不会。”魔格丁深吸一口气，衣服的颜色因为某种微微反光的东西而变深了一些。奈妮薇不能确定那是什么，但她觉得那也许是血液的颜色。“你让我必须去找色墨海格，能把你给解决总算是不错，现在我就可以把注意力转到重要的事情上去了。那个黄头发的小丫头也和你一起在这个马戏团里吗？”

那团东西从奈妮薇的嘴里消失了。“我只有一个人，你这个蠢——”一阵疼痛袭来，仿佛从脚踝到肩膀的每一寸皮肤都被同时痛打了一顿。她再次发出尖利的嚎叫，她竭力想咬紧牙关，但连续不断的尖叫声已经充满了耳朵。她啜泣着，眼泪羞惭地滚落她的脸颊，只能绝望地等待着下一次痛苦的到来。

“她和你在一起吗？”魔格丁耐心地问，“不要浪费时间想激怒我杀死你了，我不会的，你还要侍奉我许多年。一旦我开始训练你，你那点可怜的能力也许能派上用场。我曾经训练过你，我能让你觉得刚刚那一切只是情人对你的爱抚。现在，回答我的问题。”

奈妮薇努力想吸进一些空气。“没有，”她还在哭泣着，“我们离开坦其克之后，她跟一个男人跑了，一个老得能当她祖父的男人，但那个男人很有钱。那时我们听说了白塔发生的事情，”她相信魔格丁一定也知道了，“她不敢回去。”

魔格丁笑了：“一个令人愉快的故事，我几乎能看见色墨海格折磨那个灵魂时迷醉的表情了。哦，你一定能给我带来许多娱乐，奈妮薇·爱米拉。但首先，你会把那个叫伊兰的女孩给我带来，你会屏障她，将她捆住，把她放到我的跟前。你知道这是为什么？因为某些技巧的作用在特·雅兰·瑞奥德里比在醒来的世界里要强大许多。所以无论何时我带你来这里，你都会成为一匹皮毛光亮的白色母马。不仅是在这里受的伤会被带到醒来的世界，心灵压制也同样可以。我要让你把这个念头想几遍，最后你会以为这是你自己的想法。我猜，那个女孩应该是你的朋友，但你会把她带来给我，就像一只宠物——”魔格丁发出一声凄厉的尖叫，一枝银箭的箭头突然出现在她的右胸上。

奈妮薇像一只沙包般掉落在地上，沉重的撞击挤光了她肺里的每一点空气，就像被铁锤击中腹部。她挣扎着让自己疼痛不堪的肌肉动起来，竭力穿过疼痛，向阴极力扑去。

蹒跚着站起身，柏姬泰从箭囊里摸出另一枝箭。“快离开，奈妮薇！”她的喊声显得很模糊，“快离开这里！”柏姬泰的头摇晃着，被她举起的银弓也同样颤动不止。

魔格丁四周的光芒急遽增强，让她变得如同一颗刺目的太阳。

黑夜如同波浪般涌向柏姬泰，将她完全包覆在黑暗中，黑浪过去之后，银弓和空空的衣服一同掉落在地上。那些衣服如同一团薄雾，转眼间就散尽了，只剩下那副银弓依然在月光中闪耀。

魔格丁跪倒在地，喘息着，双手紧紧抓住突出在胸前的箭杆。她四周的光芒逐渐变弱、消失，随后，她也消失了。那枝银箭落在地上，上面还沾着血。

过了似乎是一段永恒的时间，奈妮薇用双手和膝盖撑起身体。她哭泣着爬向柏姬泰的长弓，这一次，她的眼泪不再是因为肉体的疼痛。她抱起那张长弓，跪在那里，丝毫不在意身体的赤裸。“对不起，”她抽泣着，“哦，柏姬泰，原谅我，柏姬泰！”

除了夜鹰的一声哀啼，再没有任何响应。

魔格丁卧室的门被猛地撞开，受惊吓的莉亚熏立刻跳起身来。使徒踉跄着走进起居室，鲜血浸透她的丝绸衬衣。加丝玛和提麦勒冲到她身边，各扶住她的一只手臂，但莉亚熏仍然站在她的椅子旁边。其他人都不在，就莉亚熏所知，她们也许都已经不在阿玛多了。魔格丁只把事情告诉应该听到的人，如果有人问了她不喜欢的问题，她会立刻就施加惩罚。

“出了什么事？”提麦勒吃惊得倒抽一口气。

魔格丁瞪了她一眼，让她僵在原地。“你有一点治疗的小能力，”使徒对加丝玛说，话音沉重，鲜血在她说话时仍然不停地从她的嘴角流出来，“立刻治疗我，傻瓜！”

黑发的海丹女人立刻双手捧住魔格丁的头颅。莉亚熏的嘴角露出一丝冷笑。光晕包围了加丝玛，映照出加丝玛俊俏而关心的脸庞和提麦勒精巧、狐狸般的面孔，她们两个的脸都因惊骇和忧虑而扭曲了。倒真是一对忠诚的小狗。魔格丁踮起脚尖，头颅向后甩去，睁大眼睛，不住地颤抖。很快的，她就开始张大嘴拚命地吸气，仿佛是跳进了冰堆里。

过一段时间治疗才结束，加丝玛身上的光晕消失了，魔格丁的脚跟重新落回到绘着蓝绿色图案的地毯上。如果不是提麦勒的支撑，她也许会直接倒在地上。治疗的力量只有一部分来自至上力，另一部分则需要由治疗者提供。魔格丁身上那些血流如注的伤口消失了，但她虚弱得似乎是要在床上躺几个星期才能恢复过来。当提麦勒扶着她向卧室里走去的时候，她从提麦勒的腰带里抽出黄金和象牙两色的丝绸手绢擦抹着嘴唇上的血渍。魔格丁很虚弱，而且是背对着她。

莉亚熏拼尽全力发动了攻击，伴随着她从那个女人对她所做的一切之中学到的知识。

就在她刚刚发动攻击的时候，阴极力已经如洪水般充满魔格丁的身体。莉亚熏的攻击消失了，她和真源的联系被一道屏障切断。风之力将她抓起，把她狠狠地撞到墙上，让她的牙齿也猛地撞在一起。她被拉开四肢，毫无反抗能力地贴在墙上。

加丝玛和提麦勒交换了个困惑的眼神，仿佛完全不明白发生什么事。这时魔格丁已经转身向莉亚熏走去，一只手仍然平静地用提麦勒的手绢擦着嘴角。两名黑宗两仪师急忙追上去重新扶住了她。站到莉亚熏面前，魔格丁开始导引，黏在她衣服上的血迹纷纷变黑、干裂，最后落到地板上。

“您……您不明白，伟大的主……主人。”莉亚熏慌乱地说着，“我只是想帮您更容易入眠。”她丝毫也不在乎自己无意间泄漏的平民口音。“我只是——”风之力抓住了她的舌头，将它拉到她的牙齿外面，让她只能发出一阵呵呵的声音，棕色的眼睛鼓出到眼眶之外。只需要再增加一丁点力量……

“我应该把它扯出来吗？”魔格丁端详着莉亚熏的脸，仿佛是自言自语地说道，“我想还是不了。很不幸，那个叫奈妮薇的女人让我开始像色墨海格一样思考问题了，否则，我也许只是会杀了你。”她突然开始固定对莉亚熏的屏障。那个编织变得极为复杂，直到莉亚熏已经完全迷失了它的结构，它还在继续增长。“这样就行了，”魔格丁最后满意地说道，“你要寻找很长一段时间，才能找到可以解开这个结的人，但你不会有机会进行这种寻找的。”

莉亚熏仔细审视着加丝玛和提麦勒的面孔，想找到一点同情、可怜，或是无论什么表情。加丝玛的眼睛冰冷而严厉，提麦勒的眼睛则闪着光，她用舌尖舔了舔嘴唇，露出微笑——那不是友善的笑容。

“你以为你已经学会了心灵压制？”魔格丁继续说道，“我会再多教你一点。”莉亚熏开始浑身颤抖。但很快的，魔格丁的眼睛就充满了她的视野，使徒的声音充满了她的耳朵、她的脑海。“活下去。”第一个瞬间过后，满脸汗水的莉亚熏只看得见向她微笑的使徒。“心灵压制有许多限制，但埋藏在一个人心底的命令会持续终生，你会活下去，无论你认为自己多么想死，而你一直都会想到要活着。你会在许多个夜晚为之哭泣，一心只想活下去。”

抓住莉亚熏舌头的能流消失了，她立刻就把舌头吞了回去。“求求您，伟大的主人，我发誓我不是——”她的脑子里响起一阵尖锐的铃声，魔格丁的耳光让她眼前金星乱舞。

“亲自动手……很……诱人，”使徒悄声说道，“你还想乞求更多吗？”

“求求您，伟大的主人——”第二个耳光让她的头发披散开来。

“还要？”

“求求——”第三个耳光几乎把她的下巴打脱臼，她的脸颊像火烧一样疼痛。

“如果你不能找出更有创意的借口，我是不会听的，而你要听我的。我想，我为你制定的计划会让色墨海格也感到高兴。”魔格丁的微笑几乎像提麦勒的一样阴险。“你会活下去，不是被静断，而是知道你可以再次导引，只要你找到能解开这个屏障的人。但这只是开始。埃翁会很高兴能有个女孩为他刷洗碗碟，而且我确定那个乔翎·阿瑞恩的老婆一定会喜欢和你长谈她的丈夫。嗯，他们会非常欢迎你和他们做伴。我想，你在未来的许多年里都不会走出这幢房子了，留在这里的漫长岁月中，希望你能忠诚地侍奉我。”

莉亚熏摇着头，双唇摆出“不”和“求求你”的形状，但她哭得太厉害了，完全无法说出一个字来。

魔格丁转头对提麦勒说：“准备好把她交给他们，并告诉他们，不能杀死或弄残她。我要让她永远都以为自己有可能逃脱，即使是微小的希望也能支撑她活下去继续受苦。”使徒在加丝玛的扶持下转过身，将莉亚熏固定在墙上的能流消失了。

莉亚熏觉得自己的两条腿像稻草一样软弱，她趴伏在地毯上，徒劳无功地敲击着那道屏障，同时又断断续续地哭泣着，拼命向魔格丁爬过去，竭力想抓住她衣服的下摆。“求求您，伟大的主人。”

“她们和一个马戏团在一起。”魔格丁对加丝玛说，“你们找了那么久，最后还是得由我把她们找出来。一个马戏团应该不难找。”

“我会忠诚地侍奉您。”莉亚熏抽泣着说道，恐惧让她的肢体软弱无力，她爬得不够快，没办法追上魔格丁。她们甚至没有回头看她一眼。“约缚我吧，伟大的主人，怎样做都行，我会是您的忠狗！”

“有许多马戏团正在北上，”加丝玛说道，声音里充满了想要补偿自己的失败的渴望，“北上前往海丹，伟大的主人。”

“那我就必须去海丹了。”魔格丁说，“你们准备好快马，然后跟着——”卧室的门被关上，将说话声挡在里面。

“我会当一条忠狗的。”莉亚熏在被她推皱的地毯上哭泣着。抬起头，她看见提麦勒正望着自己，急忙抹掉泪水，揉搓着手臂，露出微笑：“我们能战胜她，提麦勒，我们三个一起——”

“我们三个？”提麦勒笑了，“你甚至连胖埃翁都打不过。”她眯起眼睛，仔细查看着固定在莉亚熏身上的屏障。“你应该被静断。”

“听我说，求求你。”莉亚熏费力地吞了口口水，试着清了清喉咙，但她的声音仍然嘶哑，仿佛喉咙被烈火所灼。然后她用沙哑的声音急迫而飞快地说道：“我们讨论过弃光魔使之间的矛盾，如果魔格丁要这样躲藏起来，她躲藏的目标一定是其他弃光魔使。如果我们抓住她，把她交给他们，想想我们会获得什么样的地位，我们将比国王和女王们更加尊贵，我们自己就能成为弃光魔使！”

沉默了一段时间（对于莉亚熏来说，真是一段美妙的时间），娃娃脸的女人犹豫着，最后，她摇了摇头：“你从来都不知道适可而止。‘爬上太阳的人总会被烧毁’，不，我想我不会那么不顾危险地奢求的。我想我应该按照命令行事，先为埃翁训练你一下。”突然间，她又笑了，露出牙齿的模样让她显得更加狡猾。“他看见你跪在他脚下的时候，该有多么惊讶啊！”

没等提麦勒开始，莉亚熏就已经在尖叫了。

第35章

剥　离

伊兰打了个哈欠，躺在自己的床上看着奈妮薇，她用一只手撑着头，黑色的头发披散在手臂上。不进入特·雅兰·瑞奥德的人必须保持清醒，这太荒谬了。伊兰不知道奈妮薇在梦的世界里待了多久，但她躺在这里已经等了两个多小时，既没书可看，也没有针线活可做，除了盯着那个躺在床上的女人之外，她没有任何事可以打发时间。继续研究那副罪铐没有任何意义，她认为自己已经竭尽所能地搞清楚了它的每一点特征。她甚至试着对这个睡着的女人做了一点小小的治疗，差不多用上了她所知道的所有治疗技巧。奈妮薇醒着的时候不曾同意她这样做过——她不认为伊兰在这方面有什么能力，也许现在她就能知道了——她的黑眼圈已经消失了。实际上，这是伊兰做过最复杂的一次治疗，真是穷尽了她的一切能力。她没事可做，如果她有一些银，也许她能试着做一副罪铐。银并不是制作罪铐所需的惟一金属，但她也要融掉相当多的钱币才能得到足够分量的银。那样的话，对面床上的那个女人只会气愤地发现又多了一副罪铐。如果奈妮薇愿意把她们进入特·雅兰·瑞奥德的事告诉汤姆和泽凌，至少她可以请汤姆进来聊聊天。

每次和汤姆的交谈都让伊兰感到非常高兴，那种感觉就像是父亲正把他的知识传授给女儿。伊兰以前从没想过，贵族游戏会如此盘根错节地深入安多，但值得庆幸的是，安多还不算是最严重的，在其他地方更盛行。根据汤姆的看法，只有边境国能够完全避免受到它的影响，因为他们的北边直接毗邻妖境，兽魔人的袭击几乎已经是家常便饭，他们没时间制定策略、施行阴谋。她和汤姆有过许多次令人欣喜的交谈，而且现在汤姆已经相信她不会再想依偎在他的怀里了。想到那时的情景，她不禁脸一阵热，她确实那样想过一、两次，幸好没有陷入太深。

"'即使女王也会绊倒，但明智的女子步步小心'。"她轻声地背诵着。莉妮就是一位明智的女子。伊兰不认为自己还会再犯下这个错误了，她知道自己犯过许多错误，但极少会重复犯错。也许有一天，她会足够完美，能够实至名归地接下母亲的王座。

突然间，她坐起身，看见眼泪正从奈妮薇紧闭的眼里不停地滚落，原先被伊兰当成鼾声的声音(奈妮薇确实会打鼾，不管她怎么争辩)实际上是从她喉咙深处传来的低微嚎啕。这是不该出现的情况，如果奈妮薇受了伤，伤口应该出现在身上，虽然她直到醒来之后才会感觉到疼痛。

*也许我应该叫醒她。*伊兰伸出手，心里还在犹豫。叫醒一个处在特·雅兰·瑞奥德里的人并不容易，简单的摇晃，甚至是泼冷水有时都不会有用。而已经被赛兰丁打黑了眼圈的奈妮薇，肯定不想在自己的脸上再添些青肿。*到底发生了什么事？我应该去问问赛兰丁。无论出了什么事，奈妮薇应该能自己走出梦的世界。除非……*艾雯说过，智者们可以强行将一个人留在特·雅兰·瑞奥德，但即使智者们已经将这个技巧教给艾雯，艾雯也还没把这个技巧教给她和奈妮薇。如果现在有人抓住奈妮薇，正在伤害她，那不可能是柏姬泰，或者是智者们。嗯，有可能是那些智者，如果她们看见奈妮薇没得到她们的允许就在梦的世界里闲逛。但除了智者们之外，还有一个可能……

她抓住奈妮薇的肩膀，拼命地摇晃。如果这样没用，她就会将桌上水罐里的水冻成冰水，泼在奈妮薇脸上，或者直接甩她耳光。此时，奈妮薇的眼睛猛地睁开了。

几乎在睁开眼睛的同时，奈妮薇已经开始嚎啕大哭，伊兰从没听过那么绝望的声音。"我杀了她，哦，伊兰，我的愚蠢和骄傲杀了她，我以为我能……"后面的话都被连续不断的哭声给淹没了。

"你杀了谁？"奈妮薇说的不可能是魔格丁，弃光魔使的死肯定不会让她如此悲痛欲绝。伊兰想搂住奈妮薇，给她一点安慰，却听见一阵敲门声。

"叫他们走。"奈妮薇口齿不清地说道，随后她就在床上蜷成一团，浑身瑟缩不止。

伊兰叹息一声，走过去把门打开，没等她来得及说一个字，汤姆已经冲进车厢来，上身只穿着一件满是褶皱的衬衫，下摆还没塞进裤子里。他用双臂抱着什么东西，那是用他的斗篷裹住的一个人，只有一只女人的赤脚从斗篷里露了出来。

“她正好在那里。”泽凌在汤姆的背后说道，听他的口气，仿佛泽凌并不相信这句话是从他嘴里说出来的。两个男人都赤着脚，泽凌甚至还裸着上身，露出一片消瘦、无毛的胸脯。“我醒了一下，她就突然出现在那里，身上就像她出生时一样一丝不挂，然后又像一张被割下来的渔网般倒在地上。”

“她还活着，”汤姆将那个用斗篷裹住的身体放在伊兰床上，“但已经快死了，我几乎听不到她的心跳。”

伊兰皱起眉，将斗篷掀开一点，发现自己正盯着柏姬泰的脸，那张脸已经变成非常可怕的青白色。

奈妮薇僵硬地从对面的床上爬下来，跪在这个不省人事的女人身边，脸上还挂着泪水，但她已经不再哭泣了。“她还活着，”奈妮薇喘息着说，“她还活着。”她忽然意识到自己在这两个男人面前只穿着衬衣，但她几乎没有瞥他们一眼，只是在嘴里说着：“把他们轰走，伊兰，有这些笨羊盯着，我什么都做不了。”

伊兰急忙挥手示意他们出去。汤姆和泽凌转动着眼珠彼此对望着，微微摇摇头，但还是一言不发地向门口走去。“她是……一位朋友。”伊兰对他们说，现在伊兰觉得自己仿佛正毫无知觉地飘浮在梦境里。这怎么可能？“我们会照顾她的。”怎么可能会发生这种事？“不要把这件事对任何人说。”当她关门的时候，两个男人望向她的目光几乎让她满脸通红。他们当然知道该怎样对待这件事，但有时候，男人们就算是最简单的事情也需要提醒，哪怕是汤姆。“奈妮薇，光明在上，这是怎么回事？”伊兰转过身，立刻闭上了嘴，阴极力的光晕已经包围了跪在床边的那个女人。

“烧了她！”奈妮薇一边低声吼着，一边猛烈地导引着至上力。“为了她所做的一切，让她永远落在火海里吧！”伊兰辨识出那股能流的编织是为了进行治疗，但辨识就是她的能力极限了，她无法模仿。“我会找到她的，柏姬泰。”奈妮薇喃喃地说道。编织中主导的是魂之力，也融入了水之力和风之力，甚至还能依稀辨别出火之力和地之力。那种复杂的感觉就像是同时用双手和双脚在一件长裙上进行刺绣，而且刺绣的人还是被蒙住眼睛的。“我会让她付出代价的。”奈妮薇身上的光芒愈来愈强，直到所有的灯光也被淹没在其中，直到伊兰看她时不得不眯起眼睛。“我发誓！以光明和我救赎与转生的希望发誓，我会的!”她声音中的怒意改变了,变得更加深入骨髓。“这不管用,她身体里没有需要治疗的地方,像正常人一样健康,但她正在死亡。哦,光明啊,我能感觉到她正在离开。烧了魔格丁!烧了她!顺便把我和她一同烧掉吧!”但她并没有放弃,编织还在继续,结构繁复的能流不停地注入柏姬泰的身体。那个女人躺在那里,金色的发辫垂下床沿,胸部的起伏正渐渐减缓。

“也许我能帮忙。”伊兰缓缓地说。这种行为应该得到对方同意,虽然在历史上,这规矩并非一成不变,这种行为没得到同意的时候曾经和得到同意的时候一样多。没什么理由不可以对一个女人进行这种行为,只是她从没听说有前例。

“融合?”奈妮薇的视线并没有离开床上的女人,也没有停止向她体内注入至上力,“是的,一定要这样,我不知道该怎么做,但要让我指引。现在我在做什么,我连其中的一半都不明白,但我知道我能做,而你连一块瘀伤都治不好。”

伊兰咬紧嘴唇,但并没有反驳奈妮薇对她的评价。“不是融合。”奈妮薇导引的至上力已经非常惊人了,如果她不能用如此强大的力量治疗柏姬泰,即使加上伊兰也同样无济于事。她们两个融合后会更加强大,但也不会强到她们两个的力量加在一起的程度。而且,她不确定自己可以融合,她只进行过一次,那次是一位两仪师要向她示范融合后的状况,但当时那位两仪师并没有传授她具体的方法。“停一下,奈妮薇,你说过,这样做并没有效果。停一下,让我试试,如果我做的也没有效果,你可以……”她可以什么?如果治疗能有用,柏姬泰早就应该脱离危险了,而如果它没有用……再重新尝试也不会有意义。

“试什么?”奈妮薇喊道,但还是笨拙地挪开了身体,为伊兰让出位置。治疗的编织减弱了,但奈妮薇身上的光芒没有丝毫黯淡。

伊兰没有回答奈妮薇,她将一只手放在柏姬泰的前额上。像治疗一样,做这件事需要肉体的接触,她在白塔里看见过两次,每次两仪师都将手放在男人的额头上。她编织的魂之力能流非常复杂,虽然比起奈妮薇刚才的编织,还是简单得多。她并不十分清楚自己正在做什么,但她曾非常专心地偷偷观察过两仪师的编织,因为她小时候就听过许多与此有关的故事,也有过许多愚蠢而浪漫的梦想。过了一会儿,她坐到另一张床上,放开了阴极力。

奈妮薇朝她皱起眉,然后俯身过去检查柏姬泰的状况,昏迷的女子脸色似乎比刚才好了一点,呼吸也多了一点力气。“你做了什么,伊兰?”奈妮薇仍然在审视着柏姬泰,但她身上的光晕正缓缓消失。“这不是治疗,我想现在我也可以模仿你刚才的编织,但这不是治疗。”

“她会活下来吗?”伊兰虚弱地问。她和柏姬泰之间并没有出现什么明显的联系,没有能流,但她能感觉到那名女子的虚弱,可怕的虚弱。柏姬泰死的那一瞬间,她立刻就会知道,即使她睡着了,或者是在几百里外的地方。

"我不知道,她不再逝去了,但我不知道。"疲倦让奈妮薇的声音轻柔了许多,其中还包含着强烈的痛苦,仿佛她正与柏姬泰一同承受着伤害。瑟缩着,她站起身,打开一条有红色条纹的毯子,将它盖在昏迷的女子身上。"你做了什么?"

伊兰很久都没说话,最后奈妮薇走过来,笨拙地坐到她身边的床上。"约缚,"伊兰最后说道,"我……约缚了她,让她变成了一名护法。"看见奈妮薇脸上难以置信的神情,伊兰又急忙说道:"既然治疗没有用,我只能做点别的,你知道护法能够从约缚中得到的优势,其中之一就是力量,旺盛的精力。当普通人受了致命伤、衰竭、死亡的时候,护法仍然能活下来,甚至继续战斗,我能想到的只有这个了。"

奈妮薇深吸了一口气:"嗯,至少这比我做的要有效果,一名女性护法,我想知道岚会怎么看这件事。她没理由不能成为护法,她是最适合成为护法的女人。"又哆嗦了一下,奈妮薇盘起双腿,又转头望向柏姬泰。"你必须隐瞒这个秘密,如果有人知道一名见习生约缚了护法,无论在什么样的情况下——"

伊兰也打了个哆嗦。"我明白。"她简单而急切地说道。犯下这样的过错不至于被静断,但任何两仪师对付她的手段都会让她宁愿自己干脆被静断算了。"奈妮薇,出了什么事?"

很长一段时间里,伊兰身边的同伴沉默着,只是嘴唇和下巴在不停地颤抖,让伊兰觉得她随时都有可能会哭出来。但当她开口说话的时候,声音像铁一样刚硬,表情中混杂着无穷的怒火与泪水。她将梦的世界中发生的事情一一告诉伊兰,她说得很扼要,扼要到近乎草率,直到说到魔格丁出现在营地的时候,她才把痛苦的细节全盘拖出。

"我应该全身都是鞭痕的。"最后,她抚摸着光洁完整的手臂,苦涩地说道,虽然看不到任何伤痕,但她的手掌在碰到皮肤时仍然会止不住地哆嗦。"我不明白为什么一点伤痕都没有,我能清楚地感觉到那些伤痛,但这是我应得的,这是对我的愚蠢和骄傲的惩罚,也是在惩罚我畏惧到无法发挥自己的能力。我应该像一条火腿般被挂在熏制房里,如果世间真有公正可言,我现在应该继续被挂在特·雅兰·瑞奥德里,而柏姬泰不该躺在这里,让我们为她的生死而担心了。如果我能知道得更多一些,只要能给我五分钟时间来拥有魔格丁的知识,我就能治好她,一定可以的。"

"如果你仍然被挂在那里,"伊兰坦率地说,"再过一会儿,你就会醒过来,并将我屏障。我并不怀疑魔格丁会让你发怒到可以导引的程度,记住,她太了解我们了。而我不认为在你屏障我之前,我有可能会起疑,我绝对不希望自己被捉到魔格丁那里去,我相信你也是。”奈妮薇并没有看她。“那一定也是一种融合,奈妮薇,就像罪铐一样,所以她能不让你受伤,却让你痛苦万分。”奈妮薇仍然只是满面怒容地坐着。“奈妮薇,柏姬泰还活着,你做了能为她做的一切。如光明所愿,她会活下来,伤害她的是魔格丁,不是你。一名因为同袍在战场上牺牲而自责的士兵只会是个傻瓜,你和我都是战场上的士兵,但你不是傻瓜,不要做这种傻事。”

奈妮薇终于将目光转向伊兰,她紧皱了一下眉头,立刻又将脸转向一边。“你不明白。”她的声音几乎变成耳语,“她……曾经是连在时光之轮上的英雄之一,她的使命就是一次次重生,不断制造新的传奇。但这一次她降临世界的方式不是诞生,伊兰,她被硬从特·雅兰·瑞奥德中剥离了。她还连在时光之轮上吗?还是这样的联系也被打断了?因为我的骄傲、顽固和愚蠢,因为我逼着她去猎捕魔格丁,她凭自己的勇气所赢得的一切都被剥夺了。”

伊兰本来还希望奈妮薇不会想到这些问题,至少在她的身体恢复一些之前不会想到。“你知不知道魔格丁伤得有多厉害?也许她已经死了。”

“我希望没有。”奈妮薇几乎是咆哮着说出这句话,“我要让她付出……”她深吸一口气,但这没有让她振作起来,反而让她变得颓丧了。“我不能侥幸认为她死了,柏姬泰并没有射中她的心脏,以那时她的状况,能射中魔格丁已经是奇迹了。如果我被扔了那么远,肯定连站都站不起来,即使魔格丁只对我做了那些,我也已经站不起来了。不,魔格丁还活着。我们最好相信,她可以立刻就治好自己的伤口,明天早晨就会开始追击我们。”

“她仍然需要时间休息,奈妮薇,你清楚这一点。而且她怎么会知道我们在什么地方?根据你所说的,除了这是一个马戏团以外,她没有时间看出更多线索。”

“如果她真的看出更多线索了呢?”奈妮薇揉搓着自己的额角,仿佛感到思考困难,“如果她确切地知道我们所在的位置呢?她可以派遣暗黑之友跟踪我们,或者送信给位在萨马拉的暗黑之友。”

“有十一个马戏团到了那座城市,另外还有三个正等着过桥,瓦蓝已经因为这件事而脸色铁青了。奈妮薇,受过那样的伤之后,即使她能找到黑宗两仪师或其他弃光魔使为她治疗,她也要用几天的时间恢复力量,然后她还要用更多时间搜查十五个马戏团。也许我们背后或者是阿特拉还有更多的马戏团正赶往这里。无论她是派遣暗黑之友还是送信到萨马拉去,我们已经有了准备,我们有几天的时间可以找一条船到下游去。"她停下来思考了一会儿，"你能不能找些草药染一下头发？我打赌，你在特·雅兰·瑞奥德里一定是结辫子的，我在那里也一直让头发变成原本的颜色。如果你像现在这样松开头发，再染成其他颜色，我们就更难被找出来了。"

"到处都是白袍众，"奈妮薇叹了口气，"加拉德、先知，又没有船，好像所有事情都逼着我们留在这里等待魔格丁。我真是累了，伊兰，我懒得再去害怕谁会在街角等着我们，懒得害怕魔格丁，我似乎完全想不出下一步该怎么做了。我的头发？没有任何东西能逼我改变现在的发色。"

"你需要睡眠，"伊兰坚定地说，"没有那枚戒指的睡眠，把它给我吧！"奈妮薇犹豫着，但伊兰仍旧伸手等着，于是她只好从脖子上的皮绳里取出那枚有斑点的石戒指，将它放在伊兰手里。伊兰把戒指收进口袋，然后说道："现在，躺下睡一觉，我会照顾柏姬泰的。"

奈妮薇凝视着对面床上瘫软的女子，过了一会儿，她摇摇头："我睡不着，我……需要一个人走走。"她站起身，姿态僵硬得像是挨了一顿痛殴。她从挂钩上取下她的暗色斗篷，将它披在衬衫外面，走到门口的时候，她停了一下。"如果她想杀死我，"她凄凉地说，"我不知道能不能阻止她。"说完，她就赤着脚，表情黯然地走进夜幕里。

伊兰犹豫了一下，她不知道这两名女子中谁更需要她。最后，她坐回床上。现在无论她说什么，都不会让奈妮薇更好受一些，但她对那个女人的恢复力很有信心。时间会解决她心中的一切问题，到时候，她会相信一切该归咎于魔格丁，而不是自己。她一定会的。

第36章

一个新名字

伊兰在床上坐了很长时间，看着熟睡的柏姬泰。她确实很像是在熟睡，她曾经翻了个身，嘴里绝望地喃喃着：“等我，加达。等我，我会来的，加达。等……”说话声又恢复成平缓的呼吸。她的状况有没有改善？她的脸色看上去就像是得了绝症，比刚才好些了，但仍然没有一丝血色。

似乎过了一个小时，奈妮薇回来了，双脚满是泥土，脸颊上又闪动着新的泪珠。“我不能只顾着自己。”她说着，将斗篷挂回墙上，“你睡吧！我会照看她的，我必须照看她。”

伊兰缓缓站起身，抚弄着自己的裙子，也许看顾一下柏姬泰能帮奈妮薇理顺心情。“我也还不想睡。”她早已精疲力竭了，却没有一丝睡意，“我想，我也该出去走一走。”奈妮薇只是点点头，坐到伊兰刚才的位置。她将沾满土的脚挂在床沿上，一双眼睛呆呆地望着柏姬泰。

让伊兰惊讶的是，汤姆和泽凌也没睡，他们在马车旁生了一小堆营火，盘腿坐在火边，抽着长烟斗。汤姆已经将衬衫下摆塞进裤腰里，泽凌也穿上他的外衣，但伊兰并没有在他翻起的外衣袖子下面看见衬衫。伊兰向周围扫视了一圈，才加入两人之中。营地里一片寂静，除了这堆营火和她们马车里的灯光之外，看不到任何亮光。

伊兰坐下的时候，两个男人都没有说话。又过了一会儿，泽凌看看汤姆，汤姆点了点头，捕贼人从地上捡起一样东西，把它递到伊兰面前。“我在她躺着的地方发现了这个，好像是从她手里掉出来的。”

伊兰缓缓地接过那支银箭，似乎就连箭尾的羽毛都是银质的。

“与众不同，”汤姆咬着烟杆，若无其事地说，“再加上那根辫子……每个故事里都提到过那根辫子，只不过有时名字会不一样。”

“我不在乎什么故事，”泽凌插口说道，语气像汤姆的一样平静，但话说回来，要让他们两人惊慌也不容易。“是她吗？就算不是她，也已经很让人头大了。一个那样的女人光着身子突然出现在你面前，但……你们到底遇到什么事，你和奈……奈娜？”他内心其实很困惑，平时泽凌不会让舌头犯下这种错误。汤姆只是不疾不徐地抽着烟，等待着。

伊兰在手中转动那支箭，装作在仔细研究它。“她是一位朋友。”最后她说道。直到——除非——柏姬泰允许伊兰透露她的身份，否则伊兰还是会遵守承诺。“她不是两仪师，但她一直在帮助我们。”他们看着她，等着她再多说一些。“为什么你们不把这支箭拿给奈妮薇？”

两个男人对望了一眼——男人们似乎只要彼此看上一眼就等于长谈了一次，至少他们在女人面前都是这样的——表情仿佛是在说，他们知道她隐瞒着秘密，而且他们几乎可以肯定那秘密是什么。但伊兰已经许下承诺。

“她看上去很沮丧。”泽凌一边说，一边吸着烟斗。汤姆从牙齿间把烟斗拿下来，吹了吹白胡子。

“沮丧？那个女人只穿着衬衣就走了出来，看上去像是丢了脑子。我问她要不要帮忙，她倒是没有揪下我的脑袋，反而走过来趴在我肩头嚎啕大哭！”汤姆拉了拉自己的亚麻衬衫，嘟囔几句都被弄湿了之类的话。“然后她开始为向我说过的每一句蛮横的话道歉，那几乎就等于她对我说过的每一句话。她说她应该被鞭子抽，或者她的意思是已经被抽过了，那时她已经完全语无伦次，她说她是个懦夫，一个顽固的傻瓜。我不知道她出了什么事，但那时她好像完全不是以前那个奈妮薇了。”

“我认识一个曾经出过这种事的女人，”泽凌望着营火说道，“她晚上醒来的时候，发现有个贼溜进她的卧室，她刺穿了那个贼的心脏，点起灯之后，她才发现那原来是她的丈夫。她丈夫的船提前回了港。那之后的半个月里，她一直都像奈妮薇刚才那样四处乱走。”他咬了一下嘴唇，“然后她就上吊了。”

“我不喜欢让你背上这样的重担，孩子，”汤姆柔声说道，“但如果有人能帮她，你就是我们之中惟一的人选。我知道该如何让一个男人脱离他的苦恼——狠狠地踢他一脚，或者带他去喝酒，然后给他找个漂——”他大声咳了两下，然后用指节拨了拨胡子。汤姆视她有如亲女儿的坏处之一就是，汤姆有时似乎把她当成十来岁的小孩子。“不管怎样，最大的问题是我不知道该怎么做。泽凌也许愿意把她抱在膝盖上哄一哄，但我怀疑她是不是会为此而感谢泽凌。”

“我宁可去抱一条牙鱼。”捕贼人嘟囔着，但口气比之前柔和许多，他像汤姆一样关心奈妮薇，虽然他不愿意承认这一点。

“我会尽力而为。”伊兰一边保证着，手里还转动着那支箭。他们都是好人，她不喜欢对他们撒谎，或是隐瞒他们什么，但如果有必要的话也没办法。奈妮薇宣称，女人必须指挥男人，这是为了男人好，但凡事总有限度。伊兰觉得，让男人为自己不知道的事情去冒险是不对的。

于是她开始将自己所知道的尽量告诉他们。她说了关于特·雅兰·瑞奥德的事，弃光魔使已经获得自由，还有关于她们与魔格丁的战斗，当然，她没有把所有事情都说出来。在特·雅兰·瑞奥德中发生的一些事情让她回想起来都感到害羞，她承诺过要对柏姬泰的身份保密，而且她肯定不需要详细告诉他们魔格丁对奈妮薇都做了些什么。这让她在解释今晚发生的事情时感到有些困难，但她还是努力把它说清楚。她将自己认为他们应该知道的一切都说出来，让他们第一次明白自己正和什么样的敌人作战。

不仅仅是黑宗（他们在知道这个的时候就已经瞪大了眼睛），还有弃光魔使，而有一名弃光魔使很可能正在猎杀她和奈妮薇。她也说得很清楚，她们两个同样会猎杀魔格丁，任何留在她们身边的人都有可能成为猎杀和被猎杀的牺牲品。

“现在你们知道了，”最后伊兰说道，“去还是留，由你们自己选择。”然后她就闭上了嘴，并且很小心地让自己不去看汤姆。她非常非常希望汤姆能留下来，但她不愿意让汤姆觉得她在恳求他，即使只是一个眼神也不行。

“如果你想成为像你母亲那样的好女王，那么我要教你的东西，你才学了一半还不到。”汤姆尽量让自己的声音显得蛮横一些，却忍不住伸手抚过女孩颊边的一绺黑发，“你不可能这么轻易就摆脱我的，孩子，我要让你成为达斯戴马的大师，哪怕要因此把你的耳朵念聋。我还没教过你用刀子呢！我试着教过你母亲，但她总是说如果有必要，她可以叫一个男人来为她用刀子。那真是愚蠢。”

伊兰探过身去，亲了老人满是皱纹的脸一下。汤姆眨眨眼，顿时扬起两道浓密的眉毛，然后他微笑着将烟斗塞回嘴里。

“你也可以亲亲我，”泽凌冷冷地说，“如果我不能把你安然无恙地——像兰德·亚瑟上次遇见你时一样——健康地交还给他，他会拿我的肠子去做鱼饵的。”

伊兰抬起下巴：“我不要你为了兰德·亚瑟留下来，泽凌。”交还给他？竟敢说这种话！“如果你要留下来，只能是因为你自己想留下来，我不要你——还有你，汤姆！”捕贼人说话的时候，他一直在窃笑，“我不要你们因为听了谁的吩咐才跟着我们。”汤姆惊讶的神情让她感到很满意。她转过头去看着泽凌：“知道我们要对付什么样的敌人后，你或者跟着我——当然还有奈妮薇，或者你可以收拾好行李，骑着偷懒鬼去任何你想去的地方，我把它送给你了。”

泽凌将上半身挺得像一根柱子，他黝黑的脸变得更黑了。“我一辈子都不曾在危险时抛弃过一个女人。”他挥舞着手中的烟斗，仿佛那是一件武器。“即使你赶我走，我也会紧跟着你们，就像飞鱼紧追着船尾。”

这并不完全是伊兰想要的，但也够了。“既然如此，很好！”她站起身，手里拿着那支银箭，挺直身躯，做出那种稍显冷淡的仪态。她觉得他们总算是明白了谁是领导者。“快天亮了。”兰德真的敢要泽凌把她“交还给他”？汤姆暂时也得陪那个男人一起受罪了，既然刚才他敢那样笑，这就是他活该的。“你们立刻熄灭营火去睡觉，现在，不要找借口，汤姆，如果不睡一下，明天你会撑不住的。”

他们顺从地用靴子将泥土踢到火堆上。当伊兰踏上马车的台阶时，她隐约听见汤姆说：“有时听起来就像她母亲。”

“那我很高兴没遇到过那个女人。”泽凌嘟囔着答道，“扔硬币看谁守第一岗？”汤姆应该是在表示赞成。

伊兰差点立刻就要走回去，但她发现自己竟然在微笑。*男人*！她这次想起这两个字时不带丝毫恶意，她的好心情一直持续到她走进马车。

奈妮薇坐在床沿，双手撑住自己的头，眼睛看着柏姬泰，眼皮却总是止不住要滑下来。她的脚上依旧全都是泥土。伊兰将柏姬泰的箭放进橱柜中的几袋干豆子后面。值得庆幸的是，奈妮薇甚至没有瞥她一眼，伊兰不想让奈妮薇现在就看见这支银箭。现在她该为自己的同伴做些什么？

“奈妮薇，你应该把脚洗一下，躺下去睡了。”

奈妮薇朝伊兰望了一眼，满是睡意地眨了眨眼。“脚？什么？我要照看她。”

看来只能一步一步来。“你的脚，奈妮薇，它们很脏了，把它们洗干净。”

奈妮薇皱起眉，低头望向自己肮脏的双脚，然后点了点头。她将白色大水罐里的水倒进水盆里，把脚洗干净，同时把水溅出一大半。将双脚擦干后，她还是坐回原来的位置上。“我必须看着，万一……万一……她曾经喊叫过一次，她在叫加达。”

伊兰将她压在床上：“你需要睡眠，奈妮薇，你不能总是让眼睛睁着。”

“我能，”奈妮薇昏昏沉沉地嘟囔着，竭力想要顶住伊兰压过来的双手，“我一定要看着她，伊兰，我一定要。”

和奈妮薇相比，外面那两个男人真是理智又恭顺，即使伊兰想要安慰奈妮薇，她也没办法带着奈妮薇去喝酒，再给她找一个——一个漂亮的少年——伊兰相信应该这么说没错。那么剩下的就是狠踢一脚了，因为同情和一般性的常识显然成效不彰。“我受够你这种幼稚的自怨自艾了，奈妮薇，”她坚定地说，“你立刻去睡觉，等到了早晨，你绝不能再说什么你是可怜的、不幸的之类的话。如果你不能表现得像以前那么爽朗，我就去找赛兰丁，让她再给你两个黑眼圈，你甚至还没谢过我治好你的眼睛。现在，睡觉吧！”

奈妮薇愤怒地瞪大了眼睛（至少她现在不是那副泫然欲泣的样子了），但伊兰用手指合上了她的眼皮，那对眼睛很轻易地就闭上了。尽管奈妮薇还在低声反对着，但沉重、平缓的呼吸声很快就开始在马车中响起。

伊兰弯腰拍拍奈妮薇的双肩后才直起身，她希望这会是个香甜的睡眠，岚能够出现在奈妮薇的梦中。不过，现在无论怎样的睡眠对奈妮薇来说都要比醒着好。压抑住一个哈欠，伊兰弯腰去看柏姬泰，她说不出这个女人的脸色和呼吸是不是好一些了。现在她已经没办法再做什么，只能抱着希望等待了。

灯光似乎对两个入睡的女人没有任何影响，所以伊兰让它们继续亮着，自己则坐到两张床中间的地板上。这些灯光应该可以帮助她保持清醒，虽然，说真的，她不知道自己为什么要保持清醒。她已经像奈妮薇一样做了自己所能做的事情。她有些迷糊地靠在车厢壁上，下巴一点点向胸口沉了下去。

这是一个令人愉快的梦，只是有些奇怪。兰德跪在她面前，她将一只手放在他的头顶，将他约缚为她的护法——她的护法之一。他和柏姬泰都是她的护法，现在她只能选择绿宗了。那里还有其他的女子，每次去看她们，她们的面容都会不同——奈妮薇、明、沐瑞、艾玲达、贝丽兰、爱麦瑟拉、莉亚熏，还有许多她不认识的面孔。无论她们是谁，她都知道自己必须与她们分享他。因为在这个梦里，她确信这是明曾经见到过的幻象，她不知道自己怎么会有这样的感觉。其中有一些脸，她想把它们抓成碎片。但如果这是因缘注定的，那她就只能接受。然而，她与他之间有一样东西，是其他人绝对无法拥有的——护法和两仪师之间的约缚。

“这是什么地方？”贝丽兰问道。她那鸦黑色的头发是那么漂亮，让伊兰恨不得扑上去咬一口。那个女人穿着瓦蓝想让奈妮薇穿上的那件低胸红裙装，她总是穿得非常暴露。“醒醒，这不是特·雅兰·瑞奥德。”

伊兰猛地惊醒过来，发现柏姬泰正从床上探下身子，一只手无力地抓着她的手臂。柏姬泰的脸仍然异常苍白，上面覆盖着一层汗水的潮气，仿佛生热病的人刚刚在被子里闷出一身汗，但那双蓝眼睛依然锐利如箭，现在正专注地望着伊兰的脸。

“这里不是特·雅兰·瑞奥德。”这不是一个问题，但伊兰还是点了点头。柏姬泰躺回床上，长长地叹息了一声。“我还记得每一件事，”她悄声说道，“我直接就到了这里，还记得一切，一切都改变了。加达也在这里，在世界上某个角落，还是个婴儿，或者是个年轻的男孩。但即使我找到他，他会怎么看一个年纪大到可以当他母亲的女人？”她恼怒地揉了揉眼睛，嘟囔着：“我没有哭，我从不会哭，我记得这一点，光明助我，我从不会哭的。”

伊兰起身跪到柏姬泰床边。“你会找到他的，柏姬泰。”她刻意压低自己的声音。奈妮薇还在熟睡——轻微的、有些令人焦躁的鼾声正规律地从她那里传来——在重新面对这一切之前，她需要休息。“无论如何，你会的，而他也会爱你。我知道他会的。”

“你以为这很重要？我能接受他不爱我。”柏姬泰闪着光的眼睛让伊兰知道她在说谎。“他会需要我的，伊兰，而我却不在他身边。他总是有太多的勇气，这对他没什么好处，我总是为他准备好谨慎和警戒。更糟的是，他会漫无目的地四处游荡，为了寻找我，却不明白他在寻找什么，不明白为什么他会感觉不完整。我们总是在一起的，伊兰，一个整体的两半。”泪水终于涌出来，流下她的脸颊。“魔格丁说她会让我永远哭泣，她……”突然间，她的面孔扭曲了，低沉、沙哑的啜泣声从她喉咙里硬挤出来。

伊兰将这名高个儿女子搂在怀里，低声说着安慰的话，虽然她知道这么做没什么用。如果兰德被从她身边夺走，她会有什么感觉？这个念头几乎让她和柏姬泰靠在一起，一同失声痛哭。

伊兰不知道柏姬泰哭了多久，但最后柏姬泰推开她，退回到床里，一边还用手指抹去脸上的泪水。“除了小时候，我从没这样过，从没有。”她转头望向仍然睡在另一张床上的奈妮薇。“魔格丁把她伤得很严重吗？自从图雷格抓住麦力士之后，我就不曾见过有人被捆成那样。”看到伊兰困惑的神情，她又说道：“那是另一个纪元的事了，她伤得严重吗？”

“还好，她的伤主要在精神上，你牺牲自己让她有机会逃脱，但那之后……”伊兰没办法继续说下去，那些伤痕太多、太新鲜了。“她很自责，她觉得那时……一切的一切……都是她的错，因为她要求你的帮助。”

“如果她没有要求，魔格丁现在就会教她该怎样乞求了，她像加达一样不小心。”柏姬泰干涩的嗓音和她潮湿的脸颊搭配在一起，显得非常奇怪。“她不是揪着我的头发把我拖来的，如果她要为这一切负责，那她就是在为我的行为负责了。”柏姬泰的声音里流露出恼怒，“我是自由的人，我会做出我自己的选择，她没有为我做出决定。”

“我必须说，你接受这一切比……我做得更好。”伊兰没办法说出“比奈妮薇更好”，虽然这是实情。当然，她说出来的也没有错。

“我总是说，如果你必须上绞架，就和群众开个玩笑，打赏刽子手一个子儿，在踏板落下时让嘴角带一点微笑。”柏姬泰的微笑显得很残酷。“魔格丁放开了踏板，但我的脖子还没断，在算完账之前，也许我会让她大吃一惊的。”微笑渐渐变成皱眉的表情，柏姬泰仔细端详着伊兰：“我能……感觉到你，我想即使我闭上眼睛，也能在一里外指出你的位置。”

伊兰长长地吸了一口气。“我将你约缚成了一名护法。”她紧接着说，“你当时就要死了，治疗也没有任何效果，而且……”柏姬泰盯着伊兰，她已经不再皱眉了，目光却锐利得让人惊慌。“没有别的选择，柏姬泰，不那么做你就会死的。”

“一名护法。”柏姬泰缓缓地说，“我似乎曾经听过一个女护法的故事，但那是在我很久以前的一段人生里。那时的事情，我已经记不清了。”

该是吸另一口气的时候了，这一次，伊兰不得不强迫自己把话说出来：“还有些事你应该知道，你早晚都会发现的。我也决定了，不会再把事情向有权知道它的人隐瞒，除非我必须隐瞒。”又吸了一口气，她说道：“我不是两仪师，我只是一名见习生。”

很长一段时间里，留着金色发辫的女子紧盯着伊兰，然后，她缓缓地摇摇头：“一名见习生！在兽魔人战争时，我知道有一名见习生约缚了一个人。巴拉舍勒要在第二天接受成为正式两仪师的试炼，而且她肯定能得到披肩，但她害怕另一个要在同一天接受测试的女人会约缚她。在兽魔人战争中，白塔一直都尽可能迅速地让女人成为两仪师，这很有必要。”

“出了什么事？”伊兰无法阻止自己的询问。巴拉舍勒？这个名字听起来很熟悉。

将手指搭在胸前的毯子边上，柏姬泰在枕头上将头转向一边，脸上浮现出带着讽刺意味的同情。“不用说，这件事被发现之后，她没有被允许参加那次试炼，即使有必要，这样的违规也是不可饶恕的。她被迫将那个可怜家伙的约缚转给了别人，为了让她学会耐心，她被赶进厨房，与女仆和劳工一同工作。我听说她在那里足足待了三年。当她真正得到披肩的时候，玉座亲自为她选定了护法，那是个满脸皱纹、像石头一样顽固的男人，他的名字叫安瑟兰。几年后，我遇见那两个人，看不出他们之间谁是发号施令的人，我觉得巴拉舍勒自己也没有搞清楚。"

"不快乐的故事。"伊兰嘟囔着。待了三年的……等等，巴拉舍勒和安瑟兰？这不可能是故事中的那一对，故事里完全没提到过巴拉舍勒是两仪师。她读过这个故事的两个版本，还听汤姆讲过另外一个，所有的版本都说，巴拉舍勒在经过漫长而艰辛的努力之后终于赢得安瑟兰的爱情。看来两千年时间真的会彻底改变一个故事。

"确实是不快乐。"柏姬泰表示同意。她忽然睁大了眼睛，那双水汪汪的眼睛配上苍白的面颊，让柏姬泰显得天真又可怜。"我想，既然你想让我隐瞒你那可怕的秘密，你应该不会像某些两仪师驱使护法那样严厉地驱使我吧？那样的话，也许我为了逃离你，就不得不提出我的申诉了。"

伊兰的下巴本能地抬了起来："这听起来很像是个威胁，我不会接受威胁的，无论是你还是其他任何人，如果你以为——"

躺在床上的女子带着歉意握住伊兰的手臂，她的力量显然比刚才强多了。"请别在意，我只不过是开玩笑罢了。加达总是说，我的幽默感就像是一块扔到索伽环里的石子。"提到加达的名字时，一片阴影掠过柏姬泰的脸庞，但随即又退去了。"你救了我一命，伊兰，我会守住你的秘密，并以护法的身份为你服务。如果你愿意，我还会是你的朋友。"

"我会感到很骄傲的，如果有你这样的朋友——"索伽环？这个可以等到下次再问。柏姬泰应该能逐渐恢复，但她需要休息，而不是回答问题。"和你这样的护法。"看来她真的要选择绿宗了，抛开其他所有因素不谈，这是她现在能约缚兰德的惟一办法，那个梦仍然清晰地印在她的脑海中。无论如何，她一定要说服兰德接受自己。"也许你能试着……缓和一下你的幽默感？"

"我会努力的。"柏姬泰的口气仿佛是在说她会努力去扛起一座山，"但如果我是你的护法，即使只是秘密的护法，我也要尽到护法的责任。现在你连眼睛都睁不开了，你应该去睡一下。"伊兰的眉弓和下巴一同抬了起来，但柏姬泰没有给她说话的机会。"在众多职责之中，护法的一个重要立场就是劝阻他的——她的——两仪师不要把自己逼得太紧，还有就是要在两仪师认为自己可以走进末日深渊时给予谨慎的忠告，还要时刻保护两仪师的生命安全，好让她去完成必要的任务。我要为你尽到这些责任，只要我在身边，就不用害怕你的背后会被偷袭，伊兰。"

伊兰觉得自己确实需要睡觉，但柏姬泰更需要。伊兰调暗了灯光，让柏姬泰躺好睡下，但柏姬泰一直等到看着伊兰将一个枕头和几条毯子铺在两张床之间的地板上，才肯安心入睡。在这之前，她还为谁应该睡在地板上而和伊兰争论了一会儿，但她仍然非常虚弱，所以伊兰毫不费力地就让她留在了床上。嗯，并没有费太大力气，至少奈妮薇轻微的鼾声一直都没停下来。

无论伊兰是怎么对柏姬泰说的，她自己并没有立刻睡下。她必须帮柏姬泰准备一些衣服才能让她走出马车，而柏姬泰比她和奈妮薇都要高。坐在两张床之间，伊兰开始拆开她暗灰色丝绸骑装的缝边，很快就要天亮了，剩余的时间只够她赶快把骑装的下摆放长一些，而她将缝边拆开不到一半，睡意就彻底俘虏了她。

她又做了那个约缚兰德的梦，不止一次。有时兰德主动跪在她面前，有时她不得不像约缚柏姬泰那样去约缚他，为此她甚至要偷偷溜进他的卧室。柏姬泰现在变成另外那些女人中的一员，伊兰对此并不太介意。对她、明、艾雯、艾玲达，或者是对奈妮薇，她都不会介意。虽然看见奈妮薇的时候，她没办法去想象岚会有什么反应，而对其他人……她命令穿着护法变色斗篷的柏姬泰将贝丽兰和爱莉达拉进厨房，要让她们在那里工作三年，而突然间，那两个女人开始不停地打她。她惊醒过来，发现奈妮薇正踩过她的身体，走到对面的床边去检查柏姬泰。黎明前灰白色的天光正从小窗户里透进来。

柏姬泰醒来后就宣称自己已经完全恢复了，只是觉得非常饿。伊兰不知道奈妮薇是否已经结束了自责，她看上去已经恢复正常，也没有再提起昨晚的事。但当伊兰一边洗着手脸，一边向柏姬泰解释她们正在一个马戏团里，以及还要在这里逗留一段时间的原因时，奈妮薇急急忙忙地把一些红梨和黄苹果削去皮核，又切了许多干酪片，然后把它们放到托盘里，连同一杯掺了水、蜂蜜和香料的葡萄酒一并端到柏姬泰面前。如果不是柏姬泰阻止了她，她甚至会把这些食物一口口喂给柏姬泰。吃完饭之后，奈妮薇又亲自用白母鸡胡椒给柏姬泰洗头发，直到她的头发变得像伊兰的一样黑，当然，伊兰一直都是自己洗头的。然后她把自己最好的长袜和衬衫全都给了柏姬泰。看见伊兰的一双软鞋让柏姬泰觉得更合脚的时候，她明显流露出失望的表情。柏姬泰的头发被擦干并重新结好辫子之后，她就坚持要帮柏姬泰穿上那套灰丝骑装——骑装的臀部和胸部还需要放宽，但这得等以后有时间再做了。奈妮薇甚至还想为这套骑装缝边，直到伊兰怀疑的眼神终于让她放下针线，她才去盥洗架前做清晨的洗漱。但在她擦脸的时候，她还嘀咕着只要她愿意，她就能把缝纫做得和伊兰一样好。

当她们最终走出马车时，太阳的金边已经越过东方森林的树梢。在早晨这一段短暂的时间里，气温变得非常舒适宜人。天空中没有一丝云彩，等到中午，空气就会干热得让人难以忍受了。

汤姆和泽凌正在把马匹系到马车上，整个营地都忙碌着准备出发，偷懒鬼已经备好了鞍。伊兰计划要抢在那两个男人之前大声说今天她要骑马，不过，即使被他们先占了，她也不很在意。今天下午，她将第一次在真正的观众面前走高索，瓦蓝为她准备的服装让她有点紧张，但她至少不用像奈妮薇那样对自己的服装发出一声声哀嚎。

瓦蓝迈着大步，快速地走过营地，他让红斗篷在背后飘扬起来，耍出各种花样，同时不停地高声喊出一些没有实际用处的命令："蕾特勒，把那些该死的熊叫醒！等我们进入萨马拉的时候，我要让它们站起来大声吼叫。克莱琳，这次你要小心你的狗，如果它们之中再有一条冲出来追猫的话……巴瑞特，你和你的兄弟们要在我的马车前翻筋斗，一定要记住，就在马车前面。你们应该有一些堂皇的动作，而不是只比谁的后空翻更快！赛兰丁，一定要管住那些马猪，我想让人们因为它们而感到吃惊，而不是惊慌地四处逃窜！"

他停在她们的马车旁，生气地瞪着奈妮薇和伊兰，同时还瞥了柏姬泰一眼。"奈娜小姐，摩瑞琳女士，你们能赏光加入我们实在是太好了，我以为你们打算一直睡到中午呢！"他向柏姬泰点点头："你们在和从河那边过来的朋友聊天？我们可没时间招待来访者，我要立刻出发，赶在中午时开始演出。"

一开始，奈妮薇似乎还对马戏团主抱着忍耐的态度，但等瓦蓝说完第二句话的时候，她已经在用同样恼怒的目光回瞪着瓦蓝。无论她在柏姬泰面前表现得多么蠢笨，显然她对于别人的脾气并没有受到什么干扰。"我们做好准备的速度可以像其他人一样快，这你是知道的，瓦蓝·卢卡，而且，差一、两个小时又有什么差别。河那边有很多人，即使他们之中一百个只有一个来看你的演出，你的观众也比你梦里想的还要多了。如果我们打算准备一顿从容的早餐，你也只能转着手指等我们，如果你丢下我们，你就得不到你想要的东西了。"

这是奈妮薇对许诺的那一百枚金币最直接的一次提醒，但这次瓦蓝却丝毫没理会奈妮薇的威胁。"足够的观众？足够的观众！观众是要被吸引来的，女人。卿·亚齐马到这里已经三天了，他有一个能耍剑和斧的人，还有九个杂技演员。九个！其中有一些我从没听说过的女人，里头有两个女人能在空中的绳子上做出各种让查瓦那兄弟也瞪大眼睛的动作，你绝对想象不到观众有多少。西里阿·赛朗有一伙人，他们会把脸画成宫廷小丑的模样，互相泼水，又用猪膀胱互相打对方的头，人们只要付一个银角子就能看他们！"他忽然盯着柏姬泰，眯起了眼睛，"你愿意画一下脸吗？西里阿的小丑里没有女人，那些管马的里面会有人愿意扮小丑的。这没什么害处，只要用吹得鼓鼓的猪膀胱打打头，我会付给你……”他开始思考起来——瓦蓝和奈妮薇一样不喜欢把钱币分给别人，而柏姬泰在他沉默的一瞬间说话了：

“我不是小丑，也不会做小丑，我是一名弓箭手。”

“一名弓箭手。”他喃喃地重复着，目光落在垂在柏姬泰左肩上的复杂又光滑的黑辫上。“我想，你会管自己叫柏姬泰。你是什么人？那些狩猎瓦力尔号角的白痴之一？即使那东西真的存在，你又怎么可能比别人更有机会找到它？当狩猎者们立下誓言的时候，我正在伊利安，那时塔玛兹大广场上聚集了几千人。如果你是在寻求荣耀，那再没有比在无数的掌声与欢呼前——”

“我是一名弓箭手，漂亮的男人，”柏姬泰坚定地打断他的话，“给我一张弓，我会比你或者你能找到的任何人射得更好。你找个人和我比一比，我们赌金币，买一赔百。”伊兰觉得奈妮薇一定会惊呼起来——如果柏姬泰输了，这笔赌注只能由她们来出，而不管柏姬泰如何说自己已经彻底复原，伊兰也不认为她真正恢复了实力。但出乎伊兰预料的是，奈妮薇所做的只是用力闭紧眼睛，又长又深地吸了一口气。

“女人！”瓦蓝生气地吼了一声。不用看就知道，汤姆和泽凌肯定和瓦蓝有同感。“你倒是很配得上摩瑞琳女士和奈娜，不管她们的真名是什么。”他向周围奔忙的人群和马匹挥动了一下斗篷。“也许你那双明亮的眼睛没注意到，柏姬泰，但我马上就要开始演出，我的对手们已经在像小偷一样榨取萨马拉的钱币了。”

柏姬泰唇角微扬，浅浅一笑：“你害怕了，漂亮的男人？你那边用一个银角子做赌注就行。”

看瓦蓝现在的脸色，伊兰觉得他可能马上就要中风了。马戏团主的脖子突然粗了好多，仿佛要把领子也撑破。“我会找我的弓来，”瓦蓝咬着牙说，“你可以靠扮小丑或清理笼子来偿还那一百枚金币！”

“你确定自己没问题吗？”当瓦蓝一边嘀咕着一边迈步离开时，伊兰问柏姬泰。她还能听见瓦蓝不停地重复说着“女人”！奈妮薇只是看着长辫女子，仿佛她希望大地会突然张开嘴吞掉她——是吞掉奈妮薇自己，而不是柏姬泰。不知为什么，一大群管马的正聚在汤姆和泽凌身边。

“他有一双好看的腿，”柏姬泰说，“但我从来都不喜欢高个儿男人，再加上一副漂亮脸蛋，他们总是让人难以接受。”

派塔已经加入那群看热闹的男人之中，他比他们之中的任何人都要宽一倍，他说了些什么，然后和汤姆握了握手。查瓦那兄弟也挤了进去。还有蕾特勒，她急切地和汤姆说着什么，不时会用阴沉的目光瞪奈妮薇她们三个一眼。瓦蓝很快就回来了，手里拿着一张没有上弦的弓和一囊箭。看情形，这两样东西都很久没人碰过了。那些马车、马匹和兽笼，甚至连被锁链系住的马猪都没人管了，所有人全都聚到汤姆和捕贼人身边。随后，他们又跟着瓦蓝走到营地外面。

“我们就进行一场公平的竞赛，”瓦蓝说着，在一株高橡树与他齐胸的地方刻了一个白色的十字痕。然后，他带着一种洋洋自得的神情向后退去，大摇大摆地走过五十步的距离。“我射第一箭，到时候你就知道你要面对一个什么样的对手了。”

柏姬泰从瓦蓝手里拿过那张弓，在瓦蓝的瞪视下又向远处走了五十步。她看着那张弓，摇了摇头，然后她用穿着软鞋的脚踏住它，飞快地给它挂上了弦。这时，瓦蓝、伊兰和奈妮薇才走到她身边。柏姬泰从瓦蓝的箭囊中抽出一支箭，检查了一下，然后把它像垃圾一样扔到一边。瓦蓝皱着眉张开了嘴，但柏姬泰这时已经扔掉了第二支箭，第三支箭也随之落在满是叶片的地面上，第四支箭插在身边的泥土中。二十支箭里，她只选出四支。

“她可以的。”伊兰低声说着，尽量让自己显得充满信心，奈妮薇黯然地点点头。如果要再付一百枚金币，那她们很快就要卖掉爱麦瑟拉送给她们的珠宝了。那些授权信实际上毫无用处，伊兰已经向奈妮薇解释过了，使用它们就等于向爱莉达指明她们的位置。*如果我能及时说一句，我本来可以阻止这件事的，身为我的护法，她一定要按我说的做，不是吗？*不过从伊兰了解的事实来看，顺从并不属于约缚的一部分。那些被她偷窥的两仪师有没有让被约缚的男人再立下誓言？伊兰仔细回想了一下，她相信至少有一位两仪师这样做了。

柏姬泰扣上一支箭，抬起弓，似乎没停下瞄准就松开了弓弦。伊兰哆嗦了一下，但钢制的箭锋死死地钉在白色十字的中心点上。还没等箭杆的颤抖停下来，另一支箭已经贴在它旁边戳进了树干。柏姬泰停了一下，为的是等那两支箭的颤抖停下来。当第三支箭将第一支箭的箭杆劈为两半的时候，旁观的人群中传来一阵惊呼，但在第四支箭劈开第二支箭后，人群中再也没有任何声音了。一次可能是巧合，但两次……

瓦蓝的眼睛仿佛要从眼眶里蹦出来，他大张着嘴，看看那棵树，又看看柏姬泰。柏姬泰把弓递给他，他却只是虚弱地摇了摇头。

突然间，他将箭囊甩到一旁，张开双臂高兴地喊道：“不用飞刀了！用箭！从一百步以外！”

当瓦蓝开始解释他的新构想时，奈妮薇软倒在伊兰身上，不过并没有说出任何反对的话。汤姆和泽凌开始从人们手中收钱,大多数人都笑着或是叹着气将钱币放在他们手里,但泽凌不得不在蕾特勒想要溜走时抓住她的手臂愤怒地说了几句,才让她从荷包里把钱掏出来。伊兰觉得应该和他们严肃地谈谈这件事,不过这可以等到以后再说。“奈娜,你不必答应这件事的。”而奈妮薇只是盯着柏姬泰,眼睛里充满了憔悴。

“我们的赌注?”柏姬泰对着手舞足蹈的瓦蓝说,马戏团主立刻变得愁眉苦脸。他慢慢地在荷包里摸索了一下,然后扔给柏姬泰一枚硬币,伊兰看见那枚硬币在阳光下划出一道金色的光芒。柏姬泰看了它一眼,然后把它扔回给瓦蓝。“你的赌注是一个银角子。”

瓦蓝惊讶地睁大了眼睛,随后又立刻大笑着将那枚金币塞回柏姬泰手里。“你完全值这个价,还有什么话好说?嘿,就连海丹女王也会亲自来看你的表演。柏姬泰和她的箭。我们会把那些箭涂成银色,还有那张弓!”

伊兰拼命地向柏姬泰使眼色,如果按这个男人的想法去做,她们很快就会引来魔格丁注意。

但柏姬泰却在手里掂了掂那枚金币,笑嘻嘻地说:“涂上漆的话会毁掉一张已经破损的弓。”她最后说道,“还有,叫我玛爱隆吧,我曾经用过这个名字。”靠在弓上,她露出更灿烂的微笑:“我也能有一件那种红裙装吗?”

伊兰大大地松了一口气,奈妮薇看上去则像是马上就要吐出来了。

第 37 章

在萨马拉的表演

仿佛已经是第一百次了，奈妮薇将头发盘成一种样式，看看镜子里自己的模样，再叹上一口气。车窗外，从成百上千个喉咙中传出来的说话和笑闹声，再加上远处几乎完全被淹没的音乐声，不断地飘进车厢。参加穿过萨马拉街道的游行时，奈妮薇丝毫不介意和伊兰一起坐在马车里。当时偶尔从车窗中向外瞥了几眼，她就相信自己绝对不愿意被放到这么多人面前去展览——喧闹的人群几乎让马车没有通行的空间了。而每次看见自己红铜色的头发，她都觉得宁愿去和查瓦那兄弟一起翻筋斗，也不愿意把头发染成这样。

小心地不去看自己身上，她用朴素的深灰色围巾紧裹住自己的身体。转过头，她愣了一下，柏姬泰正站在门口。在游行队伍中，柏姬泰一直待在克莱琳和派塔的马车里。克莱琳正在把为奈妮薇多做的一条裙子改成她的尺寸。而奈妮薇的那件裙装则是瓦蓝不经她同意就吩咐克莱琳做的，柏姬泰现在正穿着。她那条被染黑的发辫从肩头绕过来，垂在两乳之间。似乎毫不在意开到极低的领口。奈妮薇只是看着柏姬泰，还下意识地又勒紧了自己的围巾。柏姬泰雪白的胸部只要再多露出一个指甲宽，这件衣服就无法穿出去了。不过，身上穿着这种衣服却还讲究端庄，也实在颇为可笑。看着她，奈妮薇觉得自己的心仿佛是被揪紧了，这并不是因为她身上暴露的衣服。

“既然你打算穿上这样的衣服，为什么还要把自己裹起来？”柏姬泰关上背后的车门，“你是个女人，为什么不因此而感到骄傲？”

“如果你觉得不应该这样的话。”奈妮薇犹豫地回答着，慢慢让围巾滑下臂肘，露出和对面女子一样的衣服。她觉得自己简直就是全身赤裸。“我只是想……我想……”奈妮薇用力抓住丝绸的裙摆，好让自己的手停留在身体两侧，又让自己的眼睛死盯着柏姬泰身上。即使知道自己穿的与对面这名女子完全一样，但这样做仍然能让奈妮薇感觉好一些。

柏姬泰做了个鬼脸，“如果我要你把领口再低一寸呢？”

奈妮薇张开嘴，双颊变得像身上的衣服一样红，但却什么也没说出来。当她最终把话说出来的时候，声音就像是她要被勒死了：“一寸也不能再放下来了，看看你自己的样子吧！十分之一寸也不行！”

柏姬泰快走了三步，站到奈妮薇面前，稍稍弯下腰，直盯着奈妮薇的眼睛。“如果我说，我想要你再放低一寸呢？”她大声喊道，“如果我要你涂上脸，去给瓦蓝当小丑呢？如果我要你脱光衣服，把你从头到脚都涂上油彩呢？那一定是个非常棒的靶子，五十里内的每一个男人都会来看我们演出的。”

奈妮薇张了张嘴，但这次什么都没说。她很想闭上眼睛，也许等她再睁开眼的时候，就会发现这一切都没有发生过了。

柏姬泰厌恶地摇了摇头，转身坐到床上，用一只臂肘抵着膝盖，锐利的蓝眼睛仍然盯着奈妮薇。“绝不能再这样下去了，每次我看你，你都会打哆嗦。你总是迫不及待地为我去做各种事情，如果我瞥一眼凳子，你就会把它端给我；如果我舔舔嘴唇，你就会把一杯葡萄酒放在我手里，而我自己甚至还不知道我已经渴了。如果我不阻止你的话，你就会为我搓背，再把拖鞋穿在我脚上。我不是怪物，不是残废，也不是小孩子，奈妮薇。”

“我只是想补偿——”奈妮薇胆怯地说着，却被对面女子咆哮的声音吓了一大跳。

“补偿？你这是在贬低我！”

“不，不，不是这样的，真的，我只是要为——”

“你在为我的行为负责，”柏姬泰气愤地打断了她的话，“是我决定在特·雅兰·瑞奥德里与你说话，我决定要帮助你，我决定搜寻魔格丁，也是我决定带你去看她。是我！不是你，奈妮薇，是我！我不是你的傀儡，你的猎犬。那时不是，现在也不是。”

奈妮薇费力地吞了口口水，把裙子抓得更紧了。她没权力对这名女子发火，没有任何权力，而柏姬泰完全有权对她做任何事。“是我要求你做的，是我的过错让你……让你来到这里，这都是我的错！”

“我有没有提到过错误？我看不到什么错误，只有男人和没脑子的小女孩才会没道理地说自己错了，这两种人你都不是。”

“是我愚蠢的骄傲让我自以为可以再次战胜她，也是我的怯懦让她……让她……如果我不是那么害怕，我就能及时地做些事情。”

“怯懦？”柏姬泰睁大的眼睛里流露出难以置信与不屑的神情，“你？我以为你应该有更多的理智，可以分清楚畏惧与怯懦的区别。当魔格丁放开你的时候，你原本可以立刻就逃出特·雅兰·瑞奥德，但你选择留下来战斗。你不能因为自己做不到的事情而责备自己。”柏姬泰深吸一口气，揉揉自己的额头，然后探身向前，专注地望着奈妮薇：“好好听我说，奈妮薇，我不会为你身上发生的任何事情责备自己，我看见了，但我没办法去改变。如果魔格丁把你的身体打成一个结，再像挖果核一样挖出你的心，我还是不会责备自己。我做了我能做的事，你也是。”

“这不一样，”奈妮薇竭力想抹去声音中的火气，“你来到这里是我的错，是我的错，如果你……”她停下来，吞了口口水，“如果你……在今天向我射箭的时候……射失了，我希望你知道，我会理解的。”

“我从没有射失过目标，”柏姬泰淡淡地说，“我也不会把你当成目标。”她开始把橱柜里的东西一一摆放在小桌子上。那些是半制成的箭、磨光的箭杆、钢箭头、石头胶壶、细绳，还有箭翎的灰色鹅毛。她也说过，她会尽快做出自己的弓来，瓦蓝的弓被她称为“一个瞎眼的白痴在午夜里砍下一段乱纹木头，又在上面缠了根绳子”。“我曾经喜欢过你，奈妮薇，”她一边把所有东西摆好，一边说道，“毛刺、赘瘤之类的都不能有，我已经不喜欢你了，因为你现在……”

“现在，你没道理喜欢我了。”奈妮薇伤心地说。对面的女子则头也不抬地继续说着：

“……我不会允许你把责任揽在你自己身上，这样只会贬低我，或者是影响我做出决定。我一直都没有什么女性朋友，而我的女性朋友脾气都好像雪灵一样。”

“我希望你还再次成为我的朋友。”光明在上，雪灵是什么东西？毫无疑问，肯定又是以前哪个纪元里的。“我从没想过要贬低你，柏姬泰，我只是——”

对她的话听而不闻，柏姬泰的注意力似乎全都集中在那些箭杆上，只是提高了音量：“我希望自己还能再次喜欢你，无论你是否还会喜欢我，但在你恢复成你自己之前，我做不到这一点。我可以忍受你整天哭哭啼啼，只要那是真正的你。和我相处的人都要是他们原来的样子，而不能是我希望的样子，否则我就会离开他们。我不会接受你的那些理由，克莱琳已经告诉我你和赛兰丁之间的事，下次你再把我的决定说成是你的，我就知道该怎么办了。”她用力地刮起一根梣木，“我确定蕾特勒会很高兴把她的鞭子借给我的。”

奈妮薇强迫自己张开嘴，又拼命地让自己言词温和：“你完全有权力对我做任何事。”她抓住裙子的拳头比她的声音颤抖得更厉害。

“有点小脾气了？马上就要发出来了？”柏姬泰向她咧嘴一笑，既像是揶揄，又像是野兽在龇牙，“还有多久就会真正发火了呢？如果有需要，抽断多少根鞭子我都无所谓。”笑容变成严肃的表情。“我要让你知道什么才是对的，否则我就把你赶走，没有其他选择。我不能，也不会离开伊兰，那个约缚让我感到光荣，我也会尊敬它，还有伊兰。而我不会允许你以为是你在左右我的决定，或者是在替我做出决定，我是我自己，不是你的附属。现在，离开我，如果我想要有射起来顺手的箭，我就必须完成手边这些工作。我不打算宰了你，我也不会允许出现这样的意外。”拔开胶壶的塞子，她对着桌面俯下身。“不要忘了在出场时像个好女孩一样行个屈膝礼。”

奈妮薇尽量多走下了几级台阶，才狠狠地在大腿上打了一拳。这个女人怎敢这样？难道她以为她能……难道她以为奈妮薇会容忍？*我认为她可以对你为所欲为*，一个微小的声音在奈妮薇的脑海中响起。*我说过她可以杀死我*，奈妮薇朝那个声音叫喊着，*不要羞辱我！*过不了多久，所有人都会用那个该死的霄辰女人威胁她了！

马车里面都没有人，只有几名穿着粗布外衣的管马人在看守营地，营地旁边就是瓦蓝用帆布墙围起来作为表演场地的大片棕色草地。半里外，萨马拉的灰色石墙和城门处的方形碉塔清晰可见，石墙后面还能看见几个稻草或瓦片的屋顶。石墙外面，村舍和棚屋像一簇簇蘑菇一样到处都是，那里面全都居住着那名先知的信徒。为了建屋和烧柴，他们砍光了几里范围内的所有树木。

表演场地的观众入口在另一边，但有两名管马的拿着粗木棒守在这一边，以免有不想付钱的人从演员入口进去。奈妮薇一边恼怒地自言自语，一边大步向前走着，结果差点撞在守卫身上。而他们白痴般的笑容让她意识到，自己的围巾还挂在胳膊上，她狠狠地瞪了他们一眼，让他们立刻绷紧了脸。然后她才慢慢地披上围巾。她才不会让这两个笨蛋以为她会因为他们而惊惶失措。一名瘦得皮包骨、一个大鼻子几乎占去半张脸的守卫为她掀起入口的帆布帘，奈妮薇迈步走进一片喧嚣之中。

到处都是密集的人群，男人、女人和小孩发出震耳欲聋的喧闹声。还有许多人正从一个节目转向另一个节目，形成一些大大小小的人潮。除了思雷狄特之外，瓦蓝为每一个节目都建了一座木制高台。聚集在赛兰丁和她的马猪周围的观众最多，那些灰色的巨兽可以只用前腿撑起身体，又能将鼻子举起在半空，做出各种蜿蜒曲折的样子，就连那头小马猪也是一样。克莱琳的小狗吸引的观众最少，它们只会做些后空翻，或者从彼此的背上跳过去。有许多人会停下来仔细端详笼子里的那些狮子和仿佛长毛野猪一样的卡帕，来自艾拉非、沙戴亚和阿拉多曼的各种角鹿，光明才知道哪里来的艳彩鸟雀，还有一些行动迟缓、生着棕色软毛、有着大眼睛和圆耳朵的生物——它们只是安稳地坐着，用前肢捧住树枝，吃上面的叶片。在瓦蓝的故事里，它们来自许多不同的地方，所以奈妮薇认为瓦蓝根本不知道它们来自哪里，而且瓦蓝一直都没能为它们编一个让他感到满意的名字。一条来自伊利安沼泽的大蛇足有一名成年男子身高的四倍长，它几乎与思雷狄特引来同样多的惊叹，虽然它只是一直躺在那里，显然是在睡觉。奈妮薇很高兴看见蕾特勒的熊吸引的观众并不比克莱琳的狗多多少，虽然它们正卖力地站在一些红色的大木球上，还在绕圈滚动着那些大球。这里的人在森林里就能看到熊，即使那些熊并没有白色的面孔。

蕾特勒黑衣服上那些小亮片在下午的阳光中闪闪发光，赛兰丁的蓝色衣服和克莱琳的绿色衣服上也都缀着小亮片，只是没有蕾特勒那么多，但她们的衣服全都有一直顶到下巴的高领子。当然，派塔和查瓦那兄弟只穿着亮蓝色的紧身长裤，但那是为了显露出他们的肌肉，这是可以理解的。四名杂耍演员一个站在一个的肩上，一直叠到四个人的高度。距离他们不远的地方，大力士正在舞动一根两端各有一个铁球的长铁棍。需要有两个男人一起用力才能把那根铁棍递给他，但派塔一把它拿在手里，立刻就用粗大的双手将它旋成了一个圆轮，甚至他还能让那根铁棍围绕着他的脖子旋转，或者是在他的背上旋转。

汤姆正在表演吃火和耍火。八根头部被点燃的短棒组成了一个圆环，突然又四根一组地落进他的两只手里。汤姆将八个带火的棒头依次放进嘴里，仿佛在吞咽着什么，然后又取出熄灭的短棒，看上去就像是刚刚吃下一些非常美味的食物。奈妮薇不明白他怎么能避免那些火焰烧掉他的胡子，更别提烧坏他的喉咙。然后汤姆转转手腕，短棒在他手里排成两把扇子的形状，过了一会儿它们在手上变成了两个圆环，在他的头顶盘旋飞舞。虽然瓦蓝给了汤姆一件缀着亮片的红色衣服，但他还是穿着他一直穿在身上的棕色外套。奈妮薇走过时，汤姆惊讶地扬了扬眉毛，他不明白为什么奈妮薇对他怒目而视。他竟然穿着自己的外套！

奈妮薇快步赶向中间系着一根绳子的那两根高杆，聚集在那里的许多观众正在不耐烦地交头接耳。为了能钻进去，她不得不用臂肘顶开聚在杆下的观众。当她的围巾滑下肩头时，立刻就有两个女人瞪了她一眼，并将她们的男人拉到一边。如果不是那么着急地红着脸把围巾拉回肩上，她本来应该回瞪那两个女人的。瓦蓝正焦急地紧皱着眉头，仿佛一个正等在产房外的丈夫。瓦蓝身边是一个肥大的男人，头上除了一个灰白色的顶髻之外，其他地方全都被剃光了。奈妮薇走到瓦蓝的另外一边。那个剃光头的家伙很像是个恶棍，左侧脸颊上有一道长疤，覆盖住左眼的一块皮革上画着一只怒气冲冲的红色眼睛。奈妮薇在这里见到的男人顶多只是在腰间别着一把小刀，但他却在背上背着一把剑，长剑柄突起在他的右肩上。不知为什么，奈妮薇觉得他看起来有些眼熟，不过现在她的心思都集中在高处的那根绳子上。瓦蓝瞅着她的围巾皱了皱眉，然后朝她露出微笑，并想伸手揽住她的腰。

就在瓦蓝还没从奈妮薇臂肘的一顶中缓过气来，而奈妮薇还在庄重地重新将围巾披好的时候，泽凌蹒跚地从人群的另一边走了进来。他斜戴着那顶红色圆筒帽，一侧肩膀从外衣里露出来，手里还拿着一只不停地向外泼洒着液体的木杯子。迈着一个男人在头壳里灌满酒精之后过度小心的步伐，他走到通向杆顶平台的绳梯旁边，瞪着它发愣。

“上啊！”有人喊道，“去摔断你那根蠢脖子！”

“等等，朋友，”瓦蓝高声喊着，带着微笑和斗篷耍出的花式向前走去，“这里不该由一个喝了一肚子——”

泽凌将杯子放在地上，爬上绳梯，最后摇摇摆摆地站到了平台上。奈妮薇不由得屏住了呼吸。泽凌一生中应该在提尔的屋顶上抓过不少飞贼，但……

泽凌来回搜寻着，仿佛是丢了什么，他显然喝了太多酒，已经看不见或者根本忘记了那道绳梯。他的视线最终固定在那根绳子上，试探着，他将一只脚放到上面，然后又抽了回去。他将帽子推到脑后，挠着头皮端详着这根拉紧的绳子，然后又突然显出兴奋的样子。他慢慢趴下身子，手脚并用地爬到那根绳子上。瓦蓝大声叫喊着要他下来，人群中则发出一阵阵哄笑。

爬到了一半的地方，泽凌停下来，一边笨拙地摇摆着，一边回头望去。他的眼睛盯在他留在地面的那只杯子上，显然正考虑该如何把它拿回来。带着极度的小心，他缓缓地从绳子上站了起来，踏着左右摇晃的绳子，转身朝来时的方向走了过去。泽凌脚一滑，摔下了绳子，人群中发出一阵惊呼。幸好他用一只手抓住了绳子，一只膝盖也钩在了绳子上。瓦蓝接住从空中掉下来的那顶塔拉朋帽子，向所有人大喊着这个男人已经疯了，无论出什么事都与他无关。奈妮薇用双手紧捂住胸口，她能想象站在那么高的位置上的感觉，光是想到这个也让她觉得自己要生病了。那个男人是个傻瓜，一个纯粹的呆头鹅！

泽凌努力地让另一只手也抓住绳子，然后互换着双手把自己向远端的平台拉过去。在摇晃的绳子上，他还掸了掸自己的外衣，想把它穿好，最后却只是让露出来的肩膀换了一侧。等爬上另一端的平台后，他看见对面杆子下的那只杯子，便兴高采烈地指了指它，再一次踏上绳子。

这次，至少有一半观众在高喊着要他回去，提醒他在背后就有一道可以爬下来的绳梯。其他人只是大笑着，发出各种怪叫，毫无疑问，他们在等着他掉下来摔断自己的脖子。而泽凌却顺利地走过绳子，从绳梯上滑下来，抓起杯子痛饮了一口。瓦蓝将那顶红帽子扣在泽凌头上，他们一同向观众鞠了个躬（瓦蓝弯腰时夸张地甩动着斗篷，几乎把泽凌完全遮住）。直到此时，观众们才明白这些全都是表演的一部分，沉寂片刻之后，人群中爆发出巨大的鼓掌声、喝彩声和笑声。这完全出乎奈妮薇的预料，她本以为观众们在知道自己受了愚弄之后一定会勃然大怒的。那个留顶髻的家伙即使是在笑的时候也凶恶得要命。

留下泽凌站在梯子边上，瓦蓝回到奈妮薇和那个剃发恶棍中间的位置上。“我就知道会很成功。”他露出一副洋洋得意的样子，还不停地向人群微微鞠躬，就好像刚才走在绳子上的是他，而不是泽凌。

奈妮薇不悦地向瓦蓝皱皱眉，但还没等她把挖苦的话说出来，伊兰已经走过人群，站到泽凌旁边，然后她高举起双臂，向观众们弓了一下膝盖。

奈妮薇咬住嘴唇，焦躁地抚弄着围巾，无论她怎样看待不知怎么居然会套在自己身上的红裙装，现在她只觉得伊兰的衣服可能比她自己的还要糟。安多的王女现在浑身雪白，许多白色的亮片在她的短外衣和紧身长裤上闪闪发亮。奈妮薇一直都不相信伊兰真的会在公开场合穿成这样，而且她一直都在因为自己的服装而苦恼，所以完全忘记要建议伊兰该如何选择演出服装。这身外衣和裤子让奈妮薇想起了明，她从来都不赞成明穿男孩子的衣服，而现在这身衣服的颜色和上面的亮片让它显得更加——不堪入目。

泽凌帮伊兰拉住绳梯，好让她能顺利地爬上去，不过这完全是不需要的，伊兰的动作像他没伪装喝醉时一样熟练。当伊兰到达杆顶时，泽凌消失在人群里，她摆了个姿势，立刻引来雷鸣般的掌声，这似乎也让她脸上平添一层喜色，好像女王在接受臣民的欢呼。当伊兰走上绳子的时候，奈妮薇完全停止了呼吸，也不再去想什么伊兰或者她自己的衣服了。现在她只觉得绳子似乎比刚才泽凌在上面时更细了。

伊兰在绳子上展开双臂，并没有导引出风之力的平台。她一步一步地缓缓从绳子上面走过，没有半点摇晃，支撑她的只有那根绳子。只要魔格丁掌握了她们的动向，导引就会变得非常危险。现在弃光魔使和黑宗两仪师都有可能在萨马拉，而她们绝对能看见至上力的编织。如果她们还没抵达，也大有可能是正在赶往这里的路上。伊兰走到了对面的平台上，观众们给予她的掌声显然要比给予泽凌的更热烈，奈妮薇很想不通这是为什么。这时，伊兰已经开始往回走了。就在要重新走上平台时，她灵巧地转过身，继续走在绳子上。到了绳子的中点，她又转了一次身，这次她摇晃了一下，但很快就恢复了平衡。奈妮薇觉得有一只手掐住了自己的喉咙。迈着缓慢而平稳的步伐，伊兰走回到平台上，再次摆了个姿势，接受着雷鸣般的喝彩声和掌声。

奈妮薇终于咽回自己的心脏，重新开始大口地吸着气，但她知道这还没完。

将双手举过头顶，伊兰突然开始沿着绳子翻起了筋斗，黑色的发绺随着她的身姿被甩起，裹在白色紧身裤里的纤细双腿在太阳下闪出点点星光。当女孩终于到达对面的平台时，却在落脚的时候绊了一下，差点摔出平台，奈妮薇不由得紧紧抓住瓦蓝的手臂，失声大叫起来。

“怎么了？”瓦蓝在震耳欲聋的惊呼声中嘟囔着，“从西恩达到这里的每个晚上她都这么做，你都这么看，而且以前你肯定已经看她练习过许多次了。”

“当然。”奈妮薇虚弱地说着，眼睛仍旧紧盯着伊兰，根本没注意到搂住她肩头的手臂，当然更没有甩开它。她曾经和那个女孩说过，可以装作扭伤了脚踝，将演出推掉，但伊兰坚持说，在利用至上力进行过许多次练习之后，她现在已经不需要它了。也许泽凌不需要，至少表面上看来不需要，但伊兰不像泽凌，这女孩从没有过夜晚攀爬屋顶的经验。

伊兰返回时的筋斗翻得非常完美，随后她就爬下了绳梯，但奈妮薇的目光一直都没有离开她，双手也一直都抓着瓦蓝的袖子。在停歇了片刻、接受许多鼓掌之后，伊兰重新回到绳子上，做了更多的转身动作。然后她抬起一条腿，以几乎让人无法看清的快速度从下向上踢动了一下，接着是一个缓慢的手倒立，让她像匕首一样直立在绳子上，穿着白色软鞋的脚尖直指天空。一个后空翻又让人群发出一片惊呼，伊兰也在绳子上摇晃了许久，勉强才保持住平衡。后空翻和手倒立都是汤姆·梅里林教给她的。

奈妮薇从眼角处看见了汤姆，他在距离她两个人以外的地方，两脚平衡在一颗球上，不过双眼却牢牢地锁定住伊兰，看上去就像是一只骄傲的孔雀。但如果女孩从绳子上摔下来，他肯定会第一个冲上去接住她。如果她真的掉下来，至少他要负一部分责任，他绝不该教女孩那些动作！

在最后的一连串筋斗里，白色的双腿以更快的速度闪耀在明亮的阳光下。女孩从不曾和奈妮薇提起过这个动作！瓦蓝恼怒地嘟囔着伊兰为了获得掌声而擅自加上这样一连串筋斗，简直是要跌断她的脖子，如果奈妮薇不是亲耳听见，她一定会立刻把瓦蓝的内脏咬出来。最后摆了个姿势，接受过观众热烈的鼓掌之后，伊兰终于爬下了绳梯。

人群喊叫着冲向伊兰，瓦蓝和四名拿着棍棒的管马人立刻出现在伊兰周围，仿佛是被至上力拉过来的一样。但汤姆比他们更快地赶到伊兰身边，虽然他还瘸着一条腿。

奈妮薇竭尽全力跳起来，才能勉强越过许多脑袋看见伊兰，那个女孩似乎并不害怕，甚至没有在无数想碰到她的手前有丝毫退缩。被护卫围在中间向远处走去，伊兰高昂着头，脸上飞扬着红晕，但仍然保持着一种冷静而典雅庄重的仪容。穿着那样的衣服，她怎么能做到这一点，奈妮薇始终都想不明白。

“看上去就像个该死的女王。”独眼男人喃喃地说道。虽然身边仍然有人潮涌过，但他并没有像其他人那样朝伊兰奔过去。他身上随意地穿着一件朴素的深灰色羊毛外衣，强健的身体显然不怕人群的拥挤，他的样子仿佛是能让背后那把剑发挥出极大的威力。“烧了我这个绵羊肚子的农夫吧！但她火烧的确实勇敢得足以做一个该死的女王。”

奈妮薇望着这个挤过人群迈步离开的男人，不由得张大了嘴巴。让奈妮薇吃惊的不是他的脏话，或者，也是因为这个，现在她记起来自己在什么地方见过这个男人了，一个留着顶髻的独眼男人，说话时永远都会带着脏字。

忘记了已经安全的伊兰，奈妮薇也挤过人群，跟上了那个男人。

第 38 章

老相识

奈妮薇努力地和拥挤的人群搏斗着，不时为了胡乱挤撞的男人和拉着小孩的女人而嘟囔几句——小孩经常把女人往两个不同的方向拉扯。那个独眼男人几乎没有去看任何东西，只是在狮子和大蛇旁停了一下，最后，他走到马猪那里。他肯定之前见过它们，因为马猪表演的位置就在观众入口附近。每次思雷狄特像现在这样用后腿站起来的时候，成年思雷狄特有着獠牙的巨大头颅都能被帆布围墙外面的人看见，这无疑会吸引更多的观众进来观看。

观众入口的正上方是一道横幅，上面用红线绣出斗大的“瓦蓝・卢卡”字样，两侧还用金线绣着华丽的花纹。入口前是一条用两根粗绳子围出来的信道，观众们必须从这个信道中排队走进入口，两名管马的站在入口两旁，负责收取入门费用。观众们要将钱币放进两个吹制的透明厚玻璃大罐里，这样看门人就能看到钱币，却不会碰到它们。两只罐子都已经有了裂痕，但瓦蓝一直都舍不得花钱买个好的。罐子装满钱以后，看门人会把里面的钱币倒进一个包铁箱子顶的洞里，箱子被铁链锁住，每次放钱之前都必须由派塔把它安放好。另外有两名管马的（他们都有魁梧的肩膀、被打歪的鼻梁，还有打手所特有的凹陷指节）拿着棍棒站在附近，一方面是维持入场秩序，另外也要盯着负责收钱的看门人。奈妮薇觉得瓦蓝从来都不信任别人，特别是在金钱方面，硬币贴到他的手上，就像苹果皮紧紧地贴在苹果上一样，奈妮薇从没遇过如此吝啬的人。

经过不断地努力，奈妮薇终于靠近那个留着灰白色顶髻的男人。他毫不困难地就走到观看思雷狄特的最前排，当然，他的伤疤和彩绘眼罩肯定起了不小的作用，更何况还背了那么大的一把剑。他在观看那些灰色巨兽时，微微咧了咧嘴，奈妮薇认为这种表情在这张石脸上所代表的意思是惊讶。

“乌诺?”她觉得应该就是这个名字。

男人转头紧盯着她，等奈妮薇裹好围巾，他才抬起眼睛，将目光移到奈妮薇脸上，但他的黑眼睛里并没有显露出认出老朋友的神情，而那只画上去的红色怒目只是让奈妮薇增加了一点不安。

赛兰丁舞动着手中的棒子，嘴里发出一些难以理解的模糊喊声，雌兽桑妮将前脚放在还在直立着的莫尔背上，接着幼兽奈玲又把前脚放在桑妮背上。

“我在法达拉见过你，”奈妮薇说，“托门首我们也见过，那是在法美镇之后，那时你和……”奈妮薇不知道身处摩肩接踵的观众之间，她该如何措辞，关于转生真龙的谣言已经传遍阿玛迪西亚，其中有一些甚至包含着正确的名字，“……兰德在一起。”

乌诺真正的眼睛立刻眯成一道缝，奈妮薇则竭力不去看他另一只眼睛。过了一会儿，他点点头：“我记得这张脸，我绝不会忘掉漂亮得这么火烧的一张脸，但头发不是该死的这个颜色。奈妮?”

“奈妮薇。”奈妮薇生气地说道。

他摇了摇头，上下打量着奈妮薇，没等奈妮薇说话，他已经抓住她的胳膊，把她拉出观众入口。

当然，管马的认识奈妮薇，那两名塌鼻子的护卫立刻举起棒子向他们走过来。奈妮薇急忙挥手示意他们离开，然后用力把自己被抓住的胳膊扯了三次，那男人才松手放开她，他的手指简直就跟铁铸的一样。手拿棍棒的两名护卫犹豫着，看到乌诺松开了奈妮薇，就回到原来的岗位上。很显然，他们清楚瓦蓝·卢卡会认为守门比较重要。

“你以为你在做什么?”奈妮薇问道，但乌诺只是示意她跟上来。他一路上毫不停歇，人群完全不能阻挡他，如果稍稍慢下脚步，也只是为了回头确定奈妮薇是否跟上。他的两条腿微微有些向外的弧度，走路的姿势显示出他更习惯于骑在马背上。奈妮薇暗自咒骂着，却只能拉起裙子，跟着他向那座城镇走去。

在不远的地方，有另外两个马戏团竖起的褐色帆布墙，后面还有更多的马戏团零散分布在拥挤、简陋的临时村庄之间，但距离城墙都不算很近。显然，这里的长官（这是这个地方的称呼，奈妮薇认为被他们称为“长官”的那个女人应该就是这里的市长，虽然她从没听说过有女市长的存在）禁止马戏团进入距离城市半里以内的地方，为的是避免逃脱的动物危害城市。

距离他们最近的一个马戏团入口上方用华丽的绿线和金线绣着“麦林·格姆”的字样，在入口横幅上方，能清晰地看见两个女人挂在从一座高架垂下来的绳子上。在瓦蓝建好表演场地之前，那两个女人并不在那里，看来马猪的展示已经产生了影响。绳子上的两个女人摆出各种奇怪的姿势，甚至能用手撑住绳子，让自己的身体处在完全与地面水平的位置上。这些姿势让奈妮薇想到了魔格丁对她做的事，让她不由得产生一阵厌恶感。焦急地等在麦林·格姆横幅下的人群几乎和瓦蓝那里的一样多。其他表演场地从外面都看不到任何演出，门外的人群也要少得多。

乌诺一直拒绝回答她的问题，也没说过一个字，顶多只是凶狠地向她皱皱眉。这种情况一直持续到他们挤出人群，走到一条宽阔的硬土路上。“我火烧的要做的，”他用粗重的声音说道，“就是带着你找一个我们能火烧的说话的地方，否则那些火烧的家伙如果发现你火烧的认识转生真龙，他们一定会该死的拼命想吻一下你火烧的裙边，那样的话你就会被撕成火烧的碎片了。”现在距离他们三十步范围内已经没有任何人，但他仍然在仔细地扫视着周围。“血和该死的灰啊，女人！你知不知道那些火烧的山羊头们都怎么想？他们之中有一半人认为造物主在每天晚上该死的晚餐时都会和他谈话，而另一半人认为他就是该死的造物主！”

“如果你能改变一下说话的方式，我会很感激的，乌诺先生。如果你能走慢一些，我会更加感激，我们不是在竞走。你要去哪里？为什么我还要跟你走？”

乌诺转过头看着她，嘲讽地笑了：“哦，我确实记得你，那个有一张火……利口的女人。拉冈认为你用舌头可以在十步以外剥掉一头该……公牛的皮，查英那和南古认为应该是五十步距离才对。”至少他放慢了步伐。

奈妮薇索性停下脚步：“去哪里？为什么？”

“去城里。”乌诺没有停下，只是挥着手示意奈妮薇跟上去，“我不知道你在这里火……做什么，但我记得你一直是和那个蓝衣女人在一起的。”

狠狠地咬了咬牙，奈妮薇拉起裙子，又跟了上去，只有这样才能听见他在说什么。而乌诺只是继续说着，仿佛奈妮薇一直都在他身边：“这不是你该……该来的地方，我想，我能弄到足够的该……嘿……足够的钱送你去提尔，有谣传说真龙大人就在那里。”他再次警戒地环视了一周，“除非你是想去那个岛。”他所说的岛指的一定是塔瓦隆。“现在也有关于那里该……古怪的谣言，和平啊，那里一定有古怪!”乌诺来自一个已经有三千年没有过和平的地方，“和平”这个词对夏纳人来说，既是护符，也是脏话。“人们说原来的玉座已经被废黜，有可能已经被处死了，有人说那里发生了战争，她们烧毁了整……”乌诺顿了一下，深吸一口气，面孔扭曲成可怕的形状，“……整座城市。”

奈妮薇诧异地打量着这个男人。她有将近一年没见过乌诺了，也从来不曾和他说过几句话，然而他……为什么男人总以为每个女人都需要有男人照顾?没有女人帮忙，男人甚至连衬衫都系不好！“谢谢你，我们现在做得很好，或者你知道有前往下游的船?”

“我们？那个蓝衣女人也和你在一起？还是那个褐衣的?”他说的一定是沐瑞和维林，直到现在，他还是非常小心。

“不，你还记得伊兰吗?”乌诺生硬地点了点头。奈妮薇心中突然萌生出一点恶作剧的冲动，似乎没有任何事情能让这个男人感到困扰，而且他显然已经把自己视为她的保护神了。“刚才你见过她，你说她看上去就像个……”奈妮薇竭力模仿着乌诺的那种粗横语调，“该死的女王。”

乌诺踉跄了一下，让奈妮薇很得意。他用凶猛的目光扫视着四周，甚至让两名骑马经过的白袍众也从远处绕了过去（当然，那两名白袍众都装作根本没看见乌诺），“她?”他难以置信地咆哮着，“但她该死的头发黑得像乌鸦……”他瞥了奈妮薇一眼，然后又迈开步子向前走去，半是自言自语地说：“那个该死的女人是个女王的女儿，一个该死的女王！而她却在这里该死的让别人看她的两条腿.”奈妮薇赞同地点着头，直到乌诺又说道：“你们该死的南方人就是该死的奇怪！根本火烧的不讲任何体面!”乌诺实在是没什么立场说这种话，夏纳人也许穿得很正经，但奈妮薇仍然脸红地记得夏纳男人和女人们会在一起洗澡，似乎他们认为这和一起吃饭没什么差别。

“你母亲从没教过你该如何用体面的方式说话吗，男人?”乌诺的真眼睛向她皱起眉头，变得和他画的那只眼睛一样凶狠，然后，他摇晃了一下肩膀。在法达拉，他和其他所有人都把奈妮薇看成一位贵族。当然，将一名穿成这样、头发又被染成绝对是非自然颜色的女子看成一位女贵族确实是很困难的。奈妮薇把围巾勒得更紧了一些，然后将双臂交叠在胸前，固定住围巾。在这种干热的天气里，裹上这样一条羊毛围巾非常不舒服。现在奈妮薇根本感觉不到有多么干燥，她从没听说过有人会因为出汗而死掉，但她觉得自己也许会成为第一个例子。“你在这里干什么，乌诺?”

乌诺在回答之前又向周围看了一圈。其实这完全没必要，这条路上的行人非常稀少，只是偶尔能看见一辆牛车、一两个穿着乡下衣服的人，有时还会有一两个骑马的人经过。而根本没有人愿意靠近乌诺，他完全像是那种会一时兴起就割断别人喉咙的男人。“那个蓝衣女人给了我们一个在杰罕那的名字，她说我们要等在那里，直到她传来指示，但我们在杰罕那找到那个女人时，她已经死掉，被埋了。那是个老女人，睡着的时候死掉的，她的亲戚全都没听过那个蓝衣女人的名字。那时，马希玛开始和人群谈话，然后……嗯，继续在那里等待我们永远也收不到的命令已经没意义了。我们留在马希玛身边是因为他可以给我们足以维持生活的钱，不过，只有巴图和奈安加会听他胡说。”他又急又怒地摇了摇头，灰色的发髻也随之来回摆动。

奈妮薇忽然意识到乌诺的这段话里没有一个脏字，而他说话的样子似乎是要把自己的舌头也吞下去。“也许你可以偶尔说说粗话？”她叹了口气，“也许每隔一句说一次？”那个男人向她露出无比感激的微笑，气得奈妮薇恨不得给他一巴掌。“既然你们全都赚不到钱，那马希玛是怎么弄到钱的？”她还记得马希玛——一个阴郁而尖酸的人，从来没喜欢过任何人、任何事。

“为什么？他是该死的先知，他们全都跑来听他布道，你想见见他吗？”乌诺好像正在心里计算句子。奈妮薇呼了一口大气，这个男人还真是听话。“他也许能给你找一条火烧的船，如果你想要的话。在海丹，先知无论想要什么，通常都能得到。是的，他最后总是火烧的能得到，无论是用什么办法。那个人是名好士兵，但有谁能想到他会变成这样？”他皱起眉盯着所有那些粗陋的村庄和那里的人们，甚至还有那些马戏团和前方的城市。

奈妮薇犹豫了一下。那个可怕的先知，无数暴动与骚乱的肇因，难道会是马希玛？但他确实原先就在鼓吹转生真龙的到来。他们现在已经快到城门了，不过距离她站在柏姬泰面前让她朝自己射箭还有一段时间。因为那个女人坚称自己为玛爱隆，瓦蓝对此非常失望。如果马希玛能找到一艘前往下游的船……也许就是今天。另一方面，在北方确实有暴动，如果谣言将它们的规模扩大了十倍，那在北方的城镇里就只是死了几百人，只有几百人。

“不要提醒他你和那个该死的岛有任何关系，”乌诺继续说着，同时又若有所思地打量着她。现在奈妮薇意识到，乌诺很可能不知道自己与塔瓦隆真正的关系，毕竟，普通的女人也经常会去塔瓦隆寻求帮助或答案。乌诺知道她与塔瓦隆有牵连，仅此而已。“他对于来自那里的女人并不比白袍众有更多好感，只要你管好你那张该死的嘴，他就不会计较你以前的事情。对于与真龙大人来自同一个村庄的人，马希玛也许会为你火烧的建一艘船。”

城门处的人潮开始变得稠密，人们不停地从两座灰色硐塔中间进进出出，有徒步的，也有骑马的。行人的衣服从破衣烂衫到绣花的丝绸衣裙，可谓是应有尽有。厚重的大门上系着铁条，在十二名长枪兵的守卫下敞开着，这些士兵全都穿着鳞甲短上衣，带着有扁平檐的圆形钢盔。实际上，这些卫兵已经将注意力全部集中在他们身边的六名白袍众身上。真正在检查进出行人的反而是这些穿着雪白罩袍和光亮铠甲的人。

“白袍众有没有造成很多麻烦？”奈妮薇低声问。

乌诺鼓起嘴唇，仿佛是想吐口痰，但瞥了奈妮薇一眼，他没有把痰吐出来。“他们在哪里该死的不惹麻烦？这里的一个马戏团里曾经有个变戏法的女人，她的手法非常巧，就在四天前，一群该死的鸽子粪羊脑袋的暴徒砸烂了那场演出。”瓦蓝·卢卡从没提到过这个！“和平啊！他们想要的只有那个女人，他们说她是……”乌诺瞪了周围行色匆匆的人群一眼，压低了声音，“他们说她是两仪师，是暗黑之友。我听说，他们用绳子勒断她的该死的脖子，后来他们确实把她的尸体挂出来了。马希玛把那些暴动的头目全都砍了头，但这场该死的暴动是白袍众策动的。”他冒着怒火的黑眼睛几乎和那只画出来的红眼睛一模一样。“如果你该死的要我说，这里有太多火烧的绞刑和砍头了，该死的马希玛像那些该死的白袍众一样坏，他们都要在每一块火烧的石头下面找出暗黑之友来。”

“每隔一句说一次。”奈妮薇低声说。乌诺的脸还真的红了。

“不知道我在想什么，”他粗声说着，想要停下脚步，“不能带你到这里来。这里一半像市集，一半像暴动，每走三步就有一个小偷，天一黑女人在户外就不安全。”最后这句话似乎比前面的更令他羞耻。在夏纳，女人在任何时间、任何地点都是安全的（当然，有魔达奥和兽魔人的时候除外），任何男人都会誓死捍卫女性的安全。“这里不安全，我要送你回去，等我找到办法，我会去找你的。”乌诺最后的两句话让奈妮薇打定了主意，她没有让乌诺抓住自己的胳膊，快步向城门走去。“过来，乌诺，不要耽搁了，否则我就丢下你。”乌诺追上她，嘴里抱怨着女人的顽固。一等奈妮薇发觉他在说什么，而且他显然认为自言自语不包含在奈妮薇的脏话规定范围内，她就对他的话听而不闻了。

第39章

在萨马拉的遭遇

守在门口的白袍众并没有特别注意乌诺和奈妮薇，只是用冰冷猜忌的目光把他们迅速审视了一遍。太多的行人让别的任何监控手段都变成了不可能，另外，那些穿鳞甲的士兵应该也不会让他们为所欲为。奈妮薇没想到这么容易就能走进城门。她的巨蛇戒和岚的大戒指都放在她的口袋里——这件超级低胸的裙装让她无法把它们挂在脖子上——但不知为什么，她总觉得圣光之子也许能凭着直觉找出被白塔训练过的女人。当那种冰冷无情的目光离开她的身体时，她明显地松了一口气。

她将围巾重新披好之后，那些士兵也就不再注意她了。乌诺的眼光可能帮助他们将视线转回到白袍众身上，但这个男人并没有权力摆出这副架势，这是奈妮薇自己的事。

再一次裹好围巾，奈妮薇把它的末端系到了腰上，这样做让围巾下面露出来的胸部线条比她希望的要清晰许多，而且还是有一点乳沟没法遮住。不过这已经让她的穿着改进了不少，至少她不必再担心围巾会滑下来。如果天气不这么热就好了，应该很快就会转凉了吧！毕竟两河就在不远的北方。

乌诺耐心地等待着奈妮薇把衣服整理好。奈妮薇不知道他这么做是不是只因为礼貌，他那张带着伤疤的脸看上去有些过于充满耐心了。最后，他们一起走进萨马拉，走进一片混乱。

这里的每一个角落都充斥着各种噪音，让奈妮薇分辨不出任何声音。人们拥挤在粗石板铺成的街道上，从石板屋顶的酒馆到茅草屋顶的马厩，到处都是摩肩接踵的行人。这里有许多喧闹的客栈，门前挂着只写着店名的招牌，比如“蓝牛”、“舞蹈鹅”。也有只有图画、没有名字的店铺招牌：一把小刀和一把剪子、一匹布、一个金匠的天平、一把理发匠的剃刀、一只壶、一盏灯，或者是一只靴子。奈妮薇能看见像安多人一样的白皙面孔和像海民一样的黝黑面孔，有些很干净，有些很肮脏。高领的外套，低领的外套，无领的外套。单调或鲜亮的衣色，朴素或有着刺绣装饰，破旧的和崭新的，熟悉的或完全陌生的样式。一个留着黑色叉状胡须的男人身着朴素的蓝色外套，胸前挂着一条银链。两个男人，男人，在每只耳朵后面都留着一根黑色的发辫！发辫还一直垂到了肩膀后面。他们的红色外衣袖子和一直到大腿的折筒靴腰上缀着许多黄铜小铃铛。无论这两个人来自什么地方，他们绝不是傻瓜，他们黑色的眼睛像乌诺的一样凶狠又锐利，背上各背着一把弧形的剑。一个赤裸着胸膛的男人系着一条亮黄色的宽腰带，皮肤比老树更加黝黑，两只手掌上刺着杂乱的文身，虽然他既没耳环也没鼻环，但他一定是一名海民。

这里的女性同样是风貌迥然，她们的发色从鸦黑色一直到接近白色的浅黄，或者结着辫子，或者扎成马尾，或者披散着头发，或者剪短，长度则从肩至腰不等。裙子有破旧的羊毛裙、细密的亚麻裙和闪亮的丝裙。衣领有顶到下巴的蕾丝领，有刺绣领，还有完全像奈妮薇身上这套裙装一样的低胸领。奈妮薇甚至看见了一名古铜色皮肤的阿拉多曼女子穿着一件半透明的红色长裙，袍子的领口一直齐到了脖颈，而那里面竟然什么都没有！奈妮薇很想知道，这名女子在天黑之后能有多安全，或者像现在这种大白天，她会不会是安全的。

偶尔经过的白袍众和士兵也完全淹没在这片拥挤的人群中，要像其他人一样奋力为自己争取到行走的空间。牛车和马拉的大车在这些胡乱交叉的街道上只能缓缓地蠕动，轿夫们挤撞着穿过人群。不时会有一辆涂漆的马车由四匹或六匹头插羽毛的马拉着，艰难地向前挪动，马车随行的扈从和戴钢盔的卫兵则徒劳地想为马车在人群中开出一条道路。拿着长笛、扁琴和筝的乐手们，变戏法的或是杂技演员在每一个街角进行他们的表演——他们的演技完全不会让汤姆或查瓦那兄弟担忧——通常还会有另一个人在他们身边捧着帽子，负责收取路人的赏钱。所有的地方都能看到衣衫破烂、满身污秽的乞丐，抓着路人的衣袖，伸着脏兮兮的手。托着装有针线、缎带、梨子等各种商品的小贩在四处穿行、叫卖着，但他们的喊声也完全被人潮的喧嚣声吞没了。

乌诺将奈妮薇拉进一条虽然好不了多少，但至少狭窄一些人潮也相对稀疏的街道。这时奈妮薇的脑子已经完全转晕了，在这一片拥挤之中，她早已经从走在乌诺前面变成亦步亦趋地跟在这名大汉身后。她停下来抚平在人群中被挤乱的衣服，这里比外面要安静一点，没有街头艺人，小贩和乞丐也更少。乞丐们总是会躲开乌诺，即使他扔了几枚铜子儿给一群谨慎小心的小孩，也没有取得任何效果。奈妮薇觉得这不该怪他们，乌诺的样子让人看不出半点……仁慈。

虽然这座城镇的建筑只有两层到三层，但簇拥在这么狭窄的街道两侧，它们仍然让人有一种压迫感。整座街道都被建筑物的影子遮住了。不过现在阳光还很充足，要几个小时之后才会黄昏。她还有足够的时间可以赶回去参加演出，实际上，演出很可能已经是不必要的了，如果运气好，他们在日落时就能得到一条驶往下游的船。

当另一名夏纳人突然出现在面前的时候，奈妮薇愣了一下。那个人同样是背上背着一把剑，头顶被剃光到只剩下一个黑色的发髻，他的年纪顶多只比奈妮薇大一两岁。乌诺立刻就为他们做了简单的介绍和解释，但脚步并没有放慢。

“和平眷顾你，奈妮薇。”拉冈说，他黝黑的脸颊上有一块白色的三角形伤疤，即使在微笑的时候，他的面孔仍然像岩石一样冷峻。奈妮薇从没遇到过一名温柔的夏纳人，温柔的男人在边境国都活不久，温柔的女人在那里同样也活不下去。“我记得你，你的头发颜色改变了，对吧？没关系，不要害怕，我们会保护你安全地去见马希玛，再去你要去的任何地方。但一定要记住，不要在他面前提起塔瓦隆。”周围并没有人多看他们一眼，但拉冈还是放低了声音：“马希玛认为白塔要控制真龙大人。”

奈妮薇摇了摇头。另一个打算照顾她的傻瓜，不过至少他没有想和她聊天。以奈妮薇现在的脾气，即使拉冈只是和她谈谈炎热的天气，奈妮薇也会恨不得立刻抛给他几句难听的话。奈妮薇觉得自己的脸上被敷了一层液体，在这种天气里披上一条羊毛围巾，当然会有这种结果。她忽然记起那个独眼男人曾经说过拉冈对她舌头的看法。她不觉得自己曾经多瞥过拉冈一眼，但现在那名年轻的夏纳人已经躲到了乌诺的另一边，还小心地瞥了她一眼。男人！

街道变得更狭窄，两侧的建筑物却没有相对变小，他们经常只能看到建筑物的背面——由粗糙的灰色墙壁围住的小院子。最后他们转进一条宽度仅能容下他们三个并肩而行的小巷，在巷子的尽头，一辆经过油漆和镀金的马车被身穿鳞甲的男人们围绕着。在他们和那辆马车之间，有许多人闲待在巷子两侧。他们穿着各种样式的衣服，其中大多数人的手里拿着棍棒、长矛、刀剑之类与他们的衣服同样杂乱的武器。他们的样子很像是一群街头流氓。但两名夏纳人都没有放慢脚步，所以奈妮薇也没有。

“前面那些街道里全都是一些该死的傻瓜，想要透过该死的窗户看马希玛一眼。”乌诺对奈妮薇耳语道，“进去的惟一办法是从后面。”当他们靠近那些人的时候，乌诺闭上了嘴。

这些人之中有两个是戴着有檐钢盔、身穿鳞甲短外衣的士兵，他们的腰间佩着剑，手里拿着长矛。但真正向刚走来的这三个人投去怀疑目光并开始握紧武器的反而是其他的人，这些人的目光很令人感到烦扰，太虔诚了，几乎是一种病态的狂热。只有这一次，奈妮薇宁愿看到那些男人用真正男人的眼光去看她，这些男人根本不在乎她是个女人还是一匹马。

乌诺和拉冈一言不发地从背上解下了大剑，连同他们的匕首一起交给一名圆脸男人。看那个男人身上的蓝色羊毛外衣和裤子，奈妮薇觉得他应该曾经是一名店铺老板。衣服的质料很好，而且也算干净，但被磨损得很厉害，上面又布满了褶皱，仿佛那个胖男人在最近一个月里一直是穿着它睡觉的。他显然认出夏纳人，虽然他对着奈妮薇皱了一会儿的眉头(尤其对着她腰间的小刀)，最后胖男人一言不发地向石墙上的一道窄木门点点头。这也许是这帮人一直到现在最明显的一种表示了，他们之中没有一个人说过一个字。

墙的另一边是一座小院子，铺地的鹅卵石缝隙里长满了杂草。院子后面是一座高大的三层淡灰色石砌建筑，有着宽阔的窗户和雕刻着卷曲花纹的屋檐和山墙，屋顶上铺着暗红色的瓦片，这一定是萨马拉最好的一座房子。一等院门在背后被关上的时候，拉冈低声说：“有人想要杀死先知。”

奈妮薇过了一会儿才明白，拉冈是在解释为什么他们的武器会被收走。“但你们是他的朋友，”她表示反对，“你们一同追随兰德到了法美镇。”奈妮薇不想叫兰德什么真龙大人。

“所以我们才能该死的被允许进来。”乌诺冷冷地说，“我告诉过你，我们并不赞同那些……那位先知所做的。”他微微停顿了一下，又立刻转回头看了院门一眼，仿佛担心有人窃听。奈妮薇能够明白他这样做所代表的含意。先知并不是原先的马希玛，而乌诺显然不能很好地控制自己的舌头。

“只要说话小心些，”拉冈对奈妮薇说，“你应该能得到你想要的帮助。”奈妮薇点点头，显出一副心悦诚服的表情。只要别人的忠告有道理，她不会固执地反对，虽然拉冈并没有权力这样对她说。但拉冈和乌诺交换了个怀疑的眼神，奈妮薇很想把这两个家伙与汤姆和泽凌一起塞进麻袋里狠狠地抽上一顿。

这算是幢好房子，但它的厨房里却积满了灰尘。除了一名骨瘦如柴的灰发妇人之外，里面也没有任何人，她的灰色裙子和白围裙是奈妮薇视野里惟一干净的东西。那名老妇人磨着牙齿，在一座大石壁炉中点起的一小堆火上熬着一锅汤。奈妮薇一行人经过时，她连眼皮都没有抬一下。两只被撞凹的锅子挂在可以挂二十只罐子的钩子上，宽大的桌子上，一只蓝漆托盘里放着一只缺口的陶碗。

厨房外面的走廊里装饰着一些还算精美的壁挂。奈妮薇在这一年的时间里已经对各种装饰品有了一些鉴赏品味。壁挂上绘着的宴会与猎捕鹿、熊和野猪的场景只能算是翔实，绝对不能说是优秀。墙边上还摆放着许多椅子、桌子和柜子，这些家具涂着有红色斑点的黑漆，上面嵌着珍珠贝。壁挂和家具上也都是尘土。红白两色的地砖只是用扫帚约略地扫过一遍，涂着石灰的高天花板在角落里全都是蜘蛛网。

奈妮薇在走廊里没有见到别的仆人，其实她没有见到任何人。直到他们走到一个敞开的门口，才在门外看见一名身材瘦削的人坐在那里。那个人穿着一件对他来说有些太大的肮脏红丝外套，以及同样肮脏的衬衫和破烂的羊毛长裤，他的一只破靴子在靴底上有个大洞，另一只靴子的靴尖上露出了他的脚趾。看见三个人走过来，他举起一只手，悄声说道："光明照耀你们，颂扬真龙大人之名。"他这样说的时候仿佛是在问一个问题，躁怒的神情扭曲了他那张跟他的衣服一样肮脏的窄脸，话说回来，大概他平常就是这种态度。他的每一句话都是以询问的语气说出来的："先知现在不能被打扰？他很忙碌？你们必须要等一会儿？"乌诺耐心地点点头，拉冈靠在了墙上，他们以前肯定来过。

奈妮薇不知道自己对这名先知可以有怎样的期待，即使到了现在，她也不知道他是什么样的人，但她绝对没料到他是个猥琐的家伙。那锅汤的味道闻起来像是甘蓝和马铃薯，这绝不该是一个在整座城市中呼风唤雨的人所吃的食物，而且他只有两名仆人，而且肯定还是从城外最破烂的棚屋里找来的。

那名皮包骨的卫兵（他并没有武器，也许他也没有得到信任）并没有阻止奈妮薇走到能看见门里的位置上。奈妮薇从没见过像房里那一男一女这么不相称的两个人。马希玛甚至连他的顶髻都剃掉了，他穿着朴素的棕色羊毛外套，上面有许多褶皱，但还是相当干净，虽然脚上的一双齐膝高的靴子已经磨损得很厉害了。深陷的眼眶让他永远不变的悻悻然表情看起来像是怒容，褐色脸颊上的苍白三角形伤疤几乎与拉冈的一模一样，只是因为岁月流逝而稍显黯淡，位置也比较接近发际。那名女子穿着一件精致的绣金蓝丝裙，应该是将近中年，尽管鼻子有些长，相貌依然称得上可爱，被一顶简单的蓝色网帽拢住的黑色头发一直披到她的腰际。但她戴着一串粗大的镶嵌着火滴石的金项链以及与之相配的手镯，她的每根手指上都戴着宝石戒指。马希玛似乎正在控制着自己不要扑出去，脸上已经露出龇牙咧嘴的凶狠表情，而那名女子则保持着优雅而矜持的姿态。

"……那么多人在追随你，"女人在说话，"当你到达的时候，命令就已经飞过了城墙，人们无法保全他们的生命和财产——"

"真龙大人已经打破了所有法律的束缚，所有对于凡间男女的束缚。"马希玛的声音里充满了热情与虔诚，而不是愤怒，"预言中说，真龙大人会打破所有束缚的链条，就是这样，真龙大人的光辉会庇护我们对抗暗影。"

"威胁这里的不是暗影，而是小偷、扒手和强盗。有许多追随你的人相信，他们能毫无代价地拿走他们想要的东西。"

"公正存于未来，存于吾等转生之时，关心这个世界的俗事毫无意义。不过，如果你想要提早得到公正的话——"他轻蔑地弯起了嘴唇，"那就这样吧！从今天开始，偷窃的男人将被砍掉右手，伤害或凌辱妇女，以及犯下谋杀罪行的男人将被吊死，偷窃或谋杀的女人要受到鞭刑。如果任何人指控某人，并且能找到十二个人表示认同，罪行即告成立。就这样吧！"

"当然，就依你说的。"那名女子喃喃地说道，面容依旧保持着端庄冷漠，但声音却在动摇。奈妮薇不知道海丹的法律是怎样的，但她认为法律不应该如此随意。那名女子深吸了一口气："还有食物的问题，现在要让那么多人吃饱已经相当困难了。"

"每个为了真龙大人而来的男人、女人和孩子必须得以温饱，一定要！能找到黄金的地方，就能找到食物，而这个世界上有许多黄金，太多人关心黄金了。"马希玛恼恨地摇着头，他的样子仿佛是恨不得找出所有关心黄金的人，把怒火全部发泄在他们头上。"真龙大人已经转生，暗影正伺机夺取这个世界，只有真龙大人能拯救我们。只有信仰真龙大人，顺从真龙的意旨，其余所有均为无用，甚至可以说是亵渎。"

"祝福光明中的真龙大人之名。"这完全是一句生硬的背诵，"现在已经不再是简单的黄金的问题了，先知大人，找到并输送食物以供给——"

"我没有尊号！"他又一次打断了对方的话，这一次，他是真的对那名女子发怒了，他向那名女子探过身去，嘴角泛起了白沫。虽然那名女子的表情没有改变，但她的双手却抽搐着，仿佛是想抓住自己的裙子。"除了光明所在的真龙大人，所有的人都是平民，我只是真龙大人的众多谦卑代言者之一。记住这一点！

无论权势高低，亵渎者都将被处以鞭刑！”

“请原谅。”珠光宝气的女人喃喃地说着，展开裙子行了个符合宫廷礼仪的屈膝礼，“当然，就依你说的，除了真龙大人，没有人能拥有尊号，我只是真龙大人——祝福真龙大人之名——的一名谦卑的追随者，我只是来领受先知的睿智和指引的。”

用手背擦了擦嘴角，马希玛的声音突然变得冰冷：“你身上的黄金太多了，不要让俗世的虚荣引诱你，黄金是幻影，真龙大人是一切。”

那名女子立刻就从手指上脱下那些戒指，还没等她把第二枚戒指退下来，门口那个肮脏的瘦子已经跑到她身边，从外衣口袋里掏出一只袋子，在女子的面前撑开来。最后那副项链和手镯也被放了进去。

奈妮薇望向乌诺，扬起了一侧的眉弓。

“每一分钱都会用在穷人身上，”乌诺用低微到奈妮薇几乎听不见的声音对她说，“或者是真正有需要的人。如果不是某个商人该死的把自己的房子给了他，他现在可能还住在该死的马厩里，或者是城外那些破棚子里。”

“就连他的食物也是别人送给他的。”拉冈用同样低的声音说，“他们曾经给他送来许多国王才能吃到的珍馐，但后来他们发现他把一切都送给了别人，只给自己留下一块面包、一碗汤或是一点炖菜，现在他几乎连酒都不喝了。”

奈妮薇摇了摇头。她承认这是个为穷人找到钱的办法，当然，只是简单地剥夺非穷人的财产，最终的结果当然是让所有人都变成穷人，但这种办法在短期内也许是有效的。她想知道乌诺和拉冈是否知道全部的情况。自称为了帮助其他人而敛财的人通常会在自己的腰包里留下一些，否则就是他们喜欢通过散财而换来的权力，权力的诱惑远大于金钱。她宁愿去赞赏无偿地从自己的腰包里掏出一个铜子儿的人，也不愿意去靠近从别人手中夺取金币的人，而她更看不起丢弃了自己的农场和店铺，跟随这个……这个先知，这些根本不知道自己的下一顿饭在哪里的那些傻瓜。

房间里，那名女子向马希玛行了个更深的屈膝礼，她低着头说道：“希望我能有荣幸再次恭聆先知的教诲与劝诫，光明祝福真龙大人之名。”

马希玛不在意地挥手示意她离开，似乎已经将她忘掉了。他已经看见了走廊里的奈妮薇等人，脸上显露出他的阴沉面孔所能允许的最高兴的神情，虽然那张脸依旧是阴森得厉害。那名女子快步走出房间，仿佛完全没看到奈妮薇和两名夏纳人。奈妮薇哼了一声。对于一个刚刚被命令脱下所有珠宝的女人来说，那名女子的表现也算相当体面了。这时，穿红外套的瘦子焦急地挥手示意他们快些进房去。

瘦子又跑回到他在门边的位置上，而另外三个男人已经在用边境国的方式握手了，他们抓握的都是彼此的前臂。

“和平眷顾你的剑。”乌诺说道。拉冈也说了同样的话。

“和平眷顾真龙大人，”马希玛响应道，“他的光明照耀我们所有人。”奈妮薇一时喘不过气来。他的意思确切无疑，真龙大人是光明的源头——而他绝不说旁人口中的亵渎之语！“你们终于要走进光明了吗？”

“我们行走在光明中，”拉冈小心地说，“就像以往一样。”乌诺没有说话，他的面孔冷若冰霜。

因为忍耐而产生的疲倦让马希玛阴郁的脸上显出一种奇怪的神色。“除了通过真龙大人，没有任何办法可以到达光明。最终你们总能看清道路和真理，你们已经见到了真龙大人，只有那些灵魂被暗影吞噬的人才会看到却不相信，你们不是这样的人，你们会相信的。”

尽管在羊毛围巾的包裹下燥热难耐，鸡皮疙瘩仍然布满了奈妮薇的胳膊。这个男人的声音中充满了坚定的信仰，在这么近的距离里，奈妮薇能看见他几乎纯黑色的眼睛里闪烁着疯狂的光芒。他用那双眼睛扫了奈妮薇一眼，奈妮薇立刻感到膝盖一阵发麻，与他相比，奈妮薇觉得即使是最狂热的白袍众也显得平和。那些巷子里的人只是他们的主人无力的翻版。

“你，女人，你是否准备好了走进真龙大人的光明中，放弃你的罪行和肉体？”

“我尽全力行在光明中。”奈妮薇很生气地发觉自己竟然在像拉冈一样小声说话。罪行？他以为她是什么人？

“你太注重肉体了。”马希玛匆匆地扫了一眼奈妮薇的红艳裙装和紧紧裹在她身上的围巾。

“你这是什么意思？”奈妮薇恼怒地说道。乌诺惊讶地睁大了眼睛，拉冈也急忙示意奈妮薇小心说话。奈妮薇已经停不住口了：“你以为你有权力告诉我该如何穿衣服？”奈妮薇发觉自己已经解开围巾，让它挂在了臂肘上。毕竟，这天气确实是太热了。“没有男人有这种权力，对于我或任何其他女人都没有！如果我决定一丝不挂，那也与你无关！”

马希玛盯着她的胸部看了一会儿，不像是在欣赏，里面只能看见轻蔑与鄙视。然后，他将视线挪到奈妮薇的脸上。乌诺真正的眼睛和画上的眼睛同样怒气冲冲地盯着不知哪个地方。拉冈显出很不安的样子，他肯定在脑子里嘀咕着什么。

奈妮薇费力地吞了口口水，终于控制住了自己的舌头，也许有生以来第一次，她真诚地为没有多考虑就说出自己的想法而后悔。如果这个男人能发出命令经过一个愚蠢的审讯就能切掉男人的手、把男人吊死，他还有什么不能做？奈妮薇觉得自己愤怒得可以导引了。

但如果她真的……如果魔格丁或任何黑宗两仪师在萨马拉……但如果我不……她很想再用围巾把自己裹起来，一直裹到下巴，但在他盯着自己的时候，她不能那么做。一个声音在她的脑子里高喊着，不能做一个彻底的羊毛脑袋——只有男人才会让虚荣心压倒理智——但她还是挑战般地迎上了马希玛的目光，同时又暗中拼命阻止了自己吞咽口水的冲动。

马希玛的嘴唇弯了下去："穿上这样的衣服只是为了引诱男人，没有别的理由。"奈妮薇不能明白，为什么这个人的声音里能同时充满狂热与严寒。"肉体的贪欲干扰了对真龙大人与光明的信念。我已经考虑过禁止穿着这种会引诱男人的眼睛与思想的衣服，让浪费时间引诱男人的女人和引诱女人的男人接受鞭打，直到他们知道，只有投身于真龙大人和光明的伟大事业中，才能得到真正的快乐。"他黯沉的目光没有继续留在奈妮薇身上，而是透过奈妮薇望向了无限遥远的地方。"让酒馆和所有贩售烈酒的地方，还有全部会引诱人们离开伟大事业的地方全部被烧光。在我罪行累累的岁月里，我经常会出入这种地方，但现在，我衷心地感到悔恨。所有人都要为他们的罪行而忏悔。真龙大人和光明才是惟一的！其余全是虚幻，是暗影设下的陷阱！"

"她是奈妮薇·爱米拉，"乌诺趁马希玛吸气的时候赶紧插嘴道，"她和真龙大人都是两河流域伊蒙村的人。"马希玛的头缓缓地转向那名独眼男子，奈妮薇急忙趁机把围巾裹了回去。"她在法达拉的时候和真龙大人在一起，还有在法美镇的时候。真龙大人从法美镇救出了她，真龙大人在意她就像在意自己的母亲。"

换作别的时候，奈妮薇一定会给他几句狠话，甚至也许会甩他一耳光。兰德没有救她，或者，至少这样说是不确切的，而且她也比兰德大不了几岁。母亲，真是的！马希玛转过头看着她，刚才燃烧在他眼里的火焰已经不在了，它们刚才差点就要喷发出来。

"奈妮薇，是的。"他的声音开始变快，"是的！我记得你的名字，还有你的脸。奈妮薇·爱米拉，女人之中，除了真龙大人的母亲之外，再没有比你得福更多的，因为是你照看真龙大人成人，你在真龙大人还是孩子的时候就在照顾他。"他抓住奈妮薇的手臂，有力的手指捏痛了奈妮薇，但他却毫无知觉。"你要向人群颂扬真龙大人幼时的事迹，他的第一句睿智之言，伴随着他的奇迹。是光明为了真龙大人而把你送到了这里。"

奈妮薇不知道该说些什么，她从没在兰德身边看见过什么奇迹。在提尔，她听说了一些，但发生在时轴周围的怪事毕竟很难被称作奇迹，反正这样说太牵强了。即使是发生在法美镇的事情也是有理可循的，勉强算有。作为一名乡贤，她听兰德说的第一句完整的话是拼命地保证自己不再会向任何人扔石头了，而那时奈妮薇正在打他的屁股。在她的印象里，从此之后，兰德就没说过什么称得上睿智的话。但不管怎样，如果兰德真的是在摇篮里就说出了各种名言哲理，如果天上出现了一堆彗星，太阳下面有奇迹异象，她还是不会留在这个疯子身边。

“我一定要去下游，”奈妮薇谨慎地说，“我要到他那里去，到真龙大人那里去。”这个名字让她觉得很拗口，而且她刚刚答应过自己——兰德就是兰德。但在这名先知面前，显然不能只用一个简单的“他”来指称兰德。*我只是让自己变得理智一些，就是这样。*俗话说得好：“男人是橡树，女人是柳树。”橡树与风暴抗争，最后被折断，而柳树却会在必须生存下来的时候顺风倒伏。不过这不意味着奈妮薇很喜欢倒伏。“他……真龙大人……在提尔，真龙大人召唤我到那里去。”

“提尔。”马希玛松开握住她前臂的手，奈妮薇立刻偷偷揉了揉刚才被捏的地方。但她其实没必要偷偷这样做，马希玛根本没有看她，而是又望向某个遥远的地方。“是的，我听说了。”他向远处，或是向他自己说着，“当阿玛迪西亚像海丹一样从属于真龙大人的时候，我就会率领人们前往提尔，去沐浴在真龙的光辉之中。我还会派遣信徒去塔拉朋和阿拉多曼传播真龙的讯息，去沙戴亚、坎多和其他边境国，去安多，而我会带领人群跪倒在真龙大人的脚前。”

“一个睿智的计划……唔……哦，真龙大人的先知。”一个她听到过的最愚蠢的计划，不过奈妮薇并不确定这个计划不会成功。不知为什么，愚蠢的计划经常会成功，特别是那些男人的计划。如果现在兰德的傲慢有艾雯所宣称的一半那么多，他甚至有可能会喜欢这些人全都跪在他面前。“但我们……我不能等了，我已经受到了召唤。真龙大人发出的召唤，凡人必须遵从。”总有一天，她要为这些话甩兰德几耳光！“我必须找一艘船去下游。”

马希玛盯着她看了许久，让她变得愈来愈紧张。汗水从她的后背和双乳之间不停地流下来，原因不止是天气炎热，在这种目光下，就连魔格丁也要流汗。

最后，马希玛点了点头，狂热从眼中退去，只剩下他以往的阴郁。“是的，”他叹息了一声，“如果你受到了召唤，你就必须去，在光明中，随光明而去。穿着要得体一点，真龙大人身边的人必须是其他所有人的道德典范。一切都要为真龙大人和他的光明考虑。”

“一艘河船?”奈妮薇坚持道,“你一定知道所有到达萨马拉的船,以及所有在附近村庄停靠的船。只要你能告诉我能在哪里找到一艘船,我的行进速度就能……快许多。”奈妮薇本来想说的是“容易许多”,但她觉得太轻松的话可能无法说动马希玛。

“我并不关心这样的事,”马希玛有些暴躁地说,“但你是对的,真龙大人发出的命令一定要尽快执行。我会去问问,如果能找到一艘船,我最后总能知道。”他的眼睛转向另外两个男人。“你们必须保护她安全到达那里。如果她坚持要穿成这样,她会引来怀有邪念的男人。她就像个任性的孩子,一定要得到保护,直到她重新见到真龙大人。”

奈妮薇咬住自己的舌头。是柳树,不是橡树,现在她需要作一株柳树。她努力用微笑遮掩住自己的愤怒,这个白痴男人一定以为她会感激他。不管怎样,马希玛是个危险的白痴,她必须记住这一点。

乌诺和拉冈再一次握过马希玛的前臂,就和他匆匆道别了。他们一人抓住奈妮薇的一只胳膊,快步把她拉出了房间,似乎认为很有必要让她尽快离开马希玛。还没等他们走到门口,马希玛好像已经忘记了他们。他皱起眉望着为他看门的那个瘦子。在那个瘦子旁边站着一个相貌豪爽、穿农人衣服的男人,现在正用他的大手捏着一顶帽子,宽阔的脸上充满了敬畏。

在向厨房走的路上,奈妮薇没有说一句话。那名灰发妇人还在磨着牙齿,搅拌着那只汤锅,仿佛她在这段时间里从没有移动过。奈妮薇在两个男人拿回武器时也还咬着舌头,就这样一直坚持到他们走出那条巷子,来到一条比较宽阔的街上。这时,奈妮薇转身瞪着他们,在他们的鼻子底下来回摇晃着手指:“你们怎么敢这样拉扯我!”经过的路人都带着笑意望向他们——男人是遗憾的笑,女人是羡慕的笑——不过大概不会有人能想到这个风流的年轻女人会为了什么事而斥责这两名壮汉。“再过五分钟,我就能让他在今天之内找到一条船了!如果你们再敢碰我——”乌诺用极大的声音哼了一下,让奈妮薇的话停在半截。

“再有该死的五分钟,马希玛就会该死的把你握在掌心了,或者他会把你转交给某人,那时立刻就会有某人火烧的来处置你了。只要他说句话,就会有火烧的五十只手,或是一百只手,或是火烧的一千只手去执行,去保证它一定会被做到!”乌诺说完就沿着街道大踏步走了下去,拉冈走在他的身边,如果奈妮薇不跟上去,肯定会被他们丢在这里。乌诺连头都没回,仿佛他知道奈妮薇一定会追过去,而奈妮薇差点就为了证明乌诺是错的而选了另外一条路。最后她选择跟随他们,不是因为害怕自己在一团混乱的街道上迷失,反正她自己也能找到路出去的,迟早可以。“他曾经让一名火烧的王冠理事会的贵族被鞭子抽——被鞭子抽！那时他声音里的火气还不到和你说话时的一半。”独眼男人仿佛是在发牢骚，“轻视真龙大人说的话，这就是他给那个贵族定下的罪名。和平啊！你竟然质问他有什么该死的权力评价你火烧的衣服?！你前几分钟表现得还不错，但我看你的脸就知道你已经忍耐到极限了，你又要火烧的对他说狠话了。能比这个更糟糕的事情只有在他面前直呼真龙大人该死的名字，他管这个叫亵渎，就像不能直呼火烧的暗帝的名字一样。”

拉冈点着头：“还记得巴勒莫女士吗，乌诺？就在第一个跟真龙大人名字有关的谣言从提尔传过来之后，她说了一些关于‘那个叫兰德·亚瑟的人’的话让马希玛听到了，那时马希玛立刻叫刀斧手架起了断头台。”

“马希玛为了这个而砍别人的头?”奈妮薇难以置信地说。

“不，”乌诺厌恶地说道，“因为巴勒莫在明白马希玛该死的要干什么之后，立刻该死的趴到地上苦苦哀求。最后她被绑住两只手腕吊在她自己的马车上，马车一边绕行那我忘记在哪里的村子，她一边该死的挨鞭子。她自己的那些火烧的随从都站在旁边看着，就像是一群绵羊肚子的农夫。”

“抽完鞭子之后，”拉冈说，“巴勒莫感谢了马希玛的仁慈，就像贵族亚利辛一样。”他的声音太意味深长，让奈妮薇感到不舒服，他在强迫奈妮薇接受一种道德规范。“奈妮薇，他们会这样不是没道理的，他们的脑袋因此才没有被马希玛插到树桩上去，而你的脑袋差点就要被插上去了。如果我们想帮你，我们的下场也会和你一样，马希玛对任何人都绝不宽容。”

奈妮薇吸了一口气。马希玛怎么能有这样的权力？而且他的权力显然并不止局限在他的信徒中。不过话说回来，贵族们往往并不比农夫聪明，以奈妮薇的看法，他们之中有许多人还要更愚蠢。那个戴着一堆戒指的白痴女人一定是名女贵族，绝对没有商人会戴火滴石。但海丹肯定有自己的法律、法庭和法官，他们的君王在哪里（奈妮薇记不清海丹的君王是男是女，两河人不会和君王们打什么交道）？负责维护正义与公平的不正是他们和贵族们吗？不过，无论马希玛在这里做了些什么，都与她无关，和被一个疯子蹂躏的一群白痴比起来，她还有更重要的问题要担心。

但她还是好奇地问：“他是要阻止男人和女人们看见对方吗？如果没有婚姻，没有孩子，他难道没想到这会变成什么情况？他要阻止人们耕种、编织或制鞋吗？只为了让他们一心想着兰德·亚瑟?”她故意很清楚地说出这个名字，这两个男人像马希玛一样嘴里塞满了“真龙大人”，几乎要把她逼疯了。“我告诉你们，如果他真的要规定女人们如何穿衣服，他会引起一场暴乱，一场反抗他的暴乱。”萨马拉一定有个像妇议团一样的组织，大多数地方都有这样的组织，也许称呼不一样，也许那根本不是个正式的组织，但总会有这样的东西，负责处理男人们没有足够智能解决的问题。这样的组织可以让女人们避免不正当的穿着，而且实际上，它们确实在很多地方发挥着这样的作用，但这样的事情绝不会允许一个男人染指。女人不会去插手男人们的事情（当然，有必要的时候除外），男人们也不该随意干扰女人。"我想，如果他要关闭所有酒馆，男人们也同样不会有什么好的反应，我从不知道有哪个男人能不喝一杯就安安稳稳地上床睡觉的。"

"也许他会，"拉冈说，"也许他不会。有时候他会着急地去处理问题，有时候他却会忘记，或是把问题放到一边，因为他遇到更重要的问题。"他又冷冷地说道："至于他的追随者们会怎样一语不发地接受他的摆布，一定会让你大吃一惊的。"奈妮薇发觉现在他和乌诺走到了她的两侧，正警戒地审视着街上的行人，就连她也能看出来，他们两个随时都有可能在转瞬间把剑抽出来。如果他们真的要执行马希玛的命令，奈妮薇就有新的问题要考虑了。

"他并没有反对该死的婚姻。"乌诺一边粗声说着，一边瞪了一名卖肉饼的小贩一眼，那名小贩立刻端着装肉饼的盘子跑走了，甚至没有向两名刚刚拿起肉饼的女人收钱。"你很幸运，他不记得你是没有丈夫的，否则他也许会让你带着个丈夫去真龙大人那里。有时候，他会聚集起三四百名没有结婚的男人和同样数量的女人，然后火烧的让他们结婚，其中大多数人以前根本没见过对方。如果那些鸽子屎的挖泥巴的不敢对这个抱怨一句话，你认为他们会抱怨该死的啤酒吗？"

拉冈低声嘀咕了些什么，但奈妮薇听到的内容已经足以让她眯起眼睛了。"有些男人根本不知道他们该死的有多幸运。"这就是拉冈说的，他甚至没注意到奈妮薇瞪着他的眼光，他的眼睛只是忙着审视街道，盯着每一个有可能会像抢走一头猪一样把奈妮薇抢走的人。奈妮薇真想把围巾松开扔掉，但拉冈既没看见她的动作，也没听见她的哼声。男人有时候真的会变成让人无法忍受地又聋又瞎。

"至少他没有想偷走我的珠宝，"她说，"那个把珠宝全给了他的蠢女人是谁？"如果她是马希玛的信徒，那她显然不是个有脑子的女人。

"那个，"乌诺说，"是雅莲德，光所祝福，该死的海丹女王，还有另外几十个头衔，就像你们喜欢给自己加头衔的南方人一样。"

奈妮薇的脚趾踢到一颗鹅卵石，差点栽倒在地上。"所以他才能那么嚣张，"她惊讶地说着，甩开了两个男人扶住她的手，"如果连女王都愚蠢到会听他的话，那就无怪乎他可以为所欲为了。"

“女王不傻，”乌诺皱着眉瞥了奈妮薇一眼，然后才转回头继续去看着街道，“她是个有智能的女人，要是你该死的发现自己正骑在一匹疯马背上，你该死的最好依着它的性子跑。因为她把戒指都给了马希玛，你该死的就以为她是个傻瓜？她火烧的很聪明，她知道如果自己在见马希玛的时候不戴着珠宝，先知就有可能向她要更多的东西。他们第一次见面是马希玛去晋谒她的——那天以后，情况就相反了——那次马希玛就拿走她火烧的手指头上的所有戒指。那时她的头发上系着几串珍珠，马希玛拉断了珠串，让珍珠全都掉在地上，陪侍她的所有女士全都跪在地上把珍珠捡起来，甚至雅莲德自己也捡了几颗。”

“我不觉得这有多聪明，”奈妮薇顽固地说，“听起来她们只是一群懦夫。”谁的膝盖因为看到那个先知而抖个不停？一个声音在奈妮薇的脑海里问。谁在一直出汗？至少她能用正眼看着他。我做到了，像柳树一样弯腰和像老鼠一样懦弱并不一样。“难道她不是女王吗？”

两个男人交换了个焦躁的眼神，拉冈低声说：“你不明白，奈妮薇，雅莲德是我们到海丹之后的第四个坐上光佑王座的人，从那时到现在也就只有半年的时间。马希玛拥有第一批信徒时，戴着王冠的是乔韩宁，那时他以为马希玛只是个无害的疯子。甚至在马希玛的信众不断增多，他的贵族们警告他要处理这件事的时候，他仍然置之不理，最后，乔韩宁死在一场狩猎的意外——”

“狩猎的意外！”乌诺重重地哼了一声，一名恰巧看了他一眼的小贩把装满针线的托盘掉在了地上。“直到一根火烧的猎野猪长矛把他戳穿时，他才该死的明白了火烧的南方人的火烧的权力游戏！”

“他的继任者是艾黎责，”拉冈接着说道，“她动用军队驱逐那些信众，导致了一场激战，最后被驱散的是她的军队。”

“那些该死的可怜家伙们根本算不上是士兵。”乌诺嘟囔着。奈妮薇觉得又要和乌诺说说他的言谈了。

拉冈表示赞同地点点头，嘴里并没有停下来：“艾黎责在那之后被俘。她死之后，特蕾西亚取代了她的位置。特蕾西亚加冕后的第十天，她终于能派出两千士兵镇压暴动，但迎接他们的是聚集在杰罕那城外听马希玛布道的一万信众。她的士兵被击溃之后，她就退位，嫁给了一名富商。”奈妮薇难以置信地盯着拉冈，乌诺又哼了一声。“他们就是这么说的。”年轻的夏纳人继续说道，“当然，在这个地方，与一名平民人结婚就代表着永远放弃得到王位的权利，无论贝隆·乔拉德对自己能得到一位有王室血统的年轻妻子有什么看法，我听说他是被二十名雅莲德的扈兵从床上揪下来直接拖到哲玳宫，三更半夜里成了婚。特蕾西亚住进了她丈夫在乡间的新别墅，而王冠则戴在雅莲德的头上，这一切都在日出之前就结束了。随后新女王就在王宫里召见了马希玛，告诉他海丹不会再找他的麻烦了。两个星期之内，就变成女王受马希玛召见了。我不知道她是不是真的相信马希玛所鼓吹的一切，但我知道，她在一个国家濒临内战边缘、白袍众准备侵略的时候得到了王座，而她竭尽所能阻止了这一切。她是一位睿智的女王，男人们会因为效忠于她而感到光荣，即使她是个南方人。”

奈妮薇张开嘴，却忘记自己该说什么。而乌诺在这时用随意的嗓音说：“有个火烧的白袍众在跟着我们，不要看周围，女人，你该死的不该那么糊涂的。”

奈妮薇僵着脖子，强迫自己只看着前方，她感到脊背一阵发凉。“在下一个街口转弯，乌诺。”

“那样我们就要离开该死的主街了，我们就没办法去该死的城门。我们可以火烧的把他丢在人群里。”

“转弯！”她缓缓地吸着气，让自己的声音少一些颤栗，“我需要看到他。”

乌诺凶狠的眼光让其他人都躲到了距离他们十步以外的地方，但他们在下一个窄街口的地方转了弯。奈妮薇在他们转弯时稍稍转过头，在被一座石头小酒馆挡住视线之前，刚好从眼角看到了目标。那个穿着有阳光普照图案雪白长袍的男人在人群中非常显眼，奈妮薇绝不会认错那张俊美的脸，她也早就确定会是这张脸。除了加拉德之外，没有其他白袍众有理由跟踪她，也不会有人跟踪乌诺和拉冈。

第40章

时光之轮的编织

加拉德被小酒馆挡住之后，奈妮薇转向正前方，眼睛里立刻充满了怒火。她生气的对象既是她自己，也是加拉德·达欧崔。你这个没脑子的羊毛脑袋！这是一条普通的窄街，圆石铺路，路旁排列着灰色的商店、房屋和酒馆，路上的行人比主街上稀少。如果你没有到城里来，他就永远也不会找到你！这里人太少，没办法藏住他们。你偏要去见那名先知！你偏要相信先知可以在魔格丁到达这里之前帮你离开！什么时候你才会明白，除了你自己之外你不能依靠任何人？一眨眼的工夫，她已经做出了选择。等加拉德转过街角却没看见他们的时候，他就会开始搜寻那些店铺和酒馆了。

“往这边！”奈妮薇拉高裙子，冲进身边的一条巷子，后背紧靠在墙上。虽然她的样子显得十分鬼祟，但街上根本没人多看她一眼，她也不愿意去多想自己听到过的关于萨马拉街道状况的传闻。没等她站稳，乌诺和拉冈已经来到她的身边，把她挤向满是尘土的巷子深处，最后他们躲在一只破碎的老木桶和一只干到马上就要裂开的接雨桶后面。至少，他们正依照她的指示去做，虽然他们的样子表明他们很想知道为什么。两名夏纳人都紧握着肩头的剑柄，时刻准备着拔剑保护奈妮薇，无论她是否答应。就让他们去做吧，你这个傻瓜！你以为你能保护自己吗?

奈妮薇确定自己已经足够愤怒了。加拉德是所有事情中最让她光火的!她绝不该离开马戏团的!这个愚蠢的心血来潮可能会把一切都毁了。她不能在这里导引,就像她无法对抗马希玛,因为魔格丁或黑宗两仪师可能在萨马拉,所以她只能依靠两个男人保护自己。这些都足以让她怒不可遏,现在她恨不得在背后的墙上咬个洞。她知道为什么两仪师需要护法——除了红宗之外,她的脑子明白了,但她在心里只想因此而大声吼叫。

加拉德出现了,他缓慢地穿过街上的人群,双眼不住地四处巡视。从任何角度来说,他都应该就这样走过去——他应该要的,但他的目光几乎立刻就定在了这条巷子上。他找到了他们,而他甚至没有因此显露出任何高兴或惊讶的神情。

当加拉德走进巷道时,乌诺和拉冈同时有了动作。独眼男子在眨眼间抽出了大剑,拉冈将奈妮薇向巷子深处推了一把,也紧随乌诺抽出佩剑。他们一前一后站定脚步,如果加拉德闯过乌诺这一关,他还要再对付拉冈。

奈妮薇咬紧了牙,她可以让这些剑全都变得毫无用处。她能感觉到真源,如同一团看不见却正在她头顶闪耀的光芒,等待着她的拥抱。她能做到,如果她敢这样做的话。

加拉德停在巷口,斗篷甩在身后,一只手轻轻地放在剑柄上,显露着优雅却充满力度的身姿,如果不是穿着光可鉴人的盔甲,说他正在参加一场舞会也绝不为过。

“我不想杀死你们,夏纳人。”他平静地对乌诺说。奈妮薇听伊兰和盖温提过加拉德的剑技,但这还是她第一次意识到加拉德真的有可能像他们说的那么强大。至少,他自己是这样认为的。两名久经战场的士兵各擎着一把强悍的武器,加拉德看着他们,就像一条猎狼犬看着两条弱小的狗,不打算主动寻求冲突,却绝对有信心能将他们一举收拾掉。他没有移动目光,只是提高声音向奈妮薇说道:“其他人也许会跑进一间店铺或客栈,但你从不会做别人预料到的事。能不能让我和你谈谈?没有必要逼我杀掉这两个人吧!”

街上没有一个行人停下来,但即使有三个男人挡在前面,奈妮薇还是能看到从巷口走过的人转过头瞥一眼是什么让一名白袍众出现在这里。已经有不少人看见这三名拔剑相向的男人,谣言在黄昏之前就会传播到城内各处。

“让他过来!”奈妮薇命令道。看到乌诺和拉冈没有动作,她用更坚定的语气又重复了一遍。两名夏纳战士这才缓缓地移向两边,露出的缝隙窄到不能再窄,但他们仍然一言不发。加拉德快步走进巷子,似乎已经忘记了夏纳人的存在。奈妮薇怀疑自己对加拉德的评估也许是个错误。两名留着顶髻的男人显然对加拉德有着不同的看法。

除了弃光魔使，奈妮薇找不出有哪个男人比加拉德让她更不想见到了，但看着这样一张脸，她却无法否认自己加快的呼吸和心跳。这太可笑了。为什么这个男人不能丑一点？即使他只有一张普通的面孔也好啊！

“我知道你在跟踪我，而你也知道这一点。”奈妮薇用指责的语气说道，虽然她也不知道自己在指责他什么。依照她可怜的想象，大概只能指责加拉德没有按她所预期的去做了。

“我一认出你就想到会有这种情形了，奈妮薇，我记得你的观察力很好，虽然总是隐而不显。”

奈妮薇不会让他的恭维转移注意力，回想了一下加入瓦蓝·卢卡之前的状况，她问道：“你在海丹干什么？我以为你正在去阿特拉的路上。”

片刻之间，加拉德只是低着头，用他那双美丽的黑眼睛盯着奈妮薇，然后他突然笑了。“在整个世界里，奈妮薇，只有你会向我问出这个该由我问你的问题，很好，我会回答你，尽管应该是你回答我才对。我确实得到了前往阿特拉的沙力达的命令，但那个先知的信徒改变了一切——怎么了？你生病了？”

奈妮薇强迫自己的面孔保持平静。“当然没有，”她有些恼怒地说，“我很健康，非常感谢你。”沙力达！当然！这个名字像亚柳妲的火棒一样在她的脑子里冒起一团亮光，她是那么努力地搜索自己的每一点回忆，而加拉德无意中的一句话却让她得到了那么久也无法从脑海里榨出来的东西。现在，只要马希玛能尽快找到一艘船，只要她能确保加拉德不会向白袍众告发他们。当然，也不能让乌诺和拉冈杀死他。无论伊兰怎么说，奈妮薇不相信她会因为哥哥被杀而感到高兴的，加拉德不会相信伊兰没有和她在一起。“我只是因为见到你而感到很吃惊。”

“当我得知你们已经溜出西恩达的时候，确实觉得自己有点像傻瓜。”严厉的表情让加拉德英俊的面孔变得令人感到不舒服，但不知为什么，他的声音仍旧悦耳动听，口吻温和得像是在告诫一名在就寝时间后偷偷溜出房子爬树玩耍的女孩。“我担忧得几乎病死了，光明在上，是什么让你们这么着魔？你们明不明白到这个地方来要冒什么样的风险？如果可以，伊兰总是喜欢骑在马上到处乱跑，但我以为至少你会有一些理智。那个所谓的先知——”他停下话，看了身旁的两个男人一眼。乌诺以剑拄地，满是伤疤的双手放在剑柄头上，拉冈似乎正在检查他的剑刃，除此之外什么也不在意。

“我听到了谣传，”加拉德继续缓缓地说，“他是夏纳人，你不可能愚蠢到会和他搅在一起吧?”而要解释这个问题对奈妮薇来说显然是太麻烦了。

“他们两个都不是那名先知,加拉德。”奈妮薇嘲讽地说,“我认识他们已经有一段时间了,我可以向你保证,他们不是坏人。乌诺、拉冈,你们是想用那东西修脚趾甲吗? 把它们收起来好不好?”他们犹豫了一下,才依奈妮薇的吩咐做了,但乌诺仍然免不了狠狠瞪了加拉德一眼。男人们一般总是会对严厉的声音做出反应,大部分的男人会,反正有时候会。

“我根本没以为他们是那个先知,奈妮薇。”加拉德的声音比奈妮薇的还要尖酸,甚至让她产生了一阵怒意。不过继续说下去的时候,他的语气又变得平和而充满了担忧,当然,这让奈妮薇心中的怒意更盛。这男人简直要把她吓到心悸了,而他居然有脸担忧。“我不知道你和伊兰怎么到了这里,我也不在乎,我要做的只有让你们在受到伤害之前脱离危险。现在河上的贸易已经逐渐稀少了,但我还是能在几天之内找到一艘合适的船。告诉我能在哪里找到你们,我会让你们安全到达阿特拉的某个地方,从那里,你们可以前往凯姆林。”

奈妮薇不由得吃了一惊:“你要为我们找一艘船?”

“现在我能做的只有这个。”加拉德的语气显得很抱歉。然后他又摇了摇头,仿佛正在与自己争论。“我不能护送你们到安全的地方,我在这里有任务要完成。”

“我们当然不希望你擅离职守,我们自己上路就好了。”奈妮薇觉得有点喘不过气来。如果加拉德想要误解她的意思,那就让他误解去吧! 现在她最希望的就是加拉德能离开他们。

加拉德似乎感觉到有必要为自己辩护:“让你们单独离开是很不安全的,但一艘小船可以在边境完全封锁之前带你们离开,边境会封闭的,只是时间早晚而已。现在这里的局势就像一堆干草,只要一点火星就能点燃熊熊大火,即使没有其他原因,那个先知也早晚会把这点火星弹出来。你们一定要到凯姆林去,你和伊兰,我要的只是你们答应你们会去那里。白塔不是你们该去的地方,也不是——”他猛地咬紧了牙,但这和把艾雯的名字直接说出来根本没两样。

让加拉德也去找一艘船来不会有什么害处。如果马希玛会忘记是否该关闭酒馆的事,他也会忘记派人去河上找一艘船,特别是,如果他认为让奈妮薇留在这里会对他的事业有利的话。如果能信任加拉德应该是一件好事,否则她就只能希望加拉德的剑术不像他自己想象的那么强大了。一个富有挑战性的想法,但并不比加拉德无法信任更具挑战性。

“我还是我,加拉德,伊兰也是一样。”和马希玛的一番对话已经让她倒足了胃口,现在她很想用白塔这个话题发泄一下。“而现在你也是你自己了。”她挑起一侧眉弓，故意盯着加拉德的白袍子。“那些人恨白塔，他们恨能够导引的女人，现在你也是他们之中的一员了，为什么我会相信在一个小时之内不会有五十个你这样的人想把一支箭射在我的背上？或是把我拖进监牢？我，还有伊兰。”

加拉德愤怒地摇着头，也许他这次是被惹火了：“我必须告诉你多少次？我不会让我妹妹受到伤害的，你也是。”

这句话确实让奈妮薇感到生气，但她愣了一下，才反应过来自己因为这句话中的“你也是”明显亲疏有别而生气。她相信自己不是蠢女孩，不会因为被男人看一眼就失去理智，只是加拉德似乎总有本事让自己的眼神同时具备醉人与慑人的特质。“算你说得对！”她对加拉德说道。加拉德猛地一扬头。

“告诉我你们住在哪里，只要找到一艘合适的船，我就会自己或者派人去找你们。”

如果伊兰是对的，加拉德说谎的可能就不会比立下三誓的两仪师更大，但奈妮薇还在犹豫。在这里犯下的一个错误很可能会是她犯下的最后一个错误，她有权让自己冒险，但这个风险里也包括了伊兰，当然，还有汤姆和泽凌。无论他们怎么想，她也要为他们负责。但现在只有她一个人，她需要做出决定，老实说，没有别的选择了。

“光明啊，女人，你还想要我干什么？”加拉德着急地说着，半举起双手，仿佛是想抓住奈妮薇的肩膀。乌诺的剑刃闪电般挡在他们中间，但伊兰的哥哥眨眼间便将它拂到一边，如同拂去一根细枝，随后也没有瞥乌诺一眼。“我无意伤害你们，现在或将来都不想，我以母亲的名字发誓。你说你还是你？我知道你是什么身份，以及你身份的局限。也许我会穿上这个，”他碰了碰身上雪白的斗篷，“原因之一就是白塔擅自把你还有伊兰、艾雯派去做那些不可告人的事情，不顾你们身份的局限，这就像让一个刚刚学会握剑的男孩上战场，我永远也不会原谅她们。你们两个还有时间退出去，你们不必去拿剑的，白塔对于你和我妹妹都太危险了，特别是现在。已经有半个世界变得对你们来说太危险！让我帮助你们到安全的地方去吧！”他的话音依然很生硬，但其中也流露出了紧张和关心。“我求求你，奈妮薇，如果伊兰出了什么事……我真希望伊兰现在能和你在一起，那样我就能……”用一只手抓了抓头发，他左顾右盼地想着劝说奈妮薇的办法。乌诺和拉冈握紧了剑柄，准备刺穿他的身体，但他根本对两名夏纳人视而不见。“以光明之名，奈妮薇，请允许我尽我所能帮助你们吧！”

最后在奈妮薇的脑海里打破僵局的，是一件很简单的事情——他，她们在海丹，阿玛迪西亚才是会判定能导引的女子有罪的地方，而她们现在河岸的另一边，所以现在要顾忌的只有加拉德对圣光之子所立的誓言是否会压倒他对伊兰的责任了。她内心激烈地交战着。而且他那么俊美，实在不该让乌诺和拉冈杀死他，当然，这和奈妮薇的决定没有任何关系。

“我们在瓦蓝·卢卡的马戏团那里。”奈妮薇最后说道。

加拉德朝她眨眨眼，皱起了眉头：“瓦蓝·卢卡的？你是说那种马戏团？”他的声音里充满了厌恶和难以置信的情绪。“光明在上，你们在那里干什么？那些做那种展出的人绝对好不过……没关系，如果你们需要钱，我能给你们一些，足够让你们住上像样的客栈了。”

他的语气显示出他确定奈妮薇会按照他的设想去做，所以他没有说“我能资助你们一些钱吗？”或者是“你们愿不愿意让我为你们找个住处？”之类的话。他认为她们应该住在客栈里，她们也会很愿意住在那样的地方。这个男人也许能预料到奈妮薇会躲进巷子里，但他看起来并不完全了解奈妮薇。而且，奈妮薇也有必要留在瓦蓝身边。

“你认为全萨马拉城里还找得出一间空房？或者一间空的干草棚？”奈妮薇带着讽刺的口吻问，虽然她本来无意如此尖刻。

“我确定我能找到——”

奈妮薇打断他的话：“任何人都不会去马戏团里找我们。”至少，这任何人之中不包括魔格丁。“你也同意，我们应该尽可能避开别人的耳目，对不对？如果你确实找到了一个房间，那很可能也是你把那个房间里原来的住客赶走了。一名圣光之子为两名女子安排一个房间？这会像粪堆吸引苍蝇一样把好事者们吸引过来。”

加拉德显然不喜欢这样，他紧绷着面孔，瞪了乌诺和拉冈一眼，仿佛这全都是他们两个的错。但他毕竟还是个有理智的男人。“那不是个适合你们的地方，不过现在那里也许比城里要安全，既然你至少同意了会去凯姆林，我就不再多说什么了。”

奈妮薇刻意保持着面容的平静，任由加拉德按照他的想法去以为，如果他觉得她已经答应了她其实并没有答应的事情，那也是他的事情。但她还是要让加拉德尽量远离那个马戏团，只要让他看一眼他妹妹白色紧身裤上亮晶晶的小亮片，随之而来的骚乱将让马希玛发起的任何暴动都黯然失色。“记住，你一定不能靠近那个马戏团，直到你找到一艘船，然后在日落的时候去演员的马车营地那里找一个名叫奈娜的人。”如果可能的话，加拉德更不情愿了，但奈妮薇坚定地对他说：“我从没见过一名圣光之子单独靠近任何马戏团，如果你随便走进去，难道不会招来人们的注意和询问吗？”

加拉德的微笑仍然耀眼动人，但奈妮薇觉得他似乎是露出了太多的牙齿。“看来，你把一切都安排好了，那么至少你不会反对我护送你回营地吧?”

“我应该会反对，人们会因此而散播谣言——一定已经有上百人看见我们在这里说话了。”奈妮薇没办法越过三个男人看清楚街上的状况，但她相信路过的人都不会对巷子里的情况视而不见，而乌诺和拉冈也没有再收回他们的剑。“如果你和我一起回去，就会有一千人看见我们。”

加拉德显得很懊恼，却又有些像松了一口气。“一个可以反驳所有事情的借口，”他喃喃地说道，“但你说得有道理。”但他显然并不希望奈妮薇这样。“听我说，夏纳人，”他转过头，用突然变得像钢一样坚硬的声音对另外两个男人说，“我是加拉德·达欧崔，这个女人处于我的保护之下。至于她的同伴，只要能不让她受到一丁点伤害，我非常乐意付出性命。如果你们敢伤害她们两个，我一定会找到你们，杀死你们。”没再看一眼夏纳人突然溢满了杀气的面孔和他们手中的剑，他又转向奈妮薇：“我想，你还是不会告诉我艾雯在哪里吧?”

“你只要知道她在距离这里很远的地方就行了。”将双臂交叠在胸前，奈妮薇能清晰地感觉到自己的心跳。难道她真的因为一张漂亮的脸蛋就犯下一个危险的错误?“而且她所在之处比你所能安排的任何地方都更安全。”

加拉德的表情仿佛是在说他根本不相信奈妮薇的话，但他并没有反驳。“如果运气好，我会在一两天之内找到一条船，在那以前，留在那个瓦蓝·卢卡的……马戏团里。保持低调，不要引起别人的注意——在你发色允许的情况下，尽量如此。告诉伊兰，不要再逃避我了。因为光明的护佑，我才能找到你们两个，而且你们还安然无恙。如果你们在海丹乱跑，那么光明就要再施展一次奇迹才能护佑你们不会受伤。那个先知的龌龊走狗到处都是，毫不尊重法律和其他人，还有许多趁乱作恶的盗匪。萨马拉本身就是一个黄蜂巢，但如果你能安静几天，再说服我那个顽固的妹妹也不要生事，我就可以在你们被蜇到之前想办法送你们出去。”

奈妮薇费了很大力气才闭上自己的嘴。她还没说什么，加拉德竟然就敢这样命令她！下一步这个男人就要把她和伊兰塞进羊毛包里，把她们当凳子来坐了！*如果有人这样做的话不是正好吗？一个细小的声音在脑海里问她。你的自以为是造成的麻烦还不够多吗？*奈妮薇命令那个声音安静下来。那个声音不但不听，反而开始逐一罗列她的顽固所造成的各种过失与灾难。

加拉德显然将奈妮薇的闭口不言当成了默许，他转过身，却停在了原地。拉冈和乌诺已经封锁了通向街面的道路，同时用那种男人在即将施行暴力时才会有的冰冷目光瞥着奈妮薇，就连空气中似乎都响起了火焰燃烧的劈啪声。奈妮薇急忙挥手示意他们放下武器，夏纳人这才放低手中的剑，站到了一边。加拉德将手从剑柄上移开，快步走过那两个人，快步走进人群之中，没有再回头瞥一眼。

奈妮薇狠狠地瞪了乌诺和拉冈一眼，然后才大步朝反方向走去。她本来已经安排好了一切，却差点让他们给毁掉，男人们似乎总是以为暴力可以解决一切，如果她手里有一根棒子，她一定会把这三个男人痛打一顿，让他们的脑子清醒一些。

不过那两名夏纳人似乎已经清醒一点了，他们跟上她，手中的剑又收回到鞘里。一路上，他们没有说一句话，甚至在奈妮薇转错了两个弯、最后不得不折回来的时候也一言不发。现在他们最好保持沉默。奈妮薇的舌头已经受够拘束了，先是马希玛，然后又是加拉德，现在她只需要一个无论多么微不足道的理由，都能让她爆发。特别是脑子的那个细小声音，现在仍在隐隐作响，拒绝安静下来。

等他们走出萨马拉、踏上那条马车土路时，奈妮薇一边带着两名夏纳人在偶尔有其他行人的道路上行走着，一边仍然在和那个声音争论。她曾经担心过兰德的傲慢，但她自己的傲慢却让自己和身边的人几乎陷入不可挽回的灾难。对于柏姬泰，奈妮薇觉得自己所做的可能比杀死她还要糟糕。现在对奈妮薇来说，最好的事情应该就是去找一些知道自己在做什么、能做出正确决定的人来对付魔格丁和黑宗两仪师了。反对的念头冒了出来，但她像以前践踏汤姆和泽凌一样狠狠地把它们踩了回去。她要去沙力达，将这些事交给蓝宗去处理，就是这样，她决定了。

“你吃了什么不合适的东西了？”拉冈问，“嘴拧得就好像吃了个烂掉的梅子。”

奈妮薇看了拉冈一眼，拉冈立刻闭上嘴。两名夏纳人现在正走在她两侧，但与她保持一步的距离。

她该拿他们怎么办？这两个人肯定能有些用处，把他们就这样甩掉太可惜了。至少，她现在就多了两双眼睛（嗯，应该是三只眼睛，奈妮薇现在还在努力让自己在看到那块眼罩时不会以为乌诺会杀了她）。眼睛更多，找船的速度也就更快。当然，如果马希玛或加拉德先找到一艘船，那自然是万事大吉，但奈妮薇并不想和这两个人多打交道，谁知道这两个人会做些什么事情来。

“你们跟着我是因为马希玛叫你们保护我吗？”奈妮薇问，“还是因为加拉德这样说了？”

“这火烧的有什么差别？”乌诺嘟囔着，“如果是真龙大人召唤你，你该死的就——”他闭上了嘴，紧皱起眉头，奈妮薇这时向他扬起了一根指头，拉冈看着那根指头，就好像在看一件武器。

“你要帮助伊兰和我去找兰德?”

“我们没什么可做的，”拉冈淡淡地说，“看现在的情形，我们在头发变白、牙齿掉光之前可能是看不到夏纳了。也许我们应该和你一起去提尔，或是无论什么地方。”

奈妮薇没想过这一点，但拉冈的话确实有道理，多两个人帮助汤姆和泽凌做各种杂务和守夜应该是好事。现在不需要让他们知道前面的路还有多长，还有多少障碍和弯路。也许沙力达的蓝宗两仪师们就不会让他们继续再走了。一旦找到两仪师，她和伊兰就只能恢复见习生的身份了。*不许这么想！你一定要去做的！*

等在瓦蓝的表演场地外的人群丝毫不见减少，人们排成长队，从一侧鱼贯走进场地的入口，又从另一侧鱼贯而出，同时纷纷议论着他们在场地里看到的奇观。从场地外面仍然偶尔能看见马猪露头出来，每当这个时候，等待进场的群众里就会发出一阵惊呼声。赛兰丁又在让它们站立着排在一起了，但霄辰女人总是会优先让思雷狄特们得到充分的休息。无论瓦蓝是怎么想的，她对这点极为坚持。只要不给男人任何选择的机会，他们就会依你的去做，通常都是这样。

在距离场地不远处，奈妮薇停下脚步，转头看着两名夏纳人。她的表情很平静，但两名夏纳人都保持着相当的警戒。可惜的是，乌诺的眼罩让她有点不安。进出场地的人们并没有多留意这三个人。

“那么你们来就不是因为马希玛或加拉德，”奈妮薇坚定地说，“如果你们要跟我走，你们就要听我的，否则我们就各走各的，反正我没有你们也一样。”

两名夏纳人显然是在交换了眼神后才点头表示同意。“如果火烧的一定要这样，”乌诺粗着嗓子说，“那就这样吧！如果没有人该死的保护你们，你们绝对火烧的没办法活着找到真龙大人。一些羊肚子农夫会因为你的舌头而把你做成早餐的。”拉冈别有深意地看了乌诺一眼，说明他完全同意乌诺的话，但又强烈地怀疑把这想法直接说出口是否明智。看来，拉冈确实有成为明智男人的潜力。

奈妮薇只要他们接受自己的条件，至于他们为什么要接受，她并不很关心，这个问题以后还有许多时间可以讨论。

“我相信，其他人也会同意的。”拉冈说。

“其他人?”奈妮薇眨了眨眼，“你是说，除了你们两个之外还有别人？一共有多少？”

“我们现在一共只有十五人了，我想，巴图和奈安加应该是不会来的。”

“跟在该死的先知后面当走狗了。”乌诺用力地吐了口痰，“只有十五人了。撒尔在山里的时候从该死的悬崖上掉了下去，蒙道和三个该死的号角狩猎者进行了一场火烧的决斗，然后……”

奈妮薇没空去听他的这些唠叨。十五人！她不由得开始算计十五人每天要用掉多少花费。汤姆或泽凌即使在不是很饿的时候吃的东西也比她和伊兰加在一起还要多。光明啊！

换个角度来说，如果是带着十五名夏纳士兵，那就不需要再等什么船了。一艘河船显然是最快捷的方式。现在她记起听说过的关于沙力达的状况，那是一座河畔的城镇，或者是靠近河边的城镇，一艘船可以让他们直接到达那里，但一支夏纳人的护卫队同样可以让她们坐着马车安全地到达那里，不会受到白袍众、强盗或是先知信众的干扰。只是这样的话，他们的行进速度就会慢许多，而且一辆单独的马车带着这样一支队伍离开萨马拉肯定会受到别人的怀疑，魔格丁和黑宗两仪师会轻易地找上他们。*我要让蓝宗去对付她们，就是这样！*

“怎么了？”拉冈问，乌诺也带着歉意说道：“我不该提到萨卡鲁是怎么死的。”萨卡鲁？那一定是乌诺在她失神之后才提到的名字。“我没有怎么和火……和女士们相处过，我忘了你们的肚……唔，我是说，你们的肠胃很娇嫩。”如果他再不停止去拉那个眼罩，他就真的会知道她的肠胃有多么娇嫩了。

人数的增加不会导致什么问题，如果两名夏纳人是好事，那十五名就可以说是精彩了。她的私人军队。不再需要担心白袍众、盗贼或是暴徒，或者她是否误信了加拉德。十五个男人每天要吃掉多少火腿？不管怎样，这帮人需要一个严厉的声音。“那么，以后每天日落的时候，你们之中的一个，记住，是一个人！到这里来找奈娜，这是我现在用的名字。”她本来没必要发出这种命令的，这样只是为了让他们习惯听从她的吩咐。“伊兰现在的名字是摩瑞琳，但你们一定要找奈娜。如果你们需要钱，就来找我，不要去找马希玛了。”这句话说出口的时候，她不得不强迫自己不要打哆嗦。在马车的炉子里还有金币，但瓦蓝也还没有要回他的那一百枚金币，他一定会要的。不过如果有需要的话，她们还有那些珠宝。她必须让这些夏纳人脱离马希玛的供给。“除此之外，你们全都不许靠近我和这个马戏团。”不多说这么一句的话，他们很可能会在这里设置卫兵，或者是做出类似的蠢事。“除非有船到这里，那时你们立刻以最快的速度赶来向我报告。明白吗？”

“不，”乌诺嘟囔着，“为什么我们火烧的不许靠近——”他猛地抬起头，奈妮薇警告的手指几乎顶在他的鼻子上。

“你还记得我对你说过的关于你措辞的规定吗?”她强迫自己直视着乌诺。夏纳人眼罩上的那只红眼睛一直让她的胃感到有些不舒服,“除非你真的记得,否则你很快就会知道两河男人的言谈都很文雅的原因了。”

奈妮薇看得出,乌诺正在脑子里思量她的这句话。夏纳人不知道她和白塔有着什么样的关系。她可能是白塔的一名密探,可能在白塔接受训练,甚至还有可能是一名两仪师——即使是一名披肩没多久的两仪师,而这个威胁足以让他发挥自己的想象力去揣度最糟糕的状况。以前奈妮薇听泽凌对伊兰说过这种办法。

看到这个想象已经在乌诺的心里扎根之后,不等乌诺问问题,她就放下了手指。“你们要远离这里的原因和加拉德是一样的:不要引起别人的注意,而其他事情你们只要按我说的去做就对了。如果一定要把我的每一个决定解释给你听,我就没时间做别的事了,所以你们只要尽力去做就好了。”

这是一种标准的两仪师风格的口吻,而且他们一定会认为,如果他们想要帮助她找到兰德,他们就没有选择。总而言之,奈妮薇很满意地轰他们回头向萨马拉走去,然后就穿过等待的人群,一直走到写着“瓦蓝·卢卡”的横幅下面。

让奈妮薇惊讶的是,场地里距离入口不远处又出现了一个新的表演台。一个穿着黄色薄纱裤子的女子正用头顶着整个身体,她的双手伸开,每只手里各站着一对鸽子。不,不是用头。她咬着一只木头架子,用它撑住了身体。就在奈妮薇吃惊地看着的时候,那名杂技演员将双手放低到台面上,同时将身体向背面弯折过去,然后又抬起了双手。她的腰弯曲的非常厉害,让她看上去就像是坐在自己的头上。这样还不够,她的双腿一直弯曲到她面前,然后不可思议地插进她的腋窝里。她将两对鸽子放在自己翻转的脚上,现在那里变成她用身体形成的环的最高点。这副情景让奈妮薇颤栗不已,这太像是魔格丁将她的身体变成的姿态了。

我不是因为这个才会让蓝宗去对付魔格丁,她对自己说,*我只是不想再造成灾祸了*。这是真的,但奈妮薇也确实害怕下一次没办法再那样轻松地逃脱。她不会向别人承认这一点,她也不喜欢向自己承认这一点。

向那名柔软的体操演员最后投去惊奇的一瞥(现在她已经看不出那名女子是怎样扭曲自己的身体了),奈妮薇转过身,突然惊讶地发现伊兰和柏姬泰从人群中走出来,站在她面前。伊兰用一件斗篷端庄地包住了她的白色外衣和紧身裤,姬泰只穿着那套红色裙装,而且身姿比平时还要高,长辫子被她甩在身后,胸前的肌肤没有任何遮掩地暴露了出来。奈妮薇用手指碰了碰腰间围巾打成的结，希望柏姬泰的样子不要总是让自己想到如果脱去这条灰羊毛围巾，自己会显露出什么样的形象。柏姬泰的腰间挂着一只箭囊，手里拿着瓦蓝的弓，显然，今天已经太晚，她没办法射箭了。

瞥了一眼天空，奈妮薇发觉自己错了。尽管刚刚发生了那么多事，但太阳仍旧悬在地平线上方，地上的影子正在逐渐拉长，但她怀疑这还不足以让柏姬泰放弃。

为了掩饰自己看太阳的动作，她向那名穿着轻纱裤子做出种种不可能的扭曲姿势的女子点点头，依然用牙齿平衡着身体。“她是从哪里来的？”

“瓦蓝雇用了她，”柏姬泰平静地回答，“他还买了几只老虎。她的名字是穆萼伶。”

与柏姬泰冷静的姿态相比，伊兰则显得相当激动。“她从哪里来的？”她气急败坏地说，“她来自一个差点被暴徒们摧毁的马戏团！”

“我听说了，”奈妮薇说，“但这并不重要，我——”

“并不重要！”伊兰抬眼望着天空，“你知道这是为什么？我不知道策动这场暴乱的是白袍众还是那个先知，但他们这样做是因为……”她瞥了周围一眼，压低了声音。人潮仍然在不停地移动着，但每个经过的人都会看一眼两名显然是演员的女子，“……因为那个马戏团里可能有一名有披肩的女子。”她刻意强调了“披肩”这个词。“傻瓜才会想到那名女子会在马戏团里，但话说回来，你和我确实在这里。你又一句话也不留就去了城里。有人说有一个秃头的男人把你扛在肩上带走了，还有人说你吻了一名夏纳人，然后挽着他的胳膊走了。”

还在奈妮薇吃惊地张大了嘴的时候，柏姬泰又说道：“不管谣言怎么说，瓦蓝就是很沮丧，他说……”弓箭手清了清嗓子，压低声音，“‘那就是说，她喜欢粗犷的男人，是吗？嗯，我可以粗犷得像一匹冬日马！’然后他就带着两个肩膀宽得像刚丁的采石工一样的小伙子出去找你了。汤姆·梅里林和泽凌·散达也出去了，他们和瓦蓝显然看对方都不怎么顺眼，但全都太担心你，所以没心思向对方发火。”

片刻之间，奈妮薇只觉得脑中一片混乱。她喜欢粗犷的男人？他怎么可能以为……随着思路逐渐清晰，奈妮薇长长地呻吟了一声：“哦，还要再添麻烦吗？”汤姆和泽凌正在萨马拉城里乱跑，只有光明知道他们会惹出什么麻烦来。

“我还是想知道你是怎么看自己的行为的，”伊兰说，“但我们正在这里浪费时间。”

奈妮薇任由她们一人一边地领着自己穿过人群，但即使听到了瓦蓝等人的事情，她还是对今天的工作感到非常满意。“运气好的话，我们应该能在一两天之内离开这里。即使加拉德没有找到一条船，马希玛也能找到——先知就是他。你还记得马希玛吗，伊兰？那个整天阴沉着脸的男人，我们在——”发觉伊兰忽然停下脚步，奈妮薇也停下来等着伊兰跟上。

“加拉德?”那名年轻女子难以置信地说着，甚至忘了拉紧身上的斗篷，“你见到了……你和加拉德说了话？还有那名先知？一定是的，否则他们怎么会去为我们找船？你和他们喝茶了？还是你在酒馆里遇到他们？一定是那个秃头男人带你去的。也许海丹的国王也在那里？你愿意告诉我，我是在做梦吗？这样我至少可以先醒过来。”

“把斗篷拉紧一些，”奈妮薇用命令的口吻说，“现在统治海丹的是女王了，不是国王。还有，是的，她是在那里。而且那个男人也不是秃头，他是有顶髻的，我的意思是说，他是夏纳人。先知才没有头发，他秃得就像——”她瞪了柏姬泰一眼，柏姬泰立刻停止了窃笑。意识到自己瞪的是什么人，自己又曾对她做过什么事之后，奈妮薇急忙将目光移开了一些。但如果柏姬泰没有抹去脸上的笑意，那她们就能知道奈妮薇会不会打她的耳光了。三名女子又走在了一起。奈妮薇用尽可能平静的语气说：“事情是这样的，我看见了乌诺，就是那些去过法美镇的夏纳人中的一个，那时他在看你走高索，伊兰。顺便说一句，他像我一样不认为安多的王女适合那样露出她的双腿。他告诉我，在法美镇之后，他们是因为听从沐瑞的命令才来到这里，但——”

在她们挤过人群的时候，奈妮薇尽快地把发生的一切都说了一遍，完全不理会伊兰愈来愈带着疑心的惊呼，用尽可能简洁的语句回答她们的每一个问题。伊兰对于海丹的王位更换表示了短暂的兴趣之后，就把注意力集中在加拉德的谈话和奈妮薇为什么会愚蠢到去找先知的问题上，不论那先知究竟是谁。女孩把“愚蠢”这个词说了好几遍，以至于奈妮薇不得不竭力压制住自己的脾气。她也许会为了甩柏姬泰的耳光而感到犹豫，但伊兰显然没有这样的保护，无论这个女孩是不是王女。如果她再敢多说几次，她就能发现这一点了。柏姬泰更感兴趣的是马希玛所专注的事业和那些夏纳人，她似乎在以前的人生中遇到过边境国人，虽然那时他们国家的名字和现在的并不一样，而且她对边境国人的看法大致上相当不错。她没有说什么，但她显然很赞成接纳那些夏纳人。

奈妮薇本以为关于沙力达的讯息会让她们大吃一惊，或者会让她们很兴奋，但柏姬泰却对此毫无反应，仿佛奈妮薇说的是她们要与汤姆和泽凌一块儿吃晚饭一样。显然，她只是会去伊兰要去的地方，其他都不重要。伊兰看起来很犹疑，她竟然在犹疑！

“你确定吗？你费了那么大力气想记起来，而……嗯，加拉德竟然会恰巧和你提起这个名字，这简直是太好运了。”

奈妮薇生气地说：“我当然确定，总会有巧合的。时光之轮按照它的意愿进行编织，你总该听过这句话吧！现在我已经记起来了，他在西恩达也提到过这个名字，但那时我因为太担心你了，没空理他，所以我才没有——”她突然闭上了嘴。

她们已经走到靠近北墙一个用绳子围起来的窄而长的地区，其中一段竖起了一片六尺高、六尺宽的木板。人们聚拢在绳围两侧，许多小孩子蹲在前面，或者是抱着父亲的腿，抓着母亲的裙子。三名女子出现时，人群中响起一阵议论的声音。奈妮薇当场僵在原地，但柏姬泰仍然拉着她的胳膊，把她往前拖了过去。

“我以为我们是要去马车那里。”奈妮薇虚弱地说。她刚才一直忙着说话，根本没注意到她们正朝哪里走。

“除非你想试试我在夜里的箭法。”柏姬泰回答。听她的语气，这名弓箭手大概是很想试一试。

奈妮薇只希望自己除了尖叫之外还能说出一些话来。她们走进绳围内，那片木板已经充满了奈妮薇的视野，就连观众们不住提高的呼喊声似乎也变得遥远了。那块板子看上去距离柏姬泰所站的地方足有一里远。

“你确定他真的是以……我们母亲的名字发誓了？”伊兰没好气地说。即使在距离加拉德这么远的地方，承认他是自己的哥哥仍然让女孩感到万分地不悦。

“什么？是的，我已经说了，不是吗？听着，如果瓦蓝正在城里，他就不会知道我们有没有进行表演，而等他发现时，已经太迟了……”奈妮薇知道自己是在胡言乱语，但她就是管不住自己的舌头，她从没发现过一百步的距离竟是如此遥远。在两河，成年男子总是射击这个距离两倍以外的标靶，但那些标靶全都不是她。“我是说，天色已经很晚了，影子……光线……我们应该等到上午的时候再做这件事，那时光线会——”

“如果他以母亲的名字发誓，”伊兰仿佛根本没在听她说些什么，“那么他无论如何都会遵守这个誓言，即使他会打破以救赎和转生的希望立下的誓言，也不会打破这个誓言。我想……不，我知道我们可以信任他。”虽然这样说着，但她的声音里却没有什么高兴的成分。

“现在的光线很好，”柏姬泰说，她的声音里似乎隐藏着一种揶揄的感觉，“我可以试试蒙起眼睛。我想，这些人一定想看到一些有难度的表演。”

奈妮薇张开嘴，却什么也没说出来，这次她真的只能尖叫了。柏姬泰一定是开了个糟糕的玩笑，一定是的。

她们让奈妮薇靠着粗木板站好，伊兰解开奈妮薇将围巾在腰间打的结，柏姬泰则转身向她们过来的方向走去，同时从箭囊里抽出了一支箭。

“这次你真的是做了蠢事了。”伊兰低声说，“我们能信任加拉德的誓言，这一点我可以确定，但我们不知道他在之前会做些什么。还有，你不该去找那个先知！”她把围巾从奈妮薇的肩头粗鲁地一把扯下，“你根本不知道他会干什么，你担心每一个人，却把一切都推进了险境！”

“我知道。”奈妮薇努力地说出这句话。现在她的眼睛里只有太阳，已经完全看不见柏姬泰了，但柏姬泰能看见她，她当然能，这是最重要的一点。

伊兰怀疑地看着她：“你知道？”

“我知道我在冒险，我应该先和你谈谈的，问问你的意见。我知道我是个傻瓜，我不该在没有监护人的陪同就被允许外出。”奈妮薇一口气把这些话说了出来。柏姬泰一定能看见她的。

怀疑变成了关心。“你还好吗？如果你真的不想表演……”

这个女孩以为她害怕了。奈妮薇不能让她这么想，她不会让她这么想，她强迫自己露出微笑，同时希望自己的眼睛不要睁得那么大。她觉得自己脸上的肌肉绷得很紧。“我当然想表演，实际上，我很期待呢！”

伊兰更加怀疑地朝她皱起眉，但她最后还是点了点头：“你确定是沙力达？”

女孩没等奈妮薇回答，就叠起围巾，快步躲到了一旁。不知为什么，奈妮薇没办法让自己因为女孩的这个问题和她临阵脱逃的举动感到生气，她的呼吸变得异常急促，让她只能模糊地察觉到身上那条低领裙装已经快顺着领口滑下去了，但就算察觉到这一点，她也没心思去管这件事。太阳塞满了她的眼睛，如果她眯起眼睛，也许她能分辨出柏姬泰的轮廓，但她同样管不了自己的眼睛。它们现在睁得愈来愈大。现在她什么也做不了，这一定是对她那些愚蠢的冒险的惩罚，费尽努力却只获得这种回报，但她没办法为这个而生气。而伊兰甚至不相信她回忆起来的沙力达！她要坚强地面对这一切，她要——

看不出从何处射来的箭戳进木头里，贴着她的右手腕颤抖不止。坚强的决心立刻塌落成一声微弱的呻吟，现在她拼尽全力也只能保持自己的膝盖不会发软。第二箭擦过了另一只手腕，引出她一声更响亮的叫喊。她没办法让柏姬泰停止射箭，也没办法让自己停止叫喊。一支接一支的飞箭让她的叫声愈来愈嘹亮，而她几乎觉得人群正在为她的尖叫声喝彩。她的声音愈高亢，耳侧的欢呼声和鼓掌声也就愈发震耳，等到她从膝盖到脑袋周围都被钉上了羽箭的时候，掌声已经变得如同雷鸣一样了。实际上，当演出结束，观众们全都跑到柏姬泰身边去时，她一个人站在木板前面，看着聚集在对面那个女人周围的人群，她甚至觉得有一些生气了。有些箭仍然贴着她的皮肤在颤抖，她也仍然在颤抖。

奈妮薇从箭丛中走出来，在别人注意到她的双腿在打着哆嗦之前，用最快的速度跑向了马车。根本没人注意到她，她刚刚所能做的只有祈祷柏姬泰不会打喷嚏或是身上的哪个地方发痒。明天她还要再这样经历一次。不能让伊兰知道她没办法面对这个，更不能让柏姬泰知道。

当乌诺在当天晚上去营地里寻找奈娜的时候，奈妮薇用不稳定的声音告诉他，一定要尽他最大的努力催促马希玛找船。还要找到加拉德，要求他必须在最短的时间里找到一艘船，无论那需要什么样的条件。然后奈妮薇没有吃饭就爬上了床，同时竭尽全力让自己相信，她可以说服伊兰和柏姬泰，让她们以为她生病了，没办法靠墙站稳。只是她很明白，她们知道她的病是什么，而柏姬泰的同情只能让她感觉更糟。那些蠢男人必须找到一条船！

第41章

陶维尔的手艺

一只手握住剑柄，另一只手握住白绿色穗子的霄辰枪，兰德完全无视身边其他人的存在，只是在上午的阳光中专注地望着这座稀树山丘下的三座营地。三座彼此独立的营地，这是让他最感头痛的地方。这里有听从他命令的所有凯瑞安和提尔军队，除此之外的每一个能使用剑和长矛的男人都被圈在了城里，或者是跑到了光明才知道的什么地方。

艾伊尔们已经把从章嘉隘口到这里沿途遇到的难民集中在一起，其中有一些难民甚至是自己主动加入的，因为他们听到传闻说这些艾伊尔至少不会见谁就杀谁，或者是只想在死前吃一顿饱饭。大部分的人只是在等待一死，或者死在艾伊尔人手里，或者死在转生真龙手里，或者死于末日战争，他们每天都在想象着自己的死法。这些难民中什么人都有，不过大部分是农夫、工匠和店铺老板，有些人知道如何用弓或投石索去打兔子，但没有士兵，也没时间训练他们。凯瑞安城就在西方五里多一点的地方，隔着一片森林，隐约能望见一些传说中的“凯瑞安之无极塔”。那座城市坐落在紧靠澳关雅河的丘陵地区，现在它已经被库莱丁的沙度部族和投靠他的军队包围了。

在兰德正下方长而浅的山谷中，散乱分布着一些帐篷和营火，那是八百名提尔士兵的营地。其中有将近一半是穿戴着光板胸甲和宽边头盔的岩之守卫者，灯笼袖上装饰着金色和黑色的条纹，其余的是从属于十名领主的扈兵。他们的旗帜在营地中心立成了一个环，围绕着维蓝芒大君的银新月星旗帜。沿拴马绳站立着许多哨兵，仿佛随时都准备着有人会向那些马匹发动袭击。

三百步以外的地方，第二座营地里的人也在严密地守卫着他们的马，不过那里的马群就显得杂乱许多。其中有几匹脖颈曲长的提尔好马，而另外一些，兰德猜它们以前只不过是犁地马和拉车马。凯瑞安人的数量大概比提尔人要多上一百，但他们的帐篷更小，而且多数都有补丁。他们的旗帜和背旗竟然代表着七十多名领主。拥有众多私人士兵的凯瑞安领主已经非常稀少，他们的军队在内战时期就大多被打散了。

最后一座营地在更远五百步的地方，绝大部分都挤满了凯瑞安人，而且这座营地和前两座的差别并不止是距离。它比前两座营地合在一起还要大，却没有几顶帐篷，更没有什么马匹。它没有旗帜，只有一些插着背旗的军官，而这些军官的背旗上也没有任何表示家族归属的图案，他们插着它只是为了能够和其他人区别开来。步兵是必需的，但提尔和凯瑞安的领主们都不愿意承认这一点，而且他们也都不愿意率领那些步兵。但那里却是最有秩序的营地，营火整齐地排成几列，长矛靠在一起，形成一个个竖起的圆锥，这样士兵就可以立刻将它们拿在手里。在步兵的队列中间，还夹杂着一群群弓箭手和十字弩手。岚认为只有纪律才能保证人们在战场上的生存，但显然步兵比骑兵更加了解和相信这一点。

这三群人本该是一体，接受统一的指挥——昨晚维蓝芒大君带领他们从南方投入了兰德麾下——但两座骑兵营地对彼此的警戒丝毫不亚于对环绕这片山丘的艾伊尔人的警戒。提尔人总是对凯瑞安人摆出一副轻蔑的态度，就像凯瑞安骑兵对待步兵那样，且提尔人对步兵也很蔑视，而步兵们也都以阴沉的目光瞪着另外两座营地里的人。他们是兰德的追随者，他的盟军，却似乎已经先把彼此当成了敌人。

兰德仍装作观看营地的样子，眼睛却在打量着维蓝芒。这名没有戴头盔的大君正笔直地站在兰德身边，大君的背后还跟着两名年轻一些的低阶提尔贵族。他们也像大君一样将自己的黑胡子弄成有尾端尖翘的式样，并且用油涂到发亮，惟一的不同就是大君的胡子里已经泛起许多灰丝。罩在他们亮色条纹外衣上的镀金胸甲，华丽程度也稍逊于他们的大君。他们远离山丘上所有其他的人，只是紧靠在兰德身边。他们的穿着看上去更适于庄严的宫廷典礼，只是流淌在他们脸上的汗珠有些破坏气氛。不过他们都对此视而不见。

只要再多儿颗星，大君的徽章就和兰飞儿的一样了，但这个长鼻子家伙的徽章是真的。他的灰发也像胡子一样被涂上了油，并经过精心梳理，显然他是在徒劳地掩饰自己头发的稀疏。他本来是提尔派出的援军，当听到艾伊尔正在攻击凯瑞安城的时候，他没有转头回去或原地观望，而是竭尽全力向北全速行军，并且一路上还尽可能地聚集了一些其他部队。

维蓝芒的抵达对兰德来说是个好消息，但糟糕的是，他满怀自信地以为兰德会让他指挥自己带来的部队，独力驱散凯瑞安城周围的沙度艾伊尔。现在他仍然想这么做，但兰德向他下了禁令，这道命令和驻扎在他周围的艾伊尔人同样令他感到不悦。对于维蓝芒来说，所有的艾伊尔人都没有区别，在这一点上，多数人的观点都和维蓝芒相同。年轻领主每次看见艾伊尔人的时候，都会故意用力闻一闻他洒上香水的丝绸手绢。兰德有些好奇这个家伙还能活多久，还有，如果他死了，自己该如何处置。

维蓝芒注意到兰德正在看他，便清了清喉咙。“真龙大人，”他用摩擦碎石般的声音说道，“一次冲锋就能把他们像一群鹌鹑一样冲散。”他重重地拍了一下戴着铁手套的双手。“双脚永远也对抗不了战马。我会先派遣凯瑞安人冲击他们，然后让我的——”

兰德打断了他的话。这个男人还有理智吗？他在这里看见的艾伊尔人数难道不能让他明白围城的艾伊尔会有多少？这种废话兰德已经听了太多，他没办法再容忍。“你确定从提尔带来的讯息没有错？”

维蓝芒眨眨眼：“讯息？真龙大人？什么——哦，那个，烧了我的灵魂吧，那不值一提。伊利安海盗经常会妄图袭击我们的海岸。”他在第一次报告这个讯息时，那些伊利安人并不仅仅是“妄图”。

“对于马瑞多平原的攻击呢？也很频繁吗？”

“啊，烧了我的灵魂吧！他们只是一群强盗。”他的语调并非反感，而是理所当然。“也许那些不是伊利安人，但肯定不是士兵，现在伊利安已经是一团混乱，没人知道最终掌握权柄的会是国王、集议团，还是九人议会。但无论是谁决定采取行动，杀过来的都会是打着金蜂旗的军队，而不是一些只知道烧毁商人马车和边境农场的土匪，这一点您可以相信我。”

“就听你的吧！”兰德尽可能礼貌地答道。无论那些集议团、九人议会和马汀·斯戴潘诺·德·巴尔加还有什么权力，那也只是沙马奥剩给他们的而已。但现在一般人还都不知道弃光魔使已经获得了自由，一些应该知道的人也拒绝去相信，或者是完全忽视这一点，仿佛这样就能避开那些弃光魔使，要不就是认为那应该是在某个遥远的未来才会发生的事情。没必要说服维蓝芒这件事，无论他相信与否，对状况都不会有任何的改善。

大君紧皱眉头望着山丘间的这片洼谷，特别是那两座凯瑞安营地。“没有适当的统治，谁知道会有什么样的流氓跑到南方去？”面容抽搐了一下，他用更大的力气拍了一下铁手套，然后转向兰德。“嗯，我们很快就能为您把他们抓过来，真龙大人，只要您下达命令，我就能……”

兰德没有理他，转身就走，但维蓝芒紧跟在他身后，仍然在要求得到攻击授权，那两名贵族像两条狗一样跟着维蓝芒。这个男人真是个石头脑袋的瞎子。

当然，山丘上并不止有他们，实际上，这里显得相当拥挤。首先，苏琳让一百名法达瑞斯麦围住了这座山丘，如同其他艾伊尔一样，她们每个人都仿佛会立刻就将面纱戴上。让苏琳紧张的不止是沙度的逼近，尽管兰德不认为这些营区的军人会有什么威胁，但安奈拉和另外两名枪姬众从没远离过维蓝芒和他的随从。这些人离兰德愈近，三名枪姬众就愈像是要戴上面纱的样子。

在不远的地方，艾玲达正在和十几名智者交谈，她们全都将披巾挂在肘弯里，但只有艾玲达戴着手镯和项链。让兰德感到惊讶的是，他本来以为智者队伍的首领会是艾密斯或柏尔，但事实上智者首领似乎是一名比柏尔还要年长、头发雪白的老人，只要这位叫作索瑞林的智者一开口，即使是艾密斯和柏尔也会立刻闭上嘴巴。麦兰和贝奥在一起，正站在智者们和部族首领们中间，她不停地整理着贝奥的凯丁瑟，仿佛贝奥自己不懂得如何穿衣服，而贝奥也像一个已婚男人一样，耐心地看着她的一举一动。也许这是很私人的事情，但兰德怀疑智者们正在借此影响那些首领，如果真是这样，他很快就会知道智者们这次是想干什么。

但真正吸引兰德目光的是艾玲达，她朝兰德微微一笑，就又回过头去听索瑞林说话了。一个友善的微笑，仅此而已，但兰德觉得已经跟以前很不同了。自从发生过那件事之后，她就从不曾向他发过火，即使有时她会挖苦他一下，他也觉得不会比艾雯的更刻薄。惟一的例外是他再次向她提起结婚这件事的时候，那次她差点扯掉了他的两只耳朵。不过，他们还是一直保持着这种友善的气氛，只是现在她晚上会不在意地在他面前脱衣服。她还是坚持睡在他三步以内的地方。

枪姬众们似乎都肯定他们之间的距离比三步短得多，而兰德本来以为这件事会传得人尽皆知，但至今为止还没有。但如果艾雯对此稍有怀疑，她一定会像一棵倒塌的树干一样砸在他头上。现在艾雯仍然不停地在他耳边提起伊兰，但他只觉得艾玲达更让他感到困惑，而且艾玲达就在他的眼前。总之，现在他看见艾玲达的时候比以往更紧张了，但艾玲达却显得比以往轻松许多。不知为什么，兰德觉得现在的状况与常理完全相反，所有与艾玲达有关的事情全都是一团乱麻。话说回来，在所有女人中，只有明才不会让他感觉到焦头烂额。

叹了口气，他继续向前走去，对维蓝芒的胡话听而不闻。总有一天，他能懂得女人——等他有时间去应付这些事的时候，但他怀疑用一辈子的时间是不够的。

部族首领们站在一起，身边还有各氏族的首领和战士团代表，兰德认得其中一些人，达克·黑恩，塔戴得金多氏族的首领，芒金也站在黑恩身边，他友善地向兰德点点头，又向提尔人抛去轻蔑的一瞥。枪矛般细瘦的卓蓝耐，他是艾散多——红盾众的代表，虽然在他淡棕色的头发里已经出现了一些白丝，但他仍然参加了这次远征。肩膀宽厚，头发也已经灰白的罗埃丹是沙麦得康德一雷行众的代表。离开章嘉隘口之后，他们四个也开始教导兰德艾伊尔方式的徒手搏击术了。

“今天你想去狩猎吗?”芒金向经过身边的兰德问道。兰德惊讶地看着他。

“狩猎?”

“这里能做的运动不多，但我们能试着把绵羊捉进袋子里。”芒金讽刺地向提尔人瞥一眼，说明了他指的“绵羊”是什么人。不过维蓝芒和他的随从没看到他的那一眼，或者是装作没有看到。那位拿着香水手绢的年轻贵族又狠狠地嗅了一下。

“下次吧，也许。”兰德摇了摇头。他觉得这四个人都可以算是他的朋友，特别是芒金，他有一种与麦特类似的幽默感。但如果他没时间研究女人，他肯定也不会有时间交朋友。同样的，他也没时间照顾老朋友了，虽然麦特一直在为他担心。

在山丘上最高的地方，有一座用原木搭建的粗重高塔，一直穿出树冠之上，塔顶宽阔的平台距离地面足足超过了二十幅。艾伊尔人对于这么大尺寸的木工毫无了解，它是由凯瑞安难民们搭建的。

沐瑞正和岚等在高塔基部第一道台阶前，艾雯也和他们在一起。艾雯的皮肤已经被太阳晒黑了许多，如果不是那双黑眼睛，她真的已经完全变成艾伊尔人了——一名矮个子艾伊尔。兰德飞快地端详了一下她的脸，但除了疲惫之外，他什么也没找到。艾密斯她们一定把她训练得太紧了，但如果兰德为她向智者们说些好话，她一定不会感谢兰德的。

“你决定了?”兰德停下脚步问道。维蓝芒终于闭上了嘴。

艾雯犹豫着，然后才点点头：“我会尽我所能的。”兰德注意到她在点头之前并没有去看沐瑞。

艾雯的不情愿让兰德感到一阵困扰，他没有要求沐瑞，沐瑞不能将至上力来当成对抗沙度的武器，除非沙度艾伊尔直接威胁到沐瑞的生命，或者他能让沐瑞真心相信沙度艾伊尔全都是暗黑之友。但艾雯没有立下三誓，而且他相信艾雯明白这样做的必要。然而实际上，当他在三天前向艾雯提出这件事的时候，艾雯立刻变得脸色惨白，而且一直与他避不见面，直到现在。至少，艾雯现在是同意了。无论用什么方法，只要能缩短与沙度之间的战争时日，应该都是好事。

沐瑞的表情没有一点改变，不过兰德相信自己知道两仪师在想什么。那张光润的两仪师脸庞，那双冰冷的两仪师眼睛能够明白表示出对这一行动的反对，却又显得喜怒不形于色。

将断矛插进腰带，兰德抬腿迈上了第一个台阶——这时沐瑞说话了。

“为什么你又佩上了剑?”

这是兰德绝没想到的问题。“为什么我不能?”他喃喃地说着，向高台上爬去。这不是一个好的回答，沐瑞已经让他的心理失去了平衡。半治愈的伤口随着他的动作牵扯着神经，不算是很痛，但仿佛随时都有可能裂开。他没去在意那个伤口，在他用尽全力的时候，那里经常会有这样的感觉。

鲁拉克等部族首领跟在他身后，贝奥最后一个离开麦兰，跟了上去。兰德很高兴看到维蓝芒和两名跟班终于留在了地面上，大君总算知道了该怎样做，不需要他再多说些什么了。他觉得沐瑞的目光正盯着他，就向下望去，发现那不是沐瑞。看着他登阶的是艾雯，她的面容已经与两仪师那么相像，让兰德几乎无法找出其中的差别，沐瑞正在和岚交头接耳，他现在只希望艾雯不会改变主意。

在塔顶宽阔的平台上，两名矮个子男人只穿着衬衫，正大汗淋漓地将一支用铜箍束住的木管安放好。这根管子有六尺长——那两个人用一只胳膊都无法把它抱过来——用一个枢轴固定在平台的栏杆上。另一根同样的管子已经被固定在几步以外的地方，那是昨天这座塔刚被建好的时候固定上去的。第三个没有穿外套的男人正一边用一块条纹方巾抹着自己的秃头，一边气呼呼地看着两个固定木管的人。

“动作轻一些，我说了，轻一些！你们这些没娘的鼬鼠要是敢撞歪一块透镜，我就把你们没有脑子的脑袋敲烂。把它固定紧，乔，紧一些！如果真龙大人在看它的时候它掉下去了，你们最好也跟着跳下去。不止是为他，如果你们打破了我的作品，你们最好再打破自己的蠢脑袋。”

乔和另外一个叫赛尔的家伙工作的速度很快，但两个人似乎都没有怎么在意金·陶维尔的威吓。他们在许多年前就已经习惯了金说话的方式。兰德无意中从难民里找到了这位制作透镜和望远镜的师傅，还有他的两名学徒，所以他才有了这样的主意。

一开始，塔顶上的三个人还没发现又上来了一帮人，部族首领的脚步都没有任何声息，而金的吼声又完全盖过兰德的脚步声。岚紧跟着贝奥出现在平台入口，让兰德吃了一惊。虽然穿着皮靴，但护法行动时发出的声音绝不会比部族首领们更大，即使是汉也要比凯瑞安人高上一个头。

当塔顶的三个人终于看见新来的人时，那两名学徒都瞪大了眼睛，仿佛是第一次见到艾伊尔人。然后他们向兰德鞠了个躬，就保持着鞠躬的姿势站在了原地。那名镜头工匠在看到艾伊尔人时也猛地打了个哆嗦，但他以更拘谨的姿势鞠了个躬，又擦了擦自己的头顶。

"我说过今天之内就能完成第二架，真龙大人。"金竟然有办法让尊敬与生硬在自己的声音中并存。"这座塔真是个精彩的主意，我就绝对想不到，但如果说您要问用望远镜能看多远……给我时间，我能造一架让您一直看到凯姆林的望远镜，只要这座塔够高。"他又一边沉思一边补充道："不过还有些限制。"

"你所做的已经绰绰有余了，陶维尔师傅。"这肯定超过了兰德所奢望的，他已经使用过第一架望远镜了。

乔和赛尔仍然将身姿弯成直角，低头站着。"也许你最好先带着你的学徒下去，"兰德说，"那样这里就不会太拥挤了。"

平台上的空间足以容纳四倍于现在的人数，但金立刻就用一根粗手指戳着赛尔的肩膀，"过来，你们这些长着两只火腿手的马夫，我们挡住真龙大人的路了。"

两名学徒跟在师傅身后，依旧躬着身子向平台口走去，同时还大睁着眼睛偷偷望着兰德和艾伊尔人，直到他们消失在阶梯口。赛尔比兰德要大一岁，乔大两岁，都出生在兰德离开两河之前根本无法想象的大城市里。当兰德还在照顾绵羊的时候，他们已经去过凯瑞安，并远远地看见过国王和玉座，很可能现在他们对这个世界在某些方面的了解仍然比他多。摇了摇头，兰德弯腰去看新的望远镜。

凯瑞安立时跃入他的眼帘，前方的一片树木对于习惯了两河丛林的人来说绝对算不上是一片大森林，当然，它们的边缘距离城墙还有一段距离。嵌着一座座方形碉堡的灰色高城墙在呈曲线的河岸与丘陵地带形成了一个标准的方形。在城墙里面，更多的高塔严格地坐落在一个网状方格的所有交点上，差不多有城墙的二十倍高，但周围仍然立着鹰架。那就是传说中的无极塔，在艾伊尔战争中被烧毁之后，现在还处在重建之中。

兰德上次见到凯瑞安时，还有另一座城市围绕着它，而且那座城市一直延伸到澳关雅河对岸。那就是首门。与凯瑞安的庄严肃穆相对应，完全由木制房屋组成的首门则像是一片兔子窝一样拥挤喧嚣，但现在那里只剩下一片辽阔异常的灰烬和焦土。兰德不明白，那场大火为什么没有蔓延到凯瑞安城内。

凯瑞安城墙中的每一座碉堡上都飘扬着旗帜，因为距离太远，兰德看不清旗帜的图案，不过斥候已经向他报告了。那些旗子中有一半是提尔的新月旗，另一半——也许没什么好惊讶的——则是他留在提尔之岩的真龙旗的翻版。没有任何一面凯瑞安的日升旗。

稍微移动望远镜，扫视了一遍凯瑞安城，在较远一侧的河岸上仍能看到被熏黑的谷仓石墙。兰德和一些凯瑞安人谈过，有些人说烧毁谷仓的那把大火导致了一场暴动和盖崔安国王的丧命，以及由此而爆发的内战；有些人则说是盖崔安被暗杀导致了暴动和谷仓被烧毁。兰德不知道信哪个才好，也许两者都非实情。

宽阔的河道两边能看到许多被烧毁的大型驳船，但在靠近城市的地方却看不到任何船只。艾伊尔对于他们无法迈步跨过或涉过的水面有着一种不安的感觉（说成是畏惧的话就显得有些夸张了），但库莱丁还是在澳关雅河流经凯瑞安的上下游分别用原木安扎了拦河的栅栏，还安排了足够的部队看守它们，又安排了火箭准备狙击来往的船只。现在除了老鼠和鸟雀，一切东西都没办法逃过库莱丁的眼睛进出凯瑞安城了。

围绕城市的山丘间看不见正在围城的军队，只能在许多地方看见群集的秃鹰，毫无疑问正在清理突围者的尸体。但兰德找不到沙度艾伊尔，艾伊尔人一般都很难被发现，除非是他们想要暴露自己。

等等，兰德将望远镜转回大约距城墙一里外一座没有树的土山上，那里站着一群男人。兰德看不清他们的面孔，只能看出他们全都穿着凯丁瑟，还有，其中的一个赤裸着双臂——库莱丁。兰德相信那一定是自己的想象。但这时候库莱丁有了动作，让兰德看见了阳光在他前臂金属色泽鳞片图案上的闪烁，那是亚斯莫丁效仿兰德前臂的图案在库莱丁身上绘制的，亚斯莫丁这样做的目的只是为了转移兰德的注意力，让兰德无暇顾及那名弃光魔使的计划。如果没有这件事，现在又有多少事会发生改变？他肯定不会站在这座塔上，观看一座被围攻的城市并等待着一场战役的来临了。

突然间，一道掠影穿越半空，一直飞到了那座山丘上。掠影顿住的时候，那上面的两个人立刻挣扎着倒在地上。兰德仔细观察那两个人，发现他们全都被穿在同一根矛上。库莱丁和山丘上的其他人显然也和兰德一样震惊。兰德转动望远镜，四处寻找那个掷出长矛的人。敢在如此靠近的距离向艾伊尔发动攻击，他一定非常勇敢，也非常愚蠢。兰德的搜索范围在快速地扩大，已经超过了人类力量能将长矛掷出的距离。兰德开始怀疑是不是巨森灵，当然，这不太可能，想要让巨森灵诉诸暴力是非常困难的事情。这时，另一道掠影飞入了他的视野。

兰德惊诧地迅速将望远镜转回到凯瑞安城头，那根长矛是从那里射出来的，他可以确定这一点。至于对方到底如何办到的，就是另一回事了。但在这个距离，他只能看清在城墙或碉堡上偶尔出现的人影。

兰德抬起头，发现鲁拉克正从另一架望远镜前离开，将位置让给汉。这正是建起这座塔和这些望远镜的原因。斥候们会带回来关于沙度部队配置的情报，但这里的地形最好由首领们自己观测，让他们能够确定该如何进行这场战役。他们已经制订了一个计划，不过再多一些详细的观察应该不会对即将到来的战斗有什么坏处。兰德对于战争了解得不多，但岚认为首领们的计划相当优秀，至少，兰德在自己的思想里对战争了解不多，有时候会有另外一些记忆进入他的脑海，那时他所知道的就会比他想知道的更多。

"你有没有看见那个？那些……长矛？"

兰德能看出来，鲁拉克和他一样困惑，但那名艾伊尔人点点头。"第二根又射中了一名沙度，但他爬走了，不是库莱丁，糟糕的运气。"他指了指望远镜，兰德让鲁拉克站到自己的位置上。

这是坏运气吗？库莱丁的死不会结束凯瑞安和所有龙墙以西地方受到的威胁。现在他们已经到了龙墙的这一边，沙度艾伊尔不会因为他们心目中真正的卡亚肯死亡就会乖乖返回荒漠，这也许会给他们带来巨大的震撼，但不足以让他们回头。而且，在见到一路上那些景象之后，兰德不认为库莱丁应该得到这样一个轻松的下场。*我能做到应有的那样残酷*，他一边想着，一边抚摸着腰间的剑柄。*为了他，我可以。*

第42章

箭之前

待在帐篷里简直是世界上最无聊的事，但麦特却衣衫不整地躺在梅琳达的红穗垫子上，只是一动也不动地盯着灰褐色的帐篷布，或者，他是在盯着更远处的什么东西。他将一只手挽在脑后，指间玩弄着一只锻制的银高脚杯，杯子里还装满了来自凯瑞安南方的上好葡萄酒。为了买下这样的一小桶酒，他花了相当于两匹好马的价钱（当这个世界还是一派祥和时两匹好马的价钱），不过他认为这个价钱是值得的。有时候，会有一两滴酒滴在他手上，但他并不在意这种事，而杯中的那些酒也还一直没沾过他的嘴唇。

在他的脑中，已经没什么事能算得上是至关紧要的了。陷在荒漠中不知该如何出来，这算是至关紧要的事。暗黑之友出其不意地前来索命，兽魔人发动夜袭，血管中的血液被魔达奥无眼的凝视冻结，这些也都算是至关紧要的事。但这种事情来得都很快，往往在他有机会仔细思考前就已经过去了。他不想遇到这种事，虽然他并没有选择的余地。他觉得如果能活过来，他就可以去习惯这些事情，但现在他已经连续好几天知道他们正朝哪里走去，以及为什么要这样做了。没有突然袭击，他可以很从容地进行思考。

我不是该死的英雄，他冷冷地想，我也不是该死的士兵。然后他用力压抑住一个回忆。在那个回忆中，他正走过城堡的墙垛，命令他的最后一批预备队冲向另一片靠上城头的兽魔人攻城梯。那个人不是我，管他是谁，让光明烧了他吧！我是……他不知道自己是什么(这真是个充满讽刺的念头)，但无论他是什么，那些人生里都交织着赌博和酒馆、女人和舞蹈，这是他能确定的。他还知道，自己现在应该思考一下一匹好马和这世界上任何一条可以选择的道路，而不是坐等着被冷箭、匕首、利矛等武器刺穿。这样的结局只能证明他是个傻瓜。他不是傻瓜，兰德、沐瑞或其他任何人都不能让他变成一个傻瓜。

他坐起身，那枚银色的狐狸头从他敞开的衬衫里滑落出来。他将那枚徽章塞了回去，然后长饮一口杯中的酒。这枚徽章可以在沐瑞和其他所有两仪师面前保护他的安全，但她们迟早都会想尽办法把它拿走。能够保护他安全的只有他的智能，也因此他才没有像其他成千上万个傻瓜那样丢掉性命。无论是待在兰德身边，还是作为一名时轴，这些都是十足要命的原因。

如果说一切事情真的能在他周围发生扭曲，一个男人应该能在这样的状况里为自己牟取一些利益。兰德肯定已经这样做了，而他除了那些落下的骰子之外，还没发现任何事情曾经在自己周围扭曲过。他不会讨厌故事里发生在时轴身边的那些事情：财富和名誉总是会从天上掉进时轴们的口袋里；决定杀死他们的男人最后总会成为他们的部下；以寒冰般的目光瞪着他们的女人，一定会融为他们怀里的一团火。

他并不是在抱怨自己的处境，也不想签下像兰德那样的契约。进入这个游戏的代价太大了，他似乎只是背上了成为时轴的所有重担，却没有从中得到什么快乐。

"该是离开的时候了。"他对着空旷的帐篷说，然后他若有所思地停了一会儿，吮了一口杯中的酒，"骑上果仁，也许可以去凯姆林，"只要他能远远躲开王宫，那里还算是个不坏的城市，"或者是卢加德。"他听说过关于卢加德的传闻，那是个好地方，很合他的胃口。"可以离开兰德了，他现在弄到了一支该死的艾伊尔军队，有多得数不清的枪姬众会照顾他，他不需要我了。"

最后这句话并不完全真实，他正以某种奇特的形式联系着兰德在最后战争中的成败。他和佩林两人与兰德成为绞缠在一起的三个时轴，未来的历史大概只会提到兰德，他和佩林能占一席之地的机会很渺茫。瓦力尔号角也是一个变量，但除非迫不得已，他完全不愿去想它。也许能有什么办法让他逃出这团混乱，那个号角可以留到未来再去考虑，遥远的未来，运气好的话，他所有的账单都可以等到遥远的未来再去偿付。问题是，他还没有幸运到这种程度。

现在的关键问题是，他已经对自己说了这么多要离开的话，却仍然没有什么离开的冲动。不久之前，他甚至说不出离开这样的话。那时只要他离兰德稍远一些，就会像一条钩在钓钩上的鱼一样，被一根看不见的线拖回去。后来，他总算是能说出这样的话，甚至还能为此拟定计划，但就算是最轻微的事情也会转移他的注意力，让他将拟了一半的计划搁置在一旁。即使是在鲁迪恩，当他告诉兰德他要离开的时候，他也确定一定会有某样东西阻拦他。确切地说，麦特的预测是正确的，虽然他已经走出荒漠，但他仍然没能拉远和兰德的距离。这次，他不认为自己会搁置这件事了。

“不是我抛弃了他，”他喃喃地说，“如果他直到现在都不能该死的照顾自己，那他就永远也做不到了。我不是他该死的保姆。”

放下杯子，他胡乱穿上自己的绿色外衣，将小刀藏好，再用一块深黄色的丝帕遮住脖子上的勒痕，然后抓起帽子，走出帐篷。

一离开帐篷的阴影处，一股热浪就朝他脸上直袭而来，他不知道这里的季节是如何变换的，但这里的夏天显然长得让他有些厌烦。他本来一直期待的一件事就是在离开荒漠后，能享受一下秋日的风凉，但是他的好运气这次并没有发挥作用。这里的温度确实比荒漠低一点，但离他的期望显然还有一段距离，不过，至少他的宽边帽现在还能为他挡些阳光。

这片丘陵地区的凯瑞安森林让人看了都觉得可怜，其间的空地比树木还多，而且有一半的树已经干枯了。如果是在家乡，这片森林只能算是西林的一小部分。低矮的艾伊尔帐篷到处都是，只是那些帐篷全都仿佛是一堆落叶或一座土丘，即使在帐帘被掀起来的时候，也很难被发现。艾伊尔人们都在忙着自己的事情，没有人注意到他。

当他走上营地中一座山丘顶端时，他看见了哈当的马车队。那些马车被排成一圈，马车夫们都躺在车下的阴影里，但哈当并不在其中。哈当最近躲在马车里的时间愈来愈长，除了沐瑞去检查货物之外，他很少会把鼻子从马车里探出来。艾伊尔人包围着马车，他们结成一支支小队，装备着短矛、圆盾、角弓和箭囊，守卫着这些马车。沐瑞一定认为哈当或是哈当的部分手下对她从鲁迪恩带出来的东西怀有贪念。麦特怀疑兰德是否明白，他把沐瑞要求的一切都给了她。麦特曾经以为兰德在与沐瑞的较量中占了上风，但他现在不那么肯定了，即使现在沐瑞确实服从兰德所有的吩咐，只差没向他行屈膝礼和帮他点烟而已。

像往常一样，兰德的帐篷单独驻扎在一座山丘顶上，帐篷前面插着那面红色的旗帜，一阵阵微风不时将它吹起，展露出旗上黑白两色的饼图案。这东西像那面真龙旗一样让麦特浑身起了鸡皮疙瘩，任何一个正常人都会尽力避开两仪师的纠缠，也绝不会用这样的符号当作自己的标志。

那座山丘的坡上空无一物，但枪姬众的帐篷环绕在山丘底部，并且一直延伸到周围的山丘旁。智者们的帐篷在法达瑞斯麦的营地内，十几座矮帐篷立在可以听见从兰德帐篷那儿发出喊声的距离内，穿白袍的奉义徒在帐篷间来回忙碌，这也都和往常一样。

麦特只能看见一两位智者，但她们的目光并不会因为人数的减少而让他感到轻松些。他不知道这帮人里有多少人是能够导引的，但她们总是用那种审视、打量的目光盯着别人看，这点和两仪师没什么两样。他加快步伐，同时强迫自己的身体不要颤抖，他能清楚地感觉到那些盯着他背上的目光，如同他的后背正被一根棍子戳着。他现在不能因为被这样看上几眼就逃掉，嗯，只要和兰德说几句话就好，以后他再也不必承受这样的目光了。

只是当他脱下帽子、钻进兰德的帐篷时，里面除了杰辛之外，空无一人。走唱人正悠闲地躺在垫子上，膝头放着他那把镀金的龙纹竖琴，手里拿着一只金杯。

麦特皱起眉头，低声咒骂了几句。他早该知道的。如果兰德在这里，他就必须先穿过一群枪姬众，然后才能走到这座帐篷前面。兰德现在很可能在他新筑成的木塔那里，那是个好主意，能清楚地了解这里的地形，这一点的重要性仅次于“了解你的敌人”，两者甚至不相上下。

这个念头让麦特的肠子抽了一下。这些所谓的重要性的想法完全来自另一个人的记忆，而他想记住的只有“绝不要亲吻有刀疤脸兄弟的女孩”和“绝不要在没有后门的房子里赌博”，他甚至希望这些别人的记忆是独立被塞在他的脑子里，而不是像现在这样和他自己的思想混成一团，并且在他不注意的时候就冒出来。

“一肚子火气？”杰辛懒洋洋地问，“也许你能找智者要点树根治一治，或者你可以去找沐瑞试试。”

麦特没办法喜欢这个男人，他似乎总是在说那些别人笑不出来的笑话，而且仿佛总是有三名仆人在负责洗熨他的衣服，雪白的蕾丝衣领和袖口总是一尘不染。这家伙似乎也从不出汗。为什么兰德会让他不离左右，为什么他几乎从没用那把竖琴弹奏过欢乐的曲子，这些全都是麦特心中解不开的疑团。“他很快就会回来了吗？”

杰辛耸耸肩：“他决定回来的时候自然就会回来，也许快了，也许还要等一等。男人管不了真龙大人，能管他的女人也没几个。”他又露出那种诡异的笑容，这次还掺杂着一点惨淡。

“我会等。”这次他一定要走了，他已经错失太多机会。

杰辛啜了一口酒，越过杯沿打量着他。

被沐瑞和智者们用这种眼光盯着已经快让人受不了了（有时候艾雯也开始用这种眼光盯着他，她显然是变了，变得半像智者，半像两仪师），而现在，就连兰德的走唱人也用这种眼光盯着他。麦特不由得咬紧了牙，离开的最大好处就是，再也不会有人用那种仿佛能轻易看穿他想法，而且早就看出他有没有洗内裤的眼光打量他。

两张地图铺开在火堆旁，其中一张来自路上一座半烧毁的城镇，只是经过重新绘制，上面的内容是澳关雅河与世界之脊间的北部凯瑞安，而另一份是新绘制的凯瑞安城周围地形。每张地图上都用石子压着许多小片的羊皮纸。现在麦特既得留下，又得想办法忽略杰辛的锐利眼神，所以他能做的大概只有研究一下这两张地图了。

他用靴尖挪开几颗城市地形图上的石子，想看看那些羊皮纸上写了些什么，看清上面的字迹后，他不禁哆嗦了一下。如果艾伊尔斥候的情报无误，库莱丁一共有将近十六万杆矛。他们是沙度和投入沙度中相应战士团的艾伊尔人。真是颗多刺的坚果，自从亚图・鹰翼的时代之后，龙墙这一侧还没见过如此大规模的军队。

第二张地图上显示了其他越过龙墙的部族，实际上，尽管阵营不同，但所有艾伊尔部族都已经越过了龙墙。他们在离开章嘉隘口之后向四处散开，但都距离这里非常近，让人无法不去提防。它们是锡安德、柯代拉、达茵和米雅各马，这些部族的战士数量绝不比库莱丁的少，如果情报正确，看来他们也是倾巢而出。兰德身边的七个部族差不多相当于这两股力量的总和，他可以轻易对付这两支军队中的任何一支，而不是同时对付它们。兰德现在面临的很可能是一场腹背受敌的战争。

被艾伊尔人称作荒季的冲击也在影响着这些部族，每天仍然会有人扔掉武器，消失踪影，但只有傻瓜才会以为它们的力量会因而比兰德弱，而且至今仍然可能有人正投向库莱丁。艾伊尔们并不会公开谈论这种事，他们总是用加入战士团的借口掩饰这种念头，但即使到了现在，还是有许多男人和枪姬众都无法接受兰德和兰德告诉他们的一切。每天早晨都有一些人失踪，而且并非全都扔下了自己的武器。

“有趣的形势，你有什么看法？”

麦特听见岚的声音，急忙抬起头，护法这时已经一个人走进帐篷里。“我只是在等兰德，兰德回来了吗？”

“他很快就会过来了。”岚将拇指插进系剑腰带里，站在麦特身边，低头望着地图。他的表情并不比一座雕像更丰富。“明天将爆发亚图·鹰翼之后最大规模的战役。”

“难道不是吗？”兰德在哪里？也许还在塔上，也许他应该到那边去找兰德。不，这么做只会让他跑遍整个营地，却总是与兰德错过，兰德迟早会回来的。他想谈一些和库莱丁无关的事情。这场战争与我无关，我不是在逃避责任。“他们的情况如何？”他指了指代表着米雅各马等第三方部族的小纸片，“有没有讯息能确认他们是要加入兰德，还是静观其变？”

“谁知道？鲁拉克似乎不比我清楚。而如果智者们知道，她们也不会告诉我们。惟一能确定的是，库莱丁没有要移动的迹象。”

又是库莱丁。麦特不安地耸了耸肩，朝帐篷入口走了半步。不，他要等下去。他将目光定在地图上，假装正在仔细研究它们，也许这样岚就不会再找他说话了。他只想跟兰德把要说的话说完，然后就离开。

但护法显然还是想说话：“你怎么想，走唱人先生？我们明天应该与库莱丁全力一搏，彻底击垮他吗？”

“我觉得这个计划听起来也不比其他计划差。”杰辛沉着脸答道。他仰头将杯中的酒一饮而尽，然后把杯子放在地毯上，拿起竖琴，开始轻轻弹奏起一段黑暗而悲哀的旋律。“不是我在指挥军队，护法，我除了自己之外谁也指挥不了，而有时我连自己都无法主宰。”

麦特哼了一声，岚瞥了他一眼，才将注意力转回地图上：“你不认为这是个好计划？为什么？”

护法随意的语气让麦特不假思索就答道：“有两个原因：如果你包围了库莱丁，让他陷在你和城墙之间，你也许能在城下击溃他，”兰德还要多久才会回来？“但你也有可能把他推到城墙另一边去。我听说即使他还没使用过任何矿工部队和攻城器械，他就已经有两次差点突围攻进城去，那座城市现在已经危在旦夕了。”说完话就走，这就是他要做的。“对他施加的压力太大，你就会发现凯瑞安城将变成你和他的战场。在城市里战斗是一件很恶劣的事，发动这场战争的目的是为了拯救它，而不是彻底摧毁它。”这些铺在地图上的小纸片和地图本身清晰地说明了这一点。

麦特一边说着，一边皱起眉头，双臂环抱着膝，蹲了下去。岚也跟他一起蹲了下来，但麦特几乎没注意到岚的动作。这真是个充满风险的问题，但也是个迷人的问题。“你们最好是将他赶走，从南方攻击他。”他指着柘林河说，那条河在城市往北数里处汇入澳关雅河。“这里有几座桥，不要从这个方向阻挡沙度。

一定要给敌人留下退路，除非你想知道一个人被逼入绝境时会变得如何顽强。”他的手指移向东方。从地图上看，那里大部分地区都是长满树木的山丘，这里周围大致都是这样的地形。“在河这边安排一支阻截部队，只要部署的位置得当，部队规模也够大，就可以确保他们会向那些桥移动。一旦他们开始移动，库莱丁就不会想要在你们已经从背后杀过来的时候，继续和面前的敌人作战。”是的，几乎与在柬浙的时候一样。“他并不完全是个傻瓜，他们应该能有秩序地撤退到河边，但那些桥会阻碍他们的脚步。我没见过艾伊尔人游泳，他们之前也没有在那里寻找过浅滩。持续对他们施加压力，逼迫他们过河，运气好的话，你们能在他们逃进山里前把他们杀个痛快。”这也很像是兽魔人战争后期时的库安丹河滩之战，规模也差不多，类似的战斗他还能想起拓拉善和苏门隘口。他驰骋于苏门隘口战场时，亚图·鹰翼甚至还没学会走路。这些名字不停地飘过他的脑海，那些血流成河的景象即使在史籍中也找不到了，但他现在只是专注地看着这张地图，那一幕幕场景却清晰得像是来自他自己的记忆。“你们没有更多的骑兵是很糟糕的事，轻骑兵很适合进行追击作战，他们长于发动突袭和侧翼攻击，逼迫对方持续不断地逃跑，无法立稳脚跟认真一战。不过艾伊尔应该能做得同样好。”

“另一个原因呢?”岚平静地问。

麦特僵住了。他对赌博的热情非同一般，而战争让他觉得酒馆里的骰子只是小孩和没牙齿的废人才会去玩的赌博。战争中的赌注就是生命，你自己的和其他人的，甚至还包括不在战场上的生命，下注出错，就会导致一个城市甚至一个国家的死亡。杰辛阴森的音乐很适合这种赌博的气氛，但同时这也是令人热血沸腾的游戏。

麦特只是重重哼了一声，并没有从地图上移开视线:“你跟我一样清楚，只要这四个部族中的其中一个决定投向库莱丁，他们就会趁你们忙着对付沙度时从背后攻击你们。库莱丁是铁砧，而他们是锤子，你们是两者之间的坚果。如果只用一半力量去对付库莱丁，你们面对的就是一场势均力敌的战斗，但你们只能这样做。”战争中没有公平可言，只有在敌人最料想不到的时候，去攻击敌人最虚弱的地方。“你们有一个优势，他必须担心城里的部队会突围而出。不参与正面作战的一半可以分成三部分，一部分负责将库莱丁逼到河边，另外两部分部署在城市和四个部族之间的地带。”

“很聪明，”岚点点头，石雕的面孔一直没有任何变化，但声音里却流露出些微赞许，“这样可以让负责正面攻击和追敌过桥的两组人马都不会受到这些部族袭击，尤其是在其中一组很可能腹背受敌时，而这样还可以阻止任何一个部族干预城市周围发生的战斗。当然,有可能四个部族同时发动攻击,但这种可能性不大,毕竟他们一直都没有任何行动。如果出现这种状况,一切都会改变了。”

麦特大声地笑了:“战场本来就瞬息万变,最好的计划只能持续到第一支箭离开弓弦时。如果不是因为英狄瑞安和另外三个还无法下定决心,现在的局势就连一个小孩子都能对付。如果他们全部投向库莱丁,表示库莱丁有了暗帝的运气,那你们就只能扔出骰子并自求多福了。即使那样,就算你们不算城中的守军也还有不弱于敌人的实力,完全可以挡住那四个部族,争取到你们所需的时间。在库莱丁开始渡过柘林河之前不要试图追击他,只要他开始渡河,就发动全面攻击。不过,我赌那四个部族只会做这场战争的旁观者,并在你们胜利时投向你们,战争的胜利会解决大多数男人心中的矛盾。”

音乐声停止了,麦特瞥了杰辛一眼,发现走唱人正紧紧握住他的竖琴,用前所未有的严厉目光瞪着他,仿佛以前从未见过他,从不知道他是什么样的人。走唱人的眼睛如同黑色的琉璃,但他抓住竖琴的手指却已经泛白。

麦特这才意识到自己刚刚说了些什么,接纳了怎样的记忆。*烧了你这个傻瓜吧,为什么不管住自己的舌头!*但岚为什么会跟他谈这些?为什么他们不能谈谈马匹或是天气?或干脆把他的嘴闭紧?这名护法以前从没这么想聊天过,平时就连一棵树也比岚要健谈。当然,麦特本来也可以保持神智清楚,闭上自己的嘴,不过,至少他刚刚没有胡诌什么古语。*血和灰啊,我真该把嘴闭紧些!*

麦特猛地站起身,转头打算离开这里,却发现兰德正站在他面前,手里还不经意地转动着那根古怪的穗枪,仿佛没意识到自己的动作。*他回来多久了?*这没关系,麦特开口就说道:“我要走了,兰德,等明天天一亮我就走。其实我现在就应该走的,只是我用半天时间没办法走到可以停脚宿营的地方。我要在远远离开艾伊尔人——所有的艾伊尔人——之后再宿营。”库莱丁肯定派出许多斥候,他们会将他吊起来风干,即使是其他人的斥候也有可能在认出他之前,用矛尖戳穿他的肋骨。

“你走了我会很难过的。”兰德平静地说。

“不要想劝我——”麦特眨了眨眼,“你说什么?我离开会让你难过?”

“我从没想过要强迫你留下来,麦特,佩林在他必须离开的时候离开了,你也可以。”

麦特张了张嘴,却没有说出一个字。兰德真的从没试过要让他留下来,兰德根本不必试,他就自己留下来了。但现在他没感觉到半点时轴的羁绊,没有那种让他以为自己做了错事的感觉,他正坚定而清晰地把握着自己的目标。

“你要去哪里？”

“南方。”他没有多少方向可以选择，其他方向都会让他一直走到柘林河，而他对那条河的北边和艾伊尔人毫无兴趣。现在有一批艾伊尔人一定会杀死他，而另一批则是也许会杀死他。是否动手，要看他们和兰德的关系如何以及他们上一顿饭吃了些什么，他看不出这对他有什么好处。“反正先往南走看看，我要找一个既有酒馆、女人们也不会拿着枪矛的地方。”梅琳达，她也许算是个问题，麦特有种感觉，梅琳达是那种直到自己愿意放手的时候才会放手的女人。好吧，不管怎样，他能对付她，也许他可以在梅琳达发觉之前骑马离开这里。“这里不是我应该待的地方，兰德，我对战争毫无了解，我也不想去了解。”他一直避免让自己的视线触及岚和杰辛。如果这两个男人现在敢乱嚼舌根，他一定会一拳打在他们的嘴上，即使是那名护法也不例外。“你明白的，不是吗？”

麦特不明白兰德为什么向他点了点头，也许只是表示同意他的话。“如果我是你，我会忘记向艾雯道别，我已经没办法确定我告诉她的事情最后将有多少会被沐瑞或那些智者知道了。”

“我在很久以前就看出这一点了，她和伊蒙村的距离比我们还要远，她也从未因此而后悔过。”

“也许吧！”兰德悲伤地说，“光明照耀你，麦特。”他向麦特伸出一只手，“也愿光明给予你平坦的道路、宜人的天气和美好的侣伴，直到我们重逢。”

如果麦特能真正按照自己的路去走，他们不会很快重逢的。麦特觉得有一点感伤，又立刻觉得这种感伤实在是很愚蠢。男人必须能自己照顾自己，现在该说的也已经说完了。

兰德的手像以往一样有力，练剑磨出的茧覆盖了以前握弓的老茧，掌心中的苍鹭疤痕清晰地压在麦特的手掌上。这让麦特又想起兰德袖子里的那双印记，还有他的导引能力，麦特已经有几天没想到过这件事，好几天了！如果他连兰德的导引能力都会忘记，那他确实早该走了。

他们又蠢笨地互相祝福了几句。岚似乎根本没注意到他们，只是抱着双臂，无声地研究着那张地图，杰辛则开始无聊地拨弄着他的竖琴。麦特的耳朵颇能分辨音律。在他的耳里，杰辛弹出的这段陌生韵律中充满了讽刺。他有点想知道杰辛为什么会选择这样一段乐曲。又过了一会儿，兰德向旁边迈出半步，最后结束了他们的告别。麦特于是走出帐篷，帐篷外面有许多人，大约有一百名枪姬众分布在这座山丘上，全都像猫一样来回移动着，随时准备用短矛刺穿任何人。七名部族首领全都像山岩一样安静地等在帐篷前，三名提尔贵族则装作他们根本就没有出汗，而所有这些艾伊尔根本就不存在。

麦特已经听说过这些贵族来投奔兰德，还去看过他们的营地一眼，但他并不认识这些贵族，因为这三名贵族都不喜欢玩纸牌和骰子。三名贵族上下打量了麦特一眼，轻蔑地皱起眉，很显然的，他们认为麦特并不比艾伊尔人更尊贵，也就是说，根本不值得一看。

麦特将帽子扣在头上，拉低帽檐，冷冷地看了那些提尔人一会儿作为报复，然后才走下山坡，他很高兴看到至少那两个年轻人正因他刚才的目光而感到不安。那名灰胡子的贵族仍然一边等待着觐见兰德，一边掩饰着自己的不耐烦。但这些都已经与他无关了，他绝对不会再见到这些人了。

麦特不知道自己为什么没办法对他们视而不见，但他的脚步确实放得很轻，心中也确实充满了醋意。毫无疑问，他肯定在明天就会离开了。他的脑子里仿佛正有骰子在旋转，他不知道骰子在停下来的时候会露出什么点数，这种感觉让他觉得很奇怪。他一定是在为梅琳达担心，是的，他肯定应该早一点离开，而且应该走得像用趾尖踩在羽毛上的老鼠一样安静。

麦特吹着口哨向自己的帐篷走去。这是什么旋律？哦，是了，“冲向千杀的暗影”。他不打算冲向死亡，不过这个调子很轻快，所以他一边计划着离开凯瑞安的路线，一边还在吹着这个调子。

一直等到帐帘将麦特的身影挡住之后，许久，兰德仍然盯着麦特离去的方向。“我只听到最后一点，”他终于开口道，“你们一直都在谈这个话题？”

“差不多。”岚答道，“他只是看了地图一会儿，就说出一个很接近鲁拉克他们拟定的作战计划。他看到了困难和危险，以及相应的对策，他知道矿工和攻城器械，以及使用轻骑兵追击败敌。”

兰德看着岚，护法脸上没有任何惊讶的表情，甚至连眼睫毛都没有抖动一下。当然，是岚第一个发现麦特有着令人惊讶的军事学知识。岚并不打算征询兰德对这两个作战计划的看法，这是件好事，因为凭自己对战争的鲜少了解，兰德也没资格发表什么意见。

相反的，兰德倒是有一些问题可以问，比如，矿工跟战争有什么关系？或者挖掘只是和攻城有关？但不管答案为何，距离这里最近的矿场远在弑亲者之匕山脉，而且他也不知道那里还有没有矿工在采掘矿石了。好吧，这场战争只能在没有矿工的情况下进行了。现在的重点是，他知道麦特从那道特法器的门框中得到的并不只是随口说出古语的能力了，知道这一点，兰德就能利用它。

你已经不必再变得更残酷了，他有些苦涩地想道。他刚才看到麦特走进这座帐篷，便立刻毫不犹豫地派岚过来，希望护法能在与麦特的单独闲谈中套出

些什么。他预先设好了这个局，而且知道自己一定能从这个局当中有所收获，虽然情况可能并非全然由他控制。他希望麦特能享受自由，他希望佩林能在两河有一段美好的时光，佩林的母亲和姐妹们能看一看菲儿，也许他们两个还会在那里举办婚礼。他希望如此，因为他知道麦特和佩林最终会被自己拉回来，时轴牵引着时轴，而他是其中最强的一个。沐瑞说过，三个时轴在同一个村子里长大，而且年龄相差无几，这绝不是巧合。时光之轮将一切巧合与偶然编织在因缘中，但他们三个的关系一定是有原因的，无论这两位友人走到多么遥远的地方，最终总会回到他身边。等他们回来的时候，他就会竭尽一切可能利用他们，他不得不这样做，因为无论真龙预言是怎么说的，他确信能够赢得最后战争的惟一机会就是集中他们三个的力量。从幼年时就紧紧捆在一起的三个时轴，终有一日会被重新捆在一起，不，他不需要变得残酷。*你的恶臭已经足以让霄辰人呕吐了。*

“弹‘死亡行歌’吧！”兰德用比自己预料中更严厉的声音命令道。杰辛漠然地看了他一会儿，这个男人听到了他们所说的一切，他可能会有疑问，但他不会得到任何答案。如果兰德不能把麦特的秘密告诉岚，他也就不能把这些透露给一名弃光魔使，无论那名弃光魔使显得多么温驯。这一次，他故意让自己的嗓音显得很粗横，又用那根短枪指着杰辛说道：“快演奏它，除非你知道更悲哀的乐曲，演奏些能让你的灵魂哭泣的音乐，如果你还能想到这样的音乐的话。”

杰辛给了他一个奉承的微笑，并坐着向他鞠了个躬，但眼睛周围泛起一片青白。他开始演奏起“死亡行歌”，只是竖琴中流出的旋律显得比以往更多了一种锋利的感觉，这是一首可以让任何灵魂都潸然泪下的凄凉挽歌。杰辛的眼睛盯着兰德，仿佛希望能看到什么效果。

兰德转回身，面朝地图侧躺在地毯上，将一只金红色的垫子垫在臂肘下。“岚，能不能去叫其他人进来？”

护法郑重地鞠了个躬，然后才走出帐篷，这是护法第一次对兰德这样做，但兰德却仿佛没看见。

战役明天就会开始。鲁拉克他们只是出于礼貌才会说是他帮助他们拟定作战计划，他的智能至少能让他知道自己有什么是不知道的。尽管他从岚和鲁拉克那里学到不少知识，但他明白，自己仍然没有准备好。*我曾经计划过上百次这种规模的战役，而命令别人去进行的战役更有十倍之多。*这不是他的想法，熟悉战争的是路斯·瑟林，而不是兰德·亚瑟，路斯·瑟林已经死了，而他是兰德·亚瑟。他只能倾听，询问，然后点点头，仿佛他明白了首领们所说的一定要去做的某件事。有时候他确实理解他们的想法，却希望自己可以不要理解，因为他知道这样的理解来自谁。他真正的贡献只有确定了必须击败库莱丁，但不能摧毁这座城市。不管怎样，这次会议顶多只是对已经决定的计划做一点微小的修补，如果麦特能留下的话，他的许多新知识将会非常有用。

不，他还不会去考虑他的朋友们，不会去考虑在一切落幕前他要对他们做些什么。除了这场战役之外，他还有很多事情要处理。凯瑞安的城头上没有了凯瑞安的旗帜，这是一个很大的问题，还有另一侧持续不断与安多人的冲突、沙马奥会做些什么，还有……

首领们走进帐篷的次序并不固定，这次第一个走进来的是戴雷克，鲁拉克和鄂瑞一同跟在岚身后，随后进来的是布鲁安和哲朗。他们并不关心自己的位置，而在他们的眼中，安奈伦几乎也是他们的一员。

最后一个走进来的是维蓝芒，他沉着一张脸，后面还带着那两名跟班。位置对他来说肯定很重要，在涂油的胡子下嘀咕了几句，他僵硬地绕过火堆，站在兰德身后，但他终于在首领们冰冷的注视下移开了位置。在艾伊尔之中，只有一位近亲和战士团兄弟能站在兰德背后，因为这是可以用匕首暗中刺死他的位置。现在维蓝芒只能向哲朗和戴雷克皱起眉头，希望他们中能有人为他让出位置。

最后，贝奥指了指身边的位置，那是在兰德对面，隔着地图。维蓝芒停了一下才走过去，盘腿坐下，然后他挺直腰杆，死盯着正前方，就好像刚刚吞下了一整颗青李子。两名年轻的提尔人几乎以同样僵硬的姿势站在他身后，脸上却露出难以掩饰的困窘神情。

兰德注意到了他的表情，却不予置评，只是在烟斗里塞满烟草，用阳极力将它点燃。他必须对维蓝芒做些什么，这个人不断地让老问题恶化，又制造出新的问题。鲁拉克的脸上没有任何表情，但其他首领或者表现出像汉那样的嫌恶，或者像鄂瑞一样，冰冷的眼神表明他已经做好了枪矛之舞的准备。也许兰德在摆脱维蓝芒的时候就要开始为别的事担心了。

有了兰德的榜样，岚和首领们也都拿出了烟斗。

“我看只需要做一些细部的调整。”贝奥说着，吸亮了他的烟头，同时像往常一样瞪了汉一眼。

“修改一下高辛的部署？还是其他部族的？”

兰德将维蓝芒抛在脑后，俯身去倾听首领们在重新观察过地形后做出什么样的修正。不时会有一名艾伊尔瞥杰辛一眼，他们绷紧的眼神和嘴角说明竖琴中流出的悲哀旋律触动了他们的心神，就连那些提尔人的面孔也都悲伤地抽搐了。但乐曲只能从兰德的心神外滑过，什么也碰触不到，眼泪是他无法承受的奢侈品，即使只是在心里也不行。

第 43 章

此地，此日

第二天早晨，兰德在第一道曙光出现之前就已经起床穿好衣服。实际上，他根本没睡着，而让他无法入睡的并不是艾玲达。艾玲达昨夜没等他熄灯就开始宽衣，而在兰德赶紧熄灯之后，她立刻又用至上力点燃一盏。她还斥责他说，就算他有办法在黑暗中视物，她可没这个本事。他没有回答，而且他也几乎没注意到几个小时之后她穿好衣服离开，那时距离他起床的时间还有整整一小时，他甚至想都没想艾玲达会去什么地方。

他茫然地盯着前方，任由那些占据他思绪的事情一一流过脑海。即使他的计划能完美实现，今天还是会有人死去，许多许多的人死去，现在他已经无法改变这样的未来，今天的一切都将由因缘来决定。但他仍然一次又一次地反思自己在初入荒漠时就已经做出的那些决定。如果他当初做出不同的抉择，他是否能避开此日、此地？也许下一次吧！那支穗枪被放在剑带上面，和收在鞘内的佩剑一起放在他的毯子旁边。会有下一次的，而下次之后又会有下次，永无止境。

尽管天色仍暗，但首领们已经来向他做临战前最后一次报告了，所有人都已经就位，没有任何预料外的状况。首领们岩石般的面孔现在也难免显露出一些情绪，但他们的表情却复杂得有点古怪——阴森之外，难掩一股热切。

鄂瑞的脸上还真的挂了一丝微笑："不错的一天，能看到沙度的结局了。"他的脚步也比往常轻快许多。

"如光明所愿，"贝奥的头一直顶在帐篷顶部，"日落前，我们会在库莱丁的血里洗净枪矛。"

"谈论将来的事不会带来好运气，"汉喃喃地说道，当然，他的表情同样是非常淡漠，"命运会决定一切。"

兰德点点头："希望光明不会让太多人失去生命。"他希望自己关心人命伤亡的原因能单纯地出于人道，而不掺杂利害，但他还要经历许多这样的日子。现在为了维持龙墙这一边的秩序，他需要每一根能得到的枪矛，这是他和库莱丁之间的诸多芥蒂之一。

"生命是一场梦。"鲁拉克对他说，汉等人也赞同地点点头。生命只是一场梦，所有的梦都有尽头，艾伊尔人并不向往死亡，但他们也不逃避死亡。

首领们离开的时候，贝奥停了一下："你确定要让枪姬众那样做？苏琳已经和智者们谈过了。"

原来日前麦兰在贝奥身边时说的就是这件事，看鲁拉克停步倾听的样子，他一定也从艾密斯那里知道了这件事。

"每个人都在毫无怨言地执行命令，贝奥。"这是不公平的，但这并不是一场游戏。"如果枪姬众想得到特殊的待遇，苏琳可以来找我，而不是跑去找智者。"

如果他们不是艾伊尔，鲁拉克和贝奥一定会在离开时大摇其头。兰德相信他们的妻子一定跟他们说了些什么，但他们必须承受这一切。如果法达瑞斯麦维护着他的荣誉，这一次她们就要按照他的想法去维护。

兰德正要离开帐篷，岚却突然出现在他面前，让他吃了一惊。这名护法的披风垂在背上，随着他的移动模糊了他的影像。

"沐瑞和你在一起吗？"兰德本以为岚会紧随在两仪师身边。

"她正在帐篷里烦恼不已，因为她甚至无法挽救今天所有的重伤者。"这是沐瑞选择的援助方式，今天她不能将至上力作为武器，但她能够使用治疗异能。"白白的虚耗总会惹她生气。"

"我们都因此而生气。"兰德打断护法的话，也许他带走艾雯的举动也让两仪师烦恼。就他所知，艾雯并不擅长治疗，但艾雯至少可以帮助沐瑞。嗯，他需要沐瑞遵守自己的诺言。"告诉沐瑞，如果她需要帮助，就去找能够导引的智者吧！"但智者们对治疗几乎一无所知，"她可以与她们融合，使用她们的力量。"兰德犹豫了一下，沐瑞有没有跟他提到过关于融合的知识？“你到我这里来不会只为了告诉我沐瑞的烦恼吧？”他焦躁地说道。有时候，他很难分清楚自己从沐瑞那里知道了什么，从亚斯莫丁那里知道了什么，还有从路斯·瑟林那里知道了什么。

“我来是为了问你为什么又带了一把剑。”

“沐瑞已经问过了。她又派你——”

岚的表情没有任何变化，但他粗声打断了兰德的话：“我想知道。你可以用至上力做出一把剑，或者你不用剑也能杀人，但你突然间又在屁股上挂了一段铁片，为什么？”

兰德不知不觉伸手握住腰间的长剑柄：“在这种情况下使用至上力很不公平，特别是对无法导引的人，那样我就像是在和小孩子作战。”

护法安静地站了一会儿，专注地审视着兰德。“你要亲自杀死库莱丁，”最后，他用冰冷的声音说道，“用那把剑对付他的矛枪。”

“我不打算一定要把他找出来，但谁知道会发生什么事？”兰德不安地耸耸肩，这不是他私人的狩猎，但如果他能让事物的发展随着他的意愿而扭转，那就让命运给他一个与库莱丁面对面作战的机会吧！“而且，他肯定也正在找我，我不该疏忽这一点。我听到的他对我发出的威胁是针对我个人，岚。”他举起一只拳头，让金色鬃毛的龙头清晰地显露出来，“只要我活着，库莱丁就不会罢休，因为我们两人身上都有这样的印记。”

老实说，兰德自己也无法允许第二个拥有双龙纹的人活下来。兰德可以将现在的状况归罪于亚斯莫丁和库莱丁两个人，是亚斯莫丁在那名沙度艾伊尔身上绘了那两条龙纹，但这一切的肇因是库莱丁无休止的野心。他的野心让他拒绝遵从一切艾伊尔的法律与习俗，让这一天的这个地方成了无法避免的必然。除了荒季和艾伊尔之间的战争以外，库莱丁的手里还有那些泰恩人的性命、瑟利恩、几十座被毁的城镇和村庄、几百座成为灰烬的农场，不得埋葬的男人、女人和孩子成了秃鹰的食物。如果他是转生真龙，如果他有权要求诸国追随他，甚至要求凯瑞安追随他，那他就必须给予这个世界正义作为交换。

“那么就在抓住他的时候砍掉他的脑袋吧！”岚严苛地说，“派出一百人，或是一千人，给他们惟一的任务就是找到并抓住库莱丁，但不要愚蠢到想与他对打！现在你的剑技很强，非常的强，但艾伊尔人生下来的时候手里就有了矛和盾。只要矛尖戳穿了你的心脏，一切就都完了。”

“那么我应该避免这次战斗了？换成是你，你会吗？如果沐瑞没有命令你躲避战斗的话。鲁拉克，或者是贝奥，或者是他们之中的任何人会这么做吗？”

“我不是转生真龙，这世界的命运不在我肩上。”在岚的声音中突然窜出的一片烈火，转瞬即逝。如果不是沐瑞，他一定随时都会出现在战争最激烈之处，沐瑞对他的约束看上去只是给他带来一次次憾恨。

“我不会去冒无谓的险，岚，但我不能逃避一切。”那支霄辰枪今天会被留在帐篷里，如果他找到库莱丁，这支枪只会对他造成妨碍。“来吧！如果我们一直站在这里，艾伊尔人不需要我们也能结束今天的一切。”

当他钻出帐篷时，天空中只剩下几颗黯淡的残星，东方的地平线上则出现了微薄的晨曦，当然这不是他和岚停住脚步的原因。枪姬众们肩挨着肩，紧紧地围住这座帐篷，一堵厚实的环形人墙一直延伸到仍然被阴影笼罩的山坡下，就连一只老鼠也没办法在这堵由身穿凯丁瑟的女子组成的人墙上找到可以钻过去的缝隙。兰德看不见杰丁，虽然他早就命令一名奉义徒去为他准备坐骑。

站在这里的不止是枪姬众。两名站在最前排的女子穿着宽大的裙子和白色的宽松上衣，头发被折起的方巾系在脑后，现在天色仍暗，他没办法看出她们的面容，但看着她们的身形和抱起双臂的姿态，他知道她们是艾雯和艾玲达。

他还没来得及开口询问她们要干什么，苏琳已经走上前来：“我们来护送两仪师艾雯、艾玲达和卡亚肯一起去塔上。”

“谁让你这么做的？”兰德问。他瞥了岚一眼，知道这与护法无关，即使在这样昏暗的光线里，他还是能看到护法脸上惊讶的神情。但任何事都不可能让岚惊讶太久，一瞬间后，岚就用力抬起了头。“现在艾雯应该在去那座塔的路上，而枪姬众则应该去那里守卫她。今天她要做的事非常重要，她在执行任务时一定要受到保护。”

“我们会保护她，”苏琳用生硬的声音说道，“还有卡亚肯，他将他的荣誉给予法达瑞斯麦来维护。”一阵赞同的喃喃声在枪姬众之间播散开来。

“这样做才是有理智的，兰德。”艾雯站在原地说道，“如果一个人使用至上力可以缩短这场战争，那么三个人就会将它缩短得更多，而你比艾玲达和我加起来更强大。”她的语气说明她并不喜欢说出最后那一句话。艾玲达什么也没说，但她站立的样子就说明了一切。

“这太可笑了，”兰德皱起眉头，“让我过去，然后你们去该去的位置。”

苏琳并没有挪动脚步，“法达瑞斯麦维护着卡亚肯的荣誉。”她平静地说，其他枪姬众也都同声附和。所有人说话的声音都不大，但这么多女人同时说话确实造成一片响亮的喧嚣声。“法达瑞斯麦维护着卡亚肯的荣誉。法达瑞斯麦维护着卡亚肯的荣誉。”

“我说了，让我过去。”枪姬众一平静下来，他立刻又说道。

仿佛他的话是一道要她们再次开口的命令，人群中再次响起："法达瑞斯麦维护着卡亚肯的荣誉。法达瑞斯麦维护着卡亚肯的荣誉。"而苏琳这次只是一言不发地看着他。

片刻之后，岚靠近他，淡淡地耳语道："女人并不因为她们拿起了枪矛就会不再像女人，你有没有遇到过可以回心转意的女人？放弃吧，否则我们只能在这里站上一整天，看你和这些只知道朗诵的女人吵架。"护法犹豫了一下，然后又说道："而且，她们的建议确实是合理的。"

当繁冗的口号声再次消失时，艾雯张开了嘴，但艾玲达伸手按住她的手臂，对她耳语了几句，艾雯便闭上嘴，什么话也没说出口。不过兰德知道她要说什么，艾雯要告诉他，他是个羊毛脑袋的顽固傻瓜，或者是诸如此类的话。

现在的问题是，兰德觉得自己好像真的是这样的人。他到塔上去才是明智的行为，在其他地方，他将对这场战争毫无助益。现在控制这场战争的是部族首领和命运，他应该做的是导引至上力，而不是到处去寻找库莱丁。实际上，如果时轴力量能牵引库莱丁，那兰德待在塔顶上找到库莱丁的机会可能不会比其他地方小。当然，如果每一名枪姬众都依照他的命令守在塔周围，那他将绝对无法与库莱丁见面。

但他又该如何放弃自己原先的主张，从这场暴风中挽回一点尊严？"大概我在塔上能做的事情会更多一些。"他觉得自己的脸颊开始发烫了。

"听从卡亚肯的命令。"苏琳的回答不带一丝嘲笑，仿佛这本来就是兰德最初的意思。岚点点头，然后就消失在人群里，枪姬众们为护法让出了一道狭窄的空隙。

但枪姬众的人墙很快又在岚的背后合为一体，所以当她们开始移动的时候，兰德完全没有选择，只能跟随她们前进。当然，他可以导引至上力，用火之力和风之力冲散她们，但他不可能这样对待追随他的人，更何况她们全都是女人。除此之外，他怀疑这些人只要还活着就不会离开他身边，也许就算是死了也不会。不管怎样，他已经改变主意，认为自己在塔顶才能发挥更大的作用了。

艾雯和艾玲达在走路的时候像苏琳一样寂静，这让兰德很感欣慰。当然，她们一言不发，至少部分是因为要在黎明前的阴霾中专心地观察脚下起伏不定的路面，以免摔断脖子。艾玲达不时会用兰德根本听不清的声音嘟囔几句，兰德猜她是在抱怨裹住双腿的裙子，不过，她们两个毕竟没有明显地嘲笑他所做的让步，但兰德清楚，她们不会在这件事上放过他的。女人们总是非常喜欢在你以为危险已经过去时，用针狠狠地扎你一下。

天空开始变成灰白色，当他们能看清那座原木高塔时，兰德开口打破了寂静："我没想到你也会参与，艾玲达，我记得你说过，智者不会参与战争。"他相信艾玲达肯定说过这样的话，一名智者可以毫发无伤地走过战场，也能进入任何聚居地和居所，哪怕那里属于她的血仇部族，但智者不能参与搏杀，特别是不能使用至上力。在兰德进入荒漠时，大多数艾伊尔甚至还不知道一些智者是可以导引的，艾伊尔们只是传说智者们拥有奇特的能力。

"我还不是一名智者，"艾玲达说着，兴奋地调整了一下自己的披巾，"如果像艾雯这样的两仪师能这么做，那我也可以。我是在今天早晨你睡觉的时候把这件事安排好的，但你第一次向艾雯提出要求时我就在考虑了。"

现在天色已经够亮了，所以兰德能看见艾雯绯红的脸颊。艾雯发现兰德盯着自己看，踉跄了一下，兰德不得不抓住她的手臂，才没让她扑倒在地。艾雯躲避着他的目光，猛地将手臂从他手里挣脱开来，也许兰德不必担心艾雯会用针了。他们这时踏上了高塔所在山丘。

"她们没有阻止你？我是说艾密斯、柏尔和麦兰？"兰德知道智者们一定没有阻拦艾玲达，否则她就不会出现在这里了。

艾玲达摇了摇头，然后又若有所思地皱起眉："她们和苏琳谈了很长一段时间，然后就告诉我，我可以按照自己所想的去做。通常，她们都会命令我按照她们所想的去做。"瞥了兰德一眼，她又说道："我听麦兰说，你的到来已经改变了一切。"

"是的，"兰德一边说，一边登上了高塔梯子的第一阶，"光明助我，你说得没错。"

站到塔顶上时，即使只用肉眼观察，视野也比平时开阔许多，树木丛生的丘陵一直延伸到很远的地方。这片树林茂密得足以掩护艾伊尔们向凯瑞安移动，现在他们差不多应该全部就位了，金色的晨曦笼罩住远处的大城。兰德用望远镜飞快地扫视一遍，平缓河道两侧的光秃山丘上找不到任何生命的迹象，这番情景很快就会改变了。沙度们就在那里，只不过都躲藏了起来，他们很快将没办法继续躲藏下去，只要他使用……什么呢？不能是烈火。现在他要做的是在发起进攻之前，尽量消耗沙度艾伊尔的精力。

艾雯和艾玲达轮流使用着另一架望远镜，有时还会低声谈论。最后，她们彼此点了点头，走到栏杆前面，将双手放在粗糙的原木上，望向凯瑞安。兰德身上突然起了一片鸡皮疙瘩，她们之中一定有人在导引，也许两个人都在导引。

兰德最开始注意到的是吹向凯瑞安城的风，一股他进入这个国家以来首次感受到的真正强风。云朵开始在凯瑞安城头聚集，南方的云层最重，而整片云团都在迅速地变厚、变黑，不停地翻滚。被笼罩在其中的只有凯瑞安城和沙度艾伊尔，除了那一片地方以外，兰德的视野里只有净蓝的天空和几缕细丝般的云絮。没过多久，那团乌云中就响起一阵阵持久而沉重的雷声。突然间，闪电划破了乌云，一道银色的锯齿亮光抽击在城下的一座山丘上。还没等第一道闪电的雷声传到兰德耳中，另外两道闪电已经同时劈在地上。天空中光焰狂舞，但一道道炽白的长鞭却持续抽击大地，规律有如心跳。在闪电未触及之处，一块块土地连续不断地发生猛烈的爆炸，土石一直被抛上五十尺高的地方。

兰德不知道这些是哪一个做的，不过她们的行动显然已经把沙度们轰出来了。他可以就这么在一旁看热闹，当然也可以做些事情。他抓住阳极力，冰冷的火焰在虚空外咆哮着，包围了一个叫做兰德·亚瑟的人。他冷冷地忽略了一点点渗入的秽恶污染，狂野地摆弄着时刻要吞噬他的至上力。

隔着这么远的距离，他所做的一切都将受到限制。事实上，他差点就无法对战局产生任何影响，毕竟距离太远，而且他又没有法器或特法器的辅助。很可能同样是因为如此，那两个女人才会一次只导引一道闪电，一处爆炸。如果兰德自己都觉得有所限制，那她们所做的大概已经是她们的极限了。

一个回忆滑过虚空，不是他的，而是路斯·瑟林的，但这次他没有在意那是谁的记忆。转瞬间，他开始导引，一团火球包覆住将近五里外的一处山丘顶，然后又变成一片淡黄色的火焰。当火舌消尽的时候，他不需要借助望远镜也能看见那座山丘变矮，而且变黑，山丘顶端似乎已经熔成一团流质。如果他们三个继续这样下去，也许那些部族根本不用和库莱丁开战了。

伊琳娜，我的爱，原谅我！

虚空在颤抖，片刻之间，兰德只能在毁灭的边缘踉跄地挣扎着。至上力的编织在他体内搅起一团团恐惧的泡沫，污染变成一堵散发着臭气的石墙，紧紧地压迫着他的心脏。

他紧紧抓住栏杆，直到指节处传来一阵阵疼痛，但他终于强迫自己恢复平静，支撑住虚空。然后，他拒绝再听脑子里的任何想法，将全部心神都集中在导引上，烧毁了一座又一座的山丘。

站在山丘上的丛林深处，麦特用手臂捂住果仁的鼻子，以免这匹阉马发出嘶鸣。丛林外上千名艾伊尔人正从南方向他这儿疾奔过来。太阳刚刚越过地平线，让这些奔跑的人群拉出长长的阴影。夜晚的温暖正让位给白天的炎热，随着太阳的升高，空气很快就会变得闷热不堪，现在麦特已经在流汗了。

艾伊尔人还没看到麦特，但麦特相信，如果他继续留在原地，他们很快就会发现他。他们很可能是兰德的人（如果库莱丁已经派人渗透到如此接近南方之处，那对于那些陷在战局中心的蠢货来说，今天就是非常有趣的一天了)，但麦特不打算冒险被他们看到。今天早晨的时候，他已经因为这种疏忽而差点被一箭射穿。想到这里，他不经意地摸了摸外衣肩膀上那道整齐的切口。对于一个只能隐约见到且正在树林间移动的目标，这已经是很准的一箭了，如果那个目标不是他自己，他一定会非常赞赏这名射手的箭术。

他继续盯着正在接近的艾伊尔人，小心地推着果仁向树林深处的灌木丛里躲了进去，以便在艾伊尔人发现他甚至追逐他时能事先做好准备。人们都说艾伊尔人能够追得上骑马的人，如果得亲自证实这一点，他也不打算让自己太狼狈。

直到那些艾伊尔人完全被树木遮蔽，他才加快脚步，一直走到山丘的另一侧，然后骑上马背，向西方奔驰而去。如果想在此日、在此地活下来，再怎么谨慎也不为过。他低声嘟囔着，催马向前疾驰，拉低宽边帽的帽檐，黑色长矛架在马鞍上，向西，再向西。

今天一直都还算顺利。在第一缕曙光出现前的两个小时，梅琳达就起床去参加枪姬众的会议了，她以为麦特还在睡觉，离开时甚至没有看麦特一眼。那时麦特听见她在低声嘟囔着兰德·亚瑟和荣誉的事，还有一句"法达瑞斯麦高于一切"。说出那句话的时候，梅琳达仿佛正在和自己争论着什么，但麦特显然不在乎她是想把兰德做成腌菜还是炖菜了。梅琳达刚刚离开帐篷，麦特已经开始填塞他的鞍袋。当他为果仁备好鞍、偷偷向南方溜去的时候，甚至没有人多看他一眼，这是个不错的开始。然而一路上，他遇到了数不清的塔戴得、汤曼勒，或是其他该死的部族队伍，他们都正赶向南方。当然，不能仅凭这一点就认为他们采用了他对岚鬼扯的那一套方案。他想去南方，但这些艾伊尔人却把他逼向澳关雅河，逼向有可能进行激烈战斗的地方。

又走了一两里，他小心地让果仁登上一座山丘，一边注意着让自己藏身在树林里，这座山丘比周围的都要高，他在这里能有一个比较好的视野。这一次他没看见艾伊尔人，但在下方山谷中蜿蜒穿行的队伍比艾伊尔人好不了多少。一群骑马的提尔人走在一簇颜色驳杂的贵族旗帜后面，然后是一队长矛兵走在提尔骑兵扬起的灰尘里，仿佛一条长满尖刺的长蛇，队尾是插着各色背旗的凯瑞安骑兵。凯瑞安骑兵没有一点秩序，贵族们都三三两两聚在一起闲谈，但至少他们安排了侧翼的掩护部队。不管怎样，只要他们走过去，麦特向南的路线上也就不会有阻碍了。*那时我要一直跑到该死的艾瑞尼河边再停下来！*

这时他的眼睛捕捉到了一丝闪烁，那是在那支队伍前面很远的地方。他是因为站在这么高的地方才能看到的，那些骑兵肯定看不到。他从鞍袋里拿出一架小望远镜(金·陶维尔也喜欢赌骰子)，向闪烁的地方望去，然后从牙缝中吹出一声口哨。艾伊尔人，数量至少和山谷中的这支队伍一样多，全都趴伏在枯干的灌木丛和落叶里。如果不是库莱丁的人，那他们一定是要给这些骑士们一次命名日的惊喜了。

麦特用指尖在肋骨上敲了一会儿。下面很快就会出现一堆尸体了，其中不会有太多艾伊尔人。*已经与我无关了，我不属于这里，我要到南方去。*但他还可以再等一会儿，等山下这些人都开始忙乱起来、注意不到他的时候再掉头向南疾驰。

那个叫维蓝芒的家伙（麦特是昨天才听说这个灰胡子的名字）真是个石头一样的傻瓜，他没有派出前卫，更没有斥候，否则他就有可能提前知道有什么该死的惊喜在等着他了。因为山谷曲折迂回，所以艾伊尔人应该也看不见这支队伍，但他们会注意到飞扬在空中的细微尘土。而且艾伊尔斥候肯定也会看见这支队伍，艾伊尔人不会坐失良机。

无聊地吹着“冲向千杀的暗影”，麦特将望远镜放回眼前，开始仔细观察周围的山丘。是的，那名艾伊尔指挥官在山顶上安排了几个人，让他们在猎物进入伏击范围时发出讯号，但即使是那些斥候，现在也应该还没发现什么异状才对。只要再过几分钟，提尔人的队伍就会进入那些哨兵的视线，到那时……

麦特惊讶地发现自己正催马向山坡下驰去。*光明在上啊，我在干什么？*好吧，他终究还是不能坐视那些人像群蠢鹅般将脑袋伸到刀子下面去。他可以警告他们，就是这样，告诉他们前方有埋伏，然后再离开这里。

没等麦特跑到山坡下，凯瑞安骑兵已经听见果仁全速奔跑时发出的响亮蹄声，他们之中有几个人放低了骑枪。麦特不喜欢一尺半长的箭，当然更不喜欢超过它三倍长的骑枪。不过那些骑兵显然不认为一个孤身的人会有什么威胁，哪怕他纵马疾驰得像个疯子。他们让麦特跑了过来，麦特立刻向领头的凯瑞安贵族们大声喊道：“停下来！立刻停下来！这是真龙大人的命令！否则他就会用至上力把你们的脑袋塞进你们的肚子里，再让你们用自己的两只脚当早餐！”

他用双腿紧夹住马腹，果仁猛地向前一蹿。他回头瞥了那些骑兵一眼，他们总算是停下来了，虽然每个人都是一脸困惑。山丘仍然遮蔽着他们，只要他们扬起的烟尘沉落下来，艾伊尔人就不会知道他们在这里。于是麦特趴伏在果仁的脖子上，用帽子猛抽马屁股，沿着骑兵队伍一路向前跑去。

如果等维蓝芒把命令贯彻下去，那就太迟了。就是这样。麦特决定发出警告之后就离开。

这支步兵队伍分成了一些小队，每一队都有一名骑在马上的军官率领，由大约两百人的长矛兵和跟在后面的五十名弓箭手或十字弩手组成。所有的人都向骑马驰过的麦特投去好奇的目光，果仁的马蹄向他们扬起一团团尘土，但始终都没有一个人打破队列。一些军官掉转了坐骑，大概是想看看这个人为什么要如此慌急地赶路，但没有人离开他们的岗位。优秀的纪律——他们需要这个。

提尔人队伍的最末端是岩之守卫者们，他们都穿着光板胸甲和金黑色条纹的灯笼袖外衣，用宽边头盔上不同颜色的羽毛区分军衔。其余提尔人也穿戴着同样的盔甲，袖子上不同的颜色表明他们属于不同的贵族派系。穿丝绸外衣的贵族们都走在队伍的最前面，盔甲比后面的人要华丽许多，头盔上都插着白色的大羽毛，从凯瑞安城那边吹来的微风扬起了他们背后的旗帜。

麦特很快就来到队伍最前面，快得让果仁人立了起来。他高声喊道："停下，以真龙大人之名！"

这应该是能阻止他们的最快的办法了，但在最初的那一刻，麦特觉得这些人完全没理会他。也几乎就在他要失望时，一名年轻贵族（麦特记得在兰德的帐篷外见过他）抬起一只手，所有人都拉住缰绳，随后就是一阵杂乱的命令声传向后方的队伍。维蓝芒不在队伍里，这些贵族最年长的也不会比麦特大上十岁。

"这是怎么回事？"发出命令的那个家伙问道，在他的高鼻子上方，一双黑眼睛里充满了傲慢的光芒。他扬起下巴，用胡子尖指着麦特，不断滚落的汗水并没有让那撮胡子改变多少。"是真龙大人亲自对我下达的命令，你凭什么——"

那名贵族的同伴突然拉住他的袖子打断他的话，然后急切地向他耳语。麦特认识他——马铃薯脸的艾斯丁在提尔时经常和他赌牌，现在他头盔下的面容显得憔悴许多，麦特听说他在凯瑞安城里吃了不少苦。他知道麦特是什么人。艾斯丁胸甲上的镀金花纹有许多都剥落了，不过他身边的那些贵族到这里来都似乎只是为了展示他们华丽的铠甲，至少目前为止是如此。

那个高鼻子贵族的下巴逐渐沉了下来，当艾斯丁离开他耳边时，他立刻用更加谦逊的语气说道："我不是有意冒犯……呃……麦特大人。我是艾斯格拉家族的麦朗瑞，真龙大人下达了什么样的命令？"他的最后一句话显得有点犹豫，但艾斯丁却在此时焦急地插嘴说道：

"为什么我们要'停下来'？我知道真龙大人要我们谨慎行事，麦特，但烧了我的灵魂吧！如果只是枯坐在营地里让艾伊尔人去作战，我们将得不到任何荣耀。为什么我们要在敌人被击溃之后才能去追击？而且，我父亲就在凯瑞安城里，而且……"他的声音在麦特的瞪视中逐渐小了下来。

麦特用帽子给自己扇着凉风，摇了摇头。这些傻瓜们甚至不在他们应该在的地方，现在命令他们回去已经不可能了，即使麦朗瑞愿意回去（看着这名贵族的表情，麦特觉得即使是真龙大人的命令也不一定能让他回头），也已经没机会了。他们已经进入艾伊尔斥候的视野，如果这支队伍现在掉头，艾伊尔人就会知道他们已经被发现，很可能他们就会在提尔人和凯瑞安人调整队伍的混乱时刻发动攻击。这和他们盲目前行一样，结果都会换来一场屠杀。

“维蓝芒在哪里？”

“真龙大人派他回提尔，”麦朗瑞慢吞吞地回答，“要他去解决伊利安海盗和马瑞多平原强盗的问题，当然，他很不愿意回去，只是那里同样责任重大。不过，请原谅，麦特大人，如果是真龙大人派你来的，你怎么会不知道——”

麦特打断他的话：“我不是大人。如果你想知道兰德都会让别人知道些什么，那就问他去吧！”这句话让那家伙退缩了一下，他才不敢去问那个该死的真龙大人什么问题。维蓝芒是个傻瓜，但至少他经历过真正的战场，除了艾斯丁像一只捆在马鞍上的麻布袋之外，所有这些人看上去都十足像群酒馆里的混混。他们见识过的顶多只是一两场决斗，脑子里大概只有一团肥肉。“现在，你们全都听我说，当你们经过前方远处那两座小山之间的隘口时，艾伊尔人就会像雪崩一样向你们袭来。”

现在情况看起来反倒像是他告诉他们前面会有一场舞会，有许多正痴心盼望着提尔贵族少爷的漂亮姑娘一样。现在这些贵族少爷们都露出了热切的笑容，一个个催动马匹，同时还互相拍着肩膀，吹嘘着自己能杀掉多少野蛮人。只有艾斯丁奇怪地叹了口气，从剑鞘里拔出佩剑。

“不要看前面！”麦特厉声说道。这些傻瓜，再过一会儿，他们就会叫喊着冲锋了！“看着我，我！”

麦特靠着他的朋友才让他们安静下来。麦朗瑞等穿着漂亮铠甲的人都不耐烦地皱起眉头，他们不明白，为什么麦特不想让他们立刻就开始进行消灭艾伊尔野蛮人的任务。如果麦特不是兰德的朋友，他们也许已经把他和果仁踩成肉饼了。

他可以让他们现在就冲锋，他们也会欣然从命，将所有凯瑞安人都扔在后面，而那些凯瑞安人在知道发生什么事之后也会立刻跟上去。然后下场就是他们全被宰光光。现在聪明的选择是任由他们一头冲上去，而他自己则朝反方向扬长而去。惟一的问题是，如果艾伊尔人知道他们被发现了，也许他们会采取些异想天开的战略，例如包抄这支细长傻瓜队伍的侧翼，那他可能就没办法那么轻易地脱身了。

“真龙大人命令你们缓慢前进，就如同在百里之内根本没有艾伊尔人一样。

长矛兵一旦通过隘口，要立刻组成一个中空的方阵，你们以最快的时间进入其中。”

愤怒的议论声从贵族们口中传来，只有艾斯丁若有所思地看着麦特。麦朗瑞生气地喊道：“到步兵中间去！躲在那些贱民后面毫无荣誉——”

“该死的，听我的话，”麦特咆哮着，催动果仁来到麦朗瑞的马前，“否则就算那些该死的艾伊尔人没杀死你们，兰德也会动手的。而被他饶过的那些人，我会亲自把他们切成碎块！”他们浪费了太多的时间，现在艾伊尔人一定已经在怀疑他们为什么迟迟没有行动了。“运气好的话，你们可以在艾伊尔人发动攻击前排好阵形。如果你们有马弓，就使用它们，否则就老老实实地待在步兵阵里。你们会有机会进行该死的冲锋的，你们会知道什么时候可以冲锋，但如果你们提前行动……”他几乎能感觉到时间的流逝。

将黑色的矛杆像骑枪般立在马镫上，麦特催动果仁向提尔贵族身后的队伍走去。当他回头望过去时，麦朗瑞等人正一边盯着他的后背，一边小声地议论着。至少他们没有立刻冲向那道山谷。

长矛兵的指挥官是个苍白、瘦削的凯瑞安人，比麦特要矮上半个头，骑着一匹看上去只适合在牧场上吃草的灰色阉马。但这个名叫代瑞德的军官有一双严厉的眼睛和不止断过一次的鼻子，三道白色的伤疤交叉在他的脸上，其中一道伤疤似乎是新伤。他在和麦特说话时摘下自己的钟形头盔，他的前额被剃秃了——他不是贵族。也许在凯瑞安爆发内战前，他是凯瑞安王国军队的一员。是，他的部下知道该如何组成刺猬阵。代瑞德没见过艾伊尔人，但他一定见识过强盗和安多的骑兵，有可能也和觊觎王座的凯瑞安贵族们交过手。代瑞德说话的语气既不急迫，也没有不情愿，他仿佛只是在谈论一份正要去做的工作。

当麦特再次催动果仁时，这支队伍已经重新出发，开始以标准步伐继续前进。麦特飞快地回头看了一眼，确认那些提尔人并没有走得比凯瑞安长矛兵更快。

麦特只让果仁以稍快于步行的速度前进着，他似乎能感觉到艾伊尔人的目光正盯在他的后背上，感觉到他们在猜测他刚才都说了些什么，现在他要去哪里，为什么。只是个传递讯息的信使，现在就要走了，不必担心。麦特衷心希望艾伊尔人会这样认为，但在确信那些艾伊尔人再也看不到他之前，他的肩膀绝不会松弛下来。

那些凯瑞安骑兵仍然等在刚才麦特丢下他们的地方，也没有收回他们的侧翼部队。旗帜和背旗在贵族们聚集的地方形成一片小小的旗林，每一面旗帜代表着十几名凯瑞安骑兵。大多数人都穿着朴素的胸甲，即使有些盔甲上有镀金或嵌银的装饰，也都破损不堪，仿佛被一名喝醉的铁匠敲击过。与其中一些人的坐骑相比，代瑞德的那匹灰马仿佛也和岚的战马差不多神骏了。他们能完成指派给他们的任务吗？但那些面孔和望着他的目光里都充满着力量。

他现在可以脱身，躲开那些艾伊尔人了。只要告诉这些人该怎么做，他就可以立刻催马离开，但是他已经把一部分士兵扔进了艾伊尔的陷阱，现在他不能就这么抛弃他们。

现在他面前的这名贵族自称为戴勒文德家族的塔曼尼，他的背旗图案是蔚蓝底色上的三颗黄星，旗帜上则画了一只黑狐狸。他比代瑞德还要矮，顶多比麦特大三岁。这支凯瑞安骑兵中有许多贵族的年纪都比他大，有些人甚至已经有了灰发，但他是他们的指挥官。他的眼睛像代瑞德一样显示不出任何表情，实际上，麦特觉得他就像是一根卷起来的鞭子，他的盔甲和佩剑上没有任何装饰。在向麦特报上姓名之后，他就一言不发地听着麦特将计划一步步陈述出来。在听麦特说话时，他的身体稍稍倾出马鞍，投在地上的影子与麦特手中那根剑刃长矛重叠在一起。

其他的凯瑞安贵族都聚在一起看着他们两个，但没有人的目光比塔曼尼更锐利。塔曼尼研究着麦特画的地图，也从头到脚地研究着麦特，甚至没放过他的那根长矛。等麦特把话都说完之后，这个家伙仍然没有吐出一个字。麦特不由得吼道："怎么啦？我不在乎你是不是会接受它，但再过不久，你的朋友们就要钻到艾伊尔人的屁股底下去了。"

"提尔人不是我的朋友，至于说代瑞德……他很有用，但他肯定也不是朋友。"干笑声从围观的贵族们中间传出来，"不过如果你指挥一半的人，我就指挥另一半。"

塔曼尼脱下一只铁手套，向麦特伸出手去，但麦特一时间只是愣愣地盯着那只手。指挥？他？*我是一名赌徒，不是士兵，我想做的是女孩们的情人。*对于战争的久远回忆不停地在他脑海里旋转，但他强迫自己压下那些回忆。他要做的就是离开这里，但那样的话，塔曼尼就会丢下艾斯丁、代瑞德和其他那些人。虽然他自己其实也打算丢下他们，但他惊讶地发现自己竟然握住了伸到面前的这只手，"按照计划去做吧！"

作为响应，塔曼尼开始飞快地叫出一个个名字。贵族们纷纷催马向麦特靠了过来，每个人背后都跟了一名旗手和十名左右的扈从，最后，有差不多四百多人聚集到麦特身边。塔曼尼没有再说一句话，只是率领其余的人小跑着向西方奔去，一路上留下一阵淡淡的烟尘。

"保持紧密队形，"麦特对他指挥的那一半人说，"我下令冲锋时就发动冲锋，我下令逃跑时就立刻逃跑，不要发出任何不必要的声音。”骑兵们组成队列跟在他身后，发出一阵马蹄声和皮鞍的摩擦声。不过，他们至少没说话，也没问任何问题。

前面那支簇拥着许多亮色旗帜和背旗的队伍已经消失在那道狭窄的山谷中。他是怎么被卷进来的？一切都太突然了，他只想发出警告，然后就离开。那之后的每一步似乎都是必要的，而且他觉得每一步都不会对他的决定有什么影响。现在他却已经深陷在这滩烂泥里，无法自拔了，除了继续向前之外，他已经没有任何选择。他只希望塔曼尼能够认真地去执行这个计划。那个人甚至没问一句他是谁。

他在那道山谷里转向北方，山谷里有很多曲折的岔路，但他有着很好的方向感。比如，他清楚南方代表着安全，而他现在正与那儿背道而驰。凯瑞安城的方向聚集了许多乌云，许久以来，他第一次见到那么厚重的积云。大雨要冲走这里的干旱了，这对农场很有帮助，如果这里还有农场的话。雨水还会压下骑兵扬起的尘土，那样就可以帮助他们隐藏形迹。也许如果雨下得够大，那些艾伊尔人就会放弃战斗回家了。这时，身边开始刮起强风，带来一丝出乎麦特预料的凉意。

战斗的声音从山丘的另一边飘了过来，人们的呼吼声、尖叫声连续不断。已经开始了。

麦特掉转果仁的马头，举起手中的长矛，向左右一挥。他几乎是惊讶地看见凯瑞安骑兵们在他的两侧面朝山丘组成两列长队。这个指挥动作来自不同的时空，他在挥动长矛的时候根本没去想自己在干什么，但话说回来，这些士兵毕竟久经沙场。他让果仁缓步走过前方稀疏的树林，骑兵们也保持着与他同样的速度，跟随着他。

走到山顶时，他的第一个想法是放心地看到塔曼尼已经到达对面的山顶，而他立刻又骂了句粗话。

代瑞德已经组成了刺猬阵，四重长矛围成紧密的空心方阵，弓箭手站在紧贴长矛手背后的地方，长矛让不停发动猛攻的沙度艾伊尔很难靠近凯瑞安人。凯瑞安弓箭手和艾伊尔弓箭手猛烈地交换着一阵阵箭雨。双方都有人不停地倒下，但每倒下一名凯瑞安长矛手，他身边的同袍就会紧靠在一起，让方阵变得更加紧密。当然，沙度艾伊尔的攻击也一直没有放缓的迹象。

方阵中心是下了马的岩之守卫者们，以及差不多半数的提尔贵族和他们的扈从，只有半数而已。麦特就是因为这个才骂出声的。其余的提尔人都冲进了艾伊尔的人群里，正拼命地用剑和骑枪劈砍、戳刺着。他们已经分散成了几群，还有不少人落了单，几十匹空鞍的战马显示着他们的战果。麦朗瑞的身边只剩下他的旗手，他疯狂地挥舞着手中的长剑。两名艾伊尔人冲过来，砍断这名贵族少爷战马的腿筋，马匹一头就栽倒下去。麦特相信它一定发出了骇人的嘶鸣，但激战声已经吞没了一切。麦朗瑞消失在身穿凯丁瑟的人群里。那名旗手又单独坚持了一会儿。

这样了结了也好，麦特残酷地想。他在马镫上站起身，高举剑刃形的长矛向前一挥，喊道，“Los! Los caba'drin!”

如果可以的话，他真希望能收回这句话。并不是因为这是古语，而是因为这句话的意思。下方的山谷中依旧战况激烈，无论这些凯瑞安骑兵是否明白麦特所说的是“骑兵冲锋”，他们肯定都明白麦特挥矛的动作，尤其在看到麦特坐回马背，一头往前驰去后。虽然麦特实在是不想这么做，但他已经没有选择了，他已经把这些人拖入了泥沼——如果一开始就叫这些人逃跑，也许还有一部分人能保住性命——他只是别无选择。

旗帜和背旗挥舞着，凯瑞安骑兵呼吼着战号，跟随麦特冲下山坡。他们都像麦特一样，毫不迟疑地猛冲向前，只是没有人注意到麦特现在喊的是“血和该死的灰啊！”山谷的另一侧，塔曼尼也率领部队发起同样猛烈的冲锋。

沙度艾伊尔们肯定是以为所有湿地人都被他们的攻击困住了，直到两支骑兵冲下了山坡，他们才开始发觉自己的背后遇袭。这时，闪电从半空中劈落下来，以后的事情真的变成一团糟了。

第44章

次要的悲伤

兰德的衬衫已经因汗湿而贴到皮肤上，但他仍然穿着外衣，以抵御从凯瑞安吹来的强风。太阳要再过一个小时才会升到天顶，但他已经觉得自己仿佛整个上午都在全力奔跑，又被棒子狠狠打了一顿。在虚空的包覆中，他只能从遥远的地方感觉到疲惫，手臂、肩膀和后背的疼痛，还有环绕肋侧旧伤的阵阵抽痛。有至上力在体内，他能察觉到百步外的一片树叶，但他肉体的变化却仿佛是其他人身上的感觉。

他早已开始从口袋里的那件小胖男人雕像中导引至上力，但现在还是感到要想继续让编织影响到几里以外，体内的至上力已经难以为继了。腐臭污染的威胁让他无法再导引更多的至上力，至上力是那么甜美，无论其中是不是有污染。经过连续几个小时毫无休息的导引之后，他已经疲惫不堪，但他又必须更加努力地与阳极力作战，用更多的力量阻止它当场烧毁自己，烧毁自己的思想。同时，他还要支撑着自己与阳极力的联系，抑制自己进行更多导引的欲望，控制住已经导引进体内的至上力，这些事情几乎一件比一件更困难，而且它们彼此促进，形成一个可怕的向下螺旋。但还要再等几个小时，这场战役的胜败才会确定。

兰德从眼睛旁边抹了一把汗，抓紧粗糙的栏杆，他已经接近崩溃边缘，但他比艾雯和艾玲达要强大。那名艾伊尔女子也还站着，紧盯着凯瑞安城和城头的乌云，不时还会俯身透过望远镜观察一段时间。艾雯已经盘腿坐下，背靠在还没剥去树皮的栏杆上，闭上双眼，兰德觉得她们两个一定也早已体力透支。

还没等兰德想到自己能为她们做些什么（他对治疗几乎不了解），艾雯已经睁开眼睛。她站起身，和艾玲达低声说了些什么，迎面而来的强风吹走她们交谈的声音，兰德虽然被阳极力充满着，却没能听到她们说话的内容。然后，艾玲达坐到艾雯刚才所坐的位置上，头靠身后的栏杆。盘绕在城头的乌云继续释放着一道道闪电，不过现在那些闪电经常会出现一些分叉，不像原先那样总是聚集成一束了。

她们在轮流休息，如果也能有人跟兰德替换一下就好了，但兰德并不后悔命令亚斯莫丁留在他的帐篷里。他不会让亚斯莫丁有自由导引的机会，特别是现在，谁知道如果亚斯莫丁看见他现在这种虚弱的样子，会做出什么事来。

他有些摇晃地用望远镜扫视一遍城市周围的山丘，现在那里的生生死死都已经能看得很清楚了。在他的视野中，到处都是在互相厮杀的艾伊尔人，千人的战团，五千人的战团，敌我双方已经搅在了一起，让他无法再做任何事。但他找不到那支由骑兵和长矛兵组成的队伍了。

兰德曾经看见过他们三次，其中有一次，他们与两倍于他们的艾伊尔人发生激战，他相信他们现在还在战场上的某个地方。麦朗瑞在最后关头选择服从他的机会很渺茫，兰德之所以会选择那个人做指挥官，只是因为他在维蓝芒举止失当时展现了一点良知，知道该困窘。但这是个错误的选择，毕竟，兰德没什么时间做抉择，而摆脱掉维蓝芒又是必须的，现在一切都已经无法挽回。也许他应该让一名凯瑞安人负责指挥这支队伍，但他不知道自己的命令能否强迫提尔人跟从一名凯瑞安人。

灰色城墙那边的骚动吸引了他的注意，高大的箍铁城门仍然敞开着，艾伊尔人在那里与骑兵和长矛兵凶猛地厮杀，几乎已经冲进了城门。阻止他们前进的只有将城门洞塞死的人墙。城外半里处，没有骑手的马匹和穿戴铠甲的尸体说明了城里人在刚才向外突围时到达的限度。箭雨和头颅大小的石块不停地从城头落下，还有不知从城上什么地方射下来的、可以射穿两三个人的大箭，但艾伊尔人仍然在不停地迈过地上的尸体，一步步向城内逼近。远处又有两支艾伊尔队伍在向城门快速靠近，他们和城门口的艾伊尔加在一起，人数可以达到三千。兰德毫不怀疑，他们全都是库莱丁的人。

兰德感觉到自己正在狠狠地咬着牙。如果沙度进入凯瑞安，他就没办法将他们赶到北方去，而只能逐街逐巷地将他们挖出来，由此而造成的死伤将远远超过现在已经失去的生命，而凯瑞安城本身也会像埃安罗得和泰恩一样变成一片废墟。凯瑞安人和沙度艾伊尔在城门外混成了一团，如同堆在一只碗里的红黑蚂蚁，但他必须做些什么。

兰德深吸了一口气，开始导引。他身旁的两个女人已经改变环境，带来了风暴乌云，他不需要看清她们的编织……速度快得仿佛是一个人连续不停地击掌。

兰德猛地从望远镜前把头移开，眨着眼睛，消去视野中强光过后留下的暗影，然后再次借助望远镜看了过去。沙度艾伊尔人如同被割倒的大麦躺满一地，而许多穿盔甲的人和马匹也在城门周围的地上抽搐着，其中一些人再也不会动了。但没有受伤的人正在将伤者向城门里拖去，城门也开始关闭。

*有多少人回不去了？这其中我杀死的又有多少？*但他知道，这没关系，他只能这样做。

现在，他模糊地感觉到自己的一双膝盖正在颤抖。如果他还想支撑过这一天剩下的时间，他必须将力量集中在需要使用的地方，集中在他可以造成——

乌云只是聚集在凯瑞安城头和南方的山丘上，闪电却从晴空中直落下来，一直劈到枪姬众的人群里，发出一声震耳欲聋的爆炸。

兰德的背后掠过一阵刺麻，他能感觉到这道闪电来自另一个地方，感觉到造成它的阳极力编织。原来亚斯莫丁连在后方营帐中也能反噬。

但现在没时间思考了，闪电如同击打鼓面的巨槌，一道接一道地砸向大地，一直穿过枪姬众的队列。最后一道闪电落在木塔底端，将原木炸成了人腿粗细的碎块。

当木塔开始缓缓倾斜的时候，兰德扑到艾雯和艾玲达身边，努力用两只手臂各抱起一个，然后挪到倾斜平台上倾的一边。她们全都睁大眼睛盯着他，仿佛想要说些什么，但兰德没时间和她们闲扯。倾斜的木塔已经在颓倒，压断许多树枝，兰德几乎要以为他们立刻就会摔碎脑袋了。

他用手抓住的木栏杆猛地折断，地面迎了上来，将他肺里的空气全部压了出去。随后就是两个女人撞在他身上。黑暗立刻占据了他的视野。

过了良久，他才恢复知觉，最先恢复的是听觉。

“……把我们像石块一样连根拔起，然后又把我们随手扔下。”这是艾玲达的声音，她的语音低沉，仿佛是在自言自语。兰德觉得有什么东西在自己的脸上滑动。“你已经拿走了我们的过去、我们的现在，你必须还给我们一些什么，一些未来。我们需要你。”在他脸上移动的东西放缓了，变得更加轻柔。“我需要你，不是为了我自己，你会明白的。是为了伊兰。她和我之间的义务关系仍然存在，我会把你交给她。我会的。如果你死了，我会把你的尸体带给她！如果你死了——！”

兰德猛地睁开眼睛，片刻之间，他们只是彼此瞪视着，鼻子几乎碰在一起。艾玲达的脸颊上出现了一处紫色的瘀肿，头发散乱不堪，披巾也不见了。她急忙直起身，折起一块沾着血污的手巾，用相当大的力气擦拭着兰德的前额。

“我还不会死。”兰德对艾玲达说，不过他自己并不确定。虚空和阳极力自然都已经消失。只是想想又失去它们也让兰德不由得颤抖了一下。这次阳极力没有将他的思维彻底冲刷成空白，完全是他的好运。想到又要抓住真源，他不禁又呻吟了一声。没有了虚空的阻隔，他彻底地感觉到身上的每一丝疼痛，每一处瘀肿和伤口，如果不是疼得这么厉害，疲倦可以让他立刻就陷入沉眠。虽然他知道自己还不能睡觉，在很长时间内都不能。

将一只手伸进外衣里，他摸索着肋侧，然后偷偷地在衬衫上将指尖的鲜血擦净，才把手抽出来。像这样的跌落肯定会导致那个永不愈合的伤口重新裂开，那里的出血似乎不是很严重，但如果被枪姬众、艾雯，甚至是艾玲达看见，她们一定会把他拖到沐瑞那里去进行治疗。但他现在有太多事要做，没有时间接受治疗——治疗的冲击绝对会猛烈如太阳穴被打了一棍——而且肯定还有许多更严重的伤患需要沐瑞治疗。

咬紧牙关，压抑住另一声呻吟，他几乎没让艾玲达搀扶就站起身，然后立刻忘记了自己的伤痛。

苏琳坐在附近的地面上。艾雯一边为她包扎头上一道鲜血淋漓的伤口，一边用力地咒骂着自己不知道该如何用至上力治疗。这名白发枪姬众不是惟一的伤患，也远远不是受伤最重的，到处都有穿着凯丁瑟的女人在用毯子盖住尸体，照料只是烧伤的同伴。那些被闪电烧伤的，此刻真可轻描淡写地用“只是烧伤”来形容。但除了艾雯在不停地嘟囔之外，山丘上几乎可说是寂静无声，就连那些受伤的女子也只是在大大地喘着气。

那座原木高塔已经完全失去原来的形状，有许多枪姬众被它砸断了手脚，或者是被飞溅的碎片割裂肌肤。兰德看见一名正被盖上毯子的枪姬众有一头像极了伊兰的金红色秀发，脖子扭成一个极不自然的角度，一双眼睛空洞地凝视着。兰德认识她。她是琼玲，第一批跨过龙墙、寻找随黎明而来之人的艾伊尔之一。她也曾经为了兰德而前往提尔之岩，现在，她死了，同样是为了兰德。*哦，你做得真不错，让枪姬众免受伤害，兰德苦苦地想着，实在是太不错了。*

兰德仍然能感觉到那些闪电，或者说是那些编织的残迹，那几乎就像刚才他自己的闪电在他视野中留下的黑影。他能追寻那些编织，虽然它们正在消退。让他惊讶的是，那些编织来自西方，而不是营地。那就不是亚斯莫丁了。

“沙马奥。”他确信这一点。是沙马奥在章嘉隘口发起那次袭击，并且操纵着侵袭提尔的海盗和盗匪，这件事也是沙马奥干的。兰德的嘴唇扭曲着，发出低沉又苛厉的耳语，“沙马奥！”直到艾玲达拉住他的手臂，他才意识到自己刚刚迈出了一步。

转眼间，艾雯也拉住他的另一只手臂。她们两个紧紧地抓着他，仿佛是想让他永远站在这里。“不要当一个彻底的羊毛脑袋。”艾雯被他回瞪的目光吓了一跳，却没有松开双手。她已经重新将那块棕色方巾在头上裹好，但显然只是用手指梳理了一下头发，并没有将凌乱的发绺抚平。她的衣服上也还沾满了尘土。“无论这是谁干的，你有没有想过，他为什么要等这么久，一直等到你精疲力竭才下手？因为如果他没能杀死你，你就会追过去，而现在的你是非常容易对付的，你连自己站着都很困难了！”

艾玲达也没有放手的打算，她毫无畏惧地与兰德凶狠的目光对视着。“这里需要你，兰德·亚瑟，这里，卡亚肯，你的荣誉会要求你去杀死那个人，还是在这里照料这些被你带到这块土地上的人？”

一名年轻的男性艾伊尔穿过枪姬众的人群跑了过来，他将束发巾围在肩膀上，手中的短矛和盾随着他奔跑的步伐轻盈地摆动着。看到兰德被两名女子拉着手臂，他或许会感到奇怪，但并没有因此而流露出任何表情。他又稍有些惊讶地看了木塔的废墟以及周围死伤遍地的枪姬众一眼，仿佛在猜测到底敌人来自何处。然后他将短矛插在兰德面前的地上，说道：“我是西力恩，属于汤曼勒部族的索热莱氏族。”

“我看见你了，西力恩。”兰德以正式的口吻回答，但仍然被两名惟恐他逃走的女子紧紧拉住时，想要显得正式一些并不容易。

“汤曼勒的汉派我捎讯息给卡亚肯，东边的四个部族正在彼此靠拢，汉打算与戴雷克会合，他也已经向鄂瑞发出会合的讯息。”

兰德强行克制住自己的呼吸，同时希望身边的两名女子会以为他是因为这个讯息才扭曲了面孔。肋侧如同火烧般地剧痛了起来，他能感觉到鲜血正缓缓浸湿他的衬衫。现在他已经没办法采取什么行动将库莱丁逼向北方了，而且他也一直没看见沙度艾伊尔有崩溃的迹象。为什么米雅各马和另外三名首领要聚在一起？如果他们要攻击他，这样做只能给他警告。但如果他们真的打算攻击他，汉、戴雷克和鄂瑞的部队人数比那四个部族都要少。如果沙度还在前方坚持着，而那四个部族在这时冲破……在凯瑞安城的方向，他能看到那片乌云已经因为失去艾雯和艾玲达的控制而开始倾泻大雨，这对敌我双方都会造成打击。看现在这两名女子的情形，她们也许没办法继续控制那么遥远的雨云了。

“告诉汉，尽全力阻止他们靠近我们的背后。”

这名与兰德年纪相仿的年轻人挑起一侧眉弓，似乎惊讶兰德为何要下这样一个毫无意义的命令——汉肯定会这样做的，就算年轻如他也清楚这一点。又等了一会儿，确认兰德不会再说什么之后，他像来时一样飞速地跑下山。毫无疑问，他不希望错过任何能参与战斗的机会，东边大概已经开始发生冲突了。

“我需要有人帮我带杰丁来。”西力恩一离开，兰德立刻就说。如果没有坐骑，他就真的要让这些女人抬着他走过这段路了，现在他身后的两个女人露出一模一样的狐疑表情，那种皱眉的方式一定是每个女孩的母亲都会教给她们的。“我不是要去找沙马奥。”现在还不行，“但我必须到靠近凯瑞安的地方去。”他朝那座倒塌的木塔点点头。因为仍然被她们抓着手臂，所以这是他现在能做的最明显的动作。金·陶维尔也许还能从那堆废墟里抢救出几片透镜，但他今天已经没有可以观察战场的制高点了。

艾雯还在犹豫，艾玲达则只是顿了一下，就让一名年轻的枪姬众去找奉义徒。艾玲达的命令里还包括把薄雾也牵过来，这是兰德没想到的。艾雯这时才松开抓住兰德的手，一边还在未落下的尘土中低声嘟囔着。艾玲达却已经不知从什么地方找到一把象牙梳和另一块披巾。虽然从同样的高处摔跌下来，两名女子的情况却要比兰德好许多。她们的脸上也还带着疲惫，但只要还能导引，她们就会有用处。

这个念头让兰德愣了一下，现在他对所有人都只是在考虑他们的利用价值吗？他应该保护她们的安全，就像在塔顶上那样。事实证明那座塔并不安全，他应该把事情做得更好一些。

他朝苏琳走去，白发枪姬众站起身，白色亚葛绷带完全裹住了她的头顶，只露出脑后白色的马尾。

“我要向凯瑞安城靠近，”他对苏琳说，“我要去那里才能看清战场上都发生了什么，以及我能做些什么。所有受伤的人都留在这里，并派兵力守卫他们。在这里严密布防，苏琳，我只需要几名枪姬众跟随我。如果我让这里的伤患再受到杀戮，那样我将得不到任何荣誉。”这应该可以让大部分枪姬众远离战斗。他本人同样要远离她们，虽然以他现在的情况看来，他和伤者们到底是谁会拖累谁还真难说。“我要你留在这里，并且——”

“我不是伤者。”苏琳僵硬地说。兰德犹豫了一下，然后缓缓点点头。

“好的，”兰德相信苏琳的伤实际上相当严重，但他也相信苏琳的坚韧。而且如果苏琳留下，他的护卫首领很可能就会换成某位类似安奈拉的枪姬众。被当成兄弟远不如被当成儿子糟糕，以他现在的心情，他可没办法忍受后者。“但我信任你会让所有受伤的人都留下来，苏琳，我必须不停地移动，所以我不能容忍任何人拖慢我的脚步，或是中途掉队。”

苏琳飞快地点点头，兰德相信她会让所有哪怕身上只有一道刮痕的人也留下来，当然，苏琳自己除外。这次他并没有因为利用了苏琳而感到愧疚。枪姬众选择了矛枪，也选择了要追随他，考虑到她们对他的态度，也许“追随”这个词并不确切，但这并不会改变他的心意。他不会，也不能命令一个女人去送死，实际上，他本来还以为苏琳会对他的命令表示某种反对。没有发生这种事，他觉得很高兴。我一定比我想象得更狡猾。

两名穿白袍的奉义徒牵着杰丁和薄雾走了过来，身后还跟着许多其他手里捧着绷带和药膏、肩扛一层层叠起的水袋的奉义徒。率领他们的是索瑞林等十几名智者，兰德觉得自己最多只能叫出其中一半智者的名字。

索瑞林显然是这群人的首领，一到山坡上就迅速下达了命令，智者和奉义徒们很快就分散到照料伤患的枪姬众之中。然后索瑞林看了兰德、艾雯和艾玲达一眼，咬住她的薄嘴唇，若有所思地皱起眉头。很显然，她是在考虑是否应该立刻先将这三名伤者的伤口洗干净。艾雯急忙爬上薄雾的马背，然后才微笑着向那位年老的智者点了点头。如果艾伊尔人对于骑马了解得更多一些，索瑞林一定会注意到艾雯上马的动作显得非常僵硬，而艾玲达更是顺从地让艾雯将她拉上马鞍。两名女子都向索瑞林露出可爱的笑容。

兰德咬了咬牙，一跃便跨上杰丁的背。肌肉的疼痛立刻被他肋侧巨大的痛苦完全掩盖住了，仿佛那个伤口刚刚又被刺穿了一样。他足足用了一分钟的时间才重新吸进一口气，但他并没有让周围的人看出这一切。

艾雯让薄雾走到紧贴杰丁的地方，用几乎是耳语的声音对兰德说：“如果你没办法把腰挺得更直一些，兰德·亚瑟，那你最好暂时放弃全力奔驰的念头。”艾玲达的脸上只有艾伊尔人那种毫无情绪的神色，但眼睛却专注地看着兰德。

“我也注意到你骑马的样子了。”兰德低声说，“也许你应该留在这里帮助索瑞林，直到你感觉好一点。”这句话让艾雯闭上了嘴，虽然嘴角仍然忿忿地紧绷着。艾玲达又给了索瑞林一个微笑。而那位老智者还在看着他们。

兰德催动花斑马，一路小跑下了山坡，马跑的每一步都在抽动着他肋侧的伤口，让他只能紧咬着牙吸进空气，但他还有很长的路要赶，用走路绝对来不及，而且索瑞林的目光让他觉得很紧张。

没等他在这片青草茂密的山坡走下五十步，薄雾就追到杰丁身边，随后是苏琳和一队枪姬众。一些枪姬众很快就跑到他们前面，跟上来的枪姬众比兰德希望的还要多，但这应该没关系，他要做的事不会让他卷进战士团里去。她们可以和他一起留在安全的地方。

即使有法器的帮助，抓住阳极力也是一件很费力的事，而它带来的压力和污染都比以往更强了，至少虚空挡住了部分肉体的伤痛。如果沙马奥要和他玩一玩……

兰德加快杰丁的步伐。无论沙马奥做了什么，他还有自己的任务要去完成。

雨水不停地沿着麦特的帽檐滚落，让他不得不隔一段时间就放下望远镜，擦去镜头上的水渍。这场倾盆大雨终于开始变小，但他头顶上稀疏的树枝根本没办法为他提供任何一点遮蔽。他的外衣早已湿透，果仁的耳朵也垂了下来，无论麦特怎么踢它，这匹马似乎打定主意不再迈出一步。

麦特不知道现在已经是什么时候，他怀疑应该是下午，距离黄昏还早，但黑色的雨云似乎并没有因降雨而有所稍减，太阳完全被它们遮住了。另一方面，他又觉得策马警告提尔人仿佛是三四天前的事情，到现在他还不知道自己为什么要这么做。

现在他正向南方望去，要在那个方向上找一条路，一条能让三千人走出去的路。他身边至少还有这么多人活了下来，这些人不知道他在干什么，他们都相信他正在为他们寻觅下一次战斗的机会。但今天他们已经进行了三次战斗，对麦特来说已经太多了。他认为自己还是能单独平安脱身的，只要他善用自己的视力和智力。但有三千人正一步不离地跟着他，而且有一半是步行，根本走不快，所以他现在只能待在这座被光明遗弃的山丘顶端，而那些提尔人和凯瑞安人则挤在下面狭窄的山谷里。如果他就这么逃了……

麦特将望远镜重新压在眼睛上，用力瞪着南方那些树木稀疏的山丘。到处都是灌木丛，其中有一些面积相当大，但大部分还是平坦的土地和草地。他刚才一直在向东移动，尽量利用每一处能藏住一只老鼠的地形，将这支队伍带出那片没有树木的区域，找到适宜的隐蔽。他不知道天上掉下来的那些该死的闪电和火球会不会比地面上那些无缘无故的爆炸更可怕。不管他怎么努力，这场战争似乎就在他身边不断地发生变化，看来，他永远都脱离不了事件的中心。

*我该死的好运气在哪儿？我现在正需要它！*只有像他这种豌豆脑子的傻瓜才会留在这里。他让这些人活到现在，但这并不意味着他可以让这些人继续活下去，掷出去的骰子迟早要变成暗帝之眼的花色。*他们是火烧的士兵，我根*

本就不该管他们。

但他并没有停止观察那些林木和山丘，它们掩护了他，也同样掩护了库莱丁的艾伊尔，但他总还是能把他们找出来。并非所有的艾伊尔都正忙于激战，但每一支挡在他和南方之间的艾伊尔队伍都比他手下这支部队的规模要大。除非走到那些队伍旁边，否则他根本就不知道他们是哪一边的，而那些艾伊尔人似乎只要瞥一眼就能知道，这当然对他没有任何好处。

在几里外，大约百多名身穿凯丁瑟的身影正排成八列向东方奔跑着。现在他们正奔向一座长了几株矮小羽叶木的山丘顶，还没等领头者抵达丘顶的另一侧，一道闪电落在他们中间，将人体和土块如同喷泉般抛起在半空。当霹雷的声音在麦特耳际震响时，果仁甚至没有哆嗦一下，这匹牲口已经习惯身边发生的各种奇怪事情了。

一些摔回到地面上的人站起了身，蹒跚地加入那些没遭受波及的同伴之中。他们迅速地检查了一下那些不再有动作的人，将其中十个左右扛上肩膀，然后就远离高地，沿着原路跑了回去，没有人再回头去看一眼那个被闪电炸出的大洞。麦特发现他们已经得到了教训，留在原地只能等着第二道闪电劈在头上，片刻之后，他们已经从麦特的视野消失，只剩下一堆死尸。

麦特将望远镜向东方转去，那个方向距离这里一两里的地方就能看到阳光。他应该能看到那座木塔，它比树冠要高上许多，但麦特已经有一段时间没找到它了，也许是因为他没看对地方。这没关系，那道闪电一定是兰德干的，就像其他那些怪事一样。*如果我能距离这种事远一些……*

他最后也总会回到原点，即使这次没有时轴拖他回来，但只要一被沐瑞发现，他又会难以脱身了。而且他还要考虑到梅琳达，他从没听说过有哪个女人会对想要不声不响逃离她的男人仍然笑脸相对。

他开始缓慢地转动望远镜，想要找到那座木塔。一片零星散落着羽叶木和白皮松的山坡突然着了大火，所有树木都像火炬般同时被点亮。

麦特缓缓放下手中的黄铜管，不用望远镜他也能清楚地看到这片大火，这片直冲天际的滚滚浓烟。他不用大脑也知道这是导引的结果，这太不寻常了。兰德终于发疯了？还是艾玲达终于受不了被迫待在他身边？绝对不能去招惹一个能导引的女人，这是一条麦特总是没办法好好遵循的守则，但他确实下了苦功。

少对别人刻薄了，麦特闷闷地想。他只不过是不想去考虑第三种可能。如果兰德疯了，艾玲达、艾雯或那些智者们也没有想要除掉他，那就是还有别人正在插手今天的事情，麦特至少还懂得如何算数。沙马奥。费尽心思想躲过一劫，到头来却什么也躲不过。血和该死的灰啊！我到底遇到了什么？

麦特背后传来一根树枝被踩断的声音。他没有拉动缰绳，反而下意识地用膝盖夹着果仁掉过头，同时猛地沿着马鞍鞍桥挥出手中的剑刃长矛。

艾斯丁几乎甩掉了他的头盔，现在他正大睁着眼睛，矛刃刚刚擦着他的头顶掠了过去，雨水让他的头发紧贴在脸上。站在艾斯丁身旁的拿勒辛咧开嘴笑着，一半是因为惊骇，一半是在嘲笑这名提尔同伴的狼狈相。身材壮实、脸型正方的拿勒辛是继麦朗瑞之后提尔骑兵的指挥官。像以往一样，塔曼尼和代瑞德站在拿勒辛背后一步远的地方，也像以往一样，这两名戴着钟形头盔的军官平板的脸上毫无表情。他们四个都把坐骑留在后面的树丛里。

麦特收回长矛。"有艾伊尔人正直接朝我们这里过来，麦特，"拿勒辛对麦特说，"光明烧了我的灵魂吧，他们足足有五千多人。"但这时他的脸上还是带着笑容，"我不认为他们知道我们正在这里等着他们。"

艾斯丁点了一下头："他们一直沿着山谷走，应该是在躲避……"他瞥了空中的乌云一眼，哆嗦了一下，艾斯丁现在不是惟一害怕天空的人，另外三个人也抬头望向天空。"不管怎样，他们显然是要穿过代瑞德部队所在的地方。"艾斯丁在提到那些长矛兵的时候，声音里真切地流露出了敬意，虽然还是显得很勉强，毕竟，在被一些人连救过几次性命之后，不太可能会继续轻视他们。"他们可能要一直走到我们面前才会看见我们。"

"很好。"麦特喘息着说，"真是该死的好。"

他的语气中带着挖苦，但拿勒辛和艾斯丁当然没听出来，他们渴望着战斗。然而塔曼尼向麦特微扬起一点眉弓，轻轻摇了摇头，代瑞德满是伤疤的脸上则没有一丝表情。这两名凯瑞安人知道什么是战争。

第一场与沙度的遭遇战顶多只能算是一场赌博，一场麦特极不愿参与的赌博，最后还是靠着闪电帮忙，他们才击溃敌人。随后麦特又进行了两次迫不得已的战斗，每一次的战果都和那些提尔人所想象的不同。在前一场战斗里，他趁着沙度重新组队时撤出了战场，至少在他让所有人沿着那些曲折的山谷离开时，那队沙度艾伊尔没有追上来。他怀疑那队沙度艾伊尔又找到了别的敌人，也许是闪电或火球，也许是其他光明才知道的东西。他很清楚在最后一场战斗里他们是怎样保住脑袋的，那时长矛兵们几乎已经彻底被沙度艾伊尔踩在脚下，但另一支艾伊尔队伍从那支沙度部队的背后杀了进去。最后沙度部队决定向北撤退，而救了他们的那支艾伊尔部队（现在麦特也不知道他们是谁）转向了西方，把他们这些湿地人丢在原地。拿勒辛和艾斯丁认为那是一场完全的胜利，代瑞德和塔曼尼显然对此有更清晰的认知。

“还有多久？”麦特问。

回答他的是塔曼尼：“半个小时，如果光明护佑，也许还能更久一些。”两名提尔人露出怀疑的神情，他们似乎仍不明白艾伊尔人的速度会有多快。

麦特没有他们的那种幻想。他刚刚研究过周遭的地形，但他还是把周围又看了一遍，然后叹了口气。这座山丘的视野很好，方圆半里内能勉强提供掩蔽的树林只有此处，其他地方都是矮树和顶多齐腰高的荒草里点缀着寥寥几株羽叶木、白皮松和橡树。那些艾伊尔一定已经派斥候向这里来，现在即使是骑兵也来不及逃走了，长矛兵在空旷的地方还颇有用武之处。他知道该怎么办，又是一场无可逃避的战斗，虽然他根本就不喜欢。

他瞥了那四个人一眼，还没开口，代瑞德已经说道：“我的斥候告诉我，库莱丁本人也在这支队伍里，他们那个头子总是光着一双手臂，露出那些据说真龙大人也有的花纹。”

麦特哼了一声。库莱丁正向东移动，如果不是因为麦特正好挡在半路，那家伙会一直冲到兰德面前，这也许正中麦特的下怀。麦特意识到自己正在生闷气，而这不是因为库莱丁想要杀死兰德。那名沙度首领，或者是给自己加了其他什么名号的那个人，他对麦特的记忆大概只限于兰德的一名跟班。但就是因为库莱丁，麦特才被卷进这场血战，千辛万苦地想要活下来，同时还在担心什么时候兰德会与沙马奥一对一地干起来，杀光两三里范围内的所有活物。*不必他们动手，我自己就要先刺穿你的肋骨。*虽然比起干掉库莱丁的机会，他还比较有可能变成挂在厨房门外的一只鹅。如果不是因为库莱丁，这一切都不会发生。

这么多年以来，一直没有人把库莱丁杀掉实在是件很可惜的事情，麦特觉得那个人肯定有非常多丢掉性命的理由。艾伊尔人很少表现出愤怒，即使他们已经怒不可遏，表现出来的也只是冰冷和谨慎。但是，库莱丁似乎每天都要几次大发脾气，没头没脑的熊熊怒火来得像折断一根稻草一样容易。他能活到现在，一定是靠了暗帝的运气。

“拿勒辛，”麦特气恼地说，“带着你的提尔人从北边包抄过去，从背后攻击那些人。我们会吸引他们的注意力，那时你就像塌下来的谷仓一样全力冲杀过去。”那就是说，库莱丁也有暗帝的运气？*血和该死的灰啊，真希望我的运气能回来。*“塔曼尼，你从南边包抄，也进行同样的攻击。你们两个出发吧！我们没时间了。”

两名提尔人匆匆向麦特鞠了个躬就冲向他们的坐骑，同时戴上头盔，塔曼尼的鞠躬则更加正式：“光明保佑你的剑，麦特，或者，也许我应该说是你的矛。”

然后他也走了。

当那三个人消失在山坡下的时候，代瑞德上下打量着麦特，从眼眉上抹去雨水："那么这次你是要和长矛兵留在一起了，不要让对库莱丁的愤怒掩蔽了心智，战场上不是决斗的地方。"

麦特惊讶得差点张大了嘴巴。一场决斗？他？和库莱丁？代瑞德以为他是为了这个才留在步兵队里？他选择留在这里是因为只有长矛兵的背后才是安全的地方，这就是他全部的原因。"不用担心，我不会让自己变成脱缰野马。"他一直都认为代瑞德是这些人之中最有理智的。

这名凯瑞安人只是点了点头："我以为你是可以控制自己的，我打赌，你以前见过长矛的推进，也面对过一两次冲锋。就算天上有了两个月亮，塔曼尼也不会说出什么颂扬的话，但我听他大声地说他愿意追随你到任何地方。等有时间的时候，我很想听听你的故事，安多人，但你很年轻——光明在上，我这么说不是要贬低你——年轻人都是有热血的。"

"这场雨会让任何体温冷却下来。"血和该死的灰啊！他们全都疯了吗？塔曼尼在颂扬他？麦特怀疑，如果他们发现他只是个赌徒，是一些死了上千年的人留给他的一些记忆残片让他做了所有这些事，那时他们会有什么样的反应。他们一定会立刻带着人从他身边跑开，并像对一头猪一样向他吐口水，尤其是那些贵族们。没有人喜欢被当成一个傻瓜，贵族们尤其不喜欢，也许是因为他们总能成功地让自己变成傻瓜。好吧，不管怎样，麦特决定在这件事被揭穿之前就逃走。*该死的库莱丁，我倒是很想用这根长矛捅穿他的喉咙！*他拉了一下果仁的缰绳，朝着和前三个人离开的相反方向的山坡走去，步兵们正在那里等着他。

代瑞德爬上他的坐骑，跟在麦特身后，一边听着麦特的计划，一边点着头。弓箭手被部署在谷地两侧的山坡上，他们要一直趴伏在草木中，直到战斗爆发的最后一刻。要有一个人留在山顶上，在艾伊尔人进入视野时发出讯号，那时长枪兵就要以最快的速度向后撤退。"只要我们能看到那些沙度艾伊尔，我们就要全速撤到山口的位置，然后布好阵形与他们作战。"

"他们会认为我们是在逃跑，同时他们也知道，我们逃不掉。所以我们才会转回头，像一头被猎犬逼到死角的熊，回头做垂死挣扎。见到我们的数量不到他们的一半，又是在迫不得已的情况下作战，他们会以为可以轻松消灭我们。只要我们吸引住他们的注意力，直到骑兵从后面……"这名凯瑞安人露出了笑容，"这是在用艾伊尔人自己的战术对付他们。"

"我们最好吸引住他们该死的注意力。"与麦特湿透的外表相比，他的嗓音干涩得可怕，“为了能做到这一点，也为了不让他们从我们的侧翼迂回而过，我想让你在停止撤退时高喊一声‘保护真龙大人’。”这一次，代瑞德直接笑出了声。

这应该能吸引那些沙度直接向他们杀过来，特别是如果率领他们的是库莱丁。如果库莱丁真的在那支队伍里，如果他真的以为兰德就在这些长矛兵中间，如果这些长矛兵能坚持到骑兵发起冲锋……许许多多的如果。麦特又听到骰子在他脑海中旋转，这是他一生中最大的一场赌博。他想知道还有多久会天黑，独自一个人应该能趁着黑夜逃脱。他希望那些骰子能滚出他的脑海，或者干脆直接落下，那样他就能看到他掷出的点数。在大雨中皱起双眉，他催赶着果仁走下山坡。

杰丁停在一座山丘顶上，这里有十几棵树形成的一个小树丛，肋侧的疼痛让兰德微微弓起了身。新月已经高高地升起，向大地洒下一片淡白色的光芒。即使阳极力让视力变得异常敏锐，百步外的景物在兰德眼中仍然只是一片模糊的影子。黑夜吞没了周围的山丘，而他只能偶尔感觉到苏琳等枪姬众围绕在他身边，他眼里像是被揉进了两把沙子，几乎已经睁不开眼了。他觉得只是因为肋侧剧烈的疼痛，他才没有昏睡过去。他并不常想到那处伤口。在虚空的阻隔之下，它显得非常遥远。

沙马奥今天袭击了他两次？三次？还是更多？他应该能记得一个人曾经试图杀死他多少次。不，沙马奥不是要杀死他，而是要折磨他。*你还是那么嫉妒我吗，特尔·简宁？我什么时候轻视过你？什么时候少给过一分你应得的？*

兰德微微摇晃着，用手拂了拂头发。这个念头有些奇怪，但他不知道为什么奇怪。沙马奥……不，他能对付沙马奥，等到……如果……没关系，这可以等到以后。与今天的重点相比，沙马奥只是一只扰人心神的虫子。他也许已经离开了。

他依稀记得已经有一段时间没再遭遇攻击了，自从……自从什么之后？他还记得自己最后一次反击了沙马奥特别具有威胁的进攻，但他没办法把那些记忆拉回眼前来。*不是烈火，绝不能使用那个，那会威胁到因缘的编织。即使是为了伊琳娜也不行吗？如果能再听到她的笑声，我宁愿用自己的灵魂作火绒，焚毁这个世界。*

他的神思又飘走了，从眼前重要的事情上分心。

无论太阳已经落下了多久，战斗仍然没有停止，随着渐长的阴影遮去了金红色的霞光，人们不停地杀戮、死亡着。现在，游移的风仍然带来远处的呼吼和哀嚎。这是因为库莱丁，但在内心深处他知道，这全都是因为他自己。

片刻之间，他没办法想起自己的名字。

“兰德·亚瑟！”他大声喊道，然后又打了个哆嗦，虽然他的外衣已经被汗水湿透了。在这一瞬间，这个名字对他来说显得很陌生。“我是兰德·亚瑟，我要……我要记住。”

他从早晨开始就没吃过东西，但饥饿感早已被阳极力中的污染挤走了。虚空持续地颤抖着，他感觉自己像是用指尖勉强吊在真源上，这就像骑在一头喝了红麦芽汁的疯牛背上，或者是光着身子在漂满锯齿冰山的火焰河流中游泳。但若是不考虑到被至上力反噬的危险，阳极力却是他体内仅存的力量。阳极力充塞了他体内的每一道缝隙，一点点侵蚀着他的思想，但也在准备着为他所用。

用力甩了一下头，他开始导引，某种导引。天空中出现了一个喷吐着火舌的光球，强烈的光线将地面上的阴影一扫而空。

周围的丘陵从黑暗中凸起，树木变成强光中的一道道黑线。一阵微弱的声音被风吹进了他的耳朵，也许是欢呼声，或者是歌唱声，或者只是他的幻想。它是那么微弱，风停的时候，它也就消失了。

突然间，兰德感觉到了周围的枪姬众，包括苏琳在内，有几百人正在望着他，但其中有许多人眯起了眼睛。过了一会儿兰德才想到，她们这是在适应突然由暗变亮的环境。他皱起眉头搜寻着，艾雯和艾玲达已经不在他身边了。又过了更长一段时间，他才想起要松开导引的编织，让夜幕重新落下，现在他的眼前是一片更加深沉的黑暗。

“她们在哪里？”他模糊地感觉到自己不得不说出她们的名字时心中泛起的恼怒，同时又模糊地感觉到自己并没有理由生气。

“她们在黄昏时去找两仪师沐瑞和智者们了，卡亚肯。”苏琳一边回答，一边靠近杰丁。她白色的短发闪烁着月光，不，苏琳的头已经完全被绷带包上了，他怎么能把这件事都忘记了？“她们已经离开两个多小时了，她们知道血肉不是石头，即使是最强壮的腿也只能跑到这种程度而已。”

兰德皱起眉头，腿？她们一直都是骑着薄雾的。这个女人完全是在胡说。“我必须找到她们。”

“她们与两仪师沐瑞和那些智者们在一起，卡亚肯。”苏琳缓缓地说。兰德认为这名枪姬众也皱起了眉头，但他很难确定这一点。

“不是她们，”兰德喃喃地说道，“必须找到我的人众，他们还在那里，苏琳。”为什么这匹马不动一下？“你能听到他们吗？就在那里，在这片黑夜中，他们还在战斗。我需要帮助他们。”当然，他必须用脚跟去踢这匹马的肋骨，但当他这样做的时候，杰丁只是动了动身子。苏琳正抓着它的马缰，他不记得这名枪姬众是什么时候抓住马缰的。

"智者们现在一定要和你谈谈，兰德·亚瑟。"苏琳的语气变了，但他只觉得非常疲倦。

"不能等一等吗？"他一定是错过了智者派来的信使，"我必须找到他们，苏琳。"

安奈拉似乎突然从马的另一侧冒了出来："你已经找到你的人众了，兰德·亚瑟。"

"智者们正在等着你。"苏琳补充道。她和安奈拉没等他应允，就牵着杰丁朝另一个方向走去。不知为什么，枪姬众都簇拥在他周围，一同走下了山坡。她们不时会向他望过来，一张张脸上洒满了月光，她们的肩膀几乎就顶在那匹马的身侧。

"无论她们想做什么，"他喃喃地说，"最好快一点。"这些枪姬众并不需要一直牵着这匹马，但兰德已经虚弱得想不清这种事了。他转头向背后望去，同时因肋侧的痛苦而哼了一声。那座山丘已经被夜色给吞没。"我还有很多事要做，我需要找到……"库莱丁，沙马奥，那些为他而战，为他而死的人们。"我需要找到他们。"他是如此疲惫，但他还不能睡觉。

挂在杆子上的油灯表明智者营地所在的位置，一堆堆营火上挂着许多煮水罐，水一开，就会有穿白袍的奉义徒换上新的水罐。到处都是正在忙碌的奉义徒和智者，他们照料着遍布营地各处的伤者。沐瑞在那些无法站立的伤患中缓慢移动着，只是偶尔会将双手放在一名艾伊尔身上，让他在至上力的治疗中剧烈地颤栗。每次她站起身时都会摇晃几下，岚一直站在她身后，做好了在她倒下时扶住她的准备。苏琳跟亚得凌和安奈拉说了几句话，兰德没听清楚她们在说什么。两名年轻的枪姬众立刻跑向两仪师。

虽然伤患众多，但并不是所有智者都在照顾伤者。在营地旁一座没有围幕的大帐篷里，大约二十名智者正环坐在一起，听着一名站在中间的智者发言。等发言的人坐下之后，另一位智者站起身取代了她的位置。大帐篷外面跪着一些准备奉酒的奉义徒，但那些智者除了她们正在讨论的事情之外，似乎对任何东西都没兴趣。兰德认为现在说话的那位智者是艾密斯。

令他惊讶的是，亚斯莫丁也在帮忙照顾伤者，他穿着装饰白色蕾丝的黑色天鹅绒外衣，肩上却背着两只水袋，样子看上去相当怪异。这时他刚刚喂一名被绷带裹住上半身的男子喝过水，正直起身来。看见兰德，他犹豫了一下。

片刻之后，亚斯莫丁将水袋交给一名奉义徒，穿过枪姬众之间的缝隙向兰德走了过来。枪姬众们并没有注意他，全都专注地看着正在和沐瑞说话的亚得凌和安奈拉，偶尔会看兰德一眼。亚斯莫丁停在紧紧围住杰丁的法达瑞斯麦人墙外，脸色显得相当生硬。枪姬众缓慢地向两侧分开，只露出一道缝隙，让亚斯莫丁可以走到兰德的马镫旁。

"我相信你一定会安全的，我相信。"从亚斯莫丁的嗓音里，兰德并没有听出这种信心，看见兰德连嘴都没有张一下，亚斯莫丁不安地耸了耸肩，"沐瑞坚持让我背水，真是个强硬的女人，就连真龙大人的走唱人也……"他的声音低了下去，飞快地舔了一下嘴唇，他又说道："出了什么事？"

"沙马奥。"兰德的语气并不像是在回答，他只是将飘过虚空的念头说出来，"我记得他第一个被称为毁灭希望者，那时他出卖了汉文之门，将暗影带入罗恩米多与赛特勒的中心。那一天，希望似乎是真的被毁灭了，库蓝・古汉也在哭泣。出了什么事？"亚斯莫丁的脸变得像苏琳的头发一样苍白，他只是无言地摇了摇头。兰德盯着那个大帐篷，他不认识现在说话的那位智者。"她们是在等我吗？那我就应该去找她们了。"

"她们还不会欢迎你，"岚出现在亚斯莫丁身边，让亚斯莫丁吓了一跳，"她们现在不欢迎任何男人。"兰德完全没发觉护法的到来，他只是转过了头。即使是这样一个动作也让他花费不少力气，那仿佛根本就是别人的头。"她们正在与来自米雅各马、柯代拉、锡安德和达茵的智者们会谈。"

"这些部族要投向我这一边。"兰德面无表情地说，但是这些部族过久的等待已经增添了今天的鲜血，故事中的战争完全不是这个样子的。

"看来是这样，但那四名首领在智者们做好安排之前不会和你见面。"岚冷冷地说，"来吧！沐瑞可以告诉你更多的事情。"

兰德摇摇头："已经做过的事，我以后再去了解细节，如果汉不必再防御那四个部族袭击我们的背后，那么我现在就需要他。苏琳，派出跑者，汉——"

"已经结束了，兰德，"护法坚决地说道，"一切都已经结束了，现在凯瑞安城以南只剩下为数不多的沙度艾伊尔。我们捉了几千名战俘，剩下的大多数沙度正在渡过栢林河。如果我们知道你在哪里，一个小时之前就应该有人把这些讯息告诉你，你一直在移动。过来，让沐瑞告诉你这些事。"

"结束了？我们已经赢了？"

"你已经赢了，彻底赢了。"

兰德盯着那些裹在绷带里的人和那些等待着被裹上绷带的人，他们几乎都没有任何动作。沐瑞还在他们之中行走着，不时疲倦地停下来进行治疗。当然，只有一小部分伤者能回到这里，不是所有伤者都能撑到此刻。他们很快又会从这里离开，如果他们还能做到的话。只有一场失败的战争才会比一场胜利的战争更令人哀伤，他依稀记得自己说过这样的话，在很久以前。也许是他曾经读到过这样的话。

不，他还要为太多的活人负责，没时间去担心死掉的人。*但我会从他们之中认出多少张面孔，就像琼玲的？我永远也不会忘记伊琳娜，即使直到全世界烧成灰烬的时候！*

他皱起眉，抬手捂住了头，来自不同地方的想法彼此交织在一起。他是如此疲惫，甚至没有力气去进行思考，但他不能任由所有思想都从他的指缝间滑走。他松开真源和虚空，阳极力在消失前的反震几乎吞没了他，让身体陷入一阵无法控制的颤栗。他没时间意识到自己的错误，随着至上力的消失，萎靡和痛苦立刻压倒了他。

他从马鞍上栽倒时，意识到许多面孔都转向了他，嘴唇开合着。他被捧住，没有继续跌落下去。

“沐瑞！”岚的喊声在他的耳里泛起一阵阵回声，“他正在严重失血！”

苏琳将他的头抱进臂弯。“坚持住，兰德·亚瑟，”她急迫地说，“坚持住。”

亚斯莫丁没有说话，但脸上布满了阴云，兰德感觉到一股阳极力的细流从那个男人体内渗进他的身体，黑暗随后便遮蔽了他的眼睛。

第 45 章

风暴之后

麦特坐在坡下的一个小石堆上，在上午的阳光中，他有些瑟缩地将宽边帽又拉低了一些。他这么做是为了遮挡阳光，也是因为他不想看见另一样东西，但身上的伤口和瘀肿却一刻不停地提醒着他这件事，特别是那道划过他额角的箭伤。代瑞德给他的药膏已经止住了伤口的血，但他浑身各处不停传来隐隐的刺痛。天气愈来愈热，汗水湿透了他的紧身裤和衬衫，加剧了伤口的疼痛。他懒洋洋地想着秋天什么时候才会来到凯瑞安。不过，肉体的不适至少可以让他不再有心思去想自己有多么疲惫，虽然已经有一夜没睡，但现在即使让他躺在羽绒床上，他也合不上眼，而且他完全不想回到他的帐篷里去。

*真是一场不错的该死的动乱，差点要了我的命。现在我像一头汗湿的猪，却根本找不到一个舒服的地方伸展四肢，我又不敢喝酒。血和该死的灰啊！*他的手指停在外衣胸前的一道破洞上，再偏一寸，那根飞矛就会戳穿他的心脏了。*光明啊，不过那家伙身手还真不赖！*想到这里，他努力将那件事推出自己的脑海。只是以现在的环境来看，想做到这一点并不容易。

这些提尔人和凯瑞安人终于不再介意被艾伊尔的帐篷环绕在中间了，甚至有艾伊尔人就在他们的营地中间穿行。而可以称为奇迹的是，提尔人和凯瑞安人一起围坐在煮食的营火旁。麦特总是能闻到一阵阵烤肉的气味，但这并非来自营地里的煮食锅，实际上，这些士兵们还没做饭，他们之中大多数人都喝了不少白兰地和艾伊尔人的澳丝楷，正大笑着庆贺昨天的胜利。就在距离麦特不远的地方，十几名岩之守卫者只穿着被汗水湿透的衬衫，正欢乐地跳着舞，周围有一百多名观众为他们鼓掌打着拍子。舞蹈者排成一排，手臂搭在旁人的肩膀上，飞快地来回迈动着脚步，麦特很奇怪他们怎么能不踢到同伴。在另一个圈子的正中央立着一根将近十尺高的杆子，麦特朝那里看了一眼，就匆忙地移开视线。有许多艾伊尔人正在那里不停地跃起，麦特认为那应该是一种舞蹈，还有一名艾伊尔人正吹着短笛为他们伴奏。他们尽量跳得很高，同时将一只脚踢过头顶，然后又用踢起的脚踏在地上，再重新跳起，速度愈来愈快。有时候他们会凌空旋转一圈，或者是翻一个筋斗。有七八个提尔人和凯瑞安人坐在地上，都因为尝试这种舞蹈而跌断了腿，但他们也都像疯子一样欢呼、大笑着，同时还彼此传递着一只瓦罐。其他人也都尽情地歌唱和舞蹈，但在一片喧嚣中，很难分辨得清楚。麦特大致能听出十支长笛的吹奏，还有数量两倍于长笛的锡哨发出刺耳的哨声。一名身材瘦削、衣衫破烂的凯瑞安人正吹着一支半像是长笛、半像是号角的乐器，上面还排列着一些按键。麦特还听见许多鼓声，以及数不清的勺子敲击壶罐的声音。

简言之，现在的营地是疯人院和舞会的混合体。麦特认得营地中的这番情景，这种熟悉感来自一些陌生的记忆，现在他必须集中精神才有办法把这些记忆和他自己的记忆分开了。为了仍然活着而庆祝，又一次，他们从暗帝的鼻子下走过，能够活下来讲述自己的故事。又一次完成了在刀刃上的舞蹈。昨天几乎死去，明天有可能死去，但今天还活着，神采奕奕地活着。但麦特并不想庆祝，在笼子里活着又有什么意义？

他摇了摇头，看着代瑞德、艾斯丁和一名他不认识的红发艾伊尔大汉，彼此扶持着从他身边蹒跚走过。在嘈杂的喧嚣声中，麦特依稀能听见代瑞德和艾斯丁正试着教他们中间那名高个子大汉唱“冲向千杀的暗影”：

“我们要整夜歌唱，整日痛饮，
在女孩身上花光我们的酬金，
扔完了金子，我们就启程，
冲向那千杀的暗影。”

那个皮肤被阳光晒得黝黑的大汉当然不会去学，除非他们能说服他那是一首战歌——他会学唱的只有战歌，但他在认真地倾听。听代瑞德和艾斯丁唱歌的并不止他一个，那三个人后面还跟着差不多二十个人，他们挥舞着手中残破的锡杯和涂了焦油的皮杯子，用最大的力气吼着那首歌：

“酒浆里面有快活，
细脚踝的姑娘兴致浓，
但什么让我最高兴？
冲向那千杀的暗影！”

麦特希望自己没教过他们这首歌，在代瑞德阻止他因为流血而死的时候，他为了让自己分神才教了他们这首歌。那种药膏给他带来的疼痛丝毫不亚于他身上的伤口，而且代瑞德摆弄针线的手艺，绝不会引起任何裁缝的嫉妒。然而，这首歌立刻像干草上的野火一样在士兵们之中传开来。等他们在晨曦中回到营地时，无论是提尔人还是凯瑞安人，无论是骑兵还是步兵，所有人都在唱着这首歌。

现在他们又回到最开始出发的山谷，正好就在那座木塔的废墟下面。他已经没有机会溜走了，当他提议自己要骑马先走时，塔曼尼和拿勒辛几乎因为应该由谁为他提供护卫而打了起来。并非所有人都能成为好朋友。现在他要等着的是沐瑞过来盘问他去了什么地方，为什么要去，然后再喋喋不休地教训他一顿关于时轴和责任、因缘和末日战争之类的东西，直到把他说得晕头转向为止。现在沐瑞肯定在兰德那里，但她迟早都会过来的。

他抬头看了一眼山丘顶上散乱的原木和破碎的林木，那个为兰德制作望远镜的凯瑞安人正带着他的学徒在废墟中来回翻找着，山丘上下到处都是艾伊尔人。溜走的时机已经一去不返。狐狸头的徽章可以为他抵挡女性的导引，但兰德告诉过他，男人的导引和女人的完全不同，他并不想知道这枚徽章能不能对付沙马奥等男性弃光魔使。

咬牙忍着阵阵疼痛，他撑着黑矛站了起来。在他周围，庆祝还在继续，如果他这时溜过警戒线……帮果仁上鞍实在是件苦差事。

“英雄不该滴酒不沾地就这么坐着。”

麦特愣了一下，急忙向周围望去，却又因为动到了伤口而咬了咬牙。梅琳达走到他面前，现在这名枪姬众的手里拿着一个大陶罐，而不是短矛。她的脸上没有戴着面纱，但眼睛似乎一直在审视着麦特。“现在听我说，梅琳达，我可以解释一切。”

“有什么好解释的？”梅琳达一边问，一边用另一只手臂环绕住他的肩膀。麦特摇晃了两下，但还是努力将身体挺得更直，一直到现在，麦特都不习惯仰头去看一个女人。“我就知道，你会去争取你自己的荣誉，卡亚肯将伟大的阴影投在旁人身上，但只要是男人就不会甘于在这种阴影中过一辈子。”

麦特急忙闭上嘴，又虚弱地说了一声：“当然，”看来梅琳达并不想杀死他，“正是这样。”松了一口气的麦特从她手里接过那个陶罐，猛地喝了一口，立刻又剧烈地吐了出来，这是他喝过的最烈的双蒸白兰地。

梅琳达从麦特手里拿回罐子，大大地喝了一口，然后满意地叹了口气，又将罐子推回给麦特。“那个人代表着巨大的荣誉，麦特·考索恩，当然，如果能抓住他会更好，但就算是把他杀了，你也能得到很多‘节’。麦特，你特地去找他，这件事做得很好。”

麦特终于忍不住看了一眼他一直在躲避的那样东西，又剧烈地哆嗦了一下。一条皮绳捆着库莱丁火红的短发，将这个艾伊尔人的头颅挂在那根十尺高的杆子上，麦特觉得那东西正在对着他冷笑。

去找库莱丁？他一直都竭尽全力躲在长矛兵后面，免得被任何沙度艾伊尔接近，但是当那支箭擦过他的额角时，他才发现自己已经彻底暴露在战场上了。那时他只能拼命地挥舞那根有乌鸦铭文的长矛，想杀出一条路，逃回果仁身边去。库莱丁在那时仿佛是凭空冒出来一样，突然出现在他面前。因为艾伊尔人杀人的时候都戴着面纱，所以他看不见库莱丁的脸，但那双显露着龙纹的赤裸双臂清楚地表明敌人的身份。库莱丁用短矛在长矛兵的队列中杀出一个缺口，叫喊着要兰德出来，叫喊着他才是真正的卡亚肯。也许这个男人真的相信自己的话。麦特至今都不知道库莱丁有没有认出他来，但不管他是谁，库莱丁肯定是要在他身上戳出个大洞，以便把兰德挖出来。实际上，麦特也不知道是谁在事后砍掉了库莱丁的脑袋。

*那时我只是忙着让自己活下来，没空去看。*他一边悻悻然地想着，一边希望自己不会因为流血而死去。在两河时，他和其他人一样是要棍好手，一根长棍和一根长矛并没有太大差别。但库莱丁一定是在出生时就已经是一名战士了，当然，那个男人所精通的技艺最后并无法拯救自己。*也许我还是有一点运气的，光明啊，让那点运气现在也起一些作用吧！*

他正在思考该如何摆脱梅琳达，并给果仁备好鞍时，塔曼尼单手按在心口上，以正式的凯瑞安礼仪向他鞠了个躬：“光明护佑你，麦特。”

“光明也护佑你。”麦特不在意地说着。如果他要求梅琳达离开，只会激起这名枪姬众的兴致，就像一只闯进鸡舍的狐狸。即使他说要骑马出去遛遛，听说艾伊尔人也可以跑步追上奔跑中的马。

“昨晚凯瑞安城中派出了一个代表团，为了感谢真龙大人，凯瑞安城将为他举行一场凯旋式。”

“有这样的事?”这种事会与梅琳达有些关系，枪姬众们总是绕着兰德转，也许她会因此而被召回队伍里。麦特瞥了梅琳达一眼，觉得他在这件事上大概占不到什么便宜，梅琳达脸上的笑容似乎在表明着一种……所有权。

“代表团是麦朗大君派出来的，”出现在塔曼尼身边的拿勒辛说道，这名提尔人在鞠躬时双手张开，用的同样是正式的礼仪，只是动作有些草率，“他提供了真龙大人在凯旋式时率领的队伍。”

“多布兰大人、马林金大人和克拉瓦尔女士，以及其他贵族都前来觐见真龙大人了。”

麦特将自己的思绪拉回眼前的状况中。这两个人都装作对方完全不存在的样子，都望着他，根本不向旁边瞄一眼，声音都和面孔一样绷得如同一块铁板，握在剑柄上的手在指节处都泛起青白。麦特怀疑如果他们突然互相殴打起来，自己能不能及时躲开。“谁派出代表团和我有什么关系? 那不是兰德应该处理的事情吗?”

“这关系到你应该向真龙大人要求我们位于凯旋式领头的位置，”塔曼尼立刻就说道，“你杀死了库莱丁，让我们拥有这个权利。”拿勒辛闭上嘴，紧皱起眉头，他显然是要说一样的话。

“你们两个去跟他说吧!”麦特说道，“这与我无关。”梅琳达的手在他颈后收紧了，但他不在乎。沐瑞肯定离兰德不远，他不打算继续往自己的脖子上加套索，尤其在他正思考着该如何逃跑的时候。

塔曼尼和拿勒辛张大了嘴巴望着他，仿佛他已经疯了。“你是我们的指挥官，”拿勒辛说道，“我们的将军。”

“我的贴身仆人会为你擦亮靴子，”塔曼尼向麦特微笑着，同时竭力不去看身旁方脸的提尔人，“他还可以整理并缝补好你的衣服，那样你就能以最佳状态参加凯旋式。”

拿勒辛用力拉了一下他涂油的胡子，瞪了身旁的凯瑞安人一眼:“请恕我冒昧，但我有一件上好的外衣，我想很适合你，是金红锦缎裁制的。”这次瞪眼的是凯瑞安人了。

“将军!”麦特喊了一声，用矛杆支起自己的身体，“我不是火烧的——我是说，我不想占据你们两人的位置。”让他们自己去猜测他到底是指两人之中的谁吧!

“烧了我的灵魂吧!”拿勒辛说，“是你的军事能力让我们赢得这场战争，同时还保住了性命，更不要说你的运气了。我早就听说过你是怎么玩牌和骰子的，但你的运气并不止是如此，即使你和真龙大人没有任何关系，我一样会追随你。”

“你是我们的统帅。”塔曼尼紧接着说道，声音冷静而笃定，“在昨天之前，我因为迫不得已而只能跟随异国人，而我追随你是因为我想这么做。也许你不是安多的领主，但在这里，你是我的领主，我发誓向你效忠。”

凯瑞安人和提尔人彼此对望一眼，仿佛是惊讶于他们会有同样的想法，然后他们缓慢而不情愿地向对方微微点了一下头。傻子都知道，他们不喜欢对方，但他们毕竟能在这件事上达成共识。

“我会让我的马夫为你的马做好参加凯旋式的准备。”塔曼尼说道，而拿勒辛紧接着说出的话差点又让他皱起了眉头，“我的马夫也可以来帮忙，你的坐骑一定要成为我们的骄傲。还有，烧了我的灵魂吧，我们需要一面旗帜，你的旗帜。”凯瑞安人也用力点了一下头。

麦特不知道自己是该歇斯底里地狂笑一阵，还是应该坐下来大哭一场。那些该死的记忆，如果不是因为它们，他早就离开这里了。如果不是为了兰德，他也不会惹上这些麻烦。他似乎有过许多次机会，最后却不可避免地一步步走到这步田地，而这一切的始因总是兰德，还有该死的时轴。他不明白，他所做出的一切选择应该都是必要而无害的，但自己为什么愈来愈深地陷入这片沼泽。梅琳达已经不再捏他的脖子，而是改成一下下地敲着他，现在他要做的就是……

麦特瞥了山丘顶上一眼。沐瑞出现在那里，骑在她纤细的白母马上，骑着黑色战马的岚如同一座山峰立在她身边。那名护法正向沐瑞弯下腰，仿佛是在听沐瑞说话。他们之间似乎发生了一些争论，岚在激烈地反对着什么。但片刻之后，两仪师转过阿蒂卜，向对面的山坡走了下去。岚骑在曼塔背上，仍然留在原处看着下面的营地，看着麦特。

麦特哆嗦了一下。库莱丁的头确实是在对他笑，他几乎能听到那个男人在说话。也许是你杀了我，但你的脚也踏进了陷阱；我死了，但你永远也得不到自由。

“真是该死的好极了。”麦特嘟囔着，一边咳嗽，一边长饮了一口烈酒。塔曼尼和拿勒辛没有想出麦特的话里还有什么别的意思，梅琳达也向麦特露出赞同的笑容。

就在这两名贵族和麦特说话的时候，有差不多五十个提尔人和凯瑞安人聚到了他们身边。他们把麦特痛饮烈酒的动作当成是一种庆祝的表示，便跟着欢呼起来：

“抛出骰子不管输赢，
抱住姑娘不管重轻，
跟随年轻的麦特，听从他的呼唤，
冲向那千杀的暗影。”

麦特不禁发出一阵粗重的笑声。他坐回石头上，将罐里剩下的酒全都倒进喉咙里。一定会有办法摆脱这些麻烦，一定会有的。

兰德缓缓睁开眼，盯着帐篷顶。他全身赤裸，只盖着一条毯子。疼痛已经离开了肉体，这让他感到有些惊讶，但他觉得自己比昏倒前更虚弱。他记得自己说了许多事情，想了许多事情……他的皮肤开始变冷。我不能让他控制我，我是我！我！他在毯子底下摸索着，找到那个平滑的圆形伤疤，上面的皮肤很薄，但已经愈合了。

“两仪师沐瑞帮你治好了。”艾玲达说道。兰德打了个哆嗦。

这时兰德才看见艾玲达盘腿坐在火堆旁，正用一个雕刻着豹图案的银杯喝着什么。亚斯莫丁趴在缀着流苏的垫子上，用手臂枕着下巴。两个人的眼圈都黑了，看样子他们都没睡觉。

“她本来没必要这么做。”艾玲达继续用冷冷的声音说道。尽管兰德认为她应该很疲倦了，但她的头发却没有一丝散乱，整洁的衣服与亚斯莫丁褶皱不堪的黑天鹅绒外衣形成鲜明对比。她不时会转一下兰德送给她的那只雕刻着玫瑰与荆棘的象牙手镯，却又仿佛没发觉自己在干什么。她也还戴着那条有雪花缀饰的银项链，她一直都没告诉兰德那条项链是谁给她的，但是当她看出兰德确实是很想知道这件事时，似乎显得有些莞尔，只是她现在脸上丝毫没有莞尔之意。“两仪师沐瑞自己已经因为治疗而几乎垮掉了，安奈伦不得不把她抱回帐篷去。全都是因为你，兰德，为了治疗你，她用尽最后一点精力。”

“现在那名两仪师已经重新站起来了，”亚斯莫丁一边说着，一边打了个哈欠，似乎完全没注意到艾玲达瞪着他的目光，“日出之后，她来过这里两次，她说你能恢复过来。我想，她昨晚大概还没办法太肯定这点，我也是。”他将镀金竖琴放到面前，开始一边弹拨着琴弦，一边懒洋洋地说道：“当然，我做了能为你做的一切，我的生命和未来都和你绑在一起了。但我并不擅长治疗，你明白的。”仿佛是为了证明他的话，亚斯莫丁弹了一段小曲子。“我知道，一个男人如果做了你所做的那些事，他的下场很可能是死掉或者将自己驯御。如果体力耗尽了，至上力就不会有任何作用，阳极力很容易在体力衰竭时把人杀死，我听说是这样的。”

“你富涵智能的信息提供完了吗？杰辛・奈塔？”艾玲达的声音更加冰冷了，没等走唱人回答，她冰冷的蓝绿色眼睛又重新瞪向兰德。她似乎认为自己的话被打断完全是兰德的错。“一个男人有时候会非常愚蠢，没什么事比这个更糟糕的了，但一名首领绝不能只是一个男人，首领的首领就更不能这么放任自己，你没有权利让自己陷入死亡的危险。艾雯和我在精疲力竭时曾经想让你和我们一起撤下来，但你就是不听。也许你真的像艾雯说的那样比我们都强大许多，但你总也是血肉之躯。你是卡亚肯，不是一名正在寻求荣誉的年轻赛亚东，你有你的'义'，对于艾伊尔的义务，兰德·亚瑟，如果你死了，就没办法去履行它们。你没办法独自去完成每一件事情。"

片刻之间，兰德只能瞪大眼睛望着艾玲达，实际上，他几乎什么也没做。这场战争的胜利完全是别人争取来的，他只是个蹩脚的帮手，他甚至没能阻止沙马奥任意的攻击。而她却在责备他做得太多。

"我会试着记住的。"最后兰德说道。看到艾玲达并没有打算停止对他的教训，他急忙又说道："米雅各马那四个部族有什么消息？"虽然他确实想知道答案，但转移话题也是他的目的之一，如果在一个女人教训你的时候不能及时转移话题，那她们很可能会一直说到你瘫在地上爬不起来的时候才会罢休。

兰德的计策奏效了，艾玲达当然是很了解现在的状况，而且她也迫不及待地要把这些事告诉兰德。亚斯莫丁弹拨出的低柔音调为艾玲达的话语提供了一种奇特的伴奏，而且竖琴的韵律中第一次出现了一些愉悦的色彩，甚至有一点田园诗歌的感觉。

米雅各马、锡安德、达茵和柯代拉四个部族已经将营地转移到东方一两里外的地方，四个营区靠近得能看见彼此。现在正有许多艾伊尔男人和枪姬众在这四个部族的营地和兰德的营地之间往来，但双方的交流只限于相同战士团内部，英狄瑞安等四名部族首领至今没有任何行动。毫无疑问，他们迟早会来见兰德，但一切得等到智者结束讨论后。

"智者们还在讨论？"兰德说，"光明在上，什么事需要讨论这么久？首领们将要追随的是我，不是她们。"

艾玲达带着沐瑞惯有的冰冷表情看了兰德一眼，"智者们自然有智者们要讨论的话题，兰德·亚瑟。"她犹豫了一下，又像是在做出让步一样说道："等她们的会谈结束之后，艾雯也许会告诉你一些这方面的事情。"但艾玲达的语气似乎是在暗示，艾雯也有可能什么都不会对兰德说。

艾玲达说完这些之后，就拒绝再告诉兰德任何事了，最后，兰德自己也放弃再问下去。也许兰德还是有可能在某些事情给他造成麻烦之前发现它们，但他肯定没办法从艾玲达嘴里再挖出一个字了。如果艾伊尔智者们打算隐瞒她们的秘密，摆出高深莫测的态度，就算是两仪师也无可奈何。关于这一点，艾玲达学习得很好。

让兰德有些惊讶的是，艾雯竟然会参与智者们的会议，而沐瑞却缺席了。他本来以为沐瑞一定会在这次会议中继续操控着各种丝线以实现她的计划，但现在看来，艾雯在智者们心中的重要性比沐瑞更大了。根据艾玲达的说法，新来的智者们要和一位跟随卡亚肯的两仪师会面，虽然沐瑞那时已经恢复了一些体力，但她以没时间为由推辞了，于是艾雯被从毯子里揪起来，代替了沐瑞的位置。

艾玲达在说这件事的时候笑了。当索瑞林和柏尔将艾雯从帐篷里拖出来的时候，她刚好在场，她们催赶艾雯的时候，艾雯还在匆忙地穿着衣服。“那时我对她说，如果她是因为犯了什么错才被索瑞林这样拖走，她就应该用牙齿挖个洞，把自己藏起来。而那时她显然还没清醒过来，所以就信了我的话，于是她就拼命地辩称自己没有犯错，结果索瑞林竟然开始质问她，她到底干了什么，为什么要这么害怕。你真该看看那时艾雯的表情。”艾玲达笑得很厉害，差点就要笑倒在地上。

亚斯莫丁还真的斜着眼看了艾玲达一眼(兰德不知道以亚斯莫丁的身份和立场，他为什么会有这种表情)，但兰德只是耐心地等待着，直到艾玲达恢复正常的呼吸。这算是比较温和的艾伊尔幽默，也许这种笑容更适合出现在麦特脸上，而不是一名女子，但这对艾伊尔来说仍然是温和的幽默。

当艾玲达擦着眼角的泪水站起身时，兰德说：“沙度怎么样了？他们的智者也参加会议了吗？”

艾玲达喝了一口酒，仍旧带着笑声回答说，她认为沙度已经完了，不值得再去考虑。他们在这场战争抓了几千名俘虏，直到现在还有零星的俘虏被送进营地，除了一些小冲突之外，战斗基本上已经停止。但兰德从艾玲达那里知道得愈多，他就愈难相信战争真的已经结束了。汉仍然监视着那四个部族，大批库莱丁的人已经秩序良好地渡过柘林河，甚至还带走绝大部分凯瑞安俘虏，更糟糕的是，他们在渡河之后破坏了河面上的石桥。

艾玲达并不在乎这些，但兰德在乎。现在河北岸盘踞着几万名沙度艾伊尔，在桥梁修复以前，他对他们无可奈何。即使是立刻架设木桥也需要时间，但他没有时间。

到最后，当关于沙度的事情已经全都说完的时候，艾玲达告诉兰德一件事，让兰德暂时把对沙度的忧虑抛在脑后。她似乎是差点就忘记这件事，最后才不经意地说了出来。

“麦特杀了库莱丁？”兰德难以置信地问道，“麦特？”

“我刚不是这样说的吗？”艾玲达言词锐利，但语调却很随意。她越过杯沿望着兰德。她感兴趣的大概是兰德对这个讯息会有什么反应，而不是他是否对她的话有所怀疑。

亚斯莫丁弹奏了一段雄壮的调子，竖琴中似乎传出了鼓声和号角声。“从某种角度来说，他倒是个和你有着同样多奇迹的年轻人。我真的很想见见你们之中的第三个，那个叫佩林的年轻人，也许未来有机会。”

兰德摇了摇头。所以麦特终究还是没能摆脱时轴对时轴的牵引，也许抓住他的是因缘本身。不管怎样，他怀疑麦特现在不会太高兴，麦特并没有像他那样接受这个教训。想要逃跑的时候，因缘自然会将你拉回来，而且往往是很粗暴地拉回来。时光之轮为你确定了方向，在生命中只留给你很少的空间，运气好的话，也许你偶尔能有一些超出预料的自由。不过，他现在有比麦特和沙度更急于知道的事。

兰德瞥了帐篷入口一眼，确认太阳仍然高挂天顶，两名枪姬众蹲在帐篷入口旁，短矛横放在膝头。已经过了一夜再加上大半个上午，沙马奥不是没有找到他，就是根本没来找他。

即使只是自己心中的想法，兰德也小心地使用着这个名字，然而现在又有一个名字飘进他的脑海——特尔·简宁·亚林沙。历史纪录中找不到任何关于这个名字的纪录，塔瓦隆图书馆的断简残篇里也没有。沐瑞已经把两仪师们所知道的一切弃光魔使的知识全都告诉了他，但那些信息也比乡野传奇好不了多少。即使是亚斯莫丁也只是叫他沙马奥，虽然他的理由与一般人不同。早在暗影之战结束前，弃光魔使们就欣然拥抱这些世人给他们的称呼，作为他们重生于暗影的标志。兰德每次向亚斯莫丁提起他的真名——乔尔·亚达·耐索辛的时候，他都会禁不住瑟缩一下，而他声称自己在三千年的囚禁生涯中，早已把其他弃光魔使的真名忘记了。

也许兰德没必要隐藏这些进入他脑海的信息，也许他这么做只是为了向自己否认现实，但那个男人毕竟是沙马奥。兰德要让那个男人为每一个被他杀害的枪姬众付出代价，是兰德没能保护她们的安全。

想到这个决心时，兰德的脸孔就会抽搐一下。实际上，他派维蓝芒回提尔就是对付沙马奥的第一个步骤（光明保佑，但愿现在只有他和维蓝芒知道这一点），但他现在还不能去追猎沙马奥，无论他是怎么想的，无论他立下了什么样的誓言，现在先要解决凯瑞安的问题。艾玲达也许认为他不明白节义，也许他确实不明白，但他明白责任，他对凯瑞安有责任。除此之外，维蓝芒也有可能查到沙马奥的行踪。

兰德坐起身，同时竭力装作一副轻松的样子。他尽量用毯子盖住自己的身体，心里奇怪着自己的衣服怎么不见了，现在他只能看见自己的靴子正放在艾玲达的身后。艾玲达应该知道他的衣服在哪里，为他脱下衣服的可能是奉义徒，但也很有可能是艾玲达。“我需要去凯瑞安城里，杰辛，为杰丁备好鞍，把它牵到这里来。”

“明天吧！”艾玲达坚定地对他说道，同时拉住正在起身的亚斯莫丁的袖子，“两仪师沐瑞说你需要休息——”

“今天，艾玲达，就是现在，我不知道为什么麦朗不在这里，不知道他是不是还活着，我要先去凯瑞安城把这件事查清楚。杰辛，我的马。”

艾玲达板起了脸，但亚斯莫丁从她手中挣脱开手，顺了顺天鹅绒外衣上的皱褶，然后说道：“麦朗在这里，还有其他人也在。”

“不能告诉他——”艾玲达恼怒地说，说到一半的时候，她咬了咬牙，“他需要休息。”

也就是说，智者们认为她们可以向他隐瞒一些事情。好吧，他并不像她们以为的那么虚弱。兰德双手抓住毯子，想要站起身，双腿却拒绝合作。也许他真的像她们认为的那样虚弱，但他不打算让这一点阻止他的行动。

“我死了就能休息了。”兰德说道。看到艾玲达哆嗦着，仿佛是被他打了一拳，他真希望自己刚才没说那句话。不，艾玲达是不会因为被殴打而哆嗦的，他的存在对艾玲达来说非常重要，就像对每一个艾伊尔人都非常重要一样，这样吓唬她会比打她一拳更让她难受。“告诉我关于麦朗的事，杰辛。”

艾玲达沉着脸，一言不发，但若是目光能杀人，亚斯莫丁可能已经横尸当场了。

麦朗昨晚就派来一名骑士，向真龙大人献上无数华丽的颂扬和永远忠诚的保证。清早的时候，麦朗出现在营地前，身后还跟着六名提尔大君和一小群提尔士兵。他们在艾伊尔人的注视中握紧了剑柄和矛杆，仿佛随时都会与这些艾伊尔人爆发战斗一样。

“当时差点就打起来。”亚斯莫丁说，“我想，大概是那个麦朗和他身后的那些家伙都不习惯被别人阻挡，特别是那个满脸横肉的家伙，他叫什么来着？特伦？还有一个叫西曼的，眼睛跟鼻子一样尖利。你知道，我身边经常会有危险的同伴，在我看来，那些人在某方面而言也是非常危险的。”

艾玲达重重地哼了一声：“不管他们习惯什么，他们在索瑞林、艾密斯、柏尔和麦兰面前没得选择，而且那时苏琳率领的一千名法达瑞斯麦也在那里。当然，那里也有一些岩狗众、几名寻水众和红盾众。杰辛·奈塔，如果你真的像你所说的那样效忠卡亚肯，你就应该像我们那样在他休息时注意守卫他的安全。”

“我追随的是转生真龙，女孩，至于卡亚肯，你去关心好了。”

“继续说，杰辛。”兰德不耐烦地说。艾玲达朝他哼了一声。

艾玲达对于那些提尔人的表述倒是没错，不过当时真正让他们感到压力的，也许是那些抚弄着面纱的艾伊尔战士，而不是智者。不管怎样，当那些提尔人不得不掉转马头时，就连头发已经灰白、擅长克制自己脾气的亚拉康也差点发了火，头秃如石、像铁匠般粗壮的桂亚姆已经被气白了脸。亚斯莫丁不知道真正阻止他们拔剑的原因是害怕被这些艾伊尔人杀掉，还是害怕兰德会责备他们的剑上沾了盟友的血。

“麦朗的眼睛都从眼眶中凸出来了。”亚斯莫丁最后说道，“但在他们离开之前，他叫喊着他对你忠心耿耿，也许认为你能听到，其他人也立刻和他一同喊了起来。但麦朗又说了一句让他们都很吃惊的话：‘凯瑞安是我献给真龙大人的礼物。’他还说，等你准备好入城的时候，他会为你举行一场盛大的凯旋式。”

“在两河有句谚语，”兰德漠然地说道，“‘遇到大声叫喊自己诚实的人，就要把钱包抓紧一点。’”他还知道另一句谚语——“狐狸经常把鸭子的池塘送给鸭子当礼物”，凯瑞安是兰德的，不是麦朗的礼物。

兰德并不怀疑那个人的忠诚，只要麦朗认为兰德有能力发现他的背叛，也有能力毁掉他，他就绝不会背叛兰德。不过，他也许会试着隐瞒兰德一些事情。这七名大君是提尔里最想看到兰德死的七个人，所以兰德当初才会把他们派到这里来。如果兰德要杀死每一个试图谋反的提尔贵族，那提尔就不会有贵族了。那时候，让他们来对付这距离提尔千里之外的混乱、饥荒和内战，似乎是个很不错的主意，这样他们至少要暂时搁置他们的阴谋，先去做些有意义的事情。当然，那时兰德连库莱丁的存在都不知道，更别说会想到要跟着库莱丁跨越龙墙，进入凯瑞安了。

如果这是个故事就好了，兰德心想。在故事里，英雄们都很清楚他们该做些什么，而兰德对自己状况的了解连四分之一都不到。

亚斯莫丁犹豫着，兰德刚才说出来的那句高喊诚实的两河谚语似乎对他也很合适，他无疑已经发觉了。但看兰德没有再说话的意思，他又继续说了下去：“我认为他是想当凯瑞安国王，当然，是服从于你的国王。”

“最好还能和我保持相当远的距离。”麦朗也许以为兰德会回提尔去，因为凯兰铎还在提尔之岩里，麦朗肯定不会因为拥有太多权力而感到害怕。

“当然，”亚斯莫丁的声音比兰德的更冷漠，“还有一帮人也来过营地。”那是十几名凯瑞安贵族，没有带扈从，虽然天气很热，但他们来的时候都穿着斗篷，将脸藏在兜帽里。显然他们知道艾伊尔人蔑视凯瑞安人，同样的，凯瑞安人也对艾伊尔人没什么好感，但他们同样害怕麦朗会发现他们来觐见真龙大人。

“他们看见我的时候，”亚斯莫丁带着挖苦的神情说道，“差点当场就杀了我，因为他们害怕我是提尔人，是你的法达瑞斯麦让你还能有我这个吟游诗人。”

虽然凯瑞安人比较少，但阻止他们觐见甚至比阻止麦朗更难。随着时间一分一秒过去，他们流的汗愈来愈多，脸色也愈来愈苍白，但依然顽固地要求觐见，他们一直顽固地要求见到真龙大人，最后甚至开始苦苦乞求。亚斯莫丁一直觉得艾伊尔的幽默奇怪而又严厉，当他看见那些穿着丝绸衣服的贵族们跪在地上，抓住智者们的羊毛裙连声哀求、又假装他不在场时，他才第一次觉得艾伊尔人身边也能发生一些很好笑的事情。

“索瑞林威胁说要剥光他们的衣服，用鞭子一路把他们抽回凯瑞安城。”说到这里时，亚斯莫丁低沉的笑声消失了，语气变得有些难以置信，“他们认真地讨论了那名智者的威胁，如果这种条件能让他们见到你，我确实相信有一部分人会同意的。”

“索瑞林应该这么做，”艾玲达带着让人惊讶的赞同表情插嘴道，“那些背誓者没有任何荣誉。最后麦兰让枪姬众把他们扔到他们的马背上，然后把那些牲口轰出营地，免得那些背誓者纠缠不清。”

亚斯莫丁点点头：“当那些凯瑞安人确定我不是提尔间谍时，他们之中有两个人和我说过话，是多布兰大人和克拉瓦尔女士。他们闪烁其词，语意暧昧，让我无法很确定他们真正的意思，但如果他们打算把太阳王座献给你，我可不会惊讶。他们能和任何人达成协议……包括原先与我有所联系的人。”

兰德干笑一声：“也许他们会的，如果他们能得到麦朗那样的条件。”兰德不需要沐瑞告诉他，凯瑞安人就是在睡着的时候也在进行权力游戏；也不需要亚斯莫丁告诉他，他们会和弃光魔使做什么交易，那些大君和凯瑞安人都是同样的货色。一场战役结束了，但战争并没有结束，新的、更加巨大的危险只是刚刚冒出了头。“不管怎样，我要把太阳王座送给有权获得它的人。”兰德没有在意亚斯莫丁若有所思的脸，也许这个人在昨晚帮了他，也许没有，但他不信任这个家伙，他不会让亚斯莫丁知道他的计划。无论亚斯莫丁的未来有多少是和他绑在一起，这名弃光魔使的忠诚也只是建立在迫不得已的基础上，而他也永远都是那个曾经把灵魂献给暗影的人。“麦朗想为我举办一场盛大的入城式，对不对？看来他想从我这里要的东西不会太少。”兰德有些想知道为什么艾玲达会显出赞同，他们所谈论的话题应该起不了这么大的作用。只要他不站起来，那艾玲达的目的就达到了。“去把我的马备好，杰辛，还是必须由我自己去？”

亚斯莫丁正式地鞠了个躬，至少在表面上，他显得很忠诚：“效忠于真龙大人。”

第46章

其他的战争，其他的武器

兰德望着亚斯莫丁离去的背影，皱起眉头，他不知道自己能信任这个人多少。这时，艾玲达突兀的动作让他大吃一惊，那名女子将手中的酒杯扔在地上，葡萄酒溅湿了地毯。艾伊尔人不会浪费任何饮料，不仅仅是水。

艾玲达盯着地上的酒渍，显得跟兰德一样惊讶，但转眼间，她已经将双手叉在腰上，生气地瞪着兰德："那就是说，卡亚肯在才能坐起来的时候就准备开始入城式了？我说过，卡亚肯不能只是个普通男人，但我还不知道他原来根本就不是个凡人。"

"我的衣服在哪里，艾玲达？"

"你也是血肉做的！"

"我的衣服？"

"记住你的义，兰德·亚瑟，如果我能记住节义的话，那么你也应该可以。"兰德觉得艾玲达的这句话有点奇怪，即使太阳在午夜时分升起，艾玲达也绝不会忘记任何一点节义。

"如果你一直保持这种态度，"兰德微笑着说，"我就要开始认为你是在意我的。"

兰德认为自己是在说一个笑话。对付艾玲达只有两个办法，跟她开玩笑，或者是完全不理她。跟她争论绝对是一个严重的错误，而且想到他们分享彼此的那一夜，这应该是个很温和的笑话。但艾玲达立刻愤怒地瞪大了眼睛，同时猛地拉了一下那只象牙手镯，仿佛是想要把它从手腕上脱下来，扔到兰德脸上。“卡亚肯既然远远超越凡人，那他也就不需要衣服，”她喊道，“如果他想走，他就光着身子走好了！我一定要请索瑞林和柏尔来吗？或者是安奈拉，还是索麦莱、蕾梅勒？”

兰德一听，立刻浑身僵硬，有许多枪姬众待他就如同照顾曾经走失了很久的儿子，而在这些枪姬众里，就数这三人最可怕。蕾梅勒甚至还要亲自帮他熬汤，那女人连糖水都调不好，却坚持要帮他熬汤！“你叫谁来都可以，”兰德用紧绷而刻板的声音对她说，“但我是卡亚肯，我要到凯瑞安城去。”运气好的话，他应该能在艾玲达回来之前找到衣服。索麦莱几乎跟他一样高，而且以他此刻的身体状况，她可能也比他更有力。至上力对他没什么用，即使沙马奥现在站在他面前，他也没办法碰触阳极力，更别说要维持它了。

很长一段时间里，艾玲达只是和他对视着，然后她突然捡起那只雕刻着豹的酒杯，从一只锻银壶中又倒了一杯酒。“如果你能找到衣服，并且能自己穿上而不跌倒，”她平静地说，“那你就可以去，但我会和你一起，如果我认为你的身体太虚弱，没办法撑下去，你就要回到这里来，否则索麦莱可以用双手把你架回来。”

兰德盯着她，看着她侧躺在地上，用一只手肘支住头，仔细地整理好裙子，然后开始慢条斯理地啜饮杯中的葡萄酒。如果兰德现在提到结婚，毫无疑问艾玲达会把他的脑袋给揪下来，但兰德觉得，从某种角度来看，艾玲达仿佛已经变成了自己的妻子，至少艾玲达具有身为妻子最可怕的一部分特质。安奈拉和蕾梅勒等人最恶劣的态度也不过如此。

兰德低声嘟囔着，用毯子裹住自己的身体，摇摇晃晃地走过艾玲达和火堆，去拿自己的靴子。他在靴子里找到了折叠整齐的干净羊毛袜，但除此之外就什么都找不到了。他可以叫奉义徒来，但这么做就会让这里的事情传遍全营地，那样的话，枪姬众们肯定都会跑过来。兰德至今都不知道她们是不是真的把他当成是必须惟命是从的卡亚肯，或者只是个名叫兰德·亚瑟的平凡男子。帐篷角落里一张卷起的毯子引起他的注意，他在那里找到了他的剑，那条龙形带扣的腰带被缠在剑鞘上。

艾玲达嘀咕了几声，闭上眼睛，看上去像是在打盹。“你不再需要……那个了。”她的声音里充满了嫌恶，听到她说这句话的人绝不会相信，这把剑正是她送给兰德的。

“为什么要这么说？”帐篷里只有几口装饰着珍珠贝或包铜的小箱，还有一口包金箱子。艾伊尔人更喜欢把物品包成包裹。这些箱子里都没有他的衣服，那个包金箱子上雕满了陌生的鸟兽图案，当他打开箱盖时，里面飘出一股香料的气味，箱子里放满了被紧紧系住的皮袋子。

“库莱丁已经死了，兰德·亚瑟。”

兰德惊讶地停下动作，抬头盯着艾玲达。“你在说什么？”岚和她谈过话？应该没有别人知道了，但她为什么会这样说？

“没有人对我说过什么，如果这是你正在怀疑的事。我现在了解你了，兰德·亚瑟，我对你的了解一天比一天深。”

“我没有在怀疑什么。”兰德生气地说，“谁又能把那件事说清楚？”他烦乱地拿起那把剑，有些笨拙地用手臂夹着它，继续寻找他的衣服。艾玲达也继续喝她的酒，兰德觉得她似乎是用酒杯掩住了一丝微笑。

一切都很好。提尔的大君们在兰德·亚瑟面前满身冷汗；凯瑞安人会把他们的王座献给他；这个世界上空前强大的艾伊尔军队在卡亚肯——首领的首领率领之下越过了龙墙；诸国在转生真龙的声威中颤抖。世界诸国！但如果他找不到衣服，他就得枯坐原地等待，等外面那些自以为什么都比他懂的一大群女人们允许后才能出门。

兰德终于找到自己的衣服。他注意到一只红色绣金外衣袖口从艾玲达身下露出来，原来艾玲达一直将身体压在他的衣服上。他走过去要求艾玲达挪开，艾玲达没好气地嘟囔了几句，但还是照兰德吩咐的去做了。

像往常一样，艾玲达看着他刮胡子、穿衣服，在他第三次刮破了脸、并嘟囔着水太冷的时候，她一言不发地导引至上力替他烧热了水——他可没求她，事实上，他不在乎他笨拙的举止被她当成虚弱，反倒是担心被误会为尴尬。*无论是什么样的事情，只要时间够久，最后你都会适应*，他讽刺地想。

艾玲达误解了他摇头的动作，“伊兰不会介意我看看你的，兰德·亚瑟。”

兰德双手停在扣了一半的衬衫上，盯着艾玲达：“你真的这么相信？”

“当然，你属于她，不过她不能阻止别人看你。”

兰德无声地笑了笑，继续扣着衬衫。即使不管别的，能发现她刚刚养成的莫测高深态度中依然暗藏着无知，这仍然是件好事。当兰德终于穿好衣服、将佩剑扣在腰带上、拿起那根霄辰穗枪时，他不由得露出得意的微笑。但看到手中的穗枪，他的笑容立刻消失了。他本来想用这根断枪提醒自己，霄辰人还存在这个世界上，但它现在却会让他想起所有那些麻烦——凯瑞安人和提尔人、沙马奥等弃光魔使、沙度和那些仍然不知道他的国家、在面对末日战争前他必须让这些国家承认他。与这些事情相比，对付艾玲达实在是件很简单的事。

当兰德掩饰着自己虚浮的脚步，快步走出帐篷时，枪姬众们立刻跳起了身。兰德不知道自己的掩饰会不会让人感觉欲盖弥彰。艾玲达一直跟在他身边，仿佛不止是准备着万一他栽倒时能扶住他，而是认为他绝对会跌倒。兰德很不高兴地看到仍然缠着绷带的苏琳向艾玲达投去询问的目光，直到艾玲达点了头，她才命令枪姬众们准备行动——她们根本就不尊重他！

亚斯莫丁骑着他的骡子回到山丘顶，手里还牵着杰丁，他还趁着这段时间换了新衣服——一套暗绿色的丝衫，上面当然还装饰着白色的蕾丝。镀金竖琴被他挂在背上，不过他脱下了那件破旧的走唱人斗篷，而且也不再举着那面绘有古代两仪师徽章的红色旗帜了。这件差事被他推给一个名叫派文的凯瑞安难民去做，那是个穿着一身满是补丁的灰色粗羊毛农服、脸上没有任何表情的家伙。他骑着一头棕色的骡子，兰德觉得那头骡子一定是连续拉着大车赶了几年的路，现在只应该让它去草地上好好歇几个月。一道仍旧呈红色的长疤横在他的窄脸上，从下巴一直延伸进他稀疏的头发里。

派文已经在饥荒中失去了他的妻子和妹妹，在内战里失去了他的弟弟和一个儿子，他不知道是哪个家族的人杀死了他们，也不知道哪个家族支持谁登上太阳王座。在向安多逃亡的时候，他的第二个儿子死在安多士兵手里，而另一个弟弟则被强盗杀死了。回来的路上，他最小的儿子被沙度艾伊尔的矛尖刺穿，女儿被沙度掳走，只剩下他一个人等死。这个男人极少说话，兰德觉得他只剩下了一个信念——真龙已经转生，末日战争即将到来。只要他留在兰德·亚瑟身边，他就能在世界毁灭前看到家仇得报。世界必将终结，但这没有关系，一切都已经没关系了，只要他能看见家仇得报。当他抵达丘顶时，他在鞍子上无声地向兰德鞠了个躬，他的面孔僵硬冰冷，但他将那面旗笔直而坚定地举着。

兰德爬上马鞍，不等艾玲达踩上马镫，就将她拉到自己背后，表明自己还有力气。没等艾玲达坐好，他就踢了一下花斑马的腹侧，示意它向前走去。艾玲达双臂环抱住兰德的腰，又嘀咕了些什么，兰德依稀能听出来，她是在说一些对于兰德·亚瑟和卡亚肯的评论。不过她至少没有放开双臂的意思，这让兰德感到很高兴，不止是因为让她靠在背上感觉很舒服，也是因为兰德现在也需要她的支撑。当他将她拉到身后的那一瞬间，他差点被她的体重拖下马背。他希望艾玲达没注意到这一点，他希望她不是为了支撑他才紧紧地将他抱住。

绘着黑白两色圆碟的猩红色旗帜在派文的头顶飘扬着，他们以“之”字形路线走下山丘，一直沿着狭窄的山谷前进。像往常一样，虽然那面旗帜和轻易就跟上杰丁步伐的几百名法达瑞斯麦清楚表明了这是谁的队伍，但附近的艾伊尔人对这支队伍并没有给予太多注意。他们走过一座又一座帐篷，周围的人们顶多是因为听到蹄声而抬起头瞥上一眼。

兰德很惊讶地知道，至少有两万库莱丁的追随者成了他的俘虏。在离开两河之前，他从不真正相信一个地方可以聚集这么多人，而看到这些人更是让他倍感惊讶。他们被分成四五十人的小队，像一畦畦甘蓝般分散在山坡上。男人和女人们都裸身坐在太阳下，每一队人都有一名奉义徒看管。人们同样对他们毫不在意，只是偶尔会有一名穿着凯丁瑟的人走到一支小队前面，从队里叫出一个人，被叫到的人立刻就会跑出来执行命令，同样也不会没人看着他。兰德还看见几个裸身的人跑回他们的队伍里，其他人始终都平静地坐在地上，看上去让人觉得有些无聊，仿佛他们根本没什么理由去别的地方，也根本没有这样的想法。

也许他们会以同样的平静穿上白色长袍，但兰德总是不由自主地想到这些人曾经怎样轻易地亵渎了他们的法律和习俗。也许那些暴行的发起者是库莱丁，但他们都遵从了他的命令。

兰德皱起眉看着这些俘虏——两万，而且还在陆续增加，他绝不相信他们能成为奉义徒。片刻之后，他才注意到那些不是俘虏的艾伊尔人中有个奇怪的现象。枪姬众和持矛的艾伊尔男人从不会将束发巾以外的东西戴在头上，也从不会让衣服上有任何与岩石和阴影色泽不协调的颜色，但现在兰德看见有不少人——差不多每四五个持矛的艾伊尔男人之中就有一个——将一条红布系在额头上，并在眉头上方画了或刺了一个圆形，圆形由一黑一白两滴扭曲的泪滴组成。最让兰德感到奇怪的是，许多奉义徒也有这样的装束，大多数奉义徒还是系着兜帽，但每个放下兜帽的奉义徒都在额头上系着红布，眉头上方有同样的饼图案。而且不论有没有戴红布，在所有的凯丁瑟上，兰德都能看见“algai'd'siswai”的字样。奉义徒身上当然不会出现任何与武器有关的东西，永远也不会。

“我不知道。”当兰德询问艾玲达这是什么意思时，艾玲达只是简单地说了这么一句。兰德想坐得更直一些，艾玲达确实把他抱得太紧了。过了一会儿，艾玲达又低声说了些什么，兰德必须很努力去听才能听清楚她的话。“柏尔说如果我再提起它，就要打我。索瑞林已经用棍子在我肩膀上敲了一下，但我觉得他们就是那些宣称我们艾伊尔是‘siswai'aman’的人们。”

兰德想开口问这个词的意思，他对古语知道的并不多，但这时一个念头突然飘进他的脑海。“siswai'aman”，字面上的意思是“龙之枪矛”。

“有时候，”亚斯莫丁笑着说，“想要分清楚自己和敌人的差别并不容易，他们想拥有世界，不过看样子你至少已经拥有了一个民族。”

兰德转头盯着亚斯莫丁，直到他退去脸上的笑容，不安地耸了耸肩。亚斯莫丁让自己的骡子落后了一些，跟在派文身边。现在的问题是，这个名字确实暗示着(也许不止是暗示)占有的权力，这个信息同样来自路斯·瑟林的记忆。一个人拥有一个民族，这是不可能的事，但如果真是这样，也完全违背了他的初衷。*我只是想利用他们*，他讽刺地想。

“我发现你们不相信这个。”兰德转过头说道。枪姬众之中没有人把自己弄成那样的。

艾玲达犹豫了一下才说道，“现在有太多的信念，”她的声音像刚才一样低微，又夹杂了恼怒和不确定，“我不知道该相信什么，智者们经常一言不发，似乎她们也不知道什么是真实。有人说，只要跟随着你，我们就能赎清我们的祖先对……两仪师犯下的罪行。”

艾玲达声音中的迟疑让兰德吃了一惊，他从没想过艾玲达也许像其他艾伊尔一样，会为他所揭示的艾伊尔的过去而感到忧心，更准确地说，也许是羞愧。羞耻心是节义很重要的一部分，艾伊尔人因为他们曾经遵循叶之道而感到羞愧，也因为他们放弃了自己的誓言而感到羞愧。

“现在有太多人听说过鲁迪恩预言，”艾玲达的语气显得稍微冷静了一些，实际上，就连艾玲达自己也是在开始接受智者训练时，才对这个预言有所了解。“但这个预言被许多人误解了，他们知道你会毁灭我们……”她深吸一口气，才重新控制住自己的声音，“于是有许多人相信，你会在无尽的枪矛之舞中把我们全都杀光，要我们以牺牲来弥补罪行。还有人相信荒季本身就是一种试炼，软弱的人被淘汰，留下来的将成为最后战争中坚强的核心。我甚至还听一些人说，艾伊尔只是你此刻的梦，当你从现世中觉醒时，我们便不复存在了。”

真是种残酷的信仰，让他们感到羞愧的已经不止是兰德告诉他们的历史了，兰德只是感到惊讶，艾伊尔人竟然没有全部离开他或是陷入疯狂。“那些智者们相信什么?”兰德用艾玲达那种低弱的声音问。

“该来的总会来，我们只能挽救我们所能挽救的，兰德·亚瑟，我们别无所求。”

我们。艾玲达把自己也包括在智者们之中，就像艾雯和伊兰把她们包括在两仪师之中一样。“好吧!”兰德轻声说，“我估计索瑞林至少相信我应该被打几个耳光，或许柏尔也是，麦兰则肯定如此。”

“最糟的是，”艾玲达喃喃地说着，推开他的身体，只是还用两只手抓着他的外衣，这让兰德感到有些失望，“她们相信的许多事情都是我希望她们不会相信的。”

兰德的脸上忍不住露出笑容，那就是说，艾玲达不相信他需要被打耳光了。这是他醒过来之后知道的一个令人高兴的改变。

哈当·卡德的马车队停在距离兰德的帐篷一里外的地方，这是两山之间的一片洼地，周围有岩狗众在看守。这名鹰钩鼻的魁梧暗黑之友身上紧绷着一件奶油色的外套。当兰德和他的旗帜以及那一队大步奔跑的护卫走过他面前时，他抬头看着，用不离身的大手绢抹了抹脸颊。沐瑞也在这里，她正在检查那辆装载着门框形特法器的马车，它就绑在驭手座的正后方，上面还包着帆布。在哈当和她说话之前，她甚至没有朝周围瞥上一眼。看哈当的手势，他大概是很希望沐瑞会到兰德身边去。直到现在他的暗黑之友身份都没有被发现，这对他来说实在是件值得庆祝的事，但在两仪师身边待得愈久，他的身份肯定就愈容易暴露。

实际上，兰德也很惊讶这个人竟然还在这里，自从跨过龙墙以来，至少有半数的马车夫已经逃走了。兰德亲自从凯瑞安的难民中挑选出人来填补他们的空缺，以确保这些递补者不是原本的那种人。每天早晨，兰德都以为会看到那家伙也逃走了，特别是在伊馨德逃走之后。为了找到那个女人，枪姬众们几乎撕碎了哈当的那些马车，也让哈当的汗水湿透了三块手绢。如果哈当趁着黑夜偷偷溜走，兰德绝不会有什么遗憾。艾伊尔卫兵们也都得到了任由他离开的命令，只要他逃跑时没带走沐瑞重视的那些马车。随着日子一天天过去，沐瑞对那些马车上的货物愈来愈重视，兰德不会让她失去它们的。

兰德向背后瞥了一眼，但亚斯莫丁只是昂头盯着前方，根本没看马车这边一眼。亚斯莫丁被兰德抓住之后声称自己和哈当没有任何关系，兰德觉得他说的也许是实话。这名商人从不曾离开过他的马车队，也都处于艾伊尔卫兵的监视下，除了他待在自己的马车里时。

在马车对面，兰德没多想就勒住了缰绳。沐瑞肯定想跟着他进入凯瑞安，她也许已经在兰德的脑袋里塞满了知识，但似乎总是犹嫌不足。这一次如果有她在身边，自然会向兰德提供各种适当的建议，但沐瑞只是看了他很长一段时间，就又转过身去查看马车了。

兰德皱起眉，踢了一下花斑马。他最好记得她毕竟还有别的羊要剪毛，而他对此一无所知，他变得有点太信任别人了，最好还是对这名两仪师有点戒心，就像对亚斯莫丁一样。

不能信任任何人，他冷冷地想。片刻之间，他不知道这是他的念头，还是路斯·瑟林的，但最后，他觉得没有关系。每个人都有自己的目标，自己的渴望，除了自己之外，最好不要太相信任何一个人。但兰德也在思考，当自己的思想正逐渐被另一个思想渗透时，他对自己又能有多少信任？

无数秃鹰伸展着黑色的翅膀，盘旋在凯瑞安城周围。落在地上的秃鹰则不停地在一团团烟尘般的苍蝇中挥动着翅膀，同时用嘶哑的吼声恫吓那些想要从它们爪下抢一口腐肉的亮羽乌鸦。在没有树木的山丘上，艾伊尔人逐一掩埋了死者。成群结队的黑色恶鸟向艾伊尔人发出充满怒意的尖叫，直到那些活着的人远离，它们才会停歇下来。秃鹰、乌鸦和苍蝇不可能让阳光变得黯淡，但兰德确实有这样的感觉。

强忍着胃肠纠结的不适，兰德竭力不让自己去看那些死尸。他踢了一下杰丁，马儿突然加速让艾玲达再次抱住了他的背，枪姬众也随之奔跑了起来。没有人对骤然加快的行进速度表示反对，兰德相信这不仅仅是因为这些艾伊尔人的步行速度可以和奔马媲美。眼前的景象让亚斯莫丁一脸苍白，而派文的面容却没改变过，但兰德觉得飘扬在他头顶的那面旗帜很像是一种嘲讽。

等在他们前方的情景并不比他们刚刚经过的战场好多少。在兰德的记忆里，首门是个如同蜂窝般喧嚣嘈杂的地方，错综复杂的街巷中塞满了各种噪音和颜色，但现在这里只剩下一片覆盖着厚厚尘灰的死寂，从三个方向上围绕着凯瑞安灰色的方形城墙，烧焦的屋梁凌乱地堆积在石块房基上，偶尔还能看见一座摇摇欲坠的乌黑烟囱。原先是街道的地方零星散落着一些碎裂的家具、被丢弃的包袱，或是一只破烂的布娃娃，这些景象让此地更显荒凉。

城墙上的旗帜在风中飘摇着，其中一半是雪白底色上金红两色的游龙，另一半是提尔的新月纹章。章嘉门敞开着，它们是一组三座方形的大门，守门的是戴宽边头盔的提尔士兵，其中一些人骑在马上，但大多数都是徒步的。他们灯笼袖上不同颜色的条纹说明他们是分属于几名领主的扈从。

城里的人对这场战争的理解是：艾伊尔盟军及时来援，他们获得了胜利。出现在城门前的五百名法达瑞斯麦在守门卫兵中间引起一场骚动。一只只犹疑的手放在剑、矛和长盾上，一些士兵仿佛是要关上城门，却还在看着他们的长官。那名军官的头盔上插着三根白色大羽毛，他也在犹豫着。他在马镫上站直身体，手掌放在眼前挡住阳光，仔细地端详着那面红色旗帜，以及走在队伍最前面的兰德。

突然，那名军官坐回马鞍上说了些什么，随后就有两名骑兵飞快地向城里跑去。几乎在同一时间，他挥手示意其他人让开道路，嘴里还高喊着："为真龙大人兰德·亚瑟让路！光明照耀真龙大人！所有荣耀均归于转生真龙！"

士兵们仍然在看着那些枪姬众，露出踌躇的神情，但很快就在门两侧排成队列，开始向骑马走向城门的兰德深深地鞠躬。艾玲达在兰德背后重重地哼了一声，听到兰德的笑声，她立刻又哼了一声。她不明白，兰德也不想解释。让兰德感到有趣的是，无论提尔人、凯瑞安人，或者是其他什么人怎样让他头脑发胀，他至少还可以依赖艾玲达和这些枪姬众，她们会让他脑子里的燥热冷却下来。还有艾雯、沐瑞，以及伊兰和奈妮薇——如果他们还有机会相见的话。现在仔细想想，身负重任的，并非只有他一人而已。

穿过城门，他的笑容冻结了。

城里的街道都铺着石板，有些石板宽阔得足以让十几辆大马车并排驰过，所有街道都笔直得如同刀裁，全都以标准的直角相互交叉。在城外连绵起伏的丘陵，到了城里完全被修砌成平直的石块台阶，仿佛它们本来就是人们从平地堆砌起来的，就如同那些棱角分明的方形建筑物和那些仍然被鹰架包围、尚未完工的巨塔一样。人们簇拥在街道上，全都目光呆滞，双颊深陷，他们居住的地方只是一些凑合着搭起来的帐篷，甚至有许多人只能蜷缩着挤在露天的地上。凯瑞安城人喜欢的暗色衣着、首门居民喜欢的亮色衣着和村民们的粗布衣服交杂在一起。就连巨塔旁的鹰架都挤满了人，从底层到顶端皆然，不过顶端的人们看起来很渺小。在兰德和枪姬众队伍经过的街道上，人们勉强为他让出一条路，等他们一通过，街道就重新被占满了。

饥饿、困顿的人们如同一群绵羊挤在太小的羊圈里，看着他们，兰德的心中没有一丝愉悦，但他们都在向他欢呼。兰德不知道他们怎么会认识他，也许只是因为城门处军官的喊声被他们听见了。很快的，雷鸣般的喊声充满整条街道。枪姬众们不得不挤开人群，为兰德开出一条路。实际上，除了一声声“真龙大人”之外，兰德什么也听不清。但他看得出人们的心情：男人和女人们为了能让自己的孩子清楚地看到他，便将小孩高高举起。从窗户里向外观望的人们挥舞着无数条围巾和头巾，周围的人们都向他伸出双手，努力想挤过枪姬众的人墙。

为了能用指尖碰一下兰德的靴子，他们显然已经不再害怕艾伊尔人了。数以百计的人不停涌向兰德，难免会有一些钻进枪姬众人墙。实际上，有许多人摸到的是亚斯莫丁，衣着光鲜的亚斯莫丁看上去确实很像是个大人物。也许这些人认为真龙大人一定要比队伍前方这名穿红外衣的年轻人年长许多。不过，就连那些碰到派文的靴子或马镫的人，也都是喜气洋洋地呼喊着“真龙大人”，同时被枪姬众用盾牌赶回人群里。

闹出了这么大的骚动，麦朗自然很快就出现在兰德面前，十二名低阶提尔贵族和五十名岩之守卫者用骑枪柄为他开出了道路。他是一个强健而瘦削的灰发男人，身上穿着上等丝绸外衣，袖子上的条纹和袖口蕾丝是绿色的。这名大君骑在马上的身姿挺直如剑，却又有着刚会走路就已经开始学习在马背上发号施令的人才有的那种轻松。他无视于自己脸上的汗珠，也不在意自己的护卫是否会踩到别人，对他来说，也许汗水比后者还更重要一些。

曾经前往埃安罗得求救的红脸贵族少爷艾德隆也在这支队伍里，他已经不像原先那么胖了，所以他的红条纹袖外衣仿佛是挂在了他身上。兰德在这群人里惟一认识的另一个人是肩膀魁梧、身穿绿外衣的雷门，在兰德的回忆里，这个人在提尔之岩时很喜欢和麦特玩牌。剩下的就都是一些老人了，他们和麦朗一样不在意被自己挤开的人群，整支队伍里没有一个凯瑞安人。

兰德点头之后，枪姬众才允许麦朗策马走到他面前，但其他提尔人全都被她们挡在外面。大君一开始并没有注意到只有自己一个人走进她们组成的人墙里，当他意识到这一点的时候，黑眼睛里立刻燃起一股怒火。麦朗还在提尔之岩时就非常容易发怒，这点兰德很清楚。

人群的喧闹声随着提尔人的到来而减弱，当麦朗坐在马鞍上僵硬地向兰德鞠躬时，围观的人们由欢呼转成了沉闷地窃窃私语。麦朗用带着火气的目光瞥了艾玲达一眼，然后似乎决定对这个女人视而不见，就像他对那些枪姬众一样。“光明照耀您，真龙大人，您能来凯瑞安真是太好了。我必须为这些贱农向您道歉。我不知道您现在就要入城，如果我知道的话，我一定会把他们都清理干净。我本来打算为您准备一场盛大的凯旋式，这样才符合转生真龙的身份。”

“我已经有了一场凯旋式。”兰德说。面前的提尔人眨了眨眼。

过了片刻，麦朗才说道：“依您的吩咐，真龙大人。”他的语气说明他并没有弄清楚兰德的意思。“请您随我至王宫，我已经在那里为您安排了一个小小的欢迎会，恐怕这个欢迎会有些太小了，因为我不知道您现在会来，但即使如此，我保证——”

“你现在安排的就可以了。”兰德打断他的话。麦朗又向他鞠了个躬，同时给了他一个油滑的微笑作为回答。这家伙现在一脸谄媚，但目光里却闪烁着对兰德不识好歹的轻蔑与憎恨，他以为兰德根本看不出这些。兰德原本就让他轻蔑与憎恨，他蔑视兰德，因为兰德根本没有贵族血统；他憎恨兰德，因为兰德的到来让他失去了在这里的生杀大权，让他不再是最高的掌权者。相信真龙预言终会实现是一回事，因为它的实现导致自己的权力受到削减就完全是另一回事了。

苏琳在兰德下了命令后才允许其他提尔贵族骑马跟在亚斯莫丁和派文的

旗帜后面，但这已经引起了一场小骚动。麦朗原本打算让岩之守卫者再次把街道净空，但兰德只是断然命令他们跟在枪姬众后面。提尔士兵们听从了命令，他们在宽边头盔下的面孔没有任何表情，头盔上插着白羽毛的军官却不停地摇着头。大君脸上则露出一副纡尊降贵的微笑，但当他看见人群在枪姬众面前迅速向两侧分开时，笑脸立刻又僵住了。她们不必用棍棒敲出一条路来，麦朗对兰德说，这全都是因为艾伊尔人残暴的名声。看到兰德没回答，他又皱起眉头。兰德注意到一件事：当提尔人跟在他身边时，欢呼声便没有再响起来。

凯瑞安王宫位于城市里最高一座山丘的正中心，暗色的方形建筑显得巨大而稳重，实际上，王宫下方一层层平直的石阶很难让人想到那里面还有一座小山。高大的柱廊，离地很远的高窄窗户，灰色石塔立在一个个同心方形的四角，由外向内逐层升高。街道在这里变成一道长而宽阔的斜坡，一直通到一座青铜大门前。门后巨大的方形广场上站立着一排排提尔士兵，他们如同雕像般纹丝不动，长矛都以同一个角度斜立着。在宫殿的露台上还站着更多的提尔士兵。

枪姬众出现的时候，提尔士兵的队列有了一阵小小的骚动，但很快就被一阵整齐的呼喊声取代了——“所有荣耀归于转生真龙！所有荣耀归于真龙大人和提尔！所有荣耀归于真龙大人和麦朗大君！”如果看着麦朗的表情，人们搞不好会以为这些喊声根本不是他事先安排的。

当兰德下马的时候，一些穿着暗色制服的仆人从宫殿中跑了出来，手里端着雕金碗和白色亚麻布巾，这是兰德看见的第一批来自凯瑞安王宫的凯瑞安人。杰丁的缰绳也被另一些仆人接了过去。兰德借着清洗手脸让艾玲达独自下了马，以他现在的体力，如果他想扶艾玲达下马，他们两个都会跌在石板地面上。

苏琳挑选了二十名枪姬众随她一起护卫兰德走进王宫，兰德很高兴她没有让所有枪姬众都围在自己身边，但他也希望安奈拉、蕾梅勒和索麦莱能不在这二十人里面。她们投在他身上的目光(特别是蕾梅勒，她是名深红色头发、瘦削但下颌粗壮的女人，比兰德大了将近二十岁)让他不得不一边送给她们一个安心的微笑，一边狠狠地咬紧了牙。艾玲达一定背着他和苏琳说了些什么。*也许我对枪姬众莫可奈何，*他将亚麻手巾扔回给一名仆人，一边生气地想着，*但如果连一个明白我是卡亚肯的艾伊尔女人都找不出来的话，就烧了我吧！*

在从广场通往宫殿的灰石宽阶梯上，其他大君正在迎候兰德。他们都穿着各种颜色的丝绸外衣，在袖子上装饰着彩色条纹缎带，靴子上镶嵌着各种白银装饰，很显然，他们事后才知道麦朗已经单独出去迎接兰德了。脸长得像个马铃薯的特伦一直焦躁不安地嗅着一块喷了香水的手绢，他是个相当粗壮的男人，却奇怪地露出一副无精打采的样子。桂亚姆涂了油的胡子让他的脑袋显得更加光可鉴人，他紧握着一双小号火腿般的拳头，就在向兰德鞠躬时，仍然对麦朗怒目而视。西曼的尖鼻子似乎正因愤怒而颤抖着。马拉孔有着在提尔很少见的蓝眼睛，他紧紧地抿着自己的薄嘴唇，直到它们几乎完全消失在嘴缝里。虽然荷恩的窄脸上一直挂着微笑，但也在无意中拉了几下自己的耳垂，他只有在怒不可遏的时候才会有这种动作。只有长刀般细瘦的亚拉康没有任何情绪的表示，他总是能隐藏住自己的火气，直到他想让它们爆发出来。

这是个好机会，不能错过。兰德在心中感谢着沐瑞教给他的那些课程。沐瑞曾经说过，绊倒一个傻瓜比打倒他要容易得多。兰德立刻紧紧握了握特伦的胖手，又拍了拍桂亚姆宽厚的肩膀，同时向荷恩还以一个同伴间热情的微笑，又无声地向亚拉康点了点头，并伴随着似乎是别有深意的一瞥。至于西曼和马拉孔，他只是用冰冷苍白如冬日池塘般的目光看了他们一眼，就把他们完全忽略掉了。

现在他要做的就是这些，他不能只是紧张地逐一扫视他们的眼睛和面孔，他们在进行达斯戴马——贵族游戏，这就是他们的全部生活。现在他们身处于凯瑞安人中间，也就是身处于眼神和暗语的海洋里，这只能让他们变得更加敏感。这些人全都知道兰德没理由对他们表示友谊，所以每个人都会怀疑他的问候是不是在向别人隐瞒什么。西曼和马拉孔显然是这些人里最感忧心的，但其他人却都在看着他们两个，仿佛这两个人是最值得怀疑的。也许兰德的冰冷实际上正是一种伪装，也许这种伪装只不过是误导。

而兰德现在所想的是沐瑞会因为他的表现感到骄傲，还有汤姆·梅里林。他不知道这七个人此时此刻是不是在谋划对抗他，不过他觉得，即使是麦特也不会打赌他们没有这样的图谋，他们拥有足够的权势干扰兰德的计划。即使没有别的原因，他们出于习惯也很有可能会这么做——他们以前就是如此。现在兰德已经在他们心中种下了不安的种子，只要悉心照料这些种子，他们就会花费更多的精神去彼此窥视，同时还要提防被别人窥视，这样一来，他们就不会有什么精力来打扰兰德了。他们甚至有可能在忙乱中依照兰德的命令去行事，当然，这点对他们来说可能期望过高了。

看到亚斯莫丁讽刺的笑容，兰德心中的得意立刻消失得无影无踪，更糟糕的是，艾玲达正用惊讶的眼光看着他。艾玲达也去过提尔之岩，她知道这都是些什么样的人，以及为什么兰德会把他们派到这里来。*我只是在做我必须做的事*，兰德有些厌烦地想着，同时希望这不是在为自己的行为找借口。

“进去吧！”兰德的声音比他想要的更加尖锐。七名大君都打了个冷颤，仿佛突然想起他是什么人。

当兰德踏上台阶的时候，大君们都想簇拥在兰德周围，但除了允许麦朗在前面引路之外，其他所有人都被枪姬众组成的人墙挤了出去，大君们只能和亚斯莫丁还有普通贵族们跟在后面。当然，艾玲达紧贴在兰德身边，而苏琳则占据了兰德的另一侧，索麦莱、蕾梅勒和安奈拉紧随在兰德身后。兰德给了艾玲达一个责备的眼神，但艾玲达只是挑起眉弓，带着疑问的神情望着兰德，让兰德差点就以为她和这样的队列安排没有任何关系，差一点。

宫殿的走廊里除了穿着暗色制服的仆人之外没有任何其他人，当兰德经过的时候，男仆会鞠躬到胸口贴膝盖的程度，女仆们也会以同样地恭敬行屈膝礼。但是当兰德进入太阳大厅时，他才发现凯瑞安贵族们并没有完全被驱逐出宫廷。

"转生真龙驾临！"在镶嵌着以黄金铸成的日出图案大门里，一名白发男子以吟咏的声音高声说道。他的红色外衣上绣着蓝色的六芒星，表明他是麦朗家族一名高阶仆人，在凯瑞安的日子让他变瘦了，外衣显得有些太大。"全体向真龙大人，兰德·亚瑟欢呼，所有荣耀归于真龙大人。"

一片呼吼声立刻在这座大厅里腾起，一直冲上 150 尺高的直角拱顶。"向真龙大人，兰德·亚瑟欢呼！所有荣耀归于真龙大人！光明照耀真龙大人！"吼声退去之后，大厅里显得加倍寂静。

大厅里有许多方形大理石立柱，柱子上装饰着近乎黑色的深蓝色条纹。站在柱子之间的提尔人比兰德预期的要多。一排排提尔地方的男女领主们穿着他们最好的礼服——尖顶天鹅绒帽和条纹灯笼袖外衣、各种颜色的长裙、蕾丝高领、与头部正合适的帽子上装饰着精致的刺绣、珍珠和小颗宝石。

提尔人身后是穿着及膝深色外衣或是同样颜色长裙的凯瑞安人，胸口处有着数量不一的彩色横纹。横纹愈多，表示位阶愈高，但即使是从领口一直到腰际都是彩色横纹的凯瑞安人，也要站在位阶最低的提尔贵族身后。那些低阶提尔贵族的衣着刺绣只是黄色丝线，而非金线；衣着质料也是羊毛，而非丝绸。很多凯瑞安男人，特别是年轻人，剃光了前额的头发，并在那里敷上了粉。

提尔人仿佛都在期待些什么，但也伴随着一丝不安，凯瑞安人的面孔则像是冰雕一般。很难判断刚才那阵欢呼都是谁喊出来的，不过兰德怀疑后排中有许多人没开口。

"这里有非常多的人一心希望能为您效劳。"麦朗一边低声说着，一边带领兰德走过铺着蓝色地砖的大厅，大厅地板上有一个镀金绘制的日出图案。兰德走进这群人中间的时候，一阵屈膝礼和鞠躬形成的波澜立刻随着他的步伐扩散开去。

对于麦朗的话，兰德只是嗯了一声作为响应。他们愿意为他效忠？不需要沐瑞的指导，兰德知道这些低阶提尔贵族想在凯瑞安获得更大的领地。毫无疑问，麦朗等七人肯定已经暗示或许诺要分封他们某些土地了。

在大厅末端，太阳王座被安放在一个深蓝色大理石基座的正中央，即使是气派的王座，仍然不失凯瑞安人一贯拘谨的风格。王座粗重的扶手因为镏金和金色丝幔而光彩熠熠，看上去完全是由朴实的直线条组成的，除了靠背顶端那个放射着波浪状光辉的朝阳。

兰德早已经意识到这个王座是准备献给他的。艾玲达跟随他一同踏上通向王座的九层台阶，还有亚斯莫丁——他的吟游诗人，他也可以登上高台。然而苏琳很快就将枪姬众部署在高台周围。她们拿着短矛，轻松地将麦朗等多名大君挡在外面，挫败的神情出现在这些提尔人的脸上。大厅里变得异常安静，兰德甚至能听到自己的呼吸。

"这个座位属于另一个人，"最后他说道，"而且，我在马鞍上坐了很久，不想再坐这么硬的座位了，给我拿把舒服的椅子来。"

大厅中的寂静因为震惊而持续了一段时间，人群中逐渐响起窃窃私语。麦朗的脸上浮现出一丝狐疑的神情，但立刻又被他压了下去。兰德看到他的样子，差点笑出声来，亚斯莫丁对这个人的估量很可能是对的。现在亚斯莫丁正瞥着兰德，眼里闪烁着几乎无法掩饰的猜疑。

几分钟之后，那名穿着六芒星图案外衣的仆人气喘吁吁地跑上高台，在他身后，两名穿暗色制服的凯瑞安人抬着一把有丝绸坐垫的高背椅。麦朗的仆人一边指挥他们把椅子放好，一边忧心忡忡地偷眼望向兰德。这把椅子粗重的椅腿和靠背上也镀着平直的黄金线，但它与太阳王座比起来就毫不起眼了。

在那三名仆人仍然一边深深鞠着躬、一边向后退去的同时，兰德已经将椅子上大半的垫子扔到一旁，带着感激的心情坐了上去。那根霄辰断枪被他横放在膝上，他小心地不让自己发出叹息的声音。艾玲达随时都在注意着他，他也看见索麦莱不停地瞥着他和艾玲达，这更证实了他的怀疑。

但他得暂时不管自己与艾玲达和法达瑞丝麦的问题了，现在要对付的是台下这些人，他们正在等他说话，那种样子又像是期待，又像是畏惧。*至少，如果我说"蛤蟆"，他们一定会趴在地上蹦跳起来*，他心想。*他们也许不喜欢这样，但他们一定会这么做的。*

有了沐瑞的指点，他已经大致明白在这里自己必须做什么。有些事即使沐瑞不说，他也知道一定要做。如果现在站在他身边的是可以在必要时对他耳语提示的沐瑞、而不是等待着给索麦莱发讯号的艾玲达就好了。但现在多等无益，城里所有的提尔和凯瑞安贵族一定都聚集在这座大厅里了。

“为什么凯瑞安人要被挡在后面？”他大声说道。台下的人群中立刻发生一阵骚动，人们彼此交换着困惑的眼神，“提尔人是来援助凯瑞安的，但并不能因为这点就把凯瑞安人挤到后面去。所有人都要按照自己的位阶列队，所有人。”

很难说清这番话让提尔人还是凯瑞安人更感震撼。麦朗看样子仿佛是要把自己的舌头吞下去，他身旁的六名大君更是如此，就连那个向来不动声色的亚拉康脸色也变得惨白。男子们摩擦着皮靴，女士们拖拉着身上的裙子，但他们还是开始移动脚步了。在两方阵营冰冷的对视中，贵族们重新排好了队列。现在站在前排的全都变成了彩色条纹铺满胸腹的凯瑞安人，只是在第二排有寥寥几名提尔人，七名提尔大君和两倍于他们数量的凯瑞安人一起站在高台下面。这些凯瑞安人的头发大多已经变成灰色，衣服上的彩色条纹从领子几乎延伸到膝盖。不过，“一起”这个词并不确切，他们分成了两群，彼此之间的距离隔了差不多有十尺远。两群人都凶狠地瞪着对方，似乎立刻就要向对方挥舞拳头，大声喊叫了。提尔人的目光中燃烧着怒火，凯瑞安人的还像原先一样冰冷，不过他们的每一只眼睛都没有错过兰德。凯瑞安人在审视兰德的时候，目光中出现了一丝解冻的迹象。

“我注意到了凯瑞安城头的旗帜，”等到大厅中恢复安静之后，兰德继续说道，“升起那么多提尔新月旗是应该的。没有提尔的谷物，凯瑞安人将无法再活着升起任何一面旗子；没有了提尔的剑，今天还活在这座城里的人，无论是贵族或平民，可能都已经成了沙度艾伊尔的奴隶，这是提尔应有的荣誉。”当然，这番恭维让提尔人都挺起了胸膛，他们用力地点着头，同时更加用力地微笑着。但那些大君们一定对这些话感到困惑，他们愣了一会儿才又重新挂起了笑容。相反，台下的凯瑞安人全都充满疑虑地彼此对看着。“但我不需要这么多我自己的旗帜，只留下一面真龙旗，挂在城里最高的塔上，让所有到这里来的人都能看见，把剩下所有的真龙旗都取下，换上凯瑞安的旗帜。这里是凯瑞安，日升旗必须在这里骄傲地飘扬，凯瑞安有她自己的荣誉。”

大厅里突然爆出一阵震耳欲聋的喊声，连墙壁似乎也随之震颤。枪姬众立刻握紧手中的短矛，苏琳飞快地打着枪姬众的手语，但已经被拉起的面纱很快又落回到颈侧。凯瑞安贵族们像刚才街上的人们一样尽情地欢呼，像首门人在节日中一样雀跃，挥舞着手臂。这次换成提尔人在一片喧哗之中无声地交换着眼神，他们并没有愤怒的表示，就连麦朗也只是显露出犹疑不定的神情，也像特伦等其他提尔人一样，他把困惑的目光投向身边的高阶凯瑞安贵族。片刻之前，他们还是那么冰冷、严肃，现在他们却在为真龙大人而手舞足蹈，呼喊连天。

兰德不知道这些人会如何解读他的言词，他相信，这些人对他的理解肯定不止是他表面的言词，特别是凯瑞安人。也许甚至有人能明白他真正的意思，只是他没想到自己要应付这样的局面。他很清楚，凯瑞安人的冷漠是一件很奇怪的事，有时候他们会爆发出别人预料不到的勇敢。尽管沐瑞尽力灌输给他一切知识，但她对这件事却语多保留，她只是强调过，如果这种冷漠被打破，随之出现的局面将是惊人的。确实很惊人。

当欢呼声终于止歇时，贵族们开始向兰德立下效忠的誓言。第一个跪下的是麦朗，他紧绷着面孔，以光明和救赎与转生的希望立誓，将忠诚地为兰德服务，听从他的命令。这是个古礼，而兰德希望今日在此地立誓的人之中，确实会有一些能被这个誓言所束缚。麦朗立下誓言之后，亲吻了霄辰短枪的枪尖，然后立刻用拉胡子的动作掩饰自己面容的抽搐。在他之后是克拉瓦尔女士，她是个相貌清秀的中年女子，袖口上的深象牙色蕾丝遮住了她的双手，彩色条纹从她的高领上延伸到膝盖。她将双手放在兰德的双手之间，以清亮、坚定的声音立下誓言，她乐韵般的腔调和沐瑞颇为相像，黑眸里那种估量和审度的眼神也经常会在沐瑞的眼里出现，特别是在她看向艾玲达的时候。最后，她行了个屈膝礼，就退下了高台。下一个是特伦，他在说出誓言时不停地出汗。接下来是多布兰大人，他深陷的双眼露出探询的目光，他是少数几个剃去额前灰色长发的年老凯瑞安人之一。然后是亚拉康……

随着这项仪式的进行，兰德逐渐感到不耐烦。这些人一个接一个地跪倒在他面前，凯瑞安人、提尔人、凯瑞安人……而他不得不一遍遍重复着同样的宣谕。沐瑞说过，这是必需的。在他的脑子里，路斯·瑟林也说着同样的话。但对他来说，这只是在耽搁时间。他需要他们的忠诚，即使只是表面上的，这样他才能开始维护凯瑞安的安全，做完这件事之后，他才能把注意力转到沙马奥身上。*我迟早会对付他的！我未来要做的事太多了，不能任由他躲在灌木丛里刺我的脚！他早晚会明白刺激龙的下场是什么！*

他不知道为什么这些人在走到他面前时都汗流不止，还不停地舔着嘴唇，发誓效忠时也都是结结巴巴的，因为他看不见燃烧在自己眼中的冰冷火焰。

第47章

一艘船的代价

完成了早晨的梳洗之后，奈妮薇用毛巾擦干身体，不情愿地穿上一件干净的丝绸衬衣。丝绸不像亚麻那么凉爽，虽然太阳才刚刚升起，但马车里的热气已经预示着另一个炎热白天的到来，而且这件衬衣的低胸领口让她怀疑自己只要大喘一口气，它就会掉落到自己脚边的地上。不过它至少是干爽的，不像她刚刚换下的那件一样被她睡觉时的汗水湿透。

恼人的梦一直在她睡觉时折磨着她。关于魔格丁的梦总会让她从床上跳起来，而这也比她没有醒过来的时候要好；她还梦到柏姬泰射向她的箭矢偏了方向；梦到那些先知的追随者们发动暴乱，暴民们冲进马戏团；梦到他们永远地滞留在萨马拉，束手无策，因为再没有船会到这里来了；梦到他们终于到了沙力达，却发现爱莉达已经控制了那里；然后她又梦到魔格丁，让她哭着醒了过来。

当然，这些都只是因为她忧心过度，他们已经在这里停留了三天，却没有一艘船出现。在连续三个闷热的白日里，她都要被蒙上眼睛，站在那块被诅咒的木板前面，即使没有魔格丁的威胁，光是这件事也够让人发疯了。话说回来，魔格丁只是知道她们藏身在某个马戏团里，这并不意味着她能在萨马拉找到她们。除了聚集在这里的许多马戏团之外，这个世界的其他地方还有很多旅行马戏团。理性地分析无须担心的理由很容易，不过真的要做到不担心并不是件简单的事情。

*为什么我会为艾雯担心？*将一根被劈开的小树枝在盥洗架上的一小碟苏打盐水里蘸了蘸，她开始用力地刷起牙。几乎在每个梦里，艾雯都会突然冒出来向她叫喊，但她不知道艾雯是怎么出现在那些梦里的。

实际上，担忧和缺乏睡眠并不是她今早心情恶劣的全部原因，还有另外一些小事，只是它们都是很实际的事情。鞋里有一颗石头自然比不上被砍掉脑袋，但石头毕竟是实际存在的，斧头却不一定会立刻落到脖子上……

她最终总是免不了要看见镜中自己的模样。头发松垂在肩后，没有结成端庄的辫子，无论她怎么梳自己的头发，染在上面那种泛红的黄铜色总是让她厌恶。而且她非常清楚，一套蓝色的裙装正铺展在她背后的床上，那种鲜艳的蓝色即使是匠民女子看了也会眨眼。它的领口像挂在墙钉上那件红艳裙装一样低，所以她才要穿上这种晃晃身子就会掉下去的贴身衬衣。一件这样的衣服还不够——瓦蓝·卢卡是这么认为的。克莱琳正在缝制一件充满挑逗意味的黄色裙装，据说那上面还有镂空的条纹，奈妮薇不想知道什么条纹。

至少那个家伙应该让我选择颜色，她一边想着，一边更加用力地搅动着手里的树枝，*或者是克莱琳也行*。但那个家伙自有主张，从来都不会征求别人的意见，这就是瓦蓝·卢卡。他选择颜色的品位有时候甚至会让奈妮薇忘记那些衣服的低胸领子。*我真该把它扔在他脸上！*但奈妮薇知道，自己不会这么做。柏姬泰总是喜欢穿着这种裙子到处炫耀，脸都不会红一下，这个女人和传说中的那个女英雄完全不一样！但奈妮薇并不会因为柏姬泰就毫不反感地接受这种愚蠢的穿着。她不会与柏姬泰有任何竞争，只不过……“如果你一定要做一件事，”她咬着树枝，口齿不清地嘟囔着，“那么你最好适应它。”

“你在说什么？”伊兰问，“如果你要说话，请先把那东西从牙齿间拿开，那种呜噜声并不好听。”

奈妮薇擦擦下巴，回头瞪了伊兰一眼。伊兰正侧身坐在自己的窄床上，将染成黑色的头发结成辫子。她已经穿上那条缀满小亮片的白裤子，还有那件在颈部有着褶皱花样的紧身衣，那种雪白丝绸的质料实在是有些太透明了。同样缀着金属亮片的白色外衣还放在床上。伊兰也有两套演出服，第三套正在制作当中，她的衣服全都是白色的，不过看起来并不素雅。“伊兰，如果你要穿成这种风格，你就不该用这种姿势坐着，这种样子显得很放荡。”

伊兰赌气地瞪了奈妮薇一眼，不过还是将穿着软鞋的脚放回地上，然后用那种傲慢的方式扬起下巴，“我大概会在今天上午进城去走走，”她一边继续结辫子，一边冷冷地说着，“这辆马车很……闷。”

奈妮薇漱了漱口，大声地将漱口水吐到洗脸盆里。这个车厢确实仿佛是一天比一天狭小了。也许她们确实应该尽量避开旁人的视线，这是她的主意，但现在她开始为这个主意感到后悔。三天时间里，除了演出之外，她一直和伊兰待在这个封闭的空间里。她觉得日子仿佛是过了三个星期，或者是三个月，以前她从没意识到伊兰有着一条多么刻薄的舌头。必须有一艘船到这里，什么样的船都行，她会交出藏在砖炉里的每一枚硬币，每一件珠宝，一切的一切，只要今天她能找到一艘船。“嗯，这样并不会引起别人的注意，对不对？但也许你可以进行一下练习，或者你很喜欢被这条裤子裹住臀部的感觉？”

伊兰的蓝眼睛里闪烁着怒火，她仍然昂着头，用冰冷的语调说道：“昨晚我梦到了艾雯，那时她跟我说到了兰德和凯瑞安，我担心那里出了什么事，尽管你可能根本不担心这个。说到一半的时候，她忽然说你正在变成一个只知道尖叫的悍妇。当然，我并不这么想，我觉得你已经和鱼贩差不多了。”

“现在，听我说，你这个坏脾气的小丫头！如果你不——”

奈妮薇猛地闭上嘴，但仍然用力瞪着伊兰，缓缓地吸着气，她努力迫使自己的声音恢复正常：“你梦到艾雯？”伊兰点了一下头。”她说起兰德和凯瑞安？”年轻的女孩继续结着辫子，只是用夸张的样子翻起眼珠，表示自己的愤怒。奈妮薇松开紧抓在手里的红铜色头发，让自己不要去想该如何教这个该死的安多王女学习一些简单的礼貌。如果她们不能尽快找到一艘船……“如果你能想一想炫耀大腿以外的事，也许这会让你感兴趣——她也出现在我的梦里，她说兰德昨天在凯瑞安赢得一场巨大的胜利。”

“我的两条腿也许有些暴露，”伊兰高声说道，脸颊上出现了两片红晕，“但至少我没有露出我的——你也梦到她了？”

她们很快就交换了梦中的状况，虽然伊兰的舌头还像刚才那般毒辣；奈妮薇也许有充分的理由向艾雯大喊大叫。伊兰也许还在梦里向兰德炫耀了她穿着那套紧身衣的模样——也许还不止这样。奈妮薇的评论可是实话实说。即使如此，很快她们就发现，在两个人梦中出现的艾雯说了同一件事，于是她们就很难对这些梦表示怀疑了。

“她一直在说她是真的在我梦里，”奈妮薇喃喃地说，“但我以为这只是梦的一部分。”艾雯跟她们说过，和某个人在他的梦中交谈是可能的，但她从没说过她能这样做。“为什么我要相信？我的意思是，她说她终于发现兰德一直拿着的一支枪是霄辰人的物品，这太荒谬了。”

“当然，”伊兰有些气恼地挑起一侧眉弓，“就像我们发现赛兰丁和她的思雷狄特一样荒谬，一定还有其他的霄辰流民，奈妮薇，难道他们不会留下几支枪吗？”

为什么这女人的话里总是带着刺？“你倒是很相信这个梦。”

伊兰将结好的辫子甩到背后，然后又傲慢地昂起头：“我就是希望兰德会好好的。”奈妮薇哼了一声。艾雯说过，兰德需要休息几天才能重新站起来，不过伤口已经得到了治疗。对面的女子还在说话：“根本没有人告诉过他，不能过度消耗自己，他不知道过度导引至上力或者在疲惫时进行编织会让他丧命吗？这种危险对他就像对我们一样是存在的。”

那么伊兰是要改变话题了？“也许他不知道，”奈妮薇用甜润的声音对伊兰说，“毕竟没有供男人们学习的白塔。”这让奈妮薇想到另外一些事。“你认为那真的是沙马奥？”

伊兰咬住舌头，将攻击奈妮薇的话咽了回去。她恼怒地瞥了奈妮薇一眼，然后暴躁地叹了一口气。“这跟我们没什么关系，对不对？我们应该考虑的是再次使用那枚戒指，不止是要和艾雯见面，我们还有许多知识要学习。我学到的愈多，就愈了解自己有多么无知。”

“不要。”奈妮薇并不真的以为伊兰立刻就会把那枚戒指特法器拿出来，但还是向砖炉那里后退了一步。“不要在特·雅兰·瑞奥德里乱闯了，我们两人都不要，除非是要去和她见面。”

伊兰似乎并没注意奈妮薇在说些什么，只是自顾自地继续说了下去：“这样做并不需要导引，我们不会泄露行踪的。”她没有看奈妮薇，但声音里仍然藏着刺。她一直认为她们可以使用至上力，只要够小心，就奈妮薇所知，伊兰曾经背着她这样做过。“我打赌，如果今晚我们之中的一个人去石之心大厅，艾雯一定会在那里。想一想，如果我们能在她的梦里和她说话，我们就不必担心会在特·雅兰·瑞奥德里碰到魔格丁了。”

“那么，你认为这是很容易学会的？”奈妮薇淡然地问，“如果真是这样，为什么她没教我们？”奈妮薇的心思并不在这件事上，真正让她担忧的还是魔格丁。伊兰知道这个女人是危险的，但这就像她知道一条毒蛇是危险的一样，伊兰只是知道而已，但真正被这条蛇咬过的是奈妮薇。即使没有魔格丁，如果能不进入梦的世界就进行交流，确实也是一件很有价值的事。

但不管怎样，伊兰还是没理会奈妮薇。“我很疑惑，为什么艾雯一再强调我们不能把这件事告诉任何人，这听起来没什么道理。”她担忧地咬紧了嘴唇。“我们还有一个理由要尽快和她取得联系。她最后一次和我说话的时候，刚说到一半就消失了，我记得那时她突然显得非常惊讶，而且还很害怕。”

奈妮薇深吸了一口气，将两只手紧压在胸前，想抑制住狂跳不止的心脏。最后，她终于用比较平静的语气问了一声："魔格丁？"

"光明啊，你的想法倒真是精彩！不，如果魔格丁能进入我们的梦，我想我们早就知道了。"伊兰微微地哆嗦了一下。她毕竟还是清楚魔格丁有多么危险。"不管怎样，看上去并没有发生这种事，艾雯很害怕，不过还没有害怕到那种程度。"

"那么也许她并不是遇到危险了，也许……"奈妮薇强迫自己放下双手，她恼怒地抿紧嘴唇，只是不知道自己是在对谁生气。

她们应该将那枚戒指好好收起来，只有在与艾雯见面时才使用它，任何冒险进入梦的世界的行动都有可能让她们遇到魔格丁，保持距离才是上策。奈妮薇已经在她面前一败涂地。每次想到这个，奈妮薇都会忿恨满胸，但这是不争的事实。

但艾雯现在需要帮助，也许她们能帮上艾雯的机会不大，也许魔格丁很可怕，但也许她们能做些什么。艾雯说，另一名弃光魔使正在像魔格丁追杀她们那样追杀着兰德，凯瑞安与龙墙的袭击已经让人草木皆兵。奈妮薇不知道自己能为兰德做些什么，而对于艾雯……

有时候，奈妮薇觉得自己已经忘记她是为什么才会离开两河——她是为了保护陷入两仪师罗网的同村年轻人，他们比她小不了几岁，但她是伊蒙村的乡贤。当然，现在村里的妇议团一定已经选出一名新的乡贤，但这并不代表她就不需要对伊蒙村、对她的村民负责了，在她的内心深处，她依旧是一名乡贤。一开始，她是要保护兰德、艾雯、麦特和佩林免受两仪师伤害，后来她变成要帮助他们活下来，最后，无数其他的需要淹没了她最开始的目的。她刚刚进入白塔的时候，一心想着学习到足够的能力，打垮沐瑞，后来却变成了如饥似渴地学习医疗技能。她原来一直痛恨两仪师随意控制别人的生活，现在却希望自己也能成为一名两仪师。不，她并不是真的想成为两仪师，但只有这样，她才能学到更多知识。所有事情都变得像两仪师的罗网那样混乱，她自己也被编进了这张网里，不知道该如何逃脱。

我还是我，我要帮助他们，尽我所能。"今晚，"奈妮薇大声说道，"我要使用那枚戒指。"她坐在床边，开始穿袜子。厚羊毛袜并不适合这样的天气，但至少她一部分的穿着可以保持端庄，厚实的羊毛袜，厚实的鞋子。柏姬泰会穿上浮花锦缎软鞋，薄纱丝袜，那种感觉一定很凉爽。奈妮薇生气地将这个想法赶出脑海。"我只是要看看艾雯是不是在提尔之岩里，如果她不在，我就回来，在定好的下次见面日期之前，我们不能再使用那枚戒指了。"

伊兰看着奈妮薇，眼睛眨也不眨，这让奈妮薇觉得脚上的袜子更不舒服了。这女人一言不发，但她冰冷的目光却暗示出奈妮薇可能在说谎，至少奈妮薇看来是如此。她确实不禁想到睡觉时可以不让戒指碰到自己的皮肤，毕竟她没有什么理由相信艾雯今晚一定会等在石之心大厅，但她绝对没有认真考虑过要这么做，这个想法只是下意识地从脑海里一闪而过。但即使是这样，她也很难正视伊兰的眼睛。她在害怕魔格丁，但承认这点依然让她感到痛苦。

*我会做我必须做的事。*奈妮薇用力压下心中的悸动。当她将衬衣放下，让下摆挡住那双羊毛袜时，她已经迫不及待要穿上那件蓝裙装，走进马车外的炎热中了，因为那样她至少可以躲开伊兰的眼睛。

伊兰刚刚帮奈妮薇扣好背后的小钮扣（她一直嘟囔着没有人帮她穿衣服，仿佛穿裤子也需要别人帮忙似的），马车门突然猛地打开了，一阵热浪立刻冲进车厢里。奈妮薇惊讶地跳起身，双手下意识地捂住了胸口，看到站在台阶上的是柏姬泰而不是瓦蓝·卢卡，她立刻装成是在调整胸口领线的样子。

柏姬泰比奈妮薇高出许多，穿着和奈妮薇一样的亮蓝色裙装。她抚平了裙子在臀部的褶皱，将黑色的粗辫子绕过赤裸的肩膀拉到身前，然后饶有兴味地嬉笑道："如果你想吸引别人的目光，不必玩那些小把戏，那太明显了，只要深呼吸就好了。"她一边说还一边示范着，又看着奈妮薇紧皱眉头的表情笑了起来。

奈妮薇努力控制住自己的脾气，虽然她不知道自己为什么要这样做，她几乎已经不认为自己应该为发生在柏姬泰身上的事而有罪恶感了。加达·森也许会很高兴能甩掉这个女人呢！而且柏姬泰还可以随意处置自己的头发，不像她要把头发染成这种奇怪的颜色，不过这不是奈妮薇看她不顺眼的原因。"玛爱隆，在我们两河也有一些和你一样的人，比如卡勒·科普林，她能说出每一个商人保镖的名字，而她对他们来说绝对没有任何秘密可言。"

柏姬泰微笑的面容变得僵硬了："我也曾经认识过一个像你一样的女人，曼瑟娜总是睥睨男人，一个不小心看见她裸泳的可怜家伙还被她判了死刑。她甚至一直都没有接过吻，直到泽雷斯从她那里偷了一个吻。你会认为她从那个时候才第一次认识了男人，因为她开始热情如火，一发不可收拾，泽雷斯为了躲避她，不得不逃进深山里生活。小心第一个吻你的男人，他迟早都会来的。"

奈妮薇握紧拳头，向柏姬泰走近一步——或者她是想这样做的——不知怎么回事，伊兰高举着双手，出现在她和柏姬泰之间。

"你们两个都立刻停下来！"伊兰用同等严厉的目光看着两个人，"莉妮总是说：'等待会让男人变成谷仓里的熊，让女人变成麻袋里的猫。'但你们也不用现在就伸爪子互相乱抓！我已经受不了了！"

让奈妮薇惊讶的是，柏姬泰红着脸，闷闷不乐地低声道了歉，当然，她道歉的对象是伊兰。柏姬泰选择听从伊兰的命令，她并不需要掩饰这一点，但这三天的酷热显然对她和伊兰都有着同样糟糕的影响。而奈妮薇自己则用最冷的目光瞪了王女一眼。奈妮薇觉得自己在这种笼居中好歹还算维持了一个比较平稳的情绪，但伊兰显然没有做得像她一样好。

"现在，"伊兰依然用那种冰冷的语气说道，"你这么像公牛一样冲进来是因为很有必要，还是仅仅因为你忘了敲门?"

奈妮薇张开嘴，想说些关于猫的话(只是一个温和的提醒)，但柏姬泰抢在她前面说话了，虽然弓箭手的声音显然比奈妮薇想象的更紧张。

"汤姆和泽凌从城里回来了。"

"回来了!"奈妮薇喊道。柏姬泰瞥了她一眼，然后又转头看着伊兰。

"不是你派他们去的?"

"我没有。"伊兰冷冷地说。

伊兰说完就走出马车，柏姬泰紧随在她身后。奈妮薇连一个字都没来得及说出口，只好一边嘟囔着，一边跟了上去。伊兰最好不要忽然认为她自己成了发号施令的人，奈妮薇还没原谅她那种暴露的穿着呢!

车厢外的干热更加让人难以忍受，然而太阳的下沿还贴在围住场地的帆布墙上。还没等奈妮薇走下马车的台阶，汗水已经从她的眉间冒了出来，但这次她的脸色没有任何改变。

那两个男人坐在火堆旁的三腿凳子上，脏乱的头发和衣服仿佛是刚从土里滚出来的一样。汤姆将一块布压在头上，一股红色的细流还挂在那块布的下面，他的一侧脸颊上全都是干结的血痂，就连白色的长胡子也被染红了一边。泽凌的眼睛旁边鼓起一个鸡蛋大小的瘀肿，他握着那根带结木杖的手上粗略地裹了一条染血的绷带，那顶可笑的锥形红帽子戴在他的脑后，看上去像是被踩扁了。

听帆布墙场地中传来的声音，管马人已经在清理笼子了。赛兰丁肯定在她的思雷狄特那里，其他人都不会靠近那些巨兽，不过马车营地里还算平静。派塔正叼着他的长柄烟斗，帮克莱琳准备他们的早餐。一对查瓦那兄弟正在和那个名叫穆萼伶的杂技演员一同研究着某样装备，而班和金两人则正在跟两名从西里阿·赛朗那儿雇来的女杂耍演员窃窃私语。瓦蓝·卢卡一共从那个马戏团中雇用了六名杂耍演员，她们宣称自己是穆拉萨卡六姐妹，虽然彼此肤色与瞳色的差异比查瓦那兄弟还大。其中两姐妹与巴瑞特和塔瑞克在一起，一人蓝眼白发，另一人的肤色却几乎和瞳色一样黑。大家都已经穿上了演出服装，男人们赤裸着胸膛，穿着五颜六色的裤子；穆萼伶穿着紧身背心和红色薄纱；克莱琳穿着高领裙装，上面缀了许多绿色亮片。

汤姆和泽凌吸引了几个人的注意，幸运的是，没有人认为应该过来询问一下他们的状况。也许是因为他们那副颓丧的坐姿——他们都垮着肩膀，眼睛盯着靴底的地面。毫无疑问，他们知道奈妮薇会用舌头剥了他们的皮。奈妮薇确实有这种打算。

但伊兰一看到他们的样子，立刻大惊失色地跑过去，跪在汤姆身边。刚才她脸上的那股怒气全都消失了。“出了什么事？哦，汤姆，你可怜的脑袋，一定很痛吧！我没办法帮你。奈妮薇会带你进马车，为你治伤的。汤姆，你这种年纪不能再受这么重的伤了。”

汤姆恼怒地推开伊兰，同时还要注意固定住头上的敷布。“不用管我，孩子，我以前摔下床时受的伤比这个还严重，你就不能少管一些吗？”

奈妮薇并不打算进行什么治疗，尽管她已经愤怒得足以导引了。她双手叉腰站在泽凌面前，用不容辩驳、要对方立刻从实招来的语气说道：“你们这是什么意思？不告诉我一声就偷偷溜出去？”她这也是要让伊兰知道有权力发号施令的是谁。“如果你的喉咙被割开，而不止是在眼睛上多了个包，我们又怎么知道你出了什么事？你们没有理由溜出去，没有理由！我已经安排好找船的事了。”

泽凌抬头瞪了她一眼，将帽子推到额头上。“安排好了？所以你们三个才这么大摇大摆地——”汤姆来回摇晃着发出响亮的呻吟声，泽凌立刻闭上了嘴。

老走唱人一边大声嚷嚷着自己的伤口早就不疼了，现在就连参加舞会也没问题，一边制止着伊兰喋喋不休的询问，同时意味深长地偷瞥了泽凌一眼，他显然以为女人们都没看见。奈妮薇用危险的眼光瞪着这个皮肤黝黑的提尔人，一心想要知道这个男人认为她们在大摇大摆地干什么。

泽凌却只是用严肃的口吻说：“我们这次出去是应该的。萨马拉就像是一大块被银梭子鱼群围住的鲜肉，每条街巷里都塞满了暴徒，他们在捕猎暗黑之友和所有不向先知——即真龙代言者欢呼的人。”

“那是三个小时以前开始的，在靠近河边的地方，”汤姆插话进来。伊兰这时正用一条蘸湿的毛巾为他擦脸，让他不由得叹了口气，他显然正在竭力不去理会伊兰无休止地唠叨。奈妮薇听到伊兰不止一次用又怜又恼的语气说着“老傻瓜”和“一定要有人照顾你，不能让你把命都丢了”。而汤姆则是对奈妮薇继续说道：“我不知道那是怎么开始的，我听到他们在咒骂两仪师、白袍众，还有兽魔人。他们全部人都骂了，就差霄辰人，如果他们知道这个名字的话，一定也会开骂的。”伊兰用力按了按，让他退缩了一下。“最后我们自己也陷了进去，反而没查出东西来。”

“着火了！”柏姬泰说。派塔和他的妻子注意到柏姬泰的动作，站起身，担忧地朝她指的方向望去。在城镇的方向腾起两股黑烟。

泽凌站起身，毫不退让地盯着奈妮薇的眼睛：“是离开的时候了，现在我们大概也不用害怕魔格丁会找到我们，到处都是拼命逃难的人群。再过两个小时，那里就不会只有两处地方失火，而是会有五十处。如果我们被暴徒撕成碎片，也就不必躲开魔格丁了，那帮暴徒在毁掉城镇之后就会向这边来。”

“不要说出那个名字！”奈妮薇厉声说道。这么说的时候，她朝伊兰皱了皱眉，而那个女孩根本没看见。让男人知道太多永远都是个错误，虽然泽凌是对的。“我会考虑你的建议，泽凌，我讨厌毫无原因的逃跑，更不希望在我们离开之后这里却来了一艘船。”泽凌瞪着奈妮薇，仿佛奈妮薇已经疯了。虽然伊兰用一只手捧住了汤姆的下巴以便擦洗，但走唱人还是摇了摇头。这时，一个穿过马车的身影让奈妮薇的眼睛一亮。“也许船已经来了。”

乌诺绘着火红色眼睛的眼罩、脸上的伤疤、秃头上的顶髻和背后的大剑让派塔和查瓦那兄弟向他点了点头，穆萼伶却哆嗦了一下。他每天傍晚的时候都会来营地一趟，但一直没有带来过有用的讯息。现在他的出现一定意味着发生了什么特别的事情。

像平时一样，他一看见柏姬泰就朝她笑了笑，然后转动着他的独眼，有些夸张地盯着她暴露的胸口。也像平时一样，柏姬泰向乌诺还以笑容，并慵懒地上下打量着他。只是这一次，奈妮薇完全不在乎他们的这种行为有什么不妥。“有船了吗？”

乌诺的笑容退去。“有了一艘该……船，”他边说边皱紧了眉头，“如果我能让你们平安到达那里的话。”

“我们知道发生暴乱了，十五名夏纳人肯定能保护我们的安全吧！”

“你们知道发生暴乱了。”乌诺喃喃地说着，转头看了汤姆和泽凌一眼，“你们火烧……你们知道马希玛的人正在街上和白袍众作战吗？你们知不知道他该……他已经命令他的人用火和剑占领阿玛迪西亚？已经有几千人跨过那条该……啊……那条河了。”

“大概吧！”奈妮薇坚决地说，“但我认为你会信守承诺，你说过会遵从我的命令，你可别忘记这点。”她稍微在“我的”二字上加强了一点语气，同时别有用意地看了伊兰一眼。

伊兰装作毫无察觉的样子，拿着满是血渍的手巾站起身，把注意力转向乌诺。“一直都有人告诉我，夏纳人是这个世界上最勇敢的战士。”她原先像剃刀一样锋利的声音，突然变得像丝绸和蜂蜜一样柔滑甜润，“我在小时候听过许多夏纳勇士的故事，”她将一只手放在汤姆的肩膀上，但眼睛还是望着乌诺，“我还记得那些故事，我希望我能一直记得它们。”

柏姬泰走到乌诺身边，伸手按摩乌诺的颈后，同时直视着他的双眼，乌诺眼罩上那个恶狠狠的红眼睛似乎对她没有任何影响。“守卫了妖境三千年，”她温柔地说。温柔，两天来，她从没对奈妮薇这样说过话！“三千年岁月，无论流多少鲜血，也绝不会后退一步。也许已经不再是安卡拉，或者是索拉勒·斯帝普，但我知道你能做得到。”

“你在干什么，”乌诺咆哮道，“唠叨火烧的边境国历史吗？”说完这句话，他立刻有些畏缩地望了奈妮薇一眼。奈妮薇已经告诉过乌诺，要把话里所有的脏字都拿掉，但这种要求对这名夏纳人来说显然太严苛了。奈妮薇认为柏姬泰当然不应该为了这个就朝她皱眉。“你们能和她们谈谈吗？”乌诺指了指汤姆和泽凌，“她们竟然想这么做，真是火……傻瓜。”

泽凌挥了挥双手，汤姆则笑出了声。“难道你曾见过能听进去道理的女人吗？”走唱人说道，立刻又猛哼了一声——伊兰将压住他伤口的布巾撕下来，用也许是有些过大的力量擦拭着他裂开的伤口。

乌诺摇了摇头：“嗯，要陷进去的话，总是会陷进去。但是记住一点：马希玛的人找到了一艘船——水蛇号，或者是类似的什么名字，它刚刚靠岸不到一个小时，又落入白袍众的手里，这场小动乱也是因为这个开始的。坏消息是白袍众仍然占据着港口。更糟的是，马希玛似乎已经忘记了那艘船，但是他懒得一一吩咐所有的信众也跟着他一起忘记。我去找过他，他好像完全没听说过任何关于船的事，只是不停地谈论着要吊死所有的白袍众，让阿玛迪西亚跪伏在真龙脚下，否则他就把那个地方烧成焦土。在河边发生了激烈的战斗，也许那里现在还在打，能让你们安全地从那些暴徒中走过去并不容易，但如果那里还有战斗，我就更没办法做出任何保证了。而且我还不知道该怎么把你们带到一艘白袍众手中的船上去。”他长长地呼出一口气，用满是伤疤的手抹去额头的汗水。这么长一段不带脏字的演说，肯定费了他不少力气。

奈妮薇此刻本来也许会同情乌诺的用字遣词，但是她已经因为这个讯息而震惊得说不出话来了。*这一定只是巧合。光明啊，我是为了要找到一艘船，但我没想到会出这种事，不该是这样的！*她不知道为什么伊兰和柏姬泰会用那种毫无表情的目光看着她，她们知道她都做了些什么，但她们一定也没想到会出现这种状况。而三个男人只能皱起眉互相交换着询问的眼神，显然对这一切一无所知。奈妮薇觉得她应该为此而感谢一下光明，他们确实不该什么都知道。这一定是巧合。

这时，一个男人穿过马车走了过来，奈妮薇很乐意将目光转移到他身上，这让她有理由躲开伊兰和柏姬泰的目光。但看清楚走过来的人是加拉德，她的心立刻沉到了脚底下。

加拉德穿着一件朴素的棕色外衣和一顶天鹅绒扁帽，没有穿他的白色罩袍和光亮的盔甲，但佩剑还挂在腰间。加拉德以前从没来过这处营地，他的面孔很快就在马车间引起相当有戏剧性的效果。穆萼伶不自觉地向他走了一步，两名苗条的杂技演员也半张着嘴靠了过去。查瓦那兄弟完全被忘记了，他们只好皱着眉头，盯着眼前发生的一切。就连克莱琳也在看到他的时候慌忙整理着身上的裙子，直到派塔从嘴边拿开烟斗，说了些什么，克莱琳便走到派塔所坐的凳子旁，笑着把派塔的脸靠在自己丰满的胸脯上，但她的视线仍然越过丈夫的头顶，一直跟随着加拉德。

奈妮薇毫无心情去欣赏加拉德的俊美容貌，她的呼吸没有半点急促。"是你干的，对不对？"还没等加拉德走到她面前，她问道，"你控制了水蛇号，为什么？"

"是水毒蛇号，"加拉德纠正了她的错误，同时用难以置信的眼神看着奈妮薇，"是你要我为你找一艘船的。"

"但我没有要你引发一场暴动！"

"一场暴动？"伊兰插嘴说，"那是一场战争，一场侵略，全都是一艘船引起的。"

加拉德平静地答道："我已经答应了奈妮薇，妹妹，我最重要的责任就是确保你能安全返回凯姆林，当然，还有奈妮薇。圣光之子迟早要和这个先知开战。"

"你就不能把有船的讯息告诉我们就好吗？"奈妮薇虚弱地问。男人总是有他们自己的想法，有时他们这种独断专行的风格确实让人感到羡慕，但她现在只觉得自己当初应该听听伊兰对这个男人的评价。

"我不知道这个先知想要一艘船干什么，但我不认为他们是为了供你们顺流而下才占船的。"奈妮薇听到这里，不禁哆嗦了一下。"而且，我在那艘船卸货时替你们给了船长船钱，然后我留下两个人看着那艘船，免得他偷溜掉。一个小时之后，一个看船的人跑来告诉我，他的同伴已经死了，先知强占了那艘船。你为什么心烦？你们需要一艘船，我已经为你们找到了一艘。"加拉德皱起眉，看了汤姆和泽凌一眼。"她们怎么了？为什么一直挤眉弄眼？"

“女人。”泽凌只说了这么一声，就被柏姬泰拍了一下后脑。他抬头瞪了柏姬泰一眼。

“马蝇要叮你。”弓箭手嬉笑着说。泽凌调整了一下歪了的帽子，生气的眼神变成了不确定的样子。

“我们可以在这里坐上一整天，讨论谁对谁错，”汤姆淡然地说，“或者我们可以到那艘船上去，既然船费已经付了，大概也要不回来了。”

奈妮薇又咳嗽了一下。无论汤姆这么说的用意为何，她知道自己是怎么理解这段话的。

“现在到河边可能会遇到危险。”加拉德说，“我穿上这身衣服是因为圣光之子此时在萨马拉已经不受欢迎了，然而那些暴徒可能会伤害任何人。”他犹疑地看了一眼白发白须的汤姆，和看上去比汤姆好不了多少的泽凌——尽管蓬头垢面，这名提尔人也愤怒得想老拳相向——然后转向了乌诺：“你的朋友在哪里？在我找到我的人之前，即使多一把剑也好。”

乌诺的微笑显得相当凶恶，很显然的，他对加拉德的好感并不比他们第一次见面时来得多。“他会来的，也许还会多一两个人，我会把她们护送到码头的，如果你的白袍众能守住那里的话。如果不行，也不要紧。”

伊兰张开嘴，但奈妮薇立刻就说道：“够了，你们两个！”伊兰想再试试她甜润的嗓音。这个办法也许会有用，但她现在只想找个借口骂人，任何借口都行。“我们需要尽快行动。”奈妮薇知道，自己原来应该考虑一下让两个疯子去完成同一个任务是否会造成某些意外。“乌诺，尽快集合你所有的人。”乌诺想告诉她，他们已经等在营地外了，但奈妮薇没有容他开口。他们全都是疯子，他们两人都是，所有的男人都是疯子！“加拉德，你——”

“起来！”瓦蓝的喊声打断了她的话。马戏团主一瘸一拐地跑过马车，脸上还有一块瘀伤，红斗篷已经脏污破损了，看来，今天早晨不是只有汤姆和泽凌进城去了。“巴瑞特，去告诉管马的，立刻准备好车队！我们只能放弃那些帆布篷了。”说出这句话的时候，他的面孔扭曲了一下，“但我要在一个小时内上路！安黛亚、瑰安，把你们的姐妹都拖出来！把所有还在睡觉的人都叫醒，如果他们在洗漱，就叫他们立刻穿好脏衣服，否则就光着身子出来吧！快点，除非你们准备宣誓效忠先知，并向阿玛迪西亚进军！卿·亚齐马和他半数的演员已经丢了脑袋；西里阿·赛朗和她的十几名演员因为速度太慢而被抽了鞭子！快点！”这时候，除了奈妮薇马车外面的人之外，营地里所有的人都开始忙乱起来。

瓦蓝拖着瘸腿跑到奈妮薇一群人面前，用警戒的眼光打量着加拉德和乌诺，虽然他以前见过这个独眼男人不止一次。“奈娜，我想和你谈谈，”他低声说，“单独谈谈。”

“我们不会和你走的，瓦蓝先生。”她对瓦蓝说。

“单独谈谈。”瓦蓝抓住她的手臂，把她向一旁拖去。

奈妮薇回头想叮嘱其他人不要来阻止他们，却发现并没有这个必要。伊兰和柏姬泰飞快地跑向了被帆布墙围住的场地，那四个男人只是瞥了她和瓦蓝一眼，就聚在一起聊了起来。奈妮薇重重地哼了一声，真是一帮好男人，看见一名女子被强行拖走，却连问也不问一声。

奈妮薇挣脱开手臂，大步走在瓦蓝身边，在腿上来回摆动的丝绸裙子更加增添了她的不悦。“我猜你是想要钱了，反正现在我们要走了，好吧，你会得到那些钱的，一百金币。但我想，我们要留下的马车和马匹也应该值些钱。还有，我们肯定为你增加了不少观众，摩瑞琳和泽凌的走高索、我被射的那些箭、汤姆——”

“你以为我想要金子，女人？”瓦蓝转过身直视着她，“如果我真的想要金子，我在过河的第一天就会向你们要了！我要过吗？你有没有想过这是为什么？”

尽管不愿意，奈妮薇还是后退了一步，她用力将双臂抱在胸前，想摆出一副强硬的姿态，却立刻又后悔这么做了——这个姿势让她暴露出更多的胸部。但她仍然顽固地抱着手臂，不想让瓦蓝以为她在害羞，尤其在她真的感到害羞的时候。让奈妮薇感到惊讶的是，瓦蓝仍然只是望着她的眼睛。也许这个马戏团主真的是病了，以前瓦蓝从没放弃过窥看她胸部的机会。如果瓦蓝对乳房和黄金都不感兴趣……“如果不是要金币，那为什么你要和我单独说话？”

“我在从城里回来的路上，”瓦蓝缓缓地说着，向前走了一步，“我一直在想，现在你终于要走了。”奈妮薇拒绝继续后退，虽然瓦蓝几乎已经碰到了她的身子，至少他依旧只是凝视着她的眼睛。“我不知道你在逃避什么，奈娜，有时候，我几乎相信你的故事了。至少，摩瑞琳肯定有贵族的气质，但你绝对不是一名贴身侍女。最近这几天里，我几乎以为你们就要互相抓着头发，滚在地上厮打一番了，或者玛爱隆也会和你打一架。”一定已经在奈妮薇的脸上看见了什么，所以他清清喉咙，加快了说话的速度：“重点是，我能找别人作玛爱隆的靶子。你尖叫得是那么美妙，任何人都会以为你是真的在害怕，但——”他又清清喉咙，后退了一步，用更快的速度说：“我想说的是，我希望你能留下来，这个世界很大，有上千座城市正等着我们去做表演。只要你和我在一起，无论是谁在追你，他都不会找到你，有几个还没渡河的卿和西里阿的人已经跟了我，瓦蓝·卢卡的演出将是这个世界上最伟大的演出。”

“留下？我为什么要留下？我从一开始就告诉过你，我们只想去海丹，现在也没有任何改变。”

“为什么？当然是留下来和我一起养育几个孩子。”瓦蓝一把握住奈妮薇的双手，“奈娜，你的眼睛吸走了我的灵魂，你的嘴唇点燃了我的心，你的肩膀让我的脉搏加速，你的——”

奈妮薇急忙打断他的话，带着难以置信的神情说：“你想和我结婚？”

“结婚？”瓦蓝眨眨眼，“嗯……唔……是的，是的，当然。”他的声音恢复了力量，同时他将奈妮薇的手指按在自己的嘴唇上。“我们会在我们到达的下一个城市中举行婚礼，我从没要求过别的女人嫁给我。”

“我非常相信这一点。”奈妮薇虚弱地说道，她用了一些力气才把两只手拉了回来，“我对此很感荣幸，瓦蓝先生，但——”

“瓦蓝，奈娜，叫我瓦蓝就好。”

“但我必须拒绝你，我已经和别人订婚了。”是的，从某种角度来讲，她说的没错，岚·人龙也许认为他的玺戒只是一件礼物，但她并不这么想。“而且我要走了。”

“我真该把你捆起来，扛着你一起逃走。”瓦蓝用他的斗篷耍了一个花式，却因为斗篷上的脏污和破损而显得不那么好看。“只要再过一段时间，你就会忘掉那个家伙的。”

“你有胆就试试，我会让乌诺把你变成几段香肠。”这种威胁似乎没能让这个蠢男人有所退缩，奈妮薇用一根手指狠狠戳了一下他的胸口。“你不了解我，瓦蓝，我的一切你都不了解。你小看了我的敌人，他们会剥掉你的皮，再让你在自己的骨骼上跳舞，而且这已经算是你得感激的好运了。现在我要走了，我没时间听你瞎说。不，什么都不要说了！你改变不了我的决定，所以你也不用再鬼扯了。”

瓦蓝重重地叹了口气：“对我来说，你是惟一的女人，奈娜，我不会像其他男人那样，怀着一颗悸动不安的心躲在一旁唉声叹气。一个接近你的男人应该知道，他必须走过火焰，空手驯服一头雌狮，每一天都是一次冒险，每一晚……”他的微笑几乎为他赢得了一个耳光。“我会再找到你的，奈娜，你最终会选择我的，我这里知道。”他夸张地按了一下自己的心口，然后他摘下帽子，耍了一个更加自命不凡的花式。“而你也知道，我最心爱的奈娜，在你美丽的心里，你一定知道。”

奈妮薇不知道是该摇头还是吃惊，男人全都是疯子，所有男人都是。

瓦蓝坚持要护送奈妮薇回马车，一路上，他挽着奈妮薇的手臂，仿佛他们是在舞会上一样。

伊兰快步跑过一团混乱的营地，管马人正忙着把马匹套上马车。人喊、马嘶、熊吼、豹啸混在一起，形成一片震耳欲聋的喧嚣。伊兰发现自己一边跑，一边还在不停地嘟囔着。奈妮薇根本没资格说她的大腿，伊兰明明看见她在瓦蓝·卢卡和加拉德走过来的时候，是怎么样站直了身子，胸口的起伏也变得更厉害了。她并不是特别喜欢穿裤子，只是裤子确实比裙子更舒服，而且也比裙子更凉快。现在她几乎明白为什么明会选择穿男人的衣服，只是要习惯外衣的下摆不能像裙子那样遮住臀部的感觉，确实有些困难，不过她现在终于也习惯这件事了。当然，她不打算让奈妮薇知道，这女人可真是口无遮拦。她实在是应该知道，加拉德为了实现诺言，什么都不会顾忌，她早就不止一次提醒过奈妮薇了。现在就连那个先知也卷了进来！奈妮薇根本就没认真想想她在干什么。

"你刚才在说什么？"柏姬泰问。为了能跟上伊兰的步伐，她将裙摆提在手中，使得双腿从蓝浮花丝鞋一直到膝盖以上的地方都露了出来，但她却没有任何羞愧的表情，那双薄薄的丝袜肯定没有伊兰的紧身裤更能遮住双腿。

伊兰猛地停下来："你对我这身衣服的看法如何？"

"行动起来很方便。"柏姬泰避重就轻地说。伊兰点了点头。"当然，幸好你的臀部不会太大，要不然绷得那么紧——"

伊兰迈开大步向前奔去，一边还拼命地向下拉着外衣。奈妮薇的舌头固然毒辣，但永远比不上柏姬泰，她真应该让柏姬泰立下服从的誓言，或者至少要让她对自己表示一点应有的尊敬。她要小心记住这一点，等将来约缚兰德的时候，这会是很有用的经验。柏姬泰这时追了上来，弓箭手的脸色并不好，她大概不喜欢这么没命地奔跑。两个人都没有再说话。

淡色头发的霄辰女子穿着缀满绿色亮片的衣服，正用棒子引导巨大的公思雷狄特，让它用头颅推动装有黑鬃狮子的重型马车。一名穿着破旧皮背心的管马人抓住车轭，要将马车的位置调整到一个可以套上马匹的位置。马车上，笼中的狮子不停地来回走动，甩动着尾巴，偶尔还会闷吼几声。

"赛兰丁，"伊兰说，"我必须和你谈谈。"

"再等一会儿，摩瑞琳。"赛兰丁的话语快速而模糊，伊兰差点就没听清楚她在说什么。

"现在，赛兰丁，我们没时间了。"

但直到那个管马人喊着说马车已经就位了，赛兰丁才让思雷狄特停住，转过身不耐烦地对伊兰说："你要说什么，摩瑞琳？我还有很多事要做，我还要去换衣服，这条裙子并不适合走远路。"站在她身后的巨兽却显得很有耐心。

伊兰暗中咬了咬牙："我们要走了，赛兰丁。"

"是的，我知道，发生了暴动，不该发生这样的事。如果那个先知想要伤害我们，他会知道莫尔和桑妮能做出什么反击。"她转身用棒子搔了搔莫尔满是褶皱的肩膀，莫尔也用长鼻子碰了碰她的肩头。赛兰丁称它的鼻子叫"树干"。"有些人更喜欢在战场上使用劳帕或者古姆蟾，但只要正确地使用思雷狄特——"

"安静听我说，"伊兰坚定地说。面对这个迟钝的霄辰女人和抱着双臂站在旁边的柏姬泰，她真是很难保持平静，她确定柏姬泰随时准备要打断她的话。"我不是说要和马戏团一起走，我和奈娜要自己走，我希望你也和我们一起。我们今天早晨找到了船，再过几个小时，我们就能永远地离开那名先知的势力范围了。"

赛兰丁缓慢地摇着头："河上的那些小舟无法载运思雷狄特，摩瑞琳。即使你找到一艘够大的船，它们和你们在一起又能做些什么？我又能做些什么？离开瓦蓝先生，我和它们就挣不到什么钱，即使加上你的走高索、玛爱隆的弓箭和汤姆的戏法也不行。不，我们最好还是留在马戏团里。"

"只能把思雷狄特留下了。"伊兰不得不承认这一点，"但我相信瓦蓝先生一定会好好照顾它们，我们不会再需要演出了，赛兰丁。我要去的地方有人会想知道——"她意识到那个管马人就站在她们身边，便下意识地顿了一下。管马人是个瘦子，却有一个肥大的圆鼻子。"会有人想知道你是从什么地方来的，不止是你告诉我们的那些。"管马人并没有在意她们说了些什么，他的目光只是在柏姬泰的胸部和伊兰的双腿之间来回游移。伊兰用阴沉的眼神看着他，直到他抛给她们一个傲慢又令人厌恶的笑容，然后跑去完成他的任务了。

赛兰丁又摇了摇头："要我把莫尔、桑妮和奈玲留给害怕靠近它们的人照顾？不，摩瑞琳，我们会留在瓦蓝先生这里，你们最好也留下来。还记得你刚来的那一天是多么狼狈吗？你不会想再沦落成那样的。"

伊兰深吸一口气，又向赛兰丁走近一步，除了柏姬泰之外，附近已经没有别人了，但她不想因为自己的疏忽而导致任何差错。"赛兰丁，我真正的名字是传坎家族的伊兰，安多的王女，将来有一天，我会成为安多的女王。"

根据这个女人在她们相逢第一天时的表现，以及她告诉她们的关于霄辰的状况，这个名号足以让她放弃任何反抗。然而，赛兰丁只是直视着伊兰的眼睛。"你刚来的时候，说你是一位女士，但……"她又看了伊兰的双腿一眼，咬咬嘴唇，"你是一名非常优秀的走索人，摩瑞琳，只要有足够的练习，总有一天你将能在女王面前表演。每个人都有自己的位置，每个人都属于他自己的位置。"

片刻之间，伊兰的嘴无声地开合了几下。赛兰丁不相信她！“我已经浪费了许多时间，赛兰丁。”

伊兰伸手抓住赛兰丁的手臂，如果有必要，她会就这样把赛兰丁抓走。但赛兰丁反抓住她的手一拧，双眼圆睁的伊兰叫喊一声，踮起了脚尖，觉得自己马上就要脱臼了，腕骨似乎也立刻就要断了。柏姬泰只是站在旁边，双臂仍然抱在胸前，甚至还带着疑问的神情挑起了一侧的眉弓！

伊兰咬紧了牙，她绝对不会求救的。“放开我，赛兰丁，”她希望自己的声音不会显得那么窒息，“我说了，放开我！”

片刻之后，赛兰丁依她的话做了，同时警觉地向后退了一步。“你是我的朋友，摩瑞琳，永远都会是，将来你可能会成为女士，你有这种气质，如果你吸引了一位贵人，他也许会让你成为他的一名姬妾，姬妾有时会成为正妻。愿你走在光明之中，摩瑞琳，我必须完成我的工作。”她伸出棍棒，让莫尔将鼻子缠在上面，然后带着那只巨兽踏着沉重的步伐走开了。

“赛兰丁，”伊兰大喊着说，“赛兰丁！”淡色头发的女人没有回头。伊兰瞪了柏姬泰一眼：“你倒真是帮忙了。”没等柏姬泰回答，她就转头迈着大步走了。

柏姬泰追到伊兰身边。“我曾经听说过，也曾经亲眼见过你用了许多时间教她要有主见，你希望我帮你把骨气再从她身上拿走吗？”

“我并没有做过这样的事。”伊兰嘟囔道，“我只是想要照顾她，她远离家乡，无论到什么地方都是个陌生人。如果有些人知道她来自什么地方，他们一定不会好好对待她的。”

“她似乎有能力照顾自己，”柏姬泰淡然地说，“不过话说回来，这也许同样是你教给她的？也许她在你找到她之前只是个弱女子？”伊兰冰冷的目光对柏姬泰毫无影响，如同冰块滑下热钢。

“你只是在冷眼旁观，你应该是我的——”伊兰向周围瞥了一眼，她只是飞快地一瞥，但有好几名管马人将头转向了一边，“我的护法，你应该在我不能导引的时候保护我。”

柏姬泰也向周围扫视了一圈，不幸的是，周围并没有人可以让她管住自己的舌头。“我会在你遇到危险的时候保护你，但如果你只是像一个被宠坏的孩子那样被别人惩罚一下，也许让你受一点教训会帮助你避开真正的危险。你竟然告诉她你是王位的继承人！真是的！如果你要成为两仪师，你最好现在就开始练习该如何扭曲事实，而不是把它打成碎片。”

伊兰张大了嘴，猛地哆嗦了一阵，才终于能开口说道：“但我真的是！”

“是吗？”柏姬泰转动着眼珠，望向伊兰缀满亮片的裤子。

伊兰感觉自己快崩溃了，奈妮薇的舌头如同一根钢针，赛兰丁比两头骡子更顽固，而现在柏姬泰还对她这样。她猛地仰起头，发出一阵充满挫败感的尖叫。

当伊兰的叫声停下来的时候，仿佛那些动物们也都变得沉默了。管马人都站在原地盯着她，她却只是冷冷地对周围的一切视而不见。现在没有任何东西能摧毁她的仪态了，她要像冰块一样冷静，完美地控制自己。

“这是寻求帮助的喊叫吗？”柏姬泰歪着头问道，“或者是你饿了？我想我能找到一位奶妈——”

伊兰又发出一声足以震撼任何一头豹的尖叫，飞快地跑走了。

第48章

告　别

当伊兰回到马车旁的时候，奈妮薇正一边换上一身正经的衣裙，一边还在夸张地抱怨着要自己一个人对付裙装背后的那些扣子。这是一套朴素的灰色羊毛裙，质料和剪裁都很不错，但肯定算不上精致。这身衣服在任何地方都不会显得非常惹眼，但在这种天气里无疑会显得很热。然而，她依旧很庆幸自己的穿着终于又恢复端庄了。但不知为什么，她也有种奇怪的感觉，仿佛自己穿了太多衣服，这一定是因为天气炎热的关系。

一穿好衣服，她立刻跪倒在小砖炉前面，打开铁制的炉门。

那枚扭曲的石戒指被牢牢地放进她腰间的口袋里，和岚的沉重玺戒、她的黄金巨蛇戒放在一起。爱麦瑟拉给她们的镀金珠宝小箱子和她从马戴辛的伦蒂·麦克拉那里得到的草药、小药臼、药杵都被放进了皮口袋里。她刻意用指尖隔着装药的小袋子一一辨别了每个袋子里装的草药——从百药草到可怕的叉根，然后是可以支领巨额钱款的授权书。六个钱袋中的三个已经不那么饱满了，里面的钱支付了马戏团前来海丹一路上的花费。也许瓦蓝对那一百枚金币没什么兴趣，但他在路费上绝对没有半点含糊。玉座的授权信和戒指放在一起，在萨马拉这里，跟塔瓦隆相关的讯息至今只有一些发生灾祸的模糊谣言，她也许还能用到这封信，即使信上签名的是史汪·桑辰。那只暗色木匣被她留在了原地，旁边是另外三个钱袋，还有那个装着罪铐的粗黄麻口袋，她完全不想去碰后者。最后是伊兰在那个遇见魔格丁的不幸夜晚找到的银箭。

片刻之间，她皱起眉盯着那支箭，脑子里回想着魔格丁，要尽一切可能躲开那个弃光魔使。我曾经击败过她！而她们第二次遭遇的时候，奈妮薇却像一根被挂在厨房屋梁上的香肠，如果不是柏姬泰……是她自己做出的选择，那女人是这么说的。这是事实。我可以再次打败她。我可以的，但如果我失败了……如果她失败了……

她知道自己只是不想去碰炉子最深处的那个软皮袋，它给她带来的嫌恶感丝毫不亚于想到自己败在魔格丁手里的时候。她深吸了一口气，小心地伸手进去，拖着软皮袋的系口细绳把它拖了出来。她立刻就觉得自己做错了，她的手似乎就浸泡在邪恶之中，比以往任何时候都更加强大的邪恶，仿佛暗帝就被封在这块昆达雅石中，正在全力攻破它。将它拿在手里，那种感觉比落在魔格丁手里还糟糕。幻想和现实是天差地远的，这一定是幻想，虽然她在坦其克的时候还没有这种感觉。她真希望能让伊兰拿着这道封印，或者就把它丢在这里。

不要傻了，她严厉地对自己说，它封死了暗帝的牢狱，你只是在胡思乱想。但她仍然把那个袋子像扔死了一周的老鼠一样，丢在瓦蓝给她的红色裙装上，然后手忙脚乱地把那东西紧紧地捆扎起来。这个丝绸的小袋被扔到她要带走的一堆衣服中间，随它们一同被放进她的灰色旅行斗篷里。一两寸的间隔终于挡住了那种阴森的感觉，但她还是想好好把手洗一下。如果她能忘记这个东西就好了。她真是在说傻话，伊兰一定会嘲笑她的，还有柏姬泰，而且她们会笑得理直气壮。

实际上，她把要带走的衣服足足打了两个包裹，舍不得留下任何一根线，即使是那件低胸蓝丝裙装，她当然不想再穿那条裙子。至于那条红裙装，她在把它连同里面的东西交给沙力达的两仪师之前都不会再碰它。但她总是禁不住要计算从坦其克以来她们损失的所有衣服、马匹、马车、那辆四轮厢车，还有那些染料。想到这些，她相信即使是伊兰也会为此感到痛惜的，那个年轻女孩总是相信她的荷包里永远都会有钱。

当奈妮薇还在打第二个包裹的时候，伊兰回到了车里，一言不发地开始换上一条蓝色丝裙。一直到她将双手伸到背后、开始系背上的扣子时，她才低声地嘟囔了几句。如果她请求的话，奈妮薇一定会过来帮忙的，但既然她没开口，她就只能在旁边看着这个女孩是不是受了什么伤。奈妮薇觉得自己在伊兰进来之前听到了尖叫声，可能她和柏姬泰真的打起来了……最后，她没有在伊兰身上找到任何瘀肿，她不知道是否该对此感到高兴。河上的一艘船就像这辆马车一样封闭、狭窄，如果这两个女人又要像斗鸡一样彼此乱啄的话，那它肯定比马车还要难熬，不过，这样也许可以帮她们发泄掉一些糟糕的脾气。

伊兰在收拾自己的行李时什么都没说，奈妮薇很和蔼地问她，刚才她为什么要像被刺草扎了屁股的兔子一样跑出去，又是跑到什么地方去了？这个女孩却只是扬起下巴，冷冷地瞪了她一眼，仿佛她已经坐在她母亲的王座上了。

有时候，伊兰的沉默甚至比毒舌还令人难以忍受。发现留在炉子里的三个钱袋，伊兰顿了一下才拿起它们。车厢里的温度一下子降了许多，虽然那些钱本来就有伊兰的份。奈妮薇觉得应该让伊兰带着那些钱袋，她已经厌倦了不停地批评伊兰撒钱的作风，就让她自己管管钱，尝尝一枚枚钱币从手中流走的滋味吧！但伊兰肯定发现了那枚戒指已经被拿走，还有被留在那里的小木匣……

伊兰拿起那个盒子，打开盒盖，看着里面的东西咬了咬嘴唇。这是她们在提尔时就已经得到的另外两件特法器——一个两面都雕刻着紧密螺纹的小铁碟，还有一根五寸长的窄片，看上去像是一片琥珀，却比钢还要硬，里面不知用什么方法雕刻着一名沉睡的女子。这两件特法器都可以让使用者进入特·雅兰·瑞奥德，但不像那枚戒指那样好用，使用它们必须导引魂之力，这是五行之力中惟一可以在睡眠时导引的一种至上力。奈妮薇觉得这是理所当然的，既然她保管那枚戒指，那么就应该把这两件特法器给伊兰。伊兰用力将盒盖关上，转头瞪着奈妮薇，脸上没有一丝表情，然后将木匣和那支银箭一起塞进自己的包裹里。她的沉默却让奈妮薇有种遭受雷击的感觉。

伊兰也打了两个包裹，只是她的更大，除了那套缀满亮片的紧身衣裤外，她没有留下任何东西。奈妮薇原本以为伊兰没看见它们，想要提醒一下，却打消了念头，面沉似水的伊兰应该是看到它们了。奈妮薇深知和睦的重要，所以当伊兰示威似的将那副罪铐放进她的行李中时，奈妮薇压抑住自己的脾气，只是夸张地哼了一声。但光是从伊兰看过来的目光里，奈妮薇已经感觉到了足够的压力，等到她们离开马车的时候，伊兰的沉默已经可以敲成碎块用来冻酒了。

男人们都已经在马车外做好出发的准备，他们低声交谈着，向奈妮薇和伊兰抛来不耐烦的眼神。这不公平，加拉德和乌诺根本没有行李要准备，汤姆只是在背后背了装着长笛和竖琴的皮匣，还有一个小包袱。泽凌将锯齿匕首佩在腰间，手里拄着那根齐身高的细木杖，肩头上捆扎整齐的包袱比汤姆的还要小。男人们在衣服烂掉之前绝不会换第二套衣服。

当然，柏姬泰也做好了准备，手里拿着弓，箭袋挂在腰间，一个用斗篷打成的包裹比伊兰的小不了多少，就放在她的脚边。奈妮薇原本以为柏姬泰还会穿着瓦蓝给她的裙装，但看到她的装束，奈妮薇不禁愣了一下。柏姬泰的开叉裙和她在特·雅兰·瑞奥德中穿的松腿裤子几乎完全一样，只是颜色更近似金色，而不是黄色，脚踝处的裤管也没有扎起来，她上身的蓝色短外衣也和原来那件没有任何差别。

当克莱琳跑过来的时候，这套衣裤来源的疑团才被解开。克莱琳一边喋喋不休地说着自己耽搁太久了，一边将另外两条裙裤和一件外衣折好，放进柏姬泰的包裹里，将包裹重新打好之后，还说着自己是多么遗憾没能看到玛爱隆穿着这身衣服出现在表演中。克莱琳并不是惟一在一片忙乱中抽时间过来和他们道别的人，亚柳妲带着她的塔拉朋口音祝他们一路平安，无论他们要去什么地方。然后她又送了他们两匣火棒。奈妮薇叹息着将它们塞进包裹里，她刻意留下了亚柳妲以前送给他们的火棒，伊兰把它们推进了储物架最里面，一袋豆子的后面——那时她还以为奈妮薇没看见它们。派塔提出要护送他们到河边，同时假装没看见妻子紧绷的眼角。提出同样要求的还有查瓦那兄弟、变戏法的金和班。不过当奈妮薇告诉他们没这个必要的时候，虽然派塔皱起了眉，但他们却难以掩饰地松了一口气。奈妮薇必须尽快把话说完，加拉德他们看上去已经快没耐心了。令人惊讶的是，就连蕾特勒也过来露了一面，她带着微笑，口里说着为他们的离开感到遗憾，眼神却仿佛是在说，如果能让他们走得更快一些，她宁可为他们背行李。奈妮薇很惊讶赛兰丁没有来，但也因此感到庆幸。伊兰也许和这个女人有些交情，但自从那次意外冲突之后，奈妮薇一直对这个女人会出现在她周围而感到紧张，也许赛兰丁对这件事轻松的态度更加增添了她的紧张。

瓦蓝是最后一个过来的人，他挤过人群，手里还拿着一把要送给奈妮薇的枯干憔悴小花——光明才知道他是从什么地方找到这些花的。他向奈妮薇表明了矢志不渝的爱恋，用无数溢美之词赞颂了她的美貌，戏剧化地立下誓言——就算是走到世界尽头也会重新找到她。奈妮薇不知道这些话中哪一句让她的脸颊变得更热，不过她很快就用冰冷的目光抹去泽凌的笑容和乌诺的惊讶。她不知道汤姆和加拉德是怎么想的，至少这两个人有足够的理智，保持了表情的庄重。奈妮薇没办法让自己去看柏姬泰和伊兰。

最糟糕的是，她必须站在这里听瓦蓝把话说完，当瓦蓝将花束塞进她手里时，她的脸变得更红了。如果她想说些冷嘲热讽的话把瓦蓝气走，只会更加激发瓦蓝的斗志，同时为周围的人增添更多闲聊的话题。当这个白痴终于以精心安排的动作舞起斗篷、鞠躬离开的时候，奈妮薇终于松了一口气。

奈妮薇手里还拿着那束花，大步走在其他人前面，以免看到他们的面孔。她一边走，还一边气恼地猛推着没有背好的包裹。一直等到再也看不见那片马车营地的地方，她才用力地将那束破烂小花扔在地上，充满暴力感的动作让刚才没走进营地的拉冈等夏纳人相互对望了几眼。这些穿着粗布衣服的夏纳士兵刚才一直蹲伏在路边的草丛里，每人在背后的大剑旁背着一卷毯子（当然，都是很小卷的毯子），但身上都挂着足以支撑数日的水囊，每三个人就带着一只罐子或锅。这很好，把烹饪的任务交给他们就行了！奈妮薇没等他们决定靠近她是否安全，已经一个人走上了泥土大道。

瓦蓝·卢卡是她怒火的源头，他竟敢那样羞辱她！她应该把他那颗灌满了暗帝口水的脑袋砸个稀巴烂！但她怒火的目标是亚岚·人龙。岚从不曾送花给她，当然，花不是重点，岚曾经用真正深沉而诚挚的话语表达过对她的心意，这是瓦蓝·卢卡完全无法相比的。她对瓦蓝的威胁不是说着玩的，但她相信，如果岚说要带走她，那么任何威胁都无法阻止岚，即使是导引也不行。即使她要导引，只要一个吻，她的意志和双膝都会降服在岚的脚下。然而，能有一束花依然很好，总比徒然地解释他们的爱为何不能成真要好得多。男人和他们说的话！男人和他们的荣誉！与死亡结婚了，是吗？他与暗影的孤独战斗！他一定要活下去，他一定要和她结婚。如果他敢有别的想法，她一定要把他紧紧抓在手里。现在干扰他们的只有一件小事，那就是他和沐瑞的约缚。想到这里，奈妮薇差点就发出了挫折的尖叫。

当其他人追上来的时候，奈妮薇已经沿着大路走了百多步远，所有人全都斜眼望着她。伊兰大声地哼着，一边努力调整着背上的两个大包裹，她一定是把所有的东西都带上了。柏姬泰假装低声地自言自语，但奈妮薇完全能听见她的声音，弓箭手所说的话依稀是在嘲讽某个女人跑步快得像跳下河崖的卡潘女孩。奈妮薇对她们两个都没做出任何响应。

男人们的队形相当松散，加拉德与汤姆和泽凌走在最前面，夏纳人跟随着乌诺，在三名女子的两侧组成长形列队。他们全都警戒地搜索着每一丛灌木、每一个坑洼，并且做好随时拔剑作战的准备。走在男人们中间，奈妮薇觉得自己很愚蠢，这些男人一定以为这片空地上会突然冒出一支军队，他们也一定以为她、伊兰和柏姬泰都是无力自保的弱女子。实际上，一路上他们没看见任何陌生人，就连路边那些低矮的村舍显然也早就被抛弃了。加拉德的佩剑还留在鞘内，但泽凌已经提起了他的手杖，而不是拄着它作为步行的借力工具。小刀出现在汤姆的手间，立刻又消失不见，而他似乎根本不知道自己做了些什么，就连柏姬泰也将一支箭扣在弓弦上。奈妮薇摇摇头。想袭击这支队伍的暴徒们一定都要有些勇气才行。

当他们到达萨马拉的时候，奈妮薇觉得自己真应该接受派塔和查瓦那，还有她能找到的任何人的帮助。

萨马拉的城门都敞开着，根本无人守卫，六股黑色的烟柱从灰色城墙后面冒了出来。奈妮薇经过的街道上空无一人，破碎的窗玻璃在她脚底吱嘎作响，除了远处隐约传来的喧嚣声之外，这是奈妮薇能听到的惟一声音了，而那让她觉得这座城里似乎充满了一群群大黄蜂。家具、破碎的衣物、陶制和铁制的壶罐，以及一切能在商店和住宅中找到的物品，在石板路面上比比皆是。它们是被暴徒抢出来的，还是被逃难的人们丢弃的，奈妮薇不得而知。

萨马拉的居民们承受的不仅是财产的损失，一具穿着优质绿丝外衣的尸体从一扇窗户里半挂出来，一个衣衫破烂的人被吊死在一家锡镴店铺的屋檐下。有时候，她能瞥见路边的小巷子里倒放着一个像是破旧衣服包成的包裹，她知道那其实并不是包裹。

这时他们走到一栋房屋旁边，房子破碎的大门只有一扇还挂在仅存的一根铰链上。门里面，一团火焰正舔舐着木制楼梯，烟尘刚刚从火中冒起。奈妮薇在这条街上没看到别人，但放火的人应该离开没有多久。她牢牢地握住腰间的匕首，拼命地四下张望，似乎是要将四面八方同时尽收眼底。

有时候，那种夹杂着怒气的喧嚣声会变得更大一些，仿佛那种含意不清的愤怒吼叫就来自相隔不到一条街以外的地方。有时候，它又消退成一片模糊的噪音。但麻烦来得突然而又毫无声息，那一大群男人迈着大步从前面的街角转了出来，整条街道立刻被他们挤满了。他们的样子像是一群正在猎食的恶狼，没有一个人说话，队伍里只传出靴子踩踏地面的声音。看到奈妮薇一行人，他们就像是被扔进一根火把的干草堆，整整一群人都毫不犹豫地扑了过来。他们发出震耳欲聋的号叫，手里挥舞着干草叉、刀剑、斧头、棍棒等所有可以当成武器的东西。

奈妮薇的心头还燃烧着足够的怒火，让她能够拥抱至上力，她想也没想便这样做了。片刻之后，伊兰身周也出现了光晕。奈妮薇有十几种方法可以阻止这群暴徒，只要她愿意，她能杀死比他们多十倍的人，但这样做有可能会引起魔格丁的注意。她不知道伊兰是不是也想到了这一点，她只知道自己渴望这样的怒火和真源。是魔格丁，而不是这些暴徒让她这样的渴望难以实现。她拥抱着至上力，却不敢做任何事。不能心存侥幸，她几乎希望自己能切断伊兰正在进行的编织，一定还有别的办法。

一个高个儿男人身上穿着一件破烂的红色外衣，从那件外衣上的金、绿两色刺绣来看，它原先一定不属于这个男人。他凭借着两条长腿跑在暴徒队伍的最前面，头顶高高挥舞着一柄劈柴斧。柏姬泰的箭射穿了他的一只眼睛，他跌倒在地上，立刻被其他人踩了过去。暴徒全都面孔扭曲，发出一声声混乱的咆哮，没有任何人能阻挡他们。奈妮薇半是恼怒、半是恐惧地尖叫了一声，抽出腰间的匕首，并且开始认真准备导引了。

如同撞在礁石上的波涛一样，暴徒们的冲锋被夏纳人的钢刃粉碎了。这些只留着顶髻的男人穿着之破烂丝毫不亚于他们的敌人，但他们有条不紊地使用着他们的双手大剑，暴徒们的冲击只能止步于他们单薄的横队前面。人们叫嚷着"先知"便倒在地上，但又有更多的人爬过他们攻了上来。傻瓜泽凌还戴着锥形圆帽，细木杖被他舞成一片虚影，不停地挡开各个方向的攻击，敲坏了许多手臂和头骨。汤姆留在防线后面，来回奔跑着，干掉了一个个挤过防线的暴徒，瘸腿似乎完全没影响他的速度。他的两只手里只是各握着一把匕首，但不止一个持剑的人死在他面前，走唱人满是皱纹的面孔如同冰雕一般冷硬，但是当一个穿铁匠皮背心的粗壮大汉抡动着干草叉挥向伊兰的时候，他发出不亚于任何暴徒的激烈吼声，一刀割断了那个人的喉咙，用力之猛，几乎把整颗头颅砍了下来。柏姬泰站在所有人的最后面，冷静地射穿了一颗又一颗的眼珠。

但真正冲散这群暴徒的却是加拉德一个人。他双手交握，静静地看着他们冲过来，仿佛在等待下一首舞曲响起。甚至直到他们的脚快踢到他时，他才抽出自己的佩剑，然后开始了舞蹈，伴随着无比的优雅和流淌在他身后的死亡河流。他没有和组成阵线的夏纳人站在一起，而是挥开一条道路，一直走进了暴徒群的中心。一路上留下了一块空地，正是他佩剑所及的范围，往往是五六名手持刀剑、斧头和棍棒的暴徒向他围攻过来，却在眨眼间全都丢了性命。到最后，所有暴徒的疯狂和他们对鲜血的渴望都已经无法继续与他对抗。他的身边出现了第一批逃跑的人。暴徒们丢下武器，纷纷逃向他们刚才转出来的那个街角。当所有暴徒都从奈妮薇的视线里消失的时候，加拉德已经走到距离夏纳人二十步的地方，一个人站在许多死人和将死之人中间。

奈妮薇打着哆嗦，看着他弯腰在一具尸体的外衣上揩净了剑刃，即使在这样做的时候，他的动作还是那么优雅而美丽。奈妮薇觉得自己要吐了。

奈妮薇不知道这场战斗持续了多长时间。一些夏纳人靠在他们的剑上，大声地喘着气，同时用尊敬的眼神望着加拉德。汤姆弯下腰，一只手捂在膝盖上，另一只手试图挡开伊兰，一边对伊兰说他只是在喘喘气。几分钟？还是一个小时？奈妮薇完全不知道。

但这一次，看着躺满街道的伤者、那些向远处爬去的人，她没有任何治疗的欲望、任何的怜悯。在不远的地上，扔着一把干草叉——一根叉尖上穿着一颗男人的头颅，另一根穿着一颗女人的头颅。奈妮薇只能感到从心中泛起的一阵阵寒意，她有些庆幸那不是她的头颅，那种死亡的冰冷不属于她。

“谢谢你们，”她大声说道，“非常感谢你们。”她的感谢没有特别针对谁，而是对每个人。这样说的时候，她不禁咬了咬牙。她不愿承认有些事情是她无法做到的，但她说的每一个字都是真心诚意的。柏姬泰表示接受地向她点了点头，这让奈妮薇心里有点不悦，但这个女人的功劳绝不少于在场的任何男人，肯定比她要多得多。她将匕首插回到鞘内，“你……射得很好。”

柏姬泰歪着嘴笑了笑，仿佛知道要奈妮薇说出这句话有多么困难，随后她就走进死者之中，逐一收回她的箭。奈妮薇打了个哆嗦，尽量不去看她。

大多数夏纳人都受了伤，汤姆和泽凌的身上也都多了不止一处伤口。加拉德竟然奇迹般毫发未损，当然，这也许只是因为他超凡的剑法。然而，都到了这种时候，这帮人还是要摆出那副男人的德性，全都苦苦地支撑着，嘴里说着他们身上只是有些小伤。乌诺的一只手臂无力地垂在体侧，脸上又多了一道几乎和旧疤完全对称的刀伤，但即使是他也坚持他们必须立刻继续前进。

实际上，奈妮薇并非不愿尽快赶到河边，但她告诉自己应该先对伤者进行治疗。伊兰用一只手臂搀起汤姆，汤姆拒绝靠在她身上，而且开始用至高圣歌的腔调背诵起一个故事。奈妮薇差点没能从华丽的言辞中听出这个故事颂扬的是蒂露坎——兽魔人战争中美丽的战士女王。

“即使在最心平气和的时候，她的脾气也像是掉进石南丛里的野猪。”柏姬泰低声喃喃道，装作自己的话没有特别针对谁，“完全不像我身边的女人。”

奈妮薇咬了咬牙。她决定，无论这个女人再做什么，都绝不再夸赞她了。现在仔细想想，任何两河男人都能射得跟她一样好，任何男孩都可以。

咆哮声一直跟随着他们，而且不止一次，奈妮薇觉得那些没有玻璃的窗洞里有眼睛正在窥视他们。但应该已经传开了，或者旁观者也看见了事情的经过，因此他们在很长一段时间里都没有再碰到别的活人，直到二十多名白袍众突然出现在他们前方的街道里，其中一半拖着弓弦，另外一半抽出了佩剑。夏纳人立刻又将大剑握在手中。

白袍众的队伍中走出一个脸色苍白的男子，加拉德和他飞快地说了几句话，但那个男人还是带着怀疑的神情看了几眼夏纳人、汤姆、泽凌，还有柏姬泰。这已经足以勾起奈妮薇的怒火了。从这些白袍众中间通过时，伊兰一直扬着下巴，仿佛这些白袍众只是她的仆人。这种举动固然很好，但要得到白袍众的允许才能通过，这让奈妮薇感到非常不高兴。

河岸距离他们已经不远了，再走过几座狭小的石砌仓库，就是萨马拉的三座石砌码头了，现在它们全都陷在河边的泥地里，勉强只能碰到河面。一艘宽大的双桅河船正低低地停泊在一座码头的尾端。奈妮薇希望他们能得到分开的舱房，也希望这艘船不会颠簸得很厉害。

一小群人聚集在距离码头大约二十步的地方，其中有将近十来个男人，大多已经上了年纪，而且全都衣衫破烂，脸上带着青肿的伤痕。还有数量两倍于男人的妇女，大多身边带着两三个孩子，有一些还怀抱着婴儿。四名白袍众卫兵正监视着这群人，还有另外两名白袍众就站在码头上。孩子们都将面孔藏在母亲的裙子里，但成年人都带着渴求的神情望着那艘船。那种目光绞痛了奈妮薇的心，在坦其克，她看过更多这样的目光。人们渴望一条通往安全的道路，而她那时没能为他们做任何事。

还没等奈妮薇有所行动，加拉德已经抓住了她和伊兰的手臂，一直拖过码头，踏上通往那艘船的摇摇晃晃的跳板。六名面色冷硬、穿着白色罩袍和光亮板甲的人正站在甲板上，看管着一群蹲在平直的船头上、赤着脚和胸膛的男人。船长站在步桥的末端，用同样厌恶的神情盯着那些白袍众和正在上船的人员杂驳的这支队伍。

亚格尼·耐斯是一名瘦骨嶙峋的高个儿男人，他穿着一件暗色外衣，耳朵翘起在头侧，显得非常突出，一张窄脸上布满了阴云，滚落脸颊的汗珠并没有引起他丝毫的注意。“你付给了我两个女人的船钱，你是想让我免费搭载另一个婊子和那些男人吗？”柏姬泰向他投去危险的一瞥，但他似乎没发觉。

“你会得到公平的报酬的，好船长。”伊兰冷冷地对他说。

“只要是价钱合理就行。”奈妮薇说着，没理会伊兰严厉的目光。

亚格尼的双唇变得更薄了，虽然这似乎是不太可能的。他又转向了加拉德：“那么如果让你的人离开我的船，我就起航，我比任何时候都不想留在这里，即使现在是白天。”

“只要你也带上其他那些乘客。”奈妮薇说着，朝岸上的那一群人点了点头。

亚格尼望向加拉德，却发现加拉德已经去和白袍众说话了，于是他看了岸上的人们一眼，对着奈妮薇头顶的空气说：“任何能付得起船钱的人，看样子那些人里没几个能做得到，而且即使他们有足够的钱，我也没办法带上这么多人。”

奈妮薇踮起脚尖，让亚格尼没办法对她的微笑视而不见，而看见她笑容的船长不由得将扬起的下巴缩进领子里。“他们每一个人，船长，否则我就用剃刀切掉你的耳朵。”

亚格尼愤怒地张开嘴，却突然瞪大了眼睛，直视着奈妮薇的身后。“好的好的，”他飞快地说，“但提醒你，我希望能得到一些报酬，我施舍别人的日子早已经过去了。”

奈妮薇将脚跟落回到船板上，疑惑地回头望去。汤姆、泽凌和乌诺站在她身后，温和地看着亚格尼。奈妮薇想象不出乌诺的面孔上怎么能出现温和的样子，但他们确实是非常非常的温和，同时还挂着满脸的血渍。

奈妮薇重重地哼了一声：“在他们全部上船之前，不许任何人碰一下缆绳，我会盯着的。”然后她就回身去找加拉德，她认为应该对加拉德表示一点谢意。加拉德总以为自己所做的事情是正确的，其实这是大多数男人的毛病，他们总是以为他们在做正确的事情。不过，无论这三个男人做了什么，他们确实帮她省去了一场争论。

奈妮薇发现加拉德和伊兰在一起，那张英俊的面孔上布满了挫败的神情。看到奈妮薇的时候，他的眼睛立刻一亮。“奈妮薇，我已经为你们支付了直到博安达的船钱，那里是博恩河汇入艾达河的地方，到那里，前往阿特拉的路程只走了一半，但我没办法支付更多船钱了，耐斯船长拿走了我荷包里的每一个铜板，我还必须再借一些才凑够了钱，这家伙把船钱提高到了平时的十倍。恐怕你们到了那里之后，只能依靠自己的力量前往凯姆林了，我真的很抱歉。”

“你已经为我们做了很多。”伊兰一边说着，目光却飘向正在萨马拉城头升起的烟柱。

“我做出过承诺。”加拉德疲倦而无奈地说。显然，在奈妮薇过来之前，他和伊兰之间已经有过同样的对话了。

奈妮薇努力地向加拉德道了谢，加拉德以优雅的态度婉拒了她的谢意，但他看她的眼神仿佛在说，她同样无法理解。奈妮薇承认自己确实无法理解。加拉德为了遵守一个承诺而挑起了一场战争。伊兰是对的，这场暴乱早晚会发展成一场战争，但即使是用武力占据了这艘船，加拉德也不会强行压低船钱。这是亚格尼的船，船钱要由亚格尼来定，只要他能带上伊兰和奈妮薇就行。加拉德从来不会计较实现正义所需要的代价，无论是对他自己还是对其他任何人。这是真的。

走到步桥上的时候，他停了一下，向城中望去，仿佛是看到了未来。“不要靠近兰德·亚瑟，”他生硬地说，“他带来了毁灭，他会在他死去之前再次毁灭这个世界，不要靠近他。”随后他就快步走向了码头，同时高声喊着，让卫兵们把他的装备拿过来。

奈妮薇发现自己正在和伊兰惊讶地彼此对望着，但很快就尴尬地别开了目光。要跟一名自己知道随时都可能与之吵架的人分享这种时刻确实有点困难，至少，奈妮薇觉得这肯定是她不舒服的原因。她不知道为什么伊兰的样子会如此狼狈，除非这女人终于开始恢复理智了。加拉德肯定没有想过她们根本就不会去凯姆林，肯定没有，男人们从来都不会这么聪明。她和伊兰很久都没有再看对方。

第49章

前往博安达

让那群拥挤在码头上的男人、女人和孩子们上船并不是什么困难的事，奈妮薇向耐斯船长说清楚了，无论他要什么样的价格，都必须在船上为这些人找到房间，她知道自己要为了让这些人到博安达而付出多少钱。当然，在和船长交涉的过程中，她和乌诺低声交谈了几句，这可能也帮助耐斯船长做出了决定。十五名面孔凶恶、光头壳只留着顶髻的夏纳人，身上粗布衣衫沾满了血迹，背后背着超乎寻常的大剑，脸上带着看到羔羊时那种贪馋的笑容——这种景象所产生的效果确实相当有用。奈妮薇将亚格尼要的船钱一五一十地放进他的手心。在这个过程中，奈妮薇不得不一次又一次地回想自己在坦其克码头上所看到的那些难民，才让自己有勇气继续把钱数下去。亚格尼在一件事上是正确的，这些人没有多少钱，况且他们还需要用仅剩的那些铜板继续以后的生活。但奈妮薇还是咬紧了牙，紧到伊兰用一种甜得发腻的嗓音询问她是否在拔牙。

当这群人中的最后一个还在用手臂夹着他最后一点财产爬上船板的时候，亚格尼已经高声喊着起航的命令了。实际上，看着挤在这艘塞得满满的船上的这群人，奈妮薇也开始怀疑，亚格尼的看法或许是正确的，船有可能真的载不下这么多人。但是看见这些人在双脚踏上船后、脸上燃起的一点希望时，奈妮薇立刻开始为自己竟然会这么想而感到羞愧。这些人在得知是奈妮薇为他们付了船钱之后，立刻聚拢到她身边，争着要亲吻她的手或是裙边，带着哭声说着感谢和祝福的话。有一些人满是尘土的脸颊上已经挂满了泪水——有男人也有女人。奈妮薇真希望自己能沉到脚下的船板里去。

甲板上如同聚集了一群群黄蜂般嘈杂繁乱。船帆很快就被升起，萨马拉消失在奈妮薇的视野中，她却还是没办法从这群人的感激中脱身。但她已经决定了，如果伊兰或柏姬泰敢对此说一个字，她就会把她们轰下船。

这以后，她们乘着水毒蛇号，在艾达河上度过了闷热的五天时间。缓慢吹拂的河风不能让这艘船有多快的速度，也不能给她们带来多少凉爽，即使在夜晚亦然。虽然奈妮薇觉得状况总算是渐渐变好了，但这次航行的开始并不算顺利。

第一个真正的问题是亚格尼在船尾的船舱，这是船上除了甲板之外惟一可以住人的地方。耐斯船长并不是不愿搬出去，正相反，他迫不及待地搬了出去。他就这么跑出原先属于他的船舱，肩上和手臂底下夹着裤子、外衣和衬衫，一只手拿着剃须缸，另一只手拿着剃刀。奈妮薇为此狠狠地瞪了汤姆、泽凌和乌诺几眼，他们应该按照她的命令行事，而不是为了照顾她而搞什么小动作。但这三个家伙却摆出一副清白无辜的表情，伊兰为此引用了莉妮的另一句谚语："口袋藏不住东西，房间藏不住家具，但男人坦诚的脸后面什么都藏得住。"

暂且不管那些男人制造的问题，真正让奈妮薇感到苦恼的是这个舱房本身。即使打开它惟一的一扇小窗户，房间里还是充满了腐败的霉味，而且根本就不会有多少光线透进这个潮湿的空间里。这个"牢笼"比马车里的空间还要小，而且大部分空间都被固定在地板上的一张厚重桌子和一把高背椅占据了。一个盥洗架被嵌进了墙里，架子上放着肮脏的大水罐、碗，还有一面污秽的窄镜子，再有就是几个空架子和挂衣服的墙钉了。即使以奈妮薇和伊兰的身高来说，房顶的横梁也差点就要碰到她们的头顶了，而且这个房间里只有一张床，比她们在马戏团时马车里的床要宽一些，但怎么看都不够两个人一起睡。对于像亚格尼这么高大的人来说，他还真像是住在一口箱子里，这家伙一定是把船上每一寸可能的地方都挪出来装货了。

"他在晚上到了萨马拉，"那时伊兰一边喃喃地说着，一边放下肩上的行李，又将双手叉在腰上，带着轻蔑的神情向四周望去，"他又想在晚上离开。我听他对手下说，他要在晚上航行，无论……无论那些婊子有什么意见。很显然，他不喜欢白天被别人看见。"

想到伊兰的手臂肘和冰冷的脚丫，奈妮薇开始思考自己是不是应该到甲板上去和那些难民睡在一起。“你说这些是什么意思?”

“那个人是一名走私犯,奈妮薇。”

“用这艘船?”奈妮薇放下肩上的行李,将它放在桌上,回身在床沿坐下。不,她不会睡到甲板上去,这里的味道也许不好,但只要保持通风就行了。床可能挤了些,但它毕竟有一个厚羽毛床垫。这艘船确实很颠簸,她最好尽可能让自己待在舒适的环境,伊兰不能把她赶出去。“在这个箱子里,运气好的话,我们能在两个星期内到达博安达。而我们要用多久才能到沙力达,大概只有光明知道。”她们都不知道沙力达到底有多远,不过现在还不是和耐斯船长谈论这件事的时候。

“所有的一切都像一艘走私船,甚至是它的名字,水毒蛇号,有哪个诚实的商人会给他的船取这种名字?”

“好吧,那又怎样? 这不是我们第一次利用一名走私犯了。”

伊兰气恼地一甩手,她确实总是以为遵守法律是重要的,无论那是多么愚蠢的法律。尽管她不愿意承认,但她和加拉德确实有许多共同点。原来亚格尼偷偷叫她们婊子,是吧?

第二个难题是其他人的生存空间。水毒蛇号虽然很宽,但并不是一艘很大的船,现在这艘船上已经有了一百多人。除去船员工作所需要的空间之外,留给乘客的地方并不多。而且那些难民还总是尽量与夏纳人保持着一定的距离,看起来,他们对于持有武器的男人没有任何好感。结果能让所有人都坐下来的位置几乎都不够,更别说要躺下了。

奈妮薇直接和亚格尼说过这件事:“这些人需要更多的地方,特别是女人和小孩,既然你没有更多的舱房,那用一下你的货舱也可以。”

亚格尼阴沉着脸,别过头不去看奈妮薇:“我的货舱都装满了有价值的货物,非常有价值的。”

“不知道艾达河这一带是否有海关人员?”伊兰懒洋洋地说着,一边用眼睛瞥着树木茂密的河岸。河道在这里只有一两百步宽,两旁是干硬的黑泥和赤裸的黄色黏土。“一边是海丹,另一边是阿玛迪西亚,看起来有点奇怪,你带了满船的南方货物,现在却又向南方行驶。当然,你也许拥有一切完税的证明文件,你也可以解释没有卸货的原因是萨马拉的暴乱。我听说那些处理关税的人是非常通情达理的,真的。”

亚格尼的嘴角弯了下去,他仍然没有看她们两个。

现在亚格尼紧盯着的是汤姆的双手。汤姆刚刚抖了抖空空的双手,两把匕首旋转着出现在他的指间,其中一把又立刻消失了。

“只是练一练，”汤姆说着，用剩下的一把匕首搔了搔他的长胡子，“必须不断练习才能保持……技巧。”他白发中的伤痕、脸上的鲜血，再加上衣服上染血的裂口，让他几乎像乌诺一样凶神恶煞。而那名夏纳人龇着牙齿的笑容、脸上的伤疤和翻着红肉的伤口，让他比任何人都显得更加凶悍。就连眼罩上那颗圆睁着的红色眼珠和他新的伤口相比，也显得黯然无光了。

亚格尼闭上眼睛，长长地吸了一口气。

货舱门被打开，一箱一箱货物被扔出船舷，其中有些很重，但大多数都相当轻，并散发着香料的气味。每扔出一箱货，亚格尼的面孔都要抽搐一下。只有当奈妮薇命令将几匹丝绸、几捆地毯和几大包细羊毛留下的时候，他的脸色才亮了一下。但他很快就发现，奈妮薇留下它们是用来当床铺，这时他的脸几乎变成了凝固的牛奶。自始至终，亚格尼没说过一句话。当女人们开始从提起一桶桶河水、在甲板上为她们的孩子洗浴的时候，亚格尼踱到船尾，双手紧握在背后，目不转睛地盯着在船后渐渐漂远的几口箱子。

从某种角度来讲，亚格尼对待女人的特殊态度正在磨平伊兰和柏姬泰的尖牙利嘴，奈妮薇发觉到了这一点。当然，奈妮薇已经重新获得了往日的地位。亚格尼不喜欢女人，他的船员在向他报告时如果不得不提到那些女人，他们就会加快说话的速度，同时不住地偷瞥着船长，直到他们匆匆跑回到工作岗位上去。如果一名闲着的船员和别人聊了几句关于女人的话，亚格尼会立刻大声吼叫着命令他跑步去做某件事情。那些船员在匆忙中低声的相互警告清楚地表明了亚格尼对女人的看法。

女人花费男人的金钱，她们像街头野猫一样好斗，她们造成了各种各样的麻烦。男人们总会发现，他们遇到的所有问题其实都是女人引起的。亚格尼认为他的甲板上的这些女人之中，有一半人会在第一次日落前就相互扒抓起来，她们全都会勾引他的船员，并让船员们也因为各种纷争而斗殴不断。如果亚格尼能把所有女人永远地轰下船，他会非常高兴；如果他能让她们永远地离开他的生活，他一定会欣喜若狂的。

奈妮薇从没遇到过这样的人。噢，她以前确实听过男人们谈论女人乱花钱，仿佛男人们从没有过花钱如流水的时候，实际上，那些男人对金钱毫无概念，比伊兰更没概念。奈妮薇也听过男人们如何把所有的过失都算在女人头上，虽然那其实根本就是他们自己惹出来的。只是除了亚格尼之外，奈妮薇不记得自己曾经遇到过真正不喜欢女人的男人。但她非常惊讶地得知，亚格尼在艾博达竟然有一位妻子和一群孩子，当然，他在那个家里停留的时间，只限于船只在艾博达装货的日子，对于这一点，奈妮薇倒是并不感到惊讶。有时候，奈妮薇发现自己会偷瞥一眼亚格尼，就像是在偷看一个匪夷所思的动物——一个远比思雷狄特和瓦蓝的其他任何展示品都更加奇怪的动物。

一般时候，伊兰和柏姬泰都不会在他能听到的地方发泄怒气。汤姆那些人之间相互交换的眼神已经够让人受不了了，但他们至少还会在奈妮薇面前隐藏这些小动作，亚格尼随时随地都准备好要印证自己对女人的荒谬看法有多么正确，那种公开嚣张的态度实在是让人无法忍受。他让女人们别无选择，只能彼此停息战火，面带微笑。

对于奈妮薇自己，在没有亚格尼的时候，她可以对汤姆、乌诺和泽凌稍微有一点耐心。现在这些男人正在忘记他们的身份，忘记他们应该依照她的命令行事，这没关系，她可以等待。虽然他们那些关于打破脑袋、割裂喉咙的黑色笑话一直在折磨着亚格尼，但只有在那间舱房里，她才会相信自己能完全躲开亚格尼。汤姆和乌诺都不是很庞大的男人，但汤姆很高，乌诺的肩膀很宽，他们挤在这间小舱房里的时候，确实对奈妮薇造成了压迫感，这对于会时常谴责他们的奈妮薇当然不会有什么好处。所以奈妮薇戴上了一副和善的面具，同时对汤姆和泽凌惊讶的皱眉、乌诺和拉冈难以置信的眼神完全视而不见。而且她这样做的时候，伊兰和柏姬泰也不得不装成一副好脾气的样子，这让她感到很愉快。

她努力保持着微笑的表情，直到她发现航行如此顺利的原因。她看着水毒蛇号鼓满的风帆，起伏不定的河岸在午后的阳光中如同奔马般时刻不停地向船后冲去。亚格尼已经命令船员们收起所有船桨，把它们靠在船栏上，那名船长看上去甚至显得几乎算是高兴，几乎。在阿玛迪西亚一侧的河岸全都是低矮的黏土崖壁；海丹的一侧则是河水与林木间夹着一条宽阔的芦苇带，因为水位下降的原因，芦苇大部分都变成了枯黄的颜色。这时距离他们离开萨马拉只有几个小时。

"你导引了。"奈妮薇从牙缝里对伊兰说。她用手背抹去眉毛上的汗水，克制着冲上甲板去透透气的欲望。船上的其他人都在距离她们和柏姬泰十尺以外的地方，但她还是竭力压低了声音，同时尽量让自己的语气显得和蔼。她的胃仍然在随着这艘船的缓慢起伏而不停翻涌，这对她的脾气没什么好处。"那些风是你的杰作。"她真希望在自己的行李中能有足够的红茴香。

看着伊兰湿润得微微发亮的脸颊和睁大的眼睛，奈妮薇觉得这女孩的嘴里一定会立刻就涌出甜言蜜语来。"你已经变成了一只被吓坏的兔子，打起精神来，萨马拉已经在我们身后几里远的地方了，没有人能从这么远的距离感觉到至上力。除非她和我们在同一艘船上，否则她什么都不会察觉，我的动作很快。"

奈妮薇觉得如果自己还保持着微笑的表情，她的脸一定要裂成碎片了。但从眼角的余光中，她能看见亚格尼正在审视着他的乘客，并且不断地摇着头。此刻相当恼火的她还能看见伊兰编织的残迹，用导引改变天气就像是滚着石头下山，一旦开始，天气会依照改变的趋向发生愈来愈显著的变化。但石块不会一直依照导引者设计的路线滚下去，它时刻都会滚出路边，这时导引者就要适时将它扭转回来。魔格丁如果在萨马拉的话，她有可能会感觉到这种规模的编织，也许可以，但她绝对无法确定这个编织的具体位置。在纯粹的力量上，奈妮薇和魔格丁大致相当，如果奈妮薇没有能力做到，这名弃光魔使应该也做不到。她确实希望这艘船能走得更快一些，和这两个女人一起住在这个狭小的船舱里，让她觉得即使是和亚格尼共享这个房间大概也不过如此，这种悲惨状况愈早结束愈好。而且，她在任何时候都不喜欢这种水面上的生活，在这么平静的河面上，一艘船怎么还会颠簸得这么厉害？

微笑已经让奈妮薇的嘴唇感觉酸痛了。“你应该问我一下，伊兰，你总是想也不想就独断专行。你应该知道，现在如果你在瞎跑的时候掉进坑里，你的老保姆是不会把你拖出来，帮你把脸洗干净的。”奈妮薇说完最后一句话的时候，伊兰的眼睛瞪得像茶杯一样大，露出一副立刻就要张嘴咬人的样子。

柏姬泰伸手按住了她们两个，带着仿佛是喜气洋洋的神情靠向她们。“如果你们两个不停下来，我就把你们扔到河里去，让你们发热的脑袋冷静一下。你们就像是一对染上冬季疥癣的沙格酒吧女！”

三个女人别开表情甜蜜而僵硬的汗湿面孔，各自朝不同的方向走去，在甲板允许的范围内尽量远离对方。到了将近日落的时候，奈妮薇听到拉冈说，她们三个一定在为脱离了萨马拉而高兴，从她们相互微笑的表情上就能看得出来。其他男人大概也都有同样的看法。但甲板上的女人们都对她们摆出了过于谨慎的面孔，她们能看出有什么不正常。

但她们之间的问题在随后的日子里逐渐淡去了，奈妮薇不知道是为什么，也许伊兰和柏姬泰装出来的欢快表情终于也影响了她们的心境。竭力装出的亲切微笑和友善言词大概确实会让一个人内心的想法发生改变，虽然这显得很荒谬。不管怎样，奈妮薇不应该抱怨这样的结果。几天之后，她们甚至会偶尔为自己先前的恶行恶状而感到羞愧。她们并没有为此而说过一句道歉的话，对此奈妮薇当然也很理解，如果她也曾经像她们那样愚蠢和凶恶，她肯定不想对任何人提起这样的过去。

在伊兰和柏姬泰恢复平和的过程中，孩子们也起了重要的作用。她们的变化应该始于在河面上的第一个早晨，当时奈妮薇正在为那些男人治疗伤口。她从行李中拿出所有的草药，制作药膏，并且割出一条条绷带。而后，那些伤口让她生气得导引起了至上力——疾病和伤患总是让她非常生气——于是她用医疗异能治好了一些受伤最严重的人，虽然她这么做时心里还是有些忐忑不安。伤口的骤然消失一定会引起人们的闲话，而且只有光明才知道亚格尼是如何看待两仪师的。这名船长很有可能在晚上派个人偷偷在阿玛迪西亚一侧上岸，向白袍众报告她们的行踪，而且这样的讯息也很可能会让一些难民对她们产生反感。

所以，她使用医疗异能的时候一直都很谨慎。比如对乌诺，她在他瘀肿的肩膀上涂了一点气味辛辣的马德根药膏，又用几滴百药草药膏敷了他脸上的伤口——药材不该浪费——然后用绷带包住了他的脑袋，直到他几乎没办法挪动自己的下巴，奈妮薇才对他使用了一点至上力。当乌诺大张着嘴哆嗦个不停的时候，奈妮薇则爽快地说道："不要像个小孩似的，一点疼痛不该让一个壮汉变成这样。以后三天都不要碰这些伤口，只要你碰它们一下，我会让你有一些不会很快忘记的经历。"

乌诺慢慢点点头，用懵懂的眼光望着奈妮薇，他显然不知道奈妮薇刚才做了什么。如果乌诺最后在取下绷带时意识到了奈妮薇对他做了什么，运气好的话，别人不会记得治疗前乌诺的伤口有多么严重，而且乌诺也应该有足够的脑子管住自己的嘴。

奈妮薇一旦开始，就自然而然地把其他乘客也都当成了自己的病人。那些难民的身上很少没有受伤的，一些孩子表现出了发烧和蛔虫的症状，对于这样的病，奈妮薇可以放心地治疗。孩子们只要吃到味道不像蜂蜜的药就会表现出各种大惊小怪的样子，所以即使他们和母亲说了什么，母亲们也只会认为那是他们的幻想。

在小孩子身边的时候，奈妮薇从没真正惬意过。她确实希望能和岚生个孩子，至少心中有一部分是这么希望的，但小孩子经常把事情搞得一团糟。他们似乎总是习惯于在大人转身时立刻违反你所叮嘱要遵守的一切，目的只是为了看大人会如何反应。但奈妮薇在抚平一个高度只到她腰部的男孩的黑发时，她觉得男孩那双严肃认真的蓝色大眼睛非常像岚的眼睛。

伊兰和柏姬泰也在帮助她，一开始，她们只是帮助维持秩序，但也都对孩子们产生了很大的影响力。奇怪的是，柏姬泰对付那些将她围在中间的小孩子完全是游刃有余，她两条腿上各坐着一个小孩，给他们唱起一首关于动物会跳舞的歌曲。伊兰则拿出一个袋子，发给孩子们一些红蜜饯，光明知道她是从哪里找出这些糖果的，还有她为什么要找。当她偷偷往自己嘴里放了一个蜜饯、被奈妮薇抓住时，她竟然连一点愧疚的表示都没有，只是咧嘴笑着，把一个女孩的拇指从她的嘴里轻轻拉出来，又往里面放了一个蜜饯。孩子们又记起了该如何欢笑，他们依偎在这三个女人的裙子里，就像依偎在他们母亲的裙子里一样。在这样的时候，没有人还会继续乱发脾气。甚至在隔天，伊兰在舱房里重新开始偷偷研究那副罪铐的时候，奈妮薇也只是轻哼了一声。这个女人似乎比以往任何时候都更加相信，在这副手环、项圈和银索之间存在着某种怪异的联系。奈妮薇甚至在伊兰进行研究时曾经坐到她身旁一两次，只要看一眼这个邪恶的对象，就足以让她拥抱阴极力、医治难民了。

三名女子在照料那些难民的时候，听难民说了许多他们自己的故事。亲人离散，生死不明；农庄、店铺和工作坊被烧毁，混乱向各处蔓延，中断了一切贸易，人们买不到外面的物资，也没办法把自己的产品卖出去。先知只是压断车轴的最后一块砖。当一个只剩下稀疏灰发的人用指节揉着自己满是皱纹的额头、想要亲一下伊兰的手背时，伊兰塞给他一枚金币。奈妮薇看见了伊兰所做的一切，却什么也没有说，反正伊兰很快就会明白金币消失的速度。而且，奈妮薇自己同样给出了几枚钱币，嗯，可能并不止几枚。

这群难民中的男人们除了两个之外，全都已经头发花白或者是秃顶，满脸皱纹，手上全是硬茧。年轻一些的男人全都被抓进军队里，或者是成了先知的信徒，那些拒绝走上这两条路的全都被吊死了。那两个年轻的男人其实比孩子大不了多少，奈妮薇甚至怀疑他们有没有正经地刮过胡子。他们的目光都在不断地向四处逡巡，夏纳人只要看他们一眼，他们就会哆嗦一下。有时候，上了年纪的男人们会谈论着去远处找个地方，在那里重新建起农庄，开辟新的贸易路线。但他们的这些话更像是空洞的吹嘘，而不是真切的希望。他们大多数时候都在低声谈论着他们的家人——失去联系的妻子、儿女和孙辈，声音里充满了失落。在船上的第二个晚上，一个有着招风耳的男人消失了，他一直都显得比别人更加悲伤。日出时，谁也没有再找到他。他也许已经游上岸去了，奈妮薇希望会这样。

但真正让奈妮薇感到忧心的还是那些女人，她们跟男人们一样看不到未来，也一样不安，但其中的大多数却有着比男人更重的担子。丈夫全都不在身边，她们甚至不知道自己的丈夫是不是还活着，只有压在肩头的责任让她们继续走下去，女人的韧性让她们永远不会丢下自己的孩子，但即使没有孩子的女人也会决定继续面对未来。当男人们只能用自我欺骗聊以自慰的时候，她们至少还有着一丁点儿真实的希望。在所有的女人中，有三个最让奈妮薇放心不下。

妮可拉的年纪、身高都和奈妮薇差不多，她是一名身材苗条、有一双大眼睛的黑发裁缝，本来她就要和一个名叫海莱恩的男孩结婚了，但那个男孩现在拜倒在先知的脚下，成为转生真龙的追随者。他承诺，等他完成自己的责任，就会和她结婚。责任对海莱恩是一件非常重要的事，他会成为一位尽职尽责的好丈夫和好父亲——至少这是妮可拉的看法，只是他脑子里的那些责任并没能阻止一把斧子劈开他的脑袋。妮可拉不知道那是谁干的，为什么会发生这样的事，她只想尽量远离那名先知，去一个没有杀戮、可以让她坦然走过街道的地方。

玛丽甘比奈妮薇要大几岁，显然曾经相当丰满，但现在磨损的棕色衣裙只能松松地挂在身上，而迟钝的面孔已经不能只是用疲惫来形容了。两个儿子一个六岁，一个七岁，他们彼此扶持着，用瞪得太大的眼睛看着这个世界。他们似乎害怕每一样东西、每一个人，甚至是自己的母亲。玛丽甘在萨马拉做过医疗和调配草药的工作，但她对这两件事情有一些奇怪的想法。事实上，这并不奇怪，河对岸就是白袍众控制的阿玛迪西亚，在这种地方从事医疗的女人必须保持低调，甚至她一开始只能靠自学求得医疗知识。她想做的只是治愈疾病，虽然她说自己的医疗技术已经很好了，但她却没能挽救她丈夫的生命。在失去丈夫的五年时间里，她的日子过得很艰苦，而先知的到来并没有对她有任何帮助。在她救活了一名发烧的男子之后，谣言愈传愈离谱，最后变成她让死人复生，结果搜寻两仪师的暴徒追得她不得不躲藏起来。这里的绝大多数人对于两仪师知之甚少，他们认为至上力能起死回生，甚至就连玛丽甘似乎也有这样的想法。此刻，她像妮可拉一样不知该去什么地方，她希望能找到一处小村子，她可以在那里平安地用草药帮助别人。

爱瑞娜是这三名女子中最年轻的一个，满是紫黄瘀肿的脸上有一双坚定的蓝眼睛，这完全不是海丹人的外貌。她的衣服也同样不是海丹人的样式——一件深色的短外衣和一条宽大的裤子——倒是和柏姬泰的衣服没什么差别，这就是她全部的财产。她没有说她是从什么地方来的，但奈妮薇从她的话里推测出她在踏上水毒蛇号之前所经过的一些地方。她本来是去伊利安找她弟弟，在她弟弟发誓成为号角狩猎者之前把他带回家，但在那座城市里的数千名号角狩猎者中，她一直没能找到她弟弟，而她最终却发现自己立下了那个誓言，被派出来在世界各地搜寻那只号角。她并不十分相信那只号角的存在，她只希望能找到年轻的格维尔，并带他回家，但她的境况愈来愈……艰难。爱瑞娜并非完全不愿意与别人交流，但她费了很大的努力粉饰自己的遭遇……她不止一次被从村子里赶了出来，被抢劫，被殴打，即使这样，她仍然不打算放弃目标，找一个容身之所居住下来。世界还在她的眼前，她要与这个世界抗争到底。她没有这样说过，但奈妮薇知道这个女人的心思。

奈妮薇也很清楚为什么这三个人给她的感触最深，她们的故事都反映了她自己人生的某一部分。奈妮薇不明白的是，为什么自己最喜欢爱瑞娜。她觉得，把所有的线索总结分析一下，爱瑞娜的麻烦几乎全部来自于有一条太缺乏管束的舌头，她总是把自己的想法直截了当地告诉别人。有一次她仓皇地被赶出一座村子，甚至没来得及带着她的马，因为她称呼那个村的村长是扁脸乡巴佬，还和那个村子里的几个女人说，像她们这种骨瘦如柴的厨房杂工没资格盘问她为什么一个人旅行。会得到这种下场可不是巧合，而且这还只是她自己承认的部分。奈妮薇觉得，只要让爱瑞娜和自己共处几天，自己待人处事的态度一定能对她产生好的影响，她也一定能为另外那两个女人做些事情。她明白，和平与安全对女人来说有多么重要。

第二天早晨又发生了一些奇怪的变化，大家的脾气都还算平和，但有些人的舌头还是那么尖利！奈妮薇只说了一些相当温和的话，比如伊兰不是在她母亲的宫殿里，所以她别妄想奈妮薇会每晚都去睡靠墙的颠簸床位。伊兰扬起下巴，但还没等她张开嘴，柏姬泰已经飞快地说道："你是安多的王女？"她说这句话的时候甚至没有先看看周围是否有其他人会听到。

"是的。"伊兰回答的语气比奈妮薇记忆中的更多了一份威严，但嗓音中却蕴含着一种情绪——大概可称为满意？

柏姬泰板起脸，转身走到船头，坐在一捆缆绳上，盯着前方的河道。伊兰望着她的背，皱起眉，然后走过去坐到她身边。她们在那里轻声交谈了一段时间。奈妮薇当然不会过去，即使她们求她！不管谈话内容是什么，这次交谈似乎让伊兰有点不高兴，仿佛是交谈的结果完全出乎她的预料。但在那之后，她们两个人之间几乎一句话都不说了。

在那一天稍晚时，柏姬泰恢复了自己的原名，但契机却是因为她最后一次发的脾气。魔格丁已经被她们甩到了身后，她和伊兰都用刺叶泡的水洗去了头发上的黑色染料。亚格尼看见了她们金红色的鬈发和金黄色的编结细密的辫子，还有柏姬泰的长弓和箭囊之后，刻薄地嘀咕了一句："柏姬泰从该死的故事里面跑出来了。"而亚格尼倒霉的是，柏姬泰听到了他的话。柏姬泰用严厉的声音对亚格尼说，这就是她的名字，如果亚格尼不喜欢这个名字，她可以把亚格尼的耳朵用箭钉在他选择的任何一根桅杆上，而且在射箭的时候，她可以把眼睛蒙起来。亚格尼红着脸大步走开了，还一边对船员们叫喊着，要把紧得不能再紧的缆绳再拉紧一些。

奈妮薇此刻并不在乎柏姬泰是不是真的会将她的威胁变成事实，在用刺叶洗过头发之后，头发上还留有一点轻微的红色痕迹，但这足以让她喜极而泣了。反正她还有足够的刺叶再洗一次头发，除非全船的人都牙龈酸痛或牙痛。她也还有足够的红茴香，可以帮助她安抚肠胃的痉挛。当她安稳地晒干头发，重新将它们结成一根端庄的辫子时，不由得满意地叹了口气。

当然，在伊兰导引出的强风吹拂下，亚格尼日以继夜地赶路。两岸不时会掠过茅草屋顶的村庄和农田，白天可以看见在田间劳作的人们，晚上则有星星点点的灯火。看样子，上游地带并没有受到暴动波及。这艘名不符实的船只沿着河道一路平稳地摇晃了下去。

亚格尼一方面似乎在为这阵好风而感到高兴，另一方面却又因为要在白天行船而显得忧心忡忡。不止一次，他热切地凝望着一条隐蔽的河湾，一条被林木包围的溪流，或者是河道旁的一个水池，看样子，他很想让水毒蛇号驶进那些地方，先隐藏起来。有时奈妮薇会故意在亚格尼能听到的地方谈论，早些让萨马拉的难民离开他的船会让他感到多么高兴，同时还夹杂着评论几句这个女人现在的气色有多么好，那个孩子显得多么有活力，这就足够让亚格尼打消停船的念头了。如果让夏纳人、汤姆和泽凌去威胁他，也许会更容易一些，但这些家伙在这样做过之后已经开始自鸣得意了。而奈妮薇肯定不会和一个既不正眼看她、也不和她说话的人进行争论。

在第三个早晨灰色的黎明中，船员们重新将船桨探入水中，将水毒蛇号驶进博安达的一个港口。博安达是一个比萨马拉还要大的城镇，位于杰罕那南方，湍急的博恩河汇入相对缓慢的艾达河时形成的一个尖角上，在高峻的灰色城墙中甚至还嵌着三座碉塔。一座有着红色瓦顶的亮白色建筑物显然应该是一座宫殿，虽然它比都市中的宫殿要小许多。当水毒蛇号被固定在一座码头尾端的木桩上时(它的一半船身都陷在了烂泥里)，奈妮薇惊讶地大声说，为什么亚格尼要跑去萨马拉，而不是在这里卸货。

伊兰用下巴朝码头上一个粗壮的男人点了点，那个人的胸前用链子挂着一枚徽章。码头上还有几个像他那样的人，全都穿着蓝色的外衣，挂着同样的链子，他们专注地看着另外两艘在其他码头上卸货的宽身船。“我敢说他们是雅莲德女王的税务官。”亚格尼用手指敲打着船栏，竭力不去看那些正在仔细检查其他船只的官员。“也许亚格尼在萨马拉的人脉关系不错，但我不认为他想和这些人打交道。”

来自萨马拉的难民们不情愿地沿着步桥逐个走上码头，那些税务官们全都对此视而不见，从船上下来的乘客不用缴关税。对于萨马拉人，这只是一个不确定的开始，他们将要踏上一段新的人生之路，惟一的依靠只有身边的旅伴，以及奈妮薇和伊兰给他们的资助。在簇拥着走过码头时，所有的男人和部分女人已经变得垂头丧气了，有些人甚至哭了起来。伊兰的脸上满是苦恼的表情，她总是想照顾所有的人，奈妮薇希望伊兰不会发现她又把一些银币塞进了几名妇人的手里。

并非所有人都下了船，爱瑞娜、妮可拉和玛丽甘留了下来。玛丽甘紧紧地抓着她的孩子，那两个小孩紧闭着嘴巴，焦急地看着其他孩子消失在进城的方向，从萨马拉到这里，奈妮薇从没听见他们说过一句话。

"我想和你一起走。"妮可拉一边不自觉地扭搓着双手，一边对奈妮薇说，"在你身边，我会感到安全。"玛丽甘用力地点着头。爱瑞娜什么也没说，但她走到了另外两名女子身边，直视着奈妮薇，无声地表达着自己要留下来的决心。

汤姆微微地摇了摇头，泽凌则苦着一张脸，但奈妮薇看着的是伊兰和柏姬泰。伊兰毫不犹豫地点点头，柏姬泰在伊兰之后也立刻点了头。奈妮薇拢起裙子，大步走到正站在船尾的亚格尼面前。

"我想应该让我的船离开了，"他望着船和港口之间的某个地方说道，"不能太晚了，这是我经历的最糟糕的一次航行。"

奈妮薇咧开嘴笑了一下。第一次，亚格尼先将目光转向了她，几乎转向了她。

亚格尼并没有太多的选择，他不能引起博安达官员的注意，即使他不喜欢奈妮薇支付的船费，他也只能把船驶向下游。所以水毒蛇号离开了港口，掉头朝艾博达的方向驶去。奈妮薇等到博安达消失在视线外后，才对船长提起中间停泊站的名字。

"沙力达！"亚格尼瞪着奈妮薇的头顶，咆哮了一声，"沙力达在白袍众战争的时候就荒废了，只有愚蠢的女人才会在沙力达上岸。"

即使脸上还带着微笑，奈妮薇的怒火仍然足以让她拥抱真源了。亚格尼咆哮着拍打自己的脑袋和腰，而奈妮薇只是同情地说："这个季节的马蝇还真是厉害。"柏姬泰在甲板上发出响亮的笑声。

站在船头，奈妮薇深吸着气。伊兰正导引起一阵强风，水毒蛇号驶入了博恩河汇入艾达河之后形成的湍急水流。她已经连续几顿饭只是吃了一些红茴香，但即使是她在到达沙力达之前什么都不吃，她也不会在乎。他们就要到达目的地了，为了这个，她经历的每一件事都是值得的。当然，她并不总是这么想，伊兰和柏姬泰的利舌也不是让她愤懑不平的惟一原因。

她们上船之后的第一个晚上，她只穿着衬衣，躺在小船舱的窄床上。伊兰打着哈欠占据了椅子，柏姬泰靠在门边，头顶都碰到了房梁。奈妮薇在那时使用了扭曲的石戒指。当时那间舱房里的光源只有墙壁上一盏生锈的油灯，令人惊讶的是，油灯里还散发着一股香料的气息，也许亚格尼也不喜欢这里的霉臭。奈妮薇故意将戒指放在胸前明显的位置上，让另外两个人看清楚它贴上了她的皮肤。她这样做是有原因的。虽然这两个人在最近一段时间里表现得还像是正常人，但她还是对她们满心戒备。

石之心大厅和她之前每次来过的样子没什么差别，黯淡的光芒弥漫在各个地方，却又找不到光源。闪耀的水晶剑凯兰铎插在巨大穹顶下方的岩石地面上，一排排抛光的巨型红石圆柱一直延伸到看不见的阴影之中。那种被监视的感觉在特·雅兰·瑞奥德中几乎是无所不在，奈妮薇只能勉强让自己不拔腿逃开，不会疯狂地去搜寻那片圆柱之间的影子。她强迫自己站在凯兰铎旁边，缓慢地数到一千，每数一百下，就叫一次艾雯的名字。

事实上，这就是她现在能做的一切事情了，她原先如此骄傲的自制能力现在已经荡然无存了。她的心里不停地闪过她自己、魔格丁、艾雯、兰德和岚，让她身上的衣服也在不停地闪烁着，时而变成结实的两河羊毛裙，时而变成一件带着深兜帽的厚重斗篷或者是一套白袍众的铠甲，甚至是一套透明的红丝长裙！然后又飞快地变成了一件更加厚重的斗篷……她觉得自己的面孔也在改变。她瞥了自己的双手一眼，看见手上的皮肤比泽凌的还要黑。也许如果魔格丁认不出她……

"艾雯！"沙哑的喊声回荡在石柱群中，奈妮薇浑身颤栗地又开始数下一个一百。除了她以外，巨大的厅堂中仍然空无一人。虽然带着一点遗憾，但她仍然揣着更多的慌张心情走出了梦境……

……她用手指摸索着拴在皮绳上的那枚戒指，盯着粗重的房梁，耳边传来船身在水面上起伏时传来的一阵阵吱嘎声。

"她在那里吗？"伊兰问，"你走了没多久，但——"

"我已经厌倦了畏惧，"奈妮薇嘴里说着，眼光却没有离开房梁，"我是那……那么厌倦当个懦……懦夫。"奈妮薇说出的最后一个字融入了她既不能阻止、也无法掩饰的泪水里。

伊兰立刻走到她身边，拥抱她，抚摸着她的头发。下一瞬间，柏姬泰也出现在她身边，用沾了冷水的毛巾擦拭着她的颈背。奈妮薇哭泣着，竭力不去听她们安慰她，说她不是一个懦夫。

"如果我认为魔格丁在追猎我，"柏姬泰最后说，"我会逃走的，即使只有一个獾洞，我也会钻进去，缩成一团，满身汗水，直到她离开。如果赛兰丁的思雷狄特朝我冲来，我也不会站在那里不动，但这都不算是懦弱。你必须选择你自己的时间和场合，在她最无法预料的时候向她发动袭击。我会在力所能及的时候向她复仇，但现在时机仍然未到，否则就是愚蠢。”

奈妮薇其实并不想听到这样的话，但她的眼泪和她们的安慰，让她与她们之间竖起的荆棘篱笆裂开了一道缺口。

“我会向你证明，你不是懦夫。”伊兰从架子上拿下那只暗色的木匣，取出里面的螺旋纹路铁碟，“我们一起回去。”

这是一句奈妮薇更加不想听到的话，但她无法逃避这个要求。她们已经说过，她不是懦夫，于是她们一同回去了。

她们来到提尔之岩，盯着凯兰铎——这总比不停地向身后窥望、担心魔格丁会突然出现要好得多。然后在伊兰的带领下去了凯姆林的王宫；在奈妮薇的指引下去了伊蒙村。奈妮薇以前也见过宫殿，见识过它们高大的柱廊、宽阔的彩绘天花板和大理石地面、镀金饰品、精致的地毯和壁挂，但凯瑞安王宫是伊兰长大的地方。看着这座宫殿，奈妮薇对伊兰有了更多的了解。这个女人当然会认为世界要向她低头，她从小就受到这样的教育，就生活在这样的环境里。

当她们在凯瑞安王宫的时候，伊兰（因为她使用的特法器的关系，所以她在梦的世界里只是一个苍白的影像）奇怪地显得非常安静。但话说回来，奈妮薇在伊蒙村也同样是一言不发，部分原因是伊蒙村比她记忆中的更大了许多，有了更多的茅草屋顶和木架房屋。有人在村外建了一栋很大的、不规则形状的三层楼，一座十五尺高的方石柱屹立在绿地上，表面雕了许多名字。在这些名字里，有许多都是她认识的，几乎全都是两河人的名字。方石柱的两侧各立起了一根旗杆，其中一面旗子上绘着一只红狼头，另外一面上绘着一只红鹰，每样东西都显出一副欣欣向荣的气息。当然，她看不见村民是什么心情。但她觉得这一切都很荒谬。那些旗子到底是什么东西？是谁盖了这么一栋大房子？

下一个瞬间，她们进入了白塔，直入爱莉达的书房。这里没有任何改变，只是留在爱莉达书桌前的椅子只剩下了六把。关于邦雯的那三张绘图消失了。兰德的画像还在，只是在兰德的脸上有一处经过粗糙修补的残破，看上去好像是有人把什么东西砸在那上面。

她们又匆忙地将放在有金鹰标志的漆匣里和前厅撰史者案头的文件翻检了一遍，虽然所有的公文和信笺在她们查看时就开始改变了，她们还是了解到了一些信息。爱莉达已经知道兰德跨过龙墙，进入凯瑞安，但她们看到的文件里并没有提及爱莉达会对此采取何种行动。一份措辞严厉的公告要求所有两仪师立刻返回白塔，除非她们有爱莉达另外给予的命令。爱莉达的火气似乎比先前旺盛了许多，毕竟，在她发布特赦令之后返回白塔的两仪师少之又少。塔拉朋的绝大部分眼线仍然沉默着。培卓·南奥仍然在召唤所有白袍众回到阿玛迪西亚，而他为什么要这样做，白塔似乎并不知道。达弗朗·巴歇尔仍然渺无音讯，虽然他率领着一整支军队。爱莉达在每一份文件上的签名都充满了怒意。除了白袍众那份文件之外，所有其他的文件在奈妮薇看来都没有什么用处，看来，只要她们还在水毒蛇号上，她们就不会遇到什么困难。

当她们回到船上她们的身体里时，伊兰沉默着从椅子里站起来，将那只碟子放回到木匣里。奈妮薇不假思索地站起身，帮助伊兰脱下外衣。当她们都穿着衬衣挤到床上去的时候，柏姬泰爬上了梯子，她说她可以睡在梯子顶上。

伊兰导引至上力，熄灭了灯火。在黑暗中躺了一段时间之后，她说："那座宫殿是那么……空无，奈妮薇，它让人觉得是那么的空无。"

奈妮薇不知道特·雅兰·瑞奥德中有什么地方会是熙熙攘攘的。"是因为那件特法器的缘故，你用那件特法器的时候，看起来好模糊。"

"嗯，我觉得自己看起来还好。"伊兰的声音里只有一丝气恼。说完这句话，她们就分别睡下了。

奈妮薇还清楚记得伊兰的手臂肘，和她抱怨自己有一双冰凉的脚，但这些并不能影响她的好心情。她做到了。也许忘记恐惧和不恐惧并非完全一样，但至少她回到了梦的世界。也许有一天，她能够找到勇气，让自己不再畏惧。

一旦开始，想要停下来就不那么容易了。那之后的每一晚，她们都会一同进入特·雅兰·瑞奥德，每一次她们都会去白塔，想看看能得到什么新的信息。这方面的收获并不多，除了一份文件，爱莉达命令派出使者去沙力达邀请那里的两仪师返回白塔。不过，这份邀请更像是爱莉达在命令那些两仪师立刻拜倒在她脚下，而且还要感谢她允许她们如此。没等奈妮薇把它看完，它已经变成了一份关于以适当手段筛选有潜质的初阶生的报告，她不明白这份报告是什么意思。然而，前一份文件进一步证实了她们的目标是确实存在的。之后她们又看到许多文件的只言片语，但问题是她们已经掌握的信息没办法让她们把这些残片组合起来。谁是那个叫达弗朗·巴歇尔的人？为什么爱莉达那么急着要找到他？为什么爱莉达要以严厉的惩罚作为威胁，禁止任何人提起伪龙马瑞姆·泰姆的名字？为什么沙戴亚的泰诺比女王和夏纳的艾沙王都写来客气而言语冰冷的信，抱怨白塔过分干涉他们的事务？这些只是让伊兰嘀咕了一句莉妮的谚语："欲知二，必得先知一。"奈妮薇只能同意这句话确实是没有错。

除了探察爱莉达的书房之外，她们还在梦的世界里练习控制她们自己和她们周围的环境，奈妮薇不想让自己再经历一次被艾雯和智者们抓住的窘境。她竭力不去想魔格丁，把心思集中在智者身上会让她感觉好得多。

对于艾雯出现在她们梦中的技巧，她们依旧一无所知。现在每次召唤艾雯的尝试都一无所获，反而增加了那种被监视的感觉，艾雯也没有继续在她们的梦里出现过。将别人固定在特·雅兰·瑞奥德中的尝试也遭到了难以想象的挫败。伊兰偶然发现了这个技巧，它的办法是把另一个人视为这个梦的一部分。一开始，伊兰做到了这一点(奈妮薇以她能表现出的最友善的态度向她表示了祝贺)，但接连几天奈妮薇都做不到这一点。伊兰在她面前就仿佛是一团薄雾，总是能带着微笑从她眼前瞬间消失。当奈妮薇终于固定住伊兰的时候，她觉得自己就如同正在抬着一块巨石般吃力。

依靠想象创造花朵等东西显然要有趣得多，这样的努力是否会成功要看她们想象的东西的巨大程度，以及是否真正存在。一株开满了红、金和紫色花朵的大树，要比一面检查衣着的立镜更难以出现，想要让一座光辉灿烂的水晶宫殿拔地而起就更加困难了，即使它有了坚实的质感，也会不断地随着想象者思想的波动而改变，并在想象消失时立刻随之消失。她们被一只动物(很像是一匹在鼻子上长了角的马)追上山顶，让它消失之后，两人立刻达成了默契——不要再想象动物了。这次事故还差点引起一场争吵，两个都认为那只动物是对方造成的。不过，一等伊兰恢复了正常，她就开始咯咯地笑着，描述着她们当时的样子有多么可笑——提起裙摆，拼命逃向山顶，大声叫喊着驱赶那只动物离开。即使伊兰顽固地拒绝承认这是她的错，奈妮薇还是不禁和她一起笑了起来。

伊兰轮流使用那片铁碟和那块雕刻成睡眠女子形状的琥珀，但她并不太喜欢使用这两件特法器，虽然她努力地向它们导入至上力，但她始终没办法像使用戒指时那样，在特·雅兰·瑞奥德中有实在的感觉。而且要使用它们就必须不断地导引，这种魂之力的能流是不能被固定住的，否则导引者就会立刻被弹出梦的世界。在这种状况下，做其他任何导引似乎都是不可能的，虽然伊兰仍然不明白这是为什么。这两件特法器比较让她感兴趣的是它们的构造，而当她发现，它们并不像罪铐一样轻易就会暴露自己的秘密时，她就显得很不高兴。这种困扰就像是她的袜子里被塞进了几粒沙一样。

在离开博安达的那一夜，奈妮薇试着使用了这样一件特法器。那时正好是她们要与艾雯见面的夜晚，她本来并没有生气到可以导引的地步，但那时她的痛脚又被踩住了，原因自然还是男人。

事情是亚格尼引起的，当太阳开始落下的时候，亚格尼在甲板上来回转着圈，嘀咕着船上的货被偷了。奈妮薇当然不会理他。然后是在后桅下面搭铺的汤姆。走唱人平静地说："他说的也不算错。"

在逐渐消沉的夕阳中，汤姆显然并没有看见奈妮薇，蹲坐在汤姆身旁的泽凌显然也没看见她。“他是个走私犯，但他已经为那些货物付了钱，奈妮薇没有权利扔掉它们。”

“女人有什么火烧的权利要由她们火烧的自己说了算，”乌诺笑着说，“反正，夏纳的女人们都是这么说的。”

这时他们看见了奈妮薇，立刻都闭上了嘴。像往常一样，男人们总是要迟一步才能找回他们的脑子。乌诺搓了搓没有疤痕的一侧脸颊，他已经把头上的绷带都拆下来了，现在他知道了奈妮薇对他做了什么。奈妮薇觉得他显得有些窘迫，但这在苍茫的暮色中很难看得清，而另外两个男人的脸上则看不到任何表情。

当然，奈妮薇还是没有对他们有任何表示。她只是用手抓紧了辫子，大步向远处走去，甚至在爬下梯子的时候，她仍然迈着大步。伊兰这时已经将铁碟握在手里，那只乌木匣被打开盖子放在桌上。奈妮薇从中拿起那块内部雕刻着熟睡女子的黄色琥珀。它感觉起来光滑而柔软，根本不像是一块能够划伤金属的材料。现在她的心里郁积着怒火，阴极力的温暖光芒正从她身周散发出来。“也许我可以检查一下，为什么这东西让你只能导引那么一点至上力。”

最后她发现自己已经来到石之心大厅，一股魂之力能流正由她导引进那块琥珀。在特·雅兰·瑞奥德里，那块琥珀已经被收进她腰间的口袋里。就像以往在梦的世界里一样，伊兰穿着一件完全适合在她母亲的宫廷中出现的礼服，绿色丝绸的领口处绣着金线，黄金项链和手镯上镶嵌着月长石。同时奈妮薇惊讶地发现，她自己的穿着和对方也差不了多少，她的头发依然是结成了辫子，颜色也没有改变，但她身上穿了一件淡蓝色和银色的礼服，虽然领口开得不像瓦蓝的裙装那么低，但仍然要比她所想象的要低许多。不过她很喜欢那颗由银链系住，在她胸前闪烁着光彩的火滴石。艾雯绝对无法轻易胁迫一名穿着如此高贵的女子，但这并不是她选择这身华服的原因——即使是不自觉的。

奈妮薇很快就发现了伊兰以前所说的“觉得自己看起来还好”是什么意思，奈妮薇觉得自己的样子和脖子上挂了扭曲石戒指的伊兰没什么差别，但伊兰说她看上去就像是……一团薄雾。而阴极力给她的感觉也像是一团薄雾，只有那一股她清醒时导引出的魂之力除外，就连那种从来不会变化的真源的温暖也弱了许多。她的怒火仍然足以让她进行导引，对那些男人的怒气可能已经消退了，但现在这种困扰的情况本身就让她相当生气了。更何况，她还要摆好姿态对付艾雯。不，她没有因为艾雯而紧张。她的舌头似乎还能感觉到猫蕨草和马文叶的味道，这简直没道理！但现在即使让她像初阶生第一个课程所要求的那样导引出一个火星，也比要她把岚从肩头扔过去更加困难。即使在她自己眼中，火星也很微弱，而且每次她固定住一个编织，那个编织都会立刻开始消散，几秒钟之后就无影无踪了。

“你们两个？”这是艾密斯的声音，她和艾雯出现在凯兰铎的另一边。她们全都穿戴着艾伊尔的裙子、上衣和披巾，不过，至少艾雯没有戴着那么多项链和手镯。“为什么你显得这么奇怪，奈妮薇？你学会醒着走进这里了吗？”

奈妮薇稍微有些吃惊，她讨厌有人偷偷出现在她身边。“艾雯，你们怎么——”她一边说，一边整了整裙子。而伊兰也在同时说道：“艾雯，我们不明白你们是怎么——”

艾雯打断了她们的话：“兰德和艾伊尔人已经在凯瑞安赢得一场巨大的胜利。”随后，艾雯的话就像洪水一样滔滔不绝地涌了出来。她说了曾经在梦中告诉她们的每一件事，从沙马奥到霄辰的短枪，她所说的每一个字几乎都是紧压着前一个字蹦出来的，同时她又用一个严厉的眼神制止了奈妮薇和伊兰说话的冲动。

奈妮薇和伊兰困惑地对望了一眼，这些事她全都告诉过她们。这不可能是她们的想象，毕竟艾雯现在的话就是证实。就连有着一头白发、面容颇有点两仪师年岁莫辨特质的艾密斯，也对艾雯的滔滔不绝感到讶异。

“麦特杀了库莱丁？”奈妮薇忽然喊道。这肯定不是她们的梦，艾雯所说的根本就不是她们印象里的麦特。率领士兵？麦特？

当艾雯的话音终于停歇下来的时候，她整了整披巾，呼吸的速度变快了一些——她刚才说话的时候，几乎没有停下来吸过一口气。伊兰低声说：“他还好吗？”她的声音显得很虚弱，仿佛她已经在怀疑自己的记忆了。

“要有多好，就有多好。”艾密斯说，“他把自己逼得很紧，不听任何人的话，除了沐瑞之外。”艾密斯的声音里没有半点愉快。

“艾玲达无时无刻不陪在他身边，”艾雯说，“她正在为你认真照顾着他。”

奈妮薇对此表示怀疑，她对艾伊尔人知道的并不多，但她觉得如果艾密斯都会说“逼得很紧”，任何其他人就会说“快逼死了”。

看来，伊兰也同意奈妮微的观点：“那为什么艾玲达会任由他那样逼自己？他在干什么？”

根据艾雯的描述，他做的事情显然非常多。他每天要和岚或者任何他能找到的合适的人练两个小时的剑。艾雯说到这里时，艾密斯不屑地撇了一下嘴角。他还要用两个小时研习艾伊尔的徒手格斗技巧。艾雯也许会认为兰德这种举动很奇怪，但奈妮薇很清楚在无法导引的时候会有多么无助的感觉。不过，兰德肯定不会遇到这种状况，他已经成为一位王者，或者是地位更崇高的人。他的身边围绕着法达瑞斯麦卫兵，连贵族们也要对他俯首帖耳。实际上，他每天都要用很多时间向那些贵族发出命令，并且严格监督他们确切执行他的命令。如果枪姬众们不给他送饭过去，他就连用餐的时间都省了。这一点让艾雯和伊兰都有些生气，但不知为什么，艾密斯露出了莞尔的表情，但当奈妮薇望向艾密斯的时候，智者的脸又立刻变回了艾伊尔人的那种石板面孔。他每天还要花一个小时时间在他建立的一所奇怪的学校里，那所学校不仅会邀请学者，还会邀请各种手艺匠人，从眼镜师傅，到一名会制造一种带着滑轮、可以将长矛射出一里远的巨型弩车的女子。他没有告诉任何人他的目的，也许只有沐瑞例外，但两仪师对于此事给艾雯的惟一答案是：所有人都渴望留下一些什么。沐瑞似乎并不在意兰德正在干什么。

“沙度的残党都退向北方了。”艾密斯冷冷地说，“但每天都有更多的人越过龙墙加入他们，然而兰德·亚瑟却似乎已经忘了他们。他派遣军队前往南方，目标是提尔，现在忠于他的艾伊尔已经有一半去了那里。鲁拉克说他甚至没有告诉首领们为什么要这样做，而我不认为鲁拉克会对我说谎。除了艾玲达之外，沐瑞是最靠近兰德的人，但她拒绝去询问他的想法。”艾密斯摇了摇头，喃喃地说道：“虽然艾玲达有事情瞒着我，但我可以断定，对此她也一无所知。”

“隐瞒秘密最好的办法是不告诉任何人。”伊兰对艾密斯说。智者严厉地瞪了她一眼，艾密斯瞪人的目光并不比柏尔柔和多少。

“我们在这里研究不出什么结果的。”奈妮薇说着，看了看艾雯，艾雯显得有些心神不宁，现在可能正是扳回她在艾雯面前颓势的好机会。“我想知道的是——”

“你是对的，”艾雯打断了她的话，“我们不是在雪瑞安的书房里闲聊。你要告诉我们什么？你们还在瓦蓝先生的马戏团里吗？”

奈妮薇的呼吸停滞了一下，许多问题一下子飞出了她的脑海，她有许多事要说，有许多事又不能说。她说她跟踪兰飞儿，看到了弃光魔使的聚会，却只是说到了看见魔格丁在刺探那场聚会。并不是她不想说出魔格丁是怎样抓住她的（真的不是，确实不是），只是柏姬泰并没有允许她们放弃不能把她的存在告诉别人的承诺。这种局面显得很是尴尬。艾雯知道柏姬泰在帮助她们，奈妮薇清楚这一点，但她又要装作艾雯什么都不知道的样子。但奈妮薇终于还是做到了，虽然她有些结巴的语调让艾雯挑起了眉弓。感谢光明，伊兰帮她隐瞒了萨马拉的事情，让那些事看上去只是加拉德和马希玛的错。那当然是他们的错，如果他们双方只是派人来告诉她找到船只了，剩下的那些事情就都不会发生。

当奈妮薇最终说到沙力达的时候，艾密斯平静地说：“你们确定她们会支持卡亚肯？”

“她们一定像爱莉达一样清楚真龙预言，”伊兰说，“对抗爱莉达最好的办法是依附兰德，向全世界表明她们将全力支持兰德，直到最后战争。”伊兰的声音里仍带着一丝颤抖，她始终没办法以冷静的心态陈述任何关于兰德的事。“否则，她们就只是一帮叛徒，没有任何正统性可言，她们需要他，正如同他需要她们。”

艾密斯点点头，但并没有表现出赞同的样子。

艾雯说：“我还记得马希玛，那个眼窝深陷、面带凶相的家伙？”看到奈妮薇点了点头，她继续说道：“我真看不出那家伙身上有什么地方像是个先知，但他能挑起一场暴乱或战争我一点也不奇怪。我相信加拉德一定只是在做他认为应该做的事。”艾雯的脸有一些微微泛红，仅仅只是因为她回忆起加拉德的脸。“兰德会想知道马希玛，还有沙力达，只要我能让他有耐心听完我的话。”

“我想知道为什么你们两个会同时出现在这里，”艾密斯说。她听完了她们的解释，然后从奈妮薇那里拿过琥珀看了看。被另一个人摸到她正在使用的特法器，奈妮薇觉得自己起了一身的鸡皮疙瘩。“我相信你在这里的存在比伊兰要弱。”智者最后说道，“当一名梦行者在睡眠中进入梦的世界时，她只有少部分的自我还存留在她体内，只是能让她的身体维持生命而已。如果她只是在浅睡，她可以进入梦的世界，同时还能在醒来的世界中与周围的人交谈，那时她的样子就和你现在一样，也许你也处在这种状况。我不知道自己是否喜欢这种情形——任何能够导引的女人都有能力进入特·雅兰·瑞奥德，即使是以这种状态进入。”说完，她就把特法器还给了奈妮薇。

奈妮薇松了口气，急忙将琥珀收起来，她的肠胃还在微微悸动着。

“如果你们已经把所有的事都说了——”艾密斯停了一下，因为奈妮薇和伊兰都在抢着说她们已经说完了，智者的蓝眼睛变得难以想象地锐利，“那我们就必须走了。我必须承认，在这样的聚会中，我得到的信息比我预想的要多。但我今晚还有许多事要做。”她瞥了艾雯一眼，她们两个同时消失了。

奈妮薇和伊兰没有丝毫犹豫，在她们周围，巨型红石圆柱在眨眼间变成了一个狭小的、墙壁上铺着暗色嵌板的房间，这里寥寥几件家具也都显得朴素而坚固。奈妮薇的怒意本来已经发生了动摇，她紧紧握住阴极力，但初阶生师尊的书房让两者都得以确保存在。真是顽固的挑衅！她希望雪瑞安会在沙力达，那样她就能以平等的地位与雪瑞安面对，这对她来说肯定是一件非常高兴的事。但她仍然希望自己现在不必待在这里。伊兰盯着那面边框上金漆剥落的镜子，满不在乎地用双手整理着她的头发。只是在这里，其实她并不需要使用双手，她同样不喜欢走进这个房间。为什么艾雯会暗示和她们在这里碰面？爱莉达的书房也许不算是最舒适的地方，但那里也比这里要好些。

片刻之后，艾雯出现在她们面前。她站在那张宽书桌的对面，双手叉在腰上，眼里射出冷冽的光芒，仿佛她正是这个房间的主人。

没等奈妮薇张开嘴，艾雯已经说道："你们这两个没脑子的大舌头真的没脑子了？如果我要你们隐瞒什么秘密，你们是不是会立刻把它告诉你们遇到的第一个人？难道你们不知道，不必向所有人说出每一件事？我本来以为你们可以保密的。"奈妮薇的脸颊变得更热了，不过至少她的脸不可能像伊兰那么红。而艾雯还在不停地说下去："至于我是怎么做到那件事的，我不能教你们，你们必须是梦行者才行。即使那枚戒指有碰触别人梦境的功能，我也不知道如何使用，我同样不认为另外两件特法器可以办到这一点。将你们的精力集中在你们正在做的事情上，沙力达的情况也许跟你们预期的大不相同。我今晚还有别的事要忙，现在，至少试着让你们的脑子还留在脑壳里吧！"然后她就突然消失了，仿佛她说的最后一个字是从空气中蹦出来似的。

困窘侵蚀着奈妮薇的怒意，当艾雯说话的时候，她差一点爆发出来。还有柏姬泰：如果对方已经知道了这个秘密，她又怎么能守住它？最后困窘胜利了，阴极力像沙子一样从她的指缝间流走了。

奈妮薇猛然醒了过来，那件黄色的特法器还被她紧紧握在手中。墙上的油灯只剩下一点微弱的光亮。伊兰挤在她身边，仍然在熟睡中，拴在皮绳上的戒指已经滑到了她的喉窝里。

奈妮薇低声嘟囔了两句，爬过伊兰的身子，将琥珀收好，然后在脸盆里倒了一些水，洗了洗自己的脸和脖子。盆里的水并不算清凉，但总可以让奈妮薇感觉到一点爽快，在昏暗的光线中，她觉得镜子里的自己仍然是红着脸。她在艾雯面前似乎已经找不回以前的地位了。如果她们是在别的地方见面，如果她没有像个没脑子的女孩一样乱说话，如果没有出这些事就好了。如果她用的是那枚戒指而不是像鬼魂一样出现在那里，情况一定会好得多。这全都是汤姆和泽凌的错，还有乌诺，如果他们没有让她生气……不，这是亚格尼的错，他……她用双手拿起嫩树枝，用力刷了刷牙。她只想抹掉睡觉时留下的味道，那当然不是猫蕨草和马文叶的味道，完全不是。

当她从盥洗架前站起身的时候，伊兰正从床上坐起身，解下皮绳上的戒指。"我看见你失去了阴极力，所以我自己去了一趟爱莉达的书房，但我觉得我不该在那里停留太长时间，让你担心。我在那里没找到什么有用的信息，除了逮捕夏茉琳、并把她降格为见习生的命令。"她站起身，将戒指放进匣子里。

“她们能这样做？将一位两仪师降职？”

“我不知道，我想爱莉达在为所欲为。艾雯不该穿着艾伊尔衣服，那不适合她。”

奈妮薇呼出了憋在胸中的一口气，很显然的，伊兰想要忘记艾雯所说的话。奈妮薇很愿意她这样做。“确实不适合。”她又爬上床，躺到了靠墙的位置。她们轮流睡在外侧床位。

“我甚至没机会让她为我带句话给兰德。”伊兰也走到盥洗架旁边。这时油灯彻底熄灭了，只有一点月光从小窗口里投洒进来。“还有，也应该给艾玲达带句话过去，如果她在替我照顾兰德，她就应该好好照顾他。”

“他不是一匹马，伊兰，你并不拥有他。”

“我从没说过我拥有他，如果岚勾搭上了某位凯瑞安女人，你又会有什么感觉？”

“别傻了，去睡觉吧！”奈妮薇用力拍打着她的小枕头。也许她应该给岚也带些话过去，那些贵族女人们，无论是提尔的还是凯瑞安的，都是一个德行。她们总是用甜言蜜语去欺骗男人，而不是和男人说实话，岚最好不要忘记他是属于谁的。

在博安达的下游，两侧的河岸上长满了树木，到处都是未经破坏的大树和藤蔓的丛林。村庄和农舍消失了，艾达河仿佛正在穿过一片千里之内都不会有人烟的荒野。离开萨马拉五天之后，水毒蛇号在午后时分在一道河湾的中间抛了锚，船上剩余的乘客被一艘小艇载运到河边干裂的泥滩上。再往岸上不远就是森林覆盖的山丘，森林里就连枝繁根深的柳树和橡树上都出现了一些棕黄色的叶子。

“其实不需要把那条项链给那个男人。”已经上岸的奈妮薇一边说着，一边看着小艇靠在岸边，那上面有四名桨手、泽凌和最后五名夏纳人。奈妮薇希望自己没有受骗。亚格尼给她看了这片地区的地图，指出沙力达在地图上的标记。那是一个距离艾达河两里远的地方，但在那周围没有任何其他村庄或居民标志，这片森林仿佛也显示着，这里不会有任何居民。“我已经给了他够多的钱了。”

“还不足以抵偿他的货物，”伊兰回答，“他是一名走私犯，这并不意味着我们有权利把他的东西拿走。”奈妮薇想知道伊兰有没有和泽凌讨论过这个问题，也许没有，这只不过又是一个法律问题。“除此之外，黄蛋白石其实是一种华而不实的东西，那串项链的工艺也不怎么样。反正，只要看看他的表情就值得了。”伊兰突然咯咯笑了起来，“这次，他看的是我。”奈妮薇忍不住也笑了。

汤姆站在树林边，正从他的袖子里不断地变出彩色球来，想要逗玛丽甘的两个孩子笑。佳瑞和塞弗拉着手，静静地望着他，连眼睛都不眨一下。当玛丽甘和妮可拉请求和她们一起走的时候，奈妮薇并不感到惊讶。妮可拉可能也在看着汤姆，并且在愉悦地笑，但只要奈妮薇允许，她会一直半步不离地跟着奈妮薇。爱瑞娜也想跟着她们却让奈妮薇很惊讶。她正坐在一株倒下的原木上看着柏姬泰，柏姬泰则在为她的弓上弦。等到了沙力达，这三个女人一定会大吃一惊的。至少妮可拉可以在那里找到她的避难所，玛丽甘甚至可以在那里重新开始医药的事业，如果那里没有太多黄宗两仪师的话。

“奈妮薇，你有没有想过……她们会如何接纳我们？”

奈妮薇惊讶地看着伊兰。她们已经穿越了半个世界，两次击败黑宗两仪师，嗯，在提尔，也许她们只是帮帮忙，但坦其克的战斗是她们独力赢得的。她们携带着爱莉达和白塔的最新信息。她愿意打赌，这些信息对沙力达来说仍然是一无所知的，最重要的是，她们能帮助这些两仪师与兰德建立联系。“伊兰，我不觉得她们会把我们当成英雄一样欢迎，但如果她们在今天晚些时候亲吻我们，我一点也不会惊讶。”只是兰德就足以让她们这样做了。

两名赤脚的船员跳下小艇，在水流中抓住了船身，泽凌和夏纳人蹚着水走上了岸。船员们随后就跳回了小艇。在水毒蛇号上，人们已经开始拉起船锚了。

“为我们开路，乌诺，”奈妮薇说，“我要在天黑之前到达那里。”从这片森林中密生的藤蔓和矮灌木判断，两里路可能确实需要这么多的时间。如果亚格尼没有骗她的话。现在这件事是她最为担心的。

第50章

教导，学习

大约四个小时以后，从奈妮薇脸上流下的汗水和不合季节的炎热已经没有太大关系了。现在她怀疑，即使是亚格尼骗了她，他们的下场也未必会比这个更糟糕，或者亚格尼根本就应该在博安达把他们扔下的。将近黄昏的阳光从边框破裂的窗户中斜射进屋里，她怀着愤怒和不安的心情紧抓着裙子，竭力避免去看那六位两仪师。她们正围坐在墙边一张坚固的老桌子周围，只能看见她们的嘴在无声地开合着，因为她们正在一道阴极力的屏障后面交谈。伊兰高扬着下巴，双手平静地交叠在腰部，但眼神里和嘴角处的紧张破坏了竭力保持的优雅。奈妮薇不确定自己是否真的想知道两仪师的交谈内容，一连串的打击已经让满怀期望的她变得晕头转向了。如果再有什么刺激，她觉得自己一定立刻会尖叫起来，只是她不知道这样的尖叫是来自怒意，还是来自纯粹的歇斯底里。

除了身上的衣服之外，她们所有的东西几乎都被摆到那张桌子上。柏姬泰的银箭放在矮胖的摩芙玲面前，三件特法器放在雪瑞安面前，镀金的小箱子放在黑眼睛的麦瑞勒面前。这些女人的脸上没有半点喜色，卡琳亚的面孔仿佛是从冰块中雕出来的一样，就连面容慈祥的爱耐雅也罩上了一层严厉的面具，波恩宁那双永远大睁着的眼睛明显流露着苦恼和另外一些情绪。偶尔，波恩宁似乎想碰碰那块覆盖在昆达雅石封印上的白布,但她的手总是停在中途,又立刻缩了回去。

奈妮薇用力将视线从那块布上移开,她知道事情是从什么时候开始不对劲的。树林里团团围住他们的护法态度并不粗鲁,虽然有点冷酷,至少在她命令乌诺等夏纳人放下武装后,情况不算太糟。明用欢笑和拥抱给了她们热切的问候,但街上的两仪师和其他人只是在为自己的事务奔忙着,对这支队伍连多瞥一眼的工夫都没有。沙力达是个相当拥挤的小镇,几乎在每一片空旷处都有人在进行战斗训练。除了护法和明之外,第一个注意到他们的是瘦削的褐宗两仪师菲德琳。在一间曾经是客栈大厅的厅室里,她和伊兰把商量好的故事告诉了菲德琳。五分钟之后,她们被留在那里,菲德琳严厉地命令她们不准挪动一步,也不准再说一个字,即使是她们之间进行交谈也不行。又过了十分钟,她们困惑地彼此对视着,周围站满了见习生、穿白裙的初阶生、护法、仆人和士兵。在这些人身后,两仪师们坐在桌边,一边盯着她们,一边不停地发出命令。随后她们几乎是脚不沾地地被簇拥到另一个房间里,雪瑞安等两仪师开始对她们进行讯问,态度丝毫不像是在迎接英雄,倒像是在审问犯人。奈妮薇用手绢轻轻擦了擦脸,将手绢收回到袖子里之后,立刻又抓紧了裙子。

站在彩色丝绸地毯上的并不是只有她和伊兰,史汪穿着一条质料优良但样式朴素的蓝色羊毛裙子,脸色显得冷静沉着。如果不是对情况有些了解,奈妮薇也许会以为史汪的出现只是偶然,她似乎完全沉浸在平静的思绪之中。莉安至少还在看着那些两仪师,表情和史汪一样平静,实际上,不知为什么,奈妮薇觉得现在的莉安比以往显得更有自信,古铜色皮肤的身躯也更加苗条柔美了。也许这和她穿的这套放荡裙装有关,这件淡绿色的丝裙并不比史汪的高领裙更暴露,但那一层几乎是半透明的丝绸裹紧了莉安身上的每一条曲线。然而,真正让奈妮薇吃惊的是这两个人的面孔,奈妮薇根本没想过她们能活下来,更没想到她们会变得这么年轻——看上去,她们顶多只比她大了一两岁。自始至终,这两个人只是偶尔朝对方瞥上一眼,奈妮薇能明显地感觉到她们之间的寒意。

她们和这里的人还有一点不同,这是奈妮薇刚刚才发现到的。虽然包括明在内的所有人都对她们已经遭受静断的事实保持小心翼翼的态度,但并没有人将这件事当成一个秘密。奈妮薇逐渐感觉到了那种缺失,也许是因为这个房间里几乎所有的女人都有导引能力,或者也许是知道她们已经被静断了,奈妮薇第一次真正感觉到了伊兰和周围其他女性所具有的这种能力。史汪和莉安失去了这种能力,被夺走、割除了这种能力,这就像是一道伤口,也许是一个女人所能承受的最严重的伤口。

好奇心战胜了奈妮薇。那是一种什么样的伤口？真正被割除的是什么？她也许可以利用这段等待的时间，还有搀杂在紧张心情中的愤怒。她向阴极力伸展了过去……

“谁允许你在这里导引的，见习生？”雪瑞安问道。奈妮薇愣了一下，急忙放开了真源。

那位绿眼睛的两仪师率领其他两仪师回到这四名站立的女子面前，坐到六把排成半圆形的参差不齐的椅子里，桌上的东西也被她们拿了一些过来。她们盯着奈妮薇，刚才脸上的情绪都被两仪师的冰冷所吞没了。尽管天气炎热，但这些看不出年龄的面孔上连一滴汗珠都看不见。最后，爱耐雅用带有轻微责备语气的声音说道：“你离开我们已经有很长的时间，孩子，无论你在这段时间里学到了什么，你显然忘记了很多。”

奈妮薇红着脸行了个屈膝礼：“请原谅我，两仪师，我没有想要冒犯的意思。”她希望她们会认为她脸颊上的红热是因为羞愧而产生的，她确实已经离开她们很长时间了，就在一天以前，她还在不停地发号施令，人们会因为她的话而奔忙不休，现在她变成了听从命令的人，这让她觉得很恼火。

“你告诉了我们一个很……有趣的故事，”卡琳亚显然并不相信她的陈述，这名白宗两仪师用修长的手转动着两仪师的银箭，“而你也带回来了一些奇怪的对象。”

“坦其克的帕那克爱麦瑟拉给了我们许多礼物，两仪师，”伊兰说，“她似乎认为是我们拯救了她的宝座。”伊兰的声音算是相当平稳，但说话时仿佛正走在一层薄冰上，奈妮薇并不是惟一为了失去自由而气恼的人。卡琳亚平滑的面容绷紧了。

“你们带来了令人烦扰的讯息，”雪瑞安说，“还有一些令人烦扰的……东西。”她扫视着桌面，眼角微微翘起，朝那副银色的罪铐看了一眼，然后转过头，用严厉的目光盯着伊兰和奈妮薇。自从知道那是什么、有什么用处之后，绝大多数两仪师看着它的时候都像是在看着一条红毒蛇。

“如果这东西真的像这些孩子们说的那样，”摩芙玲心不在焉地说，“我们需要对它进行研究，如果伊兰真的相信她能制造出一件特法器……”这名褐宗两仪师摇了摇头，真正的注意力集中在那个遍布着红、蓝和棕色斑点与条纹的石戒指上。这枚戒指现在正放在她的手心里，另外两件特法器摆在她粗壮的大腿上。“你说这是两仪师维林给你的？为什么我们以前一直不知道这件事？”这次她讯问的对象不是奈妮薇和伊兰，而是史汪。

史汪皱起眉,但并不是奈妮薇记忆中那种严厉骇人的皱眉,她的表情夹杂着一丝畏怯,似乎知道现在与她交谈的人地位比她高,她的声音里同样包含着这样的情绪。这是另一个奈妮薇几乎无法相信的改变。“维林从没跟我说过这件事,现在我也很想问她几个问题。”

“关于这个,我也想问问你。”麦瑞勒阴沉着橄榄色的脸,打开了一张奈妮薇熟悉的纸条(谁知道她们怎么会把这张纸条一直保留到现在),大声读起上面的内容:“此物持有者之行为均出自我的命令,遵从我的权威,服从我的指挥,不得异言。史汪·桑辰,封印监守者,塔瓦隆之焰,玉座。”她将那张盖着印章的纸条在手中揉成一团,“这不是应该交给见习生的东西。”

“在当时,我不知道可以相信谁,”史汪流利地回答道,六位两仪师现在全都瞪着她,“而且那时我有这样的权力。”六位两仪师连眼睛都没有眨一下。史汪用带着一点怒意的声音恳求着说:“你们不该认为这是我的过失,我必须这样做,而且那时我有充分的权力这样做。船沉的时候,你必须用能找到的一切材料把漏洞堵好。”

“为什么你没告诉我们?”雪瑞安平静地问,声音听起来像铁一样硬。身为初阶生师尊,雪瑞安从没提高过声音,但永远都会让人感觉到巨大的压力。“三名见习生——见习生!——被派出白塔,追猎十三名黑宗两仪师,你是否要用婴儿堵住你的船上的洞,史汪?”

“我们不是婴儿!”奈妮薇激烈地响应道,“那十三名黑宗里已经有人死了,我们两次破坏了她们的计划,在提尔,我们——”

卡琳亚用冰冷、尖利如刃的声音打断了她的话:“关于提尔的事,你们已经全都说过了,孩子,还有坦其克的事情,以及击败魔格丁的事情。”她带着挖苦的神情撇了撇嘴角。这位两仪师刚才说过,奈妮薇竟然会走到距离一名弃光魔使一里内的地方,十足愚蠢,而她能活着逃出来完全是因为她的好运气。卡琳亚完全不明白奈妮薇有多赞成这种意见——奈妮薇和伊兰绝对没有将实情和盘托出——但这只是让奈妮薇的肠子仿佛打了几个结。“你们还是孩子,我们不打你们的屁股是你们的好运。现在,闭上嘴,直到你们被命令开口。”奈妮薇闭上了嘴,但脸色已经变得火一样通红,她希望两仪师们仍然只会把这种表现当成是她正感到羞愧。

雪瑞安的目光一直没离开过史汪:“那么,为什么你从没说过派出三个幼童追猎狮子的事?”

史汪深吸了一口气,但还是交叠起双手,以悔过的样子低下了头:“那时我觉得没这个必要,两仪师,有很多其他事情比这个重要得多。我没有隐瞒任何事情，只要是该说的，我都说了，我说了对于黑宗的每一点了解。已经有很长一段时间，我并不知道这两名见习生身处何地，她们要做什么，重要的是她们现在到了这里，还带来了三件特法器。您必须注意到，她们去了爱莉达的书房，查看了那里的文件，您应该明白这意味着什么。如果不是这样，您就不会知道爱莉达已经知道了这个地方。”

“我们注意到了。”爱耐雅说着，看了摩芙玲一眼，后者仍然紧皱眉头望着那枚戒指。“我们只是对她们的手段感到有些惊讶。”

“特・雅兰・瑞奥德，”麦瑞勒喘了口气，“一直以来，在白塔这只是个学术问题，或者说，只是一个传说，还有艾伊尔的梦行者。有谁能想得到，艾伊尔智者竟然能够导引，更别说是这种技巧？”

奈妮薇真希望能把这件事当成秘密藏起来，就像隐瞒柏姬泰的真实身份和另外几件事一样，但在几个能用目光钻透岩石的两仪师不断的讯问中，顺口说出一些不该说的事情实在是在所难免的。好吧，其实奈妮薇觉得她们隐瞒秘密的工夫已经不错了，特・雅兰・瑞奥德一旦被提起，接着又得知她们可以进入其中，这些女人简直像是要到老鼠把猫赶上树的时候才会停止讯问。

莉安向前迈出半步，完全不看史汪：“重要的是，有了这些特法器，你们可以和艾雯交谈。通过艾雯，你们可以联系到沐瑞，这样不仅可以知道兰德的动向，你们甚至还可以影响他在凯瑞安的行动。”

“我以前就说过，他离开艾伊尔荒漠之后会进入凯瑞安。”史汪说道，目光和声音指向两仪师们，但话里所蕴含的意味却像是在说给莉安听。

莉安哼了一声，说道：“做得不错，两名两仪师已经被派到荒漠去追赶鸭子了。”莉安的声音里带着明显的寒意。

“够了，孩子们，”爱耐雅说话的语气像极了命令两个小孩停止吵架的母亲，她意味深长地看了其他两仪师一眼，“能够和艾雯交谈应该是一件好事。”

“如果这些特法器能够像你们所说的那样发挥作用。”摩芙玲掂了掂手心里的戒指，同时用另一只手的手指划过腿上的两件特法器。没有确实的证据，这个女人连天空是蓝色的也不会相信。

雪瑞安点点头：“是的。这是你们的第一个任务，伊兰，奈妮薇，你们将有机会教导两仪师，告诉我们该如何使用这些东西。”

奈妮薇行了个屈膝礼，同时向两仪师们龇了龇牙，她们可以把这个表情当成是在微笑。教导她们？是的，然后她就永远也没办法再碰到那枚戒指，还有那两件特法器。伊兰的屈膝礼显得更加僵硬，面孔仿佛变成一张冰雕的面具，她的眼珠几乎是带着渴望的神情向那件愚蠢的罪铐转了一下。

“这些钱款授权书会很有用,”卡琳亚的声音里显示着白宗的冷静和逻辑性,但充满力度的语调仍然流露出烦躁的心情,“加雷斯·布伦总是想要我们给他更多的金币,有了这些,我们说不定可以让他满意了。”

“是的,”雪瑞安说,“但我们必须把大部分的钱留下来给自己用,现在这里和别的地方,我们要提供食物和衣服的人愈来愈多了。”

伊兰以亲切的姿态点了一下头,就好像两仪师们要经过她的许可才会拿走这笔钱一样,但奈妮薇只是不动声色地等着。金币、授权书,还是特法器,这些只是一部分而已。

“对于其余的问题,”雪瑞安继续说道,“我们同意你们离开白塔是奉命行事,无论这样的行动有多么荒谬,你们不需要为此事负责。现在,你们平安地回来了,你们要继续你们的学习。”

奈妮薇缓缓地呼出一口气,自从讯问一开始,她就不敢多奢求什么了,但她依然不喜欢这种结果,只是这次她不会让人有机会指责她的坏脾气。毕竟,发脾气在这里毫无益处。

伊兰却在这时突然说道:“但——!”她刚刚说出这个字,雪瑞安就以更加强硬的语气打断了她:

“你们要继续你们的学习,你们都很强,但你们还不是两仪师。”那双绿色的眼睛紧盯着她们,直到雪瑞安相信她们已经听从了命令。然后她又用稍微柔和了一点、但依然坚定的声音说道:“你们回到了我们身边,虽然沙力达不是白塔,但你们依旧可以把这里当成是白塔。根据你们告诉我们的信息判断,你们还有许多事情没有说出来。”奈妮薇屏住了呼吸,这时雪瑞安的目光转向了那副罪铐。“很可惜,你们没能让那名霄辰女子跟你们一起回来,你们真的应该带上她。”雪瑞安这样说时,不知为什么,伊兰的脸突然通红,神情中也夹杂了许多气恼。但对奈妮薇来说,知道对方说的是那霄辰女子,只是让她又松了一口气。雪瑞安继续说道:“但见习生不能因为无法像两仪师那样思虑周全而遭到惩罚,史汪和莉安会有许多问题问你们,你们要与她们合作,尽力回答她们的问题。我相信,我不需要提醒你们,不要利用她们现在的状况欺压她们。一些见习生,甚至有一些初阶生都曾经自以为可以指责,甚至是惩罚她们。”稍显温和的声音又变得像钢铁一样冷硬。“这些幼稚的女人们现在都为这种错误感到极为懊悔,还要我再说什么吗?”

奈妮薇和伊兰急忙结结巴巴地表示已经领会了雪瑞安的意思。奈妮薇根本没想过要指责她们两人,依照她的了解,所有的两仪师都有错,但她不想惹怒雪瑞安,她不得不痛苦地意识到,自由的日子真的一去不返了。

“很好，你们可以拿走帕那克送给你们的珠宝，还有这支箭，等到有时间的时候，你们一定要告诉我，为什么她会送你们这样一件礼物。现在你们离开吧！会有见习生为你们找到睡觉的地方。见习生的制服也许不太好找了，但她们会为你们找到的。我相信你们会忘记你们的……冒险，并很快回到你们应在的位置上。”虽然没有明说，但雪瑞安的意思很明确——如果她们自己不能很快回到自己的位置，自然会有人来帮她们。看到她们明白了自己的意思，雪瑞安满意地点了点头。

从阴极力的屏障被消去到现在，波恩宁始终一句话也没说，但是当奈妮薇和伊兰行屈膝礼的时候，这名灰宗两仪师站起身，走到堆放这两名见习生物品的桌子旁边。“而这是什么？”她带着很重的塔拉朋口音问着，伸手掀开了覆盖着暗帝封印的白布，看到白布下面的东西，蓝灰色的大眼睛里喷出的怒意远多于震惊。“没有人对这个问什么问题吗？你们全都打算对此视而不见吗？”那个黑白两色的碟子躺在众人面前，已经碎成了十几片，虽然这些碎片仍然紧密无间地拼合在一起。

奈妮薇拼命润了润喉咙，才说出话来：“它在袋子里的时候还是完整的。”她刚才一直都竭力不去看覆盖它的那块白布，但她毕竟还是无法回避这个问题。当她们的东西被一一放在桌上的时候，莉安看见那条红裙装，还嘲笑她……不，她不能逃避它，不能胡思乱想了！“为什么我们要特别照顾它？它是昆达雅石！”

“我们一直都尽量不去看它和动它，”伊兰喘息着说，“它感觉起来非常……邪恶。”卡琳亚将昆达雅石的碎片分发给两仪师们，要求她们说出感觉到了什么样的邪恶，但现在它已经没有这种感觉了。

她们刚才说过这件事，而且不止一次地说过，只是现在没有人注意她们了。

雪瑞安站起身，走到有蜂蜜色头发的灰宗两仪师面前：“我们没有对任何事视而不见，波恩宁，问更多的问题也不会有用，她们已经把知道的全部告诉了我们。”

“多问些问题总会有好处。”摩芙玲说。她不再摆弄手中的特法器，而是像其他人一样，将视线转向那道破碎的封印，死死地盯住了它。它应该是昆达雅石(摩芙玲和波恩宁都对它进行过测试，确认了这一点)，但摩芙玲也曾经亲手折断了它的一块碎片。

“这七道封印中还有多少是完整的？”麦瑞勒低声喃喃自语着，“还有多久暗帝就会重获自由，最后战争就会到来？”根据自身的特长和喜好，每一位两仪师会完成不同的任务，而每个宗派都有它们专注的部分。绿宗自称为战斗宗派，她们所做的一切都是为了在末日战争中与新的惊怖领主全力作战,所以在麦瑞勒的声音里几乎包含着一丝激动与渴望。

“三个,”爱耐雅稍有些颤抖地说,“据我们所知,还有三个是完整的。但愿我们真的掌握了所有信息,但愿真的还有三道封印吧!”

“但愿那三个会比这个更强一些!”摩芙玲喃喃地说道,“昆达雅石不能这样被打破,不可能是昆达雅石,不可能。”

“我们等到合适的时候再讨论这个问题,”雪瑞安说,“现在还有很多急迫的事情需要解决。”她从波恩宁手里拿过那块白布,将破碎的封印重新遮盖起来。“史汪、莉安,我们已经做出了一个决定,是关于——”她看到伊兰和奈妮薇还在屋里,立刻停住了话头,“我不是已经要你们离开了吗?”她的外表还是平静的,但忘记了她们的存在表明她内心很混乱。

奈妮薇急忙又行了个屈膝礼,急急地说道:“请容我们告退,两仪师。”然后她就转身向门口快步走去,两仪师们(还有史汪和莉安)都不动声色地看着她和伊兰离开,奈妮薇觉得自己简直就是被她们的目光推走的。伊兰紧随在奈妮薇身后走出那个房间,她最后又看了那副罪铐一眼。

奈妮薇关上房门,立刻将身子靠在粗木门板上,她紧紧地将镀金小箱抱在胸前,在走进这幢古老的岩石客栈之后,终于第一次舒服地呼出一口气。她不想再去考虑那个破碎的封印,另一个破碎的封印。还是不要去想了,那些女人简直能用眼睛去剪羊毛。她倒是很想看看,如果这些两仪师与智者们见面,那会是什么样的情景,当然,她得不被夹在中间才好。她第一次前往白塔学习如何俯首听命是一段非常艰难的经历,而在这么长一段时间以来一直都在发号施令(当然,她经常都会和伊兰商量的),她已经不知道该如何才能学会拔羊毛和擦地板了。

在大厅里,匆匆抹就的石膏天花板下面和濒临坍塌的冰冷石砌壁炉旁边,人们仍然像她刚进来时那样忙碌着。没有人看她,她也没有去看任何人,但有一小群人正在这里等着她和伊兰。

粉刷过石膏的墙边,汤姆和泽凌坐在一张粗木长凳上,正和蹲在他们面前的乌诺低声耳语着,夏纳人的大剑重新回到了乌诺的背上。爱瑞娜和妮可拉惊愕地望着每一个地方,同时又竭力掩饰自己惊愕的心情,而与她们坐在同一张长凳上的玛丽甘,正在看着柏姬泰。柏姬泰笨拙地耍弄着汤姆的三颗彩色木球,想要逗笑佳瑞和塞弗。明跪在那两个孩子身后,一边搔他们痒,一边在他们耳旁低声说着话。但他们只是彼此握着手,两双大眼睛冷冷地望着前方。

在这个房间里,只有两个人显出一副闲适的模样,他们是麦瑞勒三名护法中的两个，这两个家伙靠在长凳附近的墙边，正慢条斯理地闲聊。他们身边的另一侧就是通往厨房走廊的小门。柯利·曼金是个黄头发的年轻石脸瘦子，安多人，从侧脸看过去还算英俊。艾瓦·哈克米有着鹰钩鼻和方下巴，上唇灰白色的胡子如同两枝向下弯的尖角。没有人会说艾瓦的相貌英俊，在他的黑眼睛前面，任何人都会感到喉咙发干。两名护法的视线根本没有向长凳这边转过一次。当然，他们只是恰巧无事可做，想在这里聊聊天而已。

看到奈妮薇和伊兰走进大厅，一颗彩球从柏姬泰手中掉了出去。“你们对她们说了什么?”她平静地问道，伊兰手中的银箭似乎完全没引起她的注意，她的箭囊还挂在腰带上，但长弓则被靠在墙边。

奈妮薇走到她身边，小心地不去看柯利和艾瓦。然后以同样的小心压低声音，以稍显强调的语气说：“我们回答了她们所问的一切。”

伊兰碰了碰柏姬泰的手臂：“她们知道了你是我们的朋友，曾经帮过我们大忙，这里欢迎你留下来，就像欢迎爱瑞娜、妮可拉和玛丽甘一样。”

看到柏姬泰稍显轻松的表情，奈妮薇才意识到她刚刚有多么紧张。蓝眼睛的弓箭手拾起掉落的黄色木球，以流畅的动作将三颗球扔回给汤姆。汤姆用一只手抓住它们，眨眼间就让它们消失了，柏姬泰的嘴角显出一丝最轻微的宽慰笑容。

“真是无法形容看见你们两个我有多高兴。”明已经是第四次或第五次这样说了。她的头发变长了些，只是还没办法完全遮住脖子。在另外一方面，她也有了稍许的不同，只是奈妮薇还没办法确切地看出来。让奈妮薇吃惊的是，明外衣的领口上出现了刺绣的花朵，她以前一直都只穿着朴素的衣服。“这里根本找不到一张友善的脸，”明的目光向那两名护法闪烁了一下，“我有好多话要跟你们说，但必须先找一个没有别人的地方，我已经等不及要听你们在离开塔瓦隆之后的经历了。”如果奈妮薇没猜错的话，明还要跟她们谈谈将来的打算。

“我也很想跟你说说话。”伊兰相当严肃地说道。明看着伊兰，叹了口气，然后点点头，表情不像刚才那样迫切了。

汤姆、泽凌和乌诺在柏姬泰和明之后走了过来，看他们的表情，这些男人一定是要说一些他们认为女人不会喜欢的事情了。但没等他们开口，一名穿着见习生服装、卷头发的女子推开泽凌和乌诺，瞪了那些男人一眼，站到奈妮薇面前。

在芙芮恩身上，带着七色镶边的见习生长裙已经不像以往那样雪白了，她的黑脸上堆满了怒容：“看见你出现在这里真是令人吃惊，野人，我以为你已经跑回你的村子里去了，我们的好王女也跑回到她母亲那里去了。”

"你仍然是那么喜欢让牛奶发酸吗,芙芮恩?"伊兰问。

奈妮薇仍然保持着脸上的笑容,虽然这样做很勉强。在白塔的时候,芙芮恩有两次被安排对她进行教导,在芙芮恩看来,课程的重点是让奈妮薇明白自己的身份。即使老师和学生都是见习生,只要课程还在继续,老师就有着相当于两仪师的权力,芙芮恩肯定充分利用了这个机会。这个卷头发的女人在初阶生的位置上待了八年时间,又当了五年的见习生,所以从来都不喜欢没当过初阶生的奈妮薇和只穿了不到一年纯白色衣服的伊兰。芙芮恩给奈妮薇上过两次课,奈妮薇就两次因为态度不好而去了雪瑞安的书房,那时记录她脾气、固执等错误的单子像她的手臂一样长。奈妮薇提高了声音说道:"我听说有人待史汪和莉安很不好,我认为雪瑞安打算要惩一儆百,彻底消除这种现象。"她让自己一直以稳定的目光看着芙芮恩,芙芮恩有些害怕地睁大了眼睛。

"我什么都没有做过,自从雪瑞安——"芙芮恩用力闭上了嘴,脸猛地涨红了,明用手捂住了嘴。芙芮恩猛地转过头,从柏姬泰到玛丽甘,逐一审视身边女子的脸庞。她随手向妮可拉和爱瑞娜指了指:"我想,你们两个可以,跟我来,快点,别拖拖拉拉。"她们缓缓地站起身,爱瑞娜警觉地望着芙芮恩,妮可拉的手指不停地摩搓着腰间的裙带。

伊兰走到她们之间,高扬着下巴,用专横而冰冷的蓝眼睛望着芙芮恩:"你要她们干什么?"

"我奉两仪师雪瑞安的命令行事,"芙芮恩回答,"我本人认为她们现在进行测试已经年纪太大,但我只是在遵从命令。加雷斯大人的征兵队里总会有一位两仪师,现在就连像奈妮薇这种年纪的女人都要接受测试。"她突然露出一丝毒蛇般的微笑。"我是否应该告知雪瑞安你不赞成这样做,伊兰?我是否应该告诉她,你不同意让你的随从接受测试?"伊兰的下巴沉了下去,但她不会就这样退缩,她需要转移一下话题。

奈妮薇碰了碰芙芮恩的肩膀,"她们找到了多少人?"

现在芙芮恩显然不愿意和奈妮薇说话,但她还是转过了头。奈妮薇瞥了伊兰一眼,看见她正在安慰爱瑞娜和妮可拉,向她们解释她们不会受到伤害,或者被迫做任何事情。奈妮薇想不到这些两仪师会这么做,一般情况下,当两仪师找到像伊兰和艾雯那样迸发出至上力火星的女孩时,她们会尽全力让这个女孩接受导引的训练,不管女孩本人的意愿如何,因为至上力迟早会在这样的女孩体内爆发。她们对于必须在接受训练以后才能碰到至上力的女孩和野人则要宽大许多,理论上,两仪师会允许她们自己选择是否要成为两仪师。野人指的是那些自己寻找到导引方法的女孩,在未经训练的情况下,四个天生能碰触到真源的女孩里只有一个能活着成为野人。野人往往并不知道自己有导引的能力，而且经常会像奈妮薇一样，以某种方式封锁自己的导引能力。奈妮薇自己选择了进入白塔，但她怀疑如果自己当时选择离开，两仪师们仍然会设法让她就范。也许她们会为此而把她的手脚都绑起来，在她们眼中，任何有机会拥有导引能力的人大概都是一只宴会上的羔羊。

“三个，”芙芮恩过了一会儿说道，“费了这么多力气之后，她们找到了三个，其中一个是野人。”她实在是不喜欢野人。“我不知道为什么她们会这样如饥似渴地寻找初阶生。除非夺回白塔，否则根本没办法让初阶生晋升为见习生，这全都是史汪·桑辰的错，她和莉安的错。”芙芮恩脸颊上的肌肉抽搐了一下，仿佛她意识到了这句话可能会让别人怀疑她恶待了前玉座和撰史者。她急忙抓住爱瑞娜和妮可拉的手臂：“过来，我是在执行命令。你们必须接受测试，无论这是不是在浪费时间。”

“恶心的女人，”明低声说着，斜睨了快步走过大厅的芙芮恩一眼，“如果真的有公正存在，她一定不会有快乐的未来。”

奈妮薇想问问明在这个卷发女人身上看到什么幻象，她有上百个问题要问明，但汤姆和另外那两个男人执拗地站在她和伊兰面前。泽凌和乌诺站到汤姆两侧，三个人形成了一个可以监视所有方向的态势。柏姬泰将佳瑞和塞弗带到他们的母亲身边，然后带着他们走到更远一些的地方。明知道这些男人要干什么，她用可怜兮兮的目光看着他们，似乎是有话要说，但最后她只是耸了耸肩，到柏姬泰那里去了。

看汤姆的表情，他似乎是想谈谈天气，或者是问问晚饭有什么可吃。“这个地方充满危险的傻瓜和做梦的人，她们以为能打垮爱莉达，所以加雷斯·布伦才会在这里，他要为她们组建一支军队。”

泽凌的笑容几乎把他的黑脸分成了两半：“不是傻瓜，是疯女人，还有发了疯的男人。我不在乎爱莉达是不是从洛根出生那天起就当上玉座了，她们以为可以从这里推倒一位坐镇在白塔中的玉座，只有疯子才会这么想。我们能在一个月内到达凯瑞安，如果没有意外的话。”

“拉冈等人已经确定了马匹的位置。”乌诺也是满面笑容，表情和眼罩上那颗火红的眼睛极端地不协调，“那些卫兵被设置的目的是防止有人进来，而不是阻挡里面的人出去，我们可以在森林里甩掉他们。很快就天黑了，他们绝对找不到我们。”在河上旅行的日子里，两个戴着巨蛇戒的女人对他的言谈举止造成了很大的改变，虽然他确信，当这两个女人不在场的时候，他肯定还会故态复萌。

奈妮薇看着伊兰,后者微微摇了摇头。为了能成为两仪师,伊兰什么都可以忍受,而奈妮薇自己呢?如果这些两仪师已经决定要控制兰德,而不是单纯地支持他,她和伊兰大概也没什么让她们改变主意的好办法,实际上,可以说是毫无办法。但是……还有医疗技术,在凯瑞安,她在这方面不会有任何收获,但在这里……就在距离她不到十步远的地方,身材苗条、有着长鼻子的黄宗两仪师瑟瓦·玛瑞西斯正在一份文件上勾勾画画地写着什么。一名秃头黑须的护法在门旁与妮索·达晨说着话,那名护法只有常人的身高,但肩膀已经超过了那位两仪师的头顶。达达拉·芬奇的肩膀像这个房间里的许多男人一样宽,而身高更是比大多数男人来得高。她正在一座冷壁炉前面指挥一群初阶生站好队,然后用洪亮的声音逐一向她们安排任务。妮索和达达拉同样是黄宗两仪师,达达拉头上的灰发表明她已经是一位年纪相当大的两仪师了,据说她掌握的医疗知识比任何两位两仪师加起来都多。如果奈妮薇现在去兰德身边,她什么也做不了,只能看着兰德陷入疯狂。如果能继续增进自己的医疗能力,也许终有一日,她可以阻挡那种疯狂。两仪师们对太多的事情都容易感到绝望,随意就放弃,她不会这样的。

所有这些事飞快地闪过脑海,她看着伊兰,然后又将头转向男人们:"我们要留在这里,乌诺,如果你们想去找兰德,你们可以照自己的意愿去做,只是恐怕我没有钱可以给你们了。"两仪师们拿走了所有金币,而奈妮薇对于自己口袋中仅剩的几枚银币又实在是舍不得。这些男人因为各种错误的理由而跟随她(当然还有伊兰),但这并不能减轻她对他们的责任。他们的忠诚是对兰德的,他们没理由被卷进白塔内部的斗争。瞥了一眼怀中的镀金匣子,奈妮薇又不情愿地说道:"但我有些东西,你们可以沿途变卖筹钱。"

"你也必须走,汤姆,"伊兰说,"还有你,泽凌,你们留在这里没有意义。现在我们不需要你们,但兰德会需要你们的。"她想把手中的珠宝盒塞进汤姆手里,但被汤姆拒绝了。

三个男人用那种让人气恼的方式交换了一下眼神,乌诺甚至翻了翻眼睛,奈妮薇觉得泽凌似乎是在低声埋怨她们太顽固了。

"也许过几天吧!"汤姆说。

"过几天。"泽凌表示同意。

乌诺点点头:"如果要逃过护法们的追击前往凯瑞安,那我在路上大概不会有什么休息的机会。"

奈妮薇用最冷的眼神瞪了他们一眼,又故意拉了一下辫子。伊兰把下巴扬到最高,傲慢的蓝眼睛差不多可以把冰块瞪碎。这些男人们一定看得懂这是什么意思——他们的胡说八道是不被允许的。伊兰用冰冷的声音说道："如果你认为你还在遵守兰德的命令，在照顾我们——"同时奈妮薇也在用火烈的声音说："你承诺过，要听从我的命令，现在我要——"

"根本不是这样，"汤姆打断了她们的话，用满是皱纹的手将伊兰的一绺头发拨到脑后，"根本不是这样，就不能让一个瘸腿的老人休息一下吗？"

"说实话，"泽凌说，"我会留下只是因为汤姆还欠我的钱，玩骰子的时候他输的。"

"你以为我们要从护法手里偷走二十四马，会像从床上滚下那么容易吗？"乌诺生气地嘟囔着，他似乎忘记那正好是他刚刚提出的建议。

伊兰盯着他们，似乎是想不出该说些什么，奈妮薇也不知道该用什么态度对他们。他们已经跟她们走了多远？现在他们就站在距离她们不到一步的地方。问题是，她突然有一种要流泪的感觉。她曾经决定要让他们离开，不是因为她不想让他们看到她卑躬屈膝的样子，当然不是。但无论多么不愿意，她必须承认，在这个令她大失所望的沙力达，知道她和伊兰除了柏姬泰之外还有别人可以依靠，这种感觉很……舒服。当然，她不会跟着他们一起"逃亡"，任何情况下都不会，他们的存在确实让人感觉很……舒服。当然，她不会让他们知道这个。况且这也没必要，因为他们还是要走的，无论他们怎么想。兰德可以用到他们，而他们在这里只会碍事，除非……

粗木门被打开，史汪走了出来，莉安跟在她身后。她们冷冷地对看了一眼，莉安哼了一声，袅袅婷婷地绕过柯利和艾瓦，走进通往厨房的那条走廊。奈妮薇微微皱了皱眉，在那一片冰冷之中，奈妮薇差点就没看见在她面前迸出来的一点火花……

史汪向奈妮薇走过来，但她突然停在半路上，脸变成了一块平板。又有人走进了那一小群人里面。

加雷斯·布伦浅黄色的朴素外衣上挂着一副有凹痕的胸甲，一双铁手套被他别在剑带里，显示着指挥官的威仪，大部分变灰的头发和坚毅的面孔表明了他广博的经历与见闻。看样子，他是一个可以承受任何状况的男人。

伊兰带着微笑，亲切地向他点点头，这与他们在沙力达的街道上初次相见时她那种惊讶的眼神已经完全不同了。"不能说在这里看见你是一件很好的事，加雷斯大人，我听说母亲和你之间出现了一些问题，但我相信那一定是可以弥补的，你知道，有时候母亲行事会有点急躁。她会来请求你回凯姆林去的，你应该相信这一点。"

"过去的事已经过去了，伊兰。"他并没有理会伊兰的惊讶（奈妮薇很奇怪，怎么会有人在知道伊兰的身份时还会态度这么唐突），而是转向了乌诺，“你有没有考虑过我说的话？夏纳人是这个世界上最优秀的重骑兵，而我有一些急需得到训练的年轻人。”

乌诺皱起眉，独眼向伊兰和奈妮薇那儿转了一圈，然后，他缓缓地点点头：“我还没什么事情可做，我会问问其他人。”

加雷斯拍了一下他的肩膀。“这就好了，还有你，汤姆·梅里林。”汤姆在加雷斯走过来时把脸别了过去，一边拉胡子，一边出神地盯着地板。现在他也只是用一只眼回望着加雷斯。加雷斯则继续说道：“这是我曾经认识的一个人的名字，他非常像你，他是一个非常擅长某种游戏的人。”

“我也曾经认识一个非常像你的人，”汤姆回答，“他竭尽全力要把我用铁链锁起来。我想，如果我被他抓住的话，现在我的脑袋大概已经不属于我了。”

“很久以前的事了，对不对？男人有时候会为了女人而做出一些奇怪的事。”加雷斯瞥了一眼史汪，摇摇头，“你愿意和我下一局棋吗？梅里林先生？我有时发现自己很想找一位精通那种游戏的人，那种在上等人中流行的游戏。”

汤姆眯起了眼睛，但并没有让目光离开加雷斯。“也许我会玩一两个游戏，”他最后说道，“只要我先知道赌注是什么。但你必须明白，我不打算把这一辈子里剩下的时间都用来和你下棋。我不再喜欢在同一个地方停留太长时间，我的脚底总会感觉有些发痒。”

“只要它们不在一个关键的游戏中发痒就行。”加雷斯不动声色地说道，“你们两个跟我来，不必再想睡觉的事了，这里全都是昨天就应该做好的事，除了那些上周就应该做好的事之外。”他停了一下，又看了史汪一眼：“今天我的衬衫被送来时只洗好了一半。”然后，他就带汤姆和乌诺走了。史汪瞪着他的背影，又皱起眉看了明一眼，明苦着脸朝莉安离开的方向跑过去。

奈妮薇完全不明白这几个眼神的交换是怎么回事，还有这些男人的胆量。他们竟然会认为，他们可以在她面前说这种她一个字也听不懂的话！反正她是受够了。

“好啊，他不需要一名捕贼人。”泽凌瞥了史汪一眼，脸上露出明显的不悦。泽凌至今还在为能见到史汪·桑辰而感到震惊，奈妮薇不知道泽凌是不是明白史汪已经遭到静断、不再是玉座了。捕贼人在史汪面前显得相当不安。“那样我就可以坐下聊聊天了，我看见有不少人都是一副想喝杯啤酒、松口气的样子。”

“他故意不理我，”伊兰难以置信地说，“我不在乎他和母亲之间出了什么问题，他没有权利……嗯，我以后再去找加雷斯·布伦大人。我必须和明谈谈，奈妮薇。”

奈妮薇跟着伊兰向厨房跑去——明一定能回答她们的问题，但史汪紧紧抓住了她的手臂。

那个在两仪师面前温顺地低下头的史汪·桑辰消失了，现在她们身边也没有戴披肩的人。史汪先看了泽凌一眼，捕贼人吓了一跳，立刻定在原地。她没有提高声音，因为没有必要。“捕贼人，小心说话，否则你会被挖出肚肠，摆到市场上去买。”那双冰蓝色的眼睛又向柏姬泰和玛丽甘转了过去。玛丽甘咬了咬嘴唇，仿佛吃到了某种味道非常差的东西，就连柏姬泰也眨了眨眼。“你们两个去找一名叫作瑟德琳的见习生，要她给你们安排今晚睡觉的地方。那些孩子看上去应该去床上躺躺了，不是吗？快去吧！”两名女子拔腿就向外走去，柏姬泰比玛丽甘移动得更快。最后史汪转向了奈妮薇：“我有问题要问你，她们已经命令你要配合我，而我建议你照做，如果你知道什么是对你好的话。”

奈妮薇觉得自己就像是被裹进了一阵强风之中，还没等她反应过来，史汪已经将她赶上了摇摇晃晃的楼梯(楼梯的扶手也是用粗木草草拼凑而成的)。她们沿着楼上刚刚铺了地板的走廊走进一个小房间，房间的一面墙上一上一下钉着两块床板。史汪坐在惟一的凳子上，示意奈妮薇坐到墙边靠下方的那张床上去，奈妮薇选择继续站着，这样至少可以表明她不需要完全听从史汪的命令。房间很小，但仍然显得很空旷，一个盥洗架用砖块支住了一条腿，上面放着缺口的水罐和洗脸盆，几件衣服挂在墙钉上，一卷看上去应该是毛毯的东西靠墙角放着。奈妮薇的地位在这一天里掉落了许多，但史汪没落的程度远远超出她的想象，她不认为自己在对付这个女人时会有什么麻烦，即使史汪仍然有着那样一双眼睛。

史汪哼了一声：“那就随你吧，女孩。那枚戒指，它不需要导引？”

“不，你听我和雪瑞安说过——”

“任何人都能使用它？一个不能导引的女人也行？一个男人也可以？”

“男人也许可以。”不需要至上力的特法器，一般对女性和男性都能产生同样的作用，“对任何女人都行。”

“那你要教我使用它。”

奈妮薇挑起一侧眉弓。也许可以用这个当作把柄，得到她想要的；如果不能，她还有另一个把柄，也许。“她们知道吗？那时我们谈论的只是告诉她们如何使用，你根本就没有被提到。”

“她们不知道，”史汪没有表现出任何动摇，她甚至露出了微笑，虽然那微笑中并没有愉悦。“她们也不会知道的。否则她们就会知道，你和伊兰离开白塔之后就以正式的两仪师身份行动。沐瑞也许会允许艾雯这么做——我敢打赌艾雯也这么做了——但雪瑞安和卡琳亚?她们会让你像一只产卵的石鲈那样尖叫。我向你保证,这还只是开始而已,漫长折磨的开始。”

“这太荒谬了。”奈妮薇意识到自己已经坐在床沿上,她不记得自己是怎样坐下的。汤姆和泽凌是能管住他们的舌头的,其他人不会知道这件事。她必须和伊兰谈谈。“我们没有做任何伪装。”

“不要对我说谎,女孩,如果我需要证实,你的眼睛已经说明了一切。你的胃在翻筋斗,对不对?”

她的胃确实在翻筋斗。“当然不是,如果我教你任何东西,那也是因为我想那样做。”奈妮薇不会让这个女人压倒自己,她心里的最后一点怜悯也消失了,“如果我这样做,我希望得到一些回报,我想研究你和莉安,想知道静断是不是可以被治愈。”

“不可能,”史汪冷漠地说,“现在——”

“除了死亡之外,任何疾患都应该能被治好。”

“‘应该’不代表‘可以’,女孩,莉安和我已经得到了承诺,不会有人打扰我们。你去问问芙芮恩和爱玛拉,就能知道骚扰我们的人会得到什么样的下场。她们不是最先这么做的,下场也不算是最糟,但她们哭得最久。”

她的另一个把柄,刚刚的慌乱差点让她忘记了这个。奈妮薇不确定那把柄是否存在,毕竟,她的线索只是一个眼神。“如果雪瑞安知道你和莉安根本不打算揪掉对方的头发,她会怎么想?”史汪只是看着她,听她继续说下去,“她们认为你们是驯顺的,对不对?现在你越对无法反抗的人趾高气扬,两仪师就越认为你对她们只敢唯唯诺诺。一点阿谀奉承就让她们忘了你们两个是携手合作多年的同伴?或者你已经让她们相信,静断真的改变了你的一切,而不仅仅是这张面孔?当她们发现你们正在她们背后秘密谋划、正在操纵她们的时候,你的叫声将比任何一只石鲈都响亮——虽然我不知道石鲈是什么。”史汪眨了眨眼,并没有表现出愤怒的样子,也不像要承认奈妮薇的判断,但她的眼神中包含着某种东西,奈妮薇确信这一点。“我想研究你,还有莉安,在任何时候;当然,还有洛根。”

也许她也能从洛根身上学到一些东西,男人是不一样的,研究他们相当于从另一个角度看问题。即使她找到了方法,她也不打算治疗洛根,兰德的导引能力是必要的,但她并不打算让这个世界再出现一个能够使用至上力的男人。“如果不行的话,那你就最好忘记那枚戒指和特·雅兰·瑞奥德。”史汪为什么要这样做?也许只是想重温一下任何与两仪师相关的东西,奈妮薇急忙踩熄了心中重新燃起的一点怜悯的火苗。“如果你说了任何我们伪装成两仪师的话，那我就别无选择，只能把你和莉安的事说出去。伊兰和我也许为此而感到不悦，但你们会因此而哭泣得比芙芮恩和爱玛拉加在一起还要久。”

寂静在房间里持续着，这个女人怎么还能保持这样的冷静？奈妮薇一直认为这是身为两仪师才会有的特质。她觉得嘴唇有些发干，如果她错了，如果史汪愿意公开测试她的判断，她知道最后要哭泣的是谁。

最后，史汪喃喃地说道：“希望沐瑞能让艾雯的背脊比这个软一些。”奈妮薇不明白她的意思，但她没时间考虑这些。眨眼间，史汪已经向前倾过身子，伸出了一只手。“你保守我们的秘密，我保守你们的。教我使用那枚戒指，你可以研究静断和驯御，直到你心满意足。”

奈妮薇在握住那只手的时候差点没有重重地呼出一口气。她做到了，终于有人在试图恐吓她的时候却失败了，虽然这个过程仿佛是经历了一段极为漫长的时间。她几乎能感觉到自己已经准备好去面对魔格丁了，几乎是这样。

伊兰在客栈后门外面追上了明，明手臂下似乎夹着两三件白衬衫。太阳已经落到了树梢上。在逐渐减弱的阳光中，马厩场院的土地上能模糊地看到许多泥土翻起的痕迹，一个巨大的橡树桩还立在院子的正中央。茅草屋顶的石砌马厩并没有门，伊兰可以看到男人们在排满马匹的马槽间来回移动。让她感到惊讶的是，莉安正在马厩阴影的边缘和一个高大的男人说话。从他身上粗糙的衣着来看，他可能是一名铁匠，或者是名街头恶棍。伊兰吃惊地看见莉安站得近到身体几乎贴上了对方，歪着头，双眼盯着他。然后莉安用手拍了拍他的脸颊，才转回身跑进了客栈。那名壮汉望着莉安的背影又站了一会儿，然后消失在马厩的阴影中。

“不要问我她在干什么，”明说，“总是有奇怪的人来找史汪或是她，而一些男人，她……嗯，你也看见了。”

伊兰并不真的在乎莉安做了什么，现在她终于有机会和明单独说话了，一时又不知道该如何带入正题。“你在干什么？”

“洗衣服。”明嘟囔着，焦躁地晃了晃那些衬衫，“能看到史汪变成老鼠的样子，真是说不出有多痛快，她不知道猎鹰是会吃掉她还是将她当作宠物。她可以尝尝以前别人被他处置时的滋味了！”

伊兰加快步伐，追上走过院子的明。这不算是个好的交谈开端。“那时你知道汤姆会提出这种建议吗？我们会留下。”

“我告诉他们，你们会留下的，不是出自幻象。”明的步伐再次缓慢下来。她们在马厩和一段残缺的石墙中间继续向前走着,脚下是一条刚刚开出来的小路,路面上遍布灌木的残根和被踩倒的草叶。“我不认为你会放弃学习的机会,你总是渴望学习,奈妮薇也一样,虽然她不会承认这一点。真希望我错了,我应该和你们走的,至少,我……”她又恼怒地低声嘟囔了几句,“你们带来的那三个是麻烦,这是幻象表现出来的。”

这就是了。伊兰需要谈话的契机,但她还是没有问出想问的问题,反倒说:“你是说玛丽甘、妮可拉和爱瑞娜?她们怎么可能是麻烦?”只有傻瓜才会忽视明所看见的。

“我知道得并不确切,只是用眼角捕捉到了那道灵光的闪现。我用正眼看她们,什么也没看见,只有正眼直视才有办法看清楚。你知道的,灵光并不多见。麻烦,也许她们会散布闲话,你们有没有什么事是不想让两仪师知道的?”

“当然没有。”伊兰急忙说,明斜睨了她一眼,她又说道:“嗯,除非必要,我尽可能少告诉她们,反正她们是不可能知道那些事的。”只是这样没办法让她知道她真正关心的事。深吸了一口气,伊兰终于决定孤注一掷了:“明,你看到过关于兰德和我的幻象,对不对?”她又向前走了两步,才意识到对方已经停住了。

“是的。”明的话里带着机警的意味。

“你看见了我们会一同坠入爱河。”

“不是很确切,我看见你爱上了他,我不知道他对你的感觉是什么样的,只是他以某种形式和你紧密地联系在了一起。”

伊兰闭紧了嘴,她预料到了会是这样,但这并不是她想听到的。“希望”和“想”会阻止烦恼,但只有确切的答案才能让道路顺畅,莉妮是这样说的。要对付的是现实,而不是愿望。“而且你还看到了其他人,其他我必须……与之分享他的人。”

“两个,”明嗓音沙哑地说,“另外两个人,而且……而且我是其中的一个。”

伊兰开口正要问下一个问题,却停在一半,只能愣愣地瞪着明:“你?”她终于把话说出口。

明带着怒意说道:“是的,我!你以为我不会爱一个人吗?我不想,但是会出这样的事我也没办法。”她绕过伊兰,继续沿着那条巷子走下去,这一次,伊兰迟了一会儿才追上去。

这确实解释了一些事——明以前一直对这个问题的闪烁其辞;她衣领上的绣花;还有,明抹了口红,伊兰认为那不是出于自己的想象。*我对此作何感想?*伊兰在心中暗暗地寻思,但她就是理不出一个头绪来。“第三个是谁?”她低声说。

“我不知道，”明嘟囔着，“我只知道她的脾气很大，感谢光明，不是奈妮薇。”她虚弱地笑了一下。“如果是奈妮薇，我大概就活不下去了。”她又一次瞥了伊兰一眼：“这件事对于你我又有什么意义？我喜欢你，我从没有过姐妹，但有时候，我觉得你……我想成为你的朋友，伊兰。无论出了什么事，我都会喜欢你，但我禁不住就是爱他。”

“我不是很喜欢分享男人的感觉。”伊兰僵硬地说，她这句话说得相当含蓄。

“我也不喜欢，只是……伊兰，承认这一点让我感到害羞，但只要我抓住了他，我一定不会放手。看样子，我们都没有什么选择。光明啊，他把我的整个生命都占满了，他爬进我的脑子里，就再也不出去了。”明说话的样子让人看不出她是想哭还是想笑。

伊兰缓缓地叹了一口气。这不是明的错，说实话，与她分享兰德的人是明，这应该算是一件好事，如果换成是贝丽兰或者其他什么人，她又该怎么办？“时轴，他扭曲了他周围的世界，我们只是被卷进漩涡的木片。但我还记得，你、我和艾雯说过，我们绝对不会让男人影响我们的友情，我们会解决这个问题的，明。等我们找出第三个人是谁……嗯，我们也会解决的，不管用什么办法。”*第三个！她会是贝丽兰吗？哦，血和该死的灰啊！*

“一定能的，”明黯然地说道，“但现在你和我陷在这个地方不得脱身。我知道还有一个人，我知道我对此无能为力。要解决你和我的问题已经够让我头痛了，而……凯瑞安女人并不都像沐瑞那样。我在巴尔伦见过一名凯瑞安贵妇，表面上端庄得让沐瑞和莉安没什么差别，只是她有时会说一些也许另有深意的话。而她的灵光！那座城市里不会有任何男人在与她单独相处时会是安全的，除非他是丑鬼，是残废，或者是个死人。”

伊兰用鼻子猛吸一口气，但还是努力让自己的声音显得轻松一些：“不必在意这种事，我们还有一位姐妹，我们共同的姐妹，虽然你还没见过她。艾玲达正在严密地监视着兰德，而且在兰德身边十步范围内肯定会有艾伊尔枪姬众的卫兵。”一名凯瑞安女人？至少她见识过贝丽兰，知道那种女人是什么德性。不，她不打算像那种没脑子的女孩一样为这种事情烦心，一名成熟的女人能够应付这个世界，并永远达成最好的结果。那个人到底是谁？

这时她们走到了一片开阔的院子里，院子的地面上有一些成堆的冷灰。许多刚被刮去锈迹、带着凹痕的大铁罐立在环形的石墙边上，有几棵树木从倒塌的石墙缺口中探了进来。尽管阴影已经覆盖了院子，但仍然有两只放在火上的罐子冒着热气，三名头发湿透了汗水、裙摆系在腰上的初阶生正在盛满了肥皂水的大洗衣盆旁边，趴在洗衣板上拼命地劳碌着。

瞥了明手臂下面的衬衫一眼，伊兰拥抱了阴极力。“让我帮你一下吧！”用至上力完成杂役是被禁止的——两仪师们说，体力劳动会铸造性格——但这次并不一样，既然可以让衬衫自己在水中猛烈搅动，她就没理由让她们两个的手沾上水。“把一切都告诉我，史汪和莉安的改变真的像她们看上去那么巨大？你们是怎么到这里来的？洛根真的在这里？为什么你要洗男人的衬衫？全都告诉我。”

明笑了，显然，她很愿意改变一下话题。“如果把一切都告诉你，我一定需要一个星期的时间，但我会尽力向你多说一些。一开始，我帮助史汪和莉安逃出了爱莉达的牢房，然后……”

伊兰压低嗓音惊叹了一声，同时导引风之力，将一只盛满沸水的罐子从火堆上举起。她几乎没注意到那些初阶生难以置信的目光，现在她已经习惯了自己的力量，却没有意识到，自己不假思索做出的一些事情是一些正式的两仪师也完全没办法做到的。谁是第三个女人？艾玲达最好盯紧他了。

第51章

到达凯瑞安的讯息

一股稀薄的蓝色烟雾从齿间朴素的短柄烟斗中升腾起来，兰德将一只手放在露台的石栏杆上，望着下方的花园。黑色的阴影正在逐渐延伸，太阳变成了一颗红球，从无云的天空中冉冉落下。他已经在凯瑞安停留了十天，而这似乎是他第一次能安安静静地站一下。赛兰蒂贴在他身边站着，正仰起白皙的面孔看着他，而不是花园。她的头发没有像高阶女贵族盘得那么错综复杂，但也让身高足足增加了半尺。兰德竭力不去看她，但想要忽视一个一直在用力将胸部挤在自己手臂上的女人并不容易。这次会面已经进行了很长的时间，兰德本来想休息一会儿，但赛兰蒂跟着他走出来时他就知道自己错了。

"我知道一处幽静的水池，"她悄声说道，"那里也许不会如此炎热，一处隐蔽的水池，不会有人打扰我们。"亚斯莫丁竖琴曲在他们身后的方形拱厅内缭绕着，那是一阵轻盈舒爽的乐音。

兰德有些用力地喷出一口烟。天气很热，虽然无法和荒漠相比，但……秋天应该来了，然而在这个薄暮时分，热气却像盛夏时一样扑面而来。一个无雨的夏天。只穿着衬衫的男人们正在花园里用水桶给花草浇水，他们刻意避开正午时浇水，以免水分过度蒸发，但花园里还是显露出太多的枯黄和凋萎。这不可能是自然的气候，骄炽的太阳仿佛正在向他发出嘲笑。沐瑞和亚斯莫丁同意他的看法，但跟他一样，他们对此一筹莫展。沙马奥。至少他现在可以对沙马奥采取些行动。

“沁凉的池水，”赛兰蒂喃喃地说道，“只有您和我。”她将兰德拥得更紧了些，虽然兰德本来已经觉得无法再紧了。

兰德想知道，沙马奥对他的下一次嘲弄会在什么时候到来。无论那名弃光魔使要怎么做，他都不能着急，只要他在提尔的部署完成，就是他放出闪电的时候。他要用决定性的一击让沙马奥完蛋，并且将伊利安纳入他的囊中。有了伊利安、提尔和凯瑞安，再加上一支足以在数周内占领任何一个国家的艾伊尔大军，他……

“您不喜欢游泳吗？我自己游得不是很好，但您肯定可以教我。”

兰德叹了口气，他突然希望艾玲达能在他身边。不，现在他最不想发生的事情就是满脸青肿、衣服被撕掉一半的赛兰蒂尖叫着从这里逃走。

兰德低头看着赛兰蒂，仍然咬着烟斗，平静地说道：“我能导引。”赛兰蒂眨了眨眼，肌肉都没有动一下，但他们之间的距离似乎远了一些。这些人完全不明白，为什么兰德总会提起这件事，对他们来说，这应该是竭力去掩饰、忽略的事情。“他们说我会变成疯子，但我还没有疯，还没有。”他从胸腔中发出一阵笑声，然后又突然将笑声中断，板起了脸：“教你游泳？我可以用至上力在水里把你撑起来。你知道，阳极力受到了污染，它被暗帝碰触过，但你不会感觉到。它就在你周围，但你什么都不会感觉到。”他又笑了一声，伴随着一声低低的喘息，赛兰蒂瞪大了一双黑眼睛，微笑变成了病态的咧嘴。“那么，等以后吧！我想一个人思考一下……”兰德弯下身，似乎是想吻吻她，但赛兰蒂尖叫一声，猝然行了个屈膝礼，兰德觉得这女人大概是有点撑不住自己的身子了。

赛兰蒂向后退去，退一步又行了个屈膝礼，嘴里胡乱地说着会忠心侍奉他，自己最深切的愿望就是向他效忠。她愈说愈显得歇斯底里，直到最后跳进了一道方形的拱门里。

兰德的面孔扭曲了一下，他又转身望向露台外面。令人恐惧的女人们！如果兰德要求或者命令她离开，她一定会找出各种拖延搪塞的借口，况且……也许这一次，传闻会播散开去。他必须控制好自己的脾气，最近实在是太容易失控了。他对这场干旱无能为力，各种问题如同野草一般四处丛生。他又叼着烟斗站了一会儿。如果能做一些简单的工作，比如用筛子将水带到山顶上去，又有谁愿意统治一个国家？

在花园的另一边，皇宫中两座阶梯形高塔中间，兰德可以俯瞰凯瑞安城的全景。这座城市里充满了严格平直的棱线和夹角，被城市覆盖的丘陵也都经过了精确的削砍，而不仅仅是被一层房屋和街道覆盖。他那面绘有古代两仪师徽记的猩红色旗帜无力地垂挂在其中一座高塔顶端，另一座高塔上则挂着那条长带形真龙旗的复制品。这种真龙旗还被挂在城中的十几个地方，包括最高的一座未完工的巨塔顶上，那座塔就在他的正前方。对于这件事，他的命令和呵斥都无济于事。无论是提尔人还是凯瑞安人都不相信他真的只是要挂起一面真龙旗，艾伊尔人则不会在乎旗子该怎么挂。

即使是现在，在这座宫殿的深处，他仍然能听到这座拥挤到几乎要爆炸的城市中传来的喧嚣声。难民们从这个国家的每一个角落奔向这里。即使转生真龙就在身边，他们也不愿意回到家乡去。商人们在难民群中出没，出售这些难民可以购买的一切，同时收买他们没有能力再保留的一切。贵族们和配备着武装的人们到这里来，集结在他的旗帜或其他人的旗帜下面。号角狩猎者认为在他身边一定能找到圣号角，也正有几十个，或者是几百个首门人要把圣号角卖给那些狩猎者。来自曹福聚落的巨森灵石匠们在这里寻找机会展露他们传奇的技艺。冒险者们(其中一些人在一周之前也许还是强盗)来这里看看有没有什么油水可捞。这座城市里甚至还有一百多名白袍众，不过围城刚一结束，他们立刻就骑马跑走了。培卓·南奥召集白袍众是否与他有关？艾雯给了他一些线索，但艾雯只会从白塔的立场看问题，两仪师的观点和他的并不一样。

至少来自提尔的运粮马车算是有些规律了，饥饿会引发一连串的暴动，他只希望能在离开这些人的时候看到他们不再那么饥饿。强盗比以前少了一些，内战也停息了，但他还需要更多的好消息。他必须在离开这里去对付沙马奥之前，确定这里的一切已经步入正轨，为此，他还有上百件事情要处理。现在，从鲁迪恩就开始追随他、被他所信任的部族首领里，只有鲁拉克和贝奥留在凯瑞安。但如果他不能信任后来投向他的四个部族前往提尔，他能信任他们留在凯瑞安吗？那四名部族首领承认他是卡亚肯，但他们不了解他，如同他不了解他们。今天早晨传来的讯息也许是个麻烦，梅茵之主贝丽兰已经到了凯瑞安城以南一百多里的地方，她正率领一支小军队来加入他的阵营，他不知道她是怎么将这支军队带过提尔的。奇怪的是，贝丽兰在信里问他佩林是不是在他身边。毫无疑问，贝丽兰害怕兰德会忘记她的小国家。看看她会如何与凯瑞安人勾心斗角大概会是一件很有趣的事，历史上，历代梅茵之主都是靠贵族游戏避免了提尔将梅茵吞掉。也许，如果他让贝丽兰管理这个地方……到时候，他会带走麦朗等提尔人，如果那个时候到来的话。

思考这些不比回室内处理正事更愉快。他轻轻敲掉烟斗里剩下的烟丝，又将烟丝中的火星踩灭。如果不加留意，这点火星就有可能将整个花园点燃。这种干旱，这种不自然的天气！他意识到自己紧咬住了牙，先要完成他力所能及的工作。在走进房间之前，他费了一些力气才让自己恢复了平常的表情。

亚斯莫丁穿得如同贵族一般奢华，领口上镶了几重蕾丝，他正靠在角落里的暗色墙板上，用竖琴弹拨着柔和悦耳的旋律，仿佛是在打发着无聊的时间。其他坐在椅子上的人看见兰德进来，立刻都跳了起来。兰德用力地挥挥手，他们立刻又坐回到椅子里。麦朗、特伦和亚拉康占据了深红色绣金地毯一侧的三张镏金雕花椅子，背后各站着一名年轻贵族，地毯的另一侧完全是凯瑞安人。多布兰和马林金的背后也各有一名年轻贵族，那两名年轻人全都像多布兰一样，剃光了头顶前端的头发，并在上面敷了粉。面色惨白的赛兰蒂站在克拉瓦尔的肩后，兰德看她的时候，她打了个哆嗦。

兰德一边调整着脸上的表情，一边大步走向他的椅子。光是他这张椅子就需要他好好控制自己的表情了，这是克拉瓦尔和另外那两名贵族奉献给他的新礼物。他们以他们所想象的提尔风格做了这把椅子，觉得兰德一定会喜欢提尔的豪华富丽，因为他统治提尔，并且派提尔人到这里来。椅子的四条腿和两个扶手都被雕成了龙形，每条龙都用珐琅和黄金镶嵌出金红色的鳞片，金色的眼睛用巨大的日长石雕成。椅子的高靠背也完全是用龙形雕成的。为了做这把椅子，一定有数不清的匠人从入城时就开始日夜不停地劳作到现在，他觉得自己坐在上面就像是个傻瓜。亚斯莫丁弹出的乐声变得庄严隆重，如同一首凯旋进行曲。

但那些看着他的凯瑞安眼睛里又有了更多的警觉和谨慎，提尔人亦然。在他出去之前就已经是这种情形了。也许他们现在才渐渐明白，想这样奉承逢迎他其实是一种错误。他们全都竭力不去在意他是什么人，装作他只是一位征服了他们的年轻王者，一个能够被欺骗和控制的人。而他们面前的这把椅子——这个王座——却明白地宣示了他的身份。

“士兵们都按照计划行进吗，多布兰大人？”兰德一开口，竖琴声立刻消失了，亚斯莫丁显出一副全心注意着竖琴的样子。

那名满脸皱纹的贵族露出冰冷的微笑：“是的，真龙大人。”就是这样了，兰德并不会以为多布兰能够比其他任何贵族对他有更多的好感、更少的贪欲，但在表面上，多布兰确实显出了一副要忠于誓言的样子。他外衣胸口处的彩色条纹上能看见磨损的痕迹，那是他佩戴的胸甲磨出来的。

马林金从他的椅子上向前倾过了身，他的身材像鞭子一样瘦，但在凯瑞安人中算个高个子。他的一头白发几乎碰到了肩膀，却没有剃掉额上的头发。他外衣上几乎延伸到膝盖的彩色条纹也没有磨损的痕迹。“我们需要那些部队留在这里，真龙大人。”他望着那个镏金王座，眨了眨眼，立刻又把目光转向兰德，“现在这个国家里还有许多大规模的盗匪集团。”他又挪了挪身子，好让自己不必看见那些提尔人。麦朗等三人都露出了微微的笑容。

“我已经派艾伊尔人去剿灭盗匪了。”兰德说。艾伊尔人确实奉命要扫荡沿途的所有盗匪，只是他并没有命令他们离开行军路线去搜寻盗匪，即使是艾伊尔人也不可能在这样做的时候依然保持很高的行军速度。“三天前我接到报告，岩狗众在摩瑞勒附近杀死了两百名强盗。”那几乎已经是近年来凯瑞安所宣称的边境最南端，差不多相当于从凯瑞安城到艾拉河中间的地方。不需要让这些人知道，艾伊尔人现在应该已经接近那条河了，艾伊尔人长途行军的速度比骑兵更快。

马林金不安地皱起眉，却仍然在坚持着：“还有另一个原因，我们在澳关雅河以西的一半土地都落在安多手里。”他犹豫了一下。他们全都知道兰德是在安多长大的，有谣言说他是某个安多家族的后代，甚至说他就是摩格丝本人的儿子，因为能够导引才被丢弃了，或者是在被两仪师抓住并驯御之前就潜逃了。那名瘦高的老者显出一副战战兢兢的模样，仿佛是被人蒙住眼睛、剥去鞋子、又被推上一片竖着许多匕首的地面上。“摩格丝看上去并没有继续侵略的意图，但她所占领的地方必须收回，她的使者甚至宣称她应该得到——”马林金突然停了下来。没有人知道兰德要如何处置太阳王座，也许他真的属意摩格丝。

克拉瓦尔的黑眸让兰德又恢复了平稳的心境，今天这个女人几乎没有说话，在她知道赛兰蒂的脸为什么会这么苍白之前，她大概是不会开口的。

兰德突然感到疲倦，他厌倦了贵族们的顽固，厌倦了达斯戴马的心机与阴谋。“等我准备好，安多人对于凯瑞安的要求会得到处理的。那些士兵要去提尔。你们应该学习麦朗大君的服从精神，我不想再听到对于这件事的争论了。”他像提尔人那一边挥了挥手，“你是一个很好的榜样，不是吗，麦朗？还有你，亚拉康。如果我明天骑马出城，肯定不会发现应该在两天前就已经向提尔出发的一千名岩之守卫者和两千名提尔贵族的扈兵正驻扎在南边十里以外的地方，对不对？”

大君们脸上稀薄的笑容随着兰德说出的每一个字而渐渐消退。麦朗身体僵直，黑眼睛不停地闪烁着。亚拉康的窄脸变得毫无血色，到底是因为愤怒还是恐惧，兰德不得而知。特伦不停地从袖子里拉出丝绸手帕，擦拭着自己的脸。兰德是提尔真正的统治者，插在石之心大厅正中心的凯兰铎就是证明，所以他们没有反对兰德派遣凯瑞安士兵进入提尔。他们盘算着要在这里占据新的领土，也许能以此建立他们的王国，在这个远离兰德统治的地方。

“您不会看到这种事的，真龙大人，”麦朗终于开口道，“明天我会亲自陪您去那里看看。”

兰德并不怀疑他的回答。一名骑兵会立刻被派往南方，明天那些士兵就会在前往提尔的路上，现在这件事算是解决了。“那我就放心了，你们可以离开了。”

有几双眼睛里闪现出惊讶的神色，但很快就被遮掩了，仿佛那只是出于兰德的想象。贵族们站起身，向兰德鞠躬或是行屈膝礼。赛兰蒂和年轻的贵族们向后退去，他们本以为会有更多的机会。对转生真龙的觐见总会是个漫长而又曲折的过程，真龙大人总是会尽全力逼他们就范，比如禁止提尔人在没有通过婚姻关系进入凯瑞安家族的情况下就宣布对凯瑞安土地的所有权；禁止驱逐首门人；或者是制定贵族和平民要共同遵守的法律。

兰德的目光在赛兰蒂身上停留了一会儿。最近这十天里，她不是第一个，也不是第十个，甚至第二十个。他确实受到了诱惑，至少在第一个的时候是这样。他拒绝了苗条的女子，丰满的女子立刻出现在他身边；高个子的换成矮个子的；皮肤黝黑的换成皮肤白皙的，他们不停地在寻找可以取悦他的女人。枪姬众赶走了那些试图在晚上溜进他卧室的女人，行动很坚决，但比起艾玲达，她们就温柔多了。艾玲达显然把伊兰对他的所有权当成一件生死攸关的事，而她的艾伊尔式幽默也让她从这种对兰德的折磨中得到了很大的乐趣。在那天晚上，当艾玲达处理过那名被她抓住的女子、脱衣服准备睡觉时，他叹息着遮起面孔，同时也看见艾玲达脸上满足的表情。如果兰德不是很快就明白了这一连串美女后面隐藏着什么，他可能已经在怨恨艾玲达了。

“克拉瓦尔女士。”

听到真龙大人叫自己的名字，克拉瓦尔立刻停在原地，乌黑鬈发盘成的高耸发髻下面，一双眼睛显示着冰冷和镇静。赛兰蒂别无选择，只能随她一起停住，虽然赛兰蒂显然不喜欢留在这里，正如同其他人不愿意离去一样。麦朗和马林金是最后鞠躬离开的，他们将注意力全都集中在克拉瓦尔身上，竭力想弄清楚为什么她会被兰德叫住，以至于没发现彼此正并肩站在一起。他们的眼睛惊人地相似，黑色的瞳仁里隐藏着食肉兽的残忍和贪婪。

包裹着暗色嵌板的大门关上了。“赛兰蒂非常漂亮。”兰德说，“但有人会喜欢那种更加成熟……更加知性的……女人。晚钟第二响之后，你今晚会与我一同进餐，我期待着这次欢愉。”没等克拉瓦尔有机会说话，他已经挥手示意她退下了。显然，克拉瓦尔也没想好该说些什么，这名贵妇的表情并没有改变，但她的屈膝礼显出了一丝不稳定。赛兰蒂的脸上则堆满了震惊，以及大大松了一口气的样子。

等到大门第二次被关上，兰德仰起头发出一阵笑声，一阵充满讽刺意味的刺耳笑声。他厌倦了贵族游戏，所以不假思索地玩着它。他厌恶自己吓坏了一个女人，但结果他又吓坏了另一个。为了这些事，他完全应该大笑一场。克拉瓦尔就是那一串美女的幕后主使，为真龙大人找一个床伴——一个可以由她控制的年轻女孩，那样克拉瓦尔就可以将一根线牢牢地拴在兰德身上，但她想要放在转生真龙床上、甚至是与转生真龙结婚的是别的女人。在晚钟第二响之前，她身上的汗水大概会把她的衣服全湿透。克拉瓦尔一定知道自己虽然算不上美艳迷人，也是颇有姿色，如果兰德拒绝了她派来的所有年轻女人，也许正是因为他想得到一名比她们成熟十几岁的女性。而且克拉瓦尔很清楚自己没有胆量拒绝一个将凯瑞安握在手中的男人，今晚，她应该知道顺从，应该停止那种白痴的行径。艾玲达很可能会宰掉任何一个出现在兰德床上的女人，另外，他没时间去对付那些自认为是在为凯瑞安和克拉瓦尔牺牲、又很容易遭受惊吓的鸽子们。有太多问题需要解决了，他没有时间。

光明啊，如果克拉瓦尔决定这样的牺牲是值得的呢？这是有可能的，克拉瓦尔很容易让自己变得足够冷血。*那我就只好让她的血因恐惧而变冷了。*这不是一件容易的事。他能感觉到阳极力，就好像有某样东西就在他的视野边缘，他能感觉到那上面的污染，有时候，他觉得那就是存在于他自身内部的污染。阳极力已经将渣滓留在他的体内。

他发现自己正在对亚斯莫丁怒目而视，那个人也在端详着他，脸上毫无表情。音乐已经重新响起，就如同流水滑过石块，给人一种宽慰的感觉。他需要宽慰，不是吗？

没有敲门声，房门打开了，站在门口的是沐瑞、艾雯和艾玲达，两名年轻女子的艾伊尔服装陪衬着两仪师的淡蓝色长裙。其他任何人，哪怕是鲁拉克，或者另一名还留在凯瑞安城附近的部族首领，或者是任何一位智者，如果他们想见他，都会有一名枪姬众进来先行通报。而这三个人，即使在他洗澡的时候，枪姬众也会让她们直接进来。艾雯瞥了杰辛一眼，皱了皱眉，竖琴的曲调立刻低了下来，经过一阵仿佛是舞曲的复杂变调之后，削弱成叹息般的如缕细音。那个男人的脸上挂着一种扭曲的微笑，双眼直盯着手中的竖琴。

"看到你真让我吃惊，艾雯。"兰德说，他抬起一条腿，跨在椅子扶手上，"你避开我已经有……六天了？是不是带来了更多的好消息？马希玛将阿玛多纳入我的名下了吗？还是你说过会支持我的那些两仪师最后证明实际上只是一群黑宗？你注意到了，我没有问她们是谁，在什么地方，我甚至没有问过你是怎么知道她们的。我没有要你泄露两仪师的秘密，或者是智者的秘密，或者是其他什么人的秘密。你愿意透露给我什么，我就听什么，而你不愿意告诉我的那些是否会在夜里刺伤我，只要我自己去担心就可以了。”

艾雯平静地看着他：“你需要知道的，你都会知道，对于那些你不应该知道的，我不会告诉你。”这句话她在六天前也说过，她已经是和沐瑞一样的两仪师了，尽管她们一个穿着艾伊尔服装，另一个穿着淡蓝色的丝裙。

艾玲达则没有丝毫平静的样子，她和艾雯并肩站在一起，绿色的眼睛闪耀着，眼光刚硬得仿佛是铁铸的一样。他很惊讶沐瑞没有加入到她们两个中，她们可以一起瞪他。沐瑞顺从的誓言实际上留有很大的余地，而且自从他与艾雯争吵以来，她们三个的关系就变得非常紧密了。实际上，那也算不上是争吵，和一个眼神冰冷、任何时候都不会抬高音量、对他的质问只给予一个拒绝之后就听而不闻的女人之间的任何交涉都很难被看成是一场争吵。

“你们想要什么？”他问。

“这是刚刚给你送来的。”沐瑞说，声音和亚斯莫丁的伴奏显得非常和谐。她拿出两封仍然完好的信。

兰德站起身，带着狐疑接下那两封信。“如果是给我的，又怎么会落在你们手上？”其中一封信上用精确而棱角分明的笔迹写着“兰德・亚瑟”，另一封信上用流畅但同样不失精确的笔迹写着“转生真龙大人”。两封信的火漆印都是完好的。又看了一下，他眨了眨眼，看起来，两道蜡封用的是同样的红色蜡漆，其中一个的印章图案是塔瓦隆之焰，另一个是一座高塔压叠在一座岛的地图上，他认得那座岛是塔瓦隆。

“也许是因为寄信的地点，”沐瑞回答，“或者是因为寄信的人。”这不是解释，但如果他不继续追问的话，他能得到的将只有这些。他只能一点点地从沐瑞的嘴里刺探出一些信息来。沐瑞遵守了誓言，但是以她的方式遵守的。“火漆里没有毒针，也没有陷阱的编织。”

他将拇指压在塔瓦隆之焰上，停了一会儿（他原先根本没考虑过这种危险），然后按破了它。在签名的旁边有另一个红色火漆的塔瓦隆之焰印章——爱莉达・德・艾佛林尼・亚洛伊汉，签名的字迹显得相当潦草，下面是爱莉达的头衔。信上其余的字迹则很工整。

不可否认，你就是预言中的那个人，但有许多人会因此而竭尽全力地要毁灭你，为了这个世界，绝不能让这些人得逞。已经有两个国家在你面前屈膝，艾伊尔野蛮人也成了你的仆人，但王座的权势与至上力相比，只是无足轻重的尘埃。白塔会保护你，对抗那些拒绝接受必然命运的人。白塔会保证你活到末日战争。除了白塔之外，无人可以做到这一点。一支两仪师的护卫队会前来将你带到塔瓦隆，她们会给予你应有的荣誉和尊敬，我向你保证这一点。

“她甚至没有问一下我的意思。”他带着挖苦的语气说。他还清楚地记得这个和他只有一面之缘的爱莉达，一个严厉得足以让沐瑞显得像只小猫的女人。他应有的“荣誉和尊敬”——他打赌，这支两仪师的护卫队一定恰巧是十三人。

他将爱莉达的信递给沐瑞，打开了另一个信封，信中的字迹和信封上的字迹一样：

带着尊敬之心，我谦恭地乞求向伟大的转生真龙大人致以问候，光明眷顾这世界的救主。

全世界都要敬畏地向您低头，赞颂您分别只用一天就征服了凯瑞安和提尔的功业。但我恳求您保持警觉，您的杰出已经引起许多人的嫉妒，即使那些并没有被暗影覆盖的人。即使是在白塔内部，也存在着看不到您的光辉正在照耀着我们的盲者，但也同样有为您的到来而欣喜、满心期待要为您的光荣而效忠的人。我们不是那种会将您的荣耀窃据为己有的人，我们会跪倒在您面前，让您的光明洒在我们身上。根据预言，您要拯救这个世界，这个世界也将要属于您。

令我感到羞愧的是，我请求您一定不要让别人看到这封信，一定要在读过它之后就将它毁掉。我赤身裸体地站在一些想要篡夺您的权威的人中间，惟一能依靠的只有您的保护，而且我也不知道在您周围有谁像我一样对您忠诚。我听说沐瑞·达欧崔也许正和您在一起，她也许会忠诚地侍奉您，遵守您的命令如同遵守法律，就如同我自己，但我并不知道真实的情况如何。在我的记忆中，她是一名有着诸多秘密的女人，善于筹划谋略，如同其他凯瑞安人一样。但即使您如同我一样相信她是您的人，我也乞求您一定要对这封信保密。我已将生命放在您的指间，转生真龙大人，我是您的仆人。

奥瓦琳·弗瑞罕

他又仔细阅读了一遍，眨眨眼，将它递给沐瑞。沐瑞扫了一眼，就将它递给艾雯。艾雯此时正探头到艾玲达身边，和她一起读着爱莉达的信。也许沐瑞已经知道这些信的内容了？

“你立下誓言是一件好事，”他说道，“依照你以前那种隐瞒一切的方式，现在我也许真要怀疑你了。现在你比以前更加坦诚，这很好。”沐瑞并没有响应，他便问道：“你对这个有什么看法？”

“她一定已经听说过你的狂妄自大。”艾雯低声说。他觉得艾雯并没有想让他听到这句话。艾雯摇了摇头，用更大的声音说：“这完全不像是奥瓦琳的口气。”

“笔迹是她的。”沐瑞说，“你怎么看，兰德？”

“我认为白塔内部存在裂缝，只是爱莉达并不一定知道这一点。我想，两仪师在书写的时候并不会比她们在说话的时候更容易说谎吧？”他没等沐瑞点头，“如果奥瓦琳的信没写得这么花哨，也许我还可以认为她们想合力把我拖进白塔。我不能想象爱莉达会有任何与奥瓦琳信中相同的想法，我也不能想象她会安排一名写这种信的撰史者，如果她知道的话。”

“你不能去做这种事。”艾玲达说。爱莉达的信被她揉成了一团，她的语气并没有疑问。

“我不是个傻瓜。”

“有时候你不是。”艾玲达勉强地说，然后更糟糕的是，她又带着疑问向艾雯挑起眉弓。艾雯考虑了一会儿，耸了耸肩。

“你还看出了什么？”沐瑞问。

“我看见了白塔的间谍，”他冷冷地说，“他们知道我控制着这座城。”在那场战役之后至少两到三天内，沙度艾伊尔仍然切断着除了鸽子之外的任何通讯手段。从信件抵达的时间判断，即使是一名知道可以在何处换马的信使也不可能在这么短的时间内往返于凯瑞安和白塔。

沐瑞露出了微笑：“你学得很快，你会做得很好的。”片刻之间，她甚至露出疼爱之情，“对此你要采取什么行动？”

“什么也不做，除了确保爱莉达的‘护送队’不会走近距离我一里范围之内。”在融合之后，即使是十三名最弱的两仪师也会对他具有压倒性的优势，而且他不认为，在这个护卫队中，爱莉达会安排她最弱的手下。“还有要小心，不能让白塔很快就知道我所做的一切。在得到更多的消息之前，这件事只能暂时搁置。奥瓦琳是你的神秘朋友之一吗，艾雯？”

艾雯犹豫着。他突然开始怀疑，艾雯告诉沐瑞的事情会不会比告诉他的更多？她所隐瞒的是两仪师的秘密，还是智者的秘密？最后艾雯说了一句：“我不知道。”

一阵敲门声传来，淡黄色头发的索麦莱将头探进房间，“麦特·考索恩来了，卡亚肯，他说是你要他来的。”

四个小时以前，兰德一得知麦特回到了城里，就立刻派人去找他了。这次麦特出城的借口是什么？现在是他终止麦特推托的时候了。“等一等。”他对面前的女人们说。智者们几乎像两仪师一样让麦特不安，面前的这三个人也会让麦特的精神发生动摇。他在不假思索地利用她们，他也会这样利用麦特。“让他进来，索麦莱。”

麦特带着笑意走进房间，仿佛这只是酒馆大厅，他的绿色外衣敞开着，衬衫的扣子只系了一半，银狐狸头挂在汗水淋漓的胸口上。虽然天气炎热，但那条用来掩盖疤痕的暗色丝巾仍然围在脖子上。“抱歉耽误了这么久，有几个凯瑞安人自认为他们很会玩牌。他就不会弹点快乐的曲子吗？”他嘴里问着，猛地将头转向亚斯莫丁。

“我听说，”兰德说，“现在每个能拿起剑的年轻人都想加入红手队，塔曼尼和拿勒辛不得不将他们赶走，代瑞德已经将他的步兵数量扩充了一倍。”

麦特正准备坐到刚才为亚拉康准备的椅子里，听到这话却愣了一下：“这倒是真的，有许多小……年轻人想成为英雄。”

“红手队，”沐瑞喃喃地说，“古语称为‘申鞍卡汉’，传说中一支英雄的部队，虽然在持续三百余年的战争中，它的成员一定已经有过无数次的更替。有人说，曼埃瑟兰被摧毁之后，他们守卫着亚以蒙本人，是在兽魔人的猛攻中倒下的最后一批战士。传说在他们倒下的地方涌出了一股泉水，纪念着他们的牺牲，但我宁愿认为那股泉水是早已经在那里的。”

“这些我可不知道。”麦特碰了碰狐狸头徽章，声音重新有了力量，“一些傻瓜不知从什么地方知道了这个名字，他们就全都用它了。”

沐瑞轻蔑地瞥了那枚狐狸头一眼，挂在她额头上的那颗蓝宝石微微闪烁了几下，但它的角度应该不会反射灯光。“看起来你很勇敢，麦特。”沐瑞的话里不带任何情绪，随后的沉默却让麦特的面孔渐渐变得僵硬。“很勇敢，”她最后说道，“率领申鞍卡汉渡过澳关雅河一直向南，去抗击安多人，甚至比这个还要勇敢。有谣言说，你独自一人去探察道路，塔曼尼和拿勒辛全力奔驰才追上了你。”艾雯重重地哼了一声，作为对沐瑞的陪衬。“但这对于一名率领军队的年轻贵族来说算不上是明智。”

麦特的嘴唇扭曲着：“我不是贵族，我有我的自尊。”

“但确实是很勇敢，”沐瑞仿佛根本没有听到麦特在说什么，“安多人的补给车队被烧，前哨站被摧毁，爆发了三场战斗。三场战斗，三次胜利，虽然你的人在人数上处于劣势，却没有什么损失。”沐瑞用手指抚过麦特肩膀上一处衣服的裂口，麦特则尽量向椅子里面缩进去。“是你被战争所吸引，还是你引起那些战争？看到你能回来，我几乎要感到惊讶了。人们纷纷传说，只要你继续留在那里，你就能把安多人赶回到艾瑞尼河那边去。”

“你认为这很好笑吗？”麦特几乎是咆哮着说道，“如果你有话要说，那就说吧！你尽可以去扮演一只猫，但我不是老鼠。”他瞥了艾雯和艾玲达一眼，看见那两个女人正抱着胳膊盯着他，便又用手指摸了摸银色的狐狸头。他肯定要在心里估量一下，银狐狸头可以阻止一名女子对他进行导引，但如果是三个呢？

兰德只是看着这一切。看着他的朋友节节败退，让兰德更容易对他施展手段。*我自己还有什么选择吗？*这个想法在他的脑子里一闪而过，他要做他必须做的事。

两仪师的声音如同蒙上了一层冰霜，兰德几乎觉得她正在响应他的想法。“我们全都在做着我们必须做的事，这是因缘为我们立下的定数。某些人要比其他人缺乏自由，这和我们是在选择还是在被选择并无关系，定数中的事情，必然会发生。”

麦特完全没有任何软化，是的，他显得相当警觉，甚至有些愤怒，但态度依然强硬。他就像是一只被三条猎犬逼到角落里的公猫，很可能在下一个瞬间就会猛烈地反扑过来。除了他自己和这三个女人之外，他似乎已经忘记了这个房间里还有别人。“你总是不得不将一个男人推到你计划中的某个位置上，对不对？如果他不愿意被你牵着鼻子走，就把他踢到那里去。血和该死的灰啊！不要瞪着我，艾雯，我爱怎么说话是我的事。烧了我吧！现在就差奈妮薇站在这里拉自己的辫子，还有伊兰的趾高气扬了。好吧，听到那个讯息的时候，我很高兴她不在这里，但即使奈妮薇在这里，我也不会任由——”

“什么讯息？”兰德厉声问道，“什么讯息伊兰不能知道？”

麦特看了沐瑞一眼：“也就是说，有些事情你还没刺探出来？”

“什么讯息，麦特？”兰德又问道。

“摩格丝死了。”

艾雯张大了嘴，将双手捂在嘴上。沐瑞悄声说着什么，仿佛是在祈祷。亚斯莫丁的手指依然流畅地拨弄着琴弦。

兰德觉得自己的肠胃几乎都被翻出来了。*伊兰，原谅我。*在他的心底响起了一个微弱的回音。*伊琳娜，原谅我。*“你确定？”

“我没见到尸体，但我可以确定，加贝瑞似乎已经被立为安多国王了。当然，他也宣称自己是凯瑞安的国王，这会是摩格丝做的事情吗？难道她认为，在这个非常时刻，需要一个强硬的男人来力挽狂澜？会有什么人比她更强硬吗？只不过，南方的安多人中传出了谣言，人们已经有几个星期没看见过她了。你告诉过我，没有单纯的谣言。安多从不曾有过男性国王，但现在它有了一个，而女王却消失了。加贝瑞就是那个想要伊兰命的人，我曾经想要提醒她这件事，但你知道，她总是自以为比乡下农夫懂得更多。我不觉得那个加贝瑞在割开一位女王的喉咙时会有什么犹豫。”

兰德发现自己正坐在麦特对面的椅子上，但他并不记得自己曾经移动过。艾玲达的一只手按在他的肩膀上，眼里流露出关切的神情。“我还好，”他粗声说道，“不需要叫索麦莱进来。”艾玲达的脸变红了，但他并没有注意到。

伊兰绝不会原谅他，他早就知道加贝瑞是雷威辛，知道摩格丝成了弃光魔使的囚徒，但他对此一直没有任何反应，因为弃光魔使也许会算到他要帮助摩格丝，他要按照自己的想法去做，采取他们预料不到的行动。但是他却沦落到必须追逐库莱丁，而不是按部就班实行自己的计划。他早就知道了，但他却将注意力集中在沙马奥身上，因为这名弃光魔使羞辱了他。他认为摩格丝的事可以再等一等，等他粉碎了沙马奥的部队和沙马奥本人之后再处置。现在摩格丝死了，伊兰的母亲死了，伊兰一直到死都会诅咒他的。

“我告诉你一件事，”麦特还在说着，“南方那边有许多忠于女王的安多人，他们对于为男性国王作战并不怎么热情。只要你找到伊兰，他们中会有一半人聚集在你的旗下，将伊兰推上——”

“闭嘴！”兰德吼道，愤怒让他剧烈颤抖。艾雯不由得向后退了一步，就连沐瑞也在小心地看着他。艾玲达的手紧紧地握住他的肩头，但他将那只手甩开，挺身从椅子里站起来。摩格丝因为他的无所作为而死，也就是说，他像雷威辛一样握着刺死她的匕首，而伊兰……“要为她复仇，麦特，加贝瑞就是雷威辛，即使现在不做任何其他事情，我也要先捆住他的手脚！”

“哦，血和该死的灰啊！”麦特呻吟了一声。

“这太疯狂了。”艾雯哆嗦了一下，似乎是意识到她说了什么，但仍然保持着坚定而平静的声音，“现在凯瑞安还有许多事情需要你去处理，更不要说向北方流窜的沙度艾伊尔和你对于提尔的计划——不管那计划到底是什么。你是想挑起另一场战争吗？在另外两场战争还没有结束、一个荒废的国家急需修复的时候？”

“不是战争，我可以在一个小时之内到达凯姆林。一次奇袭，对不对，麦特？一次奇袭，不是一场战争，我会把雷威辛的心掏出来。”他的声音如同一把铁锤，他觉得酸液已经充满了自己的血管。“我倒真希望能带上爱莉达的那十三名两仪师，用至上力淹没他，让他得到公正的审判。他要被判决，然后以谋杀罪被吊死，这才是公正。但无论是用什么办法，我一定要他死。”

“明天。”沐瑞低声说。

兰德瞪了她一眼，但她是对的，明天会更好一些。他需要一个晚上让怒火冷静下来，他需要冷静地面对雷威辛。现在他一心只想抓住至上力，将雷威辛轰成碎片。亚斯莫丁的音乐再一次改变了，这次是本城的街头音乐家们在国家爆发内战时演奏的音乐，有时候他也会在凯瑞安贵族面前演奏这个曲子——“自以为是国王的傻瓜”。“出去，杰辛，出去！”

亚斯莫丁轻松地站起身，鞠了个躬，但面孔已经变得像雪一样白。他快步走过房间，仿佛不知道如果多停留一秒会招致什么样的结果。亚斯莫丁总是找机会刺激兰德，只是这次的刺激也许太过分了一些。当他推开房门的时候，兰德又说道：

“今晚我要见到你，否则我就要见到你的尸体。”

这次亚斯莫丁鞠躬的姿势已经不那么优雅了。“听从真龙大人的命令。”他用沙哑的声音一说完，立刻就走出去，把门紧紧关上了。

房里的三个女人看着兰德，脸上毫无表情，也完全不眨一下眼。

“你们也离开。”

麦特向门口跳去。

“不包括你，我还有话要跟你说。”

麦特定在原地，大声地叹了口气，下意识地拨弄着胸前的徽章。他是房里惟一挪动脚步的人。

“你没有十三名两仪师，”艾玲达说，“但你有两名，还有我。也许我并不像两仪师沐瑞那样博学多闻，但我像艾雯一样强，而且我对舞蹈并不陌生。”艾伊尔人嘴里的舞蹈指的就是战斗。

“雷威辛是我的。”兰德平静地对艾玲达说。如果他能为伊兰的母亲复仇，也许她会稍微原谅他。也许不会，但至少他可以稍微原谅自己。他强迫自己的双手留在身侧，不让它们紧握成拳头。

“你会在地上画一条线，让他不得越过吗？”艾雯问，“你在激动什么？你有没有想过，雷威辛现在已经是安多的国王，时刻有人随侍在侧。是不是当一名卫兵用箭射穿你的心脏时，你就满意了？”

兰德还记得自己暗暗祈祷艾雯不要对他大嚷大叫的时光，但现在的艾雯比那时棘手多了。“你以为我要一个人去？”他原来确实是这么想的，他从没考虑过要有人护卫他的背后，但现在他能听见一个微弱的声音在脑海中响起：他喜欢袭击你的背后和侧翼。他几乎想不清那是什么，他的怒火似乎自有生命，正在体内愈来愈炽烈地燃烧。“但和我去的人不是你，这很危险。如果沐瑞愿意的话，她可以跟我去。”

艾雯和艾玲达毫不停顿地走了过来，直到艾玲达扬起的面孔几乎贴到兰德的下巴。她们并没有看对方一眼，却行动如一。

“沐瑞如果愿意的话，就可以去。”艾雯说。

艾雯的声音仿佛是一把冰刀，艾玲达的则像是能熔化岩石的烈焰，“但对于我们却很危险。”

“你变成我父亲了吗？你的名字是不是变成了布朗·艾威尔？”

“如果你有三根矛，你会因为其中的两根比较新而把它们放到一边去吗？”

“我不想让你们冒险。”兰德僵硬地说。

艾雯扬起了双眉：“哦？”她没有再开口。

“我不是你的奉义徒。”艾玲达咬牙切齿，“你不能为我们选择该冒什么样的险，兰德·亚瑟，绝不能。现在开始明白这一点。”

他能……什么？将她们包覆在阳极力中，把她们留在这里？他还不能屏障她们，所以她们也许会反而将他抓住。真是一团混乱，这全都是因为她们的顽固。

“你想到了卫兵，”沐瑞说，“但如果在雷威辛身边的是色墨海格，或者是古兰黛，那又该怎么办？如果是兰飞儿呢？如果兰飞儿和雷威辛在一起，你能单独战胜他们吗？”

沐瑞在说到兰飞儿的名字时，声音中包含着某种特别的情绪。难道她害怕兰飞儿会在那里吗？她害怕他最终会投向兰飞儿？如果兰飞儿真的在那里，他又该怎么做？他能怎么做？“她们爱跟就跟吧！”他咬着牙说，“现在你可以离开了吗？”

“听从你的命令。”沐瑞说，但并没有立即照命令去做。艾玲达和艾雯故意仔细地整理着她们的披巾，缓慢地向门口走去。贵族们也许会以最快的速度去执行他的命令，但她们永远都不可能这样。

“你完全没有阻止我。”他突然说道。

他说话的对象是沐瑞，但开口的是艾雯，虽然她是带着微笑在和艾玲达聊天，“阻止一个男人去做他想做的事，就像是把糖从孩子的手里夺走，有时候你只能这么做，但有时候没必要去惹这种麻烦。”艾玲达点了点头。

“时光之轮按照自己的意愿编织。”沐瑞这样回答道。她站在门口，看上去比兰德记忆中的任何时刻都更像一位两仪师。不受岁月侵蚀的面容，黑色的眼睛似乎正要将他吞没，苗条单薄的身躯却充满了帝王气质，仿佛即使她无法导引一个火花，也能指使站满一整个房间的君王。她额前的那颗蓝宝石再次闪烁起来。“你能做好的，兰德。”

大门在三名女人背后关上，兰德盯着门口，看了很久。

一阵轻微的脚步声才让他想起麦特还在房里，麦特正悄悄地向门口走去，显然是不想让他发现。

“我需要和你谈一谈，麦特。”

麦特的面孔扭曲了一下，又碰了碰那枚狐狸头，仿佛那是他的护身符。他转过身看着兰德：“如果你认为我会像那些蠢女人一样一头栽进这个漩涡里，那你可以把这个念头忘掉了，我不是什么该死的英雄，我也不想当。摩格丝是个漂亮的女人，我甚至有些喜欢她，就像喜欢一位女王一样，但雷威辛就是雷威辛，烧了你吧，我——”

“闭嘴听着，你必须停止逃跑。”

“如果要我放弃逃跑，那就烧了我吧！这不是我选择的游戏，我不会——”

“我说了，闭上嘴！”兰德用手指狠狠地将银狐狸头按在麦特的胸口上，“我知道你是在什么地方得到它的，我也在那里，不记得了？我割断了那根勒住你脖子的绳子。我不知道有什么东西被塞进了你的脑袋，但无论那是什么，我需要它。部族首领们了解战争，但不知为什么，你对这项技艺的掌握也许比他们更加精深。我需要你的能力！所以这就是你的任务，你和红手队……”

“明天要小心。”沐瑞说。

艾雯在她房间的门口停住了脚步，“当然，我们要小心。”她的肠胃有些抽搐，但仍能保持声音的稳定，“我们知道面对一名弃光魔使会有什么样的危险。”看艾玲达的表情，她们就像是在谈论晚餐该吃什么，但话说回来，她从没害怕过什么事情。

“是吗？”沐瑞喃喃地说道，“不管怎样都要小心，无论你们是不是认为弃光魔使就在附近。兰德会在未来需要你们两个，你们善于控制他的脾气——虽然我要说，你们的手段并不寻常。他需要不会因为他的怒恼而疏远他、奉承他的人，只有你们能告诉他逆耳之言，而不是揣测他的心意，告诉他顺耳的话。”

“你正在做这件事，沐瑞。”艾雯对她说。

“当然，但他以后仍然会需要你们。好好休息吧，明天对我们将是……很艰难的一天。”沐瑞向走廊深处走去，身影在墙壁上油灯昏暗的灯光中时隐时现，夜幕在走廊中涂上了一层阴郁的色彩，油灯里的油不多了。

“愿意和我一起待一会儿吗，艾玲达?”艾雯问，“我不想吃饭，只想说说话。”

“我必须告诉艾密斯我明天的约定，而且我必须在兰德·亚瑟去睡觉的时候在他的卧室里。”

“伊兰绝不会抱怨你没有时刻紧盯着兰德的。你真的揪着博薇恩女士的头发，把她一路拖到走廊?”

艾玲达的脸上浮起了一层淡淡的红色：“你认为那些在……沙力达？……的两仪师会帮他?”

“小心这个名字，艾玲达，没有准备好的话，不能让兰德找到她们。”以兰德现在的状况，她们很有可能会驯御他，或者至少会派出十三位两仪师。她将不得不在特·雅兰·瑞奥德中面对这些两仪师，她、奈妮薇和伊兰。她希望能在她们察觉到他的威胁之前，说服她们做出忠于他的承诺。

“我会小心的，好好休息一下，今晚多吃一些。早晨就不要吃东西了，带着一肚子食物舞蹈没有好处。”

艾雯看着艾玲达大步向远处走去，用双手按住了肚子，她不觉得今晚或明早她能吃下什么东西。雷威辛，也许还有兰飞儿，或者是另外一名弃光魔使。奈妮薇曾经战胜过魔格丁，但奈妮薇在能够导引的时候，比她和艾玲达都要强大。也许雷威辛不会有帮手。兰德说过，弃光魔使彼此之间不存在信任。她几乎希望兰德是错的，或者至少不那么确定。她有时能察觉另一个人正从兰德的眼睛里望着他，正用兰德的嘴说着话，每次想到这个，她都会不寒而栗。不该是这样的，随着时光之轮的转动，每个人都会转生，但转生真龙只有一个。沐瑞从不谈论这样的事。如果兰飞儿在那里，兰德会怎么做？兰飞儿爱过路斯·瑟林·特拉蒙，但当时的真龙对她又有什么感觉？兰德还有多少是兰德?

“再这样下去，你就要把自己逼疯了。”她坚定地对自己说，“你不是孩子了，要像个成年人。”

一名女仆为她送来作为晚餐的豌豆、马铃薯和新鲜的烤面包，艾雯强迫自己将它们都吃下去。她觉得自己好像是嚼了满嘴的灰。

麦特走过灯光昏黄的宫殿走廊，猛地打开为战胜沙度艾伊尔的年轻英雄准备的套房大门。他并不常待在这里，事实上很少会来这里。仆人们已经在房里点亮了两架油灯。英雄！他根本不是英雄！英雄能得到什么？在派你出去完成任务之前，两仪师会像爱抚猎犬一样拍拍你的脑袋；贵族女子会纡尊降贵地赏你一个吻，或者在你的墓前放一束花。麦特在套房的前厅里来回踱步，竟然没有去为绣花的伊利安地毯和桌椅上的镀金和象牙雕刻装饰估个价码。

与兰德暴风雨般的会面一直持续到了日落时分，他一直在躲避、拒绝，兰德却像鹰翼在库勒隘口时一样执拗地追逐着他。他该怎么做？如果他再次骑马出城，塔曼尼和拿勒辛一定会聚集所有能上马的人随他而去，他们会期待着在他的率领下投入另一场战斗。而且他大概真的会碰上战斗，所以他现在才会不由自主地感到颤栗。虽然他不愿承认，但两仪师是对的，不是他被战争所吸引，就是那些战争因他而起。在澳关雅河另一侧，没有人像他一样竭力要躲过任何发生战斗的可能，就连塔曼尼也对此颇有微辞。这种状况一直持续到他第二次小心地躲过一群安多人，却无可避免地撞上另一群安多人的时候，那之后，他也就不再试图避开战斗了。每一次，他都能感觉到骰子在他的脑海中翻滚，在警告他战斗正在下一座山丘后面等着他。

在码头上那些谷物驳船旁总会出现一艘船，而在河中心的一艘船上是不会有战斗爆发的，除非安多人完全控制了凯瑞安城下游的河岸。他的运气伴随着他，他的船一定能绕过安多军队驻扎的河西岸。

剩下的就是兰德想让他做的事了，他能应付。

"明天见维蓝芒大君，还有其他那些大君们。我是个赌徒，一个乡下人，我来接受你们该死的军队！该死的转生真龙大人处理完他那些该死的小麻烦之后就会来我们这里！"

他从房间角落里抓起黑杆长矛，将它向房间对面掷去，矛锋刺穿了一幅绘有狩猎场景的壁挂，被后面的石墙撞落到地面上，发出一声巨响，那些猎人们被割裂成两片。他咒骂着跑过去捡起长矛，两尺长的矛刃没有任何缺损。当然不会有，这是两仪师的作品。

他用手指摩搓着矛刃上的乌鸦图案："我能摆脱两仪师吗？"

"你在说什么？"门口传来梅琳达的声音。

麦特回头看了她一眼，将长矛靠在墙上。他觉得这名金发碧眼、身体强健的女子和以前有些不同了。似乎每一名艾伊尔迟早都会去澳关雅河边，一言不发地盯着那么多水汇聚在同一个地方，但梅琳达现在每天都会去那里。"哈当还没找到船？"哈当不会乘坐运粮船去塔瓦隆的。

"那名卖货郎的马车还在，我不知道有没有……船。"梅琳达有些笨拙地说出那个依然让她感到陌生的词汇，"为什么你对这件事感兴趣？"

"我要离开一段时间，是为了兰德。"后半句话是他匆忙加上去的。梅琳达的面孔在他说第一句话的时候变得十分僵硬。"如果可以，我会带你一起走，但你不会想离开枪姬众的。"一艘船，还是他的马？去哪里？这才是真正的问题。

如果有一艘快船,他到达提尔的速度就会比骑着果仁更快,他不知道自己是否会愚蠢地选择那里,他不知道自己能有什么选择。

梅琳达的嘴唇绷紧了一下,让麦特惊讶的是,她不悦的原因并不是他的离开。“那就是说,你又回到了兰德·亚瑟的阴影里。你已经得到了许多荣耀,无论是艾伊尔人还是湿地人都认同这一点,这荣耀是你的,不是卡亚肯照射在你身上的。”

“他可以拥有他的荣耀,带着它去凯姆林或者是末日深渊,我不在乎。你不用担心,我会得到足够的荣耀,我会从提尔给你写信,把我得到的荣耀告诉你。”提尔?如果他这样选择,那他将永远也无法逃离兰德或两仪师了。

“他要去凯姆林?”

麦特强压住瑟缩的冲动,他不该说出来的,无论他对别的事情会怎样决定,他绝不该把这件事说出口。“我只是恰巧想到那个地方而已,我想,是因为安多人就在南边,我不知道他要去哪里——”

没有任何预兆,梅琳达刚刚还站在门口,转瞬间脚已经踹在麦特的肚子上。一阵窒息让麦特不由自主地弯下了腰,他觉得自己的眼睛已经凸出了眼眶。他挣扎着想要稳住步伐,站直身体,竭力思考到底出了什么事。梅琳达如同舞蹈般旋转身体,向后退去,另一只脚踢在麦特的头侧,让麦特又连续踉跄了几步。没有丝毫停顿,梅琳达沿直线向前跳去,软靴的靴底让麦特的面孔猛然充血成紫红色。

当麦特的眼睛重新可以看清东西的时候,他已经躺在了地上,梅琳达站在距离他几步以外的地方。他能感觉到脸上的血液,脑袋里似乎塞满了羊毛,房间在他眼前不停地摇摆。这时,他看见梅琳达从腰带中抽出了匕首,细长的刀刃反射着灯光,比手掌长不了多少。她飞快地将束发巾围在头上,拉起了黑色的面纱。

麦特摇摆着身体,却又迅速地、不假思索地开始了行动。小刀从袖子里窜出来,飞离手掌,仿佛是在果冻中漂浮,直到此时他才意识到自己正在做什么。他拼命地伸出手,想要将那把小刀拉回来。

刀柄在梅琳达的胸口之间激起一团血花,她蹒跚着跪在地上,身子软倒下去。

麦特手脚颤抖地支起身体,即使现在这个房间里着了大火,他也站不起来。但他拼尽全力向梅琳达爬过去,嘴里狂乱地说着:“为什么?为什么?”

他拉掉梅琳达的面纱,那双清澈的蓝眼睛正望着他,梅琳达甚至还在微笑。他没有去看那把属于自己的匕首,他的匕首,他知道那匕首正插在她的心脏。

“为什么,梅琳达?”

“我总是很喜欢你漂亮的眼睛。”梅琳达虚弱地喘着气,麦特必须仔细倾听才能知道她在说什么。

“为什么?”

“一些誓言比另外一些更重要,麦特·考索恩。”细刃匕首疾速刺出,残存在她体内所有的力量都集中在这把匕首上,匕尖刺中了在麦特胸前来回摇晃的银狐狸头,将它紧紧抵在麦特的胸口上。徽章上的纹路凹槽卡住了匕首的尖锋,让麦特有时间抓住她的手。“你真是有至尊暗主的运气。”

“为什么?”麦特问,“烧了你,为什么?”他知道自己已经得不到答案了,梅琳达依然张着嘴,仿佛还要再说些什么,但她的眼睛已经失去了神采。

麦特重新用面纱覆盖住她的面孔,然后任由自己的手落下。他杀死过男人、兽魔人,但他从没杀死过女人,从没有过,直到现在。女人们都会因为他的出现而高兴,这可不是吹牛,女人们总是向他微笑,甚至在他离开她们的时候,她们也会微笑着,仿佛是在欢迎他再回来。他只想从女人那里得到微笑、舞蹈、亲吻,还有甜美的回忆。

他意识到自己正在胡思乱想,他从梅琳达手中抽出那把折断了锋刃的刀柄,这是一把用翡翠雕成的刀柄,上面镶嵌着金蜂。他将刀柄扔进大理石壁炉,希望它会在那里被砸得粉碎。他想哭,想号叫。*我不杀女人!我只亲吻她们,我不……*

他必须理清思路。为什么?不是因为他要离开,肯定不是,梅琳达对此并没有什么反应,而且,她会认为他是在寻求光荣。她一直都是赞成他这样做的。他想起梅琳达刚刚说的一句话,不由得打了个哆嗦。至尊暗主的运气,他不止一次听过与此类似的话——暗帝的运气。“暗黑之友。”这是疑问还是确认?他希望这个想法能让自己的内心轻松一些,他在进入坟墓的时候也不会忘记她的脸。

提尔,他告诉了梅琳达自己要去提尔。那把匕首——镶嵌金蜂的翡翠,不必再看第二眼,他也能确定那上面有九只金蜂。翠绿底色上的九只金蜂,这是伊利安的徽记,现在统治那里的是沙马奥。沙马奥会害怕他吗?沙马奥怎么会知道这里的状况?只是在几个小时之前,兰德才要求他,不,是向他下达了命令,而且他还不知道自己到底会不会听从。也许沙马奥不愿意冒这种风险?是啊,弃光魔使之一会害怕一名赌徒,虽然也许是一名脑子里被塞满战争知识的赌徒,这太荒谬了。

当然,他可以相信梅琳达根本不是暗黑之友,只是因为一时心血来潮才要杀掉他。那个嵌着金蜂的翡翠匕首和他要去提尔率领军队与伊利安作战没有任何关系。如果他是一头蠢牛的话，也许他可以这样认为。贸然行动也比坐以待毙好，他总是这样说，弃光魔使已经注意到了他，他现在绝对不再是躲在兰德的阴影里了。

他向后退去，背靠着门板坐在地上，用膝盖支住下巴，盯着梅琳达的脸，开始用力思索该做些什么。当一名为他送晚餐来的仆人敲门的时候，他叫喊着让仆人离开，现在他最不想要的就是食物。他要做什么？他希望自己没有感觉到有骰子在脑海中旋转。

第52章

选　择

放下手中的剃刀，兰德擦去脸上的泡沫，开始系上衬衫的扣带。清早的阳光从通向阳台的方形窗口照射进来，厚重的白色窗帘已经被拉上，只留下一道透气的窄缝。他在杀雷威辛的时候一定要像点样子——这个想法让一个饱含怒意的气泡从肚子里冒了出来，他又用力把它压了回去。他要保持仪态和镇定，冷静，不能犯错。

当他从镀金镜框的镜子前转身时，艾玲达正坐在她靠墙的垫褥上。她的头顶上方是一幅壁挂，描绘着一座直插天际的黄金高塔。兰德曾经提出在房间里另摆一张床，但艾玲达说床垫太软了，让她没办法睡觉。她现在正专注地望着他，一只手拎着衬衣，却忘记要穿在身上。刮胡子的时候他一直很小心地不向周围看，好让艾玲达能从容地穿好衣服，但除了脚上的白色长袜之外，她现在身上连一片布都没有。

“我不会在其他人面前让你蒙羞的。”艾玲达突然说道。

“让我蒙羞？这是什么意思？”

艾玲达毫无羞涩地站起身，肌肤不见日光之处白嫩得令人吃惊，苗条的身体映出清晰的肌肉曲线，但那种圆润温软的感觉至今仍然不停地出现在兰德的梦中。这是兰德第一次允许自己毫不遮掩地看着她的身体，但她却似乎完全没有察觉，那双蓝绿色的大眼睛正凝视着他。“我进城那天并没有刻意要苏琳带着安奈拉、索麦莱和蕾梅勒一起，我也没有要求她们死盯着你，或者是做任何让你感到为难的事，那都是她们自己的决定。”

“你只是让我以为，如果我走路的时候绊一下，她们立刻就会把我像不会走路的婴儿一样抱在怀里，这有很大的差别吗？”

她却仿佛没听出兰德讽刺的语气。“这可以让你知道要小心。”

“我明白。”他淡淡地说，“嗯，不管怎么样，谢谢你不会让我蒙羞的承诺。”

她露出了微笑：“我不是这个意思，兰德·亚瑟，我只说不会在其他人面前让你蒙羞。如果你要自找麻烦，为了你好……”她的笑容更甜美了。

“你想一直这样吗？”他有些生气地指了指她，同时又将她从头到脚看了一遍。

她从不曾因为在兰德面前赤身裸体而有过任何一点羞赧，从来没有，但她现在瞥了自己的身体一眼，又看了看兰德，脸上突然泛起了红晕。眨眼间，她的身体已经被暗褐色的羊毛和白色的亚葛裹住了，动作那么快，兰德甚至怀疑她是把这些衣服导引穿上身的。“你已经把每一件事情都安排好了吗？”她在穿衣服的同时还在说道，“你是不是和智者们谈过了？昨天夜里你很晚才回来。还有谁会和我们一起去？你最多能带多少人去？我希望不会有湿地人，你不能信任他们，特别是那些毁树者。你真的能带上我们在一个小时内到达凯姆林？那会像我在那晚做的……我是说，你会怎么做？我没办法让我完全信任我不知道和无法理解的事情。”

“每件事都安排好了，艾玲达。”她为什么变得这么啰嗦？为什么她在竭力避开他的眼睛？他已经见过了鲁拉克等还留在凯瑞安城附近的部族首领，他们并不真的喜欢他的计划。但他们都从节义的角度看待这件事，所以没有人认为他有别的选择。他们很快地讨论了这件事，对兰德的决定表示赞同，就开始讨论其他事情了。弃光魔使、伊利安和战争都被他们暂时搁到了一旁，女人、狩猎、凯瑞安的白兰地是否能和澳丝楷相比，或者是湿地烟草与荒漠中的烟草有什么差异。在一个小时的时间里，兰德几乎忘了当太阳再次升起时有什么在等着他，他希望鲁迪恩预言会有错误的地方，他不必真的毁掉这些人。智者们的代表团已经为他的决定拜访过他，艾玲达事先给了他警告，那是一个由艾密斯、麦兰和柏尔率领的超过 50 人的团队，不过兰德觉得团队的实际领导者是索瑞林。他经常搞不清在智者之中到底是谁握有决策权。她们没有逼兰德做出任何让步，同样是因为这涉及到了节义，但她们还是把兰德留在会客室里，喋喋不休地要他明白，他对艾伊尔的责任比对伊兰的责任要重得多。直到兰德让她们感到满意，她们才放他走。除非他让她们满意，否则他就得用导引才能把她们轰出去。只要她们想，这些女人就会像现在的艾雯一样对他的大喊大叫充耳不闻。“到我准备出发的时候，就能知道我可以带多少人了，只有艾伊尔人。”运气好的话，要到他离开之后，麦朗、马林金等贵族才会知道他已经不在凯瑞安城。如果白塔有奸细在凯瑞安，弃光魔使也许同样安插了奸细在这里，而且他怎么能信任即使在睡梦中也会玩弄达斯戴马的人？

他穿上一件绣着金线的红色外套，一件无论在凯瑞安宫廷还是在凯姆林宫廷中都可以尽显奢华的细羊毛衣，这个想法让他感到一阵灰色的幽默。这时艾玲达差不多已经将衣服完全穿好了，她竟然能这么快地将衣服套在身上，还不会让衣服有丝毫凌乱，这让兰德感到很是惊奇。“昨晚你不在的时候，有一个女人来过。”

光明啊！他竟然忘了克拉瓦尔。“那你做了什么？”

艾玲达停了一下，将外衣的扣带一一系好，她的目光似乎是要在兰德的脑袋上钻出一个窟窿，口吻却很平淡从容，“我把她带回到她自己的房间，我们在那里谈了一会儿。不会再有掀起裙子的毁树者来扒弄你的帐篷了，兰德·亚瑟。”

“这倒是我所希望的，艾玲达，光明啊！你有没有把她伤得很严重？你不能随便殴打女贵族，那些人已经给我找了许多麻烦，你不要再雪上加霜了。”

艾玲达重重地哼了一声，继续系着她的扣带。“贵族！女人就是女人，兰德·亚瑟。”她接着又谨慎地补充道，“除非她是智者。她今早坐椅子时会很不舒服，但她可以把青肿的地方掩藏起来。休息一天之后，她就能离开她的房间了，而且现在她知道什么是不该做的。我告诉她，如果她再给你任何……打扰，我就会再去找她谈一次，那时我们会谈得久得多。现在，只要你开口，她就会对你惟命是从。她可以成为那些人的榜样，那些毁树者就只懂得这些。”

兰德叹了口气，这不是他会选择的手段，但这也许真的有用，或者这也可能让克拉瓦尔等人变得更加狡诈。艾玲达也许不会担心克拉瓦尔会对她采取什么样的报复，实际上，如果她真考虑到这种可能性，反而会让兰德很惊讶。但一名显赫家族的家主与一名低阶年轻贵族女子是不一样的，不管对他本人会有什么影响，艾玲达有可能会发现自己在黑暗的走廊中遭遇突然的袭击，施加在她身上的暴力将是克拉瓦尔所承受的十倍，或者更加凶狠。“下一次，让我以我的方式处理，记住，卡亚肯是我。”

“你耳朵上的泡沫还没擦干净，兰德·亚瑟。”

兰德低声嘟囔着，抓起了毛巾，这时门口传来一阵轻微的敲门声，兰德大声喊道："进来！"

亚斯莫丁走进了房间，他穿着一件黑色的外衣，在领口和袖口上装饰着白色的蕾丝，竖琴匣子挂在他的背上，腰间还有一把剑。看见他面孔的人大概会以为现在还是冬天，不过他的眼睛里一直闪烁着警觉的光芒。

"你想要什么，杰辛？"兰德问，"昨晚我告诉过你，你应该做些什么。"

亚斯莫丁舔舔嘴唇，瞥了艾玲达一眼，后者正皱起眉头盯着他。"你的建议很睿智，我想我留在这里细心观察，大概能知道一些对你有用的信息。今天早晨大家都在谈论昨晚从克拉瓦尔女士的房间里传出来的尖叫声，据说她惹你生气了，不过看来没有人知道到底发生了什么事，各种猜疑让所有人都变得蹑手蹑脚。我猜，如果不能确定你对这件事的态度，今后几天时间里都不会有人畅快地呼吸了。"艾玲达的脸露出难以掩饰的得意。

"那么你是想和我一起走了？"兰德轻声说，"你想在我面对雷威辛的时候站在我的背后？"

"还有什么位置更适合真龙大人的吟游诗人？当然，如果能在你的眼皮底下也许会更好，我可以在那里向你展示我的忠诚。我并不强大。"亚斯莫丁做的鬼脸可以在任何一个男人的脸上出现，但在一瞬间里，兰德感觉到阳极力充满了对面这个男人的身体，感觉到让亚斯莫丁嘴角微微抽搐的污染，这一切都只发生在一瞬间，但已经足够兰德做出判断了。如果这就是亚斯莫丁尽全力能够导引的至上力，那么他甚至很难比得上一名能够导引的智者。"并不强大，但也许我还能帮上些小忙。"

兰德希望自己能看见兰飞儿在亚斯莫丁身上编织的屏障。兰飞儿说过，这道屏障会随着时间的流逝而逐渐消散，但现在亚斯莫丁的导引能力似乎并不比他第一天落入兰德手里时更强。也许是兰飞儿撒了谎，给了亚斯莫丁一个虚假的希望，同时让兰德相信这个男人会逐渐强大，强大到足以传授给他更多的东西。*如果是我，就会这么做。*兰德不知道这是他的想法还是路斯·瑟林的，他觉得这猜测绝对没错。

兰德长时间的沉默让亚斯莫丁又舔了舔嘴唇："在这里留上一两天不会有什么关系，那时你就会回来，或者是死了。让我证明我的忠诚吧！也许我能做些事。即使在你这一边加上一根羽毛的重量，也可能会成为扳动天平的关键。"阳极力又一次在片刻间注入亚斯莫丁的身体。兰德感觉到了对方的努力，但这次仍然只是一股虚弱的能流。"你知道我的选择，我抓着从悬崖缝里的一丛枯草，祈祷着它能多坚持一会儿。如果你失败了，我的下场会比死亡更可怕，我一定要让你取得胜利，并且活下去。”他突然看了艾玲达一眼，似乎意识到自己也许说得太多了，于是他发出一阵空洞的笑声：“否则我该怎么谱写真龙大人的颂歌？一名吟游诗人有他自己的目标。”炎热的天气从来不会触及亚斯莫丁，亚斯莫丁声称这只是个思考的把戏，与至上力无关，但他现在额上确实出现了一些汗珠。

把他放在眼皮底下，或者是留下他？当他发现凯姆林的真实情况时，也许他很快就会逃走，去寻找一个可以藏身的地方。他会死亡，转生，但亚斯莫丁永远都会是原来那个亚斯莫丁。“留在我的眼前，”兰德平静地说，“如果我怀疑那根羽毛的重量会让我不快……”

“我信任真龙大人的仁慈，”亚斯莫丁喃喃地说着，鞠了个躬，“有了真龙大人的允许，我会等在外面。”

亚斯莫丁一边鞠着躬，一边向后退去。兰德向周围瞥了一眼，他的剑和霄辰短枪都放在床脚旁镀金的柜子上，有龙形带扣的剑带包裹着剑鞘。今天要进行的杀伐不会用到钢刃，至少他不会。他碰了碰衣袋，感觉到那个持剑胖男人的小雕像，这是他今天惟一需要的剑。片刻之间，他想到了先浮行回提尔，取出凯兰铎，甚至是回鲁迪恩，取出藏在那里的特法器。借助这两样宝物中的任何一件，他能在雷威辛察觉到他的存在之前就摧毁他，他甚至能一举摧毁凯姆林。但他能信任自己吗？那样强大的能量，那么巨大的至上力。阳极力就浮在他眼前，污染似乎已经成了他的一部分。怒火在地底奔行，那是对雷威辛，对他自己的怒火。如果在它骤然爆发的时候，他的手里握着凯兰铎……他会做出什么事？他将无坚不摧。如果再加上另外一件宝物，他甚至可以一直浮行到煞妖谷，将一切做个了结，某种形式的了结。不，这不止是关系到他一个人，除了胜利之外，他无法承受任何后果。

“世界压在我的肩上。”他喃喃地说道。突然间，他尖叫一声，一只手用力地拍在左侧屁股上，感觉就像是被针扎了一下。但不必等到手臂上的鸡皮疙瘩消退，他立刻就知道发生了什么事。“这是干什么？”他向艾玲达咆哮道。

“只是看看真龙大人是不是和我们凡人一样是用肉做的。”

“我是的。”他刻板地说道，同时抓住了阳极力。感觉到被甜美和污秽充盈，他仍然坚持了片刻，直到自己做出一个导引。

艾玲达睁大了眼睛，但没有丝毫退缩，只是看着他，仿佛什么事情都没发生。但他们走过前厅时，她还是趁着他转头的时候偷偷揉了揉屁股，看起来，她也是用普通皮肉做的。*烧了我吧！我以为我已经让她学会一点礼貌了。*

兰德拉开门走了出去，双脚却定在了原地，麦特正靠着那根古怪的长矛站在他面前，那顶宽边帽又被他戴在了头上，并且被拉得很低。在麦特的旁边就是亚斯莫丁，但这不是兰德停下脚步的原因。周围没有枪姬众。在亚斯莫丁没人通报就敲门的时候，他就该意识到外面出问题了。艾玲达惊讶地看着四周，仿佛她希望能在壁挂后面找到她们。

“昨晚梅琳达要杀掉我，”麦特说，兰德立刻不再去想枪姬众了，“我们谈了一会儿话，然后她就想把我的头踢掉。”

麦特尽量简短地描述了昨天发生的事，那把有金蜂镶嵌的匕首他的推断，最后他闭上眼睛，用一句“我杀了她”作为陈述的终结。但他立刻又睁开了眼睛，仿佛在眼皮后面看到了他不想去看的东西。

“很遗憾你必须这么做。”兰德低声说，麦特阴沉着脸耸耸肩。

“我想，她死总比我死好，她是暗黑之友。”但他的声音里没有丝毫轻松的意味。

“我会去对付沙马奥，等我一准备好就去。”

“还有多少事情没准备好？”

“弃光魔使不在这里，”艾玲达突然怒声说道，“而且枪姬众也不在这里。她们去哪里了？你做了什么，兰德·亚瑟？”

“我？昨晚我上床的时候这里还有二十名枪姬众，从那时起我就再没见过她们之中的任何一个人。”

“也许是因为麦特……”亚斯莫丁开口道，但麦特看了他一眼，又让他闭上了嘴。麦特紧绷着嘴唇，脸上混杂着痛苦和暴力的表情。

“不要傻了，”艾玲达用坚定的声音说，“法达瑞斯麦不会因为这个向麦特·考索恩追索义的。梅琳达想要杀死他，所以他杀死了梅琳达，即使是梅琳达的亲近姐妹也不会对麦特做任何事，而且她也没有任何亲近姐妹。更不会有人因为别人做的事情而向兰德·亚瑟追索义，除非那个人的行动是出于兰德的命令。你一定做了什么，兰德·亚瑟，做了什么严重而黑暗的举动，否则枪姬众们不会凭空消失的。”

“我什么都没做，”兰德对艾玲达大声说，“而且我不打算一直站在这里讨论这个问题，你做好去南方的准备了吗，麦特？”

麦特将一只手伸进外衣口袋里，用指头拨弄着什么东西，他一般都会把骰子和骰盅放在那里。“凯姆林，我已经厌倦了等着他们偷袭我，我要去偷袭他们。我只想该死的被拍拍脑袋，不想被摆上那束该死的花。”他扭曲着面孔说出最后一句话。

兰德没问麦特这样说是什么意思，另一个时轴，两个时轴在一起也许能扭曲注定的未来。没有办法说清是怎样发生的，甚至不能确定是否会发生，但……“看起来，我们还要过一段时间才能分开了。”麦特只是露出一副听天由命的表情。

他们沿着挂满织锦的走廊没走多远，沐瑞和艾雯迎上了他们。两名女子不疾不徐地走着，仿佛今天惟一要做的事情就是在花园中漫步。艾雯的手指上带着黄金巨蛇戒，眼神冰冷而镇静，虽然穿着艾伊尔衣裙和披巾，又用一条叠起的头巾围住了额头，但她的样子十足是一位两仪师。而沐瑞……光彩熠熠的金线点缀着她身上的幽亮蓝丝长袍，蓝色小宝石垂坠在她额前，金质系链缠绕着她的深色鬈发，与颈上的嵌金大蓝宝石互相辉映。这样的穿戴并不适合他们将要完成的任务，但兰德自己既然穿着同样奢华的红色外衣，自然也就没办法对沐瑞予以置评。

也许这是因为他们所在的地方，达欧崔家族曾经在这里拥有太阳王座，现在的沐瑞比兰德记忆中的任何时刻都更充满了帝王威仪，即使是“杰辛·奈塔”的存在也丝毫没有影响那种女王般的静穆。但令人惊讶的是，她给了麦特一个温暖的微笑：“那么你也要一同去了，麦特，要学会信任因缘，不要浪费你的生命去尝试改变不能改变的事情。”从麦特的表情判断，他也许很想立刻就改变心意，转头跑开，但两仪师没有任何忧虑地转向了兰德：“这些是给你的，兰德。”

“又有信了？”兰德说。一个信封上写着他的名字，兰德立刻认出了那种优雅的笔迹。“是你写的，沐瑞？”另一个信封上写着汤姆·梅里林的名字。两个信封都用蓝色的蜂蜡封锢，印在蜡封上的显然是巨蛇戒的纹路。“为什么要给我写这封信？还要将它封上？你从没害怕过将想说的话当着我的面说出来。艾玲达也会时常提醒我，我只是普通血肉做成的凡人。”

“你已经不是我在酒泉旅店外面看见的那个男孩了。”沐瑞的声音柔和如银铃，“完全不同了，我祈祷你已经有了足够的成长。”

艾雯悄声说了几句什么，兰德觉得那像是“我祈祷你不会有太多的改变”。她紧皱眉头，看着兰德手中的信笺，仿佛一心想知道里面都写了些什么。艾玲达也和她一样。

沐瑞继续用轻快得甚至有些响亮的声音说道：“封签保证了隐私。我希望你能够认真考虑信中的内容，不是现在，而是你有时间进行思考的时候。而汤姆的信，我不知道这里还有什么地方能比放在你的手中更安全。等你再见到他的时候请把信给他。现在，码头上有些东西你必须去看一看。”

“码头？”兰德说，“沐瑞，也许改天可以，但今天上午我没时间——”

但沐瑞已经向前走了过去，仿佛知道兰德一定会跟过去，“我已经准备好了马匹，也给你准备了一匹，麦特，当然，只是为了以防万一。”艾雯只犹豫了片刻，就跟了上去。

兰德张嘴想叫沐瑞回来，沐瑞发过誓要听从他，无论沐瑞要给他看什么，他可以等其他时候再看。

“再等一个小时又有什么害处？”麦特嘟囔了一句，也许他仍然在害怕前往凯姆林。

“今天上午公开露面一下也不错，”亚斯莫丁说，“雷威辛也许会迅速掌握你的行动，也许他在这里安排了间谍，可以从钥匙孔中偷听你的谈话，至少去一趟码头可以混淆一下他们的视听。”

兰德看着艾玲达：“你也要劝告我应该耽搁一下吗？”

“我劝告你要听两仪师沐瑞的话，只有傻瓜才会无视两仪师的意见。”

“码头上能有什么东西比雷威辛更重要？”兰德发着牢骚，摇了摇头。在两河有一句俗话，但没有人敢在女人能听到的地方说这句话：“造物主造出女人是为了让我们的眼睛高兴，让我们的脑袋疼痛。”两仪师在这方面肯定也是一样，“一个小时。”

凯瑞安城墙在朝阳的斜射中仍然拉着长长的影子，哈当的马车在石砌码头上排成了一列长队，那名卖货郎还在用一块大手绢抹着他的脸。天气的炎热并不是他满面汗水的全部原因。巨大的灰色幕墙从排列在河岸边的码头两端伸展进入河道，让整个港口看上去仿佛像是一只盒子，将哈当装在了里面。停在码头上的只有一些圆形船头的谷物驳船，还有另外一些同样的驳船停锚在河道中，等待着进港卸货。哈当曾经考虑过偷偷溜上一艘驶离码头的驳船，但这意味着要放弃他拥有的全部财产，而且他不相信这种慢吞吞的驳船会将他送到除了死亡之外的任何其他地方去。兰飞儿一直没有再来过他梦里，但胸口烧灼的疼痛时刻提醒着他要遵从兰飞儿的命令，光是想到违背使徒的命令就会让他不寒而栗，虽然汗水不停地从他的脸上滚落下来。

他想知道谁是可以信任的，最后几名和他立下同样誓言的马车夫也在两天前消失了，很可能是爬上一艘运粮船逃走了。他仍然不知道是哪个艾伊尔女人将那张纸条塞进了他的马车门缝——“你在异类之中并非孤独一人，一条道路已经中选。”——但他已经想到了几种可能。现在这座码头上聚集的艾伊尔人和工人一样多，他们到这里来都会愣愣地看着河面一会儿，哈当觉得有几张面孔出现在这里的次数似乎不太寻常地频繁，其中一些人更会用异样的眼神看着他。同样给他留下这种印象的还有几名凯瑞安人和一名提尔贵族。当然，这本身不说明任何问题，但如果他能找到一些可以合作的伙伴……

一队骑马的人出现在幕墙的一道门外，领头的是沐瑞和兰德·亚瑟，两仪师的护法跟在他们身后，他们从装运粮食的大车之间穿行而过，所到之处都会激起一阵欢呼声：

“一切光荣归于真龙大人!”

“向真龙大人欢呼!”

偶尔还会传来一句：“光荣归于麦特大人！光荣归于红手!”

两仪师掉转马头，走向马车队的尾端，这次她甚至没有瞥哈当一眼。哈当不由得松了一口气，即使沐瑞不是两仪师，即使沐瑞没有用那种仿佛洞悉他内心所有黑暗角落的眼光看过他，他也绝不会与那些被她装上马车的东西靠得太近。昨天黄昏的时候，沐瑞让他卸掉了那道古怪的扭曲红石门框上的帆布。每次沐瑞似乎都是带着一种恶意的愉快让他亲手处理她想要研究的东西，如果他能强迫自己走近，他一定会再次把那东西遮盖起来，或者是让自己手下的马车夫去做这件事。毕竟，现在他底下的这些马车夫都没见过在鲁迪恩时，荷瑞得的一半身体消失在这道门框里的样子。荷瑞得是他们离开章嘉隘口后第一个逃走的人，自从被护法从那道门框里拖出来之后，那名马车夫的神智就一直不太正常。但那些马车夫还是会被那道门框错乱的结构吓到，很难想象能有人在沿着它扭曲的脉络看过一圈之后能够不头晕目眩。

哈当没去理会那支队伍的前三个人，正像两仪师没有理会他一样。对于麦特·考索恩，他的视线只是一掠而过，那个家伙还戴着哈当的帽子，而哈当后来一直没能再找到一顶合适的。那个叫艾玲达的艾伊尔婊子和那名年轻的两仪师同骑一匹马，拉高的裙子下露出了双腿。只要瞧一眼那个婊子看着兰德·亚瑟的样子，就知道她夜里一定是和他睡在同一张床上，只有让男人上了自己床的女人，才会在看那个男人的时候露出那种无法掩饰的占有欲。更重要的是，杰辛也和他们在一起，这是越过世界之脊以来哈当第一次如此靠近杰辛，那个在暗黑之友中具有极高地位的杰辛。如果他能避开枪姬众，走到杰辛身边……

突然间，哈当眨了眨眼。枪姬众去哪里了？兰德·亚瑟身边总是会有那些使枪的女人们随行护卫。他皱起眉，意识到自己在港口中的艾伊尔人里找不到任何一名枪姬众。

“不认识老朋友了吗，哈当?”

悦耳的嗓音让哈当猛地回过头，张大了嘴看着那张中央拱起一个斧刃般尖利的鼻子、两只黑眼睛几乎被肥肉盖住的面孔。“凯勒?”这不可能，除了艾伊尔人之外，没有人能在荒漠中独自生存下来。凯勒·绍基一定是死了。但现在她就站在哈当面前，白色的丝绸衣衫紧紧地裹住她肥大的身躯，黑色的鬈发中插着象牙梳子。

她的嘴唇上挂着一丝微笑，哈当至今还感到惊讶，那样肥大的身躯却有那么轻盈优雅的动作。这时她已经爬上了哈当住宿马车的阶梯。

哈当犹豫了片刻，急忙跟上她，他宁愿凯勒·绍基真的死在了荒漠里，这个女人专横跋扈，只知道惹人讨厌，至于他努力抢救出来的那一点财物，她一个子儿都别想分到。但她在暗黑之友中的地位跟杰辛·奈塔一样高，也许她能解答他的一些问题，至少，他能有一个合作伙伴了。如果情况有异，他也可以把责任推到她身上，在上位可以带来权势，但上位者往往必须替手下的失败负责。他曾经不止一次将他的上司出卖给位置更高的人，以此来掩饰自己的过失。

哈当小心地关上车厢门，转过身，却将一声惊叫硬生生地卡在喉咙里。

站在面前的女人仍然穿着纯白的丝裙，但身上已经没有一丝赘肉，她是哈当一生中见过的最美丽的女子，一双无底深潭般的黑色眼睛，纤腰上围着用银丝编织的细带，在闪亮的乌黑发丝上缀着银色的新月。哈当在梦中见过这张脸。

他双膝颤抖着跪在地上，声音嘶哑地说道："伟大的主人，我该如何为您效忠？"

兰飞儿看他的眼光就像是在看一只渺小的虫子，一个她只要抬抬脚就可以压得粉碎的卑微生命。"向我表现你的顺从就可以了，我一直都在忙着自己的事情，没有时间监视兰德·亚瑟。告诉我，他除了征服凯瑞安之外还做了些什么，他有什么样的计划。"

"这很困难，伟大的主人，像我这样的人是无法接近他的。"他知道，那双眼睛正在告诉他，他是一只虫子，只是因为还有用处才能活下来。哈当拼命搜索着自己看到、听到，甚至是想象出来的一切："他派遣了大批艾伊尔人南下，伟大的主人，但我不知道他要做什么。提尔人和凯瑞安人似乎都没注意到这件事，但我觉得那只是因为他们根本无法分辨艾伊尔人彼此间的差异。"他同样不能，他不敢对兰飞儿说谎，但如果兰飞儿认为他没有尽职……"他建立了一所学校，校址在城中的一座宫殿里，原先拥有那座宫殿的家族已经全部死光了……"一开始，哈当还不知道兰飞儿是否喜欢他提供的这些信息，但随着他的话，主人的脸色愈来愈阴沉了。

"你想让我看什么，沐瑞？"兰德不耐烦地说着，将杰丁的缰绳系在最后一辆马车的轮子上。

沐瑞正踮起脚尖，越过马车货物的护栏，望着里面的两口木桶。如果兰德没记错，这两口木桶里放着两道昆达雅石的封印。为了保护它们，木桶中填满了羊毛，因为现在这两块昆达雅石已经不再牢不可破，他能感觉到暗帝的污染蕴含在其中，变得愈发强大，几乎正在从桶中逸散出来，仿佛有什么东西正在隐秘的角落中腐烂，渗透出有毒的气体。

“它们在这里会是安全的。”沐瑞喃喃地说。她优雅地提起裙摆，向前面的马车走去。岚紧跟在她身后，如同一匹半驯服的狼，垂挂在背后的斗篷完全混淆了他与周围的景物。

兰德忿忿地瞪了沐瑞一眼：“她有没有告诉过你这里有什么，艾雯？”

“她只是说你必须来看看，不管怎样你都要来这里。”

“你一定要信任两仪师，”艾玲达说。她的声音很平静，但仍然没能掩饰住一点犹疑的痕迹。麦特哼了一声。

“嗯，我不想浪费时间了，杰辛，去告诉贝奥，我要去他那里，等到——”

在马车队的另一端，哈当的住宿马车突然爆炸，碎片击打在艾伊尔人和码头工人们的身上。兰德知道发生了什么，不需要察觉身上的鸡皮疙瘩就知道发生了什么事。他立刻向那辆马车飞奔而去，沐瑞和岚已经跑在他的前面。时间似乎变慢了，每件事都在同一瞬间发生，仿佛凝滞的空气将所有瞬间都粘在了一起。

兰飞儿缓步走出马车，除了受伤者的哀嚎和尖叫之外，码头上没有任何其他声音。当她优雅地步下阶梯时，一件柔软、苍白、带着红色条纹的东西被她拖在身后，她的面孔如同一块冰雕。“他告诉了我，路斯·瑟林。”她几乎是尖叫着，将那件苍白的东西扔向半空。那东西在半空中停了一下，开始膨胀，最后变成了鲜血淋漓的、透明的哈当·卡德的人形。那是她从哈当身上剥下来的一张完整的人皮，那堆皮掉落在地上，塌陷成一团。而兰飞儿的声音变得愈发高亢尖利：“你又让另一个女人碰了你！”

一切都发生在眨眼之间。

还没等兰飞儿的脚底碰到码头上的石板，沐瑞已经拔腿向她奔去，而岚的速度比沐瑞更快。沐瑞高喊了一声：“不，岚！”护法对两仪师的喊声充耳不闻，他拔出佩剑，一双长腿带着他直扑过去，变色斗篷在他的背后猛烈地摇晃，虚幻了他的身形。突然间，他似乎是撞上了一堵看不见的石墙，被猛地弹了回来。他摇摆着身体又想向前，却仿佛被一只巨大的手拍到了一旁，他在半空中飞行了几十尺，撞到一堆石头上。

当岚还在半空中的时候，沐瑞一直快步向前，最终与兰飞儿面对面。这种情况只持续了很短的一瞬，弃光魔使看着她，仿佛奇怪是什么挡住了自己的路。然后沐瑞打着滚飞向旁边，一直消失在一辆马车下面。

码头上出现了一片混乱，现在只有瞎子才看不出这名白衣女子正在使用至上力。码头边缘亮起一片斧刃的闪光，许多根缆绳被砍断，驳船上的水手拼命地推拉着船桨，让驳船以最快的速度驶离河岸，赤裸胸膛的码头工人和穿着暗色衣服的凯瑞安人拼命地想要跳上那些船的甲板。在另一个方向，男人和女人们挤在一起，尖叫着想要在混乱中挤出一条路，向城里逃去。混乱之中，许多身穿凯丁瑟的身影已经戴上了面纱，擎着短矛、匕首，甚至是徒手冲向了兰飞儿。毫无疑问，这名白衣女子是敌人，毫无疑问她在用至上力作战，他们毫不犹豫地跳起了枪矛之舞。

火焰如同波浪般滚过他们，烈焰凝成的利箭刺穿了一个个已经燃烧起来的躯体。兰飞儿并没有与他们作战，她甚至没有真正注意到他们，她只是在扫除烦人的蚊虫。那些逃跑的人和那些试图战斗的人同样陷入了火海。兰飞儿向兰德走过来，仿佛什么事情都没有发生。

只有心跳。

当兰飞儿迈出第三步的时候，兰德抓住了属于男性一半的真源。熔融的钢铁和让钢铁崩裂的冰，甜美如蜜，腐臭如尸。在虚空深处，为了生存的挣扎已经遥不可及，他面前的战斗也同样不再重要。当沐瑞消失在马车下时，他开始导引，将兰飞儿火焰中的热量吸走，注入河水之中，刚刚还在吞噬人体的火舌在片刻之间已经消失殆尽。在同一时刻，他又开始编织能流，一片淡灰色出现在周围。他和兰飞儿，以及大部分马车都被包裹进了一个长卵形的空间里，一道几乎是透明的墙隔绝了外界的一切。甚至就在他固定这股能流的时候，他依然不知道它来自什么地方，到底是什么东西。也许这是源自路斯·瑟林的记忆，但兰飞儿的火焰在撞到这层薄壁的时候就停息了。兰德能模糊地看见外面的人，有无数人形正在地面上来回翻滚，他消去了烈焰，却不能愈合那些人的伤口。烧焦皮肉的恶臭仍然弥漫在空气中，但现在没有人会继续被烧伤了。在封闭空间的内部也存留着一些躯体，烧焦衣服的残片，一些人还在无力地挣扎、呻吟着。兰飞儿并不在乎，她导引的火焰熄灭了，小虫子被驱走了，她从没有对此多看一眼。

心跳。他在虚空中感到寒冷，如果他在为那些已死、将死和受伤的人感到难过，那种感觉也仿佛遥远到了根本不存在。他就是冰冷本身，只有阳极力的狂怒充盈着他。

艾玲达和艾雯移动到了两侧，目不转睛地盯着兰飞儿，兰德本想将她们挡在这个空间之外，但她们一直都紧跟在他身旁。麦特和亚斯莫丁在外面，同样被挡在外面的还有最后几辆马车。在冰冷的镇静中，兰德导引风之力，他要引诱兰飞儿。艾雯和艾玲达能够在他干扰兰飞儿时将这名弃光魔使封闭住。

某种东西切断了他的能流，至上力猛地撞击回来，让他不禁重重地哼了一声。

“她们其中之一？”兰飞儿吼叫着，“哪一个是艾玲达？”艾雯猛地将头甩向后方，双眼外凸，发出一阵悲鸣，全世界的痛苦似乎都在从她的嘴里迸发出来。“哪一个？”艾玲达只有两个脚尖还能碰到地面，她颤抖着、号叫着，追赶着艾雯。她们两个在空中升得愈来愈高。

意念突然出现在虚空中，如此编织魂之力，融入火之力和地之力。这样。兰德感觉到有某样东西被切断了，一样他看不见的东西。艾雯萎靡地倒在地上；艾玲达用双手和膝盖支撑着身体，低垂的头不停地摇晃着。

兰飞儿踉跄了一下，目光从艾雯和艾玲达那里转移到兰德身上，无底的深潭中喷涌出黑色的火焰。“你是我的，路斯·瑟林！我的！”

“不！”似乎经过了一条一里长的隧道，兰德的声音才传进他自己的耳朵。干扰她，别让她去注意那两个少女，他毫不躲闪地向前冲去。“我从来都不是你的，米尔琳，我永远都是属于伊琳娜的。”虚空因悔恨和失落的冲击而颤抖。除了全力吸收阳极力之外，他还在拼命做着另一番抗争，片刻之间，他的平衡发生了摆动。*我是兰德·亚瑟——伊琳娜永远都是我的心。*平衡支撑在刀刃上。*我是兰德·亚瑟！*另外那个意识竭力想要吞没他：伊琳娜、米尔琳、他能用什么办法战胜她。他强行把这些想法压了下去，甚至还包括最后那个想法。如果他这样选择是错误的……*我是兰德·亚瑟！*“你的名字是兰飞儿，如果要我爱上一名弃光魔使，我宁可去死。”

一种可以认为是痛苦的表情掠过了兰飞儿的脸，但那张面孔很快又变成了大理石的面具。“如果你不是我的，”她冷冷地说，“那么你就要死。”

剧痛出现在胸腔中，仿佛心脏立刻就要爆裂了。在他的脑袋里，白热的钉子插进了他的脑袋。疼痛是如此强烈，即使处在虚空当中，他还是想要高声尖叫。他知道，死亡正在等待他。他狂乱地编织出魂之力、火之力和地之力，再拼尽全力将编织掷出。虚空在晃动、萎缩，他的心脏不再跳动了，黑暗的手指深深地抠进了虚空的表面，灰色的纱幕覆盖住他的眼睛，但他感觉到了掷出的编织勉强切断了兰飞儿的编织。烈焰般的空气冲入干瘪的肺囊，心脏重新开始了不稳定的跳动，他又能看得见了，银色和黑色的条纹在他和毫无表情的兰飞儿之间来回飘飞。遭受编织反震，兰飞儿仍然在努力地恢复着平衡，兰德头部和胸部的疼痛仍然像伤口一样停留在原处，但虚空重新变得坚固了，肉体的痛苦已经变成了遥远的事情。

虽然变得遥远了，但他并没有时间恢复，他强迫自己向前移动，用风之力攻击兰飞儿，由风之力凝成的棍棒足以将兰飞儿打得失去知觉。她毁掉了那个编织，他再次发起攻击，然后又是第三次、第四次，每次兰飞儿都会切断他上次的编织。兰德的攻击如同狂烈的暴雨，虽然兰飞儿一直都能看清并予以反击，但兰德也一直在逐渐靠近她。只要他能继续让她在一段时间里无法分神，只要那些棍棒中能有一根落在她的头上，只要他能走到足够接近她的地方，用拳头直接攻击她……只要她失去了知觉，她就会像其他任何人一样软弱无力。

突然间，兰飞儿似乎意识到了他要干什么，她仍然不停地轻易封锁住他的每一次攻击，同时舞蹈般地向后轻跳着，直到肩膀碰到了身后的马车。她露出充满寒意的微笑："你会慢慢地死去，并在死前乞求我爱你。"

这次她攻击的目标不是他，而是他与阳极力的连结。

虚空中出现慌乱的巨响，就像一片边缘锋利如刃的铜锣切向它，随着切割在他与真源之间逐渐深入，兰德体内的至上力也在逐渐减少。他用魂之力、火之力和地之力反转过去切割那根刀刃，他知道能在哪里找到它，他知道自己的连结在哪里，他能感觉到出现在连结上的裂缝。兰飞儿对他的切割消失了，但又立刻重新出现，并且接二连三地向他袭来，让他应接不暇。有几次，阳极力差点就被从他的体内割走，使得他几乎没有足够的力量反制攻击。现在他已经有能力同时控制十个或者更多编织，控制两个对他来说应该很容易才对，但他只能将全部力量集中在抵挡兰飞儿狡猾的攻击上。而还有另一个人的思想在不停地试图钻入虚空内部，告诉他应该如何击败兰飞儿。如果他听从了那个声音，也许走出这个封闭空间的将是路斯·瑟林·特拉蒙，而兰德·亚瑟将只是一个飘浮在他脑海中的声音了。

"我会让这两个婊子看着你向我哀求，"兰飞儿说，"然后，我是应该先让她们看着你死，还是你先看着她们死？"她是什么时候爬上那辆马车的？他一定要仔细观察，寻找兰飞儿身上任何一丝疲惫的迹象，和任何一点精神上的空隙，但这种努力似乎全是徒劳的。兰飞儿正站在那道扭曲的门框特法器旁边俯视着他，如同一位正要宣判的女王，她甚至还有余暇在指间转动着一把暗色的象牙梳子，脸上带着一丝寒冷的微笑。"什么能让你受伤最深，路斯·瑟林？我想伤害你，我想让你知道什么是无法想象的痛苦！"

从真源涌向他体内的能流愈强，他和真源的连结就愈难以被切断。他在外衣口袋里握紧了拳头，那个持剑胖男人的小雕像顶住了他掌心的苍鹭疤痕，他竭力汲取更多的阳极力，污染如同雾雨般涌入虚空。

“痛苦吧，路斯·瑟林。”

痛苦确实存在着，整个世界似乎都已经被它吞噬，这次不止是心脏或头部，而是他身体的每一寸，红热的钢针刺进了虚空。他甚至觉得自己能听到热钢在他的皮肉中发出的吱吱声，每一次针刺得都比上一次更深。兰飞儿想要屏障他的攻击也没有丝毫减缓，反而一次比一次更迅疾、更强大。兰德无法相信，兰飞儿竟然会如此强大。他拼命维系着虚空，紧抓住阳极力的酷热与严寒，疯狂地抵御着攻击。他能够结束这一切，结束兰飞儿的存在，他能召唤闪电，或者用兰飞儿刚才使用过的烈焰将她吞没。

不同的影像冲进痛苦的海洋：一名身穿黑色商人服装的女人从马背上跌落下来，手中握着一把火红色的剑，她率领着其他几名暗黑之友，前来杀死他。麦特阴沉的眼睛。*我杀了她。*一名金发女子躺在一片已经变成废墟的厅廊之中，那些墙壁似乎都在高热之中熔融成了液体。*伊琳娜，原谅我！*这是一声绝望的呼号。

他能结束这一切，但是，他不能这样做。他可以去死，也许这世界会随着他的死亡一起毁灭，但他依然不能让自己再杀死一个女人。不知为什么，这似乎是这个世上最荒谬的笑话了。

擦去嘴角的血渍，沐瑞从马车尾端下面爬出来，蹒跚地站直身体，耳朵里回响着一个男人的笑声。一阵阵晕眩仍然冲击着大脑，但她还是竭尽全力搜索着岚。她发现岚躺在地上，身体几乎正靠在一道薄雾般的灰色墙壁边，那堵墙围绕成了一个相当大的封闭空间。岚的身体抽搐着，仿佛是想找到能站立起来的力气，又仿佛是已经濒临死亡。沐瑞强迫自己不再去想岚。岚无数次拯救过沐瑞的生命，沐瑞早就应该属于他，但沐瑞很早以前就做好了安排，以确保岚能在与暗影的孤独战斗中幸存。现在岚必须在她缺席的情况下面对生死了。

那是兰德的笑声。他跪在码头的石板地面上，一面狂笑，但一面却如同遭受酷刑的人，溪流般的泪水从扭曲的脸上滚落。沐瑞感觉到一阵寒意。如果他已经陷入了疯狂，那么局势就不是她所能控制的了。她只能做她力所能及的事情——她必须去做的事情。

看到兰飞儿，沐瑞仿佛又受到了重重一击。这并非出于惊讶，自从鲁迪恩之后，这一幕已经不止一次出现在她的梦里，沐瑞只是对梦境成真感到震撼。兰飞儿站在马车上，阴极力如同太阳般在她身上放射出刺眼的光芒。扭曲的红石门框就在她背后。她俯视着兰德，脸上带着残忍的笑容。她的手里转动着一只手镯——一件法器。除非兰德也使用了他的法器，否则兰飞儿现在一定已经将他碾碎了。而沐瑞现在真正注意的并不是兰德在做什么，或者兰飞儿是不是在玩弄兰德。那只因为年代久远而颜色发暗的象牙手镯十分令人厌恶，外观像是一名杂技演员向后弯下身子，抓住了自己的脚踝。只有仔细观察之后，才能看出那个人的手腕和脚踝是被捆在一起的。她不喜欢那件东西，但她还是将它带出了鲁迪恩。昨天她把这只手镯从一只放了许多零碎物品的袋子里拿出来，就把它留在那道门框的旁边。

沐瑞是个身材娇小的女子，她在爬上马车的时候，马车甚至没有晃动一下。当她的裙子勾到马车，撕裂出一道口子的时候，她不禁哆嗦了一下，但兰飞儿并没有回头。那个女人一定认为除了兰德之外，身边的一切威胁都已经被处理掉了，她已经将全部注意力都集中在了兰德身上。

一个希望的泡沫从沐瑞的脑海中升起，却立刻又被她强行压了下去——她不能允许自己沉溺于这种奢侈的希冀。她在车尾平衡了一下身体，然后拥抱真源，向兰飞儿跃去。一瞬间，弃光魔使有所发觉，抢在沐瑞攻击她、抢走手镯之前转回身。她们面对面地倒进了门框形的特法器。白光淹没了一切。

第53章

消失的字迹

在萎缩的虚空深处，兰德看见沐瑞似乎突然凭空出现，扑向兰飞儿。那两个女人在一片白光中摔进门框形的特法器，对他的攻击也在同一时刻消失了。但那片白光并没有消失，它溢满了巧妙扭曲的红石门框，仿佛正在撞击着一道看不见的屏障，要从那道门框中喷涌出来。愈来愈剧烈的银色和蓝色闪电沿着那件特法器的纹路飞快地游走，在空气中发出一阵阵细微的爆裂声。

兰德蹒跚地站起身，他体内的痛苦还没有消失，但压力已经不见了，所以痛苦应该不久也会离开。现在他的全副心神都集中在那件特法器上，沐瑞，她的名字浮现在他的脑海，滑过了虚空。

岚迈着不稳定的步伐走到他身边，眼睛同样盯着那辆马车。护法的身体向前倾着，仿佛只有不停地向前走才能阻止他栽倒下去。

而现在兰德只有站着的力气了，他导引至上力，用风之力抓住了护法。“你……你无能为力，岚，你不能随她而去。”

“我知道。”岚绝望地说道。他被风之力捆住，还保持着迈步的动作，但他并没有挣扎，只是盯着那件吞噬了沐瑞的特法器。“光明带给我和平，我知道。”

马车上现在已经冒出了火苗，兰德试图将火焰平息下去，但在他不停地从那些火苗中吸走热量时，从门框中流散出的闪电又点燃了其他地方，就连门框本身也在开始冒烟了，虽然它是石雕的，刺鼻的白烟在灰色的穹幕下愈聚愈浓。兰德不禁发出一阵剧烈的咳嗽，被白烟接触到的皮肤立刻就产生了一种刺痛的感觉。他急忙解开穹幕的编织，等不及穹幕自动消散，他以最快的速度消除了它，同时他又在那辆马车周围用风之力编织了一根玻璃般的烟囱，将特法器发出的白烟送到高空中散掉。做完这些之后，他才放开了岚。他怀疑，如果能让岚碰到马车，岚还是会立刻追随沐瑞而去。现在那辆马车已经变成了一团熊熊烈火，红石门框也在火焰中如同蜡一样融化。但对于一名要追随两仪师的护法而言，这些全都是无足轻重的。

"她走了，我感觉不到她的存在。"悲凉的声音似乎撕裂了岚的胸膛，从他的胸口直接倾泻下来。他转过身，沿着货车向前走去，没有再回头。

兰德的视线跟随着护法，看见跪在地上的艾玲达正扶着艾雯。他松开阳极力，跑下码头，曾经遥远缥缈的肉体疼痛返回他的身上，但他还是在跑着，无论姿势多么笨拙。亚斯莫丁也在那里，不停地向四周窥望着，仿佛以为兰飞儿会突然从马车或倒塌的粮车后面跳出来。麦特蹲在地上，将长矛倚在肩头，正用帽子给艾雯扇着凉风。

兰德停在他们面前。"她……"

"我不知道。"麦特带着哭腔说。

"她还有呼吸。"艾玲达这样说着，但她的语气却仿佛是不太确信艾雯还能继续呼吸下去。兰德忽然被人一把推到了旁边，艾密斯、柏尔在前，麦兰和索瑞林在后，四名智者站在艾雯面前。艾雯一下子就睁开了眼睛。智者们围着艾雯跪了下去，一边检视着艾雯的身体，一边低声彼此交谈着。

"我觉得……"艾雯虚弱地说了一句，咽了口口水，她的脸毫无血色，"我……受了伤。"一滴泪水从她的脸颊滚落。

"你当然受了伤。"索瑞林声音清晰地说，"你让自己落入了一个男人的谋略，才出了这种事。"

"她不能跟你走了，兰德・亚瑟。"金发麦兰的美丽面孔表现出明显的怒意，但她并没有看着兰德，所以兰德不知道她是在对自己生气，还是在对所发生的这一切生气。

"只要……喝些水……休息一下，我就……好了。"艾雯的声音微不可闻。

柏尔从身边的人那里拿来一块浸透凉水的毛巾，将它敷在艾雯的前额上。"你要休养很久才会好，恐怕今晚无法去见奈妮薇和伊兰了，你必须有一阵子无法靠近特・雅兰・瑞奥德，那得等到你恢复健康再说。不要用那种顽固的眼光瞪我，女孩，我们会注意你的梦，以确认你不会擅自行动。如果你胆敢反抗，我们会拜托索瑞林亲自照顾你。”

“你不会违背我两次的，不管你是不是两仪师。”索瑞林说道，她皱纹堆积的脸上铺满了严厉，却又夹杂着一道同情的纹路。艾雯的脸上全都是挫败的表情。

“至少，我还足以去做我必需要做的事情。”艾玲达说。实际上，她憔悴的样子并不比艾雯好多少，她努力用挑衅的眼光瞪了兰德一眼，完全是一副要吵架的神态。当她意识到四位智者都在看着她的时候，气焰立刻收敛了不少，只是又低声嘟囔了一句：“我没问题。”

“当然。”兰德茫然地应了一声。

“我没问题的。”艾玲达继续坚持着，同时小心避开智者们的目光，“兰飞儿用在我身上的时间比艾雯少一些，所以我比她好得多。我负义于你，兰德·亚瑟，如果不是你，我们无法幸存，她非常强大。”艾玲达的眼睛望向那辆燃烧的马车。在那根玻璃般的烟囱里，猛烈的火焰已经将马车变成了一堆不成形的焦炭，红石雕成的特法器已经完全看不见了。“我没看见刚才出了什么事。”

“她们……”兰德清了清喉咙，“她们两个全都消失了。兰飞儿死了，沐瑞也是。”艾雯开始啜泣，将一滴滴热泪洒在艾玲达的怀中。艾玲达将头靠在艾雯的肩头，似乎也控制不住自己的眼泪了。

“你是个傻瓜，兰德·亚瑟，”艾密斯站起身，在她的满头白发下面，那张年轻得令人吃惊的面孔如同石雕一般冷硬。“对于这件事和其他许多事情，你都极为愚蠢。”

兰德在智者指责的目光中转过头。沐瑞死了。因为他不能让自己放手去杀死一名弃光魔使，所以她才会死，他不知道是想哭还是想狂笑。只是他觉得，如果他的神智现在出了轨，可能永远都回不来了。

刚才他布下穹幕时空旷的港口现在又重新充满了行人，只是极少会有人靠近灰色穹幕出现过的地方。智者们来回走动着，救治伤患，让死者得到安息，许多身穿白袍的奉义徒和穿凯丁瑟的男人们在帮助她们。呻吟声和哭嚎声撕扯着兰德的神经。他的动作太迟钝了，沐瑞死了，即使是最严重的伤患也无法得到治疗。因为他……*我不能。光明助我，我做不到！*

更多的艾伊尔男人们在看着他，其中一些现在才摘下面纱，兰德仍然看不见任何一名枪姬众。出现在这里的不仅是艾伊尔。多布兰骑在一匹黑色的阉马上，光秃着前额，自从到了码头之后，他的视线就没有离开过兰德。在离他不远的地方是塔曼尼、拿勒辛和代瑞德，他们骑在马上，在看着兰德的同时也在目不转睛地望着麦特。高峻的城墙上站满了人，围绕港口的幕墙上人就更多了。上午的太阳将无数人影清晰地印在幕墙上，其中两个身影在兰德抬头望过去的时候转过了身，他们相隔大约有二十步。看见对方的时候，他们都退缩了一下，兰德打赌，这两个人是麦朗和马林金。

岚正站在马车列尾端、他们的坐骑旁边，抚摸着阿蒂卜白色的鼻子。那是沐瑞的马。

兰德向他走过去。“抱歉，岚，如果我快一点，如果我……”他沉重地喘息着。*我不能杀死一个，于是我杀死了另一个，光明烧瞎了我吧！*在这个时刻，即使光明真的将他烧成灰烬，他也不会在乎。

“时光之轮的编织，”岚向曼塔走去，开始为检查那匹黑色战马的肚带而忙碌，“她是一名士兵，一名和我一样的武士。在过去的二十年里，可能发生这种事情的时刻不下两百次，她清楚这一点，我也是。今天是个适合死亡的日子。”他的声音坚毅如同往日，但那双冰冷的蓝眸里已经出现了点点红丝。

“但我还是要道歉，我应该……”仅仅一句“我应该”是不可能让这个男人得到安慰的，这些言辞同样在切割着兰德的灵魂，“我希望你仍然会是我的朋友，岚，在发生了……我会重视你的建议，还有你的剑术训练，在未来的日子里，这两点对我非常重要。”

“我是你的朋友，兰德，但我没办法留在这里。”岚跳上了马背，“沐瑞在我身上做了一件数百年来都没有人做过的事，自从在两仪师会无视对方意愿而约缚护法的时代结束之后，就再也没人这样做了。她改变了我的约缚状态，所以当她死亡的时候，她对我的约缚将转移到另一个人身上。现在我必须找到那个人，并成为她的护法之一，实际上，我已经是她的护法了。我能模糊地感觉到她，在遥远的西方，而她也能感觉到我。我必须走了，兰德，这是沐瑞的遗愿。她说过，她不会允许我在为她复仇中死去。”他紧紧抓住缰绳，仿佛是在努力拉住曼塔，在努力阻止自己用马刺去踢曼塔的肚子。

“如果你还能遇见奈妮薇，告诉她……”在一瞬间里，那张岩石般的面孔因为剧烈的苦恼而出现了无数皱纹，但这只是发生在一瞬间的事情，那张脸已经重新变成了花岗岩的雕像。岚低声喃喃自语了几句，但兰德听到了他的话，“长痛不如短痛。”然后，他大声说道：“告诉她，我已经变心了，绿宗两仪师有时候对待她们的护法就像对待她们的丈夫一样，不论从哪方面来说。告诉她，我已经成为一位绿宗两仪师的爱人和剑。移情别恋的人屡见不鲜，而且距离我与她上次见面，已经过了很久。”

“我会把你的话向她转述，岚，但我不知道她是不是会相信我。”

岚从马鞍上弯下身，用力抓住兰德的肩膀，兰德记得自己曾把这个男人看成是一匹半驯服的狼，但现在望着他的这双眼睛让狼也显得像小狗一样乖巧。“我们在很多地方都非常像，你和我，我们的内心中存在着黑暗。黑暗、痛苦、死亡，我们是释放它们的源头。如果你爱上了一个女人，兰德，那就离开她，让她去找别人，这是你能给她最好的礼物。”说完，他坐直身体，举起一只手：“和平眷顾你的剑，台沙·曼埃瑟兰。”这是古代的敬礼，意思是“曼埃瑟兰的真正血脉”。

兰德也举起手：“台沙，马吉尔。”

岚踢了一下曼塔的肋侧，战马向前一跃，冲开人群绝尘而去，仿佛曼塔会背着马吉尔最后的血脉，驰向任何他要去的地方。

“母亲最后的拥抱带你回家，岚。”兰德喃喃地说道，打了个哆嗦，这是夏纳等边境国的悼词。

他们仍然在看着他，那些艾伊尔人，还有那些城墙上的人。只要一只鸽子飞到白塔，爱莉达就会知道这里发生的事情，虽然也许她了解的状况和实情会有所不同。如果雷威辛也有办法监视这里，自然会有乌鸦和老鼠将讯息带给他。爱莉达会认为他被削弱了，变得更容易受到控制，而雷威辛……

他意识到自己正在做什么，不禁打了个哆嗦。停下来！至少停下来一分钟，哀悼一下！他不想让这么多双眼睛看着他。艾伊尔人像避开曼塔一样在他面前退开。

码头官员的石板屋只是一个没有窗户的小房间，靠墙放置的架子上放满了各种账簿、卷宗和文件，一张粗木桌子上摆着许多税讫封条和关税印花，屋里惟一的光源是桌子上的两盏油灯。兰德用力关上屋门，将那些眼睛挡在外面。

沐瑞死了，艾雯受了伤，岚走了，这是兰飞儿让他付出的沉重代价。

“哀悼一下，烧了你！”他咆哮道，“这是你应该为她做的！难道你连一点良心都没有了吗？”但他只是感觉到麻木，他的肉体受了伤，但在那里面的东西只剩下了死寂。

他收紧肩膀，将双手插进口袋里，碰到沐瑞给他的信。他缓缓地将它们抽出来，沐瑞说过，他应该认真考虑信中的内容。将汤姆的信放回口袋，他撕开另一封信的封口，沐瑞优雅的笔迹映入他的眼帘：

如果信纸离开你的手，上面的字迹就会消失，这是一个与你相适应的结界，请注意这一点。如果你正在阅读这封信，就意味着发生在码头上的事情——如我的希望……

兰德盯着那几行字，停了一会儿，然后飞快地读了下去：

自从我到达鲁迪恩的第一天开始，我已经知道，当关于摩格丝的讯息抵达凯瑞安的那天，就是此事发生之时。你不必知道我是如何得知这一点的，这是属于其他人的秘密，我不会随意泄露它们。如果我们听到的讯息属实，光明眷顾摩格丝的灵魂，她是个任性而顽固的人，有时候，她的脾气和一只狮子差不多，但不管怎样，她是一位善良而高尚的女王。我不知道这一天最后的结果会是什么，但接获讯息的隔天，我们必定会到达凯瑞安的码头，而且随之而来的是三种可能的状况。如果你读到了这些，那就是说我已经走了，兰飞儿也是……

兰德捏紧了那些信纸。她已经知道了。她知道，但她还是把他带到了这里。他又急忙将被捏皱的信纸抚平：

另外两种可能要糟糕得多：其中一种是兰飞儿将你杀死；另一种是她将你带走，我们再次相见时你会称自己为路斯·瑟林·特拉蒙，并成为兰飞儿矢志不渝的爱人。

我希望艾雯和艾玲达能够安然无恙地幸存。你明白，我不知道那之后还会发生什么。当然，有一件与你无关的小事也许应该算是例外。

我不能告诉你，因为同样的原因，我也不能告诉岚。我不知道你会做出什么样的选择，看起来，两河人保留了许多传说中曼埃瑟兰人的特质，一些同样保留在边境国人身上的特质。据说一名边境国人即使被女人的匕首刺伤，也会竭力避免去伤害那个女人。我恐怕你会将我的生命置于你的生命之上，我不能冒这种险，即使有着宿命的责任，你还是有可能做出这种决定。恐怕这不是冒险，而是一种愚蠢的命中注定，至少今天就可以证明……

“我的选择，沐瑞，”兰德喃喃地说道，“这是我的选择。”

还有最后几点附注：

如果岚还没离开，告诉他，我对他所做的安排，完全是出于对他的好意。我希望终有一天他会理解我，并因此而祝福我。

不要完全信任两仪师，我说的不止是黑宗。当然，你必须时刻小心她们，你要像怀疑奥瓦琳那样怀疑维林。我们已经操纵这个世界舞蹈了三千年时间，这是一个难以被打破的习惯，我在依从你的歌声舞蹈时明白了这一点。你必须自由地舞蹈，即使是我的姐妹最善意的行动也有可能是要按照她们的意愿引领你，就像我曾经做过的那样。

当你下次见到汤姆时，请将他的信平安地转交到他的手中。那封信里记述了一件小事，我曾经对他说过，我一定会向他解释清楚，让他不再为此而心烦意乱。

最后，也要小心杰辛·奈塔先生。我不能完全赞同你的做法，不过我理解，也许这是惟一的办法，但一定要小心他。他仍然是原先那个人，一定要永远记住这一点。

愿光明照耀并保护你。你会做好的。

信的最后只有一个简单的签名——“沐瑞”，她几乎从不会使用自己的族姓。

兰德将倒数第二段仔细重读了一遍。不知为什么，沐瑞知道亚斯莫丁是谁，她一定知道，知道有一名弃光魔使就站在她面前，却从未眨过一下眼睛。如果他理解的没错，沐瑞一定也知道亚斯莫丁为什么会出现在这里。沐瑞本可以直接向他说出这些事，以及她有着什么样的打算，但他现在必须望着一封离开他的手就会化为虚无的信苦苦思索。不止是关于亚斯莫丁，还有沐瑞是如何在鲁迪恩知道那些事的——除非他猜错，否则这一定与智者有关，但他不可能从智者那儿得到什么解释，就像这封信无法解除他的疑惑一样。还有两仪师。沐瑞为什么会特别提到维林？为什么她提到了奥瓦琳，而不是爱莉达？甚至还有汤姆和岚。不知为什么，他觉得沐瑞并没有给岚留下信，那名护法并不是惟一认为长痛不如短痛的人。他差点就拿出汤姆的信并打开它，但沐瑞也许在那封信上施加了同样效果的结界。两仪师兼凯瑞安人，沐瑞步入重重谜团之中，直到最终都操纵别人，直到最终。

他一直都不喜欢沐瑞这样，一直不断埋怨着沐瑞行事诡秘。沐瑞知道会发生什么事，知道她即将死亡，却又像艾伊尔人一样勇敢地去面对这样的未来，面对着未来等待的死亡。她因为他狠不下心杀掉兰飞儿而死。他不能杀死一个女人，因此而导致了另一个女人的死亡。他的视线落在最后的那句话上：

……你会做好的。

那些字迹如同冰冷的剃刀划过了他的心。

“为什么你一个人在这里流泪，兰德·亚瑟？我听说过，一些湿地人认为被别人看见自己流泪是一件可耻的事。”

兰德瞪了苏琳一眼，站在门口的苏琳全副武装，弓匣绑在背上，腰间挂着箭囊，手里拿着皮圆盾和三根短矛。“我没有……”感觉到自己的脸颊上一片潮湿，他急忙抹了一把脸，“只是因为这里太热了，让我的汗冒得好像……你想干什么？我以为你们已经决定抛弃我，回三绝之地去了！”

“不是我们抛弃你，兰德·亚瑟。”苏琳走进屋里，回手关上门，然后坐在地板上，将圆盾和两根短矛放在身边，“是你抛弃了我们。”她双手横握住第三根短矛，一只脚踏在两手之间的矛杆上，一下子将短矛折断成两截。

“你在干什么？”苏琳将手中的断矛扔在一边，又拿起另一根短矛。“我说，你在干什么？”白发枪姬众的表情甚至让岚都会望而却步，但兰德弯下腰，抓住了她两手之间的矛杆。苏琳的软靴踏在他的指节上，力道相当重。

“你会不会让我们穿上裙子，嫁给男人，整日在壁炉前面劳作？还是我们会趴在你的火炉边，在你赏我们一块肉的时候舔你的手？”苏琳绷紧肌肉，那根矛折断了，也划伤了兰德的手掌。

兰德咒骂一声，抽回手，甩去上面细小的血珠。“我根本没想过这种事，我想你们应该明白这一点。”苏琳拿起最后一根矛，将脚踏上去。兰德开始导引，编织风之力绑住了苏琳，苏琳只是一言不发地瞪着他。“烧了我吧，你什么都不说！是我阻止枪姬众参加对库莱丁的战斗。那一天不是所有人都在厮杀的，而你们从没说过一个字。”

苏琳难以置信地睁大了眼睛：“是你禁止我们舞起枪矛吗？是我们在禁止你舞蹈。你就像是个刚刚与枪矛结合的女孩，一心只想冲上战场，亲手杀掉库莱丁，却从没想过也许会有矛尖从背后将你刺穿。你是卡亚肯，你没有权利做这种无谓的冒险。”她的声音变得刻板生硬，“现在你要去和弃光魔使作战，你将这件事隐瞒得很好，但我已经从其他战士团的领导者那里听到了许多信息。”

“那么你们也想阻止我进行这次战斗吗？”兰德平静地问。

“不要傻了，兰德·亚瑟，任何人都能与库莱丁进行枪矛之舞，你进行那种冒险完全像是个孩子。但我们之中没有人能对抗那些暗影的灵魂，只有你可以。”

“那为什么……”兰德闭上了嘴，他已经知道了答案。在那个攻击库莱丁的流血的日子之后，他已经让自己相信，她们是不会介意的。他一直欺骗自己她们不会介意。

“和你一起去的人已经选定。”苏琳这句话就好像是朝兰德扔出一块石头，“每一个战士团都有男人被选出来，男人！没有枪姬众，兰德·亚瑟，法达瑞斯麦维护着你的荣誉，而你却把我们推开来。”

兰德深吸一口气，在脑海中努力寻找着词汇：“我……不喜欢看见女人死去，我痛恨这种事，苏琳，它会让我觉得身体里的血液也凝固了。我不能杀死女人，即使不那样做的话我就要死。”沐瑞的信在他的手中发出沙沙的声音，因为他不能杀死兰飞儿而死的沐瑞，有时候要付出的并不是他的生命。“苏琳，我宁可一个人去对付雷威辛，也不愿意看见你们有人死去。”

“愚蠢的想法，每个人都需要别人照顾他的后背。原来敌人是雷威辛，即使是雷行众的罗埃丹和岩狗众的图罗也不肯透露这一点。”苏琳瞥了一眼自己被固定住的脚和双手。“放开我，我们好好谈谈。”

兰德犹豫了片刻，才将编织拆开，他准备着如果有必要，立刻将苏琳重新固定住。但苏琳只是盘起双腿，将短矛在掌心里掂了掂：“有时候，我会忘记你不是由我们抚养长大的，兰德·亚瑟。听我说，这就是我。”她说着举起了那根短矛。

“苏琳——”

“听着，兰德·亚瑟，我就是枪矛。当一名爱人介入我和枪矛中间的时候，我选择了枪矛。有些人会选择别的道路，她们认为已经和枪矛共处了够长的时间，她们想要一个丈夫，还有孩子，我从没想要过这些。任何首领都会毫不犹豫地将我派往舞蹈最激烈的地方，如果我死在那里，我的首姐妹会为我哀悼，就如同在我们的首兄弟倒下时一样。即使是一名在我入睡时刺穿我心脏的毁树者也不会比你让我损失更多的荣誉，你现在明白了吗？”

“我明白，但……”兰德确实是明白了。苏琳在要求兰德正确地看待她，兰德能做的只有正视她的死亡。“如果你折断了最后一根矛，会出什么事？”

“如果我在这一生中没了荣誉，也许在另一个人生中能得到荣誉。”她这样说的时候，仿佛只是在继续刚才的解释，兰德用了一点时间才理解她的意思。他能做的只有正视她的死亡。

“你没有给我任何选择，是不是？”就像沐瑞一样。

“一直都是有选择的，兰德·亚瑟，你有一个选择，我也有一个。节义不允许其他选择。”

兰德想要朝她大声吼叫，咒骂节义和所有信守节义的人。“选出你的枪姬众来，苏琳，我不知道我能带多少人去，但去那里的法达瑞斯麦会和其他战士团的成员一样多。”

他走过脸上绽放出微笑的苏琳身旁，苏琳的微笑里并没有轻松，而是充满了喜悦，因为她能有机会赴死而感到喜悦。兰德觉得自己应该用阳极力继续把这名白发枪姬众捆住，直到他从凯姆林回来。他用力打开门，走出屋外，却又立刻停住了脚步。

安奈拉站在一队枪姬众的最前面，队伍里的每个人手中都拿着三根短矛，队尾一直消失在城门里。码头上的艾伊尔男人好奇地看着她们，但这显然只是法达瑞斯麦和卡亚肯之间的事情，与其他任何战士团无关。艾密斯和另外三四位曾经是枪姬众的智者都用更加关切的目光望着这里。绝大多数的非艾伊尔人都已经离开了，只剩下一些车夫还在紧张地扶起翻倒的载谷物的马车，同时竭力不去看那些艾伊尔人。安奈拉走向兰德，看到苏琳从屋子里走出来，她便停下脚步，脸上露出同样的微笑，并没有轻松，而是充满了喜悦。这种为赴死而欢愉的表情立刻沿着枪姬众的队伍向后传去。智者们也在微笑，艾密斯用力向兰德点了一下头，仿佛兰德终于结束了一种白痴的行为。

"我原本还以为她们会一起涌进屋里，用亲吻让你脱离哀伤。"麦特说。

兰德皱起眉看着麦特，麦特靠着他的长矛站着，正朝他咧嘴而笑，宽边帽被他推到脑后。"你怎么能那么高兴?"空气中仍然弥漫着烧焦皮肉的气味，以及正在受智者照料的受伤男女发出的呻吟声。

"因为我还活着。"麦特哼了一声，"你希望我怎么做，痛哭流涕吗?"他像是不舒服地耸耸肩。"艾密斯说，艾雯真的再过几天就没事了。"然后他向周围看了一圈，但似乎又不想看见他所见到的一切。"烧了我吧，如果我们真要这么做，那就让我们行动吧！Dovie'andi se tovya sagain。"

"什么?"

"我说，现在是扔骰子的时候了，苏琳让你变聋了?"

"该是扔骰子的时候了。"兰德表示同意。风之力的烟囱里，火焰已经完全熄灭，但那股白烟仍然在升腾，仿佛火焰还没将那件特法器完全吞噬。沐瑞，他本应该……过去的已经过去了。枪姬众正簇拥在苏琳身边，整个港口几乎都被她们填满了。过去的已经过去了，它们已经成为他人生的一部分了，死亡对于他来说，也许会是一种解脱。"让我们行动吧！"

第54章

前往凯姆林

五百名枪姬众在苏琳的率领下，陪同兰德回到了王宫。贝奥正在王宫大门后的大型庭院里等待他，排列在贝奥身边的是雷行众、黑眼众、寻水众和来自其他每一个战士团的艾伊尔男人。他们站满了庭院，又一直挤进从宫殿正门到仆人走廊的每一个门口。一些艾伊尔人从宫殿低层的窗户向外望着，等着轮到自己出去。整个庭院里只有一名非艾伊尔人在等待他。在艾伊尔人聚集的地方，提尔人和凯瑞安人（特别是凯瑞安人）都会远远地避开，那个例外和贝奥一起站在通往宫殿正门的宽大灰石阶上——派文手里擎着旗杆，猩红的旗帜垂挂在旗杆顶端，一如往常，与周围的艾伊尔人一样，他脸上没有任何表情。

艾玲达坐在兰德的鞍后，她紧紧地抱着他，胸口压在他背上，直到他下马时才将他放开。在码头的时候，艾玲达和智者们说了一些话，兰德觉得那不会是他应该听到的话。

“随光明而行，”艾密斯一边说，一边碰了碰艾玲达的脸，“小心守卫他，你知道他肩上有多么大的责任。”

“你们两个的责任。”柏尔对艾玲达说。几乎就在同一时刻，麦兰焦躁地说：“如果你成功了，现在就会容易很多。”

索瑞林哼了一声："在我那个年代，就连枪姬众也知道如何控制男人。"

"她比你们所知道的更成功。"艾密斯对她们说。艾玲达摇了摇头，抬起一只手臂，阻止智者们继续说下去，那只雕刻着玫瑰和荆棘的象牙手镯从她的手腕上滑落到臂肘的位置。但艾密斯不理会她表达到一半的抗议，继续说道："我一直在等她告诉我们，但既然她不肯——"她看了兰德一眼，猛地闭上了嘴。现在兰德就站在距离她们不到十步的地方，手里牵着杰丁的缰绳。艾玲达转过身，看到艾密斯注视的目标，红晕立刻涌上双颊，又飞快地退去，让她被太阳晒黑的脸庞也仿佛失去了血色。四位智者则用无法解读的木然眼光盯着兰德。

亚斯莫丁和麦特牵着他们的马走到兰德身后。"女人在摇篮里就学会了这种眼神吗？"麦特嘟囔着，"还是她们的母亲教她们的？我要说，伟大的卡亚肯如果在这里继续停留一会儿，他一定会挨耳光直到耳鸣的。"

兰德摇了摇头，伸手扶住正在下马的艾玲达，将她从花斑马的背上抱了下来。片刻间，他抱着艾玲达的腰，低头望着她碧蓝色的眼睛。艾玲达没有将头别开，表情也没有任何改变，但双手逐渐握紧了他的手臂。智者们所说的成功是什么意思？他本以为艾玲达是智者派到他身边的间谍，她也确实问过他向智者隐瞒的一些秘密，但那只是因为她非常生气他对智者们敬而远之的态度。她从没有对他使过手段，从没有刺探过他，她也许很粗鲁，但没有任何狡诈。兰德曾经考虑过艾玲达有可能和克拉瓦尔派来的那些年轻女人们是一样的，但他很快就否认了这个假设。艾玲达绝不会让自己被如此利用，而且，就算她真的是被派来引诱他的，但在他们已经有了那样共同的体验之后，她却会拒绝他吻她一下，更别说那是他将她追逐了半个世界才拥有的体验。这种猜测绝对不可能。虽然她能很随意地在他面前赤裸身体，但这肯定和艾伊尔特异的习俗有关系，而他在她没穿衣服时的尴尬表情一定让她觉得这是一件很好玩的事情。那么，她的成功到底指的是什么？在他的身边隐藏着无数阴谋，所有的人都在算计他吗？他能在她的眼里看见自己的脸。这条银项链是谁给她的？

"我也很喜欢这么爱抚一下。"麦特说，"但你不觉得这里有太多人在看着吗？"

兰德放开艾玲达的腰，向后退了一步，艾玲达的速度比他还要快。她低下头，整理着自己的裙子，同时慌乱地嘟囔着骑马给裙子增添了多少皱褶。他看见她的脸颊变得通红，嗯，他并不是有意要让她感到困窘的。

他皱起眉向庭院里扫视了一圈："我告诉过你，我不知道能带走多少人，贝奥。"现在枪姬众已经簇拥在庭院通向正门的坡道上，这里几乎已经没有可以移动的空间了。每个战士团都派出了五百名成员，意味着这里聚集了六千名艾伊尔。宫殿里的走廊也一定挤满了人。

高大的艾伊尔首领耸了耸肩，如同这里的每一名艾伊尔一样，他已经将束发巾围在了头上，随时准备拉起面纱。没有猩红色的头带，但至少有半数艾伊尔人在额前都画了黑白两色的碟形图腾。“每根枪矛都会追随你的意愿。那两位两仪师很快就会过来了吗？”

“不。”看来艾玲达没有让他再碰她是对的。因为不知道哪一个是艾玲达，兰飞儿试图同时杀死她和艾雯。哈当是怎么知道的？没关系，岚是对的，女人们如果过于靠近他，只能得到痛苦和死亡。“她们不会过来了。”

“据说在河边出现了……麻烦。”

“一次伟大的胜利，贝奥。”兰德疲倦地说，“以及极高的荣誉。”但那不是我赢得的。派文走过贝奥，站在兰德侧后，瘦长的刀疤脸显得肃穆而庄严。“那么，整座宫殿里的人都知道这件事了？”兰德问。

“我听说，”派文挪动着下巴，似乎是在考虑着该怎么说，兰德发现派文身上原来那件破旧的乡下衣服已经不见了，取而代之的是一件优质红色羊毛外衣，在胸口两侧各绣着一条龙，“你要走了，不知在哪听见的。”说完这句话，他仿佛再也说不出来一个字。

兰德点点头，在这座宫殿里滋生的谣言如同生长在阴暗角落里的霉菌，但只要雷威辛还不知道就可以。他搜索了一下覆盖着瓦片的宫殿屋顶和高塔的顶端，没有乌鸦，他已经有相当长一段时间没看见过乌鸦了，但听说有人宰杀过，也许现在那些乌鸦全都在躲着他。“准备好。”他抓住了阳极力，飘浮在虚空中，摒除一切思想。

信道的入口出现在台阶下面，先是一条似乎在不断旋转的耀眼细线，然后细线张开成为一个十二尺宽的方形窟窿。艾伊尔人的队列中没有发出一丝声音。站在前排的艾伊尔人能看见那个入口，如同一块烟雾缭绕的玻璃，空气中一片朦胧的闪光。但对于艾伊尔人来说，即使让他们从宫殿的墙壁中穿过去，他们也会毫不犹豫地执行命令。如果从侧面看过去，就只能看见一条发丝般的光线，只有最靠近的寥寥数人能看见。

十二尺是兰德力量能达到的极限，亚斯莫丁告诉过他，一个人的力量是有限的。对于信道，导引多少阳极力并没有很大关系，至上力的作用只限于制造出入口，而在信道里面则存在着另外的因素。梦中之梦，亚斯莫丁这样称呼它。

兰德迈步走过入口，他的脚下升起一个平台，外观非常像刚才庭院里的石板地面，但在平台以外的地方，只有彻底的黑暗。四面八方都通向虚无，永远地虚无，这与黑夜并不一样。兰德能清楚地看到自己和脚下的石板，但除此之外，他什么也看不见。

现在他可以看看自己能做出多大一块平台了。随着这个想法，更多的石板同时出现在他周围，完全都是那座庭院地面的复制品。兰德想象着它继续变大。灰色的石板迅速地扩张，一直延伸到他视野的边缘。他愣了一下，发觉自己的双脚正在石板上向下沉陷，石板看上去和原先没有差别，但它确实变得有些像软泥一样，不停地从他的靴子下面冒出来。他急忙将平台缩回成只有一块铺底石板大小，然后以铺底石板的宽度一圈圈逐渐向外扩张。很快他就发现，顶多只能让面积达到比他第一次扩张平台时稍大一些的程度。这时的平台看上去还没有任何问题，也没有让他向下陷，但只要再向外扩大一圈，它就变得仿佛是……一层薄壳，只要踏错一步就有可能将它踩裂。这是因为它所模仿的石板材质最大只能支撑到这种程度？还是因为他一开始没有把它想象得更大一些？*我们的限度都是我们自己造成的。*这个想法不知从什么地方滑了出来，让他吃了一惊。*而且我们还会毫无道理地用它们去限制别人。*

兰德感觉到自己正在发抖，在虚空中，这种感觉就像是察觉到另外一个人在发抖。这提醒了他，路斯·瑟林还在他体内，在与雷威辛战斗的时候，他必须小心不会陷入争夺自己的战斗里去。如果不是因为这个，他也许已经……不，发生在港口的事情已经发生了，他不会反复咀嚼无可挽回的往事。

他消去平台最外圈的石板，转过身。贝奥正等在一步之外、方形入口外面的阳光中，在他身边，沉默不语的派文和部族首领同样镇定。派文会高举着他的旗帜，紧跟在他身后，哪怕是直入末日深渊也不会眨一下眼。麦特将帽子推到脑后，抓了抓头皮，然后又将它扣回脑袋上，嘀咕了一些骰子在他脑子里之类的话。

“壮观，”亚斯莫丁低声说，“相当壮观。”

“等别的时候再歌颂他吧，竖琴手。”艾玲达说。

她是第一个走进入口的人，眼睛看着兰德，而不是自己双脚所踩的地方，就这样一直走到兰德面前。但当她走到他身边时，她忽然用力转过了脸，将披巾挂在臂肘上，开始仔细端详周围的黑暗。有时候，女人真是造物主创造出来的最奇怪的生物。

贝奥和派文紧跟着艾玲达踏上平台，然后是亚斯莫丁，一只手抓住勒在胸前的竖琴匣带子，另一只手紧抓着剑柄，连指节都握得发白了。麦特大摇大摆地走进入口，脸上却显露出一点不情愿的神情，嘴里还在不停地嘟囔着，仿佛是正在和自己争论着什么，兰德只能听出他说的都是古语。苏琳以维护兰德的荣誉为理由，是贝奥之后第一个踏上平台的艾伊尔战士。在她身后，艾伊尔战士源源不断地涌了进来，不止是枪姬众，还有谭沙雷——真血众、法阿达扎丁——鹰血众、红盾众、曙奔众、岩狗众和刀手众，所有战士团的代表不分先后地走了进来。

随着人数的增加，兰德从平台上靠近入口的地方移动到了平台最前端，他也想在这里看着自己前进的方向，虽然这样做其实并没有必要。他可以在平台移动时停留在平台的任何位置，方向在这里是不确定的，只要能顺利前进，无论他选择哪个方向，最终都能到达凯姆林，而如果出现错误，他们就会被无尽的黑暗给吞噬掉。

艾伊尔人在他周围留下很小的一片空间，围绕他站立的是贝奥、苏琳（当然还有艾玲达）、麦特、亚斯莫丁和派文。“不要靠近边缘。”兰德说。距离他最近的艾伊尔们向后退了一尺，他无法越过这片带着束发巾的森林看到远处的情况。“已经满了吗？”他喊道。这座平台大概能承载半数想要随他一起去的人，不能再多了。“满了吗？”

“是的！”一个女性的喊声最后传了过来，充满了不情愿，他觉得那是蕾梅勒的声音。但入口处还是挤满了人，艾伊尔人总是相信平台上至少还能再多站一个人。

“够了！”兰德喊道，“不要再进来了！离开入口！所有人都离开那里！”他不想那根霄辰断枪的事发生在这些有生命的肉体上。

停了一下，又有喊声传来：“已经都离开了。”确实是蕾梅勒。兰德愿意用自己的最后一个铜板打赌，安奈拉和索麦莱也挤上了平台。

入口愈来愈窄，在最后一道闪光中消失殆尽。

“血和该死的灰啊！”麦特嘟囔着，厌烦地靠在他的矛上，“这比那火烧的道还要糟糕！”亚斯莫丁惊讶地看了他一眼，而贝奥的目光则显出他正在思考麦特这句话的意思。麦特并没有注意到这些，他正忙着看向那片黑暗。

这里没有任何活动的迹象，没有一丝风搅动派文手中的旗子，所有人也都僵直地站着。但兰德知道更多的事情，他几乎能感觉到他们的目的地正在迅速向他们靠近。

“如果你在出去的时候靠他太近，他会感觉到的。”亚斯莫丁舔了舔嘴唇，同时极力避免去看任何人，“至少，我听说是这样的。”

“我知道要去什么地方。”兰德说。不能太靠近，但也不能太远，他清楚记得那个地方。

没有动作。无尽的黑暗，所有人都停滞在这样的环境里，在一片死寂中度过了大约半个小时。

一阵轻微的骚动出现在艾伊尔人群中。

“怎么了？”兰德问。

喃喃声在平台四处蔓延。“有人掉下去了。”靠近他的一名高大的男子说道。兰德认识他，他是一名寇达瑞——夜枪众，名字叫麦希阿，他戴着红色的头巾。

“不会是一名——”兰德开口说道，然后看见了苏琳严肃的目光。

兰德转过头，盯着面前的黑暗，愤怒如同一个污点沾染在没有情绪的虚空中。就是说，即使是枪姬众掉下去了，他也不该有丝毫在意，对不对？在无尽的黑暗中永远地跌坠下去，是不是在死亡之前，神智就会因为饥渴和恐惧而彻底崩溃？那种坠落方式，即使是一名艾伊尔，最后也会因为强大的恐惧而使心脏停止跳动。他几乎希望会有这样的结果，其他的结果一定比这个更可怕。

*烧了我吧，凭什么我要为这个台子坚固感到骄傲？无论是枪姬众还是岩狗众，一杆矛就是一杆矛。*只是，这么想并不能对事实有什么改变。*我会变得强硬！*他会让枪姬众在她们希望的地方舞起矛枪，他会的。他还知道，他会找出每一名死者的名字，每个名字都会成为他灵魂上的一道刀痕。*我会变得强硬，光明助我，我会的，光明助我。*

悬挂在空虚中的死寂。

平台停住了，很难说他是怎么知道的，但他知道在这之前平台是移动的，而现在它停下来了。

他开始导引，和凯瑞安的庭院中一模一样的另一个入口在众人面前打开。阳光的角度几乎没有改变，但在这里，仍然是清早的阳光照亮了石板街道。前方有一片逐渐升高的斜坡，斜坡上长满了死于干旱的花草。在斜坡顶端是一道高度超过两幅的石墙。砌墙的石块没有经过刻意的雕琢，让这堵墙表现出某些自然的状态。越过那堵墙，他能看见安多王宫的金顶，几座白色的尖塔上，白狮旗在微风中高高飘扬，墙对面就是他与伊兰第一次见面的那座花园。

带着责备神情的蓝眼睛从虚空中飘出，回忆袭上心头——在提尔的偷吻、那封信里写着她已经将心和灵魂放在他的脚下、求艾雯转达的爱的讯息。如果她知道了艾玲达和他在雪屋中度过的那一晚，她又会怎么说？对另一封信的回忆，信里只有对他冰冷的弃绝，如同一位女王将一名养猪人放逐到漆黑的深夜。这没关系，岚是对的，但他想……什么？谁？蓝色的眼睛，绿色的眼睛，深褐色的眼睛。是伊兰吗？她是爱他的，还是依然无法下定决心？艾玲达？她是在利用她不让他碰触的东西奚落他吗？明？她总是笑话他，认为他是个羊毛脑袋的傻瓜？这些全都从虚空的边缘飘过。他竭力要忽视这些，要忽视另一对美丽的蓝眼睛，她躺在那道倾颓的宫廊里，已经过去了那么久。

他必须站在这里，看着戴上面纱的艾伊尔人跟随贝奥冲出去。他要维持着这座平台的存在，只要他走出信道，平台将不复存在。艾玲达和派文仍然平静地等在他身后，不过艾玲达偶尔会皱着眉头向外面的街道望两眼。亚斯莫丁将手指搭在剑上，异常快速地呼吸着，兰德很想知道，这个男人到底会不会使用他挂在腰上的这把剑。当然，他其实也不需要用到它。麦特盯着那堵墙，仿佛是在回味一段糟糕的往事，他也曾经从这里溜进过安多王宫。

最后一名戴面纱的艾伊尔人走过兰德身边，兰德示意身边的人先出去，最后自己才走出信道。信道出口消失了，兰德的周围已经环绕了一队高度警戒的枪姬众。艾伊尔人沿着弯曲的街道（在内城，所有的街道都沿着丘陵的走势有一定的弯曲）疾步飞奔，迅速地消失在宫墙的拐角处，周围看不见任何其他人，大概所有会发出警报的人都被处理掉了。更多的艾伊尔人正爬上那道斜坡，甚至有些人已经爬上了宫墙，墙面上的微小凹凸已经足以让他们轻盈地攀附而上了。

突然间，兰德愣在原地。他左侧的街道地势下弯，末端消失在视线之外，让他可以清楚看见几座铺满瓷片的高塔，在上午阳光的照射下，那些瓷片变幻出上百种绚烂的颜色。越过那些高塔，兰德甚至能看见远处内城里的一座公园。从他的角度望过去，公园里的白色人行道和纪念碑组成了一个狮首图腾。在他的右侧，街道微微凸起，然后弯去，他可以看见更多有着闪亮尖顶和圆顶的高塔。布满街道的艾伊尔人迅速从由王宫中蜿蜒而出的街道上向周围散去，兰德能看见的只有艾伊尔人，但现在早已经应该是人们出外忙碌的时候了，即使在王宫附近也不该这么肃静。

如同噩梦一般，斜坡上的宫墙在五六个地方向外倾倒，人体和石块落到那些仍然在向上攀爬的人身上。还没等摔在地上的艾伊尔人跳起身，崩碎的石块沿着斜坡滑到街上，兽魔人已经出现在墙壁的缺口中。它们向斜坡扔下许多树干一般粗的撞槌，然后抽出镰刀一样的弯剑、长钉战斧和倒刺长矛。披挂黑甲的巨大人形，在肩膀和臂肘处突出着尖钉，扭曲的人类面孔上长出了兽口、鹰喙、长角和羽毛。无眼的魔达奥如同午夜的毒蛇，率领着它们冲下斜坡。号叫的兽魔人和寂静无声的魔达奥从建筑物的门口和窗口中跳上街道，无云的空中落下了一道道闪电。

兰德编织出火之力和风之力去对抗袭来的火之力与风之力，一道缓慢扩展的屏障挡住了落下的闪电。扩展的速度太慢了，一道闪电劈落在他头顶的屏障上，碎裂成一片刺目的白光，但同时有数道闪电击落在他周围的地面上，气流本身就几乎要将他击倒在地。他全身毛发直竖，几乎要放开编织，放开虚空。在一片闪电之中，他目不视物，但他仍然继续编织，将屏障扩大。他能感觉到闪电，能感觉到天空之火撞击在屏障上的力量。天空之火持续撞击，即将劈向他，但这并非无法阻止。从口袋的法器中抽取着阳极力，他将屏障扩大到覆盖了半个内城，将它固定住。然后他从地上撑起身子，视觉开始逐渐恢复，充满泪水的眼睛仍然能感到疼痛。他必须迅速行动，雷威辛知道他在这里，他必须……

实际上，这一切都发生在很短的时间里，雷威辛并不在乎他自己的手下会损失多少。被闪电击昏的兽魔人和魔达奥从斜坡上栽倒下来，落到枪姬众的矛尖上，其中有许多还在挣扎着想要爬起来。最靠近兰德的一些枪姬众也正从地上爬起来。派文仍然站立在原地，稳稳地举着红色的旗帜，刀疤脸上没有任何表情。更多的兽魔人从墙壁的缺口中涌出，鏖战的喧嚣声充满了街道，但兰德只觉得那是发生在另一个遥远地方的事情。

在雷威辛的第一轮攻击中，闪电并非全部劈向兰德一个人。麦特冒着烟的靴子被扔在地上，他本人则躺在距离靴子十几步远的地方，他的黑杆长矛、外衣，甚至是被甩出衬衫的银狐狸头上也在冒着缕缕青烟。那颗狐狸头并没有能从一个男人的导引中拯救他。亚斯莫丁的身体变成了一团扭曲的黑炭，只是从他背上那只焦黑的竖琴匣上还能认出是他。而艾玲达……她毫发无伤，仿佛正躺在地上休息，如果她能在大睁双眼、直瞪着太阳的时候休息的话。

兰德弯下身去碰触她的脸颊。已经冰冷了，那种感觉……不像还有生命迹象。

"雷——威——辛！"

从他喉咙里发出的这个喊声让他微微吃了一惊，他似乎正坐在自己脑海深处的某个角落里。虚空包覆着他，比以往任何时候都更加巨大，更加空旷。阳极力在他体内爆发出狂烈的力量，他不在乎这样的力量是否会将他冲走。污染浸透了一切的存在，侵蚀着所有地方，他不在乎。

三名兽魔人冲破枪姬众的阵线，多毛的手中握着长钉巨斧和弯钩长矛，与人类过于相似的眼睛盯住了手无寸铁的他。那个从嘴里生出野猪獠牙的兽魔人被安奈拉刺穿后背，轰然倒在地上。另外两个长着鹰喙和熊嘴的兽魔人还在向他冲过来，其中一个脚上穿着靴子，另一个脚上则是一双爪子。

兰德感觉到自己在微笑。

火焰从两个兽魔人身上的每一个毛孔中跳跃出来，穿透了黑色的铠甲。就在它们张开嘴想要尖叫的时候，一个信道入口在它们站立的地方打开。两具仍然在燃烧的躯体被切成两半、喷溅着鲜血倒在地上。但兰德只是盯着那个入口。入口对面不是一片黑暗，而是一座高大的圆柱大厅，大厅的墙壁上装饰着狮子浮雕，一个黑发中夹杂着白丝的高大男人坐在镏金王座上，正从对面惊讶地盯着兰德。十几名或穿华服、或披盔甲的男人也转过头，朝他们主人注视的方向望过来。

兰德根本没有注意到那些人。"雷威辛。"他说道，或者这是另一个人说的，对此他无法确定。

他向入口中释放出闪电和火焰，然后走了进去，让它在自己身后关闭。他代表死亡。

奈妮薇轻易就让自己生气到可以导引的程度，将一股魂之力能流注入了口袋中那个有睡眠女子图案的琥珀里，甚至被看不见的眼睛窥视她的感觉也无法影响她在上午的愤怒。史汪站在她面前，她们已经身处于特·雅兰·瑞奥德中沙力达的街道上了。除了她们以外，街上空无一人。几只苍蝇在空中飞舞，一只狐狸好奇地看了她们一眼，然后就跑走了。

"你一定要集中精神，"奈妮薇吼道，"你在第一次的时候比现在控制得更好，集中精神！"

"我正在集中精神，蠢女孩！"史汪朴素的蓝色羊毛裙突然变成了丝绸质地的，七色的玉座圣巾从脖子上垂挂下来，一条咬住尾巴的金色巨蛇盘绕在她的手指上。史汪皱起眉看着奈妮薇，似乎并没有察觉自身的变化，她今天已经有五次穿上这样的衣服了。"如果我这样做有什么困难，那只是因为你给我灌的那种可怕的东西！呸！我现在还能感觉到它的味道，那就像是比目鱼的胆汁。"圣巾和戒指消失了，丝绸长裙的高领却突然低了下去，一直露出了她用一根细链挂在胸口的石戒指。

"如果你不坚持要我教导你，让我不得不为你配一剂催眠药，你本来没有必要尝那东西。"当然，在那副汤药里，奈妮薇还加了羊蕨根和另外几种并不真正需要的药材，这个女人的舌头就算打几个哆嗦也是活该。

"你还要教雪瑞安她们，根本没多少时间教我。"丝裙变成了白色，衣领又升高了，围绕着史汪的脖子出现了一圈白色的蕾丝，一顶嵌着珍珠的小帽戴在她的头上。"或者你宁愿让我紧接着她们？你说过，你需要一些不受打扰的睡眠时间。"

奈妮薇哆嗦着，双手在身体两侧握紧了拳头。雪瑞安她们并不是刺激她怒火的最大原因。她和伊兰轮流带着她们进入特·雅兰·瑞奥德，每次两个。有时候她们在一个晚上就要让那六个人都进入一次梦的世界。即使她是老师，她们还是不会让她忘记她是见习生，而她们是两仪师。只要稍微批评她们的错误……伊兰只被派去刷过一次锅子，奈妮薇的双手却已经因为热肥皂水的浸泡而布满皱纹，至少，她在清醒世界的双手是如此。但她们并不是最可恨的，她真正的忿恨也不是来自于她几乎没时间对静断和驯御进行研究。洛根比史汪和莉安更配合她的研究，或者至少他对此更抱希望。感谢光明，他总算是还懂得要对这件事保密，也许他真的相信奈妮薇最后可以治好他。比起这件事，芙芮恩也许要更可恨一点，现在芙芮恩已经接受测试，并晋升为……不是两仪师，因为誓言之杖还在白塔里。但她现在的地位已经比见习生要高。芙芮恩现在可以随意选择自己的穿着，虽然她还不能披上披肩并选择宗派，但她已经被授予了其他权力。奈妮薇觉得自己在最近这四天里，取送茶水、书籍、别针、墨水瓶和其他无用杂物的次数，比她在白塔时做这种事的总次数还要多——她肯定，芙芮恩是故意的！但即使是芙芮恩也不能让她如此气恼，她甚至不想记起这件事，她的怒火足以烧暖冬天里的一幢房子。

“今天是什么钩住了你的腮帮子，女孩？”史汪现在穿着一条莉安穿的那种长袍，只是比莉安的更显透明，以至于奈妮薇已经看不出那种轻薄的丝绢是什么颜色。史汪在今天也不是第一次穿这种衣服了，这个女人的脑子里到底在想些什么？在梦的世界里，衣着的改变会泄漏一个人连自己都意识不到的某些想法。“你之前一直都算是不错的同伴，”史汪继续焦躁地说道，然后她停了一下，“但今天不是这样，我现在看出来了。昨天下午，雪瑞安安排瑟德琳帮助你，让你打破对自己建立起来的封锁。你是不是因为这个才让自己的衬裙扭成这样的？你不喜欢让瑟德琳告诉你该如何去做？她也是野人，女孩。如果说有人能帮助你不受伤地学习导引，她——”

“那么你为什么这么神经过敏，不能让自己的衣服有个固定的样式？”瑟德琳……这才是真正让奈妮薇受伤的事，失败。“也许是因为我昨晚听到的一些事？”瑟德琳个性温和，人很幽默，对待奈妮薇也很耐心。她已经告诉奈妮薇，这种事不能一下子就做好，她用了几个月的时间才打破自己的封锁，而她在进入白塔之前很早就意识到自己会导引了。但失败感仍然伤害着她，最糟糕的，如果有人看见——在瑟德琳安慰的怀抱里，她像个孩子一样，因为自己的失败而痛哭流涕……“我听说你把加雷斯·布伦的靴子扔到他头上，因为他要你把它们重新擦干净。他还不知道是明帮他擦的靴子，是不是？所以他把你按在膝盖上，然后——”

史汪用最大的力气，猛地甩了奈妮薇一巴掌。片刻之间，奈妮薇只能盯着对面的女人，眼睛愈瞪愈大。然后她尖叫一声，一拳打向史汪的眼睛。她没有成功,因为史汪已经用一只手抓住她的头发。只过了一会儿工夫,她们已经倒在泥土街道上,一边尖叫着一边来回翻滚,不顾一切地互相厮打起来。

奈妮薇哼着,觉得自己已经占了一点优势,虽然她并不知道自己是在上面的时候多一些,还是被压在底下的时候多一些。史汪正一手抓住她的辫子,另一只手胡乱敲打着她的肋骨和她身上的其他地方,奈妮薇也在以同样的方式殴打着史汪。史汪的力气明显在地削弱,奈妮薇相信,只要再过一分钟,自己就能把她打晕,把她头发扯光。这时,奈妮薇尖叫了一声,她的小腿被狠狠踢了一脚。这个女人竟然踢人!奈妮薇竭力要用膝盖把她压住,但她的裙子给她造成许多障碍。打架时踢人太不公平了!

突然间,奈妮薇意识到史汪在打哆嗦。一开始她以为史汪是在哭,但很快她就发现,那个女人正在笑。奈妮薇用双手支起身子,将脸上的散发拂到后面,她的辫子已经差不多完全散开了。她瞪着史汪说道:“你在笑什么?笑我?如果你……”

“不是笑你,是笑我们。”身体仍然因为发笑而颤抖,史汪将奈妮薇推开。她的头发已经完全散开了,现在穿在她身上的羊毛裙沾了许多泥土,有几处被撕破了,还有几处破口已经被整齐地织补了起来,而且史汪也是光着脚的。“两个成年女人,却滚在地上,好像……自从我……十二岁以来,就没做过这样的事了。我想,我所需要的只是让胖思安揪起我的耳朵,告诉我女孩不许打架。我听说她曾经打倒过一名喝醉的印刷工,我不知道那是为什么。”她又发出一阵很像是傻笑的咯咯声,然后安静下来,站直身子,将裙子上的泥土掸掉。“如果有争执,我们可以像成年人那样将它解决掉。”然后她又带着谨慎的语气说道:“但,我们最好还是不要谈论加雷斯·布伦。”她身上的破衣服突然变成一件玫瑰色低胸裙装,裙边上装饰着黑金两色的绣花,这让她吓了一跳。

奈妮薇仍然坐在地上,抬头盯着她。她还是一名乡贤的时候,如果看见两个女人这样滚在地上,她会怎么办?这个想法又让她感到一阵愤懑。史汪似乎仍然不了解,在梦的世界里,衣服上的尘土是不用掸掉的。移开正在结辫子的手,奈妮薇飞快地站起身。还没有等她站直身体,她的辫子已经完美地垂在她的肩头,身上的两河细羊毛衣裙也焕然一新了。

“我同意。”奈妮薇说道。任何两个这么做的女人如果被她抓到,她都会让她们在被揪到妇议团之前就后悔自己被生出来。她怎么会像那些蠢男人一样想用拳头解决问题?先是赛兰丁——她不想去回忆那件事,但它总在脑子里挥之不去,然后是蕾特勒,现在又出了这桩事。难道她要用时时刻刻保持愤怒状态的方法来解决她的封锁问题吗?不幸的是(或者应该说是一种幸运),她在这样想的时候，胸中的火气丝毫没有消减。“如果我们有了争执，我们可以……对它们进行讨论。”

“那大概表示我们会朝对方大嚷大叫，”史汪冷冷地说，“嗯，也总比这个样子好。”

“我们本来没必要大嚷大叫的，如果不是你——”奈妮薇深吸一口气，猛地别过了头。那口气一下子噎在喉咙里，她用最快的速度转回头，仿佛她只是摇了一下头，她也希望看着她的人会以为她是在摇头。就在那一瞬间，她在街边一扇窗户里看见了一张脸。她的肠胃开始不停地抽搐，怒火中泛出了恐惧的泡沫。“我想我们现在应该回去了。”她低声说。

“回去！你说过，那种恶心的药汁会让我睡上整整两个钟头，我们在这里的时间连一个钟头还没有到呢！”

“这里的时间和醒来世界的时间是不同的。”那会是魔格丁吗？那张脸几乎立刻就消失了，让她觉得那可能只是某个正在做梦的人在无意中进入了特·雅兰·瑞奥德。如果那是魔格丁，她们就绝不能——万万不能——让她知道，奈妮薇已经看到她了，她们必须离开这里。恐惧的泡沫，燃烧的怒火。“我告诉过你，特·雅兰·瑞奥德中的一天也许只是醒来世界中的一小时，或者情况会完全相反，我们——”

“我总算是把船舱里的积水都舀光了，不能就这么让船靠岸，女孩。你别想敷衍我，你要把教给其他人的每一件事都教给我，这是你答应过我的。我们可以等到我醒过来的时候再离开。”

没时间了，如果那真是魔格丁的话。史汪现在穿上了一套绿丝裙装，玉座的圣巾和巨蛇戒又回到她身上。让奈妮薇感到惊讶的是，她的领子在胸口处开得像她刚才穿的那些裙装一样低。那枚特法器戒指垂挂在她的胸前，串戒指的项链上缀满了方形的翡翠。

不假思索，奈妮薇已经开始行动。她伸手抓住史汪脖子上的项链，一把将它拉断。史汪瞪大了眼睛，但随着那件特法器离开她的身体，她立刻就消失了，项链和戒指也在奈妮薇的手中化为乌有。片刻之间，她只是盯着自己空空的手掌。这样被送出特·雅兰·瑞奥德的人会平安无事吗？史汪是不是回到了她的身体里？还是去了别的什么地方？甚至像这枚戒指一样消失了？

混乱抓住了她的心神，她站在原地，想象自己在逃跑。周围的梦的世界发生了飞速的变化。

她站在一条泥土街道上，周围有许多木制平房，显然这里是一座小村子。安多的白狮旗飘扬在一根高高的旗杆上，一座石砌的码头伸进一条宽阔的大河，一群长嘴的鸟雀正从南方飞掠过河面。这一切都很熟悉，但她还是在一段时间之后才知道自己身在何处——结尔仑，在凯瑞安境内。这条河是艾瑞尼河，她、艾雯和伊兰在这里乘上了飞奔者号，那是一艘和水毒蛇号一样名不副实的胖船。她们搭乘那艘船一路前往提尔，那似乎已经是从书卷中读来的遥远往事了。

为什么她会跳到结尔仑来？答案很简单，而且几乎就在她问出的同时，答案已经出现在她的脑海里。结尔仑是惟一一个她相信自己可以准确到达、同时魔格丁又不知道的地方。在魔格丁发现她之前，她们已经在那里待了一个小时。她相信，她和伊兰都没有提起过这个地方，无论是在特·雅兰·瑞奥德还是在清醒的时候。

但这样又出现了另一个问题。从某种角度来说，它跟第一个问题其实没什么不同。为什么她要来结尔仑？为什么她没有走出梦的世界，在自己的床上醒来？难道说洗盘子和擦地的工作让她如此疲劳，以至于她真的沉睡不醒了？*我还是能走出去的*。魔格丁看见了她在沙力达，如果那真是魔格丁的话。魔格丁现在知道沙力达了。*我能告诉雪瑞安*。但怎么告诉她？承认她在教导史汪？除了和雪瑞安以及其他两仪师在一起的时间之外，她是不能去碰那些特法器的。奈妮薇不知道史汪是怎么拿到这些特法器的。不，她不害怕将双手在热水里浸泡更长时间。她害怕魔格丁。怒火猛烈地燃烧着她的心脏，她真希望自己能带些草药袋里的鹅薄荷进来。*我……我该死的已经厌倦恐惧了*。

在一幢房子前面有一条长凳，从那里可以俯瞰码头和河道。她坐到长凳上，从每一个角度思考着她的情势。这太荒谬了，真源显得苍白黯淡，她在掌心中导引出一团火苗。也许她自己的存在是稳定实在的，至少，在她自己的眼中是如此，但她能透过那团火苗清晰地看见河水。她固定住火苗的编织，那个编织却立刻如同雾气一般消散了。现在沙力达最弱的初阶生都有可能比她强，她该怎样去对抗魔格丁？所以她虽然没有离开特·雅兰·瑞奥德，却逃到了这里。恐惧，还有因为自身的恐惧而引起的愤怒，太多的愤怒让她无法清楚地思考，认真想想自己的虚弱。

她应该走出这个梦，无论史汪的计划是什么，它都得终止了，她得跟奈妮薇一起承担事迹败露的下场。但想到要用更多的时间去擦洗地板，她的手就紧紧地抓住了辫子。也许不会是只多了几个小时，也许要多上几天，也许还要被雪瑞安用鞭子抽一顿，她们甚至可能永远都不会让她靠近这些特法器了。她们会派芙芮恩来取代瑟德琳。研究史汪和莉安的计划也会告吹，更不要说研究洛根了。也许她连医疗的技艺也无法学习了。

她带着强烈的怒意导引出另一团火苗，但她看不出这团火苗比之前那一团强多少，而她已经费了那么大力气积蓄怒火。“看来，除了告诉她们我见到魔格丁之外，没有别的办法了。”她喃喃地说着，用力拉了一下自己的辫子。“光明啊。她们会派芙芮恩来看着我，那样的话，还是让我死了吧！”

“但你似乎很喜欢听从她的支使。”

这个带着嘲讽意味的声音如同一只手，将奈妮薇猛地从长凳上拖了起来。全身黑衣的魔格丁站在街道上，正对她所看到的一切不停地摇头。奈妮薇用尽全部力量编织出一道魂之力的盾牌，将它掷向那个女人和阴极力之间，感觉却像是用裁纸刀去劈砍树干。魔格丁还真的笑了笑，才消去了奈妮薇的编织，就如同从自己的脸上拂去了一只臭虫。奈妮薇盯着她，就好像被大棒打晕脑袋。经过了这么多波折之后，最后的结局却变成这样。至上力没了用处，在她体内沸腾的怒意没了用处。她所有的计划，她的希望，都没有用了。魔格丁并不屑于对她进行屏障，奈妮薇对她毫无威胁可言。

“恐怕你已经看见了我，当你和史汪开始自相残杀的时候，我放松了警觉。竟然会徒手打架。”魔格丁轻蔑地笑了笑，她正在做着某种编织，速度并不快，因为没有什么让她着急的理由。奈妮薇不知道那是什么，但她想尖叫。怒火在她体内喷涌，但恐惧压抑了神智，将双脚束缚在地面上。“有时候我觉得你们真是太无知了，甚至于忽视了训练。我说的是你、那个前玉座，还有所有的其他人。不过我不能让你泄露我的行踪。”那个编织开始向奈妮薇伸展。“看来，是收拾你的时候了。”

“站住，魔格丁！”柏姬泰喊道。

奈妮薇张大了嘴。是柏姬泰，就像原来那样，她穿着白色的短外衣和黄色的松腿裤子，盘结细致的金色发辫垂在肩上，手中的银弓扣着一枝银色的箭。这不可能，柏姬泰已经不再是特·雅兰·瑞奥德的一部分了，她还在沙力达为奈妮薇和史汪把风，确保不会有人发现她们两个正在白天睡觉。

魔格丁也显得同样震撼，她编织的能流消失了，但这样的震撼在转瞬之间也消失了。闪耀的银箭射到半途就被蒸发掉，随后银弓也化作一团轻烟。似乎有某种力量抓住了弓箭手，猛然拉起她的胳膊，将她拖离地面。几乎在同一瞬间，那股力量又抓住了她的脚踝，让她的身体紧紧地绷在离地一尺的地方。

“我应该想到你的。”魔格丁转过身，背对奈妮薇，向柏姬泰走去，“没有了加达·森，你还喜欢这副肉体吗？”

奈妮薇想到了导引，但她又能怎么做？即使她导引出一把匕首，也没办法刺破魔格丁的皮肤，她导引的火焰也无法烧黑她的裙子。魔格丁知道她有多么无能,所以甚至不多看她一眼。如果她停止向那块琥珀中导引魂之力,她就会在沙力达醒过来,向两仪师们发出警报。她看着柏姬泰,泪水差点涌出眼眶。那名金发女子还被挂在半空中,用挑衅的眼神盯着魔格丁。魔格丁则认真地注视着她,如同一名雕木工人看着一块木头。

只有我一个,奈妮薇想,就算是我根本不能导引了,也只有我一个。

迈出第一步的时候,奈妮薇觉得自己仿佛是行走在齐膝的泥潭里,而她蹒跚的第二步也没有丝毫改善,魔格丁在她面前如同一座高塔。"不要伤害我,"奈妮薇哭喊道,"求求你,不要伤害我。"一阵寒意涌过她的身体,柏姬泰消失了,出现在那里的是一个大约是三四岁的小孩,身穿一件白色的短外衣和宽大的黄色裤子,正站在地上玩一张玩具银弓。她将金色的发辫甩到背后,用弓瞄准奈妮薇,咯咯地笑了起来,然后将一根手指塞到嘴里,仿佛不知道自己是不是做错了什么事。奈妮薇跪倒在地上,要她穿着裙子在地上爬行实在是困难,但她觉得自己现在不应该继续站着。她终于努力地伸出了一只乞求的手,呜咽着说道:"求求你,不要伤害我,求求你,不要伤害我。"她一步又一步地向弃光魔使爬去,如同一只断了翼的甲虫在泥土中挣扎。

魔格丁一言不发地看着她,过了许久她才说道:"我曾经以为你会更强一些,现在我发现我真的很喜欢看见你这样跪着。差不多够了,女孩,我不认为你有足够的勇气来揪我的头发……"她似乎觉得这句话很幽默。

奈妮薇伸出的那只手猛地从魔格丁面前挥开。这个方法只能近距离使用。只有她一个,和特·雅兰·瑞奥德。她拼命地回想着那个东西,于是那东西出现在她的手中,银色的手环套在她伸出的手腕上,一只银色的项圈透过一根银索与之相连,现在银索已经箍住了魔格丁的脖子。这副罪铐和她想象中的并不完全一样,但魔格丁毕竟已经被铐住了。魔格丁与罪铐,这是她在特·雅兰·瑞奥德中做出的想象,她知道随后会发生什么事。在法美镇的时候,她曾经有过一次短暂的佩戴罪铐手环的经历。透过某种诡异的途径,她能像了解自己一样,了解到魔格丁的身体和情绪。魔格丁仍然是独立于她的,但魔格丁的一切都出现在她的脑海里。伊兰一直坚持她的观点是对的,现在奈妮薇也期盼伊兰是正确的——这东西确实是一种融合,她能通过魔格丁的身体感觉到真源。

魔格丁惊讶地瞪圆了眼睛,双手向项圈抓去,奈妮薇能清晰地感觉到魔格丁又怒又怕的心情,仿佛那是她自己的心情一样。一开始,恼怒要强于恐惧,魔格丁一定知道这是什么,但她仍然极力想要导引。奈妮薇能够感觉到罪铐中产生了一阵轻微的波动,魔格丁想要让特·雅兰·瑞奥德依照自己的想法发生改变。想要制服魔格丁的企图非常简单,罪铐形成了融合,而奈妮薇处在控制的地位。明白这一点，要制服她就很容易了。奈妮薇不想让魔格丁继续导引下去，于是那些导引停止了。魔格丁想要反抗她也许就像徒手搬起一座大山那么难，恐惧压倒了愤怒。

奈妮薇站起身，在脑子里将罪铐的形象固定一遍。这时她不止是想象着魔格丁戴着罪铐，她知道魔格丁戴着罪铐的这个事实，正如同她知道自己的名字一样，但那种挣扎的波动仍然没有停止，让她的皮肤产生了一阵阵刺麻的感觉。“停下！”她严厉地说道。罪铐没有任何动静，但它似乎正在以某种看不见的形式颤栗着。她想象着黑蜂荨麻轻轻地抚过魔格丁的全身，魔格丁打着哆嗦，发出一阵阵痉挛性的喘息。“我说了，停下，否则我就让你尝尝更厉害的。”挣扎停止了，魔格丁小心地看着她，双手仍然抓在项圈上，似乎随时都会拔腿逃走。

那个可能是柏姬泰的孩子用好奇的眼光望着她们。奈妮薇集中注意力，将那个小孩想象为一名成年人，小女孩将手指放回嘴里，开始研究起那张玩具弓。奈妮薇恼怒地喘息着，想要改变另外一个人已经造成的状态竟然会这么困难。而且魔格丁说过，她能造成永久性的改变，但魔格丁自己造成的，自己一定能够解除掉。“让她恢复原样。”

“如果你放开我，我——”

奈妮薇又一次想到荨麻，而且这一次不止是轻轻擦过魔格丁的身体了。魔格丁紧咬住牙齿，一阵阵地吸进冷气，浑身哆嗦得如同狂风中的一面旗子。

“这是她在我身上造成的最可怕的事。”现在柏姬泰已经恢复了原样，她还穿着那件短外衣和宽松的裤子，但她已经没有了弓和箭囊。“我是个孩子，但就在那时候，真正的我如同幻想的烟雾飘浮在那个孩子的意识里。我知道发生的一切，我也知道自己会看到将要发生什么事，并且只能——”她将金色的发辫甩到身后，狠狠地瞪了魔格丁一眼。

“你是怎么到这里来的？”奈妮薇问，“看到你我好高兴，但……你是怎么做的？”

柏姬泰又冷冷地瞥了魔格丁一眼，然后解开外衣领口的口袋，拉出一根皮绳，皮绳末端拴着那枚扭曲的石戒指。“史汪醒过来一会儿，立刻又睡过去，她在那段时间里嘟囔着说你把这个从她身上抢走。但你并没有跟着她醒过来，我知道一定出了意外，所以我拿了这枚戒指，喝下史汪没喝完的药汁。”

“那碗里除了药渣之外几乎什么都没有了。”

“足够让我入睡了，顺便说一句，那味道真可怕，让我很快就找到了在实奥塔看羽毛舞者的感觉。从某种角度来说，我甚至觉得自己几乎依然在——”柏姬泰闭住嘴，又瞪了魔格丁一眼。银弓重新出现在她手中，装满银箭的箭囊挂在了她的腰间，但只过了一会儿，它们又消失了。“过去的就过去了，未来还在前面，”她坚定地说，“我早就知道你们两个都有办法在意识清醒时进入特·雅兰·瑞奥德，看见你们在这儿，我可没有多惊讶。我到了这里，看见你们两个的时候……我知道另外那个人一定是她。看上去她已经捉住你了，但我希望如果我对她造成干扰，你也许能有所行动。”

奈妮薇感到一阵羞愧的刺痛，她曾经考虑过要抛弃柏姬泰，而且她几乎真的这样做了。虽然她很快就否定了这种想法，但它确实是在她的脑海里出现过。她是个懦夫，柏姬泰就从没被恐惧控制过心神。“我……”一股微弱的煮沸猫蕨草和马文叶粉末味道在她的嘴里漾起，“我几乎逃走了，”她虚弱地说，“我害怕得舌头都僵硬了，我几乎丢下你逃走了。”

“哦？”柏姬泰望着奈妮薇的眼光让奈妮薇更加感到忐忑不安，“但你并没有逃走，不是吗？我应该在发出喊声之前先射一箭，但我从来都不喜欢在别人背后射箭。即使是对她，我也不喜欢，但危机毕竟已经解决了，我们现在该拿她怎么办？”

魔格丁显然已经克服了恐惧的情绪，她没有再理会脖子上的银项圈，而是看着奈妮薇和柏姬泰，仿佛她们两个才是囚犯，而不是她自己。她只是在考虑该如何处置她们。她除了偶尔会扭动一下双手之外，仿佛是在努力抹去关于荨麻的回忆，除此之外，她表现出来的只有如同她黑色外衣一样的冰冷、沉静。只是那副罪铐让奈妮薇知道这个女人的心中带着恐惧，她强行将心中恐惧的喧嚣压抑到只剩下了一些微弱的呻吟。奈妮薇希望罪铐除了能让她知道魔格丁的情绪之外，还能让她知道魔格丁的想法。但话说回来，她也同样庆幸自己不必去接触到那双冰冷的黑色眼睛后面的世界。

“在你考虑……猛烈的手段之前，”魔格丁说，“记住，我知道许多对你非常有用的信息。我一直在监视着其他使徒，窥测他们的谋划，这难道没有价值吗？”

“告诉我，我会考虑它们是不是有价值。”奈妮薇说。她能对这个女人做些什么？

“兰飞儿、古兰黛、雷威辛和沙马奥正在一同制定计谋。”

奈妮薇猛地一拉罪铐，让魔格丁踉跄了一下：“我知道这件事，告诉我一些新鲜的。”这个女人在梦的世界里是一名俘虏，但这副罪铐却只能存在于特·雅兰·瑞奥德里。

“你知不知道？他们在引诱兰德·亚瑟去攻击沙马奥，但如果兰德·亚瑟上钩了，他会在那里遇到其他使徒为他设下的圈套，至少古兰黛和雷威辛会伏击他。我想，兰飞儿在玩着另一个游戏，另一个只有她自己知道的游戏。”

奈妮薇和柏姬泰忧虑地对望了一眼。兰德一定要知道这件事，他会知道的，今晚奈妮薇和伊兰就会和艾雯见面，只要她们能将这些特法器私自隐藏足够长的时间。

“不过，”魔格丁喃喃地说，“兰德·亚瑟不一定能活到发现那些陷阱。”

奈妮薇抓住银索连接到银项圈的部分，将那名弃光魔使拖到自己眼前。那双黑色的眼睛仍然不带一丝表情地看着她，但奈妮薇能够透过罪铐感觉到对方的恼怒，以及那种强行被压制的恐惧。“听我说，你以为我不知道你为什么会装出如此合作的样子？你以为只要你一直这样说下去，就能找到我心里的空隙，让你有机会逃脱。你以为我们谈话愈久，我就愈难杀死你。”魔格丁其实并没有想错，冷血地杀死任何人，即使是一名弃光魔使，对奈妮薇来说也是一件困难的事，也许她真的做不到。她该怎样处置这个女人？“但你要明白一点，我不会允许任何的语焉不详，如果你想对我隐瞒什么，我会在你身上做出一切你想对我做的事。”惊恐爬过罪铐的银索，显示着魔格丁心中那种刺骨的寒意。也许魔格丁对罪铐的了解并不像奈妮薇认为的那么详细，也许她相信奈妮薇能阅读她的思想。“现在，如果你知道关于兰德的线索，任何比沙马奥那些人更重要的事情，告诉我，马上！”

魔格丁开始滔滔不绝地说话，并且不停地舔着嘴唇：“兰德打算攻击雷威辛，就在今天上午，因为他认为雷威辛杀死了摩格丝。我不知道雷威辛是不是那么做了，但兰德相信这件事。然而雷威辛绝不会信任兰飞儿，他从来没有信任过另外那三个人，他又有什么理由信任呢？他认为这全都有可能是为他设下的某种陷阱，所以他自己也设了一个陷阱。他在凯姆林设立了结界，只要有男人在那里导引一个火星，他立刻就会知道。兰德会直撞进去，他现在肯定已经撞进去了。我想，他是要在日出的时候就离开凯瑞安。我并没有参与这件事，我什么都没有做，我——”

奈妮薇想让这个女人住嘴。畏惧的汗水从魔格丁的脸上不住滚下，让奈妮薇感到一阵恶心。她不想听到魔格丁用这种苦苦哀求的语气说话……她开始导引，想知道自己有没有能力封住魔格丁的舌头，然后她笑了。她正在与魔格丁融合着，而且她处在控制的地位。魔格丁凸起了双眼，自己导引至上力，紧紧地绑住自己的舌头。奈妮薇又让魔格丁堵住自己的耳朵，然后才转向柏姬泰：“你怎么想？”

“伊兰的心会碎的，她爱她的母亲。”

“我知道！”奈妮薇猛吸一口气，“我会和她一起痛哭，而且每一滴眼泪都是真心的，但现在我必须先为兰德担心。我想她说的是实话，我差不多能感觉到她的心情。”她晃了晃那根银索，“但也许这只是我的想象。你相信什么？”

“她说的是实话，她绝不会有多么勇敢，除非她确定自己占了优势，或者认为她能达到目标，而且你已经让她感到恐惧了。”

奈妮薇的面孔扭曲了一下，柏姬泰所说的每一个字都在她的胃里添加了一个愤怒的气泡。她绝不会有多么勇敢，除非她确定自己占了优势，这完全可以用来形容奈妮薇自己。奈妮薇已经让魔格丁感到了恐惧，是的，她恐惧了，她不敢在说出的任何一个字里添加虚伪的成分。甩别人耳光是一回事，但如果是威胁要进行虐刑，即使是对于魔格丁，她也难以让自己把这样的威胁付诸实现。奈妮薇也许正在想要逃避一些她不得不去做的事，除非确认自己已经占据优势，否则就不会有多么勇敢。这次，奈妮薇愤怒的原因变成了她自己。“我们必须去凯姆林，至少我要去，再带上魔格丁。也许我在这里能导引的力量还不足以撕破一张纸，但只要有罪铐，我就能使用她的力量。”

“从特·雅兰·瑞奥德，你无法对醒来的世界造成任何影响。”柏姬泰平静地说。

“我知道！我知道，但我必须做些事情。”

柏姬泰仰起头，放声大笑：“哦，奈妮薇，你这样的懦夫真是会让别人感到惭愧呢！”突然间，她惊讶地睁大了眼睛，“那只碗里剩下的药实在太少了，我想我要醒——”话说到一半，她就消失了。

奈妮薇深吸一口气，解开魔格丁身上的能流，或者她是让魔格丁这样做的，因为罪铐的融合，她很难确定这样做的到底是谁。她希望柏姬泰还在身边，柏姬泰有双犀利的眼睛，有着对于特·雅兰·瑞奥德的丰富知识，有着她所没有的勇气。“我们要去另一个地方，魔格丁，你要用你全部的力量帮助我。如果我遭到意外……我可以向你保证，戴手环的人无论发生了什么事，相同的事情都会发生在戴项圈人的身上，只是程度要更加严重十倍。”魔格丁惨淡的面容说明她相信奈妮薇的话，当然，这是事实。

奈妮薇又深吸了一口气，开始在脑海里构筑一个她非常熟悉的影像——凯姆林的王宫，伊兰曾经带她去过那里。雷威辛一定在那里，但他在醒来的世界，而不是在梦的世界。她必须有所行动。特·雅兰·瑞奥德在她的四周发生了改变。

第55章

烧断的丝线

兰德停住脚步。沿着走廊墙壁向前延伸的烧焦痕迹让六幅昂贵壁挂都变成了灰烬，另外一道火焰将几只镶嵌橱柜和桌案变成了木炭。这不是他做的。三十步以外的地方，穿戴红色外衣、胸甲和护面头盔的男人们死在白色石砌地面上，手中还握着无用的剑。这也不是他做的。雷威辛曾经尝试与兰德正面对决，这浪费了他许多力气，于是他采取了更加聪明的战术——他从那个王座所在的大厅中逃走了。这之后，他一直对兰德采取游击战术，每发动一次攻击之后立即逃走。雷威辛很强，也许像兰德一样强，而且比兰德拥有更多的知识。但兰德的口袋里有那件胖男人雕像的法器，而雷威辛一无所有。

这条走廊让兰德倍感熟悉，一来因为他以前见过这条走廊，二来因为他以前也见过一条与此非常相似的走廊。

*我在遇到摩格丝的那天，与伊兰和盖温一同走过了这里。*这个想法带着痛苦滑过了虚空的边缘，他在虚空中没有一丝感情。阳极力在激烈地燃烧、咆哮，但他像冰一样冷静。

另一个想法则如同一根荆刺。*她躺在和这里一样的地板上，她的金发散开来，仿佛她正在熟睡。金发伊琳娜。我的伊琳娜。*

爱莉达那一天也在这里。她预言了我带来的痛苦,她知道我的黑暗。她知道得不完全,但已经足够了。

伊琳娜,我不知道我做了什么。我疯了！我疯了。哦,伊琳娜！

爱莉达知道我,至少她知道我的一部分,但她甚至没有把她所知道的全部说出来。如果她全都说出来就好了。

哦,光明啊,真的不存在宽恕吗？我在疯狂中做了这一切,难道我得不到任何慈悲吗？

加雷斯·布伦如果那时知道了我是谁,他一定会杀死我。摩格丝会下令对我处以死刑。也许那样摩格丝就能活下来,伊兰的母亲就能活下来。艾玲达能活下来,还有麦特、沐瑞。有多少人能活下来？如果我死了。

我已经得到了对我的折磨,我应该得到死亡。哦,伊琳娜,我应该死亡。

我应该死亡。

靴子敲击地板的声音从他身后传来,他转过身。

他们出现在距离他不到二十步远的一处宽阔十字路口,二十多名男子穿着胸甲、头盔和女王卫兵才会穿的白领红色外衣。只是安多现在已经没有女王了,这些男人也没有在她活着的时候向她效忠过。一只魔达奥率领着他们,没有眼睛的死白面孔上看不见任何经过阳光照射的痕迹,相互交叠的黑色甲片让它在移动时仿佛是一条披着黑鳞的毒蛇,漆黑斗篷并不随着穿着者的移动而飘起。看到无眼者就会在心中感到恐惧,但恐惧已经被虚空阻挡在遥远的地方。他们在看到兰德的时候犹豫了一下,然后那只半人举起了黑剑,在它身后,还没抽出剑的人们都把手放在剑柄上。

兰德——他觉得这是他的名字——以一种他以前不知道的方法开始导引。

人们和魔达奥都僵直在原地,白色的冰霜在他们身上愈结愈厚,冰面上冒起了袅袅的青烟。魔达奥举起的手臂随着一阵碎裂声掉落在地上,手臂和黑剑一碰到地板,立刻碎成了粉末。

兰德能感觉到那片冰冷——是的,这是他的名字,兰德——如同刀刃一样的冰冷。他走过那些冰柱,转进刚才这群人跑出来的走廊。冰冷,但比阳极力要温暖。

一个男人和一个女人蜷缩着靠在墙上,穿着红色和白色的仆人制服,年纪大概还不到中年。两人互相拥抱在一起,仿佛是在彼此寻求着保护。那男人本来已经从魔达奥率领的队伍旁躲开了,但是看见兰德的时候——不仅仅是兰德,不仅仅是这个名字——他站起了身,但那个女人又把他拉了回去。

"快点离开吧！"兰德说着,伸出一只手。亚瑟,是的,兰德·亚瑟。"我不会伤害你们，但如果你们继续留在这里，会有别人伤害你们的。”

那个女人棕色的眼睛向上翻过去，如果不是被那个男人扶住，她已经倒在地上了。那个男人的两片薄嘴唇快速地开合着，仿佛他正在祈祷，却无法发出任何声音。

兰德向那个男人死死盯住的地方看过去，在他伸出外衣袖子的手腕上，金色鬃毛的龙头在他的皮肤上熠熠生辉。“我不会伤害你们。”他说完这句话就走开了，将那两个人留在原地。他还要去追踪雷威辛，杀死雷威辛，然后呢？

除了靴子敲击在铺地石板上的声音之外，周围完全是一片寂静。在他脑海深处，一个虚弱的声音一直在哀伤地呢喃着伊琳娜和宽恕。他感到全身一阵紧张——雷威辛在导引，那个男人的身体里充满了真源。但没有任何事情是重要的。阳极力烧焦了他的骨骼，冻碎了他的肌肉，冲刷着他的灵魂，但又让他难以察觉到它的危险。一头潜伏在高草中的狮子——亚斯莫丁曾经这样说过，一头狂暴的狮子。亚斯莫丁也是不该死的吗？或者还有兰飞儿？不，不——

一瞬间，他感觉到编织的存在。刚刚来得及让自己倒伏下去，一道手臂粗的白光——液体的火焰切穿了墙壁，如同一把利剑扫过刚刚他胸口所在的地方。光柱经过的地方，墙壁、梁柱、门扇和壁挂全部消失了，被切断的墙壁悬挂在天花板上，一团团石块和石膏如雨一般泼洒下来。

弃光魔使害怕使用烈火。这是谁告诉他的？沐瑞，她绝对不该死的。

烈火从他的掌中跃出，灿烂的白色流焰射向攻击所发出的地方。他的烈火刚穿过墙壁，敌人的攻击立刻停止了，只在他视野中留下一片紫色的盲区。他放开自己的编织。成功了吗？

蹒跚地奔跑着，他导引风之力，将面前门板的残片撞得粉碎。房里空无一人。这是一个起居室，巨大的大理石壁炉前面摆放着几把椅子。他的烈火射穿对面的一道拱门，一直打进门外一个有喷泉的小院子里，又穿过院子里廊柱中的一根凹槽圆柱。

但雷威辛没有从那条路逃走，也没有死在那道烈火里，空气中还悬浮着阳极力编织的残迹。兰德能认出它来——和他来到凯姆林时打开的浮行信道并不一样，也不同于他进入王座大厅的神行（现在他知道自己是怎么做到那一点的了）。但他曾经在提尔见过与此相似的编织，他曾经自己做过一个。

他开始编织——一个信道，或者是一道裂缝——一个真实世界的空穴，在开口的另一侧并不是黑暗。事实上，如果不是他早就知这种状况，如果不是他这次看见了编织的残迹，他也许就不会知道该怎么做了。在他面前是同样的拱门，通往同样有喷泉的院子，同样的柱廊，也同样显示着他的烈火造成的破坏。

但只是转瞬之间，他的烈火在拱门和柱廊上形成的整齐圆洞就在裂缝另一侧的世界里消失了，这个裂缝通向另一个世界，一个安多王宫的倒影，正如同那个提尔之岩的倒影。他感到一阵模糊的悔意，他应该和亚斯莫丁谈谈他在提尔的那次遭遇，但他从没把那天的事情告诉任何一个人。这没关系，在那一天，他的手中有凯兰铎，但现在他口袋里的法器也足够让他战胜雷威辛了。

快步走过那道裂缝，他松开编织，然后在裂缝完全消失之前就跑过了院子。如果距离够近的话，雷威辛很可能已经知道他打开了裂缝。有那个石雕的小胖男人并不代表着他可以轻松地等待着敌人的攻击。

除了他自己和一只苍蝇之外，没有任何生命的迹象，这种感觉也和在提尔那次一样。走廊里的油灯并没有点燃，那些白色的灯芯肯定从没碰触过火焰，但即使是在建筑物最深处的走廊里也闪烁着黯淡的光，似乎所有的地方都在发光，却又找不到任何光源。有时候能看见灯架和其他东西被移动过了，只要一转眼，一座高灯架也许会被移动一尺的距离，或是一只花瓶被移动一寸，似乎有人在他不经意的时候挪动了它们。他不知道这是哪里，但他知道，这里有许多事情是不能用常理揣度的。

就是那种感觉，当他跑过另外一条柱廊的时候，他感觉到了雷威辛。自从导引了烈火之后，他就再没有听到过哭喊伊琳娜的声音，也许他已经将路斯·瑟林赶出了脑海。

很好。他站在一座宫廷花园的边缘，这里的玫瑰花和白星树看上去就像真实世界中的一样干枯萎蔫，在几座高过宫殿的白色尖塔上飘扬着白狮旗，但那是会在眨眼间就发生改变的尖塔。*很好，如果我不必分心去——*

他感到有些奇怪，那是一种虚幻的感觉。他抬起手，立刻愣住了，他能透过自己的衣袖和手臂看见对面的花园。他低下头，透过自己的身体看见铺路的石板。他似乎变成一团正愈来愈稀薄的雾气。

不！这不是他的意念。一个影像出现在他的体内，一个高大的黑眼睛男人，脸上布满忧虑的皱纹，棕褐色的头发大部分已经变成了白色。*我是路斯·瑟——*

我是兰德·亚瑟，兰德打断了他。他不知道出了什么事，但他手臂上的龙纹正在褪去，手臂的皮肤也开始逐渐变得黝黑，手指变得更长了。*我是我*。这个声音回荡在虚空中。*我是兰德·亚瑟*。

他拼命在脑海中固定自己的形象，挣扎着回想每天剃胡子时从镜里看到的面孔，从穿衣镜里看到的身形。这是一场狂乱的战斗，他毕竟从没真正地看见过自己。年长的黑眸男子，年轻的蓝眼少年，两个形象相互交融、挤压，年长的形象逐渐消退了，年少的形象恢复稳固。他的手臂慢慢变回了实在的样子，龙纹盘曲在上面，苍鹭疤痕重新浮上了手心。他曾经痛恨这些斑痕，但现在，即使还包覆在虚空中，他也几乎对着它们露出了笑容。

为什么路斯·瑟林要取代他？要让兰德·亚瑟成为路斯·瑟林的一部分？他确信那个满脸沧桑的黑眼睛男人就是路斯·瑟林。为什么是现在发生这样的事？是因为这个地方吗？路斯·瑟林坚定地喊着“不”。这不是路斯·瑟林的攻击，是雷威辛干的。如果雷威辛能在真实世界中的凯姆林做出这种事，他一定已经做了。而如果雷威辛在这里能以这样的方式攻击，他也许也可以。这时，他已经努力地让自己的身体逐渐恢复了原样。

他将注意力集中在身边一片大约有六尺高的蔷薇树丛上，想象它逐渐变得矮小、模糊，那片树丛顺从地消失不见了。但他脑海中的想象刚一消失，它立刻又恢复了原样。

兰德冷冷地点点头，那么，这样做是有限制的。任何世界都会有限制和规则，只是他还不熟悉这里的。但他了解至上力，亚斯莫丁教了他许多，他同样也自学了许多。阳极力仍然在他体内，澎湃着生的甜美和死的恶臭。雷威辛一定看见了他，所以才能发出攻击。至上力可以让一个人察觉到许多事情，甚至是细微如发丝的事情，他相信这一点在这里和真实的世界是一样的。他几乎希望路斯·瑟林并没有悄无声息地离开，路斯·瑟林也许熟悉这个地方和这里的规则。

花园周围的建筑物有四层高，上面有许多能够俯视花园的窗户和阳台，雷威辛可能就是从那里试图……让他消失。他通过口袋里的法器引导着阳极力的狂流，闪电从天空中落下，如同数百枝攒簇在一起的银色利箭。每一扇窗户、每一个阳台都在巨大的爆炸声中被击毁。花园里充满了电光和崩碎的石块，空气发出嘶嘶的电流声，他全身的毛发都竖了起来。他放开闪电的编织，破碎的石块仍然不停地从周围的建筑物上掉落下来，耳朵里仍然充满了闪电的轰鸣，根本听不见那些石块撞击地面的声音。

现在，所有的窗户和阳台都变成了大大小小的窟窿，那些建筑物就像是巨型怪兽破碎的头骨，黑色的窗洞是它们的眼睛，阳台的残迹则是它们长满獠牙的嘴。如果雷威辛刚才躲在那里，他一定已经死了。但他要看到尸体才能相信这一点，他要亲眼见证雷威辛的死亡。

带着自己没察觉到的狰狞面容，他重新走进了宫殿，他要看到雷威辛的死亡。

奈妮薇趴倒在地上，勉强躲开了穿透身边的墙壁射过来的某样东西。魔格丁的动作像她一样快，让奈妮薇不必用罪铐将她强行拖倒。这是兰德干的？还是雷威辛？奈妮薇看见了白色的光柱，或者是液体的火焰，就如同在坦其克看见的一样。她绝对不想再接近那东西了，她不知道那是什么，也不想知道。*我只想治疗伤患。烧了这两个男人吧，他们只知道杀人！*

她仍然蹲在地上，转头向她们来时的方向望去。什么也没有，一条空旷的宫殿走廊，只在走廊两侧的墙壁上各有一道十尺长的断裂，走廊的地板上摊着壁挂的残片，任何石匠都不可能在石块上凿出如此整齐的切口。至今为止，她还没看到这两个男人的踪影，只看见他们的杰作，而且那杰作还差点要了她的命。幸好她能利用魔格丁的愤怒，让这种情绪在她的体内翻涌。当然，首先要排除掉和怒火夹杂在一起的想要逃走的恐惧才行。她自己的怒火只能让她勉强感觉到真源，几乎不够让她导引魂之力并留在特·雅兰·瑞奥德了。

魔格丁双膝跪地，正在干呕。奈妮薇咬了咬嘴唇。这个女人又在想除掉罪铐了。当她们发现兰德和雷威辛真的也在特·雅兰·瑞奥德中时，魔格丁立刻又开始了反抗。好吧，当罪铐绕在你的脖子上时，企图打开它的下场就是呕吐，这是自然反应，甚至不劳奈妮薇自己动手。至少这次魔格丁的胃里已经没有任何东西了。

"求求你，"魔格丁抓住奈妮薇的裙子，"听我说，我们必须离开。"慌乱的情绪让她的声音充满了痛苦，恐惧的神情已经清晰地显露在脸上。"他们是以肉体的方式进入这个世界的，以肉体的方式！"

"安静，"奈妮薇心不在焉地说道，"除非你对我说谎，否则这就是一个对我有利的条件。"魔格丁宣称，带着真实的身体进入梦的世界，会限制一个人控制梦的能力。或者，在不小心泄漏了一些关于梦的世界的信息后，至少她承认了这一点，她也承认了雷威辛对于特·雅兰·瑞奥德的了解并不像她那么深。奈妮薇希望魔格丁的意思是雷威辛像自己一样不了解这里。奈妮薇毫不怀疑，至少自己对这里的了解要比兰德多。那个羊毛脑袋的蠢男人！无论他追赶雷威辛的理由是什么，他绝对不该让那个男人把他引到这里来。他不知道这个世界的规则，在这里，用意念就可以杀人。

"你怎么不明白我在说什么？即使他们只是在睡梦中进入这里，他们也会比我们更加强大。而现在他们的真实身体也进入了这里，他们可以不眨一下眼就杀死我们。他们在肉体中能够导引的阳极力会远远超过我们在梦中能导引的阴极力。"

"我们是融合在一起的。"奈妮薇仍然没有在意魔格丁的话。她用力地拉了一下辫子，她根本不知道他们去了哪里，也不知道他们下一步会做出什么样的事情，她完全看不见、也感觉不到那些男人导引的能流，奈妮薇觉得这样很不公平。一座刚刚被切成两段的灯架突然恢复了完整，但立刻又断开了。那股白色的火焰一定有着让人难以置信的力量。特·雅兰·瑞奥德总是很快就能恢复在这里出现的任何变化。

“你这个没脑子的傻瓜，”魔格丁抽泣着，用双手拉扯着奈妮薇的裙子，仿佛想摇醒她，“无论你如何勇敢，在这里都没有任何意义。我们是被融合在一起的，但你现在没有力量，一点都没有。我们有的只有我的力量，还有你的疯狂。他们是以实体进入这里的，他们没有在做梦！他们拥有的力量是你做梦也想不到的！如果我们留在这里，他们就会把我们摧毁！”

“小声一点！”奈妮薇厉声喝道，“你想把他们引过来吗？”她匆匆地向前后各望了一眼，但走廊里仍然空空如也。那是脚步声吗？靴子的声音？兰德还是雷威辛？现在这两个人她都要小心。一个在做生死之争的男人，无论看见谁都有可能立刻发起攻击，即使是对他的朋友。嗯，反正，如果是她自己就会这么做。

“我们必须离开。”魔格丁依然坚持着，但她确实是放低了声音。她站起身，阴沉的脸上带着挑衅的神情，恐惧和愤怒盘结在她的心中，彼此之间不停地消长变化着。“为什么我还要帮助你？这太疯狂了！”

“你又想尝尝荨麻的滋味了？”

魔格丁打了个哆嗦，但黑色的眼睛仍然保持着顽固：“你认为你这样伤害我，就能让我甘心被他们杀死？你已经疯了。在你准备带我们离开这里之前，我就站在这里，绝不再动一步了。”

奈妮薇又拉了一下辫子。如果魔格丁拒绝走下去，她就只好拖着这个女人，这样她就没办法以很快的速度搜索这里，而这座宫殿里大概有几里长的走廊需要她搜索。魔格丁第一次反抗她的命令时，她真应该更加严厉一点。如果现在戴着手环的是魔格丁，那她一定会毫不犹豫地杀死奈妮薇；或者她会编织至上力控制奈妮薇的心神，让奈妮薇对她俯首帖耳。在坦其克的时候，奈妮薇曾经有过这样的经历，即使奈妮薇知道了这样的编织是如何做出来的，她也不觉得自己会把它用在别人身上。奈妮薇蔑视这个女人，全心全意地痛恨着她，但即使魔格丁没有了可利用的价值，奈妮薇也不能因为她拒绝走路就杀了她。现在的问题是，奈妮薇害怕魔格丁也知道她的想法。

但奈妮薇毕竟是曾经主导过妇议团的乡贤——虽然妇议团有时对她并不全然心服，妇议团也会对违反法律和严重违反习俗的男女们进行惩罚。她也许不能像魔格丁那样随意杀人，或者是玩弄别人的思想，但……

魔格丁张大了嘴，奈妮薇用风之力塞满了她的嘴，或者该说，是她利用罪铐迫使魔格丁塞住了自己的嘴，这种感觉与自己亲身导引没什么差别，但魔格丁知道奈妮薇运用的是她的能力。在承受塞嘘之苦的同时，魔格丁还在因为自己像工具一样被使用而怒不可遏，黑色的眼睛喷射着怒火，而她自己的能流已经将她的手脚紧紧地捆住。而后，奈妮薇开始代替她想象肉体的感觉，就像刚刚那些荨麻触感一样，一切都不是真实的，除了感觉之外。

魔格丁僵直了身体，似乎一根鞭子正抽在她的屁股上。愤怒和耻辱沿着罪铐如潮水般涌来，其中还夹杂着些许轻蔑。与魔格丁精心钻研的折磨方法相比，这个办法完全是小孩子的主意。

“等到你准备与我合作的时候，”奈妮薇说，“你只要点点头就好了。”不能耽误太长的时间，兰德和雷威辛正全力想要杀死对方。如果她为了躲避风险而一直在这里拷打魔格丁，如果因为这个而让雷威辛杀死了兰德……

奈妮薇记得她十六岁时的那天，就在成年人们认为她已经到了可以结辫子的年纪时，她和妮拉·赛恩打赌，从珂琳·艾玲那里偷了一块葡萄干布丁。她刚刚走出厨房，恰好撞到了艾玲太太。于是她将那时自己的遭遇一股脑地加在罪铐上，魔格丁的眼睛一下子凸出了眼眶。

奈妮薇又凶狠地重复了一遍。*她不能阻止我！*又一遍。*无论她怎么想，我一定要帮助兰德！*又一遍。*即使那样会让我们没命！*又一遍。*哦，光明啊，她可能是对的，兰德会在认出我之前就杀死我们两个！*又一遍。*哦，光明啊，我讨厌害怕！*又一遍。*我讨厌她！*又一遍。*我讨厌她！*又一遍。

她突然意识到，被捆缚的魔格丁正狂乱地挣扎着，拼命地点着头，似乎要将头从脖子上点下来。一时间，奈妮薇惊讶地看见，泪水正从魔格丁的脸上不停地流下。她急忙停止自己的想象，解开了风之力的绑缚。*光明啊，我做了什么？我不是魔格丁！*“那么，你不会再给我添麻烦了？”

“他们会杀死我们的。”魔格丁虚弱地说着。因为她还在不停地抽泣，奈妮薇几乎没听清楚她在说什么，但她确实是在匆忙地点着头。

奈妮薇努力让自己狠下心肠，魔格丁应该得到这样的惩罚，她应该得到更厉害的惩罚。如果是在白塔，一名弃光魔使在经过审讯之后会立刻被静断，并处以死刑，而且一旦证实她的身份，判刑根本不需要什么证据。“好吧，现在我——”

霹雳摇撼着整座宫殿，墙壁发出劈啪的声音，地板上扬起了一层灰尘。奈妮薇倒在魔格丁的身上，她们踉跄着，吃力地保持着平衡。还没等到剧烈的震撼结束，又响起一阵震耳欲聋的咆哮，仿佛猛烈的火焰正从山一样巨大的烟囱中爆发出来。咆哮声只持续了很短一段时间，随后是一阵似乎所有声音都已经消失的寂静。不，有靴子的声音，有一个男人正在奔跑。那个声音回荡在走廊里，是从北方传来的。

奈妮薇用力去推另一个女人："快走。"

魔格丁呜咽着，但奈妮薇拖着她快步前进时，她并没有反抗。她大睁着眼睛，呼吸愈来愈快。奈妮薇觉得能有魔格丁在身边是件好事，不止是因为可以使用她的至上力。在暗影中隐藏了这么多年，这只蜘蛛已经变得如此懦弱，与她相比，奈妮薇觉得自己还是很勇敢的，几乎是勇敢。现在她只是因为生气于自己的畏惧，才勉强能导引足够的魂之力，让自己留在特·雅兰·瑞奥德。魔格丁早已经连骨头都在打哆嗦了。

将魔格丁用银索拖在身后，奈妮薇加快了步伐，向远处的脚步声一路追了过去。

兰德警觉地走进了这座圆形的庭院，他的背后是一幢三层建筑物，以这幢建筑物为基线，面前的地上用白色石板铺成了一个半环形。沿着半环形的边缘有一排十五尺高的白石柱，柱子顶端用同样颜色的石雕连在一起。在半环形的外面是另外一座花园，用砾石铺成的林阴道分散在低矮的树丛中。在石柱的围绕中，大理石长椅围绕着一个铺满了莲花的池塘，池水里游动着金色、白色和红色的鱼。

突然间，那些长椅晃动着，变成面貌不清的人形，只是那些人看上去仍然像原先的大理石一样苍白而坚硬。他已经知道了想要影响雷威辛做出的改变有多么困难。闪电从他的指尖爆出，将那些石人炸成了碎片。

空气变成了水，兰德在窒息中挣扎着向那些圆柱游去。他能看见前面的花园，雷威辛一定在柱子之间设立了屏障，让水不会灌到花园里去。还没等他开始导引，金、红、白色的形体已经冲向了他。它们比刚才池子里的鱼更大，口中生满了利齿，它们撕咬着他的皮肉，一股股鲜血在他四周形成了红色的薄雾。下意识地用双手去挥打那些鱼，他处在虚空中冰冷的那部分已经在导引了。烈火喷薄而出，射向石柱间的屏障，射向每一个雷威辛能看到这个院子的地方。水流翻卷着，从他身边涌过，灌入他用烈火穿出的孔洞。金、白、红色的闪光仍然持续向他射来，在水中添加了更多的红丝，他漫无目的地朝四面八方射出烈火。他的肺里没有气息了。他开始竭力想象空气，把水想成空气。

突然间，水变成了空气，他重重地跌在石地板上，周围落下了许多不停扑腾的小鱼。他翻过身，从地上爬起来。所有的水都变成了空气，连他的衣服都干了。石柱组成的半环在完整无缺地站立和倒塌成一堆废墟之间来回变幻着。

花园里的一些树时而躺倒在它们的树桩上，时而又像刚才一样沿道而立。他背后宫殿的白色墙壁上出现了许多窟窿，甚至有一个窟窿穿透了高高在上的镀金圆顶。许多窗户，包括一些窗户外面的镂空石砌窗栏都被切开。这些损伤也同样在闪烁着，不停地消失又重新出现，这并不是之前缓慢的变化，而是瞬息万变。倾颓、消失、残余、消失，接着又是完好无缺。

他哆嗦了一下，用手按住肋侧那个无法痊愈的伤口，那里传来了一阵阵刺痛，似乎是刚才的搏斗差点将旧伤撕裂。他全身各处的十几个咬伤也在疼痛着，这些都没有改变。他的外衣和裤子上全都是血染的裂口。是他将水变回空气的？还是有一道烈火击中了雷威辛，甚至杀死了他？如果不是最后一种可能，其他的可能完全没有意义。

抹去眼睛上的血，他仔细审视着花园周围的窗口和阳台，以及远处高大的柱廊。他刚要迈步，却被另一样东西吸引住了。在柱廊下面，他勉强能分辨出一个编织的残迹。从现在的位置上，他能看出那是一个空间的开口，但他必须走得更近一些才能知道那是什么样的开口，通向什么地方。他跳过一堆时隐时现的石雕碎块，躲避着不时会倒在地上的树干，跑过了花园。那个痕迹几乎要消失了，他必须在它完全消失前赶到贴近它的地方。

他突然扑倒了下去，砾石地面擦伤了他的手掌，但他看不见任何有可能绊倒他的东西。他感觉到虚弱和晕眩，仿佛头部被重击了一下。他竭力想站起来，想继续向前奔跑，身体却只是在徒劳地挣扎。长长的毛发覆盖了他的双手，他的手指似乎在向手掌中抽缩，几乎变成了爪子的模样。一个陷阱。雷威辛并没有逃走，那个开口是一个陷阱，而他已经身陷其中了。

他拼命紧抓着虚空，想要固定住自己。他的双手，它们还是双手，几乎还是。他强迫自己站起来，两条腿却不正常地弯曲着。真源在向后退去，虚空在迅速萎缩，混乱的条纹压缩着没有情绪的空无。无论雷威辛要把他变成什么，这一定和导引没有关系。阳极力正从他身上滑走，即使是那件法器也无法阻止导引能流的减弱。在他周围，空无一人的阳台和柱廊全都紧盯着他。雷威辛一定躲在一扇有石雕窗栏的窗户后面，但会是哪一扇？这一次，他已经没有力量引发上百道闪电了。如果他的速度够快，他还能引发一道闪电。哪一扇？他和自己战斗着，努力将更多的阳极力引导进身体，欢迎着流入身体的每一点污染，至少它们证明了至上力还没有离开他。他蹒跚着环顾四周，徒劳地寻找着，叫喊出雷威辛的名字，那叫声就像是一头野兽的嗥吼。

拖着魔格丁，奈妮薇转过走廊的转角。在她前面，一个男人的身影消失在下一个转角里，在他身后留下了一连串靴子声。她不知道自己已经跟踪这个靴子声走了多久。有时候，这个声音会突然停息下来，她就只好停在原地，等它重新响起，才能确定追踪的方向。有时候，它的消失会伴随着另外一些事情的发生，她完全看不到那是什么事情。只是有一次，整个宫殿仿佛一口被敲响的大钟，发出震耳的轰鸣。另一次，她的头发似乎都要竖直起来，空气中充满了嘶嘶声，还有一次……这些并不重要。但这是第一次，她看见了人影。她看见了那个人黑色的外衣，她认为应该不是兰德。高度和兰德相仿，但那个人的身材更加魁梧，胸部更加壮硕。

奈妮薇不由自主地跑了起来，她早已经将结实的步行鞋改成天鹅绒的软鞋。如果她能听到那个男人的脚步声，那个男人也就能听到她的脚步声。魔格丁激烈的气喘声比她们的脚步声还要大。

奈妮薇跑到那个转角，停了下来，小心地贴着墙角望过去。她透过魔格丁连结着阴极力，随时做着导引的准备。她不需要导引，走廊已经空了。走廊一侧的墙壁上排列着有蔓草花纹石窗栏的窗户，走廊的尽头是一道门，但奈妮薇觉得那个人来不及跑进那扇门。在更靠近奈妮薇的地方，有另外一条向右侧延伸的走廊。她急忙跑到那个走廊口旁边，小心地向里面望去，那里也是空的。然而，在距离走廊口不远的地方有一道螺旋形的楼梯。

奈妮薇犹豫了一下。那个男人显然是正跑向一个确定的目标，这道走廊通往她们来时的地方。他会跑回去吗？那么他一定是跑上去了。

拉了一下身后的魔格丁，她慢慢地爬上了楼梯，同时努力克服着背后那名弃光魔使几乎歇斯底里的呼吸声和血液在自己耳部血管中的冲刷声，想听到其他一些声音。如果她走上去，发现那个男人就站在她对面……她已经发现了那个男人，但那个男人并没有发现她。主动权在她这一边。

沿着楼梯向上走了一层，她停下了脚步。这里的走廊和下面的完全一样，而且同样也是空无一人，寂静无声。他继续向上走了吗？

她脚下的阶梯微微颤抖着，仿佛这座宫殿被一只巨大的攻城锤猛撞了一下。然后又是一次，一道白色的火焰射穿了一扇石窗栏，向上划出一道长而深的裂口，当它开始切穿天花板的时候，突然又消失了。

奈妮薇咽了一下口水，眨眨眼，徒劳地想要除去视野里紫色的盲斑。那一定是兰德，他在攻击雷威辛。如果她过于靠近兰德，兰德也许会不小心把她杀死。如果他真的如此失控——在奈妮薇眼中，那确实是失控——甚至当他杀死她时，他自己可能都毫无所觉。

阶梯的颤抖停止了，魔格丁的眼睛里闪烁着惊恐的神色。感觉着从罪铐传来的情绪，奈妮薇很惊讶魔格丁为什么没有滚倒在地上、满嘴白沫地尖叫起来。奈妮薇自己也有一点想要尖叫的冲动了。她强迫自己踏上另一级台阶，反正向上走也不会比其他路线差。第二步几乎像第一步一样困难。但她很缓慢，因为不需要太过匆忙地走到他面前。魔格丁跟在她身后，仿佛一只被鞭子抽打过的狗，浑身不停地哆嗦着。

奈妮薇继续向上走去，一边竭尽所能拥抱阴极力（当然，是接近魔格丁的所能），以至于极致的甜美感甚至让她感到了痛苦。这是警告的讯号，如果她吸收更多的阴极力，她就有可能将自己静断，毁断自己的导引能力。那样的话，也许遭到静断的会是魔格丁，但也有可能是她们两个，而这些可能中无论哪一种如果现在发生，都意味着一场灾难。但她并没有消减体内的阴极力……生命力……充满了她的身体，只要再多加一根针的量，她的皮肤就会爆裂。她自己在导引的时候几乎也可以吸入这么大量的阴极力。她和魔格丁在导引的力量上是相当的，坦其克一战已经证明了这一点。这样就够了吗？魔格丁坚持说雷威辛比她更强大，至少魔格丁是了解雷威辛的。如果兰德比雷威辛弱，他不可能在这场战斗中活到现在。男人的体力比女人强，运用至上力的力量也比女人强，这太不公平了。白塔中的两仪师总是说，男人和女人在至上力上的力量是一样的，其实并不是——

她又在胡思乱想了。深吸一口气，奈妮薇拉着魔格丁离开了楼梯，她们已经上到了最顶层。

走廊里仍然是空的。她走到一个十字路口，贴着墙角向另一边窥望过去。他就在那里，一名高大魁梧的黑衣男人，鬓角的黑发大半已经变成了白色。他正透过一扇窗栏弯曲的缝隙向下望去，脸上带着汗水和吃力的痕迹，但似乎正在微笑。一张英俊的面孔，像加拉德一样英俊，但这张脸并没有让奈妮薇的呼吸有丝毫加快。

奈妮薇不知道他是不是在望着兰德，但那一定吸引了他全部的注意力。奈妮薇也不知道他是不是在导引，但奈妮薇绝不会让他有机会注意到自己。她运用了自己掌握的所有阴极力，将它们化作火焰，灌满了雷威辛周围所有的空间。雷威辛周围的石块立刻冒起了青烟，热量逼得奈妮薇后退了几步。

雷威辛在火焰中发出惊骇的尖叫，踉跄着朝通往柱廊的方向退去。但只是在一次心跳的时间里，当奈妮薇还在后退的时候，雷威辛已经站稳了脚跟。虽然还被火焰围绕着，但他的身周裹了一层洁净的空气。那团大火用光了奈妮薇所有的阴极力，但雷威辛却挡住了它。奈妮薇能看到他走过火焰，虽然四周是一片火海，但她还是看得见。被烧焦的黑色外衣还冒着烟，雷威辛的面孔被烧毁了，一只眼睛变成了浑浊的乳白色。但是当他望向奈妮薇的时候，两只眼睛里都闪烁着骇人的凶光。

没有情绪沿着罪铐传过来，只有阴郁的麻木。奈妮薇的肠胃颤抖着。魔格丁已经放弃了，因为她相信，等待着她们的只有死亡。

许多根手指粗的火柱从兰德头顶上方石窗栏的孔洞中喷发出来，一直向柱廊而去。与此同时，他体内的混乱也消失了，他突然变回原来的自己，速度之快，甚至吓了他一跳。他一直在拼命地导引阳极力，想要依靠这个阻止身体的变化。现在，大量的阳极力猛然涌入他的身体，火焰和寒冰的崩塌让膝盖不停地颤抖，痛苦在虚空中像梭子一样来回穿行，引发虚空阵阵震颤。

雷威辛步伐不稳地退到了柱廊里，双眼还在望着屋里的某个地方。他浑身环绕着火焰，却很快就站稳了身体，似乎那些火焰完全无法碰到他，但他绝不是毫发无伤。兰德只能从他高大的身材上判断出那绝对是雷威辛，全身都是焦黑的痕迹和鲜红的血肉，任何治疗者看见这样的伤势都会感到紧张。雷威辛现在一定承受着极大的痛苦，只是因为虚空将肉体的感觉隔绝在遥远的地方，他才能表现出对这些伤口毫不在意的样子。

阳极力在兰德体内咆哮着，他将它释放出去，不是为了治疗。

“雷威辛！”兰德高喊了一声。烈火从他的手中射出，熔融的白光比一个人的身体更粗，兰德将全部至上力都倾注到那里面。

它击中了弃光魔使，雷威辛消失了。潜入鲁迪恩的暗之猎犬在消失之前先变成了发光的尘埃——无论它们是什么样的生命，它们在抗争着，拒绝彻底消失，或者是因缘在拒绝这种造物彻底地消失，即使那是暗之猎犬。但这一次，雷威辛只是……消失了。

兰德熄灭了烈火，将阳极力推开一点，同时连续眨动眼睛，想消除视野中的紫色斑块。他抬头盯着那片大理石廊柱上切出的圆洞，宫殿屋顶上与之相对应的另一个圆洞。它们一直没有任何变化，仿佛刚刚那一击的能量太过强大，梦的世界已经无法将这个地方恢复成原样了。经历了这么多事情之后，这个结果似乎来得太过容易了，也许他需要一些证据才能相信雷威辛真的死了。他向一扇门跑去。

奈妮薇慌乱地拼尽了所有力量，想要让自己的火焰再一次烧到雷威辛身上，她应该使用闪电的。现在她真是后悔得要命，她快死了，那双恐怖的眼睛盯住的是魔格丁，而不是她。但她也快死了。

液体的火焰如同烈马般冲进柱廊，与之相比，她的火焰立刻像是泉水一样清凉。巨大的震撼逼得她放开自己的编织，想要举起双手护住面孔。但还没等她将手举到面前，那道白焰已经消失了，雷威辛也是。她不相信雷威辛逃走了，那么极短的一瞬，短到她几乎以为这是自己的想象——她看见白火碰到了雷威辛，雷威辛立刻变成了……灰尘。只是那么短短一瞬。这可能只是她的想象，但她不相信真的会是这样，她打着哆嗦吸了一口气。

魔格丁将脸埋在手中，抽泣、颤抖着。奈妮薇从罪铐中感觉到极度的宽慰，其他所有的情绪都被淹没在其中。

疾速的脚步声在她们下面的楼梯上响起。

奈妮薇转过身，向楼梯走了一步，她惊讶地发现自己正深深地汲取着阴极力，做好了导引的准备。

当兰德出现在视野中，她才放松下来。兰德已经不是她记忆中的那个孩子了，脸还是原来那张脸，但上面雕刻着严峻的神情，一双眼睛仿佛蓝色的寒冰，衣服上血染的裂口、脸上的凝血似乎很适合这张脸。

看着兰德的样子，奈妮薇毫不怀疑：如果他知道魔格丁的身份，会立刻出手杀掉她，但她对奈妮薇还有用处。兰德认识罪铐。奈妮薇没有多想，立刻改变了罪铐的形状。她消去了那根银索，只剩下戴在手腕上的手环和魔格丁脖子上的项圈。当她意识到自己做了什么，不由得感到一阵慌乱，但她很快就松了一口气，因为发现自己仍然能够感觉到魔格丁。罪铐的功能和伊兰说的完全一样。也许兰德没看见刚才那根银索，她刚才是挡在魔格丁前面的，那根银索一直在她的身后。

兰德甚至没有多瞥魔格丁一眼："那些火焰让我赶到这里，我想到这也许会是你，或者是……这是什么地方？你在这里和艾雯见面？"

奈妮薇看着他，竭力摆出自然的表情。那么寒冷的一张脸。"兰德，智者们说过，你做的这种事是非常危险的，甚至是邪恶的。她们说，如果你以肉体的方式进入这里，你就会失去一些特质，一些人性。"

"智者们无所不知吗？"兰德从她身边走过，专注地盯着那道柱廊，"我原先也以为两仪师无所不知，这没关系，我不知道转生真龙可以拥有多少人性。"

"兰德，我……"奈妮薇不知道该说些什么，"至少让我给你治疗一下吧！"

兰德将头放在奈妮薇伸出的手里，奈妮薇不禁哆嗦了一下。他的皮肉伤并不严重，只是数量非常多，奈妮薇确定其中大部分是咬伤，却想不出是什么把他咬成这样的。但真正让奈妮薇感到心寒的是那处旧伤，那个经过了治疗，却永远无法治愈的伤口——一个凝聚着黑暗的污池，奈妮薇觉得那一定和阳极力的污染很像。她导引出复杂的能流——风之力、水之力、魂之力，甚至掺杂了一丝火之力与地之力，将它们引入兰德的身体。他没有号叫或抽筋，他甚至没有眨眨眼，他只是颤抖。仅此而已。过了一段时间，兰德将奈妮薇的双手从他脸上拿开。奈妮薇并没有怎么反对。兰德皮肉的破裂和瘀肿早已消失了，但那处旧伤没有任何改变。除了死亡之外，任何伤病都是可以治愈的，任何伤病都可以！

“他死了吗？”兰德平静地问，“你看见他死了吗？”

“他死了，兰德，我看见了。”

兰德点点头：“但还有其他人，对不对？其他的……使徒。”

奈妮薇感觉到从魔格丁那里传来一阵恐惧，但她并没有回头看一眼。“兰德，你必须离开这里，雷威辛死了，这个地方现在对你非常危险。你必须离开，不要再以肉体状态回到这里了。”

“我会走的。”

奈妮薇没有察觉到兰德做出任何行动，当然，她是不可能察觉到的。但片刻之间，她觉得兰德身后的柱廊……发生了某种改变，那里看上去和原先并没有不同，除了……她眨眨眼，兰德背后柱廊里的大洞消失了。

兰德仿佛什么事情都没有发生过一样继续说着话：“告诉伊兰……求她不要恨我，求求她……”痛苦扭曲了他的面容。在那一瞬间里，奈妮薇觉得自己又看到了伊蒙村的那个男孩正为失去自己心爱的东西而难过。奈妮薇伸过手去，想拍拍他，他却后退了一步，面孔重新变成了冰冷的石雕。“岚是对的，告诉伊兰，要她忘记我，奈妮薇。告诉她我已经找到了别的爱人，她在我的心里已经没有位置了。岚也要我告诉你同样的话，岚也找到了另一个人，他请你忘记他。与其爱上我们，还不如当初就别出生。”他又向后退去，退出三大步，他周围的空间随着他的动作而扭曲，然后，他消失了。

奈妮薇盯着兰德消失的地方，完全没去在意在闪烁中重新出现的残损柱廊。岚要兰德告诉她这些？

“一个……不平凡的男人，”魔格丁轻声说，“一个非常、非常危险的男人。”

奈妮薇转头瞪着魔格丁，一些从未有过的情绪透过罪铐传到她这里，畏惧仍然是其中的主要成分，但其间渗透着……也许用“期待”来形容是最合适的。

“我还是很有用的，不是吗？”魔格丁继续说着，“雷威辛死了，兰德·亚瑟得救了。如果没有我，肯定不会有这样的结果。”

奈妮薇现在明白了，魔格丁的希望更多于期待。奈妮薇迟早都会醒过来，那时罪铐就会消失。魔格丁在向她邀功——仿佛这些并不是奈妮薇逼她做的，她害怕奈妮薇会在离开特·雅兰·瑞奥德之前狠下心杀了她。“也是我应该离开了。”奈妮薇说。魔格丁的表情没有变化，但从罪铐传来的畏惧与希望都增强了。一只大银杯出现在奈妮薇的手中，杯子里盛满了茶汁。“把它喝下去。”

魔格丁退缩了一下：“这是……？”

“不是毒药，如果我想杀你，就不必费这样的力气。毕竟，你如果在这里死亡，醒来后你也不会活着。”希望的情绪已经远远强过了畏惧。“这会让你入睡，深深地入睡，你将无法在这样的沉睡中进入特・雅兰・瑞奥德，这种药的名字叫叉根。”

魔格丁缓缓地拿过杯子：“那么，我就不能跟踪你了？我不反对。”她仰头将杯子里的茶汁全部灌入口中。

奈妮薇看着她。这么大的量应该会让她迅速陷入沉眠，一个残酷的念头让她想说些话，她知道这很残酷，但她不在乎。不该让魔格丁得到任何平静的休息。“你知道柏姬泰没有死。”魔格丁的眼睛微微眯起了一点，“你知道芙芮恩是谁。”对面的女人竭力想睁大眼睛，但眼皮止不住地粘在了一起。奈妮薇能感觉到叉根的药效在她体内迅速扩展。奈妮薇集中精神看着魔格丁，让她在特・雅兰・瑞奥德中多停留一会儿，不该让一名弃光魔使得到平静的睡眠。“你也知道史汪现在是什么样子，她早已不是玉座了，但我在特・雅兰・瑞奥德里从没提到过这些，从来都没有。我们很快就能再次见面了，我相信，我们见面的地方会是沙力达。”

魔格丁的眼睛向上翻去，奈妮薇不知道这是因为叉根的效力，还是她单纯地晕过去了，不过这没关系。她放开魔格丁，这名弃光魔使眨眼间就消失了。那只银项圈落在地上，发出一阵清脆的叮当声。至少伊兰会为这个感到高兴的。

奈妮薇走出了梦境。

兰德沿着宫殿走廊一路跑去，宫殿各处的破坏比他想象中要少一些，当然，他并没有认真去看。他跑向宫殿前面的大广场，强劲的风之力将高大的宫门撞开，同时撞断了半数固定门板的铰链。在巨大的椭圆形广场边缘，他找到了目标——兽魔人和魔达奥。雷威辛死了，其他弃光魔使不在这里，但凯姆林城中还横行着许多兽魔人和魔达奥。

它们正在激战，大约几百，甚至是几千名暗影生物将它们的敌人包围在其中。黑甲兽魔人和骑在马上的魔达奥挡住了兰德的视线，让他看不见深陷战团的是什么人，但他终于辨认出，在战场的正中心飘扬着一面血红的旗帜。而现在已经有一些暗影生物被宫门爆开的声音吸引，朝他转过了头。

此时兰德却僵立在原地——一团团火球正冲破黑色甲胄的包围，将许多兽魔人烧成了火炬，这不可能。

兰德不敢再保有什么希望和幻想，他开始导引。一根根细长的烈火柱向外疾速射出，一等攻击奏效，立刻切断能流。兰德精细地操纵着威力被压低很多的烈火，竭力避免让它们触及到战场的核心区域，但它的杀伤力并没有减低多少。第一个被烈火击中的魔达奥浑身颜色发生了彻底的翻转，死黑色的斗篷变成了耀眼的白色，随后变成飘飞的尘埃，彻底消失了，它刚才骑的马发狂地向远处跑去。兽魔人、魔达奥，每一个扑向他的暗影生物都遭遇了同样的下场。然后他开始让烈火卷入那些还在围攻中的暗影生物，不停泛起的发光尘埃四处飘飞，似乎永远也不会止歇。

暗影生物们无法抵挡这样的攻击，残忍的嘶嚎和啸吼变成了畏惧的尖叫，它们朝所有远离兰德的方向逃去。兰德看见一只魔达奥竭力想重新聚拢兽魔人，却连人带马被踩在脚下，践踏至死，但其余的魔达奥都掉转马头，随着兽魔人一同逃走了。

兰德没有再去追杀它们，他的注意力全都集中在从暗影生物的包围中冲杀出来的艾伊尔人身上。艾伊尔人的队伍没有旗帜，但这次，一名戴着面纱、在束发巾下隐约可见红色头巾的艾伊尔人正举着那面旗帜。通向广场的街道上也在进行着战斗。艾伊尔人、凯姆林的市民，甚至是身穿女王卫兵制服的士兵都在与兽魔人相互厮杀着。显然，那些想要干掉女王的人更无法容忍兽魔人的出现。兰德完全没有去注意这些，他只是在艾伊尔人的队伍中拼命地搜索着。

就在那里，一名女子穿着白色的宽松上衣，一只手抓着宽大的裙子，正在猛砍一名逃跑的兽魔人，而她手里的武器是一把短匕首。但只是一眨眼的工夫，火焰就裹住了那个熊嘴的兽魔人。

“艾玲达！”兰德嘶声高喊着，没有发现自己正在大步狂奔，“艾玲达！”

麦特也在那里，外衣已经破烂不堪，剑刃长矛上染满了鲜血。现在他正靠在黑色的矛杆上看着逃跑的兽魔人，显然他已经满足于把剩下的战斗交给别人去处理了。亚斯莫丁笨拙地握着剑，不停向四周观望着，提防有兽魔人突然杀回来，向他发动袭击。兰德能感觉到亚斯莫丁体内的阳极力，只是非常弱小，但他不认为亚斯莫丁会把手中的剑当成主要的战斗武器。

烈火，烈火烧断了因缘的丝线。愈强的烈火，烧断的丝线就愈长。被烧死的人在这段丝线中所做的事，都将变成从未发生。兰德不在乎他对雷威辛的那一击会不会将因缘拆散一半。他只要这样的结果。

他感觉到有泪水在脸颊上滚落，便放开了阳极力和虚空，他想要感觉到自己的心情。“艾玲达!”他抱起艾玲达,转了一圈。艾玲达却只是吃惊地盯着他,仿佛他是个疯子。带着万分的不愿,他放下了艾玲达,这样他才能拥抱麦特。

不过麦特推开了他:“你出什么事了?你以为我们死了吗?是差不多了,但还没有,当一名将军也不会有这么危险!”

“你还活着。”兰德笑着说。他理了理艾玲达的头发,艾玲达的头巾已经遗失了,一头秀发都披散在脖子周围。“真高兴你还活着,就是这样。”

兰德又扫视了一遍大广场,愉快的心情减弱了。现在没有任何事能彻底削去他的好心情,但看着尸体狼藉的战场,他的心确实冷了许多。这些尸体中有许多太过娇小,不可能是男人。兰德在死者之中看到了蕾特勒,她的面纱和半边脖子都不见了,她不会再为他煮汤了。派文双手抓着一根手腕粗细的兽魔人长矛,矛尖穿透了他的胸膛。兰德第一次在他脸上看到了表情——惊讶。烈火从因缘中夺回了朋友的生命,但太多的人、太多的枪姬众都回不来了。

*珍惜你还拥有的,欣喜于你所挽救的,不要沉溺在对失去的哀悼中。*这不是他的想法,但他接受了这个想法。在被阳极力的污染毁掉神智之前,这样的想法似乎能让他不至于因为其他事情而提早陷入疯狂。

“你去了哪里?”艾玲达问,她的声音里没有怒气,只有一丝宽慰,“一秒钟之前,你还在这里,但一转眼你就不见了。”

“我必须去杀死雷威辛。”他平静地说。艾玲达张大了嘴,但他将一根手指按在她的嘴唇上,然后轻轻将她推开。*珍惜你还拥有的。*“不要说这个了,他死了。”

贝奥瘸着腿走了过来,束发巾仍然围在头上,但面纱已经被挂到了胸口,大腿和手里最后一根短矛上都沾满了鲜血。“夜跑者和黑影众正在逃亡,卡亚肯。一些湿地人加入了对抗它们的舞蹈,其中甚至还有一些武装士兵——他们一开始舞蹈的对象是我们。”苏琳跟在贝奥身后,同样没有戴着面纱,脸颊上横着一道可怕的伤口。

“将它们全部猎杀,无论要追多远,”兰德说完便向前走去,他不知道自己要去哪里,只想尽量离艾玲达远一些。“我不想让它们逃散到乡下去。注意那些士兵,我要找出他们谁是雷威辛的人,谁是……”他继续走着,说着,没有再回头。*珍惜你还拥有的。*

第56章

发光的余烬

这扇高窗供兰德站立的空间绰绰有余，上框远远高过他的头顶，左右两侧也各距离他有两尺。兰德上身只穿着挽起袖子的衬衫，透过窗户望着下面王宫中的一座花园。艾玲达正用手拨弄着红石喷泉池里的池水。用掉这么多水，却只是为了观赏和养育色泽鲜艳的鱼，艾玲达至今无法完全理解这件事。兰德不允许她进入街道去追击兽魔人时，她变得相当生气。实际上兰德怀疑，如果不安排相当数量的枪姬众护卫，苏琳不会让她靠近街道。当然，关于这一点兰德不应该有所注意，而且苏琳也不会当着兰德的面提醒艾玲达，她已经不再是枪姬众，而且也还不是一位智者。麦特没有穿外衣，但还戴着那顶遮阳帽，他正坐在喷泉边上和艾玲达说着话。毫无疑问，他是在向艾玲达刺探艾伊尔人是否会阻止人们离开凯姆林。即使麦特决定接受命运，也肯定不会停止各种各样的抱怨。亚斯莫丁坐在红香桃木的树阴下，正在弹拨着竖琴。兰德想知道这个男人是否清楚在凯瑞安城战斗时发生了什么事，或者是否对此有所怀疑。他应该不记得那时候的情况，对他来说，那些事都是没发生过的。但谁能知道弃光魔使的脑子里都装着什么？

一声礼貌的咳嗽让他从窗前转过了身。

他站立的高窗离地九尺，正位于王座大厅的西墙上，这里实际上是将近一千年以来安多女王接见使者、发布命令与判决的王宫大殿。兰德相信，他只有在这里看着麦特和艾玲达，才能不被发现，才不会打扰他们。大殿两侧立着一排排六十尺高的白色圆柱，从墙壁上的高大窗户里射进的阳光和穹顶上彩色玻璃窗中射进的七彩光线混合在一起。那些彩色玻璃窗上的图案除了安多白狮之外，还有安多的诸代女王和每一次伟大胜利的场景。这番恢弘的景象被安奈拉和索麦莱看在眼里，却似乎没有给她们留下什么印象。

兰德爬下了窗户："贝奥有消息吗？"

安奈拉耸耸肩："对兽魔人的追猎还在继续。"听她的语气，这名小女人很想去参加那场追猎，而不是站在这里。站在索麦莱的身边，兰德只觉得她更加娇小了。"城里的一些居民向我们提供了帮助，但大多数人都躲起来了，我们控制了城门。我想，黑影众们逃不出去，但恐怕我们挡不住所有的夜跑者。"魔达奥很难被杀死，也同样难以被追踪。有时候，兰德真的以为魔达奥就像老故事里说的那样，可以用影子当坐骑，一转身就会消失。

"我们给你带来了一些汤。"有着一头浅黄色秀发的索麦莱说着，朝手中盖着一块亚麻布的银盘子点了点头，然后坐到了摆着狮子王座的高台上。镏金的狮子王座是一张四条腿被雕刻成狮爪形状的大椅子，摆放在有四级台阶的白色大理石高台上，一条红地毯覆盖在台阶上，两端分别连接着王座和大殿正门。这是安多的王座，靠背的上半部分铺了一层红宝石作为底色，上面用月长石拼出了安多狮子的图案。当摩格丝坐在王座上时，那只狮子就会悬在她头顶上方。"艾玲达说你今天还没有吃饭，这是以前蕾梅勒经常为你做的那种汤。"

"我猜，宫里的仆人都还没回来吧？"兰德叹了口气，"这是宫里一名厨师做的？还是厨师助手？"安奈拉轻蔑地摇摇头。如果她成为奉义徒，她会尽全力完成自己的职责，但她对于用一辈子时间服侍别人的人，总是抱着厌恶的态度。

兰德沿阶梯走上高台，俯身揭去盘子上的盖布，鼻子却不禁抽搐了一下。根据汤的气味判断，这盘汤并不会比蕾梅勒以前给他做的更好喝。这时，一阵男人靴子踏地的声音给了他离开那只盘子的理由，如果运气好的话，他也许能逃过把那盘汤喝进嘴里的命运。

那个沿着红白相间瓷砖地板走近的男人肯定不是安多人，他穿着灰色的短外衣，宽松的裤腿被塞进从膝盖向下卷边的长靴里。他很瘦，而且只比安奈拉高一个头。他有着鹰钩鼻、一双眼角上翘的黑色眼睛，黑发里已经有了不少灰丝，而向下弯曲成角形的大胡子几乎遮住了大嘴。他以优雅的姿势将一条腿后撤半步，微微弯曲，手指轻触腰间的弯剑，向兰德鞠了个躬。但他一手拿着两只银杯，一手提着一只封口的陶罐，这些东西完全破坏了他的仪态。

“请原谅我的打扰，”他说道，“但这里没有人替我通报。”他的衣服相当朴素，还因为长途旅行而沾染了风尘，但在他的佩剑后面插着一根象牙短杖，杖头上嵌着一个黄金狼头。“我是达弗朗·巴歇尔，沙戴亚的元帅，我到这里来是要见真龙大人，城中有传闻说他正在王宫里。我想，现在我所见的就是他？”一瞬间，他的视线扫过了兰德手臂上闪亮的金红龙纹。

“巴歇尔大人，我就是兰德·亚瑟，转生真龙。”安奈拉和索麦莱移动到兰德和那个男人之间，将手放在长匕首的握柄上，并做好戴上面纱的准备。“能在凯姆林见到沙戴亚的贵族让我很感吃惊，更别说你还想见我。”

“实际上，我骑马赶来凯姆林本来是要见摩格丝的，但我被加贝瑞大人的手下耽搁了。或者，我应该称呼他加贝瑞国王？他还活着吗？”巴歇尔的语气表明他不认为加贝瑞还活着，而且他也并不真正关心加贝瑞的死活。他毫不停顿地继续说着：“城里有许多人说摩格丝也死了。”

“他们两个都死了。”兰德阴郁地说。他坐到了王座上，后脑正好压住月长石拼成的安多白狮，这张王座是按照女性的身材设计的。“我杀了加贝瑞，在他杀死摩格丝之后。”

巴歇尔一侧的眉毛抽动了一下：“那么，我应该向安多的兰德国王欢呼吗？”

兰德恼怒地向前俯过身：“安多过去一直都由女王统治，现在也不例外，伊兰是安多的王女，她的母亲死了，她就是女王。也许她需要进行加冕——我不了解安多的法律——但我认为她是安多女王。我是转生真龙，这就够了。还有，你找我有什么事，巴歇尔大人？”

兰德看不出巴歇尔是否因为自己的恼怒而受影响，那双眼角翘起的眼睛谨慎地看着兰德，但其中并没有任何不安的神色。“白塔放走了伪龙马瑞姆·泰姆。”他停了一下，确认兰德没有要说话的意思，才继续说了下去，“泰诺比女王不想让沙戴亚再蒙受灾变，所以我再一次受命追捕他，并且结束这个人的生命。我已经跟踪他向南走了许多个星期。你不需要担心我会率军入侵安多，除了一支十人护卫队之外，我让其他部队都驻扎在了布雷姆森林。两百年以来，安多宣称的边界从没有到过那么北边的地方，但马瑞姆在安多，我确信这一点。”

兰德又靠回到椅子里，他在犹豫：“你不能得到他，巴歇尔大人。”

“我能知道原因吗，真龙大人？如果你愿意用艾伊尔人去追捕他，我不反对。在我回去之前，我的人会一直留在布雷姆森林。”

兰德还不打算太早透露他的这一部分计划，时间的耽搁虽然会付出昂贵的代价，但他必须先牢牢地控制住这个国家。然而，他也许可以现在就开始他的计划。“我会发布特赦令，我能够导引，巴歇尔大人。为什么其他男人会因为和我有同样的能力就要遭到追捕、杀戮和驯御？我要宣布，任何能够碰触到真源的男人，任何想要学习这个能力的男人，都可以到我这里来，接受我的保护。最后战争即将到来，巴歇尔大人，也许它会在我们变成疯子之前爆发，我不会因为风险就浪费了这种男人的能力。在兽魔人战争的时候，兽魔人在惊怖领主的率领下杀出妖境，而惊怖领主就是为暗影使用至上力的男人和女人。我们在末日战争中会面对同样的情况，我不知道有多少两仪师会支持我，但我不会赶走任何能够导引的男人，只要他们愿意跟随我。马瑞姆·泰姆是我的，巴歇尔大人，不是你的。”

“我明白了。”巴歇尔的声音生硬平板，“你已经得到了凯姆林。我听说，提尔也是你的了，凯瑞安同样即将属于你，如果它还没有成为你的囊中之物。你是要用你的艾伊尔人和能够导引至上力的男人征服全世界吗？”

“如果我必须这样的话，”兰德用同样平板的声音说道，“我会欢迎任何愿意与我结盟的统治者，只要他们有诚意，但至今为止，我所遇到的只有龌龊的阴谋和彻底的敌意。巴歇尔大人，塔拉朋和阿拉多曼陷入了混乱，凯瑞安也不见得比它们更有秩序，而阿玛迪西亚对阿特拉觊觎已久。你在沙戴亚大概已经听说过关于霄辰人的传闻，最糟糕的是，这些传闻是真的——他们盘踞在世界的另一端，正在图谋将我们全部鲸吞。末日战争正在地平线上蠢蠢欲动，人类却还在为微不足道的理由而彼此厮杀。我们需要和平，需要用时间来准备对抗兽魔人、甚至是获得自由的暗帝的大举侵袭。如果能让我为这个世界争取到时间与和平的惟一办法就是征服这个世界，我会这样做的，我不想这么做，但我会的。”

“我读过《卡里雅松轮回》。”巴歇尔说。他用手臂将酒杯夹住，停了一会儿，然后打破了罐子的蜡封，将罐中的酒倒进杯子里。“更重要的是，泰诺比女王也读过那些预言。我不能代替坎多、艾拉非和夏纳发言，我相信它们也会投向你。在边境国，任何一个孩子都知道暗影正在妖境里等待着机会，要将我们一举吞没。但我不能替他们发言。”安奈拉犹疑地看着巴歇尔递给自己的酒杯，但最终还是拿过酒杯，登上高台，将酒杯递给兰德。“实际上，”巴歇尔继续说道，“我甚至不能代替沙戴亚发言，那里的统治者是泰诺比，我只是她的将军。但我相信，只要我派信使过去，得到的回报一定会是沙戴亚将追随转生真龙。现在我宣布，我和另外九千名沙戴亚骑兵将为你效忠。”

兰德转动着那只高脚杯，望着杯中暗红色的酒液。沙马奥在伊利安，其他弃光魔使的行踪依然无从知晓。霄辰人在爱瑞斯洋的另一边，随时有可能卷土重来。这里的人们都在为自己的一己私利而争斗不休，丝毫不在意世界将为此付出什么样的代价。“和平还很遥远，”他轻声说道，“未来还有更多的流血和死亡。”

“总是如此。”巴歇尔平静地回答，兰德不知道巴歇尔是在评论他哪一句话，也许两者都是。

将竖琴夹在手臂底下，亚斯莫丁从麦特和艾玲达身边走开了。他喜欢弹奏乐器，但不是为两个不会倾听、不懂欣赏的人弹奏。他不知道今天早晨发生了什么事，也不确定自己是否想要知道。有太多的艾伊尔人在看到他时露出了惊讶的表情，他们之中甚至有人说已经看见他死了。他不想去探究细节。在他面前的墙壁上有一道长长的缺口，缺口的表面像冰一样平滑，又仿佛被抛光了上百年的时间，他知道是什么造成了这样的缺口。

他懒洋洋地（但还是禁不住打了个哆嗦）寻思着，以这种形式重生是否会让他成为一个全新的人。他不这样认为。他已经不再拥有不朽的肉体，那是暗主的礼物。无论兰德对他的言谈有什么要求，他仍然在脑海中使用着“至尊暗主”一词——这一点足以证明他还是他自己。不朽消失了，有时候，他以为自己能感觉到时间正将他拖向坟墓，那个他以前从未想过会与自己发生关系的地方。当然，他知道这肯定是他的想象，而现在他能导引的一点阳极力只能带给他喝下了一口口污水的感觉，所以对于兰飞儿的死，他并不觉得有多么难过。他也不会同情雷威辛，但兰飞儿毕竟对他施展过那种手段，所以她的终结让他有了另一番快慰。等剩下的弃光魔使死掉的时候，他也会笑上两声，他尤其会为最后一位死亡者欢笑。就算重生，他还是原先的那个他，但他会竭尽所能地继续抓住悬崖上那丛枯草。草根最后总会被拉断，到那时，他会长久地向下坠去，但在那以前，他还活着。

他拉开一扇小门，想要去食品室，那里应该有一些好酒。只迈出一步，他定在原地，脸上没有了一丝血色。“你？不！”他的声音还悬在半空中的时候，死亡已经带走了他。

摩格丝抹去脸上的汗水，然后将手绢收回袖子里，又重新整了整头上的草帽。至少，她终于有了一身像样的骑装，只是这种厚实的灰羊毛衣裙在炎热的天气里仍然非常不舒服。这身衣服实际上是塔兰沃为她找到的。她放松了缰绳，看了一眼身边这个高大俊逸的年轻人，虽然是骑马走在树丛中，但塔兰沃仍然挺直了身体。身体圆胖的贝瑟·吉尔更加衬托出塔兰沃挺拔、俊秀的身姿。那时塔兰沃将这身骑装捧给她，说这身衣服要好过她逃出宫时穿的那身令人发痒的东西。他低头望着她，眼睛眨也不眨，声音里不带着任何恭敬。当然，是她自己想到，让别人认出她会很不安全，特别是在发现加雷斯·布伦已经离开柯尔泉之后。为什么当她需要加雷斯的时候，这个男人却要跑出去追赶几名烧牛棚的贼？没关系，即使没有加雷斯，她也能处理好自己的问题。但是当塔兰沃只称呼她为摩格丝的时候，她能看见从这名年轻人的眼里流露出了许多困扰。

她叹了口气，转头向身后望去。魁梧的蓝格威正一边前进，一边扫视着这片树林。布琳靠在他身边，一边观察着周围的状况，一边还不时看蓝格威一眼。自从离开凯姆林之后，摩格丝的军队一直都没有再增添过一人一丁，已经有太多的人听说了她在首都无缘无故流放贵族，制定不公正的法律，所以人们全都在以嘲笑的口吻谈论着她，并且对于支持她这位合法统治者的主意嗤之以鼻。摩格丝觉得即使人们真的相信她就是安多女王，也不会再对她有什么忠诚了，所以她一直骑马穿过阿特拉，一路上尽量在树林中前行，因为这里到处都是拿着武器的人。现在她身边有一名刀疤脸的街头流氓、一名胡涂又落魄的凯瑞安女贵族，加上每次被她看到的时候都不由自主地要跪倒下去的一名矮胖旅店老板，一名有时候会用异样的眼光看着她、仿佛她还穿着那种取悦加贝瑞的服装的年轻士兵，还有莉妮——当然，她不会忘记莉妮。

这个想法仿佛是一个召唤，那名老保姆催马靠近了她。“最好仔细看着前面，”老保姆平静地说，“‘年轻的狮子扑得最快，而且会在你最不注意的时候。’”

“你认为塔兰沃是危险的？”摩格丝气恼地说。莉妮瞥了她一眼，脸上显露出思考的神情。

“在这样的状况里，任何男人都会是危险的。看上去很不错的一个男人，你不这样想吗？只是有点太高了，我相信那双手一定很有力。‘没必要等到蜂蜜放老才吃掉它。’”

“莉妮。”摩格丝警告地说，这名老妇人最近经常会说出这种话。塔兰沃是一名英俊的男人，他的手看上去确实很强壮，小腿匀称坚实，但他太年轻了，而且她是他的女王。现在最不应该的事情就是把塔兰沃看成一个男人，而不是她的下属和士兵。她要和莉妮谈谈。如果莉妮认为摩格丝会接受一个比她小十岁的男人——他一定比她小了十岁——那这个女人一定是丢掉了她的脑子，她们必须谈一谈，但这时塔兰沃和贝瑟都转过了身。“管住你的舌头，莉妮，如果你把愚蠢的想法塞进那个年轻人的脑袋里，我就把你丢下。”莉妮哼了一声。在安多的时候，即使地位最高的贵族对她有这种表示，她也一定会把那个人扔进监牢，让他好好反省，当然，如果王位还是她的话。

“你确定你要这么做？女孩？‘如果你已经跳出了悬崖，再想改主意已经晚了’。”

“我会找到盟友的。”摩格丝顽固地对莉妮说。

塔兰沃勒住缰绳，在马鞍上挺直了坐姿，汗水滚下他的脸庞，但他似乎完全没有注意的周围的燥热。贝瑟拉了拉镶皮无袖上衣的领子，仿佛是很想把它脱掉。

“树林前面有农庄，”塔兰沃说，“不过这里不会有人认识你的。”摩格丝冷冷地看着他望向自己的眼睛，日复一日，她觉得自己的视线愈来愈难以离开那双眼睛了。“再走十里，我们就能到达柯麦德，如果那个在色哈尔的家伙没有说谎，那里有一座渡口，我们可以在天黑之间到达阿玛迪西亚一侧。你确定你要去那里吗，摩格丝？”

他说出她名字时的那种口吻……不，她一定是被莉妮荒谬的幻想影响了，一定是因为这种讨厌的热天气。“我已经决定了，年轻的塔兰沃。”她冰冷地说，“我不认为你会质疑我的决定。”

她用力地踢了一下坐骑，让那匹马向前冲去，拉开了彼此的凝视。她冲过他的身边，他可以追上来。她会找到盟友，她会夺回她的王座，让加贝瑞或者任何以为能坐上去的男人悔恨万分。

光明的荣耀辉映在他身上，
光明的和平由他给予世人。
将诸国系于他一身，手中握住了一切权柄。
但心的碎片终于刻出伤痕，
过去必将再临——裹挟着烈火和暴风，
将一切分为两半……
为了他的和平……
为了他的和平……
……和平……
……和平……
……剑的和平，
光明的荣耀辉映在他身上。

——摘自“真龙的荣耀”，
米恩·索·亚荷力编写
第四纪元

（《天空之火》完，敬请期待《时光之轮 6：混沌之王》）

名词解释

艾伊尔人(Aiel)：艾伊尔荒漠中的居民，他们骁勇善战且刻苦耐劳。在展开杀戮之前，他们会以面纱遮住脸部。不管是拿着武器或是赤手空拳，他们都是可怕的战士，但他们绝不使用剑类的武器；除非不得已，他们也不会骑乘马匹。艾伊尔人的乐手会以音乐的节奏来代替战斗伴奏，所以，艾伊尔人把战斗称为“斗舞”或“枪矛之舞”。他们分为十二个部族：查林、柯代拉、达茵、高辛、米雅各马、纳凯、雷恩、沙拉得、沙度、锡安德、塔戴得、汤曼勒。有时候也包含第十三个部族——“非部族之部族”——杰恩，他们创建了鲁迪恩。

艾伊尔亲属称谓(Aiel kinship terms)：艾伊尔人陈述血缘关系的方式错综复杂，让外地人感觉十分不便，但艾伊尔人本身却认为非常精确实用。对此进行完整的解释要大费周章，必须先举几个例子：“首兄弟”或“首姐妹”表示同母所生，“次兄弟”或“次姐妹”是指母亲的“首姐妹”或“首兄弟”的孩子，“姐妹母亲”或“姐妹父亲”则是指母亲的“首姐妹”或“首兄弟”；“大父”或“大母”是指母亲的父母，父亲的父母则称“次大父”或“次大母”。人们与母系血亲的关系比父系血亲更为亲密。再衍生下去更为复杂，而密友们结为首兄弟或首姐妹等因素又更加深了亲属关系的复杂性。尤其是艾伊尔女性密友们有时会与同一位男性成婚，成为彼此的“姐妹妻子”，她们不止是与该位男性之间有婚姻关系，两位女性彼此之间也存在着婚姻关系——情况错综复杂如此。

艾伊尔人战士组织(Aiel warrior societies)：每名艾伊尔战士都隶属于十二战士组织之一，包括黑眼众(赛亚东)、鹰血众(法阿达扎丁)、曙奔众(瑞英索利)、刀手众(沙汾奈)、枪姬众(法达瑞斯麦)、岳舞众(哈玛诺多)、夜枪众(寇达瑞)、红盾众(艾散多)、岩狗众(山马塔)、雷行众(沙麦得康德)、真血众(谭沙雷)、寻水众(多阿马狄应)。每个战士团都拥有自己独特的规范，有时则是某种义务。举例来说，红盾众的工作类似警察，岩狗众则在全军撤退时殿后，而枪姬众则担任斥候。艾伊尔部族之间经常征战不休，但即使在自己所属部族彼此敌对的状况下，同一个战士团的成员也不会互相动手。因此，即使在大战之中，各个部族之间依然拥有联系的通道。

阿玛迪西亚(Amadicia)：一个坐落于迷雾山脉南方的国家，位于塔拉朋与阿特拉之间。首都阿玛多(Amador)为圣光之子的总部所在地，圣光之子领袖指挥官的权势高于有名无实的国王，是该国真正的统治者。任何拥有导引能力的人在阿玛迪西亚都是非法的，依照法律，他们会被监禁或是驱逐出境。但实际上，他们通常会在“抗拒逮捕”时被杀。阿玛迪西亚的旗帜是以蓝天红蓟为底，上覆以银色六芒星。

安多(Andor)：一个富庶的国度，虽然理论上其版图包括从迷雾山脉至艾瑞尼河间的土地，但是已经有好几代，女王无法有效控制曼埃瑟兰河以西的地区。

边境国(Borderlands)：环绕妖境的国度，包括沙戴亚、艾拉非、坎多、夏纳。边境国的历史就是一场与兽魔人和魔达奥之间永无休止的战争。

王女(Daughter-Heir)：安多狮子王座继承人的称号。如果女王无女，王位将交给与女王血缘最接近的女性。对于究竟谁与女王血缘之间最亲的争执，曾经数度引起权力纷争，最近一次“继承战争”——所谓“安多第三次王位继承战争”——让传坎家族的摩格丝登上了王位。

惊怖领主(Dreadlords)：指拥有导引能力的男女，他们在兽魔人战争时归顺暗影，因此成为兽魔人、魔达奥、暗黑之友军队的将领。没受教育的民众偶尔会把他们与弃光魔使相混淆。

奉义徒(gai'shain)：在古语中，意为“在战场上发誓和平的人”。一名在战争或突袭中被另一名艾伊尔人俘虏的艾伊尔人，依照节义，将会谦卑而服从地侍奉其俘虏者一年又一天，期间绝不碰触武器，也不使用暴力。智者、铁匠、孩童，或者有十岁以下孩子的女人不能被当成奉义徒。

节义(ji'e'toh)：在古语中，意为“光荣与义务”或“光荣与责任”，艾伊尔人生活依循的复杂准则，必须花费长篇大论来解释。举个小例子：在战场上有几种取得光荣的方式：最微渺的是杀戮，因为杀戮任何人都办得到；最光荣的是碰触全副武装、生龙活虎的敌人，却不造成任何伤害；介于两者之间的是让敌人成为奉义徒。再举一例：耻辱在节义中也分为许多等级，它们经常被认为比疼痛、受伤，甚至死亡更加难以忍受。第三个例子：“义”或义务也有许多等级，但人必须完完全全地尽“义”，不论是多小的“义”都一样。“义”对艾伊尔人的重要性凌驾一切，如果有必要，他们常常愿意忍受耻辱，去完成某项对外地人来说微不足道的义务。

卢加德(Lugard)：名义上是莫兰迪首都，但该国因城镇与贵族间的纷争而四分五裂，历来居于王位的人，连能实际控制本城的都很少。卢加德是贸易要点，但因窃盗频繁、风俗放荡等恶名而被人引以为笑柄。

鲁迪恩(Rhuidean)：艾伊尔荒漠中惟一的伟大城市，外界对其一无所知，废弃达三千年之久。在过去，艾伊尔男子之中，只有接受部族首领资格试炼的人才被允许进入，而且一生中只能进入一次。他们会在一个伟大的特法器中接受试炼，只有三分之一的人能够幸存。女人一生之中能进入两次，她们最后一次也会进入同样的特法器中接受试炼，以成为智者，但女性的幸存几率高于男性。现在此城又再次有艾伊尔人居住，而且一座大湖盈满了鲁迪恩山谷的一端，其水源来自于一个地下水库，形成荒漠中惟一的河流。

特·雅兰·瑞奥德(Tel'aran'rhiod)：古语中"看不见的世界"，或者是"梦的世界"。这个世界只能在梦中偶然被瞥见，古代人相信，它环绕着所有可能的世界，并且弥漫在这些世界的缝隙之中。许多人能在自己的梦境中短暂碰触到特·雅兰·瑞奥德，但只有极少数人有能力以自己的意志进入其中，虽然根据最新的发现，有几座特法器能提供辅助。和其他的梦不一样，生灵在梦的世界里遭遇的事情是真实的，在这里受的伤在醒来后依然存在；在这个世界死去，就永远也无法醒来了。

智者(Wise One)：智者们在艾伊尔人之中寻找女子进行训练，让她们掌握医疗、草药和其他知识，从而成为新的智者，这一点与乡贤很像。一般情况下，每个部族和氏族的聚居地都会有一位智者。据说一些智者拥有超凡绝伦的医疗能力，而且能做出一些可以被视作奇迹的事。她们拥有巨大的权威和责任，如同部族和氏族首领一样，能对艾伊尔人产生极大影响，虽然那些当首领的男人总是认为她们在多管闲事。智者对部族之间的仇怨和纷争采取超然立场，而且依据节义，她们不会受到任何形式的伤害与胁迫。部分智者拥有导引能力，但却秘而不宣。较常出现的三位智者为梦行者，她们拥有许多特殊能力，包括进入特·雅兰·瑞奥德，她们也能在梦中与人交谈。

中英译名对照表

A

Aan'allein　安奈伦
A'dam　罪铐
Adelin　亚得凌,枪姬众
Admer Nem　亚墨·耐姆
Aeldene　亚尔丁
Aelgari　埃伽锐
Aeron　亚爱隆,智者
Aes Sedai　两仪师
Aethan Dor　艾散多
Agelmar Jagad　爱格马·贾盖德
Agni Neres　亚格尼·耐斯
Aiel　艾伊尔(人)
Aiel War　艾伊尔战争
Ailron　埃尔隆
Aldeshar　亚德沙
Aldieb　阿蒂卜
Aleshin　亚利辛
algode　亚葛,一种植物
Alliandre　雅莲德,海丹女王
Almyrlin Seat　玉座
Altara　阿特拉
Alteima, High Lady　亚黛玛女大君
Aludra　亚柳妲
Alviarin　奥瓦琳
Amadicia　阿玛迪西亚
Amador　阿玛多
Amaena　雅玛娜
Amellia Arene　亚米拉·阿瑞恩
Amys　艾密斯,智者
Anaiya　爱耐雅
Andaya　安黛亚
Ander Corl　安德尔·柯尔
Anselan　安瑟兰
Aracome　亚拉康
Arad Doman　阿拉多曼
Arafel　艾拉非
Aridhol　爱瑞荷
Aril　爱瑞·奈辛
Arinvar　亚伦瓦
Arymilla　亚瑞米拉
Asar Don　阿撒顿
Asmodean　亚斯莫丁
Asne Zeramene　亚丝恩·泽兰
Avar Hachami　艾瓦·哈克米
Avi Shendar　亚维·申德
Aviendha　艾玲达

B

Bael　贝奥
Baerlon　巴尔伦
Bair　柏尔,智者
balde master　剑技大师
Balefire　烈火
Bandar Eban　班达艾班
Band of the Red Hand　红手队
Bar Dowtry　鲍尔·多提
Baran　巴朗
Barashelle　巴拉舍勒

Bari　班
Barim Halle　巴瑞姆·海勒
Barit　巴瑞特
Bartu　巴图
Basel Gill　贝瑟·吉尔
Bashere, Lord　巴歇尔,菲儿之父
Bellon　拜隆
Bellon Ford Inn　拜隆渡河
Beonin　波恩宁
Bera Harkin　碧拉·哈金
Berelain　贝丽兰,梅茵之主
Beron Goraed　贝隆·乔拉德
Berylla Naron　波莉拉·那隆
Birgitte　柏姬泰
Black Eyes　黑眼众
Black Rock sept　黑岩氏族
Black Water　黑水堡
bleakness　荒季
Blue Bull　蓝牛,客栈名
Blue Sky Dawning　《蓝天正在亮起来》,歌名
Boannda　博安达
boarhorse　马猪
Bonwhin　邦雯
Braem　布雷姆
Braem Wood　布雷姆大森林
Breane　布琳
Brothers of the Eagle　鹰血众
Bruan　布鲁安

C

cadin'sor　凯丁瑟
Cail　赛尔
Can Breat　坎布雷特
capar　卡帕
Calle Coplin　卡勒·科普林
Car'a'carn　卡亚肯
Cara　卡拉
Carai　卡莱
Caralin　卡拉琳
Carlinya　卡琳亚
Carpan　卡潘
Cerandin　赛兰丁
Chaena　查英那
Chaendaer　昌戴尔
Chalinda　卡琳达
Chareen Aiel　查林艾伊尔
Chavana　查瓦那
Chesmal Emry　加丝玛·埃米
Chin Akima　卿·亚齐马
Chosen　使徒
Cian　思安
Clarine　克莱琳
Codarra Aiel　柯代拉艾伊尔
Cold Rocks Hold　冷岩堡
Cole Pass　库勒隘口
Cor Darei　寇达瑞
Corenne　可伦奈
Cori Makin　柯利·曼金
Corianin Nedeal　珂芮宁·尼达
Corin Ayellin　珂琳·艾玲
Cormaed　柯麦德
Corman　柯曼
Couladin　库莱丁
Count of the Nine Moons　九月大殿
Cowinde　柯温蒂
Cuaindaigh　库安丹河滩
cuendillar　昆达雅石
Culan Cuhan　库蓝·古汉

D

Daerid　代瑞德

Dagdara Finchey　达达拉·芬奇
Dalyn　代林,洛根的化名
Dancing Bear　跳舞的熊
Dancing Goose　舞蹈鹅
Danelle　黛妮勒
Daricain　达瑞坎
Dark Heivn　达克·黑恩
Darkhounds　暗之猎犬
Daryne Aiel　达茵艾伊尔
Daughter of the Nine Moons　九月之女
Davram Bashere　达弗朗,巴歇尔
Dawn Runners　曙奔众
Deane Aryman　黛恩·阿瑞曼
Deferders of the Stone　岩之守卫者
Demandred　狄芒德
Destroyer of Hope　毁灭希望者
Dhearic　戴雷克
disc　浮碟
Dobraine, Lord　多布兰大人
Domani Wench's Kiss　阿拉多曼姑娘的吻
Dorindha　多灵达
Draghkar　人蝠
Dragonwall　龙墙
dreamwalker　梦行者
Dulain　杜雷恩
Dunsinin　杜希妮
Duranda Tharne　杜兰达·萨恩

E

Eamon Valda　艾阿蒙·瓦达
Ebou Dar　艾博达
Edesina　爱德西娜
Edorion　艾德隆
Egwene al'vere　艾雯·艾威尔
Eharon　艾哈隆
Eianrod　埃安罗得
Elaida do Avriny a'Roihan　爱莉达·德·艾佛林尼·亚洛伊汉
Elayne　伊兰
Eldrith Jhondar　爱蒂丝·琼达
Elegar　埃里加
Elenia　爱伦娜
Ellizelle　艾黎责
Elmindreda　伊尔明黛达
Emara　爱玛拉
Enaila　安奈拉
Enkara　安卡拉
Erim　鄂瑞
Estanda　爱丝坦达
Estean　艾斯丁
Evanellein　爱梵妮玲
Evon　埃翁

F

Fade　隐妖,指魔达奥
Faile　菲儿
Fal Dara　法达拉
Falion Bhoda　法理恩·波达
Falme　法美镇
Faolain　芙芮恩
Far Aldazar Din　法阿达扎丁
Far Dareis Mai　法达瑞斯麦
Far Madding　法麦丁
Farrier's Hammer　蹄铁匠的锤子
Feran　费朗
First of Mayene　梅茵之主
First-sister　首姐妹
Flame of Tar Valon　塔瓦隆之焰
Foregate　首门
forkfoot tea　叉根茶

Forsaken　弃光魔使
Fortress of the Light　圣光城堡
Four Kings Road　四王大道

G

Gaebril, Lord　加贝瑞大人
Gaidal Cain　加达·森
Gaidin　盖丁,指护法
Galad　加拉德
Game of Houses　贵族游戏
gara　岬辣
Garan　加兰
Gareth Bryne　加雷斯·布伦
Gates of Hevan　汉文之门
gateway　信道
Gawyn　盖温
Ghealdan　海丹
Gitara Moroso　吉塔拉·摩罗索
Golden Bees　金蜂
Good Night's Ride　爽骑一整夜
Good Queen's Justice　英明女王的裁决
Goshien Aiel　高辛艾伊尔
Graendal　古兰黛
Grand Hall of the Sun　太阳大厅
Great Square of Tammaz　塔玛兹大广场
grolm　古姆蟾
Guaire　桂尔
Gueyam　桂亚姆
Gwil　格维尔
Gyldin　吉丁

H

Hadnan Kadere　哈当·卡德
Haido sept　亥多氏族
Halfman　半人,指魔达奥
Han　汉
He Who Comes With the Dawn　随黎明而来之人
Hearne　荷恩
Heart of the Stone　石之心(大厅)
Herid　荷瑞得
High Chant　至高圣歌
Hills of Kintara　金塔拉丘陵
Hold　(艾伊尔)聚居地
Horn of Valere　瓦力尔号角
House Andiama　安迪马家族
House Annallin　安那林家族
House Anshar　安沙尔家族
House Arawn　阿劳恩家族
House Asegora　艾斯格拉家族
House Baryn　巴瑞恩家族
House Caeren　卡伦家族
House Daganred　达甘瑞家族
House Damodred　达欧崔家族
House Delovinde　戴勒文德家族
House Marne　马恩家族
House Sarand　撒安德家族
House Selorna　赛罗那家族
House Traemane　塔梅恩家族
House Trakand　传坎家族
Hyran　海莱恩

I

Illian　伊利安
Illuminators　照明者
Ilyena　伊琳娜
Indirian　英狄瑞安
inverting　倒置
Isendre　伊馨德

Ispan Shefar　伊丝潘・舍法尔

J

Jalindin　伽琳丁
Janduin　姜钝，兰德生父
Jangai Gate　章嘉门
Jangai Pass　章嘉隘口
Janwin　强文
Jar Silvin　贾尔・修文
Jarid　贾瑞德
Jaril　佳瑞
Jarra sept　加莱氏族
Jasin Natael　杰辛・奈塔
Javindhra　佳纹达
Jeade'en　杰丁
Jeane / Jeaine Caide　洁安・凯德
Jehannah　结汉拿
Jenje　柬浙
Jenn Aiel　杰恩艾伊尔
Jenric　金瑞克，艾伊尔人
Jheda Palace　哲玳宫
Jheram / Jheran　哲朗
Jhirad sept　杰海德氏族
Ji'e'toh　节义
Jindo sept　金多氏族
Joar Addam Nessosin　乔尔・亚达・耐索辛
Joinde　乔茵黛，枪姬众
Joline Maza　裘丽恩・马札
Johanin　乔韩宁
Jol　乔
Jolien　琼玲
Joni Shagrin　乔尼・沙戈林
Jorin Arene　乔翎・阿瑞恩
Jornhill　乔恩丘
Juilin Sandar　泽凌・散达
Jumai sept　祖矛氏族
Juranai　卓蓝耐
Jurene　结尔仑

K

Kandor　坎多
Karaethon Cycle　《卡里雅松轮回》
Karind　卡莉恩德
Keeper of the Chronicles　撰史者
Keille Shaogi　凯勒・绍基
Kimry Lewin　蒂姆丽・鲁文
Kin　金，马戏团杂耍艺人
Kin Tovere　金・陶维尔
King Andric　安迪克国王
King Easar　艾沙王
King Laman　雷芒国王
King's Lancer　国王的枪骑兵
Kirukan　蒂露坎
Kiruna Nachiman　科鲁娜・奈齐曼
Knife Hands　刀手众
Kore Springs　柯尔泉
Kuan　瑰安，杂耍艺人

L

Lady Aemlyn　亚姆林女士
Lady Amathera　爱麦瑟拉女士
Lady Arathelle　爱拉瑟勒女士
Lady Baelome　巴勒莫女士
Lady Berewin　博薇恩女士
Lady Colavaere　克拉瓦尔女士
Lady Ellorien　艾络琳女士
Lamelle　蕾梅勒，枪姬众
Lamgwin　蓝格威
Lan　岚
Lanfear　兰飞儿

Laras　蕾拉丝
Latelle　蕾特勒
Leane　莉安
Lews Therin Telamon　路斯·瑟林·特拉蒙
Liandrin　莉亚熏
Light of Truth　真实光明
Lini　莉妮,伊兰的保姆
Lion Throne　狮子王座
Lir　里尔,安多贵族
Listeners　窥听者
Logain　洛根
Lopar　劳帕,霄辰动物
Lord Abelle　亚伯莱大人
Lord Luan　鲁安大人
Lord Pelivar　佩利瓦大人
Low Wind Rising　残叶卷
Luci　璐希
Lugard　卢加德

M

Mabriam en Shereed　玛瑞安姆·英·舍瑞德
Machan　麦晨
Maecine　马艾辛
Maerion　玛爱隆
Maigan　麦甘
Maighande　麦翰德
Maighdin Trakand　麦玎·传坎
Maira　麦伊拉,枪姬众
Mairin Gome　麦林·格姆
Malkier　马吉尔(国)
Mandarb　曼塔
Mandelain　曼德兰
Manetheren　曼埃瑟兰
Mangin　芒金,岩狗众
Mar Ruois　玛罗斯
Mara Tomanes　玛莱·托曼斯
Maraconn　马拉孔
Mardecin　马戴辛
Maredo　马瑞多
Mareesh　麦力士
Marigan　玛丽甘
Marillin Gemalphin　玛芮琳·葛马芬
Maringil, Lord　马林金大人
Martyn Tallanvor　马泰恩·塔兰沃
Masema　马希玛
Mat Cauthon　麦特·考索恩
Mathean　曼瑟娜
Matrim Cauthon　麦崔·考松
Mattin Stepaneos den Balgar　马汀·斯戴潘诺·德·巴尔加
Maule　贸勒
Mayene　梅茵
Mazrim Taim　马瑞姆·泰姆
Meciar　麦希阿
Melaine　麦兰,智者
Melanril　麦朗瑞
Melindhra　梅琳达,枪姬众
Melisinde　茉莉辛德
Memara　梅玛拉
Mendao　蒙道
Mer　莫尔
Meresin　麦尔辛
Merinloe　麦恩洛
Miagoma Aiel　米雅各马艾伊尔
Mierin　米尔琳
Min　明
Mindean　明狄恩
Mist　薄雾
Mistress Alfara　爱法拉夫人
Mistress Jharen　贾芮恩夫人

Moghedien　魔格丁
Moiraine Damodred　沐瑞·达欧崔
Moonflower　月花
Mordrellen　摩索琳
Morelin　摩瑞琳
Morelle　摩瑞勒
Morgase　摩格丝
Morsa　摩莎
Morvrin　摩芙玲
Mosra　莫斯拉
Mountains of Mist　迷雾山脉
Muelin　穆萼伶
Murandy　莫兰迪
Murasaka　穆拉萨卡
Myrddraal　魔达奥
Myrelle　麦瑞勒

N

Naean　娜埃安
Nakai Aiel　纳凯艾伊尔
Nalesean　拿勒辛
Nana　奈娜
Nangu　南古
Narenwin Barda　娜瑞文·巴达
Nasin　奈西恩
Nela Thane　妮拉·赛恩
Nengar　奈安加
Nerein　奈勒茵
Nerin　奈玲
New Braem　新布雷姆
Neysa Ayellin　妮赛·艾玲
Niamh Passes　奈亚隘口
Nicola　妮可拉
Niella　妮爱拉
Night Spear　夜枪众
Nightrunner　夜跑者
Nine Horse Hitch, the　九马猛拉
Nisao Dachen　妮索·达晨
novice　初阶生
Noy Torvald　诺伊·托瓦德
Nuhel Dromand　努何·杜曼德
Nynaeve al'Meara　奈妮薇·爱米拉

O

Oath Rod　誓言之杖
Ogier　巨森灵
oosquai　澳丝楷
Ordeith　奥代斯,即帕登·范

P

Paaran Disen　帕兰迪森
Padan Fain　帕登·范
Panarch　帕那克
pecara　派荚
Pedron Nial　培卓·南奥
Pel　佩尔
People of the Dragon　龙之人众
Perrin Aybara　佩林·艾巴亚
Petra　派塔
Pevin　派文
Phaedrine　菲德琳
Pips　果仁
Pit of Doom　末日深渊
Plains of Maredo　马瑞多平原
Prophecy of Rhuidean　鲁迪恩预言
Prophet　先知

R

Ragan　拉冈
Rand al'Thol　兰德·亚瑟

Ravhin　雷威辛
Red Eagle banner　红鹰旗
Red Shield　红盾众
Reimon　雷门
Resara　蕾莎拉
Reyn Aiel　雷恩艾伊尔
Rhuarc　鲁拉克
Rhuidean　鲁迪恩
Rianna Andomeran　蕾娜·安德兰
River Alguenya　澳关雅河
River Boern　博恩河
River Eldar　艾达河
River Erinin　艾瑞尼河
River Gaean　盖埃安河
River Gaelin　柘林河
River Iralell　艾拉河
River Manetherendrelle　曼埃瑟兰河
River Storn　思塔恩河
Riverserpent　水毒蛇号
Riversnake　水蛇号
Roedran　罗德蓝王
Rodel Ituralde　罗代尔·伊图拉德
Rogosh Eagle-eye　罗格斯·鹰眼
Roidan　罗埃丹
Ronde Macura　伦蒂·麦克拉
Roofmistress　顶主妇
Rose Crown　玫瑰王冠

S

Sakaru　萨卡鲁
Saldaea　沙戴亚
Salidar　沙力达
Sallie Daera　莎莉·戴拉
Samara　萨马拉
Samared　沙玛瑞德
Sammael　沙马奥
Sanit　桑妮
Sar　撒尔
Sarek　沙雷克
Sari Ayellin　莎瑞·艾玲
Saroiya　萨洛亚
Satelle　赛特勒
Sea Folk　海民
Seanchan　霄辰(帝国)
Sedrin　赛金
Seekers for Truth　觅真者
segade　茜葭,一种植物
Sehar　色哈尔
Seia Doon　赛亚东,指黑眼众
Sela　赛勒
Selande　赛兰蒂
Selean　瑟利恩
Seleisin　赛雷辛
Semirhage　色墨海格
Serai sept　瑟莱氏族
Serendahar　瑟伦达哈
Serengada Dai　森能加达·代
Serenla　赛芮拉
Seri　赛丽
Seve　塞弗
Severing　隔绝
Shaarad Aiel　沙拉得艾伊尔
Shadar Logoth　煞达罗苟斯
Shadowtwisted　黑影众
Shae'en M'taal　山马塔
Shago　沙格
Shaido Aiel　沙度艾伊尔
Shara Pass　沙塔隘口
Shayol Ghul　煞妖谷
Shemerin　夏茉琳
Shen an Calhar　申鞍卡汉
Shende Hold　深玳堡
Sheriam　雪瑞安

Shiande Aiel 锡安德艾伊尔
Shienar 夏纳
Shilene Gate 舍林门
Shiota 实奥塔
Shoja-circle 索伽环
Shorara sept 索热莱氏族
Shorelle 苏若勒
shoufa 束发巾
Sienda 西恩达
Sierin Vayu 曦云·飞宇
Sightblinder 刺目者
Silk Path 丝绸之路
Sillia Cerano 西里阿·赛朗
Simaan 西曼
Silver Pig 银猪
Silviana 希维纳
Sim 西姆
Siuan Sanche 史汪·桑辰
Skimming 浮行术
Skulker 偷懒鬼
So Eban 索埃班
Solinde 索林德
Song of the Three Fishes 三条鱼的歌
Soralle Step 索拉勒·斯帝普
sorda 梭鼪,老鼠
Sorilea 索瑞林,智者
spear-sisters 枪之姐妹
Spine of the World 世界之脊
S'redit 思雷狄特
staera 丝泰拉
Stedding Tsofu 曹福聚落
stilling 静断
Stone Dogs 岩狗众
Stone of Tear 提尔之岩
Succession 继承战争
Sulin 苏琳,枪姬众
Sulmein Gap 苏门隘口
Sun Throne 太阳王座
Susu 苏苏
Sword That Cannot Be Touched 禁忌之剑

T

Taardad Aiel 塔戴得艾伊尔
Tabiya 塔比亚
Taeric 塔瑞克
Taien 泰恩
Tain Shari 谭沙雷
Tal Nethin 塔尔·奈辛
Talent 异能
Talmanes 塔曼尼
Tanchico 坦其克
Tar Valon 塔瓦隆
Tarabon 塔拉朋
Taringail Damodred 塔林盖尔·达欧崔
Tarmandewin 塔曼德文
Teadra 泰德拉
Tear 提尔
Tedosian 泰德山
Tel Janin Aellinsar 特尔·简宁·亚林沙
Tel'aran'rhiod 特·雅兰·瑞奥德
Temaile Kinderode 提麦勒·金德罗
Tenobia 泰诺比
Teodora 泰朵拉
Teresia 特蕾西亚
Teslyn 苔丝琳
Thad Haren 赛德·哈伦
Thakandar 萨坎鼪
The Flame, the Blade and the Heart 《火焰、锋刃和心》,书名

The Fool Who Thought He Was King　自以为是国王的傻瓜
Theodrin　瑟德琳
Therin Lugay　瑟林·卢盖
Therva Maresis　瑟瓦·玛瑞西斯
thief-catcher　捕贼人
thief-taker　捉贼人
Thomdril Merrilin　汤姆卓尔·摩利林
Thom Merrilin　汤姆·梅里林
Three Oaths　三誓
Three-fold Land　三绝之地
Thunder Walkers　雷行众
Tigraine　提格兰
Timolan　提摩兰
Tinker　匠民
toh　义
Toman Head　托门首
Tomanelle Aiel　汤曼勒艾伊尔
Tora Shan　拓拉善
Tourag　图雷格
Tower of the Ravens　乌鸦塔
Trakand　传坎
Traveler　旅者
Traveling　神行术
Trom　绰姆
Tuatha'an　图亚桑
Tuel　图奥
Turol　图罗

U

Unfolding the Fan　铺扇式
Uno　乌诺
Upriver Run　奔向上游

V

Valan Luca　瓦蓝·卢卡
Verin Mathwin　维林·玛瑟雯
Verine　维尔妮
Village Council　村议会

W

Wagon Seat　马车座
War of the Hundred Years　百年战争
Water Gardon　清水花园
water oaths　清水誓言
Water Seekers　寻水众
Way of the Leaf　叶之道
Weiramon　维蓝芒
wetlander　湿地人
Whirlwind on the Mountain　火旋风
White Lion banner　白狮旗
White Tower　白塔
Whitebridge　白桥
Whiteclocks　白袍众
wilder　野人
Wildrose　野玫瑰
Wind Blows Over the Wall　掠壁风
Windfinder　寻风手
Window Teran　寡妇特兰
Winespring Inn　酒泉旅店
Winespring Water　酒泉河
Wise One　智者

Z

Zemais　泽麦
Zheres　泽雷斯

编后记

随着《时光之轮》系列的陆续编辑出版，原本如同冰山一角的故事构架，逐渐显示出令人震惊的庞大、复杂，以及情节设置的天衣无缝的精妙。一个故事，为何能让全球无数读者追逐二十年，苦苦期待下一部呢？如果说在初读此书时还有疑问的话，现在已经豁然开朗——答案存在于作品本身，存在于万千读者的阅读体验中。

这是一部注定要流传久远的奇幻经典，甚至在某种意义上，它已超越了“奇幻”的限定，在故事的外壳下，有着极为丰富、深刻的生命体验，以及深邃、博大的解读空间。

作为编辑者，我们能做的，就是尽量做好这套作品的编校出版工作。尽管有很多方面需要继续改进——因为出版本身就是永远有缺憾的工作，每个有责任心的编辑几乎都会在图书出版后捶胸顿足，发现这样那样可以做得更好的地方——但有一点可以确保，我们已经尽力将内容的差错率减少到很低，将方便读者的工作做到很细，希望这套每卷都超过60万字的巨著，能成为中国出版的差错率最低、最不敷衍的奇幻作品之一，这也是在《时光之轮》研讨会上，很多专家读过此书后的共同感受，“是用做学术著作的认真态度来做奇幻小说”。因为对于一本书来说，最大限度减少错字和其他讹误，保证内容的正确性，是最基本也是最重要的要求，否则就是对读者最大的不负责。

感谢译者李镭出色的翻译质量和尽心负责的合作态度，在《时光之轮》研讨会上，他的翻译能力得到了翻译界前辈们的一致称赞；感谢为本书的编辑和宣传付出心血的吴旭倩、李霆、邵梦烨、王亚平、项玉琮等人，他们所展现的卓越的个人能力让人叹服；感谢“龙骑士城堡”这一中国奇幻界的标志性网站，为《时光之轮》提供了良好的沟通平台；感谢《时光之轮》官方QQ书友群(86571871)上的众多朋友，他们是当之无愧的坚强后盾和智囊团。时光之轮旋转不息，因缘之中有你有我——毫无疑问，是时光之轮编织的因缘联结了大家。

让我们继续一起出发，去《时光之轮》的世界里体验另一种人生和历险吧！